BASTEI
LÜBBE
STARS

Jean-Christophe
GRANGÉ

Der Flug der Störche

ZWEI THRILLER

Die purpurnen Flüsse

BASTEI
LÜBBE
STARS

Jean-Christophe
GRANGÉ

Der Flug der Störche

THRILLER

Ins Deutsche übertragen
von Barbara Schaden

BASTEI
LÜBBE
STARS

BASTEI LÜBBE STARS
Band 77016

Vollständige Taschenbuchausgabe
der im Ehrenwirth Verlag erschienenen Hardcoverausgaben

Bastei Lübbe Stars und Ehrenwirth Verlag
sind Imprints der Verlagsgruppe Lübbe

Titel der französischen Originalausgaben:
LE VOL DES CIGOGNES sowie LES RIVIÈRES POURPRES

Einbandgestaltung: Atelier Versen, Bad Aibling
Titelbild: Photonica / Deborah Davis
Satz: KCS GmbH, Buchholz/Hamburg
Druck und Verarbeitung: GGP Media GmbH, Pößneck
Printed in Germany, Februar 2005
ISBN 3-404-77016-1

Sie finden uns im Internet unter
www.luebbe.de

Der Preis dieses Bandes versteht sich einschließlich
der gesetzlichen Mehrwertsteuer.

Für Virginie Luc

I

Süßes Europa

1

Ich hatte Max Böhm versprochen, ihm vor dem großen Aufbruch noch einen letzten Besuch abzustatten.

An dem Tag braute sich über der französischen Schweiz ein Unwetter zusammen. Am Himmel ballten sich bläulich schwarze Wolkenmassen, zwischen denen glashelle Abgründe klafften, und ein heißer Wind wehte aus allen Richtungen. Ich fuhr in einem gemieteten Kabrio am Ufer des Genfer Sees entlang. In einer Kurve tauchte Montreux auf, wie ein Schemen in der elektrisch geladenen Luft. Der See schlug unruhige Wellen, und die Hotels schienen, trotz der Touristensaison, zu düsterem Schweigen verurteilt. Kurz vor dem Zentrum verringerte ich das Tempo und bog in die engen Gassen ein, die zur Oberstadt hinaufführen.

Als ich vor Max Böhms Chalet eintraf, herrschte beinahe Finsternis: Es war fünf Uhr nachmittags. Ich läutete, keine Antwort. Ich läutete abermals und lauschte. Drinnen rührte sich nichts. Ich drehte eine Runde ums Haus: kein Licht, kein offenes Fenster. Sonderbar. Bei meinem ersten Besuch hatte ich Böhm als einen eher pünktlichen Menschen kennen gelernt. Ich kehrte zu meinem Wagen zurück und wartete. In der Ferne wälzte sich ein dumpfes Grollen über den Himmel, und ich schloss das Verdeck des Wagens. Um siebzehn Uhr dreißig war Böhm noch immer nicht erschienen. Ich beschloss, zum Freigelände zu fahren: vielleicht war der Ornithologe unterwegs und beobachtete seine Schützlinge.

Über Bulle im Kanton Fribourg gelangte ich in die deutsche Schweiz. Es regnete noch immer nicht, aber der Wind hatte seine Stärke verdoppelt und wirbelte Staubwolken unter meinen Reifen auf. Eine Stunde später war ich in der Umgebung von Wessembach und fuhr die Felder entlang bis zum Gelände. Ich schaltete den Motor aus und ging zu Fuß durch die Äcker zu den Käfigen.

Hinter dem Gitterzaun entdeckte ich die Störche. Orangefarbene Schnäbel, schwarzweiße Gefieder, lebhafte Augen. Sie schienen unruhig, schlugen wild mit den Flügeln und klapperten mit den Schnäbeln – sicher wegen des aufziehenden Gewittersturms, aber wohl auch aus ihrem Wandertrieb heraus. Böhms Worte kamen mir in den Sinn: ›Die Störche gehören zu den instinktiven Zugvögeln. Der Zeitpunkt des Abflugs hängt nicht von klimatischen oder ernährungsbedingten Umständen ab, sondern wird durch eine innere Uhr bestimmt. Eines Tages ist es ganz einfach Zeit zum Aufbruch.‹ Wir hatten Ende August, und anscheinend spürten die Störche das geheimnisvolle Signal. Auf den Weiden nicht weit von hier flatterten weitere Störche auf und nieder, gebeutelt vom Wind. Auch sie drängte es zum Aufbruch, aber Böhm hatte ihnen an einem Flügel die Schwungfedern gestutzt, um sie am Abflug zu hindern. Dieser ›Freund der Natur‹, als der er sich bezeichnete, hatte eine recht merkwürdige Auffassung von der Ordnung der Welt.

Auf einmal tauchte aus den benachbarten Feldern ein Mann auf, der nur aus Haut und Knochen bestand; er ging gebeugt und stemmte sich gegen den Wind. Der Geruch von frischgeschnittenem Gras brach mit Macht über mich herein, und ich spürte, wie unter meiner Schädeldecke ein Schmerz emporkroch. Aus der Ferne schrie mir das Gerippe auf Deutsch etwas zu. Ich brüllte ein paar französische Sätze zurück, woraufhin er mir sofort in derselben Sprache antwortete: »Böhm ist heute nicht gekommen. Gestern auch nicht.« Der Mann war weitgehend kahl; nur über seiner Stirn tanzten ein paar faserige Strähnen, die er unermüdlich auf dem Schädel glattstrich. Er fügte hinzu: »Normalerweise kommt er jeden Tag und füttert seine Viecher.«

Ich stieg wieder ins Auto und fuhr eilig zum ›Écomusée‹, einem Freilichtmuseum nicht weit von Montreux, wo man traditionelle Schweizer Sennhäuser bis ins kleinste Detail nachgebaut hatte. Unter Max Böhms Oberaufsicht war auf jedem Kamin ein Storchenpaar angesiedelt worden. Ich hatte das künstliche Dorf bald erreicht. Zu Fuß machte ich mich auf den Weg durch verlassene Gassen und irrte lange Zeit in dem Labyrinth braunweißer Häuser umher, in denen das Nichts zu hausen schien. Endlich entdeckte ich den Wachtturm, ein düsteres, quadratisches Bauwerk, mehr als zwanzig Meter hoch. Auf der Spitze thronte ein Storchennest von riesigem Ausmaß, nur die äußeren Umrisse waren davon zu sehen. »Das größte Nest Europas«, hatte Max Böhm gesagt. Dort oben auf ihrem Kranz aus Zweigen und Erde hockten die Störche, und das Klappern ihrer Schnäbel hallte durch die leeren Gassen wie das Getöse aufeinanderprallender Baggerschaufeln. Von Böhm keine Spur.

Ich kehrte um und suchte das Haus des Wächters. Ich fand den Nachtwächter vor seinem Fernseher sitzen. Er aß ein Sandwich, während sein Hund Fleischklöße aus dem Napf in sich hineinschlang. »Böhm?«, fragte er mit vollem Mund. »Vorgestern ist er gekommen und zum Wachtturm gegangen. Wir haben die Leiter rausgeholt.« Ich erinnerte mich an das Höllengerät, das der Ornithologe benutzte, um zum Nest hinaufzusteigen: eine uralte, halb vermoderte Feuerwehrleiter. »Aber ich hab' ihn seitdem nicht mehr gesehen. Er hat nicht mal sein Zeug aufgeräumt.« Der Mann zuckte die Achseln und fügte hinzu: »Böhm ist hier zu Hause. Er kommt und geht, wie es ihm passt.«

Zum Zeichen, dass die Unterredung für ihn beendet sei, biss er von seinem Sandwich ab. Eine dumpfe Ahnung überkam mich.

»Würden Sie sie noch mal rausholen?«

»Wen?«

»Die Leiter.«

Wir gingen hinaus in den Sturm, und der Hund drängte sich zwischen unsere Beine. Der Wächter stapfte schweigend neben mir her, sichtlich verstimmt über mein nächtliches Unterfangen. Am Fuß des Wachtturms schloss er die Tür zu der daneben liegenden Scheune auf. Wir zogen die Leiter heraus, die auf einen zweirädrigen Karren montiert war. Das Gerät schien mir gefährlicher denn je, doch mit Hilfe des Wächters löste ich die Ketten, die Rollen, die Kabel, und die Leiter fuhr langsam ihre Sprossen aus; die Spitze schwankte im Wind.

Ich schluckte und machte mich vorsichtig an den Aufstieg. Je höher ich stieg, desto weniger vermochte ich zu sehen – Sturm und Höhe nahmen mir die Sicht. Mit den Händen klammerte ich mich an die Sprossen, in meinem Magen taten sich Abgründe auf. Zehn Meter. Ich konzentrierte mich auf die Mauer und stieg weiter. Fünfzehn Meter. Die Holzstangen waren feucht, meine Sohlen glitten darauf aus. Die Leiter schwankte in ihrer gesamten Länge und schlug mir gegen die Knie, die Stoßwellen liefen durch meine Beine. Ich wagte einen Blick nach oben und sah, dass das Nest nur noch eine Armlänge entfernt war. Ich hielt den Atem an und erklomm die letzten Sprossen, indem ich mich an den Zweigen des Nests festhielt. Die Störche flogen auf. Einen Moment lang sah ich nichts als ein Gewölk durcheinanderwirbelnder Federn; und als es vorbei war, packte mich das Grauen.

Vor mir lag Böhm ausgestreckt auf dem Rücken, mit offenem Mund. In dem riesigen Nest fand er leicht Platz. Sein offenes Hemd gab den Bauch frei, weiß, obszön, erdverschmiert. Seine Augen waren nur noch zwei leere, blutige Höhlen. Ich weiß nicht, ob diese Störche je kleine Kinder brachten – auf Tote jedenfalls verstanden sie sich.

2

Aseptisches Weiß, Klirren von Metall, schattenhafte Gestalten. Um drei Uhr morgens saß ich in dem kleinen Krankenhaus von Montreux und wartete. Die Türen der Notaufnahme öffneten und schlossen sich, Krankenschwestern eilten vorbei, Gesichter hinter Masken tauchten auf, gleichgültig gegenüber meiner Anwesenheit.

Der Wächter war in seinem künstlichen Dorf geblieben, er stand unter Schock. Ich war selbst nicht in Bestform; ich zitterte vor Kälte und war unfähig, klare Gedanken zu fassen. Zu dem Zeitpunkt hatte ich noch nie eine Leiche gesehen, und für das erste Mal war Böhm wahrlich kein erhebender Anblick. Die Störche hatten damit begonnen, seine Zunge und andere, tiefer liegende Teile des Schlundes zu verschlingen. Auf dem Unterleib und an den Seiten hatte man zahlreiche Wunden entdeckt: Risse, Schnitte, Hiebe. Mit der Zeit hätten die Vögel ihn vollständig aufgefressen. »Sie wissen, dass Störche sich auch von Aas ernähren, nicht wahr?« hatte mir Max Böhm bei unserer ersten Begegnung gesagt. Ich hatte es nicht gewusst; vergessen werde ich es ganz sicher nie mehr.

Unter den langsam und argwöhnisch kreisenden Vögeln hatte die Feuerwehr die Leiche aus dem Nest geborgen. Zum letzten Mal hatte ich Böhms blut- und erdverkrusteten Körper auf dem Boden liegen sehen, bevor man ihn in einen knisternden Sack steckte. Ich hatte das gespenstische Schauspiel beim zuckenden Blaulicht der Polizeifahrzeuge beobachtet, ohne ein Wort zu sagen und ohne, wie ich gestehen muss, das Geringste dabei zu verspüren. Ich empfand lediglich eine Art Abwesenheit, eine sprach- und fassungslose Distanz.

Jetzt wartete ich. Ich dachte zurück an die letzten zwei Monate – eine erfüllte Zeit in meinem Leben, voller eifriger Vorbereitungen und Vögel – die jetzt mit einer Grabrede zu Ende gingen.

Ich war damals ein in jeder Beziehung korrekter junger Mann. Mit Zweiunddreißig hatte ich meinen Doktor in Geschichte gemacht: das Ergebnis einer achtjährigen, mühseligen Arbeit über den ›Kulturbegriff bei Oswald Spengler‹. Nach der Fertigstellung dieses schweren, tausendseitigen Schinkens, der in praktischer Hinsicht absolut überflüssig und in moralischer Hinsicht eher unersprießlich war, hatte ich nur noch eins im Sinn: sämtliche Studien zu vergessen. Ich hatte genug von Büchern, Museen, experimentellen und Kunstfilmen, genug von diesem Dasein aus zweiter Hand, den Schimären der Kunst, den heiligen Kühen der Geisteswissenschaft. Ich wollte zur Tat schreiten, mit beiden Händen ins Leben greifen.

Ich kannte junge Ärzte, die sich für humanitäre Hilfe einsetzten, weil sie, wie sie es formulierten, ›ein Jahr zu verlieren‹ hatten. Angehende Anwälte, die Indien durchquerten und sich eine Kostprobe von der Mystik gönnten, bevor sie sich ihrer Karriere zuwandten. Ich hatte keinerlei Aussicht auf einen Beruf und nicht die geringste Neigung zur Exotik oder zum Elend anderer. Also waren meine Adoptiveltern mir ein weiteres Mal zu Hilfe gekommen. ›Ein weiteres Mal‹ deshalb, weil das alte Diplomatenehepaar seit dem Unfall vor fünfundzwanzig Jahren, der meinen Bruder und meine Eltern das Leben gekostet hatte, mir immer alles geboten hatte, was ich brauchte: in den allerersten Jahren die Versorgung durch eine Kinderfrau, dann eine ansehnliche Pension, die mir erlaubte, eine wirkliche Gleichgültigkeit gegenüber den Wechselfällen des Geldes zu entwickeln.

Georges und Nelly Braesler hatten mir also vorgeschlagen, mich mit Max Böhm in Verbindung zu setzen, einem ihrer Schweizer Freunde, der angeblich jemanden wie mich suchte. »Jemanden wie mich?« hatte ich gefragt, während ich mir Böhms Adresse notierte. Man hatte mir geantwortet, es gehe vorerst um einen wahrscheinlich mehrmonatigen Auftrag. Später werde man sich dann darum kümmern, eine ordentliche Stelle für mich zu finden.

Die Ereignisse hatten daraufhin einen unerwarteten Verlauf genommen. Und meine erste Begegnung mit Max Böhm, die zwiespältig und voller Rätsel war, ist mir in allen Einzelheiten im Gedächtnis geblieben.

An diesem Tag, dem 17. Mai 1991, traf ich gegen vier Uhr nachmittags in der Rue du Lac Nummer 3 ein, nachdem ich lange Zeit in den engen Gassen der Oberstadt von Montreux umhergeirrt war. Am Ende eines von mittelalterlichen Laternen gesäumten Platzes entdeckte ich schließlich das Chalet; auf der massiven Holztür stand der Name ›Max Böhm‹. Ich läutete. Gut eine Minute verging, bis mir ein etwa sechzigjähriger, stämmiger Mann mit breitem Grinsen öffnete. »Sie sind Louis Antioche?«, fragte er. Ich nickte und betrat das Haus von Herrn Böhm.

Innen sah das Chalet dem Stadtviertel ähnlich: enge, überladene Räume, dazwischen Nischen und Winkel, Regale, Vorhänge, hinter denen sich sichtlich kein Fenster verbarg, und der Fußboden war nicht eben, sondern unterteilt durch zahlreiche Stufen und Podeste. Böhm schob einen Vorhang beiseite und forderte mich auf, ihm zu folgen, tief hinab in den Keller. Wir betraten einen Raum mit weißgestrichenen Wänden, in dem lediglich ein Eichenholzschreibtisch stand; darauf thronte eine Schreibmaschine, umgeben von zahlreichen Dokumenten. Über dem Tisch hingen eine Landkarte von Europa und von Afrika und etliche kolorierte Stiche von Vögeln. Ich setzte mich. Böhm bot mir Tee an, den ich gern annahm (ich trinke ausschließlich Tee). Mit wenigen raschen Gesten beförderte Böhm eine Thermosflasche, Tassen, Zucker und mehrere Zitronen zutage. Während er beschäftigt war, betrachtete ich ihn genauer.

Er war klein, untersetzt, und seine bürstenförmig geschnittenen Haare waren vollkommen weiß. In seinem runden Gesicht sträubte sich ein gestutzter Schnurrbart, auch er völlig weiß. Seine Beleibtheit ließ ihn grimmig und schwerfällig wirken, und doch ging eine erstaunliche Jovialität von ihm aus: vor allem seine Augen, die tausend Fältchen umrahmten, schienen ständig zu lächeln.

Böhm servierte behutsam den Tee, mit dicken Händen und plumpen Fingern. Ein Mann aus den Wäldern, dachte ich. Außerdem hatte er etwas unbestimmt Militärisches an sich – was vielleicht auf eine kriegerische Vergangenheit oder anders geartete brutale Aktivitäten schließen ließ. Schließlich setzte er sich, faltete die Hände und begann in sanftem Ton: »Sie sind also aus der Familie meiner alten Freunde, der Braeslers.«

Ich räusperte mich. »Ich bin ihr Adoptivsohn«, sagte ich.

»Ich war immer der Meinung, sie hätten keine Kinder.«

»Sie haben ja auch keine. Ich meine: keine eigenen.« Als Böhm nichts darauf erwiderte, setzte ich hinzu: »Meine wirklichen Eltern waren enge Freunde der Braeslers. Als ich sieben war, kamen meine Mutter, mein Vater und mein Bruder bei einem Brand ums Leben. Sonst habe ich keine Verwandten. Georges und Nelly haben mich adoptiert.«

»Nelly hat mir von Ihren intellektuellen Fähigkeiten berichtet.«

»Ich fürchte, da hat sie ein wenig übertrieben.« Ich öffnete meine Aktentasche. »Ich habe Ihnen meinen Lebenslauf mitgebracht.«

Ich legte das Blatt auf den Tisch, aber Böhm schob es mit der flachen Hand beiseite. Einer massiven, starken Hand. Einer Hand, die ein Gelenk zu brechen vermag, einfach so, mit zwei Fingern.

»Ich setze vollkommenes Vertrauen in Nellys Urteil«, erwiderte er. »Hat sie Ihnen angedeutet, worin Ihre ›Mission‹

besteht? Hat sie Ihnen gesagt, dass es bei der Sache um etwas recht Spezielles geht?«

»Nein, nichts dergleichen.«

Böhm musterte mich stumm. Er schien auf die geringste meiner Reaktionen zu lauern.

»In meinem Alter«, sagte er endlich, »führt Untätigkeit zu gewissen Schrulligkeiten. Bei mir ist es so, dass ich eine Schwäche für bestimmte Wesen hege, seit Jahrzehnten schon, und diese Schwäche hat sich zu einer regelrechten Marotte ausgewachsen.«

»Was für Wesen?«, fragte ich.

»Es sind keine Menschen.«

Böhm verstummte wieder, offensichtlich liebte er es, die Sache spannend zu machen. Nach seiner dramatischen Pause murmelte er: »Es handelt sich um Störche.«

»Um Störche!«

»Sehen Sie, ich bin ein Freund der Natur. Seit vierzig Jahren interessiere ich mich für Vögel. Als ich jung war, habe ich sämtliche Bücher über Ornithologie verschlungen und Stunden im Wald und auf den Feldern verbracht, das Fernglas in der Hand, um alle Arten von Vögeln zu beobachten. Einen besonderen Platz in meinem Herzen nimmt der Weißstorch ein. Ich liebe ihn vor allem deshalb, weil er ein phantastischer Zugvogel ist, ganz unglaublich – er schafft es, jährlich mehr als zwanzigtausend Kilometer zurückzulegen. Jedes Jahr gegen Ende des Sommers, wenn die Störche nach Afrika aufbrachen, war ich im Geist bei ihnen. Übrigens habe ich mir später einen Beruf ausgesucht, bei dem ich viel auf Reisen war und den Störchen folgen konnte. Ich bin Bauingenieur, Monsieur Antioche, mittlerweile pensioniert. Mein ganzes Leben lang habe ich mich bemüht, auf den großen Baustellen im Mittleren Osten, in Afrika, immer entlang der Wanderroute der Vögel, Beschäftigung zu finden. Heute rühre ich mich nicht mehr von der Stelle, aber ich studiere immer noch den Vogelzug. Ich habe mehrere Bücher zu dem Thema veröffentlicht.«

»Ich weiß nichts über Störche. Was erwarten Sie denn von mir?«

»Dazu komme ich gleich.« Böhm nahm einen großen Schluck Tee. »Seitdem ich pensioniert bin und hier in Montreux lebe, geht es den Störchen immer prächtig. Jedes Frühjahr kommen meine Paare zurück und suchen immer wieder ihre alten Nester auf. Das ist ein unveränderliches Gesetz. Aber dieses Jahr sind die Störche aus dem Osten nicht zurückgekehrt.«

»Was meinen Sie damit?«

»Von den siebenhundert wandernden Paaren, die in Deutschland und Polen gezählt wurden, sind im März und im April nicht einmal fünfzig am Himmel aufgetaucht. Ich habe mehrere Wochen gewartet. Ich bin sogar selbst hingefahren. Aber es war zwecklos. Die Vögel kamen nicht wieder.«

Der Ornithologe erschien mir auf einmal älter und sehr einsam. »Haben Sie eine Erklärung dafür?«, fragte ich.

»Vielleicht steckt eine Umweltkatastrophe dahinter. Oder die Auswirkungen eines Insektenvertilgungsmittels. Aber das sind alles nur Vermutungen. Und ich will Gewissheiten.«

»Wie sollte ich Ihnen dabei helfen?«

»Im August werden sich wie jedes Jahr Dutzende von Jungstörchen auf die Wanderung machen. Ich will, dass Sie ihnen folgen. Tag für Tag. Ich will, dass Sie ihrer Flugroute exakt nachreisen. Ich will, dass Sie alle Schwierigkeiten beobachten, auf die sie unterwegs stoßen. Dass Sie mit den Leuten sprechen – mit der Polizei, mit ortsansässigen Vogelkundlern. Ich will, dass Sie herausfinden, weshalb meine Störche verschwunden sind.«

Seine Absichten verblüfften mich.

»Sind Sie selbst denn nicht tausendmal besser qualifiziert als ich, um …«

»Ich habe mir geschworen«, unterbrach mich Böhm, »keinen Fuß mehr nach Afrika zu setzen. Außerdem bin ich jetzt siebenundfünfzig Jahre alt und habe ein sehr schwaches Herz. Zur Feldforschung tauge ich nicht mehr.«

»Haben Sie nicht einen Assistenten, einen jungen Ornithologen, den Sie mit den Nachforschungen beauftragen könnten?«

»Ich halte nichts von Spezialisten. Ich will einen unparteiischen Mann, der keine Vorkenntnisse und damit auch keine Vorurteile hat, der offen ist und dem Rätsel auf die Spur kommt. Sind Sie einverstanden oder nicht?

»Ich bin einverstanden«, antwortete ich, ohne zu zögern. »Wann soll ich aufbrechen?«

»Zusammen mit den Störchen, Ende August. Die Reise dauert ungefähr zwei Monate. Im Oktober sind die Störche im Sudan. Sollte tatsächlich auf ihrer Route irgendetwas vorfallen, so wird das, denke ich, vor diesem Zeitpunkt der Fall sein. Ansonsten kommen Sie zurück, und das Rätsel bleibt ungelöst. Ihr Gehalt beträgt fünfzehntausend Francs im Monat zuzüglich Spesen. Dieses Honorar zahlt Ihnen die APCE, unser Verband zum Schutz der europäischen Störche. Wir sind nicht gerade mit Reichtum gesegnet, aber ich habe dafür gesorgt, dass Sie unter den bestmöglichen Bedingungen reisen: Erster-Klasse-Flüge, Mietwagen, komfortable Hotels. Mitte August erhalten Sie eine erste Vorauszahlung, zusammen mit Ihren Flugtickets und den Hotelreservierungen. Erscheint Ihnen mein Vorschlag vernünftig?«

»Ich bin Ihr Mann. Aber sagen Sie mir zunächst eins: Woher kennen Sie die Braeslers?«

»Ich habe sie 1987 bei einem Ornithologenkongress in Metz kennen gelernt. Die Festrede hatte ›Die Gefährdung der Störche in Osteuropa‹ zum Thema. Georges hielt ebenfalls einen hochinteressanten Vortrag über Graukraniche.«

Später fuhr Max Böhm mit mir quer durch die Schweiz

und zeigte mir einige der Freigelände, auf denen er heimische Störche aufzog, deren Junge ich auf ihrer Wanderschaft begleiten sollte. Unterwegs erklärte mir der Ornithologe die wichtigsten Prinzipien, die ich für meine Rundreise brauchte. Erstens: man kennt die Flugroute der Störche halbwegs genau. Zweitens: die Störche legen nur etwa hundert Kilometer am Tag zurück. Und drittens wandte Böhm ein zuverlässiges Mittel an, um die europäischen Störche aufzuspüren: die Beringung. Jedes Frühjahr befestigte er am Bein jedes Storchs einen Ring mit dem Geburtsdatum und einer speziellen Identifikationsnummer. Mit Hilfe eines Fernglases konnte man also jeden Abend ›seine‹ Vögel ausmachen. Zu allen diesen Argumenten kam der Vorteil, dass Böhm in jedem Land mit Ornithologen in Verbindung stand, die mir helfen und meine Fragen beantworten würden. Unter diesen Umständen, sagte Böhm, zweifle er nicht, dass ich herausfinden würde, was sich im letzten Frühjahr auf der Vogelroute ereignet hatte.

Exakt drei Monate später, am 17. August 1991, rief Max Böhm mich an, außer sich vor Aufregung: Er komme soeben aus Deutschland zurück, wo er festgestellt habe, dass der Abflug der Störche unmittelbar bevorstehe. Er habe mir eine Anzahlung in Höhe von fünfzigtausend Francs auf mein Bankkonto überwiesen – zwei Monatsgehälter sowie eine Summe zur Deckung der ersten Spesen – und werde mir per Eilkurierdienst die Flugtickets, Vouchers für Leihwagen sowie eine Liste der Hotels zuschicken, in denen ein Zimmer für mich reserviert sei, außerdem ein Flugticket Paris–Lausanne, denn er wünsche mich noch einmal zu sehen, damit wir sämtliche Daten des Projekts gemeinsam durchgehen könnten.

So machte ich mich am 19. August um sieben Uhr morgens auf den Weg, ausgestattet mit Reiseführern, Visa und Medikamenten. Mein Gepäck beschränkte ich auf das Allernötigste: meine Sachen, Computer eingeschlossen, passten in eine Reisetasche mittlerer Größe, zu der noch ein kleiner Rucksack kam. Nach außen hin war alles geregelt. In meinem Inneren hingegen herrschte ein unsägliches Chaos: Hoffnung, Aufregung und verworrene Ängste vermischten sich zu einem quälenden Aufruhr der Gefühle.

3

Jetzt aber war bereits alles zu Ende, bevor es überhaupt begonnen hatte. Max Böhm würde nie erfahren, weshalb seine Störche verschwunden waren. Ich übrigens auch nicht. Denn mit seinem Tod hatten sich meine Nachforschungen erübrigt, ich würde dem Verband das Geld zurückzahlen und zu meinen Büchern zurückkehren. Meine Karriere als Reisender war in der Tat überwältigend gewesen! Dieser vorzeitige Abbruch wunderte mich allerdings kaum. Schließlich war ich nie etwas anderes gewesen als ein müßiger Student – aus welchem Grund hätte ich mich über Nacht in einen verwegenen Abenteurer verwandeln sollen?

Trotzdem wartete ich noch. Hier im Krankenhaus von Montreux. Auf die Ankunft des Inspektors von der Bundespolizei und auf das Ergebnis der Autopsie. Denn eine Autopsie fand statt. Der diensthabende Arzt hatte sich sofort an die Arbeit gemacht, nachdem die Leiche von der Polizei freigegeben worden war – Max Böhm besaß anscheinend keine Familienangehörigen mehr. Was war dem alten Max zugestoßen? Ein Herzinfarkt? Hatten die Störche ihn angegriffen? Die Frage verdiente durchaus eine Antwort, und das war wohl auch der Grund, weshalb man die Leiche des Ornithologen jetzt auseinander nahm.

»Sind Sie Louis Antioche?«

Ich war derart in Gedanken versunken, dass ich den Mann

nicht bemerkt hatte, der auf einmal neben mir saß. Die Stimme war so sanft wie seine Physiognomie. Ein langes Gesicht mit höflicher Miene unter einem zerzausten Haarschopf. Der Mann sah mich mit abwesenden, schlaftrüben Augen an. Er war unrasiert, und man merkte ihm an, dass dies gegen seine Gewohnheit war. Er trug eine Hose aus leichtem Stoff, gut geschnitten, und ein lavendelblaues Lacoste-Hemd. Wir waren praktisch identisch gekleidet, mit der einzigen Ausnahme, dass mein Hemd schwarz war und anstelle des Krokodils einen Totenkopf hatte. Ich antwortete: »Ja. Sind Sie von der Polizei?«

Er nickte und faltete seine Hände wie zum Gebet: »Inspektor Dumaz. Habe heute Nacht Bereitschaftsdienst. Scheußliche Sache. Sind Sie das, der ihn gefunden hat?«

»Ja.«

»Wie war er?«

»Tot.«

Dumaz zuckte die Achseln und holte sein Notizbuch hervor.

»Also«, sagte er geduldig. »Unter welchen Umständen haben Sie ihn entdeckt?«

Ich berichtete ihm von meiner Suche am Vortag. Dumaz machte sich bedächtig Notizen. Dann fragte er: »Sind Sie Franzose?«

»Ja. Ich wohne in Paris.«

Der Inspektor notierte sich sorgfältig meine Adresse.

»Kennen Sie Max Böhm schon lange?«

»Nein.«

»In welcher Beziehung standen Sie zu ihm?«

Ich hielt es für angebracht zu lügen: »Ich bin Vogelbeobachter, Hobbyornithologe. Wir hatten die Absicht, gemeinsam ein Lehrseminar über verschiedene Vogelarten zu veranstalten.«

»Was für welche?«

»Vor allem Weißstörche.«

»Was tun Sie beruflich?«

»Nichts. Ich bin vor kurzem mit dem Studium fertig geworden.«

»Was haben Sie studiert? Ornithologie?«

»Nein. Geschichte und Philosophie.«

»Und wie alt sind Sie?«

»Zweiunddreißig.«

Der Inspektor stieß einen leisen Pfiff aus: »Da haben Sie aber Glück gehabt, dass Sie so lang Ihrer Leidenschaft frönen konnten. Ich bin genauso alt wie Sie und seit dreizehn Jahren bei der Polizei.«

»Geschichte ist nicht meine Leidenschaft«, antwortete ich abweisend.

Dumaz fixierte die Wand gegenüber. Dasselbe abwesende Lächeln wie zuvor glitt über seine Lippen. »Meine Arbeit ist auch nicht gerade meine Leidenschaft, das kann ich Ihnen versichern«, sagte er. Dann sah er mich wieder an: »Seit wann, glauben Sie, ist Max Böhm bereits tot?«

»Seit vorgestern Abend. Am Abend des Siebzehnten hat der Wächter ihn zum Storchennest hinaufsteigen sehen, aber er sah ihn nicht wieder herunterkommen.«

»Woran ist er Ihrer Meinung nach gestorben?«

»Was weiß ich? Vielleicht an einem Herzinfarkt. Jedenfalls hatten die Störche schon angefangen, ihn … aufzufressen.«

»Ja, ich weiß, ich habe die Leiche vor der Autopsie gesehen. Haben Sie noch etwas zu sagen?«

»Nein.«

»Dann kommen Sie bitte ins Kommissariat in der Innenstadt, um Ihre Aussage zu unterzeichnen. Am späten Vormittag sind wir soweit. Das ist die Adresse.« Dumaz seufzte. »Dieser Tod wird ziemliches Aufsehen erregen. Böhm war einigermaßen berühmt. Sie wissen ja sicher, dass er es war, der in der Schweiz die Störche wieder angesiedelt hat. Auf derlei legen wir hierzu Lande viel Wert.«

Er verstummte, dann fuhr er mit einem kleinen Lachen fort: »Ein komisches Hemd haben Sie da an … Durchaus den Umständen angemessen, finden Sie nicht?«

Auf diese Bemerkung hatte ich von Anfang an gewartet. Aber in dem Moment kam eine kleine, kräftige, dunkelhaarige Frau auf uns zu und enthob mich einer Antwort. Ihr weißer Kittel war blutverschmiert, ihr Gesicht verwüstet von Falten und geplatzten Äderchen. Eine Frau, die einiges erlebt hat und sich nichts vormachen lässt. Sie trug hohe Absätze, die bei jedem Schritt klapperten – sehr ungewöhnlich in dieser Welt aus Watte. Als sie vor uns stand, roch ich ihren intensiven Tabakatem.

»Sind Sie wegen Böhm hier?«, fragte sie mit rauer Stimme.

Wir standen auf. Dumaz stellte uns vor.

»Das ist Louis Antioche, Student, Freund von Max Böhm …«, sagte er, und ich spürte einen Hauch von Ironie in seinem Ton. »Er hat die Leiche heute Nacht gefunden. Ich bin Inspektor Dumaz von der Bundespolizei.«

»Catherine Warel, Herzchirurgin. Die Autopsie hat ziemlich lang gedauert«, erwiderte sie und wischte sich über die schweißfeuchte Stirn. »Der Fall war komplizierter, als wir zuerst dachten. Einmal wegen der Wunden. Schnabelhiebe, mitten ins Fleisch. Man hat mir gesagt, er wurde in einem Storchennest gefunden – was, um Gottes willen, hat er denn dort oben getrieben?«

»Max Böhm war Ornithologe«, antwortete Dumaz, ein wenig von oben herab. »Es verblüfft mich, dass Sie ihn nicht kennen. Er war sehr berühmt. Er hat sich für den Schutz der Störche in der Schweiz eingesetzt.«

»Ach so?«, sagte die Frau ohne Überzeugung.

Sie zog ein Päckchen filterloser schwarzer Zigaretten hervor und zündete sich eine an. Nachdem das Rauchverbotsschild an der Wand unübersehbar war, schloss ich daraus, dass die Frau keine Schweizerin sein konnte. Nach einem langen, gierigen Zug fuhr sie fort: »Zurück zur Autopsie. Trotz der vielen Wunden – Sie bekommen noch heute vormittag einen schriftlichen Bericht – ist der Mann eindeutig einem Herzanfall erlegen, und zwar am Abend des siebzehnten August, gegen acht Uhr.« Sie wandte sich an mich: »Wären Sie nicht gewesen, hätte über kurz oder lang der Gestank die Museumsbesucher alarmiert. Aber eines ist dennoch überraschend. Wussten Sie, dass man Böhm ein fremdes Herz eingepflanzt hat?«

Dumaz warf mir einen fragenden Blick zu, während die Ärztin fortfuhr: »Als das Team auf die lange Narbe über dem Brustbein stieß, hat man mich zur Autopsie hinzugezogen. Es steht außer Frage, dass eine Transplantation stattgefunden hat: einmal wegen der Narbe, die charakteristisch ist für eine Sternotomie, das heißt eine Durchtrennung des Brustbeins, außerdem wegen außergewöhnlicher Verwachsungen im Spaltraum des Herzbeutels, was ein Hinweis auf einen früheren Eingriff ist. Ich habe außerdem die Nahtstellen am Transplantat festgestellt, die auf der Höhe der Aorta, der Lungenarterie sowie des rechten und des linken Vorhofs mit nicht resorbierbarem Faden durchgeführt worden sind.«

Frau Dr. Warel zog wieder an der Zigarette und schwieg eine Weile.

»Die Operation liegt eindeutig mehrere Jahre zurück«, fuhr sie fort, »aber das Fremdorgan wurde bemerkenswert gut toleriert – normalerweise finden wir an einem transplantierten Herzen zahlreiche weißliche Narben – Nekrosen, mit anderen Worten, abgestorbene Muskelzellen an den Stellen, wo das fremde Gewebe abgestoßen wurde. Die Transplantation, die man an Böhm vorgenommen hat, ist also hoch interessant. Und soweit ich sehen konnte, wurde der Eingriff von jemandem durchgeführt, der sein Handwerk hervorragend versteht. Ich habe mich allerdings bereits erkundigt: Max Böhm war wegen der postoperativen Überwachung nicht bei einem unserer Ärzte in Behandlung. Und das, meine Herren, ist ein kleines Rätsel, das ich gern lösen würde. Ich werde mich selbst darum kümmern und Erkundigungen einholen. Was die eigentliche Todesursache betrifft: nichts Originelles. Ein banaler Myokardinfarkt, eingetreten vor etwa fünfzig Stunden. Wahrscheinlich infolge der Anstrengung beim Aufstieg. Wenn es Ihnen ein Trost ist: Böhm hat nicht gelitten.«

»Was meinen Sie damit?«, fragte ich.

Warel entließ einen Schwall Nikotin in die aseptische Atmosphäre.

»Ein transplantiertes Herz ist vom Nervensystem des Empfängers unabhängig. Ein Herzanfall löst daher keinen besonderen Schmerz aus – das heißt, Max Böhm hat nicht gespürt, dass er stirbt. Das ist alles, meine Herren.« Sie wandte sich wieder an mich: »Werden Sie sich um die Bestattung kümmern?«

Ich zögerte einen Moment. »Ich muss leider verreisen …«, begann ich.

»Auch gut«, unterbrach sie mich knapp. »Wir werden ja sehen. Jedenfalls ist der Totenschein im Lauf des Vormittags fertig.« Wieder an Dumaz gewandt, fragte sie: »Kann ich Sie noch einen Augenblick sprechen?«

Der Inspektor und die Ärztin verabschiedeten sich von mir, und Dumaz fügte noch hinzu: »Denken Sie bitte daran, dass Sie am späten Vormittag Ihre Aussage unterschreiben müssen.«

Dann ließen sie mich im Krankenhausflur stehen und gingen davon, er mit seiner sanften Miene und sie mit ihren klappernden Absätzen – die freilich nicht laut genug klapperten, um den leise gesprochenen Satz der Ärztin zu übertönen: »Wir haben da ein Problem …«

4

Draußen warf der beginnende Morgen metallische Schatten und tauchte die schlafenden Straßen in ein graues Licht. Ich durchquerte Montreux, ohne mich um Ampeln zu kümmern, und fuhr geradewegs zu Böhms Haus. Ich weiß nicht, warum, aber die angekündigten ›Erkundigungen‹ über den Ornithologen hatten mir einen Schrecken eingejagt, und ich hatte das dringende Bedürfnis, sämtliche Dokumente, in denen mein Name erwähnt war, zu vernichten und der APCE meinen Vorschuß anonym zurückzuzahlen, ohne die Polizei in die Sache hineinzuziehen. Wer keine Spuren hinterlässt, erregt auch kein Aufsehen.

Ich parkte meinen Wagen unauffällig, hundert Meter vom Chalet entfernt. Zunächst vergewisserte ich mich, dass die Haustür nicht abgesperrt war, dann kehrte ich zum Auto zurück und holte aus meinem Rucksack einen Werbekalender in Form einer weichen Plastikscheibe, die ich zwischen Tür und Rahmen steckte und unter den Schnapper des Schlosses zu schieben versuchte, was mir nach wiederholten Anläufen schließlich gelang: unter dem Druck meiner Schulter öffnete sich die Tür ohne einen Laut, und ich betrat das Haus des verstorbenen Max Böhm. Im Zwielicht des frühen Morgens wirkte das Chalet noch beengter, noch beklemmender als zuvor: Es war bereits das Haus eines Toten.

Ich ging hinunter in den Keller zum Büro. Die Akte ›Louis Antioche‹ an mich zu bringen fiel mir nicht schwer: Böhm hatte sich nicht die Mühe gemacht, sie beiseite zu räumen. Darin fand ich die Quittung der Banküberweisung, die Rechnungen der Flugtickets, die Verträge mit den Leihwagenfirmen. Außerdem fand ich die Notizen, die Böhm sich anhand der Auskünfte von Nelly Braesler über mich gemacht hatte:

Louis Antioche. Zweiunddreißig. Mit zehn Jahren von den Braeslers adoptiert. Intelligent, geistreich, sensibel. Aber ein frustrierter Müßiggänger. Mit Vorsicht zu behandeln. Hat von dem Unfall Traumata zurückbehalten. Erinnerungslücken.

Anscheinend war ich für die Braeslers auch nach so vielen Jahren immer noch ein kritischer Fall und leicht gestört. Ich drehte das Blatt um, aber mehr stand nicht darauf. Das Drama meiner Kindheit hatte Nelly offenbar für sich behalten. Umso besser. Ich nahm die Akte an mich und setzte meine Suche fort. In einer Schreibtischlade stieß ich auf die Akte ›Störche‹, die, ähnlich wie die Unterlagen, die Max mir am ersten Tag ausgehändigt hatte, die Namen von Kontaktpersonen und eine Fülle von Informationen enthielt. Auch diese Akte nahm ich an mich.

Ich hätte verschwinden sollen, doch eine unbestimmte Neugier trieb mich dazu, weiterzusuchen, mehr oder weniger aufs Geratewohl. In einem heruntergekommenen mannshohen Aktenschrank aus Eisen entdeckte ich Tausende von Karteikarten mit Daten über Vögel, eng zusammengeschoben, verschiedenfarbig und je nach Farbe in Päckchen geordnet. Diesen Farbcode hatte Böhm mir erklärt: jede Farbe stand für einen bestimmten Vorfall oder eine bestimmte Information – rot bedeutete: Weibchen, blau: Männchen, grün: Zugvogel, rosa hieß: Unfall mit Hochspannungsleitung, gelb: Krankheit, schwarz: Tod, und so weiter. So genügte ihm ein Blick auf die Farben, um die entsprechenden Karten zu dem Thema, mit dem er sich jeweils befasste, leicht aufzufinden.

Mir kam eine Idee: Ich sah mir die Liste der verschwundenen Störche an und zog ein paar der dazugehörigen Karteikarten aus der Lade. Aber Böhm benutzte eine unverständliche Kürzelsprache, und so vermochte ich lediglich festzustellen, dass die verschwundenen Vögel allesamt erwachsene Tiere waren, älter als sieben Jahre. Ich steckte sämtliche Karteikarten ein – was ich da tat, war bereits Diebstahl. Aber immer noch trieb mich ein unbezwingbarer Impuls, und ich durchsuchte systematisch den gesamten Schreibtisch. ›Böhm ist ein Schulfall‹, hatte Dr. Warel gesagt. Wo hatte die Operation stattgefunden? Und wer hatte sie durchgeführt? Ich fand keinerlei Hinweis.

Aus reiner Verzweiflung nahm ich mir den kleinen Verschlag direkt neben dem Arbeitszimmer vor, in dem Max Böhm seine Ringe lötete und seine Ornithologenausrüstung verwahrte. Auf einem Regal über der Arbeitsplatte stapelten sich Ferngläser, fotografische Filter und eine gewaltige Menge von Ringen aller Art aus verschiedenen Materialien. Außerdem entdeckte ich chirurgische Instrumente, Injektionsspritzen, Bandagen, Schienen, steriles Verbandszeug. Offenbar hatte Max Böhm sich zuzeiten auch als Hobbyveterinär betätigt. Diese Welt, die der Alte sich geschaffen hatte, in der sich alles um unverständliche Leidenschaften, ja Besessenheiten drehte, erschien mir immer einsamer, immer isolierter, je mehr ich davon zu sehen bekam. Schließlich verstaute ich alles wieder an seinem Platz und kehrte ins Erdgeschoss zurück.

Das große Wohnzimmer, das Esszimmer und die Küche streifte ich nur flüchtig; es gab hier nichts von Bedeutung – schweizerische Nippsachen, irgendwelche Papiere, alte Zeitungen. Ich stieg zu den Schlafzimmern hinauf, von denen es drei gab. Das Zimmer, in dem ich beim ersten Mal geschlafen hatte, war so nichts sagend wie damals: ein schmales Bett, plumpe, schäbige Möbelstücke. Böhms Schlafzimmer roch nach Moder und Trostlosigkeit, die Farben waren verblichen, die Möbel ohne ersichtlichen Grund eng zusammengerückt. Ich durchsuchte alles: Schrank, Sekretär, Kommoden. Jedes Möbelstück war so gut wie leer. Ich schaute unters Bett, unter die Teppiche, unter lose Tapetenstücke in den Ecken. Ohne Ergebnis. Nur in einem Schrank fand ich einen Schuhkarton voller alter Fotos von einer Frau. Ich sah mir ein paar Bilder an: eine farblose Frau mit unbestimmten Gesichtszügen und kränklicher Gestalt vor tropischen Landschaften. Wahrscheinlich Frau Böhm. Auf den jüngeren Fotos – die in Farbe waren und den für die siebziger Jahre typischen Stich hatten – schien sie um die Vierzig. Ich betrat das letzte Zimmer und fand dort dieselbe altmodische Atmosphäre vor, aber sonst nichts. Schließlich stieg ich die enge Treppe wieder hinunter, während ich mir den Staub abklopfte, der an meinen Kleidern haftete.

Durch die Fenster fiel das erste Sonnenlicht herein. Ein goldener Strahl strich über die Möbelflächen und die Kanten der zahlreichen Podeste, die – weshalb nur? – in allen Ecken des Wohnzimmers aufragten. Auf einer dieser Stufen ließ ich mich nieder. Es fehlte einiges in diesem Haus, dachte ich: Max Böhms medizinisches Dossier – ein Transplantationspatient musste doch sicherlich Medikamente einnehmen und also Rezepte besitzen, außerdem Szintigramme, Röntgenaufnahmen, Elektrokardiogramme und ähnliches; ferner vermisste ich die üblichen Andenken eines Menschen, der lange Zeit im Ausland gelebt hat: afrikanisches Kunstgewerbe, orientalische Teppiche, Jagdtrophäen …, genauso wie die Spuren einer beruflichen Vergangenheit – ich hatte nicht einmal Pensionsunterlagen gefunden, auch keine Bankauszüge oder Steuerbescheide. Hätte Böhm einen radikalen Schlussstrich unter seine Vergangenheit ziehen wollen, er hätte es nicht anders angefangen. Aber es musste hier irgendwo ein Versteck geben.

Ich sah auf die Uhr: Viertel nach sieben. Falls eine gerichtliche Untersuchung stattfinden sollte, würde die Polizei sicher bald auftauchen, und sei es nur, um das Haus zu versiegeln. Widerwillig stand ich auf und ging zur Tür. Ich öffnete sie – und im selben Augenblick fielen mir die Stufen ein: waren die Podeste im Wohnzimmer nicht ideale Verstecke? Ich machte kehrt und klopfte die Seiten ab. Die Stufen waren hohl. Ich rannte hinunter in den Kellerverschlag, griff mir ein paar Werkzeuge und lief wieder hinauf. Innerhalb von zwanzig Minuten hatte ich alle sieben Podeste in Böhms Wohnzimmer geöffnet, ohne allzu große Schäden anzurichten. Vor mir lagen drei große Versandumschläge, versiegelt, staubig, ohne Beschriftung.

Ich kehrte zu meinem Wagen zurück und fuhr zu den Hügeln oberhalb von Montreux auf der Suche nach einem Ort, an dem ich ungestört war. Zehn Kilometer weiter parkte ich in einer einsamen Straßenbiegung in einem Wäldchen, das noch feucht vom Morgentau war. Meine Hände zitterten vor Anspannung, als ich den ersten Umschlag öffnete.

Er enthielt die medizinische Akte von Irene Böhm, geborene Fogel in Genf 1942. Verstorben im August 1977 im Krankenhaus Bellevue in Lausanne an den Folgen eines metastasierten Tumors. Die Akte enthielt lediglich ein paar Röntgenaufnahmen, Diagramme, amtliche Verschreibungen und zum Schluss den Totenschein, dem ein an Max Böhm adressiertes Telegramm und ein Beileidsschreiben von Dr. Lierbaum, dem behandelnden Arzt seiner Frau, beilagen. Ich sah mir den Briefumschlag an, auf dem Max Böhms Anschrift im Jahr 1977 stand: Avenue Bokassa 66, Bangui, Zentralafrikanische Republik. Mein Herz begann zu rasen. Zentralafrika war also Böhms letzte afrikanische Adresse gewesen. Das Land, das durch den Wahnsinn seines kurzlebigen Tyrannen, des Kaisers Bokassa, traurige Berühmtheit erlangt hatte. Dieser wüste Dschungel, glühend heiß und feucht, mitten im Herzen Afrikas – der auch in den Trümmern meiner eigenen Vergangenheit verschüttet war.

Ich kurbelte die Scheibe herunter und ließ die frische Luft herein, dann nahm ich mir den Umschlag wieder vor.

Ich fand weitere Fotos der zerbrechlichen Gattin, aber auch noch andere Abzüge: sie zeigten Max Böhm und einen etwa dreizehnjährigen Jungen, der dem Vogelkundler verblüffend ähnlich sah. Dieselbe stämmige Gestalt, die blonden Haare zu einer Bürste geschnitten, mit braunen Augen und muskulösem Hals wie ein Tier. Doch in seinen Augen lagen eine Verträumtheit, eine Sorglosigkeit, die zu Böhms Steifheit und Härte nicht passten. Die Fotos stammten offensichtlich aus derselben Epoche, den siebziger Jahren. Damals war die Familie vollzählig: Vater, Mutter und Sohn. Aber wieso versteckte Böhm diese banalen Bilder eigens in einem hohlen Podest? Und wo war dieser Sohn heute?

Der zweite Umschlag enthielt lediglich eine Thorax-Röntgenaufnahme, undatiert, ohne Namen und ohne Kommentar. Die einzige Gewissheit: auf dem opaken Bild war ein Herz zu sehen. Und in der Mitte des Herzens ein winziger heller Fleck, scharf konturiert, von dem ich nicht hätte sagen können, ob es sich um einen Fehler in der Aufnahme oder um ein Blutklümpchen handelte. Ich dachte an Max Böhms Transplantat. Dieses Bild stammte sicherlich von einem seiner beiden Herzen. Dem ersten oder dem zweiten? Ich verwahrte das Dokument sorgfältig.

Schließlich öffnete ich den letzten Umschlag – und erstarrte. Vor mir hatte ich den grässlichsten Anblick, den man sich vorstellen kann. Es waren Schwarzweißfotografien – Bilder von einer Art menschlichem Schlachthaus. Kinderleichen hingen an Metzgerhaken, Marionetten aus Fleisch, mit blutigen Löchern anstelle der Arme oder des Geschlechts; Gesichter mit aufgerissenen Lippen und leeren Augenhöhlen; Arme, Beine, einzelne Gliedmaßen, gestapelt auf einer Fleischbank; blutverkrustete Köpfe, aufgereiht auf langen Tischen, starrten aus toten Augen. Und alle Leichen waren ausnahmslos Schwarze.

Dieser unsägliche Ort war nicht einfach ein Totenhaus.

Die Wände waren weiß gekachelt wie in einer Klinik oder einer Leichenhalle, und es lagen funkelnde chirurgische Instrumente herum: das war ein makabres Labor, eine abscheuliche Folterkammer mit wissenschaftlicher Verbrämung. Die Höhle eines Monsters, das sich im verborgenen grauenhaften Praktiken hingab. Ich stieg aus dem Wagen, die Kehle war mir zugeschnürt vor Abscheu und Ekel. So vergingen viele Minuten, während ich in der frischen Morgenluft stand. Von Zeit zu Zeit warf ich noch einmal einen Blick auf die Bilder und versuchte mir klarzumachen, dass sie wirklich waren, mich an den Anblick zu gewöhnen, um sie besser fassen zu können. Es war unmöglich. Die brutale Schärfe der Abzüge, die Bildkörnung verliehen dieser Armee von Leichen eine schwindelerregende Realität. Wer konnte derartige Entsetzlichkeiten begangen haben – und warum?

Ich stieg wieder in den Wagen, verschloss die drei Umschläge und schwor mir, sie nicht so bald wieder zu öffnen. Ich ließ den Motor an und fuhr hinunter nach Montreux, mit Tränen in den Augen.

5

Ich fuhr in Richtung Innenstadt und bog dann in die Avenue ab, die am See entlangführt. In der Tiefgarage des hellen, feudalen Hôtel de la Terrasse stellte ich den Wagen ab. Die Sonne goss bereits eine Flut von Licht über das träge Wasser des Genfer Sees, und die Landschaft ringsum flammte in goldenem Glanz auf. Ich setzte mich in den Hotelgarten gegenüber dem See und den dunstverhangenen Bergen, die den Ausblick einrahmten.

Nach einigen Minuten erschien der Kellner, und ich bestellte chinesischen Tee, gut gekühlt. Ich versuchte nachzudenken. Böhms Tod. Das Rätsel um sein Herz. Die morgendliche Durchsuchung seines Hauses und die grauenerregenden Entdeckungen, die ich dabei gemacht hatte. Das war ziemlich viel für einen simplen Studenten auf der Suche nach Störchen.

»Na – letzter Spaziergang vor der Abreise?«

Ich drehte mich um. Hinter mir stand Inspektor Dumaz, frisch rasiert, in einem leichten Jackett aus braunem Stoff und einer hellen Leinenhose.

»Wie haben Sie mich gefunden?«

»Das war nicht schwer. Ihr kommt alle hierher. Man könnte meinen, dass alle Straßen von Montreux zum See führen.«

»Was soll das heißen: ›Ihr‹?«

»Besucher. Touristen.« Mit dem Kinn wies er auf die ersten morgendlichen Spaziergänger auf der Uferpromenade. »Das ist eine hochromantische Ecke, wissen Sie. Ein Hauch von Ewigkeit weht hier, wie man zu sagen pflegt. Man fühlt sich in Jean-Jacques Rousseaus ›Nouvelle Héloïse‹ versetzt. Aber ich werd' Ihnen was gestehen: diese ganzen Klischees kotzen mich an. Und ich glaube, die meisten Schweizer denken ganz genauso.«

Ich deutete ein Lächeln an. »Sie sind ja auf einmal recht zynisch. Trinken Sie etwas?«

»Einen Kaffee. Stark.«

Ich rief den Kellner herbei und bestellte einen Espresso. Dumaz hatte neben mir Platz genommen. Er setzte seine Sonnenbrille auf und wartete schweigend. Mit tiefernstem Interesse studierte er die Landschaft. Als der Kaffee gebracht wurde, leerte er ihn in einem Zug, dann seufzte er tief.

»Ich hatte keine Minute Ruhe, seit wir uns verabschiedet haben«, begann er. »Zuerst die Unterredung mit Dr. Warel, Sie wissen schon, dieser kleinen verrauchten Person mit ihrem blutigen Kittel. Sie ist neu hier. Ich glaub' nicht, dass sie mit so was gerechnet hat.« Dumaz stieß ein verhaltenes Lachen aus. »Erst zwei Wochen in Montreux, und schon bringt man ihr einen toten Ornithologen, gefunden in einem Storchennest, halb aufgefressen von seinen eigenen Vögeln! Na gut. Nach dem Spital bin ich nach Hause gefahren, um mich umzuziehen, und gleich danach ins Kommissariat, um Ihren Bericht niederzuschreiben.« Er klopfte sich auf die Jackentasche. »Ich habe Ihre Aussage dabei, Sie können sie gleich unterschreiben und müssen nicht erst aufs Kommissariat. Danach war ich auf einen Sprung bei Max Böhm. Was ich dort gefunden habe, veranlasste mich, ein paar Telefonate zu führen. Binnen einer halben Stunde hatte ich sämtliche Antworten auf meine Fragen. Und da bin ich!«

»Und was ist Ihre Schlussfolgerung?«

»Nichts. Es gibt keine Schlussfolgerung.«

»Das verstehe ich nicht.«

Dumaz faltete wieder seine Hände und stützte die Ellenbogen auf den Tisch, dann wandte er sich mir zu: »Ich sagte es Ihnen bereits: Max Böhm war eine Berühmtheit. Wir brauchen also einen sauberen, normalen Tod. Irgendetwas Klares und Eindeutiges.«

»Ist das nicht der Fall?«

»Ja und nein. Mit dem Tod an sich ist alles in Ordnung – abgesehen natürlich von dem ungewöhnlichen Ort. Ein Herzinfarkt. Unbestreitbar. Aber alles andere rundherum stimmt ganz und gar nicht. Ich möchte ungern das Andenken eines großen Mannes in den Schmutz ziehen, verstehen Sie?«

»Wären Sie geneigt, mir zu verraten, was nicht stimmt?«

Dumaz fixierte mich hinter seinen getönten Gläsern. »Es wäre viel eher an Ihnen, mich aufzuklären«, antwortete er.

»Was wollen Sie damit sagen?«

»Was ist der wahre Grund Ihres Besuchs bei Max Böhm?«

»Ich habe Ihnen heute Nacht alles gesagt.«

»Sie haben gelogen. Ich habe ein paar Details nachgeprüft

und kann Ihnen beweisen, dass Sie nicht die Wahrheit gesagt haben.«

Ich gab keine Antwort. Dumaz fuhr fort: »Als ich in Böhms Chalet herumgeschnüffelt habe, fiel mir auf, dass vor mir schon jemand da war. Über den Daumen gepeilt, würde ich sogar sagen: ein paar Minuten vor mir. Ich habe sofort im Freilichtmuseum angerufen, wo Böhm ein zweites Büro hat. Ich dachte mir, ein Mann wie er macht sich von bestimmten Unterlagen höchstwahrscheinlich Kopien. Seine Sekretärin, offenbar eine begeisterte Frühaufsteherin, hat sich bereit erklärt, sich umzuschauen, und fand schließlich in einer seiner Schubladen ein ganz unglaubliches Dossier über verschwundene Störche. Die wichtigsten Unterlagen hat sie mir gleich gefaxt. Soll ich weitererzählen?«

Diesmal war ich es, der stumm auf den See hinausstarrte. Vor dem glühenden Horizont zeichneten sich winzige Segelboote ab.

»Außerdem die Bank. Ich habe mit Böhms Zweigstelle telefoniert: er hat vor kurzem eine beträchtliche Summe überwiesen. Ich weiß den Namen, die Adresse und die Kontonummer des Empfängers.«

Das Schweigen zwischen uns verhärtete sich. Ein kristallines Schweigen, klar wie die Morgenluft, das an diesem Punkt in viele verschiedene Richtungen aufbrechen konnte. Ich ergriff die Initiative: »Diesmal gibt es eine Schlussfolgerung.«

Dumaz lächelte, dann nahm er die Brille ab.

»Ich kann's mir schon denken. Wahrscheinlich sind Sie in Panik geraten. Böhms Tod ist nicht so einfach, wie man auf den ersten Blick annimmt. Es wird eine Untersuchung geben, denken Sie sich. Zufällig haben Sie aber ziemlich viel Geld von ihm erhalten, für einen Spezialauftrag, und aus irgendeinem unerklärlichen Grund haben Sie Angst bekommen. Sie sind bei ihm zu Hause eingebrochen, um Ihre Akte mitgehen zu lassen und alle Spuren Ihrer Beziehung zu ihm zu verwischen. Ich habe Sie nicht im Verdacht, dass Sie das Geld behalten wollten. Sicher werden Sie es zurückzahlen. Aber dieser Einbruch ist schwerwiegend …«

Ich dachte an die drei Umschläge und antwortete hastig: »Herr Inspektor, die Arbeit, mit der Max Böhm mich beauftragt hat, betrifft einzig und allein die Störche. Darin sehe ich nichts Verdächtiges. Ich werde das Geld selbstverständlich dem Verband zurückzahlen, der …«

»Es gibt keinen Verband.«

»Wie bitte?«

»Es gibt keinen Verband, wie Sie ihn sich vorstellen. Böhm hat allein gearbeitet, und er war das einzige Mitglied der APCE. Er bezahlte ein paar Angestellte, beschaffte das Material, mietete seine Geschäftsräume. Böhm brauchte kein Geld von anderen. Er war immens reich.«

Vor Verblüffung brachte ich keinen Ton heraus. Dumaz fuhr fort: »Auf seinem Privatkonto liegen über hunderttausend Schweizer Franken. Und außerdem muss Böhm irgendwo in einem unserer Geldschränke auch ein Nummernkonto besitzen. Zu einem bestimmten Zeitpunkt seines Lebens hat dieser Vogelkundler eine höchst lukrative Tätigkeit ausgeübt.«

»Was werden Sie unternehmen?«

»Im Augenblick nichts. Der Mann ist tot. Wie es aussieht, hat er keinerlei Familienangehörige. Ich bin sicher, dass er sein Vermögen einem internationalen Naturschutzverein wie WWF oder Greenpeace vermacht hat. Der Fall wäre damit abgeschlossen. Trotzdem würde ich die Sache gern weiterverfolgen. Und dazu brauche ich Ihre Hilfe.«

»Meine Hilfe?«

»Haben Sie heute Morgen irgendetwas bei Böhm gefunden?«

Wieder schossen mir die drei Umschläge durch den Kopf wie feurige Meteoren.

»Nein, nichts, abgesehen von meiner Akte.«

Dumaz lächelte ungläubig. Dann stand er auf. »Wollen wir ein Stück gehen?«, fragte er.

Ich folgte ihm das Seeufer entlang.

»Nehmen wir an, dass Sie nichts gefunden haben«, begann er von neuem. »Schließlich war der Mann auf der Hut. Ich habe mich heute Morgen selber erkundigt, aber nichts Großartiges herausgefunden. Weder über seine Vergangenheit noch über seine geheimnisvolle Operation. Sie erinnern sich ja – diese Herztransplantation. Das ist ein weiteres Rätsel. Wissen Sie, was Dr. Warel mir gesagt hat? Böhms implantiertes Herz enthielt einen merkwürdigen Bestandteil, der dort überhaupt nichts zu suchen hat. Eine winzige Kapsel aus Titan, dem Metall, aus dem man bestimmte Prothesen herstellt, und sie war an der Spitze des Herzens festgenäht. Normalerweise wird an einem transplantierten Herzen ein Klipp befestigt, damit man leichter eine Biopsie durchführen kann. Aber das ist es nicht. Frau Warel meint, das Teil hat keine spezielle Funktion.«

Ich schwieg. Ich dachte an den hellen Fleck auf dem Röntgenbild. Mein Abzug stammte also vom zweiten Herzen. Schließlich fragte ich: »Wie kann ich Ihnen denn helfen?«

»Böhm hat Sie bezahlt, damit Sie dem Zug der Störche folgen. Haben Sie das vor?«

»Nein. Ich werde das Geld zurückzahlen. Wenn die Störche beschlossen haben, aus der Schweiz oder aus Deutschland abzuhauen, wenn sie von einem Riesentaifun verschlungen werden, kann ich nichts dafür, und es ist mir auch herzlich gleichgültig.«

»Schade. Die Reise hätte sehr nützlich sein können. Ich habe angefangen, der Karriere des Bauingenieurs Max Böhm nachzuspüren – freilich erst sehr rudimentär. Durch Ihre Reise hätten wir versuchen können, seine Vergangenheit quer durch Afrika oder den Nahen Osten zu rekonstruieren.«

»Wie stellen Sie sich das vor?«

»Ich denke es mir als zweigleisige Ermittlung. Ich hier und Sie dort unten. Ich forsche seinem Vermögen nach, seiner Tätigkeit. Ich finde die Orte und Daten seiner verschiedenen Aufträge heraus. Sie verfolgen seine Spuren vor Ort – entlang der Flugroute der Störche. Wir stehen in regelmäßigem Kontakt. In ein paar Wochen haben wir Max Böhms gesamtes Leben aufgerollt. Seine Geheimnisse, seine Leistungen, seine Geschäfte.«

»Geschäfte?«

»Ich weiß nicht – ich hab' das Wort aufs Geratewohl verwendet.«

»Und was habe ich davon?«

»Eine schöne Reise. Und die sprichwörtliche Ruhe der Schweiz.« Dumaz klopfte sich abermals auf die Jackettasche. »Wir werden gemeinsam Ihre Aussage unterschreiben. Und sie vergessen.«

»Und Sie, was haben Sie davon?«

»Sehr viel. Auf jeden Fall mehr als gestohlene Reiseschecks oder entlaufene Pudel. Der Alltag im August in Montreux ist nicht gerade erhebend, Monsieur Antioche, glauben Sie mir. Was Sie mir heute Nacht von Ihrem Studium erzählt haben, fand ich nicht sehr glaubwürdig. Man verbringt nicht zehn Jahre seines Lebens mit einem Fach, das einem keinen Spaß macht. Ich habe Sie freilich auch angelogen: an sich begeistert meine Arbeit mich sehr. Aber meine Erwartungen erfüllen sich nicht. Es vergeht ein Tag nach dem anderen, und die Langeweile erstickt mich. Ich will an einem handfesten Fall arbeiten. Böhms Schicksal liefert uns einen hervorragenden Anlass zur Ermittlung, bei der wir im Team besser vorankommen. Kann ein Rätsel wie dieses Ihr Intellektuellenhirn nicht reizen? Denken Sie darüber nach.«

»Ich fliege nach Frankreich zurück und rufe Sie morgen an. Meine Aussage kann ruhig einen oder zwei Tage warten, nicht wahr?«

Der Inspektor nickte lächelnd. Er begleitete mich zu meinem Wagen und streckte mir die Hand zum Abschied hin. Ich übersah seine Geste und stieg ins Kabrio. Dumaz lächelte wieder, dann hielt er die halboffene Tür fest. Nach kurzem Schweigen fragte er: »Darf ich Ihnen eine indiskrete Frage stellen?«

Ich nickte knapp.

»Was ist mit Ihren Händen passiert?«

Die Frage entwaffnete mich. Ich betrachtete meine Finger, missgestaltet seit so vielen Jahren, auf denen die Haut sich zu unzähligen Wülsten und Narben verzweigt hat, dann zuckte ich die Achseln.

»Ein Unfall in meiner Kindheit. Ich lebte bei einer Kinderfrau, die Färberin war. Ein Bottich voller Säure ist umgekippt und mir über die Hände geflossen. Mehr weiß ich nicht darüber. Der Schock und der Schmerz haben jede Erinnerung ausgelöscht.«

Dumaz betrachtete meine Hände. Mein Gebrechen war ihm sicherlich schon in der Nacht aufgefallen, und seine Neugier über diese uralten Brandwunden war jetzt hoffentlich befriedigt. Mit einer schroffen Geste schlug ich die Wagentür zu. Dumaz sah mich an, dann fragte er in sanftem Ton: »Diese Narben haben nichts mit dem Unfall Ihrer Eltern zu tun?«

»Woher wissen Sie, dass meine Eltern einen Unfall hatten?«

»Böhms Unterlagen sind äußerst umfassend.«

Ich startete und fuhr die Uferstraße entlang in Richtung Lausanne, ohne noch einen Blick in den Rückspiegel zu werfen. Ein paar Kilometer weiter hatte ich die Aufdringlichkeit des Inspektors bereits vergessen.

Kurz darauf, während ich an einem sonnenbeschienenen Feld entlangfuhr, sah ich aus dem Augenwinkel eine Gruppe schwarzweiß gefleckter Gestalten. Ich stellte den Wagen ab und ging vorsichtig auf sie zu. Ich spähte durchs Fernglas. Die Störche waren da. Gelassen, den Schnabel im Boden, suchten sie sich ihr Frühstück. In der goldleuchtenden Helligkeit schimmerte ihr weiches Gefieder wie Samt, glänzend, dicht und seidig. Ich habe für Tiere ansonsten nicht viel übrig, aber dieser Vogel, der wie eine indignierte Herzogin dreinblicken kann, ist wirklich etwas Besonderes.

Ich sah Böhm vor mir, in den Feldern von Weissembach. Er schien glücklich, mir seine kleine Welt vorzuführen. Stumm pirschte sich seine breite Gestalt durch die Äcker bis zu den Gehegen voran, und er bewegte sich geschmeidig und leicht trotz seiner Korpulenz. Mit seinem kurzärmeligen Hemd, seiner Leinenhose und dem Fernglas um den Hals ähnelte er einem pensionierten Oberst, der ein imaginäres Manöver durchführte. Während er das Gehege betrat, sprach Böhm mit einer sanften Stimme voller Zärtlichkeit auf die Störche ein. Die Vögel waren zuerst mit flüchtigen, argwöhnischen Blicken zurückgewichen.

Böhm ging weiter bis zum Nest, das sich etwa einen Meter über der Erde befand und aus einem Kranz aus Zweigen und Erde bestand, mit einem Durchmesser von mehr als einem Meter und flacher, sauberer und ordentlicher Oberfläche. Die Störchin hatte ihren Platz widerwillig verlassen, und er zeigte mir die Jungen, die in der Mitte lagen. »Sechs Junge, stellen Sie sich das vor!« Die winzigen Vogelkinder hatten ein gräuliches Gefieder mit leichtem Grünstich. Sie rissen die Augen auf und drängten sich aneinander, und ich fühlte mich wie ein Eindringling, der den Frieden eines trauten Heims stört. Das klare Abendlicht verlieh dem Anblick eine merkwürdig unwirkliche Dimension.

Nach einer Weile hatte Böhm unvermittelt gemurmelt:

»Sie haben Sie erobert, nicht wahr?« Und ich hatte seinen Blick erwidert und stumm genickt.

Am nächsten Morgen, nachdem Böhm mir eine umfangreiche Akte mit Kontaktadressen, Landkarten und Fotografien ausgehändigt hatte und wir die Treppe von seinem Büro hinaufstiegen, hatte der Schweizer mich jäh am Arm gepackt und in gehetztem Ton gesagt: »Ich hoffe, Sie haben mich richtig verstanden, Louis. Diese Sache ist außerordentlich wichtig für mich. Ich muss unbedingt meine Störche wiederfinden und erfahren, warum sie fortbleiben. Es geht um Leben und Tod!« Im Zwielicht der Kellertreppe hatte ich seine Miene gesehen und war selber erschrocken. Eine weiße Maske war sein Gesicht, so starr, als könnte es jeden Augenblick zerspringen. Böhm war anscheinend halb tot vor Angst.

In der Ferne erhoben die Vögel sich langsam und majestätisch in die Luft. Ich sah ihren gemessenen Bewegungen durch das Morgenlicht nach. Mit einem Lächeln wünschte ich ihnen gute Reise und setzte meinen Weg fort.

Um halb eins war ich am Bahnhof von Lausanne. Zwanzig Minuten später ging ein Hochgeschwindigkeitszug nach Paris. Ich fand eine freie Telefonzelle in der Halle und rief aus einem Reflex heraus bei mir zu Hause an, um den Anrufbeantworter abzuhören. Ulrich Wagner hatte angerufen, ein deutscher Biologe, den ich einen Monat zuvor im Zuge meiner vogelkundlichen Vorbereitungen kennen gelernt hatte. Ulrich und sein Team schickten sich an, die Wanderung der Störche über Satellit zu verfolgen. Sie hatten etwa zwanzig Individuen mit japanischen Minisendern ausgerüstet, mit deren Hilfe sie die Vögel dank den Argos-Koordinaten täglich exakt lokalisieren konnten. Sie hatten mir angeboten, ihre über Satellit gewonnenen Daten zu verwenden – was mir eine enorme Hilfe gewesen wäre; es ersparte mir, winzigen Ringen nachzulaufen, die schwer auszumachen waren. Wagners Nachricht auf Band lautete: »Wir sind soweit, Louis! Sie fliegen ab! Das System funktioniert großartig. Rufen Sie mich an, dann gebe ich ihnen die Nummern der Störche und ihre genaue Position durch. Alles Gute!«

So hatten die Vögel mich schon wieder eingeholt. Ich verließ die Telefonzelle. Der Bahnhof war voller Familien mit rotbackigen Kindern und gewaltigen Reisetaschen, die ihnen in die Kniekehlen schlugen. Touristen mit neugieriger und gelassener Miene strömten auf mich zu. Ich sah auf die Uhr und machte kehrt, zurück zum Taxistand. Ich ließ mich zum Flughafen fahren.

II

Sofia
in Zeiten des Krieges

6

In letzter Minute erreichte ich noch den Flug Lausanne – Wien. In Schwechat nahm ich mir einen Leihwagen und war gegen Abend in Bratislava. Laut Max Böhm sollte die Stadt mein erstes Reiseziel sein, zweimal im Jahr kamen die Störche aus Deutschland und Polen durch diese Gegend. Von hier aus konnte ich nach Belieben umherstreifen und, je nach Wagners Informationen, die Vögel aufspüren und beobachten. Zusätzlich hatte ich den Namen und die Adresse eines slowakischen Ornithologen, Joro Grybinski, der Französisch sprach: ich bewegte mich also auf bekanntem Gelände. Bratislava war eine graue und nichts sagende Großstadt mit quaderförmigen Wohnblocks, durchzogen von langen, breiten Straßen, auf denen kleine rote oder himmelblaue Autos fuhren und die Stadt in dicke schwärzliche Rauchwolken hüllten. Zudem herrschte eine erdrückende Hitze, und so war die Luft regelrecht atemberaubend. Trotzdem freute mich jeder Anblick, jedes Detail dieser neuen Umgebung – Böhms Tod, die Ängste des heutigen Morgens schienen mir bereits Lichtjahre entfernt.

In Böhms Notizen hieß es, Joro Grybinski sei Taxifahrer am Hauptbahnhof von Bratislava. Den Bahnhof fand ich ohne Mühe, und die Škoda- und Trabant-Fahrer, die dort auf Kundschaft warteten, machten mir mit vereinten Kräften begreiflich, dass Joro seinen Arbeitstag gegen neunzehn Uhr beende. Sie rieten mir, in dem kleinen Café gegenüber dem Bahnhof auf ihn zu warten. Ich setzte mich also auf die Terrasse, wo ich im Gewimmel deutscher Touristen und hübscher Sekretärinnen noch einen Platz fand, bestellte einen Tee und bat den Kellner, mir Bescheid zu sagen, falls Joro auftauchen sollte. Ansonsten vertrieb ich mir die Zeit, indem ich alles genau beobachtete, was in mein Blickfeld geriet. Ich genoss den Abstand, der mich unversehens von meinem früheren Leben trennte. In Paris lebte ich in einem weiträumigen Appartement im vierten Stock eines bürgerlichen Wohnhauses am Boulevard Raspail. Von den sechs Zimmern, die mir zur Verfügung standen, benutzte ich zwar nur drei – Salon, Schlafzimmer und Büro –, aber ich liebte es, mich in den weitläufigen Fluchten zu bewegen, in denen Leere und Schweigen herrschten. Diese Wohnung war ein Geschenk meiner Adoptiveltern – eine ihrer vielen Großzügigkeiten, die mir das Dasein erleichterten, ohne in mir die leiseste Dankbarkeit zu erwecken. Die beiden Alten waren mir zutiefst zuwider. Für mich waren sie bloß zwei namenlose Spießbürger, die zwar über mich gewacht hatten, doch immer nur aus der Ferne. In fünfundzwanzig Jahren hatten sie mir lediglich ein paar Briefe geschrieben und mich nicht öfter als insgesamt vier- oder fünfmal besucht. Es war, als hätten sie meinen Eltern vor deren Tod irgendein obskures Versprechen gegeben, das sie mit Überwindung und nur unter äußerster persönlicher Zurückhaltung einlösten – mit Hilfe von Geschenken und Schecks. Schon längst hatte ich aufgehört, irgendeine Geste der Zuneigung oder Freundlichkeit von ihnen zu erwarten. Ich hatte mit ihnen abgeschlossen, profitierte jedoch nach wie vor von ihrem Geld – mit heimlicher Bitterkeit.

Zum letzten Mal hatte ich die Braeslers im Jahr 1982 gesehen, als sie mir die Schlüssel zu meiner Wohnung übergaben. Das ältliche Paar bot einen wenig erfreulichen Anblick. Nelly war um die Sechzig, klein und vertrocknet und ätzend wie ein Mund voller Salz. Sie trug bläuliche Perücken und stieß immerfort kleine Schreie aus, die jedoch ein Gelächter waren, nicht unähnlich dem Piepsen eines Sperlings im Käfig. Von früh bis spät war sie betrunken. Georges war kaum anregender. Obwohl er einst französischer Botschafter und mit André Gide und Valéry Larbaud befreundet gewesen war, zog er der Gesellschaft seiner Mitmenschen mittlerweile die Graureiher vor. Im Übrigen gab er kaum etwas anderes von sich als einsilbige Worte und Kopfschütteln.

Ich selbst führte ein vollkommen einsames Dasein. Keine Frau, wenig Freunde, keinerlei Unternehmungen. Das alles hatte ich schon mit Zwanzig genossen – zur Genüge, wie ich fand. In einem Alter, das für andere die besten Jahre sind, um sich in Feste und Exzesse zu stürzen, war ich in Einsamkeit und Askese abgetaucht und hatte studiert. Fast ein Jahrzehnt lang war ich durch die Bibliotheken gestreift, hatte exzerpiert und geschrieben und auf über tausend Seiten Gedanken festgehalten. Ich war in der Größe der Geisteswelt aufgegangen, die völlig abstrakt war, und der durchaus konkreten Einsamkeit meines Alltags vor dem flimmernden Bildschirm des Computers.

Meine Geckenhaftigkeit war der einzige Luxus, den ich mir leistete, ich liebte die teure Eleganz. Dabei fällt es mir trotz meiner Neigung zu Äußerlichkeiten nicht leicht, mich zu beschreiben: mein Gesicht ist eine Mischung. Einerseits sehe ich durchaus eine gewisse Feinheit – eine hohe Stirn, hervortretende Wangenknochen, durch vorzeitige Falten geschärfte Züge; auf der anderen Seite aber hängende Lider, ein plumpes Kinn, eine barocke Nase. Dieselbe Ambivalenz stelle ich an meinem Körper fest, der, obwohl hochgewachsen und einigermaßen elegant, stämmig und muskulös ist. Deshalb legte ich diesen besonderen Wert auf meine Kleidung. Ich trug stets Jacketts von ausgesuchtem Schnitt und Hosen mit tadellosen Falten, in den Farben, Mustern und in den Details hingegen war ich kühner. Ich gehörte zu jenen, die überzeugt sind, dass ein rotes Hemd oder ein Jackett mit fünf Knöpfen einen geradezu existenziellen Akt darstellt.

Wie fern war das alles, als über Bratislava die Sonne unterging und ich jede Minute des Wartens genoss, während mir Fetzen einer unbekannten Sprache ans Ohr drangen und in die Lunge die Abgase der kränkelnden Autos. Um halb acht trat ein kleiner Mann vor mich hin. »Louis Antioche?«, fragte er.

Ich stand auf, um ihn zu begrüßen, wobei ich sofort die Hände in die Taschen steckte. Joro traf ebenfalls keine Anstalten, mich mit Handschlag zu begrüßen.

»Sie sind Joro Grybinski, nehme ich an?«

Er nickte missmutig. Er wirkte auf mich wie ein Sturm: graue Locken peitschten seine Stirn, die Augen funkelten tief in den Höhlen, der Mund war verbittert und stolz. Joro schien um die Fünfzig. Er war in armselige Lumpen gekleidet, aber die Würde seiner Miene, seiner Gesten blieb davon unangetastet.

Ich setzte ihm den Grund meiner Reise nach Bratislava auseinander und sagte, ich sei hier, um die wandernden Störche aufzuspüren. Daraufhin erhellten sich seine Züge, und er erklärte mir eifrig, er beobachte die Weißstörche seit über zwanzig Jahren und kenne jeden einzelnen ihrer Rastplätze in der Umgebung. Er sprach ein korrektes, aber abgehacktes Französisch, seine Sätze prasselten auf mich nieder wie Sentenzen. Daraufhin erklärte ich ihm meinerseits das Prinzip des Satellitenexperiments und sprach von den exakten Ortsangaben, die ich damit erhalten würde. Nachdem er mir eine Weile aufmerksam zugehört hatte, fing er an zu grinsen. »Man braucht keinen Satelliten, um die Störche zu finden. Kommen Sie mit«, sagte er.

Wir nahmen seinen Wagen – einen auf Hochglanz polierten Škoda. Am Stadtrand von Bratislava durchquerten wir zunächst das Industriegebiet mit hohen Ziegelschornsteinen von der Art, wie sie die sozialistische Kunst bevölkern. In der Hitze verfolgten uns gewaltige Gerüche, beißend, übelkeiterregend und beunruhigend. Dann kamen wir an riesigen Steinbrüchen vorbei, in denen metallene Ungeheuer hausten. Endlich waren wir auf dem Land, das sich menschenleer und kahl vor uns erstreckte, und an die Stelle des Industriegestanks traten die landwirtschaftlichen Ausdünstungen. Anscheinend hatte man die Gegend zu einer maßlosen Produktivität auserkoren – genug, um die Erde selbst auszubluten.

Wir fuhren durch Weizen-, Raps- und Maisfelder. In der Ferne verbreiteten schwere Traktoren Rauch- und Staubwolken, aber die Sonne schien sanfter, und die Luft war milder und frischer. Vom Steuer aus suchte Joro den Horizont ab und sah, was ich nicht sah, blieb immer wieder an Stellen stehen, an denen ich nichts Auffälliges zu erkennen vermochte. Schließlich bog er in einen steinigen Feldweg ein; ringsum herrschten Ruhe und Stille. Wir fuhren einen Teich entlang, der grün und reglos war. Zahlreiche Vögel versammelten sich hier, Reiher, Kraniche, Milane, Stelzvögel, die im Schwarm vorbeischossen. Aber keine schwarzweißen Storchengefieder. Joro schnitt eine Grimasse. Das Ausbleiben der Störche war offensichtlich ein außergewöhnliches Ereignis. Wir warteten, Joro starr wie eine Statue, das Fernglas vor den Augen. Ich saß neben ihm auf der verbrannten Erde und nutzte die Gelegenheit, um ihn auszufragen.

»Beringen Sie die Störche?« begann ich.

Joro ließ das Fernglas sinken und sah mich an. »Nein, wozu denn?«, fragte er. »Sie kommen und gehen. Wozu sie nummerieren? Ich weiß, wo sie nisten, das genügt. Jeder Storch kehrt jedes Jahr zu seinem eigenen Nest zurück. Darauf ist Verlass.«

»Aber sehen Sie während der Wanderschaft auch beringte Störche?«

»Selbstverständlich. Ich führe sogar Buch darüber.«

»Was heißt das?«

»Ich schreibe alle Nummern auf, die ich sehe. Mit Ort,

Datum und Tageszeit. Ich werde dafür bezahlt. Von einem Schweizer.«

»Max Böhm etwa?«

»Genau.«

Böhm hatte nicht erwähnt, dass Joro einer seiner ›Wachposten‹ war.

»Wie lang arbeiten Sie denn schon für ihn?«

»Fast zehn Jahre.«

»Und warum, glauben Sie, will er das?«

»Weil er spinnt.«

Joro wiederholte: »Er spinnt«, und klopfte sich mit dem Zeigefinger an die Schläfe. »Im Frühjahr, wenn die Störche zurückkommen, ruft Böhm mich jeden Tag an und fragt, ob ich diese und jene Nummer gesehen hätte. In solchen Momenten ist er nicht ganz bei Trost. Im Mai, wenn alle Vögel weitergezogen sind, atmet er auf und telefoniert nicht mehr. Dieses Jahr war es ganz schrecklich. Fast kein einziger Storch ist zurückgekehrt. Ich dachte, er bricht zusammen. Aber gut, was soll man machen. Er zahlt, und ich tu' die Arbeit.«

Joro flößte mir Vertrauen ein, deshalb sagte ich ihm – ohne ihm zu verraten, dass der Schweizer tot war –, ich stünde ebenfalls in Böhms Diensten, und dieser Umstand stärkte unser Einverständnis. In Joros Augen war ich als Franzose zunächst nur ein ›Westler‹, reich und verachtenswert; aber die Erkenntnis, dass wir beide für denselben Mann arbeiteten, befreite ihn von seinen Komplexen; fortan duzte er mich.

Nach einer Weile holte ich die Fotografien von den Störchen hervor und kehrte zu meinem Thema zurück: »Wie erklärst du dir das Verschwinden der Störche?«

»Es ist ja nur ein bestimmter Typ von Störchen verschwunden.«

»Was soll das heißen?«

»Verschwunden sind nur die beringten Störche. Vor allem die mit zwei Ringen.«

Diese Information war wesentlich. Joro griff nach den Fotografien.

»Schau«, sagte er, während er mir ein paar Abzüge hinhielt. »Die meisten Störche tragen zwei Ringe. Zwei Ringe«, wiederholte er eindringlich. »Und beide am rechten Bein, oberhalb des Gelenks. Das bedeutet, dass sie einmal am Boden gefangen wurden.«

»Was ist das für ein System?«

»In Europa befestigt man den ersten Ring am Storchjungen, das noch nicht flügge ist. Den zweiten Ring kann man nur dann anbringen, wenn man den Vogel irgendwann später auf die eine oder andere Weise in die Hände bekommt – wenn er krank ist oder verwundet. Zu dem Zeitpunkt legt man ihm den zweiten Ring an. Mit dem exakten Datum der Versorgung. Siehst du, hier erkennt man das sehr gut.«

Joro reichte mir das Bild. Tatsächlich waren auf beiden Ringen die Daten zu lesen: April 1984 und Juli 1987. Also war dieser Storch drei Jahre nach seiner Geburt von Böhm versorgt worden.

»Ich hab' mir Notizen gemacht«, fügte Joro hinzu. »Siebzig Prozent der verschwundenen Störche sind solche mit zwei Ringen. Flügellahme, die irgendwann mal flugunfähig waren.«

»Was hältst du davon?«, fragte ich.

Joro zuckte die Achseln. »Vielleicht ist irgendwo eine Seuche ausgebrochen, in Afrika oder Israel oder in der Türkei. Vielleicht waren diese Störche weniger widerstandsfähig als die anderen. Vielleicht hindern die Ringe sie daran, im Busch so frei zu jagen, wie sie's brauchen. Was weiß ich.«

»Hast du mit Böhm darüber gesprochen?«

Aber Joro hörte nicht mehr zu. Er hielt sich wieder das Fernglas vor die Augen und murmelte halblaut vor sich hin: »Da sind sie, da, dort hinten …«

Wenige Sekunden später sah ich am Himmel, der noch

hell war, eine Gruppe von Vögeln auftauchen, weich und geschmeidig flogen sie auf uns zu. Aber im selben Moment stieß Joro einen slowakischen Fluch aus: er hatte sich geirrt; es waren keine Störche, sondern nur Milane, die hoch über unseren Köpfen vorbeisausten. Dennoch sah Joro ihnen nach, aus reiner Freude, und auch ich beobachtete die Raubvögel in der befremdlichen Stille des Sommerabends. Zum ersten Mal fiel mir ihre außergewöhnliche Leichtigkeit auf, ein Talent, das dem Menschen gänzlich fehlt. Beim Anblick dieser Vögel wurde mir mit einem Mal bewusst, dass es nichts Zauberhafteres gibt als die Welt der Vögel, diese natürliche Eleganz, die pfeilschnell vorüberfliegt.

Schließlich setzte Joro sich zu mir auf den Boden, legte das Fernglas beiseite und begann sich eine Zigarette zu drehen. Ich sah ihm zu und begriff endlich, weshalb er mir zur Begrüßung nicht die Hand gereicht hatte. Seine Hände waren arthritisch verkrümmt, die Finger im rechten Winkel steif abgewinkelt, gleich nach dem ersten Gelenk. Wie bei Jules Berry, der in den Vorkriegsfilmen sein Gebrechen meisterhaft eingesetzt hat. Wie bei John Carradine, Horrorfilmdarsteller, der diese versteinerten Kastagnetten nicht einmal mehr bewegen konnte. Joro indes brauchte für seine Zigarette nur ein paar Sekunden. Bevor er sie anzündete, fragte er: »Wie alt bist du?«

»Zweiunddreißig.«

»Und von wo aus Frankreich bist du?«

»Paris.«

»Ah, Paris, Paris …«

Ein banaler Ausruf, der im Mund des alternden Mannes jedoch einen sehnsüchtigen, merkwürdig inbrünstigen Klang hatte. Er zündete seine Zigarette an, während er mit zusammengekniffenen Augen den Horizont absuchte.

»Bezahlt dich Böhm dafür, dass du seinen Störchen nachfährst?«

»So ist es.«

»Kein schlechter Job. Was meinst du – wirst du herausfinden, was mit ihnen passiert ist?«

»Das hoffe ich.«

»Ich hoffe es auch. Wegen Böhm. Dem zerreißt es das Herz.«

Ich zögerte eine Weile, dann sagte ich: »Das ist schon geschehen. Max Böhm ist tot, Joro.«

»Tot? Na, das wundert mich nicht.«

Ich schilderte ihm die Umstände von Böhms Tod. Joro schien nicht weiter erschüttert – um sein Gehalt freilich tat es ihm Leid. Ich spürte, dass er den Schweizer nicht mochte und Ornithologen im Allgemeinen verachtete, die Störche als ihr Eigentum ansahen, als Haustiere fast: mit den Vögeln, die in völliger Freiheit tausendfältig über den Himmel von Osteuropa zögen, sagte er, hätten sie nichts mehr gemein.

Als Nachruf auf Max Böhm erzählte mir Joro, wie der Schweizer 1982 nach Bratislava gekommen war, um ihm diese Aufgabe, eine Vertrauenssache, anzutragen. Etliche tausend tschechische Kronen hatte er ihm dafür geboten, dass er nichts anderes tat, als jedes Jahr den Zug der Störche zu beobachten. Joro hatte ihn für einen Verrückten gehalten, aber den Job bereitwillig angenommen.

»Komisch«, sagte er nach einem Zug von der Zigarette, »dass du mich über die Störche ausfragst.«

»Warum?«

»Weil du nicht der erste bist. Im April sind zwei Männer hier aufgekreuzt und haben mir dieselben Fragen gestellt.«

»Wer waren sie?«

»Keine Ahnung. Sie waren jedenfalls ganz anders als du. Ich hielt sie für Bulgaren. Zwei üble Burschen, ein Großer und ein kleiner Dicker, denen ich nicht mal mein Hemd anvertraut hätte. Die Bulgaren sind Schurken, das weiß jeder.«

»Wieso haben sie sich für die Störche interessiert? Waren sie Ornithologen?«

»Angeblich waren sie im Auftrag einer internationalen Organisation unterwegs, die einen französischen Namen hatte: *Monde Unique*. Angeblich wegen einer ökologischen Untersuchung. Ich hab' ihnen kein Wort geglaubt. Das waren zwei Schlägertypen, die mir eher wie Spione aussahen.«

Monde Unique. Einzige Welt. Der Name weckte eine Erinnerung in mir. Eine internationale Vereinigung, die sich humanitären Aufgaben in allen Ländern der Welt widmet, insbesondere in Kriegsgebieten.

»Was hast du ihnen gesagt?«

»Nichts«, lächelte Joro. »Sie sind wieder abgezogen. Das ist alles.«

»Haben Sie von Max Böhm gesprochen?«

»Nein. Mit der Ornithologie hatten die nichts am Hut. Das waren Spitzel, sag' ich dir.«

Um halb zehn wurde es dunkel. Wir hatten nicht einen einzigen Storch gesehen, aber ich hatte eine Menge erfahren. In Sarovar, Joros Heimatdorf, ging der Abend mit tschechischem Budweiser und polternden slowakischen Wirtshausgeschichten zu Ende. Die Männer trugen Filzmützen, die Frauen waren in wadenlange Schürzen gewickelt, und jeder schrie aus vollem Hals, allen voran Joro, der sein übliches Phlegma vollkommen abgelegt hatte. Die Nacht war mild, und trotz der übermächtigen Gerüche von ranzigem Bratfett genoss ich diese Stunden in der Gesellschaft fröhlicher Leute, die mich so unkompliziert wie herzlich bei sich aufnahmen. Später brachte Joro mich ins Hilton von Bratislava, wo Böhm mir ein Zimmer reserviert hatte. Ich wollte Joro für die nächsten Tage engagieren, um gemeinsam mit ihm auf die Suche nach den Störchen zu gehen, und bot ihm ein Honorar dafür an. Der Slowake akzeptierte mit einem kleinen Lächeln. Blieb nur noch zu hoffen, dass auch die Vögel zum Stelldichein erschienen.

7

Jeden Morgen um fünf Uhr holte Joro mich ab. Im phosphoreszierenden Blau der Nacht tranken wir auf dem kleinen Platz von Sarovar Tee und machten uns gleich danach auf den Weg. Zuerst zu den Hügeln über Bratislava mit seinen beißenden Rauchschwaden, dann durch Sturmwolken aus Staub und Dünger entlang den Feldern und Wiesen. Störche sahen wir selten. Manchmal, gegen elf Uhr vormittags, tauchte ein Heer über uns auf, so hoch am Himmel, dass es kaum zu sehen war. Fünfhundert schwarzweiße Vögel, die am blauen Firmament ihre Kreise zogen, geleitet von ihrem unfehlbaren Instinkt. Verblüffend war die spiralförmige Bewegung – ich hätte einen geradlinigen Flug erwartet, mit ausgebreiteten Flügeln und gerecktem Schnabel. Aber dann erinnerte ich mich an Böhms Worte: »Während der Wanderung fliegt der Weißstorch nicht aktiv, sondern gleitet im Segelflug, unter Ausnutzung der Thermik, die ihn trägt. Thermik, wissen Sie, das sind Aufwinde, hervorgerufen von der Einstrahlung der Sonne und der Erwärmung des Erdbodens, die wie unsichtbare Kanäle verlaufen …« So bewegten die Vögel sich auf den warmen Luftströmen vorwärts in Richtung Süden.

Abends zog ich die Satelliteninformationen zu Rate und erhielt die Position jedes einzelnen Storchs in Längen- und Breitengraden, exakt bis zu den Minuten. Mit Hilfe einer Straßenkarte ließ sich die Flugroute der Vögel leicht nachvollziehen: die jeweiligen Standorte trug ich auf meinem Laptop in eine digitalisierte Landkarte von Europa und Afrika ein und hatte auf diese Weise das Vergnügen, die Wanderung der Störche auf dem Bildschirm zu verfolgen.

Man teilt die Störche in zwei Kategorien ein. Die westeuropäischen Störche fliegen über Spanien und die Straße von Gibraltar nach Nordafrika; bis der Schwarm Mali, Senegal, Zentralafrika und den Kongo erreicht, sind unterwegs Tausende von Individuen hinzugestoßen. Die osteuropäischen Störche, zehnmal so zahlreich, brechen von Polen, Russland und Deutschland aus auf, überqueren den Bosporus, den Vorderen Orient, gelangen über den Suezkanal nach Ägypten und schließlich in den Sudan, nach Kenia und, noch tiefer, nach Südafrika. Bis zu zwanzigtausend Kilometer umfasst die Reise.

Von den zwanzig Störchen, die mit Sendern ausgerüstet waren, hatten zwölf sich für die Ostroute entschieden: von Berlin aus durchquerten sie Ostdeutschland, flogen über Dresden durch Polen in die Tschechoslowakei und kamen schließlich nach Bratislava, wo ich auf sie wartete. Die Satellitenüberwachung funktionierte großartig, Ulrich Wagner war begeistert. »Es ist phantastisch«, schwärmte er am Telefon, als ich ihn am dritten Abend anrief. »Jahrzehnte haben wir gebraucht, um anhand der Beringung wenigstens eine annähernde Route bestimmen zu können. Dank diesen Sendern kennen wir jetzt innerhalb eines Monats die exakte Flugstrecke der Störche!«

Während dieser Tage kam es mir vor, als hätten der Schweizer und seine Geheimnisse niemals existiert. Doch am Abend des 23. August erhielt ich im Hotel ein Fax von Hervé Dumaz – ich hatte ihm meine Abreise mitgeteilt, ihn jedoch darauf hingewiesen, dass ich, im Moment jedenfalls, die Absicht hatte, mich lediglich um die Störche, nicht um Max Böhms Vergangenheit zu kümmern. Der Inspektor von der Bundespolizei hingegen hatte für den alten Schweizer Feuer gefangen. Sein erstes Fax war geradezu ein Roman, lang und ausführlich und verfasst in einem nervösen, knappen Stil, der in scharfem Gegensatz zu seiner sonstigen verträumten Sanftheit stand. Außerdem schrieb er in einem freundschaftlichen Ton, der von der Stimmung während unserer letzten Begegnung merkwürdig abwich:

Von: Hervé Dumaz
An: Louis Antioche, Hilton Hotel,
Bratislava
Montreux, 23. August 1991, 20.00 Uhr

Lieber Louis,

wie verläuft Ihre Reise? Ich komme recht gut voran. Nach viertägiger Ermittlung habe ich folgendes herausgefunden:

Max Böhm wird 1934 in Montreux geboren. Seine Eltern sind Antiquitätenhändler, er ist das einzige Kind. Er studiert in Lausanne und macht mit 26 sein Ingenieursdiplom. Drei Jahre später, 1963, reist er im Auftrag des Ingenieursunternehmens SOGEP nach Mali. Er beteiligt sich an der Studie für einen geplanten Dammbau im Nigerdelta. Die politischen Unruhen zwingen ihn 1964 zur Rückkehr in die Schweiz. Danach geht Böhm nach Ägypten, wieder im Auftrag von SOGEP, und arbeitet am Assuan-Staudamm mit. 1967 kehrt er aufgrund des Sechstagekriegs nach Hause zurück. Nach einem Jahr in der Schweiz bricht Böhm 1969 nach Südafrika auf, wo er zwei Jahre bleibt. Diesmal arbeitet er für De Beers Ltd., den weltweit größten Diamantenproduzenten. Er leitet den Bau von Infrastrukturen für die Minen. Im August 1972 lässt er sich in der Zentralafrikanischen Republik nieder. Zu dem Zeitpunkt befindet sich das Land in der Hand von Jean-Bedel Bokassa.

Böhm wird technischer Berater des Präsidenten. Seine Aktivitäten finden auf mehreren Fronten gleichzeitig statt: Bauwesen, Kaffeeplantagen, Diamantenminen. 1977 klafft eine Lücke von etwa einem Jahr. Erst 1979 findet sich seine Spur wieder, diesmal in der Schweiz, Montreux. Er scheint verbraucht zu sein, die Jahre in Afrika haben ihn ausgelaugt. Mit 45 kümmert sich Böhm nur noch um seine Störche. Alle Leute, die ich kontaktiert habe, ehemalige Kollegen, mit denen er im Ausland zusammengearbeitet hat, zeichnen dasselbe Bild von ihm: Böhm war ein brutaler unnachgiebiger gefühlloser Mensch. Für die Störche hingegen empfand er eine Leidenschaft, die an Besessenheit grenzte.

Bezüglich seines Privatlebens habe ich einige interessante Entdeckungen gemacht. 1962, mit 28 Jahren, lernt Böhm seine Frau Irene kennen und heiratet sie gleich darauf. Ein paar Monate später kommt ein Sohn auf die Welt, Philipp. Anscheinend hängt Böhm sehr an seiner Familie, sie begleitet ihn überallhin und passt sich an die sehr unterschiedlichen klimatischen und kulturellen Bedingungen an. Anfang der siebziger Jahre jedoch verliert Irene die Lust. Sie kehrt häufig in die Schweiz zurück und dehnt die Zeit zwischen ihren Besuchen in Afrika immer mehr aus, allerdings schreibt sie Mann und Sohn regelmäßig. 1976 siedelt sie sich endgültig in Montreux an. Im Jahr darauf stirbt sie an Krebs – ungefähr um diese Zeit verschwindet Max Böhm. Von dem Zeitpunkt an verliert sich auch jede Spur des Sohnes, der mittlerweile 15 ist. Man hört nie wieder was von ihm. Auch beim Tod seines Vater tritt Philipp Böhm nicht in Erscheinung. Ist er ebenfalls tot? Lebt er im Ausland? Das sind Fragen ohne Antwort.

Nichts Neues weiß ich über Max Böhms Vermögen. Laut Analyse seiner Privatkonten und der Konten seines Verbandes besaß der Ingenieur an die achthunderttausend Schweizer Franken. Ein Nummernkonto ließ sich nicht ausfindig machen (ich bin aber überzeugt, dass es existiert!). Wann und wie hat Böhm derart viel Geld gescheffelt? Sicherlich hat er während seiner Auslandsaufenthalte das eine oder andere Geschäft gemacht. An Gelegenheiten wird es ihm nicht gefehlt haben. Ich bin geneigt, irgendwelche Mauscheleien mit Bokassa zu vermuten – Handel mit Gold, Diamanten, Elfenbein … Ich warte noch auf die Zusammenfassung der beiden Prozesse, die man dem Diktator gemacht hat. Vielleicht taucht irgendwo der Name Max Böhm auf.

Das größte Rätsel ist derzeit die Herztransplantation. Frau Dr. Catherine Warel hatte mir versprochen, in allen Kliniken und Krankenhäusern in der Schweiz nachzuforschen. Sie hat nichts gefunden. Ebenso wenig wie in Frankreich oder irgendwo sonst in Europa. Also wo und wann hat diese Operation stattgefunden? Vielleicht in Afrika – das ist weniger abwegig, als es aussieht: 1967 hat

Christiaan Barnard in Kapstadt, Südafrika, die erste Herztransplantation vorgenommen, bereits einen Monat später die zweite. Aber Böhm wurde nicht von Barnard operiert, das habe ich nachgeprüft: im Archiv des Grote-Schuur-Krankenhauses findet sich kein Max Böhm.

Merkwürdig ist außerdem, dass Max Böhm anscheinend blendend in Form war. Ich habe noch einmal sein Chalet auf den Kopf gestellt und nach irgendwelchen Hinweisen gesucht – medizinischen Unterlagen, Rezepten, Medikamenten, Laborberichten. Nichts. Ich habe seine Bankkonten und Telefonrechnungen überprüft: nicht ein Scheck, nicht ein Anruf, der sich irgendwie mit einem Kardiologen oder einer Klinik in Verbindung bringen lässt. Dabei ist ein Mensch mit einem fremden Herzen kein gewöhnlicher Patient. Er muss ärztlich überwacht werden – sich regelmäßig untersuchen und Biopsien, EKG, Blutanalysen usw. durchführen lassen. Vielleicht ist er dazu ins Ausland gefahren? Böhm ist in Europa viel herumgereist – aber natürlich lieferten ihm die Störche einen ausgezeichneten Grund, um nach Belgien, Frankreich, Deutschland etc. zu fahren. Aber auch das führt uns nirgendwohin.

Soweit bin ich jetzt. Sie sehen, Max Böhm ist eine höchst rätselhafte Gestalt. Glauben Sie mir, Louis: es gibt einen Fall Böhm. Hier im Kommissariat von Montreux hat man ihn zu den Akten gelegt. Die Presse trauert und hält Lobreden über den ›Storchenmann‹. Was für eine Ironie! Die Beerdigung fand auf dem Friedhof von Montreux statt, die gesamte Prominenz der Stadt war anwesend und überbot sich gegenseitig in hohlen Worten.

Die letzte Neuigkeit: Böhm hat sein gesamtes Vermögen testamentarisch einer in der Schweiz sehr bekannten humanitären Organisation vermacht: Monde Unique. Das könnte eine neue Fährte sein. Ich setze die Ermittlungen fort.

Lassen Sie von sich hören!

Hervé Dumaz

Der Inspektor verblüffte mich immer wieder. Innerhalb weniger Tage hatte er handfeste Informationen zusammengetragen. Ich faxte ihm sofort eine Antwort. Die Unterlagen, die ich bei Böhm gefunden hatte, verschwieg ich ihm nach wie vor – mit schlechtem Gewissen zwar, aber ich empfand eine merkwürdige Scham, die mich daran hinderte. Eine undeutliche Ahnung warnte mich davor, dem Augenschein zu trauen, diesen Unterlagen, deren Brutalität allzu offensichtlich war.

Es war zwei Uhr morgens. Ich löschte das Licht, sah im Halbdunkel den Schatten zu und dachte über Max Böhms geheime Wahrheiten nach. Was hatte er wirklich getrieben? Und welche Rolle spielten dabei die Störche, für die sich anscheinend sehr viele Leute interessierten? Bargen sie vielleicht Geheimnisse, deren Brisanz mich überforderte? Mehr denn je war ich entschlossen, der Sache nachzugehen. Bis auf den Grund.

8

Am nächsten Morgen verschlief ich und erwachte mit starkem Kopfweh. Joro wartete schon in der Halle auf mich, und wir brachen sofort auf. Am späten Nachmittag fragte Joro mich aus über mein Leben in Paris, meine Geschichte, mein Studium. Ringsum knisterte die Erde vor Hitze, und an den ausgedörrten Sträuchern weideten ein paar Schafe.

»Und die Frauen, Louis? Hast du eine Frau ein Paris?«

»Ich hatte eine. Mehrere sogar. Aber ich bin eher ein Einzelgänger. Und die Mädchen machen nicht den Eindruck, als täte es ihnen Leid.«

»Nein? Ich hätte gedacht, ein so fescher Mensch wie du gefällt den Pariserinnen.«

»Tja, alles eine Frage des Kontakts«, antwortete ich leichthin und zeigte ihm meine Hände – diese monströsen Hände mit den verhornten Nägeln, ein Überrest aus dem schwarzen Loch meiner Vergangenheit.

Joro beugte sich zu mir herüber und musterte aufmerksam die Narben. Er stieß einen kleinen Pfiff aus, halb bewundernd, halb mitleidig.

»Meine Güte, was ist dir denn da passiert?«, fragte er leise.

»Das war auf dem Land, als ich noch ganz klein war«, log ich. »Eine Petroleumlampe ist mir zwischen den Händen explodiert.«

Joro richtete sich wieder auf. »Meine Güte«, wiederholte er. Ich hatte mir angewöhnt, verschiedene Lügen über den Unfall zu erzählen, und diese Gewohnheit war mir fast zur Manie geworden – meine Methode, auf die Neugier der anderen zu reagieren und meine eigene Verlegenheit zu kaschieren. Aber Joro setzte dumpf hinzu: »Ich hab' auch meine Narben.«

Er drehte seine halb gelähmten Hände um: über die Handflächen zogen sich scheußliche Wülste. Mit Mühe öffnete er die oberen Hemdknöpfe und zeigte mir seinen Oberkörper, der von denselben Verletzungen gezeichnet war – ein Netz aus Leiden, in regelmäßigen Abständen unterbrochen durch größere, hellrote Punkte. Ich warf ihm einen fragenden Blick zu und begriff, dass er gewillt war, seine Geschichte preiszugeben – das Geheimnis, dessen Spuren er am Körper trug. In düsterem Ton hielt er einen Vortrag in perfektem Französisch, und mir kam vor, als hätte er die Sprache eigens gelernt, um von seinem Schicksal berichten zu können.

»Als die Truppen des Warschauer Pakts 1968 in die Tschechoslowakei einmarschierten, war ich zweiunddreißig. So alt wie du. Die Invasion war für mich das Ende einer Hoffnung – das Ende des Sozialismus mit menschlichen Zügen. Damals lebte ich mit meiner Familie in Prag. Ich erinnere mich noch, wie die Erde bebte, als die Panzer durch die Stadt rollten. Ein furchtbares Dröhnen war das, ein dumpfes Donnergrollen, wie von unterirdischen Eisenmassen, die sich heranwälzten. Ich erinnere mich an die ersten Schüsse, an die Schläge mit Gewehrkolben, die Verhaftungen. Ich glaubte es nicht. Unsere Stadt, unser Leben, das alles hatte auf einmal keinen Sinn mehr. Die Menschen verkrochen sich in ihren Häusern. Der Tod, die Angst beherrschten unsere Straßen und unsere Köpfe. Zuerst leisteten wir Widerstand – vor allem die jungen Leute. Aber die Panzer zermalmten uns zu Brei, unsere Körper und unseren Aufstand. Deshalb beschlossen meine Familie und ich, eines Nachts über Bratislava in den Westen zu fliehen. Es schien uns machbar. Verstehst du – so nah an Österreich!

Meine beiden Schwestern wurden erschossen, nachdem sie den Stacheldraht an der Grenze bereits überwunden hatten. Meinen Vater traf eine Maschinengewehrsalve in den Kopf, das halbe Gesicht war weg, zusammen mit seiner Mütze. Und meine Mutter ist im Stacheldraht hängen geblieben. Ich versuchte sie zu befreien, aber es war unmöglich. Sie brüllte und wand sich wie verrückt, und je mehr sie sich bewegte, desto tiefer drangen die Stacheln durch ihren Mantel ins Fleisch – und die Kugeln pfiffen über unsere Köpfe hinweg. Ich zog mit beiden Händen an diesem Scheißdraht, blutig von oben bis unten. Ihr Schreien werde ich meiner Lebtage nicht vergessen.«

Joro zündete sich umständlich eine Zigarette an. Er hatte gewiss schon seit Jahren nicht mehr über diese grauenhaften Ereignisse gesprochen. »Die Russen nahmen uns fest. Meine Mutter habe ich nie wieder gesehen. Ich selber verbrachte vier Jahre in einem Arbeitslager. Vier Jahre Qual in Kälte und Dreck, die Hacke in der Hand. Ich dachte ständig an meine Mutter, an den Stacheldraht, ich war wie verrückt. Ich lief den Stacheldrahtzaun im Lager entlang, fasste mit beiden

Händen das Eisen an, das meine Mutter zerfleischt hatte. Meine Schuld, dachte ich. Alles meine Schuld. Und ich presste die Faust um die Stacheln, bis mir das Blut zwischen den Fingern herausrann. Eines Tages habe ich ein Stück Stacheldraht gestohlen und mir eine Armbinde daraus gemacht, die ich unter der Jacke trug. Bei jeder Bewegung, jedem Hieb mit der Hacke bohrten sich mir die Stacheln ins Fleisch. Das war meine Buße. Nach ein paar Monaten habe ich mir den ganzen Körper damit eingewickelt. Ich konnte bald nicht mehr arbeiten und mich nicht mehr rühren, die Risse entzündeten sich. Schließlich fiel ich um. Ich war von Kopf bis Fuß eine einzige Wunde, eine Schwäre voller Blut und Eiter.

Erst nach Tagen wachte ich im Krankenbau wieder auf. Am ganzen Körper lag das Fleisch bloß und schmerzte höllisch. Damals sah ich zum ersten Mal die Vögel, weiße Vögel durch die schmutzigen Fensterscheiben. Ich war nur halb bei Bewusstsein und hielt sie für Engel. Ich dachte, jetzt bin ich im Paradies, und die Engel nehmen mich in Empfang. Aber ich spürte meinen Körper nach wie vor, und ich war nach wie vor in derselben Hölle. Es war einfach bloß Frühling geworden, und die Störche waren zurückgekehrt. Während der ganzen Zeit, in der Krankenstation und danach, beobachtete ich sie. Es waren mehrere Paare, und sie nisteten ausgerechnet auf den Wachtürmen. Wie soll ich's dir erklären? Sie waren so wunderschön, diese Vögel, eine strahlende Pracht über so viel Elend, so viel Grausamkeit. Ihr Anblick hat mir Mut gemacht. Mit der Zeit kam ich ihnen auf die Schliche – ich sah, wie die Eltern abwechselnd brüteten, ich sah die kleinen schwarzen Schnäbel der Jungen, ihre ersten Flugversuche, und im August den großen Aufbruch ... Vier Jahre lang gaben mir die Störche jedes Frühjahr von neuem die Kraft zu leben. Meine Alpträume waren immer noch da, sie steckten mir tief unter der Haut, aber die weißen Vögel vor dem blauen Himmel waren das Seil, an das ich mich klammerte. Ein armseliges Seil, das kannst du mir glauben. Aber ich hab' meine Strafe abgesessen. Hab' geschuftet wie ein Hund, unter den Stiefeln der Russen und den Schreien der Jungs, die gefoltert wurden, hab' Dreck gefressen mit den anderen und bin im Eis fast erfroren. Aber ich hab' dort auch Französisch gelernt, von einem Mitgefangenen, einem kommunistischen Aktivisten, von dem keiner wusste, wie er hierher gekommen war. Nach meiner Entlassung trat ich in die Partei ein und kaufte mir ein Fernglas.« Unterdessen war die Nacht hereingebrochen. Die Störche waren nicht aufgetaucht – nur in Joros Erinnerung. Wortlos gingen wir zum Wagen zurück. Entlang den Feldern zitterten die Stacheln an den gewundenen Drahtzäunen und bildeten phantastische Muster.

Am 25. August trafen die ersten markierten Störche in Bratislava ein. Ich hatte am späten Nachmittag die Argos-Daten abgefragt und festgestellt, dass zwei Vögel fünfzehn Kilometer westlich von Sarovar gelandet waren.

Joro war skeptisch, aber immerhin bereit, auf der Karte nachzusehen. Er kannte den Ort: ein Tal, wo sich, wie er sagte, noch nie zuvor ein Storch niedergelassen hatte. Gegen neunzehn Uhr waren wir beim Teich angelangt und fuhren weiter, während wir aufmerksam den Himmel und die Umgebung absuchten. Keine Spur von einem Vogel. Joro grinste vor sich hin. In den fünf Tagen, die wir nach den Vögeln Ausschau hielten, hatten wir lediglich ein paar kleine Schwärme gesichtet, aber so weit entfernt und so undeutlich, dass es genauso gut Milane oder andere Raubvögel hätten sein können. An diesem Abend mit Hilfe des Satelliten und meines Computers tatsächlich Störche zu entdecken, hätte Joro Grybinski regelrecht gekränkt.

Und doch murmelte er auf einmal: »Da sind sie.« Ich hob den Blick und sah einen gewaltigen Schwarm von Störchen, der vor dem dunkelroten Himmel kreiste. Nach und nach ließen sich etwa hundert Vögel auf den verstreuten Tümpeln im Sumpf nieder. Joro lieh mir sein Fernglas, und ich beobachtete die Vögel, die sich mit gerecktem Schnabel und wachsamem Blick im Gleitflug absinken ließen. Es war großartig. Endlich wurde mir klar, welche ungeheure Leistung ihre geflügelte Reise darstellte, die sie bis nach Afrika führen würde. In dieser schwerelosen und wilden Vogelhorde befanden sich also auch zwei markierte Störche. Eine unbändige Freude stieg in mir auf. Das Sendesystem funktionierte! Federgenau, sozusagen.

Am 27. August erhielt ich abermals ein Fax von Dumaz. Er trete auf der Stelle, schrieb er. Mittlerweile habe er wieder seinen regulären Dienst antreten müssen, aber er führe nach wie vor häufige Telefonate mit Frankreich auf der Suche nach Afrikaveteranen, die Max Böhm möglicherweise gekannt hätten. Dumaz hatte sich in diese Fährte verbissen, überzeugt, dass Böhm dort unten in Afrika obskure Geschäfte betrieben hatte. Zum Abschluss nannte er den Namen eines Diplomlandwirts aus Poitiers, der zwischen 1973 und 1977 in Zentralafrika tätig gewesen sei. Dumaz schrieb, er habe die Absicht, nach Frankreich zu fahren und den Mann bei dessen Rückkehr aus dem Urlaub aufzusuchen.

Am 28. August war es für mich Zeit zum Aufbruch. Zehn Störche hatten Bratislava hinter sich gelassen, und die schnellsten von ihnen – die einen Schnitt von hundertfünfzig Kilometern am Tag schafften – würden schon bald in Bulgarien sein. Mein Problem bestand jetzt darin, über Land exakt ihrer Route zu folgen: sie überquerten das ehemalige Jugoslawien, wo die ersten Unruhen ausgebrochen waren. Ich studierte die Karte und beschloss, das Pulverfass zu meiden und statt dessen durch Rumänien entlang der serbischen

Grenze zu fahren – schließlich besaß ich ein rumänisches Visum. Bei einer Kleinstadt namens Calafat wollte ich die Grenze nach Bulgarien überqueren und von hier aus direkt Sofia ansteuern. Ich hatte eine Strecke von etwa tausend Kilometern vor mir, die ich – unter Berücksichtigung von Wartezeiten an den Grenzen und dem Zustand der Straßen – in eineinhalb Tagen zu bewältigen hoffte.

Also reservierte ich am Morgen dieses Tages im Sheraton von Sofia ein Zimmer für den folgenden Abend und rief danach einen gewissen Marcel Minaus an, einen in Bulgarien ansässigen Franzosen, der ebenfalls auf Böhms Liste stand. Minaus war kein Ornithologe, sondern Sprachwissenschaftler, und sollte mir helfen, mit dem bulgarischen Storchexperten Kontakt aufzunehmen: Rajko Nikolitsch. Nach mehreren fruchtlosen Versuchen kam die Verbindung zustande; ich sprach mit Minaus, der sehr entgegenkommend war. Ich verabredete mich mit ihm für den nächsten Abend um zweiundzwanzig Uhr in der Hotelhalle. Dann legte ich auf, schickte Dumaz per Fax meine neue Adresse und packte meine Sachen. Nachdem ich auch noch die Hotelrechnung bezahlt hatte, machte ich mich auf den Weg nach Sarovar, um mich von Joro Grybinski zu verabschieden. Wir machten nicht viele Worte, sondern tauschten lediglich unsere Adressen aus, und ich versprach, ihm eine Einladung zu schicken, ohne die er in Frankreich nicht einreisen durfte.

Ein paar Stunden später war ich in Ungarn. Zu Mittag, kurz vor Budapest, hielt ich an einer Autobahnraststätte und aß einen abscheulichen Salat im Schatten der Zapfsäule. Ein paar Mädchen, blond und leicht wie reife Weizenkörner, musterten mich mit entrüstetem Stolz. Dunkle, dichte Augenbrauen, breite Kiefer, helles Haar: diese jungen Mädchen stimmten so sehr mit der Klischeevorstellung überein, die ich mir von den osteuropäischen Schönheiten zurechtgelegt hatte, dass ich aus der Fassung geriet. Ich war immer ein überzeugter Feind von vorgefassten Meinungen und Gemeinplätzen gewesen. Ich wusste nicht, dass die Welt oft leichter zu durchschauen ist, als man denkt, und ihre Wahrheiten, so banal sie auch sein mögen, dennoch einleuchtend und lebendig sind. Merkwürdigerweise empfand ich darüber eine plötzliche Aufregung, einen freudigen Schauder. Um ein Uhr mittags machte ich mich wieder auf den Weg.

9

Am Abend des nächsten Tages traf ich bei strömendem Regen in Sofia ein. Schmutzige und baufällige Ziegelgebäude säumten die Straßen, die voller Schlaglöcher waren. Auf nassem Kopfsteinpflaster holperten die Ladas, gerieten ins Schleudern und hüpften mitunter wie altmodisches Spielzeug; oft schafften sie es nur mit Mühe, den Straßenbahnen auszuweichen, die allgegenwärtig waren und die eigentlichen Helden der Straße: mit ohrenbetäubendem Getöse tauchten sie aus dem Nichts auf und schickten blaue Blitze in den Gewitterhimmel. Durch die Fenster sah ich, wie die trübe gelbe Beleuchtung auf den verschlossenen Gesichtern der Passagiere flackerte und schließlich erlosch, und diese sonderbaren Wagen erschienen mir fast wie der Schauplatz eines makabren Experiments – eines kollektiven Elektroschocks, bleich und unheimlich, vorgenommen an blutleeren Versuchspersonen.

Ich fuhr aufs Geratewohl durch die Stadt, ohne zu wissen, wohin. Sämtliche Hinweisschilder waren ausschließlich in kyrillischer Schrift. Mit der rechten Hand wühlte ich in meiner Tasche, bis ich den Reiseführer fand, den ich in Paris erstanden hatte, aber während ich noch blätterte, stellte ich fest, dass ich unversehens auf dem Leninplatz gelandet war. Ich sah mich um. Die Architektur wirkte auf mich wie eine im Sturm errichtete Hymne. Auf allen Seiten erhoben sich strenge, mächtige Gebäude mit winzigen Fenstern. Dazwischen ragten schlanke Türme mit quadratischer Grundfläche auf, die oben spitz zuliefen und von vielen Schießscharten durchbrochen waren. Ihre unnatürlichen Farben leuchteten trüb in die hereinbrechende Nacht. Rechter Hand duckte sich eine schwärzliche Kirche, und links von mir prangte das Sheraton Sofia Hotel Balkan in all seiner Breite wie ein Vorposten des heranmarschierenden Kapitalismus. Alle amerikanischen, europäischen und japanischen Geschäftsleute stiegen dort ab, schutzsuchend vor der sozialistischen Trostlosigkeit, als wären sie auf der Flucht vor der Lepra.

Unter grandiosen Kronleuchtern mitten in der Halle erwartete mich Marcel Minaus. Unverkennbar. »Ich bin bärtig und habe einen spitzen Kopf«, hatte er mir gesagt. Aber er übertraf sämtliche Erwartungen: Marcel war eine wandelnde Ikone. Sehr groß und massig, kam er auf mich zu wie ein Bär, vornübergebeugt, die Füße einwärts gedreht, mit hängenden Armen. Ein wahres Gebirge, auf dem der Kopf eines orthodoxen Patriarchen thronte, mit ellenlangem Bart und königlicher Nase. Die Augen allein waren ein Gedicht: eine grüne, leichte Helligkeit zwischen tiefen Schattenrändern, und glühend, wie erfüllt vom alten Glauben der Balkanvölker. Und dann der Schädel, einer Mitra gleich: völlig kahl und himmelwärts gerichtet wie zum Gebet.

»Gute Reise gehabt?«

»Mehr oder weniger«, sagte ich und vermied es, ihm die Hand zu reichen. »Seit der Grenze regnet es. Ich hab' mich bemüht, meine Geschwindigkeit halbwegs beizubehalten, aber wegen der vielen Pässe und der aufgerissenen Straßen …«

»Wissen Sie, wenn ich verreise, dann ausschließlich mit dem Bus.«

Ich gab mein Gepäck an der Rezeption ab und betrat mit meinem Begleiter das Hauptrestaurant des Hotels. Marcel hatte schon gegessen, war aber mit Freuden bereit, mir noch einmal Gesellschaft zu leisten. Marcel Minaus, seinem Pass nach Franzose, vierzig Jahre alt, war eine Art intellektueller Nomade, ein hochtalentierter Linguist, der eine Unmenge von Sprachen fließend beherrschte: Polnisch, Bulgarisch, Ungarisch, Tschechisch, Serbisch, Kroatisch, Makedonisch, Albanisch, Griechisch ... und natürlich Romani, die Sprache der Zigeuner. Romani war überhaupt sein Spezialgebiet. Er hatte mehrere Bücher darüber geschrieben und ein Lehrbuch für Kinder verfasst, auf das er sehr stolz war. Als herausragendes Mitglied zahlreicher Vereine von Finnland bis zur Türkei reiste er von einer Konferenz zur nächsten und hielt sich als Gast wissenschaftlicher Institutionen in Städten wie Warschau oder Bukarest auf.

Kurz vor Mitternacht hatten wir unser Mahl beendet. Von den Störchen war praktisch nicht die Rede gewesen, Minaus hatte lediglich Näheres über das Satellitenexperiment wissen wollen. Er verstehe nichts von Störchen, sagte er, versprach mir aber, mich am nächsten Tag mit Rajko Nikolitsch bekannt zu machen – »dem besten Ornithologen auf dem Balkan«, behauptete er.

Es schlug Mitternacht. Ich verabredete mich mit Marcel für den nächsten Morgen um sieben Uhr in der Hotelhalle: ich wolle einen Wagen mieten, sagte ich, und mit ihm nach Sliven fahren, wo Rajko Nikolitsch wohnte. Minaus war entzückt und freute sich auf den Ausflug. Dann ging ich hinauf in mein Zimmer, wo mich eine Nachricht erwartete; man hatte sie unter der Tür durchgeschoben. Es war ein Fax von Dumaz.

Von: Hervé Dumaz
An: Louis Antioche
Sheraton Sofia Hotel Balkan

Montreux, 29. August 1991, 22.00 Uhr

Lieber Louis,

habe heute einen anstrengenden Tag in Frankreich verbracht, aber die Reise hat sich gelohnt. Ich habe endlich den Mann getroffen, den ich suchte. Michel Guillard, Diplomlandwirt, 56. Vier Jahre Farm in Zentralafrika. Vier Jahre Regenwald, Kaffeeplantagen und – Max Böhm! Ich habe Guillard bei sich zu Hause in Poitiers überrascht, frisch aus dem Urlaub zurückgekehrt. Mit seiner Hilfe konnte ich Böhms Afrikaaufenthalte ziemlich detailliert rekonstruieren. Hier die Fakten:

August 1972. Max Böhm trifft mit Frau und Sohn in Bangui ein, der Hauptstadt von Zentralafrika. Die politische Situation des Landes, die Diktatur eines Bokassa, der sich zum ›Präsidenten auf Lebenszeit‹ proklamiert hat, kümmert ihn offenbar nicht. Böhm hat ganz anderes erlebt, er kommt aus den afrikanischen Diamantenminen, wo die Männer nackt arbeiten und sich nach jedem Arbeitstag röntgen lassen müssen, um zu beweisen, dass sie keine Diamanten verschluckt haben. Max Böhm bezieht ein herrschaftliches Haus und macht sich an die Arbeit: zuerst als Bauleiter bei der Errichtung eines großen Wohnhauses, eines Bokassa-Projekts namens ›Pacifique 2‹. Bokassa ist beeindruckt und bietet ihm weitere Jobs an. Böhm akzeptiert.

1973: Ein paar Monate lang bildet er eine Sicherheitstruppe aus, deren Zweck die Überwachung der Kaffeeplantagen in Lohaye ist, der südlichsten Provinz, mitten im Regenwald, denn angeblich ist der Diebstahl von Kaffeebohnen durch die Dorfbewohner kurz vor der Ernte die Geißel des Kaffeeanbaus. Guillard, der an einem landwirtschaftlichen Entwicklungsprogramm in der Region arbeitet, lernt Max Böhm zu dieser Zeit kennen. Er hat ihn als brutalen

Kerl mit militärischem Auftreten in Erinnerung, aber anständig und ehrlich. Später agiert Böhm als Fürsprecher der Zentralafrikanischen Republik und erwirkt bei der südafrikanischen Regierung (die er gut kennt) ein Darlehen für den Bau von zweihundert Villen. Bokassa bietet Böhm schließlich einen Posten in den Diamantenminen an. Diamanten sind die große Leidenschaft des Diktators, eine wahre Besessenheit. Sein Vermögen hat er zum größten Teil durch Diamanten gescheffelt (Sie kennen wahrscheinlich die Anekdoten, die man sich erzählt, z. B. von dem berühmten ›Marmeladentopf‹, in dem Bokassa die Juwelen verwahrte, die er seinen Gästen vorzuführen pflegte, oder von dem phantastischen Diamanten namens ›Catherine Bokassa‹, mangoförmig, den er in die Kaiserkrone einsetzen ließ, und sicher erinnern Sie sich an den Skandal um die ›Geschenke‹ an den französischen Präsidenten Valéry Giscard d'Estaing …). Kurz, Bokassa bietet Böhm eine Stelle als Aufseher in den Minen an: in der Trockensavanne im Norden des Landes und im Süden, mitten im Regenwald, soll er die Diamantenförderung überwachen. Er erwartet von Böhm, dass er die Schürfung rationalisiert und den heimlichen Abbau unterbindet.

Böhm bereist also sämtliche Minen, vom staubigen Norden bis zum Urwald im Süden. Er terrorisiert die Minenarbeiter mit seiner Grausamkeit und ist berüchtigt für eine Bestrafung, die er erfunden hat. In Südafrika bricht man Dieben zur Strafe die Knöchel und zwingt sie gleichzeitig zum Weiterarbeiten. Böhm denkt sich eine andere Methode aus: mit einer Drahtzange durchtrennt er jedem Dieb die Achillessehnen – eine rasche, effiziente Methode; im Urwald allerdings infizieren sich die Wunden. Guillard hat mehrere Männer auf diese Weise sterben sehen.

Zu der Zeit beaufsichtigt er die Aktivitäten verschiedener Unternehmen, darunter Centramines, SCAD, Diadème und Sicamine – lauter staatliche Betriebe, die als Deckung für Bokassas nicht minder staatsoffizielle Machenschaften dienen. Max Böhm, der Gesandte des Diktators, hält sich aus den Betrügereien heraus. Guillard sagt, der Ingenieur habe sich von den Gaunern und Speichelleckern im Gefolge des Tyrannen auffallend abgehoben. Er sei nie Teilhaber in einer von Bokassas Privatfirmen gewesen. Deshalb taucht auch sein Name in den Prozessakten nicht auf, wie ich mittlerweile weiß.

1974: Böhm lehnt sich gegen Bokassa auf, der seine illegalen Geschäfte immer skrupelloser betreibt: Erpressung und unverhohlener Diebstahl aus der Staatskasse. Eine dieser Betrügereien betrifft Max Böhm direkt. Nachdem Bokassa das südafrikanische Darlehen erhalten hat, lässt er nicht einmal die Hälfte der geplanten Villen bauen, sondern erteilt zuerst sich selbst den Auftrag zur gesamten Inneneinrichtung und verlangt anschließend, für alle zweihundert Villen bezahlt zu werden. Böhm, der an der Anleihe beteiligt ist, bekundet laut und deutlich sein Missfallen. Er wird auf der Stelle verhaftet und eingesperrt, kurz darauf aber wieder freigelassen. Denn Bokassa braucht ihn: seitdem Böhm die Diamantenförderung beaufsichtigt, sind die Erträge deutlich gestiegen.

Später lehnt Böhm sich noch einmal gegen Bokassa auf, und zwar im Zusammenhang mit dem gewaltigen Elfenbeinhandel, den der Tyrann aufzieht, und der damit verbundenen Massenschlächterei an Elefanten. Wider Erwarten erhält er Recht. Der Diktator gibt das Elfenbeingeschäft zwar nicht auf, doch er lässt einen Naturschutzpark in Bayanga in der Nähe von Nola, im äußersten Südwesten des Landes, errichten. Den Park gibt es noch. Dort leben die letzten Waldelefanten von Zentralafrika.

Guillard zufolge ist Böhm eine widersprüchliche Persönlichkeit: einerseits von extremer Grausamkeit gegenüber den Afrikanern (er bringt eigenhändig mehrere illegale Schürfer um), andererseits aber lebt er ausschließlich unter Schwarzen. Er verabscheut die europäische Gemeinde von Bangui, Diplomatenempfänge, Clubabende. Er ist ein brutaler Menschenfeind, der nur im Kontakt mit dem Urwald, den Tieren und natürlich den Störchen halbwegs zur Ruhe kommt.

Im Oktober 1974 trifft Guillard Max Böhm überraschend irgendwo in der Savanne im Osten, wo er in Begleitung eines Führers bivakiert. Böhm wartet mit griffbereitem Fernglas auf die Stör-

che. Er erzählt dem Landwirt, wie er die Störche in der Schweiz gerettet hat und dass er jedes Frühjahr nach Hause fährt, um ihre alljährliche Rückkehr von der Wanderschaft zu beobachten. Was er an den Störchen finde, fragt Guillard. Böhm antwortet einfach: »Sie besänftigen mich.«

Über Böhms Familie weiß Guillard nicht allzu viel. 1974 lebt Irene Böhm bereits nicht mehr in Afrika. Guillard erinnerte sich an eine kleine, unauffällige Frau mit gelber Gesichtsfarbe, die allein in ihrem Herrenhaus vor sich hin lebt. Philipp, den Sohn, hat er hingegen besser kennen gelernt, denn der war bei manchen Expeditionen seines Vaters dabei. Die Ähnlichkeit zwischen Vater und Sohn ist anscheinend verblüffend: dieselbe Korpulenz, dasselbe runde Gesicht, derselbe Bürstenhaarschnitt. Aber Philipp hat den Charakter seiner Mutter geerbt: schüchtern, teilnahmslos, verträumt, ordnet er sich der Autorität des Vaters unter und erträgt schweigend die unbarmherzige Erziehung. Böhm will einen ›Mann‹ aus ihm machen. Er nimmt ihn in feindliche Regionen mit, bringt ihm den Umgang mit Waffen bei, überträgt ihm spezielle Aufgaben, um ihn abzuhärten.

1977: Im August bricht Böhm zu einer Schürfmine auf, mitten im Urwald jenseits von M'Baiki, in der Nähe des großen Sägewerks der SCAD. Dort beginnt das Territorium der Pygmäen. Böhm schlägt im Wald sein Lager auf. Er wird von einem belgischen Geologen namens Niels van Dötten, zwei Führern (einem ›großen Schwarzen‹ und einem Pygmäen) und einigen Trägern begleitet. Eines Morgens erhält Böhm durch einen Boten ein Telegramm mit der Nachricht vom Tod seiner Frau. Böhm wusste zwar, dass seine Frau an Krebs erkrankt war, dennoch bricht er zusammen.

Max Böhm hat einen Herzanfall. Van Dötten versucht, ihn mit den verfügbaren Mitteln wiederzubeleben – Herzmassage, Mund-zu-Mund-Beatmung, Erste-Hilfe-Medikamente usw. Er befiehlt den Männern, den Kranken sofort zum Spital von M'Baiki zu bringen – das ist ein Marsch von mehreren Tagen. Aber Böhm kommt wieder zu Bewusstsein. Er stammelt irgendwas von einer

Mission, die näher sei, im Süden, jenseits der Grenze zum Kongo (in der Gegend sind Territorialgrenzen nur unsichtbare Linien im Wald). Dorthin will er bis zur weiteren Versorgung gebracht werden. Van Dötten zögert, aber Böhm setzt sich durch und zwingt van Dötten, nach Bangui zurückzukehren, um Hilfe zu holen – es werde schon alles gut gehen, versichert er. Völlig verwirrt macht sich van Dötten auf den Weg und erreicht sechs Tage später die Hauptstadt. Er chartert einen Helikopter von der französischen Armee und fliegt postwendend zurück in den Urwald. Als sie dort ankommen, finden sie keine Spur, weder von einer Mission noch von Böhm. Alles ist verschwunden. Oder hat nie existiert. Böhm wird als vermisst gemeldet, van Dötten verlässt Bangui kurz darauf und kommt nie mehr zurück.

Die Ereignisse im Urwald, im August 77, hat Guillard von dem Belgier erfahren, den Rest hat er selbst miterlebt. Ein Jahr vergeht, dann taucht Max Böhm in leibhaftiger Gestalt in Bangui wieder auf. Er sagt, der Helikopter eines kongolesischen Forstbetriebs habe ihn nach Brazzaville gebracht, danach sei er per Flugzeug in die Schweiz zurückgekehrt und habe durch ein Wunder überlebt, die hervorragende Versorgung in einer Genfer Klinik habe ihn wiederhergestellt. Er ist nur noch ein Schatten seiner selbst und spricht oft von seiner Frau. Mittlerweile ist es Oktober 1978. Max Böhm reist kurz danach wieder ab. Er kehrt nie wieder nach Zentralafrika zurück. Seine Stelle als Minenaufseher übernimmt ein Tscheche, ein ehemaliger Söldner namens Otto Kiefer.

Das ist die ganze Geschichte. Das Gespräch mit Guillard klärt uns zwar über einige Punkte auf, verstärkt aber andererseits die Schattenregionen. So verliert sich nach dem Tod von Irene Böhm jede Spur des Sohnes. Das Rätsel um die Herztransplantation liegt nach wie vor völlig im dunkeln, mit Ausnahme allenfalls des Zeitpunkts: die Operation wurde höchstwahrscheinlich im Herbst 1977 durchgeführt. Aber Böhms angebliche Rekonvaleszenz in Genf ist eine Lüge: in keinem Klinikregister der letzten zwanzig Jahre taucht der Name Max Böhm auf.

Bleibt noch die Spur der Diamanten. Ich bin sicher, dass Böhm sich sein Vermögen mit Edelsteinen geschaffen hat. Und ich bedaure sehr, dass Ihre Reise Sie nicht nach Zentralafrika führt, wo vielleicht alle diese Rätsel aufgeklärt werden könnten. Vielleicht finden Sie etwas in Ägypten oder im Sudan? Ich hingegen werde mir ab dem 7. September eine Woche Urlaub nehmen. Ich will nach Antwerpen und mir die Diamantenbörse ansehen. Ich bin fest überzeugt, dass ich dort auf Max Böhms Spuren stoßen werde. Sämtliche Informationen lasse ich Ihnen auf der Stelle zukommen. Wir sollten darüber nachdenken und sobald wie möglich Kontakt aufnehmen.

Bis demnächst,

Hervé.

Je mehr ich las, desto wirrer wurden meine Gedanken. Ich versuchte, meine eigenen Teile in das Puzzle einzufügen: die Bilder von Irene und Philipp Böhm, die Röntgenaufnahme von Böhms Herzen und vor allem die unsäglichen Fotografien der verstümmelten Leichen von Schwarzen. Es gab noch etwas, das Dumaz nicht wusste: die Geschichte von Zentralafrika kannte ich bestens – ich hatte persönliche Gründe, sie zu kennen. So war mir der Name des Leutnants von Bokassa, Otto Kiefer, nicht unbekannt. Ein tschechischer Flüchtling, grausam und erbarmungslos, gefürchtet wegen seiner Einschüchterungsmethoden: er pflegte Gefangenen eine Handgranate in den Mund zu stopfen, und wenn sie sich weigerten zu reden, ließ er sie explodieren. Diese Technik hatte ihm den grotesken Beinamen Granatenotto eingetragen. Böhm und Kiefer: zwei Gesichter ein und derselben Grausamkeit, Drahtzange und Handgranate.

Ich löschte das Licht. Trotz meiner Müdigkeit konnte ich nicht einschlafen. Schließlich rief ich, ohne Licht zu machen, das Argos-Zentrum an. Zu dieser späten Stunde war das Telefonnetz von Sofia weniger überlastet als sonst, und ich bekam eine perfekte Verbindung. Auf meinem Bildschirm, der digitalisierten Landkarte von Osteuropa, zeichnete sich im bläulichen Zwielicht meines Hotelzimmers wieder einmal die Flugroute der Störche ab, schwarz auf weiß. Es gab nur eine interessante Neuigkeit: ein Storch war in Bulgarien eingetroffen. Er war auf der Tiefebene unweit von Sliven gelandet, der Stadt, in der Rajko Nikolitsch lebte.

10

»In Sofia ist alles im Umbruch. Zur Zeit hängt man dem ›großen amerikanischen Traum‹ nach. In Ermangelung einer europäischen Zukunft in greifbarer Nähe wenden die Bulgaren sich den Vereinigten Staaten zu. Wenn Sie heute in Sofia englisch sprechen, öffnen sich ihnen alle Türen. Angeblich müssen Amerikaner für ihre Visa nichts mehr zahlen, und das ist wirklich der Gipfel! Noch vor zwei Jahren hieß Bulgarien ›die sechzehnte Sowjetrepublik‹!«

Marcel Minaus sprach laut und leidenschaftlich, hin und her gerissen zwischen Entrüstung und Hohn. Es war zehn Uhr vormittags. Bei strahlendem Sonnenschein fuhren wir den Hohen Balkan entlang. Die Felder ringsum leuchteten in unerwarteten Farben, krachendem Gelb, sanftem Blau, Blassgrün, bebend unter der Liebkosung des Lichts. Dörfer tauchten auf, kreidig und leicht mit ihren Hauswänden unter grobem Verputz. Ich hielt mich an Marcels Anweisungen. Er hatte Yeta mitgenommen, seine ›Braut‹, wie er sagte, eine merkwürdige Zigeunerin, die ein imitiertes Chanel-Kostüm aus kariertem Baumwollstoff trug. Klein und rundlich war sie, nicht mehr ganz taufrisch, auf ihrem Kopf türmte sich eine gewaltige graue Mähne, unter der ein spitzes Gesichtchen mit schwarzen Mausaugen hervorspähte. Ihre Ähnlichkeit mit einem Igel war verblüffend. Sie sprach ausschließlich Romani und hielt sich im Hintergrund wie ein artiges Mädchen.

Marcel war inzwischen zu Rajko Nikolitsch übergegangen, dessen Meriten er lautstark rühmte. Beiläufig begann er mich zu duzen.

»Du kannst es überhaupt nicht besser treffen«, sagte er immer wieder. »Rajko ist noch sehr jung, aber er ist ein außergewöhnlicher Mensch mit außergewöhnlichen Fähigkeiten. Übrigens nimmt er inzwischen an internationalen Symposien teil. Die Bulgaren sind stinkwütend auf ihn, weil Rajko sich weigert, in der Delegation seines Landes aufzutreten.«

»Ist er denn kein Bulgare?«, fragte ich erstaunt.

Marcel lächelte unbestimmt. »Nein, Louis«, sagte er. »Er ist ein Roma, ein Zigeuner. Und keiner von den Bequemsten. Er stammt aus einer Pflückerfamilie. Zu Beginn des Frühlings verlassen die Roma das Ghetto von Sliven und ziehen in die Wälder rings um die Ebene. Sie sammeln Lindenblüten, Kamille, Kornelkirschen, Kirschenstiele …« Marcel wunderte sich, als ich große Augen machte, und rief: »Wie, das weißt du nicht? Kirschenstiele sind ein sehr bekanntes Diuretikum! Nur die Roma – der ›Stamm‹, wie sie sich selber nennen – wissen, wo alle diese Wildpflanzen wachsen. Sie beliefern die bulgarische Pharmaindustrie, die größte von ganz Osteuropa. Du wirst schon sehen: sie sind unglaublich. Sie ernähren sich von Igeln, Fischottern, Fröschen, Brenn-Nesseln, wildem Sauerampfer … von allem, was die Natur ihnen in unmittelbarer Reichweite bietet.« Marcel geriet ins Schwärmen: »Meine Güte, mindestens ein halbes Jahr ist es her, seit ich Rajko zum letzten Mal gesehen habe!«

Anschließend unterhielt mich mein Begleiter eine Viertelstunde lang mit Albanerwitzen: auf dem Balkan sind die Albaner die Ostfriesen, Belgier oder Österreicher Westeuropas. Minaus war davon hingerissen. »Und den, kennst du den? Eines Morgens erscheint in der Prawda eine Sondermeldung: ›Bei einem Manöver auf See vernichtete ein Unglück die Hälfte der albanischen Flotte. Das linke Ruder ist zerstört.‹«

Marcel lachte in seinen Bart hinein. »Noch einen. Die Albaner starten ein Raumfahrtprogramm in Zusammenarbeit mit den Russen. Man plant eine Weltraummission mit einem Tier an Bord. Sie schicken den Sowjets ein Telegramm: ›Haben Hund. Schickt Rakete.‹« Ich brach in Gelächter aus. Marcel setzte hinzu: »Natürlich ist das heutzutage alles nicht mehr so lustig. Trotzdem sind mir die Albanerwitze nach wie vor die liebsten.«

Als nächstes erging sich Marcel in einer langen Lobeshymne auf die Küche der Zigeuner und bemerkte nebenbei, er trage sich mit dem Gedanken, in Paris ein Spezialitätenrestaurant zu eröffnen. Der ›Renner‹ in der Gastronomie der Roma sei der Igel. Er werde abends gejagt, und zwar mit einem Stock, und aufgeblasen, damit die Stacheln sich leichter entfernen ließen. Zubereitet mit *zumi*, einem besonderen Mehl, und dann in sechs gleich große Stücke zerteilt, sei das Tier eine wahre Köstlichkeit.

»Das heißt, wir sollten unterwegs die Augen offen halten.«

»Vergiss es«, gab Marcel in schulmeisterlichem Ton zurück. »Niemals geht ein Igel tagsüber spazieren!«

Aber justament erschien in diesem Augenblick ein Igel am Straßenrand und strafte ihn Lügen. Marcel war sprachlos.

»Sicher ein krankes Tier«, sagte er nach einer kurzen Pause. »Oder ein schwangeres Weibchen.«

Wieder fing ich an zu lachen. Wo waren die kalten Länder des Ostblocks geblieben, die tyrannischen Diktaturen, die graue Trostlosigkeit? Marcel schien eine magische Fähigkeit zu besitzen, den Balkan in ein ideales Reiseland zu verwandeln, einen Ort der Phantasie und der Lust, voller Humor und menschlicher Wärme.

Aber dann kamen wir in die Gegend von Sliven. Die Straßen wurden enger und kurvenreicher, düstere Wälder rückten näher. Wir begegneten jetzt etlichen ›Zigeunerwagen‹, wackligen Karren, auf denen Familien kauerten und uns aus schwarzen Augen musterten. Dunkle Gesichter, zerzauste Haare, in Lumpen gekleidete Gestalten. Mit einer Yeta hatten diese Zigeuner nichts gemein. Die Zeit der Roma war gekommen. Der echten – die als Nomaden leben und einen bestehlen, geschickt und wie nebenbei, mit Verachtung und Herablassung.

Bald darauf hieß Marcel mich rechts in einen Weg einbiegen, einen schmalen Lehmpfad, der von der Landstraße abwärts und mitten durchs Dickicht einen Bachlauf entlangführte. Bald sahen wir vor uns eine Lichtung und erkannten durch die Bäume ein Lager: vier Zelte in grellen Farben, ein paar Pferde, Frauen, die im Gras saßen und Kränze aus weißen Blüten flochten.

Marcel stieg aus dem Wagen und rief ihnen von weitem in singendem Tonfall etwas zu. Die Frauen bedachten ihn mit einem eisigen Blick.

Daraufhin drehte Marcel sich zu uns um und sagte: »Da gibt's wohl ein Problem. Wartet hier auf mich.« Ich sah seinen blanken Schädel zwischen dem Laub verschwinden, bis seine breite Gestalt am Rand der Lichtung wieder auftauchte. Eine der Frauen war aufgestanden und sprach lebhaft auf ihn ein. Sie trug einen sonnenblumengelben Pullover, der sich eng an ihre schlaffen Brüste schmiegte. Ihr Gesicht war bräunlich und grobschlächtig, wie aus Rinde geschnitzt. Unter ihrem buntgemusterten Tuch schien sie alterslos: mir fiel nur ein Zug besonderer Härte auf, eine Wildheit, die ihr deutlich spürbar im Gesicht stand. Die zweite Romni war aufgestanden, kleiner als sie, und zu ihr getreten; sie nickte zustimmend. Sie hatte eine schiefe Höckernase, als hätte ihr jemand mit einem Fausthieb das Nasenbein gebrochen, und in den Ohren trug sie schwere Silberringe. Ihr türkisfarbener Pullover war an den Ellenbogen durchlöchert. Die dritte Frau blieb sitzen; sie hielt ein Kleinkind im

Arm. Sie war höchstens fünfzehn oder sechzehn Jahre alt und sah in meine Richtung, mit glühenden Augen unter einer schweren, schwarzglänzenden Haarmähne.

Ich ging auf sie zu. Die sonnenblumengelbe Frau schrie jetzt, während sie nacheinander in die Tiefe des Waldes und auf die junge Mutter im Gras deutete. Ich war nur noch wenige Schritte von der Gruppe entfernt. Die Romni brach mitten im Satz ab und starrte mich an. Marcel war bleich geworden. »Ich versteh' das nicht, Louis ... ich versteh' das nicht. Rajko ist tot. Seit diesem Frühjahr. Er ... er ist ermordet worden. Wir müssen Marin aufsuchen, den Chef, im Wald.«

Ich nickte und spürte, wie mir das Herz bis zum Hals schlug. Die Frauen gingen uns voraus, wir folgten ihnen durch die Bäume.

Im Wald war es kühler, die Luft frischer. Die Wipfel der Fichten schwankten leicht im Wind, Zweige knackten, im Unterholz raschelte es. Durch kleine Lichtungen fielen sanfte Sonnenstrahlen schräg durch die Bäume und Büsche, Millionen von Stäubchen tanzten darin und ließen das Licht samtig wie Pfirsichhaut aussehen. Wir folgten einer Art Pfad, der vor kurzem ins Dickicht geschlagen worden war. Die Romni schritten mit unbeirrbarer Sicherheit aus. Auf einmal ertönten Stimmen, hallend in dem hohen smaragdgrünen Gewölbe. Männerstimmen, die einander wie aus großer Entfernung zuriefen. Die Sonnenblumenfrau drehte sich um und sagte etwas zu Marcel, der stumm nickte, während er weiterging. Der erste, dem wir begegneten, war ein junger Roma in einem Gewand aus blauem Stoff – eigentlich Fetzen von Stoff, mit grobem Zwirn aneinandergeheftet. Der Mann lag im Kampf mit einem dichten Dornengestrüpp, um darin einen winzigen Zweig mit einer beinahe farblosen Blüte zu pflücken. Er sprach mit Marcel, dann sah er mich an. »Kosta«, sagte er. Sein dunkelhäutiges Gesicht war jung und wohlgeformt, aber schon beim geringsten Lächeln bekam sein Ausdruck die zweideutige Schönheit eines Messers. Kosta folgte uns. Bald darauf kamen wir zu einer Lichtung, und hier fanden wir die Männer. Manche hatten sich den Hut übers Gesicht gestülpt und schliefen oder taten zumindest so, andere spielten Karten; einer hockte reglos auf einem Baumstamm. Lederne Gesichter, silbernes Aufblitzen an Gürteln oder Hüten, verhaltene Kraft, die bereit ist, beim geringsten Anlass hervorzubrechen. An den Bäumen lehnten Säcke voll frisch gepflückter Blätter und Blüten.

Marcel wandte sich an den Mann auf dem Baumstamm; die beiden schienen alte Bekannte zu sein. Nach langen einleitenden Worten stellte Minaus mich vor und sagte dann auf französisch: »Das ist Marin, der Vater von Mariana, der Frau mit dem Baby. Sie war Rajkos Frau.« Das junge Mädchen, von dem die Rede war, hielt sich im Hintergrund zwischen Gesträuch. Marin richtete den Blick auf mich. Seine Haut sah aus wie von Nadeln durchlöchert – als hätte man ihm eine nagelgespickte Maske aufgesetzt. Seine Augen waren schmale Schlitze, seine Haare weich und gewellt. Ein dünner Schnurrbart hing ihm über die Mundwinkel. Er trug eine zerrissene Jacke, unter der ein schmutziges T-Shirt zu erkennen war.

Ich begrüßte ihn, dann verbeugte ich mich vor den anderen Männern. Manche warfen mir einen desinteressierten Blick zu. Marin sprach mich an, Marcel übersetzte: »Er will wissen, was du willst.«

»Erklär ihm, dass ich nach den Störchen forsche. Dass ich versuche herauszufinden, wieso sie im letzten lahr ausgeblieben sind. Sag ihm, dass ich mit Rajkos Hilfe gerechnet hätte. Die Umstände seines Todes gehen mich nichts an. Aber das Verschwinden der Vögel wirft weitere Fragen auf. Vielleicht hat Rajko Leute aus dem Westen gekannt, die mit den Störchen zu tun hatten. Ich glaube, dass er mit einem gewissen Max Böhm in Verbindung stand.«

Je länger ich sprach, desto ungläubiger wurde Marcels Miene. Er starrte mich an, als wäre ich nicht ganz bei Trost. Dennoch übersetzte er, und Marin senkte leicht den Kopf, ohne mich aus den Augen zu lassen. Dann trat Stille ein. Marin musterte mich eine weitere Minute lang stumm. Dann sprach er. Lang. Gesetzt. In dem charakteristischen Tonfall einer erschöpften Seele, aufgerieben von der Grausamkeit seiner Mitmenschen.

»Rajko war einer, der die Scheiße aufgerührt hat«, sagte Marin. »Für mich war er wie ein Sohn. Er hat nicht gearbeitet, aber das war nicht schlimm. Er hat sich nicht um seine Familie gekümmert, und das war schon schlimmer. Aber ich war ihm deswegen nicht böse. Das war seine Art. Es hat ihm keine Ruhe gelassen.« Marin griff in einen der Säcke und zog eine Blüte hervor. »Sieh dir die Blume an. Für uns ist sie bloß ein Mittel, um ein paar Lev zu verdienen. Für ihn war sie eine Frage, ein Geheimnis. Also studierte er, las, beobachtete. Rajko war ein wirklicher Gelehrter. Er kannte die Namen und die Kräfte aller Pflanzen, aller Bäume. Mit den Vögeln war's dasselbe. Vor allem mit denen, die im Frühjahr und im Herbst auf Wanderschaft gehen. Er hat über sie Buch geführt. Er schrieb an verschiedene *gadsche* in Europa. Ich glaube wohl, dass der Name, den du genannt hast, auch darunter war.«

Rajko war also ebenfalls einer von Böhms Wachposten; auch von ihm hatte der Schweizer mir nichts erzählt. Ich tastete mich aufs Geratewohl vorwärts. Marin sprach weiter: »Deswegen erzähle ich dir die Geschichte. Du bist von derselben Art wie Rajko – der nachdenklichen Art.«

Ich spähte zwischen Zweigen hindurch und sah Mariana an. Sie hielt großen Abstand zu ihrem Vater.

»Aber Rajkos Tod hat mit deinen Vögeln nichts zu tun«, fuhr Marin fort. »Das war ein rassistisches Verbrechen, das zu einer anderen Welt gehört. Der Welt der Roma-Hasser.

Es war im Frühjahr, Ende April, als wir uns wieder auf den Weg machten. Rajko hatte seine eigenen Gewohnheiten. Bereits im März setzte er sich aufs Pferd und kam hierher an den Rand der Ebene, um auf die Störche zu warten. Zu der Zeit lebte er allein im Wald. Ernährte sich von Wurzeln, schlief im Freien. Und wartete, bis wir kamen. Aber dieses Jahr kam uns niemand entgegen, um uns zu begrüßen. Wir haben die ganze Ebene abgesucht und den Wald durchkämmt, und schließlich hat einer von uns Rajko tief im Dickicht gefunden. Seine Leiche war schon längst kalt. Die Tiere hatten bereits angefangen, ihn aufzufressen. Noch nie hab' ich so etwas gesehen. Rajko war nackt. Seine Brust war aufgeschlitzt, der Körper überall von Wunden und Rissen übersät, ein Arm und das Geschlecht praktisch abgerissen.«

Mariana, kaum zu sehen im Schatten des Laubs, bekreuzigte sich.

»Um einen derartigen Frevel begreifen zu können, Mann, muss man weit ausholen. Ich könnte dir einige Geschichten erzählen. Es heißt, wir stammten aus Indien, seien Abkömmlinge einer Kaste von Tänzern oder sonst was. Das ist alles ein großer Blödsinn. Ich werde dir sagen, wo wir herkommen: von den Menschenjagden in Bayern, den Sklavenmärkten in Rumänien, den Konzentrationslagern in Polen, wo die Nazis uns abgeschlachtet haben wie Versuchskaninchen. Ich werd' dir was sagen, Mann. Ich kenne eine alte Romni, die viel gelitten hat im Krieg. Die Nazis haben sie sterilisiert, gefoltert. Die Frau hat überlebt. Vor ein paar Jahren hat sie erfahren, dass die deutsche Regierung den Opfern der Todeslager Geld zahlt. Um die Entschädigung zu bekommen, brauchte man sich bloß von einem Arzt untersuchen zu lassen – irgendwie beweisen, was einem angetan wurde. Die Frau geht also zur nächsten Poliklinik, um sich untersuchen zu lassen und die Bestätigung zu bekommen. Sie wartet eine Weile, dann geht die Tür auf, und wer kommt heraus? Der Arzt, der sie im Lager operiert hat. Die Geschichte ist wahr, Mann. Das war in Leipzig vor vier Jahren. Und die Frau war meine Mutter. Sie ist kurz danach gestorben, ohne einen Groschen gesehen zu haben.«

»Aber«, fragte ich bestürzt, »was hat das mit Rajkos Tod zu tun?«

Marcel übersetzte. Marin starrte mich aus seinen Augenritzen an und sagte: »Das fragst du? Verstehst du nicht, dass das Böse zurückgekehrt ist, Mann? Das Böse herrscht wieder auf dieser Erde.«

Dann wandte Marin sich direkt an Marcel und hieb sich auf die Brust, während er sprach. Marcel zögerte mit der Übersetzung, er bat Marin zu wiederholen – was dieser tat, lauter und eindringlicher. Marcel schien seine Worte nicht zu verstehen. Endlich aber drehte er sich zu mir und flüsterte mit verschleierten Augen: »Die Mörder, Louis … die Mörder haben Rajkos Herz gestohlen.«

11

Auf dem Weg nach Sliven sprach keiner von uns ein Wort. Marin hatte uns noch weitere Einzelheiten berichtet: Nach der Entdeckung der Leiche hatten die Roma Dr. Djuric benachrichtigt, einen Zigeunerarzt, der mit seiner ambulanten Praxis das Ghetto in der Vorstadt von Sliven betreute. Milan Djuric hatte das Krankenhaus gebeten, ihm einen Saal zur Verfügung zu stellen, damit er eine Autopsie durchführen könne. Seine Bitte war abgelehnt worden. Kein Platz für einen Zigeuner. Auch nicht für einen toten. Also war der Wohnwagen zu einer Poliklinik auf dem Land weitergefahren. Auch hier wies man ihn ab. Schließlich begab sich der Konvoi zu einer alten, heruntergekommenen Turnhalle, die man den Roma abgetreten hatte. Dort, im säuerlichen

Schweißgeruch unter Basketballkörben und Sprossenwänden, hatte Djuric die Autopsie vorgenommen. Dort hatte er entdeckt, dass das Herz fehlte. Er hatte einen ausführlichen Bericht geschrieben und der Polizei den Fall gemeldet, die ihn zu den Akten legte. Bei den Roma war niemand empört oder auch nur erstaunt über diese Gleichgültigkeit; die Zigeuner sind derlei gewöhnt. Nein, was den alten Roma in Wahrheit quälte, war etwas ganz anderes: er wollte um jeden Preis herausfinden, wer seinen Schwiegersohn umgebracht hatte. An dem Tag, an dem er den Namen der Mörder erfuhr, würde die Sonne auf der Klinge seines Messers aufblitzen.

Vor unserem Aufbruch war noch etwas Merkwürdiges geschehen. Mariana war auf mich zugetreten und hatte mir wortlos und verstohlen ein abgegriffenes Heft in die Hand gedrückt. Ich brauchte freilich nur einen Blick darauf zu werfen, um zu erkennen, was das war: Rajkos persönliches Notizbuch, in dem er seine Beobachtungen und Theorien im Zusammenhang mit den Störchen festhielt. Ich ließ das wertvolle Dokument sofort im Handschuhfach verschwinden.

Zu Mittag waren wir in Sliven, einer Industriestadt, nichts sagend wie alle anderen. Durchschnittliche Größe, durchschnittliche Gebäude, durchschnittliche Trostlosigkeit. Diese Mittelmäßigkeit schien wie ein feiner Mineralstaub über den Straßen zu hängen und sich an die Fassaden, die Gesichter der Menschen zu heften. Marcel hatte eine Verabredung mit Markus Lasarewitsch getroffen, einer prominenten Persönlichkeit in der Welt der Zigeuner. Wir sollten mit ihm zu Mittag essen, obwohl uns nach den jüngsten Ereignissen nicht der Sinn danach stand, aber es war zu spät, um jetzt noch abzusagen.

Wir aßen ohne Appetit, und niemand hatte Lust, länger als nötig am Tisch zu verweilen. Markus Lasarewitsch war ein Schönling, einen Meter neunzig groß, sehr dunkelhäutig, mit goldenem Armband und Goldkette um den Hals. Das Musterbeispiel des erfolgreichen Roma, der Geschäfte macht und Millionenbeträge umsetzt. Ein Mensch, der schmeichlerisch und hinterhältig wirkte, wie gepolstert mit Samt und Tücke.

»Sehen Sie«, sagte er auf englisch, während er eine lange Zigarette mit Goldfilter rauchte, »ich war sehr betrübt über Rajkos Tod. Aber diese Dinge werden sich nie ändern. Immer dieselbe Gewalttätigkeit, immer dieselben undurchschaubaren Geschichten.«

»Sie meinen also«, fragte ich, »dass es sich hier um eine sippeninterne Abrechnung handelt?«

»Das habe ich nicht gesagt. Vielleicht war es ein Schlag, den die Bulgaren geführt haben. Tatsache ist aber, dass bei den Roma immer noch das Gesetz der Blutrache herrscht. Alte Konflikte sterben nie aus. Immer ist irgendein Haus anzuzünden, muss man irgendeinem schlechten Ruf gerecht werden. Ich sag' es Ihnen ganz offen – ich bin selber ein Roma.«

»Herrgott, wie kannst du so reden?«, fuhr Marcel dazwischen. »Weißt du überhaupt, unter welchen Umständen Rajko gestorben ist?«

»Genau das ist es, Marcel«, antwortete Lasarewitsch gelassen und streifte ein wenig Asche von seiner Zigarette. »Ein bulgarischer Strolch wäre mit einem Messer im Bauch in irgendeiner Gasse aufgefunden worden. Punkt, Ende. Aber ein Roma – niemals. Der muss im tiefsten Wald entdeckt werden, mit herausgerissenem Herzen. Hier zu Lande sind Aberglauben und Hexerei immer noch so tief verwurzelt, dass dieser Tod die Phantasie auf äußerst gefährliche Weise beflügelt hat.«

»Rajko war kein Strolch«, gab Marcel zurück.

Der Salat wurde aufgetragen – eingelegtes Gemüse, bestreut mit geriebenem Käse. Keiner rührte ihn an. Wir saßen in einem weiten leeren Speisesaal mit braunem Teppichboden und zahlreichen Tischen mit weißen Tüchern, jedoch ohne Gedecke oder sonst irgendeine Dekoration. Von der Decke hingen geschmacklose Lüster aus Glas herab, in denen sich ein trüber Abglanz der Sonne vor den Fenstern spiegelte. Alles schien bereit für ein großes Festmahl, das freilich nie stattfinden würde.

Markus ergriff wieder das Wort: »Im Umkreis der Leiche hat man keine Spuren, keinerlei Hinweise gefunden. Mit Sicherheit weiß man nur eins: dass das Herz gestohlen wurde. Die Regionalzeitungen haben sich natürlich auf den Fall gestürzt und irgendwelche Märchen verbreitet. Geschichten über Hexerei, schwarze Magie. Und Schlimmeres.« Markus legte eine vielsagende Pause ein, während er seine Zigarette ausdrückte. Er blickte Marcel scharf ins Auge. »Du weißt, wovon ich spreche.«

Ich begriff seine Anspielung natürlich nicht, und Marcel schob freundlicherweise einen Exkurs auf Französisch ein, in dem er mir erklärte, die Roma stünden seit Jahrhunderten in dem Ruch des Kannibalismus.

»Die Vorstellung von den Zigeunern als Menschenfressern und Kindermördern ist ein abwegiges Hirngespinst«, sagte Marcel. »Aber die Tatsache, dass Rajkos Herz verschwunden ist, hat natürlich einen uralten Aberglauben wiederaufleben lassen.«

Ich warf Markus einen raschen Blick zu. Er zuckte nicht mit der Wimper. Statt dessen hatte er sich eine neue Zigarette angezündet und rauchte schweigend.

»Seit Jahren«, fuhr er nach einer Weile fort, »kämpfe ich darum, unser Image zu verbessern. Aber mit einem Schlag sind wir wieder mitten ins finsterste Mittelalter zurückgefallen! Daran sind übrigens alle schuld. Verstehen Sie mich nicht falsch, Herr Antioche. Das ist kein Zynismus. Ich denke einfach nur an die Zukunft«, sagte er theatralisch und setzte alle zehn Finger krakenartig auf das Tischtuch. »Ich kämpfe für die Verbesserung unserer Lebensbedingungen, für unser Recht auf Arbeit.«

In der Region um Sliven war Markus Lasarewitsch eine politische Figur, er war der Kandidat der Roma schlechthin – was ihm erhebliche Macht verlieh. Marcel hatte mir erzählt, wie Lasarewitsch mit wiegendem Gang durch die Ghettos von Sliven schritt, gefolgt von einer Horde dunkelhäutiger zerlumpter Gestalten, die sich voller Begeisterung an seinen feinen Anzugstoff klammerten. Ich stellte mir seine verkniffene Miene vor angesichts dieser potenziellen Wählerschaft voller Dreck und Gestank. Doch trotz seines unverhohlenen Abscheus musste er den Roma schmeicheln: das war der Preis seiner politischen Ambitionen – und Rajkos Tod war ein nicht zu übersehener Stein in seinem Garten.

Lasarewitsch stellte die Situation auf seine Weise dar: »Dieser Vorfall hat viele unserer Bemühungen zunichte gemacht, insbesondere auf sozialer Ebene. Zum Beispiel hatte ich mit Hilfe einer humanitären Organisation medizinische Zentren in den Ghettos eingerichtet.«

»Was für einer Organisation?«, fragte ich nervös.

»Monde Unique.« Markus nannte sie bei ihrem französischen Namen und wiederholte dann auf englisch: »One World.«

Monde Unique. Es war das dritte Mal innerhalb weniger Tage und im Abstand von vielen hundert Kilometern, dass ich diesen Namen hörte.

»Aber jetzt sind die jungen Ärzte wieder abgereist«, fuhr Markus fort. »Wegen einer dringenden Mission, sagten sie. Es würde mich allerdings nicht wundern, wenn sie einfach die Schnauze voll hätten von unseren ständigen Reibereien, unserer Weigerung, uns anzupassen, unserer Verachtung für die *gadsche*. Meiner Meinung nach hat Rajkos Tod ihnen endgültig die Lust verdorben.«

»Sind die Ärzte unmittelbar nach seinem Tod abgereist?«

»Nein, nicht direkt. Im Juli haben sie Bulgarien verlassen.«

»Und worin bestand ihre Tätigkeit?«

»Sie versorgten die Kranken, impften die Kinder, verteilten Medikamente. Sie hatten ein Analyselabor und waren ausgerüstet für kleinere chirurgische Eingriffe.« Mit der Miene dessen, der sich auskennt, rieb Markus Daumen und Zeigefinger aneinander: »Es steckt viel Geld hinter dieser Organisation. Sehr viel Geld.«

Markus bezahlte die Rechnung und brachte die Rede auf den fehlgeschlagenen Staatsstreich in Moskau, zehn Tage zuvor. In seiner Vorstellung war anscheinend alles Teil eines einzigen, umfassenden politischen Programms, in dem jeder Bestandteil eine spezifische Rolle spielte. Das Elend der Roma, der Mord an Rajko, der Niedergang des Sozialismus bildeten in seinen Augen eine logische Entwicklung, die – wie könnte es anders sein – in der Wahl von Markus Lasarewitsch münden musste.

Als wir vor dem Restaurant standen, befühlte er das Revers meines Jacketts und erkundigte sich nach dem Preis des Volkswagens in Dollar. Ich nannte ihm eine astronomische Summe, einzig wegen des Vergnügens, sein Gesicht dabei zu beobachten: es war das erste Mal, dass er die Miene verzog. Ich stieg in den Wagen und schlug die Tür zu. Er beugte sich zu meinem Fenster herab und fragte: »Eins habe ich nicht ganz verstanden. Weshalb, sagten Sie, sind Sie nach Bulgarien gekommen?« Während ich den Motor anließ, erklärte ich ihm mit knappen Worten die Sache mit den Störchen. *»Oh, really?«* fragte er voller Verachtung mit demonstrativem amerikanischem Akzent. Ich gab Gas und fuhr davon.

12

Um sechs Uhr abends waren wir wieder in Sofia, und ich rief sofort bei Dr. Milan Djuric an. Seine Frau, die ein wenig Englisch sprach, sagte mir, er halte bis zum Nachmittag des nächsten Tages Sprechstunde in Podliw. Ich nannte ihr meinen Namen und bat sie, ihm auszurichten, dass ich ihn am nächsten Tag gegen Abend besuchen wolle. Es sei mir äußerst wichtig, mit Dr. Djuric zu sprechen, fügte ich hinzu. Nach einigem Zögern gab mir seine Frau die Adresse und beschrieb mir den Weg dorthin. Ich legte auf und befasste mich mit meinem nächsten Reiseziel: Istanbul.

Max Böhms Umschlag enthielt eine Zugfahrkarte Sofia – Istanbul samt Fahrplan. Jeden Abend gegen elf fuhr ein Zug in die Türkei. Der Schweizer hatte wahrlich an alles gedacht.

Ich grübelte über sein Naturell nach, dann fiel mir ein, dass ich ja jemanden kannte, der mir über ihn Auskunft geben konnte: Nelly Braesler. Schließlich war sie es, die mich mit Böhm zusammengebracht hatte. Ich nahm den Telefonhörer ab und wählte die Nummer meiner Adoptivmutter in Frankreich.

Nach etwa zehn Versuchen klappte die Verbindung. In weiter Ferne hörte ich ein mehrmaliges Läuten, dann ertönte Nellys schrille Stimme, die noch um einiges ferner klang.

»Hallo?«

»Hier ist Louis«, sagte ich kalt.

»Louis? Mein kleiner Louis, wo sind Sie denn?«

Der honigsüße, katzenfreundliche Tonfall war mir sofort wieder vertraut, und ich spürte, wie sich mir die Haare sträubten.

»In Bulgarien.«

»In Bulgarien! Und was machen Sie dort?«

»Ich arbeite für Max Böhm.«

»Ach, der arme Max! Ich habe es jetzt erst erfahren ... Ich hätte nicht gedacht, dass Sie trotzdem ...«

»Böhm hat mich für eine Arbeit bezahlt. Ich halte mich an meine Verpflichtungen. Auch posthum.«

»Sie hätten uns Bescheid sagen können.«

»Es wäre viel eher an dir gewesen, Nelly, mich aufzuklären.« Ich duzte Nelly, während es für sie Ehrensache war, mich zu siezen. »Wer war Max Böhm? Was hast du gewusst über die Arbeit, die er mir angeboten hat?«

»Mein kleiner Louis, Ihr Tonfall erschreckt mich. Max Böhm war einfach ein Ornithologe. Wir haben ihn bei einem Ornithologenkongress kennen gelernt. Sie wissen doch, dass Georges sich für solche Sachen interessiert. Max war uns sehr sympathisch. Außerdem ist er viel herumgekommen. Wie waren sogar in denselben Ländern und ...«

»Zum Beispiel in Zentralafrika?« unterbrach ich sie.

Nelly blieb eine Weile stumm, dann antwortete sie, leiser: »Ja. Zum Beispiel in Zentralafrika ...«

»Was wusstest du über den Auftrag, den er mir anvertrauen wollte?«

»Nichts. Jedenfalls so gut wie nichts. Letzten Mai schrieb uns Max, er sei auf der Suche nach einem Studenten für eine kurzfristige Arbeit im Ausland. Natürlich haben wir gleich an Sie gedacht.«

»Hast du gewusst, dass es dabei um Störche geht?«

»Ich glaube mich daran zu erinnern.«

»Hast du gewusst, dass diese Arbeit gefährlich ist?«

»Gefährlich? Mein Gott, nein ...«

Ich wechselte den Kurs: »Was weißt du über Max Böhm, über seine Familie, seine Vergangenheit?«

»Nichts. Max war ein recht einsamer Mann.«

»Hat er je von seiner Frau gesprochen?«

In der Leitung krachte es, und ich konnte Nellys Antwort kaum verstehen. »Kaum«, hörte ich dumpf.

»Und von seinem Sohn?«

»Seinem Sohn? Ich wusste überhaupt nicht, dass er einen Sohn hat! Ich verstehe ihre Fragen nicht, Louis …«

Wieder krachte es, diesmal so laut wie Gewehrsalven. Ich brüllte: »Letzte Frage, Nelly: Hast du gewusst, dass Max ein transplantiertes Herz hatte?«

»Nein!« Ich hörte ein Beben in Nellys Stimme. »Ich wusste lediglich, dass sein Herz schwach war. Ist er nicht an einem Infarkt gestorben? Louis, Ihre Reise ist sinnlos geworden! Es ist doch alles vorbei …«

»Im Gegenteil, Nelly, es fängt alles erst an. Ich melde mich später wieder.«

»Louis, mein kleiner Louis … wann kommen Sie zurück?«

Wieder wurde die Leitung durch Störungen unterbrochen.

»Ich weiß nicht, Nelly. Grüße an Georges. Pass auf dich auf.«

Ich legte auf. Ich war verstört, wie jedes Mal, wenn ich mit meiner Adoptivmutter sprach. Nelly wusste nichts. Die Braeslers waren schlicht zu reich, um unaufrichtig zu sein.

Es war acht Uhr abends. Ich verfasste rasch ein Fax an Hervé Dumaz, in dem ich ihm die furchtbaren Entdeckungen des Tages mitteilte, und schloss mit dem Versprechen, fortan selbst Nachforschungen über Max Böhms Vergangenheit anzustellen.

An diesem Abend beschloss Marcel, Yeta und mich zum Essen auszuführen. Die Idee überraschte mich: schließlich kannten wir uns kaum ein paar Stunden. Aber Minaus liebte Kontraste – und er behauptete, wir brauchten alle Entspannung.

Das Restaurant lag am Boulevard Ruski. Marcel spielte den Zeremonienmeister und fragte den Empfangschef – der in eine schmutzige weiße Smokingjacke eingeschnürt war –, ob die Terrasse geöffnet sei. Der Mann nickte und wies auf die Treppe: die Terrasse befand sich im ersten Stock. Oben betraten wir einen lang gestreckten Raum mit braunem Teppichboden, einer Wandtäfelung aus Holzimitat, kupfernen Deckenleuchten; die Fenster, die auf den breiten Boulevard hinausgingen, standen weit offen, dennoch war die Luft erfüllt von intensiven Gerüchen, die mich auf der Hut sein ließen: gegrilltes Fleisch, Bratwürste, Räucherspeck ...

Wir nahmen Platz. Ich sah mich um, an den Nebentischen saßen Familien, die sich in gedämpftem Ton unterhielten, nur aus einer düsteren Ecke drang Lärm – dort gab sich eine Runde bulgarischer Zecher dem Arkhi hin, dem örtlichen Schnaps. Ich griff nach der englischen Speisekarte, während Marcel in lehrerhaftem Ton das Menü für seine Braut zusammenstellte. Ich betrachtete die beiden aus dem Augenwinkel – ihn mit seinem langen Bart und spitzen Schädel, sie, kerzengerade und reglos, verschreckte Blicke um sich werfend. Argwöhnisch spähte ihr Igelgesichtchen unter der grauen Mähne hervor. Was diese zwei Käuze miteinander verband, konnte ich mir nicht erklären. Seit dem Vorabend hatte die Romni kein Wort mehr gesprochen.

Der Kellner erschien, und sogleich begann der Ärger. Den üblichen Salat aus Konservengemüse gab es nicht mehr. Es gab auch kein Auberginenpüree und keine *turkia*, die ein Gemüseeintopf gewesen wäre. Und Fisch gab es sowieso nicht. Entnervt fragte ich den Kellner, was die Küche dann zu bieten habe. »Ausschließlich Fleisch«, antwortete er mit einem unangenehmen Lächeln auf bulgarisch. Ich beschränkte mich also auf die Beilagen zum Steak, grüne Bohnen und Kartoffeln, und schärfte dem Kellner ein, dass ich auf keinen Fall Fleisch wolle. Marcel hielt mir einen Vortrag über meinen mangelnden Appetit und erging sich in weitschweifigen physiologischen Überlegungen.

Eine halbe Stunde später kam mein Essen. Neben dem

Gemüse lag ein großes Stück Fleisch, das gerade nur angebraten war und von Blut troff. Bei dem Anblick würgte mich der Ekel. Ich packte den Kellner bei der Jacke und befahl ihm, den Teller auf der Stelle wieder mitzunehmen. Der Mann sträubte sich, Gläser fielen um und rollten zu Boden, wo sie klirrend zerbrachen. Der Kellner begann mich zu beschimpfen und wurde seinerseits handgreiflich, wir standen beide und waren im Begriff, uns zu prügeln, als Marcel dazwischentrat und uns trennte. Der Kellner nahm fluchend den Teller wieder mit, während die Zecher im Hintergrund mir mit erhobenem Glas zuprosteten. Ich war wie von Sinnen und zitterte am ganzen Körper. Ich strich mein Hemd glatt und trat auf den Balkon hinaus, um mich wieder zu beruhigen.

Über Sofia lag jetzt eine frische abendliche Kühle. Der Balkon ging auf den Narodno-Sabranie-Platz hinaus, auf dem das Parlamentsgebäude steht. Von hier aus konnte ich einen großen Teil der allmählich erleuchteten Stadt bewundern.

Sofia liegt in einer Talsohle. Wenn der Abend hereinbricht, färben die Berge ringsum sich in zartem Blau, die Stadt hingegen, rot und braun, scheint in sich selbst zu versinken. Emporgerichtet, gequält, launisch, mit ihren stierblutfarbenen Gebäuden und kreideweißen Gemäuern, erschien mir Sofia, die Stadt im Herzen des Balkans, der Inbegriff von Stolz. Ich war überrascht von der Lebendigkeit und Vielfalt dieser Stadt, die so wenig mit den Klischeevorstellungen vom elenden Stumpfsinn der Ostblockländer übereinstimmte. Natürlich hatte auch sie ihr Quantum an grauen Wohnblocks, Tankstellen mit endlosen Warteschlangen und leeren Geschäften, aber gleichzeitig war sie hell und luftig, voller Freundlichkeit und voller Verrücktheiten. Mit dem allgegenwärtigen Flair von Improvisation, den orangefarbenen Straßenbahnen, dem bunten Durcheinander der Läden hatte sie etwas von einem merkwürdigen und fremdartigen

Volksfest, dessen Attraktionen zwischen Ausgelassenheit und Unheimlichkeit ständig wechselten.

Marcel trat zu mir heraus. »Geht's besser?«, fragte er und klopfte mir auf die Schulter.

»Geht schon.«

Er lachte nervös auf. »Dich will ich jedenfalls nicht als Partner für mein Zigeunerrestaurant!«

»Tut mir leid, Marcel«, antwortete ich. »Ich hätte es dir sagen sollen. Schon der Anblick eines blutigen Steaks verursacht mir Brechreiz.«

»Vegetarier?«

»Am liebsten, ja.«

»Ist nicht weiter schlimm.« Er ließ seinen Blick über die dämmrige Stadt schweifen, dann wiederholte er, leiser: »Ist nicht weiter schlimm. Ich hatte auch keinen rechten Appetit. Dieses Restaurant war keine gute Idee.«

Er schwieg eine Weile, dann sagte er: »Rajko war ein Freund von mir, Louis. Ein guter, herzlicher, hochanständiger Freund, ein wunderbarer junger Mann, der den Wald besser als irgendjemand sonst kannte und für jede Pflanze die besten Stellen wusste. Er war das Hirn der Familie Nikolitsch und ist als Sammler unersetzlich für sie.«

»Wie kommt es, dass du so lang nichts von ihm gehört hast? Wieso hat dich niemand von seinem Tod benachrichtigt?«

»Im Frühjahr war ich in Albanien. Dort kündigt sich eine schreckliche Hungersnot an. Ich versuche, die französische Öffentlichkeit zu mobilisieren. Und was Marin und die anderen angeht – weshalb hätten sie mich benachrichtigen sollen? Sie waren starr vor Entsetzen. Und schließlich bin ich bloß ein *gadscho*.«

»Was denkst du über Rajkos Tod?«

Marcel zuckte die Schultern. Er schwieg eine Weile, als wollte er seine Gedanken ordnen.

»Ich hab' keine Erklärung. Die Roma leben in einer Welt der Gewalt. Schon innerhalb der Sippe herrscht Gewalttätigkeit. Das Messer sitzt locker bei ihnen, und noch lockerer sitzt die Faust. Eine Rabaukenmentalität. Aber viel schlimmer ist die Gewalt von außen, die Gewalt der *gadsche*, die nie aufhört. Und heimtückisch ist. Sie verfolgt die Zigeuner überall auf der Welt, und das seit Jahrhunderten. Ich habe so viele Elendsviertel am Rand der Großstädte in Bulgarien, Jugoslawien, der Türkei kennen gelernt. Aneinandergedrängte Baracken im Dreck, in denen Familien ohne Beruf und ohne Zukunft leben und gegen den Rassismus kämpfen, der ihnen keine Ruhe lässt. Manchmal sind es direkte, brutale Angriffe. Dann wieder ist das System raffinierter und funktioniert mittels Gesetzen und legalen Schikanemaßnahmen. Aber das Resultat ist immer dasselbe: Roma raus! Ich hab' so viele Vertreibungen miterlebt, mit Hilfe von Polizei, Bulldozern, Brandstiftung ... Ich habe Kinder dabei umkommen sehen, Louis, in den Trümmern der Baracken, in brennenden Wohnwagen. Die Roma, das ist die Pest, die Seuche, die ausgerottet werden muss. Also, was ist mit Rajko passiert? Offen gestanden, ich weiß es nicht. Vielleicht war es ein rassistisches Verbrechen. Oder eine Warnung, um die Roma aus der Gegend zu verjagen. Oder eine infame Strategie, um sie in Misskredit zu bringen. Auf jeden Fall war Rajko das unschuldige Opfer einer scheußlichen Geschichte.«

Ich hörte aufmerksam zu und nahm die Informationen zur Kenntnis. Möglicherweise stand diese ›scheußliche Geschichte‹ in keinem Zusammenhang mit Max Böhm und seinen Geheimnissen. Ich wechselte das Thema:

»Was hältst du von *Monde Unique*?«

»Den Ghettoärzten? Sie sind großartig. Verständnisvoll und engagiert. Es ist das erste Mal, dass jemand den bulgarischen Roma wirklich zu Hilfe kommt.« Marcel drehte sich zu mir um. »Aber du, Louis, was hast du mit der Sache zu schaffen? Bist du wirklich Vogelkundler? Was ist das für eine merkwürdige Geschichte, die du Marin erzählt hast? Was haben die Störche damit zu tun?«

»Das weiß ich alles selber nicht. Ich hab' dir was verschwiegen, Marcel: Max Böhm hat mich beauftragt, den Störchen nachzureisen. Inzwischen ist der Mann gestorben, und seit seinem Tod häufen sich die Rätsel. Mehr kann ich dir nicht sagen, aber eins ist sicher: dieser Ornithologe war nicht ganz koscher.«

»Und wieso hast du den Auftrag angenommen?«

»Weil ich zehn Jahre nur studiert habe, wie ein Verrückter, und diese zehn Jahre haben mir für den Rest meines Lebens die Lust an jeglicher intellektueller Beschäftigung verleidet. Zehn Jahre lang hab' ich nichts erlebt, nichts gesehen als Bücher. Ich wollte Schluss machen mit dieser geistigen Masturbation, die eine schreckliche Leere im Bauch hinterlässt, eine derartige Gier nach Leben, dass man mit dem Kopf gegen die Wand rennen möchte. Am Schluss war's schon eine Zwangsvorstellung für mich, Marcel – diese Einsamkeit zu durchbrechen, Unbekanntes kennen zu lernen, um jeden Preis. Als der alte Max mir den Vorschlag gemacht hat, auf den Spuren der Störche quer durch Europa, Nahost und Afrika zu reisen, habe ich keine Sekunde gezögert.«

Nun kam auch Yeta auf den Balkon; sie wurde ungeduldig. Der Kellner weigerte sich, ihr das bestellte Gericht zu servieren. Nun hatten wir alle drei nichts gegessen. In der hereinbrechenden Dunkelheit wälzten sich schwarze Wolkenmassen wie dunkle Wolle über den abendlichen Himmel.

»Gehen wir wieder hinein«, sagte Marcel. »Es wird bald ein Gewitter geben.«

Ich bewohnte ein unpersönliches Hotelzimmer mit sparsamer Beleuchtung. Draußen tobten Blitz und Donner, aber der Regen ließ auf sich warten. Die Hitze war erdrückend, eine Klimaanlage gab es nicht. Die Temperaturen hier zu Lande überraschten mich – in meiner Vorstellung hatte ich die Länder des Balkans stets mit trostloser Kälte, nicht vorhandener Heizung und Tschapkas in Verbindung gebracht.

Um 22.30 Uhr fragte ich die Argos-Daten ab. Die ersten zwei Störche von Sliven waren bereits unterwegs zum Bosporus. Sie waren am selben Abend um 18.15 Uhr in Svilengrad nahe der türkischen Grenze lokalisiert worden. Ein weiterer Storch war ebenfalls an diesem Abend in Sliven eingetroffen, und die anderen folgten unbeirrbar. Ich beobachtete auch die westliche Route: die acht Störche, die den Weg über Spanien und Marokko genommen hatten … Die meisten von ihnen hatten bereits die Straße von Gibraltar hinter sich gebracht und flogen jetzt auf die Sahara zu.

Draußen wütete noch immer das Gewitter. Ich legte mich aufs Bett, schaltete die Deckenbeleuchtung aus und die Nachttischlampe an und nahm mir zum ersten Mal Rajkos Notizbuch vor. Es war eine einzige Hymne an die Störche. Rajko hatte wahrhaftig alles festgehalten: jeden vorbeiziehenden Vogel, die Anzahl der Nester und der Jungen, jeden Unfall … Er rechnete Durchschnittszahlen aus und bemühte sich, Systeme aufzustellen. Sein Heft war voller Zahlenreihen und Arabesken, die Max Böhm sicher sehr gefallen hätten. Am Rand notierte er seine Kommentare in linkischem Englisch: ernste, liebevolle und auch humoristische Überlegungen. Den Paaren, die in Sliven brüteten, hatte er Namen gegeben, die er in einem eigenen Verzeichnis erläuterte. So erfuhr ich, dass das Paar ›Silberasche‹ sein Nest mit einem Teppich aus Moos auskleidete, das Männchen der Familie ›Zauberschnabel‹ einen asymmetrischen Schnabel hatte und das Paar ›Purpurfrühling‹ in einer roten Abenddämmerung sein Nest bezogen hatte.

Rajko hatte auch technische Schemata und anatomische Studien in seinen Beobachtungen festgehalten und Skizzen von verschiedenen Ringmodellen angefertigt, wie sie in Frankreich, Deutschland, Holland üblich waren, und natürlich auch von Max Böhms Ringen. Neben jeder Zeichnung standen das Datum und der Ort der Beobachtung. Ein Detail fiel mir auf: die zweifach beringten Störche trugen zwei unterschiedliche Modelle. Der Ring mit dem Geburtsdatum war schmal und aus einem Stück, während der zweite Ring, den Böhm später angebracht hatte, stärker war und ein Scharnier zu haben schien: er sah aus, als ließe er sich öffnen wie die zwei Backen einer Zange. Ich stand auf, um die Fotografien zu holen, und sah mir die Beine der Störche genauer an. Rajko hatte richtig gesehen: auf den Fotos waren deutlich zwei verschiedene Ringe zu erkennen. Ich dachte darüber nach, was das wohl bedeuten mochte, konnte mir aber keinen Reim darauf machen. Die Art der Beschriftung hingegen war identisch: Tag und Ort der Beringung, nichts weiter.

Draußen fing es endlich an zu regnen. Ich riss die Fenster auf und ließ einen Schwall kühler, frischer Luft herein. In der Ferne breitete Sofia seine Lichter aus wie eine einsame Galaxie im schwarzen All. Ich kehrte zu meiner Lektüre zurück.

Die letzten Seiten waren den Störchen vom Jahr 1991 gewidmet, Rajkos letztem Frühling. Auch er hatte wie Joro in den Monaten Februar und März festgestellt, dass Böhms Störche nicht zurückkamen. Wie Joro hatte er vermutet, dass ihr Ausbleiben auf Krankheit oder Verwundung zurückzuführen sei. Mehr hatte Rajko mir nicht zu sagen. Anhand seines Notizbuchs folgte ich den letzten Tagen seines Lebens. Am 22. April blieb die Seite leer.

13

»Das jahrhundertealte Nomadentum der Zigeuner ist wahrscheinlich eher eine Reaktion auf die Verfolgungen, den unausrottbaren Rassismus der *gadsche.*«

Um sechs Uhr morgens hielt Marcel bereits Vorträge, während ich durch die langfingrige Morgenröte der bulgarischen Landschaft fuhr.

»Die nichtsesshaften Zigeuner sind die ärmsten und unglücklichsten. Jedes Frühjahr machen sie sich auf den Weg und träumen dabei von einem großen, geheizten Haus. Gleichzeitig aber, und das ist das Paradoxe, ist das Nomadentum in der Kultur der Zigeuner nach wie vor fest verwurzelt. Selbst die sesshaften Roma gehen immer wieder auf Reisen. Auf diese Weise lernen die Männer ihre künftigen Frauen kennen, schließen sich Familien zusammen. Diese Tradition ist viel mehr als ein bloßer Ortswechsel. Sie ist eine Geisteshaltung, eine Lebensform. Das Haus eines Roma ist immer wie ein Zelt gebaut: ein großes Zimmer, in dem sich das gesamte Gemeinschaftsleben abspielt und in dem alle Möbel, Gebrauchs- und Dekorationsgegenstände an die Ausstattung eines Wohnwagens erinnern.«

Auf dem Rücksitz schlief Yeta. Wir hatten den 31. August, und mir blieben nur noch sechzehn Stunden in Bulgarien. Mir war sehr daran gelegen, noch einmal nach Sliven zu fahren, um mit Marin zu sprechen und mir die Lokalzeitungen vom 23. und 24. April 1991 vorzunehmen. Zwar hatte die Polizei den Fall zu den Akten gelegt, aber vielleicht hatten zumindest die Journalisten unmittelbar nach der Entdeckung der Leiche das eine oder andere Detail herausgefunden. Es waren nichts als Versuchsballons, von deren Nützlichkeit ich nicht sehr überzeugt war, aber auf jeden Fall würden sie mir bis zu meinem Gespräch mit Dr. Djuric am späten Nachmittag die Zeit vertreiben. Außerdem wollte ich nicht den Augenblick verpassen, in dem in der weiten Ebene die Störche erwachten.

Unsere Besuche in den Zeitungsredaktionen waren ergebnislos, die Artikel über den Fall Rajko Nikolitsch waren nichts als ein Schwall rassistischer Reden. In einem hatte Markus Lasarewitsch recht: Rajkos Tod hatte die Phantasie beflügelt.

Der *Atkitno* vertrat die These einer internen Abrechnung: angeblich seien sich zwei Zigeunersippen wegen eines Sammelgebietes in die Haare geraten. Der Artikel schloss mit einer Brandrede gegen die Roma, wobei der Verfasser sich auf etliche Skandale berief, die während der vergangenen Monate Sliven erschüttert und bei denen die Zigeuner eine zentrale Rolle gespielt hätten. Das Verbrechen an Rajko sei also ein Höhepunkt der Feindseligkeiten. Aber man dürfe nicht zulassen, dass die Wälder Austragungsort von Zigeunerkriegen würden und eine Gefahr für die bulgarischen Bauern, vor allem für ihre Kinder, die in den Wäldern spazieren gingen. Marcel sah rot, während er mir den Artikel übersetzte.

Der *Kutha* hingegen, das Sprachrohr der Oppositionspartei UDF, beutete den Aberglauben aus. Das Fehlen jeglicher Indizien veranlasste den Verfasser des Artikels, ein Sammelsurium an Spekulationen auszubreiten, die allesamt auf Magie und Hexerei beruhten. Demnach hatte Rajko höchstwahrscheinlich einen ›Fehler‹ begangen, und zur Strafe war ihm das Herz herausgerissen und den Raubtieren zum Fraß vorgeworfen worden. Der Artikel schloss mit einer Warnung in apokalyptischen Tönen an die Einwohner von Sliven, sich vor den Zigeunern nur ja in Acht zu nehmen, einem wahrhaft teuflischen Gewürm.

Der *Jägerverband* schließlich brachte nur einen kurzen Bericht, im Wesentlichen eine Aneinanderreihung sämtlicher Schändlichkeiten, die auf das Konto der Roma gingen: angezündete Häuser, Gewaltverbrechen, Diebstahl und Straßenraub, Schlägereien und andere Untaten bis hin zum Vorwurf des Kannibalismus wurden in durchaus unbeteiligtem Ton aufgezählt. Zur Bekräftigung zitierte der Redakteur einen Fall aus der ungarischen Lokalchronik des neunzehnten Jahrhunderts, bei dem die Zigeuner der Menschenfresserei beschuldigt worden waren.

»Was sie natürlich verschweigen«, schrie Marcel, »ist, dass die Roma von der Anklage freigesprochen wurden! Übrigens zu spät, denn bis dahin waren bereits mehr als hundert Zigeuner in den Sümpfen gelyncht worden.«

Die Menschenfresserei brachte das Fass zum Überlaufen: Minaus geriet in einen heiligen Zorn und tobte furiengleich durch die alte Druckerei, brüllte nach dem Chefredakteur, warf mit Papierballen, goss Druckfarbe auf den Boden, packte den alten Mann, der uns die Benutzung des Archivs erlaubt hatte, beim Kragen und beutelte ihn. Ich hatte Mühe, ihn wieder zur Vernunft zu bringen. Wir verließen die Örtlichkeit. Yeta kletterte hinter uns auf den Rücksitz und begriff nichts.

In der Nähe des Slivener Bahnhofs erspähte ich eine Schenke, errichtet aus Fertigbauteilen, und schlug vor, dort einen türkischen Kaffee zu trinken. Eine halbe Stunde lang schimpfte Marcel auf Romani, bis er sich endlich beruhigt hatte. Hinter uns saßen mandelessende Zigeuner in raubtierhaftem Schweigen. Minaus konnte nicht widerstehen und richtete in seinem besten Romani das Wort an sie. Die Roma lächelten, dann antworteten sie, und kurz darauf stimmte Marcel ein schallendes Gelächter an. Seine gute Laune brach wieder durch. Es war zehn Uhr vormittags, und ich schlug meinem Begleiter vor, die Route zu wechseln und quer über Land zu fahren: vielleicht entdeckten wir Störche. Marcel stimmte begeistert zu. Ich fing an, seinen Charakter ein wenig besser zu verstehen: Minaus war selbst ein Nomade, nicht nur im Raum, sondern auch in der Zeit. Er lebte ausschließlich in der Gegenwart. Von einem Augenblick zum anderen konnte seine Stimmung umschlagen und sich um hundertachtzig Grad drehen.

Wir fuhren zuerst durch Weinberge, in denen Heerscharen von Romni Trauben lasen, über die knorrigen Rebstöcke gebeugt. Der süße Duft der Trauben erfüllte die Luft und drang bis zu uns. Als wir vorbeifuhren, drehten die Frauen sich um und winkten. Immer dieselben Gesichter, stumpf und dunkel. Immer dieselben Kleider in lebhaften Farben; manche Frauen hatten sich die Nägel scharlachrot lackiert. Dann öffnete sich vor uns die endlose, menschenleere Ebene, in der ab und zu ein Baum aufragte. Aber meistens sahen wir nur den Sumpf, der sich in schwarzen und glänzenden Streifen durch Gräser und Gesträuch zog.

Auf einmal erkannte ich in der Ferne eine lange weiße Linie in der Landschaft. »Da sind sie«, murmelte ich. Marcel griff nach meinem Fernglas und richtete es auf die Gruppe. Gleich darauf befahl er mir: »Bieg hier ab«, und deutete auf einen schmalen Pfad am rechten Straßenrand. Durch tiefe Lehmfurchen hielt ich langsam auf die Störche zu. Es waren mehrere hundert: stumm, reglos und aufrecht standen sie auf einem Bein. »Mach den Motor aus«, flüsterte Marcel. Wir stiegen aus und gingen näher. Ein paar Vögel erzitterten, schlugen mit den Flügeln und flogen auf. Wir blieben stehen. Dreißig Sekunden. Eine Minute. Nach und nach erwachten die Vögel zum Leben und begannen, elegant einherschreitend, mit den Schnäbeln in der Erde zu picken auf der Suche nach Nahrung. Vorsichtig machten wir noch ein paar Schritte; die Störche waren nur noch dreißig Meter von uns entfernt. Marcel flüsterte: »Bleiben wir stehen. Näher werden wir's nicht schaffen.« Ich griff zum Fernglas und beobachtete die Störche: kein einziger war beringt.

Auf Marins Lichtung ging der Vormittag zu Ende. Diesmal empfingen die Roma uns herzlicher. Ich erfuhr die Namen der Frauen: Sultana, die Matrone im sonnenblumengelben Pullover, war Marins Frau, Zainepo mit der gebrochenen Nase war mit Mermet verheiratet, und Katio, die Rothaarige, die im Stehen die Fäuste in die Hüften zu stemmen pflegte, mit Kosta. Mariana, Rajkos Witwe, wiegte Denke auf dem Schoß, ihren drei Monate alten Säugling. Die Sonne stand hoch am Himmel, und aus dem Waldboden stieg ein betörender Duft, begleitet vom Summen der Insekten.

»Ich würde gern mit demjenigen sprechen, der die Leiche gefunden hat«, sagte ich endlich.

Marcel verzog das Gesicht, übersetzte aber gleichwohl meine Bitte, woraufhin Marin mich mit Abscheu musterte und Mermet herbeirief, einen Koloss mit dunkler Haut und scharfen Gesichtszügen unter einer glänzenden schwarzen Haarmähne. Der Roma hatte nicht die geringste Lust zu reden. Er rupfte einen Grashalm aus und begann mit abwesender Miene darauf herumzukauen, während er ein paar Worte in sich hineinmurmelte.

»Es gibt nichts zu sagen«, übersetzte Marcel. »Mermet hat Rajko im Wald gefunden. Die ganze Familie hat auf der Suche nach ihm das Land durchkämmt, nur Mermet wagte sich in ein Gebiet vor, in das sonst nie einer geht, weil es dort angeblich Bären gibt. Und dort hat er die Leiche gefunden.«

»Wo genau? Im Unterholz? Auf einer Lichtung?«

Marcel übersetzte meine Frage, Mermet antwortete. Dann ergriff Minaus wieder das Wort: »Auf einer Lichtung. Das Gras wirkte wie plattgetreten.«

»Aber Spuren gab es nicht im Gras?«

»Keine einzige.«

»Und auch keine Hinweise in der näheren Umgebung? Fußabdrücke? Reifenspuren?«

»Nein. Die Lichtung liegt tief im Wald. Dorthin kommt kein Auto.«

»Und die Leiche?«, fuhr ich fort. »Wie wirkte sie? Kann man annehmen, dass Rajko sich möglicherweise gewehrt hat?«

»Schwer zu sagen«, antwortete Marcel, nachdem er Mermet zugehört hatte. »Er lag ausgestreckt auf dem Rücken, die Arme am Körper. Seine Haut war überall aufgeschlitzt, und seine Eingeweide hingen durch einen bräunlichen Schlitz heraus, der etwa hier anfing –« Marcel zeigte auf sein Herz. »Merkwürdig war sein Gesicht. Wie zweigeteilt. Die Augen aufgerissen, ganz weiß. Voller Panik. Aber der Mund war geschlossen, ruhig, eigentlich friedlich.«

»Ist das alles? Sonst nichts Auffälliges?«

»Nein.«

Mermet schwieg ein paar Sekunden, während er weiter auf seinem Grashalm kaute, dann fügte er hinzu: »Am Tag vorher muss es ein fürchterliches Gewitter gegeben haben. Denn überall lagen abgerissene Zweige und Äste herum, junge Bäume waren umgestürzt.«

»Eine Frage noch: Hat Rajko nichts erwähnt, vielleicht eine Entdeckung, die er gemacht hat? Hatte er vielleicht vor irgendwas Angst?«

Durch Marcels Mund sprach Mermet das letzte Wort: »Es hatte ihn ja zwei Monate lang keiner mehr gesehen.«

Ich trug die Fakten in mein Notizbuch ein, dann dankte ich Mermet. Er schüttelte kaum merklich den Kopf, er wirkte wie ein Wolf, dem man eine Schüssel Milch hinstellt. Wir gingen zum Lager zurück. Die Kinder bestanden darauf, ein paar ihrer Kassetten im Auto abzuspielen, und so verwandelte sich der Volkswagen mit weit offenen Türen im Handumdrehen in eine Zigeunerkapelle, deren rasender Galopp aus Klarinette, Trommel und Akkordeon weithin durch den Wald schallte. Ich war eigentlich erstaunt: wie jedermann hatte ich geglaubt, die Zigeunermusik bestünde vorwiegend aus schluchzenden Geigen und Pathos. Diese schrillen, aufgeregten Klänge hatten eher etwas von der quälenden Eindringlichkeit eines Derwischtanzes.

Sultana bot uns türkischen Kaffee an: eine bittersüße Flüssigkeit auf einer dicken Schicht Satz. Ich kostete vorsichtig. Marcel trank genüsslich in kleinen Schlucken, während er sich lebhaft mit der sonnenblumengelben Frau unterhielt; ich nahm an, dass die beiden über Kaffee sprachen, über Zubereitungsarten und Rezepte. Als er ausgetrunken hatte, stellte er die Tasse umgestülpt auf die Untertasse und ließ ein paar Minuten verstreichen. Endlich drehte er sie wieder um und studierte mit Kennerblick und mit Hilfe von Sultana den Verlauf der Bahnen und Pfade, in die der Kaffeesatz zerlaufen war, und ich fragte mich, was sie wohl darin lasen.

Währenddessen stand ich ein wenig verlegen herum, lächelte aufs Geratewohl in die Runde, innerlich aber war ich aufgeregt. Für Marin und die anderen gehörte Rajkos Tod bereits der Vergangenheit an (Marcel hatte mir erklärt, dass der Name eines Verstorbenen nach Jahresfrist freigegeben wird: dann kann man ihn einem Neugeborenen geben, ein Festessen veranstalten und fortan in Frieden schlafen, denn nun spukt der Geist des Toten nicht mehr in den Träumen seiner Brüder). Für mich hingegen löste dieser Tod die Gegenwart vollkommen auf. Und mehr noch wahrscheinlich die Zukunft.

Um zwei Uhr mittags war der Himmel wieder bewölkt. Wir mussten uns auf den Weg machen, um Milan Djuric am Spätnachmittag in Sofia zu erreichen. Wir verabschiedeten uns von der *kumpania* unter Lächeln und Umarmungen und brachen auf.

Unterwegs kamen wir durch die Vorstadt von Sliven: staubige Elendsviertel mit ungeteerten Straßen, auf denen hier und dort ausgeschlachtete Karosserien lagen. Ich fuhr langsamer. »Ich habe viele Freunde hier«, sagte Marcel. »Aber das will ich dir lieber ersparen. Fahren wir weiter.« Vom Straßenrand aus winkten uns Kinder nach: *»Gadsche, gadsche, gadsche!«* Sie waren barfuß, die Gesichter dreckverschmiert und die Haare zottelig und stumpf vom Staub. Ich gab Gas. Nach einer Weile brach ich das Schweigen. »Marcel«, fragte ich, »sag mir eins: warum sind die Roma-Kinder derart dreckig?«

»Nicht wegen mangelnder Reinlichkeit oder Verwahrlosung. Das ist eine Tradition. Die Roma glauben, ein Kind ist so schön, dass es die Eifersucht der Erwachsenen und damit leicht den bösen Blick auf sich zieht. Deshalb wäscht man die Kinder nicht. Es ist eine Art Verkleidung. Um ihre Schönheit und Reinheit vor den Augen der anderen zu verbergen.«

14

Auf der Rückfahrt erzählte Marcel mir von Milan Djuric.

»Ein sonderbarer Kauz«, sagte er. »Ein Einzelgänger unter den Zigeunern. Keiner weiß, woher er eigentlich stammt. Er spricht perfekt Französisch. Es heißt, er hat sein Medizinstudium in Paris absolviert. In den sechziger Jahren ist er auf dem Balkan aufgetaucht. Seitdem zieht er durch Bulgarien, Jugoslawien, Rumänien, Albanien und hält kostenlose Sprechstunden ab. Mit den Mitteln, die ihm zur Verfügung stehen, versorgt er die Roma und verbindet die moderne Medizin mit den botanischen Kenntnissen der Zigeuner – auf diese Weise hat er mehreren Frauen, die in Ungarn oder der Tschechoslowakei sterilisiert worden waren und schwere Blutungen hatten, das Leben gerettet. Daraufhin hat man ihn beschuldigt, er führe heimlich Abtreibungen durch. Er ist sogar verurteilt worden, zweimal, glaube ich. Aufgrund von Falschaussagen. Kaum war er aus dem Gefängnis entlassen, hat er seine ambulante Praxis wieder aufgenommen. In der Welt der Roma ist Djuric eine Berühmtheit, fast ein Mythos. Man schreibt ihm magische Kräfte zu. Aber du solltest allein hingehen. Vielleicht ist er bereit, mit einem *gadscho* zu sprechen – zwei wären auf jeden Fall zu viel.«

Eine Stunde später, gegen sechs Uhr abends, erreichten wir den Stadtrand von Sofia. Wir fuhren zunächst durch heruntergekommene Viertel, gesäumt von tiefen Gräben, dann vorbei an einem freien Gelände, auf dem Zigeuner ihr Lager aufgeschlagen hatten und verbissen ums Überleben kämpften. Ihre triefendnassen Zelte schienen im aufgeweichten Schwemmland fast zu versinken. Ein lachhafter Anblick: in dieser Apokalypse aus Regen und Schlamm hängten Zigeunermädchen in weiten, orientalischen Pluderhosen Wäsche auf die Leine. Freimütige Blicke, hier und dort ein flüchtiges Lächeln. Wieder einmal trafen die Schönheit und der Stolz dieses Volkes mich mitten ins Herz.

Ich bog in den Lenin-Boulevard ein und setzte Marcel und Yeta am Naradno-Sabranie-Platz ab; die beiden besaßen dort in der Nähe eine Zweizimmerwohnung. Marcel bestand darauf, mir den Weg zu Milan Djuric zu erklären. Er zog ein abgegriffenes Notizbuch hervor und füllte eine ganze Seite mit Schemazeichnungen samt Hinweisen in kyrillischer Schrift. »Du kannst ihn unmöglich verfehlen«, behauptete er, während er mich mit Straßennamen, Abzweigungen, nutzlosen Einzelheiten überhäufte. Zuletzt schrieb er mir Djurics exakte Adresse in lateinischen Buchstaben auf. Beide waren nicht davon abzubringen, mich abends zum Bahnhof zu begleiten, und so verabredeten wir uns für acht Uhr an derselben Stelle.

Ich fuhr zurück zum Sheraton, packte meine Tasche und zahlte die Rechnung mit etlichen dicken Bündeln von Geldscheinen, und nachdem ich erfahren hatte, dass keine Nachrichten für mich eingetroffen waren, fuhr ich um halb sieben wieder durch die Straßen von Sofia der Sanften.

Noch einmal folgte ich dem Ruski-Boulevard, dann bog

ich nach links ab in die Ulica General Wladimir Zaimow. In den Pfützen spiegelten sich die Neonlichter. Ich gelangte auf einen Hügel, hinter dem sich ein regelrechter Wald erstreckte. »Du musst mitten durch den Park«, hatte Marcel gesagt, und so fuhr ich mehrere Kilometer weit durch dichten Wald. Später kam ich durch triste Siedlungen entlang einem schnurgeraden, breiten Boulevard, und endlich entdeckte ich die Straße, die ich suchte. Ich bog ab, zögerte, dann fuhr ich langsam weiter, die nichts sagenden Wohnblocks entlang, während der Boden des Wagens mehrmals auf der aufgerissenen Straße aufschlug, und hielt aufmerksam Ausschau. Laut Auskunft wohnte der Doktor im Gebäude 3C, aber die Nummer war nirgends zu sehen. Deshalb zeigte ich ein paar Roma-Kindern, die im Regen spielten, die Adresse auf Marcels Wegbeschreibung. Sie krümmten sich vor Lachen und zeigten auf das Haus direkt vor mir.

Im Hausflur war es unerträglich heiß und die Luft gesättigt von diffusen Gerüchen nach Bratenfett, Kohl und Müll. Am anderen Ende bearbeiteten zwei Männer die Tür des Aufzugs – zwei schweißüberströmte Kolosse, deren Muskeln im kalten Licht einer elektrischen Birne glänzten. Ich ging auf sie zu. »Dr. Djuric?«, fragte ich. Einer der beiden hielt zwei Finger hoch, und ich stieg in den zweiten Stock hinauf. Hinter der Tür mit dem Namensschild des Arztes tobte ein höllischer Lärm. Ich läutete. Mehrmals. Schließlich wurde die Tür geöffnet, und der Krach sprang mich an wie eine wilde Katze. Vor mir stand eine Frau, türkisfarben gekleidet, sehr rund und sehr dunkel. Ich sagte ihr meinen Namen und fragte nach Djuric. Schließlich forderte sie mich auf, einzutreten, ließ mich dann aber in einem engen Flur mit intensivem Knoblauchdunst und einer Armee von Schuhen stehen. Also zog ich ebenfalls die Schuhe aus und wartete, während mir der Schweiß übers Gesicht rann.

Türen knallten, der Lärm wurde kurzfristig lauter, dann

legte er sich ein wenig. Nach einigen Sekunden erkannte ich hinter dem Stimmengewirr dieselbe Musik, die Marin und seine Leute in meinem Wagen gehört hatten, dieselben rasenden Klänge, dieselben gewundenen Klarinetten- und Akkordeonläufe. Diesmal aber beteiligte sich auch eine Stimme am Kampf der Instrumente. Eine Frauenstimme, rau und herzzerreißend.

»Hübsche Stimme, nicht wahr?«

Mit zusammengekniffenen Augen spähte ich in die Dunkelheit. Am Ende des Flurs stand ein Mann, reglos: Dr. Milan Djuric. Marcel, wie üblich in seinen Träumen versunken, hatte mir das hervorstechendste Merkmal verschwiegen: Milan Djuric war ein Zwerg. Kein wirklich winziger Zwerg – er maß wohl eineinhalb Meter –, aber er wies bestimmte charakteristische Züge der Zwergwüchsigkeit auf. Sein Kopf schien gewaltig, der Oberkörper mächtig und breit, die krummen, dürren Beine hingegen wirkten in der Dunkelheit wie Vogelklauen. Sein Gesicht konnte ich nicht sehen.

»Das ist Esma«, fing Djuric wieder an, mit tiefer Stimme, in tadellosem Französisch. »Unsere Diva. Die ersten Unruhen in Albanien haben mit ihren Konzerten begonnen. Wer sind Sie, mein Herr?«

»Ich heiße Louis Antioche«, antwortete ich. »Franzose. Ich komme auf Empfehlung von Marcel Minaus. Hätten Sie wohl ein paar Minuten Zeit für mich?«

»Kommen Sie mit.«

Der Doktor drehte sich auf dem Absatz um und entschwand nach rechts. Ich folgte ihm. Wir gingen durch ein Wohnzimmer, in dem der Fernsehapparat dröhnte. Auf dem Bildschirm eine üppige rothaarige Frau, verkleidet als Bäuerin, die sang und sich drehte wie ein rotweißer Kreisel, begleitet von einem alten Akkordeonisten in der Tracht eines russischen Bauern. Der Anblick war eher niederschmetternd, die Musik aber ging mir durch Mark und Bein. Der

Raum war voller Roma, die noch lauter schrien als der Fernseher. Sie tranken und aßen und gestikulierten unter schallendem Gelächter. Die Frauen trugen schwere, matt funkelnde Ohrringe und lange, sehr schwarze Zöpfe, die Männer kleine Filzhüte.

Wir betraten Djurics Arbeitszimmer. Er schloss die Tür und ließ zusätzlich einen dicken Vorhang herab, der den Lärm von draußen dämpfte.

Ich sah mich um. Der Teppichboden war abgetreten, die Möbel wirkten wie aus Karton; in einer Ecke stand ein eisernes Bett mit Gurten, daneben ein Regal mit gläsernen Zwischenböden, auf denen verrostete chirurgische Instrumente aufgereiht waren. Einen kurzen Augenblick lang hatte ich das Gefühl, ich sei tatsächlich in eine illegale Abtreibungspraxis oder das Studio eines obskuren Operateurs vorgedrungen. Gleich darauf aber schämte ich mich dafür: wegen dieser Sorte von Vorurteilen hatte Djuric mehrmals im Gefängnis gesessen. Milan Djuric war nichts anderes als ein Arzt aus dem Volk der Roma, der sich um andere Roma kümmerte.

»Setzen Sie sich«, sagte er.

Ich entschied mich für einen roten Polstersessel mit brüchigen Armlehnen. Djuric blieb noch einen Moment in voller Länge vor mir stehen, und ich hatte Gelegenheit, ihn ausgiebig zu betrachten. Sein Gesicht war faszinierend: geschmeidige und regelmäßige Züge, aber wie aus Borke geschnitzt, mit großen grünen, leicht hervortretenden Augen hinter einer dicken Hornbrille. Er mochte etwa vierzig sein, schien aber vorzeitig gealtert. Tiefe Furchen gruben sich in die dunkle Haut, und das dichte Haar war von metallischem Grau, doch verriet manches an ihm eine unerwartete Kraft und Dynamik, seine Arme zum Beispiel, die so muskulös waren, dass der Stoff des Hemds sich darüber spannte. Jetzt, bei Licht, schienen mir die Proportionen seines Oberkörpers durchaus normal. Milan Djuric drehte sich um und nahm hinter seinem Schreibtisch Platz. Der Regen trommelte ans Fenster, stärker als zuvor. Ich machte dem Arzt ein Kompliment für sein hervorragendes Französisch.

»Ich bin in Frankreich aufgewachsen. Und ich habe in Paris studiert, an der medizinischen Fakultät in der Rue des Saints-Pères.« Er brach ab, setzte aber sogleich hinzu: »Lassen wir die Höflichkeiten, Monsieur Antioche. Was wollen Sie?«

»Ich möchte mit Ihnen über Rajko Nikolitsch sprechen, den Zigeuner, der im April im Wald von Sliven ermordet wurde. Man hat mir gesagt, dass Sie die Autopsie vorgenommen haben, und deshalb würde ich Ihnen gern ein paar Fragen stellen.«

»Sind Sie von der französischen Polizei?«

»Nein. Aber dieser Mordfall steht möglicherweise in Zusammenhang mit einer Nachforschung, die ich derzeit anstelle. Natürlich zwingt Sie nichts, mir zu antworten. Aber lassen Sie mich Ihnen die Geschichte erzählen, und urteilen Sie selbst, ob mein Anliegen es wert ist, dass man sich damit befasst.«

»Ich höre.«

Ich begann ihm also mein Abenteuer zu schildern: den Auftrag, den Max Böhm mir ursprünglich erteilt hatte, den Tod des Vogelkundlers, die Geheimnisse, die sich um seine Vergangenheit renkten, die befremdlichen Details, die mir unterwegs begegnet waren – die beiden Bulgaren, die sich ebenfalls für die Störche interessierten, die Organisation *Monde Unique*, von der immer wieder die Rede war ...

Die ganze Zeit über hörte der Doktor sich meinen Monolog an, ohne mit der Wimper zu zucken. Erst als ich geendet hatte, fragte er: »Und was hat das mit Rajkos Tod zu tun?«

»Rajko war Ornithologe. Er hat auf den Durchzug der

Störche gewartet. Ich bin mittlerweile sicher, dass hinter diesen Vögeln irgendein Geheimnis steckt. Ein Geheimnis, dem Rajko dank seiner Beobachtungen möglicherweise auf der Spur war. Ein Geheimnis, das ihn möglicherweise das Leben gekostet hat. Ich kann mir vorstellen, Herr Doktor Djuric, dass meine Spekulationen Ihnen aus der Luft gegriffen scheinen. Aber Sie haben die Autopsie der Leiche durchgeführt. Sie könnten mir Näheres darüber sagen. Ich habe innerhalb von zehn Tagen dreitausend Kilometer zurückgelegt, und ungefähr zehntausend liegen noch vor mir. Heute Abend um elf sitze ich im Zug nach Istanbul. In Sofia sind Sie der einzige, von dem ich noch etwas erfahren kann.«

Djuric fixierte mich eine Zeit lang stumm, dann zog er ein Päckchen Zigaretten hervor, bot mir eine an – die ich dankend ablehnte – und zündete sich daraufhin mit einem massiven verchromten Feuerzeug, das einen intensiven Benzingeruch verbreitete, selbst eine an. Einen Augenblick entzog ihn eine dichte blaue Rauchwolke meinem Blick. Dann fragte er in gleichmütigem Ton: »Ist das alles?«

Ich spürte einen Zorn in mir aufsteigen. »Nein! Es gibt in dieser Geschichte noch einen weiteren Zufall, der sich mit den Störchen schwerlich in Verbindung bringen lässt, aber nicht weniger beunruhigend ist: Max Böhm hat mit einem transplantierten Herzen gelebt, aber es gibt keinerlei medizinische Unterlagen über ihn, in keiner Klinik, bei keinem Arzt.«

»Aha, da haben wir's«, sagte Djuric und streifte seine Asche ab. »Man hat Ihnen wahrscheinlich berichtet, dass Rajkos Herz gestohlen wurde, und daraus haben Sie Rückschlüsse auf einen Organschmuggel gezogen, oder was weiß ich.«

»Na ja …«

»Alles Quatsch. Hören Sie zu, Monsieur Antioche. Ich lege keinen Wert darauf, Ihnen zu helfen. Ich werde niemals einem *gadscho* helfen. Aber zur Erleichterung meines Gewissens kann ich Ihnen ein paar Erklärungen geben.« Djuric zog eine Schublade auf und nahm ein paar aneinandergeheftete Papiere heraus, die er vor sich auf den Schreibtisch legte. »Das ist der Autopsiebericht, in dem ich am 23. April 1991 nach vierstündiger Arbeit in der Turnhalle von Sliven meine Beobachtungen an der Leiche von Rajko Nikolitsch festgehalten habe. Erinnerungen wie diese zählen doppelt. Ich habe mich bemüht, den Bericht auf bulgarisch zu verfassen. Genauso gut hätte ich ihn in Romani schreiben können. Oder in Esperanto. Es hat ihn ohnehin keiner gelesen. Bulgarisch verstehen Sie nicht, wie? Ich gebe Ihnen also eine Zusammenfassung.« Er griff nach den Blättern und nahm die Brille ab. »Zuerst die Umstände. Am 23. April morgens machte ich meine übliche Runde durch das Ghetto von Sliven. Kosta und Mermet Nikolitsch, zwei Pflücker, die ich gut kenne, suchten mich auf. Sie hatten soeben Rajkos Leiche entdeckt und waren überzeugt, ihr Vetter sei von einem Bären angegriffen worden. Als ich dann die Leiche auf der Lichtung sah, war mir klar, dass das nicht der Fall sein konnte. Die entsetzlichen Wunden, die Rajkos ganzen Körper bedeckten, waren offenkundig von zweierlei Herkunft. Einmal waren es tatsächlich Bisse von Tieren, die allerdings erst nach dem Tod erfolgt sind. Die anderen Wunden wurden durch chirurgische Instrumente verursacht. Außerdem waren in der Umgebung der Leiche kaum Blutspuren zu sehen – bei diesen Wunden hätte Rajko in einer Blutlache schwimmen müssen. Das war aber nicht der Fall. Außerdem war die Leiche nackt, und es ist höchst unwahrscheinlich, dass ein Raubtier sich die Mühe macht, sein Opfer auszuziehen. Ich bat also die Nikolitschs, die Leiche zur Autopsie nach Sliven zu bringen. Wir suchten zuerst ein Krankenhaus. Das war natürlich sinnlos. Schließlich sind wir in der Turnhalle gelandet, wo ich arbeiten und, zumindest in groben Zügen, Rajkos letzte Stunden nachvollziehen konnte. Hören Sie also zu:

Auszüge aus dem Autopsiebericht vom 23. 4. 1991.

Subjekt: Rajko Nikolitsch, männlich. Nackt. Geboren in Iskenderun, Türkei, etwa 1963. Wahrscheinlicher Zeitpunkt des Todes: 22. 4. 1991, eingetreten zwischen 20 Uhr und 24 Uhr infolge einer tiefen Wunde in der Herzgegend. Die Leiche wurde im so genannten Klarwasserwald nahe Sliven, Bulgarien, gefunden.«

Djuric hob den Blick und bemerkte: »Die allgemeine Darstellung des Zustands übergehe ich. Hören Sie sich die Beschreibung der Wunden an: Oberer Teil des Körpers. Gesicht unversehrt bis auf Anzeichen einer Knebelung am Mund. Durchtrennte Zunge (das Opfer hat sich wahrscheinlich selbst die Zunge durchgebissen). Keine sichtbaren Anzeichen einer Quetschung im Nackenbereich. Die Untersuchung der Thoraxvorderseite ergibt eine längs verlaufende, geradlinige Wunde vom Schlüsselbein bis zum Nabel. Es handelt sich dabei um einen präzisen Schnitt, der vermutlich mit einem chirurgischen Instrument durchgeführt wurde, möglicherweise einem elektrischen Operationsmesser, denn an den Wundrändern ist fast keine Blutung aufgetreten. Außerdem stellen wir zahlreiche Schnittwunden am Hals, der Thoraxvorderseite sowie den Armen fest, die mit einem anderen Schneidewerkzeug ausgeführt wurden. Nahezu vollständige Amputation des rechten Arms in Schulterhöhe. Zahlreiche Klauenspuren an den Rändern des Thoraxschnitts, vermutlich von einem Bären und/oder Luchs stammend. Zahlreiche Bisswunden: am Oberkörper, den Schultern, den Seiten und den Armen. Wir zählen etwa fünfundzwanzig ovale Wunden, die allesamt am Rand Zahnspuren aufweisen, jedoch ist das Fleisch zu sehr zerklüftet, um Abdrücke nehmen zu können. Rücken unversehrt. Fesselspuren an Schultern und Handgelenken.«

Djuric unterbrach sich, um seine Zigarette auszudrücken, dann fuhr er fort:

»Die Untersuchung der oberen Hälfte des Brustraums ergibt das Fehlen des Herzens. Die Herzarterien und -venen wurden sorgfältig abgetrennt, so weit wie möglich entfernt von dem entnommenen Organ, was die klassische Methode zur Vermeidung von Traumata am Herzen ist. Weitere Organe, Lunge, Leber, Magen, Gallenblase, sind stark beschädigt, zum Teil verstümmelt, vermutlich von wilden Tieren aufgefressen. An den getrockneten Fetzen von organischem Gewebe, die sowohl innerhalb wie auch außerhalb des Körpers gefunden wurden, lassen sich keine Abdrücke vornehmen. Kein Anzeichen einer Blutung im Brustraum.

Unterer Teil des Körpers. Tiefe Wunden in der rechten Leistenregion unter Bloßlegung der Oberschenkelarterie. Zahlreiche Verletzungen an den Geschlechtsorganen und den Oberschenkeln, entstanden offenbar durch wiederholte Hiebe mit einem Schneideinstrument. Der Penis hängt nur noch an wenigen Gewebesträngen. Zahlreiche Krallenspuren an den Schenkeln. Spuren von Tierbissen an beiden Beinen. Die Innenseite des rechten Schenkels weist tiefe Zahnabdrücke auf. Fesselspuren an Schenkeln, Knien und Knöcheln.«

Djuric sah auf und sagte: »Soviel zur postmortalen Untersuchung, Monsieur Antioche. Ich habe ferner einige toxikologische Analysen durchgeführt und dann die Leiche in gesäubertem Zustand der Familie übergeben, denn damit wusste ich genug über den Tod eines Roma, der auf keinen Fall eine polizeiliche Ermittlung nach sich ziehen würde.«

Ich fror am ganzen Körper, und das Atmen gelang mir nur mit Mühe. Djuric setzte die Brille wieder auf und zündete sich eine neue Zigarette an. Hinter dem Rauch verschwamm sein gefurchtes Gesicht.

»Meiner Ansicht nach hat sich folgendes zugetragen: Am Abend des 22. April wurde Rajko mitten im Wald überfallen. Man hat ihn gefesselt und geknebelt und danach den langen Einschnitt am Brustkorb vorgenommen. Das Herz wurde absolut sachgemäß herausgetrennt, fraglos von einem ausgebildeten Chirurgen. Ich würde dies als Phase eins des Mordes bezeichnen, die Rajkos Tod zur Folge hatte – daran besteht kein Zweifel. Bis zu diesem Stadium ist alles durchaus ruhig vonstatten gegangen. Professionell. Der Mörder hat das Organ mit Geduld und Sachverstand entfernt. Danach ist er offenbar in Raserei verfallen. Der Mörder – oder ein anderer, der mit einem chirurgischen Instrument bewaffnet war – hat sich über die Leiche hergemacht und sie von oben bis unten zerfetzt, insbesondere in der Schamgegend hat er mit der Klinge gewütet und sie benutzt wie eine Säge. Das war die zweite Phase des Gemetzels. Und schließlich kamen die Tiere des Waldes und vollendeten das Werk. Was das betrifft, ist die Leiche sogar in relativ gutem Zustand, wenn man bedenkt, dass sie die ganze Nacht dort gelegen hat. Diesen Umstand erkläre ich mir mit der aseptischen Tinktur, die der oder die Mörder vor der Operation auf den Brustkorb aufgetragen haben. Der Geruch hat die Tiere sicherlich mehrere Stunden lang ferngehalten.

Soweit die Zusammenfassung der Fakten, Monsieur Antioche. Was den Ort des Verbrechens anbelangt, würde ich sagen, dass sich alles an eben der Stelle abgespielt hat, an der die Leiche gefunden wurde, und zwar vermutlich auf einer Plane oder ähnlichem, denn auf der gesamten Lichtung gibt es keinerlei Spuren. Dass dies das abscheulichste Verbrechen ist, das ich je erlebt habe, brauche ich nicht eigens zu erwähnen. Ich habe den Nikolitschs die Wahrheit gesagt. Sie müssen Bescheid wissen. Die barbarische Tat hat sich anschließend wie eine Blutspur durch das ganze Land gezogen und den Unsinn hervorgebracht, den Sie wahrscheinlich in der Lokalpresse gelesen haben. Ich persönlich habe weiter keinen Kommentar dazu. Ich versuche lediglich, den Alptraum zu vergessen.«

Jemand öffnete die Tür, und die grölenden Stimmen der Zigeuner quollen ins Zimmer, der Lärm der Musik, der Knoblauchdunst. Die türkisfarbene Frau erschien, in der Hand trug sie ein Tablett mit einer Flasche Wodka, Gläsern und verschiedenen Sodaflaschen. Ihre Ohrgehänge schlugen mit dumpfem Klang aneinander, als sie das Tablett auf einem kleinen Tisch neben meinem Sessel abstellte. Den Wodka lehnte ich ab und ließ mir statt dessen eine durchsichtige Limonade in der Farbe von Urin einschenken. Djuric nahm sich ein kleines Glas Wodka. Meine Kehle war ausgedörrt und brannte wie Feuer, und ich kippte das Getränk in einem Zug. Ich wartete, bis die Frau die Tür hinter sich geschlossen hatte, dann fragte ich: »Würden Sie zustimmen, dass es sich trotz der Grausamkeit des Verbrechens um eine chirurgische Operation handelt, die den Zweck hatte, Rajkos Herz zu entnehmen?«

»Ja und nein. Ja, weil man sowohl die Technik der Chirurgie angewandt als auch für eine relative Keimfreiheit gesorgt hat. Nein, weil bestimmte Einzelheiten dem sehr widersprechen. Das Ganze hat mitten im Wald stattgefunden. Aber die Entfernung eines Organs setzt allerstrengste antiseptische Bedingungen voraus, die in der freien Natur unmöglich zu gewährleisten sind. Und vor allem muss der Patient unter Anästhesie stehen. Rajko war jedoch bei Bewusstsein.«

»Was meinen Sie damit?«

»Ich habe eine Blutprobe entnommen und keine Spur von einem Narkose-, zumindest einem Beruhigungsmittel festgestellt. Die Öffnung des Brustraums hat bei vollem Bewusstsein stattgefunden. Rajko ist am Leiden gestorben.«

Ich spürte, wie mir der kalte Schweiß über den Rücken lief. Djuric starrte mich hinter seinen Brillengläsern an, die Augen schienen ihm aus dem Kopf zu treten. Offensichtlich prüfte er die Wirkung seines letzten Satzes.

»Würden Sie mir das bitte näher erklären, Herr Doktor?«

»Abgesehen von fehlenden narkotisierenden Substanzen im Blut sind die Zeichen untrüglich. Ich sprach von den Spuren einer Fesselung an den Schultern, den Handgelenken, den Schenkeln, den Knöcheln. Dabei handelte es sich um Gurte oder Riemen aus Kautschuk, derart festgeschnürt, dass sie tief ins Fleisch schnitten – um so tiefer, je mehr der Körper sich vor Schmerzen wand. Auch der Knebel war etwas Besonderes, nämlich ein sehr starkes Heftpflaster. Als ich etwa achtzehn Stunden nach dem Tod die Autopsie vornahm, war der Bart bereits nachgewachsen – wie Sie vermutlich wissen, wachsen die Körperhaare eines Menschen noch bis zu drei Tage nach seinem Tod –, allerdings nicht rund um die Lippen, die völlig bartlos waren. Warum? Weil die Mörder bei der Entfernung des Pflasters an dieser Stelle die Barthaare mit ausgerissen haben. Der Körper war also ruhiggestellt und zu absolutem Stillschweigen verurteilt. Als hätten die Schlächter dieses Leiden mit bloßen Händen auskosten und nach Belieben im zuckenden Fleisch wühlen wollen. Und schließlich spricht auch der Befund des Mundes für meine Vermutung: Rajko hat sich vor Schmerzen die Zunge glatt durchgebissen und ist erstickt an Fleischfetzen und Blut, die ihm die Kehle verstopften. Das ist die Wahrheit, Monsieur Antioche. Diese Operation ist eine Ungeheuerlichkeit, eine barbarische Untat, wie sie nur einem kranken Gehirn entspringen kann, das dem Wahnsinn verfallen ist, möglicherweise auch einem Rassenwahn.«

»Macht die Tatsache, dass der Spender bei Bewusstsein war, das Herz nicht unbrauchbar?« beharrte ich. »Ich meine, zerstören die Krämpfe des Leidens nicht die Funktionsfähigkeit eines Organs?«

»Sie sind hartnäckig, wie? Nein, paradoxerweise nicht. Schmerz, selbst wenn er noch so extrem ist, beeinträchtigt nicht das Herz. In dem Fall schlägt es zwar schneller, gerät außer Kontrolle und stellt schließlich die Durchblutung des

Körpers ein, aber für die Funktionstüchtigkeit des Organs an sich spielt das keine Rolle. Was mir unbegreiflich ist – abgesehen von dem Sadismus der Tat: ein derartiges Vorgehen ist technisch absurd. Warum sollte man einen Körper operieren, der zuckt und bebt, während eine Anästhesie die Bewegungslosigkeit garantiert hätte, die für eine saubere Arbeit notwendig ist?«

Ich wechselte die Richtung. »Glauben Sie«, fragte ich, »dass ein Bulgare ein derartiges Verbrechen hätte begehen können?«

»Auf keinen Fall.«

»Und was ist mit der angeblichen Abrechnung zwischen verfeindeten Sippen, wie es in der Zeitung stand?«

Djuric zuckte die Achseln und stieß eine Rauchwolke aus.

»Lächerlich. Viel zu raffiniert für die Roma. In ganz Bulgarien bin ich ihr einziger Arzt. Außerdem fehlt das Motiv! Ich habe Rajko gekannt. Er lebte in völliger Reinheit.«

»Reinheit?«

»So sagen wir. Das bedeutet: nach Art der Roma. Er lebte genau so, wie ein Roma leben soll. In unserer Kultur wird der Alltag durch einen rigorosen Verhaltenskodex geregelt, ein System aus Regeln und Verboten, in dem die Reinheit ein zentraler Begriff ist. Rajko hat unsere Gesetze streng eingehalten.«

»Es gab also nicht den geringsten Grund, Rajko zu töten?«

»Nicht den geringsten.«

»Kann es nicht sein, dass er irgendeine gefährliche Entdeckung gemacht hat?«

»Was hätte er entdecken sollen? Rajko hat sich doch nur für Pflanzen und Vögel interessiert.«

»Eben.«

»Sie denken an Ihre Störche? Unsinn. In keinem Land der Welt bringt man einen Menschen wegen ein paar Vögeln um. Und vor allem nicht auf diese Weise.«

Damit hatte Djuric natürlich recht. Dieser schreckliche Ausbruch von Gewalt passte nicht zu den Störchen. Viel eher konnte man sich einen Zusammenhang mit den Fotografien von Max Böhm und dem Geheimnis um sein Herz vorstellen. Djuric fuhr sich mit der Hand durch seine silbern schimmernde Mähne, die wie die künstlichen Haare einer Puppe wirkte. Seine Schläfen waren feucht von Schweiß. Er leerte sein Glas und setzte es hart auf den Tisch: ein Zeichen, dass unsere Unterredung beendet war. Ich wagte dennoch eine letzte Frage:

»War das Team von *Monde Unique* im April in der Gegend?«

»Ich glaube ja.«

»Diese Leute verfügten durchaus über die nötige Ausrüstung.«

»Sie verfolgen eine falsche Fährte, Antioche. Die Leute von *Monde Unique* sind hoch anständig. Sie haben keine Ahnung von den Roma, aber sie sind sehr engagiert. Behalten Sie Ihre Verdächtigungen lieber für sich – das macht nur böses Blut.«

»Was ist Ihre persönliche Meinung?«

»Der Mord an Rajko ist ein absolutes Rätsel. Kein Zeuge, keine Spur, kein Motiv. Ganz zu schweigen von der technischen Perfektion. Nach der Autopsie habe ich das Schlimmste vermutet. Ich dachte an einen rassistischen Anschlag, der vor allem den Zigeunern galt. Ich dachte, die Zeiten der Nazis seien wieder ausgebrochen, und rechnete mit weiteren Verbrechen. Aber nein. Seit April ist nichts geschehen. Weder hier noch irgendwo sonst auf dem Balkan. Darüber bin ich natürlich erleichtert. Und habe beschlossen, diesen Mord auf unserem Gewinn- und Verlustkonto zu verbuchen.

Vielleicht halten Sie mich für zynisch. Aber Sie haben keine Ahnung vom Alltag der Roma. Unsere Vergangenheit, unsere Gegenwart, unsere Zukunft bestehen nur aus Verfolgungen, Feindseligkeiten, Übergriffen, Verleugnung. Ich bin viel herumgekommen, Antioche. Überall bin ich demselben Hass, derselben Furcht vor den Nomaden begegnet. Ich kämpfe dagegen an. Soweit ich kann, versuche ich die Leiden meines Volkes zu lindern. Paradoxerweise hat mir meine körperliche Schwäche eine enorme Kraft verliehen. In Ihrer Welt ist ein Zwerg bloß eine Art Monster, niedergedrückt von der Last seines Andersseins. Aber ich bin in erster Linie immer ein Roma gewesen. Meine Abstammung war eine Gnade für mich, eine zweite Chance, verstehen Sie? Zu dem Kampf, den ich wegen meines Andersseins führen muss, ist eine zweite Sache gekommen, die viel umfassender ist, viel erhabener. Die Sache meines Volkes. Also lassen Sie mich meinen Weg gehen. Wenn irgendwelche Sadisten beschlossen haben, ihren Opfern das Gedärm aus dem Leib zu reißen, sollen sie sich in Zukunft an den *gadsche* schadlos halten – mir ist das herzlich gleichgültig.«

Ich stand auf. Djuric rutschte auf seinem Stuhl nach vorn, um die Füße auf den Boden zu setzen. Auf seinen krummen Beinen ging er mir voraus. In der erdrückenden Hitze und dem Halbdunkel des Flurs, in dem immer noch die Musik dröhnte, zog ich wortlos meine Schuhe an, und als ich mich wieder aufrichtete, um mich zu verabschieden, sah ich, dass Djuric mich eindringlich musterte.

»Merkwürdig«, sagte er. »Mir kommt ihr Gesicht bekannt vor. Kann es sein, dass ich jemanden aus Ihrer Familie kennen gelernt habe, als ich in Frankreich war?«

»Das glaube ich nicht. Meine Familie hat nie in Frankreich gelebt. Außerdem sind meine Eltern gestorben, als ich sechs war. Von anderen Verwandten weiß ich nichts.«

Aber Djuric ging auf meine Antwort nicht ein. Seine kugeligen Augen waren nach wie vor auf mein Gesicht geheftet wie der Scheinwerfer eines Wachtturms. Schließlich senkte er den Kopf und sagte, während er sich den Nacken massierte: »Schon merkwürdig, dieser Eindruck.«

Ich öffnete die Tür, um ihm nicht die Hand schütteln zu müssen, und Djuric sagte zum Abschluss: »Viel Glück, Antioche. Aber halten Sie sich an Ihre Störche. Die Menschen verdienen Ihre Aufmerksamkeit nicht, egal, ob sie Roma sind oder *gadsche*.«

15

Um 21 Uhr 30 betrat ich in Begleitung von Marcel und Yeta den Bahnhof von Sofia. Eine Art Nebel trieb in der Luft, goldschimmernd, schwebend, höchst wundersam. Hoch oben in der riesigen Halle hing eine metallene Uhr in Spiralform, deren Zeiger sich im Rhythmus der ein- und ausfahrenden Züge ruckweise fortbewegten. Unten am Boden herrschte ein dichtes Gewühl: Touristen, die sich mit schweren Koffern mühten und sich gruppenweise und ratlos vorwärts schoben, lehm- und ölverschmierte Arbeiter, mit leerem Blick vor sich hin starrend, Mütter mit bunten Kopftüchern, die eine Kinderschar in abgerissenen Shorts und Sandalen hinter sich herzerrten, Soldaten in Khakiuniform, stockbetrunken, schlingernd wie ein Schiff und grölend. Vorherrschend aber waren die Roma. Schlafend auf Bänken, zu Gruppen geballt auf den Bahnsteigen, sogar auf den Gleisen lagerten sie, tranken Wodka und aßen Würste. Überall wimmelte es von Frauen mit goldbestickten Tüchern, Männern mit Gesichtern wie aus Eichenrinde, halbnackten Kindern, gleichgültig gegen Fahrpläne, Züge und alle, die ihrem Reiseziel hinterherrannten, ihrem Traum oder ihrer Arbeit.

Weitere, weniger auffällige Details tauchten auf. Strahlende Farben, Filzmützen, schrille Musik, die aus Kofferradios plärrte; auf den Bahnsteigen wurden Erdnüsse verkauft. Auf dem Bahnhof von Sofia begann der Orient, das wuselnde Leben von Byzanz. Die Welt der Hamame, der goldenen Kuppeln, der blauen Fayencen und Arabesken, der Weihrauchschwaden und geschmeidigen Hüften der Tänzerinnen. Hier begannen der Islam, die aufragenden Minarette und klagenden Gebetsrufe der Muezzine. Aus Venedig und Belgrad führte der Weg in die Türkei über Sofia: hier war der große Wendepunkt, die entscheidende Kehre des Orientexpress.

»Antioche ... Antioche ... komischer Name für eine französische Familie. Antiochia hieß eine alte türkische Stadt«, rief Marcel, indes er mit flottem Schritt hinter mir hereilte.

Nur mit halbem Ohr bei der Sache, antwortete ich: »Wo wir herkommen, weiß kein Mensch ...«

»Antiochia ... Wenn du schon in der Türkei bist, dann fahr doch auf einen Sprung dort vorbei, die Stadt liegt an der syrischen Grenze und heißt heute Antakya. In der Antike war sie eine riesige Stadt, nach Rom und Alexandria die drittgrößte des Römischen Reichs! Ihr Glanz ist heute dahin, aber sie hat immer noch ein paar hochinteressante Sehenswürdigkeiten zu bieten ...«

Ich gab keine Antwort; Marcel fing an, mir auf die Nerven zu gehen. Ich hielt Ausschau nach Gleis 18, von dem der Zug nach Istanbul abfahren sollte, und fand es am Rand des Bahnhofs, schon außerhalb der Haupthalle.

»Ich muss dir noch die Schlüssel geben«, sagte ich zu Marcel. »Tu mir den Gefallen und bring den Wagen zurück.«

»Kein Problem. Auf die Weise kann ich Yeta *Sofia by night* zeigen!«

Der Bahnsteig am Gleis 18 war überraschenderweise nahezu menschenleer. Mein Zug war noch nicht da, aber wir hatten ja noch mehr als eine Stunde Zeit. Auf den Nebengleisen standen alte Züge und versperrten uns jegliche Aussicht. Doch rechts von uns bemerkte ich hinter den staubigen Waggons zwei Männer, sie gingen in dieselbe Richtung wie wir, hatten aber kein Gepäck dabei. Marcel sagte: »Wir werden uns sicher im Oktober in Paris treffen, wenn ich nach Frankreich komme.« Dann wandte er sich an eine Romni, die allein mit ihrem Kind dort wartete. Ich stellte meine Tasche ab. Djurics Worte gingen mir durch den Kopf, und ich wünschte mir nur eins – mich in den Zug zu setzen, allein zu sein, um über alles nachdenken zu können, was ich in Erfahrung gebracht hatte. Jenseits der verschlafenen Waggons fielen mir wieder die beiden Männer auf. Der größere trug einen dunkelblauen Trainingsanzug aus Acrylfaser, seine gesträubten, borstigen Haare wirkten wie Glasscherben. Der andere war ein Schrank von einem Kerl, gedrungen und stämmig, das Gesicht eine starre, aschfahle Maske mit einem drei Tage alten Bart. Zwei üble Burschen, wie sie sich in allen Bahnhöfen herumtreiben. Marcel sprach noch immer mit der Romni. Schließlich drehte er sich zu mir um und erklärte: »Sie würde gern mit dir im selben Abteil reisen, weil sie zum ersten Mal mit dem Zug fährt. Nach Istanbul, zu ihrer Familie …«

Ich musterte die beiden Männer, die kaum fünfzig Meter entfernt, uns genau gegenüber, zwischen zwei Waggons standen. Der Schrank hatte sich abgewandt, er schien etwas in der Innentasche seines Regenmantels zu suchen; auf seinem Rücken hatte sich ein langer dunkler Schweißfleck gebildet. Der Lange hingegen starrte uns aus fiebrigen Augen an. Marcel sagte noch in scherzhaftem Ton: »Aber pass ja auf – fass sie nicht an, bevor ihr in der Türkei seid! Du kennst die Roma!« In dem Moment drehte der Schrank sich langsam um. Ich sagte: »Gehen wir weg von hier«, und bückte mich nach meiner Tasche. Meine Hand umfasste den Schulterriemen, als eine dumpfe Detonation erfolgte. Eine Sekunde später lag ich auf dem Boden und verrenkte mir den Hals, um Marcel zu warnen; ich brüllte, aber es war zu spät: die Kugel hatte ihm den Schädel zertrümmert.

Im selben Moment hörte ich ein zweites ›Plopp‹ und sah eine Woge von Blut aufspritzen. Der schrille Schrei von Yeta gellte auf, gefolgt von einem, zwei, drei, vier weiteren gedämpften Schüssen. Ich sah, wie Yeta in die Luft geschleudert wurde und ein schmales, granatrotes Lichtbündel in alle Richtungen zuckte. Ich dachte: ›Laserzielgerät‹ und kroch bäuchlings durch die Blutlachen auf dem Asphalt. Ich warf einen Blick nach rechts und sah die Romni über ihrem Kind zusammengesunken, die Hände dunkel vom Blut. Links von mir, hinter dem Zug auf dem anderen Gleis, duckten sich die Killer, um mich zwischen den Stahlrädern des Waggons zu erspähen – der Mann mit dem Regenmantel hielt ein Sturmgewehr mit Schalldämpfer in der Hand. Ich ließ mich auf das Gleis auf der entgegengesetzten Seite hinabfallen und stolperte fast über Yetas Leiche – zwischen den Falten ihrer blutigen Jacke quoll rosafarben und dunkelrot das Gedärm hervor. Ich rannte los.

Ich lief gekrümmt, stieß mir die Knöchel an den Schwellen, aber ich erreichte das Ende des Bahnsteigs, immer noch im Schutz des Gleisgrabens. Ich sah mich in der Halle um: ringsum eine Masse gleichgültiger Menschen. Es war 21 Uhr 55. Nachdem ich den Umstehenden forschend ins Gesicht geblickt hatte, stand ich auf und drängte mich unter Zuhilfenahme der Ellenbogen durch die Menge, meine blutige Tasche an mich gepresst. Endlich erreichte ich den Ausgang. Von den Killern keine Spur.

Ich rannte zum Parkplatz und ließ mich in den Wagen fallen – glücklicherweise hatte ich noch die Schlüssel. Ich brauste davon, schlingernd und rutschend auf dem nassen Asphalt; wohin, wusste ich nicht, aber ich fuhr wie ein Verrückter mit durchgedrücktem Gaspedal. In meinem Hirn explodierten die Bilder von Marcels Gesicht, in blutige Fetzen zerborsten, Yetas Körper, der auf die Gleise hinabstürzte, die Romni, die ihr Kind zu schützen versuchte. Rot, überall nichts als Rot.

Knapp fünf Minuten war ich unterwegs, als ich spürte, wie sich mir im Nacken die Haare sträubten. Im Rückspiegel sah ich einen Wagen, der sich an meine Fersen geheftet hatte und sich nicht abhängen ließ, eine dunkle, viertürige Limousine. Ich beschleunigte, bog nach links ab, dann nach rechts. Die Limousine war immer noch hinter mir; ohne Licht folgte sie mir in atemberaubendem Tempo. Einmal, als ich zurückblickte, sah ich das Wageninnere flüchtig durch eine Laterne erhellt und erkannte die Killer. Der Lange saß am Steuer, neben ihm der Schrank, der sich nicht die Mühe machte, seine Waffe zu verbergen – ein großkalibriges Gewehr mit kurzem Lauf. Sie trugen Nachtsichtgeräte, festgeschraubt auf dem Schädel.

Ich bog nach links in eine lange, schnurgerade und kaum befahrene Durchgangsstraße ab und drückte aufs Gas. Die Limousine folgte mir. Ans Steuer geklammert, versuchte ich, meine Gedanken zu ordnen. Meinen geringen Vorsprung konnte ich bald nicht mehr halten. Außerdem nutzten die Killer die gerade Strecke aus, um mich seitlich in die Enge zu treiben, Kotflügel an Kotflügel. Die Karosserien stießen aneinander und gerieten ins Schleudern mit quietschenden Reifen. Ich schlug einen Haken nach rechts, so jäh, dass der Limousine nichts anderes übrig blieb, als geradeaus weiterzufahren. Ich trieb den Wagen zur Höchstgeschwindigkeit an. Die Natriumdampflampen am Straßenrand bebten im Sturm. Plötzlich geriet ich auf einen Bahnübergang, der Wagen machte einen Satz, und das Fahrgestell prallte mit einem metallischen Knall auf den Asphalt. Die zuvor zweispurige Straße hatte sich auf eine Fahrbahn verengt.

Im Licht der Scheinwerfer erkannte ich, dass sich vor mir

die Straße erneut gabelte; ich entschied mich für die rechte Abzweigung, was ich sofort bedauerte: in der Ferne sah ich quer zur Straße die schwarze Masse der Limousine stehen, die mir den Weg versperrte, und gleich darauf hörte ich die ersten Kugeln über das Verdeck hinwegpfeifen. Bei der ersten Querstraße bog ich nach links ab und sah im letzten Moment, wie die Limousine sich wieder in Bewegung setzte; dann stürzte ich mich die abschüssige Straße vor mir hinab. Ich raste dahin, verlor aber an Geschwindigkeit, je tiefer ich in das Gewirr holpriger Straßen, schwarzer Gebäude und abgestellter Züge geriet. Diesmal war ich auf ein Lagergelände geraten, das stockfinster und menschenleer war. Ich schaltete die Scheinwerfer aus, bog von der Fahrbahn ab und fuhr über die Böschung quer durchs Terrain, schlüpfte zwischen zwei Waggons hindurch, rumpelnd und schlitternd, bis ich endlich an einem Bahngleis zum Stehen kam. Ich stieg aus. Der Regen hatte aufgehört. Etwa dreihundert Meter vor mir ragte eine verlassene Lagerhalle in die Dunkelheit. Mit leisen Schritten schlich ich auf das Gebäude zu.

Im Näherkommen sah ich leere Fensterhöhlen, klaffende Mauern, ausgerissene Kabelschlingen, überall Bauschutt – seit Jahren hatte dieser Ort keinen Menschen mehr gesehen. Ich betrat einen Zementboden, der von Federn und Kot übersät war, und ein vielstimmiges Gurren drang von allen Seiten auf mich ein: Tausende von Tauben hatten sich hier niedergelassen. Ich wagte mich ein paar Schritte vorwärts, und sogleich brach die Nacht über mich herein – eine Myriade von Leibern stob auf, flügelflatternd und mit ohrenbetäubendem Kreischen. Federn wirbelten durch die Luft, und zugleich breitete ein beißender Gestank sich aus. Ich schob mich seitwärts in einen Gang. In der feuchten Luft waberten Schwaden von Petroleum- und Schmierölgeruch. Allmählich gewöhnten sich meine Augen an die Finsternis. Rechter Hand blickte ich in eine Flucht von Büroräumen mit zerborstenen Fensterscheiben, die Fußböden voller Glasscherben. Ich ging den Gang entlang, wobei ich über zerbrochene Stühle, umgestürzte Schränke, zersplitterte Telefone stieg, bis ich zu einer Treppe kam.

Über weißlichen Vogelkot stieg ich die Stufen hinauf – es kam mir vor, als dränge ich in die Kloake einer monströsen Taube ein. Im ersten Stockwerk angelangt, stand ich in einer riesigen Halle: vierhundert Quadratmeter gähnende Leere, unterteilt durch eine Reihe rechtwinkliger Pfeiler in regelmäßigen Abständen. Auch hier lagen zahllose Glassplitter auf dem Boden und knirschten unter meinen Schritten. Ich lauschte. Kein Laut, kein Atmen. Langsam durchquerte ich die Halle, bis ich am anderen Ende auf eine Metalltür stieß, die mit schweren Ketten versiegelt war. Ich saß fest; allerdings dachte ich, dass mich hier wohl keiner suchen würde, und so beschloss ich, den Morgen abzuwarten. Hinter dem letzten Pfeiler fegte ich die Scherben beiseite und ließ mich nieder. Mein Körper fühlte sich völlig zerschlagen an, aber ich verspürte keine Angst mehr. So verharrte ich, an den Pfeiler gekauert, und war bald eingeschlafen.

Das Knirschen von Glas weckte mich. Ich schlug die Augen auf und sah auf die Uhr: drei Viertel drei. Die Schweine hatten mehr als vier Stunden gebraucht, um mich zu finden. Ich hörte hinter mir ihre Schritte, das Malmen von Glas unter den Sohlen. Wahrscheinlich hatten sie meinen Wagen entdeckt und jetzt meine Fährte aufgenommen – wie zwei lauernde Raubtiere. In der Ferne klangen ein paar Flügelschläge, und über mir, in großer Höhe, trommelte der Regen, der wieder eingesetzt hatte, auf das Dach. Ich spähte hinter meinem Pfeiler hervor, sah aber nichts. Die beiden Killer benutzten keine Taschenlampe oder sonst eine Lichtquelle – nur ihre Nachtsichtgeräte. Plötzlich überlief mich ein Schauer: solche Apparate sind meist mit einem Thermodetektor ausgestattet, der die Infrarotausstrahlung jedes Ge-

genstands wahrnimmt. Wenn das der Fall war, würde ihnen die Wärme meines Körpers einen schönen roten Schatten hinter dem Pfeiler anzeigen. Die Tür vor mir war verriegelt, der zweite Ausgang durch die Killer blockiert.

In regelmäßigem Rhythmus kam das Knirschen näher. Zuerst ein paar Schritte, dann eine Pause von zehn bis fünfzehn Sekunden, dann wieder ein paar Schritte. Meine Verfolger rückten gemeinsam vor, Pfeiler um Pfeiler. Sie ahnten offensichtlich nichts von meiner Gegenwart, denn sie gingen zwar leise, aber ohne besondere Vorsicht. Hinter der letzten Säule würden sie mich unausweichlich finden. Wie viele Pfeiler lagen noch zwischen uns? Zehn? Zwölf? Die Killer kamen links von der Säulenreihe auf mich zu. Ich wischte mir den Schweiß ab, der mir in die Augen rann und mir die Sicht nahm. Langsam streifte ich die Schuhe ab und hängte sie mir an den Schnürsenkeln um den Hals. Noch langsamer zog ich mein Hemd aus, zerriss es mit den Zähnen, Zentimeter für Zentimeter, und umwickelte mir die Füße mit den Lappen. Die Schritte kamen näher.

Der Angstschweiß lief mir über den nackten Oberkörper. Gehetzt äugte ich hinter den Pfeiler, dann sprang ich mit einem Satz nach rechts hinter die nächste Säule. Ich hatte nur einmal den Fuß auf den Boden gesetzt und die Glasscherben mit meinen Baumwollsocken aufgefangen. Kein Laut, kein Atmen. Auf der anderen Seite der Säulenreihe hörte ich wieder das Knirschen von Glas unter Tritten. Sofort glitt ich weiter zum nächsten Pfeiler. Noch fünf oder sechs Pfeiler lagen zwischen uns. Wieder hörte ich sie gehen. Wieder stürzte ich einen Pfeiler vorwärts. Mein Plan war einfach. Wenige Sekunden später würden die Killer und ich rechts und links desselben Pfeilers stehen. Dann musste ich nach rechts wechseln, während sie auf die linke Seite kamen. Es war ein verrücktes, geradezu kindisches Vorhaben. Aber es war meine letzte Chance. Vorsichtig bückte ich mich und hob mit zwei Fingern einen Klumpen Mörtel auf, in dem eine Glasscherbe steckte. Nacheinander brachte ich drei weitere Pfeiler hinter mich. Ein Atmen ließ mich zu Stein erstarren. Dort waren sie, auf der anderen Seite. Ich zählte bis zehn, und als das Knirschen wieder einsetzte, glitt ich hinüber nach rechts, eng an den Pfeiler gedrückt.

Vor Verblüffung blieb mir fast das Herz stehen. Direkt vor mir stand der Lange im Trainingsanzug, in seiner Hand eine metallisch funkelnde Waffe. Er brauchte eine Zehntelsekunde, um zu begreifen, was geschah. In der nächsten Zehntelsekunde hatte er die Glasscherbe in der Kehle. Ein Blutstrahl schoss hervor und spritzte über meine verkrampften Finger. Ich ließ den Mörtelklumpen los, breitete die Arme aus und fing den Körper auf, der schwer vornüber sackte. Ich ging in die Knie und hievte mir den Koloss auf die Schulter; das abscheuliche Manöver wurde mir erleichtert durch das Blut, das in Strömen floß wie ein Schmiermittel. Ich kniete nieder, beide Hände auf dem Boden. Meine verbrannten und empfindungslosen Handflächen stützten sich ohne den geringsten Schmerz auf die Glasscherben – es war das erste Mal, dass mein Gebrechen mir zugute kam, ja mir das Leben rettete. Aus dem schweren Körper auf meinem Rücken schoss noch immer heiß das Blut. Mit aufgerissenen Augen, einen Schrei des Entsetzens in der Kehle, wartete ich auf den zweiten Killer, der ahnungslos immer noch weiterging. Ohne einen Laut ließ ich die reglose Masse von der Schulter gleiten und machte mich aus dem Staub, leichtfüßig durch die Angst. Erst als ich die kotweißen Stufen hinabstieg, wurde mir klar, welche Waffe der Killer bei sich gehabt hatte: ein Hochfrequenz-Operationsmesser, angeschlossen an eine Batterie, die er am Gürtel trug.

Ich lief zum Wagen, startete und fuhr eine Weile kreuz und quer durch feuchtes Gebüsch, bis ich wieder auf der geteerten Straße war. Nach einer halben Stunde Irrfahrt durch

Einbahnstraßen und dunkle Gassen gelangte ich unversehens zur Autobahn Richtung Istanbul. Lange Zeit raste ich mit Vollgas und aufgeblendeten Scheinwerfern in die Finsternis.

Kurz vor der Grenze hielt ich an, denn meine Finger waren klebrig vom Blut, auch mein Gesicht musste blutverschmiert sein. Im Rückspiegel sah ich, dass meine Lider verkrustet, meine Haare verklebt waren – vom Blut des anderen. Meine Hände begannen zu zittern, und bald griff das Zittern stoßweise auf die Arme, den Unterkiefer über. Ich stieg aus dem Wagen. Es goss noch immer in Strömen. Ich zog mich vollständig aus und stand aufrecht und nackt im Wolkenbruch, spürte die Kühle des Schlamms an meinen Knöcheln und das Prasseln der Tropfen auf meinen Schultern. So stand ich fünf, zehn, zwanzig Minuten im Schauer, und der Regen wusch sämtliche Spuren meines Verbrechens ab. Schließlich kehrte ich in den Schutz des Wagens zurück, suchte frische Wäsche und zog mich wieder an. Die Schnittwunden waren nur oberflächlich. In meiner Reiseapotheke fand ich, was ich brauchte, um meine Handflächen zu desinfizieren und zu verbinden.

Ich passierte die Grenze ohne Schwierigkeiten, obwohl ich die Aufenthaltsfrist von achtundvierzig Stunden überschritten hatte. Dann fuhr ich weiter. Der Tag brach an, ein Straßenschild zeigte an: Istanbul achtzig Kilometer. Eine Dreiviertelstunde später hatte ich die Istanbuler Vororte erreicht und suchte im Fahren in meinen Unterlagen nach einem bestimmten Punkt, den ich in Paris mittels etlicher Telefonate und Nachfragen als den ›strategischen‹ Ort ausfindig gemacht hatte. Meine Karte war recht präzise, und nach nur wenigen Umwegen gelangte ich an mein Ziel, den Höhenrücken oberhalb des Bosporus auf der Seite von Üsküdar mit den beiden Hügeln Büyük und Küçük Çamlica.

Von der Höhe herab wirkte die Meerenge wie ein regloser, erstarrter Strom Asche. In der Ferne erhob sich Istanbul aus dem Dunst, pfeilschlanke Minarette und behäbig in sich ruhende Kuppeln. Ich hielt an. Es war halb sieben Uhr morgens, ringsum herrschte eine weite, klare Stille, angefüllt mit Lauten, die ich liebe: Vogelgezwitscher, ein Blöken hier und dort in der Ferne, das Rauschen des Winds im bewegten Laub. Die Sonne stieg höher und goss ihr gleißendes Licht über das Meer. Ich wartete, das Fernglas in der Hand, den Blick auf den Horizont geheftet. Nicht ein Vogel. Nicht ein Schatten. Eine Stunde verging. Doch dann erschien auf einmal hoch oben am Himmel eine Wolke, die wogte und wimmelte. Schwarz und weiß gefleckt. Das waren sie. Ein Heer von tausend und mehr Störchen schickte sich zur Überquerung des Bosporus an. Noch nie hatte ich ein derartiges Schauspiel erlebt. Ein prächtiges geflügeltes Ballett, weit ausgebreitete Schwingen und gereckte Schnäbel, getrieben von derselben Kraft, derselben Zähigkeit. Eine lang gestreckte und leichte Woge, deren Gischt Federn waren und deren einzige Kraft nur der Wind …

Vor meinen Augen stiegen die Störche noch höher in den wolkenlosen Himmel, bis sie winzig klein wurden; alle auf einmal überflogen sie dann die Meerenge. Ich dachte an die jungen Störche, die sich in Deutschland auf den Weg gemacht hatten, allein von ihrem Instinkt geleitet. Zum ersten Mal in ihrem Leben triumphierten sie über das Meer. Ich ließ das Fernglas sinken und starrte auf das Wasser des Bosporus.

Zum ersten Mal in meinem Leben hatte ich einen Menschen umgebracht.

III

Der Storchenkibbuz

16

Von Istanbul aus fuhr ich mit dem Volkswagen bis nach Izmir an der türkischen Westküste, wo ich das Auto der örtlichen Filiale der Leihwagenfirma zurückgab. Die Angestellten waren entsetzt über den Zustand des Fahrzeugs, doch getreu den Verheißungen der Werbebroschüren zeigten sie sich recht konziliant. Anschließend ließ ich mich von einem Taxi nach Kuşadasi bringen, zur ›Vogelinsel‹, einer winzigen Hafenstadt, von der eine Fähre zur Insel Rhodos ging. Wir hatten den ersten September. Um halb acht Uhr abends ging ich an Bord, nachdem ich mich in einem Hotelzimmer geduscht und umgezogen hatte. Ich hielt es für günstig, fortan nur noch unauffällige Kleider zu tragen – T-Shirt, sandfarbene Leinenhosen nebst Weste – und weder den Goretex-Hut noch die Sonnenbrille je abzusetzen: zwei weitere Utensilien, die mir Anonymität gewährleisten sollten. Meine Tasche war unversehrt, ebenso mein Laptop, und die Schnitte an den Händen verheilten bereits. Exakt um 20.00 Uhr verließ ich die türkische Küste. Am nächsten Tag im Morgengrauen bestieg ich am Fuß der Festung von Rhodos ein weiteres Schiff, das nach Haifa, Israel, ging; die Fahrt über das Mittelmeer sollte etwa vierundzwanzig Stunden dauern. Während dieser erzwungenen Kreuzfahrt hielt ich mich ausschließlich an schwarzen Tee.

Marcels Gesicht, zerfetzt durch den ersten Schuss, Yetas durchlöcherter Körper, das kleine Zigeunerkind, getötet durch eine Kugel, die ohne Zweifel mir zugedacht war, – diese Bilder ließen mich nicht mehr los. Drei Unschuldige waren durch meine Schuld umgekommen, aber ich lebte immer noch. Eine Ungerechtigkeit, die mir nicht aus dem Sinn ging und mich mit Rachegedanken erfüllte. Dabei spielte die Tatsache, dass ich einen der Mörder bereits erledigt hatte, in dieser Logik merkwürdigerweise kaum eine Rolle. Ich war der Mann, den irgendjemand um jeden Preis beseitigen wollte, auf dem Weg ins Unbekannte, bereit zu töten oder getötet zu werden.

Ich war entschlossen, den Störchen bis an ihr Ziel zu folgen. Zwar wurde ihre Wanderschaft angesichts der jüngsten Ereignisse durchaus belanglos, aber schließlich waren es die Vögel, die mich auf die Spur der Gewalt gebracht hatten. Und ich war mehr denn je überzeugt, dass die Störche bei alldem eine Schlüsselrolle spielten. Waren die beiden Männer, die versucht hatten, mich umzubringen, nicht die zwei Bulgaren, von denen Joro gesprochen hatte? Und stellte die Waffe meines Opfers, ein Hochfrequenz-Operationsmesser, nicht eine direkte Verbindung zum Mord an Rajko her?

Bevor ich an Bord gegangen war, hatte ich vom Hotel aus das Argos-Zentrum angerufen und erfahren, dass die Störche auf ihrer Route gut vorankamen – eine erste Schar war bis nach Dörtyol im Golf von Iskenderun an der türkisch-syrischen Grenze vorgedrungen. Ihre Fluggeschwindigkeit übertraf alle bisherigen Schätzungen der Ornithologen: diese Störche schafften mit Leichtigkeit zweihundert Kilometer am Tag.

Aber irgendwann würden sie erschöpft sein und, vermutlich in der Umgebung von Damaskus, eine Weile rasten müssen, bevor sie sich erneut auf ihren vorbestimmten Weg machten: die Fischteiche von Bet She'an in Galiläa waren ihre nächste Etappe und damit auch mein nächstes Ziel.

Während der Überfahrt bedrängten mich weitere Fragen. Was hatte ich denn Spektakuläres entdeckt, um den Tod zu verdienen? Und wer hatte die Killer auf mich angesetzt? Milan Djuric? Markus Lasarewitsch? Die Zigeuner von Sliven?

Hatte man mich von Anfang an verfolgt? Und was hatte die Organisation *Monde Unique* mit alldem zu tun? Immer wenn die Spirale von Fragen mir eine Atempause gönnte, bemühte ich mich zu schlafen. Ich saß auf dem Deck, und das Rauschen der Wellen ließ mich kurz einnicken, gleich darauf aber wachte ich wieder auf, und von neuem bestürmten mich Fragen.

Am dritten September um neun Uhr morgens tauchte Haifa aus der staubigen Luft auf. Der Hafen lag auf halbem Weg zwischen dem Industriegebiet und der Wohngegend – über die Hänge des Berges Karmel breitete sich hell und heiter die Oberstadt. Im Glutofen des Kais, auf dem eine wogende Menschenmenge tobte, brüllte, drängte, spürte ich diese heiße, lebendige und würzige Erregtheit, die mir meine Vorstellungen von den orientalischen Handelsniederlassungen in den Abenteuerromanen meiner Kindheit zurückbrachte.

Die Wirklichkeit war freilich weniger romantisch. Israel lag im Kriegszustand. Hier wurde ein Nervenkrieg, ein Verschleißkrieg geführt, voller unterschwelliger Spannungen. Ein Krieg ohne Waffenruhe, geprägt durch jähe Zornesausbrüche und Gewaltakte. Kaum hatte ich einen Fuß an Land gesetzt, traf mich diese Gespanntheit mitten ins Gesicht. Zunächst wurde mein Gepäck gründlich durchsucht. Danach führte man mich in einen kleinen Raum hinter einem weißen Vorhang und unterzog mich einem strengen Verhör nach allen Regeln. Eine Frau in Uniform überhäufte mich mit englischen Fragen, immer denselben, einmal in einer Reihenfolge, dann in einer anderen. »Warum kommen Sie nach Israel?« – »Wen wollen Sie besuchen?« – »Was haben Sie hier vor?« – »Waren Sie schon einmal hier?« – »Was haben Sie mitgebracht?« – »Kennen Sie hier jemanden?« … Mein Fall war problematisch. Die Frau glaubte mir meine Storchengeschichte nicht – sie wusste nicht, dass Israel auf der Wanderroute der Zugvögel lag. Außerdem besaß ich keine Rückfahrkarte. »Wieso sind Sie über die Türkei eingereist?«, fragte sie, zunehmend nervös. »Auf welchem Weg wollen Sie wieder ausreisen?« hakte eine andere nach, die zur Verstärkung hinzugekommen war.

Nach drei Stunden emsiger Durchsuchung und unermüdlichen Fragens durfte ich den Zoll passieren und israelisches Staatsgebiet betreten. Ich wechselte fünfhundert Dollar in Schekel und mietete einen Wagen, ein kleines Rover-Modell; wieder einmal waren mir Böhms Vouchers sehr nützlich, und ich pries seine Voraussicht. Die Angestellte der Firma beschrieb mir genau die Strecke, der ich folgen musste, um nach Bet She'an zu gelangen, und riet mir dringend von allen Abweichungen ab. »Wissen Sie«, sagte sie, »es ist gefährlich, mit israelischen Nummernschildern durch die besetzten Gebiete zu fahren. Die palästinensischen Kinder werfen sofort mit Steinen und greifen Sie an.« Ich dankte der Frau für ihre Fürsorglichkeit und versprach ihr, mich streng an die Route zu halten.

Fern vom kühlen Meereswind war die Hitze erdrückend. Der Parkplatz lag in grellem Licht, und in der morgendlichen Helligkeit schien alles ringsum zu Stein erstarrt. Bewaffnete Soldaten in Tarnanzügen, ausgerüstet mit schweren Helmen, Sprechfunkgeräten und Munition, patrouillierten auf den Bürgersteigen. Ich zeigte meinen Mietvertrag für einen Wagen vor, woraufhin ich den Fahrzeugpark betreten durfte und meinen Rover bald gefunden hatte. Das Steuer glühte, die Sitze nicht minder. Ich schloss die Fenster und setzte die Klimaanlage in Gang. In einem französischen Reiseführer sah ich mir meine Fahrtroute an. Haifa liegt im Westen, Bet She'an im Osten, ein wenig südlicher, nahe der jordanischen Grenze: ich musste also ganz Galiläa durchqueren, eine Strecke von etwa hundert Kilometern. Galiläa ... Unter anderen Umständen hätte der Name mich in lange Träumereien versinken lassen, hätte ich den Zauber dieser legendären Orte, dieser mythischen Erde, der Wiege der Bibel, ausgiebig genossen.

Ich fuhr los in Richtung Südosten.

Max Böhm hatte mir die Namen zweier Kontaktpersonen genannt: Ido Gabbor, ein junger Ornithologe, der im Kibbuz von Newe-Eitan nahe Bet She'an verletzte Störche versorgte, und Josse Lenfeld, Direktor der Nature Protection Society, einer riesigen Laboranlage in der Nähe des Flughafens Ben-Gurion.

Die Landschaft ringsum wechselte zwischen der Dürre der Wüste und der künstlichen Gastlichkeit aus dem Boden gestampfter Städte. Von Zeit zu Zeit entdeckte ich einen Hirten mit seinen Kamelen, in der gleißenden Helligkeit verschmolz sein brauner Kaftan mit dem Fell der Tiere. Dann wieder kam ich an hellen, modernen Siedlungen vorbei, deren grelles Weiß in den Augen schmerzte. Einstweilen konnte ich der Landschaft noch keinen Reiz abgewinnen. Was mich viel mehr verblüffte, war das Licht: gleißend, rein und vibrierend, kam es mir vor wie ein gewaltiger Atem, der das ganze Land in Brand setzte und auf einem hohen Schmelzpunkt hielt, weißglühend und bebend.

Gegen Mittag hielt ich an einer Garküche. Ich setzte mich in den Schatten, trank Tee, aß kleine, sehr süße Pfannkuchen und versuchte mehrmals, Gabbor zu erreichen, aber ohne Erfolg. Um halb zwei beschloss ich, weiterzufahren und mein Glück vor Ort zu versuchen.

Eine Stunde später erreichte ich die Kibbuzim von Bet She'an. Drei Dörfer in makelloser Ordnung umringten weitläufige bebaute Felder. In meinem Führer war von den Kibbuzim ausführlich die Rede; sie wurden definiert als ›planmäßige, kollektive ländliche Siedlungen, begründet auf den gemeinschaftlichen Besitz der Produktionsmittel und die gemeinschaftliche Sicherstellung des Lebensunterhalts, wobei der Lohn in keiner direkten Verbindung zur geleisteten Arbeit steht‹, und das Kapitel schloss mit den Worten: ›Die landwirtschaftliche Technik des Kibbuz wird aufgrund ihrer Effizienz überall in der Welt gerühmt, bewundert und studiert.‹ Mehr oder weniger aufs Geratewohl fuhr ich die grünen Anbauflächen entlang.

Schließlich fand ich den Kibbuz Newe-Eitan. Ich erkannte ihn an seinen *fishponds*, den Fischteichen, in deren brackiger Oberfläche hier und dort die Sonne aufblitzte. Es war drei Uhr nachmittags. Die Hitze war ungebrochen. Ich fuhr in ein Dorf, das aus weißen, exakt aneinandergereihten Häusern bestand, Blumenbeete schmückten die Straßen. Hinter den Hecken war ab und zu das künstliche Blau eines Schwimmbeckens zu sehen. Aber alles war menschenleer, ohne eine lebende Seele. Nicht einmal ein Hund überquerte die Gassen.

Ich beschloss, zu den Fischteichen zu fahren, und bog in einen Feldweg ein, der an einem engen Tal entlangführte. In der Tiefe schimmerte das dunkle Wasser, Männer und Frauen arbeiteten in der prallen Sonne. Zu Fuß ging ich den Abhang hinunter. Der bittere und sinnliche Geruch der Fische schlug mir entgegen, durchsetzt mit dem Aschedunst ausgedörrter Bäume. Ein ohrenbetäubender Motorenlärm erfüllte das Tal: ein Traktor; zwei Männer luden Kästen voller Fische auf den Anhänger.

»Schalom!« rief ich, freundlich lächelnd. Die Männer fixierten mich mit ihren hellen Augen und sagten kein Wort. Der eine trug am Gürtel ein Lederetui, aus dem der braune Kolben eines Revolvers ragte. Ich stellte mich auf Englisch vor und fragte, ob ihnen Ido Gabbor bekannt sei. Daraufhin wurden ihre Mienen noch abweisender, und der Bewaffnete fasste mit der rechten Hand an den Gürtel. Kein Wort fiel. Brüllend, um den Lärm des Traktors zu übertönen, erklärte ich den Grund meines Besuchs.

Ich sei sehr an Störchen interessiert, ich hätte dreitausend

Kilometer zurückgelegt, um sie hier zu beobachten, und wolle von Ido zu ihren Refugien geführt werden. Die Männer sahen einander an, immer noch stumm.

Endlich hob der Unbewaffnete die Hand und zeigte auf eine Frau, die zweihundert Meter weiter am Ufer eines Teichs arbeitete. Ich dankte ihnen und ging auf die Gestalt zu; im Rücken spürte ich den Blick der beiden, der mir folgte wie das Zielfernrohr eines Scharfschützengewehrs.

Ich trat näher und sagte wieder: »Schalom.« Die Frau richtete sich auf. Sie war jung, um die Dreißig, und groß – über einen Meter fünfundsiebzig –, schmal und knochig, wie ein in der Sonne ausgedörrter Lederriemen. Ihre langen blonden Haare flatterten um ihr kantiges, mürrisches Gesicht, und sie sah mich voller Furcht und Verachtung an. Die Farbe ihrer Augen hätte ich nicht bestimmen können, aber der Schwung der Brauen verlieh ihnen einen flirrenden Glanz – es war das Glitzern der Sonne auf dem Rücken der Wellen, das helle Funkeln des Wassers aus den großen Steinkrügen, die an lauen Abenden die Erde tränken. Sie trug Gummistiefel und ein lehmverschmiertes T-Shirt.

»Was wollen Sie?«, fragte sie auf englisch. Ich wiederholte meine Storchengeschichte und meinen Wunsch, Ido kennen zu lernen. Jäh wandte sie sich ab und machte sich wieder an ihre Arbeit, wortlos tauchte sie ein schweres Netz in das dunkle Wasser. Ihre Bewegungen waren abgehackt, linkisch – ihre Gestalt ließ mich an das Knochengerüst eines Vogels denken und jagte mir einen Schauder über den ganzen Körper. Ich wartete ein paar Sekunden, dann fragte ich: »Was ist los?« Die Frau richtete sich wieder auf, dann sagte sie, diesmal auf französisch: »Ido ist tot.«

Die Route der Störche war eine einzige Blutspur. Mit zugeschnürter Kehle stotterte ich: »Tot? Seit wann?«

»Seit ungefähr vier Monaten. Als die Störche zurückgekehrt sind.«

»Wie ist das passiert?«

»Er ist umgebracht worden. Ich will nicht darüber reden.«

»Das tut mir sehr Leid. Waren Sie seine Frau?«

»Seine Schwester.«

Die Frau bückte sich erneut und folgte den Fischen mit ihrem Netz. Ido Gabbor war also kurz nach Rajko ermordet worden. Noch eine Leiche. Noch ein Rätsel. Und die Gewissheit, dass der Zug der Störche eine Fahrt zur Hölle war. Ohne Rückkehr. Ich sah die Israelin an, die schweigend vor sich hin arbeitete, das Haar vom Wind zerzaust. Nach einer Weile aber hielt sie inne und fragte: »Sie wollen die Störche sehen?«

»Hm, also ...« Inmitten dieses Leichenfelds war mein Ansinnen lächerlich geworden. »Na ja, ich würde gern, ja ...«

»Ido hat sich um die Störche gekümmert.«

»Ich weiß, deshalb ...«

»Sie kommen abends. Dort drüben, auf der anderen Seite der Hügel.« Sie blickte zum Horizont, dann murmelte sie: »Warten Sie im Kibbuz auf mich, um sechs Uhr. Ich bring' Sie hin.«

»Ich kenne den Kibbuz nicht.«

»Auf dem kleinen Platz. Dort steht ein Brunnen. Die *birdwatchers* wohnen in dem Viertel.«

»Vielen Dank ...«

»Sarah.«

»Danke, Sarah. Ich heiße Louis. Louis Antioche.«

»Schalom, Louis.«

Unter den feindseligen Blicken der beiden Männer ging ich den Weg wieder zurück. Ich lief wie ein Schlafwandler, halb blind von der Sonne und betäubt durch die Nachricht von einem weiteren Mord. Und doch dachte ich in diesem Augenblick nur an eins: an Sarahs sonnenhelles Haar – ein Bild, das in mir brannte wie Feuer.

Das Klicken des Hahns einer Waffe riss mich aus dem Schlaf, ich war auf dem kleinen Platz des Kibbuz in meinem Wagen eingenickt. Als ich die Augen öffnete, sah ich mich umringt von einer Truppe von Zivilisten, die eine regelrechte Artillerie auf mich gerichtet hielten. Manche waren schwarzbärtige Hünen, andere blond mit rosigen Wangen, die meisten trugen eine Kippa. Sie äugten forschend ins Wageninnere. Untereinander verständigten sie sich auf hebräisch, einer Sprache, die in meinen Ohren sehr orientalisch klang, aber frei von gutturalen Lauten, mich brüllten sie auf Englisch an: »Wer bist du? Was willst du hier?« Einer der Hünen schlug mit der Faust auf das Seitenfenster und schrie: »Mach das Fenster auf! Zeig deinen Pass!« Zur Bekräftigung seiner Worte lud er sein Gewehr und legte an. Langsam ließ ich die Scheibe herunter und reichte meinen Pass hinaus. Der Mann riss ihn mir aus der Hand und gab ihn einem seiner Gehilfen weiter, ohne mich aus dem Visier zu lassen. Mein Pass wurde von einer Hand zur nächsten gereicht. Auf einmal aber ertönte eine Stimme, eine Frauenstimme, laut und hart. Die Männer wichen zur Seite, und ich erblickte Sarah, die sich mit den Ellenbogen durch die Riesen drängte, sie schimpfend zurückstieß und mit beiden Händen auf die Gewehrläufe einhieb, wodurch sie Protestgeschrei, Fluchen und Murren auslöste. Sie griff nach meinem Pass und gab ihn mir sofort zurück, ohne währenddessen ihre Beschimpfungen einzustellen. Endlich machten die Männer kehrt und gingen widerwillig und schnaubend davon.

Sarah drehte sich um und sagte auf französisch: »Die Leute hier sind alle ein bisschen nervös. Vor einer Woche haben vier Araber drei von den Unsrigen in einem Militärlager ganz in der Nähe umgebracht. Im Schlaf mit der Mistgabel erstochen. Kann ich einsteigen?«

Wir fuhren etwa zehn Minuten. Unterwegs sah ich weitere Fischteiche mit schwärzlichem Wasser zwischen hohen Gräsern, grün wie ein Reisfeld. Auf einmal standen wir am

Rand eines weiteren Tals, und ich rieb mir die Augen vor Verblüffung über das Schauspiel, das sich mir bot.

Ein Sumpf dehnte sich vor uns aus, so weit der Blick reichte, und war gänzlich in Beschlag genommen von den Störchen. Ein Meer weißer Gefieder und roter Schnäbel, das in ständiger Bewegung war, auf und nieder wogte, sich schüttelte, hier und dort aufflog, ineinander strömte. Es waren Zehntausende. Die Bäume bogen sich unter ihrem Gewicht, und die Tümpel waren nichts als nasse Leiber, gebogene Hälse, wuselnde Aktivität – jeder Vogel stürzte sich voller Gier auf alle greifbare Nahrung. Mit halb ausgebreiteten Flügeln wateten die Störche durchs Wasser, rasch und präzise schossen die Köpfe abwärts und gleich wieder hoch, den erbeuteten Fisch im halboffenen Schnabel. Mit den wohlgenährten, prächtigen Vögeln aus dem Elsaß hatten sie nichts mehr gemein: sie waren ausgemergelt, schmutzig und nicht im geringsten daran interessiert, ihr Gefieder zu glätten. Ihnen ging es nur noch um eins: zur rechten Zeit und Stunde Afrika zu erreichen. In wissenschaftlicher Hinsicht stand ich hier vor einem Phänomen, denn die europäischen Ornithologen hatten mir stets versichert, dass Störche nie fischten, sondern sich ausschließlich von Fleisch ernährten.

In den Fahrrinnen geriet der Wagen ins Rutschen, und wir stiegen aus.

»Der Storchenkibbuz«, sagte Sarah. »Jeden Tag kommen sie zu Tausenden hierher. Sie müssen Kräfte sammeln, bevor sie die Wüste Negev in Angriff nehmen.«

Lange beobachtete ich die Vögel durchs Fernglas. Es war unmöglich festzustellen, ob einer von ihnen beringt war. Über uns nahm ich einen Hauch wahr, wie ein Atmen, fein und hartnäckig zugleich. Ich hob die Augen. Mehrere Gruppen von Störchen flogen stetig in niedriger Höhe vorbei, jeder einzelne glitt wie von einem bläulichen Schimmer umhüllt auf seiner Bahn durch die glutheiße Luft. Wir waren mitten im Revier der Störche. Wir setzten uns in eine trockene Grasmulde, Sarah schlang die Arme um die angewinkelten Beine und legte das Kinn auf die Knie. Sie war weniger hübsch, als ich geglaubt hatte. Ihre Gesichtszüge waren hart und kantig und ausgedörrt von der Sonne, wie Steine sprangen die Wangenknochen hervor. Aber ihr Blick erinnerte mich an einen schönen Vogel mit gespreiztem Gefieder, der einem direkt ans Herz greift.

»Ido kam jeden Abend hierher«, fuhr Sarah fort. »Zu Fuß hat er die Sümpfe durchkämmt, die verletzten und erschöpften Störche aufgesammelt und an Ort und Stelle versorgt oder mit nach Hause genommen. Er hat sich einen eigenen Raum in der Garage dafür eingerichtet. Eine Art Vogelklinik.«

»Kommen alle Störche hier vorbei?«

»Ja, ohne Ausnahme. Sie haben wegen der Fischteiche eigens ihre Route verlegt.«

»Hat Ido mit Ihnen über das Ausbleiben der Störche im letzten Frühjahr gesprochen?«

Sarah begann mich auf einmal zu duzen: »Was meinst du damit?«

»Die Störche waren in diesem Jahr bei ihrer Rückkehr aus Afrika weniger zahlreich als sonst. Das ist Ido sicher aufgefallen.«

»Er hat mir nichts davon gesagt.«

Ich fragte mich, ob Ido wie Rajko ein Tagebuch geführt hatte. Und ob auch er für Max Böhm gearbeitet hatte.

»Du sprichst hervorragend Französisch.«

»Meine Großeltern sind in deinem Land geboren. Nach dem Krieg wollten sie nicht mehr nach Frankreich zurück. Sie waren die Begründer der Kibbuzim von Bet She'an.«

»Eine wunderschöne Gegend ist das hier.«

»Kommt drauf an. Ich hab' immer hier gelebt, außer während des Studiums in Tel Aviv. Ich spreche Hebräisch, Französisch und Englisch. 1987 habe ich mein Diplom in Physik gemacht. Und das alles, um in diese Scheiße zurückzukommen, um drei Uhr morgens aufzustehen und sechs Tage in der Woche in stinkendem Wasser zu waten.«

»Willst du fort?«

»Wie denn? Wir leben hier in einem Gemeinschaftssystem. Jeder verdient dasselbe. Mit anderen Worten: nichts.«

Sarah blickte hinauf zu den Vögeln, die über den rötlichen Himmel zogen, die Hand vor den Augen, um sie vor dem letzten Feuer der Sonne zu schützen, und sie blitzten wie die Lichtreflexe im Wasser des Brunnens.

»Bei uns gehört der Storch einer uralten Tradition an. Der Prophet Jeremias sagt in der Bibel, um das Volk Israel zum Aufbruch zu ermahnen:

Alle kehren zurück auf ihren Weg, wie ein Pferd, das in die Schlacht galoppiert.
Sogar der Storch am Himmel
kennt seine Jahreszeit,
die Turteltaube, die Schwalbe und der Reiher halten sich an die Zeit ihrer Wanderung.

»Was bedeutet das?«

Sarah zuckte die Achseln, ohne den Blick von den Vögeln zu wenden.

»Das bedeutet, dass ich auch warte, bis meine Zeit gekommen ist«, sagte sie.

17

Das Abendessen verlief in sehr sanfter Stimmung. Sarah hatte mich zu sich nach Hause eingeladen. Ich dachte an gar nichts mehr, sondern gab mich ganz der Süße dieses unerwarteten Augenblicks hin.

Wir aßen im Garten ihres Hauses, mit Blick auf die rosafarbenen und purpurroten Wolkenfetzen des Sonnenuntergangs. Sie wurde nicht müde, mir immer wieder neue Pitas anzubieten, diese kleinen runden, flachen Brote, gefüllt mit improvisierten Köstlichkeiten, und ich sagte jedes Mal ja, mit vollem Mund. Ich aß wie ein Scheunendrescher – die israelische Küche war wie für mich geschaffen. Fleisch, sagte Sarah, sei sehr teuer, weshalb man sich vorzugsweise von Gemüse und Milchprodukten ernähre. Und vor allem hatte Sarah mir einen wunderbar aromatischen Tee gekocht, chinesisch, grün und unverfälscht.

Sarah war achtundzwanzig, hatte ungestüme Vorstellungen und zauberhafte Manieren. Sie erzählte mir von Israel, und ihr sanfter Tonfall stand in scharfem Gegensatz zu ihrem Abscheu. Mit dem großen Traum vom Gelobten Land konnte sie nichts anfangen, sie verurteilte die Exzesse des jüdischen Volkes, seine Gier nach Boden, die beharrlich als rechtmäßig verteidigt werde, aber so viele Ungerechtigkeiten nach sich ziehe, so viel Gewalt in einem zerrissenen Land. Sie beschrieb mir den Terror auf beiden Seiten: gebrochene Gliedmaßen der Araber, erdolchte Judenkinder, die Auswüchse der Intifada und die Reaktion der israelischen Soldaten. Sie zeichnete mir auch ein merkwürdiges Bild von Israel. Der jüdische Staat, sagte sie, sei ein regelrechtes Kriegslabor: immer um einen Schritt voraus, um eine neue Abhörmethode, eine technologische Waffe oder ein Mittel zur Unterdrückung.

Sie erzählte mir von ihrem Leben im Kibbuz, von der harten körperlichen Arbeit, den gemeinsamen Mahlzeiten, den Versammlungen am Samstagabend, um ›Entscheidungen zu treffen, die jeden angehen‹. Von diesem Kollektivdasein, in dem jeder Tag wie der vergangene und vor allem wie der kommende war, ohne Aussicht auf Veränderung. Sie sprach von der Eifersucht, der Langeweile, der dumpfen Scheinheiligkeit des Gemeinschaftslebens. Sarah war krank vor Einsamkeit.

Gleichzeitig aber rühmte sie die Effizienz der landwirtschaftlichen Methoden, sprach von ihren Großeltern, diesen Pionieren sephardischer Abstammung und Begründern der ersten Kibbuzim nach dem Krieg. Sie sprach vom Mut ihrer Eltern, die sich zu Tode gearbeitet hatten, von ihrer Inbrunst, ihrem eisernen Willen. In diesen Augenblicken kam sie mir vor, als kämpfte in ihr die Jüdin gegen die Frau – das Ideal gegen die Individualität. Und zur Unterstreichung aller dieser Gedanken, die in ihr gärten, fuhren ihre langen Hände mit abgehackten Gesten durch die milde Abendluft.

Später stellte sie mir Fragen über meine Beschäftigung, meine Vergangenheit, mein Pariser Leben. Ich erwähnte kurz meine langen Studienjahre und sagte, ich befasste mich seither nur noch mit Ornithologie. Ich beschrieb ihr meine Reise und wiederholte meinen Wunsch, den Durchzug der Störche durch Israel zu beobachten. Diese fixe Idee rief bei ihr kein Erstaunen hervor: die Kibbuzim von Bet She'an sind eine Anlaufstelle für zahlreiche *birdwatchers*, Vogelfreunde aus ganz Europa und Amerika, die sich während der Migrationszeiten hier niederlassen und, bewaffnet mit Fernrohr, Fernglas und Teleobjektiv, ihre Tage mit der Beobachtung unerreichbarer Flüge zubringen.

Es schlug elf. Endlich fasste ich Mut und brachte Idos Tod zur Sprache. Sarah heftete einen eisigen Blick auf mich, dann sagte sie mit tonloser Stimme: »Ido wurde vor vier Monaten umgebracht. Ermordet, während er im Sumpf die Störche versorgte. Araber haben ihn überfallen. An einen Baum gefesselt und gefoltert. Sie schlugen ihn mit Steinen ins Gesicht und zermalmten ihm die Kiefer, seine Kehle war voller Knochen- und Zahnsplitter. Außerdem brachen sie ihm die Finger und die Knöchel. Sie zogen ihn aus und zerstückelten ihn mit einer Schafschermaschine. Als die Leiche gefunden wurde, war nur noch die Gesichtshaut übrig, und die sah aus wie eine falsch aufgesetzte Maske. Die Eingeweide hingen ihm bis auf die Füße. Die Vögel hatten schon angefangen, ihn aufzufressen.«

Ringsum lag Schweigen, die Nacht war ohne einen Laut.

»Araber, sagst du. Hat man die Mörder denn gefasst?«

»Man glaubt, es waren die vier Araber, von denen ich dir erzählt habe. Die Mörder der Soldaten.«

»Sind sie verhaftet worden?«

»Sie sind tot. Auf unserem Land regeln wir unsere Angelegenheiten selbst.«

»Greifen die Araber öfter Zivilisten an?«

»Nicht in unserer Gegend. Oder wenn, dann nur aktive Kämpfer, wie die militanten Siedler heute Nachmittag.«

»War Ido ein Militanter?«

»Überhaupt nicht. Obwohl er sich in der letzten Zeit verändert hatte. Er hatte sich Waffen besorgt, Sturmgewehre, Faustwaffen und merkwürdigerweise auch Schalldämpfer, und blieb ganze Tage mit seinem Arsenal verschwunden. Er ging nicht mehr zu den Teichen. Er war jähzornig geworden, schrecklich reizbar. Er konnte im Handumdrehen in Rage geraten oder stundenlang vor sich hin brüten.«

»Hat Ido gern im Kibbuz gelebt?«

Sarah stieß ein bitteres Lachen aus.

»Ido war nicht wie ich, Louis. Er hat die Fische und die Teiche geliebt, auch die Sümpfe, die Störche. Oft ist er spät nachts erst nach Hause gekommen, völlig verdreckt, und hat sich mit ein paar zerrupften Vögeln in seine Klinik zurückgezogen.« Wieder lachte sie kurz auf. »Aber mich hat er noch mehr geliebt. Und er suchte nach einer Möglichkeit, um uns beide aus dieser beschissenen Hölle rauszubringen.«

Sarah verharrte eine Weile stumm, dann zuckte sie die Schultern, stand auf und fing an, die Teller und Tassen zusammenzustellen.

»Eigentlich glaube ich«, begann sie noch einmal, »dass Ido nie weggegangen wäre. Er war hier vollkommen glücklich. Der Himmel, die Störche, außerdem ich. In seinen Augen war das die größte Stärke des Kibbuz: er hatte mich in der Hand.«

»Was meinst du damit?«

»Das, was ich gesagt habe: er hatte mich in der Hand.«

Mit beladenen Armen verschwand Sarah im Haus. Ich half ihr beim Abräumen. Während sie ihre Küche in Ordnung brachte, betrat ich den Wohnraum. Sarahs Haus war weiß und klein; soweit ich sehen konnte, gab es neben der Küche und diesem großen Raum noch zwei Schlafzimmer, zu denen man über einen Gang gelangte. Auf einem Möbelstück sah ich das Foto eines breitschultrigen jungen Mannes mit lebhaftem Ausdruck, sein sonnengebräuntes Gesicht verbreitete Gesundheit und Sanftmut. Ido sah seiner Schwester ähnlich: derselbe Schwung der Brauen, dieselben Wangenknochen, doch dort, wo bei Sarah nur Magerkeit und Anspannung waren, strahlte Ido vor Vitalität. Auf diesem Bild schien er mir um einige Jahre jünger als seine Schwester, vielleicht zwei- oder dreiundzwanzig.

Sarah kam aus der Küche zurück, und wir setzten uns wieder auf die Terrasse. Dort öffnete sie eine kleine Blechschachtel, die sie mitgebracht hatte.

»Rauchst du?«

»Was – Zigaretten?«

»Nein, Gras.«

»Überhaupt nicht.«

»Na, das wundert mich nicht. Du bist ein komischer Kauz, Louis.«

»Aber lass dich durch mich nicht abhalten, wenn du willst …«

»Es taugt nur was, wenn man's gemeinsam tut«, sagte Sarah knapp und schloss ihre Schachtel wieder.

Sie schwieg, dann musterte sie mich kurz.

»Jetzt bist du an der Reihe, Louis«, sagte sie dann mit abgewandtem Gesicht, »und wirst mir erklären, was du wirklich hier tust. Du siehst mir nicht aus wie ein *birdwatcher*. Die kenn' ich doch. Die sind völlig abgefahren, reden von nichts anderem als ihren Vögeln und leben mit dem Kopf im Himmel. Du hingegen hast von Vögeln keine Ahnung, außer von Störchen. Und du kommst mir vor wie einer, der hinter jemandem her ist und gleichzeitig selber verfolgt wird. Wer bist du, Louis? Ein Bulle? Ein Journalist? Weißt du, den Gojim gegenüber sind wir hierzu Lande misstrauisch.« Sarah senkte die Stimme. »Aber ich bin bereit, dir zu helfen«, fügte sie hinzu. »Erzähl mir, was du suchst.«

Ich zögerte kurz, doch nach einer Weile erzählte ich ihr alles und ohne zu stocken. Was hatte ich denn zu verlieren? Außerdem tat es mir gut, mit jemandem zu sprechen. Also berichtete ich von dem sonderbaren Auftrag, den Max Böhm mir kurz vor seinem Tod erteilt hatte. Ich erzählte ihr von den Störchen, dieser ursprünglich ganz harmlosen Nachforschung zwischen Himmel und Wind, die auf einmal zum Alptraum geworden war. Von meinen letzten achtundvierzig Stunden in Bulgarien. Ich sagte ihr, wie Rajko Nikolitsch zu Tode gekommen war. Wie Marcel, Yeta und wahrscheinlich ein Kind erschossen worden waren. Wie ich einem Fremden in einem verlassenen Lagerhaus mit einer Glasscherbe die Kehle aufgeschlitzt hatte. Ich sagte, ich sei fest entschlossen, das zweite Schwein und seine Auftraggeber aufzuspüren. Und schließlich erzählte ich von *Monde Unique*, von Dumaz, von Djuric und von Joro. In meinem Kopf vermischte sich alles miteinander, das Hochfrequenz-Operationsmesser, der Diebstahl von Rajkos Herz, Max Böhms geheimnisvolles Transplantat.

»Vielleicht kommt es dir komisch vor«, schloss ich, »aber ich bin überzeugt, dass der Schlüssel zu allen diesen Rätseln bei den Störchen liegt. Von Anfang an hatte ich den Verdacht, dass Böhm irgendein anderes Motiv dafür hatte, dass er seine Störche unbedingt wiederfinden wollte. Und die Morde markieren exakt die Route der Störche, Kilometer für Kilometer.«

»Du meinst, der Tod meines Bruders steht in irgendeinem Zusammenhang damit?«

»Vielleicht. Ich müsste ein bisschen mehr darüber wissen.«

»Die Akte hat der Schin Bet. Da kommst du nicht ran.«

»Und die Leute, die ihn gefunden haben?«

»Die werden dir nichts sagen.«

»Entschuldige, Sarah, aber hast du die Leiche gesehen?«

»Nein.«

»Weißt du …«, ich zögerte einen Augenblick, »… ob bestimmte Organe gefehlt haben?«

»Was soll das heißen?«

»War das Innere des Brustkorbs intakt?«

Sarahs Miene verdüsterte sich.

»Die Vögel haben den größten Teil seiner Eingeweide aufgefressen. Das ist alles, was ich weiß. Seine Leiche wurde am frühen Morgen gefunden. Am 16. Mai, um genau zu sein.«

Ich stand auf und ging ein paar Schritte durch den Garten. Idos Tod war ohne Zweifel ein weiteres Glied in der Kette, eine weitere Stufe des Schreckens – aber mehr denn je tappte ich absolut im Dunkeln.

»Was du da erzählst, Louis, ist mir völlig schleierhaft, aber ich muss dir was sagen.«

Ich setzte mich wieder zu ihr und holte mein kleines Notizbuch aus der Hosentasche.

»Erstens, Ido hat irgendwas entdeckt. Ich weiß nicht was, aber er hat mir mehrmals versichert, dass wir reich werden und nach Europa gehen würden. Zuerst habe ich seine Hirngespinste nicht ernst genommen, ich dachte, Ido hätte das alles mir zuliebe erfunden.«

»Wann war das?«

»Anfang März, glaube ich. Eines Abends ist er nach Hause gekommen und war völlig außer sich. Er hat mich umarmt und gesagt, ich könnte gleich packen. Ich hätte ihm fast ins Gesicht gespuckt. Ich kann's nicht ausstehen, wenn man sich über mich lustig macht.«

»Wo kam er denn her?«

Sarah zuckte die Achseln. »Aus dem Sumpf, wie immer.«

»Hat Ido nicht irgendwelche Papiere hinterlassen, irgendwelche Notizen?«

»Es ist alles in seiner Vogelklinik, dort hinten im Garten ... Noch etwas: die Organisation *Monde Unique* ist hier sehr präsent. Die Leute arbeiten mit der UNO zusammen und betreuen die Palästinenserlager.«

»Was machen sie dort?«

»Sie kümmern sich um die arabischen Kinder, verteilen Lebensmittel, Medikamente. In Israel hört man sehr viel Gutes über sie. In der Hinsicht ist man sich hier ausnahmsweise mal einig.«

Ich notierte mir jedes Detail. Sarah sah mich erneut forschend an, dann senkte sie den Kopf.

»Louis, warum machst du das alles? Wieso wendest du dich nicht an die Polizei?«

»An welche Polizei? Von welchem Land? Und wegen welchem Verbrechen? Ich hab' nicht den geringsten Beweis. Außerdem gibt es schon einen Polizisten, der in der Sache ermittelt. Hervé Dumaz. Ein komischer Bulle, er forscht auf eigene Faust, und seine eigentlichen Beweggründe sind mir immer noch nicht ganz klar. Aber vor Ort bin ich allein. Allein und entschlossen.«

Auf einmal ergriff Sarah meine Hände, ehe ich Zeit hatte, sie daran zu hindern. Ich empfand nichts. Weder Abneigung noch Scheu. Genauso wenig, wie ich ihre sanften Finger auf meinen toten Extremitäten spürte.

Sie wickelte die Verbände auf und fuhr mit den Fingern über die langen Narben. Ein merkwürdiges Lächeln lag in ihrem Gesicht, es hatte etwas auffällig Perverses an sich. Dann warf sie mir einen sehr langen, eindringlichen Blick zu, der sich in unsere Gedanken schlich; er hieß: genug der Worte.

18

Es war stockfinstere Nacht, aber auf einmal nahm alles eine sonnenhelle Wendung. Es war etwas Grobes, Brutales, Unnachgiebiges. Unsere Gesten waren wild und ruckartig, unsere Küsse wurden lang, leidenschaftlich, gierig. Sarahs Körper war wie der eines Jungen, schmalhüftig, flachbrüstig. Lange Muskeln, hart und angespannt wie Taue. Unsere Münder blieben stumm, allein auf das Atmen konzentriert. Ihre Haut ertastete ich mit der Zunge, nie mit den Händen, die mir mehr denn je nutzlos waren, tote Materie. Ich kroch, wand mich, bewegte mich in Spiralen vorwärts, bis ich ihren Mittelpunkt erreichte, glühend heiß wie ein Krater. In dem Augenblick richtete ich mich auf und drang in ihren Körper ein. Sarah zuckte wie eine Flamme. Sie stöhnte rau auf und packte mich an den Schultern. Ich blieb in meiner Position, eisern, aufgerichtet. Sarah schlug mich auf die Brust, den Rücken und beschleunigte die Bewegungen unserer Hüften. Wir waren weit entfernt von aller Sanftheit oder Zuneigung – zwei Tiere, die einander fremd sind, aneinandergeschmiedet durch einen Todeskuss. Erschütterungen. Erschaudern. Ohnmachten. Felsen, an denen die Haut sich blutig reißt. Küsse, die sich gegenseitig ersticken. Als ich einmal die Augen aufschlug, sah ich ihre schweißnassen blonden Haare, ihre Hände in die Falten des Lakens gekrallt, die Windungen geschwollener Adern unter ihrer Haut. Auf einmal murmelte Sarah etwas auf hebräisch. Ein Röcheln drang aus ihrer Kehle, dann schoss ein eisiger Lavastrom aus meinem Bauch. Wir verharrten, wie wir waren, reglos. Wie geblendet von der Nacht, betäubt von der rohen Gewalt unseres Tuns. Ohne Lustgefühl, ohne Gemeinsamkeit. Das war lediglich die einsame, animalische, selbstsüchtige Erleichterung zweier Wesen im Kampf mit ihrem eigenen Fleisch. Ich verspürte keine Bitterkeit angesichts dieser Leere. Unser Krieg der Sinne würde sich irgendwann mäßigen, besänftigen, und schließlich würden wir eins werden. Aber das brauchte Geduld. Im Lauf dieser Nacht. Vielleicht in der nächsten. Dann würde aus dem Liebesakt Lust entstehen.

Eine Stunde verging, draußen graute das erste Tageslicht. Auf einmal erhob Sarah ihre Stimme: »Was ist mit deinen Händen, Louis? Erzähl's mir.«

Durfte ich Sarah belügen nach dem, was geschehen war? Es war noch zu dunkel, als dass wir einander hätten sehen können, und zum ersten Mal in meinem Leben konnte ich über die Tragödie meiner Kindheit sprechen, ohne Furcht und ohne Scham.

»Ich bin in Afrika geboren. Niger oder Mali, ich weiß nicht genau. Meine Eltern sind in den fünfziger Jahren in den schwarzen Kontinent gezogen. Mein Vater war Arzt, er kümmerte sich um die schwarze Bevölkerung. 1963 ließen sich Paul und Marthe Antioche in Zentralafrika nieder, einem der rückständigsten Länder Afrikas. Und dort führten sie unermüdlich ihre Arbeit fort. Mein älterer Bruder und ich wurden größer, wir verbrachten unsere Zeit zwischen klimatisierten Klassenzimmern und der feuchten Hitze im Busch.

Damals war der Präsident der Zentralafrikanischen Republik David Dacko, der unter den Jubelrufen des Volkes seine Macht direkt aus der Hand von André Malraux erhalten hatte. Die Situation war nicht umwerfend, aber auch nicht katastrophal. Auf keinen Fall wollte die zentralafrikanische Bevölkerung einen Regierungswechsel. Aber 1965 beschloss ein Mann, dass sich alles ändern müsse, und das war Oberst Jean-Bedel Bokassa.

Er war zu der Zeit bloß ein obskurer Armeeangehöriger, aber der einzige in Zentralafrika, der einen Dienstgrad hatte, und außerdem gehörte er zur Familie des Präsidenten, dem Stamm der M'Baka. Deswegen erhält er ohne weiteres den Oberbefehl über die Armee, die aus einem kleinen Infanteriebataillon besteht. Als er erst einmal Chef des Generalstabs der zentralafrikanischen Armee ist, hört Bokassa nicht mehr auf, nach der Macht zu schnappen. Bei offiziellen Paraden drängt er sich vor, tritt dem Präsidenten auf die Fersen, überholt die Minister und brüstet sich in seiner medaillenübersäten Uniform. Überall posaunt er herum, dass die Macht von Rechts wegen ihm zusteht, denn er ist ja älter als der Präsident. Keiner wird misstrauisch, denn man unterschätzt seine Intelligenz, man hält ihn lediglich für einen sturen und rachsüchtigen Säufer. Aber Ende 1965 beschließt Bokassa mit Unterstützung von Oberleutnant Banza – mit dem er zur Verstärkung der Bande zwischen ihnen Blutsbrüderschaft geschlossen hat –, zur Tat zu schreiten. An Silvester, um genau zu sein.

Am 31. Dezember also, um drei Uhr nachmittags, versammelt er sein Bataillon, ein paar hundert Mann, und erklärt ihnen, dass am selben Abend eine Kampfübung stattfinden soll. Die Soldaten wundern sich, ein derartiges Manöver am Silvesterabend ist eher ungewöhnlich. Bokassa duldet keine Widerrede. Um neunzehn Uhr versammeln sich die Truppen vom Heerlager Kassai. Ein paar Männer stellen fest, dass die Munitionskisten echte Kugeln enthalten, und verlangen Erklärungen. Banza richtet seine Pistole auf sie und befiehlt ihnen, das Maul zu halten. Jeder macht sich bereit. In Bangui beginnt das Fest.

Stell dir das Bild vor, Sarah. In dieser kleinen Stadt aus roter Erde, kaum beleuchtet, voller unfertiger Gebäude, fängt die Musik an zu dröhnen, und der Alkohol fließt in Strömen. In der Polizeikaserne sitzen die Verbündeten des Präsidenten und sind ahnungslos. Sie tanzen, trinken, amüsieren sich. Um halb neun locken Bokassa und Banza den Chef der Polizeitruppe, Henri Izamo, in eine Falle. Sie bestellen ihn zum Lager Roux, einem weiteren strategischen Punkt, und der Mann geht allein dorthin. Bokassa empfängt ihn überschwänglich und erklärt ihm, dass er einen Putsch plant. Izamo hört erst ratlos zu, dann fängt er an zu lachen. Auf der Stelle schlitzt ihm Banza mit dem Säbel den Nacken auf. Die beiden Verschwörer legen ihm Handschellen an und schleppen ihn in einen Keller. Das Fieber steigt. Jetzt gilt es, David Dacko zu finden.

Die Militärkolonne setzt sich in Bewegung, vierzig Fahrzeuge in Tarnfarben, randvoll mit verstörten Soldaten, die erst jetzt allmählich begreifen, was vor sich geht. An der Spitze dieses makabren Konvois fahren Bokassa und Banza in einem weißen Peugeot 404. An dem Abend regnet es auf die blutrote Erde. Nur leicht, wie's der Jahreszeit entspricht, dort nennt man es ›Mangoregen‹, weil er die Mangofrüchte wachsen lässt. Unterwegs begegnen sie dem Kommandeur Sana, einem weiteren Getreuen von Dacko, der seine Eltern nach Hause begleitet. Sana ist fassungslos, er versteht sofort, dass es diesmal zu einem Staatsstreich kommt. Im Präsidentenpalast angelangt, suchen die Soldaten den Staatschef vergeblich. Dacko ist unauffindbar. Bokassa wird allmählich nervös, er rennt herum, brüllt, befiehlt, nach möglichen Kellerräumen und Verstecken zu suchen. Erneut schwärmen die Truppen aus, und diesmal verteilen sie sich auf verschiedene strategische Punkte: die staatliche Rundfunkanstalt, das Gefängnis, die Wohnhäuser der Minister …

In der Stadt herrscht das totale Chaos. Männer und

Frauen in Feststimmung, mehr oder weniger angetrunken, hören die ersten Schüsse. Alles flüchtet. Die Hauptstraßen sind blockiert, die ersten Bewohner werden erschossen. Bokassa dreht durch, schlägt die Gefangenen, schnauzt seine Männer an – und verschanzt sich im Lager Roux, weil er halb tot ist vor Angst. Alles kann sich noch ändern. Er hat weder Dacko noch dessen gefährlichste Berater verhaftet.

Dabei hat der Präsident immer noch keine Ahnung. Auf dem Rückweg nach Bangui gegen ein Uhr morgens trifft er auf die ersten Flüchtlinge, von denen er die Nachricht vom Staatsstreich und seinem eigenen Tod erhält. Eine halbe Stunde später wird er verhaftet. Bei seinem Eintreffen fällt ihm Bokassa um den Hals, küsst ihn und sagt: ›Ich hab' dich gewarnt, das musste ein Ende haben.‹

Die kleine Truppe bricht sofort auf zum Gefängnis von Ngaragba. Bokassa reißt den Direktor aus dem Schlaf. Der tritt ihm mit Handgranaten entgegen, weil er an einen Überfall durch Kongolesen glaubt. Bokassa befiehlt ihm, die Gefängnistore zu öffnen und alle Gefangenen freizulassen. Der Mann weigert sich. Banza zielt mit seiner Pistole auf ihn, und in dem Augenblick sieht der Gefängnisdirektor, dass Präsident Dacko im Wagen sitzt und irgendein Soldat ihm den Gewehrlauf in den Nacken hält. ›Das ist ein Staatsstreich‹, sagt Bokassa leise. ›Ich brauche diese Freilassung für meine Popularität, verstehst du?‹ Der Direktor gehorcht, woraufhin Diebe, Betrüger und Mörder in die Stadt strömen und brüllen: ›Es lebe Bokassa!‹ Unter ihnen ist eine Gruppe sehr gefährlicher Mörder, Männer vom Stamm der Kara, die ein paar Tage später hätten hingerichtet werden sollten. Blutrünstige Killer. Diese Leute kommen um zwei Uhr morgens zum Tor unseres Grundstücks in der Avenue de France.

Unser Verwalter, aus dem Schlaf gerissen, will aufmachen, er hat das Gewehr in der Hand, aber die Irren haben bereits die Tür eingetreten. Sie überwältigen Mohammed und nehmen ihm das Gewehr ab, dann ziehen sie ihn aus, halten ihn am Boden fest und brechen ihm mit Stock- und Kolbenhieben die Nase, den Kiefer, die Rippen. Seine Frau Azzora kommt hinzu und sieht, was vor sich geht, auch die Kinder tauchen auf, sie reißt sie zurück. Als Mohammed in einer Blutlache zusammenbricht, fallen sie über ihn her. Mit Axt und Kreuzhacke. Nicht ein einziges Mal hat Mohammed geschrien, nicht einmal um Gnade gebeten. Azzora nutzt die Raserei aus und flieht mit ihren Kindern. Sie verstecken sich in einem betonierten Kellerverschlag, der halb unter Wasser steht. Einer der Männer, der mit dem Gewehr, verfolgt sie bis hinunter. In dem Loch voller Wasser verursachen die Schüsse kaum Lärm. Als der Mörder wieder auftaucht, ist er blutüberströmt. Er hat vier Kinder und ihre schwangere Mutter erledigt.

Ich weiß nicht, wie lang mein Vater die Szene schon beobachtet hat. Jedenfalls lädt er seine Waffe, eine großkalibrige Mauser, bezieht hinter einem Fenster Stellung und wartet auf die Angreifer. Meine Mutter ist aufgewacht und will zu uns ins Zimmer, sie ist noch benommen vom Champagner, den sie auf der Feier getrunken hat. Aber das Haus brennt schon. Die Männer sind von hinten eingedrungen, verwüsten alle Zimmer, stürzen Möbel und Lampen um und lösen in ihrer Tobsucht ein Feuer aus.

Über das Massaker an meiner Familie gibt es keine offizielle Version. Man nimmt an, dass mein Vater mit seinem eigenen Gewehr aus unmittelbarer Nähe erschossen wurde. Meine Mutter wurde offenbar oben an der Treppe überfallen und wahrscheinlich mit Axthieben getötet, ein paar Schritte von unserem Zimmer entfernt. In der Asche hat man später ihre verstreuten und verbrannten Gliedmaßen gefunden. Mein Bruder, der zwei Jahre älter war als ich, ist in den Flammen umgekommen, gefangen im brennenden Moskitonetz. Die meisten Angreifer sind übrigens ebenfalls verbrannt, das selbstverursachte Feuer hat sie überrascht.

Ich weiß nicht, durch welches Wunder ich überlebt habe. Ich erinnere mich an nichts, man hat mir alles erzählt. Offenbar bin ich durch den Regen gelaufen, mit brennenden Händen, schreiend, bis ich vor der Tür der französischen Botschaft zusammengebrochen bin. Dort wohnten Freunde meiner Eltern, Nelly und Georges Braesler. Als sie mich fanden, als ihnen klar wurde, welche Gräueltaten verübt worden waren, und dass jetzt der Oberst Bokassa die Macht ergriffen hatte, fuhren sie sofort zum Flugplatz von Bangui und stiegen in einen Doppeldecker der französischen Armee. Mitten im Sturm hoben wir ab. Zentralafrika war jetzt dem Wahnsinn eines einzigen Mannes überlassen.

Während der nächsten Tage war von diesem ›Fehlverhalten‹ kaum die Rede. Der französischen Regierung war bei der neuen Sachlage unbehaglich zumute, man war überrumpelt, und nach einiger Zeit erkannten die Franzosen den neuen Machthaber an. Man hat Untersuchungen angestellt, Augenzeugen befragt, über die Opfer des Staatsstreichs wurden Berichte erstellt. Der kleine Louis Antioche bekam eine ansehnliche Entschädigung. Die Braeslers ihrerseits haben Himmel und Erde in Bewegung gesetzt, um Gerechtigkeit zu erlangen. Aber was denn für eine Gerechtigkeit? Die Mörder waren tot, und der Hauptverantwortliche war mittlerweile Staatschef der Zentralafrikanischen Republik.«

In der Stille des frühen Morgens klangen meine Worte nach, und Sarah murmelte: »Das tut mir sehr Leid.«

»Das braucht dir nicht Leid zu tun, Sarah. Ich war damals erst sechs. Ich habe wirklich keine Erinnerung mehr daran. Das ist alles eine lange, leere Seite in meinem Leben. Ohnehin erinnert sich doch kaum jemand, was in den ersten fünf Jahren seines Lebens passiert ist. Alles, was ich weiß, habe ich von den Braeslers.«

Unsere Körper umschlangen sich ein zweites Mal. Rosa, rot und violett brach der Tag an und beschwichtigte unsere rasende Begierde. Aber die Lust kam auch diesmal nicht. Wir sprachen nicht. Worte helfen dem Körper nicht.

Später setzte Sarah sich mir gegenüber, in zauberhafter Nacktheit. Sie ergriff meine Hände und untersuchte sie sorgfältig, die Narben und Knoten, selbst die winzigsten Schnitte, und fuhr mit dem Finger die noch nicht ganz verheilten Wunden aus dem Lagerhaus nach.

»Tun sie dir weh?«

»Im Gegenteil. Sie sind völlig empfindungslos.«

Sie streichelte weiter meine Hände und sagte: »Du bist mein erster Goj, Louis.«

»Ich kann ja konvertieren.«

Sarah zuckte die Achseln, dann untersuchte sie meine Handflächen. »Nein, kannst du nicht«, sagte sie.

»Wieso, ein wohlgesetzter Schnitt mit dem Messer, und …«

»Du kannst kein Bürger von Israel werden.«

»Warum nicht?«

Sarah ließ mit angewiderter Miene meine Hände los, dann sah sie zum Fenster hinaus.

»Du bist niemand, Louis. Du hast keine Fingerabdrücke.«

19

Am späten Vormittag wachte ich auf. Ich zwang mich, die Augen zu öffnen, und konzentrierte mich auf Sarahs Zimmer, die Wände aus Stein, grellweiß im Sonnenlicht, die kleine Holzkommode, das Bild von Einstein mit herausgestreckter Zunge und das von Hawking im Rollstuhl, mit Reißnägeln an die Wand geheftet. Stapel von Taschenbüchern auf dem Boden. Das Zimmer einer einsamen jungen Frau.

Ich sah auf die Uhr: zwanzig nach elf, vierter September.

Sarah war zu den Fischteichen gegangen. Ich stand auf und stellte mich unter die Dusche. Im Spiegel über dem Waschbecken studierte ich lange mein Gesicht, das mir stärker gefurcht erschien. Die Stirn schimmerte matt und dunkel von der Sonne, meine Augen unter den trägen Lidern wirkten heller als sonst. Es war vielleicht nur ein Eindruck, aber mir kam es vor, als sei mein Gesicht gealtert und habe zugleich einen grausamen Ausdruck angenommen. In ein paar Minuten hatte ich mich rasiert und angezogen.

In der Küche unter der Teebüchse fand ich eine Nachricht von Sarah:

Louis,
die Fische warten nicht.
Gegen Abend bin ich wieder da.
Tee, Telefon, Waschmaschine: steht dir alles zur Verfügung.
Pass auf dich auf und warte auf mich.
Hab einen schönen Tag, kleiner Goj.
Sarah.

Ich kochte Tee und trank die erste Tasse am Fenster, während ich aufs Verheißene Land hinausblickte. Der Boden in dieser Gegend war eine sonderbare Mischung aus Dürre und Fruchtbarkeit, trockener Steppe und üppigen grünen Feldern. In dem intensiven Licht rissen die gleißenden Wasserflächen der Fischteiche leuchtende Löcher in die Erde.

Ich nahm die Teekanne mit und setzte mich ins Freie unter die Laube, dann zog ich das Telefon zu mir her und wählte meine Nummer in Paris, um den Anrufbeantworter abzuhören. Die Verbindung war schlecht, aber die Nachrichten waren immerhin zu verstehen. Dumaz fragte in ernstem Ton nach Neuigkeiten, Wagner forderte mich ungeduldig auf, ihn anzurufen. Der dritte Anruf war eine Überraschung: es war Nelly Braesler. Sie machte sich offenbar Sorgen, was aus mir geworden sei: »Mein lieber Louis, hier ist Nelly. Ihr Anruf hat mich sehr beunruhigt. Was treiben Sie denn? Rufen Sie mich zurück.«

Ich wählte die Nummer von Hervé Dumaz im Kommissariat von Montreux. Nach etlichen Versuchen kam ich durch und wurde mit dem Inspektor verbunden.

»Dumaz? Hier ist Antioche.«

»Endlich. Wo sind Sie denn? In Istanbul?«

»Nein, dafür war keine Zeit. Ich bin in Israel. Kann ich mit Ihnen reden?«

»Sicher.«

»Ich meine: hört auch niemand zu?«

Dumaz stieß sein übliches leises Lachen aus: »Was ist denn los?«

»Man hat versucht, mich umzubringen.«

Ich spürte förmlich den Schock, den meine Worte ihm versetzten.

»Wie?«, fragte er nach einer Pause.

»Zwei Männer im Bahnhof von Sofia. Vor vier Tagen. Sie waren mit Sturmgewehren und Infrarotbrillen bewaffnet.«

»Wie sind Sie ihnen entkommen?«

»Durch ein Wunder. Aber drei Unschuldige sind dabei umgekommen.«

Dumaz schwieg. Ich fügte hinzu: »Einen der Mörder habe ich umgebracht, Hervé. Ich bin mit dem Auto nach Izmir gefahren und dann mit der Fähre nach Israel.«

»Was haben Sie denn herausgefunden?«

»Keine Ahnung. Ich weiß nur eins: dass die Störche eine zentrale Rolle spielen. Zuerst Rajko Nikolitsch – der Vogelkundler, der grausam abgeschlachtet wurde. Dann versucht man mich auszuschalten, obwohl ich nur hinter den Störchen her bin. Und jetzt ein drittes Opfer. Wie ich erfahren habe, wurde vor vier Monaten ein israelischer Ornithologe ermordet, und ich bin sicher, dass der Mord zur selben Serie gehört. Ido Gabbor hat irgendetwas herausgefunden, genau wie Rajko.«

»Wer waren die beiden Killer in Sofia?«

»Vielleicht die zwei Bulgaren, die im April Joro Grybinski ausgefragt haben.«

»Was haben Sie jetzt vor?«

»Weitermachen.«

»Weitermachen!« rief Dumaz bestürzt aus. »Aber Sie müssen die israelische Polizei verständigen, sich mit Interpol in Verbindung setzen!«

»Kommt nicht in Frage. Der Mord an Ido ist hier ein abgeschlossener Fall. Rajkos Tod hat man in Sofia nicht mal zur Kenntnis genommen. Der Mord an Marcel Minaus wird mehr Aufsehen erregen, weil er Franzose war. Aber das alles ist Teil des allgemeinen Chaos. Keinerlei Beweis und lauter unzusammenhängende Fakten – es ist zu früh, um die internationalen Behörden zu verständigen. Meine einzige Chance besteht darin, dass ich versuche, allein weiterzukommen.«

Der Inspektor seufzte. »Sind Sie bewaffnet?«, fragte er.

»Nein. Aber hier in Israel ist es nicht schwer, sich entsprechend auszurüsten.«

Dumaz schwieg, aber ich hörte, dass sein Atem schneller ging.

»Und Sie, was wissen Sie Neues?«

»Nichts Handfestes. Ich grabe noch immer in Böhms Vergangenheit. Im Augenblick sehe ich nur eine Verbindung: die Diamantenminen. Zuerst in Südafrika, dann in der Zentralafrikanischen Republik. Ich bin auf der Suche. Mit Ergebnissen kann ich nicht aufwarten.«

»Was haben Sie über *Monde Unique* herausgefunden?«

»Nichts. Eine völlig unbescholtene Organisation. Ihre Verwaltung ist transparent, ihre Unternehmungen effizient und unumstritten.«

»Woher stammt sie eigentlich?«

»*Monde Unique* wurde Ende der siebziger Jahre gegründet, und zwar von einem in Kalkutta ansässigen französischen Arzt namens Pierre Doisneau. Er hat sich um die sozial Schwachen gekümmert, Kinder aus den Elendsvierteln, Leprakranke ... Doisneau hat eine Organisation aufgezogen. Er hat medizinische Versorgungsstationen eingerichtet – auf der Straße, auf den Bürgersteigen –, die zunehmend wichtig geworden sind. Doisneau wurde immer bekannter und sein Ruhm international. Ärzte aus dem Westen kamen ihm zu Hilfe, von überall erhielt er Spenden – Tausende von Menschen konnten auf diese Weise betreut werden.«

»Und dann?«

»Dann gründete Pierre Doisneau die Organisation *Monde Unique* und später den sogenannten Club der 1001, bestehend aus ungefähr tausend Mitgliedern – Firmen, Persönlichkeiten des öffentlichen Lebens und so weiter –, von denen jeder zehntausend Dollar eingezahlt hat. Die gesamte Summe, über zehn Millionen Dollar, wurde angelegt und wirft recht ansehnliche Zinsen ab.«

»Zu welchem Zweck?«

»Die Zinsen sind hoch genug, um die gesamte Verwaltung von *Monde Unique* zu finanzieren. Damit kann die Organisation ihren Sponsoren beweisen, dass ihr Geld direkt den Armen zugute kommt und nicht irgendeinem luxuriösen Geschäftssitz. Unter anderem war diese Transparenz entscheidend für den Erfolg von *Monde Unique*. Heute gibt es Versorgungszentren auf der ganzen Welt – die Organisation beschäftigt eine regelrechte humanitäre Armee. Eine Autorität auf dem Gebiet.«

In der Leitung fing es an zu krachen. »Können Sie mir eine Liste sämtlicher Zentren weltweit zusammenstellen?« rief ich über das Rauschen hinweg.

»Sicher, aber ich verstehe nicht ...«

»Und eine Liste der Mitglieder des Clubs?«

»Sie verrennen sich, Louis. Pierre Doisneau ist eine Berühmtheit. Letztes Jahr ist er knapp am Nobelpreis vorbeigegangen und …«

»Würden Sie das für mich tun?«

»Ich kann's versuchen.«

Erneut unterbrach uns eine Störung in der Leitung.

»Ich verlasse mich auf Sie, Hervé. Ich rufe Sie morgen oder übermorgen wieder an.«

»Wo kann ich Sie erreichen?«

»Ich melde mich bei Ihnen«, sagte ich und legte auf.

Dumaz war offenbar ratlos. Ich hob erneut den Hörer ab und rief Wagner an, der erfreut war, von mir zu hören.

»Wo sind Sie?« rief er.

»In Israel.«

»Sehr gut. Haben Sie die Störche gesehen?«

»Ich warte hier auf sie, in Bet She'an. Ihre Route führt hier vorbei.«

»An den *fishponds*?«

»Genau.«

»Haben Sie sie in der Türkei gesehen, am Bosporus?«

»Ich bin mir nicht sicher, ob sie's waren. Ich habe zwar Störche bei der Überquerung der Meerenge beobachtet, und es war ganz phantastisch. Aber ich kann jetzt nicht lang sprechen, Ulrich. Haben Sie neue Angaben?«

»Sie liegen direkt vor mir.«

»Na, dann los.«

»Die Gruppe an der Spitze hat gestern Damaskus passiert und ist auf dem Weg nach Bet She'an. Ich denke, Sie werden sie morgen sehen.«

Ulrich gab mir weitere Daten durch, die ich mir notierte.

»Und die aus dem Westen?«

»Einen Augenblick … Die schnellsten überqueren zur Zeit die Sahara. Bald sind sie in Mali, im Nigerdelta.«

Ich notierte mir auch diese Information. »Sehr gut«, sagte ich abschließend. »Vielen Dank. Ich rufe Sie in zwei Tagen wieder an.«

»Wo sind Sie, Louis? Wir könnten Ihnen vielleicht ein Fax schicken – wir haben mit ein paar Statistiken angefangen, die …«

»Tut mir Leid, Ulrich. Hier gibt es kein Fax.«

»Sie klingen irgendwie komisch. Ist alles in Ordnung?«

»Alles bestens. Ich bin froh, dass ich mit Ihnen sprechen konnte.«

Schließlich rief ich noch Josse Lenfeld an, den Direktor der Nature Protection Society. Josse sprach Englisch mit kunstvollem Akzent und schrie so laut, dass der Apparat vibrierte. Mir schwante, dass auch dieser Ornithologe ein Unikum war. Wir verabredeten uns für den nächsten Morgen um halb neun am Flughafen Ben-Gurion.

Ich stand auf, aß in der Küche ein paar Pitas und nahm mir dann Idos Storchenklinik im Garten vor. Er hatte keinerlei Notizen, Statistiken oder Informationen hinterlassen – nur seine Instrumente und Verbandsmaterial von der Art, wie ich es schon bei Böhm gesehen hatte.

Statt dessen fand ich die Waschmaschine. Während sich die Trommel mit meinen gesamten Kleidern drehte, setzte ich in aller Ruhe meine kleine Durchsuchung fort, aber ich fand nichts weiter als einen Haufen alter, federnverklebter Verbände. Es war eindeutig kein fruchtbarer Tag. Aber im Moment hatte ich ohnehin nur einen Wunsch: Sarah wieder zu sehen. Eine Stunde später, als ich meine gewaschenen Kleider in die Sonne hängte, tauchte sie zwischen zwei Hemden auf.

»Fertig mit der Arbeit?«, fragte ich.

Statt einer Antwort zwinkerte Sarah mir zu und nahm mich am Arm.

20

Durch das Fenster fiel das schwindende Licht des Tages herein. Mit schweißnassem Körper rückte Sarah von mir ab. Sie lag auf dem Rücken und starrte auf den Ventilator an der Zimmerdecke, der sich leise surrend drehte. Ihre Gliedmaßen waren lang und straff, die Haut dunkel, verbrannt und ausgedörrt von der Sonne. Bei jeder Bewegung sah man ihre Muskeln sich spannen – wie gehetzte Tiere, zum Angriff bereit.

»Möchtest du Tee?«

»Sehr gern«, antwortete ich.

Sarah stand auf und ging in die Küche. Ihre Beine waren ein wenig krumm, auswärts gewölbt, und der Anblick erregte mich von neuem. Mein Verlangen nach ihr war unersättlich. Zwei Stunden der Umarmungen hatten nicht ausgereicht, um mich zu beschwichtigen. Dabei war es nicht Lust, die uns trieb, nicht einmal Behagen, sondern eine Alchimie der Körper, die sich anzogen und gegenseitig aufstachelten, dazu bestimmt, füreinander zu brennen. Für alle Ewigkeit.

Sarah kam mit einem schmalen Kupfertablett zurück, darauf eine Teekanne aus Metall, zwei kleine Tassen und trockene Kekse.

Sie setzte sich auf den Bettrand und schenkte nach orientalischer Manier ein, die Kanne sehr hoch über der Tasse.

»Louis«, sagte sie, »ich habe nachgedacht. Ich glaube, du bist auf einer falschen Fährte.«

»Was meinst du?«

»Die Vögel, die Wanderroute, die Ornithologen. Es geht um Mord. Und niemand mordet wegen irgendwelcher Vögel.«

Das hatte mir schon ein anderer gesagt.

»In dieser Sache, Sarah«, gab ich zurück, »gibt es nur ein

einziges Verbindungsglied, und das sind die Störche. Wo sie mich hinführen, weiß ich nicht. Ich weiß auch nicht, warum ihr Weg mit Leichen gepflastert ist. Aber es muss irgendeine Logik hinter dieser Gewalt ohne Grenzen geben.«

»Wahrscheinlich steckt Geld dahinter. Irgendein schmutziger Handel zwischen allen diesen Ländern.«

»Ganz sicher«, antwortete ich. »Max Böhm hat irgendwelche illegalen Geschäfte betrieben.«

»Womit?«

»Das weiß ich auch noch nicht. Diamanten, Elfenbein, Gold ... auf jeden Fall waren es Reichtümer aus Afrika. Dumaz, der Schweizer Inspektor, der sich mit dem Fall befasst, ist überzeugt, dass es um Edelsteine geht, und ich denke, er hat recht. Elfenbein war es sicher nicht, denn in Zentralafrika hat Böhm seinerzeit heftig und mit Erfolg gegen die Massaker an Elefanten protestiert. Gold hingegen findet man kaum auf der Route der Störche. Bleiben also die Diamanten: in Zentralafrika, in Südafrika ... Max Böhm war schließlich jahrelang in den Minen beschäftigt. Trotzdem ist mir die Sache schleierhaft. 1977 hat Böhm seinen Beruf aufgegeben und nie wieder einen Fuß nach Afrika gesetzt und hat sich von da an nur noch um seine Störche gekümmert. Wirklich, Sarah, ich weiß es nicht.«

Sarah zündete sich eine Zigarette an und zuckte die Achseln. »Aber du hast sicher irgendeine Vorstellung«, sagte sie.

Ich lächelte. »Das stimmt. Ich glaube, dass der Handel weitergeht, und die Störche sind die Kuriere. Die Boten, wenn du so willst. Wie Brieftauben. Und ihre Botschaften transportieren sie mit Hilfe der Ringe.«

»Mit was für Ringen?«

»In Europa befestigen die Ornithologen Ringe an den Beinen der Vögel, auf denen ihr Geburtsdatum und ihre Herkunft, beziehungsweise, bei wilden Tieren, das Datum und der Ort der Beringung angegeben sind. Ich denke, dass die Ringe der Böhmschen Störche was ganz anderes erzählen …«

»Was?«

»Irgendetwas, wofür es sich zu morden lohnt. Rajko hatte es herausgefunden. Dein Bruder wohl auch. Ido hat wahrscheinlich sogar die Bedeutung der Botschaften entschlüsselt. Daher seine Aufregung und seine Hoffnung auf Reichtum.«

Ich sah ein kurzes Aufblitzen in Sarahs Augen. Sie stieß eine Rauchwolke aus, sagte aber nichts. Einen kurzen Moment lang dachte ich, sie habe mich völlig vergessen. Dann stand sie auf.

»Louis, im Augenblick sind deine Probleme nicht am Himmel. Schau lieber auf die Erde. Wenn du weiter so vor dich hin träumst, wirst du dich abknallen lassen wie ein Schakal.«

Sie zog Jeans und ein T-Shirt an. »Komm mit mir«, forderte sie mich auf.

Draußen war die Sonne auf dem Rückzug, die Hitze ließ nach. In der milden Luft erzitterten die Hügel am Horizont. Sarah ging mir voraus durch den Garten, auf halbem Weg zwischen dem Haus und dem Verschlag blieb sie stehen. Sie entfernte die Olivenzweige, die dort auf der Erde lagen, und fegte den Sand beiseite. Darunter kam eine Plane zum Vorschein. Sarah ergriff sie und befahl: »Hilf mir!«

Gemeinsam zogen wir die Plane weg; darunter lag eine Falltür. Ich war während des Tages bestimmt zehnmal daran vorbeigegangen. Als Sarah die Klappe hob, blickte ich in ein regelrechtes Arsenal: Sturmgewehre, Faustwaffen, Munitionskisten. »Das Zeughaus der Familie Gabbor«, sagte Sarah spöttisch. »Wir hatten immer schon Waffen, aber Ido hat aufgerüstet und sich Sturmgewehre mit Schalldämpfer zugelegt.« Sie kniete nieder und zog einen verstaubten Golfsack hervor, klopfte den Staub ab und füllte ihn mit Waffen und Munition. »Gehen wir!«, sagte sie.

Wir nahmen meinen Wagen und fuhren zwischen den Fischteichen hindurch, und nach etwa einer halben Stunde kamen wir zu einem wüsten Gelände, übersät von schwarzen Felsbrocken, zwischen denen sich dürres Gestrüpp befand. Abfälle aller Art streiften unsere Beine, und im Wind trieben ekelerregende Düfte. Wir waren auf der Müllhalde der Kibbuzim. Ich hörte ein metallisches Klirren hinter mir und drehte mich um. Sarah kniete auf dem Boden und prüfte die Waffen, die sie vor sich ausgebreitet hatte.

Sie lächelte und setzte zu einem Vortrag an:

»Die beiden Sturmgewehre sind israelische Waffen. Leichte Maschinengewehre, Uzi und Galil. Die Klassiker. Auf der ganzen Welt gibt es nichts Besseres. Sie schlagen sämtliche Kalaschnikows und M16 um Längen.« Sarah öffnete eine Munitionsschachtel und legte sich mehrere lange, spitz zulaufende Patronen auf die Handfläche. »Sie verschießen Kaliber 0.22 Long Rifle, wie die traditionellen Jagdgewehre, aber die Munition ist stahlummantelt und enthält mehr Pulver.« Sarah schob ein bananenförmiges Magazin in die Galil und zeigte mir die Seite der Waffe. »Hier hast du zwei verschiedene Positionen: normal und automatisch. Wenn du auf Automatik schaltest, kannst du innerhalb von Sekunden fünfzig Kugeln abfeuern.« Auf den Knien überzog Sarah die Umgebung mit einem imaginären Flächenfeuer, dann legte sie die Maschinenpistole beiseite. »Jetzt zu den Revolvern. Die beiden Monster, die du hier siehst, sind die größten Automatikkaliber, die es gibt: sie verschießen Kaliber 0357 Magnum und 0.44 Magnum.« Sarah griff nach dem silberfarbenen Revolver mit Griffschalen aus Elfenbein und legte ein Magazin ein. Die Waffe war fast so lang wie ihr Unterarm. »Die 44er fasst sechzehn Schuss. Es ist die stärkste Faustwaffe der Welt. Mit ihr bringst du ein Auto mit hundert Stundenkilometern zum Stehen.« Sie streckte den Arm aus und zielte auf einen Punkt in der Ferne, offenbar ohne jede Mühe – ihre körperliche Kraft verblüffte mich. »Das Problem ist, dass sie ständig klemmt. Diese Pistolen hier sind sehr viel handlicher im Gebrauch. Mit der 9-Millimeter-Beretta schießen die meisten amerikanischen Bullen.« Sarah warf das Magazin einer schwarzen Pistole aus, einer perfekt geformten Waffe, die hervorragend in der Hand lag. »Eine italienische Pistole, sie hat die berühmte Smith and Wesson Model 38 fast völlig verdrängt. Sehr empfehlenswert. Präzise, leicht, schnell. Die 38er hat eine Kapazität von sechs Patronen, die Beretta hingegen fasst sechzehn Schuss. Ein echter Waffengefährte. Aber die allerbesten sind diese hier«, fuhr sie fort. »Österreichische Pistolen: die Glock 17 und die Glock 21. Die Waffen der Zukunft, die vielleicht sogar die Beretta übertrumpfen werden.« Sie nahm eine Pistole in die Hand, die der Beretta ähnlich sah, aber nachlässig gefertigt wirkte, als fehlte ihr der letzte Schliff. »Zu siebzig Prozent aus Kunststoff. Ein Wunder an Leichtigkeit.« Sie gab sie mir in die Hand, und tatsächlich wog die Waffe nicht schwerer als eine Hand voll Federn. »Ein Phosphoreszenzvisier, das auch bei Nacht absolute Zielgenauigkeit garantiert, und ein Magazin mit sechs Schuss. Ästheten lehnen sie ab, weil sie nicht sehr schön ist. Aber für mich gibt es nichts Besseres. Die Glock 17 schießt mit 9-Millimeter-Parabellum, die einundzwanzig mit 0.45 Zoll. Die Glock 21 ist weniger präzise, aber mit der Munition setzt du jeden Gegner außer Gefecht – egal, wo du ihn erwischst.«

Sarah reichte mir eine Hand voll Kugeln. Schwer, gedrungen, bedrohlich.

»Die beiden Glocks gehören mir«, sagte sie. »Die einundzwanzig schenke ich dir. Aber pass auf, der Abzug ist speziell auf meinen Zeigefinger eingestellt. Für dich wird er vielleicht zu locker sein.«

Ungläubig betrachtete ich die Waffe, dann sah ich sie an: »Woher weißt du das alles, Sarah?«

Sie lächelte wieder: »Wir sind im Krieg, Louis. Vergiss das nie. Im Alarmfall hat jeder von uns zwanzig Minuten, um sich an einer geheimen Sammelstelle einzufinden. Alle Arbeiter im Kibbuz sind potenzielle Soldaten. Wir sind ausgebildet, gut trainiert, allzeit kampfbereit. Anfang des Jahres sind noch die Scud-Raketen über unsere Köpfe hinweggefegt.« Sie nahm die 9-Millimeter, legte die Waffe ans Ohr und schob eine Kugel in den Lauf. »Schau mich nicht so erschrocken an – im Augenblick bist du in größerer Gefahr als ganz Israel.«

Ich presste die Zähne zusammen, nahm die Glock in die Hand, dann fragte ich: »Die bulgarischen Killer waren mit ziemlich raffinierten Waffen ausgerüstet. Sturmgewehr, Laserzielfernrohr, Nachtsichtgerät … Was sagst du dazu?«

»Nichts. Besonders raffiniert ist das nicht. Alle Industriestaaten der Welt rüsten ihre Armeen mit solchem Material aus.«

»Du meinst, die beiden Killer könnten Soldaten in Zivil sein?«

»Soldaten. Oder Söldner.«

Sarah ging von mir fort, kreuz und quer durch den Staub, um behelfsmäßige Zielscheiben aufzustellen – Plastikfolien, über Büsche gehängt, verrostete Kanister auf Felsblöcken und ähnliches; dann kam sie zurück, gegen den Wind geduckt, und erklärte mir die Grundlagen des Schießens.

»Du stehst fest auf beiden Beinen«, begann sie. »Der Arm ist gestreckt, der Zeigefinger liegt seitlich am Lauf. Du schaust hier durch die Kimme, den Einschnitt im Visier; die Visierlinie ist die gerade Verbindung zwischen deinem Auge, Kimme, Korn und Ziel. Nach jedem abgefeuerten Schuss fängst du den Rückstoß mit dem Handgelenk auf, von vorn nach hinten. Auf keinen Fall von unten nach oben, wie es dir natürlich vorkäme. Sonst berührt das hintere Ende des Laufs dein Handgelenk. Und auf Dauer verursachst du eine Ladehemmung. Verstehst du, kleiner Goj?«

Ich nickte und stellte mich in Position, jede ihrer Gesten exakt nachahmend. »Okay, Sarah, ich bin soweit.« Sie streckte die Arme aus, umklammerte die Waffe mit beiden Händen, spannte den Hahn und wartete ein paar Sekunden, dann schrie sie: »Also los!«

Ein Höllenlärm brach aus. Sarah war eine unvergleichlich gute Schützin. Sogar ich traf meine Ziele. Dann kehrte Ruhe ein, Pulvergeruch hing in der Luft. Zweiunddreißig Schüsse hatten die abendliche Stille zerrissen. »Nachladen!« rief Sarah.

Synchron wurden die Magazine ausgeworfen, und wir fingen von vorn an. Wieder eine Salve. Wieder dröhnten die Blechkanister. »Nachladen!« wiederholte Sarah. Alles ging immer schneller: die eingeschobenen Magazine, das Klicken des gespannten Hahns, das Zielen. Zwei, drei, vier Magazine schossen wir auf diese Weise leer, die Patronenhülsen flogen uns um die Ohren. Ich war nahezu taub. Meine Glock rauchte, und mir wurde klar, dass sie glühend heiß war – aber mit meinen gefühllosen Händen konnte ich so lange schießen, wie ich wollte, ohne die Hitze fürchten zu müssen.

»Nachladen!«, brüllte Sarah. Jede Empfindung wurde zu einem dumpfen, sinnlichen Genuss. Die Waffe, die explodiert, zuckt, in der Hand zurückschlägt. Der Detonationslärm, der losdonnert, kurz, rund und ohrenbetäubend zugleich. Das kompakte bläuliche Mündungsfeuer, begleitet von beißendem Geruch. Und die entsetzlichen, unwirklichen Verwüstungen, die unsere Waffen im Umkreis von zehn Metern anrichteten.

»Nachladen!« Sarah bebte am ganzen Körper. Die Patronen fielen ihr aus den Händen. Das Gelände vor ihr war ein einziges Schlachtfeld. Auf einmal empfand ich eine ungeheure Zärtlichkeit für die junge Frau. Ich ließ meine Pistole sinken und ging auf sie zu. Sie erschien mir einsamer denn je, gefangen in einem Rausch der Gewalt, rings um sie nur Rauch und leere Hülsen.

Inmitten der Zerstörung flogen drei Störche über uns hinweg. Ich sah sie, hell schimmernd und wunderschön im abendlichen Licht. Ich sah, wie Sarah herumfuhr mit blitzenden Augen und wirbelndem Haar. Und ich begriff. Mit rasender Eile legte sie ein neues Magazin ein, lud durch und richtete die Pistole zum Himmel. Drei Detonationen erklangen, gefolgt von absoluter Stille. Wie in Zeitlupe sah ich die Vögel tödlich getroffen abwärts trudeln und in der Ferne mit einem dumpfen, traurigen Laut auf der Erde aufprallen. Ich starrte Sarah an und brachte kein Wort heraus. Sie erwiderte trotzig meinen Blick, dann begann sie schallend zu lachen, den Kopf in den Nacken gelegt. Ein zu lautes, zu vielsagendes, zu erschreckendes Lachen.

»Die Ringe!« Ich rannte auf die toten Störche zu. Hundert Meter weiter fand ich die Körper, der Sand hatte ihr Blut bereits aufgesogen. Ich untersuchte ihre Beine; sie waren unberingt. Es waren schon wieder, immer noch, dieselben namenlosen Vögel. Als ich langsam zurückkehrte, war Sarah in sich zusammengesunken, sie weinte und wimmerte, ein Felsen der Trauer im Wüstensand.

In dieser Nacht liebten wir uns noch einmal. Unsere Hände rochen nach Pulver, und in uns war eine erbitterte, leidenschaftliche Wut, wir kämpften um die Erfüllung. Und dann, in der Tiefe der Nacht, erlebten wir die Lust. Sie hob uns hoch wie eine stumpfe Klinge in einer donnernden Woge, in der uns alle Sinne vergingen.

21

Um drei Uhr morgens standen wir auf. Wortlos tranken wir unseren Tee. Draußen waren schon die schweren Schritte der Kibbuzniks zu hören. Mein Angebot, sie zu den Fischteichen zu bringen, lehnte Sarah ab: eine junge Jüdin darf sich nicht in so eindeutig kompromittierender Weise mit einem Goj sehen lassen. Also küsste ich sie zum Abschied und machte mich in entgegengesetzter Richtung auf den Weg zum Flughafen Ben-Gurion.

Eine Strecke von ungefähr dreihundert Kilometern lag vor mir. Als der Tag anbrach und das Licht zunahm, fuhr ich schneller. In der Nähe von Nablus lernte ich eine andere israelische Wirklichkeit kennen: eine militärische Straßensperre hielt mich auf. Passkontrolle. Verhör. Den Gewehrlauf vor Augen, erklärte ich ein weiteres Mal den Grund meiner Reise. »Störche? Was soll das heißen?« In einer schwach beleuchteten Hütte musste ich weitere Fragen beantworten. Schlaftrunkene Soldaten mit Helm und kugelsicheren Westen warfen einander ungläubige Blicke zu, bis ich Böhms Fotos hervorholte und ihnen die schwarzweißen Vögel vor die Nase hielt. Sie brachen in schallendes Gelächter aus. Ich lachte ebenfalls. Daraufhin boten sie mir Tee an. Ich trank ihn rasch aus und machte mich gleich danach wieder auf den Weg, kalten Schweiß auf der Stirn.

Um acht Uhr morgens betrat ich das weitläufige Lagergelände des Flughafens, auf dem sich auch Josse Lenfelds Labor befand. Lenfeld wartete bereits auf mich, ungeduldig ging er vor dem Wellblechtor auf und ab. Der Direktor der Nature Protection Society war ein Phänomen. Noch eines. Aber es nützte ihm nichts, dass er aus Leibeskräften schrie (zweifellos, um den Lärm der Flugzeuge zu übertönen, die über unsere Köpfe hinwegdonnerten), in atemberaubender Geschwindigkeit ein abgehacktes Englisch hervorsprudelte, die Kippa schief auf dem Kopf trug und im Gesicht die Sonnenbrille eines Ganoven – er beeindruckte mich nicht. Nichts konnte mich mehr beeindrucken. Von dem kleinen grauhaarigen Mann, der auf seine Gedanken konzentriert war wie ein Jongleur auf seine Kegel, erwartete ich in erster Linie, dass er meine Fragen beantwortete – ich hatte mich als freier Mitarbeiter einer Ornithologenzeitschrift ausgegeben; mehr wollte ich nicht.

Josse Lenfeld setzte mir zunächst das ›ornithologische Problem‹ Israels auseinander. Jedes Jahr, sagte er, überquerten fünfzehn Millionen Zugvögel das Land, zweihundertachtzig verschiedene Spezies, und verwandelten den Himmel in ein völlig überlastetes Verkehrsnetz. In den letzten Jahren hätten sich zahlreiche Kollisionen zwischen Vögeln und Zivil- oder Militärmaschinen ereignet, mehrere Piloten seien dabei ums Leben gekommen, die Flugzeuge hätten jedes Mal einen Totalschaden erlitten, und die Kosten jedes Unfalls beliefen sich auf schätzungsweise fünfhunderttausend Dollar. 1986 habe sich die IAF, die Israel Air Force, zur Ergreifung von Gegenmaßnahmen entschlossen und ihn auf den Plan gerufen. Heute stünden ihm uneingeschränkte Mittel zur Verfügung, und er habe ein ›Hauptquartier zur Vogelabwehr‹ organisiert, damit der Luftverkehr gefahrlos seinen geregelten Gang wieder aufnehmen könne.

Die Besichtigung begann in einem Überwachungsraum im Kontrollturm des zivilen Flughafens. Neben den herkömmlichen Radarschirmen beobachteten zwei Soldatinnen ein weiteres Radargerät, das auf Zugvögel spezialisiert war. Auf dem Schirm tauchten regelmäßig Vogelschwärme in lang gestreckten Wolken auf. »Hier wird das Schlimmste verhindert«, erklärte Josse. »Sollte ein Schwarm unvorhergesehen auftauchen, können wir damit die Katastrophe vermeiden. Wissen Sie, diese wandernden Vogelschwärme nehmen manchmal unvorstellbare Ausmaße an.« Lenfeld beugte sich über einen Computer und tippte ein paar Daten ein, woraufhin auf dem Bildschirm eine Landkarte von Israel erschien, auf der, deutlich erkennbar, große Gruppen von Vögeln über das gesamte israelische Staatsgebiet zogen.

»Was sind das für Vögel?«, fragte ich.

»Störche«, antwortete Lenfeld. »Sie sind in der Lage, Israel in weniger als sechs Stunden zu überqueren, von Bet She'an bis zum Negev. Übrigens sind entlang den Start- und Landebahnen Geräte aufgestellt, die den Schrei bestimmter Raubvögel nachahmen; auf diese Weise lassen sich größere Gruppenzusammenschlüsse unmittelbar über dem Gelände verhindern. Zusätzlich verfügen wir über abgerichtete Raubvögel – das ist unsere ›Stoßtruppe‹, die wir im alleräußersten Notfall einsetzen.«

Im Sprechen war Lenfeld weitergegangen. Unter dem Dröhnen der Motoren führte er mich über die Landepisten und überschüttete mich mit gebrüllten Erklärungen, die wechselten zwischen Weltuntergangsstimmung und dem ausgeprägten Stolz, ›das zweitwichtigste Land nach Panama auf der Route der Zugvögel‹ zu sein.

Unterdessen waren wir im Forschungslabor angelangt. Mit Hilfe einer Magnetkarte öffnete Lenfeld die Metalltür. Wir betraten eine Art Glaskäfig mit elektronischem Bedienfeld über einer riesigen Flugzeughalle. »Hier stellen wir die genauen Umstände jeder Kollision nach«, erklärte Lenfeld. »Mit einer Geschwindigkeit von über tausend Stundenkilometern schleudern wir Vogelkörper gegen unsere Prototypen und analysieren anschließend die Aufprallstellen, die Widerstände, die verursachten Schäden.«

»Echte Vögel?!«

Lenfeld stimmte ein donnerndes Gelächter an. »Hühner, mein Bester. Tote Hühner aus dem Supermarkt!«

Der nächste Raum stand voller Computer, auf deren Bildschirmen Zahlenreihen, gerasterte Landkarten, Kurven und Graphiken zu sehen waren. »Das hier ist unsere Forschungsabteilung«, kommentierte Lenfeld. »Hier berechnen wir die Flugbahnen sämtlicher Zugvogelarten. Wir verarbeiten Tausende von Informationen und Beobachtungen, die uns die *birdwatchers* liefern. Als Gegenleistung bieten wir ihnen gewisse Vorteile: kostenlose Unterkunft während ihres Aufenthalts, Zutrittsgenehmigungen für bestimmte strategische Orte zur Beobachtung von Vögeln … «

Diese Daten interessierten mich.

»Sie messen also ganz genau, wo die Störche auf ihrem Weg durch Israel vorbeikommen?«

Mit breitem Grinsen schritt Josse zu einem freien Computer. Wieder holte er die Karte von Israel auf den Bildschirm, und binnen Sekunden erschienen in gestrichelten Linien die Flugrouten. Relativ eng nebeneinander kreuzten sie sich alle in der Gegend von Bet She'an.

»Von jeder Spezies haben wir die exakten Routen sowie die Daten ihrer jährlichen Wanderschaft. Unsere Flugzeuge vermeiden diese Korridore so weit wie möglich. Hier, in Rot, sehen Sie die Hauptrouten der Störche. Wie Sie feststellen können, passieren sie alle ohne Ausnahme Bet She'an. Das sind …«

»Ich kenne Bet She'an. Sind Sie sicher, dass diese Routen sich nie ändern?«

»Hundertprozentig«, antwortete Lenfeld, immer noch brüllend. »Was Sie hier sehen, ist die Synthese aus Hunderten von Beobachtungen in einem Zeitraum von fünf Jahren.«

»Haben Sie auch quantitative Angaben, Statistiken über die Zahl der Vögel?«

»Selbstverständlich. Vierhundertfünfzigtausend Störche passieren Israel zweimal im Jahr, im Frühjahr und im Herbst. Wir wissen, in welchem Rhythmus. Wir kennen ihre Gewohnheiten bis ins Detail, die exakten Daten, die Konzentrationsperiodik, die Mittelwerte – alles, was Sie wollen. Die Störche funktionieren so präzise wie Uhren.«

»Interessieren Sie sich auch für beringte Störche aus Europa?«

»Nicht besonders. Warum?«

»Anscheinend sind bestimmte registrierte Störche in diesem Frühjahr unterwegs verloren gegangen.«

Josse Lenfeld musterte mich durch seine dunkle Brille; sein skeptischer Blick entging mir nicht, trotz der getönten Gläser. Doch er antwortete lediglich: »Das wusste ich nicht, aber den Zahlen nach zu urteilen … Sie sehen aus, als sei Ihnen nicht gut, mein Freund. Kommen Sie, wir genehmigen uns eine Erfrischung.«

Ich folgte ihm durch ein Labyrinth von Gängen, die dank einer effizienten Klimaanlage eisgekühlt waren, zu einem Getränkeautomaten. Ich wählte ein kohlensäurehaltiges Mineralwasser und empfand die sprudelnde Frische als wohltuend. Dann ging die Besichtigung weiter.

Wir betraten ein biologisches Labor voller Strohmatten, Reagenzgläser und Mikroskope. Die hier beschäftigten Forscher trugen weiße Kittel und schienen sich mit bakteriologischer Kriegsführung zu beschäftigen.

»Wir befinden uns hier im Gehirn des Projekts«, erklärte Josse. »Wir untersuchen sämtliche Kollisionen mit Vögeln und ihre Auswirkungen auf unsere militärische Ausrüstung, bis ins letzte Detail. In diesem Raum werden die Trümmer unter dem Mikroskop geprüft, selbst der Überrest einer Feder und die geringste Blutspur, die Aufschluss geben über die Geschwindigkeit und die Wucht des Aufpralls. Hier werden die Gefahren eingeschätzt und die eigentlichen Sicherheitsvorkehrungen entworfen. Sie werden es nicht glauben, aber dieses Labor ist eine eigenständige Abteilung unserer Armee. Denn von einem gewissen Standpunkt aus sind die Zugvögel Feinde der israelischen Sache.«

»Nach dem Krieg der Sterne der Krieg der Vögel?«, fragte ich und löste damit einen weiteren Heiterkeitsausbruch bei Josse Lenfeld aus.

»Absolut! Ich kann Ihnen freilich nur einen kleinen Teil unserer Forschungsarbeiten vorführen, der Rest ist ›militärische Verschlusssache‹. Aber ich habe da etwas, das Sie interessieren wird.«

Wir betraten einen kleinen Vorführraum voller Videogeräte mit hochauflösenden Monitoren. Lenfeld legte eine Kassette ein, und auf dem Bildschirm erschien ein Pilot der israelischen Armee mit Helm und heruntergeklapptem Visier; von seinem Gesicht sah man eigentlich nur den Mund. Auf englisch sagte er: »Ich hörte eine Explosion, dann spürte ich einen sehr heftigen Schlag an der Schulter. Ein paar Sekunden lang verlor ich die Besinnung. Als ich wieder zu Bewusstsein kam, konnte ich nichts sehen, denn mein Helm war voller Blut und Fleischfetzen …«

Dazu kommentierte Lenfeld: »Das ist einer unserer Piloten. Er ist vor zwei Jahren mitten im Flug mit einem Storch kollidiert. Das war im März, als die Störche nach Europa zurückkehrten. Er hat unglaubliches Glück gehabt: der Vogel hat ihn voll getroffen, und bei dem Zusammenstoß ist die Cockpitscheibe explodiert. Trotzdem konnte er noch landen. Es hat mehrere Stunden gedauert, bis man sein Gesicht von sämtlichen Glassplittern und Vogelfedern befreit hatte.«

»Warum hat er auch jetzt seinen Helm auf?«

»Weil die Identität der IAF-Piloten geheim bleiben muss.«

»Ich kann also nicht mit ihm sprechen?«

»Nein«, sagte Josse. »Aber ich hab' Ihnen was Besseres anzubieten.«

Draußen vor dem Vorführraum hob Lenfeld den Hörer eines Wandtelefons ab, wählte eine Nummer und sprach zwei Sätze auf hebräisch. Fast unmittelbar danach erschien ein kleiner Mensch mit dem Gesicht eines Frosches. Seine Lider waren schwer, aber sie klappten mit blitzartiger Geschwindigkeit über die großen, hervortretenden Augäpfel.

»Schalom Wilm«, sagte Josse, zu mir gewandt. »Verantwortlich für sämtliche Analysen, die in diesem Labor durchgeführt werden. Die Untersuchung des Unfalls, von dem eben die Rede war, hat er persönlich geleitet.«

Lenfeld erklärte Wilm auf Englisch den Grund meines Besuchs. Der Mann lächelte und forderte mich auf, ihm in sein Büro zu folgen. Zu meiner Überraschung bat er Josse, uns allein zu lassen. Nun ging ich also mit Wilm durch weitere Gänge, weitere Türen. Schließlich betraten wir einen winzigen Verschlag, kaum größer als ein Safe, mit einer Tür aus Metall, die sich nur mit einem Nummerncode öffnen ließ.

»Das ist Ihr Büro?«, fragte ich verblüfft.

»Nein, ich habe Josse angelogen. Ich wollte Ihnen etwas zeigen.«

Wilm schaltete das Licht ein und schloss die Tür. Eine volle Minute lang musterte er mich eindringlich.

»Ich hab' Sie mir anders vorgestellt«, sagte er schließlich.

»Wie bitte? Was soll das heißen?«

»Dass ich auf Sie gewartet habe, seit diesem Unfall im Jahr 89.«

»Auf *mich* haben Sie gewartet?«

»Auf Sie oder jemand anderen. Jedenfalls auf einen Besucher, der sich speziell für Störche auf dem Rückweg nach Europa interessiert.«

Schweigen. Ich spürte das Blut in meinen Schläfen pochen. Dann sagte ich dumpf: »Erklären Sie mir das bitte.«

Wilm fing an, sich durch den Verschlag zu wühlen, der eigentlich eine Abstellkammer war, räumte Probestücke aus Kunststofffasern und anderem Material beiseite und legte schließlich in Mannshöhe eine kleine Tür mit einem Zahlenschloss frei, in das er wiederum einen Code eingab.

»Bei der Analyse der verschiedenen Bestandteile des verunglückten Flugzeugs habe ich eine merkwürdige Entdeckung gemacht, und mir wurde klar, dass dieser Fund kein Zufall war, dass er vielmehr im Zusammenhang mit einer anderen Sache steht, einem großangelegten Unternehmen, in dem Sie zweifellos eines der Bindeglieder darstellen.«

Er öffnete die Tür und sprach weiter, während er den

Kopf in den Wandtresor steckte, so dass seine Stimme dumpf klang wie aus der Tiefe einer Höhle heraus: »Meine Intuition sagt mir, dass ich Ihnen trauen kann.«

Dann schlängelte er sich wieder hervor. In einer Hand hielt er zwei kleine Tüten aus durchsichtiger Folie.

»Außerdem will ich diese Last lieber heute als morgen loswerden«, setzte er hinzu.

Allmählich verlor ich die Geduld: »Ich verstehe überhaupt nichts! Sagen Sie mir endlich, wovon Sie reden!«

Gelassen antwortete Wilm: »Als wir nach der Notlandung das Cockpit der Maschine durchsuchten, außerdem die Ausrüstung des Piloten und insbesondere seinen Helm, fanden wir unter den Bruchstücken verschiedene Partikel, aus denen wir die Splitter von der Windschutzscheibe des Cockpits aussortierten.«

Wilm legte das eine Tütchen mit einem Etikett in hebräischen Buchstaben auf den Tisch. Es enthielt winzige Teilchen von getöntem Glas.

»Außerdem sammelten wir auch die Splitter des Visiers am Helm.« Er legte die zweite Tüte, die hellere Glasstücke enthielt, neben die erste. »Der Pilot hatte unfassbares Glück, dass er überlebt hat.«

Die ganze Zeit über hatte Wilm seine andere Hand zur Faust geballt.

»Aber als ich diese letzte Sorte von Bruchstücken unter dem Mikroskop untersuchte, entdeckte ich etwas anderes.« Immer noch hielt er die Hand geschlossen. »Etwas, dessen Vorhandensein an diesem Fundort absolut außergewöhnlich war.«

Mit einem jähen Adrenalinstoß begriff ich auf einmal, was Wilm mir da ankündigte. Trotzdem brüllte ich ihn an: *»Was denn, in Gottes Namen?!«*

Behutsam öffnete Wilm die Hand und flüsterte: »Einen Diamanten.«

22

Völlig erschöpft verließ ich Lenfelds Labor. Schalom Wilms Enthüllungen führten mich geradewegs zu einer Schlussfolgerung, die ich bis dahin selbst aus meiner Phantasie verdrängt hatte.

Max Böhm hatte also Diamanten geschmuggelt, und die Störche waren seine Kuriere.

Seine Methode war außergewöhnlich, verblüffend und nahezu unfehlbar. Ich wusste nun genug darüber, um mir vorstellen zu können, wie sie funktionierte. Dumaz' Informationen zufolge hatte der alte Max zweimal auf diesem Gebiet gearbeitet – in Südafrika von 1969 bis 1972 und in Zentralafrika von 1972 bis 1977. Gleichzeitig hatte er die Wanderung der Störche, die eine ideale Flugverbindung nach Europa darstellte, genau beobachtet und studiert. Wann war er auf die Idee verfallen, die Vögel als Transportmittel einzusetzen? Schwer zu sagen; jedenfalls hatte er sein Netz bereits organisiert, als er 1977 die Zentralafrikanische Republik verließ – zumindest die Westroute. Er brauchte nur ein paar Komplizen in Zentralafrika, die hinter dem Rücken der Minenleitung die schönsten Diamanten abzweigten und gegen Ende des Winters an den Beinen der beringten Störche befestigten. Dann ›verflüchtigten‹ sich die Edelsteine und passierten völlig ungehindert alle Grenzen.

Danach war es Böhm ein leichtes, die Diamanten einzusammeln. Er hatte die Nummern der Ringe und kannte das Nest jedes Storches in der Schweiz, in Belgien, den Niederlanden, Polen und Deutschland. Also ging er auf die Jagd, angeblich um die Jungstörche zu beringen, in Wahrheit aber betäubte er die erwachsenen Tiere und nahm die Diamanten an sich. Gewiss, das System hatte Schwachstellen – ein verunglückter Storch bedeutete einen Verlust. Aber angesichts der ungeheuren Anzahl von Kurieren – mehrere hundert Vögel in jedem Jahr – war der Gewinn immer noch erheblich und das Risiko, entdeckt zu werden, fast gleich Null. Die Ornithologie war eine perfekte Tarnung. Außerdem hatte Böhm im Lauf der Jahre wahrscheinlich seine ›Truppen‹ verbessert und vorzugsweise die kräftigsten und erfahrensten Vögel für die Aufgabe herangezogen. Als weitere Vorsichtsmaßnahme hatte er Wachposten entlang der Flugroute engagiert, die sich vergewisserten, dass die Wanderung wie geplant verlief. So war der Diamantenhandel im Osten wie im Westen mehr als zehn Jahre lang reibungslos vonstatten gegangen.

Jetzt wurde mir noch einiges andere klar. In Anbetracht der außerordentlichen Fracht – etliche Millionen Schweizer Franken mit jeder Wanderung – war es verständlich, dass Böhm die Nerven verloren hatte, als im Frühling dieses Jahres die Störche aus dem Osten nicht zurückgekehrt waren. Er hatte zunächst die beiden Bulgaren auf ihre Fährte gesetzt: sie hatten Joro Grybinski ausgefragt und für harmlos befunden, dann Ido, der sehr viel verdächtiger war – und sie hatten ihn ermordet und in den Sümpfen liegen lassen.

Nach dem, was Sarah erzählt hatte, war es eindeutig, dass der junge Ornithologe dem Diamantenhandel auf die Spur gekommen war. Wahrscheinlich hatte er eines Abends einen von Böhms Störchen versorgt und aus purem Zufall entdeckt, was sich in seinem Ring befand: ein Diamant. Er hatte das System durchschaut und von Reichtümern geträumt; er hatte sich Gewehre zugelegt, allabendlich in den Sümpfen die beringten Störche erschossen und ihre Fracht an sich genommen; er hatte sie erschießen müssen, um höhere Gewalt vorzutäuschen, irgendeine Katastrophe, der die Störche zum Opfer gefallen seien – anderenfalls hätte er die Schmuggler allzu leicht auf seine Spur gebracht; aber es hatte ihm nichts genützt. Das war im Frühjahr 1991 gewesen. Danach konnte zweierlei geschehen sein: entweder hatte Ido unter der Folter geredet und den Bulgaren das Versteck der Diamanten verraten, oder er hatte geschwiegen, und der ›Schatz‹ lag noch irgendwo verborgen. Die zweite Version hielt ich für wahrscheinlicher – weshalb sonst hätte Max Böhm mich auf die Suche nach den Störchen geschickt?

Aber der Diamantenschmuggel an Storchenbeinen erklärte nicht alles. Seit wann ging das schon so? Wer waren Max Böhms Komplizen in Afrika? Welche Rolle spielte *Monde Unique* in dem Netz? Und vor allem: was hatte die Diamantenaffäre mit dem abscheulichen Diebstahl von Rajkos Herz zu tun? Hatten die beiden Bulgaren auch Rajko getötet? War einer von ihnen der virtuose Chirurg, von dem Milan Djuric gesprochen hatte? Und hinter all diesen Fragen blieb ein Rätsel, das mich persönlich anging: Warum hatte Max Böhm ausgerechnet mich mit der Aufgabe betraut? Warum mich, der ich weder etwas über Störche wusste noch dem Schmugglerring angehörte, sondern vielmehr im schlimmsten Fall den Schmuggel aufdecken konnte?

Mit Höchstgeschwindigkeit fuhr ich zurück nach Bet She'an. Gegen sieben Uhr abends durchquerte ich die Wüste in den besetzten Gebieten und erkannte in der Ferne die Militärlager an den Blinklichtern auf den Hügeln. In der Umgebung von Nablus wurde ich abermals von einer Militärstreife aufgehalten. Der Diamant, den Wilm mir gegeben hatte, steckte, in ein Papier gefaltet, tief in meiner Hosentasche, die Glock 21 lag unter der Fußmatte. Ich gab wiederum meine Storchengeschichte zum besten, und schließlich ließ man mich passieren.

Gegen zehn Uhr tauchte endlich Bet She'an vor mir auf. Die Luft war erfüllt von den Gerüchen der Nacht – sie nährten diese merkwürdige Sehnsucht, die am Grund der Dämmerung herrscht, wenn das Licht des Tages erlischt. Ich stellte den Wagen ab und ging zu Sarahs Haus. Es brannte kein Licht. Als ich anklopfte, öffnete die Tür sich von selbst.

Ich zog meine Pistole und lud durch – der Reflex des Schießens lernt sich schnell –, ich betrat das Wohnzimmer, aber dort war niemand, das ganze Haus war leer. Ich stürzte hinaus in den Garten und hob die Plane über dem Waffenversteck, dann die Falltür und sah, dass eine Galil und die Glock 17 fehlten. Sarah war fort. Verschwunden auf ihre Weise. Bewaffnet wie ein marschierender Soldat. Leise wie ein Vogel der Nacht.

23

Wie am Vortag wachte ich um drei Uhr morgens auf; ich war auf Sarahs Bett zusammengesunken und hatte in sämtlichen Kleidern geschlafen. Es war der 6. September, in den Kibbuz kam Leben. Ich stand auf und ging hinaus und mischte mich in der violetten Dunkelheit unter die Männer und Frauen auf dem Weg zu den Fischteichen, um sie über Sarahs Verbleib auszufragen, aber meine Fragen trugen mir nur feindselige Blicke und ausweichende Antworten ein.

Ich versuchte mein Glück bei den *birdwatchers*, die ebenfalls sehr früh aufstanden, um noch vor dem Morgengrauen das Erwachen der Vögel zu beobachten. Um vier Uhr morgens waren sie schon aufbruchbereit, prüften ihre Ausrüstung und beluden sich mit Filmen und Proviant für den Tag. An jeder Haustür, die offenstand, riskierte ich ein paar Fragen auf englisch. Nach mehreren vergeblichen Versuchen fand ich einen jungen Holländer, der Sarah anhand meiner Beschreibung erkannte. Er habe sie am Tag zuvor gegen acht Uhr morgens in Newe-Eitan gesehen, bestätigte er mir. Sie sei in den Bus 133 nach Westen, Netanya, gestiegen, und ihm sei aufgefallen, dass sie einen Golfsack bei sich gehabt habe.

Fünf Sekunden später war ich unterwegs und fuhr mit durchgedrücktem Gaspedal in Richtung Westen. Um fünf

Uhr waren die Ebenen von Galiläa schon überflutet vom frühmorgendlichen Licht. Ich hielt an einer Raststätte in der Nähe von Cäsarea, um aufzutanken. Bei einer Tasse schwarzem Tee blätterte ich in meinem Reiseführer, um etwas über Netanya zu erfahren, Sarahs vermutliches Ziel, und beinahe ließ ich die heiße Tasse aus der Hand fallen, als ich las: ›Netanya. 107.200 Einwohner. Der Badeort, für seine schönen Sandstrände und seine ruhige Lage berühmt, ist auch ein bedeutendes Industriezentrum, spezialisiert auf Diamantschleiferei. Im Viertel um die Herzl-Straße kann man den Schleifern und Polierern bei der Arbeit zusehen …‹

Ich sprang wieder in den Wagen und fuhr mit quietschenden Reifen davon. Sarah wusste also Bescheid. Zweifellos besaß sie sogar Diamanten. Um neun Uhr tauchte Netanya vor mir auf, eine große helle Stadt direkt am Meer. Ich fuhr die Küstenstraße entlang, eine Aneinanderreihung von Hotels und Kliniken, und begriff den wahren Charakter von Netanya. Hinter ihrer Fassade als Badeort war die Stadt eine Zuflucht für reiche Greise, die hier in der Sonne saßen und sich ausruhten. Schwankende Gestalten, ausgemergelte Gesichter, zitternde Hände. Woran dachten sie wohl, diese vielen alten Menschen? An ihre Jugend, die vielen Jom-Kippur-Feste, die Jahr um Jahr ihr Schicksal als Exilierte aufgeweicht hatten? An die immer wiederkehrenden Kriege, das Grauen der Konzentrationslager, diesen nie endenden Kampf um ein eigenes Land? In Israel war Netanya der letzte Aufschub der Lebenden – der Friedhof der Erinnerungen.

Die Straße mündete kurz darauf rechts in den Atzma'ut Square, von dem die Herzl-Straße abzweigt, die Hochburg der Diamantschleifer. Ich parkte den Wagen und ging zu Fuß weiter. Nach etwa hundert Metern gelangte ich in ein enges, gedrängtes Viertel mit der Atmosphäre eines arabischen Suks, voller Menschen und Lärm und intensiver Gerüche. In die schattigen Gässchen fiel hier und dort ein Sonnenstrahl, der sich in die Auslagen der Geschäftsinhaber, durch die geschlossenen Fensterläden der Häuser zu stehlen versuchte. Der Duft von Früchten mischte sich mit Schweißgerüchen und dem Aroma von Gewürzen, und ein endloser, hastiger Menschenstrom, in dem die Kippas wie schwarze Sonnen auftauchten und wieder verschwanden, schob sich drängelnd und stoßend durch die Straßen.

Ich war schweißüberströmt, aber meine Jacke konnte ich nicht ausziehen, denn sie verbarg die Glock 21, die ich in einem Holster mit Klettverschluss unter der Achsel trug. Ich dachte an Sarah, die nur wenige Stunden zuvor hier entlanggegangen war, die Tasche voller Diamanten und supermoderner Waffen. An der Ecke der Smilasky-Straße fand ich, was ich suchte: die Diamantenschleifereien.

Die Werkstätten hockten dicht aufeinander, überall roch es nach Staub, und die Schleifmaschinen verursachten einen endlosen schrillen, bohrenden Lärm. Hier hatte das Handwerk alle seine Rechte bewahrt. Vor jeder Tür saß ein Mann, geduldig und konzentriert. Schon im ersten Laden begann ich meine Fragen zu stellen: »Haben Sie eine große, blonde junge Frau gesehen? Die Ihnen Rohdiamanten von großem Wert angeboten hat? Die ihre Steine schätzen lassen oder verkaufen wollte?« Jedes Mal dieselbe abschlägige Antwort, derselbe ungläubige Blick durch Bifokalgläser oder eine ins Auge geklemmte Lupe. Die Feindseligkeit des Viertels wurde spürbar. Diamantenschleifer lieben keine Fragen. Auch keine Geschichten. Ihre Rolle beginnt mit der Bearbeitung der Steine, deren Herkunft sie wenig interessiert. Kurz nach Mittag hatte ich fast das gesamte Viertel durchkämmt und nicht das Geringste erfahren; nur noch ein paar Werkstätten blieben mir. Kurz vor eins stellte ich zum letzten Mal meine Fragen einem alten Mann, der ein perfektes Französisch sprach. Er hielt seine Maschine an und fragte: »War sie mit einem Golfsack unterwegs, die junge Frau?«

Sarah war am Abend zuvor hier gewesen. Sie hatte einen Diamanten auf den Tisch gelegt und gefragt: »Wie viel?« Isaak Knicklevitz hatte den Stein betrachtet und seine Reflexe geprüft, erst bei Licht, dann mit dem Vergrößerungsglas. Er hatte ihn mit anderen Diamanten verglichen und war zu der Überzeugung gelangt, dass der Diamant im Hinblick auf Farblosigkeit und Reinheit ein Wunder sei. Er hatte ihr einen Preis geboten, den Sarah akzeptiert hatte, ohne zu feilschen. Isaak hatte seinen gesamten Tresor geleert und, wie er einräumte, ein exzellentes Geschäft abgeschlossen. Aber er machte sich nichts vor. Er wusste sehr wohl, dass dieses Treffen erst der Beginn des Abenteuers war. Er sagte, wenn ein Stein wie dieser ohne Zertifikat verkauft werde, könne er nur Ärger machen, und er habe schon damit gerechnet, dass früher oder später ein Mann wie ich – oder ein anderer, in offiziellem Auftrag unterwegs – vor seiner Tür stehen würde. Er wisse auch, setzte er hinzu, dass er den Stein vielleicht zurückgeben müsse – es sei denn, ihm bliebe die Zeit, ihn vorher zu schleifen.

Isaak war ein alter Mann mit Adlerprofil und Bürstenschnitt. Sein eckiger Schädel und die breiten Schultern ließen ihn aussehen wie ein Modell für ein kubistisches Bild. Schließlich stand er auf – halb gebückt, denn seine Werkstatt war so niedrig, dass ich selbst seit Beginn der Unterredung gekrümmt vor ihm stand – und schlug mir vor, mit ihm Mittag essen zu gehen. Ich war gern einverstanden – von Isaak konnte ich sicherlich eine Menge erfahren. Und Sarah war über alle Berge. Ich wischte mir den Schweiß aus dem Gesicht und folgte dem Diamantschleifer durch das Labyrinth der Gassen.

Nach einer Weile kamen wir zu einem kleinen Platz im Schutz einer dichten Laube. Unter diesem kühlen Dach standen die Tische eines Restaurants. Ringsum tobte das Bazarleben, die Verkäufer priesen laut ihre Waren an, eilige

Passanten drängten sich durch die Menge. Entlang den blassgrünen Hausmauern öffneten sich weitere Läden wie Schlünde im Schatten, auch sie voller Menschen, so dass der ohnehin lebhafte Mittelpunkt von einem noch bewegteren Kranz umgeben war. Isaak bahnte sich einen Weg durch die Leute und fand einen freien Tisch. Unmittelbar neben mir fiel mich ein ekelerregender Blutgeruch an, und ich sah, dass neben stinkenden Käfigen und einer Wolke aus Federn ein Mann systematisch Hunderten von Hühnern den Kopf abhackte. Das Blut floss in Strömen. Neben dem Metzger stand ein hünenhafter, ganz in Schwarz gekleideter Rabbiner und betete halblaut unter fortwährenden Verbeugungen, die Thora in der Hand.

Isaak lächelte. »Sie scheinen mit der jüdischen Welt nicht sehr vertraut zu sein, junger Mann. Wissen Sie, was koscher bedeutet? Unsere gesamte Nahrung wird auf diese Weise gesegnet. Aber erzählen Sie mir lieber Ihre Geschichte.«

»Ich kann Ihnen nichts sagen«, antwortete ich. »Die Frau, die Sie gestern aufgesucht hat, ist in Gefahr. Ich bin selber in Gefahr. Die ganze Geschichte wird allen, die sich darin verwickeln lassen, äußerst gefährlich. Vertrauen Sie mir, bitte, beantworten Sie meine Fragen und halten Sie sich von allem anderen fern.«

»Lieben Sie diese junge Person?«

»Damit hätte ich nicht angefangen. Aber gut, ja, sagen wir, dass ich sie liebe. Wahnsinnig. Sagen wir, dass es um eine Liebesgeschichte geht, voller Chaos, Gefühl und Gewalt. Gefällt Ihnen das?«

Isaak lächelte wieder und bestellte für sich das Tagesgericht. Mir hingegen hatte das Hühnerblut den Appetit verschlagen, und ich begnügte mich mit Tee.

»Was kann ich für Sie tun?«, fragte Isaak Knicklevitz.

»Erzählen Sie mir von dem Diamanten des Mädchens.«

»Ein wunderschöner Stein. Nicht sehr groß – bloß ein

paar Karat –, aber von außergewöhnlicher Reinheit und Weiße. Wissen Sie, der Wert eines Diamanten wird immer nach vier Kriterien beurteilt, die unveränderlich sind: Gewicht, Reinheit, Farbe und Form. Der Diamant Ihrer Freundin ist vollkommen farblos und von makelloser Reinheit. Nicht einmal der winzigste Einschluss, gar nichts. Ein Wunder.«

»Wenn Sie aber glauben, dass er aus einer obskuren Quelle stammt, wieso haben Sie ihn dann gekauft?«

Isaaks Miene hellte sich auf »Weil das mein Beruf ist!« rief er. »Ich bin Diamantschleifer. Seit über vierzig Jahren schneide, spalte, poliere ich Edelsteine. Der Stein, von dem wir reden, ist eine echte Herausforderung für einen wie mich. Für die Schönheit eines Diamanten ist die Arbeit des Schleifers entscheidend. Ein falscher Schnitt, und alles ist verdorben, der Schatz nichts mehr wert. Im Gegensatz dazu kann ein gelungener Schliff den Wert eines Steins um ein Vielfaches erhöhen, ihn reicher und edler machen. Als ich diesen Diamanten gesehen habe, war mir sofort klar, dass der Himmel mir eine einmalige Gelegenheit gesandt hat, ein Meisterwerk zustande zu bringen.«

»Wie viel ist ein Stein dieser Qualität vor dem Schleifen wert?«

»Das ist keine Frage des Geldes«, antwortete Isaak pikiert.

»Antworten Sie mir bitte. Ich versteh' nichts von Diamanten und muss mir eine Vorstellung davon machen können.«

»Schwer zu sagen. Fünf- bis sechstausend amerikanische Dollar vielleicht.«

Ich dachte an Böhms Störche, die in Scharen über den Himmel zogen, beladen mit einer unendlich wertvollen Fracht. Jedes Jahr waren sie nach Europa zurückgekehrt und hatten ihre Nester auf Hausdächern in Deutschland, Belgien, der Schweiz bezogen. Millionen von Dollar in jedem Frühjahr.

»Haben Sie eine Vorstellung, woher ein Diamant wie dieser stammen könnte?«

»Das ganze Jahr über ziehen die schönsten Rohdiamanten, in kleine Papiere gefaltet, durch die Börsen. Keiner wüsste zu sagen, wo sie herkommen. Nicht einmal, ob sie aus der Erde oder aus dem Wasser stammen. Ein Diamant ist vollkommen anonym.«

»Ein Stein dieser Qualität ist aber selten. Kennt man die Minen, in denen Diamanten dieser Güte gefördert werden?«

»Ja, in der Tat. Aber es gibt viele Adern, und heutzutage wird überall abgebaut. Vorherrschend sind natürlich Südafrika und Zentralafrika. Aber auch Angola und Russland sind derzeit recht ›fruchtbar‹.«

»Wo kann man solche Rohsteine denn verkaufen?«

»Nur an einem Ort der Welt: Antwerpen. Alles, was nicht über De Beers geht, das heißt zwanzig bis dreißig Prozent des Marktes, wird in den Diamantenbörsen von Antwerpen verkauft.«

»Haben Sie dem Mädchen dasselbe gesagt?«

»Selbstverständlich.«

Meine Alice war also unterwegs nach Antwerpen. Das Tagesgericht kam: Bohnenbratlinge mit Kichererbsenpüree und Olivenöl. Völlig gleichmütig nahm Isaak seine Pitas in Angriff.

Ich beobachtete ihn eine Weile. Er schien geneigt, mir sämtliche Erklärungen zu liefern, die ich wollte, ohne eine Gegenleistung zu verlangen. In seinem schrägen Blick las ich nichts anderes als Geduld und Wachsamkeit. Er war ein Mensch, der sich über nichts wunderte. Seine jahrzehntelange Erfahrung als Diamantschleifer war in der Tat ein Fass der Danaiden, wahrscheinlich hatte er es in seinem Leben immer wieder mit Draufgängern, Desperados und Verrückten von meiner Sorte zu tun gehabt.

»Wie spielt sich das denn ab in Antwerpen?«, fragte ich.

»Na, das ist ziemlich beeindruckend. Die Diamantenbörsen sind so gut bewacht wie das Pentagon. Von allen Seiten fühlt man sich durch unsichtbare Kameras beaufsichtigt. Aber dort gibt es keinerlei politische Couleur oder Rivalitäten, die Qualität der Steine ist das einzige, was zählt.«

»Und was sind die Haupthindernisse für den Verkauf solcher Diamanten? Ist zum Beispiel auch ein illegaler Handel denkbar, eine Art Kettengeschäft mit vielen Zwischenhändlern?«

»Ein Kettengeschäft?« wiederholte Isaak mit spöttischem Lächeln. »Ja, sicher. Aber der Handel mit Rohdiamanten ist eine Welt für sich, Monsieur Antioche. Zweifellos die bestbewachte Festung auf der ganzen Welt. Angebot und Nachfrage sind strengstens reglementiert, nämlich durch De Beers. Für die meisten Diamanten der Welt sind die Voraussetzungen für Einkauf, Sortierung und Lagerung festgesetzt, genauso wie es nur ein einziges Verkaufssystem gibt. Die Aufgabe des Systems besteht darin, in regelmäßigen Abständen eine bestimmte Menge von Steinen in Umlauf zu bringen, den Diamantenhahn, wenn Sie so wollen, zu öffnen und wieder zu schließen, und zwar weltweit, um unkontrollierbare Schwankungen zu verhindern.«

»Wollen Sie damit sagen, dass ein – sagen wir: privater Handel mit Rohdiamanten unmöglich ist, dass De Beers den Umlauf sämtlicher Diamanten kontrolliert?«

»Nun, da sind immer noch die Steine, die in Antwerpen verkauft werden. Aber Ihre Idee eines Kettengeschäfts lässt mich schmunzeln. Sie denken an Hehlerei? Wissen Sie, wenn regelmäßig sehr schöne Stücke angeboten würden, wäre der Markt destabilisiert, und man würde die Quelle sofort aufspüren.«

Ich holte mein gefaltetes Papier aus der Tasche und ließ Wilms Diamanten in seine Hand gleiten.

»Stücke wie dieses zum Beispiel?«

Isaak wischte sich den Mund ab, setzte seine Brille auf und hielt sich den Stein vor sein Expertenauge. Rings um uns lärmte der Markt.

»Ja, zum Beispiel«, sagte Isaak und sah mich ungläubig an. »Eine bestimmte Menge davon könnte eine Erschütterung bewirken und die Preise ins Wanken bringen.« Wieder betrachtete er den Stein mit zweifelnder Miene. »Es ist unglaublich«, sagte er. »In meinem ganzen Leben habe ich keine fünf Steine von dieser Qualität gesehen. Und jetzt halte ich innerhalb von zwei Tagen gleich zwei davon in der Hand, als wären sie banale Glasmurmeln. Ist dieser Stein zu verkaufen?«

»Nein. Eine andere Frage: Wenn ich Sie richtig verstanden habe, dann muss ein Hehler vor allem De Beers fürchten?«

»Absolut. Aber Sie dürfen die Zollbehörden nicht unterschätzen, die über vorzügliche Spezialisten verfügen. Auf der ganzen Welt hat die Polizei ein wachsames Auge auf Diamanten, die ja sehr leicht zu verstecken sind.«

»Was ist der Vorteil bei einem Privatgeschäft mit Diamanten?«

»Derselbe wie bei jedem anderen Schmuggel: Umgehung der Steuern, der Gesetzgebung in den Förder- und den Abnehmerländern.«

Es gab also ein engmaschiges Netz aus Hindernissen, dem Max Böhm dank einem System, das niemand sich vorstellen konnte, geschickt aus dem Weg gegangen war. Ich brauchte noch zwei weitere Bestätigungen. Ich packte den Diamanten wieder ein und holte aus meiner Tasche Böhms Karteikarten – diese Karten voller merkwürdiger Zahlen, die mir immer ein Rätsel gewesen waren, deren Bedeutung ich aber jetzt allmählich zu ahnen begann.

»Könnten Sie einen Blick auf diese Zahlen werfen und mir sagen, ob sie einen Sinn für Sie haben?«, fragte ich.

Wieder setzte Isaak die Brille auf und las schweigend.

»Das ist völlig klar«, sagte er schließlich. »Das sind Eigenschaften von Diamanten. Ich habe vorhin die vier Qualitätsmerkmale erwähnt: Gewicht, Farbe, Reinheit, Form. Im Englischen nennt man sie die vier C – *carat, colour, clarity, cut* … Hier entspricht jede Zeile einem der Kriterien. Sehen Sie sich zum Beispiel diesen Absatz an. Unter dem Datum 13. 4. 87 steht VVSI, das bedeutet *very very small inclusions*. Ein außerordentlich reiner Stein also, dessen Einschlüsse nur bei zehnfacher Vergrößerung sichtbar sind. Darunter steht 10 C. Das ist das Gewicht, zehn Karat – ein Karat entspricht 0,20 Gramm. Dann der Buchstabe D, der bedeutet: ›vom ersten Wasser‹, also vollkommen wasserhell, von außergewöhnlicher Farblosigkeit. Wir haben hier die Beschreibung eines einzigartigen Steins. Und wenn ich mir die Angaben ansehe, dann kann ich Ihnen versichern, dass der Besitzer dieses Schatzes über ein unermessliches Vermögen verfügt.«

Meine Kehle war ausgedörrt wie Wüstenerde. Dieses Vermögen, von dem Isaak sprach, war nur die ›Ausbeute‹ eines einzigen Storchs in mehrjähriger Migration. Mir wurde schwindlig, wenn ich an die anderen Karten dachte, die ich in meiner Tasche hatte. Nur ein paar von Böhms Lieferungen. Ein Storch nach dem anderen. Ein Jahr ums andere. Um der letzten Gewissheit willen stellte ich ihm noch eine Frage: »Und das, können Sie mir sagen, was das ist?« Ich reichte ihm eine Karte von Europa und Afrika, durch die sich gepunktete Pfeile zogen. Er beugte sich darüber und sagte nach ein paar Sekunden: »Das könnten die Wege der Diamanten sein, von ihrem Abbauort in Afrika zu den Hauptabnehmerländern in Europa, die sie kaufen oder schleifen. Was ist es denn?« setzte Knicklevitz in spöttischem Ton hinzu. »Die Kette Ihrer Zwischenhändler?«

»Ja, in gewisser Weise sind das meine Zwischenhändler«, antwortete ich.

Ich hatte ihm lediglich eine Karte mit der Wanderroute der Störche gezeigt – eine Fotokopie aus einem Kinderbuch, das Böhm mir geschenkt hatte. Ich stand auf. Der Geflügelhenker werkte noch immer in einem See von Blut.

Isaak erhob sich ebenfalls und kam noch einmal auf meinen Diamanten zu sprechen: »Was haben Sie denn mit Ihrem Stein vor?«

»Den kann ich Ihnen leider nicht verkaufen. Ich brauche ihn noch.«

»Schade. Aber die Steine sind ohnehin zu gefährlich.«

Ich zahlte die Rechnung und sagte: »Isaak, es gibt nur zwei Menschen, die wissen, dass der Diamant sich bei Ihnen befindet: ich und das Mädchen. Mit anderen Worten: der Fall ist erledigt.«

»Das werden wir sehen. Auf jeden Fall verdanke ich diesen Steinen einen unverhofften jugendlichen Elan, einen kurzfristigen neuen Schwung auf meine alten Tage.«

Er winkte mir kurz mit der Hand. »Schalom, Louis«, sagte er und war bald verschwunden.

Ich stürzte mich in die Menge, irrte durch schmale Gassen entlang den Läden und Werkstätten und versuchte mich zu orientieren. Meine Gedanken rasten durcheinander, und es fiel mir schwer, mich zu konzentrieren. Außerdem beunruhigte mich jetzt ein anderes Gefühl, oder vielmehr ein Eindruck, der mich nicht losließ, seitdem ich mich in der Menschenmenge befand: das Gefühl, verfolgt zu werden.

24

Irgendwann gelangte ich wieder zur Herzl-Straße und stand bald darauf auf dem Atzma'ut Square. Bis zu meinem Wagen war es nicht mehr weit, aber ich hielt es für günstig, mich noch eine Weile unter Menschen aufzuhalten. Ich ging zum

Strand hinunter und schmeckte den Wind, der in langen, salzigen Böen vom offenen Meer hereinwehte.

Ich drehte mich um und musterte die Passanten, starrte prüfend in die Gesichter, aber mir fiel nichts Verdächtiges auf. Ein paar Autos glitten durch das grelle Licht, die hohen Fassaden der Wohnhäuser blitzten hell wie Spiegel. Auf der anderen Straßenseite, direkt vor dem Meer, kauerten die Alten fröstelnd in ihren Liegestühlen. Ich starrte auf die lange Reihe gekrümmter, schwerfälliger Rücken und wunderte mich über die Absurdität ihrer Kleidung: es herrschten gut fünfunddreißig Grad, aber sie trugen allesamt schwere, dicke Stoffe. Wollpullover, Mäntel, ein Regenmantel, Strickwesten. Ein Regenmantel! Die Gestalt, die an dem Geländer oberhalb des Strands entlangging, betrachtete ich genauer. Der Mann hatte den Kragen hochgeschlagen, und seinen Rücken zierte ein langer, dunkler Schweißfleck. Die Erkenntnis traf mich wie ein Schlag in den Magen: ich hatte den zweiten Killer aus Sofia wiedergefunden.

Im Laufschritt überquerte ich die Straße.

Der Mann drehte sich um. Er öffnete den Mund, dann machte er auf der Stelle kehrt und flüchtete zwischen den sitzenden Greisen hindurch. Ich lief schneller, stieß in meinem Zickzackkurs mehrere Liegestühle um und hatte nach ein paar Sätzen den Mörder erreicht. Er hatte schon die Hand in der Manteltasche. Ich packte ihn am Kragen und versetzte ihm eine Gerade in den Magen. Sein Schrei blieb ihm in der Kehle stecken, und eine Uzi-Maschinenpistole fiel zu Boden. Mit dem Fuß stieß ich die Waffe weg, umklammerte seinen Hals mit beiden Händen und riss seinen Kopf nach unten. Mit voller Wucht rammte ich ihm das Knie ins Gesicht und hörte mit einem trockenen Laut das Nasenbein brechen. Hinter mir vernahm ich das Jammern und Stöhnen der aufgeschreckten Greise, die sich aus umgeworfenen Stühlen aufrappelten.

»Wer bist du?«, schrie ich ihn auf Englisch an und versetzte ihm mit dem Kopf einen Schlag zwischen die Augen. Der Mann fiel rücklings zu Boden, sein Schädel prallte auf den Asphalt, und aus der Nase quoll ihm das Blut. Ich packte ihn erneut. »Wer bist du, zum Teufel?« Ich war wie von Sinnen, ich hockte neben ihm und bearbeitete sein Gesicht mit den Fäusten; meine gefühllosen Finger zersplitterten ihm die Knochen und zermalmten seinen blutigen Mund. »Wer bezahlt dich, Schwein?«, schrie ich und hielt ihn mit der rechten Hand fest, während ich mit der Linken seine Taschen durchsuchte. Ich fand seine Brieftasche und zog zwischen anderen Papieren seinen Pass hervor: metallblau und schimmernd in der Sonne. Ich war sprachlos, als ich den eingravierten Schriftzug sah: *United Nations*. Der Mörder besaß einen Pass der Vereinten Nationen.

Es war nur eine Überraschungssekunde, aber die war zu viel.

Der Bulgare stieß mir das Knie zwischen die Beine, dann schnellte er hoch wie eine Feder, während ich mich in jähem, atemberaubendem Schmerz krümmte. Er warf mich von sich und trat mit seiner eisenbeschlagenen Stiefelspitze nach meinem Gesicht. Es gelang mir gerade noch, so weit auszuweichen, dass der Hieb nicht den Kiefer traf, aber ich spürte, wie meine Lippe aufriss und ein Blutstrahl hervorschoss. Mit der linken Hand versuchte ich, das klaffende Fleisch festzuhalten, während ich ungeschickt mit der Rechten nach meiner Pistole tastete. Aber der Killer machte sich bereits aus dem Staub.

In einer anderen Stadt hätte ich zur Flucht mehrere Minuten Zeit gehabt, in Israel blieben mir maximal ein paar Sekunden, bis die Polizei oder das Militär zur Stelle sein würden. Mit gezückter Waffe hielt ich mir die näher rückenden Alten vom Leib, dann rannte ich davon, so schnell ich konnte, schwankend und ächzend, zurück zu meinem Wagen auf dem Atzma'ut Square.

Meine Hand zitterte, als ich den Schlüssel ins Schloss steckte, und das Blut floss in Strömen. Ich hatte Tränen in den Augen, mein Schambein brannte wie Feuer. Endlich hatte ich die Tür offen und ließ mich auf den Sitz fallen. Eine Welle von Übelkeit überkam mich, und mein Kopf fühlte sich an, als sei er im Begriff, in zwei Teile zu brechen. Fahr los, dachte ich, fahr los, bevor du umkippst. Als ich den Motor anließ, ging mir Sarahs Gesicht durch den Sinn. Noch nie hatte ich so große Sehnsucht nach ihr gehabt, noch nie hatte ich mich derart allein gefühlt. Beim Anfahren rissen die Reifen Teile vom weichen Asphalt los.

Ich fuhr etwa dreißig Kilometer, blutend wie ein abgestochenes Schwein. Allmählich fing ich an, Sterne zu sehen, mein Kiefer dröhnte wie ein Amboss, und hinter den Schläfen spielten Zimbeln. Unterdessen wurden die Häuser am Straßenrand spärlicher, und die Landschaft hatte sich bald in eine Wüste verwandelt. Ich rechnete damit, jeden Moment von Polizisten oder Soldaten aufgehalten zu werden. Als ich einen hohen Felsblock erspähte, blieb ich in seinem Schatten stehen und betrachtete mein Gesicht im Rückspiegel. Die Hälfte davon war ein blutiger Brei, unter dem keine Konturen mehr zu erkennen waren, dafür hing mir ein längliches Stück Fleisch bis zum Kinn herab; das war meine Unterlippe. Ich unterdrückte einen neuerlichen Anfall von Übelkeit und kramte meine Reiseapotheke hervor, desinfizierte die Wunde, schluckte ein paar Schmerztabletten und befestigte die Lippe mit einem Heftpflaster. Dann setzte ich meine dunkle Brille auf und warf noch einmal einen Blick in den Rückspiegel: der Doppelgänger des Unsichtbaren Mannes.

Eine Zeit lang schloss ich die Augen und wartete, bis unter meiner Schädeldecke wieder Ruhe einkehrte. Also war man mir den ganzen Weg von Bulgarien her gefolgt, oder aber meine Reiseroute war so vorhersehbar, dass es ein leichtes war, mich hier in Israel aufzuspüren. Was mich freilich nicht wunderte: schließlich brauchte man nur den Störchen zu folgen, um mich zu finden. Was mich hingegen mehr verblüffte, war der Pass der Vereinten Nationen. Ich zog ihn aus der Tasche und blätterte darin. Der Mann hieß Miklos Sikoff. Staatsangehörigkeit: bulgarisch. Alter: 38 Jahre. Beruf: Truppenbegleiter. Tatsächlich arbeitete der Killer für *Monde Unique* und überwachte Transporte zu humanitären Zwecken – Medikamente, Lebensmittel, Kleidung. Die Berufsbezeichnung hatte allerdings noch einen zweiten Sinn: Sikoff war zweifellos Böhms Mann, einer von denen, die entlang der Vogelfluglinie die Störche begleiteten, beobachteten und bewachten oder verhinderten, dass man Jagd auf sie machte, zum Beispiel in Afrika. Ich sah mir die Einreisestempel an: Bulgarien, Türkei, Israel, Ägypten, Mali, Zentralafrika, Südafrika – eine klare Bestätigung meiner Vermutung. Seit fünf Jahren folgte der UN-Agent der Flugroute der Störche, im Osten wie im Westen. Ich schob Sikoffs Pass unter den zerrissenen Einband meines Terminkalenders, dann ließ ich den Motor wieder an und fuhr los in Richtung Jerusalem.

Eine halbe Stunde durchquerte ich felsige Landschaften. Der Schmerz ließ nach, und die Kühle der Klimaanlage tat mir wohl. Ich hatte nur noch einen Wunsch: in ein Flugzeug zu steigen und so bald wie möglich diesen heißen Boden zu verlassen.

In meiner Panik hatte ich jedoch die kürzeste Strecke verpasst und musste jetzt einen langen Umweg durch die besetzten Gebiete fahren. So kam ich erst gegen sechzehn Uhr in die Gegend von Nablus. Die Aussicht, in meinem Zustand die Militärsperren passieren zu müssen, war wenig verlockend. Bis Jerusalem waren es noch über hundert Kilometer. In dem Moment wurde mir bewusst, dass mir schon seit geraumer Weile ein schwarzer Wagen folgte. Ich beobachtete ihn im Rückspiegel – in der flimmernden Luft schien er zu schweben. Ich fuhr langsamer, und der Wagen kam näher. Es war ein Renault 25 mit israelischem Kennzeichen. Ich wurde noch langsamer, und ein Schock durchfuhr mich, als ich erkannte, wer am Steuer saß: Sikoff. Mit blutüberströmtem Gesicht, ein scharlachrotes Monster, das sich ans Steuer klammerte. Ich legte den dritten Gang ein und gab Gas, und binnen Sekunden war ich auf Höchstgeschwindigkeit. Der Wagen aber war mir immer noch auf den Fersen.

So fuhren wir zehn Minuten lang. Sikoff versuchte mich zu überholen, und ich rechnete jeden Moment mit einer Salve durch die Windschutzscheibe. Die Glock hatte ich auf den Beifahrersitz gelegt. Auf einmal sah ich fern am Horizont Nablus auftauchen, grau und verschwommen im harten Licht. Sehr viel näher aber befand sich ein Palästinenserlager – ein Straßenschild kündigte es an: Balatakamp. Ich dachte an meine israelischen Kennzeichen und bog von der Hauptstraße zu dem Lager ab. Unter den Reifen wirbelten Staubwolken auf, und ich beschleunigte noch mehr. Nur noch ein paar Meter bis zum Lager. Sikoff folgte mir unverdrossen. Auf einem Dach sah ich einen israelischen Wachtposten mit Fernglas. Auf anderen Terrassen gerieten arabische Frauen in Aufregung und zeigten mit dem Finger auf mich. Aus allen Richtungen rannten Horden von Kindern herbei und sammelten Steine auf. Alles verlief genau so, wie ich gehofft hatte.

Mit rasendem Tempo fuhr ich durch den Eingang zur Hölle.

Die ersten Steine trafen mich, als ich in die Hauptstraße einbog. Die Windschutzscheibe barst in tausend Splitter. Links von mir versuchte Sikoff noch immer, sich zwischen meinen Wagen und die Häuserfront zu drängen. Zum ersten Mal stießen wir zusammen, und die Wagen prallten von den gegenüberliegenden Hausmauern ab. Direkt vor uns warfen die Kinder immer noch mit Steinen – ich hoffte, sie würden rechtzeitig aus dem Weg gehen, ehe einer von uns sie überfuhr. Der Renault schickte sich erneut zum Angriff, und ich sah den blutüberströmten Sikoff, der mir giftige Blicke zuwarf. Überall auf den Dächern rannten die Frauen schreiend zwischen aufgehängten Tüchern hin und her. Jetzt eilten auch die alarmierten israelischen Soldaten herbei, luden ihre Gewehre mit Tränengaspatronen und gingen am Rand der Terrassen schussbereit in Stellung.

Auf einmal öffnete sich ein kleiner Platz. Ich riss den Wagen herum, der sich um die eigene Achse drehte, die Bodenplatte schabte knirschend über die Erde, während ein Steinhagel auf die Karosserie niederprasselte und sämtliche Fensterscheiben zu Bruch gingen. Sikoff überholte mich und schnitt mir den Weg ab. Ich sah noch, wie er sein Maschinengewehr auf mich richtete, und warf mich auf den Beifahrersitz, dann hörte ich die dumpfen Einschläge der MG-Salve in der Wagentür, und im selben Moment ertönte das Pfeifen der Tränengasbomben. Ich sah auf und starrte in den Gewehrlauf des Bulgaren. Ich suchte nach der Glock, die bei dem Wendemanöver zu Boden gerutscht war – zu spät. Aber Sikoff blieb keine Zeit, um abzudrücken: während er noch auf mich zielte, traf ihn ein Stein im Nacken. Er stieß einen Schrei aus, krümmte sich und verschwand. Unterdessen breiteten sich die Gaswolken aus, vernebelten jegliche Sicht und brannten wie Feuer in der Kehle. Ringsum tobte ein Höllenlärm.

Ich fand schließlich meine Pistole, ließ mich aus dem Wagen fallen und kroch durch den Staub. Das Gas zischte, Frauen schrien, Männer stürmten herbei. Von allen vier Ecken des Platzes warfen die Krieger der Intifada unaufhörlich mit Steinen, aber sie zielten nicht mehr auf unsere beiden Wagen, sondern nur noch auf die Soldaten, die in Massen herbeiströmten. Jeeps bremsten mit quietschenden

Reifen, grüngekleidete Männer mit Gasmasken sprangen heraus. Manche Gewehre spieen das weißliche Reizgift aus, andere waren mit Kautschukprojektilen geladen, wieder andere schossen zielgenau – mit echten Kugeln auf echte Kinder. Der Platz ähnelte einem ausbrechenden Vulkan. Mir brannten die Augen und die Kehle, ich rang nach Luft, das Stampfen der Schritte und der Lärm der Geschütze ließen den Boden erbeben. Doch auf einmal stieg aus der Tiefe der Erde eine Welle empor wie ein Donnergrollen, gewaltig, schwer und großartig. Eine Flut aus menschlichen Stimmen, die aufbrandete und sich ausbreitete, und ich sah die Palästinenser aufrecht auf den Mauern stehen, Kinder und Jugendliche, und sie sangen die Hymne ihrer Revolte, die Finger gespreizt zum Siegeszeichen.

Und gleich darauf sah ich vor mir die eisenbeschlagenen Stiefel von Sikoff, der durch den dichten Rauch floh. Ich stand auf und rannte ihm nach, durch verwinkelte, enge Gassen, immer seiner Spur hinterher – das Schwein verlor Blut, das sofort im Sand versickerte. Nach ein paar Sekunden entdeckte ich ihn. Im Laufen lud ich meine Pistole durch. Wir rannten noch immer weißgekalkte Mauern entlang, beide nicht sehr schnell, denn wir hatten die Lungen voller Gas. Sikoffs Regenmantel war nur noch wenige Schritte von mir entfernt, und ich wollte ihn packen, als er sich, durch irgendeinen Reflex gewarnt, umdrehte und eine .44er Magnum auf mich richtete. Er drückte ab, das Mündungsfeuer nahm mir kurzfristig die Sicht, aber er hatte mich nicht getroffen. Ich trat mit dem Fuß in seine Richtung, Sikoff wich gegen eine Mauer zurück und zielte erneut. Ich hörte die Detonation. Dann schloss ich die Augen und feuerte alle sechzehn Kugeln des Magazins ab. Ein paar Sekunden der Ewigkeit, schwebend in der Luft. Als ich die Augen wieder öffnete, sah ich, dass Sikoffs Schädel nur noch ein klaffender Abgrund aus Blut und faseriger Masse war. Aus Fleischkratern mit geschwärzten Rändern schossen kleine scharlachrote Fontänen. In der Hausmauer, die von Gehirnspritzern und Knochensplittern übersät war, gähnte ein Loch von mindestens einem Meter Durchmesser. Mechanisch steckte ich die Waffe wieder ein. In der Ferne erklang noch immer der Gesang der palästinensischen Kinder, die den israelischen Gewehren trotzten.

25

Zwei israelische Soldaten fanden mich auf dem kleinen Platz. Aus meinem Gesicht troff das Blut, und ich war nicht mehr ganz bei Sinnen – ich hätte nicht zu sagen gewusst, wo ich mich eigentlich befand, noch was ich hier tat. Sofort nahmen mich die Sanitäter mit, während ich nur daran dachte, meine Waffe unter der Jacke fest an mich zu drücken. Ein paar Minuten später hing ich am Tropf und lag in einem überhitzten Zelt auf einem eisernen Bett.

Ärzte kamen und besahen sich mein Gesicht. Sie unterhielten sich auf französisch, was mich verblüffte, und sprachen von Klammern und Nähen und Anästhesie. Sie hielten mich offenbar für einen unbeteiligten Touristen, der einem Angriff der Intifada zum Opfer gefallen war. Allmählich begriff ich, dass ich mich in einer ambulanten Klinik von *Monde Unique* befand, fünfhundert Meter von Balatakamp entfernt. Hätten meine Lippen nicht in Fetzen gehangen, ich hätte gelächelt. Verstohlen schob ich meine Waffe unter die Matratze und schloss die Augen, und auf der Stelle umfing mich die Nacht.

Als ich wieder aufwachte, war ringsum alles still und dunkel, nicht einmal die Umrisse des Zelts vermochte ich zu erkennen. Ich war schweißüberströmt und zitterte vor Kälte; als ich die Augen wieder schloss, kehrten sofort die Alpträume zurück. Ich träumte von einem Mann mit langen, dürren Armen, der mit erbarmungsloser Kaltblütigkeit und konzentriertem Eifer einen Kinderkörper zerteilte. Von Zeit zu Zeit tauchte er seine schwarzen Lippen in die zuckenden Eingeweide. Nie sah ich sein Gesicht, denn er stand halb verborgen zwischen einem Wald aus Gliedmaßen und Rümpfen, die an Metzgerhaken hingen und in derselben Ockerfarbe glänzten wie die lackierten Fleischstücke, die häufig in chinesischen Restaurants zu sehen sind.

Dann träumte ich von aufplatzendem Fleisch in einem Unterstand mit Wänden aus gebauschten Planen. Von Rajkos Gesicht im Todeskampf, seinem aufgeschlitzten Bauch, seinem bebenden Gedärm. Von dem zerstückelten Ido, seinen bloßgelegten Organen – ein grauenvoller Prometheus, bei lebendigem Leib von Störchen verschlungen.

Als der Tag anbrach, sah ich, dass in dem weiträumigen Zelt zahllose Betten standen, darin lagen verwundete Palästinenserkinder. Es roch nach Kampfer. In der Ferne hörte ich das Brummen der Stromgeneratoren. Während des Tages wurde mir dreimal der Verband abgenommen, und ich bekam eine Art Auberginenbrei zu essen, dazu einen Tee, der schwarz war wie Kaffee. Mein Mund fühlte sich an wie aus Beton, mein Körper war steif und zerschlagen. Ständig rechnete ich damit, dass Soldaten der UNO oder der israelischen Armee auftauchten, um mich aus meiner Dumpfheit zu reißen und zu verhaften. Aber niemand erschien, und obwohl ich die Ohren spitzte, hörte ich auch niemanden Sikoffs Tod erwähnen.

Sehr langsam kehrte ich in die Wirklichkeit meiner Umgebung zurück. Die Intifada war ein Krieg der Kinder und Jugendlichen, und ich lag in einer Kinderklinik. In den Nachbarbetten litten halbwüchsige Jungen in stolzem Schweigen, manche schwerstverwundet und dem Tod nahe. Röntgenbilder, die über ihren Betten hingen, zeigten die

Katastrophen ihrer geschundenen Körper: gebrochene Gliedmaßen, durchlöchertes Fleisch, entzündete Lungen. Viele Kinder waren auch einfach nur krank – die mangelnde Hygiene in den Lagern fördert Infektionen aller Art.

Am Spätnachmittag erfolgte ein Angriff. In der Ferne war Geschützlärm zu hören, das Pfeifen der Tränengasbomben und die Schreie der Kinder, die entfesselt und rasend vor Wut durch die engen Gassen von Balatakamp rannten und Schutz suchten. Kurz darauf traf der Zug der Verwundeten ein. Verschleierte Mütter brachten unter hysterischem Wehklagen ihre Kinder, die bläulich angelaufen waren, husteten und würgten. Angeschossene Kinder in blutgetränkten Kleidern, die sich mit hohlem Blick auf den Tragbahren wanden. Schluchzende Väter, die ihre Söhne an der Hand hielten, auf ärztliche Behandlung warteten oder draußen im Staub nach Rache brüllten.

Am dritten Tag kam ein israelischer Sanitätswagen, um mich abzuholen. Man wolle mich bis zu meiner Rückführung nach Hause in einem komfortablen Zimmer in Jerusalem unterbringen, hieß es. Ich lehnte ab. Eine Stunde später erschien eine Delegation des Fremdenverkehrsamtes und bot mir bessere Kost, eine bequemere Matratze und alle Arten von Vorteilen an. Wieder lehnte ich ab. Nicht aus Solidarität mit den Arabern, sondern weil dieses Zelt meine einzig mögliche Zuflucht war – meine Glock lag, neu geladen, immer noch unter der Matratze versteckt. Daraufhin brachten mir die Israelis ein Formblatt zur Unterschrift, mit dem ich für alles, was mir im Westjordanland zugestoßen war oder vielleicht noch zustoßen würde, die Verantwortung selbst übernahm. Ich unterschrieb und bat sie, mir dafür einen neuen Leihwagen zu beschaffen.

Als sie wieder fort waren, wusch ich mich und betrachtete mein Gesicht in dem halbblinden Spiegel. Meine Haut war noch dunkler, ich selbst um einiges magerer geworden

– über den Wangenknochen spannte sich die Haut wie ein Skalp.

Vorsichtig löste ich den Verband. Unmittelbar unter der Unterlippe verlief eine lange, fädengespickte Narbe, die aussah wie aus Stacheldraht und buchstäblich einen zweiten Mund bildete. Ich dachte über dieses neue Gesicht nach. Dann dachte ich, dass meine Persönlichkeit sich ständig veränderte, und empfand dabei einen obskuren, fiebrigen und selbstmörderischen Optimismus. Im nachhinein kam mir meine Abreise am 19. August wie eine innere Apokalypse vor. Binnen weniger Wochen war ich ein namenloser Reisender geworden, ohne jede Bindung, der sich schrecklichen Gefahren aussetzte, aber sicher war, durch die Wirklichkeit, die er jeden Tag entdeckte, dafür belohnt zu werden. Im Übrigen hatte es Sarah ja durchaus treffend formuliert: ich war ›niemand‹. Meine Hände ohne Fingerabdrücke waren zum Symbol dieser neuen Freiheit geworden.

An dem Abend dachte ich über *Monde Unique* nach. Meine Verdächtigungen hatten ihre Grundlage verloren. In den wenigen Tagen in ihrer Obhut war ich in der Lage gewesen, die Organisation einzuschätzen: es gab keinerlei Spuren von Manipulationen, Zwangsoperationen oder Organhandel. Die Leute von *Monde Unique* waren aufopferungsvolle Ärzte, die ihrem Beruf mit Eifer und Engagement nachgingen. Obwohl die Organisation mir auf meinem Weg immer wieder begegnet war, obwohl Sikoff angeblich für sie gearbeitet hatte, obwohl Max Böhm ihr aus irgendeinem rätselhaften Grund sein Vermögen hinterlassen hatte, führte die Hypothese von einem Organschmuggel nirgendwohin. Trotzdem bestand eine Verbindung – dessen war ich mir ganz sicher.

26

Die Fäden zog mir am 10. September Christian Lodemberg, einer der Schweizer Ärzte von *Monde Unique*, den ich im Lager kennen gelernt hatte. Sofort artikulierte ich ein paar Worte und war überrascht, als sie wider Erwarten klar und verständlich aus meinem teigigen Mund kamen. Ich hatte die Sprache wiedergefunden. Am selben Abend erklärte ich Christian, ich sei Ornithologe und auf der Suche nach Vögeln. Christian sah mich skeptisch an.

»Gibt es hier Störche?«, fragte ich ihn.

»Störche?«

»Ja, die schwarzweißen Vögel mit den roten Schnäbeln und Beinen …«

»Ach …« Christian sah mich mit seinen hellen Augen an und suchte vermutlich einen zweiten Sinn hinter meinen Worten. »Nein, in Nablus gibt es keine Störche. Dazu musst du nach Bet She'an im Jordantal.«

Ich erklärte ihm den offiziellen Grund meiner Reise und erzählte ihm von der Satellitenüberwachung der Störche in Europa und Afrika. »Kennst du zufällig einen Milos Sikoff?«, fragte ich dann. »Das ist einer von der UNO.«

»Der Name sagt mir nichts.«

Ich reichte Christian den Pass des Killers.

»Doch, den kenn' ich«, sagte er, als er das Foto betrachtete. »Wie kommst du zu seinem Pass?«

»Was weißt du über ihn?«

»Nicht viel. Er hing manchmal eine Zeit lang hier herum. Ein zwielichtiger Typ.« Christian verstummte und sah mich an. »Er ist am selben Tag umgebracht worden, an dem du den Unfall hattest.«

Christian gab mir den metallisch schimmernden Pass zurück.

»Er hatte kein Gesicht mehr. Weggeschossen. Mit sechzehn Kugeln Kaliber fünfundvierzig, abgefeuert aus unmittelbarer Nähe. Ich hab' noch nie ein derartiges Gemetzel gesehen. Eine .45er ist hierzu Lande keine gebräuchliche Waffe. Tatsächlich ist die einzige .45er, die ich kenne, die Pistole, die du unter deiner Matratze versteckst.«

»Woher weißt du das?«

»Kleine private Durchsuchung.«

»Und Sikoff, wann habt ihr den gefunden?«

»Eigentlich gleichzeitig mit dir. Aber in dem Chaos hat euch keiner miteinander in Zusammenhang gebracht. Zuerst hat man an eine Abrechnung zwischen Palästinensern geglaubt. Aber dann erkannte jemand die Kleider, die Waffe, alles, und schließlich hat die Analyse der Fingerabdrücke – bei *Monde Unique* sind wir alle registriert – die Identität des Bulgaren bestätigt. Es gab eine Autopsie, und dabei wurden mehrere Projektile in der Schädeldecke gefunden. Ich habe den Bericht gelesen – ein vertrauliches Dokument ohne Namen und ohne Nummer. Mir war klar, dass da irgendwas faul war. Schon der Tod des Mannes war rätselhaft. Und dann war die Leiche dieses Bulgaren, von dem keiner genau wusste, was er eigentlich getrieben hat. Dem Schin Bet haben wir erklärt, es handle sich lediglich um einen Unfall, der Tote sei Mitarbeiter unserer Organisation gewesen und gehe die israelische Polizei nichts an. Wir stehen unter dem Schutz der Vereinten Nationen. Die Israelis halten das Maul. Keiner redet von Mord oder von einer .45er. Der Fall ist abgeschlossen.«

»Wer war dieser Sikoff?«

»Keine Ahnung. Eine Art Söldner, geschickt aus Genf mit der Aufgabe, für unseren Schutz gegen etwaige Plünderungen zu sorgen. Ein komischer Kauz war er. Letztes Jahr ist er nur ein paarmal aufgetaucht, zu bestimmten Zeiten im Jahr.«

»Wann?«

»Weiß ich nicht mehr. Im September, glaube ich, und im Februar.«

Immer dann, wenn die Störche Israel überqueren. Eine weitere Bestätigung: Sikoff war also tatsächlich ein Wächter in Böhms Diensten gewesen.

»Was habt ihr mit der Leiche gemacht?«

Christian zuckte die Achseln. »Begraben, ganz einfach. Sikoff war nicht die Sorte Mann, auf den eine Familie Anspruch erhebt.«

»Habt ihr euch nicht gefragt, wer ihn umgelegt hat?«

»Wie gesagt, Sikoff war ein zwielichtiger Bursche. Keiner hat ihm nachgeweint. Warst du's, der ihn umgelegt hat?«

»Ja«, flüsterte ich. »Aber viel mehr kann ich dir nicht dazu sagen. Ich hab' dir von meiner Reise mit den Störchen erzählt. Ich bin überzeugt, dass Sikoff ihnen ebenfalls gefolgt ist. In Sofia haben er und ein anderer mich zu ermorden versucht und dabei mehrere Unschuldige niedergeschossen. Bei der Auseinandersetzung habe ich seinen Gehilfen umgebracht und bin geflohen. Aber Sikoff hat mich hier wieder aufgespürt. Tatsache ist, dass er mein nächstes Reiseziel kannte.«

»Woher denn?«

»Durch die Störche. Weißt du wirklich nicht, was dieser Sikoff im Lager getrieben hat?«

»Mit Medizin hatte er jedenfalls nichts zu tun. Diesmal ist er vor etwa zwei Wochen aufgetaucht und fast unmittelbar danach wieder verschwunden. Als man ihn das nächste Mal zu Gesicht bekam, war er tot.«

Sikoff hatte also in Israel auf die Störche gewartet, doch ›man‹ hatte ihn nach Bulgarien zurückbeordert – um mich umzubringen.

»Sikoff war ziemlich gut bewaffnet. Wie erklärst du dir das?«

»Die Antwort darauf hast du in der Hand.« (Ich hielt immer noch seinen Pass.) »Als Sicherheitsbeauftragter der Vereinten Nationen hatte Sikoff wahrscheinlich Zugang zu den Waffen der Blauhelme.«

»Aber warum hatte Sikoff einen Pass der UNO?«

»Na, der ist ja sehr bequem. Du brauchst praktisch keine Visa, um Grenzen zu passieren, du ersparst dir sämtliche Kontrollen. Den Agenten, die viel unterwegs sind, der Elite sozusagen, verschafft die UNO manchmal solche Erleichterungen.«

»Steht *Monde Unique* der UNO sehr nahe?«

»Ja, ziemlich. Aber wir sind trotzdem unabhängig.«

»Sagt dir der Name Max Böhm etwas?«

»Ist das ein Deutscher?«

»Ein Schweizer Ornithologe, in deiner Heimat sogar ein recht bekannter. Und der Name Ido Gabbor?«

»Nie gehört.«

Auch die Namen Milan Djuric oder Markus Lasarewitsch kannte er nicht.

Es gab noch eine Frage, die ich ihm stellen musste: »Führen eure Teams auch größere chirurgische Eingriffe durch, zum Beispiel Organtransplantationen?«

Christian zuckte die Achseln. »Nein«, sagte er. »Die Ausrüstung, die dafür nötig wäre, haben wir nicht.«

»Nehmt ihr nicht einmal Gewebeanalysen vor, um eine eventuelle Verträglichkeit von Spenderorgan und Empfänger festzustellen?«

»Ein HLA-Gutachten, meinst du?« Ein Begriff, den ich mir notierte. »Nein, wohl nicht«, sagte Christian nach kurzem Nachdenken. »Das heißt, vielleicht. Ich weiß nicht. Sicher, wir führen ziemlich viele Analysen an unseren Patienten durch, aber wozu sollten wir Gewebeanalysen brauchen? Wir sind sowieso nicht in der Lage, Organe zu transplantieren.«

Ich stellte meine letzte Frage: »Sind dir hier, abgesehen von Sikoffs Tod, jemals irgendwelche außergewöhnlichen Gewaltakte untergekommen, spezielle Grausamkeiten, die mit der Intifada nichts zu tun hatten?«

Christian schüttelte den Kopf »Spezialitäten dieser Sorte brauchen wir hier wahrhaftig nicht.«

Er starrte mich an, als sehe er mich zum ersten Mal, und sagte mit einem nervösen Lachen: »Dein Blick kann einem richtig Angst einjagen. Offen gestanden, mir war's lieber, als du noch stumm warst!«

27

Zwei Tage später fuhr ich zurück nach Jerusalem und legte mir unterwegs einen neuen Plan zurecht. Ich war mehr denn je entschlossen, das Geheimnis der Störche zu lüften, aber ich hielt es für besser, die Richtung zu ändern: Sikoffs Anwesenheit in Israel zeigte deutlich, dass meine Feinde längst begriffen hatten, welcher Route ich folgte – der Fluglinie der Vögel. Ich beschloss also, diese simple Logik zu durchkreuzen und mich an die Störche aus dem Westen zu halten. Der Richtungswechsel brachte mir zweierlei Vorteile ein: einerseits würde ich meine Angreifer wenigstens für eine gewisse Zeit abhängen; andererseits würden mich die Störche aus dem Westen, die inzwischen wohl schon bis Zentralafrika vorgedrungen waren, geradewegs zu den Diamantenhändlern führen.

Gegen sechzehn Uhr war ich am Flughafen Ben-Gurion, der nahezu menschenleer war. Am Abend ging eine Maschine nach Paris. Ich versorgte mich mit genügend Kleingeld und machte mich auf die Suche nach einer Telefonzelle.

Ich rief zuerst meinen Anrufbeantworter an. Dumaz hatte mehrmals telefoniert. Er war beunruhigt und sprach von seiner Absicht, eine internationale Suchmeldung aufzugeben. Er hatte freilich Grund zur Sorge: eine Woche zuvor hatte ich ihm versprochen, ihn gleich am nächsten Tag wieder anzurufen, aber mich nie mehr gemeldet. An seinen Nachrichten konnte ich den Fortgang seiner Ermittlungen ablesen: er sprach von ›wesentlichen Entdeckungen‹, die er in Antwerpen gemacht habe. Wahrscheinlich war er in den Diamantenbörsen auf Max Böhms Fährte gestoßen.

Auch Wagner hatte mehrmals angerufen, leicht irritiert durch mein Schweigen. Er folge präzise der Route der Störche, sagte er, und habe mir per Fax eine Zusammenfassung nach Hause geschickt.

Und schließlich war noch Nelly Braeslers Stimme auf dem Band.

Ich rief Dumaz unter seiner persönlichen Durchwahl an. Nach achtmaligem Läuten meldete er sich und stieß einen Laut der Überraschung aus, als er meine Stimme vernahm.

»Louis! Wo sind Sie denn? Ich hielt Sie schon für tot.«

»Ich war auch knapp davor. Ich habe in einem Palästinenserlager Zuflucht gesucht.«

»In einem Palästinenserlager!«

»Das erzähle ich Ihnen alles später, in Paris. Ich komme heute Abend nach Hause.«

»Stellen Sie die Ermittlungen ein?«

»Im Gegenteil, ich hab' vor, mich noch viel tiefer hineinzustürzen!«

»Was haben Sie herausgefunden?«

»Eine Menge.«

»Zum Beispiel?«

»Am Telefon kann ich Ihnen nichts sagen. Warten Sie meinen Anruf heute Abend ab und schicken Sie mir dann gleich ein Fax. Geht das?«

»Ja, ich …«

»Dann bis heute Abend.«

Ich legte auf und rief Wagner an, der mir bestätigte, dass die Störche aus dem Osten unterwegs zum Sudan seien – die meisten hätten die Überquerung des Suezkanals schon hinter sich. Ich fragte ihn nach den Störchen aus dem Westen und behauptete, ich wolle nun auch deren Route beobachten, wobei ich irgendwelche Gründe erfand – vor allem hätte ich den Wunsch, sie in der afrikanischen Savanne zu erwischen, um dort ihr Verhalten und ihre Ernährung beobachten zu können. Ulrich rief seine Daten ab und gab mir die Informationen weiter. Die Vögel, erfuhr ich, durchquerten derzeit die Sahara. Manche seien bereits auf dem Weg nach Mali und zum Nigerdelta, andere nach Nigeria, Senegal und Zentralafrika. Ich bat Wagner, mir die Satellitenkarte und die Liste der exakten Standortbestimmungen per Fax zu schicken.

Dann war es Zeit, mein Gepäck aufzugeben – die Glock 21 hatte ich sorgfältig zerlegt und die beiden Metallteile, Lauf und Verschlussstück, in einer Art Miniatur-Werkzeugkiste verborgen, die Christian mir geschenkt hatte. Dafür hatte ich sämtliche Patronen zurücklassen müssen. Am Abfertigungsschalter erwartete mich ein Mann vom israelischen Fremdenverkehrsamt. Überaus zuvorkommend machte er mich darauf aufmerksam, dass er mir seit meinem Aufbruch aus Balatakamp gefolgt sei, und bat mich, ihn zu begleiten. Ich war höchst angenehm überrascht, als ich samt meinem Gepäck durch den Zoll und die Passkontrolle geschleust wurde, ohne dass irgendjemand Anstalten traf, mich zu durchsuchen oder zu verhören. »Wir haben den Wunsch«, erklärte mein Begleiter, »Ihnen die üblichen Schikanen der israelischen Einwanderungsvorschriften zu ersparen.« Noch einmal versicherte er mir, wie sehr er den ›Unfall‹ in Balatakamp bedaure, und wünschte mir gute Reise. Als ich im Wartesaal saß, verwünschte ich mich innerlich, dass ich die Munition nicht mitgenommen hatte.

Um neunzehn Uhr dreißig hoben wir ab. Im Flugzeug schlug ich das Buch auf, das Christian mir mitgegeben hatte: *Wege der Hoffnung* hieß es; Pierre Doisneau erzählte darin seine Lebensgeschichte. Ein Sechshundert-Seiten-Schinken, den ich diagonal überflog. Das Buch triefte von erhabenen Gefühlen, und der Verfasser befleißigte sich ohne jeden Skrupel eines blütenreichen, poetischen Stils, der seinem Thema kaum angemessen war. So las ich Ergüsse wie diesen: ›… Bleich waren die Gesichter der Kranken, und ein sanftes, trauriges Leuchten ging von ihnen aus, ein Schimmer in der bitteren und melancholischen Farbe des Schwefels. An jenem Morgen begriff ich, dass diese Kinder alle Blumen waren, kranke Blumen, die zu bewahren und dem Leben zurückzugeben mir oblag …‹ Und weiter: ›Der Monsun nahte. Und mit ihm unweigerlich eine Legion giftiger Ausdünstungen und Krankheiten. Bald würde die Stadt sich mit Röte überziehen und in ihren Straßen der Tod umgehen. Dem Schnitter war es gleich, wo er zuschlug und wie. Und der Anblick menschlichen Leidens würde sich millionenfach über die aufgeweichten Bürgersteige hinziehen, bis an die fiebrigen Grenzen der Menschheit, dorthin, wo die Schwärze des Leibs einer blinden Nacht zurückgegeben wird …‹ Und etwas später fand ich: ›… Khalils Gesicht war scharlachrot. Er hieb die Zähne in die Decke und presste die Tränen zurück. Er weigerte sich, vor mir zu weinen. Mehr noch, vom Grund seines Stolzes herauf lächelte das Kind mich an. Aber mit einem Mal begann der Junge Blut zu speien, und ich wusste, dass dies der Tau war, der mitunter der grenzenlosen Finsternis vorausgeht und den Eintritt des Menschen ins Jenseits begrüßt …‹

Ein schrecklicher, zwiespältiger Stil. Obwohl mir diese Sprache, diese Ausdrucksweise tief zuwider waren, ging dennoch eine merkwürdige Faszination davon aus. Doisneau verwandelte das Elend von Kalkutta in Bilder von düsterer Schönheit – ein Vorgehen, das ich als unanständig empfand. Aber seinen Erfolg verdankte das Buch wohl eher dem außerordentlichen Schicksal des französischen Arztes, der – ungeachtet seines Stils – Großartiges geleistet hatte, um das endlose Unglück des indischen Volkes zu lindern. Doisneau ließ nichts aus: das Grauen der Slums, die Millionen Wesen, die wie Ratten in Schlamm und Krankheit lebten, die Entwürdigung derer, die ihr Blut oder ihre Augen verkaufen, um zu überleben …

Wege der Hoffnung war ein manichäistisches Buch: auf der einen Seite das tägliche, unerträgliche Leiden einer riesigen Menschenmasse, auf der anderen Seite die Größe eines einzelnen Mannes, der aufsteht und ›Nein!‹ spricht und dem schmerzensreichen Volk wieder zu Stolz und Ehre verhilft. Die Leser lieben diese Art von Geschichten über die ›Würde des Unglücks‹. Ich schlug das Buch zu. Neues hatte ich nicht daraus erfahren – nur dass *Monde Unique* und sein Begründer wahrlich ohne Fehl und Tadel waren.

Gegen Mitternacht landete die Maschine auf dem Flughafen Charles-de-Gaulle. Ich ging durch den Zoll hinaus in die helle Spätsommernacht und nahm mir ein Taxi. Ich war wieder zu Hause.

28

Es war fast ein Uhr morgens, als ich meine Wohnung betrat. Ich stolperte über einen Stapel Post hinter der Tür, hob ihn auf und sah mir jeden einzelnen Umschlag an, um sicherzugehen, dass während meiner Abwesenheit niemand hier eingedrungen war. Dann ging ich in mein Arbeitszimmer und rief Dumaz an, der mir unmittelbar darauf ein fast sechs Seiten langes Fax schickte.

Ich las es in einem Zug durch, ohne mich erst zu setzen. Zunächst schrieb Dumaz, er sei in Antwerpen auf Max Böhms Spur gestoßen. In sämtlichen Diamantenbörsen hatte er Böhms Bild hergezeigt; mehrere Personen erkannten ihn und erinnerten sich genau an seine regelmäßigen

Besuche. Seit 1979 war der Schweizer Vogelkundler alljährlich immer zur selben Zeit aufgetaucht, um seine Diamanten zu verkaufen: pünktlich zwischen März und April. Manche Händler hatten schon Witze darüber gerissen und ihn gefragt, ob er womöglich einen Diamantenbaum besitze, der jedes Frühjahr Früchte trage.

Der zweite Abschnitt des Briefs war noch interessanter. Vor seiner Abreise hatte Dumaz bei der CSO, der in London ansässigen riesigen Einkaufszentrale für Rohdiamanten, die achtzig bis fünfundachtzig Prozent der weltweiten Bruttoproduktion an Diamanten kontrolliert, um ein vollständiges Verzeichnis der Geschäftsführer, Ingenieure und Geologen gebeten, die von 1969 bis heute in den afrikanischen Minen, im Osten wie im Westen, gearbeitet hatten. Bei seiner Rückkehr hatte er gründlich die lange Liste studiert und neben Max Böhm zwei weitere Namen entdeckt, die er bereits kannte.

Der erste war Otto Kiefer. Der CSO zufolge leitete ›Granatenotto‹ immer noch mehrere Diamantenminen in Zentralafrika, vor allem die Sicamine. Dumaz war sicher, dass der Tscheche eine Schlüsselrolle im Diamantenschmuggel spielte. Der zweite Name eröffnete unverhoffte neue Aussichten. Unter den im südlichen Afrika beschäftigten Personen hatte Dumaz einen Namen entdeckt, den er erst vor kurzem gehört hatte: Niels van Dötten, der von 1969 bis 1972 in Südafrika mit Max Böhm zusammengearbeitet hatte und mittlerweile in die Geschäftsleitung der Minen von Kimberley aufgestiegen war. Niels van Dötten war jener vermeintlich belgische Geologe, der im August 1977 Max Böhm bei der Exkursion in den Urwald begleitet hatte – wegen seines Namens und seines Akzents hatte Guillard, der von Dumaz befragte französische Ingenieur, van Dötten für einen Flamen gehalten, aber er irrte sich: van Dötten war weder Belgier noch Holländer, sondern weißer Südafrikaner.

Diese wichtige Entdeckung war ein Beweis dafür, dass Böhm seit den sechziger Jahren ununterbrochen mit einem Diamantenexperten in Südafrika in Verbindung gestanden hatte. Mehr noch: aus irgendeinem mysteriösen Grund hatte van Dötten Böhm im August 1977 in der Zentralafrikanischen Republik besucht. Offensichtlich waren die beiden Männer nach Böhms ›Auferstehung‹ im Jahr 1978 wieder in Kontakt getreten. Van Dötten war derjenige, der Diamanten aus den Minen unter seiner Leitung abzweigte und damit die Störche für die Ostroute bestückte, während Kiefer für die Westroute zuständig war.

Vor dem Fax von Dumaz, schon am Nachmittag, war Wagners Sendung eingetroffen. Unter anderem schickte er eine Satellitenkarte von Europa, dem Nahen Osten und Afrika, auf der die bisher beobachtete Flugroute der Störche sowie die noch bevorstehenden Streckenabschnitte eingetragen waren. Auf dieser Karte schrieb ich über Europa, der Spitze des Netzwerks, ›Max Böhm‹, das Gehirn des Systems. Auf halbem Weg abwärts, im Herzen von Afrika, schrieb ich ›Otto Kiefer‹, und ganz unten im Südosten ›Niels van Dötten‹. Zwischen diesen Namen verliefen die Flugbahnen der Störche – gestrichelte Verbindungslinien zwischen den drei Punkten. Das System war perfekt. Unfehlbar. Ich rief Dumaz an.

»Und?«, fragte er, als er meine Stimme hörte.

»Perfekt«, sagte ich. »Ihre Informationen bestätigen meine eigenen Ergebnisse.«

»Also raus damit. Was haben Sie gefunden?«

Ich fasste meine Entdeckungen zusammen: die Diamanten, der Kurierdienst in Gestalt von Störchen, Sikoff und sein Gehilfe, die geheimnisvolle Verwicklung von *Monde Unique*. Abschließend setzte ich Dumaz über meinen Entschluss in Kenntnis, nach Zentralafrika zu fliegen. Der Inspektor war sprachlos. Aber nach einer Weile fragte er: »Wo sind die Diamanten?«

»Welche?«

»Die aus dem Osten, die zusammen mit den Vögeln verschwunden sind.«

Seine Frage brachte mich in Verlegenheit – ich hatte weder Ido noch Sarah erwähnt. Natürlich interessierte sich Dumaz brennend für das verschollene Vermögen. Aber diesen Punkt wollte ich lieber für mich behalten.

»Das weiß ich nicht«, antwortete ich lakonisch.

»Der Fall nimmt eine Tragweite an, die zu groß für uns ist«, seufzte Dumaz.

»Wieso das?«

»Ich habe schon immer vermutet, dass Max Böhm afrikanische Waren geschmuggelt hat. Aber eher als Hobby, dachte ich. Ganz bestimmt nicht in dieser Größenordnung. Offen gestanden, das Ausmaß des Systems verschlägt mir den Atem.«

»Was meinen Sie damit?«

»Ich habe mit den Leuten von der CSO gesprochen. Sie haben schon seit Jahren den Verdacht, dass da ein Diamantenschmuggel im Gang ist und Max Böhm eine zentrale Rolle dabei spielt. Es ist ihnen aber nie gelungen, ihn festzunageln und sein Netzwerk aufzudecken – den Storchenkurierdienst, wie Sie ihn nennen. Sie haben gute Arbeit geleistet, Louis. Aber wir schaffen das nicht mehr allein. Wir sollten uns mit der CSO in Verbindung setzen.«

»Ich mach' Ihnen einen Vorschlag«, sagte ich. »Geben Sie mir noch zehn Tage – bis ich wieder aus Zentralafrika zurück bin. Dann übergeben wir gemeinsam das Dossier der CSO und der Interpol. Bis dahin kein Wort.«

Dumaz zögerte, dann sagte er: »Also gut, zehn Tage. In Ordnung.«

»Hören Sie, Hervé«, fing ich noch einmal an. »Ich habe einen Auftrag für Sie. Im Zusammenhang mit dieser Angelegenheit ist eine Person verschwunden. Eine Frau. Sie heißt

Sarah Gabbor. Sie ist gegen ihren Willen in die Sache hineingezogen worden und besitzt Diamanten, die sie zur Zeit in Antwerpen loszuschlagen versucht. Sie müssten sie eigentlich aufspüren können.«

»Ist das eine Komplizin von Böhm?«

»Nein. Sie versucht nur, Diamanten loszuwerden.«

»Viele?«

»Ein paar.«

Aus einem unbegründbaren Argwohn heraus hatte ich Dumaz abermals belogen.

»Wie sieht sie aus?«, fragte er.

»Groß, schmal. Sie ist achtundzwanzig, sieht aber älter aus. Sie ist blond mit halblangen Haaren, braun gebrannt und hat wunderschöne Augen. Ihr Gesicht ist recht kantig, ziemlich ungewöhnlich. Glauben Sie mir, Hervé: wer sie gesehen hat, wird sich an sie erinnern.«

»Ich nehme an, es sind Rohdiamanten?«

»Ja. Sie stammen aus dem Böhmschen Netzwerk.«

»Aha«, sagte Dumaz in vielsagendem Ton. »Seit wann ist sie schon in Antwerpen?«

»Sicher schon vier oder fünf Tage. Sarah ist Israelin. Sie wird sich vorzugsweise an jüdische Händler wenden. Gehen Sie zu denen, die Sie kennen gelernt haben.«

»Und wenn ich sie ausfindig mache?«

»Sprechen Sie sie ruhig an und sagen Sie ihr, dass Sie mit mir zusammenarbeiten. Erwähnen Sie nichts von den Diamanten. Machen Sie ihr nur klar, dass sie sich in Sicherheit bringen muss, bis ich wieder da bin. Okay?«

»Okay.« Dumaz schwieg ein paar Sekunden nachdenklich, dann sagte er: »Nehmen wir an, dass ich diese Sarah finde. Was könnte ich ihr sagen, um sie davon zu überzeugen, dass wir tatsächlich zusammenarbeiten?«

»Sagen Sie ihr, dass ich ihre Glock auf dem Herzen trage.«

»Ihre was?«

»Ihre Glock. G-L-O-C-K. Sie wird schon Bescheid wissen. Noch etwas«, setzte ich hinzu. »Verlassen Sie sich nicht auf ihr Aussehen. Sie ist schön und wirkt sanft, aber in Wahrheit ist sie eine gefährliche Frau. Sie ist Israelin, verstehen Sie? Eine ausgebildete Kämpferin und Expertin für Handfeuerwaffen. Also seien Sie auf der Hut.«

»Ich verstehe«, antwortete Dumaz in gleichmütigem Ton. »Ist das alles?«

»Ich hatte Sie um Informationen über *Monde Unique* gebeten, in Ihrem Fax steht aber nichts davon.«

»Weil ich auf erheblichen Widerstand gestoßen bin.«

»Das heißt?«

»*Monde Unique* hat mir zwar eine Karte zukommen lassen, in der alle Zentren auf der ganzen Welt eingetragen sind, weigert sich aber, mir die Mitglieder des Clubs der 1001 zu nennen.«

»Können Sie nicht als Polizist …«

»Ich habe keinerlei offiziellen Auftrag. Außerdem ist *Monde Unique* in der Schweiz eine heilige Kuh. Es käme nicht sehr gut an, wenn ein kleiner Bulle anfängt herumzustänkern wegen einer Sache, die im Grunde auf gar nichts beruht. Offen gestanden, ich bin nicht wichtig genug.«

Dumaz ging mir auf die Nerven. Ich fand, er hatte seine gesamte Effizienz eingebüßt.

»Können Sie mir wenigstens diese Karte zuschicken?«

»Sicher, gleich nach unserem Gespräch.«

»Hervé, ich fliege so bald wie möglich nach Afrika, morgen oder übermorgen. Ich werde mich nicht bei Ihnen melden, das ist zu kompliziert. In etwa zehn Tagen bin ich wieder da und bringe hoffentlich die letzten Puzzlesteine mit, die uns noch fehlen.«

Ich verabschiedete mich und legte auf. Ein paar Sekunden später schaltete sich das Faxgerät ein und spuckte eine Weltkarte mit sämtlichen Monde-Unique-Zentren aus: derzeit gab es ungefähr sechzig Lager weltweit, davon fast ein Drittel permanente Einrichtungen. Die übrigen waren ambulante Stützpunkte, die je nach Bedarf in Notstandsgebiete verlegt wurden. Feste Zentren befanden sich in Asien, Afrika, Südamerika und Osteuropa. Ambulante Kliniken waren gehäuft in Kriegsgebieten festzustellen, außerdem in Ländern, in denen Hunger und Elend herrschten; so zählte ich mehr als zwanzig Lager allein am Horn von Afrika und weitere zwanzig verteilt auf Bangladesh, Afghanistan, Brasilien und Peru. In dieser geographischen Verteilung erkannte ich zwei Linien, deren Verlauf mir eindeutig erschien: eine ›Ostroute‹ durch die Balkanländer, die Türkei, Israel und den Sudan nach Südafrika, und eine sehr viel kürzere ›Westroute‹, die im Süden von Marokko begann (mit der *Frente Polisario*) und sich dann zwischen Mali, Niger, Nigeria und Zentralafrika aufspaltete. Ich legte diese Karte neben die von Wagner und sah, dass die Lager der Route der Störche folgten. Sie konnten durchaus als Stützpunkte für Wachposten wie Miklos Sikoff dienen.

In dieser Nacht machte ich kaum ein Auge zu. Ich erkundigte mich nach Flügen in Richtung Bangui und erfuhr, dass am folgenden Abend um 23 Uhr 30 eine Maschine der Air Afrique ging. Ich reservierte einen Flug erster Klasse – immer noch auf Kosten von Max Böhm.

Der Schraubstock meines Schicksals wurde abermals um eine Umdrehung enger. Wieder war ich allein. Unterwegs zum lodernden Kern des Geheimnisses – und der glühenden Asche meiner eigenen Vergangenheit.

IV

Urwald

29

Am Abend des 13. September, als sich im Flughafen Charles-de-Gaulle unter dem Schild *Air Afrique* die Glastüren öffneten, wurde mir klar, dass ich den schwarzen Kontinent bereits betreten hatte. Hochgewachsene Frauen schritten stolz in grellbunten Umhängen einher, tiefernste schwarze Herren in zu engen Diplomatenanzügen bewachten ihre Pappkoffer, turbanbekrönte Hünen im hellen Burnus, den Holzstab in der Hand, warteten geduldig unter den Abfluganzeigen. Viele Flüge nach Afrika gehen nachts – und an diesem Abend standen endlose Schlangen vor den Schaltern.

Ich gab mein Gepäck auf und fuhr mit der Rolltreppe hinauf in die Wartehalle. Während des Tages hatte ich meine Ausrüstung vervollständigt. Ich hatte mir einen kleinen wasserdichten Rucksack zugelegt, einen Umhang aus Wachstuch, denn in der Zentralafrikanischen Republik erwartete mich die Regenzeit, einen dünnen Baumwollschlafsack, Wanderschuhe aus einem synthetischen Material, das sehr rasch trocknete, sowie ein imposantes Sägemesser. Für den Fall eines unvorhergesehenen Feldlagers hatte ich mir ferner ein leichtes Zelt für ein bis zwei Personen beschafft und meine Reiseapotheke mit Insektenschutzmitteln und Medikamenten gegen Sumpffieber und Durchfall aufgefüllt … Dann war mir eingefallen, dass ein Notproviant überlebenswichtig sein könnte, und hatte Mandelriegel, Getreideflocken und ein paar Dosen mit Fertiggerichten eingepackt, die mich vor Affenbraten oder Antilopen am Spieß bewahren sollten … Und schließlich hatte ich ein Diktiergerät und etliche Kassetten mit je zwei Stunden Spieldauer mitgenommen, um die Ergebnisse eventueller Interviews festhalten zu können.

Gegen dreiundzwanzig Uhr gingen wir an Bord. Die Maschine war halb leer und die erste Klasse mit ausschließlich männlichen Passagieren besetzt. Ich stellte fest, dass ich der einzige Weiße war: Zentralafrika war offensichtlich kein Reiseland. Unter lebhaften Diskussionen in einer unbekannten Sprache voller gutturaler Silben und hoher Falsettlaute nahmen die Schwarzen ihre Plätze ein. Ich vermutete, dass sie sich auf Sango unterhielten, der Nationalsprache in Zentralafrika. Manchmal sprachen sie auch französisch, ein raues, unebenes Französisch mit hart und ausgiebig gerolltem r. Ich war sofort begeistert von dieser unerwarteten Artikulation: zum ersten Mal hörte ich eine Sprache, die durch Klänge und Klangfarben genauso viel ausdrückte wie durch die Bedeutung ihrer Wörter.

Um Mitternacht hob die DC 10 ab. Meine Sitznachbarn öffneten ihre Diplomatenkoffer und holten Gin- und Whiskyflaschen hervor. Sie boten mir ein Glas an, aber ich lehnte dankend ab. Die Nacht draußen verbreitete ein strahlendes Leuchten – wir waren wie von einem sonderbaren Lichtschimmer umgeben. Ich starrte aus dem Fenster und ließ mich durch die Reden der Umsitzenden sanft in den Schlaf wiegen.

Um zwei Uhr morgens landeten wir zu einem Zwischenhalt in N'Djamena im Tschad. Durch das Fenster konnte ich nur ein kaum beleuchtetes Gebäude unbestimmter Größe am Ende der Landebahn erkennen. Durch die offene Tür strömte die Hitze ins Flugzeug, scharf und gierig, wie ausgehungert. Draußen schwebten weißliche Gestalten durch die Dunkelheit, und mit einem Mal war wieder alles finster. Wir hoben ab. N'Djamena war so flüchtig gewesen wie ein Traum.

Um fünf Uhr wachte ich jäh auf. Über den Wolken schien das Tageslicht, eine graue, flimmernde Helligkeit, mit einer metallischen Lasur überzogen, die glänzte wie Quecksilber. In einem Winkel von achtzig Grad stürzte die Maschine sich mitten durch die Wolken, und wir durchquerten Schichten von Schwarz, Blau und Grau, die uns fast völlig in Finsternis tauchten.

Und auf einmal erschien Afrika.

Endlos erstreckte sich der Wald vor unseren Augen, ein smaragdgrüner Ozean, eine weite, wogende Fläche, einförmig zuerst, dann immer detaillierter, je näher wir kamen. Nach und nach tauchten helle Flecken und Schattierungen im dunklen Grün auf, ich erkannte stachlig gesträubte Mähnen, schäumende Kämme, brodelnde Kronen. Die Flüsse waren gelb, die Erde blutrot, und die Baumwipfel ragten zitternd wie Speerspitzen in die morgendliche Kühle. Alles war lebendig, leuchtend, scharf. Manchmal unterbrachen ruhigere, gelassenere Töne die jubelnde Fülle, Gestade der Erholung, die etwas von der Trägheit eines Seerosenteichs oder der Beschaulichkeit einer Weidefläche hatten. Dann erschienen Hütten, winzig klein, mitten im Dschungel. Ich stellte mir die Menschen vor, die dort unten lebten und in diese üppige Welt gehörten. Ich stellte mir das Leben in einer solchen Umgebung vor, die metallischen Morgen, wenn die Schreie und Pfiffe der Waldtiere in den Ohren klingen, die Erde unter den Füßen einsinkt und der Abdruck langsam wieder zerfällt. Während des ganzen Landemanövers verharrte ich starr vor Staunen.

Ich weiß nicht, wo genau der Wendekreis des Krebses verläuft, aber als ich ausstieg, wusste ich, dass ich ihn überschritten hatte und jetzt dem Äquator nahe war. Die Luft war ein Feuersturm und der Himmel von einer gleichförmigen, unendlich klaren Helligkeit, durch die Regengüsse am frühen Morgen reingewaschen für den Tag. Und eine Explosion betäubender Düfte brach über mich herein, manche träge und schwer, andere scharf und zäh – sie strömten von überall her und vereinigten sich zu einer seltsamen Mischung, einem Überschwang aus Leben und Tod, Blüte und Fäulnis.

Die Ankunftshalle war nichts als ein roher Betonblock ohne jede Dekoration. Und in der Mitte standen zwei kleine hölzerne Tische, hinter denen bewaffnete Soldaten thronten und Pässe und Impfzeugnisse prüften. Danach kam der Zoll: ein langes Rollband, zur Zeit außer Betrieb, auf dem jeder seine Koffer öffnen musste (meine Glock war noch immer, in Einzelteile zerlegt, auf meine beiden Taschen verteilt). Der Soldat zeichnete ein Kreuz mit feuchter Kreide auf mein Gepäck und ließ mich passieren. Dann stand ich draußen, inmitten einer Horde kreischender Familien, die ihre Geschwister oder Vettern empfingen. Die Feuchtigkeit nahm noch mehr zu, und ich hatte das Gefühl, in einen endlosen Schwamm einzudringen.

»Wohin willst du, Chef?«

Ein großer Schwarzer mit hartem Grinsen trat mir in den Weg. Er bot mir seine Dienste an. Ohne nachzudenken, vielleicht aus Provokation, sagte ich: »Sicamine. Bring mich zum selben Hotel wie immer.« Der Name der Mine – von mir nur ein Bluff – wirkte wie ein Sesam-öffne-dich. Der Mann pfiff auf zwei Fingern und rief eine Meute kleiner Jungen herbei, die sich um mein Gepäck rissen. Immerfort wiederholte er: »Sicamine, Sicamine«, um ihnen Beine zu machen. Eine Minute später saß ich in einem staubigen gelben Taxi, das über die Schlaglöcher holperte, und war unterwegs nach Bangui.

Bangui hatte nichts von einer Stadt. Es war ein langes Dorf, zusammengewürfelt aus allem möglichen Plunder. Die Häuser bestanden aus Stroh und Lehm mit Dächern aus Wellblech, die Straße aus gestampfter Erde; über diese scharlachfarbene Piste zog ein Strom von Menschen, und unter dem schmierigen Himmel fiel mir die Dualität der afrikanischen Farben auf. Schwarz und Rot. Fleisch und Erde. Der morgendliche Regen hatte den Boden getränkt, und die Fahrbahn war übersät von glitzernden Pfützen. Die Männer trugen Polohemden und Sandalen, durchaus elegant; mit ihrem lässigen Gang schritten sie tapfer der aufkommenden Hitze entgegen. Aber es waren vor allem Frauen unterwegs. Lange, emporgereckte Blumenstengel in stolzer Haltung, verehrungswürdig schön, trugen sie ihre Bündel auf dem Kopf wie Blüten ihre Blätter, den Hals in anmutigem Schwung geneigt. Ihre Gesichter strahlten Sanftheit und Entschlossenheit aus, und ihre langen, nackten Füße, oben dunkel, die Sohlen hell, waren von betörender Sinnlichkeit. Diese schmalen, feinen und ungezähmten Gestalten unter einem apokalyptischen Himmel waren der schönste Anblick, den ich je betrachtet hatte.

»Sicamine, da steckt viel Geld drin!« scherzte mein Führer, der vorn neben dem Fahrer saß, und rieb Daumen und Zeigefinger aneinander. Ich lächelte und nickte. Unterdessen waren wir vor einem Hotel der Novotel-Kette angelangt, einem grau verputzten Gebäude mit Holzbalkonen unter gewaltigen Bäumen. Ich gab dem jungen Schwarzen seinen Lohn in französischen Francs und betrat das Hotel, nahm mir ein Zimmer, das ich für eine Nacht im Voraus bezahlte, und wechselte fünftausend französische Francs in CFA-Francs – genug, um meine Expedition in den Wald zu organisieren. Man führte mich zu meinem Zimmer. Es lag im Erdgeschoss und ging auf einen großen Innenhof hinaus, in dem zwischen exotischen Pflanzen ein Schwimmbecken lag. Ich zuckte die Achseln – in der Regenzeit war mir dieses viereckige türkisfarbene Becken nicht viel wert.

Mein Zimmer war angenehm: geräumig und hell. Die Ausstattung war nichts Besonderes, man hätte sie überall auf der Welt antreffen können, aber die Farben der Möbel und Dekorationen – braun, ocker, weiß – schienen mir aus irgendeinem Grund typisch für Afrika. Die Klimaanlage summte, ich nahm eine Dusche und zog mich um und war bereit, meine Nachforschungen in Angriff zu nehmen. In einer Lade des Schreibtischs fand ich ein Telefonbuch der Zentralafrikanischen Republik – ein Heft mit kaum mehr als dreißig Seiten. Ich rief im Verwaltungssitz der Sicamine an.

Ich sprach mit einem gewissen Jean-Claude Bonafé. Geschäftsführender Direktor. Ich erklärte ihm, ich sei Journalist und bereitete eine Reportage über die Pygmäen vor, und mir sei aufgefallen, dass manche der Minen sich auf dem Territorium der Aka-Pygmäen befänden. Ob er mir helfen könne, dorthin zu gelangen? In Afrika ist die Solidarität unter Weißen ein Wert, auf den man sich verlassen kann, und so bot Bonafé mir sofort an, mir einen Wagen zur Verfügung zu stellen, der mich bis zum Waldrand bringen werde, sowie einen ihm bekannten Führer. Aber er warnte mich auch: ich dürfe auf keinen Fall die Anlagen der Sicamine betreten. Der Generaldirektor Otto Kiefer habe sich vor Ort angesiedelt und sei ›ein unbequemer Mann‹ … In vertraulichem Ton fügte er hinzu: »Übrigens, wenn Kiefer erfährt, dass ich Ihnen geholfen habe, kriege ich verdammt viel Ärger …«

Bonafé forderte mich auf, im Lauf des Vormittags in seinem Büro vorbeizukommen, um alle Einzelheiten zu klären. Ich dankte ihm und legte auf. Dann führte ich weitere Telefongespräche innerhalb der französischen Gemeinde. Es war Samstag, aber offenbar arbeitete hier jedermann an diesem Tag. Ich sprach mit Minendirektoren, mit Sägewerksleitern, mit Leuten von der französischen Botschaft. Diese entwurzelten, zermürbten, von den Tropen ausgebrannten Franzosen schienen froh, mit mir zu sprechen, und gaben bereitwillig Auskunft. Durch zielgerichtete Fragen konnte ich mir eine präzise Vorstellung von der Situation und ein vollständiges Bild von Otto Kiefer machen.

Der Tscheche leitete vier Minen, verstreut im äußersten Süden von Zentralafrika, dort, wo der tropische Regenwald beginnt, der endlose äquatoriale Dschungel, der sich bis in den Kongo, nach Zaire und Gabun erstreckt. Kiefer arbeitete jetzt für den Staat. Wie mir alle versicherten, seien die Diamantenadern leider versiegt, und Zentralafrika fördere kaum noch Diamanten von großem Wert zutage, dennoch werde weiter geschürft – der Form halber. Ich persönlich hatte freilich eine andere Erklärung für das Ausbleiben wertvoller Steine.

Hinsichtlich der Grausamkeit und Gewalttätigkeit Kiefers waren sich alle meine Gesprächspartner ausnahmslos einig. Er sei jetzt alt, um die Sechzig, aber gefährlicher denn je. Er habe sich mitten im Urwald niedergelassen, um seine Leute besser überwachen zu können – offensichtlich verdächtigte niemand Kiefer als Kopf eines großangelegten Diamantenschmuggels. In Wahrheit hielt er sich nur deshalb in der Finsternis des Dschungels auf, um bei seinen Machenschaften ungestört zu sein, die Rohdiamanten abzuzweigen und auf der Storchenroute seinem Kumpan Böhm zukommen zu lassen.

Ich beschloss, Kiefer im tiefsten Wald zu überraschen, ihn je nach den Umständen zu stellen oder zu verfolgen, bis er sich auf die Suche nach den Störchen machte. Zwar war Böhm tot, aber ich war sicher, dass der Tscheche das Kuriersystem nicht aufgeben würde. Die Störche waren noch nicht in Zentralafrika angelangt. Ich hatte also etwa acht Tage Zeit, um Kiefer in den Minen zu erwischen. Es war elf Uhr. Ich zog meine Weste an und machte mich auf den Weg zu Bonafé.

30

Der Verwaltungssitz der Sicamine befand sich im Süden der Stadt, und die Taxifahrt dorthin – über rötliche Straßen im Schatten riesenhafter Bäume – dauerte etwa fünfzehn Minuten. In Bangui konnte man mitten auf der Straße die Überreste eines echten Urwalds finden, durchzogen von breiten, blutroten Fahrrinnen, oder die Ruinen von Gebäuden, die von der Vegetation überwuchert und verschlungen wurden, wie von einer Herde Elefanten niedergetrampelt.

Die Büroräume waren in einer Art hölzerner Ranch untergebracht; davor parkten etliche Geländewagen, vollgespritzt mit Laterit, der afrikanischen Erde. Ich meldete mich im Empfangsbüro an. Eine dicke Frau entschloss sich, mich über einen offenen Gang aus unebenen, roh behauenen Bohlen zum Direktor zu begleiten. Hüftschwingend ging sie mir voraus.

Jean-Claude Bonafé war ein kleiner, feister Weißer gut über Fünfzig. Er trug ein himmelblaues Hemd und eine helle Leinenhose. Auf den ersten Blick unterschied ihn nichts von einem beliebigen französischen Unternehmenschef. Nichts – bis auf ein irrsinniges Funkeln in seinem Blick. Der Mann schien von innen heraus verwüstet, ausgezehrt von einem Sturm verrückter Gelächter und qualvoller Vorstellungen. Seine Augen glitzerten wie Glas, und seine Zähne, lang und abgeschrägt, ruhten in fortwährendem Grinsen auf der Unterlippe. Aber er gab sich nicht geschlagen, noch hatten die Tropen ihn nicht besiegt, und er kämpfte gegen die hier herrschende Regellosigkeit und Zersetzung mit Details an, mit kleinen kostbaren Noten der Zivilisation und mit Pariser Parfüm.

»Ich bin wirklich entzückt, Sie kennen zu lernen«, bestürmte er mich. »Ich habe mich bereits eingehend mit Ihrem Projekt befasst und einen vertrauenswürdigen Führer aufgetan, den Vetter eines meiner Angestellten, der aus Lobaye stammt.«

Er nahm hinter seinem Schreibtisch Platz, einem gewaltigen Block aus rohem Holz, auf dem vereinzelte afrikanische Statuen aufragten, und wies mit sorgfältig manikürter Hand auf eine Landkarte von Zentralafrika, die hinter ihm an der Wand hing.

»Tatsächlich«, begann er, »ist der Süden der bekannteste Teil der Zentralafrikanischen Republik. Weil hier die Hauptstadt liegt. Weil hier der tropische Regenwald beginnt, die Quelle sämtlicher Reichtümer. Und auch das Territorium der M'Baka, der wahren Herren von Zentralafrika – Bokassa gehörte zu diesem Stamm. Die Gegend, für die Sie sich interessieren, liegt noch tiefer, in der äußersten Südspitze jenseits von M'Baiki.« Bonafé zeigte auf eine riesige grüne Fläche ohne eine Spur von Straßen, Pisten oder Dörfern. Nichts, nur Grün. Wald ohne Ende.

»Hier«, fuhr er fort, »befindet sich unsere Mine. Genau oberhalb des Kongo. Im Territorium der Aka-Pygmäen. Die ›großen Schwarzen‹ gehen nie dorthin. Sie sterben vor Angst.«

Auf einmal sah ich ein klares Bild vor mir: Kiefer, der Herr der Finsternis, war dort unten besser geschützt als durch eine ganze Armee. Die Bäume, die Tiere, die Legenden waren seine Wächter. Ich zog meine Weste aus, denn in dem Raum herrschte eine brutale Hitze, die Klimaanlage funktionierte nicht. Ich sah, dass auch Bonafés Hemd dunkle Schweißflecken hatte.

»Ich hingegen bin ganz verrückt nach den Pygmäen«, fuhr er fort, zunehmend exaltiert. »Sie sind ein ganz außergewöhnliches Volk, voller Lebenslust und Geheimnissen. Aber der Wald ist noch außergewöhnlicher.«

In seinen Augen stand Entzücken, und vor Seligkeit öffneten sich seine flaschenscherbenähnlichen Zähne. »Wissen

Sie denn, wie diese Welt funktioniert, Monsieur Antioche? Der Regenwald schöpft sein Leben aus dem Licht. Einem Licht, das äußerst spärlich durch das Blätterdach hereintropft.« Mit seinen Wurstfingern bildete Bonafé ein Dach, dann senkte er die Stimme, als vertraute er mir ein Geheimnis an: »Aber es braucht nur ein Baum umzustürzen, und zack! – fällt durch das Loch die Sonne herein. Die Pflanzen fangen die Strahlen auf und wachsen wie rasend, so dass sie die Lücke sofort wieder auffüllen! Es ist phantastisch! Und der umgestürzte Baum auf dem Boden düngt die Erde und bildet die Nahrung für eine neue Generation! Und immer so weiter! Der Regenwald ist phänomenal, Monsieur Antioche! Eine Welt, die vor Leben wimmelt und alles verschlingt! Ein Universum für sich, mit eigenen Rhythmen, eigenen Regeln und eigenen Bewohnern! Wissen Sie, dass dort Tausende von Spezies leben, Tausende verschiedener Arten von Pflanzen und Tieren, mit und ohne Wirbel?«

Ich sah ihn an, sein groteskes wächsernes, feucht schimmerndes Gesicht zwischen herabhängenden Schultern, seine Exaltiertheit, und dachte, dass er vergeblich kämpfte: die Apathie der Tropen zwang ihn dennoch in die Knie und ließ ihn dahinschmelzen.

»Ist der Wald … gefährlich?«, fragte ich.

Bonafé stieß ein kurzes Lachen aus. »Du lieber Himmel … ja«, antwortete er. »Es ist ziemlich gefährlich dort. Vor allem die Insekten. Die meisten sind mit Krankheitskeimen infiziert. Bestimmte Mücken übertragen Sumpffieberarten, die es nirgendwo sonst auf der Welt gibt und die gegen Chinin äußerst resistent sind, oder das Tropenfieber, das einem sämtliche Knochen aufweicht. Es gibt Sandmücken, deren Stiche riesige, juckende Geschwüre verursachen, die Ameisen, die alles vernichten, was auf ihrem Weg liegt, die Fadenwürmer, die einem ihre Larven in den Adern absetzen, bis sie völlig verstopft sind. Und tausend andere Scheußlichkeiten – zähe Viecher wie zum Beispiel die Sandflöhe, die einem die Zehennägel auffressen, oder die blutsaugenden Vampirfliegen. Oder diese sehr speziellen Würmer, die im menschlichen Fleisch wachsen. Ich hatte mehrere davon im Kopf. Ich hörte, wie sie unter meiner Kopfhaut gruben und schabten, wie sie sich vorwärts arbeiteten, mitten durch mein Hirn! Es ist auch nichts Außergewöhnliches, wenn Sie bei einem Menschen, mit dem Sie sich unterhalten, auf einmal mit bloßem Auge diese Würmer unter seinen Lidern entdecken.« Bonafé lachte. Er schien erstaunt über seine eigenen Ausführungen. »Es stimmt schon, der Wald ist ziemlich gefährlich. Aber das sind alles nur Unfälle, Ausnahmen. Machen Sie sich keine Sorgen. Der Busch ist wunderbar, Monsieur Antioche. Wunderbar …«

Bonafé hob den Telefonhörer ab und redete eine Weile auf Sango. Dann fragte er mich: »Wann wollen Sie aufbrechen?«

»Sobald wie möglich.«

»Haben Sie Ihre Genehmigung dabei?«

»Was für eine Genehmigung?«

Seine Augen wurden groß und rund. Dann brach er in neuerliches Gelächter aus und wiederholte hysterisch, in die Hände klatschend: »Welche Genehmigung?« Sein Gesicht glänzte vor Schweiß. Er zog ein seidenes Taschentuch hervor und lachte in kleinen Schluchzern vor sich hin. Dann erklärte er: »Ohne Genehmigung des Ministeriums werden Sie sich hier nicht von der Stelle rühren, das sage ich Ihnen. Das winzigste Dorf, der abgelegenste Urwaldpfad werden von Polizeiposten kontrolliert. Was wollen Sie! Wir sind in Afrika, und wir haben immer noch eine Militärregierung. Außerdem kam es vor kurzem zu Unruhen, zu Streiks. Sie müssen beim Ministerium für Information und Kommunikation eine Genehmigung einholen.«

»Wie lange wird das dauern?«

»Mindestens drei Tage, fürchte ich. Zumal Sie Ihren Antrag nicht vor Montag stellen können. Ich kann mich allerdings beim Minister für Sie verwenden. Er ist ein Mulatte, ein Freund.« Bonafé sagte dies, als stünden die beiden Begriffe in kausalem Zusammenhang. »Wir werden versuchen, die Prozedur zu beschleunigen. Aber ich brauche zwei Passfotos von Ihnen sowie Ihren Pass.«

Widerwillig gab ich ihm, was er verlangte; glücklicherweise hatte ich zwei Fotos, ursprünglich vorgesehen für ein Visum für den Sudan, das ich jetzt nicht mehr brauchte.

»Sobald Sie das Papier haben ...«

Es klopfte an der Tür. Ein massiger Schwarzer trat ein, mit rundem Gesicht, platter Nase und hervortretenden Kugelaugen. Seine Haut wirkte wie Leder. Er war um die Dreißig und trug einen Burnus, in dem Blau vorherrschte.

»Gabriel«, sagte Bonafé, »das ist Louis Antioche, ein Journalist aus Frankreich. Er möchte in den Busch gehen, um eine Reportage über die Pygmäen zu machen. Ich denke, du kannst ihm dabei helfen.«

Gabriel sah mich starr an, während Bonafé sich wieder an mich wandte: »Gabriel stammt aus Lobaye. Seine ganze Familie lebt am Rand des Waldes.«

Der Neger musterte mich unentwegt aus seinen hervorquellenden Augen, ein leises Lächeln in den Mundwinkeln. Bonafé fuhr fort: »Gabriel wird Ihre Papiere zum Ministerium bringen; dort arbeitet einer seiner Vettern. Sobald Sie Ihre Genehmigung haben, stelle ich Ihnen einen Geländewagen zur Verfügung.«

»Das ist sehr freundlich, vielen Dank.«

»Danken Sie mir nicht. Der Wagen wird Ihnen nicht viel helfen. Dreißig Kilometer hinter M'Baiki fängt der Dschungel an. Da gibt es keine Piste mehr.«

»Und was ist dann?«

»Sie müssen zu Fuß weiter bis zu unserem Betrieb. Rechnen Sie mit etwa vier Tagen Marsch.«

»Sie haben keine Straßen angelegt?«

»Straßen!« lachte Bonafé glucksend und wiederholte, an den Schwarzen gewandt: »Straßen, Gabriel! Mein Herr, Sie sind ein Komiker«, sagte er zu mir. »Sie haben keine Ahnung, worauf Sie sich einlassen. Die Vegetation im Regenwald braucht bloß ein paar Wochen, um selbst die breiteste Piste zu überwuchern. Wir haben's schon lange aufgegeben, in dieses Chaos aus Lianen Pfade schlagen zu wollen. Im Übrigen sind Diamanten, falls Sie das nicht wissen sollten, eine ziemlich leichte Fracht. Man braucht weder Lastwagen noch sonst eine Spezialausrüstung. Wir besitzen zwar einen Helikopter, der regelmäßig zwischen Bangui und den Minen hin- und herpendelt. Aber den können wir natürlich nicht eigens für Sie bereitstellen.«

Ein schiefes Lächeln stahl sich auf seine Lippen wie ein Aal, der ins trübe Wasser gleitet.

»Außerdem brauchen Sie nicht mehr mit uns zu rechnen, wenn Sie erst einmal im Wald sind. In den Minen wird hart gearbeitet. Und Clément, der Werkmeister, ist leicht senil. Und was Kiefer angeht, so habe ich Sie gewarnt: kommen Sie bloß nicht in seine Nähe. Also machen Sie einen Bogen um unseren Betrieb und gehen statt dessen zur Mission.«

»Zur Mission?«

»Ein Stück weiter im Wald hat eine elsässische Nonne eine Missionsstation eingerichtet, eine Klinik mit Schule. Sie behandelt kranke Pygmäen und unterrichtet die Kinder.«

»Lebt Sie allein dort?«

»Ja. Einmal im Monat kommt sie nach Bangui, um die Verproviantierung zu überwachen – ihr erlauben wir, unseren Helikopter zu benutzen. Dann verschwindet sie wieder samt ihren Trägern für einen Monat. Wenn Sie Ruhe suchen, sind Sie dort bestens beraten. Einen abgeschiedeneren Ort gibt es nicht. Schwester Pascale wird ihnen die interessantesten Aka-Lager zeigen. Sagt Ihnen das zu?«

Undurchdringlicher Urwald, eine Nonne, die von den Pygmäen beschützt wird, und im Herzen der Finsternis Kiefer: der Irrsinn Afrikas griff allmählich auch auf mich über.

»Ja, vielen Dank. Eine letzte Bitte hätte ich noch.«

»Ich höre.«

»Könnten Sie mir .45er Munition für eine Automatikpistole besorgen?«

Mein Gesprächspartner warf mir von unten einen schrägen Blick zu, wie um meine wahren Absichten zu ergründen. Dann sah er Gabriel an und sagte: »Überhaupt kein Problem.«

Mit beiden Handflächen schlug er auf den Tisch und wandte sich an den Schwarzen. »Gabriel«, sagte er, »hast du alles verstanden? Du wirst Herrn Antioche bis zum Waldrand bringen. Dann bittest du deinen Vetter, ihn bis zur Mission zu begleiten.«

Gabriel nickte; die ganze Zeit über hatte er mich nicht aus den Augen gelassen. Bonafé sprach mit ihm wie ein Lehrer zu seinem Schüler, aber Gabriel machte das nichts aus, er schien in der Lage zu sein, uns im Handumdrehen übers Ohr zu hauen. Ohne jede Mühe, mit einem geistigen Nasenstüber sozusagen: während wir wie betäubt dasaßen, schwebte sein Verstand wie ein schlaues Insekt über der erdrückenden Hitze. Ich dankte Bonafé und brachte die Sprache noch einmal auf Kiefer: »Sagen Sie, ist das nicht eine merkwürdige Idee von Ihrem Direktor, sich mitten in diesem Pfuhl niederzulassen?«

Wieder grinste Bonafé. »Das kommt auf die Sichtweise an. Die Diamantenförderung setzt allerstrengste Überwachung voraus. Und Kiefer ist durchaus in der Lage, alles zu wissen und alles zu leiten.«

Ich wagte noch eine Frage: »Haben Sie Max Böhm gekannt?«

»Den Schweizer? Nein, nicht persönlich. Als ich 1980

herkam, war er schon fort. Er hat vor Kiefer die Sicamine geleitet. Ein Bekannter von Ihnen? Verzeihen Sie, aber nach allgemeinem Dafürhalten war Böhm noch schlimmer als Kiefer. Und das will was heißen.« Er zuckte die Achseln. »Was wollen Sie, mein Freund – Afrika macht den Menschen grausam.«

»Warum hat Max Böhm Afrika verlassen?«

»Davon weiß ich nichts. Ich glaube, er hatte gesundheitliche Probleme. Oder Probleme mit Bokassa. Oder beides. Wirklich, ich weiß es nicht.«

»Glauben Sie, dass Herr Kiefer mit Böhm in Kontakt geblieben ist?«

Diese letzte Frage war offenbar zu viel. Bonafé fixierte mich mit starren Pupillen, jedes Auge schien sich auf den Kern meiner Gedanken zu konzentrieren. Er antwortete nichts. Ich lächelte ihn widerstrebend an und stand auf. Bonafé begleitete mich zur Tür, und an der Schwelle klopfte er mir auf die Schulter. »Denken Sie dran, mein Freund, kein Wort zu Kiefer«, schärfte er mir noch einmal ein.

Ich versuchte, mich im Schatten der großen Bäume zu halten. Die Sonne stand hoch am Himmel, stellenweise war der Schlamm bereits getrocknet und schwirrte als Staub in der Luft wie rotes Farbpulver. Die schweren Baumwipfel wogten leise rauschend im Wind.

Auf einmal legte sich eine Hand auf meine Schulter, und ich drehte mich um. Gabriel stand vor mir und grinste über sein ganzes breites Gesicht. Mit seiner tiefen Stimme sagte er: »Chef, du interessierst dich für die Pygmäen wie ich mich für Kaktusse. Aber ich weiß einen, der dir was von Max Böhm und Otto Kiefer erzählen kann.«

Mir klopfte das Herz bis zum Hals. »Wer ist das?«, fragte ich.

»Mein Vater.« Gabriel senkte die Stimme. »Mein Vater war Böhms Führer.«

»Wann kann ich ihn sehen?«

»Er kommt morgen früh nach Bangui.«

»Kann er gleich ins Novotel kommen? Ich warte auf ihn.«

31

Auf der schattigen Hotelterrasse, im Schutz tropischer Pflanzen, aß ich an einem der Tische rings um das Schwimmbecken zu Mittag; es gab eine Auswahl verschiedener Flussfische. Das Novotel war anscheinend kaum besetzt, die wenigen Gäste, die hier logierten, waren europäische Geschäftsleute, die im Eiltempo ihre Verträge aushandelten und nur eins im Sinn hatten: so schnell wie möglich wieder heimzufliegen. Ich hingegen genoss das Hotel. Diese breite Terrasse mit ihren hellen Steinfliesen voller Laub hatte die Melancholie verlassener Kolonialhäuser, in denen die üppige Vegetation Ströme aus Lianen, Seen aus Gestrüpp und Unkraut wuchern lässt.

Während ich meinen Fisch verzehrte, beobachtete ich den Hoteldirektor, der den Gärtner zusammenstauchte. Er war ein junger Franzose, grünlich im Gesicht und sichtlich am Rand des Nervenzusammenbruchs. Er versuchte einen Rosensetzling großzuziehen, und der einheimische Gärtner hatte ihn aus Versehen zertreten. Ohne die dazugehörigen Dialoge grenzte die Szene ans Parodistische. Der Grimm des Weißen, seine übertriebenen Gesten, dazu die zerknirschte Miene des Schwarzen, der mit abwesendem Ausdruck den Kopf schüttelte: das alles erinnerte mich sehr an einen Auftritt zweier Stummfilmkomiker.

Unmittelbar danach trat der Direktor an meinen Tisch, um mich willkommen zu heißen und gleichzeitig den obskuren Grund zu erfahren, der mich nach Zentralafrika geführt hatte; mit auffälliger Neugier musterte er die frische

Narbe in meinem Gesicht. Ich berichtete ihm von meiner geplanten Reportage, woraufhin er mir seine Geschichte erzählte. Er habe sich freiwillig als Leiter der Novotels von Bangui gemeldet – das sei ein wichtiger Schritt in seiner Karriere, sagte er und schien damit andeuten zu wollen, dass man sich vor gar nichts mehr fürchte, wenn man es geschafft habe, in diesem Land etwas zu leiten. Dann stimmte er ein langes Klagelied über die Unfähigkeit der Afrikaner an, ihre Sorglosigkeit und ihre unzähligen Fehler. »Ich muss alles absperren«, erklärte er und schüttelte den schweren Schlüsselbund an seinem Gürtel. »Trauen Sie nicht ihrem zivilisierten Aussehen – es ist die Frucht eines endlosen Kampfes!« (Der ›Kampf‹ des Geschäftsführers bestand darin, dass er seinen Untergebenen ein kurzärmeliges rosafarbenes Hemd nebst Fliege aufzwang, das sämtliche Kellner zur Schau trugen wie einen guten Witz.) »Nach Dienstschluß kehren sie barfuß in ihre Hütten zurück und schlafen auf der Erde!«

Der Geschäftsführer hatte dieselben verkrampften Gesichtszüge wie Bonafé: es war der Ausdruck einer Abnutzung, eines merkwürdigen, ätzenden Verschleißes – als wäre im Inneren des Körpers eine Wurzel gewachsen, die sich von Menschenblut ernährte. »Übrigens«, schloss er seinen Vortrag, wobei er die Stimme vertraulich senkte, »haben Sie hoffentlich nicht zu viele Eidechsen in Ihrem Zimmer?« Ich verneinte und verfiel in Schweigen, woraufhin er sich empfahl.

Nach dem Essen beschloss ich, mir die Literatur über Diamanten und Herzchirurgie vorzunehmen, die ich mir in Paris zusammengesucht hatte. Die Ausführungen über die Steine – Extraktionsmethoden, Klassifikation, Qualitätsmerkmale und so weiter – überflog ich rasch; ich wusste inzwischen genug über Böhms Netzwerk und die wichtigsten Glieder der Kette und konnte aus den technischen Informationen und Expertenkommentaren nicht mehr viel Neues erfahren, was mir hilfreich gewesen wäre.

Deshalb ging ich zur Herzchirurgie über; meine Unterlagen bestanden aus Kopien von Artikeln verschiedener medizinischer Nachschlagewerke. Ich vertiefte mich in die Geschichte der Herzchirurgie, ein wahres Epos, geschrieben von kühnen Pionieren.

›Den eigentlichen Grundstein der Herzchirurgie legte Charles Bailey in Philadelphia, der Ende 1947 seine erste operative Korrektur einer Mitralinsuffizienz (eines Herzklappenfehlers) durchführte. Die Operation misslang, der Patient starb an einer Hämorrhagie. Dennoch gewann Bailey die Gewissheit, dass er auf dem rechten Weg war. Seine Kollegen hingegen fielen über ihn her und beschimpften ihn als Verrückten und Schlächter. Bailey übte sich in Geduld und dachte nach. Im März 1948 nahm er im Wilmington Memorial Hospital eine Valvulotomie (Spaltung einer Herzklappe) vor, deren Verlauf zunächst befriedigend schien, aber am dritten Tag starb der Patient infolge eines Fehlers bei der Wiederbelebung nach der Narkose.

Um seine Pläne zu verwirklichen, ging Bailey auf Wanderschaft und operierte fortan in Krankenhäusern, die seine Methoden akzeptierten. Am 10. Juni 1948 hatte er am selben Tag zwei Mitralstenosen (Verengung der Herzklappenöffnung) zu operieren. Der erste Patient starb noch während des Eingriffs an plötzlichem Herzstillstand. Charles Bailey begab sich daraufhin eiligst in die andere Klinik, ehe der neuerliche Misserfolg bekannt wurde, um nicht an der zweiten Operation gehindert zu werden. Und nun geschah das Wunder: der zweite Eingriff gelang. Damit war endlich die Herzklappenchirurgie geboren …‹

Die nächsten Etappen des medizinischen Fortschritts überflog ich und ging statt dessen gleich zu den ersten Herztransplantationen über:

›... Einer hartnäckigen Legende zum Trotz war der südafrikanische Chirurg Christiaan Barnard, der am 3. Dezember 1967 eine Herztransplantation bei einem Menschen versuchte, nicht der erste auf diesem Gebiet: schon vor ihm, im Januar 1960, hatte der französische Chirurg Pierre Sénicier einem achtundsechzigjährigen Patienten im letzten Stadium einer irreversiblen Herzinsuffizienz ein Schimpansenherz eingepflanzt. Die Operation gelang, aber das implantierte Herz überlebte nur wenige Stunden ...‹

Ich blätterte weiter und las:

›... Einer der wichtigsten Meilensteine in der Herzchirugie ist nach wie vor die Transplantation, die Professor Christiaan Barnard 1967 in Kapstadt durchführte. Die dabei angewandte Technik, die bald darauf in den Vereinigten Staaten, in England und Frankreich aufgegriffen wurde, geht auf eine Erfindung des amerikanischen Professors Shumway zurück: die sogenannte Shumway-Methode ...
... Der Patient Louis Washkansky war fünfundfünfzig Jahre alt. Innerhalb von sieben Jahren hatte er drei Myokardinfarkte erlitten, von welchen der letzte zur endgültigen Herzinsuffizienz führte. Den ganzen November 1967 hindurch wurde ein Team aus dreißig Chirurgen, Anästhesisten, Internisten und Technikern im Groote-Schuur-Krankenhaus in Kapstadt in ständiger Bereitschaft gehalten, in Erwartung der Operation, deren Tag und Stunde Professor Christiaan Barnard festsetzen würde.

Die Entscheidung fiel in der Nacht vom 2. auf den 3. Dezember: eine fünfundzwanzigjährige Frau war bei einem Verkehrsunfall ums Leben gekommen. Ihr Herz sollte das unbrauchbare Herz von Louis Washkansky ersetzen. Dieser überlebte drei Wochen, erlag jedoch einer Lungenentzündung. Die große Menge immunsuppressiver Medikamente, die ihm verabreicht worden waren, um die Abstoßung des Transplantats zu verhindern, hatte sein Abwehrsystem derart geschwächt, dass es mit einer Infektion nicht mehr fertig wurde …‹

Die Vorstellung von aufgeschnittenen Körpern, bloßgelegten und manipulierten Organen verursachte mir Übelkeit. Aber mir war klar, dass irgendwo in diesem historischen Abriss auch Max Böhm einen Platz einnahm. Von 1969 bis 1972 hatte der Schweizer in Südafrika gearbeitet – ich dachte mir bereits phantastische Erklärungen für seine Transplantation aus: vielleicht hatte er in Kapstadt Christiaan Barnard oder einen seiner Mitarbeiter kennen gelernt; vielleicht war er nach seinem Infarkt im Jahr 1977 dorthin zurückgekehrt, um sich ein spezielles Herz implantieren zu lassen; oder vielleicht wusste er – aus irgendeinem mir unbekannten Grund –, dass einer dieser Ärzte, die in der Lage waren, solche Operationen vorzunehmen, sich 1977 im Kongo aufhielt. Aber ich verwarf meine Modelle bald wieder, sie waren zu unglaubwürdig. Und sie erklärten nicht das ›Wunder‹ von Böhms außergewöhnlich guter Toleranz gegenüber dem Fremdorgan.

Ich fand einen Abschnitt, in dem von Abstoßungsreaktionen die Rede war:

›… Die operationstechnischen Probleme bei der Herzchirurgie sind gelöst; die noch bestehenden Schwierigkeiten sind immunologischer Natur. Tatsächlich wird, au-

ßer in dem höchst ungewöhnlichen Fall eineiiger Zwillinge, das Organ des Spenders, selbst wenn er ein Verwandter ist, vom Immunsystem des Empfängers stets als Fremdkörper, als ›Nichtselbst‹ erkannt und je nach dem Grad der Übereinstimmung, beziehungsweise Fremdheit des transplantierten Gewebes unterschiedlich stark abgestoßen. Es ist daher immer erforderlich, dem Empfänger immunsuppressive Medikamente zu verabreichen, um die Abstoßungsreaktion so weit wie möglich abzuschwächen. Die üblichen Immunsuppressiva (Kortikosteroide, Zytostatika und ähnliche) sind meist unspezifisch und daher durch zahlreiche Nebenwirkungen belastet, insbesondere das Risiko von Infektionen. In den achtziger Jahren kam ein neues Medikament auf: Cyclosporin. Diese Substanz, gewonnen aus japanischen Pilzen, blockiert die Ausbreitung der antigenspezifischen T-Lymphozyten und vermag damit die Abstoßungsreaktion sehr weitgehend einzuschränken. Die Lebenserwartung der Patienten steigt damit um das Zehnfache, Transplantationen lassen sich daher leichter durchführen.
Eine zweite Methode, die Abstoßungsreaktion gering zu halten, besteht in der Gewebetypisierung im Hinblick auf die Auswahl möglichst günstiger Spender-Empfänger-Kombinationen. Die beste Lösung ist ein Spender unter den Geschwistern oder nächsten Verwandten, der zwar nicht genetisch identisch ist, aber mit dem Empfänger wenigstens vier Histokompatibilitätsantigene (auch Transplantationsantigene genannt) gemeinsam hat, so dass also nach dem HLA-System (dem bedeutsamsten Histokompatibilitätssystem neben den ABNull-Blutgruppen) eine Vereinbarkeit der Gewebe vorliegt. Dies gilt für nicht lebenswichtige Organe wie zum Beispiel die Nieren. Lebenswichtige Organe werden von Leichen gewonnen, wobei man versucht, mittels Organaustausch über weite

Entfernungen hinweg die bestmögliche Kombination zu finden – wobei eine ungeheuer große Anzahl verschiedener HLA-Phänotypen existiert …‹

Ich legte meine Lektüre beiseite. Es war sechs Uhr abends, draußen war es bereits Nacht. Ich stand auf und öffnete die Glastür meines Zimmers; unter dem hereindringenden Schwall feuchter Hitze rang ich nach Luft. Die Tropenhitze erlebte ich nicht zum ersten Mal. Dieses Klima ist keine Nebensächlichkeit, kein Begleitumstand unter vielen, sondern eine Gewalt, die einen fast erschlägt, ein Gewicht, das Körper und Seele in eine kaum zu beschreibende Tiefe hinabzieht – das ganze Wesen weicht auf, Muskeln und Organe scheinen dahinzuschmelzen und sich in ihrem eigenen Saft langsam aufzulösen.

Dennoch beschloss ich, mein klimatisiertes Zimmer zu verlassen und einen nächtlichen Spaziergang zu unternehmen.

Die langgezogenen Straßen von Bangui waren menschenleer, und die wenigen Wohnhäuser, schwerfällig und lehmverputzt, schienen noch nackter als bei Tageslicht. Ich ging zum Fluss hinunter, an dessen Ufer es dunkel und still war. Die Ministerien und Botschaften schliefen einen traumlosen Schlaf, davor standen barfüßige Soldaten Wache. In der Dunkelheit nahe am Wasser erkannte ich die zerzausten Wipfel der Bäume, die zu beiden Seiten des Flusses standen. Manchmal hörte ich unter mir ein Plätschern und stellte mir irgendein riesenhaftes Tier vor, eine Kreuzung aus Raubkatze und Fisch, die durch das feuchte Gras schlich, angelockt von den Gerüchen und Geräuschen der Stadt.

Ich ging weiter. Seit meiner Ankunft in Bangui ging mir ein Gedanke nicht aus dem Kopf. In den ersten Jahren meines Lebens war dieses wilde Land ›mein Land‹ gewesen. Eine Urwaldinsel, in der ich aufgewachsen war, gespielt, Lesen und Schreiben gelernt hatte. Warum hatten meine Eltern sich in der abgelegensten Gegend von ganz Afrika verkrochen? Warum hatten sie alles aufgegeben, Reichtum, Bequemlichkeit, Ausgewogenheit, um in diesem unwirtlichen Wald ihr Leben zu beenden?

Ich dachte nie an meine Vergangenheit, an meine toten Eltern und die blinden Flecken in meinem Dasein. Meine Familie interessierte mich nicht. Weder die Berufung meines Vaters noch die Hingabe meiner Mutter, die alles aufgegeben hatte, um ihrem Gatten zu folgen, nicht einmal dieser zwei Jahre ältere Bruder, der bei lebendigem Leib verbrannt war. Natürlich war diese Gleichgültigkeit eine Form der Verdrängung, und ich verglich sie oft mit der Empfindungslosigkeit meiner Hände: über die ganze Länge der Arme hinweg reagierte meine Haut tadellos, jenseits des Handgelenks aber hatte ich keine präzisen Empfindungen mehr – als trennte eine unsichtbare Holzschranke meine Hände von jeglichem Gespür ab. Und mein Gedächtnis wies dasselbe Phänomen auf: bis zu meinem siebten Lebensjahr konnte ich meine Erinnerungen ohne weiteres zurückverfolgen, aber davor war nur ein schwarzes Loch, Leere, Tod. Meine Hände waren verbrannt. Meine Seele ebenfalls. Und die Narben an Körper und Geist waren auf dieselbe Weise gewachsen – auf einem Grund aus Vergessen und Gefühllosigkeit.

Auf einmal blieb ich stehen. Ich war vom Flussufer abgekommen und eine lange, schlechtbeleuchtete Straße entlanggegangen. Ich hob den Blick und starrte auf ein Schild, das an einem Zaun hing und den Namen der Straße verkündete, und ich begann am ganzen Körper zu zittern, Avenue de France. Unbewusst, unaufhaltsam hatten meine Schritte mich zum Ort der Tragödie gelenkt – dorthin, wo meine Familie am Silvesterabend des Jahres 1965 von einer wahnsinnigen Mörderbande massakriert worden war.

32

Am nächsten Morgen, als ich unter einem Sonnenschirm beim Frühstück saß, sprach mich jemand an: »Monsieur Louis Antioche?«

Ich sah auf. Vor mir stand ein Mann um die Fünfzig, klein, untersetzt und ganz in Khaki gehüllt, und verströmte eine Aura von unbestreitbarer Autorität. Ich dachte an Max Böhm, seine Korpulenz, seine Art sich zu kleiden, und fand, dass die beiden Männer einander recht ähnlich waren. Mit dem einzigen Unterschied, dass mein Gesprächspartner so schwarz war wie ein englischer Regenschirm.

»Ja, das bin ich. Und Sie?«

»Joseph M'Konta. Der Vater von Gabriel, von der Sicamine.«

Sofort stand ich auf und bat ihn, Platz zu nehmen. »Ja, natürlich«, sagte ich. »Bitte setzen Sie sich.«

Joseph M'Konta ließ sich nieder und faltete die Hände über dem Bauch. Er sah sich neugierig um, den Kopf zwischen die Schultern gezogen. Sein Gesicht war breit und so flach wie die Nase, und seine Augen blickten feucht, wie von Zärtlichkeit verschleiert. Aber sein Mund war verzogen zu einer Grimasse des Abscheus.

»Möchten Sie etwas trinken? Kaffee? Tee?«

»Kaffee, danke.«

Auch Herr M'Konta hatte die Eigenheit, mich aus dem Augenwinkel zu mustern. Der Kaffee wurde serviert, und nach dem Austausch der üblichen Belanglosigkeiten über das Land, die Hitze und meine Reise kam Joseph in hastigem Ton zur Sache: »Sie wollen also etwas über Max Böhm wissen?«

»So ist es.«

»Warum interessieren Sie sich für ihn?«

»Max war ein Freund von mir. Ich habe ihn kurz vor seinem Tod in der Schweiz kennen gelernt.«

»Max Böhm ist tot?«

»Ja, vor einem Monat ist er an einem Herzinfarkt gestorben.«

Die Nachricht schien nicht zu verwundern. »Also ist das kleine Uhrwerk doch zu Bruch gegangen ...« Er dachte eine Weile nach, dann fragte er: »Was wollen Sie wissen?«

»Alles. Was er in Zentralafrika getrieben hat, wie er gelebt hat, warum er abgereist ist.«

»Ermitteln Sie in irgendeiner Sache?«

»Ja und nein. Ich möchte ihn eigentlich nur besser kennen lernen, posthum. Das ist alles.«

Mit argwöhnischer Miene fragte M'Konta: »Sind Sie Polizist?«

»Absolut nicht! Alles, was Sie mir sagen, bleibt unter uns. Darauf gebe ich Ihnen mein Wort.«

»Sind Sie bereit, sich erkenntlich zu zeigen?«

Ich warf ihm einen fragenden Blick zu, woraufhin M'Konta erklärte: »Mit ein paar Geldscheinen, versteht sich.«

»Das kommt darauf an, was Sie mir zu sagen haben«, gab ich zurück.

»Na, ich hab' den alten Max gut gekannt ...«

Nach etlichen Verhandlungen vereinbarten wir einen ›Freundschaftspreis‹, und von dem Moment an duzte mich der Mann. Er war äußerst redegewandt, die Worte sprudelten aus ihm hervor wie Luftblasen vom Grund eines Sees.

»Chef, dieser Max Böhm war ein komischer Kauz ... Übrigens hat ihn hier keiner Böhm genannt ... er hieß Ngakola ... Vater der Weißen Magie ...«

»Wie kam er zu dem Namen?«

»Böhm hatte Kräfte ... versteckt unter seinen Haaren ... Seine Haare waren ganz weiß ... und wuchsen senkrecht zum Himmel ... wie ein Wald von Kokospalmen, verstehst du? ... Daher hatte er seine Macht ... er hat Gedanken gelesen … hat alle Diamantendiebe entdeckt … immer … ihm widerstand keiner … keiner … er war ein starker Mann … sehr mächtig … aber auf der Seite der Nacht.«

»Was heißt das?«

»Er hat in der Dunkelheit gelebt … sein Geist … sein Geist lebte in der Dunkelheit …« Abwesend nippte M'Konta an seinem Kaffee.

»Wie hast du Max Böhm kennen gelernt?«, fragte ich.

»Das war 1973 … vor der Trockenzeit … Max Böhm kam in mein Dorf, nach Bagandou, das liegt direkt am Waldrand … Bokassa hat ihn geschickt … er kam als Aufseher über die Kaffeeplantagen … Damals wurden die Plantagen von Dieben geplündert … Böhm hat ihnen innerhalb von ein paar Wochen das Handwerk gelegt.«

»Wie hat er das gemacht?«

»Jeden Dieb, den er erwischte, schlug er zusammen und schleppte ihn auf den Dorfplatz … und dort nahm er einen Stichel – so einen, wie man ihn verwendet, um die Kaffeesetzlinge zu pflanzen – und durchstach ihm beide Trommelfelle …«

»Und dann?« stammelte ich fassungslos.

»Dann … hat in Bagandou niemand mehr eine Kaffeebohne gestohlen.«

»War jemand bei ihm?«

»Nein … er war allein … Max Böhm hat sich vor keinem gefürchtet.«

Einen M'Baka mitten auf dem Dorfplatz zu foltern, und das ohne irgendeinen persönlichen Schutz. Böhm war in der Tat ein unverfrorener Bursche.

»Im nächsten Jahr ist er wiedergekommen«, fuhr Joseph fort. »Und diesmal, um die Diamantenminen zu beaufsichtigen … immer noch im Auftrag von Bokassa … Die Adern zogen sich bis jenseits der SCAD hin … das ist ein großes Sägewerk am Rand des Dschungels … Kennst du den Urwald, Chef? Nein? Glaub mir, der ist absolut undurchdringlich …« Mit seinen breiten Händen formte Joseph das Blätterdach und rollte das r, dass es klang wie ein Kavallerieangriff. »Aber Böhm fürchtete sich nicht … Böhm fürchtete sich nie … Er wollte in den Süden hinunter … und er suchte einen Führer … ich kenne den Wald gut, auch die Pygmäen … ich kann sogar die Aka-Sprache … deswegen hat Böhm mich ausgewählt …«

»Arbeiteten auch Weiße in den Minen?«

»Nur einer … Clément … Ein Irrer, der eine Aka geheiratet hat … Er hatte überhaupt keine Autorität … es war die totale Anarchie …«

»Damals wurden also schöne Steine zu Tage gefördert?«

»Die schönsten Diamanten der Welt, Chef … Man brauchte sich bloß im Sumpf danach zu bücken … Deswegen hat Bokassa Böhm geschickt …« Joseph lachte kurz und schrill auf. »Bokassa, weißt du, war vernarrt in Edelsteine!«

Wieder nahm er einen Schluck Kaffee und betrachtete versonnen meine Croissants. Ich hielt ihm den Teller hin. Er bediente sich und sprach mit vollem Mund weiter.

»In dem Jahr ist Böhm vier Monate geblieben … am Anfang hat er den starken Mann markiert und Neger verdroschen … Später organisierte er den Betrieb neu und führte neue Techniken ein … Es lief wie geschmiert, das kannst du mir glauben … Mit dem Beginn der Regenzeit ist er nach Bangui zurückgekehrt … Und später kam er jedes Jahr zur selben Zeit wieder … ›Überwachungsbesuch‹ hat er das genannt …«

»Und damals hat er die Drahtzange benutzt?«

»Ah, du kennst die Geschichte, Chef … Die Sache mit der Zange war allerdings wirklich übertrieben. Ich hab' nur einmal gesehen, wie er einem die Sehne durchgeschnitten hat, im Lager der Sicamine … Und das war nicht, um einen Dieb zu bestrafen, sondern einen Vergewaltiger … Ein Schwein, das ein kleines Mädchen missbraucht und mitten im Dschungel für tot hat liegen lassen.«

»Was ist passiert?«

Der angewiderte Ausdruck in Josephs Gesicht wurde deutlicher. Er nahm sich noch ein Croissant.

»Es war schrecklich. Absolut schrecklich. Zwei Männer hielten den Mörder auf dem Bauch fest, die Beine in der Luft … er sah uns an wie ein Tier in der Falle … und lachte immer wieder auf, als könnte er es nicht glauben … Dann kam Ngakola mit seiner großen Zange … klappte sie auf und setzte sie über der Ferse des Vergewaltigers an und durchtrennte ihm mit einem einzigen Schnitt die Sehne … zack! … der Kerl hat gebrüllt … dann ein zweiter Schnitt, und das war's … die Sehnen waren ab … ich hab' seine Füße gesehen, Chef … und traute meinen Augen nicht … sie hingen ihm über die Knöchel … so … und die Knochen schauten raus … überall Blut … ein Schwarm von Fliegen … und das ganze Dorf hat geschwiegen … Max Böhm stand auf dem Platz … das Hemd voller Blut … und sein Gesicht war weiß und nass vom Schweiß … Wirklich, Chef, das vergesse ich nie … Und dann, ohne ein Wort, hat er den Mann mit einem Fußtritt umgedreht und seine Zange geschwungen und dem Vergewaltiger den Schwanz abgeschnitten …«

Grauen erfasste mich. »Derart brutal war Böhm?!« stieß ich mit zugeschnürter Kehle hervor.

»Er war hart, ja … Aber auf seine Weise gerecht … Er hat nie aus Sadismus oder Rassismus gehandelt.«

»Max Böhm war kein Rassist? Er hat die Schwarzen nicht gehasst?«

»Überhaupt nicht. Böhm war ein Scheißkerl, aber kein Rassist. Ngakola hat mit uns zusammengelebt und uns respektiert. Er sprach Sango und liebte den Urwald. Ganz zu schweigen vom *schagat*.«

»Von was?«

»Vom *schagat*. Dem Arsch. Böhm war total versessen auf schwarze Frauen.« Joseph schwenkte seine gespreizte rechte Hand auf und ab, als hätte er sich bei der bloßen Vorstellung verbrannt.

»Hat Böhm Diamanten gestohlen?«, fragte ich.

»Gestohlen? Böhm? Nie im Leben … Ich sag' dir doch: Der Mann war gerecht …«

»Aber er hat Bokassas Machenschaften beaufsichtigt, nicht?«

»Das hat er anders gesehen … Ihm ging es um Zucht und Ordnung, das war seine Leidenschaft … ihm kam es drauf an, dass die Lager reibungslos funktionierten … wer der Empfänger der Diamanten war, wer das Geld dafür kassiert hat, das war ihm schnurzegal … Hat ihn nicht interessiert. Das war Negergeklüngel in seinen Augen …«

Hatte Max Böhm sich derart gut verstellt? Hatte er seinen Handel erst später begonnen?

»Joseph«, sagte ich, »hast du gewusst, dass Max Böhm außerdem ein passionierter Vogelkundler war?«

»Storchenkundler, meinst du!« Joseph fing an zu lachen, und seine ebenmäßigen Zähne waren ein hell blitzender Säbel in seinem schwarzen Gesicht. »Selbstverständlich, Chef! Ich hab' ja mit ihm die Störche beobachtet!«

»Wo?«

»In Bayanga, westlich der Sicamine. Die Störche kommen zu Tausenden dorthin. Sie fressen Heuschrecken und Kleingetier.« Wieder lachte Joseph. »Aber die Bewohner von Bayanga wiederum fressen die Störche! Böhm hat das nicht ausgehalten. Er brachte Bokassa dazu, einen Nationalpark zu eröffnen. Mit einem Schlag wurden mehrere tausend Hektar Wald und Savanne für unberührbar erklärt. Ich persönlich hab' solche Sachen nie kapiert. Der Wald gehört doch jedem! Wie auch immer, in Bayanga wurden die Elefanten,

Gorillas, Waldantilopen und Gazellen unter Schutz gestellt. Und die Störche dazu.«

Also war es dem Schweizer gelungen, seine Vögel zu schützen. Plante er bereits, sie für seine Geschäfte einzusetzen? Das Tauschgeschäft zumindest war klar: die Diamanten für Bokassa, die Vögel für Böhm.

»Kanntest du Max Böhms Familie?«

»Na ja, wie man's nimmt … Seine Frau bekam man nie zu Gesicht … immer krank …« Joseph grinste übers ganze Gesicht. »Typisch weiße Frau! … Der Böhm-Sohn war anders … er kam manchmal mit uns … sagte aber kein Wort … er war ein Träumer … schlenderte durch den Wald … Ngakola gab sich alle Mühe, ihn zu erziehen … ließ ihn einen Jeep fahren … zwang ihn zu jagen, die Schürfer zu beaufsichtigen … er wollte einen Mann aus ihm machen … aber der weiße Junge hatte eine Heidenangst und blieb starr wie ein Stock … eine ziemliche Flasche … Außergewöhnlich war allerdings die Ähnlichkeit zwischen den beiden, Philipp Böhm und seinem Vater … sie sahen völlig gleich aus, Chef, das kannst du mir glauben … dieselbe breitschultrige Gestalt, derselbe Bürstenschnitt, dasselbe Melonengesicht … Aber Böhm hat seinen Sohn gehasst …«

»Warum?«

»Weil der Junge ein Angsthase war. Und Böhm konnte Angsthasen nicht ausstehen.«

»Wie meinst du das?«

Joseph zögerte, dann beugte er sich zu mir und senkte die Stimme. »Sein Sohn war für ihn wie ein Spiegel, verstehst du?«, murmelte er. »Er hat ihm seinen eigenen Schiss vorgeführt.«

»Vorhin hast du gesagt, Böhm hätte sich vor niemandem gefürchtet.«

»Vor niemandem, außer vor sich selber.«

Ich starrte in M'Kontas feuchte Augen.

»Sein Herz, Chef. Er hatte Angst, dass sein Herz ihn im Stich lässt«, sagte Joseph und legte die Hand auf die Brust. »Er hatte Angst, dass es dort drin nicht mehr funktioniert … er fühlte ständig seinen Puls … Und in Bangui verkroch er sich dauernd in der Klinik …«

»Es gibt eine Klinik in Bangui?«

»Ein Krankenhaus ausschließlich für Weiße. Die Clinique de France.«

»Existiert sie noch?«

»Ja, aber heute ist sie eine Klinik für Schwarze, und die Ärzte, die dort praktizieren, sind ebenfalls schwarz.«

Ich stellte die entscheidende Frage: »Warst du bei Böhms letzter Expedition dabei?«

»Nein. Ich hatte mich gerade in Bagandou niedergelassen. Ich ging nicht mehr in den Wald.«

»Aber weißt du vielleicht was darüber?«

»Bloß das, was man so gehört hat. In M'Baiki ist diese Exkursion legendär geworden. Man weiß noch ihren Codenamen: PR 154 – nach der Bezeichnung der Parzelle, die sich die Schürfer vornehmen wollten.«

»Wo liegt die?«

»Sehr weit jenseits von Zoko … Hinter der Grenze, schon im Kongo …«

»Und dann?«

»Unterwegs hat Ngakola ein Telegramm bekommen, ein Pygmäe hat es gebracht … Mit der Nachricht vom Tod seiner Frau … Böhm hat es auf die Weise erfahren … sein Herz hat nicht mehr mitgemacht … er ist umgefallen …«

»Sprich weiter …«

Joseph schnitt jetzt eine so heftige Grimasse, dass er beinahe die Zähne fletschte. Ich wiederholte: »Sprich weiter, Joseph.«

Er zögerte eine Weile, dann seufzte er.

»Dank seiner geheimen Bündnisse mit dem Wald ist Ngakola wiederauferstanden … dank der Magie, der Pantherin, die unsere Kinder entführt …«

Ich erinnerte mich an das, was Guillard gegenüber Dumaz geäußert hatte.

M'Kontas Worte stimmten mit der Version des Ingenieurs überein. Die Sache war in der Tat unheimlich: eine Reise ins Herz der Finsternis, ein schreckliches Geheimnis unter sturzflutartigem Regen, und dieser teuflische Held, der weißhaarige Mann, der von den Toten auferstand.

»Ich will selber in den Wald gehen und nach Böhms Spuren suchen.«

»Das halte ich für eine schlechte Idee. Wir sind mitten in der Regenzeit. Die Diamantenminen werden heute von einem einzigen Mann geleitet, Otto Kiefer, und der ist ein Mörder. Du wirst tagelang marschieren und unnötige Risiken eingehen. Und das alles für nichts. Was willst du denn dort?«

»Ich will herausfinden, was im August 1977 wirklich geschehen ist. Wie Max Böhm diesen Herzinfarkt überlebt hat. Die Geister scheinen mir keine ausreichende Erklärung.«

»Ganz schlecht. Wie willst du's denn anstellen, wie willst du zurechtkommen?«

»Ich werde einen Bogen um die Minen machen und bei Schwester Pascale um Unterkunft bitten.«

»Schwester Pascale? Sie ist kaum liebenswürdiger als Kiefer.«

»Ich habe von einem Pygmäenlager namens Zoko gehört, wo ich mich hoffentlich niederlassen kann. Von dort aus werde ich die Runde durch die Minen machen und die Männer, die bereits 1977 im Sumpf gearbeitet haben, unauffällig ausfragen.«

Joseph schüttelte mehrmals unwillig den Kopf, dann schenkte er sich eine letzte Tasse Kaffee ein. Ich sah auf die

Uhr: es war nach elf. Es war Sonntag, und ich hatte für den Rest des Tages nicht das Geringste vor.

»Joseph«, fragte ich, »kennst du jemanden in der französischen Klinik?«

»Ein Vetter von mir arbeitet dort.«

»Kann man jetzt hingehen?«

»Jetzt?« M'Konta schlürfte bedächtig seinen Kaffee. »Ich muss meine Familie bei Kilometer fünf besuchen und …«

»Wie viel?«

»Am besten zehntausend.«

Ich fluchte lächelnd, dann steckte ich ihm das Geld in die Hemdtasche.

M'Konta zwinkerte mir zu, dann stellte er seine Tasse ab und sagte: »Wir sind schon unterwegs, Chef.«

33

Die ›Clinique de France‹ lag am Ufer des Flusses, der in der gleißenden Sonne träge dahinfloß. Zwischen struppigem Buschwerk schimmerten die Wassermassen hindurch, schwarz, schwer und reglos, wie zähflüssiger Sirup, der die Fischer in ihren Barken in die Tiefe zieht und verschlingt. Wir folgten der Böschung auf demselben Weg, den ich am Abend zuvor gegangen war, einer von pastellfarbenen Bäumen gesäumten Piste. Rechts ragten die großen Gebäude der Ministerien auf, ockerfarben, rosa und rot; links, gleich neben dem Fluss, kauerten hölzerne Baracken im Gebüsch, die Verkaufsstände für Obst, Maniok und Kurzwaren aller Art, die jetzt verlassen waren. Alles war ruhig, selbst der flimmernde Staub hatte sich gelegt. Es war Sonntag, und wie überall auf der Welt war auch in Bangui dieser Tag verflucht.

Endlich tauchte die Klinik auf, ein zweistöckiger, würfelförmiger Block in der Farbe des Verfalls, im Kolonialstil mit steinernen Balkonen und durchbrochenen Ornamenten aus weißlichem Gips geschmückt, aber zerfressen von Pflanzenwuchs und Laterit: die Klauen des Waldes und die rötlichen Staubwolken bestürmten die Mauern, und der Stein schien aufgequollen, wie vollgesogen von Feuchtigkeit.

Wir betraten den Garten. An den Bäumen waren Chirurgenmäntel zum Trocknen aufgehängt; grelle scharlachrote Flecken zierten den Stoff. Joseph bemerkte meinen Gesichtsausdruck und kommentierte belustigt: »Das ist kein Blut, Chef, das ist Erde – Laterit. Sein Abdruck hält ewig.«

Er trat zur Seite und ließ mich vorausgehen. Die Halle, roher Zement über einem verwüsteten Linoleumboden, war völlig leer. Joseph schlug mit der flachen Hand auf die Empfangstheke. Mehrere Minuten vergingen. Endlich erschien ein großer Kerl in einem weißen Kittel mit roten Flecken und verbeugte sich, die Hände gefaltet. »Was kann ich für Sie tun?«, fragte er in salbungsvollem Ton.

»Ist Alphonse M'Konta hier?«, fragte Joseph.

»Sonntags ist niemand hier.«

»Und du, bist du niemand?«

»Ich bin Jesus Bomongo.« Der Mann verbeugte sich abermals und setzte hinzu, zuckersüß: »Zu Ihren Diensten.«

»Mein Freund würde gern einen Blick ins Archiv werfen, und zwar in die Unterlagen aus der Zeit, als es hier nur Weiße gab. Geht das?«

»Dazu bin ich nicht befugt … Verstehen Sie, ich bin verantwortlich, und man wird mich haftbar machen …«

Joseph machte mir ein unmissverständliches Zeichen. Ich feilschte der Form halber und wurde weitere zehntausend CFA-Francs los. Joseph ging seiner Wege, und ich folgte meinem neuen Führer über einen halbdunklen Betonflur in ein düsteres Treppenhaus.

»Sind Sie Arzt?«, fragte ich.

»Nur Pfleger«, antwortete er. »Aber das ist hier ungefähr dasselbe.«

Nach drei Treppen öffnete sich ein weiterer Gang, durchflutet von Sonnenlicht, das durch die ornamentalen Öffnungen fiel. Es roch intensiv nach Äther. In den Räumen, an denen wir vorbeikamen, waren keine Patienten untergebracht, sie dienten vielmehr als Abstellkammern für Rollstühle, Krücken, Metallgestänge, rosarote Leintücher und rudimentäre Betten, die an den Wänden aufgereiht standen. Wir befanden uns im Dachgeschoss der Klinik. Jesus zog einen Schlüsselbund hervor und sperrte eine eiserne Tür auf, die sich mit kreischenden Angeln öffnete. Auf der Schwelle blieb er stehen.

»Die Akten sind ungeordnet«, erklärte er. »Nach dem Sturz von Bokassa sind die Eigentümer geflüchtet. Die Klinik war zwei Jahre geschlossen, dann wurde sie für die Bürger von Zentralafrika wieder geöffnet. Wir haben jetzt unsere eigenen Ärzte. Sie werden nicht viele Akten finden, in Bangui wurden kaum Weiße behandelt. Nur die Notfälle, die nicht transportfähig waren. Oder harmlose Erkrankungen.« Er zuckte mit den Achseln. »In Afrika steht es mit der Medizin nicht zum besten. Das weiß jeder. Raus kommt man hier nur im Sarg.«

Mit diesem lakonischen Kommentar machte er kehrt und entschwand; ich war allein.

Das Archiv enthielt ein paar Tische und vereinzelte Stühle. Lange schwärzliche, eingetrocknete Rinnsale verdunkelten die Wände. Durch die glühend heiße Luft drangen ferne Schreie. In einem eisernen Schrank entdeckte ich die Patientenunterlagen: auf vier Regalen türmten sich vergilbte, feuchtigkeitszerfressene Aktenordner. Ich blätterte in einem Stapel und stellte fest, dass sie tatsächlich ohne jedes System übereinandergeschichtet waren. Also schob ich mehrere Tische zusammen, um eine größere Fläche zur Verfügung zu haben, und legte die Aktenbündel darauf, wischte mir den Schweiß vom Gesicht und begann mit der Entzifferung.

Im Stehen, gebückt, nahm ich mir das jeweils erste Blatt vor, auf dem die Patientendaten vermerkt und in der Regel noch lesbar waren: Name, Alter und Herkunftsland, gefolgt von der Erkrankung und den verordneten Medikamenten. Ein paar tausend Akten ging ich auf diese Weise durch und stieß auf französische, deutsche, spanische, tschechische, jugoslawische, russische, sogar chinesische Namen in Verbindung mit allen möglichen tropischen Krankheiten, unter denen die anfälligen Ausländer sich in elende Fieberbündel verwandelt hatten. Sumpffieber, Koliken, Allergien, Sonnenstiche, Geschlechtskrankheiten … Jedes Mal folgten die Namen der Medikamente, immer dieselben; in seltenen Fällen lag der an die jeweils zuständige Botschaft gestellte Antrag auf Rückführung in die Heimat bei. Stunden vergingen, die Stapel wurden kleiner. Um siebzehn Uhr hatte ich sämtliche Akten durchgesehen. Nicht ein einziges Mal waren die Namen Böhm oder Kiefer aufgetaucht. Selbst hier hatte der alte Max sämtliche Spuren vernichtet.

Hinter mir ertönten Schritte: Jesus hatte mich nicht vergessen.

»Na, wie steht's?«, fragte er mit neugierig gerecktem Hals.

»Fehlschlag. Keine Spur von dem Mann, den ich suche. Dabei weiß ich, dass er regelmäßig hergekommen ist.«

»Wie heißt er?«

»Böhm. Max Böhm.«

»Nie gehört.«

»Er lebte in den siebziger Jahren in Bangui.«

»Böhm, ist das ein deutscher Name?«

»Schweizerisch.«

»Ein Schweizer? Der Mann, den du suchst, ist ein Schweizer?« Jesus brach in schrilles Gelächter aus und klatschte in die Hände. »Ein Schweizer! Das hättest du mir gleich sagen müssen! Sinnlos, hier zu suchen, Chef. Die Karteikarten der Schweizer werden woanders aufbewahrt.«

»Wo?«, fragte ich ungeduldig.

Jesus setzte eine gekränkte Miene auf. Mehrere Sekunden schwieg er, dann hob er seinen langen, gestreckten Zeigefinger. »Die Schweizer sind seriöse Leute, Chef. Das darf man nicht vergessen. Als die Klinik geschlossen wurde, das war im Jahr 1979, waren sie die einzigen, die sich um die medizinischen Unterlagen ihrer Kranken kümmerten. Sie hatten vor allem Angst, dass einer ihrer Staatsangehörigen afrikanische Mikroben in ihr Land einschleppt.« Jesus verdrehte die Augen zum Himmel und wirkte pikiert. »Jedenfalls bestanden sie darauf, sämtliche Unterlagen mitzunehmen. Die Regierung war dagegen. Verstehst du, die Patienten waren zwar Schweizer, aber ihre Krankheiten waren afrikanisch. Kurz, es gab eine Menge Ärger ...«

»Und dann?« fiel ich ihm ins Wort, grimmig vor Ungeduld. »Das, Chef, ist eine vertrauliche Angelegenheit. Die Verschwiegenheit des medizinischen Personals steht auf dem Spiel, und ...«

Ich drückte ihm einen weiteren Zehntausendfrancsschein in die Hand. Er bedachte mich mit einem breiten Grinsen und fuhr sogleich fort: »Die Unterlagen sind in der italienischen Botschaft untergebracht.« Ich hätte eins zu hundert gewettet, dass diese Auslagerung dem alten Max entgangen war. Jesus fuhr fort: »Der Wächter der Botschaft ist ein Freund von mir. Er heißt Hassan. Die italienische Botschaft liegt am anderen Ende der Stadt, und ...«

Ich durchquerte Bangui in einem schlingernden, dreckstarrenden Taxi. Zehn Minuten später stand ich vor der Freitreppe der italienischen Botschaft. Diesmal hielt ich mich nicht mit weitschweifigen Erklärungen auf. Kaum hatte ich Hassan gefunden – einen kleinen Mann mit violetten Schatten unter den Augen –, stopfte ich ihm einen Fünftausendfrancsschein in die Tasche und zerrte den Widerstrebenden in den Keller des Gebäudes. Kurz darauf saß ich in einem geräumigen Konferenzsaal, vor mir vier Metallschubladen mit den medizinischen Unterlagen der Schweizer Staatsbürger, die zwischen 1962 und 1979 nach Zentralafrika gekommen waren.

Sie waren tadellos in alphabetischer Reihenfolge geordnet. Unter dem Buchstaben B fand ich die Unterlagen der Familie Böhm. Die erste Akte gehörte Max: sehr umfangreich, enthielt sie eine Unmenge Rezepte, Analysen, Elektrokardiogramme. Schon am 16. September 1972, dem Jahr seiner Ankunft, hatte Böhm die französische Klinik aufgesucht, um sich vollständig untersuchen zu lassen. Der Chefarzt Yves Carl hatte ihm eine Behandlung mit Medikamenten verordnet, die direkt aus der Schweiz eingeführt wurden, und ihm Ruhe und Verzicht auf übermäßige Anstrengungen empfohlen. Für seine persönlichen Aufzeichnungen hatte der Arzt in schräger Füllfederschrift notiert: ›Myokardinsuffizienz. Muss beobachtet werden.‹ Die letzten Worte waren unterstrichen. So war der alte Max alle drei Monate wiedergekommen, um sich untersuchen zu lassen und seine Medikamente abzuholen. Im Lauf der Jahre wurden die Medikamente immer stärker, die Dosen immer höher; Max Böhm lebte auf Widerruf. Die Unterlagen endeten im Juli 1977 mit der Verschreibung einer neuen Arznei in massiver Dosierung. Als Böhm im Monat darauf sich in den Dschungel aufmachte, war sein Herz nur noch ein Schatten seiner selbst.

Die Unterlagen über Irene Böhm begannen im Mai 1973 mit Kopien der Untersuchungsergebnisse aus der Schweiz. Dr. Carl hatte sich damit begnügt, die Patientin zu beobachten, die an einer Eileiterentzündung litt. Die Behandlung dauerte acht Monate. Dann galt Frau Böhm als geheilt, aber in den Unterlagen hieß es: ›Sterilität‹. Irene Böhm war damals vierunddreißig. Zwei Jahre später stieß Dr. Carl auf eine neuerliche Erkrankung: die Akte von Böhms Gattin enthielt die Durchschrift eines ausführlichen Briefes an den behandelnden Arzt in Lausanne, in dem von weiteren, dringend erforderlichen Untersuchungen die Rede war – es bestehe der Verdacht auf Gebärmutterkrebs, schrieb Dr. Carl. Es folgte eine heftige Klage über die Unzulänglichkeit der afrikanischen Kliniken und die lächerlichen Möglichkeiten, die ihm zur Verfügung stünden. Abschließend legte er seinem Kollegen nahe, er möge auf Irene Böhm einwirken und ihr von allzu häufigen Besuchen in Zentralafrika abraten. Damit schloss die Akte, im Jahr 1976, ohne weitere Unterlagen oder Notizen. Aber ich kannte ja die Fortsetzung. Die Untersuchungen und Laboranalysen in Lausanne hatten einen fortgeschrittenen, inoperablen Gebärmutterkrebs ergeben, und Frau Böhm hatte es vorgezogen, in der Schweiz zu bleiben, auf Heilung zu hoffen und ihren Zustand vor ihrem Mann und ihrem Sohn geheimzuhalten. Ein Jahr später war sie tot.

Greifbar wurde der Alptraum mit den Unterlagen über Philipp Böhm, den endlich wieder aufgetauchten Sohn des Vogelkundlers. Bereits in den ersten Monaten nach seiner Ankunft hatte das Kind mehrere heftige Fieberanfälle erlitten. Es war zehn Jahre alt. Im nächsten Jahr musste es sich einer langen Behandlung gegen Koliken unterziehen. Es folgte eine Amöbeninfektion. Eine beginnende Bakterienruhr ließ sich noch abwenden, doch dann entwickelte sich ein Abszess an der Leber. Ich sah mir die Verschreibungen an. Zwischen 1976 und 1977 besserte sich sein Zustand, seine Aufenthalte in der Klinik wurden seltener, die Ergebnisse der Laboruntersuchungen waren ermutigend. Der Junge war mittlerweile fünfzehn. Aber die Akte schloss mit einem Totenschein, datiert vom 28. August 1977, dem ein Autopsiebericht beilag. Ich nahm das zerknitterte, ordentlich und engbeschriebene Blatt heraus, das unterzeichnet war von

›Dr. Hippolyte M'Diaye, examiniert an der medizinischen Fakultät der Universität Paris‹. Und was ich nun las, machte mir klar, dass ich bisher erst ins Vorzimmer des Alptraums eingedrungen war.

Krankenhaus M'Baiki, Lobaye. Autopsiebericht.

28. August 1977.

Subjekt: Böhm, Philipp.

Geschlecht: männlich.

Rasse: Weiß, kaukasischer Typus.

Größe: 1,68 Meter; Gewicht: 78 Kilo.

Zustand: Nackt.

Geboren am 8. 9. 1962 in Montreux, Schweiz.

Gestorben wahrscheinlich am 24. 8. 1977 im Urwald, fünfzig Kilometer von M'Baiki in der Provinz Lobaye, Republik Zentralafrika.

Das Gesicht ist intakt bis auf Krallenspuren an den Wangen und Schläfen. Im Mund sind mehrere Zähne gebrochen, andere zerbröckelt, vermutlich aufgrund eines heftigen Kieferkrampfes (keinerlei Anzeichen äußerer Ekchymosen). Fraktur der Halswirbelsäule.

Die Vorderseite des Thorax weist eine tiefe Wunde auf, vom linken Schlüsselbein bis zum Nabel, exakt in der Mitte. Die Thoraxöffnung wurde durch einen vertikalen Brustbeinschnitt auf gesamter Länge vorgenommen. Auch der Oberkörper weist zahlreiche Krallenspuren auf, insbesondere rund um die Hauptwunde. Die beiden oberen Extremitäten wurden amputiert, die Finger der linken Hand sind gebrochen, der Zeige- und der Ringfinger der Rechten ausgerissen.

Die Untersuchung des Brustraumes ergibt das Fehlen des Herzens. Im Bauchraum sind mehrere Organe verschwunden beziehungsweise verstümmelt: Därme, Magen, Bauchspeicheldrüse. In der Umgebung der Leiche wurden Organteile mit den Spuren von Tierzähnen gefunden. Kein Anzeichen einer Blutung im Brustraum.

Sehr langer Einschnitt (sieben Zentimeter) unterhalb der rechten Leiste, der bis zum Oberschenkelhals reicht. Die Geschlechtsorgane (Penis und Hoden) sowie die Oberschenkelmuskeln wurden ausgerissen. Zahlreiche Krallenspuren auf den Schenkeln. Beide Schenkel sind außenseitig aufgerissen. Komplizierte Mehrfachbrüche beider Knöchel.

Schlussfolgerung: Der knapp fünfzehnjährige Philipp Böhm, Schweizer Staatsangehöriger, wurde während der Expedition PR 154, die er mit seinem Vater Max Böhm unternahm, nahe der Grenze zum Kongo von einem Gorilla angegriffen. Die Krallenspuren lassen daran keinen Zweifel, auch gewisse Verstümmelungen des Opfers sind typisch für den Gorilla: er pflegt die Außenseite der Schenkel anzugreifen und seinem Opfer die Knöchel zu brechen, um jede Fluchtmöglichkeit auszuschließen. Anscheinend wurde der Verursacher des Gemetzels, ein altes Männchen, das sich seit einigen Wochen in der Gegend aufhielt, später von einer Familie von Aka-Pygmäen umgebracht.

Anmerkung: Die Leiche wird noch am selben Nachmittag nach Bangui in die Clinique de France gebracht. Eine Kopie des Autopsieberichts sowie des Totenscheins geht an Dr. Yves Carl. 28. August 1977. 10 Uhr 15.

Die Zeit blieb stehen in diesem Moment. Ich blickte auf und sah mich suchend in dem riesigen leeren Saal um. Mir war eiskalt, obwohl mir der Schweiß übers Gesicht rann. Die Übereinstimmungen in den Autopsieberichten über Philipp Böhm und Rajko Nikolitsch lagen auf der Hand. Zweimal war im Abstand von dreizehn Jahren ein Mensch ermordet worden, sein Herz entwendet und seine Leiche so hinterlassen, dass sie wie ein Opfer wilder Tiere aussah. Doch die schreckliche Entdeckung machte mir mit einem Schlag das

Geheimnis von Max Böhm klar, und ich begriff, was geschehen war in der Finsternis des Dschungels, während der Expedition PR 154: man hatte ihm das Herz seines eigenen Sohnes implantiert.

34

Nicht immer kommt guter Rat über Nacht. An diesem Montag, dem 16. September, stand ich auf wie in Trance. Mein Schlaf war ein einziger, grauenvoller Alptraum von den Qualen des jungen Philipp Böhm gewesen. Noch immer war ich starr vor Schrecken bei der Vorstellung von Max Böhm, der um seines eigenen Überlebens willen seinen Sohn ans Messer geliefert hatte. Mehr denn je war ich überzeugt, dass hinter dem Diamantengeschäft eine zweite Fährte verlief, dass ich einer Bande außergewöhnlicher Mörder auf der Spur war – mit denen der alte Max durch eine blutige Fessel verkettet war.

Auf dem Balkon vor meinem Zimmer trank ich meinen Tee. Um acht Uhr dreißig läutete das Telefon; es war Bonafé.

»Antioche? Sie können sich bei mir bedanken, mein Freund! Ich hab's geschafft, am Wochenende den Minister zu erreichen und eine Gestattungsbestätigung für Sie erwirkt! Sie erwartet Sie auf dem Schreibtisch des Generalsekretärs des Ministers, abholbereit! Am besten gehen Sie sofort hin. Ab heute Nachmittag, vierzehn Uhr, können Sie dann einen unserer Wagen haben. Gabriel wird Sie fahren. Er sagt Ihnen auch, was Sie an Verpflegung, Geschenken, Ausrüstung und so weiter mitnehmen müssen. Noch eins: er wird Ihnen auch einen Sack mit hundert Patronen geben, aber dabei bitte ich um Diskretion. Viel Glück!«

Er legte auf. Es war also Zeit für den Aufbruch: der Urwald erwartete mich.

Ein paar Stunden später war ich unterwegs – nicht in dem angekündigten Geländewagen, sondern einem Peugeot 404, an dessen Steuer Gabriel saß; er trug ein T-Shirt mit der Aufschrift: ›AIDS. Ich schütze mich. Ich benutze Kondome.‹ Auf dem Rücken war eine Landkarte von Zentralafrika zu sehen, die in einem Präservativ steckte.

Gleich nach der Stadtgrenze von Bangui war die Straße durch eine Militärstreife abgeriegelt. Unordentlich gekleidete Soldaten mit grimmigen Mienen und staubigen Maschinengewehren befahlen uns anzuhalten. Sie erklärten, sie müssten ›eine Überprüfung unserer Ausweise sowie eine vorschriftsmäßige Durchsuchung des Fahrzeugs vornehmen‹. Gabriel sprang sofort aus dem Wagen und begab sich mit den Pässen samt amtlicher Genehmigung in die Hütte. Zwei Minuten später war er wieder da, die Schranke hob sich, wir fuhren weiter. Die Wege der afrikanischen Administration sind unergründlich.

Von diesem Augenblick an breitete sich ein Fluoreszieren über die Landschaft. Zu beiden Seiten des Asphaltwegs ragten himmelhohe, lianenverwobene Bäume auf und umhüllten uns. »Das ist die einzige geteerte Straße von Zentralafrika«, erklärte Gabriel. »Sie führt nach Berengo, zum ehemaligen Kaiserpalast.« Die Sonne schien hier milder, und der Fahrtwind trug zarte und süße Düfte zu uns. Wir fuhren an stolzen Wesen vorbei, die mit der Eleganz und Anmut, wie sie nur den Schwarzen zu eigen ist, am Straßenrand einherschritten. Wieder nahm mir der Anblick der Frauen den Atem, sie erschienen mir wie lauter Blumen, prachtvolle Blüten auf langen geschmeidigen Stielen, die sich hier und dort zwischen hohen Gräsern wiegten.

Fünfzig Kilometer weiter erwartete uns die nächste Straßensperre. Wir kamen in die Provinz Lobaye. Wieder verhandelte Gabriel um die Weiterfahrt. Ich stieg aus. Der Himmel hatte sich verdüstert, gewaltige violette Wolken trieben darüber hin. Trauben kreischender Vögel hockten in den Bäumen und schienen sich vor dem drohenden Gewitter zu fürchten. Ringsum herrschte eine wuselnde Aufregung. Lastwagen ballten sich, fast ineinander verkeilt, Männer tranken Seite an Seite an improvisierten Theken, Frauen verkauften direkt auf der Erde Waren aller Art.

Die meisten boten lebende Raupen an, haarig und bunt, die sich in großen Wannen wanden und ineinander verschlangen. Die Frauen hockten vor ihrer Ernte und lockten mit schrillen Schreien Käufer an: »Chef, es ist Raupenzeit, Zeit des Lebens, Zeit der Vitamine …«

Der Gewittersturm kam jäh und brach mit Gewalt über uns herein. Gabriel schlug mir vor, bei seinen muslimischen Brüdern Tee zu trinken. Wir setzten uns auf eine behelfsmäßige Veranda, und ich trank meinen ersten echten Tee in Gesellschaft von Männern im weißen Burnus, auf dem Kopf die typische kleine Kappe. Minutenlang sah ich mich nur um, lauschte, bewunderte den Regen. Es war eine Begegnung voller Herzlichkeit, ein trautes Stelldichein, das im Herzen ein Gefühl von Freundschaft, Wonne und Wohlwollen hinterließ.

»Gabriel«, fragte ich nach einer Weile. »Kennst du einen gewissen Dr. M'Diaye in M'Baiki?«

»Natürlich, das ist der Bezirkspräsident«, antwortete Gabriel. »Wir müssen ihm einen Höflichkeitsbesuch abstatten. M'Diaye muss deine Genehmigung unterschreiben.«

Eine halbe Stunde später hatte der Regen aufgehört, und wir machten uns wieder auf den Weg. Es war vier Uhr nachmittags. Gabriel holte aus dem Handschuhfach einen Plastiksack voller schwärzlicher, gedrungen wirkender Patronen. Ich füllte sofort sechzehn Kugeln in das Magazin und schob es in den Lauf der Glock 21. Gabriel enthielt sich eines Kommentars, er beobachtete mich lediglich aus dem Augenwinkel. Eine Selbstladepistole in den Urwald mitzunehmen ist an sich nichts Erstaunliches; eine Waffe wie diese, fast ohne Gewicht, deren Mechanismen sich leise und leicht bewegten, hatte er freilich noch nie gesehen.

Dann tauchte M'Baiki vor uns auf: eine Ansammlung von Hütten aus Lehm und Blech, die sich in einzelnen Vierteln über den Abhang eines Hügels zogen. Auf der Spitze thronte eine große Villa, gestrichen in verwaschenen Blautönen. »Das Haus von Dr. M'Diaye«, murmelte Gabriel und steuerte den Wagen bis vor das Tor.

Wir betraten einen verwilderten Garten voller verschlungener Lianen und riesenblättriger Pflanzen. Sofort tauchte eine Schar Kinder auf, die hinter den Bäumen hervorlugten und uns belustigt musterten. Das Haus wirkte wie ein Überbleibsel aus Kolonialzeiten: sehr groß und unter ein langes Dach aus verrostetem Blech geduckt, hätte es prachtvoll sein können, aber unter den fortwährenden Regengüssen im Wechsel mit einer glutheißen Sonne welkte es langsam vor sich hin. In den Tür- und Fensteröffnungen hingen zerrissene Vorhänge.

M'Diaye wartete vor der Tür. Rotäugig blickte er uns entgegen.

Nach den üblichen Begrüßungsfloskeln setzte Gabriel zu einer langen Vorrede an, gespickt mit komplizierten Erklärungen über meine Expedition und mit Komplimenten an den ›Herrn Präsidenten‹. M'Diaye hörte mit unbewegter Miene zu. Er war ein kleiner Mann mit schlaff herabhängenden Schultern, auf dem Kopf einen tropfnassen Strohhut. Seine Gesichtszüge waren verschwommen, sein Blick noch mehr. Ich stand hier vor einem Exemplar des eingefleischten afrikanischen Säufers, der sich bereits im Zustand eines ansehnlichen Rausches befand. Endlich forderte er uns auf einzutreten.

Der große Saal lag im Halbdunkel. Entlang den Wänden verliefen Abzugsgräben, in denen es leise plätscherte. Mit äußerster Bedächtigkeit nahm M'Diaye einen Stift aus einer Schublade, um meine Genehmigung zu unterschreiben. Durch den Vorhang vor einer anderen Tür konnte ich einen Blick in den Hinterhof werfen: dort saß eine dicke schwarze Frau mit länglichen Brüsten vor einem Bottich, in dem es von Raupen wimmelte. Sie spießte die Larven auf zugespitzte Zweige, die sie vorsichtig über ein glühendes Kohlebecken legte. Ihre Kinder tobten kreischend um sie herum.

M'Diaye unterschrieb jedoch nicht, sondern wandte sich an Gabriel: »In dieser Jahreszeit ist der Wald gefährlich.«

»Ja, Herr Präsident.«

»Es gibt wilde Tiere. Die Pisten sind schlecht.«

»Ja, Herr Präsident.«

»Ich weiß nicht, ob ich Ihnen gestatten kann, sich unter diesen Umständen auf den Weg zu machen …«

»Ja, Herr Präsident.«

»Wie könnte ich Ihnen helfen, falls Sie einen Unfall haben?«

»Ich weiß nicht, Herr Präsident.«

Schweigen trat ein, Gabriel hatte die aufmerksame Miene eines guten Schülers aufgesetzt. Dann stellte M'Diaye die entscheidende Frage: »Sie müssten eine gewisse Summe hinterlegen. Eine Kaution sozusagen – damit ich Ihnen im Notfall helfen kann.«

Ich hatte genug von der Maskerade. »M'Diaye, ich muss mit Ihnen reden«, sagte ich. »Es ist wichtig.«

Der Präsident sah in meine Richtung und schien mich zum ersten Mal wahrzunehmen.

»Wichtig, sagen Sie?« Sein Blick schweifte durch den Raum. »Dann gehen wir trinken.«

»Wo?«

»Im Café. Gleich hinter dem Haus.«

Draußen hatte der Regen wieder eingesetzt, leicht und beiläufig.

M'Diaye führte uns in eine Garküche mit einem Fußboden aus gestampfter Erde und Tischen, die aus umgedrehten Bretterkisten bestanden. M'Diaye bestellte ein Bier, Gabriel und ich tranken Soda. Der Präsident heftete seinen matten Blick auf mich. »Ich höre«, sagte er.

Ich begann ohne Vorrede: »Erinnern Sie sich an Max Böhm?«

»Wen?«

»Er war ein Weißer, der vor fünfzehn Jahren die Diamantenminen beaufsichtigt hat.«

»Keine Ahnung.«

»Ein dicker Mann, der brutal und grausam war, die Arbeiter terrorisiert hat und mitten im Wald lebte.«

»Nein. Wirklich nicht.«

Ich hieb auf den Tisch, dass die Gläser hüpften. Gabriel sah mich verblüfft an.

»M'Diaye, Sie waren noch jung damals. Sie hatten kurz zuvor Ihren Doktor gemacht. Sie haben den Autopsiebericht von Philipp Böhm, Maxens Sohn, unterschrieben. Das können Sie nicht vergessen haben. Der Junge war völlig zerstückelt, sein Körper übersät von Wunden, und sein Herz war verschwunden. Alle diese Details habe ich aus Ihrem Bericht, M'Diaye. Ich habe ihn hier bei mir, von Ihnen selbst unterzeichnet.«

Der Doktor starrte mich stumm aus seinen roten Augen an. Dann tastete er nach seinem Glas, ohne den Blick von mir zu wenden, hob es an die Lippen und trank sein Bier in kleinen Schlucken. Ich schob meine Weste beiseite und ließ den Lauf der Glock sehen. Die anderen Gäste verließen das Lokal.

»Als Todesursache nannten Sie den Angriff durch einen Gorilla. Ich weiß, dass Sie gelogen haben. Sie haben, wahrscheinlich gegen eine Bestechungssumme, einen Mord vertuscht. Das war am 28. August 1977. Antworten Sie, Doktor, auf der Stelle!«

M'Diaye wandte den Kopf, musterte das Stück Himmel in der offenen Tür und trank erneut. Ich zog meine Pistole und schlug dem Säufer mit dem Kolben ins Gesicht. Er wankte und taumelte gegen die Blechwand, der Hut fiel ihm vom Kopf. In seiner Haut steckten Glasscherben, und aus der aufgerissenen Wange floß das Blut. Gabriel versuchte mich zurückzuhalten, aber ich stieß ihn fort. Ich packte M'Diaye am Kragen und rammte ihm den Lauf in ein Nasenloch.

»Saukerl«, brüllte ich. »Du hast einen Mord kaschiert mit deinen Lügen. Kindsmörder hast du gedeckt, du …«

M'Diaye wedelte schlaff mit einem Arm. »Ich … ich werde reden.« Er sah Gabriel an, dann sagte er zögernd: »Lass uns allein …«

Gabriel verschwand, M'Diaye lehnte sich gegen die Wellblechwand. Leise fragte ich: »Wer hat die Leiche gefunden?«

»Sie … sie waren zu mehreren.«

»Wer?«

M'Diaye ließ sich Zeit mit der Antwort. Ich verstärkte meinen Griff um seinen Hals.

»Die Weißen … Tage vorher …«

Ich zog den Pistolenlauf aus seiner Nase, ohne die Waffe sinken zu lassen.

»Eine Expedition … Sie waren auf der Suche nach neuen Diamantenminen im Wald.«

»Ich weiß. PR 154. Ich will Namen wissen.«

»Max Böhm. Sein Sohn Philipp Böhm. Und ein dritter Weißer, ein Südafrikaner. Ich weiß nicht, wie er hieß.«

»Das waren alle?«

»Nein. Otto Kiefer war auch dabei. Bokassas Mann.«

»Otto Kiefer war bei der Expedition dabei?«

»Ja … Ja …«

Ich sah auf einmal einen neuen Zusammenhang: Max Böhm und Otto Kiefer waren nicht nur durch den gemeinsamen Diamantenhandel aneinandergekettet, sondern auch durch diese grausame Nacht im Urwald. Der Präsident wischte sich über den Mund, Blut tropfte auf sein Hemd. Er fuhr fort: »Die Weißen sind hier in M'Baiki vorbeigekommen und weitergegangen bis zur SCAD.«

»Und dann?«

»Weiß ich nicht. Eine Woche später ist der große Weiße, der Südafrikaner, ganz allein zurückgekommen.«

»Hat er irgendwas erklärt?«

»Überhaupt nichts. Er ist nach Bangui zurückgefahren, und man hat ihn nie mehr wieder gesehen. Nie mehr.«

»Und die anderen?«

»Zwei Tage später ist Otto Kiefer aufgetaucht. Er kam zu mir ins Krankenhaus und sagte: ›Draußen, im Lieferwagen, hab' ich einen Kunden für dich.‹ Es war eine Leiche, lieber Gott, die Leiche eines Weißen mit offenem Brustkorb. Das Gedärm hing ihm überall raus. Nach einer Weile habe ich den Sohn von Max Böhm erkannt. Kiefer sagte: ›Ein Gorilla hat das angerichtet. Du musst die Autopsie machen.‹ Ich fing an, am ganzen Körper zu zittern, und Kiefer brüllte mich an: ›Tu, was man dir sagt, und mach die Autopsie, in Gottes Namen! Und denk dran: Das ist das Werk eines Gorillas!‹ Ich hab' mich an die Arbeit gemacht, im Operationssaal.«

»Und dann?«

»Eine Stunde später war Kiefer wieder da. Ich war halb tot vor Angst. Er kam zu mir und fragte, ob ich fertig sei. Ich sagte, dass Philipp Böhm auf keinen Fall von einem Gorilla umgebracht worden sein konnte. Er sagte, ich solle das Maul halten, und holte ein Bündel französischer Geldscheine hervor – Fünfhundertfrancsscheine waren es, ganz neu und glatt. Dann fing er an, sie in den offenen Brustkorb der Leiche zu stopfen. Herr im Himmel, das werde ich nie vergessen, diese Geldscheine zwischen den Eingeweiden. Dann sagte Kiefer: ›Ich verlang' nicht von dir, irgendwelchen Blödsinn zu erzählen‹ – und währenddessen stopfte er weiter das Geld in die Leiche –, ›nur die Bestätigung, dass es sich um einen Angriff durch einen Gorilla handelt.‹ Ich wollte was sagen, aber er war gleich wieder verschwunden. Ich habe das Geld rausgeholt und sauber gemacht. Dann habe ich den Bericht so verfasst, wie man's von mir verlangt hatte.«

Mir kochte das Blut in den Adern. M'Diaye starrte mich immer noch aus trüben Augen an. Ich richtete wieder die Waffe auf sein Gesicht und zischte: »Erzähl mir von der Leiche!«

»Die Wunden … Sie waren viel zu exakt. Das waren keine Krallenspuren, wie ich geschrieben habe. Das waren Schnitte mit dem Skalpell. Daran besteht kein Zweifel. Und vor allem fehlte das Herz. Als ich den Brustraum untersuchte, sah ich sofort, dass die Arterien und Venen sauber durchtrennt waren. Die Arbeit eines Profis. Mir war klar, dass jemand das Herz des weißen Jungen gestohlen hatte.«

»Sprich weiter«, sagte ich mit bebender Stimme.

»Ich habe die Leiche zugenäht und meinen Bericht fertig gestellt. Angriff durch einen Gorilla. Fall erledigt.«

»Wieso hast du nicht eine einfachere Todesursache erfunden? Einen Anfall von Sumpffieber zum Beispiel?«

»Unmöglich. Ich wusste, dass in Bangui Dr. Carl die Leiche sehen würde.«

»Wo ist dieser Dr. Carl?«

»Tot. An Typhus gestorben, vor zwei Jahren.«

»Wie ist die Geschichte mit Philippe Böhm ausgegangen?«

»Weiß ich nicht.«

»Wer hat deiner Ansicht nach diese mörderische Operation vorgenommen?«

»Keine Ahnung. Jedenfalls war es ein Chirurg.«

»Hast du Max Böhm wieder gesehen?«

»Nie mehr.«

»Hast du je von einer ambulanten Klinik gehört, die es mitten im Wald, jenseits der Grenze, geben soll?«

»Nein.« M'Diaye spuckte Blut, dann wischte er sich mit dem Ärmel die Lippen ab. »Unsereiner geht nie dorthin. Da gibt es Panther, Gorillas, Geister ... Es ist die Welt der Finsternis.«

Ich ließ ihn los, und M'Diaye fiel zu Boden. Unterdessen waren Männer und Frauen herbeigeströmt und ballten sich vor den Fenstern des Lokals, aber keiner wagte einzutreten. An der Tür stand Gabriel und flüsterte: »Man muss ihn in die Klinik bringen, Louis. Einen Arzt holen.«

M'Diaye stützte sich auf den Ellenbogen. »Was für einen Arzt denn?«, fragte er grinsend. »Der Arzt bin ich!«

Ich sah ihn voller Verachtung an, während er einen großen roten Schwall erbrach. Ich wandte mich an die Schwarzen, die das makabre Schauspiel aufmerksam verfolgten, und schrie: »Kümmert euch doch um ihn, in Gottes Namen!«

Wieder antwortete M'Diaye. »Und der Diesel?« gurgelte er.

»Was für ein Diesel?«

»Man muss den Treibstoff bezahlen – für den Stromgenerator in der Klinik.«

Ich warf ein Bündel Geldscheine auf den Tisch, drehte mich um und ging.

35

Mehrere Stunden lang fuhren mir über eine holprige Schlammstraße. Der Tag neigte sich dem Ende zu, und ein merkwürdig trockener Regen, der mehr aus Staub denn aus Wasser bestand, legte sich wie ein Schleier über die Windschutzscheibe. Endlich fragte Gabriel: »Woher weißt du von dieser Sache mit dem Weißen?«

»Das ist eine alte Geschichte, Gabriel. Reden wir nicht mehr davon. Was immer du denkst, ich bin wegen einer Reportage über die Pygmäen hier. Das ist mein einziges Vorhaben.«

Ein breiter Weg öffnete sich vor uns, rechts und links standen Hütten; wir waren im Dorf der SCAD. Rechts in der Ferne lagen die Gebäude des Sägewerks. Gabriel bremste, und wir fuhren im Schritttempo durch einen Strom rotbestäubter Männer und Frauen, deren Leiber mit trockenem Rascheln die Karosserie des Wagens streiften. Die Grellheit der Farben, die Schärfe der Empfindungen strengten mich an.

Am anderen Ende des Dorfes ragten mehrere Gebäude aus Beton auf, und Gabriel erklärte: »Das ist die ehemalige Klinik von Schwester Pascale. Du kannst heute hier übernachten, bevor du morgen in den Wald gehst.«

In den kleinen Blockhäusern standen Feldbetten, die mit Plastikfolie abgedeckt und in hohe Moskitonetze gehüllt waren – mehr war nicht nötig für eine anständige Übernachtung. In der Ferne führte die rote Piste weiter, tief in den Wald hinein, der sich wie eine geschlossene Mauer erhob – nur der Einschnitt der Straße war anfangs noch zu erkennen, ihr Verlauf aber verlor sich alsbald in dem grünen Schlund.

Gabriel und ein paar andere luden das Material aus, während ich die Umgebungskarte studierte, die Bonafé mir mitgegeben hatte. Vergeblich. In der Richtung, in die ich wollte, gab es keinerlei Pfad. Die SCAD war der letzte verzeichnete Posten kurz vor dem undurchdringlichen Dschungel, der sich mindestens fünfhundert Kilometer weit in den Süden erstreckte. Das Dorf rund um das Sägewerk schien auf dem Rand eines endlosen Abgrunds aus undurchdringlicher Vegetation zu balancieren.

Ich sah auf. Sonderbare Männer umringten uns auf einmal, keiner höher als einen Meter fünfzig. Sie waren in Lumpen gekleidet, schmutzige T-Shirts, zerrissene Hemden. Ihre Haut war hell, karamelfarben, und ihre Gesichter lächelten sanft. Gabriel bot ihnen sogleich Zigaretten an, woraufhin sie in schallendes Gelächter ausbrachen. Der große Schwarze erklärte: »Das sind Akas, Chef, Pygmäen. Sie leben hier in der Nähe, in Zoumia, einem Hüttendorf.«

Dann tauchten ein paar Frauen auf, mit nacktem Oberkörper und rundem Bauch, um die Taille einen Gürtel aus Laub oder Stoff. Ihre Kinder schleppten sie in Tragetüchern mit sich herum und lachten noch lauter als die Männer. Sie nahmen die angebotenen Zigaretten entgegen und rauchten mit Begeisterung. Alle Frauen hatten ihr Haar sehr kurz geschnitten, erst bei näherem Hinsehen offenbarten sich die Raffinessen. Eine Frau stellte auf dem Hinterkopf Sägezahnmuster zur Schau, eine andere trug zwei Furchen entlang den Schläfen, und ihre Augenbrauen waren zwei schön geschwungene, gepunktete Linien. Auf ihrer Haut erkannte ich Narbenwülste, die Kurven, Arabesken, phantastische Gestalten bildeten. Ein anderes Detail aber machte mich schaudern: alle diese Pygmäen hatten spitz zugefeilte Zähne.

Gabriel stellte mir seinen Vetter vor, der mich bis nach Zoko begleiten würde: Beckes war ein hochgewachsener, schlaksiger Schwarzer in einem Trainingsanzug mit Adidas-Abzeichen, der niemals seine Sonnenbrille abnahm. Er trug eine entwaffnende Ruhe zur Schau. Er grinste mich breit an und bestellte mich für den nächsten Morgen um sieben zur selben Stelle – ohne weiteren Kommentar.

Gabriel ging mit ihm. Er wollte *en famille* speisen, in der SCAD. Ich bat ihn, in spätestens acht Tagen wieder herzukommen. Er nickte, zwinkerte mir zu und wünschte mir viel Glück. Meine Kehle war zugeschnürt, als ich das Motorengeräusch des Peugeot sich entfernen hörte.

Bald war die Dunkelheit hereingebrochen. Eine Frau

kochte ein Essen, von dem sie mir einen Napf voll reichte – ein Brei aus Maniok, eine Art grauweißer Leim, der nach Exkrementen roch und den ich mühsam hinunterwürgte. Ich beschloss, im Freien auf dem Dach zu schlafen, und kroch in meinen Baumwollschlafsack. Dann lag ich wach unter den Sternen, mit weit offenen Augen, und wartete auf den Schlaf. In wenigen Stunden würde ich den Urwald kennen lernen. Die grüne Hölle. Ich empfand eine unbestimmte Angst, hartnäckig wie das dumpfe Knurren unbekannter Tiere, die mich aus dem Dschungel heraus willkommen hießen.

36

Am nächsten Morgen um sieben Uhr erschien Beckes. Wir tranken zusammen Tee. Er sprach ein sehr eingeschränktes Französisch, durchsetzt mit längeren Phasen des Schweigens und hier und dort einem nachdenklichen ›gut, gut‹. Aber im Dschungel des zentralafrikanischen Südens kannte er sich hervorragend aus. Die Piste vor uns, meinte er, freigelegt von den Bulldozern des Sägewerks, sei nicht länger als einen Kilometer. Danach müsse man auf schmalen Pfaden weitergehen. Auf solchen Wegen könnten wir Zoko nach einem dreitägigen Marsch erreichen. Ich nickte, freilich ohne die leiseste Vorstellung, was ein derartiger Marathon wirklich bedeutete.

Nach und nach trudelte die Mannschaft ein: Beckes hatte fünf Pygmäen angeheuert, die unser Gepäck tragen würden. Fünf kleine zerlumpte Männer, die rauchten und grinsten und bereit schienen, uns bis ans Ende der Finsternis zu folgen. Er hatte sogar eine Köchin engagiert; sie hieß Tina und war eine junge M'Baka von betörender Schönheit. Mit wiegenden Hüften schritt sie in ihrem fransenbehängten Umhang einher und trug auf dem Kopf einen riesigen Kessel, in dem sie ihre Küchenutensilien und ihre persönlichen Habseligkeiten beförderte. Sie lachte unablässig, die Expedition in den Urwald schien sie zu entzücken.

Ich verteilte Zigaretten und erklärte in groben Zügen den Verlauf unserer Wanderung; Beckes übersetzte in Sango. Ich sprach nur von der Expedition nach Zoko, meine weiteren Vorhaben erwähnte ich nicht. Vom Pygmäen-Dorf aus wollte ich mich im Alleingang zu den Minen von Otto Kiefer aufmachen, die nur ein paar Kilometer weiter im Südosten lagen. Noch einmal sagte ich, wir würden nicht länger als eine Woche unterwegs sein, dann studierte ich lange die rötliche Piste, die sich in einem monströsen Dickicht, einem hermetischen Geflecht aus Bäumen und Lianen verlor. Die Truppe setzte sich in Marsch.

Der Dschungel war ein Friedhof, eine Mischung aus verbissenem Daseinskampf und vollständiger Vernichtung. Überall lagen umgestürzte Bäume, vermoderndes Holz, Fäulnisdüfte stiegen auf, die mir wie die letzten Zuckungen eines Lebens in Maßlosigkeit vorkamen. Durch diesen Wald zu gehen hieß, sich dem ständigen Todeskampf auszusetzen, der Melancholie der Düfte, der Feindseligkeit der Moore und Sümpfe. Manchmal drang ein Sonnenstrahl durch das Laubdach und fiel auf die üppige Masse aus Blättern und Lianen, die unter der Berührung zu erwachen schienen, sich wanden und aufjauchzten und wie ausgedörrte Leiber sich mit dem unverhofften Licht vollsogen. Dann wurde der Wald ein wimmelnder Fischteich, ein so mächtiges, dringendes, überquellendes Wuchern, dass man es unter den Füßen wachsen zu hören glaubte. Trotzdem empfand ich kein Gefühl der Bedrängnis. Denn der Wald war auch ein unendlich hingebreitetes Meer. Zwischen den lianenumschlungenen hohen Stämmen, den herabhängenden Ästen, den Myriaden vielgestaltiger Blätter, diesem gigantischen Spitzengewebe, das unseren europäischen Wäldern ähnelte, herrschte eine unvorstellbare Freiheit. Trotz der Schreie, trotz des Baumdickichts wirkte der Wald wie ein großer luftiger Raum. Natürlich war diese Einsamkeit ein Trugbild: kein Millimeter war hier unbewohnt, überall lebte es und drängte sich wimmelnd durcheinander.

Jedes Tier, sagte Beckes, besetze einen spezifischen Lebensraum. Die durch den Sturz eines Baumes entstandene Lichtung sei die Zuflucht des Stachelschweins, das undurchdringliche Unterholz, abgeschirmt durch Lianen, werde von Antilopen bewohnt, und auf den offenen Lichtungen, sagte er, nisteten die Vögel und sängen den ganzen Tag, dem Regen zum Trotz.

Manchmal, wenn ein Knurren ertönte oder ein schriller Pfiff sich über die anderen Geräusche erhob, fragte ich Beckes: »Was ist das für ein Schrei?«

Er dachte eine Weile nach, dann antwortete er: »Das ist die Ameise.«

»Die Ameise?!«

»Sie hat Flügel, einen Schnabel und geht auf dem Wasser.« Er zuckte die Achseln. »Die Ameise.«

Beckes hatte seine eigenen Vorstellungen vom tropischen Regenwald. Wie alle M'Baka war er überzeugt, der Dschungel werde von Geistern bewohnt, mächtigen unsichtbaren Kräften, die mit den wilden Tieren heimliche Bündnisse geschlossen hatten. Im Übrigen spricht ein Zentralafrikaner ganz anders von den Tieren als ein Europäer. In seinen Augen sind Tiere dem Menschen zumindest ebenbürtige, oft auch überlegene Wesen, die respekteinflößend und Furcht erregend sind, geheime Gefühle hegen und verborgene Kräfte besitzen. So sprach Beckes von ›der‹ Gorilla nur mit gedämpfter Stimme, aus Furcht, ›sie‹ zu ärgern, und erzählte, wie die Pantherin des Abends das Glas der Lampe allein durch ihren Blick bersten lassen könne.

Mit dem ersten Tag setzten die Regengüsse ein. Es war ein unablässiger Wolkenbruch, der bald zu einem wesentlichen Bestandteil unserer Wanderung wurde, nicht minder bestimmend als die Bäume, die Vogelrufe und unsere eigene Aufregung. Diese Sturzbäche brachten keine Frische, sie erschwerten nur unsere Expedition, denn die Erde wurde zum Morast, in dem wir knöcheltief versanken. Aber alle marschierten unverdrossen voran, als könne der Zorn des Himmels uns nichts anhaben.

In dieser Sintflut begegneten wir mehreren Jägern vom Stamm der M'Baka. Auf dem Rücken trugen sie schmale Körbe, in die sie ihre Beute gestopft hatten: Gazellen mit ockerfarbenem Fell, Affen, zusammengekrümmt wie Säuglinge, silberfarbene Ameisenbären. Die großen Schwarzen tauschten Zigaretten und freundliche Worte mit uns, aber in ihren Mienen stand eine deutliche Unruhe. Sie wollten noch vor Einbruch der Nacht den nördlichen Rand des Waldes erreichen. Nur die Aka wagten es, der Dunkelheit zu trotzen und die Geister zum Narren zu halten. So marschierte unser Trupp in den Süden hinunter wie eine wandelnde Blasphemie.

Jeden Abend schlugen wir unsere Zelte auf, um uns vor dem Regen zu schützen. Um sechs Uhr brach mit einem Schlag die Nacht herein, die Glühwürmchen begannen zu leuchten und schwirrten unermüdlich durch die Bäume. Ein wenig später aßen wir, saßen auf der Erde, eng ums Feuer geschürt, und stießen Laute wie ausgehungerte Tiere aus.

Ich sprach nicht, sondern dachte an das geheime Ziel meiner Wanderung. Dann kroch ich in mein Zelt, und im Schutz der Planen lauschte ich den Regentropfen, die auf das doppelte Zeltdach prasselten. In diesen Momenten ließ ich mich auf die Stille ein und dachte über den tragischen Verlauf meines Abenteuers nach. Ich dachte an die Störche, an die Länder, die ich durchquert hatte wie ein Meteor, und die Flut von Gewalt, die unter meinen Schritten aufbrandete, und hatte das Gefühl, als folgte ich einem Fluss aus Blut, dessen Quelle ich bald entdecken würde – dort, wo Max Böhm das Herz seines Sohnes gestohlen hatte, wo drei Männer, Böhm, Kiefer und van Dötten, einen teuflischen Pakt auf der Grundlage von Diamanten und Störchen geschlossen hatten. Ich dachte auch an Sarah. Ohne Reue oder Trauer. Unter anderen Umständen hätten wir vielleicht unser Leben gemeinsam aufgebaut.

Und ich gebe es zu, ich dachte auch an Tina, unsere Köchin. Wenn wir unterwegs waren, konnte ich nicht umhin, ihr verstohlene Blicke zuzuwerfen. Sie hatte das Profil einer Königin, einen schlanken Schwanenhals, der in ein kurzes Kinn mündete und dann in einen ausladenden Kiefer überging, überschüttet von breiten, sinnlichen, sanften Lippen. Unter der gewölbten Stirn funkelten ihre Augen, und von ihrem Schädel standen Zöpfe ab wie Antilopenhörner. Mehrmals hatte sie meine Blicke bemerkt und zu lachen begonnen, und ihr Mund war aufgeblüht wie eine kristallene Blume, und sie hatte gemurmelt: »Hab keine Angst, Louis.«

»Ich habe keine Angst!« hatte ich in festem Ton geantwortet und mich wieder auf die Hindernisse auf meinem Weg konzentriert.

Am dritten Tag war immer noch keine Spur eines Pygmäen-Lagers zu sehen. Der Himmel existierte nur noch in der Erinnerung, und vor Erschöpfung waren unsere Muskeln gespannt wie eiserne Stangen. Mehr denn je hatte ich das Gefühl, senkrecht in einen endlosen Schacht in der Erde hinabzusteigen, mitten ins Herz des pflanzlichen Lebens vorzudringen – ohne Hoffnung auf Rückkehr.

Und doch, am 18. September nachmittags begegneten wir einem brennenden Baum. Ein roter Glutherd in einem feuchtgrünen Meer. Es war seit unserem Aufbruch das erste Anzeichen menschlicher Gegenwart. Hier hatte man es offensichtlich vorgezogen, den riesigen Stamm zu verbrennen, ehe er unter dem Gewicht der Regenmassen zusammenbrach. Triefend vor Nässe drehte Beckes sich um und sagte lächelnd: »Wir sind bald da.«

37

Das Lager Zoko war auf einer großen, kreisrunden Lichtung errichtet. Laubhütten und Katen aus Laterit reihten sich rund um den Hauptplatz, der vollständig gesäubert und leer wie ein Stück Wüste war. Merkwürdigerweise hatten der Boden, die Wände und Laubkuppeln nicht mehr die Farben des Waldes, Grün und Rot, sondern waren von einem harten Ocker, als hätten die Menschen hier sich durch den Dschungel bis zur Erdkruste hinunter gegraben. Ins Dickicht der Pflanzenwelt hatten sie eine regelrechte Bresche gehauen.

Es herrschte ein reges Treiben. Mit ausladenden Tragekörben aus geflochtenen Zweigen, randvoll mit Früchten, Körnern und Wurzelknollen, kehrten die Frauen vom Sammeln zurück, über andere Pfade trafen die Männer ein und schleppten erlegte Affen und Gazellen oder lange Fangnetze auf dem Rücken. Ein schwerer bläulicher Rauch waberte um die Hütten, kräuselte sich zu Spiralen und stieg schließlich über der Mitte des Lagers auf. Der Regen hatte vor kurzem aufgehört, und nach einer Weile erkannte ich in dem aufgeregten Durcheinander, dass vor den Hütten Frauen saßen und die Glut schürten, die den beißenden Rauch verströmte. »Pygmäen-Technik«, sagte Beckes. »Um die Insekten zu vertreiben.« Ein Gesang erhob sich, ein langer, hoher Singsang, durchsetzt mit plötzlichen klangvollen Tonsprüngen; die Sänger spielten mit ihrer Stimme wie auf einer hochempfindlichen Saite. Wir hatten diesen Gesang schon gehört, als wir an dem brennenden Baum vorbeigekommen waren. Die Akas kommunizierten auf diese Weise über größere Entfernungen oder drückten ganz einfach ihre Lebensfreude aus.

Ein großer Schwarzer kam uns entgegen: Alphonse, der Lehrer, der ›Eigentümer‹ der Pygmäen von Zoko. Er bestand darauf, dass wir uns vor Einbruch der Nacht auf einer zweiten, kleineren Lichtung in der Nähe niederließen. Dort stand ein etwa zehn Meter langes Regendach, unter dem seine Familie lebte. Neben diesem Dach schlug ich mein Zelt auf, während meine Gefährten Matten aus Palmenblättern flochten. Zum ersten Mal seit drei Tagen waren wir im Trockenen.

Alphonse redete wie ein Wasserfall, er erzählte von ›seinem‹ Dorf, wobei er auf jeden Bestandteil des Pygmäen-Lagers von weitem mit dem Finger deutete.

»Und Schwester Pascale?«, fragte ich am Ende seines Vortrags.

Alphonse runzelte die Stirn. »Die Klinik, meinen Sie? Sie ist am anderen Ende des Lagers, hinter den Bäumen. Ich rate Ihnen aber nicht, heute Abend hinzugehen. Die Schwester ist ärgerlich.«

»Ärgerlich?«

»Sehr ärgerlich«, wiederholte Alphonse nur, während er sich abwandte.

Die Träger bereiteten ein Lagerfeuer vor; ich trat zu ihnen und setzte mich auf einen winzigen Schemel. Bald knisterten die Flammen und verströmten einen intensiven Geruch von nassem Gras: nur sehr widerstrebend verbrannten die Pflanzen, die im Feuer gefangen waren. Jäh war die Nacht hereingebrochen, eine Nacht voller feuchter Schneisen, kühler Windzüge, gellender Vogelschreie. Tief in mir spürte ich etwas wie einen leisen Ruf, einen Hauch nur, leicht wie ein Aufatmen des Herzens; ich hob die Augen und begriff, was es mit diesem neuen Gefühl auf sich hatte: über uns öffnete sich ein klarer, sternenübersäter Himmel. Vier Tage war es her, seit ich zuletzt das Firmament gesehen hatte.

In dem Augenblick setzten die Trommeln ein.

Ich konnte nicht anders, ich musste lächeln. Es war so unwirklich – und zugleich so vorhersehbar. Im tiefsten Urwald hörten wir das Herz der Erde schlagen. Beckes stand auf und brummte: »Nebenan wird gefeiert, Louis. Da müssen wir hin.« Hinter ihm lachte Tina mit bebenden Schultern. Eine Minute später standen wir am Rand der großen Lichtung.

Im Halbdunkel erkannte man die Aka-Kinder, die kreuz und quer durcheinander liefen. Vor den Lehmhütten wickelten kleine Mädchen sich in Baströcke. Ein paar Jungen hatten Speere ergriffen und deuteten Tanzschritte an, aber sie gaben ihre Anstrengungen gleich wieder auf und krümmten sich vor Lachen. Aus dem umliegenden Gehölz kamen die Frauen und trugen auf der Hüfte Bündel von Laub und Zweigen herbei, und die Männer sahen dem Treiben belustigt zu, während sie die von Beckes ausgegebenen Zigaretten rauchten. Und ständig dröhnte die Trommel und verhieß kommende Entzückungen.

Alphonse eilte herbei, eine Windlampe in der Hand. »Wollen Sie die Pygmäen tanzen sehen, Chef?«, flüsterte er mir ins Ohr. »Dann folgen Sie mir.« Ich ging ihm nach. Er setzte sich auf eine kleine Bank nahe den Hütten und stellte die Lampe vor sich auf den Boden, so dass die kleinen Geistergestalten im Schein des Feuers deutlich zu sehen waren. Ihr festlicher Tanz zerriss die düstere Nacht.

Die Akas tanzten in zwei getrennten kreisförmigen Bögen. Auf der einen Seite die Männer, auf der anderen die Frauen. Ein dumpfer Singsang erhob sich: *»Aria mama, aria mama …«* In das Gewebe rauer und tiefer Stimmen mischte sich manchmal ein spitzer Kinderton, hoch und schrill über dem allgemeinen Tumult. *»Aria mama, aria mama …«* Im

Licht der Lampe sah ich zuerst die Frauen vorbeikommen. Runde Bäuche, geschmeidige Beine, Büschel von Laub. Gleich danach erschienen die Männer. Im Petroleumlicht schimmerten die karamelfarbenen Körper erst rot, dann goldbraun, dann aschgrau. Die Baströcke vibrierten gegen den Takt und hüllten die Hüften ihrer Träger in einen bebenden Schleier. *»Aria mama, aria mama …«*

Die hämmernden Trommelschläge wurden lauter. Mit gekrümmtem Rücken beugte der Trommler sich über sein Instrument, die Zigarette im Mund. Unter Einsatz aller Muskeln schlug er zu, und sein Hals war gereckt wie der eines Adlers. Ich erschauderte, als ich seine Augen sah: völlig weiß, leuchtend in der Dunkelheit. Alphonse bemerkte meinen Blick und begann zu lachen: »Ein Blinder. Nur ein Blinder. Und der beste aller Musiker.« Gleich darauf fielen die anderen Trommler ein. Der Rhythmus wurde schneller, füllte sich mit Echos und Synkopen und wuchs zu einem Lied der Erde an, das Schwindel erregend und unwiderstehlich aufbrandete. Weitere Stimmen erhoben sich, vereinigten sich, umschlangen einander über dem Grundgesang *›Aria mama, aria mama …‹*. Die Magie schwebte als leuchtende Klangwolke unter dem sternenklaren Himmel.

Wieder kamen die Frauen an der Lampe vorbei. In einer Reihe, jede mit den Händen auf den Hüften ihrer Vorgängerin, bewegten sie sich vorwärts im Takt – es war, als streiften und streichelten sie den Rhythmus, ihre Körper gehörten den Schlägen der Trommeln, wie das Echo dem Schrei gehört, der es auslöst. Sie waren selbst reiner Klang geworden, Widerhall aus Fleisch und Blut. Die Männer kehrten zurück. Kauernd, beide Hände auf dem Boden, schwangen sie hin und her wie Pendel – mit einem Mal Tiere geworden, Geister, Elfen …

»Was feiern sie denn?«, schrie ich Alphonse ins Ohr, um den Lärm der Trommeln zu übertönen.

Alphonse warf mir einen befremdeten Blick aus funkelnden Augen zu; der Rest seines Gesichts verschwand in der Dunkelheit. »Feiern?«, fragte er. »Sie feiern nicht, sie trauern. Eine Familie aus dem Süden hat ihre kleine Tochter verloren. Deswegen tanzen sie heute mit ihren Verwandten aus Zoko. Das ist so üblich.«

»Woran ist sie gestorben?«

Alphonse schüttelte den Kopf und schrie in mein Ohr: »Es ist grauenhaft, Chef! Ganz grauenhaft! Gomun wurde von einem Gorillaweibchen, einer Gorilla überfallen.«

Ein roter Schleier legte sich vor meine Augen.

»Was weiß man aber den Unfall?«, fragte ich mühsam.

»Nichts. Boma, der Lagerälteste, hat sie entdeckt. Gomun war an dem Abend nicht nach Hause gekommen. Die Leute haben Suchtrupps ausgeschickt. Sie fürchten die Rache des Waldes.«

»Rache?«

»Gomun hat nicht im Einklang mit der Tradition gelebt. Sie weigerte sich zu heiraten. Sie wollte bei Schwester Pascale weiterlernen. Aber die Geister lieben es nicht, wenn man sich über sie lustig macht. Deshalb hat die Gorilla sie überfallen. Das weiß jeder: der Wald hat sich gerächt.«

»Wie alt war Gomun?«

»Fünfzehn, glaube ich.«

»Wo genau hat sie gelebt?«

»In einem Lager im Südosten, nahe den Minen des weißen Mannes.«

Das Hämmern der Trommeln hielt meinen Geist gefangen. Der Blinde war gänzlich entfesselt und hieb mit hervorquellenden Augäpfeln auf sein Instrument ein.

»Ist das alles, was du mir sagen kannst? Sonst weißt du nichts?« rief ich.

Alphonse schnitt eine Grimasse, und seine weißen Zähne erschienen über einer rosafarbenen Zunge; mit einer wegwerfenden Geste erklärte er: »Lass gut sein, Chef. Die Geschichte ist hässlich. Sehr hässlich.«

Dann schickte er sich an, aufzustehen, aber ich hielt ihn am Arm fest. Der Schweiß rann mir über das Gesicht. »Denk gut nach, Alphonse«, sagte ich.

Der Schwarze geriet in Wut. »Was willst du eigentlich, Chef?«, schrie er mich an. »Dass die Gorilla zurückkommt? Sie hat Gomun die Arme und Beine ausgerissen. Sie hat alles ringsum niedergetrampelt, die Bäume, die Lianen, den Boden. Willst du, dass sie dich hört? Dass sie kommt und uns genauso zermalmt?«

Der M'Baka sprang auf und packte mit zorniger Geste seine Lampe.

Die Pygmäen tanzten immer noch, und jetzt imitierten sie eine Riesenraupe. Die Trommel des Blinden schlug schneller, immer schneller, und mein Herz ebenso. Die Serie von Morden war mir in Form von Namen und Leidensdaten ins Gehirn gebrannt. August 1977: Philipp Böhm. April 1991: Rajko Nikolitsch. September 1991: Gomun. Ich war sicher, dass man dem jungen Mädchen das Herz gestohlen hatte. Ein Detail kam mir in den Sinn. Alphonse hatte gesagt: »Sie hat alles ringsum niedergetrampelt, die Bäume, die Lianen, die Erde.« Zwanzig Tage zuvor hatte der Zigeuner Mermet, der Rajkos Leiche gefunden hatte, im Wald von Sliven zu mir gesagt: »Am Tag vorher muss es ein fürchterliches Gewitter gegeben haben. Denn überall lagen abgerissene Zweige und Äste herum, junge Bäume waren umgestürzt.«

Wieso hatte ich nicht früher begriffen? Die Mörder pflegten im Helikopter zu reisen.

38

Um fünf Uhr brach der Tag an. Durch den Wald hallten die Schreie der Tiere, aber sie klangen wie durch Watte gedämpft. Ich hatte die ganze Nacht nicht geschlafen. Gegen zwei Uhr morgens hatten die Akas ihre Zeremonie beendet, ich war in der schwarzen Stille unter dem Dach der Palmenblätter sitzen geblieben und hatte in die letzte Glut gestarrt, die ihren mattroten Schimmer in die Dunkelheit warf. Ich empfand keinerlei Angst mehr, nur eine bleischwere Müdigkeit und ein sonderbares Gefühl der Ruhe, fast der Sicherheit. Als bewegte ich mich jetzt in unmittelbarer Nähe des Krakenkörpers – zu nah, als dass seine Fangarme mich noch hätten packen können.

Der erste Regen des Tages setzte ein, zuerst nur als ein leichtes Tröpfeln, aber bald schon in dichten, gleichmäßigen Schauern. Ich stand auf und ging zum Lager Zoko.

Vor den Hütten brannten bereits die Feuer, ein paar Frauen waren mit der Reparatur eines langen Netzes beschäftigt, sicher für die Jagd des Tages. Ich überquerte den Platz und entdeckte hinter den Hütten ein großes Betongebäude, über dem ein weißes Kreuz aufragte. Ringsum erstreckten sich Gärten mit Blumen- und Gemüsebeeten. Ich ging auf die offen stehende Tür zu; ein großer Schwarzer stellte sich mir mit feindseliger Miene in den Weg. »Ist Schwester Pascale schon auf?«, fragte ich. Ehe der Mann antworten konnte, ertönte drinnen eine Stimme: »Nur herein, keine Angst.« Ein autoritärer Tonfall, der keinen Widerspruch duldete. Ich gehorchte.

Schwester Pascale trug keinen Schleier und keine Nonnentracht, sie war lediglich schwarz gekleidet, in Rock und Pullover. Ihre Haare waren kurz geschnitten, grau und widerborstig, und ihr Gesicht trotz zahlreicher Runzeln so zeitlos, wie Steine und Flüsse es sind; wie stählerne Klingen stachen ihre eisgrauen Augen aus dem Schlick der Jahre. Sie war breitschultrig und stämmig, mit Händen wie Schaufeln, und ich erkannte auf den ersten Blick, dass diese Frau durchaus gerüstet war, um mit den Gefahren des Dschungels, tödlichen Krankheiten und grausamen Jägern fertig zu werden.

»Was wollen Sie?«, fragte sie, ohne mich eines Blickes zu würdigen.

Sie saß am Tisch bei einer Tasse Kaffee und bestrich Brotscheiben mit Butter.

Das Zimmer war weitgehend leer, abgesehen von ein paar Stühlen rund um den Tisch, einem Spülstein und einem Kühlschrank. An der Wand hing ein holzgeschnitzter Christus am Kreuz und bewachte den Raum mit seinem Märtyrerblick.

»Ich heiße Louis Antioche«, sagte ich. »Franzose. Ich bin Tausende von Kilometern bis hierher gekommen, um Antwort auf bestimmte Fragen zu finden, und ich denke, Sie können mir helfen.«

Schwester Pascale strich gelassen weiter ihre Brotscheiben. Es war ein weiches, feuchtes, mehr oder weniger gut erhaltenes Brot, dessen blendendes Weiß hier, mitten im Dschungel, wie ein unerwarteter Schatz wirkte. Die Schwester bemerkte meinen Blick.

»Oh, verzeihen Sie. Ich vernachlässige meine Pflicht. Nehmen Sie bitte Platz und frühstücken Sie mit mir.«

Ich holte mir einen Stuhl, während sie mir einen Blick zuwarf, der nichts als Gleichgültigkeit ausdrückte.

»Und was sind das für Fragen?«

»Zuerst möchte ich wissen, wie das Mädchen Gomun gestorben ist.«

Die Frage entlockte ihr keine Äußerung des Erstaunens. Sie gab zunächst auch keine Antwort, sondern griff nach der heißen Kaffeekanne und fragte. »Trinken Sie Kaffee? Oder ziehen Sie Tee vor?«

»Tee ist mir lieber, danke.«

Sie winkte dem Boy, der sich im Hintergrund hielt, und rief ihm etwas auf Sango zu. Sekunden später stand eine dampfende Tasse vor mir, und ich roch den herben Duft irgendeiner Darjeeling-Sorte.

»Sie interessieren sich also für die Akas?«, fragte Schwester Pascale.

»Nein«, sagte ich, während ich in meine Tasse blies. »Ich interessiere mich für gewaltsame Todesfälle.«

»Wie das?«

»Weil mehrere Menschen auf dieselbe Weise umgebracht worden sind, hier in diesem Wald und anderswo.«

»Stellen Sie Nachforschungen über wilde Tiere an?«

»Ja, gewissermaßen. So kann man das wohl sagen.«

Über unseren Köpfen trommelte der Regen aufs Dach, Schwester Pascale tunkte ihr Brot ein, das sich bei der Berührung mit der Flüssigkeit in Brei verwandelte, so dass sie mit einer raschen Bewegung des Unterkiefers nach dem äußersten Ende des Brotes schnappte, das abzufallen drohte. Mit keinem Zeichen gab sie zu erkennen, dass meine Reden sie irgendwie befremdeten, aber ich fand, dass hinter ihren Worten eine merkwürdige Ironie lauerte. Ich versuchte, ihre Doppelsinnigkeiten zu unterbinden.

»Schwester Pascale, lassen Sie uns ganz offen sein. Ich glaube kein Wort von dieser Gorillageschichte. Vom Dschungel habe ich keine Ahnung, aber zufällig weiß ich, dass Gorillas in dieser Gegend eher selten sind. Ich denke, Gomuns Tod gehört in dieselbe Reihe von Verbrechen, über die ich Nachforschungen anstelle.«

»Junger Mann, mir ist nicht klar, wovon Sie reden. Zuerst müssten Sie mir erklären, wer Sie sind und was Sie herführt. Wir sind mehr als fünfhundert Kilometer von Bangui entfernt. Sie mussten etwa vier Tage marschieren, um in dieses gottverlassene Urwaldnest zu kommen, und man braucht triftige Gründe, um derlei auf sich zu nehmen. Sie sind offensichtlich weder von der französischen Armee, noch sind Sie Völkerkundler oder Geologe oder haben sonst irgendwie mit Diamanten zu tun. Wenn Sie wollen, dass ich Ihnen helfe, rate ich ihnen, mich zunächst einmal aufzuklären.«

Mit so knappen Worten wie möglich fasste ich meine bisherigen Erlebnisse zusammen. Ich berichtete von den Störchen und den angeblichen Unfällen entlang der Vogelroute. Ich sprach von Rajkos Tod durch die Klauen eines Bären. Ich berichtete von dem tödlichen Angriff eines Gorillas auf Philipp Böhm und beschrieb die Umstände dieser Todesfälle – und die verblüffende Übereinstimmung mit den Todesumständen von Gomun. Die Entwendung der Herzen aber erwähnte ich vorerst nicht, ebenso wenig wie den Diamantenschmuggel und die Methode der Beförderung. Ich wollte das Augenmerk der Schwester lediglich auf die merkwürdigen Ähnlichkeiten lenken.

Die Missionsschwester starrte mich aus ihren blaugrauen Augen ungläubig an. Auf das Dach hämmerte der Regen.

»Das klingt mir sehr an den Haaren herbeigezogen. Aber gut – was sind Ihre Fragen?«

»Was wissen Sie über die Umstände von Gomuns Tod? Haben Sie die Leiche gesehen?«

»Nein. Sie ist mehrere Kilometer von hier begraben. Gomun stammte aus einer Nomadenfamilie, die weiter im Süden umherzieht.«

»Haben Sie etwas über den Zustand der Leiche gehört?«

»Müssen wir wirklich darüber reden?«

»Ja, leider. Es ist sehr wichtig.«

»Ein Arm und ein Bein waren ausgerissen. Ihr Körper war übersät von Wunden und Rissen und hatte einen riesigen klaffenden Spalt längs durch den Brustkorb. Innen war alles zerfetzt, denn die Tiere des Dschungels hatten schon angefangen, ihre Organe aufzufressen.«

»Was für Tiere?«

»Wildschweine, Raubkatzen wahrscheinlich. Die Akas haben von Krallenhieben am Hals, auf den Brüsten und den Armen gesprochen. Woher soll man das wissen? Die Pygmäen haben das arme Mädchen in ihrem Lager begraben und den Ort danach für immer verlassen, wie die Tradition es vorschreibt.«

»Keine Spuren einer Verstümmelung?«

Schwester Pascale, die ihre Kaffeetasse mit beiden Händen festhielt, zögerte, dann schob sie die Tasse von sich, und ich bemerkte, dass ihre Hände leicht zitterten. Mit gedämpfter Stimme sagte sie: »Doch …«, und setzte nach einer Weile hinzu: »Ihr Geschlecht war aufgerissen.«

»Meinen Sie, sie wurde vergewaltigt?«

»Nein. Ich spreche von einer Wunde. Ihre Vagina wurde auseinander gerissen, durch Klauen oder Krallen. Und die Schamlippen waren zum größten Teil abgetrennt.«

»War das Körperinnere intakt? Ich meine, waren noch alle Organe vorhanden?«

»Ich sagte Ihnen doch: manche waren halb aufgefressen. Das ist alles, was ich weiß. Die arme Kleine war noch nicht einmal fünfzehn. Gott sei ihrer Seele gnädig.«

Die Schwester verstummte, aber ich ließ nicht locker: »Was für eine Art Mädchen war Gomun?«

»Sehr eifrig, sehr lernbegeistert. Meinen Unterricht hat sie gern besucht und war immer sehr aufmerksam. Sie hat sich von der Aka-Tradition abgewandt. Sie wollte weiterstudieren, in die Stadt ziehen, unter den großen Schwarzen leben. Vor kurzem hat sie sich sogar geweigert, zu heiraten. Deshalb sind die Pygmäen fest überzeugt, die Waldgeister hätten sich an ihr gerächt. Und deshalb haben sie gestern so lang getanzt: sie wollen sich mit dem Wald versöhnen. Ich kann jetzt selber nicht länger hier bleiben, ich muss zur SCAD zurück. Es heißt, Gomun sei meinetwegen gestorben.«

»Sie selbst scheinen aber nicht sehr verstört, Schwester.«

Sie schnaubte. »Sie kennen den Urwald nicht«, sagte sie. »Wir leben hier ständig mit dem Tod zusammen. Er schlägt regelmäßig und blindlings zu. Vor fünf Jahren habe ich in Bagou unterrichtet, einem anderen Lager nicht weit von hier. Innerhalb von zwei Monaten waren von den hundert Einwohnern sechzig tot. Eine Tuberkuloseepidemie. Eingeschleppt von den großen Schwarzen. Früher lebten die Pygmäen in Sicherheit vor den Mikroben, sie waren geschützt durch den dichten Urwald, der sich wie eine Glasglocke über sie gestülpt hatte. Heute werden sie durch ›importierte‹ Krankheiten dezimiert. Sie brauchen Leute wie mich, ärztliche Versorgung, Medikamente. Ich tue meine Arbeit und denke nicht weiter darüber nach.«

»War Gomun häufig allein im Wald unterwegs? Hat sie sich vom Lager entfernt?«

»Ja, sie war eine Einzelgängerin. Sie ist gern die Pfade entlanggegangen und hat ihre Bücher mitgenommen. Gomun liebte den Wald, seine Gerüche, seine Geräusche, seine Tiere. In dieser Hinsicht war sie eine typische Aka.«

»Hat sie sich bei den Diamantenminen herumgetrieben?«

»Das weiß ich nicht. Was soll diese Frage? Sie bestehen auf Ihrer Mordhypothese, wie? Aber das ist lächerlich – wer sollte einer kleinen Aka etwas zuleide tun, die noch nie aus dem Dschungel herausgekommen ist?«

»Schwester Pascale, ich habe Ihnen nicht alles gesagt. Ich habe zwar Rajko Nikolitsch erwähnt, der dieses Frühjahr in Bulgarien ermordet wurde, und Philipp Böhm, der 1977 hier im Wald umgebracht wurde. Tatsächlich ist diesen Morden eines gemeinsam.«

»Und das wäre?«

»In beiden Fällen haben die Mörder das Herz des Opfers herausgetrennt, und zwar auf höchst professionelle Weise, nach einer Methode, wie sie für Transplantationen angewandt wird.«

»Aber das ist doch Unsinn. Mitten in der Wildnis ist eine solche Operation völlig undenkbar.«

Schwester Pascale ließ sich nicht aus der Ruhe bringen. Ihre Augen funkelten kalt wie je, nur ihre Wimpern erbebten leicht.

»Es ist aber die Wahrheit. Ich habe den Arzt kennen gelernt, der die Autopsie an dem Zigeuner in Bulgarien vorgenommen hat. Er hat nicht den geringsten Zweifel. Diese Mörder verfügen über kolossale Mittel und sind in der Lage, überall unter optimalen Bedingungen zu operieren.«

»Ist ihnen klar, was das heißt?«

»Ja. Ein Helikopter, Stromgeneratoren, ein Druckausgleichszelt, wahrscheinlich noch einiges andere ... jedenfalls keine unüberwindbaren Schwierigkeiten.«

»Na und«, fuhr die Missionsschwester mich an. »Glauben Sie etwa, dass die kleine Gomun ...«

»Ich bin mir so gut wie sicher.«

Die Schwester schüttelte den Kopf, entgegen dem Rhythmus der Regentropfen, die schwer auf dem Dach zerbarsten. Ich wandte den Blick ab und starrte durch die Türöffnung auf die Vegetation hinaus. Der Wald schien wie berauscht von der Nässe.

»Ich bin noch nicht fertig«, fing ich wieder an. »Ich habe Ihnen von dem ›Unfall‹ erzählt, der sich 1977 im zentralafrikanischen Urwald ereignet hat. Waren Sie damals schon hier?«

»Nein, ich war in Kamerun.«

»In diesem Jahr, im August, wurde Philipp Böhm tot im Wald gefunden, ein wenig südlich von hier im Kongo. Auf dieselbe brutale Weise ermordet und zerstückelt, und das Herz war auf technisch einwandfreie Weise entfernt worden.«

»Wer war das? Ein Franzose?«

»Er war der Sohn von Max Böhm, einem Schweizer, der nicht weit von hier in den Diamantenminen gearbeitet hat; Sie haben sicherlich von ihm gehört. Man hat sich die Mühe gemacht, die Leiche des Jungen nach M'Baiki zu bringen. In der dortigen Klinik wurde eine Autopsie durchgeführt, die zu dem Ergebnis kam: ›Angriff durch einen Gorilla.‹ Aber ich habe den Beweis, dass dieser Befund diktiert und der Totenschein manipuliert wurde. Mehrere Spuren, die eindeutig menschlicher Herkunft waren, wurden verschwiegen.«

»Wie können Sie da so sicher sein?«

»Ich habe den Autopsiearzt ausfindig gemacht. Einen Zentralafrikaner namens M'Diaye.«

Die Schwester begann zu lachen. »Aber M'Diaye ist ein landbekannter Säufer!« rief sie.

»Damals war er noch keiner.«

»Worauf wollen Sie hinaus? Was hat M'Diaye Ihnen über die angebliche Operation gesagt? Was für menschliche Spuren waren das?«

Ich beugte mich zu ihr und flüsterte: »Eine Sternotomie. Die Schnitte mit dem Skalpell gesetzt. Perfekte Durchtrennung der Arterien.«

Ich legte eine Pause ein, während der ich Schwester Pascale beobachtete. Ihre graue Gesichtshaut zuckte, und sie legte eine Hand an die Schläfe.

»Herr im Himmel … warum verübt jemand solche Grausamkeiten?«

»Um einen anderen Menschen zu retten. Philipp Böhms Herz wurde seinem eigenen Vater implantiert. Max Böhm hatte ein paar Tage zuvor einen schweren Herzinfarkt erlitten.«

»Aber das ist doch nicht möglich … das ist ungeheuerlich! …«

»Glauben Sie mir. Vor vier Tagen habe ich M'Diayes Aussage gehört. Sie stimmt mit dem Bericht überein, den ich in Sofia über Rajko gehört habe. Alle Fakten deuten darauf hin, dass in beiden Fällen derselbe mörderische Wahnsinn, derselbe Sadismus am Werk war. Der übrigens ein sonderbarer Sadismus ist, denn offensichtlich dient er auch dazu, Menschenleben zu retten. Gomun ist diesen Mördern zum Opfer gefallen.« Schwester Pascale stützte die Stirn in die Hand und schüttelte den Kopf. »Sie sind verrückt, Sie sind verrückt … Für Gomun haben Sie nicht den geringsten Beweis.«

»Das ist es eben. Dafür brauche ich Sie.«

Die Schwester fuhr auf und sah mich starr an. Ohne ihr Zeit für eine Antwort zu lassen, setzte ich hinzu: »Kennen Sie sich in Chirurgie aus?« Sie sah mich immer noch an, verständnislos. »Ich habe in Kriegslazaretten gearbeitet«, antwortete sie. »In Vietnam und Kambodscha. Worauf wollen Sie denn hinaus?«

»Ich möchte die Leiche exhumieren und Sie bitten, eine Autopsie durchzuführen.«

»Sie sind wohl nicht bei Trost.«

»Schwester Pascale, ich muss meine Vermutungen überprüfen. Sie allein können mir dabei helfen. Nur Sie können sagen, ob die Verstümmelungen an den Organen in Gomuns Körper durch ein Chirurgenmesser entstanden oder die Spuren eines Angriffs durch ein wildes Tier sind.«

Die Missionarsschwester ballte die Fäuste, und ihre Augen blitzten metallisch – Stahlkugeln unter Lidern aus Fleisch und Blut.

»Das Lager, in dem Gomun gelebt hat, ist zu weit und fast unzugänglich.«

»Wir lassen uns hinführen.«

»Dorthin begleitet uns keiner. Und niemand wird Ihnen erlauben, ein Grab zu schänden.«

»Wir tun es gemeinsam, es wird niemand anderes dabei sein. Nur Sie und ich.«

»Sinnlos. Bei diesem Klima, zumal im Urwald, geht der Zerfallsprozeß ungeheuer schnell vonstatten. Gomun wurde vor etwa zweiundsiebzig Stunden begraben. Ihr Körper wird inzwischen nur noch eine faulige Masse voller Würmer sein.«

»Präzise Schnitte mit einem chirurgischen Messer lassen sich selbst beim derzeitigen Zustand der Leiche noch erkennen. Wahrscheinlich wird Ihnen schon ein kurzer Blick genügen. Wir können den Wettlauf gewinnen, Sie und ich. Es geht um die Wahrheit, die grausame Wahrheit, gegenüber einem unsinnigen Aberglauben.«

»Mein Sohn, bedenken Sie bitte, mit wem Sie sprechen!«

»Das tue ich, Schwester Pascale. Die Abscheulichkeit eines faulenden Leibes ist nichts gegenüber der Größe der Wahrheit. Haben die Kinder Gottes sich nicht dem Licht verschrieben?«

»Ich verbitte mir diese gotteslästerlichen Reden!«

Schwester Pascale stand auf, ihr Stuhl scharrte quietschend über den Betonboden. Ihre Augen waren nur noch schmale Schlitze in der schiefergrauen Haut. Dann sagte sie, widerwillig: »Gehen wir. Jetzt gleich.«

Sie machte auf den Fersen kehrt und rief dem schwarzen Mann auf Sango etwas zu, der sofort erschien und geschäftig hin und her hastete. Die Missionsschwester zog ein silbernes Kruzifix an einer Metallkette aus ihrem schwarzen Pullover und küsste es, wobei sie ein paar Worte murmelte. Als sie den Christus wieder auf die Brust sinken ließ, bemerkte ich, dass der Querbalken des Kreuzes abwärts gebogen war, als hätte sich unter dem Gewicht des Leidens das Marterinstrument selbst gebeugt. Ich stand ebenfalls auf – schwankend, denn ich hatte seit dem Vortag nichts gegessen und nicht geschlafen. Auf dem Tisch stand unangetastet meine Teetasse. Ich leerte sie in einem Zug. Der Darjeeling war lauwarm und zähflüssig und schmeckte nach Blut.

39

Mehrere Stunden waren wir unterwegs. Victor, der schwarze Boy der Missionsschwester, ging voraus und hieb uns mit der Machete den Durchgang frei. Ihm folgte Schwester Pascale, sehr aufrecht in ihrem khakifarbenen Poncho. Ich bildete die Nachhut; finster entschlossen und konzentriert kämpfte ich mich voran. Wir hielten direkt nach Süden und gingen rasch und schweigend. Wir stapften, kletterten, rutschten, stiegen über halbvermoderte Baumstämme und gewundene Wurzeln, über zerfressene Felsen und glitschige Äste, wateten durch Wasserlöcher und schnitten uns an messerscharfen Blättern. Und der Regen hielt unvermindert an. Wir marschierten durch seine schimmernden Spieße wie Soldaten, die auf dem Weg zur Front Pfähle der Angst passieren. Die Sümpfe wurden immer zahlreicher, bis zum Bauch versanken wir im schwarzen Pfuhl und hatten das Gefühl, rettungslos hinabgezogen zu werden.

Kein Schrei, keine lebendige Gegenwart unterbrach diesen halbtägigen Fußmarsch. Die Tiere des Waldes hielten sich unter Blättern oder in Erdhöhlen versteckt und waren vollkommen unsichtbar. Lediglich drei Pygmäen begegneten uns; einer von ihnen trug ein ocker und schwarz gestreiftes Tarnhemd, das er wer weiß wo aufgetrieben hatte. Ein schmaler Streifen krauser Haare zog sich über seinen ansonsten kahlen Schädel: ein wahrer Hahnenkamm nach Art der Mohikaner. Der Mann an der Spitze des kleinen Zugs trug einen mit rauchender Glut gefüllten Behälter und einen zylinderförmigen geschlossenen Korb aus geflochtenen Blättern. Schwester Pascale sprach ihn an – es war das erste Mal, dass ich sie die Sprache der Aka sprechen hörte, und ihre tiefe Stimme erklang in den typischen ›Hmm-hmm‹-Lauten und langen schwebenden Vokalen. Der Aka öffnete seinen Korb und reichte ihn der Missionsschwester. Wieder sprachen sie miteinander, während wir starr und stumm im Regen standen, der erbarmungslos auf uns herabstürzte, als hätte er uns eigens zur Zielscheibe erkoren. Unter der Wucht der schweren Tropfen bogen sich die Blätter an den Bäumen, und an den Stämmen, die schwarz vor Nässe waren, rannen Sturzbäche herab.

Ohne mich anzusehen, murmelte die Missionsschwester: »Das ist wilder Honig.« Ich beugte mich über den Korb und erblickte glänzende Waben, Bienen krochen darauf herum. Ich warf dem Mann einen Blick zu. Er grinste mich mit seinen zugespitzten Zähnen breit an, und ich sah, dass seine Schultern von zahlreichen Stichen geschwollen waren. Ich stellte mir vor, wie der Mann einen bienenumschwärmten Stamm erklomm und unter das Laubdach kroch, um sich der Raserei des angegriffenen Volkes auszusetzen, wie er mit beiden Händen tief in den Rindenspalt tauchte und im Bienenstock herumtastete, um ein paar süße Waben hervorzuholen. Als hätte er mir meine Gedanken vom Gesicht abgelesen, nahm der Aka eine honigtriefende Wabe aus seinem Korb und hielt sie mir hin. Ich brach ein Stück davon ab und steckte es in den Mund, und sofort füllte sich mein ganzer Rachen mit einem einzigartigen, schweren und intensiven Duft. Der Druck meiner Zunge ließ einen außergewöhnlich aromatischen Nektar aus den papierdünnen Sechsecken fließen, so mild und so süß, dass ich tief im Bauch eine Art Rausch davon verspürte – als wären auf einmal meine Eingeweide betrunken.

Eine halbe Stunde später erreichten wir Gomuns verlassenes Lager. Die Vegetation hatte sich völlig verwandelt, es war nicht länger das undurchdringliche Dickicht, das uns die letzten Stunden umgeben hatte, im Gegenteil – der Wald war hier luftig und licht. So weit das Auge reichte, reihten sich schlanke schwarze Baumstämme in nahezu perfekter Symmetrie aneinander. Wir betraten das Geisterlager. Nur wenige Hütten waren hier errichtet, ohne ersichtliche Ordnung an den Fuß der Bäume geschmiegt, und es herrschte eine Einsamkeit, die körperlich spürbar war. Merkwürdigerweise erinnerte mich dieses vollkommen leere, vollkommen reglose Gelände an Böhms Haus, als ich es am Morgen vor meiner Abreise durchsucht hatte – auch dies ein Ort, in dem der Tod wohnte. Vor einer kleinen Hütte, einem Kuppeldach aus Blättern, blieb Schwester Pascale stehen. Sie sagte ein paar Worte zu Victor, der daraufhin zwei in Stoff-Fetzen gehüllte Schaufeln aus seinem Sack zog. Die Missionsschwester zeigte auf einen frisch aufgeworfenen Erdhügel neben der Kuppel aus Laub. »Dort ist es«, sagte sie; im Prasseln des Regens war ihre Stimme kaum hörbar. Ich stellte meinen Rucksack ab und griff nach einer Schaufel. Victor starrte mich stumm und bebend an. Ich zuckte die Achseln und fuhr mit der Schaufel in die rote Erde und hatte dabei das Gefühl, als stieße ich eine Klinge ins lebendige Fleisch eines Menschen.

Ich schaufelte. Schwester Pascale sprach unterdessen auf Victor ein – offensichtlich hatte sie ihm den Zweck unserer Expedition nicht erklärt. Inzwischen hatte ich den Hügel abgetragen und arbeitete mich in die Tiefe vor: die äußerst weiche, krümelige Erde bot nicht den geringsten Widerstand. Binnen weniger Minuten war ich bereits auf einen halben Meter Tiefe vorgedrungen. Meine Füße versanken zwischen Insekten und Wurzeln im Humus. »Victor!« rief die Schwester. Ich blickte auf und sah den M'Baka, der wie vom Donner gerührt, mit hervorquellenden Augen vor uns stand. Sein Blick fuhr gehetzt von ihr zu mir und wieder zurück, dann drehte er sich um und ergriff in Panik die Flucht.

Schweigen legte sich um uns, ich grub weiter. Dann hörte ich, wie die zweite Schaufel aufgehoben wurde, und ich murmelte, ohne aufzusehen: »Lassen Sie doch. Bitte.« Ich stand mittlerweile bis zum Bauch in der Grube. Um mich herum wimmelte es von Würmern, Tausendfüßlern, Käfern und Spinnen; manche flohen vor der Wucht meiner Schaufelhiebe, andere klammerten sich am Stoff meiner Hose fest, als wollten sie mich hindern, dieses Erdbeben, das ich ihnen antat, noch länger fortzusetzen. Der Geruch der Erde betäubte mir die Sinne, rhythmisch fuhr die Schaufel in den nassen Grund, ich grub und grub und vergaß, was ich eigentlich suchte. Doch das plötzliche Zusammentreffen mit einer härteren Fläche brachte mich zur Realität zurück. Und ich hörte die tonlose Stimme meiner Gefährtin: »Das ist die Rinde. Sie sind durch, Louis.«

Ich zögerte den Bruchteil einer Sekunde, dann schabte ich mit dem Schaufelrand die Erde ab. Ein Stück Holz erschien. Seine Oberfläche war leicht gewölbt, rot und rissig. Ich warf die Schaufel beiseite und versuchte den Rindenpanzer mit bloßen Händen herauszuzerren. Beim ersten Mal glitt ich ab, rutschte aus und fiel in den Schlamm. Vom Rand des Grabes aus reichte Schwester Pascale mir die Hand, aber ich schrie sie an: »Lassen Sie mich in Ruhe!« Ich fing von neuem an zu ziehen. Diesmal bewegte sich die Rinde. Es goss immer noch in Strömen, und das offene Grab begann sich mit Wasser zu füllen. Auf einmal gab die Rindenplatte mit einem jähen Ruck nach, mit dem ich nicht gerechnet hatte, und durch den ungebremsten Schwung fiel ich abermals um, wobei mir der Sargdeckel auf den Schädel prallte. Ich spürte eine merkwürdige Weiche und wunderte mich eine Sekunde lang über diese unerwartete Empfindung, aber dann stieß ich einen markerschütternden Schrei aus: diese Weichheit war der Kontakt mit Gomuns Haut, mit ihrem Kinderkörper.

Ich riss mich zusammen und rappelte mich hoch. Zu meinen Füßen lag die Leiche des jungen Mädchens. Sie war in ein ärmliches, verwaschenes Kleid mit Blumenmuster und eine abgeschabte Jacke gekleidet, und beim Anblick dieser

Schäbigkeit zog sich mir das Herz zusammen. Aber ich war überrascht über die Schönheit des Kindes, die makellos wirkte. Ihre Familie hatte sich die Mühe gemacht, vor der Bestattung sämtliche Wunden zu vertuschen – nur ein paar kaum sichtbare Narben zogen sich über ihre Hände und nackten Knöchel. Ihr Gesicht war unversehrt. Tiefe dunkle Ringe lagen um ihre geschlossenen Augen. Schlafes Bruder, dachte ich und war verblüfft über die Wahrheit dieser Binsenweisheit: der Tod schien mir dem Schlaf so ähnlich wie ein Tropfen schwarzer Tinte dem anderen. Die Nässe an meinen Füßen aber brachte mir die Dringlichkeit der Situation zu Bewusstsein. Ich rief: »Jetzt sind Sie an der Reihe. Steigen Sie herunter. Die Grube steht bald unter Wasser!« Schwester Pascale, die ihren Poncho abgelegt hatte, stand aufrecht am Rand des Grabes, beide Hände nervös um das Kruzifix geklammert. Ihre metallgrauen Haare, ihr aschfarbenes Gesicht glänzten im Regen und ließen sie aussehen wie ein eisernes Standbild. Die Augen hielt sie starr auf die Leiche geheftet. Ich schrie erneut: »Schnell, bitte schnell! Wir haben nicht viel Zeit!«

Sie aber verharrte reglos. Ihr Körper erbebte unter einem krampfhaften Zittern, das stoßweise erfolgte, als stünde sie unter Strom.

»Schwester Pascale!«

Sie zeigte mit dem Finger auf das Grab, dann stammelte sie mit der Stimme eines Automaten: »Herr im Himmel, die Leiche … die Leiche löst sich auf …«

Ich sah hinab und prallte entsetzt zurück gegen die schlammige Wand. Wahre Sturzbäche von Regenwasser flossen in die Grube und unter das Kleid und blähten den Stoff, und jetzt trieb eines ihre Beine in der Lache, einen Meter vom Körper entfernt. Auch der rechte Arm begann sich von der Schulter zu lösen, im Halsausschnitt war weiß der hervorspringende Knochen zu sehen. »Um Gottes willen«, murmelte ich und kletterte, so rasch ich konnte, durch die rötliche Flut aus dem Grab. Oben legte ich mich sofort flach auf die Erde und langte mit beiden Händen hinab, um das Mädchen unter den Achseln zu fassen. Der rechte Arm schwamm davon und trieb plätschernd im Rindensarg, der glitschige Stoff des Kleides entglitt meinen Händen, die Leiche sackte zurück, und ich brüllte vor Wut: »Schwester, helfen Sie mir! Lieber Gott, so helfen Sie mir doch!« Aber die Frau rührte sich nicht. Ich blickte zu ihr hinauf und sah, dass ihr Körper zuckte wie unter Elektroschocks und ihre Lippen bebten, dann hörte ich auf einmal ihre Stimme:

»… Herr Jesus Christus,
der du deinen Freund Lazarus im Grab beweintest,
trockne unsere Tränen.
Wir bitten dich, erhöre uns …«

Wieder tauchte ich die Arme in den Schlamm und zerrte heftiger an der Kinderleiche. Der Kopf tauchte auf, aber unter dem Druck öffnete sich ihr Mund, und ein Schwall weißlicher Würmer quoll hervor. Das Aka-Mädchen war nur noch eine Hülle aus Haut, die Millionen von Aasfressern beherbergte. Ich wandte den Kopf ab und erbrach einen gelben Strahl Galle, ließ aber nicht locker.

»… der du die Toten zum Leben erwecktest,
schenke unserer Schwester das ewige Leben.
Wir bitten dich, erhöre uns …«

Ich zog weiter und schaffte es schließlich, das kleine Mädchen aus der schlammigen Grube zu ziehen. Gomun hatte den rechten Arm und ein Bein verloren, und das schlammgetränkte Kleid hing schlaff über die verwaiste Hüfte. Ich sah mich nach der nächstgelegenen Hütte um, dann packte ich die Leiche und schleppte sie unter das trockene Blätterdach.

»… du heiligtest unsere Schwester im Wasser der Taufe.
Schenke ihr das Leben der Kinder Gottes im Überfluss.
Wir bitten dich, erhöre uns …«

Ich legte den kleinen Körper im Dunkeln auf den trockenen Boden. Das Dach war so niedrig, dass ich mich nur auf Knien fortbewegen konnte. Ich sprang hinaus ins Freie, wusch mir notdürftig die Hände in einer Regenlache, packte Schwester Pascales Sack und trug ihn in die Hütte. Dort wickelte ich ihr Material aus: chirurgische Instrumente in steriler Verpackung, Gummihandschuhe, mehrere Kittel, eine Sturmlampe und merkwürdigerweise auch ein Wagenheber. Außerdem fand ich Gesichtsmasken aus grünem Papier und mehrere Flaschen Wasser. Alles war intakt. Ich legte sämtliches Material auf eine Plastikplane, wobei ich leider nicht verhindern konnte, dass mein Blick auf Gomun fiel, aus deren Mund, Augen und Nase widerliches Gewürm sickerte. Auf der Höhe des Bauches bewegte sich ihr nasses Kleid: offensichtlich wimmelte es darunter von Millionen abscheulicher Maden. Der Gestank war unerträglich.

»… Du nährtest sie mit deinem Leib,
nimm sie auf in dein Reich.
Wir bitten dich, erhöre uns …«

Ich kroch wieder aus der Hütte. Schwester Pascale stand immer noch aufrecht da und betete fanatisch. Ich packte sie an beiden Armen und schüttelte sie heftig, um sie aus ihrer mystischen Lähmung zu befreien.

»Schwester!«, brüllte ich. »Herrgott im Himmel, wachen Sie auf!«

Sie zuckte so heftig zusammen, dass sie meinem Eisengriff entschlüpfte. Allmählich fasste sie sich wieder. Nach einer Minute nickte sie leicht mit dem Kopf, und ich stützte sie, bis wir vor der Hütte waren.

Dort zündete ich die Sturmlampe an und befestigte sie an dem Geflecht aus Zweigen. Ein milchiges Licht blendete uns. Ich legte der Schwester eine Gesichtsmaske um und zog ihr den Kittel an, dann die Handschuhe. Sie zitterte nicht mehr. Ihre farblosen Augen waren auf die Leiche geheftet, und ihr Atem blähte die papierne Membran der Maske. Mit knapper Geste befahl sie mir, ihr die chirurgischen Instrumente zu bringen. Ich gehorchte. Ich hatte mir ebenfalls eine Gesichtsmaske angelegt und trug jetzt Handschuhe – nachdem ich die Leiche bereits mit bloßen Händen angefasst hatte. Unterdessen schnitt Schwester Pascale mit der Schere das Kleid entzwei und entblößte den Rumpf.

Von neuem überkam mich ein Schwall von Übelkeit.

Der Oberkörper der kleinen Aka war eine einzige Wunde – eine Ansammlung vielfältiger, sorgfältig ausgeführter Schnitte, das Werk eines Wahnsinnigen. Eine ihrer kleinen Brüste war nahezu vollständig abgetrennt, und die gesamte rechte Seite war von der Achsel bis zur Leiste von tiefen Rissen übersät, deren Ränder schwarz und zerklüftet offenstanden wie abscheuliche Lippen. Darüber ragte der Knochen des Schultergelenks aus dem Fleisch. Und vor allem klaffte in der Mitte die lange, gerade, scharfkantige Wunde, die den Brustkorb in zwei Hälften teilte. Mit Entsetzen sah ich, wie zu beiden Seiten die Haut leise zuckte, als wäre die Brust zu einem neuen, wimmelnden, grauenhaften Leben erwacht.

Aber das alles war noch nichts im Vergleich zum Geschlecht des jungen Mädchens: die Vagina war maßlos aufgerissen fast bis zum Nabel und entblößte in der Tiefe bräunliche Windungen voller Würmer und Insekten mit glänzendem Panzer. Mir wurde schwarz vor den Augen, aber trotz allen Grauens überkam mich eine jähe Erkenntnis: ich hatte vor mir die exakte Nachbildung eines der Fotos, die ich bei Max Böhm gefunden hatte. Das Bindeglied. Das Bindeglied war immer da, eingebrannt in die Leiber der Toten und in die Finsternis. »Louis, was tun Sie denn? Geben Sie mir die Winde!«, fuhr Schwester Pascale mich an; unter der Maske klang ihre Stimme dumpf. »Den Wagenheber?« stammelte ich blöde. Sie nickte. Ich gab ihr das Werkzeug, und sie legte es neben sich und befahl: »Helfen Sie mir.« Auf das Brustbein gestützt, packte sie mit beiden Händen den linken Rand des Thoraxschnitts. Mit bloßgelegten Nerven tat ich dasselbe auf der rechten Seite, und gemeinsam zogen wir, jeder nach seiner Seite. Als der Spalt weit offenstand, setzte die Schwester die Winde an und verspreizte die beiden Enden mit den Rippen. Gleich darauf begann sie die Kurbel zu drehen, und ich sah, wie der kleine Körper sich öffnete und sein Inneres freigab.

»Wasser!«, schrie sie. Ich reichte ihr eine der Flaschen, und sie leerte einen Liter Wasser in den Körper. Eine Flut von kleinen Tieren wurde herausgeschwemmt. Ohne zu zögern, tauchte Schwester Pascale beide Hände in die Leiche und nahm die Überreste der Organe auseinander. Ich wandte den Blick ab. Aus dem Augenwinkel sah ich, wie sie noch mehr Wasser nachgoß, dann bat sie mich, die Lampe besser einzustellen. Tief fuhr sie mit der Hand in den Brustraum der Toten und beugte sich nieder, um besser zu sehen, bis ihr Gesicht fast die Leiche berührte. Ein paar Sekunden lang wühlte sie darin herum, dann richtete sie sich jäh auf und stieß mit dem Ellenbogen die Winde heraus. Sofort schlossen sich die beiden Teile des Brustkorbs wie die Flügel eines Skarabäus.

Von krampfartigen Zuckungen geschüttelt, wich die Schwester zurück. Sie riss sich die Handschuhe ab und die Maske vom Gesicht. Ihre Haut war trocken wie die einer

Schlange. Sie starrte mich an mit ihren grauen Augen und murmelte: »Sie hatten recht, Louis. Das Mädchen ist operiert worden. Ihr Herz fehlt.«

40

Um fünf Uhr nachmittags waren wir wieder auf der Lichtung von Zoko. Der Tag ging zu Ende. Nachdem wir unsere Regenhäute und triefenden Schuhe abgelegt hatten, machte sich Schwester Pascale wortlos daran, Tee und Kaffee zu kochen. Auf meine Bitte hin erklärte sie sich bereit, einen Totenschein auszustellen, den ich sofort einsteckte und sicher verwahrte. Als Beweismaterial würde er nicht viel wert sein – Schwester Pascale war schließlich keine Ärztin. Aber er war immerhin eine Zeugenaussage, abgegeben nach bestem Wissen und Gewissen.

»Schwester Pascale«, fragte ich dann, »wären Sie bereit, mir noch ein paar Fragen zu beantworten?«

»Nämlich?«

Sie hatte ihre Ruhe wiedergefunden. Ich holte tief Atem und begann: »Wie viele Hubschrauber gibt es in Zentralafrika, die in der Lage sind, hier, mitten im Dschungel, zu landen?«

»Nur einen einzigen. Er gehört Otto Kiefer; das ist das Individuum, das die Sicamine leitet.«

»Halten Sie die Leute von dieser Mine für fähig, eine solche Tat zu begehen?«

»Nein. Gomun wurde von Profis operiert. Die Leute von der Sicamine sind grobe, barbarische Tölpel.«

»Glauben Sie aber, dass sie Beihilfe hätten leisten können, und zwar durch finanzielle Unterstützung?«

»Ja, vielleicht. Skrupel haben sie jedenfalls keine. Dieser Kiefer sollte längst im Gefängnis sitzen. Aber was hätte er für ein Motiv? Warum sollte irgendjemand mitten im Dschungel ein kleines Pygmäen-Mädchen überfallen? Und warum unter solchen Umständen? Warum hat man ihren Körper derart verstümmelt?«

»Das ist meine nächste Frage. Gibt es eine Möglichkeit, das HLA-System der Bewohner von Zoko herauszufinden?«

Schwester Pascale heftete ihre stahlgrauen Augen auf mich. »Die Gewebetypen, meinen Sie?«

»Genau.«

Die Missionsschwester zögerte, fuhr sich mit der Hand über die Stirn, dann murmelte sie: »O mein Gott …«

»Antworten Sie bitte. Gibt es diese Möglichkeit?«

»Nun ja. Ja …«

Sie stand auf. »Kommen Sie mit«, sagte sie.

Sie nahm eine elektrische Taschenlampe und ging zur Tür. Ich folgte ihr. Draußen war die Nacht hereingebrochen, aber der Regen wurde um keinen Deut schwächer. In der Ferne war das Surren eines Generators zu hören. Schwester Pascale holte einen Schlüsselbund hervor und schloss die Verbindungstür zur Klinik auf. Wir traten ein. In dem Raum, der nicht größer als vier mal sechs Meter war, herrschte ein intensiver Geruch nach Desinfektionsmitteln. An der linken Wand standen zwei Betten im Dunkeln.

In der Mitte waren verschiedene Untersuchungsgeräte aufgebaut, Mikroskope, ein Elektrokardiograph, eine Kabine mit einem Röntgenapparat. Rechts stand ein Computer auf einem Campingtisch zwischen einem Kabelgewirr und weiteren hellgrauen Elektronikkästen. Als der Lichtstrahl über den Informatikkomplex wanderte, traute ich meinen Augen nicht: man war hier mit modernster Technik und einer kolossalen Speicherkapazität ausgestattet; so gab es mehrere CD-ROM-Laufwerke, einen Scanner, aber besonders erstaunlich an diesem Ort war das Funktelefon, das an den Computer angeschlossen war. Von ihrer Urwaldhütte aus konnte Schwester Pascale mit der ganzen Welt in Verbindung treten. Der Gegensatz zwischen diesem Raum aus Rohbeton mitten im Dschungel und den hochkomplexen Instrumenten hätte nicht krasser sein können. Offensichtlich sah man mir meine Verblüffung an, denn Schwester Pascale sagte: »Es gibt vieles, was Sie nicht wissen, Louis. Zum Beispiel sind wir hier keine vergessene afrikanische Missionsstation mit rudimentären Mitteln. Im Gegenteil. Die Klinik von Zoko ist ein Pilotprojekt, dessen Tauglichkeit wir derzeit prüfen und das nur möglich war dank der großzügigen Hilfe einer humanitären Organisation.«

»Was ist das für eine humanitäre Organisation?« stammelte ich.

»Monde Unique.«

Ich hatte damit gerechnet; dennoch stockte mir der Atem, und mein Herz begann wild zu schlagen.

»Vor drei Jahren«, erklärte Schwester Pascale, »hat unser Orden ein Abkommen mit *Monde Unique* geschlossen. Die Organisation wollte Stützpunkte in Afrika gründen und von unserer Erfahrung auf dem Kontinent profitieren. Man bot uns modernste Ausrüstung, technische Fortbildungskurse für unsere Schwestern und Medikamente je nach unserem Bedarf. Als Gegenleistung wurde nichts anderes verlangt, als dass wir mit der Genfer Zentrale in Verbindung blieben, die Ergebnisse unserer Untersuchungen mitteilten und manchmal ihre Ärzte bei uns aufnehmen. Unsere Mutter Oberin hat dieses einseitige Abkommen natürlich gern akzeptiert. Das war 1988. Von diesem Augenblick an ging alles sehr schnell. Ein Budget wurde uns zugeteilt, die Mission von Zoko eingerichtet. Leute von *Monde Unique* kamen und brachten mir den Umgang mit den Geräten bei.«

»Was für Leute?«

»Sie sind nicht religiös, aber sie glauben an die Menschheit und dienen ihr – nicht weniger als wir.«

»Woraus besteht Ihre Ausstattung?«

»Es sind vor allem Geräte für Untersuchungen – zum Beispiel haben wir einen Röntgenapparat – und für Laboranalysen aller Art.«

»Was für Laboranalysen?«

Schwester Pascale lächelte säuerlich, als hätte eine Nadelspitze das Metall ihres Gesichts geritzt. »Ich verstehe nicht sonderlich viel davon, Louis«, murmelte sie. »Ich bin keine Ärztin. Ich entnehme lediglich Blutproben und führe Biopsien durch.«

»Und wer nimmt dann die Analysen vor?«

Die Missionsschwester zögerte, dann flüsterte sie mit gesenkten Lidern:

»Er.« Und wies auf den Computer.

»Ich lege die Glasplatten mit den Proben auf den Scanner, der speziell programmiert ist. Er liest alle Daten ein, die er braucht, und der Computer führt dann die Untersuchungen durch und erstellt eine Datei für jedes Individuum, die ich auf Karteikarten ausdrucken lasse.«

»Wer wird denn hier auf diese Weise untersucht?«

»Eigentlich alle. Es ist zu ihrem Besten, verstehen Sie?«

Ich nickte müde, dann fragte ich: »Und wer außer Ihnen bekommt die Ergebnisse?«

»Die Genfer Zentrale. Regelmäßig, und zwar mit Hilfe eines Modems und dieses Funktelefons. Sie fragen die Daten ab und erstellen Statistiken über den Gesundheitszustand der Pygmäen von Zoko. Zur Früherkennung von Seuchengefahren, zur Überwachung von Parasitenbefall und so weiter. Es ist zuallererst eine Vorbeugungsmaßnahme. Im Notfall können sie uns sehr rasch Medikamente zukommen lassen.«

Die Heimtücke des Systems entsetzte mich. Schwester Pascale entnahm Blut- und Gewebeproben, in aller Unschuld und in bester Absicht. Dann führte der Computer die durch die Software vorgegebenen Analysen durch: neben anderen

Parametern ermittelte das Programm auch den HLA-Typ jedes einzelnen Pygmäen, und die Ergebnisse wurden anschließend von der Zentrale in Genf abgefragt. Die Bewohner von Zoko stellten ein ausgezeichnetes menschliches Vorratslager dar, dessen jeweilige Gewebeeigenschaften im Detail bekannt waren. Auf die gleiche Weise wurden vermutlich auch in Sliven und in Balatakamp die ›Subjekte‹ erfasst und überwacht. Und genauso in jedem anderen von *Monde Unique* betriebenen Lager und Ambulatorium – die ach so humanitäre Organisation hielt sich ein lebendes Organlager.

»Stehen Sie in persönlichem Kontakt mit *Monde Unique*?«

»Nein. Meine Medikamentenbestellungen gebe ich über Computer durch. Genauso wie durchgeführte Impfungen und medizinische Versorgung. Aber von Zeit zu Zeit bin ich mit einem Techniker in Verbindung, der per Modem die Geräte wartet.«

»Sie sprechen also nie mit den Leitern von *Monde Unique*?«

»Nie.«

Schwester Pascale schwieg eine Weile nachdenklich, dann fragte sie: »Glauben Sie denn, dass zwischen diesen Gewebeanalysen und Gomuns Tod ein Zusammenhang besteht?«

»Ich habe nicht den geringsten sicheren Beweis«, sagte ich vorsichtig, denn es widerstrebte mir, meine Schlussfolgerungen vor ihr auszubreiten. »Das System, wie ich es mir vorstelle, ist dermaßen unglaublich und entsetzlich ... Haben Sie die Karteikarte von Gomun?«

Schwester Pascale kramte in einer eisernen Lade, die auf dem Tisch stand, und nach wenigen Sekunden reichte sie mir eine gefaltete Karte, die ich beim Licht der Taschenlampe las. Gomuns Name, ihr Alter, ihr Heimatdorf, ihre Größe und ihr Gewicht waren darauf verzeichnet. Es folgten etliche Zahlenreihen mit Kommentaren: die jeweiligen Zeitpunkte, zu denen eine bestimmte Maßnahme, eine medizinische Versorgung wie Impfung und ähnliches durchgeführt worden waren. Mein Herz krampfte sich zusammen beim Anblick dieser geringfügigen Ereignisse, die das durchaus gewöhnliche Schicksal eines kleinen Mädchens aus dem Dschungel kennzeichneten. Am Ende der Karte schließlich entdeckte ich, was ich suchte, einen Computerausdruck in winziger Schrift – Gomuns Gewebetypisierung: ›HLA-Typ: $Aw_{19,3}$ – $B_{37,5}$‹. Ein Schauder überlief mich. Ohne Zweifel hatten diese Chiffren die junge Aka das Leben gekostet.

»Louis, antworten Sie mir: Haben diese Analysen eine Rolle bei dem Mord an dem Mädchen gespielt?«

»Es ist noch zu früh, um das mit Bestimmtheit zu sagen. Zu früh …«

Schwester Pascale fixierte mich mit ihren blitzenden Augen, scharf wie Stecknadelköpfe. An ihrem Gesichtsausdruck erkannte ich, dass sie endlich die Grausamkeit und Niedertracht des Systems begriffen hatte. Ihre Lippen zuckten nervös.

»Das ist unmöglich … das kann nicht sein …«

»Beruhigen Sie sich. Noch ist nichts sicher, und ich …«

»Nein, seien Sie still. Das kann doch nicht sein …«

Rückwärts tastete ich mich bis zur Tür und rannte dann durch den Regen davon, zurück zum Lager. Meine Gefährten saßen rund ums Feuer beim Abendessen, unter dem Laubdach schwebte der Geruch von Maniok. Sie luden mich ein, mich zu ihnen zu setzen, aber ich befahl den Aufbruch. Auf der Stelle. Dieser Befehl war eine Lästerung, ein grober und rücksichtsloser Verstoß gegen ihre Überzeugungen, das war mir klar. Die großen Schwarzen haben panische Angst vor der Dunkelheit.

Aber mein Tonfall, mein Gesichtsausdruck duldeten keine Auflehnung, und so gehorchten Beckes und die anderen – freilich sehr widerwillig. Fassungslos fragte der Führer: »Wohin gehen wir denn, Chef?«

»Zu Kiefer. Zur Sicamine. Ich will diesen Tschechen noch vor dem Morgengrauen erwischen.«

41

Wir marschierten die ganze Nacht, und gegen vier Uhr morgens waren wir in der Nähe von Kiefers Diamantenminen. Ich beschloss, bis zum Tagesanbruch zu warten. Wir waren alle erschöpft und durchweicht bis auf die Knochen. Ohne uns erst die Mühe zu machen, einen Schutz vor dem Regen zu suchen, legten wir uns am Wegrand nieder und schliefen ein, zusammengekrümmt, den Kopf zwischen den Schultern. Ich spürte einen Schlaf auf mich herabfallen, wie ich ihn noch nie erlebt hatte – wie eine Keule, ein schwarzer Blitz, der mich niederstreckte und vernichtete und mich liegen ließ wie in einem tiefen Bett aus Asche.

Aber schon eine Stunde später war ich wieder wach und stand auf, die anderen schliefen noch. Allein machte ich mich auf den Weg zu den Minen. Ich brauchte nur einer alten Piste zu folgen, die einst die Diamantenwäscher angelegt hatten: jetzt wurde der Pfad überwuchert von einem Dickicht aus Bäumen, Büschen und Lianen, die lichte Schnörkel über ihm errichteten, belaubte Gorgonenhäupter und Fresken aus Wurzelwerk. Endlich aber verbreiterte sich der Weg. Ich nahm meine Glock aus dem Holster, prüfte das Magazin und steckte die Waffe griffbereit in den Gürtel.

Ein Häuflein von Männern stand bis über die Knie in einem lang gestreckten Sumpfgebiet. Mit bloßen Händen gruben sie im Boden und wuschen die Erde mit Hilfe eines breiten Siebs aus. Eine mühselige Arbeit, die in Feuchtigkeit und Gestank verrichtet werden musste und unendlich viel Geduld forderte. Vom Morgengrauen an waren die Diamantenwäscher bei der Arbeit, mit müdem Blick und trägen Bewegungen. In ihren dunklen Augen stand nichts als Erschöpfung und Stumpfsinn. Ein paar husteten und spien den Auswurf ins schwarze Wasser; andere zitterten und klapperten mit den Zähnen von der beständigen Nässe. Über ihnen dehnte sich das hohe Gewölbe des Blätterdachs wie eine Kathedrale und war erfüllt von den Schreien und dem Flügelflattern der Vögel. Das goldene Licht des Morgens stieg höher, wurde zusehends stärker, setzte bald die äußeren Ränder jedes Blattes in Brand und entfachte ein Feuer in den winzigen freien Räumen zwischen Ästen und Lianen.

Ein Stück weiter bachaufwärts war ein Barackenlager zu erkennen. Dichte Rauchschwaden stiegen aus den Blechkaminen. Die Zuflucht von Otto Kiefer. Dorthin wandte ich mich.

Es war wieder eine Lichtung, rot und schlammig, umringt von Hütten und Zelten aus Leinwand. In der Mitte war eine lange Planke aufgebockt, an der etwa dreißig Arbeiter Kaffee tranken und Maniok aßen. Ein paar beugten sich über ein Kofferradio und versuchten, trotz des Generatorenlärms RFI oder Radio Bangui zu hören. Horden von Fliegen belagerten ihre Gesichter.

Vor den Zelteingängen brannten Lagerfeuer, und über den Flammen brieten Affen, knisternd und unter Verbreitung eines abscheulichen Gestanks nach schlechtem Fleisch. Die Männer auf der Lichtung bebten vor Schüttelfrost. Manche trugen mehrere Schichten Kleider übereinander – Jacken, Pullover, Ölhäute, alle durchlöchert und stark zerknittert –, und ihre Schuhe fielen ihnen fast von den Füßen: an den Spitzen oder Fersen klafften die Sandalen, Stiefel, Mokassins wie Krokodilmäuler. Andere hingegen waren halb nackt. Ich sah eine lange und dünne Gestalt im türkisfarbenen Burnus, eine Art chinesischen Strohhut auf dem Kopf, der Mann hatte einem Ameisenbär die Kehle aufgeschlitzt und fing jetzt sorgfältig das Blut des Tieres auf.

Eine widersprüchliche Atmosphäre herrschte hier: eine Mischung aus Hoffnung und Verzweiflung, aus Ungeduld und Gelassenheit, aus Erschöpfung und Aufregung. Alle diese Männer hingen demselben vergeblichen Trugbild nach. An ihre Träume geklammert, brachten sie ihr Leben damit zu, Tag für Tag mit den Händen im scharlachroten Schlamm zu wühlen. Ich blickte mich um: von einem Fahrzeug war nichts zu sehen. Kein Entkommen. Diese Männer waren die Geiseln des Waldes.

Ich trat an den Tisch. Ein paar hoben die Köpfe, sehr langsam, und einer fragte: »Was suchst du, Chef?«

»Otto Kiefer.«

Der Mann deutete mit einem Blick zu einer Wellblechhütte hinüber, an der ein Schild hing mit der Aufschrift *Direktion*. Die Tür war nur angelehnt. Ich klopfte und trat ein, die Hand am Griff der Glock. Ich war vollkommen ruhig.

Der Anblick, der sich mir bot, hatte nichts Erschreckendes an sich. Ein großer Kerl, dessen Blässe an das fahle Grau eines Skeletts erinnerte, war um die Reparatur eines Videorecorders bemüht, der auf einem alten Fernsehapparat stand, einem Modell aus Holz und Metall. Der Mann war um die Sechzig. Er trug denselben Hut wie ich – eine khakifarbene, glockenförmige Mütze mit genieteten Luftlöchern – und ein gräuliches Trikothemd; am Gürtel hing ein leeres Pistolenholster. Sein Gesicht war lang, knochig und ausgemergelt, spitz stach die Nase über dünnen Lippen hervor. Als ich eintrat, heftete er seine Augen auf mich. Wasserblau, verwaschen und leer.

»Tag. Was woll'n Se hier?«

»Sind Sie Otto Kiefer?«

»Nein. Clément mein Name. Kennen Sie sich mit Videorecordern aus?«

»Eigentlich nicht. Wo ist Otto Kiefer?«

Statt einer Antwort beugte der Mann sich wieder über das

Gerät und murmelte: »Brauchte vielleicht 'nen Schraubenzieher.«

Ich fragte noch einmal: »Wissen Sie, wo Kiefer ist?«

Clément drückte auf sämtliche Tasten und prüfte die Kontrollichter. Einen Moment später verzog er sein Gesicht zu einem Grinsen, und mich packte das Grauen: der Kerl hatte spitz zugefeilte Zähne.

»Was woll'n Se denn von ihm?«, fragte er jetzt, ohne aufzusehen.

»Ich will ihm bloß ein paar Fragen stellen.«

Der Alte brummte vor sich hin: »Ich brauch 'nen Schraubenzieher, und den hab' ich nicht. Aber ich glaub', ich hab' trotzdem was Brauchbares.«

Er umrundete mich und trat hinter einen eisernen Schreibtisch, auf dem etliche leere Flaschen standen und feuchte Papiere sich stapelten. Er zog die oberste Schublade auf. Sofort stürzte ich mich auf ihn und schlug mit Gewalt die Schublade über seiner Hand zu. Mit aller Kraft drückte ich auf den ausgestreckten Arm und hörte, wie mit einem trockenen Knacken das Handgelenk brach. Clément zuckte nicht mit der Wimper. Ich stieß ihn fort, und er prallte gegen die feuchte Holzwand. Seine gebrochene Hand umklammerte eine Smith & Wesson Modell 38. Ich entriss ihm den Revolver, und der Alte nutzte die Gelegenheit, um mich mit seinen spitzen Zähnen in die Hand zu beißen, aber ich vermochte da keinen Schmerz zu empfinden. Mit dem Kolben seiner Waffe hieb ich ihm quer übers Gesicht, packte ihn am Hemd und schob ihn an der Wand hinauf bis zu einem Kalenderblatt mit einer barbusigen Schönen. Wieder grinste Clément, und ich sah, dass ihm Fetzen von meiner Haut zwischen den Zähnen hingen. Ich rammte ihm den Revolverlauf in ein Nasenloch (allmählich wurde es mir zur Gewohnheit).

»Wo ist Kiefer, du Saukerl?«, fauchte ich.

Mit blutigen Lappen säuselte er: »Arschloch. Dir sag' ich gar nichts.«

Ich hieb ihm mit aller Kraft den Lauf auf den Mund. Er spuckte mehrere Zähne aus, und als ich ihn an der Gurgel packte und würgte, quoll das Blut zwischen seinen strichförmigen Lippen hervor und rann über meine verkrampfte Hand.

»Spuck's aus, Clément, dann bin ich in zwei Minuten weg. Ich überlass dich deiner Mine und deinem Wahnsinn. Los, mach schon. Wo ist Kiefer?«

Mit seiner brauchbaren Hand wischte Clément sich über den Mund und knurrte: »Nicht da.«

Ich verstärkte den Druck um seine Kehle. »Wo ist er?!«, brüllte ich ihn an.

»Weiß nicht.«

Ich schmetterte seinen Schädel gegen die hölzerne Wand und brachte die Barbusige zum Erbeben.

»Rede, Mann!«

»Er … er ist in Bayanga. Von hier aus im Westen. Zwanzig Kilometer …«

Bayanga. Mir dämmerte etwas: so hieß die Ebene, von der M'Konta gesprochen hatte. Jeden Herbst versammelten sich dort die Zugvögel. Also waren die Störche zurückgekehrt. Ich brüllte ihn an: »Ist er wegen der Vögel dort?«

»Vögel? Welche … welche Vögel?«

Der Vampir stellte sich nicht absichtlich dumm, er wusste tatsächlich nichts von dem Diamantenkuriersystem.

»Seit wann ist er weg?«, fragte ich.

»Zwei Monate.«

»Zwei Monate! Bist du sicher?«

»Ja.«

»Mit dem Helikopter?«

»Na sicher.«

Immer noch hielt ich den Hals des alten Reptils umklammert. Seine faltige Haut blähte sich, als er nach Luft schnappte. Ich war ein wenig aus der Fassung geraten. Mit allem anderen hätte ich eher gerechnet als mit dieser Auskunft.

»Und seither hast du nichts mehr gehört?«

»Nein … nichts …«

»Ist er immer noch in Bayanga?«

»Weiß ich nicht …«

»Und der Helikopter? Er ist doch vor etwa einer Woche zurückgekommen, nicht?«

»Doch.«

»Wer saß drin?«

»Weiß ich nicht. Hab' nix gesehen.«

Wieder hieb ich seinen Kopf gegen die Wand. Das Kalenderblatt fiel zu Boden. Clément hustete und spuckte Blut, dann beteuerte er noch einmal: »Ich schwör's! Ich hab' nichts gesehen … Man … man hat nur den Helikopter gehört. Sonst nix. Sie sind nicht in der Mine gelandet. Ich schwör's!«

Clément wusste nichts. Er gehörte weder zu dem Diamantenring noch zu den Händlern mit gestohlenen Herzen. Seinem Chef Kiefer galt er wahrscheinlich nicht mehr als der Dreck, der ihm am Hintern klebte. Trotzdem ließ ich nicht locker. »Und Kiefer?«, fragte ich noch einmal. »War er dabei?«

Der Kerl grinste breit mit seinen verbliebenen spitzen Zähnen und quietschte: »Kiefer? Der geht nirgends mehr hin.«

»Wieso?«

»Weil er krank ist.«

»Krank? Was erzählst du da für einen Quatsch?«

Aber der Kerl wiederholte, wobei er sein altes Gerippe schüttelte: »Krank. Kiefer ist krank. Und wie …« Und fing an zu lachen, mit blutigen Blasen in den Mundwinkeln. Ich ließ ihn los; er sackte auf dem Boden zusammen.

»Was für eine Krankheit hat er, du alter Irrer? Los, mach, rede.«

Er warf mir einen schrägen Blick zu, in dem der Wahnsinn loderte, und knirschte: »Aids. Kiefer hat Aids.«

42

Wie ein Verrückter rannte ich durch den Wald zurück zu Beckes, Tina und den anderen, verarztete meine Hand und befahl zum neuerlichen Aufbruch – Richtung Bayanga. Wir machten uns also wieder auf den Weg, nach Westen diesmal und auf einer breiteren Piste. Zehn Stunden dauerte der Fußmarsch. Zehn Stunden stummer, atemloser, gehetzter Quälerei, während deren wir nur ein einziges Mal rasteten, um die kalten Überreste des Maniokbreis zu vertilgen. Der Regen hatte wieder eingesetzt; endlose Schnüre prasselten auf uns herab, aber wir schenkten ihnen keine Beachtung mehr. Schwer vom Wasser klebten uns die Kleider an der Haut und behinderten uns beim Gehen. Dennoch behielten wir unser Tempo bei, und gegen acht Uhr abends tauchte Bayanga vor uns auf.

Nur ein paar vereinzelte, flackernde Lichter in der Ferne waren zu sehen. Ein Geruch von Maniok, gemischt mit Petroleum, wehte durch die Luft. Ich konnte mich kaum noch auf den Beinen halten. In einen Winkel meines Herzens war eine messerscharfe Angst zurückgekehrt, wie der Rückstoß eines bösen Traums.

»Wir werden in den Villen der Kosica übernachten«, sagte Beckes. »Das war eine ausländische Firma, die es jetzt nicht mehr gibt.« Wir durchquerten die schlafende Stadt und danach eine schilfbewachsene Ebene auf einem sich unaufhörlich windenden Weg. Mit einem Mal aber wurde die Straße breiter und mündete in eine weite Savanne unter sternenklarem Himmel, deren gewaltiges Ausmaß man in der Finsternis nur ahnen konnte. Wir hatten den westlichen Rand des Dschungels erreicht. Bald waren die Villen zu sehen: weit auseinanderliegende Häuser, die miteinander nichts zu tun zu haben schienen. Ein Schwarzer mit Taschenlampe trat uns in den Weg. Er wechselte ein paar Worte auf Sango mit Beckes und führte uns dann zu einem geräumigen Haus mit einer kurzen Veranda. Dreihundert Meter weiter stand ein zweites, spärlich erhelltes Haus; unser Führer zeigte mit seiner Taschenlampe darauf und erklärte in gedämpftem Ton: »Seien Sie vorsichtig, in dieser Villa haust ein Ungeheuer.«

»Was für ein Ungeheuer?«, fragte ich.

»Ein Weißer. Otto Kiefer. Ein furchtbarer Mensch.«

»Aber er ist krank, nicht?«

Der Schwarze leuchtete mir mit dem Strahl seiner Lampe ins Gesicht.

»Ja«, sagte er, »sehr krank. Aids. Kennen Sie das?«

»Ich hab' davon gehört.«

»Der Weiße macht uns das Leben zur Hölle, Chef. Aber er verreckt einfach nicht.«

»Ist sein Fall denn hoffnungslos?«

»Selbstverständlich«, gab der Mann zurück. »Aber das hindert ihn nicht daran, selber das Gesetz zu machen. Er ist ein Tier und gefährlich. Furchtbar gefährlich. Wir kennen ihn alle hier, er hat wer weiß wie viele Neger umgebracht. Und jetzt hat er Handgranaten und Automatikwaffen bei sich und droht, uns alle in die Luft zu sprengen. Aber so leicht geht das nicht! Ich hab' selber ein Gewehr und ...« Er verstummte. Er schien außer sich vor Wut und unfähig, weiterzusprechen.

»Lebt dieser Weiße allein im Haus?«, fragte ich.

»Eine Frau kümmert sich um ihn. Eine M'Bati. Sie ist auch krank.« Der Schwarze stockte abermals, und wieder richtete er seine Lampe auf mein Gesicht. »Bist du seinetwegen gekommen, Chef?«

Die Nacht war schwer wie lauwarmer Sirup. »Ja und nein«, sagte ich. »Ich würde ihn gern besuchen. Das ist alles. Im Namen eines Freundes.«

Der Schwarze ließ seine Lampe sinken. »Merkwürdige Freunde hast du, Chef.« Er seufzte. »Hier will uns keiner mehr Fleisch verkaufen. Und sie reden davon, alles niederzubrennen, sobald Kiefer tot ist.«

Beckes trug das Gepäck in die Villa. Tina war irgendwo in der Nacht verschwunden. Ich bezahlte den Schwarzen für die Unterkunft und stellte ihm eine letzte Frage: »Und die Störche? Landen sie weit von hier?«

Der Schwarze breitete beide Arme aus und wies auf die Ebene. »Die Störche!« rief er. »Genau hierher kommen sie. Wir sind mitten in ihrem Revier. In ein paar Tagen sind es Tausende. In der Ebene, am Flussufer, rund um die Häuser – überall. So viele, dass man kaum einen Fuß vor den anderen setzen kann!«

Meine Reise war zu Ende, ich war am letzten Bestimmungsort angelangt: dem Ziel der Störche, dem Ziel von Louis Antioche, dem Ziel von Otto Kiefer, dem letzten Glied im Ring der Diamantenhändler. Ich bedankte mich bei dem Mann, dann griff ich nach meiner Reisetasche und trat ins Haus. Es war ziemlich groß und möbliert mit niedrigen Tischen und Sesseln aus Holz. Beckes zeigte mir das Zimmer, das er mir zugewiesen hatte; es lag am Ende eines langen Gangs. Ich betrat meine Höhle. Mitten im Raum stand das Bett unter einem hohen, weiten Moskitonetz, und aus den Tüllvorhängen tönte eine Stimme: »Kommst du, Louis?«

Mir stockte der Atem. Aber trotz meines Schreckens, trotz der Finsternis erkannte ich Tina.

»Was machst du denn hier?«, fragte ich entgeistert.

»Ich warte auf dich.«

Dann brach sie in ein Gelächter aus, und ihre weißen Zähne zerschnitten das Samtgewebe der Nacht. Ich erwiderte ihr Lachen und glitt unter das Moskitonetz – und war dankbar, dass mir das Schicksal noch einmal eine Gnadenfrist gewährte.

43

Mit wenigen raschen Gesten hatte ich sie aus ihrem Gewand gewickelt; wie zwei Torpedos sprangen ihre Brüste hervor. Ich stürzte mich auf ihre Scham, die herb und bitter schmeckte zwischen gekräuseltem Haar, und versenkte meine Zunge darin, auf der Suche nach wer weiß was – Vergessen, Zärtlichkeit oder auch nur ein paar reumütigen Erinnerungen. Ein Schauder überlief ihre Haut, und ihre langen, schlanken Schenkel öffneten sich über dem Reich, das ich entweihte. Eine Stimme über mir sagte etwas auf Sango, dann zogen mich ihre schmalen Hände nach oben und ergriffen meine Hüften, um mich an die rechte Stelle zu rücken, genau über der Höhle der Dunkelheit. Sanft, ganz sanft drang ich zwischen Tinas Beinen ein.

Ihr Leib war gespannt und erregt, voller Muskeln und Anmut, und setzte seine Sanftheit ebenso ein wie seine Kraft, spielerisch und ganz nach Belieben, anscheinend ohne jede Mühe. Tina verstand es, mich gefangen zu nehmen. Mit Bewegungen, die mir unbekannt waren, tief und quälend, riss sie mich mit. Ihre Hände fanden meine geheimsten Orte, die empfindlichsten Stellen meines Körpers. Ganz auf sie konzentriert, schweißüberströmt und vom Feuer verzehrt, ließ ich meine Lippen über ihre schwarzen Achseln gleiten, über ihren Mund mit den gewalttätigen Zähnen, ihre harten und bebenden Brüste, und auf einmal, viel zu rasch, brandete eine steile Woge in mir auf, und eine Explosion der Lust erfasste mich, die gleich darauf an Schmerz grenzte. Und im selben Augenblick stürzten Bilder auf mich ein, wie um meine Seele zur Auflösung zu bringen: ich sah Gomuns wurmzerfressene Leiche, Sikoffs verbrannten Schlund, Marcels blutüberströmtes Gesicht und das Moskitonetz meiner Kindheit, das knisternd in Flammen aufging. Ein paar Sekunden später war alles wieder fort, die Lust strömte durch meine Adern und erfüllte mich – und schon mit ihrem Vorgeschmack auf das Grab.

Tina hingegen war noch nicht soweit. Sie stürzte sich auf die behaarten Stellen meines Körpers, leckte, saugte, verschlang meine Achseln und meine Scham, fuhr mit ihrer sanften, schimmernden Zunge über meine Haut, bis ihr sich bäumender Körper von einer animalischen Raserei ergriffen wurde. Ich war nicht mehr sehr auf der Hut. Aufstöhnend zerriss Tina den Verband an meiner verletzten Hand und rammte meine Finger in ihr Geschlecht, das so rosig und lebendig war, dass es in der Dunkelheit zu leuchten schien. Und während mein Blut aus der wieder aufgerissenen Wunde langsam zwischen ihren Beinen hinabtropfte, erreichte auch sie unter Verrenkungen und Wendungen ihren Höhepunkt, und in diesem Augenblick explodierte eine Wolke von Düften, herben bis köstlich süßen, wie der Geruch selbst der brennenden, verzehrenden Lust des Mädchens. Tina krümmte sich rückwärts, schwankend und erschöpft sank sie ins Laken wie eine betörende Blüte, vernichtet von ihrem eigenen Nektar.

In dieser Nacht schlief ich nicht. Während der Atempausen, die Tina mir gewährte, dachte ich unaufhörlich nach. Über die geheime Logik meines Schicksals, die immer heftigeren, immer intensiveren Gefühle und Empfindungen, die immer prächtigeren Schönheiten, die mir geboten wurden, je gewalttätiger und gefährlicher mein Dasein wurde. Ich erkannte eine merkwürdige Symmetrie: die Gewitterhimmel, Marcels Freundschaft, die Zärtlichkeiten von Sarah und Tina fanden ihr Gegenstück in der Grausamkeit des Bahnhofs von Sofia, der Gewalt der besetzten Gebiete, dem verstümmelten Körper von Gomun. Alle diese Ereignisse und Tatsachen waren die zwei Seiten ein und derselben Straße, die ich eingeschlagen hatte und die mich, gegen meinen Willen, bis ans Ende der Existenz führte. Dorthin, wo der Mensch nicht imstande ist, noch mehr zu ertragen, wo er bereit ist zu sterben, weil er jenseits aller Bewusstheit spürt, dass er alles weiß, was es für ihn zu wissen gibt. Ja, in dieser Nacht unter dem Moskitonetz machte ich mich mit der Möglichkeit meines eigenen Todes vertraut.

Plötzlich hörte ich ein Geräusch, und innerhalb weniger Sekunden wiederholte sich tausendfach sein Echo wie eine Myriade von Spiegelungen in der morgendlichen Luft. Es war ein Klappern, ein Rauschen, das ich gut kannte. Ich sah auf die Uhr: sechs Uhr. Schwach schimmerte das erste Morgenlicht durch die Vorhänge. Tina war eingeschlafen. Ich ging zum Fenster, öffnete die verglasten Flügel und blickte hinaus.

Sie waren gekommen. Sanft und grau standen sie aufrecht auf ihren dünnen Beinen. Mit einem Säuseln, das so leise war wie ein Hauch, ließen sie sich nieder und verteilten sich überall auf der Ebene, zwischen den Häusern, und vor allem an den Ufern des Flusses und den schlanken Schilfrohren. Und mir war klar, dass es Zeit war.

»Gehst du?«, flüsterte Tina.

Statt einer Antwort kehrte ich zurück unter das Moskitonetz und küsste ihr Gesicht. Ihre geflochtenen Zöpfe lagen ausgebreitet auf dem Kopfkissen, und im Zwielicht leuchteten ihre Augen wie Glühwürmchen. Ihr Körper verschmolz mit dem Schatten. Und es war, als hätte das Verlangen endlich seinen Platz gefunden: im Herzen der Finsternis. Namenlos und geheim, aber voller Wonnen für den, der sie zu pflücken verstand. Noch nie hatte ich derart darunter gelitten, dass ich nicht mit den Händen über diesen langen Leib der Wollust streichen konnte, um dieses Fleisch zu spüren, die verzauberten Hügel und Formen, worin sich unendliche Fallen der Süße verbargen.

Ich stand auf und zog mich an und steckte das kleine Diktiergerät ein, nachdem ich mich vergewissert hatte, dass es funktionierte. Als ich mein Pistolenholster anlegte, trat Tina auf mich zu und umfing mich mit ihren langen Armen, und ich begriff, dass wir beide eine unwandelbare Szene aufführten: den Abschied des Kriegers, jahrtausendelang wiederholt, auf allen Breitengraden und in allen Sprachen der Erde.

»Geh zurück unter das Moskitonetz«, murmelte ich. »Unsere Gerüche sind noch da. Heb sie dir auf, meine kleine Gazelle, und bewahr sie für immer in deinem Herzen.«

Tina verstand nicht gleich den Sinn meiner Worte. Aber dann leuchtete ihr Gesicht auf, und sie sagte mir in ihrer eigenen Sprache Lebewohl.

Draußen brannte der Himmel in den Farben des frühen Morgens. Die hohen Gräser funkelten, und die Luft schien mir noch nie so rein gewesen zu sein. Auf der Ebene breiteten Tausende von Störchen sich aus, soweit das Auge reichte. Weiß und schwarz, schwarz und weiß. Sie waren ausgezehrt, gerupft, erschöpft, und doch schienen sie glücklich. Nach zehntausend Kilometern waren sie endlich am Ziel. Ich war allein, stand allein vor der letzten Etappe, allein vor der Konfrontation mit Kiefer, dem lebenden Toten, der die letzten noch fehlenden Teile des Alptraums kannte. Ein letztes Mal prüfte ich das Magazin der Glock 21 und machte mich auf den Weg. Sehr klar hob das Haus des Tschechen sich vom Wasser des Flusses ab.

44

Geräuschlos stieg ich die Verandastufen hinauf. Als ich das erste Zimmer betrat, sah ich die M'Bati-Frau rücklings auf einer Holzbank liegen und schnarchen. Ihr dickes Gesicht fiel im Schlaf unschön auseinander, und über ihre Wangen zogen sich lange Narben, die im ersten Morgenlicht matt schimmerten. Rings um sie, direkt auf dem Boden, schliefen ihre Kinder unter zerlumpten Decken.

Links zweigte ein Gang ab. Ich wunderte mich über die Ähnlichkeit zwischen dieser und der Villa, in der ich die Nacht verbracht hatte; Kiefer und ich wohnten tatsächlich im gleichen Haus. Vorsichtig tastete ich mich weiter. Hunderte von Eidechsen huschten über die Wände und starrten mich aus ihren trockenen Augen an. Ein unbeschreiblicher Gestank herrschte hier, die Luft war gesättigt von den modrigen Ausdünstungen des Flusses. Ich schlich noch weiter. Eine Ahnung sagte mir, dass der Tscheche im gleichen Zimmer untergebracht war wie ich: dem letzten Raum auf der rechten Seite am Ende des Flurs. Die Tür stand offen, und ich spähte in den halbdunklen Raum. Unter einem hohen Moskitonetz stand das Bett und war anscheinend leer. Auf einem niedrigen Tisch standen durchsichtige Medizinfläschchen, daneben lagen zwei Spritzen.

Ich ging noch ein paar Schritte tiefer in dieses Grab.

»Was suchst du hier, Bursche?«

Ein eisiger Schreck durchfuhr mich. Die Stimme kam hinter dem Moskitonetz hervor. Es war aber nicht eigentlich eine Stimme, sondern eher ein Flüstern, ein speichelfeuchtes Pfeifen voller hohler Nebengeräusche, das nur mit Mühe verständliche Worte hervorbrachte, so abstoßend, dass es jeden, der es gehört hatte, nicht mehr losließ. Diese Stimme fügte hinzu: »Gegen einen, der schon tot ist, richtet man nichts aus.«

Ich trat näher. Meine Hand auf dem Pistolengriff zitterte

– wie bei einem verängstigten Kind. Endlich sah ich die Gestalt, die sich hinter den Tüllbahnen verbarg, und wurde von heftigem Abscheu ergriffen. Die Krankheit hatte Otto Kiefer regelrecht zerfressen. Sein Körper war nur noch schlaffe Haut, eine lose Hülle, die das Gerippe umgab. Er hatte weder Haare noch Brauen, noch sonst irgendeine Behaarung; statt dessen war er übersät von schwärzlichen Flecken und trockenen Krusten, auf der Stirn, dem Hals, den Unterarmen. Er trug ein weißes Nachthemd, das von dunklen Schlieren besudelt war, und saß aufrecht im Bett wie ein Wesen, das schon jenseits des Todes ist.

Seine Gesichtszüge konnte ich nicht erkennen; ich nahm nur seine Augenhöhlen wahr, finstere Löcher, in denen schwefelgelb die Augen funkelten. Das Einzige, was in diesem Gesicht deutlich hervortrat, waren die Lippen, blau und trocken auf der haarlosen Haut; wenn sie sich öffneten, gaben sie ein geschwollenes, noch dunkleres Zahnfleisch frei, und diese schwärzliche Höhle war mit einem unvollständigen gelblichen Gebiss bestückt. Dieses Gräuel war es, das mich ansprach.

»Haste 'ne Kippe?«

»Nein.«

»Dreckskerl. Was steckste deine Fresse hier rein?«

»Ich … ich muss Ihnen ein paar Fragen stellen.«

Kiefer stieß ein krächzendes, speicheltriefendes Gelächter aus. Ein bräunliches Rinnsal floß auf sein Hemd herab, aber er achtete nicht darauf. Mühsam fing er wieder an: »Ah, dann weiß ich, wer du bist. Der Trottel, der seit Wochen seine Scheiße in unsere Angelegenheiten streut. Eigentlich solltest du auf der anderen Seite sein, im Sudan.«

»Ich musste meine Pläne ändern. Ich wurde zu vorhersehbar.«

»Und bist hierher gekommen, um den alten Kiefer aufzustöbern, wie?«

Ich antwortete nicht. Unauffällig schaltete ich meinen kleinen Recorder ein. Kiefers Atem pfiff hohl und röchelnd, während der Speichel brodelte – ein Klang wie der Todeslaut eines Insekts, das in einem Tümpel ertrinkt. Sekunden vergingen. Dann fing Kiefer wieder an: »Was willste wissen, Junge?«

»Alles«, antwortete ich.

»Und wie käm' ich dazu, dir das zu sagen?«

In gleichgültigem Ton antwortete ich: »Weil du ein hartgesottener Bursche bist, Kiefer. Und wie alle deiner Sorte hältst du dich an bestimmte Regeln. Die Regeln des Kampfes, des Siegers. Ich habe in Sofia einen Mann umgebracht, einen Bulgaren. Er hat für Böhm gearbeitet. Einen zweiten habe ich in Israel umgelegt, Miklos Sikoff, ebenfalls einen eurer Schergen. In M'Baiki habe ich mir M'Diaye vorgenommen und aus ihm rausgeprügelt, was du ihm vor fünfzehn Jahren in den Autopsiebericht diktiert hast. Dann habe ich Clément die Zähne eingeschlagen und dich hier aufgespürt, Kiefer. Ich habe in jeder Hinsicht gewonnen. Ich weiß Bescheid über euren Trick, euren Diamantenschmuggel mit Hilfe von Störchen. Ich weiß auch, dass ihr die Steine sucht, die seit April verschwunden sind. Ich weiß, wie euer Ring organisiert war. Ich weiß, dass ihr Ido Gabbor in Israel umgebracht habt, weil er euch auf die Schliche gekommen ist. Ich weiß ziemlich viel, Kiefer. Und jetzt habe ich dich im Visier. Mit deinem Diamantengeschäft ist's aus und vorbei. Max Böhm ist tot, und du krepierst auch bald. Ich habe gewonnen, Kiefer, und deswegen wirst du reden.«

Hinter den Tüllvorhängen pfiff es rhythmisch, und in der Dunkelheit hätte man meinen können, dass Kiefer schlief. Oder dass er im Gegenteil auf der Lauer lag wie eine zischende, übelwollende Schlange. Endlich aber flüsterte er: »Gut. Treffen wir also ein Abkommen.«

Auch gelähmt und zerfressen von der Krankheit und im

Angesicht meiner Waffe, spielte Kiefer immer noch das Stehaufmännchen und verkündete seine Trümpfe. Hinter seinem gallenbitteren Ton erkannte ich einen leichten, slawischen Akzent.

»Wenn du schon so schlau bist, weißt du sicher auch, wie man mich hierzu Lande nennt, nämlich ›Granatenotto‹. Ich habe hier neben mir, unter der Bettdecke, eine Handgranate, die jederzeit explodieren kann. Such's dir aus. Entweder ich erzähl' dir, was du hören willst, und du knallst mich danach ab, als Zeichen deiner Dankbarkeit. Oder du hast nicht den Mumm dazu, dann spreng' ich uns beide in die Luft. Jetzt gleich. Du bietest mir eine prächtige Gelegenheit, Schluss zu machen, Junge. Allein ist's nur halb so gut.«

Ich schluckte. Kiefers teuflische Logik ging mir auf die Nerven. Wieso wollte er ein paar Tage vor seinem Tod mit Hilfe eines anderen Selbstmord begehen? Konnte er das nicht allein? »Ich höre, Kiefer«, sagte ich. »Und meine Hand wird nicht zittern, wenn's soweit ist.«

Der Zombie grinste. Schwärzlicher Schleim tropfte von seinen Lippen.

»Sehr gut«, sagte er. »Also halt dich fest. Geschichten wie diese wirst du nicht alle Tage hören. Angefangen hat es in den siebziger Jahren. Ich war Bokassas Handlanger. Es gab ziemlich viel zu tun damals. Von den Dieben bis zu den Ministern, alle kriegten ihr Fett ab. Ich erledigte meine miesen Jobs und bekam meinen Anteil. Kein schlechtes Leben. Aber Bokassa drehte komplett durch und wollte immer mehr, und die Sache ging schief …

Im Frühjahr 1977 gab mir Bokassa einen neuen Auftrag: ich sollte Max Böhm begleiten. Ich kannte Böhm schon ein bisschen als ziemlich effizienten Burschen, nur mit einer Macke – er spielte den Saubermann. Er wollte sich die Hände nicht schmutzig machen – dabei steckte er bis zum Hals in Kaffee- und Diamantenintrigen. In dem Jahr hatte

Böhm eine Diamantenader jenseits von M'Baiki entdeckt.«

»Entdeckt?«, fragte ich überrascht.

»Jawohl. Böhm hatte im Urwald ein paar Dörfler erwischt, die prachtvolle Diamanten aus den Sümpfen wuschen. Er holte sich einen Geologen, den er kannte, einen Südafrikaner, erstens um sicherzugehen und zweitens um den professionellen Abbau zu organisieren. Böhm war schon anständig, aber Bokassa traute ihm nicht. Er hatte sich in den Kopf gesetzt, dass der Schweizer ihn übers Ohr hauen wollte, und deswegen beauftragte er mich mit der Leitung der Expedition. Böhm und der Geologe – ein Bursche namens van Dötten –, und Böhms Sprössling war auch dabei.«

»Die Expedition PR 154.«

»Exakt.«

»Und weiter?«

»Es lief alles wie geplant. Wir gingen in den Süden, jenseits der SCAD. Zu Fuß, durch Regen und Schlamm, mit einem Dutzend Trägern. Wir kamen zu der Ader. Böhm und die Schwuchtel machten ihre Untersuchungen.«

»Die Schwuchtel?«

»Der Homosexuelle, wenn du's so besser verstehst. Der Südafrikaner war stockschwul und stand auf die schwarzen Ärsche der kleinen Arbeiter … Soll ich's dir aufzeichnen, du Naivling?«

»Red weiter.«

»Die beiden waren ein paar Tage beschäftigt mit Orten, Auswaschen, Analysieren. Böhms erste Vermutungen wurden bestätigt. Die Ader war randvoll mit Diamanten. Und zwar Diamanten von außergewöhnlicher Qualität. Klein, aber absolut rein. Van Dötten sagte sogar einen unglaublichen Ertrag voraus.

An dem Abend tranken wir auf das Wohl der Mine und auf unseren Gewinn. Da erschien aus dem Nichts ein Pygmäe und brachte eine Botschaft für Max Böhm. So ist das im Urwald. Die Aka sind die Briefträger. Jedenfalls liest der Schweizer den Brief und fällt rückwärts in den Dreck. Aufgeblasen wie ein Luftschlauch. Herzinfarkt. Er war am Abkratzen. Van Dötten stürzt sich auf ihn, reißt ihm das Hemd auf und massiert ihm die Brust. Während ich das Blatt Papier aufhob. Es war die Nachricht vom Tod seiner Gattin. Der Knabe hat gleich kapiert, was los war, und fängt an zu heulen wie ein Schlosshund – na ja, er war ja ein Kind. Er hatte hier nichts zu suchen, in den Mückenschwärmen und den Sümpfen voller Blutegel.

Wie auch immer, es hat uns eine gewisse Panik erfasst. Du musst dir vorstellen, Kerl, wo wir waren. Drei Tagesmärsche von der SCAD entfernt, vier von M'Baiki. Aber sowieso konnte nichts und niemand diesen Böhm retten, er war zum Tod verurteilt. Das war mir klar, und ich hatte nur noch eins im Sinn: aus diesem Scheißwald abzuhauen und freien Himmel über mir zu haben. Die Träger bastelten eine Bahre, wir packten unsere Sachen. Aber Böhm kam wieder zu sich und sah die Sache anders. Er wollte, dass wir nach Süden runtermarschieren, weil es jenseits der Grenze, im Kongo, eine Klinik gäbe. Und einen Arzt. Einen Wunderheiler, den einzigen auf der Welt, der ihm helfen könnte. Er weinte, er schrie, er wollte nicht sterben. Sein Sohn war auf seiner Seite, van Dötten beschwerte sich. Mir war das alles zu blöd, ich wollte abhauen und sie sitzen lassen, wo sie waren, aber die Träger waren schneller als ich und hatten sich schon aus dem Staub gemacht.

Kurz, ich hatte leider keine Wahl. Man musste diese Bahre schleppen und diesen Sohn zur Vernunft bringen, der nach seiner Mama heulte. Dem Vater verpassten wir Medikamente, und dann machten wir uns auf den Weg: ich, van Dötten und die beiden Böhms. Ein Trupp von Desperados. Aber das Verrückteste ist, dass wir nach sechs oder sieben

Stunden Marsch tatsächlich eine Klinik fanden. Unglaublich! Eine Riesenanlage mitten im Urwald. Mit eigenem Labor und lauter eifrigen Negern in weißen Kitteln! Ich hatte gleich den Verdacht, dass da irgendwas faul war. Dass da irgendein Hund drin war. Und der zeigte sich bald. Ein baumlanger Kerl um die Vierzig, ziemlich gut aussehend, und du denkst, du siehst nicht richtig. Kommt da mitten im finstersten Urwald ein piekfeiner Bursche mit Krösusallüren daher und fragt beiläufig: ›Was ist los?‹«

Unter meinen Schläfen schwoll ein dumpfes Dröhnen an, ein Bohren, das mit der wachsenden Anspannung meiner Nerven zunahm. Zum ersten Mal hörte ich von diesem Arzt. »Wer war das?«, fragte ich.

»Weiß ich nicht. Hab' ich nie erfahren. Es war aber klar, dass er und Böhm sich seit Ewigkeiten kannten, dass der Schweizer ihn auch schon im Dschungel getroffen hatte, wahrscheinlich bei früheren Expeditionen. Er schrie Zeter und Mordio auf seiner Bahre. Er flehte den Doktor an, ihn zu retten, irgendwas zu tun, er wollte nicht sterben. Dann fing es an, nach Scheiße zu stinken, – Böhm hatte sich die Hosen vollgeschissen. Ich hatte den Kerl noch nie ausstehen können, aber ihn so zu sehen, das gab mir den Rest, das kannst du mir glauben. So eine Schweinerei. Wir waren verdammt harte Burschen. Weiße Afrikaner. Aber der Wald machte uns allmählich den Garaus. Jedenfalls beugt sich dieser Doktor über ihn und flüstert: ›Bist du zu allem bereit, Max. Wirklich zu allem?‹ Mit sanfter Stimme. Wie direkt irgendeinem Illustriertenbericht über die Highsociety entstiegen. Böhm packt ihn am Kragen und sagt leise: ›Rette mich, Doc. Du weißt sehr genau, was bei mir nicht hinhaut. Also rette mich. Jetzt kannst du zeigen, wozu du imstande bist. Wir haben Diamanten. Ein Riesenvermögen. Dort oben, ein Stück weit im Norden, stecken sie in der Erde.‹ Es war schon verrückt. Die beiden redeten miteinander, als hätten sie sich erst am Tag vorher voneinander verabschiedet. Aber vor allem redete Böhm mit dem anderen wie mit einem Herzchirurgen. Man stelle sich das vor, ein Herzspezialist mitten im Dschungel.«

Kiefer brach ab. Langsam drang das Tageslicht ins Zimmer, und das zerrüttete Gesicht des Tschechen wurde in all seinem Schrecken sichtbar. Das schwarze Zahnfleisch glänzte feucht, und die spitzen Backenknochen traten so stark hervor, dass sie aussahen, als könnten sie jeden Moment die darüberliegende Haut durchstoßen. Auf einmal empfand ich Mitleid mit dem Granatenmörder: kein Mensch auf der Welt, nicht einmal ein Schwein wie Kiefer, verdiente ein derartiges Ende.

»Daraufhin wandte der Arzt sich an mich«, fing der wieder an. »Er sagt: ›Ich werde ihn operieren müssen.‹ – ›Hier?‹ frage ich. ›Sind Sie irr oder was?‹ – ›Wir haben keine andere Wahl, Herr Kiefer‹, sagt er. ›Helfen Sie mir, ihn hineinzutragen.‹ Und auf einmal fällt mir auf, dass er meinen Namen weiß. Dass er uns alle drei kennt. Sogar van Dötten. Wir tragen Böhm also ins Haus und in einen großen gekachelten Raum. Es gab dort eine Art Klimaanlage, die ziemlich laut dröhnte. Es sah zwar aus wie ein Operationssaal. Steril und alles. Aber irgendwie herrschte ein leichter Blutgeruch, ganz fern zwar, aber spürbar, und mir wurde es fast schlecht.«

Was Kiefer da beschrieb, war das Schlachthaus von Böhms Fotografien. Nach und nach passten die Teile zusammen. Ich wankte unter dem Schock und tastete nach einem Stuhl, um mich zu setzen. Kiefer grinste. »Geht's dir schlecht, Junge?«, fragte er hämisch. »Jetzt schon? Dann halt dich fest, denn wir sind erst bei der Vorspeise. Im ersten sterilen Raum mussten wir uns duschen und umziehen. Dann gingen wir in einen anderen Raum, in dem ein Operationsblock stand, abgetrennt durch eine Glasscheibe. Mit zwei Tischen aus Metall, Nickel. Auf den einen legten wir Böhm. Der Doktor war völlig gelassen und freundlich, und Böhm hatte sich anscheinend beruhigt. Nach einer Weile kehrten wir in den ersten Raum zurück, wo der Sohn auf uns wartete. Der Arzt sprach stinkfreundlich auf ihn ein: ›Ich werde dich brauchen, mein Junge. Um deinen Papa zu heilen, muss ich dir ein bisschen Blut abnehmen. Aber keine Sorge, du wirst absolut nichts spüren.‹ Dann dreht er sich zu mir um und sagt: ›Lassen Sie uns allein, Kiefer. Diese Operation ist eine heikle Sache, und ich muss die Patienten vorbereiten.‹ Ich bin gegangen. Mit rauchendem Schädel. Ich kannte mich wirklich nicht mehr aus. Draußen goss es aus Eimern. Van Dötten stand herum und zitterte an allen Gliedern, mir war auch nicht großartig zumute. Stunden vergingen. Endlich, um zwei Uhr morgens, kam der Doktor wieder raus. Von oben bis unten voll Blut. Sah ziemlich fertig aus, mit geschwollenen Adern auf der Stirn und bleich wie eine Leiche. Bei seinem Anblick dachte ich: Böhm ist tot. Aber dann fängt der Kerl widerlich zu grinsen an, und seine himmelblauen Augen glänzen, und er sagt: ›Max Böhm ist außer Gefahr.‹ Dann fügt er hinzu: ›Aber den Sohn konnte ich leider nicht retten.‹ Ich bin fürchterlich erschrocken. Van Dötten hielt sich den Kopf und sagte in einem fort: ›O mein Gott, o mein Gott …‹ Ich schrie ihn an: ›Was soll das heißen, du gottverdammtes Arschloch, was hast du mit dem Sohn gemacht?‹ Ich bin in die Klinik gerannt, bevor er was sagen konnte. Ein Labyrinth, alles weiß gekachelt. Es dauerte eine Weile, bis ich den Operationssaal wiederfand. Ein Buschmann stand Wache mit einer AK-47. Aber ich konnte das Blutbad auch durch die Glasscheibe sehen. Die Kacheln waren rot, von den Wänden triefte es rot, die beiden Operationstische schwammen im Blut. Ich hätte nie gedacht, dass ein menschlicher Körper so viel bluten kann. Und in der Luft hing ein beschissener Aasgeruch. Ich war starr vor Entsetzen.

Hinten im Raum, im Halbdunkel, sah ich Max liegen, der

friedlich unter einem weißen Laken schlief. Aber näher bei der Glasscheibe lag der Sohn Böhm. Ein einziges Gemetzel. Der ganze Körper war wie durch den Fleischwolf gedreht, verstehst du? Systematisch zerstückelt. Du kennst ja meinen Ruf, ich hab' keine Angst vor dem Tod, und ich bin ein Sadist, jawohl, ich hab' immer gern Schmerzen zugefügt, vor allem den Negern.

Aber was da vor mir lag, das war sogar mir zu viel. Die Leiche war völlig zersäbelt von oben bis unten und der Rumpf vom Bauch bis zum Hals aufgeschnitten. Das Gedärm war halb rausgerissen und hing über den Bauch.

Man braucht nicht besonders schlau zu sein, um zu kapieren, was der feine Chirurg gemacht hatte. Er hatte dem Jungen das Herz rausgenommen und in den Vater eingepflanzt. Sicher eine geniale Sache, wenn man so was mitten im Dschungel hinkriegt. Aber diese zerstückelte Leiche vor mir, das war nicht die Arbeit eines Genies. Das war das Werk eines Wahnsinnigen, eines gottverdammten Nazis oder was weiß ich. Unglaublich. Ich hab' den Anblick nie mehr vergessen. Was mich vor allem beeindruckt hat, war das Gesicht des Jungen. Sein Kopf war in einem unmöglichen Winkel verdreht, fast schon auf dem Rücken, die Augen quollen ihm aus den Höhlen, und das blanke Entsetzen stand darin. Und er war geknebelt, und deswegen war mir klar, dass der Irre seine Sauereien an dem Jungen bei vollem Bewusstsein gemacht hatte, ohne Narkose. Ich zog meinen Revolver und ging wieder hinaus, wo der Doktor mich erwartete in Begleitung von vier Buschmännern, alle bis an die Zähne bewaffnet. Sie blendeten mich mit Sturmlampen, und ich konnte nichts sehen, aber die schmierige Stimme des Doktors hörte ich. ›Seien Sie vernünftig, Kiefer. Bei der geringsten Bewegung knall' ich Sie ab wie einen Hund. Sie sind jetzt Komplize bei dem Mord an einem Kind. Darauf steht Todesstrafe, im Kongo wie in Zentralafrika. Aber wenn Sie tun, was ich

Ihnen sage, dann gibt es erstens keinen Stunk und zweitens wahrscheinlich ziemlich viel Geld zu verdienen.‹ Nach den Worten dieses Doktors sollte ich also die Leiche des Böhm-Sohns nach M'Baiki schaffen und zusammen mit einem Negerarzt irgendeine offizielle Version zusammenbasteln. Ich sollte ein paar Millionen dran verdienen. Vorerst. Später noch viel mehr. Ich hatte keine Wahl. Ich band also die Leiche des Böhm-Sohns auf eine Tragbahre und marschierte mit zwei Trägern zur SCAD. Den Vater Böhm ließ ich in den Händen des Irren zurück. Van Dötten hatte sich aus dem Staub gemacht. Ich fand meinen Lieferwagen vor und fuhr mit der Leiche, die schon verweste, nach M'Baiki. Die ganze Geschichte war mir recht widerlich, und ich hoffte, dass der Urwald diesen irren Arzt verschlingen würde.«

In dieser Nacht des Schreckens hatten Böhm, Kiefer und van Dötten – die beiden letzten gegen ihren Willen – ihre Seelen dem Teufel verkauft. Ich hatte bisher nie an einen vierten Mann gedacht, der das Trio anführte, aber so war es: seit jener Nacht im August 1977 standen die drei Männer unter Kontrolle. Das erklärte auch die Titankapsel in Max Böhms neuem Herzen: sie war das Beweisstück – die ›Signatur‹ des Doktors und der konkrete Ausdruck seines Verbrechens, mit dem er Böhm – und indirekt auch die beiden anderen – für immer in seine Gewalt gebracht hatte.

»Die Fortsetzung kenne ich«, sagte ich. »Ich habe M'Diaye ausgefragt. Du hast ihm seinen Bericht diktiert und bist mit der Leiche nach Bangui weitergefahren. Was ist danach passiert?«

»Ich habe Bokassa irgendwas erzählt. Hab' ihm erklärt, dass ein Gorilla uns angefallen hat, dass der junge Böhm dabei ums Leben gekommen und der alte Böhm über Brazzaville nach Hause zurückgekehrt ist. Das war nicht sehr überzeugend, aber Bokassa war das egal. Für ihn zählte nur eins: die Entdeckung einer Diamantenader. Es war drei Monate vor seiner Krönung, und er suchte überall nach Edelsteinen. Für seine ›Krone‹. Unter größter Geheimhaltung ließ sich eine Schürfkolonne im Wald nieder, ich bekam die Leitung. Schon im Oktober fanden wir phantastische Diamanten, die sofort zum Schliff nach Antwerpen geschickt wurden.«

»Wann hast du Böhm wieder gesehen?«

»Anderthalb Jahre später, im Januar 1979, in Bangui. Ich traute meinen Augen nicht. Er hatte ziemlich stark abgenommen, bewegte sich langsamer und vorsichtiger, und seine Bürstenhaare waren völlig weiß geworden. Wir suchten uns eine Stelle am Fluss, wo man ungestört reden konnte. Die Stadt war anderweitig im Aufruhr, zu der Zeit hatten die Studentenunruhen angefangen.«

»Was hat Böhm zu dir gesagt?«

»Er hat mir ein total irres Geschäft vorgeschlagen. Was er sagte, war ungefähr folgendes: ›Bokassas Regime ist am Ende, und bis zu seiner Absetzung ist es bloß noch eine Frage von Wochen. Außer dir und mir weiß niemand, was wirklich in der Sicamine steckt. Wir wissen, wie das läuft im Wald, nicht wahr? Nichts hindert uns dran, die schönsten Steine für uns zu behalten. Niemand wird je nachschauen, was aus den Sümpfen wirklich zutage gefördert wird.‹ Haha. Böhm, der afrikanische Gerichtsherr und Korrektheitsfanatiker, wollte mich für den Diamantenraub gewinnen. ›Ich bin fertig mit Afrika‹, sagte er. ›Ich komm' nie mehr hierher, mein ganzes Leben nicht. Aber ich kann deine Steine in Europa in Empfang nehmen und in Antwerpen verkaufen. Was hältst du davon?‹

Ich habe nachgedacht. Diamantenschmuggel ist die stärkste Versuchung, wenn man eine Arbeit hat wie ich damals: den ganzen Tag in der Scheiße stehen und zusehen, wie einem die größten Schätze zwischen den Fingern durchrutschen. Aber ich kannte natürlich auch die Risiken. Ich fragte Böhm, wie er sich das vorstellt, wer denn die Diamanten über tausend Grenzen nach Europa bringen soll, aber er meinte: ›Keine Sorge. Ich habe die besten Kuriere, die du dir denken kannst. Kuriere, die weder mit dem Flugzeug noch mit dem Schiff oder sonst einem Beförderungsmittel reisen und die nie durch irgendeinen Zoll oder durch eine Passkontrolle müssen.‹ Ich sah ihn an und erwartete, dass er aufhören würde, in Rätseln zu sprechen. Aber er machte es spannend und forderte mich auf, mit ihm nach Bayanga zu fahren, dort wollte er mir seine Kuriere zeigen. Auf der Ebene hatten sich Tausende von Störchen zum Rückflug nach Europa versammelt. Böhm drückte mir sein Fernglas in die Hand, zeigte auf einen beringten Storch und sagte: ›Seit zwanzig Jahren kümmere ich mich um die Störche. Wenn sie im März zurückkommen, nehme ich sie in Empfang, füttere sie und beringe ihre Jungen. Seit zwanzig Jahren studiere ich ihre Wanderung, ihre Zyklen und so weiter, alles, wofür ich mich seit meiner Kindheit begeistert habe. Heute werden uns meine Erkenntnisse auf eine Weise zugute kommen, wie du's dir nicht einmal träumen lässt! Schau dir den Vogel mit dem Ring an. Stell dir vor, du bringst einen oder mehrere Rohdiamanten in seinem Ring unter. Was passiert? In zwei Monaten sind die Diamanten in Europa, und zwar in einem ganz bestimmten Nest. Das ist so sicher wie das Amen in der Kirche, denn die Störche kehren jedes Jahr exakt zum selben Nest zurück. Wenn man das mit allen beringten Störchen so macht, kann man Tausende von Diamanten befördern, ohne Probleme. Im Frühjahr finde ich die Vögel wieder und hole mir ihre Fracht und brauche sie nur noch in Antwerpen zu verkaufen.‹

Was meine Rolle dabei sei, fragte ich, und Böhm antwortete: ›Du zweigst die schönsten Diamanten für dich ab. Dann fährst du nach Bayanga und versteckst sie in den Ringen der Vögel. Ich besorg' dir ein Gewehr mit Betäubungspatronen. Nachdem du ein guter Schütze bist, wirst du dafür nicht länger als eine oder zwei Wochen brauchen. Und für dich springen dabei zehntausend Dollar im Jahr heraus.‹ Was armselig war, wenn man bedenkt, was sich mit dieser Masche tatsächlich verdienen lässt. Aber Böhm erklärte, er sei nicht allein in dem Geschäft. Ich begriff bald, was los war.

Die Idee stammte von jemand anderem. Nämlich von diesem Dschungelarzt, dem irren Chirurgen. Er hatte uns in der Hand und konnte uns zu dem Diamantenschmuggel zwingen. Der gleiche Ring wurde im Osten aufgezogen, in Südafrika, wo van Dötten saß. Wir steckten in der Klemme, ohne Ausweg, aber gleichzeitig mit der Aussicht auf Reichtum. Ich sagte, ich mache mit. Die Fortsetzung kennst du. Die Methode hat jahrelang perfekt funktioniert. Jedes Jahr habe ich an die tausend kleine Diamanten an den Beinen der Störche befestigt und bekam den Lohn dafür auf ein Nummernkonto in der Schweiz. Alles lief prächtig, im Osten genauso wie im Westen. Bis zum April dieses Jahres …«

Kiefer verstummte. Seine Lippen brachten ein saugendes Geräusch hervor, und sein ausgezehrter Körper unter der Decke bäumte sich unter einem inwendigen Schmerz. Er sank zurück, dann warf er mir einen schrägen Blick aus seinen schwarzen Augenhöhlen zu und sagte spöttisch: »Zeit fürs Fläschchen.«

Er griff nach der Spritze und einem der Flakons auf dem kleinen Tisch und zog eine Dosis Morphium auf. Mit knappen Gesten bereitete er seine Injektion vor, seine Hände waren ruhig. Als er den linken Ärmel hochschob, sah ich, dass sein Arm voller dunkler Flecken war, die erhaben, wie eingetrocknetes Blut aussahen und merkwürdige Atolle in einem milchigen Meer bildeten. Mit erfahrener Hand band er sich den Arm ab, während er die Spritze im Mund festhielt. Sofort schwollen die Venen an, und Kiefer prüfte jede einzelne mit der Nadelspitze auf der Suche nach der besten Einstichstelle, dann stieß er mit einem jähen Ruck zu. Unter der Wirkung der Droge krümmte er sich vor, ganz auf sein Tun konzentriert, sein kahler Schädel geriet in einen Sonnenstrahl und leuchtete weißlich auf wie ein phosphoreszierender Stein. Unter der Haut bewegten sich seine knochigen Gelenke. Sekunden vergingen. Dann entspannte er sich. Er stieß ein heiseres Lachen aus, und sein Kopf sank zurück in den Schatten.

Ich dachte über seine letzten Worte nach. Ja, ich kannte die Fortsetzung. Im April waren die Störche aus dem Osten nicht wiedergekommen. Böhm war in Panik geraten und hatte seine Schergen ausgesandt. Die beiden Männer waren der Storchenroute gefolgt, hatten aber nichts gefunden. Sie hatten bloß Ido umgebracht, den einzigen, von dem sie wirklich etwas hätten erfahren können. Später war Böhm auf die Idee verfallen, mich auf dieselbe Fährte anzusetzen und mir die beiden Bulgaren auf die Fersen zu hetzen mit dem Auftrag, mich zu eliminieren, sofern ich zu ›neugierig‹ würde. So hatte er mich zum Abschuss freigegeben, in der einzigen Hoffnung, ich würde irgendein nebensächliches Detail über den Verbleib der Störche herausfinden. Die Hauptfrage aber war nach wie vor ungeklärt: Wieso war er ausgerechnet auf mich verfallen? Ich überlegte, ob Kiefer mir eine Antwort darauf geben konnte, und im selben Moment fragte er, als hätte er meine Gedanken gelesen: »Und du, wieso warst du den Vögeln hinterher?«

»Ich war im Auftrag von Böhm unterwegs.«

»Im Auftrag von …«

Kiefer ließ ein schreckliches, abgehacktes Rascheln hören, das ein Gelächter war, schwarz und klebrig, und wieder troff zähflüssiger Speichel auf sein Hemd. »Im Auftrag von Böhm … Im Auftrag von Böhm …«, wiederholte er.

Ich unterbrach sein Geröchel. »Ich weiß nicht, warum er mich ausgesucht hat – ich hatte keine Ahnung von Vögeln, und vor allem gehörte ich nicht zu eurem System. Aber

Böhm hat mich irgendwie auf euch angesetzt, wie einen Hund in einem Spiel von lauter Mördern.«

Kiefer seufzte. »Das ist jetzt alles nicht mehr so wichtig. Ohnehin waren wir aufgeschmissen.«

»Wieso das?«

»Na, Böhm ist ja mittlerweile tot. Und ohne ihn funktionierte die Sache nicht. Er war der einzige, der die Nester und die Nummern kannte. Er hat das Geschäft mit ins Grab genommen. Und uns dazu. Denn wir taugten zu nichts mehr und wussten viel zu viel.«

»Wer, wir?«

»Ich, van Dötten, die Bulgaren.«

»Hast du dich deshalb in Bayanga versteckt?«

»Ja. Aber zu spät. Was hat es mir denn genützt – ich bin schon seit Jahren krank. Ironie des Schicksals, nicht? Aids mit Sechzig – ist das nicht zum Schieflachen?«

»Und van Dötten?«

»Weiß ich nicht, wo er ist. Soll er verrecken.«

»Wer bedroht dich denn?«

»Das System, dieser Arzt, was weiß ich. Wir waren Teil von etwas Größerem, etwas Internationalem, kapierst du? Ich hocke seit zehn Jahren in meinem Loch, ich wär' nicht in der Lage, dir irgendwas dazu zu sagen. Böhm war immer mein einziger Verbindungsmann, ich kannte nicht mal diesen Sikoff persönlich.«

»Sagt dir der Name Monde Unique etwas?«

»Dunkel. Sie unterstützen eine Missionsstation in der Nähe der Sicamine. Eine Nonne, die sich um die Pygmäen kümmert. Solche Sachen sind mir gleichgültig.«

Operationen ohne Narkose, Organdiebstahl, das gehörte offensichtlich nicht in Kiefers Welt. Dennoch ließ ich nicht locker. »Sikoff besaß einen Pass der Vereinten Nationen«, sagte ich. »Hat er vielleicht ohne dein Wissen für Monde Unique gearbeitet?«

»Kann schon sein.«

»Weißt du was über den Mord an Rajko Nikolitsch, einem Zigeuner aus Sliven in Bulgarien, der im Mai dieses Jahres begangen wurde?«

»Nein.«

»Und über den Mord an Gomun, einem Pygmäenmädchen, vor zehn Tagen in der Nähe der Sicamine?«

»Der Sicamine?«, fragte Kiefer interessiert.

»Spiel nicht den Unschuldigen, Kiefer. Du weißt ganz genau, dass dein Arzt nach Zentralafrika zurückgekommen ist. Er hat sogar deinen Helikopter benutzt.«

Kiefer seufzte wieder. »Du weißt ziemlich viel, Bursche. Vor zehn Tagen hat Bonafé mich benachrichtigt. Dass der Doc wieder in Bangui sei. Wahrscheinlich sucht er die Diamanten.«

»Welche Diamanten?«

»Die diesjährige Ernte – die Steine müssen doch fortgeschafft werden auf die eine oder andere Weise, nicht wahr?« Kiefer grinste. »Aber er hat mich nicht gefunden.«

Ich versuchte zu bluffen. »Weil er dich nicht gesucht hat«, gab ich zurück.

Der Tscheche richtete sich auf. »Was redest du für einen Quatsch?«, fragte er verblüfft.

»Er ist nicht wegen der Diamanten gekommen. Für ihn ist das Geld bloß ein Mittel zum Zweck. Ein Element zweiter Klasse.«

»Warum sollte er sonst in dieses Negerloch kommen?«

»Wegen Gomun. Um dem Pygmäenmädchen das Herz herauszuschneiden.«

»Teufel, das glaub' ich nicht!« spie der Kranke.

»Ich habe ihre Leiche gesehen, Kiefer.«

Der Tscheche schien nachzudenken. »Er ist nicht meinetwegen gekommen«, sagte er schließlich. »Sakrament … Dann kann ich ja beruhigt sterben.«

»Du bist aber noch nicht tot, Kiefer. Hast du diesen Arzt je wieder gesehen?«

»Nein.«

»Weißt du nicht seinen Namen?«

»Nein, sag' ich dir.«

»Ist er Franzose?«

»Er spricht französisch, mehr weiß ich nicht.«

»Akzentfrei?«

»Jawohl.«

»Wie sieht er aus?«

»Großer Kerl. Mager, kahle Stirn, graue Haare. Eine Fresse aus Stein.«

»Ist das alles?«

»Lass mich in Frieden.«

»Wo versteckt sich dieser Doktor, Kiefer?«

»Irgendwo auf der Welt.«

»Wusste Böhm, wo er sich aufhält?«

»Ich glaube ja.«

Mir versagte fast die Stimme. »Wo, verdammt?!« rief ich.

»Wenn ich's doch nicht weiß.«

Ich stand auf. Ins Zimmer war die Hitze eingedrungen, eine Hitze, die Eisenstangen zum Schmelzen bringen konnte.

»Und unsere Abmachung, Saukerl?« krächzte Kiefer.

»Keine Angst«, sagte ich und starrte ihn an. Ich hob den Arm mit der Waffe und lud durch.

»Schieß schon, du Arschloch!« pfiff Kiefer.

Ich zögerte noch. Auf einmal aber sah ich die Form der Handgranate unter dem Laken und den Finger des Tschechen auf dem Abzug. Ich packte die Pistole mit beiden Händen und feuerte einen einzigen Schuss ab. Das Moskitonetz erbebte. Kiefer explodierte mit einem dumpfen Geräusch und besprengte das Netz mit schwärzlichem Blut und Gehirn. Draußen flogen die Störche mit rauschenden Schwingen auf.

Nach einigen Sekunden trat ich näher und schlug die Tüllbahnen zur Seite. Kiefer war nur noch ein eingefallenes Gerippe, auf dem Kopfkissen ausgebreitet in einem Meer von Blut, Fleischfetzen und Knochensplittern. Die Granate lag unangetastet zwischen den Falten des Lakens. Neben den menschlichen Überresten fand ich winzige Diamanten und eiserne Ringe – die ›Ernte‹ des Jahres. Ich ließ das Vermögen liegen und nahm lediglich einen Ring mit.

Ich trat auf den Gang hinaus. Die M'Bati-Frau war erwacht und eilte gestikulierend herbei, ihre Kinder auf den Fersen. Sie lachte unter Tränen: das Ungeheuer war vernichtet. Ich drängte sie beiseite. Über die Wände liefen immer noch die Eidechsen wie ein lebendes grünes Gesims. Ich rannte ins Freie, aber die Sonne stoppte meinen Lauf. Geblendet stieg ich die Stufen hinunter, schwankend, und ließ meine Pistole auf die scharlachrote Erde fallen.

Alles war vorbei – alles fing an.

Weit in der Ferne erblickte ich Tina, die mir zwischen hohen Gräsern entgegenlief.

V

Ein Herbst in der Hölle

45

Vier Tage später, im Morgengrauen, war ich wieder in Paris. Wir hatten den 30. September. Meine riesige Wohnung am Boulevard Raspail erschien mir klein und beengt; geschlossene Räume war ich nicht mehr gewohnt. Ich hob die Post der letzten beiden Wochen auf und ging in mein Arbeitszimmer, um den Anrufbeantworter abzuhören. Ich erkannte die Stimmen einiger Freunde und Bekannter, die sich über meine monatelange Abwesenheit wunderten. Von Dumaz keine Nachricht, und dieses Schweigen kam mir merkwürdig vor. Befremdlich war auch ein neuerlicher Anruf von Nelly Braesler – in den fünfundzwanzig Jahren ihrer Fernerziehung hatte sie sich nicht so häufig für mich interessiert. Woher dieses plötzliche Interesse?

Es war sechs Uhr morgens. Ich wanderte durch meine Wohnung und empfand eine Art Schwindelgefühl. Nach meinen letzten Erlebnissen kam es mir unwirklich vor, wieder hier zu sein, am Leben, umgeben von allem Komfort. Im Geist ließ ich die Bilder der letzten Tage in Afrika vorüberziehen. Beckes und ich, wie wir die Leiche von Otto Kiefer in der Ebene begruben, eingewickelt in das blutige Moskitonetz, mitsamt seinen Diamanten. Die Schikanen der Polizisten von Bayanga, denen ich erklärt hatte, Otto Kiefer habe sich mit der Selbstladepistole erschossen, die er unter seinem Kopfkissen verwahrte. Der Abschied von Tina, die ich ein letztes Mal am Ufer des Flusses umarmt hatte. Meine Reise nach Afrika hatte genauso viel Licht in die Sache gebracht, wie sie neue Rätsel aufgeworfen hatte. Mit Otto Kiefers

Aussage war die Diamantenaffäre geklärt. Zwei der Schlüsselfiguren waren tot. Van Dötten versteckte sich höchstwahrscheinlich irgendwo in Südafrika. Sarah Gabbor war noch nicht wieder aufgetaucht, wahrscheinlich hatte sie ihre Diamanten bereits verkauft. Die junge Frau war jetzt reich, aber sie war auch in Gefahr. In diesem Moment waren ihr die Killer sicherlich schon auf den Fersen: in diese letzte, einzige Frage mündete der Diamantenring – aber mit dem geflügelten Kuriersystem war es ein für alle Mal vorbei.

Es blieb der ›Doktor‹ aus Afrika, der Drahtzieher der ganzen Affäre. Seit mindestens fünfzehn Jahren suchte sich ein Mann überall auf der Welt unschuldige Opfer aus, operierte sie bei vollem Bewusstsein und stahl ihnen das Herz. Die Annahme eines Organschmuggels lag nahe, aber mehrere Details deuteten darauf hin, dass eine komplexere Wahrheit dahintersteckte. Wieso ging dieser Chirurg mit derartigem Sadismus zu Werk? Wieso betrieb er eine derart sorgfältige Auswahl seiner Opfer und unterhielt zu dem Zweck ein weltweites Datennetz, während ein Organhandel sich schon in einem einzigen Land hätte organisieren lassen? War er auf der Suche nach einem ganz speziellen Gewebetyp? Im Augenblick standen mir nur zwei Spuren offen, denen ich nachgehen konnte.

Erstens: Der ›Doktor‹ und Max Böhm hatten sich zwischen 1972 und 1977 im äquatorialen Regenwald bei einer der Expeditionen des Schweizers kennen gelernt. Der Chirurg hatte sich folglich im Kongo oder in Zentralafrika aufgehalten – und sicher nicht immer mitten im Dschungel. Mit Hilfe der Zollbehörden und Krankenhäuser beider Länder konnte ich seinen Weg nachzeichnen – aber wie sollte ich ohne offizielle Befugnis an die notwendigen Informationen herankommen? Ich konnte auch die Spezialisten für Herzchirurgie in Europa befragen, denn ein Arzt, der in der Lage war, eine Herztransplantation wie bei Max Böhm durchzuführen, und das mitten im Urwald, im Jahr 1977, war außergewöhnlich, wenn nicht einmalig, und es musste doch möglich sein, die Fährte eines solchen Virtuosen zu verfolgen, der französischsprachig war und in der Mitte Afrikas lebte. Ich dachte an Catherine Warel, die Ärztin, die an Max Böhm die Autopsie durchgeführt und Dumaz bei seinen Ermittlungen unterstützt hatte.

Die zweite Spur war *Monde Unique*. Der Mörder bediente sich ohne Wissen ihrer Leiter dieser gewaltigen Maschinerie, ihrer Kapazitäten zur Analyse und Datensammlung, um seine Opfer überall auf der ganzen Welt ausfindig zu machen. Vor Ort benutzte er Helikopter, sterile Operationszelte und anderes logistisches Material der *Monde-Unique*-Zentren. Ein Mann, der so vorgehen konnte, hatte zweifellos einen wichtigen Posten innerhalb der Organisation. Deshalb sollte man sich Zugang zum Organigramm von *Monde Unique* verschaffen. Wenn man dessen Informationen den Auskünften aus Afrika gegenüberstellte, würde vielleicht ein Name zum Vorschein kommen, bei dem alle Daten zusammenliefen. Aber auch hier scheiterte ich an meiner mangelnden offiziellen Position. Ich hatte keinerlei Amt, keinen speziellen Auftrag. Dumaz hatte mich gewarnt: man greift nicht einfach eine weltweit anerkannte humanitäre Organisation an.

Und auf einer tieferen Ebene trat meine persönliche Ermittlung auf der Stelle. Ich war am Ende, erschöpft, gelähmt von Reue und gefangen in einer Einsamkeit, die mir noch nie so bedrückend erschienen war. Mein Überleben war nichts als ein Wunder gewesen. Jetzt musste ich mich dringend polizeilicher Unterstützung versichern, um mich dem letzten blutigen Kreis zu stellen.

Sieben Uhr morgens. Ich rief Hervé Dumaz zu Hause an. Keine Antwort. Ich kochte Tee, dann setzte ich mich ins Wohnzimmer und grübelte über meinen finsteren Gedanken. Auf dem Couchtisch sah ich den Poststapel durch – Einladungen, Briefe von Universitätskollegen, Intellektuellenmagazine und Tageszeitungen … Ich nahm mir die *Le-Monde*-Ausgaben der letzten Tage vor und überflog sie zerstreut.

Plötzlich stutzte ich und las, erst ungläubig, dann fassungslos, folgenden Artikel:

MORD AN DER DIAMANTENBÖRSE

Am 27. September 1991 wurde in den Räumen der berühmten Beurs van Diamanthandel *in Antwerpen ein Mord verübt. Im oberen Stockwerk schoss die junge Israelin Sarah Gabbor, bewaffnet mit einer Selbstladepistole der österreichischen Marke Glock, einen Inspektor der Schweizer Polizei namens Hervé Dumaz nieder. Die Motive der jungen Frau sind unbekannt, ebenso die Herkunft der außergewöhnlichen Diamanten, die sie an dem Tag verkaufen wollte.*

Um neun Uhr am Morgen des 27. September 1991 ist an der *Beurs van Diamanthandel* alles wie immer. Die Geschäftsräume werden aufgeschlossen, die üblichen Sicherheitsmaßnahmen getroffen, und die ersten ›Verkäufer‹ treffen ein. Hier und an den anderen Börsen von Antwerpen werden zwanzig Prozent der Diamantenproduktion verkauft, die nicht über den traditionellen Handelsweg unter der Kontrolle des südafrikanischen Imperiums De Beers laufen.

Gegen 10.30 Uhr erscheint eine große blonde Frau im ersten Stock und betritt den Hauptraum; sie trägt eine lederne Handtasche bei sich. Sie geht zum Schreibtisch eines Händlers und legt ihm einen weißen Umschlag vor, in dem mehrere Dutzend Diamanten enthalten sind, ziemlich klein, aber von außergewöhnlicher Reinheit. Der Käufer, der ebenfalls israelischer Herkunft ist (sein

Name ist der Redaktion bekannt), kennt die junge Frau bereits. Seit einer Woche kommt sie alle zwei Tage, um jedes Mal dieselbe Anzahl von Diamanten zu verkaufen, die immer von hoher Qualität sind.

Doch heute tritt eine andere Person dazwischen. Ein etwa dreißigjähriger Mann nähert sich der Frau und flüstert ihr etwas ins Ohr. Sofort nimmt sie eine Automatikpistole aus ihrer Handtasche, dreht sich um und schießt, ohne zu zögern, dem Mann in die Stirn. Er bricht tot zusammen.

Die junge Frau versucht zu flüchten, wobei sie die herbeigeeilten Wächter mit der Waffe bedroht. Rückwärts gehend, in aller Ruhe, entweicht sie, aber sie kennt nicht das raffinierte Räderwerk der Sicherheit an der Börse. Als sie in die Halle im ersten Stock kommt, in der sich die Aufzüge befinden, heben sich Panzerglasscheiben aus dem Boden und versperren sämtliche Ausgänge. Die Frau sitzt in der Falle. Wie in solchen Fällen üblich, wird sie aufgefordert, ihre Waffe fallen zu lassen und sich zu ergeben. Sie gehorcht dem Befehl. Belgische Polizisten, die über die Aufzüge eingedrungen sind, überwältigen sie sofort.

Der Sicherheitsdienst der *Beurs van Diamanthandel* und die belgische Polizei, darunter mehrere Spezialisten für Diamantenschmuggel, sehen sich das Videoband der Mordszene an, aber niemand begreift den Grund dieses erschütternden Vorfalls. Die Identitäten der beteiligten Personen stürzen die Polizei in zusätzliche Verwirrung. Das Opfer ist Schweizer und Inspektor der Eidgenössischen Polizei mit Namen Hervé Dumaz, zweiunddreißig Jahre alt und am Kommissariat von Montreux tätig. Er hatte einen zweiwöchigen Urlaub eingereicht. Was tat er in Antwerpen? Und warum hatte er nicht den Sicherheitsdienst der Börse benachrichtigt, wenn er vorhatte, die junge Frau aus irgendeinem Grund zu verhaften? Lauter

Rätsel, die noch verstärkt werden durch die Persönlichkeit der Mörderin. Sarah Gabbor, achtundzwanzig, lebte in einem Kibbuz in der Gegend von Bet She'an in Galiläa, nahe der jordanischen Grenze. Derzeit weiß man noch nicht, wie die Frau, die in einer Fischzucht arbeitete, zu einem derartigen Vermögen in Diamanten gekommen ist.

Mit einer wütenden Geste zerknüllte ich die Zeitung. Schon wieder war Gewalt im Spiel. Schon wieder floß Blut. Trotz meiner Empfehlungen hatte Dumaz seine Rolle nach seiner Weise spielen wollen. Er hatte Sarah bedroht wie ein ungeschickter Anfänger, so dass sie nicht einen Augenblick gezögert und den Inspektor niedergeschossen hatte. Dumaz war tot, Sarah hinter Schloss und Riegel. Der einzige Trost in diesem blutigen Nachspiel war mir die Gewissheit, dass meine israelische Geliebte fortan in Sicherheit war.

Ich stand auf und ging wieder in mein Arbeitszimmer. Mechanisch stellte ich mich ans Fenster und zog die Vorhänge auf. Der Garten des amerikanischen Zentrums, der direkt an mein Wohnhaus angrenzte, war dem Erdboden gleichgemacht worden. Die Büsche und Sträucher hatten den schwärzlichen Furchen der Bulldozer weichen müssen, nur ein paar Bäume waren noch verschont geblieben. Ich dachte, dass ich als allererstes Sarah Gabbor wiedersehen musste. Das würde meine erste wirkliche Gelegenheit sein, mit der internationalen Polizei in Kontakt zu treten.

46

Der Vormittag raste dahin wie ein Buschfeuer. Ich führte mehrere Telefonate – mit der internationalen Auskunft, mit Botschaften und Gerichten –, dann verschickte ich mehrere Faxe, um eine Genehmigung zu bekommen, an der mir sehr gelegen war: die Besuchserlaubnis für das Frauengefängnis von Ganshoren am Stadtrand von Brüssel, wo Sarah in Untersuchungshaft saß. Am späten Vormittag hatte ich alle Schritte unternommen, die mir möglich waren. Mehrmals hatte ich durchblicken lassen, dass ich im Besitz wichtiger Informationen sei, die den Fall in ein neues Licht rückten. Ich setzte alles auf eine Karte: entweder man nahm mich ernst, dann hatte ich keinen Einfluss mehr auf die Folgen meines Entschlusses; oder man hielt mich für verrückt, und jedes Ansuchen war sinnlos.

Um elf Uhr rief ich noch einmal die internationale Auskunft an und erhielt die zwölfstellige Nummer des Krankenhauses von Montreux, wo am 20. August die Leiche von Max Böhm obduziert worden war. Ich sprach mit der Zentrale und fragte nach Frau Dr. Catherine Warel. Nach einer Minute ertönte ein energisches »Hallo?«.

»Frau Dr. Warel, ich bin Louis Antioche. Vielleicht erinnern Sie sich noch an mich?«

»Nein«, erwiderte sie.

»Wir haben uns vor etwa sechs Wochen bei Ihnen in der Klinik kennen gelernt. Ich bin derjenige, der die Leiche von Max Böhm gefunden hat.«

»Ach ja. Der Ornithologe?«

Ich wusste nicht, ob sie mich oder Böhm damit meinte.

»Genau. Frau Dr. Warel, ich brauche ein paar wichtige Informationen im Zusammenhang mit diesem Todesfall.«

Ich hörte ein metallisches Klicken und schloss auf den Deckel eines Benzinfeuerzeugs.

»Aha«, sagte sie dann. »Na, wenn ich Ihnen helfen kann … Worum geht es?«

Ich wollte schon anheben, als mir klar wurde, dass meine Worte völlig absurd für sie klingen mussten.

»Am Telefon kann ich nicht reden. Ich muss Sie sehen, so bald wie möglich.«

Catherine Warel war eine Frau, die sich nicht so leicht aus der Fassung bringen ließ. Ohne zu zögern, antwortete sie: »Na ja, gut, dann kommen Sie heute Nachmittag her, wenn Sie können. Gegen eins geht eine Maschine von Orly nach Lausanne. Ich erwarte Sie um fünfzehn Uhr in der Klinik.«

»Ich werde da sein. Vielen Dank.«

Bevor ich aufbrach, rief ich noch bei Dr. Djuric in Sofia an. Nach einer Viertelstunde vergeblicher Bemühungen hörte ich endlich den Rufton am anderen Ende, und nach siebzehnmaligem Läuten meldete sich jemand auf bulgarisch.

»Hallo?«

Ich erkannte die sonore Stimme von Milan Djuric, den ich vermutlich aus seiner Siesta gerissen hatte.

»Dr. Djuric, hier ist Louis Antioche, der Mann mit den Störchen.«

Ein paar Sekunden blieb es still, dann antwortete die tiefe Stimme: »Antioche. Ich habe viel an Sie gedacht seit unserer Begegnung. Ermitteln Sie immer noch im Todesfall Rajko?«

»Mehr denn je. Und ich glaube, ich habe seinen Mörder gefunden.«

»Was?!«

»Ja. Zumindest seine Spur. Der Mord an Rajko ist Teil eines perfekt organisierten Systems, dessen tiefere Gründe mir allerdings noch nicht klar sind. Mit Sicherheit weiß ich nur eins: das Netz umfasst den gesamten Planeten. In anderen Ländern haben weitere Verbrechen derselben Art stattgefunden. Und ich brauche Ihre Hilfe, um dem Massaker ein Ende zu machen.«

»Was kann ich für Sie tun?«

»Ich muss Rajkos HLA-Typ wissen.«

»Nichts einfacher als das. Ich habe den Autopsiebericht hier. Bleiben Sie dran.«

Ich hörte, wie Djuric Schubladen öffnete und mit Papieren raschelte, dann kam er wieder an den Apparat.

»Hier hab' ich's«, sagte er. »Er hatte den HLA-Typ $Aw_{19,3}$ – $B_{37,5}$.«

Es traf mich wie ein Faustschlag in den Magen. Obwohl ich damit gerechnet hatte. Derselbe Typ wie Gomun. Eine so exakte Übereinstimmung konnte kein Zufall sein.

»Ist das ein besonders seltener Typ, oder hat er vielleicht bestimmte Eigenheiten?«

»Keine Ahnung. Das ist nicht mein Fachgebiet. Außerdem gibt es unendlich viele verschiedene HLA-Phänotypen, und ich sehe nicht …«

»Haben Sie Zugang zu einem Faxgerät?«

»Ja. Ich kenne den Direktor eines Zentrums, der …«

»Könnten Sie mir Ihren Autopsiebericht heute noch per Fax zuschicken?«

»Ja, sicher. Was ist denn los?«

»Gleich, schreiben Sie sich nur zuerst meine Nummer auf, bitte.«

Ich gab ihm meine Telefon- und Faxnummer durch, dann fuhr ich fort: »Also, Doktor Djuric. Ich hab' herausgefunden, dass irgendwo, quer durch die ganze Welt, ein Chirurg unterwegs ist, der Herzen stiehlt. In Afrika war ich selbst bei der Obduzierung eines kleinen Mädchens dabei, und ich kann Ihnen versichern, dass ihre Leiche dem Körper von Rajko in nichts nachstand. Dieser Mann, dieser Arzt, ist ein perverses Monster, ein Untier, ein Wahnsinniger, aber ich bin überzeugt, dass er nach irgendeiner geheimen Logik vorgeht, verstehen Sie?«

»Wissen Sie, wer er ist?« tönte Djurics tiefe Stimme durch die Leitung.

»Nein. Aber Sie hatten recht: er ist ein ganz außergewöhnlicher Chirurg.«

»Welcher Nationalität?«

»Weiß ich nicht, vielleicht ist er Franzose. Jedenfalls spricht er französisch.«

Djuric schien nachzudenken. Nach einer Weile sagte er: »Was haben Sie vor?«

»Weitersuchen. Ich rechne jeden Moment mit entscheidenden Neuigkeiten.«

»Die Polizei haben Sie nicht verständigt?«

»Nein, noch nicht.«

»Antioche, ich will Sie etwas fragen.«

»Nämlich?«

In der Leitung rauschte und krachte es, und Djuric hob die Stimme. »Als Sie mich in Sofia besucht haben, sagte ich Ihnen, dass mich Ihr Gesicht an jemanden erinnert.«

Ich antwortete nicht. Djuric fuhr fort: »Ich habe über diese Ähnlichkeit lange nachgegrübelt, und ich glaube, Sie erinnern mich an einen Arzt, den ich in Paris kannte. Ist ein Mitglied Ihrer Familie Mediziner?«

»Mein Vater war Arzt.«

»Heißt er ebenfalls Antioche?«

»Natürlich. Djuric, ich hab' nicht mehr viel Zeit ...«

Djuric fuhr unbeirrt fort: »Hat er in den sechziger Jahren in Paris praktiziert?«

Mir schlug das Herz bis zum Hals. Wie immer rief die Erwähnung meines Vaters eine dumpfe Beklemmung in mir wach.

»Nein. Mein Vater hat immer in Afrika gearbeitet.«

Djurics Stimme klang jetzt sehr fern: »Lebt er noch? Sagen Sie, lebt Ihr Vater noch?«

Wieder krachte es in der Leitung, und ich antwortete nur noch abgehackt: »Er ist umgekommen am 31. Dezember 1965. Bei einem Feuer. Mit meiner Mutter, meinem Bruder. Tot. Alle drei.«

»Sind bei diesem Feuer auch Ihre Hände verbrannt?«

Reflexartig schlug ich mit der flachen Hand auf das Telefon und brach die Verbindung ab. Jedes Mal, wenn von meinen Eltern die Rede war, überkam mich eine unkontrollierbare Angst, ein unerklärliches Schaudern. Und Djurics

Fragen verstörten mich, ich verstand sie nicht. Wie hätte er meinen Vater in Paris kennen lernen können? Gewiss, er hatte in der Rue des Saints-Pères studiert, aber viel später – in den sechziger Jahren war er noch ein Kind gewesen.

Halb zwölf. Ich nahm ein Taxi und ließ mich zum Flughafen fahren. Während des Fluges durchforstete ich weitere Tageszeitungen. Den meisten war die Diamantenaffäre zwar noch einen kurzen Artikel wert, sie berichteten jedoch nichts Neues. Statt dessen ging es um die diplomatischen Schwierigkeiten bei einem solchen Fall – dem Mord an einem Schweizer Polizisten in einer belgischen Stadt, begangen durch eine Israelin –, der Schweizer und der israelische Botschafter wurden zitiert, die ihrer ›Betroffenheit‹ Ausdruck verliehen und ihrem ›Willen, die Gründe dieses Dramas so rasch wie möglich aufzuklären‹.

In Lausanne nahm ich mir einen Leihwagen und fuhr nach Montreux. Das Unbehagen, das Djurics Fragen in mir ausgelöst hatten, ließ mich nicht mehr los. Die Verworrenheit der Situation bedrückte mich, gleichzeitig aber fürchtete ich mich vor der Dringlichkeit, mit der etwas geschehen musste: so rasch wie möglich. Und dazwischen holten mich immer wieder die sehr gemischten Erinnerungen aus Afrika ein. Die strahlende Nacht mit Tina, das grüne Dickicht auf dem Weg nach Bayanga, das Gleißen der Ebene – und Gomuns Leiche, das Gesicht von Otto Kiefer, die schrecklichen Schicksale von Max Böhm, seinem Sohn, Schwester Pascale … und im Hintergrund immer dieser teuflische Chirurg. Ohne Namen und ohne Gesicht.

In der Klinik wartete Dr. Warel schon auf mich; ihre rotgeäderten Wangen, ihre französischen Zigaretten waren mir gleich wieder vertraut. Ich begann ohne Umschweife.

»Frau Dr. Warel«, sagte ich. »Nach dem Tod von Max Böhm haben Sie mit Inspektor Dumaz zusammengearbeitet und bestimmte Nachforschungen für ihn angestellt.«

»Richtig.«

»Ich habe ebenfalls mit dem Inspektor zusammengearbeitet. Und jetzt brauche ich Informationen.«

Sie sah mich schräg an, dann zündete sie eine Zigarette an. »Mit welchem Recht?«, fragte sie. »Schließlich sind Sie nicht von der Polizei.«

»Max Böhm war ein Freund von mir«, antwortete ich schnell. »Ich stelle Nachforschungen über sein Leben an, posthum. Und manche Dinge sind von enormer Bedeutung.«

»Warum ruft Inspektor Dumaz mich nicht persönlich an?«

»Hervé Dumaz ist tot, Frau Dr. Warel. Erschossen. Und zwar im Zusammenhang mit dem Tod von Böhm.«

»Was erzählen Sie da?«

»Kaufen Sie sich die heutige Zeitung und vergewissern Sie sich, dass ich die Wahrheit sage. Er wurde am 27. September in Antwerpen erschossen.«

Catherine Warel verstummte. Nach einigen Sekunden fragte sie in leicht verunsichertem Ton: »Und was für eine Rolle spielen Sie in der ganzen Geschichte?«

»Ich bin im Alleingang unterwegs, aber früher oder später wird die Polizei den Fall übernehmen. Sind Sie bereit, mir zu helfen?«

Ein Strahl Rauch entströmte Dr. Warels Lippen und wölkte sich vor ihrem Gesicht. Schließlich sagte sie: »Was wollen Sie wissen?«

»Sie erinnern sich sicher, dass Max Böhm ein transplantiertes Herz hatte. Sie sagten, dass der chirurgische Eingriff mindestens drei Jahre zurückliege, fanden aber nie irgendeinen Hinweis auf die Operation, weder in der Schweiz noch anderswo. Sie haben auch nicht herausgefunden, wer Böhms behandelnder Arzt war.«

»Das ist richtig.«

»Ich denke, ich bin dem Chirurgen, der die Operation vorgenommen hat, auf die Spur gekommen. Eine erstaunliche Persönlichkeit. Erschreckend vielmehr.«

»Inwiefern?«

»Der Mann ist ein Spezialist für Herzchirurgie, ein Genie auf seinem Gebiet. Aber gleichzeitig ist er ein gefährlicher Verbrecher.«

»Hören Sie, Monsieur Antioche, ich weiß nicht, ob es sinnvoll ist, mir ihre Reden anzuhören. Haben Sie denn Beweise für Ihre Behauptungen?«

»Einige. Seit unserer ersten Begegnung bin ich durch die halbe Welt gereist und habe Max Böhms Existenz rekonstruiert. So habe ich herausgefunden, unter welchen Umständen seine Herztransplantation stattfand.«

»Nämlich?«

»Es war 1977 in Zentralafrika. Man hat Böhm das Herz seines eigenen Sohnes eingesetzt – der zu dem Zweck umgebracht wurde.«

»Mein Gott … ist das Ihr Ernst?«

»Denken Sie an die außergewöhnliche Gewebekompatibilität zwischen dem Körper des Empfängers und dem eingepflanzten Organ. Denken Sie auch an die Titankapsel: der Chirurg hat sein Werk damit ›signiert‹, absichtlich – um Max Böhm in der Hand zu haben.«

Catherine Warel zündete sich eine neue Zigarette an. Noch behielt ihre Gelassenheit die Oberhand. Sie fragte: »Kennen Sie den Mann?«

»Nein. Aber er operiert immer noch, quer durch alle Länder der Welt. Aus Gründen, die mir unbekannt sind, hat er in allen Breitengraden Menschen bei lebendigem Leib das Herz gestohlen und tut es noch. Er verfügt über grenzenlose Möglichkeiten.«

»Ein Organhandel, meinen Sie?«

»Das weiß ich nicht. Eine Ahnung sagt mir, dass etwas anderes dahinter steckt. Der Mann ist wahnsinnig. Und unvorstellbar grausam.«

»Was wollen Sie damit sagen?«

»Er operiert seine Opfer bei vollem Bewusstsein. Und wahrscheinlich tut er noch anderes. Er experimentiert mit Kindern …«

Die Ärztin senkte den Kopf. Ihre Zigarette wechselte von einer Hand zur anderen, dann wurde sie ausgedrückt; Catherine Warel zog einen Notizblock aus ihrem Kittel und murmelte: »Was kann ich für Sie tun?«

»Dieser Chirurg hat im August 1977 an der Grenze zwischen dem Kongo und Zentralafrika praktiziert, er hatte eine Art Klinik mitten im Regenwald. Ich denke, dass er sich schon damals versteckt hat, aber es muss irgendwelche Indizien, irgendwelche Hinweise auf seine Anwesenheit geben – schließlich brauchte er Material, Medikamente … ich bin sicher, dass Sie es schaffen, ihn aufzuspüren. Noch einmal: er ist ein absoluter Experte, ein Mann, dem es gelungen ist, mitten im Dschungel ein Herz zu transplantieren, erfolgreich, und das zu einer Zeit, als die Erfolge auf diesem Gebiet eher spärlich waren.«

Catherine Warel machte sich ausführliche Notizen. Dann fragte sie: »Woher kommt er ursprünglich?«

»Das weiß man nicht genau. Er ist jedenfalls französischsprachig.«

»Wissen Sie, wann er sich in Afrika niedergelassen hat?«

»Nein.«

»Glauben Sie, dass er immer noch dort ist?«

»Nein.«

»Sie haben nicht die geringste Ahnung, wo er sich derzeit aufhalten könnte?«

»Ich glaube, er arbeitet mit *Monde Unique* zusammen.«

»Der humanitären Organisation? – Ausgerechnet?«

»Ich glaube, dass er ihre Infrastruktur benutzt, um seine

teuflischen Experimente durchzuführen. Frau Dr. Warel, ich schwöre Ihnen, ich sage die Wahrheit. An jedem Tag, der vergeht, kann der Alptraum wieder passieren. Der Mann macht weiter, verstehen Sie? Vielleicht quält er in diesem Augenblick irgendwo auf der Welt wieder ein unschuldiges Kind.«

In ihrem schroffen Ton sagte Warel: »Jetzt übertreiben Sie mal nicht. Ich werde ein paar Telefonate führen und hoffe, Ihnen die gewünschten Auskünfte heute Abend, spätestens morgen geben zu können. Aber ich verspreche nichts.«

»Glauben Sie, dass Sie sich die Namensliste der Ärzte bei *Monde Unique* verschaffen können?«

»Schwierig. Die Organisation ist nach außen hin sehr verschlossen. Ich will sehen, was ich tun kann.«

»Wenn ich recht habe, Frau Dr. Warel – und wenn der Mörder nicht seinen Namen geändert hat –, dann decken sich die beiden Angaben. Handeln Sie so schnell wie möglich.«

Mit ihren schwarzen Augen sah mich Catherine Warel unerwartet eindringlich an. Wir standen einander gegenüber auf dem glänzenden Linoleumboden, in einer Ecke des Korridors; ich erwiderte ihren Blick – der angespannt, aber zuversichtlich war. Ich war mir sicher, dass sie die Polizei nicht benachrichtigen würde.

47

Gegen zweiundzwanzig Uhr war ich wieder in Paris. Ich hatte weder eine Antwort von den Botschaften und Gerichten erhalten noch eine Nachricht von Dr. Warel; nur Milan Djuric hatte mir den Autopsiebericht über Rajko Nikolitsch geschickt.

Ich nahm eine heiße Dusche und machte mir Rühreier mit Lachs und Kartoffeln, dann trank ich russischen Tee, dunkel und stark, und legte mich ins Bett in der Hoffnung auf Schlaf, meine Glock hatte ich in Reichweite. Kurz vor Mitternacht läutete das Telefon; es war Catherine Warel.

»Und?«, fragte ich gespannt.

»Im Augenblick habe ich noch nichts. Aber morgen früh soll ich die Namen der Ärzte aus dem französischen Sprachraum bekommen, die zwischen 1960 und 1980 in Zentralafrika gearbeitet haben. Außerdem habe ich mich mit ein paar langjährigen Freunden in Verbindung gesetzt, die mir nähere Auskünfte geben können. Was *Monde Unique* betrifft, so besteht keine Chance, dass sie die Namensliste ihrer Ärzte rausrücken. Aber es ist noch nicht alles verloren. Ich kenne nämlich einen jungen Augenarzt, der vor kurzem dort eingestellt wurde, und er hat versprochen, mir zu helfen.«

Ein Misserfolg auf der ganzen Linie. Und die Zeit lief unerbittlich weiter. Ich ließ mir meine Enttäuschung aber nicht anmerken, sondern sagte: »Sehr gut. Ich danke Ihnen für das Vertrauen, das Sie in mich setzen.«

»Keine Ursache. Ich war ziemlich viel auf Achse, wissen Sie. Was Sie mir heute Nachmittag erzählt haben, übersteigt sämtliche Vorstellungen.«

»Ich werde Ihnen alles sagen, was ich weiß – sobald ich es weiß.«

»Passen Sie auf sich auf. Ich rufe Sie morgen Abend wieder an.«

Mit leerem Kopf legte ich auf. Geduld, sagte ich mir, hab Geduld.

Es war noch nicht hell, als das Telefon abermals läutete. Mühsam rappelte ich mich hoch und hob den Hörer ab, wobei ich einen Blick auf den Quarzwecker auf dem Nachttisch warf. 5 Uhr 24. »Hallo?«, knurrte ich schlaftrunken.

»Louis Antioche?« dröhnte eine sehr tiefe, sehr laute Stimme mit starkem orientalischem Akzent.

»Ja. Wer ist am Apparat?«

»Itzhak Delter, der Anwalt von Sarah Gabbor.«

Ich fuhr auf, mit einem Mal hellwach. »Ich höre«, sagte ich, diesmal deutlich.

»Verzeihen Sie, dass ich Sie so früh störe, es ging nicht anders. Ich bin in Brüssel. Ich glaube, Sie haben gestern hier in der Botschaft angerufen und wollen Sarah Gabbor treffen, stimmt das?«

»So ist es.«

Der Mann räusperte sich in der Stimmlage eines Kontrabasses. »Sie werden verstehen, dass das beim derzeitigen Stand der Dinge extrem schwierig ist.«

»Ich muss sie sehen!« rief ich.

»Darf ich fragen, in welcher Beziehung Sie zu Frau Gabbor stehen?«

»In einer persönlichen.«

»Sind Sie Jude?«

»Nein.«

»Wie lange kennen Sie Sarah Gabbor?«

»Etwa einen Monat.«

»Sie haben sie in Israel kennen gelernt?«

»In Bet She'an.«

»Und Sie meinen, Sie haben wichtige Informationen für uns?«

»Ich glaube ja.«

Mein Gesprächspartner verstummte, er schien nachzudenken. Dann sagte er unvermittelt und rasch: »Monsieur Antioche, der Fall ist kompliziert, sehr kompliziert. Er stürzt uns alle in größte Verlegenheit. Und zwar rede ich nicht nur vom Staat Israel, sondern auch von den anderen beteiligten Regierungen. Wir sind überzeugt, dass Sarah Gabhors unbesonnene Tat nur die sichtbare Spitze eines Eisbergs ist. Dahinter steht ein ganzes System, eine Organisation von ungeahntem Ausmaß, von internationalem Format.«

Als ›unbesonnene Tat‹ bezeichnete er eine Pistolenkugel mitten in die Stirn! Der Herr neigte zur Untertreibung.

»In allen betroffenen Ländern beschäftigt sich die Polizei mit dem Fall«, fuhr der Anwalt fort. »Derzeit sind sämtliche Informationen vertraulich, und ich kann Ihnen leider auf gar keinen Fall gestatten, mit Frau Gabbor zu sprechen. Hingegen hielte ich es für nützlich, wenn Sie nach Brüssel kämen, damit wir miteinander reden können. Am Telefon ist das ja nicht gut möglich, wie Sie zugeben werden.«

Ich griff nach meinem Notizblock. »Wo finde ich Sie?« frage ich.

»In der israelischen Botschaft. Rue Joseph II Nummer 81.«

»Wie war noch mal Ihr Name?«

»Itzhak Delter.«

»Herr Delter, eines muss klar sein: wenn ich Ihnen helfen kann, werde ich es tun, ohne auch nur eine Sekunde zu zögern. Aber nur unter einer Bedingung, nämlich der Garantie, dass ich Sarah Gabbor sehen darf.«

»Darüber zu entscheiden ist nicht unsere Sache. Aber wir werden uns bemühen, eine Genehmigung für Sie zu erwirken. Wenn die Untersuchungsbeamten der Ansicht sind, ein Treffen zwischen Ihnen und Frau Gabbor könnte ihren Ermittlungen förderlich sein, wird es kein Problem geben. Ich denke, das hängt ganz von Ihrer Mitarbeit ab und von den Informationen, die Sie uns geben können …«

»Nein, das denke ich nicht. Sondern eine Hand wäscht die andere. Zuerst Sarah, dann meine Aussage. Gegen Mittag bin ich in Brüssel.«

Delter seufzte – das Dröhnen eines Düsenmotors. »Wir erwarten Sie.«

Ein paar Minuten später war ich geduscht, rasiert und angezogen: ich trug den Hackett-Anzug, der aus besseren Tagen stammte, seidiges Grau mit Perlmutterknöpfen. Telefonisch bestellte ich einen Mietwagen, dann ließ ich mich im Taxi zu dem Autoverleiher bringen. Ich besaß noch über dreißigtausend Francs Böhmscher Herkunft, dazu kam mein monatlicher Unterhalt in Höhe von je zwanzigtausend Francs, den ich im August und September bekommen, aber nicht angerührt hatte. Alles in allem verfügte ich also über siebzigtausend Francs, mit denen ich sämtliche Reisen finanzieren konnte, die notwendig waren, um den ›Doc‹ zur Strecke zu bringen. Außerdem hatte ich noch zahlreiche unbenutzte Hotelvouchers und Flugtickets erster Klasse, die sich leicht eintauschen ließen.

Als ich die Wohnungstür hinter mir zusperrte, spürte ich den Adrenalinstoß in allen Gliedern.

48

Um neun Uhr war ich auf der Nordautobahn und fuhr in Richtung Brüssel. Am Himmel standen dunkle Schlieren, die vom Horizont aufstiegen wie Drähte aus einem Unheil verkündenden Generator. Das Aussehen des Landes veränderte sich mit jedem Kilometer. Gebäude aus roten Ziegeln tauchten auf und sahen aus wie Blutkrusten, die sich unerwartet in die Landschaft gestohlen hatten. Ich hatte das Gefühl, in die inneren Schichten einer graubraunen Trostlosigkeit vorzudringen, aus der es keine Wiederkehr gab. Hier schien die Verzweiflung zu wachsen, zwischen Unkraut und Bahngleisen.

Zu Mittag passierte ich die Grenze, und eine Stunde später war ich in Brüssel. Die belgische Hauptstadt wirkte trübe auf mich, eine Stadt ohne Glanz. Ein Abklatsch von Paris, entworfen von einem lustlosen Architekten. Die Botschaft fand ich mühelos. Sie war in einem großen Gebäude moderner Bauweise untergebracht – grauer Beton und rechtwinklige Balkone. Itzhak Delter erwartete mich in der Halle.

Sein Aussehen entsprach seiner Stimme. Er war ein Koloss von einem Meter neunzig, gekleidet in einen makellosen Anzug, der ihm anscheinend leises Unbehagen verursachte. Mit seinen massigen Gesichtszügen, der angriffslustigen Kinnlade und der blonden Bürstenfrisur erinnerte der Mann eher an einen Soldaten in Zivil denn an einen schlauen und gerissenen Anwalt, kampferprobt durch zahlreiche diplomatische Affären. Nun, umso besser. Mir war es lieber, mit einem Mann der Tat zu verhandeln. Wir würden keine Zeit mit unnötigen Reden verlieren.

Nach vorschriftsmäßiger Durchsuchung führte Delter mich in ein kleines, anonym eingerichtetes Büro. Er bot mir einen Stuhl an, den ich ablehnte. So sprachen wir ein paar Minuten im Stehen miteinander: der Anwalt überragte mich um einen halben Kopf, aber ich war meiner sehr sicher und gestärkt durch meinen Zorn und meine Entdeckungen. Delter verkündete, er habe eine Besuchsgenehmigung für mich erwirkt. Ich erklärte ihm meinerseits, dass ich einiges wüsste, was die Diamantenaffäre aufkläre und Sarah Gabbor von dem Verdacht befreien könne, direkte Komplizin der Schmuggler zu sein.

Delter war skeptisch und wollte mich noch vor der Fahrt zum Gefängnis ausfragen, aber ich weigerte mich, woraufhin er die Fäuste ballte und die Kaumuskeln spielen ließ. Aber nach ein paar Sekunden entspannte er sich, lächelte und sagte mit seiner dröhnenden Bassstimme: »Sie sind eine harte Nuss, Antioche. Also gehen wir. Mein Wagen steht unten. Um zwei Uhr werden wir im Gefängnis Ganshoren erwartet.«

Unterwegs fragte mich Delter unumwunden, ob ich Sarahs Liebhaber sei. Ich wich der Frage aus. Noch einmal wollte er wissen, ob ich Jude sei. Ich schüttelte verwundert den Kopf: das schien eine fixe Idee von ihm zu sein. Damit aber stellte er seine Fragerei ein. Er erklärte mir, Sarah Gabbor sei eine sehr heikle Mandantin. Sie weigere sich, mit irgendjemandem zu sprechen, selbst mit ihm, ihrem Anwalt. Aber bei der Nachricht, dass ich nach Brüssel käme, habe sie den Wunsch geäußert, mich zu sehen. Ich lächelte. Das Seil der Liebe zwischen uns war also trotz allem noch nicht gerissen.

Die Vororte im Westen von Brüssel hätten ›De profundis‹ heißen können: es war eine Reise ins Herz der Trostlosigkeit und Ödnis. Die dunklen Häuser wirkten wie eine merkwürdige Ansammlung dunkler und glänzender Organe, erstarrt in gestocktem Blut.

»Da sind wir«, sagte Delter, als er vor einem riesigen Gebäude mit Granitsäulen rechts und links des Portals anhielt. Zwei Frauen, bewaffnet mit Maschinengewehren, hielten davor Wache. Über ihnen stand, in den Stein gehauen, die Inschrift: *Frauengefängnis*.

Wir meldeten uns an. Kurz darauf erschien eine Frau um die Fünfzig mit argwöhnisch verkniffener Miene, um uns abzuholen. Sie stellte sich als Odette Willemsen, Gefängnisdirektorin, vor. Mit starkem flämischem Akzent bestätigte auch sie, wobei sie mich mit Krähenaugen anstarrte: »Sarah Gabbor hat den Wunsch geäußert, Sie zu sehen. Sie ist zwar in Einzelhaft, und bis auf weiteres sind ihr keine Besuche gestattet, aber Herr Delter sowie der Untersuchungsrichter sind der Meinung, dass eine Begegnung mit Ihnen sich positiv auswirken könnte. Sie ist eine äußerst schwierige Gefangene, Monsieur Antioche, und ich will keine zusätzlichen Komplikationen. Also benehmen Sie sich, wie es der Situation angemessen ist.«

Wir gingen ein Stück den Gang entlang, dann kamen wir zu einem kleinen Garten. »Warten Sie hier auf mich«, befahl Odette Willemsen und verschwand. Wir warteten geduldig neben einem steinernen Brunnen. Die stille, gesetzte Atmosphäre ließ mich an ein Kloster denken. Ohnehin deutete nichts darauf hin, dass wir uns in einer Strafvollzugsanstalt befanden. Wir waren umgeben von klassizistischen Gebäuden, kein einziges Fenster war vergittert. In Begleitung zweier blaugekleideter Wärterinnen, die sie beide um gut zwanzig Zentimeter überragten, kehrte die Direktorin zurück. Sie bat uns, ihr zu folgen. Durch eine kleine Allee gingen wir bis zu einer Tür, die bei unserem Näherkommen geöffnet wurde.

Dahinter lag ein langer Flur, und am Ende des Flurs versperrte ein großes verglastes Tor den Weg, innerhalb des Gebäudes selbst. Die dicke, schmutzige Glasscheibe war mit flachen, himmelblau gestrichenen Stäben vergittert, und ich begriff, weshalb ich von einem Gefängnis bisher nichts bemerkt hatte: es war ein Bau im Bau. Ein Block aus einzementierten Eisenstäben und Riegeln. Wir kamen näher. Auf ein Zeichen der Direktorin machte sich auf der anderen Seite eine Wärterin am Schloss zu schaffen, es rasselte leise, und die Tür öffnete sich. Dahinter war es eng und rauchig, und es brannten grellweiße Neonlampen.

Hinter dem Tor setzte der Korridor sich fort. Die himmelblaue Farbe hatte für alles herhalten müssen: die Gitterstäbe vor den schmalen Fenstern, die Wände bis auf halbe Höhe, die Schlösser, die Metallschilder … Das Tageslicht drang hier nur mühsam ein, und so brannte das bleiche Neonlicht das ganze Jahr hindurch, Tag und Nacht. Wir folgten den Wärterinnen. Eine vollkommene Stille herrschte hier, schwer und drückend wie in großer Tiefe.

Am Ende des Flurs musste man nach rechts abbiegen und ein weiteres Schloss aufsperren. Ich trat durch eine Tür, deren obere Hälfte verglast war. Die Gesichter von Frauen tauchten vor mir auf: sie arbeiteten an kleinen Nähmaschinen, und als ich eintrat, hefteten sich alle Augen auf mich.

Auch ich sah sie eine Weile an, bevor ich den Blick senkte und weiterging. Ohne mir dessen bewusst zu sein, war ich stehen geblieben, um die Gefangenen zu mustern, ihnen ihre Vergehen vom Gesicht abzulesen, als wären sie gebrandmarkt mit einem besonderen Zeichen wie einem Geburtsmal. Ich durchquerte noch mehrere Räume, in denen die Frauen jeweils anderen Beschäftigungen nachgingen – Informatik, Töpferei, Lederarbeiten …

Wir gingen weiter. Durch die flachen Gitterstäbe, von denen die Farbe abblätterte, sah ich einen Flecken Himmel, trüb und grau. Schwärzliche Wände umgaben einen offenen Hof mit rissigem Asphaltboden, durch den ein Volleyballnetz gespannt war, und der bleierne Himmel darüber wirkte wie eine zusätzliche Mauer. Frauen spazierten dort auf und ab, sie gingen Arm in Arm, rauchend. Und wieder hüllten ihre Blicke mich ein. Die Augen von wunden, erniedrigten, gequälten Wesen. Tiefe, dunkle Augen, in denen die Schärfe einer Sehnsucht brannte, gemischt mit Hass. »Gehen wir weiter«, sagte eine der Wärterinnen. Itzhak Delter zog mich am Arm. Wieder wurden mit rasselnden Schlüsselbünden Schlösser aufgesperrt.

Endlich erreichten wir das Besucherzimmer. Es war ein großer Raum, der noch düsterer und noch schmutziger war als die bisherigen, der Länge nach in zwei Hälften geteilt durch eine Wand aus einzelnen Abteilen mit Fensterscheiben, deren hölzerne Rahmen und Gesimse in derselben Babyfarbe gestrichen waren wie alles andere. Der Architekt des Gefängnisses hatte diese zarte Note auf der fabrikhallenartigen Verarbeitung sicherlich sehr subtil gefunden.

Odette Willemsen wandte sich zu mir um. »Dieser Besuch ist eine Ausnahme, die wir Ihnen gewähren, Monsieur Antioche, ich sage es ihnen noch einmal«, schärfte sie mir ein. »Sarah Gabbor ist eine gefährliche Frau. Seien Sie ja vorsichtig.«

Mit einer Bewegung des Kinns deutete sie mir die Richtung an. Allein ging ich an den Abteilen entlang, vorbei an lauter leeren Boxen. Mein Herz schlug heftiger, je weiter ich kam. Plötzlich passierte ich einen Schatten. Ich machte kehrt und hatte das Gefühl, dass meine Beine unter mir nachgäben. Ich ließ mich auf den Stuhl vor der Glasscheibe fallen. Auf der anderen Seite saß Sarah, reglos, und starrte mich mit verschlossener Miene an.

49

Meine Kibbuznik trug ihr Haar jetzt kurz: die blonde Mähne hatte sich in einen hübschen Pagenkopf verwandelt, glatt und adrett. Ihre Haut hatte an Bräune verloren und das Licht der Neonlampen ließ sie noch bleicher erscheinen. Aber ihre Wangenknochen waren markant wie zuvor und waren wie je ein trotziger Widerpart zur sanften Schönheit ihrer Augen. Das war ganz sie, meine kleine Wilde, großartig und zäh, wie ich sie kennen gelernt hatte damals, inmitten der Störche.

Sie ergriff den Hörer der Gegensprechanlage. »Du siehst verdammt mies aus, Louis«, sagte sie.

»Und du wunderschön, Sarah.«

»Woher hast du die Narbe im Gesicht?«

»Ein Andenken aus Israel.«

Sarah zuckte die Achseln. »Das hast du davon, dass du deine Nase überall reinstecken musst.«

Sie trug ein weites blaues Hemd mit offenen Ärmeln. Ich hätte sie küssen wollen, mit den Lippen den Umrissen ihres Körpers folgen, diesen herben und süßen Linien, und sie verschlingen. Eine Zeit lang schwiegen wir beide. Dann fragte ich: »Wie geht's dir, Sarah?«

»Geht schon.«

»Ich freu' mich sehr, dich zu sehen.«

»Mich sehen nennst du das! Na ja – besonders wirklichkeitsnah warst du noch nie …«

Ich fuhr mit der Hand unter dem Gesims entlang, um mich zu vergewissern, dass es keine versteckten Mikrofone gab.

»Erzähl mir, was passiert ist, seitdem du aus Bet She'an verschwunden bist, Sarah.«

»Bist du gekommen, um mich auszuhorchen?«

»Nein, Sarah. Im Gegenteil. Man hat mir erlaubt, dich zu besuchen, weil ich versprochen habe, ihnen Informationen zu liefern, die zu deinen Gunsten sprechen.«

»Was wirst du ihnen sagen?«

»Alles, was beweist, dass du an dem Schmugglerring nicht beteiligt warst.«

Gleichgültig zuckte sie die Achseln.

»Sarah, ich bin gekommen, um dich zu sehen. Aber auch um etwas zu erfahren. Du schuldest mir die Wahrheit. Sie kann uns retten, dich und mich.«

Sie brach in ein Hohngelächter aus und warf mir einen eisigen Blick zu. Sehr gemächlich zog sie ein Päckchen Zigaretten aus der Tasche, zündete sich eine an und begann zu sprechen.

»An allem, was passiert ist, bist du schuld, Louis. Das kannst du dir hinter die Ohren schreiben. An allem, hörst du? Am letzten Abend in Bet She'an hast du von den Ringen der Störche gesprochen und mich an etwas erinnert, worauf ich erst nicht weiter geachtet hatte. Nach Idos Tod habe ich seine Sachen aufgeräumt. Sein Zimmer, aber auch sein Labor, wie er dieses Loch genannt hat, in dem er seine Störche versorgte. Dabei habe ich in einem Sack Hunderte von Metallringen gefunden, die blutverschmiert waren. Zuerst war mir das Zeug nur widerlich, aber um seines Andenkens willen und aus Respekt vor seiner Vogelbegeisterung ließ ich den Sack, wo er war, in seinem Verschlag. Und vergaß ihn dann.

Viel später, als du mir deine Theorie von irgendwelchen Botschaften in den Ringen erklärt hast, fiel es mir wie Schuppen von den Augen. Idos Sack kam mir wieder in den Sinn, und auf einmal war mir klar, dass er genau das, was du gesucht hast, entdeckt hatte. Deswegen hat er sein Waffenarsenal derart aufgerüstet und war tagelang verschwunden. Offensichtlich hat er die Störche erschossen und die Ringe an sich genommen.

An dem Abend hab' ich beschlossen, dir nichts zu sagen. Ich habe geduldig bis zum Morgen gewartet, um dich nicht argwöhnisch zu machen. Als du dann unterwegs zum Ben-Gurion warst, bin ich in die Hütte gegangen und habe die Dinger ausgegraben. Ich habe einen Ring mit der Zange aufgebogen und meinen Augen nicht getraut – denn tatsächlich fiel mir ein Diamant in die Hand. Im nächsten Ring waren gleich mehrere kleinere Steine. Zehn oder mehr Ringe habe ich geöffnet, und jedes Mal fand ich Diamanten. Ein Wunder, das sich endlos wiederholte. In dem Sack waren mindestens tausend Ringe – ich schwör dir, ich hab' vor Freude gebrüllt!«

»Und dann?«

»Na, jetzt war ich reich! Jetzt hatte ich die Möglichkeit und die Mittel, um abzuhauen, die Fische zu vergessen, den Dreck und den Kibbuz. Aber erst wollte ich sicher sein. Ich packte also eine Reisetasche und ein paar Waffen und fuhr mit dem Bus nach Netanya; das ist die Hauptstadt der Diamantenschleifer.«

»Ich weiß, bis dorthin bin ich deiner Spur gefolgt.«

»Wie du siehst, hat es nicht viel geholfen.«

Ich antwortete nicht, und Sarah fuhr fort: »Ich habe dort einen Edelsteinschleifer gefunden, der mir einen Diamanten abgekauft hat. Der Mann hat mich natürlich übers Ohr gehauen, trotzdem ist es ihm nicht gelungen, mir die außergewöhnliche Qualität des Steins zu verheimlichen. Der Ärmste! Seine Aufregung war ihm vom Gesicht abzulesen. Spätestens da war mir klar, dass ich ein Vermögen besaß. Im ersten Moment war ich so euphorisch, dass mir alles gleichgültig war, ich dachte nicht mehr an die Situation, auch nicht an die Irren, die mit Hilfe von Störchen Edelsteine schmuggeln. Ich wusste nur eins: die Kerle hatten meinen Bruder umgebracht und suchten immer noch nach den Diamanten. Mit einem Leihwagen bin ich zum Ben-Gurion gefahren und mit der ersten Maschine nach Europa geflogen. Ich bin noch weiter gereist und habe die Diamanten an einem sicheren Ort untergebracht.«

»Und dann?«

»Eine Woche habe ich auf die Weise verbracht. Inzwischen wusste ich, dass die unabhängigen Diamantenproduzenten in der Regel ihre Ausbeute in Antwerpen verkaufen. Dorthin musste ich also, und ich musste überlegt vorgehen. Diskret und schnell.«

»Und du … du warst immer bewaffnet?«

Über Sarahs Gesicht huschte ein Lächeln. Mit ausgestrecktem Zeigefinger zielte sie auf mich und spannte mit dem Daumen eine imaginäre Pistole. »Meine treue Glock ist mir überallhin gefolgt«, sagte sie.

Einen kurzen Augenblick lang dachte ich: Sarah ist verrückt.

»Ich beschloss, alles in Antwerpen zu verschachern«, fuhr sie fort, »in kleinen Tüten mit je zehn bis fünfzehn Steinen, alle zwei Tage. Am ersten Tag habe ich einen alten Juden ausfindig gemacht, der vom Typ her dem Diamantenschleifer von Netanya ähnlich war. Innerhalb von ein paar Minuten hatte ich fünfzigtausend Dollar. Am übernächsten Tag bin ich wiedergekommen, hab' mir einen anderen Geschäftspartner gesucht und weitere dreißigtausend gemacht. Aber beim dritten Mal, als ich gerade meinen Umschlag öffnen wollte, legte sich eine Hand auf meine Schulter, und ich hörte eine Stimme, die sagte: ›Keine Bewegung, Sie sind verhaftet.‹ Und ich spürte einen Revolverlauf im Rücken. Da hab' ich den Kopf verloren, Louis. Im Handumdrehen waren meine ganzen Hoffnungen zunichte, ich sah mein Geld, mein Glück, meine Freiheit zerrinnen. Ich hab' mich umgedreht, die Pistole in der Hand, ich wollte nicht schießen, nur den kleinen Scheißbullen einschüchtern, der glaubte, mich aufhalten zu können. Aber der Trottel richtete eine Neun-Millimeter-Beretta auf mich, und zwar entsichert. Ich hatte keine andere Wahl: ich schoss nur ein einziges Mal auf ihn, direkt in die Stirn. Der Kerl hat sich auf den Boden gelegt – der halbe Schädel war weg«, sagte Sarah mit bösem Auflachen. »Seinen Abzug hat er nicht mal berührt. Ich packte meine Diamanten wieder ein, während ich gleichzeitig mit der Pistole die Händler in Schach hielt. Sie waren in Panik, sie dachten sicher, ich wollte sie ausrauben. Rückwärts verließ ich den Raum und glaubte einen Augenblick lang, dass ich davonkommen würde. Aber dann gingen die Scheiben hoch, und ich saß in der Falle wie in einem Aquarium.«

»Das alles habe ich in den Zeitungen gelesen.«

»Die Geschichte geht aber noch weiter.« Souveräner denn je drückte Sarah ihre Zigarette aus. »Dass der Mann, der versucht hat, mich zu verhaften, ein Schweizer Bundesbulle war, ein gewisser Hervé Dumaz, das weißt du ja. Für die belgischen Behörden hat das den Fall verkompliziert. Ein eidgenössischer Bulle, der in Belgien von einer Israelin umgelegt wird. Und ein Vermögen in Form von Diamanten, deren Herkunft nach wie vor rätselhaft ist. Die Belgier fingen an, mich zu verhören. Dann übernahm mein Anwalt, Itzhak Delter. Schließlich tauchte eine Delegation aus der Schweiz auf. Natürlich hab' ich nichts gesagt. Zu niemandem. Aber ich habe nachgedacht. Ich hab' mich gefragt, wieso ein kleiner Inspektor aus Montreux mir bis nach Antwerpen folgt, wo doch kein Mensch weiß, dass ich hier bin. Dann hab' ich mich an den ›komischen Bullen‹ erinnert, von dem du gesprochen hattest, und mir war klar, dass du Dumaz auf mich angesetzt hast, während du weiter deinen Störchen und deinen Schmugglern nachgerannt bist. Mir war klar, dass du Hurensohn mir diesen Bullen auf den Hals gehetzt hast.«

Ich erbleichte und stotterte: »Du warst in Gefahr! Dumaz sollte dich bis zu meiner Rückkehr beschützen …«

»Mich beschützen!« Sarah brach in ein so lautes Gelächter aus, dass eine Wärterin herbeieilte, die Waffe in der Hand. Ich winkte sie wieder fort. »Mich beschützen!« wiederholte Sarah, als sie sich gefasst hatte. »Hast du nicht kapiert, wer dieser Dumaz war? Dass er mit den Schmugglern zusammengearbeitet hat, hinter denen du her warst?«

Ihre letzten Worte trafen mich wie eine Faust in den Magen, und mir blieb fast das Herz stehen.

Ehe ich etwas sagen konnte, fuhr Sarah fort: »Ich habe eine Menge über diese Diamanten erfahren, seitdem man mich verhört. Viel mehr, als ich ihnen je darüber erzählen könnte. Delter kam einmal mit einem Beamten von der Interpol, einem Österreicher namens Simon Rickiel. Um mich zur Kooperation zu überreden, erzählten sie mir ein paar äußerst lehrreiche Geschichten. Besonders die von Hervé Dumaz, einem korrupten Bullen, der sein Gehalt aufbesserte, indem er irgendwelche mehr oder weniger obskuren Leibwächterjobs bei noch obskureren Firmen übernahm. Bei dem Spektakel in der Börse haben viele Zeugen Dumaz erkannt und ausgesagt, dass er jedes Frühjahr mit Max Böhm nach Antwerpen kam, der dort seine Diamanten verkaufte – dieselbe Sorte wie die meinen: kleine Steine, aber von einzigartiger Qualität. Nimmt die Geschichte allmählich Konturen für dich an?« Wieder lachte Sarah auf, dann zündete sie sich eine neue Zigarette an. »Bei Gott, ich hab' schon einige Einfaltspinsel kennen gelernt, aber noch nie einen Trottel wie dich.«

Mein Herz schlug zum Zerreißen. Gleichzeitig wurde mir alles klar: die Geschwindigkeit, mit der Dumaz die Informationen über den alten Max aufgetrieben hatte, seine feste Überzeugung von Anfang an, dass ein Diamantenschmuggel hinter dem Fall steckte, die Hartnäckigkeit, mit der er darauf bestand, dass ich nach Zentralafrika reiste. Hervé Dumaz kannte zwar Max Böhm und seine Geschäfte, aber er wusste nicht, wie der Schmugglerring funktionierte. Er hatte mich also ohne mein Wissen dazu benutzt, die verschwundenen Diamanten wiederzufinden und die Mechanismen des Systems aufzudecken. Ein heftiger Brechreiz würgte mich in der Kehle.

»Sarah, ich möchte dir helfen.«

»Ich brauch' deine Hilfe nicht. Mein Anwalt wird mich schon rausholen.«

Sie lachte. »Ich hab' keine Angst vor den Belgiern, auch nicht vor den Schweizern. Wir sind die Stärkeren, Louis. Vergiss das nie.«

Wieder trat Schweigen ein. Nach mehreren Sekunden sagte Sarah leise: »Louis, über eins haben wir nie gesprochen ...«

»Worüber?«

Ihre Stimme war ein wenig heiser. »Die Störche ... Wie ist das bei dir zu Hause – bringen die Störche kleine Kinder?«

Zunächst begriff ich die Frage nicht. Dann antwortete ich: »Ja ... Sarah.«

»Weißt du, woher dieses Märchen kommt?«

Ich rutschte auf meinem Stuhl hin und her und räusperte mich. Zwei Monate zuvor hatte ich mich im Zuge meiner Reisevorbereitungen auch mit dieser besonderen Frage befasst. Ich erzählte Sarah die germanische Legende von der Göttin Holda, die sich den Storch zum Boten erkoren hatte.

An feuchten Orten, in Seen oder Brunnen, bewahrte sie die Seelen der Verstorbenen auf, die mit dem Regenwasser vom Himmel herabfielen. In den Körpern kleiner Kinder ließ die Göttin sie wieder zu Fleisch und Blut werden und vom Storch zu den Eltern bringen.

Ich erklärte auch, dass der Kinderglauben von dieser besonderen Fähigkeit des Storchs überall in Europa und im Nahen Osten verbreitet sei, selbst im Sudan stünden die orangeschnäbeligen Vögel in dem Ruf, kleine Kinder zu bringen. Aber dort verehre man den schwarzen Storch, der schwarze Babys auf den Hausdächern ablege … Ich erzählte ihr noch andere Geschichten, fügte weitere Einzelheiten hinzu, gemischt mit Magie und Zärtlichkeit. Es war ein Augenblick reiner Liebe, ebenso kurz wie unvergänglich.

Als ich mit meinen Geschichten am Ende war, murmelte Sarah: »Uns haben die Störche nur Gewalt und Tod gebracht. Schade, ich hätte nichts dagegen gehabt.«

»Gegen was?«

»Kinder. Mit dir.«

Ein Feuersturm von Gefühlen brach über mich herein und über mein Herz, und ich sprang auf und presste meine verbrannten Hände an die gläserne Wand und schrie: »Sarah!« Aber meine wilde Frau schlug die Augen nieder und schnaubte kurz, dann stand sie jäh auf und flüsterte: »Hau ab, Louis. Schnell, hau ab.«

Aber sie war es, die flüchtete, ohne sich noch einmal umzudrehen. Wie eine moderne Eurydike lief sie davon – in eine Hölle aus himmelblauem Holz.

50

»Ich möchte mit Simon Rickiel sprechen.«

Itzhak Delter runzelte die Stirn, und seine amboßartige Kinnlade tat einen Ruck nach vorn. »Mit dem von der Interpol?«

»Ja«, antwortete ich. »Mit ihm will ich mich unterhalten.«

Delter ließ seine Schultern rollen, und ich hörte den Stoff seines Jacketts knistern. Wir waren im Garten des Gefängnisses von Ganshoren.

»So war das nicht geplant«, protestierte er. »Mit mir sollen Sie reden, Antioche. Was Sie zu sagen haben, geht zuallererst mich an, ich muss beurteilen, inwieweit es für die Verteidigung meiner Mandantin von Interesse ist.«

»Sie verstehen mich falsch, Delter. Ich habe nicht die geringste Absicht, Sie auszubooten. Mir geht es nur um eins: Sarah die Höchststrafe zu ersparen. Aber dieser Fall spielt sich auf internationaler Ebene ab, und deshalb muss meine Aussage auch von einem Mann der Interpol gehört werden, der die Situation kennt.«

Meine letzten Worte unterstrich ich mit einem Lächeln. Delter verzog das Gesicht. In Wahrheit zielte meine Forderung darauf ab, jede Manipulation seinerseits zu unterbinden. Von Sarah wusste ich, dass Rickiel ziemlich gut informiert war. Störche oder nicht – die internationale Polizei hatte Max Böhm schon eine ganze Weile im Visier. In Anwesenheit des Interpol-Beamten bewegte ich mich auf bekanntem Gelände.

Mit seiner tiefen Stimme dröhnte Delter: »Sie verarschen mich doch, Antioche! Aber das sag' ich Ihnen: über einen Anwalt von meinem Format macht sich keiner lustig!«

»Regen Sie sich bitte nicht auf und drohen Sie mir nicht, sondern setzen Sie sich mit Rickiel in Verbindung. Sie sollen ja dabei sein. Ich werde Ihnen alles sagen, Ihnen beiden.«

Delter ging mir voraus bis zu dem steinernen Gefängnisportal. Wir stiegen in seinen Wagen und fuhren unter feinem Sprühregen durch die Brüsseler Vororte bis in die Innenstadt. Während der ganzen Fahrt sprach der Anwalt kein Wort. Endlich hielten wir vor einem riesigen schwarzen Gebäude aus dem letzten Jahrhundert, das zwischen zwei Turmuhren eingezwängt war. Hinter den hohen Fenstern brannte bereits Licht. Vor dem Tor standen bewaffnete Wachen mit kugelsicheren Westen und trotzten beherzt dem Regen.

Wir stiegen eine breite Treppe hinauf. Im zweiten Stock bog Delter in eine Reihe endloser Gänge ein, die zwischen knarzendem Parkett und abgetretenem Teppichboden wechselten. Er bewegte sich so zielsicher, als sei er hier zu Hause. Endlich betraten wir ein kleines Zimmer, das Standardmodell eines Polizeibüros, mit schmutzigen Wänden, einer fahlen Lampe und Möbeln aus Blech, ausgestattet mit Schreibmaschinen aus der Vorkriegszeit. Delter sprach ein paar Minuten mit zwei Männern, die beinahe ebensolche Kolosse waren wie er; sie waren in Hemdsärmeln und trugen beide eine .38er Magnum unter der Achsel. Ich fragte mich, was für eine Weste einer tragen musste, um eine derart gewaltige Waffe zu tarnen.

Die Männer warfen mir griesgrämige Blicke zu. Einer kam hinter seinem Schreibtisch hervor und stellte die üblichen Fragen: Name, Vorname, Geburtsdatum, Familienstand … Danach wollte er mir die Fingerabdrücke abnehmen. Aus reiner Provokationslust hielt ich ihm meine rosigen, blanken und anonymen Handflächen vor die Nase. Der Anblick erschütterte ihn. Er stammelte eine Entschuldigung und entschwand in ein anderes Büro. Unterdessen war auch Itzhak Delter verschwunden. Endlos lang saß ich herum. Niemand geruhte mir zu erklären, worauf ich eigentlich wartete, und so blieb ich sitzen und hatte Zeit, über meine Versäumnisse nachzugrübeln und mir Vorwürfe zu machen. Die Begegnung mit Sarah hatte mich aufgewühlt.

Meine Fehler – und ihre Konsequenzen – gingen mir im Kopf herum, ohne dass ich irgendein Argument zu meiner Verteidigung vorbringen konnte. Verbrechen, ob man sie begeht oder dagegen ankämpft, sind eine Beschäftigung, die Intuition und Erfahrung voraussetzt – es reicht nicht, ein selbstmörderischer Draufgänger zu sein, um Erfolg zu haben.

Endlich kehrte Delter zurück. Er kam in Begleitung einer sonderbaren Person, eines zerknittert wirkenden kleinen Mannes, dessen obere Gesichtshälfte hinter riesigen runden und fingerdicken Brillengläsern erstarrt war. Seine schmächtige Gestalt versank in einem Fernfahrerpullover mit Reißverschluss und einer schweren, viel zu weiten Cordsamthose. Die Krönung war sein Schuhwerk: er trug ein Paar gewaltiger Sportschuhe, wahre Kindersärge, blitzweiß, mit dicken Sohlen und hohen Laschen – das Rüstzeug eines Rappers. Am Gürtel schließlich, halb verborgen zwischen den Falten des Pullovers, hing eine Selbstladepistole: ich erkannte eine Glock 17, Modell 9 Millimeter Parabellum – die exakte Kopie von Sarahs Waffe.

Delter beugte sich ein wenig herab und stellte uns vor: »Das ist Simon Rickiel von der Interpol. In Ihrem Fall der beste Ansprechpartner, Louis.« Dann wandte er sich an den kleinen Mann und sprach: »Simon, ich stelle Ihnen Louis Antioche vor, den Zeugen.«

Die Tatsache, dass Delter mich beim Vornamen genannt hatte, zeigte mir, dass er sich entschlossen hatte, mitzuspielen. Ich stand auf und verbeugte mich, die Hände auf dem Rücken. Rickiel bedachte mich mit einem flüchtigen Lächeln. Sein Gesicht war in der Tat zweigeteilt: während die Lippen sich bewegten, blieb die verglaste obere Hälfte völlig starr. Einen Beamten der Interpol hatte ich mir wahrlich anders vorgestellt.

»Folgen Sie mir«, sagte der Österreicher.

Sein Büro unterschied sich sehr von den übrigen Räumen. Die Wände waren makellos weiß, das Parkett dunkel und glänzend. In der Mitte des Raums thronte ein breiter Holzschreibtisch, bestückt mit einem Computer der neuesten Generation nebst Zubehör und mit zwei Bildschirmen: auf dem einen erkannte ich, dass er mit der Agentur Reuter verbunden war und in Echtzeit sämtliche aktuellen Nachrichten aus aller Welt bezog; der zweite verbreitete andere Informationen, wahrscheinlich betriebsinterne Daten der Interpol.

»Setzen Sie sich«, befahl Rickiel, während er hinter seinem Schreibtisch Platz nahm.

Ich zog mir einen Stuhl heran; Delter setzte sich ein wenig abseits. Ohne weitere Umschweife fasste der Österreicher zusammen: »Also gut. Laut Herrn Rechtsanwalt Delter wünschen Sie aus freien Stücken eine Aussage zu machen. Offenbar sind Ihnen Details bekannt, die uns in dem Fall Aufklärung verschaffen und die Fräulein Sarah Gabbor zur Last gelegten Anklagepunkte möglicherweise verringern können. Ist das zutreffend?«

Rickiel sprach Französisch ohne eine Spur von Akzent.

»Absolut«, antwortete ich.

Der Polizist schwieg und sah mich an. Er hatte den Kopf zwischen die Schultern gezogen und die Arme auf der Schreibtischplatte verschränkt. In seinen Brillengläsern spiegelten sich die Bildschirme, vierfach, wie milchige Fensterluken. Nach einer Weile begann er wieder zu reden: »Ich habe mir Ihre Akte angesehen, Monsieur Antioche. Ihr ›Profil‹ ist, um es so auszudrücken, zumindest atypisch. Sie sagen, Sie seien Waise. Sie sind nicht verheiratet und leben allein. Sie sind zweiunddreißig Jahre alt, haben aber noch nie irgendeine berufliche Tätigkeit ausgeübt. Trotzdem leben Sie im Wohlstand und bewohnen ein Appartement am Boulevard Raspail in Paris. Diesen Komfort erklären Sie durch die besondere Aufmerksamkeit, die Ihre Adoptiveltern Nelly und Georges Braesler, reiche Grundbesitzer in der Auvergne, Ihnen angedeihen lassen. Sie behaupten außerdem, Sie führten ein zurückgezogenes und sesshaftes Leben. Tatsache ist, dass Sie soeben von einer Weltreise zurückkehren, die ziemlich ereignisreich gewesen zu sein scheint. Manche Ihrer Angaben habe ich überprüft. Insbesondere findet sich Ihre Spur in Israel und in Zentralafrika, und dies unter sehr ungewöhnlichen Begleitumständen. Was mir jetzt, wo ich Sie sehe, außerdem auffällt: Sie kleiden sich wie ein Stutzer, haben aber eine Narbe im Gesicht, die noch frisch ist und nach einer größeren Schlägerei aussieht. Von Ihren Händen rede ich gar nicht. Wer sind Sie eigentlich, Monsieur Antioche?«

»Ein Reisender, der sich in einen Alptraum verirrt hat.«

»Was wissen Sie über die Angelegenheit?«

»Alles. Oder fast alles.«

Rickiel schnaubte belustigt. »Klingt vielversprechend. Können Sie uns beispielsweise die Herkunft der Diamanten erklären, die sich im Besitz von Fräulein Sarah Gabbor befanden? Können Sie uns sagen, weshalb Hervé Dumaz Anstalten traf, die junge Frau zu verhaften, ohne den Sicherheitsdienst der *Beurs van Diamanthandel* zu benachrichtigen?«

»Ja.«

»Sehr gut. Wir hören Sie also an und ...«

»Warten Sie«, unterbrach ich ihn. »Ich sage hier ohne Anwalt oder sonst irgendeinen Rechtsschutz aus, außerdem in einem fremden Land. Welche Garantien können Sie mir anbieten?«

Rickiel lachte erneut. Seine Augen hinter den Monitoren blieben kalt und reglos.

»Sie sprechen wie jemand, der sich schuldig gemacht hat, Monsieur Antioche. Es hängt natürlich davon ab, wie weit Sie in die Angelegenheit verwickelt sind. Aber ich kann Ihnen versichern, dass man Sie als Zeuge nicht schikanieren oder mit bürokratischen Maßnahmen behelligen wird. Bei der Interpol sind wir daran gewöhnt, grenzüberschreitende und interkulturelle Fälle zu bearbeiten. Kompliziert wird die Lage erst später, je nachdem, welches Land betroffen ist. Also reden Sie, Antioche, wir sortieren dann schon. Vorerst hören wir Ihnen nur zu, ganz informell. Niemand macht sich Notizen oder nimmt Ihre Worte auf Tonband auf. Niemand schreibt Ihren Namen, in welchem Zusammenhang auch immer, in die Akte. Erst anschließend – und abhängig vom Gewicht Ihrer Informationen – werde ich Sie bitten, Ihre Aussage gegenüber anderen Personen unserer Organisation zu wiederholen, und Sie werden ›offizieller Zeuge‹. In jedem Fall aber garantiere ich Ihnen, dass Sie, sofern Sie niemanden umgebracht oder bestohlen haben, Belgien als freier Mann verlassen können. Reicht Ihnen das?«

Ich schluckte und zog im Geist einen Strich unter meine persönlichen Verbrechen. Dann berichtete ich in knappen Worten die wichtigsten Ereignisse der vergangenen zwei Monate. Ich erzählte alles, wobei ich nach und nach aus meiner Reisetasche sämtliche Gegenstände hervorholte, die meine Aussage belegten: Max Böhms Karteikarten, Rajkos kleines Notizheft, den Autopsiebericht von Dr. Djuric, den Diamanten, den ich von Wilm in Ben-Gurion bekommen hatte, den Totenschein von Philipp Böhm, die von Schwester Pascale unterzeichnete Bestätigung, die Kassette mit Otto Kiefers ›Geständnis‹ ... Und statt eines Nachworts legte ich die allerersten Hinweise auf den Tisch, die ich in der Schweiz gefunden hatte: Max Böhms Fotografien und die Röntgenaufnahme seines Herzens mit der kleinen Titankapsel.

Mein Bericht dauerte weit über eine Stunde. Ich bemühte mich, die zwei unterschiedlichen kriminellen Ebenen – den Diamantenraub und den Organdiebstahl – und die Verknüpfungen zwischen den beiden Netzen deutlich herauszustellen. Auch legte ich großen Wert darauf, die Rolle jedes einzelnen Beteiligten genau zu beschreiben, insbesondere die von Sarah, die sich mehr oder weniger gegen ihren Willen in das Abenteuer hatte hineinziehen lassen, und von Hervé Dumaz, dem korrupten Bullen, der mich ausgenutzt hatte und Sarah nach Wiedererlangung der Diamanten sicher kaltblütig umgebracht hätte.

Ich verstummte und wartete auf die Reaktionen meiner beiden Zuhörer. Nach meiner langen Rede legte sich Schweigen über das Zimmer. Rickiels gläserner Blick musterte meine Beweisstücke, die auf dem Schreibtisch aufgereiht waren. Auf seinen Lippen war ein Lächeln erstarrt. Delter hingegen saß reglos, nur sein Kiefer malmte. Schließlich sagte Rickiel: »Phantastisch. Ihre Geschichte ist einfach phantastisch.«

Ich spürte, wie mir das Blut zu Kopf stieg. »Glauben Sie mir etwa nicht?«, fragte ich.

»Na, sagen wir zu achtzig Prozent. Und in Ihrem Bericht gibt es natürlich vieles, was nachgeprüft, wenn nicht hieb- und stichfest bewiesen werden muss. Das, was Sie Ihre ›Beweise‹ nennen, ist durchaus relativ. Die Kritzeleien eines Zigeuners, die Schlussfolgerungen einer Missionsschwester, die keine Ärztin ist, ein einzelner Diamant – das sind eher magere Indizien als solide Beweise. Und was Ihre Kassette angeht, die werden wir uns natürlich anhören. Aber Sie wissen zweifellos, dass diese Art von Beweismaterial vor Gericht nicht zulässig ist. Bleibt noch die allfällige Zeugenaussage von Niels van Dötten, Ihrem südafrikanischen Geologen.«

Eine unwiderstehliche Lust kam mich an, diesem kleinen Bullen die Brille zu zerbrechen. Aber gleichzeitig bewunderte ich insgeheim die Kaltblütigkeit dieses Österreichers. Ein anderer Zuhörer wäre bei der Schilderung meiner Abenteuer erstarrt – aber Rickiel erwog und begutachtete nüchtern und sachlich jeden einzelnen Aspekt der Geschichte.

»Jedenfalls danke ich Ihnen, Antioche«, setzte er nach einer kurzen Pause hinzu. »Sie erhellen zahlreiche Punkte, die uns schon eine ganze Weile zu schaffen machen. Der Mord an Dumaz hat uns nicht wirklich überrascht, denn wir vermuteten seit mindestens zwei Jahren einen illegalen Diamantenhandel und hatten triftige Gründe für unsere Annahme. Die Namen waren uns bekannt: Max Böhm, Hervé Dumaz, Otto Kiefer, Niels van Dötten. Wir kannten auch das Netz: das Dreieck Europa–Zentralafrika–Südafrika. Aber das Wesentliche hat uns gefehlt – die Kuriere, mit anderen Worten: die Beweise. Seit zwei Jahren überwachen wir die Akteure des Geschäfts und wussten, dass keiner von ihnen je persönlich der Route der Diamanten gefolgt ist. Dank Ihnen wissen wir heute, dass sie Vögel benutzt haben. Mag schon sein, dass sich das unwahrscheinlich anhört, aber glauben Sie mir, ich habe schon Verrückteres erlebt. Mein Kompliment, Antioche. Es fehlt Ihnen weder an Zähigkeit noch an Mut. Falls Ihnen die Störche eines Tages fad werden, wenden Sie sich unbedingt an mich: ich habe Arbeit für Sie.«

Die jähe Wendung des Gesprächs machte mich sprachlos.

»Und … ist das alles?«

»Nein, natürlich nicht. Unsere Unterredung hat erst angefangen. Morgen werden wir das alles schriftlich festhalten. Der Untersuchungsrichter muss Sie ebenfalls anhören. Vielleicht können wir aufgrund Ihrer Aussage Sarah Gabbor bis zu ihrem Prozess nach Israel zurückschicken – Sie machen sich keine Vorstellung, wie scharf die meisten Kriminellen darauf sind, ihre Strafe in ihrer Heimat abzubüßen. Wir verbringen unser Leben damit, Häftlinge auszuliefern. So viel zu den Diamanten. Weitaus skeptischer bin ich, was Ihren mysteriösen Doktor angeht.«

Mit brennenden Wangen sprang ich auf »Sie haben nichts begriffen, Rickiel!« rief ich erbost. »Den Schmugglerring gibt es nicht mehr – aus und vorbei, da läuft nichts mehr, und so eilig ist das jetzt nicht. Dagegen ist immer noch ein irrer Chirurg unterwegs und stiehlt Herzen auf der ganzen Welt! Und der Wahnsinnige hat irgendein Ziel, irgendein obskures, schreckliches Ziel, von dem ihn nichts abbringt. Das ist sicher. Er verfügt über alle Mittel, die er dafür braucht. Es gibt nur noch eins, was getan werden muss, und zwar absolut dringend: den Schweinehund erwischen und ihm das Handwerk legen, bevor er wieder tötet für seine abscheulichen Experimente.«

»Was dringend ist und was nicht, lassen Sie am besten mich beurteilen«, gab Rickiel zurück. »Übernachten Sie heute in Brüssel. Meine Leute haben im Hotel Wepler ein Zimmer für Sie reserviert – es ist nicht der größte Luxus, aber recht komfortabel. Wir sehen uns dann morgen.«

Ich schlug mit der Faust auf seinen Schreibtisch. Delter sprang auf, aber Rickiel zuckte nicht mit der Wimper.

»Rickiel!«, brüllte ich. »Da läuft ein Monster frei herum! Es tötet und foltert Kinder. Geben Sie Suchmeldungen heraus, schalten Sie Ihre Nachrichtenagenturen ein, ziehen Sie ihr Datennetz zu Rate – Sie können Tausende von Fakten überprüfen, sich mit der Polizei auf der ganzen Welt in Verbindung setzen! Aber tun Sie was, in Gottes Namen!«

»Morgen«, murmelte der Polizist. »Morgen. Bestehen Sie nicht drauf.«

Ich stürmte aus dem Zimmer und warf die Tür hinter mir zu.

51

Ein paar Stunden später saß ich in meinem Hotelzimmer und kaute noch immer an meiner Wut. Ich hatte mich übers Ohr hauen lassen – in mehrerlei Hinsicht. Ich hatte meine Informationen der IKPO ausgeliefert, der ›Internationalen kriminalpolizeilichen Organisation‹, wie sie sich nannte, aber im Gegenzug praktisch nichts dafür bekommen – jedenfalls nichts, was mich in meiner Ermittlung weiterbrachte. Mein einziger Trost war, dass meine Aussage sich für Sarah positiv auswirken würde.

Was im Augenblick ein schwacher Trost war. Abgesehen davon, bot der Abend nur noch Sackgassen. Auf meinem Anrufbeantworter zu Hause waren keine Nachrichten, und als ich bei Dr. Warel anrief, meldete sich niemand.

Um zwanzig Uhr dreißig läutete das Telefon. Ich riss den Hörer ans Ohr und hörte eine Stimme, mit der ich niemals gerechnet hätte.

»Antioche? Hier ist Rickiel. Ich würde gern mit Ihnen reden.«

»Wann?«

»Jetzt gleich. Ich bin unten in der Hotelbar.«

Die Bar des Wepler war mit einem Teppichboden in Altrosa ausgelegt und wirkte eher wie ein Alkoven, der als Rahmen obskurer Vergnügungen vorgesehen war. Ich entdeckte Simon Rickiel in einem Ledersessel, eingehüllt in seinen voluminösen Pullover; vor sich hatte er ein Glas Whisky. Mit Bedacht verspeiste er eine Hand voll Oliven. Ich fragte mich, ob er noch immer seine Glock mit sich herumtrug – und ob er sie ebenso schnell zückte wie ich.

»Setzen Sie sich, Antioche. Und hören Sie auf, den harten Burschen zu spielen. Sie haben sich schon zur Genüge unter Beweis gestellt.«

Ich setzte mich und bestellte chinesischen Tee. Eine Zeit lang beobachtete ich Rickiel, sein Gesicht, das zur Hälfte von den dicken, konvexen Brillengläsern verschlungen wurde, die riesigen, starren Augen.

»Ich bin gekommen, um Ihnen noch einmal zu gratulieren.«

»Das sagen Sie jetzt! Sie machen sich über mich lustig, wie?«

»Nein, keineswegs. Wissen Sie, ich habe eine gewisse Erfahrung mit der Kriminalität und weiß sehr wohl, was Ihre Ermittlungen wert sind. Sie haben gute Arbeit geleistet, Antioche. Wirklich. Mein Einstellungsangebot vorhin war kein Witz.«

»Trotzdem sind Sie aber nicht deswegen gekommen, oder?«

»Nein. Mir war klar, wie enttäuscht Sie heute Nachmittag waren. Sie denken, ich nehme Ihren Bericht über einen kriminellen Chirurgen nicht ernst genug.«

»So ist es.«

»Mehr konnte ich nicht tun. Jedenfalls nicht vor Delter.«

»Was hat der damit zu tun?«

»Eben: nichts. Dieser Aspekt geht ihn nichts an.«

Der Ober brachte meinen Tee. Der schwere, herbe Duft ließ mich auf einmal an den Humus im Urwald denken.

»Sie glauben also, was ich Ihnen erzählt habe?«

»Ja.« Rickiel pickte sich mit dem Zahnstocher eine Olive aus der Schale. »Aber wie ich Ihnen schon sagte, muss diesbezüglich noch einiges an Ermittlungsarbeit geleistet werden. Außerdem müssen Sie Ihre Karten offenlegen.«

»Was meinen Sie damit?«

»Sie haben mir nicht alles gesagt. Fakten wie diese entdeckt man nicht einfach, ohne dabei einiges an Staub aufzuwirbeln.«

Ein Schluck Tee gab mir Gelegenheit, mein Unbehagen zu kaschieren. Ich spielte den Unschuldigen: »Ich kann Ihnen nicht folgen, Rickiel.«

»Na gut, ich will's Ihnen erklären. Heute nachmittag war die Rede von Max Böhm, Otto Kiefer, Niels van Dötten. Unbestreitbar Kriminelle, sicher; andererseits aber über Sechzig und vergleichsweise harmlos, wie Sie zugeben werden. Diese Männer hatten allerdings Leibwächter. Leute wie Dumaz, aber auch andere, weitaus Furcht erregendere. Ein paar davon kann ich Ihnen nennen. Ich zähle Ihnen die Namen auf, und Sie sagen mir, was sie für Sie bedeuten.«

Rickiel warf mir ein spöttisches Lächeln zu, schob sich eine Olive in den Mund und sagte: »Miklos Sikoff.«

Volltreffer in den Magen. Ich öffnete die Zähne einen Spalt weit und stieß hervor: »Kenn' ich nicht.«

»Milan Kaleff.«

Sicher der Genosse von Sikoff. »Wer sind die Leute?«, murmelte ich.

»Reisende – um Ihren Ausdruck zu benutzen«, sagte Rickiel spöttisch. »Ihnen durchaus ähnlich, aber weniger vom Glück begünstigt. Sie sind beide tot.«

»Wie das?«

»Kaleffs Leiche wurde am 31. August in Bulgarien, in einem Vorort von Sofia gefunden, verblutet; jemand hat ihm eine Glasscherbe in die Kehle gerammt. Sikoff ist am 6. September in Israel umgekommen. In den besetzten Gebieten. Erschossen, mit sechzehn Kugeln mitten ins Gesicht. Beide Fälle wurden unaufgeklärt zu den Akten gelegt. Der erste Mord geschah, als Sie in Sofia waren, Antioche. Der zweite, als Sie in Israel waren, und zufällig auch noch am selben Ort: Balatakamp. Das sind eher merkwürdige Zufälle, finden Sie nicht?«

»Ich kenne die Männer nicht«, wiederholte ich.

Rickiel nahm sein Olivenmanöver wieder auf. Unterdessen hatten deutsche Geschäftsleute die Bar betreten und erfüllten sie mit stürmischem Gelächter. Mit ölglänzenden Lippen fuhr der Polizist fort: »Ich hab' noch andere Namen, Antioche. Was wissen Sie von Marcel Minaus, Yeta Jakowitsch, Iwan Tornoy?«

Die Opfer des Massakers im Bahnhof von Sofia. »Wirklich, die Namen sagen mir nichts«, antwortete ich, diesmal deutlicher.

»Hm«, sagte der Österreicher und nahm einen Schluck

Whisky. »Wissen Sie, was mich dazu gebracht hat, für Interpol zu arbeiten, Antioche? Nicht die Lust an der Gefahr. Noch weniger irgendein Gerechtigkeitssinn. Sondern die Lust an fremden Sprachen. Dieser Leidenschaft fröne ich seit frühester Jugend. Sie ahnen gar nicht, wie wichtig Fremdsprachen in der Welt der Kriminalistik sind – in den Staaten studieren die FBI-Agenten zur Zeit wie die Wilden die chinesischen Dialekte, weil das für sie die einzige Möglichkeit ist, um je an die Triaden heranzukommen … Na gut. Jedenfalls spreche ich zufällig auch Bulgarisch.« Wieder lächelte er. »Den Bericht von Dr. Milan Djuric habe ich also mit großem Interesse gelesen. Ziemlich aufschlussreich. Ziemlich erschreckend. Ich habe auch einen Bericht der bulgarischen Polizei gelesen: über ein Massaker im Bahnhof von Sofia, am Abend des 30. August, das Profis veranstaltet haben. Drei Unschuldige sind bei dem Gemetzel ums Leben gekommen – die drei, die ich ihnen genannt habe: Marcel Minaus, Yeta Jakowitsch und ein Kind namens Iwan Tornoy. Die Mutter des Jungen hat eine Aussage gemacht, Antioche. Sie hat genau beobachtet. Die Killer, sagt sie, hätten es auf einen vierten Mann abgesehen, einen weißen Europäer, und von dem hat sie eine Beschreibung abgegeben, die ziemlich exakt auf Sie passt. Ein paar Stunden später stirbt Milan Kaleff in einem Lagerhaus, abgestochen wie ein Schwein.«

Diesmal verzichtete ich auf den Tee und blieb stumm.

Rickiel schob seinerseits die Oliven von sich und sah mich starr an. In seiner Brille spiegelte sich das Whiskyglas als zweifacher rötlicher Feuerfunken.

»Kaleff und Sikoff waren uns bekannt. Kaleff war ein bulgarischer Söldner, eigentlich ein verkrachter Arzt, der die Angewohnheit hatte, seine Opfer mit einem Hochfrequenz-Operationsmesser zu foltern. Kein Blut, wenig Spuren, aber extreme, sorgfältig bemessene Schmerzen. Sikoff war militärischer Ausbilder. In den siebziger Jahren unterwies er die

Truppen von Amin Dada in Uganda. Ein Spezialist für Automatikwaffen. Diese beiden Vögel waren ziemlich gefährlich.« Rickiel legte eine kurze Pause ein, dann ließ er seine Bombe platzen: »Sie arbeiteten für *Monde Unique*.«

Ich mimte Verblüffung: »Söldner im Dienst einer humanitären Organisation?«

»Tja, manchmal sind sie nützlich – um Materiallager zu schützen oder die Sicherheit des Personals zu gewährleisten.«

»Worauf wollen Sie hinaus, Rickiel?«

»Auf *Monde Unique*. Und Ihre weitgreifende Hypothese.«

»Das heißt?«

»Sie gehen davon aus, dass Max Böhm sein Überleben einem einzigen Mann verdankte, nämlich diesem außerordentlichen Chirurgen, der ihn im August 1977 mit einer Herztransplantation vor dem sicheren Tod rettete. Nicht wahr?«

»Durchaus.«

»Sie gehen weiter davon aus, dass dieser Arzt Max Böhm damit in seiner Gewalt hatte und diese Gewalt über *Monde Unique* ausübte. Deshalb hat der Schweizer auch sein gesamtes Vermögen der Organisation vermacht. Nicht wahr?«

»Ja.«

Rickiel fuhr mit der Hand unter seinen geräumigen Pullover und zog eine schmale Aktenmappe hervor, der er einen Computerausdruck auf mehreren zusammenhängenden Blättern entnahm.

»Nun, dann möchte ich Sie auf bestimmte Tatsachen aufmerksam machen, die, wie ich glaube, Ihre Vermutungen erhärten.«

Ich war so überrascht, dass es mir fast den Atem verschlug.

»Ich habe ebenfalls ein paar Nachforschungen über die Organisation angestellt. *Monde Unique* verwahrt seine Geheimnisse gut. Die Art und den Umfang der Aktivitäten herauszufinden, die Zahl der Ärzte, der Sponsoren und so weiter – das ist alles äußerst schwierig. Aber was Böhm betrifft, bin ich immerhin auf einige beunruhigende Fakten gestoßen. Max Böhm hat den größten Teil seines unlauter erworbenen Vermögens an *Monde Unique* abgeführt. Jahr für Jahr ›spendete‹ er der Organisation mehrere hunderttausend Schweizer Franken. Ich halte diese Informationen allerdings für unvollständig, denn Böhm war Kunde bei mehreren Banken und besaß natürlich Nummernkonten. Es ist also nicht leicht, sich eine genaue Vorstellung von seinen tatsächlichen Transaktionen zu machen. Eins ist freilich sicher: er war Mitglied des Clubs der 1001. Sie kennen das System, nicht wahr? Was Sie hingegen nicht wissen, ist, dass Böhm bei der Gründung des Clubs eine Million Schweizer Franken eingezahlt hat – fast eine Million US-Dollar. Das war 1980: zwei Jahre nach dem Beginn des Diamantenschmuggels.«

Verblüffung. Dämmerung. Jähe Erleuchtung. Der alte Max hatte seine Gewinne an *Monde Unique* überwiesen, nicht direkt an den ›Dschungelarzt‹. Folglich sorgte entweder die Organisation für die Entlöhnung des Monsters, oder, einfacher, sie finanzierte im eigenen Namen die ›Experimente‹ des Chirurgen.

»Sie haben mir berichtet«, fuhr Rickiel fort, »dass Dumaz nie herausgefunden hatte, wohin Böhm zu den routinemäßigen Kontrolluntersuchungen ging. In den Kliniken in der Schweiz, in Frankreich und in Deutschland findet sich keine Spur von ihm. Ich glaube zu wissen, wo Böhm sich in aller Heimlichkeit untersuchen ließ. Nämlich in der Genfer Zentrale von *Monde Unique*, die über eine leistungsfähige medizinische Ausrüstung verfügt. Und Böhm zahlte auch für die Untersuchungen so großzügig, dass die Organisation ihm diesen kleinen Dienst nicht verweigern konnte.«

Ich versuchte, einen Schluck Tee zu trinken. Meine

Hand zitterte. Ohne Zweifel war Rickiel auf der richtigen Fährte.

»Und was beweist das Ihrer Meinung nach?«, fragte ich.

»Dass sich hinter *Monde Unique* tatsächlich einige Krummheiten verbergen. Und dass Ihr ›Dschungelarzt‹ dort unten einen hochverantwortungsvollen Posten bekleidet, der ihm erlaubt, Leute wie Kaleff und Sikoff anzuheuern, sich seine schändlichen Experimente zu leisten und dem wertvollsten Herzkranken der Welt, dem Storchexperten, ›Gefallen‹ zu erweisen.«

Rickiel hatte seine Trümpfe gut verborgen gehalten: schon vor unserer Unterredung am Nachmittag hatte er über *Monde Unique* mehr gewusst als über den Diamantenschmuggel. Als könnte er meine Gedanken lesen, sagte er: »Bevor wir beide, Antioche, uns kennen gelernt haben, kannte ich schon die merkwürdigen Verbindungen zwischen Max Böhm und *Monde Unique*; aber von der besonderen – sagen wir: kardiologischen – Fährte wusste ich nichts. Die Morde an Rajko und Gomun gehören zu einer ganzen Serie. Nachdem Sie heute verschwunden sind, habe ich per Computer eine Suche gestartet, eine Ermittlung mittels elektronischen Datennetzes, und zwar ließ ich mir alle Morde oder extrem gewalttätigen Unfälle in den letzten zehn Jahren heraussuchen, bei denen das Herz des Opfers verschwunden war – Sie können sich nicht vorstellen, was in den Mitgliedsländern der IKPO alles ins Datennetz eingespeist wird. Glücklicherweise. Dieses ungewöhnliche Merkmal, nämlich die Heraustrennung des Herzens, hat uns die Suche erleichtert, und so war die Liste heute Abend um acht Uhr fertig. Sie ist natürlich nicht vollständig, denn Ihr ›Dieb‹ operiert vor allem in Krisengebieten und in sehr armen Ländern, über die wir weitaus weniger gut informiert sind als über andere. Aber sie ist lang genug. Und verdammt furchteinflößend. Hier ist sie.«

Mir fiel die Tasse aus der Hand, der heiße Tee floß über meine gefühllosen Hände. Ich entriss Rickiel die Papiere: die – auf Englisch verfasste – schwarze Liste des Organdiebs.

21. 8. 1991. Name: Gomun. Pygmäin. Weiblich. Geboren etwa im Juni 1976. Gestorben am 21.8. 1991 nahe Zoko, Provinz Lobaye, Zentralafrikanische Republik. Todesumstände: Unfall/Angriff durch einen Gorilla. Besonderheiten: Verstümmelungen, Verschwinden des Herzens. Blutgruppe: B-Rh^{+}*. HLA-Typ:* $Aw_{19,3}$–$B_{37,5}$.

22. 4. 1991. Name: Rajko Nikolitsch. Zigeuner. Männlich. Geboren etwa 1963 in Iskenderun, Türkei. Gestorben am 22. 4. 1991 im so genannten Klarwasserwald nahe Sliven, Bulgarien. Todesumstände: Mord. Fall ungeklärt. Besonderheiten: Verstümmelungen, Verschwinden des Herzens, Blutgruppe 0-Rh^{+}*. HLA-Typ:* $Aw_{19,3}$–$B_{37,5}$.

3. 11. 1990. Name: Tasmin Johnson, Hottentotte. Männlich. Geboren am 16. Januar 1967 nahe Maseru, Südafrika. Todesumstände: Angriff durch Raubtier. Besonderheiten: Verstümmelungen, Verschwinden des Herzens. Blutgruppe: A-Rh^{+}*. HLA-Typ:* $Aw_{19,3}$–$B_{37,5}$.

16. 3. 1990. Name: Hassan al-Begassen. Männlich. Geboren etwa 1970 nahe Djebel al-Fau, Sudan. Gestorben am 16. 3. 1990 in den bewässerten Feldern des Dorfes Nº 16. Todesumstände: Angriff durch wildes Tier. Besonderheiten: Verstümmelungen, Verschwinden des Herzens. Blutgruppe: AB-Rh^{+}*, HLA-Typ:* $Aw_{19,3}$–$B_{37,5}$.

4. 9. 1988. Name: Ahmed Iskam. Männlich. Geboren am 5. Dezember 1962 in Bethlehem im israelisch besetzten Teil Jordaniens. Gestorben am 4. 9. 1988 in Bet Jallah. Todesumstände:

politischer Mord. Fall ungeklärt. Besonderheiten: Verstümmelungen, Verschwinden des Herzens. Blutgruppe: 0-Rh^{+}*. HLA-Typ:* $Aw_{19,3}$–$B_{37,5}$.

Die Liste ging endlos weiter, seitenlang, und reichte bis ins Jahr 1981 zurück – das Jahr, in dem die Datenerfassung begonnen hatte. Es war anzunehmen, dass sie in Wahrheit noch viel länger war. Dutzende von Kindern oder Jugendlichen, männlich oder weiblich, waren auf diese Weise hingerichtet worden, in allen möglichen Ländern der Welt; das einzige, was sie gemeinsam hatten, war der HLA-Typ $Aw_{19,3}$–$B_{37,5}$. Mir schwindelte, als mir die Niedertracht des Systems in all ihrem Ausmaß bewusst wurde. Was ich vermutet hatte, als mir die Übereinstimmung des Gewebetyps von Gomun und Rajko aufgefallen war, bestätigte sich nun in seinem ganzen Wahnsinn.

Rickiel sprach aus, was ich dachte: »Sie verstehen, nicht wahr? Das Monstrum, dem Sie auf die Spur gekommen sind, betreibt weder einen Organhandel, noch experimentiert es aufs Geratewohl, sondern ist auf der Suche nach etwas ganz Bestimmtem: nach Herzen von Menschen, die ein und demselben Gewebetyp angehören. Und das auf der ganzen Welt.«

»Ist das … jetzt … alles?«

»Nein. Ich habe Ihnen noch etwas mitgebracht.«

Wieder kramte Rickiel in seinem umfangreichen Pullover und beförderte eine schwarze Plastiktüte zutage. Allmählich begriff ich den Zweck dieses wollenen Zelts: darunter ließ sich allerdings einiges verstecken. Er legte die Tüte auf den Tisch. Neuerliche Verblüffung: sie enthielt mehrere Glock-Magazine, Kaliber fünfundvierzig, die mit einem silbrigen Klebeband umhüllt waren. Ich warf dem Interpol-Mann einen fragenden Blick zu.

»Ich dachte, Sie können einen Vorrat gebrauchen. Die Magazine sind in ein bleibeschichtetes Klebeband eingewickelt, das die Röntgenstrahlen bei den Sicherheitskontrollen auf den Flughäfen abhält. Ihre Waffe ist kein Geheimtip mehr, Antioche. Polymerpistolen sind die neuen Waffen der Reisenden, vor allem der Terroristen. Sarah Gabbor hat ebenfalls eine Glock benutzt, Kaliber neun Millimeter Parabellum. Und vergessen Sie nicht Sikoffs ›verunfallte‹ Leiche mit sechzehn .45er Kugeln im Schädel.«

Ich starrte die Magazine an: es waren mindestens hundertfünfzig Projektile – hundertfünfzig Garantien für Tod und Gewalt.

Mit ausdrucksloser Stimme schloss Simon Rickiel: »Wie gesagt, die IKPO ist es gewohnt, in komplizierten Fällen zu ermitteln und muss nicht immer den orthodoxen Weg gehen. Gegebenenfalls können wir auch delegieren, um Zeit zu gewinnen. Ich bin sicher, dass Sie in der Lage sind, diesem Herzchirurgen auf die Spur zu kommen. Lange vor uns, denn wir müssen erst die Diamantenaffäre zum Abschluss bringen, Ihre Aussage überprüfen, van Dötten finden … Ich habe Sie vorhin belogen: Ihre Aussage ist natürlich aufgezeichnet und gleich anschließend abgetippt worden. Ich habe sie hier bei mir. Unterschreiben Sie. Und verschwinden Sie. Sie sind allein, Antioche, und das ist Ihre große Stärke. Sie können sich Zutritt zu *Monde Unique* verschaffen und den Scheißkerl aufspüren. Finden Sie ihn, finden Sie den Mann, der allen diesen Opfern, diesen Kindern, derartige Qualen zugefügt hat. Finden Sie ihn. Und machen Sie mit ihm, was Sie für richtig halten.«

52

Als ich mein Zimmer betrat, sah ich die Kontroll-Lampe am Telefon blinken. Ich riss den Hörer von der Gabel und wählte die Zentrale an.

»Louis Antioche, Zimmer 232. Haben Sie Nachrichten für mich?«

Eine Stimme mit starkem belgischem Akzent antwortete: »Monsieur Antioche … Antioche … Warten Sie, ich sehe nach …«

Ich hörte den Mann auf der Computertastatur tippen und sah, wie auf meinem Unterarm die Adern unter der Haut pulsierten und zuckten, als wären sie eigenständige Wesen.

»Um neun Uhr fünfzehn hat eine Frau Catherine Warel angerufen. Sie waren nicht in Ihrem Zimmer.«

Ich sah rot vor Wut. »Ich habe eigens gebeten, alle Gespräche in die Bar zu legen!«, schrie ich ihn an.

»Die Belegschaft hat um einundzwanzig Uhr gewechselt. Es tut mir sehr Leid – Ihre Bitte ist dabei wohl untergegangen.«

»Hat sie eine Nummer hinterlassen, unter der man sie zurückrufen kann?«

Der Mann nannte mir Catherine Warels Privatnummer. Ich rief sie sofort an. Es läutete zweimal, dann war sie am Apparat und meldete sich mit ihrer heiseren Stimme: »Hallo?«

»Antioche. Haben Sie was rausgefunden?«

»Alles, was Sie wissen wollten. Es ist mir gelungen, die Namen der französischsprachigen Ärzte zu bekommen, die sich während der letzten dreißig Jahre in Zentralafrika oder im Kongo aufgehalten haben. Einer ist darunter, der Ihr Mann sein könnte. Aber was für ein Mann! Es ist Pierre Sénicier, der eigentliche Pionier der Herztransplantation. Ein französischer Chirurg, der 1960 die erste Transplantation an einem Menschen vorgenommen hat: er pflanzte ihm das Herz eines Affen ein.«

Ich begann am ganzen Körper zu zittern wie im Schüttelfrost. Sénicier. Pierre Sénicier. Schattenhaft kamen mir die Textauszüge in den Sinn, die ich in Bangui gelesen hatte: »…

im Januar 1960 hatte der französische Chirurg Pierre Sénicier einem achtundsechzigjährigen Patienten im letzten Stadium einer irreversiblen Herzinsuffizienz ein Schimpansenherz eingepflanzt. Die Operation gelang, aber das implantierte Herz überlebte nur wenige Stunden …«

Catherine Warel fuhr fort: »In Medizinerkreisen ist die Geschichte dieses Genies wohlbekannt. Seine Transplantation hat enormes Aufsehen erregt, aber Sénicier verschwand ziemlich plötzlich. Es hieß damals, er habe Schwierigkeiten mit der Ärztekammer gehabt – er stand im Verdacht, heimlich perverse Experimente durchgeführt zu haben. Sénicier jedenfalls suchte mit seiner Familie in Zentralafrika Zuflucht und wurde, wie es heißt, ein Mann der guten Sache, der Arzt der Schwarzen. Eine Sorte Albert Schweitzer, wenn Sie so wollen. Also, Sénicier könnte Ihr Mann sein, aber eins passt nicht …«

»Was?«, murmelte ich mit gebrochener Stimme.

»Sie sagten doch, Max Böhm sei im August 1977 operiert worden?«

»Ja, gewiss.«

»Sie sind ganz sicher, was den Zeitpunkt angeht?«

»Absolut.«

»Dann kann Sénicier die Operation nicht vorgenommen haben.«

»Wieso?«

»Weil er 1977 bereits tot war. Ende 1965 – genauer gesagt: in der Silvesternacht – wurden er und seine Familie von Häftlingen angegriffen, die Bokassa noch in der Nacht seines Staatsstreichs freigelassen hatte. Alle, Pierre Sénicier, seine Frau und die beiden Kinder, sind bei dem Feuer ums Leben gekommen, das ihr Haus zerstört hat. Ich selber wusste das gar nicht, aber … Louis, sind Sie noch da? Louis? … Hallo?«

53

Wenn in der Arktis der Sommer beginnt, bricht das Packeis auf und öffnet sich, fast widerwillig, über den schwarzen und eisigen Wässern der Beringsee.

So ähnlich fühlte ich mich in diesem Moment. Catherine Warels niederschmetternde Offenbarung schloss mit einem Schlag den infernalischen Kreis. Nur ein einziger Mensch auf der Welt konnte mir jetzt Aufschluss geben über Dinge, die ich lieber nicht gewusst hätte: Nelly Braesler, meine Adoptivmutter.

So war ich auf dem Weg nach Mittelfrankreich, in die Auvergne. Mit durchgedrücktem Gaspedal raste ich dahin. Sechs Stunden später, kurz vor dem Ende der Nacht, hatte ich Clermont-Ferrand hinter mir und suchte den kleinen Marktflecken Villiers, ein paar Kilometer östlich. Die Uhr auf dem Armaturenbrett zeigte halb sechs. Endlich erschien im Scheinwerferlicht das Ortsschild vor mir. Ich fuhr kreuz und quer durchs Dorf, bis ich endlich das Haus der Braeslers gefunden hatte. Ich parkte an der Gartenmauer.

Der Tag brach an. Im frühen Morgenlicht wirkte die vom Herbst gerötete Landschaft wie ein brennender Wald, der in seinen Flammen erstarrt ist. Eine unsagbare Ruhe lag über allem. Zwischen hohem Gras flossen dunkle Kanäle, und die bereits spärlich belaubten Bäume griffen grau und glatt in den Himmel.

Ich betrat den Hof des Gutshauses, eines hufeisenförmigen Gebäudekomplexes. Von weitem erkannte ich Georges Braesler, der schon auf war und sich an den großen Käfigen zu schaffen machte, in denen viele aschfarbene Vögel sich reckten und schüttelten. Er wandte mir den Rücken zu und konnte mich nicht sehen. Deshalb überquerte ich lautlos den Rasen und schlich ins Haus.

Drinnen war alles aus Stein und Holz. Große Fenstertüren, in die Mauer gehauen, führten auf den Park hinaus. Eichenmöbel verströmten einen intensiven Geruch nach Wachs, schmiedeeiserne Leuchter warfen ihre Schatten über die Fußbodenkacheln. Eine mittelalterliche Strenge herrschte hier, ein Geruch nach gnadenlosem und blindem Adel. Ich war in einer Festung, einer Zuflucht vor der Zeit, der Höhle, in der die beiden sich hinter ihren Privilegien verschanzt hatten.

»Wer sind Sie? Was wollen Sie?«

Ich wandte mich um und erkannte Nellys magere Gestalt, ihre schmalen Schultern und ihr kreidebleiches, vom Alkohol schlaff gewordenes Gesicht. Nun sah auch sie, wen sie vor sich hatte, und musste an der Wand Halt suchen. »Louis …«, stammelte sie. »Was tun Sie hier?«

»Ich bin gekommen, um mit dir über Pierre Sénicier zu reden.«

Schwankend kam meine Adoptivmutter näher. Mir fiel auf, dass ihre bläulichweiße Perücke verrutscht war. Vermutlich hatte sie nicht geschlafen und war schon – oder noch – betrunken.

»Über Pierre … Pierre Sénicier?« wiederholte sie.

»Ja«, antwortete ich in gleichmütigem Ton. »Ich finde, ich bin jetzt alt genug, um die Wahrheit zu erfahren. Die Wahrheit, Nelly.«

Die alte Frau schlug die Augen nieder, ich sah ihre Lider flattern, und auf einmal verzogen sich ihre Lippen zu einem unerwarteten Lächeln. »Die Wahrheit …«, murmelte sie und ging, nun mit festerem Schritt, zur Anrichte, auf der zahlreiche Karaffen aufgereiht waren. Sie füllte zwei Gläser und reichte mir eins.

»Ich trinke nicht, Nelly. Ohnehin ist es dazu viel zu früh.«

Sie aber bestand darauf. »Trinken Sie, Louis, und setzen Sie sich. Sie werden es brauchen.«

Ich gehorchte, ohne zu widersprechen. Ich suchte mir

einen Sessel in der Nähe des Kamins, denn ich fing schon wieder an zu zittern, trank einen Schluck Whisky und stellte fest, dass die Wärme des Alkohols mir tatsächlich gut tat. Nelly setzte sich mir gegenüber ins Gegenlicht. Sie stellte die Whiskykaraffe neben sich auf den Boden und leerte ihr Glas in einem Zug, dann füllte sie es erneut. Unterdessen hatte sie ihre Fassung wiedergefunden und sogar ein wenig Farbe im Gesicht. Sie setzte zu ihrer Rede an – und erstaunlicherweise begann sie auf einmal, mich zu duzen.

»Es gibt Dinge, Louis, die man nicht vergisst. Dinge, die sich ins Herz einprägen wie die Inschrift auf marmornen Grabsteinen. Ich weiß nicht, woher du den Namen Pierre Sénicier hast. Ich weiß nicht, was genau du herausgefunden hast. Ich weiß nicht, wie die Migration der Störche dich dazu geführt hat, hierherzukommen, um das bestgehütete Geheimnis der Welt auszugraben. Aber das ist nicht schlimm. Jetzt ist nichts mehr schlimm. Die Stunde der Wahrheit hat geschlagen, Louis, und für mich vielleicht auch die Stunde der Befreiung.

Also. Pierre Sénicier stammte aus einer Familie des gehobenen Pariser Bürgertums. Sein Vater Paul Sénicier war ein angesehener Verwaltungsbeamter, der seinerzeit eine herausragende Persönlichkeit war und mehrere Republiken überlebt hatte, ohne je zu wanken. Er war ein strenger, schweigsamer und unbarmherziger Mann, der gefürchtet wurde, der die Welt als eine zerbrechliche Konstruktion ansah, auf die er seine mächtige Hand legen konnte. Zu Beginn des Jahrhunderts gebar ihm seine Frau innerhalb weniger Jahre drei Kinder, drei Söhne, die ihrer Geburt nach eine glanzvolle Zukunft vor sich gehabt hätten, sich aber leider als ›überzüchtet‹ erwiesen und geistig minderbemittelt waren. Der Vater tobte vor Wut, doch dank seines Vermögens konnte er das Gesicht wahren. Henri, der Älteste, bucklig und zurückgeblieben, verschwand in die Normandie, um die ›Schlösser‹

zu hüten: drei heruntergekommene Gutshäuser. Dominique, der wenigstens körperlich recht robust war, trat in die Armee ein und rückte mit Hilfe der Beziehungen seines Vaters ein paar Dienstgrade auf. Raphael schließlich, der jüngste, der weniger schwachsinnig, dafür aber heimtückischer war, trat einem Orden bei. Er bekam eine Diözese in einer gottverlassenen Gegend zugewiesen, nicht weit von Henris Ländereien, doch dann verschwand auch er in der Vergessenheit. Zu der Zeit interessierte sich Paul Sénicier schon nicht mehr für seine drei Kinder. Er hatte nur noch Augen für seinen vierten Sohn Pierre, der 1933 zur Welt gekommen war, als Paul fünfzig Jahre alt war. Seine Gattin, kaum jünger als er, hatte dieses Kind sozusagen in ihren letzten Zügen geboren und war gleich darauf verschieden, als hätte sie damit ihre letzte und höchste Pflicht erfüllt.

Pierre war in jeder Hinsicht ein Segen, ein außergewöhnliches Kind, das anscheinend alle Begabungen, alle Trümpfe dieser degenerierten Familie in sich vereinte. Der alte Vater widmete sich mit Leib und Seele der Erziehung dieses Sohnes. Er brachte ihm selber Lesen und Schreiben bei, lange vor der Einschulung, und verfolgte begierig das Erwachen seines Verstandes. Als Pierre ins Pubertätsalter kam, hoffte Paul Sénicier, dass sein Sohn dieselbe Laufbahn einschlagen würde wie er, die Beamtenkarriere. Der Sohn jedoch wollte sich der Medizin zuwenden, und der Vater fügte sich, denn er spürte, dass sich in der Persönlichkeit des Kindes eine echte Berufung anbahnte. Er hatte nicht unrecht. Mit dreiundzwanzig Jahren war Sénicier junior bereits ein angesehener Chirurg und im Begriff, sich auf Kardiologie zu spezialisieren.

Um diese Zeit lernte ich Pierre kennen. In dem engen Milieu eingebildeter und unbeschäftigter Kinder aus bestem Hause, in dem wir uns bewegten, war er eine erfrischende Ausnahme. Er war groß, gut aussehend, asketisch, und sein ganzer Körper vibrierte von einem geheimnisvollen Schweigen. Ich erinnere mich noch, dass wir ›Rallyes‹ veranstalteten, affektierte Abendgesellschaften, in denen wir uns einsperrten wie wilde Tiere. Wir waren blutleer geworden durch unsere eigene Einsamkeit. Die Mädchen trugen die Kleider ihrer Mütter, und die Jungen erschienen in gestärkten und steifen alten Smokings. Aber wir Mädchen warteten fortan nur noch auf einen Mann, Pierre Sénicier. Er gehörte bereits der Welt der Erwachsenen an, der Welt der Verantwortung. Und kaum war er da, war der Abend wie verwandelt – die Lüster, die Kleider, der Alkohol, alles drehte sich nur noch um ihn und glänzte für ihn.«

Nelly verstummte und schenkte sich nach.

»Ich war es, die Pierre Sénicier mit Marie-Anne de Montalier bekannt machte. Marie-Anne war eine sehr enge Freundin von mir. Eine blonde, magere junge Frau mit zerzaustem Haar, die immer aussah wie frisch aus dem Bett. Am auffälligsten war ihre Blässe: sie hatte eine Weißheit, eine Durchsichtigkeit, die sich mit nichts anderem vergleichen ließ. Marie-Anne stammte aus einer reichen Familie französischer Kolonialisten, die sich im letzten Jahrhundert in einer wilden Gegend in Afrika niedergelassen und Land urbar gemacht hatten. Es hieß, die Familie habe aus Angst, sich durch die schwarze Rasse zugrunde zu richten, immer nur unter Verwandten geheiratet, was die Ursache dieser Blutarmut sei.

Marie-Anne verliebte sich in Pierre in derselben Sekunde, in der sie ihn erblickte. Ich war verstört und bereute sofort, sie einander vorgestellt zu haben. Aber es war zu spät, ihr Schicksal war besiegelt. Bald aber verwandelte sich Marie-Annes Leidenschaft in Angst, in eine tiefe, verborgene Furcht, die sie der Außenwelt zunehmend entfremdete. Mit der Zeit war sie wie erfüllt von einem düsteren Glanz, der sie nur noch schöner werden ließ. Pierre und

Marie-Anne heirateten im Januar 1957. Während der Hochzeitsfeier flüsterte sie mir zu: ›Ich bin verloren, Nelly. Ich weiß es, aber es ist zu spät, ich habe mich so entschieden.‹ Zu der Zeit lernte ich Georges Braesler kennen. Er war älter als ich, schrieb Gedichte und Drehbücher und wollte als Diplomat durch die Welt reisen, ›wie Claudel und Malraux‹, sagte er. Ich war damals recht hübsch, leichtfertig und sorglos, meine früheren Bekannten verlor ich zunehmend aus den Augen und stand nur noch mit Marie-Anne in Kontakt, die mir regelmäßig schrieb. So lernte ich die wahre Natur von Pierre Sénicier kennen, ihrem Gatten, dem sie soeben einen kleinen Jungen geboren hatte.

1958 hatte Sénicier eine wichtige Stelle in der herzchirurgischen Abteilung am Krankenhaus La Pitié inne. Er war fünfundzwanzig. Er hatte eine brillante Karriere vor sich, aber er war besessen von einer unbezwingbaren Neigung zum Bösen – erklärte mir Marie-Anne in ihren Briefen. Sie hatte sich in der Vergangenheit ihres Mannes umgesehen und war dabei auf dunkle Stellen gestoßen, die sie – und mich – das Grauen lehrten. Als Student war Sénicier bei der Vivisektion kleiner Kätzchen überrascht worden. Die Augenzeugen hatten zunächst an eine Sinnestäuschung geglaubt: die grauenhaften Schreie, die durch das Universitätsgewölbe hallten, die kleinen Leiber, die sich wanden vor Schmerz. Merkwürdigerweise geschah ihm nichts; offenbar konnte er sich herausreden, denn er wurde nicht von der Universität ausgeschlossen. Später, nachdem er längst fertiger Arzt war, entdeckte man an den Insassen einer Anstalt für schwachsinnige Kinder in Villejuif, mit der er in irgendeiner Weise zu tun hatte, unerklärliche Wunden, Verbrennungen und Schnitte, und er stand im Verdacht, der Urheber dieser Verletzungen zu sein, abscheuliche Experimente an den hilflosen Wesen durchgeführt zu haben. Aber man konnte ihm nichts nachweisen.

Die Ärztekammer drohte ihm mit Berufsverbot, 1960 jedoch geschah etwas Außergewöhnliches: Sénicier gelang die erste Herztransplantation der Welt. Er pflanzte einem Menschen ein Schimpansenherz ein. Wegen der Gewebeabstoßung überlebte der Patient zwar nur ein paar Stunden, aber in chirurgischer Hinsicht war der Eingriff ein Erfolg. Die schrecklichen Verdächtigungen verblassten, und Sénicier wurde zum nationalen Helden und gefeiert von der wissenschaftlichen Welt. Mit siebenundzwanzig Jahren wurde er durch General de Gaulle höchstpersönlich zum Mitglied der Ehrenlegion ernannt.

Im Jahr darauf starb der alte Sénicier und vermachte den größten Teil seines Vermögens Pierre, der mit dem Geld eine Privatklinik in Neuilly-sur-Seine eröffnete. Innerhalb weniger Monate war die Pasteur-Klinik ein sehr bekanntes und vielbesuchtes Krankenhaus, in das die Reichen aus ganz Europa strömten und sich behandeln ließen. Pierre Sénicier stand auf dem Gipfel seines Ruhms. Daraufhin entwickelte er humanitäre Ambitionen. Im Park der Klinik ließ er ein Waisenhaus errichten, das zur Unterbringung und zur Erziehung von elternlosen und von armen Kindern, vor allem Zigeunern, gedacht war. Dank seiner neuerworbenen Bekanntheit gelang es ihm, Gelder vom Staat lockerzumachen, außerdem Spenden von Wirtschaftsunternehmen und reichen Privatpersonen.«

Ich hörte ein leises Klingeln – die Karaffe am Glasrand –, dann das Gluckern von Flüssigkeit. Eine Weile herrschte Stille, dann schnalzte Nelly mit der Zunge. In meinem Geist nahm die Aufeinanderfolge der Ereignisse Gestalt an und erhob sich vor mir als eine pechschwarze Wand.

»In dem Moment kippte alles um. Der Tonfall von Marie-Annes Briefen änderte sich – das waren keine Briefe an eine Freundin mehr, sondern schreckliche und schrecklich unbeteiligte Berichte, und ich war überzeugt, dass sie den Verstand verloren hatte. Ich konnte nicht glauben, was sie mir schrieb. Séniciers Anstalt, sagte sie, sei eine grauenhafte Folterstätte, der Schauplatz unvorstellbarer Barbarei. Ihr Gatte hatte sich im Keller einen Operationsraum eingerichtet, in dem er die schlimmsten Eingriffe an Kindern vornahm: Amputationen bei vollem Bewusstsein, monströse Transplantationen, unzählige Folterungen …

Gleichzeitig erstatteten immer mehr Zigeunerfamilien Anzeige gegen ihn. Eine Durchsuchung der Pasteur-Klinik wurde anberaumt. Zum letzten Mal konnte Sénicier sich durch seine Beziehungen und seinen Einfluss retten. Rechtzeitig vor dem Eintreffen der Polizei wurde er gewarnt und legte einen Großbrand in den Institutsgebäuden. Es war gerade noch Zeit, die Kinder aus den oberen Stockwerken und die Patienten der Klinik zu evakuieren. So wurde das Schlimmste verhindert. Offiziell zumindest. Denn aus dem Geheimlabor im Keller kam keiner lebend heraus. Sénicier hatte seine Schreckenskammer versiegelt und die Opfer seiner Experimente verbrannt.

Die anschließende Untersuchung ergab als Ursache des Feuers einen Unfall. Die überlebenden Kinder wurden ihren Familien zurückgegeben oder in anderen Heimen untergebracht, der Fall zu den Akten gelegt. Marie-Anne schrieb mir einen letzten Brief, in dem sie verkündete – der Gipfel der Ironie –, ihr Mann sei ›geheilt‹ und sie gingen jetzt beide nach Afrika, um die schwarze Bevölkerung zu unterstützen und medizinisch zu betreuen. Etwa zur selben Zeit erhielt Georges einen diplomatischen Posten in Südostasien und überredete mich, mitzukommen. Das war im November 1963, ich war zweiunddreißig.«

Auf einmal ging draußen in der Diele das Licht an, und ein alter Mann mit wollener Weste erschien. Georges Braesler. Er trug einen schweren, massigen Vogel mit schmutzigem Gefieder in den Armen, graue Federn breiteten sich über dem Boden aus. Der Mann machte Anstalten, das Zimmer zu betreten, aber Nelly scheuchte ihn fort. »Geh weg«, sagte sie heftig.

Er zeigte keinerlei Befremden über ihr schroffes Verhalten. Auch über meine Gegenwart war er nicht überrascht.

»Hau ab!«, schrie Nelly.

Der alte Mann machte kehrt und verschwand. Nelly trank noch einen Schluck und rülpste, und im Zimmer verbreitete sich ein intensiver Whiskygeruch. Allmählich drang das Tageslicht herein, und ich erkannte, wie verwüstet Nellys Gesicht war.

»Nach einem Jahr in Thailand wurde Georges 1964 neuerlich versetzt. Sein persönlicher Freund André Malraux war damals Minister für kulturelle Angelegenheiten, er kannte Afrika gut und schickte uns nach Zentralafrika mit den Worten: ›Das ist ein unglaubliches Land. Phantastisch.‹ Er hätte es nicht besser ausdrücken können. Ein wichtiges Detail war ihm jedoch leider entgangen: ausgerechnet dort lebten jetzt Pierre und Marie-Anne Sénicier mit ihren beiden Kindern.

Unser Wiedersehen war recht merkwürdig. Die alten freundschaftlichen Bande wurden erneuert, das erste gemeinsame Abendessen war perfekt. Pierre war älter geworden, aber er schien ruhig, entspannt. Er verhielt sich wieder so höflich und distanziert wie früher. Er sprach vom Schicksal der afrikanischen Kinder, die gelähmt seien von schrecklichen Krankheiten; man müsse Behandlungsmethoden für sie finden. Von den einstigen Alpträumen schien er tausend Meilen entfernt, und ich zweifelte immer noch an Marie-Annes Enthüllungen.

Aber nach und nach begriff ich, dass Sénicier tatsächlich wahnsinnig war. Er war innerlich zerfressen vor Wut, weil er in Afrika sein musste. Weil seine Karriere zu Ende war. Er ertrug es nicht. Er, dem unerhörte, einzigartige Experimente gelungen waren, er war jetzt irgendein Entwicklungsarzt, der unter unmöglichen Bedingungen zu arbeiten hatte, der den Strom für seine Operationen aus benzinbetriebenen Generatoren bezog und seine Patienten in maniokstinkenden Fluren nur äußerst notdürftig behandeln konnte. Er konnte es nicht hinnehmen, und sein Zorn verwandelte sich in eine dumpfe Rachlust, die sich gegen ihn selbst und gegen seine Familie richtete.

So betrachtete Sénicier seine beiden Söhne als Studienobjekte. An beiden hatte er umfangreiche Typisierungen vorgenommen, hatte sämtliche Blutgruppen und Gewebetypen bestimmt, Fingerabdrücke, Serumgruppen … Er führte abscheuliche Experimente mit ihnen durch, die jedoch ausschließlich psychologischer Art waren, und dies völlig hemmungslos, auch vor vergleichsweise Fremden wie uns. Manchmal erlebte ich dramatische Szenen, die ich nie vergessen werde. Einmal waren wir zum Abendessen eingeladen. Sobald das Essen aufgetragen war, beugte Sénicier sich zu den beiden Jungen hinunter und flüsterte ihnen zu: ›Seht euch euren Teller an, Kinder. Was, glaubt ihr, eßt ihr da?‹ Es war irgendein bräunliches Fleisch in Soße. Sénicier begann mit der Gabel hineinzustechen und wiederholte immer wieder: ›Was ist das für ein Tier, das ihr heute Abend esst? Die kleine Gazelle? Das kleine Schweinchen? Den Affen? Und stach weiter in die Fleischstücke, die im Licht der schwankenden Stromversorgung glänzten, und ließ sie nicht in Ruhe, bis den entsetzten Kindern die Tränen über die Backen rannen. Sénicier aber hörte nicht auf. ›Am Ende ist es was ganz anderes. Man weiß ja nie, was die Neger hier zu Lande essen. Vielleicht gibt es heute Abend …‹ Die Kinder flohen in Panik, Marie-Anne war zu Stein erstarrt. Sénicier grinste. Er wollte seinen Kindern einreden, sie seien Kannibalen – sie äßen jeden Abend Menschenfleisch.

Unter Schmerzen und Elend wuchsen die Kinder heran. Mir erschienen sie völlig neurotisch. Der Ältere entwickelte eine regelrechte Paranoia. 1965, mit acht Jahren, hatte sein monströser Vater ihn endgültig besiegt; er erstarrte, verfiel in Schweigen und völlige Teilnahmslosigkeit, aber paradoxerweise wurde er damit zum Liebling seines Vaters. Pierre Sénicier kümmerte sich nur noch um dieses Kind, verehrte es mit aller Kraft und aller Grausamkeit, deren er fähig war. Diese abartige Logik bedeutete aber, dass der kleine Junge auch mehr ertragen musste, immer mehr, bis zur vollständigen Traumatisierung. Ich habe nie begriffen, was Sénicier eigentlich wollte. Sein Sohn war stumm geworden und unfähig, sich wie ein Mensch zu verhalten. Er vegetierte.

Aber im selben Jahr kurz nach Weihnachten raffte der Junge sich ein letztes Mal auf und schritt zur Tat. Er beging Selbstmord, so wie man in Afrika Selbstmord begeht – wie ein Kind es tut, das es nicht besser versteht: indem man Nivakin-Tabletten schluckt, die in hohen Dosen den menschlichen Körper irreversibel schädigen, insbesondere das Herz. Nur eins konnte ihm jetzt noch das Leben retten: ein neues Herz. Begreifst du die Logik, die dahinter steckt? Der allmächtige Pierre Sénicier! Nachdem er sein eigenes Kind in den Selbstmord getrieben hatte, war er, der glanzvolle Chirurg, der einzige, der es retten konnte. Sofort entschloss er sich, eine Herztransplantation vorzunehmen, wie er sie fünf Jahre zuvor an einem alten Mann von achtundsechzig Jahren durchgeführt hatte. In seinem Haus in Bangui hatte er sich einen Operationsraum eingerichtet, der vergleichsweise aseptisch war. Aber das Wichtigste fehlte ihm: ein kompatibles, funktionstüchtiges Herz. Weit brauchte er freilich nicht zu suchen: zufällig stimmten seine beiden Söhne gewebetypologisch außergewöhnlich gut miteinander überein. In seinem Wahnsinn beschloss der Mann, den jüngeren zu opfern, um den älteren zu retten. Das war am Tag vor Neujahr, zu Silvester 1965. Sénicier bereitete alles zur Operation vor. In Bangui stieg unterdessen die Spannung, überall in der Stadt wurde getanzt und getrunken, Georges und ich gaben einen Empfang und hatten alle Europäer in die französische Botschaft eingeladen.

Während der Chirurg sich zur Operation anschickte, griff die Geschichte in sein Schicksal ein. In der Nacht unternahm Jean-Bedel Bokassa seinen Staatsstreich und füllte die Stadt mit seinen bewaffneten Truppen. Es kam zu Kämpfen, Plünderungen, Brandschatzungen; Menschen kamen ums Leben. Zur Feier seines Siegs ließ Bokassa die Häftlinge aus dem Gefängnis von Bangui frei, und aus der Silvesternacht wurde endgültig ein Alptraum.

Im allgemeinen Chaos aber geschah etwas Besonderes. Denn unter den freigelassenen Gefangenen waren auch die Verwandten der jüngsten Opfer von Sénicier, der seit einer Weile seine grausamen Experimente wieder aufgenommen hatte; ihre Familien hatte er unter verschiedenen Vorwänden einsperren lassen, weil er ihre Vergeltungsmaßnahmen fürchtete. Aber jetzt waren sie frei und begaben sich direkt zu Séniciers Haus, um Rache zu nehmen. Um Mitternacht war Sénicier mit den letzten Vorbereitungen beschäftigt. Beide Kinder standen unter Anästhesie und waren ans EKG angeschlossen; er hatte Blutdruck und Temperatur unter Kontrolle und war bereit, die Katheter zu setzen. In dem Moment drangen die ehemaligen Häftlinge ein. Sie durchbrachen sämtliche Barrieren und verschafften sich Zutritt zum Haus, erschlugen den Verwalter Mohammed, nahmen ihm das Gewehr weg und erschossen damit seine Frau Azzora und seine Kinder.

Sénicier hörte das Geschrei und den Lärm, kehrte ins Haus zurück und holte das Mauser-Gewehr, mit dem er sonst auf die Jagd ging. Trotz ihrer zahlenmäßigen Überlegenheit hatten die Angreifer einem wie Sénicier nicht viel entgegenzusetzen. Einen nach dem anderen schoss er nieder.

Das Wichtigste aber fand anderswo statt. Marie-Anne, die

gesehen hatte, wie der Vater seinen jüngsten Sohn mit sich genommen hatte, nutzte das Chaos und drang in den Operationsraum ein. Sie riss Infusionen und Schläuche aus dem Körper ihres Jüngsten, wickelte ihn in ein Leintuch und floh mit ihm durch die brennende Stadt, durch Mord und Totschlag. Sie schaffte es bis zur französischen Botschaft, wo die Panik ihren Höhepunkt erreicht hatte. Alle Weißen von Bangui drängten sich hier zusammen und begriffen nicht, was vor sich ging. Einige von uns waren durch Irrläufer verletzt worden, und die Gärten brannten. In dem Moment sah ich Marie-Anne durch die Fenster der Botschaft: sie tauchte buchstäblich aus den Flammen empor, in einem blaugestreiften Kleid voller Flecken von der roten Erde, und schleppte ein eingewickeltes Kind in den Armen. Ich rannte hinaus, ich dachte, das Kind sei von den Soldaten verwundet worden. Ich war sehr betrunken, und Marie-Annes Gestalt verschwamm mir vor den Augen. Sie brüllte: ›Er will ihn umbringen! Er will sein Herz, verstehst du?‹ In knappen Worten berichtete sie, was geschehen war, vom Selbstmordversuch des Älteren, der Notwendigkeit einer Herztransplantation, dem Vorhaben ihres Mannes. Sie keuchte und drückte den immer noch betäubten Körper an sich. ›Er ist der einzige, der seinen Bruder retten kann‹, sagte sie. ›Er muss verschwinden. Spurlos.‹ Und bei den Worten ergriff sie die Hände des schlafenden Kindes und tauchte sie in einen brennenden Busch, und während sie die schmorenden Handflächen betrachtete, wiederholte sie: ›Keine Fingerabdrücke, keinen Namen, nichts mehr! Nimm ein Flugzeug, Nelly, verschwinde mit dem Kind. Gib ihm einen anderen Namen. Es darf nicht mehr existieren. Nie mehr, für niemanden.‹ Und ließ das kleine Bündel Schmerzen vor meinen Füßen in der roten Erde liegen. Nie werde ich den Anblick vergessen, Louis, als ihre schwankende Gestalt verschwand und ich wusste, dass ich sie nie wiedersehen würde.«

Nelly verstummte. Ich hob meine verbrannten Hände vors Gesicht und stotterte: »O Gott, nein …«

»Doch, Louis. Dieses Kind, das warst du. Pierre Sénicier ist dein Vater. Die Hölle der Silvesternacht 1965 war deine zweite Geburt, an die du zum Glück keine Erinnerung mehr hast. In der Nacht hieß es, die Familie Sénicier sei beim Brand ihres Hauses umgekommen. Das stimmte nicht: sie flohen, ich weiß nicht, wohin. Marie-Anne konnte ihrem Mann offenbar einreden, du seist verbrannt – wer weiß, wie ihr das gelungen ist. Pierre schaffte es, seinen zweiten Sohn am Leben zu erhalten, ihm ein anderes Herz einzusetzen, vermutlich in einem Krankenhaus im Kongo. Kurze Zeit später stieß der Körper das fremde Organ ab, dennoch war dem Chirurgen die erste Herztransplantation gelungen. An seinem eigenen Nachwuchs. Es folgten weitere Operationen. Seit dem Zeitpunkt stiehlt Sénicier passende Herzen und pflanzt sie seinem Kind ein, das seit fast dreißig Jahren im Sterben liegt. Sénicier sucht immer noch. Auf der ganzen Welt sucht er nach Herzen, und eigentlich sucht er *dein* Herz, das Organ, das mit Fredérics Körper absolut vereinbar ist.«

Mit den Händen krallte ich mir ins Gesicht, und ich stammelte, fast erstickt von den Tränen: »Nein, nein …«

Indessen fuhr Nelly in dumpfem Ton fort: »Ich habe Marie-Annes Befehl gehorcht. Noch in derselben Nacht charterten Georges und ich ein Flugzeug und flohen. Zurück in Paris, ließ ich dich ärztlich versorgen. Ich erfand eine neue Identität für dich …« Nelly fing an zu lachen. »Unsere nächste Station nach Zentralafrika war die Türkei, Antakya. Antiochia. Ich fand es amüsant – eigentlich war es makaber –, dich Antioche zu nennen, nach dem alten Namen der Stadt, in der wir wohnen würden. Ich hatte überhaupt keine Mühe, dir einen neuen Ausweis ausstellen zu lassen – Georges besaß einflussreiche Beziehungen innerhalb der Regierung. So bist du ›Louis Antioche‹ geworden. Fingerabdrücke hattest du keine mehr. Wir haben eine neue Person aus dir gemacht und deine Geschichte neu erfunden, Louis. Du warst der Sohn eines aufopferungsvollen Arztehepaars, das bei einem Brand in Afrika umgekommen war. Du hattest als einziger überlebt. Du wurdest unsere Schöpfung.

Später habe ich die Amme ausfindig gemacht, die mich aufgezogen hatte. Wir stellten sie an und beauftragten sie mit deiner Erziehung. Sie selbst hat die Wahrheit nie erfahren. Wir hingegen waren verschwunden – wir mussten verschwinden. Es war zu gefährlich. Du ahnst nicht, zu welcher bösartigen Intelligenz, zu welcher Zähigkeit und Heimtücke dein Vater imstande ist. Fern von uns, fern von der Vergangenheit hatte Louis Antioche nichts zu fürchten. Ich brauchte nur die distanzierte Adoptivmutter zu spielen und dir das Dasein zu erleichtern, sobald ich konnte. Seit diesem Tag habe ich nur einen einzigen Fehler begangen, und das war, als ich dich mit Max Böhm zusammenbrachte. Denn der Schweizer kannte deine Geschichte. Ich hatte sie ihm erzählt, als ich einmal in einer Krise war. Ich hielt ihn für einen Freund – wie Georges und ich war er ein alter ›Afrikaner‹. Mittlerweile weiß ich, dass Max deinen Vater ebenfalls kannte und dass er dich auf seine Spur angesetzt hat – mit dem einzigen Ziel, sich an ihm zu rächen; was für Beweggründe er persönlich hatte, weiß ich nicht.«

Die Tränen liefen mir übers Gesicht, und ich schrie sie an: »Aber wer ist dieser Sénicier heute? Wer ist er, in Gottes Namen! Sag's mir, Nelly. Ich flehe dich an: hinter welchem Namen versteckt er sich?«

Nelly leerte ihr Glas. »Pierre Doisneau. Er ist der Begründer von *Monde Unique*.«

VI

Kalkutta, Fortsetzung und Ende

54

4. Oktober 1991, 22 Uhr 10 Ortszeit.

Dass mein Schicksal sich in Kalkutta besiegeln sollte, war logisch, perfekt, unwiderruflich. Nur die verrottende Hölle dieser indischen Millionenstadt bot eine Umgebung, die makaber genug war für die letzte Gewalt meines Abenteuers.

Als ich aus der Maschine der Air India trat, stürmten feuchte und ekelerregende Gerüche auf mich ein, wie das letzte Röcheln des Monsuns. Wieder einmal öffneten mir die Tropen ihre glühenden Türen.

Ich folgte dem Zug der anderen Reisenden, dicken Damen in grellbunten Saris und kleinen ausgemergelten Männern in dunklen Anzügen. In Dhaka, dem letzten Zwischenhalt, war ich endgültig aus dem Strom der Touristen ausgeschert, die in die Maschine nach Katmandu umstiegen, und hatte mich den bengalischen Reisenden angeschlossen. Wieder war ich allein, allein unter den Indern, die in ihre Heimat zurückkehrten, und den Missionsschwestern und Krankenpflegerinnen, die sich einer verlorenen Sache verschrieben hatten. Meine vertraute Fauna.

Wir betraten das Flughafengebäude. An der Decke drehten sich langsam die Ventilatoren, alles war grau und feuchtwarm. In einer Ecke der Halle grub sich ein kränklich aussehender Arbeiter mit der Kreuzhacke in die tieferen Schichten des Fußbodens vor. Neben ihm hockten Kinder, die ihr Gesicht verbargen und eine narbenübersäte Brust entblößten. Kalkutta, die Stadt des Elends, empfing mich ohne Beschönigungen.

Drei Tage zuvor war ich, nachdem ich meine Tränen und mein unmittelbares Entsetzen überwunden und das Haus der Braeslers verlassen hatte, quer über Land nach Paris zurückgefahren. Noch am selben Tag hatte ich das indische Konsulat aufgesucht, um ein Visum für Ostindien, Bengalen, zu beantragen. »Tourist?« hatte mich eine kleine Frau mit argwöhnischer Miene gefragt, und ich hatte genickt. »Und Sie wollen nach Kalkutta?« Wieder hatte ich genickt, stumm. Woraufhin die Frau meinen Pass an sich genommen und mich beschieden hatte: »Kommen Sie morgen um dieselbe Zeit wieder.«

Den Tag hatte ich in meinem Arbeitszimmer verbracht; kein Gedanke, keine Überlegung, keine Gefühlsregung hatte sich in mein Bewusstsein gedrängt. Ich hatte lediglich gewartet, dass die Zeit verging, auf dem Parkettboden sitzend, hatte meine notdürftig gepackte Reisetasche betrachtet und meine geladene Waffe. Am nächsten Morgen um halb neun hatte ich meinen Pass mit dem indischen Visum abgeholt und war vom Konsulat aus direkt nach Roissy zum Flughafen gefahren. Ich hatte mich auf alle Wartelisten für Flüge eintragen lassen, die mich meinem Bestimmungsort irgendwie näher brachten, und so ging ich um drei Uhr nachmittags an Bord einer Maschine nach Istanbul; von dort aus flog ich weiter nach Bahrain im Persischen Golf, und mein letzter Aufenthalt war Dhaka, die Hauptstadt von Bangladesh. Nach vierunddreißig endlosen Stunden in Flugzeugen und Wartehallen war ich endlich in Kalkutta, der kommunistischen Hauptstadt von Bengalen.

Ich nahm ein Taxi, einen Ambassador aus den fünfziger Jahren, der hier der Standardwagen war. Ich nannte dem Fahrer die Adresse eines Hotels, das man mir am Flughafen empfohlen hatte: das Park Hotel in der Sudder Street, im europäischen Viertel gelegen. Nach zehnminütiger Fahrt durch eine grasbewachsene Landschaft geriet ich mit einem Schlag in die dumpfe Hitze der bengalischen Stadt.

Selbst zu dieser späten Stunde wimmelte Kalkutta von Menschen. Im nächtlichen Staub zeichneten sich Tausende von Gestalten ab: Männer in kurzärmeligen Hemden, die Gesichter in Schatten getaucht, Frauen im bunten Sari mit nacktem Bauch. Ich konnte kein einziges Gesicht erkennen, nur die farbigen Punkte auf den Stirnen der Mädchen oder den schwarzweißen Blick des einen oder anderen Passanten. Auch die Fassaden, die Architektur der Häuser sah ich nicht, ich wurde vorwärts bewegt in einem finsteren Schlauch, dessen Wände nur aus schwarzen Köpfen und ausgemergelten Armen und Beinen zu bestehen schienen. Ein endloser Strom von Menschen, wohin immer der Blick sich wandte. Autos stießen aneinander, Hupen ertönten ununterbrochen, vergitterte Straßenbahnen bahnten sich einen Weg durch die Menge. Von Zeit zu Zeit tauchte unter ohrenbetäubendem Lärm ein Menschenumzug auf. Gehetzte Wesen, in rote, gelbe, blaue Gewänder gehüllt, schlugen auf Trommeln ein und spielten unter scharfen Weihrauchwolken einen betäubenden Singsang auf Blasinstrumenten. Ein Todesfall. Ein Fest. Dann schloss die Menge sich wieder. Leprakranke drängten sich zusammen und streiften den Wagen, klopften an die Scheibe. Mitten im Chaos der Nacht entdeckte ich auch die größte Besonderheit von Kalkutta: die Rikschawallahs, die menschlichen Zugtiere, die auf dürren Beinen galoppierend ihre Karren durch die Stadt zerrten, sich über den aufgerissenen Asphalt quälten und mit vollen Zügen die Abgase einatmeten.

Aber die Menschenmassen waren nichts, verglichen mit den Gerüchen: unerträgliche Ausdünstungen, die wie gewalttätige, grausame, wütende Wesen sich durch die Luft wälzten. Erbrochenes, Moder, Weihrauch, Gewürze … Die Nacht in Kalkutta kam mir vor wie eine monströse faulige Frucht.

Das Taxi bog in die Sudder Street ein.

An der Rezeption des Park Hotels gab ich einen falschen Namen an und wechselte zweihundert Dollar in Rupien. Mein Zimmer lag im ersten Stock am Ende einer Treppe unter freiem Himmel. Es war klein, schmutzig und stinkend. Ich öffnete das Fenster, das auf den Innenhof mit der Küche hinausging, und sofort schlug mir ein unerträglicher Pesthauch entgegen. Auf der Stelle schloss ich es wieder und verriegelte die Tür. Seit einer Weile konnte ich nicht anders, als mich ständig zu schnäuzen und zu räuspern, meine Kehle und meine Nasenwände waren voll von einer schwärzlichen Substanz, derselben ekelhaften Fäulnis, die ich auch in den Falten meines Hemdes entdeckte. Eine halbe Stunde Kalkutta, und ich war bereits von innen heraus vergiftet.

Ich nahm eine Dusche unter einem Wasserstrahl, der mir genauso schmutzig erschien wie alles andere, und zog mich um. Dann legte ich die verschiedenen Bestandteile der Glock vor mich hin und setzte sie langsam, mit wenigen, sicheren Griffen wieder zusammen. Ich füllte das Magazin mit sechzehn Kugeln und schob es in den Griff. Ich befestigte das Holster am Gürtel und zog meine Leinenweste darüber.

Dann betrachtete ich mich im Spiegel und fand mich das perfekte Abbild eines Botschaftssekretärs oder Beauftragten der Weltbank. Ich schob den Türriegel zurück und verließ das Zimmer.

Ich bog in die erstbeste Gasse ein, einen übervölkerten Schlauch ohne Gehsteig oder Fahrbahn; sie bestand lediglich aus einer verwüsteten Strecke Asphalt, an deren Rändern Bettler kauerten und mir flehentliche Blicke zuwarfen. Inder, Nepalesen, Chinesen traten auf mich zu und wollten meine Dollars wechseln. Armselige Läden, deren Eingänge nichts als Löcher in den halbzerfallenen Häuserfronten waren, führten in ekelerregende Tiefen hinab. Garküchen, in denen es Tee, Kuchen, Currygerichte gab … Rauchschwaden zogen durch die Nacht. Endlich kam ich auf einen großen Platz, auf dem ein gedeckter Markt stand.

Zahlreiche Glutbecken leuchteten in der Dunkelheit, und ihr Widerschein warf goldene Reflexe auf die Gesichter ringsum. Hunderte von Menschen schliefen entlang dem Platz. Unter Decken aneinandergedrängte Körper, hingestreckt in bleiernem Schlaf. Hier und dort war der Asphalt feucht und glänzte wie eine Fieberbeule. Trotz dieses schrecklichen Elends, trotz des unsäglichen Gestanks war der Anblick atemberaubend – mit einem Mal offenbarte sich mir die besondere Struktur der tropischen Nacht. Dieses Schwarz, dieses Blau, dieses Grau, durchdrungen von Feuer und goldenem Licht, getränkt von Rauch und von Düften, schienen mir wie der geheime, der wahre Grund der Wirklichkeit.

Immer tiefer drang ich in die Nacht ein.

Kreuz und quer lief ich durch die Stadt, ohne mich um irgendeine Orientierung zu kümmern. Ich durchquerte den gedeckten Bazar, durch den sich schmale, schlecht gepflasterte Straßen zogen, die voller verfaulter, undefinierbarer Materie waren. Von Zeit zu Zeit öffneten sich Türen und gaben den Blick auf gewaltige Säle frei, in denen ameisengleiche Menschen unter bleichem Neonlicht riesige Lattenkisten schleppten und zerrten. Dennoch hatte die wimmelnde Umtriebigkeit hier nachgelassen. Bengalis hockten vor ihren geschlossenen Verkaufsbuden und hörten Radio, hier und dort schor ein Friseur mit müder Hand einen Kopf. Männer spielten ein fremdartiges Spiel, eine Art Tischtennis, stehend in einem Raum, der tagsüber anscheinend eine Art Schlachthaus war, denn lange Blutspuren zogen sich die Wände entlang. Und überall huschten die Ratten. Riesengroße, starke Ratten, die wie Hunde völlig unbehelligt hin und her liefen und im Unrat stöberten. Manchmal, wenn ein

Inder vor seinen Füßen eine Ratte beim Verzehr eines welken Salatblattes überraschte, verscheuchte er sie mit einem Fußtritt, als wäre sie irgendein Haustier.

In dieser Nacht marschierte ich stundenlang und versuchte, mich mit der Stadt und ihren Schrecken vertraut zu machen, sie zu zähmen. Als ich den Weg zurück zum Hotel wiederfand, war es drei Uhr morgens. In der Sudder Street atmete ich zum letzten Mal den Geruch des Elends und schneuzte mich schwarz.

Ich lächelte.

Ja, ohne Frage, Kalkutta war ein idealer Ort.

Um zu töten oder um zu sterben.

55

Im Morgengrauen duschte ich noch einmal und zog mich an. Um halb sechs verließ ich mein Zimmer und weckte den Bengali, der an der Rezeption vor sich hin döste – einer Holztheke auf einem Podium vor einem spärlichen Garten. Ich fragte ihn nach *Monde Unique*, und er sagte, er kenne nur eine einzige Niederlassung in der Nähe der Howrah-Brücke; ich könne sie nicht verfehlen, denn davor warte stets eine endlose Menschenschlange. »Lauter Bettler und Unheilbare«, fügte er mit angewidertem Ausdruck hinzu. Ich dankte ihm für die Auskunft und dachte dabei, der Abscheu sei ein Luxus, den man sich in Kalkutta nicht leisten könne. Nur zögerlich wurde es hell. Die Sudder Street war eine graue Aneinanderreihung von heruntergekommenen Hotels und schmierigen Imbissbuden, die eine bunte Mischung aus *English breakfast* und *chicken tandoori* anboten. Ein paar Rikschawallahs dösten auf ihren Karren, die Hände fest um die Hupe geklammert. Ein halbnackter Mann, der sich bei näherem Hinsehen als einäugig erwies, bot mir *chai* an, einen mit Ingwer und Zimt parfümierten Tee mit Milch in einem Becher aus Steingut. Ich trank zwei davon, kochend heiß und stark, dann ging ich die Straße entlang auf der Suche nach einem Taxi.

Nach etwa fünfhundert Metern ragten zu beiden Seiten alte viktorianische Paläste auf, die Mauern farblos und voller Sprünge. Auf den Gehsteigen davor spannten sich zahllose schmutzige Zeltplanen, unter denen Hunderte von Menschen hausten. Ein paar Leprakranke ohne Finger und ohne Gesicht entdeckten mich und steuerten sofort auf mich zu; ich beschleunigte meinen Schritt. Schließlich erreichte ich die Jawaharlal Nehru Road, einen breiten Boulevard, gesäumt von zerfallenen Museen. Entlang der ganzen Straße führten Bettler ihre Attraktionen vor. Einer setzte sich im Lotussitz vor ein Loch im Asphalt und steckte den Kopf hinein, bis er völlig mit Sand bedeckt war, dann richtete er langsam seinen Körper auf, die Knie himmelwärts gerichtet. Wer die Leistung zu schätzen wusste, gab ein paar Rupien.

Ich fand endlich ein Taxi und ließ mich nach Norden zur Howrah-Brücke bringen. Über der Stadt ging die Sonne auf, zwischen grasbewachsenen Pflastersteinen glänzten die Straßenbahnschienen. Noch herrschte kein dichter Verkehr, nur einzelne Männer, die gewaltige Karren hinter sich herzogen, rannten stumm die Straße entlang. Am Rand der Gehsteige machten junge dunkelhäutige Burschen in der Gosse ihre Morgentoilette – sie spuckten Schleimklumpen aus, rieben sich die Zunge mit einem Stahldraht ab und begossen sich mit Abwasser. Ein Stück weiter stocherten ein paar Kinder mit großem Eifer in halbverbranntem Müll, dessen Asche der Wind aufwirbelte. Unter den Büschen am Straßenrand hockten alte Frauen und erleichterten sich, und allmählich begannen sich die Straßen mit Trauben von Menschen zu bevölkern, die aus den Häusern, den Zügen, den Straßenbahnen strömten; mit zunehmender Hitze schwitzte

Kalkutta Menschen aus. Auf dem Weg durch Straßen und Gassen entdeckte ich nun auch die unvermeidlichen Tempel, die ausgemergelten Kühe und die Sadhus, die hinduistischen Eremiten und Asketen, deren Stirn eine farbige Träne ziert. Indien – hier vereinigten sich das Grauen und das Absolute in einer düsteren Umarmung.

Das Taxi kam zur Armenien Ghat am Ufer des Flusses. Die Niederlassung von *Monde Unique* stand im Schatten einer Autobahnbrücke. Sie bestand aus einer Zeltplane auf metallenen Streben, errichtet auf dem Gehsteig, zwischen fliegenden Händlern. Unter diesem Dach waren hellhäutige Europäer damit beschäftigt, Kartons mit Medikamenten zu öffnen, Trinkwasserbehälter zu installieren, Lebensmittelpakete zu verteilen. Über dreißig Meter erstreckte sich das Zelt – dreißig Meter Nahrung, medizinische Versorgung und guter Wille. Es folgte eine endlose Warteschlange von Kranken, Lahmen, Ausgehungerten.

Ich setzte mich unauffällig hinter die Bude eines Ohrenheilers und wartete, während ich das Werk dieser Apostel einer besseren Welt betrachtete. Ich sah auch den Bengalis zu, die auf dem Weg zu ihrer Arbeit oder ihrem unausweichlichen Elend waren. Vielleicht kamen sie, um der Göttin Kali eine Ziege zu opfern, bevor sie den Tag in Angriff nahmen, oder um im schmutzigen Wasser des Flusses zu baden. Die Hitze und die Gerüche verursachten mir Kopfschmerzen.

Endlich, gegen neun Uhr, erschien er.

Er ging allein, in der Hand eine abgeschabte Ledertasche. Ich nahm alle Kraft zusammen, um aufzustehen und ihn näher zu betrachten. Pierre Doisneau/Sénicier war ein hochgewachsener und hagerer Mann. Er trug eine Hose aus hellem Leinen und ein kurzärmeliges Hemd. Seine Gesichtszüge waren scharf, wie aus Stein gemeißelt. Die Stirn reichte bis weit in die gekräuselten grauen Haare hinauf, und sein angriffslustiger Unterkiefer, über dem die Haut sich spannte, trug ein hartes, starres Lächeln zur Schau. Pierre Doisneau. Pierre Sénicier. Der Arzt, der Menschen folterte und Herzen stahl.

Instinktiv umklammerte ich den Griff meiner Pistole. Ich hatte keinen genauen Plan, ich wollte lediglich beobachten, was sich tat. Der Slum schwoll an, noch viel mehr Menschen strömten herbei. Hübsche blonde Mädchen in grellen Shorts, die den indischen Krankenschwestern halfen, reichten Kompressen und Medikamente mit der Miene beflissener Engel. Aussätzige und kranke Mütter zogen vorbei, holten sich ihre Ration Tabletten oder Nahrung ab und nickten mit dem Kopf zum Zeichen des Dankes.

Es war Viertel nach elf, als Pierre Doisneau/Sénicier sich wieder zum Gehen wandte.

Er verschloss seine Tasche, verschenkte ein Lächeln hier und dort, dann verschwand er in der Menge. Ich folgte ihm in einigem Abstand. Es bestand keine Gefahr, dass er mich in diesem wuselnden Brei lebender Wesen erspähte. Ich hingegen konnte seine hochgewachsene Gestalt fünfzig Meter vor mir gut erkennen. So gingen wir zwanzig Minuten lang hintereinander her. Der ›Doc‹ fühlte sich anscheinend völlig sicher, gefeit gegen Angriffe aller Art. Was hätte er auch zu fürchten gehabt? In Kalkutta war er ein Heiliger, von allen verehrt und umschmeichelt. Und die Menge, die ihn umgab, war der allerbeste Schutz für ihn.

Sénicier ging jetzt langsamer. Wir waren mittlerweile in einem Viertel angelangt, das ein wenig besser aussah – die Straßen waren breiter, die Gehsteige weniger schmutzig. Nach einer Kreuzung erkannte ich eine weitere Niederlassung von *Monde Unique*. Ich verlangsamte meinen Schritt und vergrößerte den Abstand zwischen uns auf etwa zweihundert Meter.

Um diese Zeit des Tages herrschte eine drückende Hitze.

Der Schweiß rann mir übers Gesicht. Ich zog mich in den Schatten zurück, neben eine Familie, die anscheinend seit jeher auf diesem Gehsteig lebte. Ich mimte die Sorte Tourist, die es liebt, ins Elend anderer einzutauchen, setzte mich zu ihnen und bat um eine Tasse Tee.

Eine weitere Stunde verging. Ich beobachtete Sénicier bei seinen Wohltätigkeiten, jede Geste, jede Verrichtung. Der Anblick dieses Mannes, der nachweislich ein Verbrecher der übelsten Art war und hier den guten Samariter spielte, verschlug mir den Atem. Ich spürte auf einmal, wie extrem zwiespältig seine Natur war, ich begriff, dass er in jedem Augenblick seines Lebens auch aufrichtig war, gleich, ob er mit beiden Händen in Eingeweide eintauchte oder eine leprakranke Frau versorgte. Im Kampf mit ein und demselben Wahnsinn der Körper, der Krankheit, des Fleisches.

Diesmal änderte ich meine Taktik. Ich wartete, bis Sénicier wieder fort war, um näher zu treten und mit ein paar dieser Europäerinnen, die sich hier als Krankenschwestern betätigten, Bekanntschaft zu schließen. Nach einer halben Stunde hatte ich erfahren, dass die Familie Doisneau in einem riesigen Palast lebte, dem Marble Palace, den ein reicher Brahmane ihnen hinterlassen hatte. Der Doktor, hörte ich, habe vor, dort eine Klinik zu eröffnen.

Sofort rannte ich davon, so schnell es mir gelang. Mir war die Idee gekommen, im Marble Palace auf Sénicier zu warten und ihn auf eigenem Grund und Boden niederzuschießen. In seinem Operationsraum. Nach einer Weile fand ich ein Taxi und trieb den Fahrer an, der in Richtung Salumam Bazar abbog. Nach einer halben Stunde in dichtem Gewühl, engen Gassen und Dauerhupen stürzte das Taxi sich mitten hinein in einen regelrechten Suk und kam nur voran, indem es Verkaufsstände rammte und die Saris der Frauen streifte, woraufhin es Beschimpfungen hagelte. In vielen zersplitterten Strahlen barst die Sonne über der Menschenmenge. Das Viertel schien immer enger und tiefer zu werden – der Weg, auf dem wir vorwärts zu kommen versuchten, erschien mir wie der Hauptgang in einem Ameisenhaufen. Aber auf einmal tauchte ein weitläufiger Park vor uns auf, in dem zwischen Palmengruppen ein großes Herrenhaus mit weißen Säulen stand.

»Marble Palace?«, schrie ich den Fahrer an.

Der Mann drehte sich um und nickte mit einem breiten Grinsen, das alle seine stählernen Zähne im Mund freigab.

Ich bezahlte ihn und sprang hinaus und weigerte mich zu glauben, was ich sah. Hinter dem hohen Gitterzaun erstreckte sich ein Park voller erlesener Schönheiten, prächtig blühten die Bäume, Pfauen und Gazellen stolzierten einher. Aber das Tor war nicht abgeschlossen, und kein Wächter stand davor, um ungebetene Gäste fern zu halten. Im Laufschritt überquerte ich den Rasen, rannte die Stufen hinauf und betrat den Marmorpalast.

Ich geriet in einen weiten, hellen Raum in vorwiegend grauen Tönen. Alles war hier aus Marmor, der in Farbe und Muster stets wechselte – einmal war er rötlich gemasert, einmal durchzogen von blauen Schichten, einmal in dunklen, kompakten Blöcken, die eine Mischung aus Schwere und eiskalter Schönheit boten. Vor allem aber standen hier Hunderte von Statuen, alle weiß, schimmernd, elegant, Skulpturen von Männern und Frauen im Stil der Renaissance, als stammten sie geradewegs aus einem Florentiner Palast.

Ich durchquerte diesen Wald von steinernen Körpern und hatte das Gefühl, als folgten mir ihre ruhigen, schemenhaften Blicke. Auf der gegenüberliegenden Seite führten große Flügeltüren in einen Innenhof unter einem steinernen Balkon. Ich trat in den Hof hinaus und blickte über hohe Fassaden und Fenster mit feinverzierten Rahmen hin. Die Gemäuer des Marble Palace bildeten die Einzäunung rings um diese Oase der Kühle und Heiterkeit – dieser Hof war sein Herz, sein eigentlicher Daseinsgrund. Die Fenster, die steinernen Brüstungen, die Kanneluren der Säulen hatten weder mit der indischen Tradition noch mit der viktorianischen Architektur etwas gemein. Wieder hatte ich das Gefühl, mich in einem italienischen Renaissancepalast aufzuhalten.

In der Mitte erblühte ein kleiner Garten aus tropischen Pflanzen, zu dem mehrere marmorgekachelte Stufen hinabführten; eine Wasserfontäne erzitterte in einer plötzlichen Brise. Dieser unwirkliche Ort verströmte eine Atmosphäre schattiger Frische, eine ruhige Einsamkeit, die verträumte Stimmung eines verlassenen Harems. Auch in dieser Oase standen vereinzelte Statuen und reckten ihre Formen den seltenen Sonnenstrahlen entgegen, die bis hierher vordrangen. Waren wir wirklich in Kalkutta, mitten in diesem unbeschreiblichen Chaos? Leise Vogelrufe ertönten. Ich betrat den Bogengang entlang dem Innenhof und entdeckte alsbald große Holzkäfige, die an den Wänden aufgehängt waren; weiße Vögel hüpften darin umher.

»Das sind Krähen, weiße Krähen. Sie sind einzigartig. Seit Jahren züchte ich sie hier.«

Ich fuhr herum. Marie-Anne Sénicier stand vor mir, so wie ich sie mir immer vorgestellt hatte, die weißen Haare hoch auf dem Kopf zu einem Knoten aufgesteckt. Farblos war auch ihr Gesicht, nur der purpurne Mund stach hervor wie eine grausame, blutrote Frucht. Mein Blick trübte sich, meine Knie wurden weich. Ich wollte etwas sagen, aber statt dessen sank ich auf einer Marmorstufe zusammen, eine Woge von Übelkeit überschwemmte mich, und ich erbrach mir die Seele aus dem Leib. Es dauerte noch eine ganze Weile, bis ich unter Husten und Würgen die letzte Galle von mir gegeben hatte. Endlich richtete ich mich wieder auf und murmelte mit niedergeschlagenem Blick und rauer Kehle: »Entschuldigen Sie … bitte … ich …«

Marie-Anne machte meinen unbeholfenen Bemühungen ein Ende. »Ich weiß, wer du bist, Louis«, sagte sie. »Nelly hat mich angerufen. Unser Wiedersehen ist wohl ein wenig seltsam …« Mit sanfterer Stimme setzte sie hinzu: »Louis, mein Sohn …«

Ich wischte mir den Mund ab und sah auf. Meine wirkliche Mutter. Ich war so aufgewühlt, dass ich kein Wort herausbrachte. Statt dessen fuhr sie in ihrem abwesenden Tonfall fort: »Dein Bruder schläft dort im Garten. Willst du ihn sehen? Wir trinken gerade Tee.«

Stumm nickte ich. Sie wollte mir helfen, aber ich wehrte ihre Hände ab und stand allein auf. In der Hofmitte stieg ich die Stufen hinab, teilte die Palmenblätter und spähte zwischen den Pflanzen hindurch. Dahinter standen Sofas mit Kissen, und auf einem Silbertablett dampfte eine kupferne Teekanne. Auf einem der Sofas schlief ein Mann, gekleidet in eine indische Tunika. Er war völlig kahl und von einer gipsernen Blässe, die aussah wie von einem winzigen Meißel gefurcht. Seine Körperhaltung war die eines Kindes, dennoch schien er älter als all der Marmor ringsum. Das Wesen sah aus wie ich: dasselbe dekadente Gesicht mit hoher Stirn und hängenden Lidern über tiefliegenden Augen. Aber mit meinem starken und breiten Körper hatte er keinerlei Ähnlichkeit – schmale Schultern und skelettartige Gliedmaßen waren unter dem Stoff seiner Tunika zu erkennen. Über dem Brustkorb trug er einen dicken Verband, dessen Baumwollfasern aus dem bestickten Halsausschnitt ragten. Frédéric Sénicier, mein Bruder, der seit fast drei Jahrzehnten mit fremden Herzen lebte.

»Er schläft«, flüsterte Marie-Anne. »Sollen wir ihn wecken? Die letzte Operation ist sehr gut verlaufen. Knapp sechs Wochen ist sie her.«

In meiner Erinnerung blitzte Gomuns totes Gesicht auf, und ein wütender Schmerz fuhr mir durch den Bauch. Aber

Marie-Anne, die gegenüber der Außenwelt anscheinend vollkommen empfindungslos geworden war, fügte hinzu: »Nur er kann ihn am Leben erhalten, verstehst du?«

Leise fragte ich: »Wo ist der Operationssaal?«

Marie-Anne antwortete nicht. Ihr Gesicht war nur wenige Zentimeter von dem meinen entfernt, und ich roch ihren Altfrauenatem.

»Unten«, sagte sie schließlich. »Im Keller des Hauses. Niemand darf dort hingehen. Du hast keine Ahnung …«

»Wann geht er hinunter?«

»Louis …«

»Um wie viel Uhr?«

»Abends gegen elf.«

Ich starrte immer noch Frédéric an, das greise Kind, dessen Oberkörper sich in unregelmäßigen Abständen hob und senkte. Ich konnte meine Augen nicht von dem Verband wenden, der seinen Kittel blähte.

»Wie kommt man in das Labor?«

»Du bist von Sinnen!«

Ich hatte meine Ruhe wiedergefunden. In langen, rhythmischen Wellen spürte ich mein Blut durch die Adern strömen. Ich wandte mich um und sah meine Mutter starr an.

»Wie komme ich in diesen gottverdammten Operationsraum?«, fragte ich leise.

Sie senkte die Augen und murmelte: »Warte auf mich.«

Sie durchquerte den Hof und kam ein paar Minuten später mit einem Schlüsselbund in der Hand zurück. Sie hakte den Ring auf und reichte mir mit ihrem sanften, verlorenen Blick einen einzelnen Schlüssel. Ich nahm ihn und sagte nur: »Ich komme heute Abend wieder. Nach elf.«

56

Marble Palace, Mitternacht. Als ich die Stufen hinabstieg, empfingen mich intensive, süßliche Schwaden. Es war der Geruch des Todes, die Essenz der Finsternis und des Bösen, so stark, dass er mir in alle Poren drang. Blut. Sturzbäche von Blut – im Geist sah ich eine unsägliche Landschaft vor mir. Ein dunkelroter Hintergrund, auf dem rosafarbene Wellenkämme trieben, wäßriges Karmesin, dunkelbraune Krusten.

Unten angelangt, stand ich vor der eisernen Tür zur Kühlschleuse, die versperrt war. Mit dem Schlüssel meiner Mutter schloss ich auf. Draußen herrschte stockfinstere Nacht. Aber ich hatte mich nicht getäuscht, als ich von meinem Beobachtungsposten aus eine Gestalt die Treppe hatte hinabschleichen sehen. Das Tier war in seine Höhle zurückgekehrt. Ich schob die schwere Tür auf und betrat mit gezückter Waffe das Experimentierlabor meines Vaters.

Kälte hüllte mich ein. Sofort wurde mir klar, in welchen grauenhaften Alptraum ich geraten war: ich ging mitten durch Max Böhms Fotografien. In einem gekachelten Raum sah ich in der weißen Neonbeleuchtung einen Wald aus Leichen vor mir. Kadaver hingen an Fleischerhaken, deren Spitzen Wangen, Gesichtsknorpel und Augenhöhlen durchbohrten und auf der anderen Seite blank wieder austraten. Alle diese Leichen stammten von indischen Kindern. Sie baumelten ein wenig und drehten sich mit leisem Quietschen am Haken, und dabei traten ihre Wunden zum Vorschein: offene Brustkörbe, gezackte Schnitte quer über den Körper, schwarze Löcher, die bis auf die Knochen hinabreichten, hervorstehende Gelenke … Und überall Blut. Ströme von Blut, mittlerweile eingetrocknet – wie eine Lackschicht überzog es die toten Rümpfe. Erstarrte Rinnsale, die groteske Gestalten um die Hügel und Täler des Körpers zeichneten. Tintenflecken, die Gesichter, Kehlen, Leisten besudelten.

Mich schauderte, vor Kälte nicht minder als vor Entsetzen. Ich fürchtete, dass mein Finger auf dem Abzug wider meinen Willen abdrücken würde, deshalb legte ich ihn in Bereitschaftsposition an den Lauf und zwang mich weiterzugehen, die Augen weit aufgerissen.

In der Mitte des Raums stand eine Art Fleischerbank, auch sie weiß gekachelt, und darauf häuften sich Köpfe. Winzige, schmerzverzerrte Gesichter, versteinert in ihrem letzten Ausdruck, mit tiefen blauschwarzen Ringen unter den Augen. Sämtliche Köpfe waren mit einem glatten Schnitt am Halsansatz abgetrennt. Ich ging die Fleischbank entlang zum anderen Ende, wo sich Gliedmaßen türmten, ineinander verschlungene dunkelhäutige kleine Arme und magere Beine, von einer dünnen Schicht Reif bedeckt. Mein Herz schlug zum Zerspringen. Dann erkannte ich unter diesem grässlichen Fleischhaufen auch Geschlechtsorgane. Genitalien von kleinen Mädchen, dunkelrot, aufgelegt wie Fische, und Penisse von Jungen, am Ansatz abgesägt. Ich biss mir auf die Lippen, um nicht zu schreien, und spürte, wie es mir plötzlich heiß über Kinn und Hals rann. Ich hatte meine Narbe wieder aufgerissen.

Ich lauschte, alle Sinne hellwach, und ging weiter, vorbei an neuerlichem Grauen, an einem Vorratslager unkenntlicher Bestandteile, die in kleinen Sarkophagen verwahrt wurden, an Glasgefäßen, in denen sich unbegreifliche Monstrositäten befanden – verdoppelte Organe, wilde Wucherungen, die aussahen wie siamesische Herzen, Spontanzeugungen zusätzlicher Lebern und Nieren in ein und demselben Leib. Je weiter ich kam, desto tiefer sank die Temperatur.

Endlich stand ich vor der letzten Tür. Sie war nicht verschlossen. Ich öffnete sie einen Spalt, meine Brust zersprang fast vor Herzklopfen. Hier war der Operationsraum. In der Mitte, umgeben von gläsernen Regalen, stand ein Operationstisch unter einer konvexen Lampe, die ein reinweißes Licht verströmte. Er war leer: heute Abend musste niemand sadistische Gräuel ertragen. Ich wagte es, den Kopf in den Raum zu strecken und mich umzusehen.

Ein Rascheln von Stoff ließ mich herumfahren. Gleichzeitig spürte ich einen Stich im Nacken. Ich sah Dr. Pierre Sénicier, der sich über mich beugte, ich sah die Spritze in seiner Hand; sie steckte noch in meinem Körper. Aufbrüllend sprang ich zurück und riss die Nadel heraus, aber zu spät; schon schwanden mir die Sinne. Ich hob die Hand mit der Waffe und zielte, mein Vater wedelte mit den Händen, als wäre er erschrocken, aber er kam unaufhaltsam auf mich zu, und ich hörte seine sanfte Stimme auf mich einreden: »Du wirst doch nicht auf deinen eigenen Vater schießen, nicht wahr, Louis?«

Immer näher kam er und zwang mich, zurückzuweichen. Ich versuchte, die Glock zu heben, aber aus meinem Arm war alle Kraft gewichen. Ich taumelte gegen den Operationstisch und riss die Augen auf – für den Bruchteil einer Sekunde war ich eingeschlafen. Das weiße Licht blendete mich und machte mich noch benommener. Der teuflische Chirurg vor mir machte den Mund auf und fing wieder an zu sprechen: »Auf diesen Moment habe ich nicht mehr zu hoffen gewagt, mein Sohn. Wir werden jetzt die Sache dort fortsetzen, wo wir vor so langer Zeit aufgehört haben, und Frédéric retten, nicht wahr? Deine Mutter konnte ihre Erschütterung nicht für sich behalten, Louis. Du weißt ja, wie die Frauen sind …«

In diesem Augenblick hörte ich gedämpft die Tür der Schleuse zuschlagen, eilige Schritte kamen näher. Aus dem Eisdunst tauchte meine Mutter auf und lief mit ausgestreckten Krallen auf uns zu. Ihr Gesicht war blutüberströmt, voller

Nadelstiche und Schnitte mit der Klinge. Ich schwankte. In einem letzten Aufbäumen zielte ich auf meinen Vater und drückte ab. Durch die Schreie meiner Mutter, die nur noch wenige Zentimeter entfernt war, drang das Klicken von Metall, und ich begriff, dass die Waffe sich verklemmt hatte. Wie ein Blitz tauchte das Bild von Sarah vor mir auf, die mir den Umgang mit Waffen eintrichterte. Ich zerrte am Verschlussstück und ließ das Projektil herausfallen, dann lud ich erneut, als ich ein entsetztes ›Nein!‹ hörte. Es war weder die Stimme meiner Mutter noch die meines Vaters. Es war meine eigene Stimme, die brüllte, als das Monster seiner Ehefrau mit einer blanken Metallsichel den Kopf abtrennte. Das zweite ›Nein‹ blieb mir in der Kehle stecken. Ich ließ die Glock fallen und stürzte langsam rückwärts, zwischen dem Klirren von zerbrechendem Glas. Im selben Moment aber hörte ich eine Reihe von Explosionen und sah, wie der Rumpf meines Vaters in tausend blutige Fetzen zerbarst. Ich glaubte an eine Halluzination. Aber als ich auf dem Boden aufschlug, nahm ich das auf dem Kopf stehende Bild von Dr. Milan Djuric wahr, dem zwergwüchsigen Zigeuner, der mit einer Uzi-Maschinenpistole in der Hand auf den Stufen stand. Aus dem Lauf kräuselte sich der Rauch von der erlösenden Salve.

57

Als ich erwachte, war der Blutgeruch verschwunden. Ich lag auf einem Sofa aus Weidenrohr im Innenhof des Palastes, im perlmutterfarbenen Licht des frühen Morgens, und hörte das gedämpfte Krächzen der Krähen in der Ferne. Abgesehen von diesem leisen Gemurmel herrschte völlige Stille. Ich war immer noch nicht ganz sicher, ob ich begriff, was geschehen war, als eine freundliche Hand mir Tee anbot. Milan Djuric.

Er war in Hemdsärmeln, schweißüberströmt, die Uzi hing ihm über der Schulter. Er setzte sich neben mich und begann ohne weitere Vorrede, mit seiner tiefen Stimme seine Geschichte zu erzählen. Ich hörte ihm zu, während ich den ingwerduftenden Tee trank. Seine Stimme tat mir wohl. Sie war ein Echo meines eigenen Schicksals, ebenso vernehmlich wie tröstlich.

Milan Djuric war eines der Opfer meines Vaters.

In den sechziger Jahren war Djuric ein Zigeunerkind unter vielen gewesen, das auf unbebauten Geländen in der Umgebung von Paris lebte. Ein Nomade, frei und glücklich. Sein einziger Fehler war, dass er keine Eltern hatte. 1963 schickte man ihn in die Pasteur-Klinik nach Neuilly. Der kleine Milan war damals zehn Jahre alt. Sofort injizierte Pierre Sénicier ihm Staphylokokken in die Kniescheiben, um eine Infektion der unteren Gliedmaßen herbeizuführen. Zu experimentellen Zwecken. Die Maßnahme fand wenige Tage vor dem großen Feuer statt – der ›Läuterung‹ des Chirurgen, der kurz vor seiner Demaskierung stand. Trotz seiner Schwäche gelang es Djuric, auf dem Bauch robbend den Flammen zu entkommen. Er war der einzige Überlebende des Experimentierlabors.

Wochenlang lag er in einer Pariser Klinik, wo er mit großer Sorgfalt gepflegt wurde. Endlich sagte man ihm, er sei außer Gefahr, doch wegen der Infektion der Bindegewebe sei das Wachstum seiner unteren Extremitäten für immer beendet. Djuric litt fortan unter ›erworbener Zwergwüchsigkeit‹, und bereits mit zehn Jahren begriff der Roma, dass er auf zweifache Weise anders war. Ein doppelter Außenseiter: Zigeuner und Zwerg. Der kleine Junge erhielt ein staatliches Stipendium. Er konzentrierte sich auf seine Ausbildung, las begierig, vervollkommnete sein Französisch, lernte aber auch Bulgarisch, Ungarisch, Albanisch und vertiefte selbstverständlich seine Kenntnisse seiner eigenen Sprache

Romani. Er studierte die Geschichte seines Volkes, die indische Herkunft der Roma und die lange Reise, die sie nach Europa geführt hatte. Er beschloss, Arzt zu werden und dort zu praktizieren, wo die Zigeuner noch Millionen zählten: auf dem Balkan. Djuric wurde ein eifriger und brillanter Student. Mit vierundzwanzig Jahren hatte er sein Studium mit großem Erfolg beendet und trat eine Stelle als Assistenzarzt an einem Krankenhaus an, er wurde sogar Mitglied der kommunistischen Partei, um nach Abschluss der praktischen Ausbildung leichter die Genehmigung zu erhalten, sich jenseits des Eisernen Vorhangs niederzulassen, unter seinen eigenen Leuten. Niemals versuchte er, den sadistischen Arzt wiederzufinden, der ihn verstümmelt hatte. Im Gegenteil, er tat alles, um jede Erinnerung an seinen Aufenthalt in der Pasteur-Klinik aus seinem Bewusstsein zu verbannen. Sein Körper war es, der die Erinnerung in sich trug. Fünfzehn Jahre lang reiste Milan Djuric mit seinem Trabant durch die Ostblockländer und kümmerte sich mit Engagement und unermüdlicher Geduld um die Roma. Mehrmals wurde er festgenommen und wegen irgendwelcher angeblicher Verbrechen vor Gericht gestellt, setzte sich aber jedes Mal durch; was bei der Voreingenommenheit seiner Richter keine geringe Leistung war. Als ›Zigeunerarzt‹ versorgte er seinesgleichen, die Menschen, die jeder andere Arzt fortschickte – sofern es sich nicht um Zwangssterilisationen und die amtliche Vermaßung des Roma-Volkes handelte.

Dann kam der Tag, an dem ich an seiner Tür läutete und in mehrerlei Hinsicht ein unliebsamer Besucher war. Nicht nur zwang ich ihn, sich abermals mit dem Fall Rajko zu befassen, sondern rief aufgrund physischer Ähnlichkeit eine dumpfe Erinnerung an vergangene, verdrängte Schrecken wach. Zunächst konnte er sich auf diesen Déjà-vu-Eindruck keinen Reim machen und wusste nicht, in welcher Richtung er eine Erklärung suchen sollte. Aber mein Gesicht ging ihm nicht mehr aus dem Sinn, und während der darauf folgenden Wochen kehrte die Erinnerung zurück. Er konnte mit meiner Physiognomie Namen und Umstände in Zusammenhang bringen und begriff, was ich noch längst nicht wusste – die Blutsverwandtschaft, die mich mit Pierre Sénicier verband.

Als ich ihn nach meiner Rückkehr aus Afrika anrief, stellte Djuric mir Fragen, auf die ich ihm keine Antwort gab, und genau damit waren die Zweifel, die er zunächst noch gehabt hatte, vollends ausgeräumt. Er erkannte auch, dass ich mich dem Ziel näherte, der Konfrontation mit dem teuflischen Wesen. Er flog nach Paris und fand mich – durch puren Zufall – just in dem Moment, als ich am Morgen des 2. Oktober von den Braeslers zurückkehrte. Ohne sich zu erkennen zu geben, folgte er mir zur indischen Botschaft, bekam mit List und Tücke heraus, wohin ich wollte, und beantragte mit seinem französischen Pass selbst ein Visum für Bengalen.

Am Morgen des 5. Oktober war Djuric mir immer noch auf den Fersen und folgte mir zu den beiden Niederlassungen von *Monde Unique*. Er erkannte Pierre Sénicier. Er ging mit mir zum Marble Palace. Er wusste, dass der Augenblick der Konfrontation gekommen war. Für mich. Für ihn. Für den anderen. Aber abends schaffte er es nicht rechtzeitig, sich in den Palast zu schleichen, ohne gesehen zu werden, und verlor deshalb meine Spur. Er ging durch den Innenhof, vorbei an den Krähenkäfigen, stieg die Treppe hinauf und durchsuchte jedes Zimmer, bis er endlich Marie-Anne Sénicier fand, gefesselt und verwundet. Ihr Gatte hatte sie gefoltert, um den Grund ihrer Aufgewühltheit zu erfahren. Djuric befreite sie. Die Frau konnte kein Wort sprechen, denn ihr Gesicht war zerschnitten und der Kiefer gebrochen, aber sie rannte hinab in den Keller. Sie wusste, dass ich in der Falle saß. Djuric folgte ihr, doch auf seinen verkrüppelten Beinen war er nicht schnell genug, und als sie ins Labor eindrang, war er noch auf der Marmortreppe.

Was danach geschehen war, wusste ich; die Ereignisse hatten sich mir so tief eingeprägt, dass ich sie mein Leben lang nicht vergessen werde: der Überfall von Pierre Sénicier, die blitzende Klinge, die den Hals meiner Mutter durchtrennte, das Versagen meiner Pistole. Als Djuric auftauchte und die Salve seiner Maschinenpistole abfeuerte, glaubte ich in meinem Narkoserausch an eine Sinnestäuschung. Aber ehe ich in die Finsternis abtauchte, begriff ich, dass mein Schutzengel mich gerettet hatte. Ein Schutzengel, der nicht größer war als ein Zwölfjähriger, aber dessen tödliche Rache das letzte Epitaph des Abenteuers in die Kacheln des Operationsraums graviert hatte.

Es war sechs Uhr morgens; nun begann ich meine Geschichte zu erzählen. Djuric gab keinerlei Kommentar dazu ab. Als ich fertig war, stand er auf und erklärte mir seinen Plan für die nächsten Stunden. Er hatte die ganze Nacht hindurch gearbeitet, um das Labor für immer zu versiegeln. Die wenigen Kinder, die noch am Leben und überlebensfähig waren, hatte er notdürftig versorgt und fortgeschickt in der Hoffnung, dass die missgestalteten Wesen in der Stadt der Verdammten ihren Platz finden würden. Er hatte Frédéric gefunden, meinen Bruder, der, nach der Mutter rufend, in seinen Armen gestorben war. Dann war er wieder in den Bunker zurückgekehrt und hatte die Leichen im Hauptraum aufgereiht, um sie zu verbrennen. Er hatte mich aus meiner Ohnmacht geweckt, um mit mir zusammen den Scheiterhaufen anzuzünden und in Brand zu halten. »Und die Séniciers?«, fragte ich nach langem Schweigen.

»Entweder wir verbrennen sie zusammen mit den anderen«, antwortete Djuric in gleichmütigem Ton, »oder wir bringen sie nach Kali Ghat, ans Flussufer, und lassen sie nach indischer Tradition einäschern.«

»Warum sie und nicht die Kinder?«

»Es sind zu viele, Louis.«

»Dann verbrennen wir Pierre Sénicier hier und bringen meine Mutter und meinen Bruder nach Kali Ghat.«

Von dem Augenblick an gab es nur noch Flammen und Hitze. In dem Glutofen, den wir entfachten, barsten die Kacheln, und der Gestank von verbranntem Fleisch stieg uns zu Kopf, während wir dieses schreckliche Krematorium mit menschlichen Leibern bestückten. Dank meiner gefühllosen Hände hatte ich keine Schwierigkeiten, ins Feuer zu greifen und brennende Körperteile, die herausfielen, in die Flammen zurückzuwerfen. Mein Geist war abwesend, ich handelte rein mechanisch. Der schwere Rauch zog durch die offenen Luken in den Innenhof. Es war uns klar, dass diese übel riechenden schwarzen Dämpfe die Dienerschaft anlocken und die Bewohner des Viertels aufwecken mussten, und wir verließen uns darauf, dass sie herbeieilen würden, um das Feuer zu löschen und die Schäden festzustellen. Vage dachte ich an den Brand der Klinik, dem der kleine Milan trotz seiner gelähmten Beine entronnen war; ich dachte an Bangui und daran, dass meine Mutter mir die Hände verbrannt hatte, um mir das Leben zu retten, und ich dachte, dass wir beide, Djuric und ich, Kinder des Feuers seien. Und hier verbrannten wir unsere letzte Verbindung mit unseren teuflischen Ursprüngen.

Gleich danach liehen wir uns in einer Garage einen Lieferwagen und luden die Leichen von Marie-Anne und Frédéric Sénicier auf. Ich setzte mich ans Steuer, Djuric lotste mich durch die Gassen von Kalkutta. Es dauerte nicht lang, bis wir in Kali Ghat waren. Eine enge, endlose Straße durchquerte das Viertel, führte über die kleinen Zuflüsse zum Ganges und vorbei an grünlichen Altwassern. Bordelle wechselten mit Steinmetzwerkstätten für Devotionalien. Alles schien zu schlafen.

Ich starrte auf den gleichmäßig grauen Himmel, der zwischen Dächern und wirren Stromkabeln hindurchschien, und fuhr wie in Trance. Auf einmal hielt Djuric mich an. »Hier ist es«, sagte er und zeigte auf eine steinerne Festung. Über der Umfassungsmauer ragten mehrere Türme auf, die aussahen wie aus Zuckerguß, geschmückt mit Ornamenten und Skulpturen. Ich ließ Djuric aussteigen und parkte den Wagen. Gemeinsam betraten wir einen weiten Innenhof, der mit kurz geschnittenem Gras bewachsen war.

Überall brannten Holzstöße, um die skelettartige Männer saßen; sie schürten das Feuer und hielten mit einem langen Stock die Glut zusammen. Die Flammen züngelten bläulich, und dicke schwarze Rauchwolken wälzten sich durch den Hof. Verbranntes Fleisch – ich erkannte den Geruch, der mir schon so vertraut war, und ich sah eine Hand aus einem der Scheiterhaufen fallen. Ohne mit der Wimper zu zucken, stand ein Mann auf, ergriff den menschlichen Überrest und warf ihn in die Flammen zurück. Genau, wie ich selbst es getan hatte, vor nicht einmal einer Stunde. Ich blickte hinauf zum Himmel, zu den steinernen Türmen, die in den grauen Morgen ragten, und mir wurde bewusst, dass ich kein einziges Gebet kannte.

Hinten im Hof sprach Djuric mit einem alten Mann; er sprach Bengali mit ihm. Dann drückte er ihm ein dickes Bündel Rupien in die Hand und kam zu mir zurück. Ich staunte immer mehr über die Fähigkeiten und das Wissen dieses Mannes.

»Ein Brahmane wird kommen«, sagte er. »In einer Stunde findet die Zeremonie statt. Die Asche wird in den Fluss gestreut. Es geschieht alles so wie bei den Indern selbst, Louis. Besser können wir's nicht machen.«

Ich nickte stumm. Ich sah den beiden Bengalen zu, die damit beschäftigt waren, einen großen Holzstoß zu entfachen, auf dem eine Leiche lag, in ein weißes Tuch gewickelt.

Djuric folgte meinem Blick und murmelte: »Das sind Dom, eine der untersten Kasten in der indischen Hierarchie. Sie sind die einzigen, denen es erlaubt ist, mit Toten zu tun zu haben. Vor Tausenden von Jahren waren sie Sänger und Gaukler. Es sind die Ahnen der Roma. Meine Ahnen.«

Wir trugen den Kopf und den Körper von Marie-Anne Sénicier und Frédérics Leiche, beide in weiße Operationstücher gehüllt, in den Hof. Niemand hätte sagen können, dass es die Leichen von Europäern waren. Wieder wandte sich Djuric an den alten Mann – diesmal mit lauter Stimme, und er drohte ihm mit der Faust. Ich begriff nichts. Gleich danach verließen wir den Hof, aber bevor wir in den Wagen stiegen, schrie Djuric dem Greis noch etwas zu, der mit furchtsamer und hasserfüllter Miene nickte. Unterwegs erklärte Djuric sein Verhalten.

»Die Dom sparen normalerweise mit dem Holz und werfen die halbverbrannten Leichen in den Fluss als Fraß für die Geier, um das nicht verwendete Holz weiterzuverkaufen. Im Fall von Marie-Anne und Frédéric wollte ich das verhindern.«

Ich starrte immer noch stumm auf die Straße vor mir. Tränen rannen mir übers Gesicht. Später, als wir ins Flugzeug nach Dhaka stiegen, hatte ich den Geschmack von verbranntem Fleisch in der Kehle.

EPILOG

Ein paar Tage später bildeten Zehntausende von Menschen in Kalkutta einen Trauerzug zu Ehren des französischen Arztes Pierre Doisneau und seiner Familie, die auf tragische Weise beim Brand des Labors in ihrem Haus ums Leben gekommen waren. In Europa hingegen schlug dieser Tod kaum Wellen. Dr. Pierre Doisneau war eine Legende, gewiss, aber fern und unwirklich, eine mythische Gestalt. Sein Werk hingegen hat seinen Tod überdauert. Die Organisation *Monde Unique* wächst und gedeiht, heute mehr denn je, und verteilt ihre Wohltaten. In den Medien war sogar die Rede davon, dass Pierre Doisneau als Kandidat für den Friedensnobelpreis des Jahres 1992 in Frage käme. Eine posthume Verleihung. Zum Nutzen seiner Organisation.

Simon Rickiel brachte die Diamantenaffäre in jeder Hinsicht meisterlich zu Ende. Am 24. Oktober 1991 machte die Polizei von Kapstadt Niels van Dötten ausfindig, einen verängstigten und verweichlichten alten Mann, der sich in der besseren Wohngegend der Stadt versteckt hielt. In der Gewissheit, dass er nach den gehäuften Todesfällen der jüngsten Zeit nicht mehr um Leib und Leben fürchten musste, gestand der Südafrikaner bereitwillig seine Missetaten. Er beschrieb die Funktionsweise des Schmugglerrings, nannte die Namen, Orte und Daten. Dank Simon Rickiel konnte ich selbst das Geständnis lesen und stellte fest, dass van Dötten über Pierre Sénicier Bescheid wusste, seine Rolle aber und seine Erpressung der drei Diamantenschmuggler verschwiegen hatte.

Sarah Gabbor ist heute in Israel inhaftiert. Sie ist in einem Lager untergebracht, in dem die Häftlinge im Freien arbeiten, wie in einem Kibbuz – in gewisser Weise ist Sarah also zu ihrem Ausgangspunkt zurückgekehrt. Ihr Prozess hat noch nicht stattgefunden, aber im Licht der jüngsten Ermittlungsergebnisse sieht ihr Fall gar nicht so schlecht aus.

Ich habe ihr mehrere Briefe geschrieben, die alle ohne Antwort geblieben sind. In ihrem Schweigen meine ich den Stolz und die Charakterstärke wieder zu erkennen, die mich damals in Israel so sehr faszinierten. Die Diamanten und das Geld der schönen Israelin hat bisher keiner gefunden.

Was das Rätsel der gestohlenen Herzen betrifft, so war in keinem offiziellen Dokument je davon die Rede. Nur Simon Rickiel, Milan Djuric und ich wissen Bescheid.

Milan Djuric verließ mich mit den Worten: »Wir dürfen uns nie wiedersehen, Louis, nie mehr. Eine Freundschaft zwischen uns würde nur unsere Narben aufreißen.« Er ergriff meine Hand und drückte sie fest, und dieser Händedruck eines tapferen Mannes ließ meinen Komplex für immer verschwinden.

Jean-Christophe
GRANGÉ

Die purpurnen Flüsse

THRILLER

Ins Deutsche übertragen
von Barbara Schaden

BASTEI
LÜBBE
STARS

1. TEIL

1

»Ganamos! Ga-na-mos!«

Pierre Niémans, das Funkgerät in der Hand, beobachtete die Menschenmenge unter sich, die über die Betontreppen des Parc-des-Princes-Stadions abwärts drängte. Tausende erhitzter Köpfe, weißer Fahnen, grellbunter Schals, die ein schillerndes, vielfarbiges Band bildeten. Wie ein Konfettischauer. Oder eine Legion irrer Dämonen. Und immerfort diese drei Silben, langsam und ohrenbetäubend: *»Ga-na-mos!«*

Der Polizist stand auf dem Dach des Kindergartens gegenüber dem Stadion und leitete die Manöver der dritten und vierten Brigade der CRS, der republikanischen Sicherheitstruppen. Die Männer in Dunkelblau trugen schwarze Helme und Polycarbonat-Schilde zu ihrem Schutz. Es war die klassische Methode: zweihundert Männer zu beiden Seiten jeder Gruppe von Ausgängen und zusätzliche »Abschirmkommandos«, die dafür zu sorgen hatten, dass die Anhänger der beiden Mannschaften sich nicht nahe kamen oder aufeinander trafen, ja sich nicht einmal gegenseitig wahrnahmen …

Für das Spiel Zaragoza-Arsenal in der Champions' League 96, das einzige Match des Jahres, bei dem zwei nichtfranzösische Mannschaften in Paris gegeneinander antraten, waren mehr als vierzehnhundert Polizisten und Gendarmen mobilisiert worden. Ausweiskontrollen, Leibesvisitationen und Einkreisung der vierzigtausend Fans, die aus Spanien und England angereist waren. Hauptkommissar Pierre Niémans war einer der Koordinatoren der Manöver. Diese Art von Einsatz gehörte nicht zu seinen üblichen Aufgaben, doch er schätzte solche Übungen. Überwachung und Konfrontation, im wahrsten Sinn des Wortes. Ohne Ermittlungen, ohne bürokratische Vorschriften. Ein Gratisangebot, das er in gewisser Weise erholsam fand. Und er liebte das militärische Gepräge dieser vorrückenden Armee.

Die Fans waren inzwischen auf der ersten Ebene angelangt – man sah sie zwischen den Betonträgern der Konstruktion, oberhalb der Ausgänge H und G. Niémans warf einen Blick auf die Uhr. In spätestens vier Minuten waren sie draußen auf der Straße. Dann wurde es gefährlich: Wenn die verfeindeten Fans sich begegneten, konnte die Situation außer Kontrolle geraten. Die Oktobernacht vibrierte vor Spannung.

Zwei Minuten. Instinktiv drehte Niémans sich um und sah in der Ferne die Place de la Porte de Saint-Cloud. Völlig menschenleer. Wie beunruhigende Totempfähle erhoben sich die drei Fontänen in die Nacht. Entlang der Avenue reihten sich die Mannschaftswagen der CRS aneinander, und die Männer standen daneben, die Helme an den Gürtel geschnallt, ließen die Schultern kreisen und klopften sich mit dem Schlagstock an die Beine. Die Reservebrigaden.

Das Getöse schwoll an. Die Menge strömte zwischen den Absperrgittern hindurch. Niémans konnte sich ein Lächeln nicht verkneifen: Das war es, was er suchte. Wie eine Woge quollen die Menschen auf die Straße. Schrille Fanfarenstöße erhoben sich über das Stimmengewirr. Ein Donnergrollen ließ jeden Zwischenraum im Beton erbeben. *»Ga-na-mos! Ga-na-mos!«* Niémans schaltete sein Funkgerät ein und sprach mit Joachim, dem Chef der Kompanie Ost. »Hier Niémans. Sie kommen raus. Lenken Sie sie in Richtung Mannschaftswagen, Boulevard Murat, Parkplätze, Métroeingänge.«

Von seinem erhöhten Standort aus schätzte der Polizist die Lage ein: Auf dieser Seite war das Risiko minimal. Die spanischen Fans waren die Sieger, folglich weniger gefährlich. Die Engländer verließen das Stadion auf der gegenüberliegenden Seite durch die Ausgänge A und K, bei der Boulogne-Tribüne – der Tribüne der wilden Tiere. Sobald die Situation hier überschaubar war, nahm Niémans sich vor, wollte er einen Blick auf die andere Seite werfen.

Im Licht der Straßenlaternen sah er über der Menge plötzlich eine Flasche fliegen, sah, wie ein Schlagstock niederging, die dichten Reihen zurückwichen, Männer zu Boden fielen. Er brüllte ins Funkgerät: »Joachim, verdammt! Halten Sie Ihre Leute zurück!«

Niémans stürzte ins Treppenhaus und rannte die acht Stockwerke hinunter. Als er unten aus dem Gebäude kam, liefen schon zwei CRS-Trupps herbei, bereit, die Hooligans in Schach zu halten. Auf keinen Fall durfte dieser Zwischenfall das Pulverfass zur Explosion bringen. Niémans rannte vor den bewaffneten Männern her und schwenkte stürmisch beide Arme. Die Schlagstöcke waren wenige Meter von seinem Gesicht entfernt, als unversehens Joachim neben ihm auftauchte, den Helm auf dem Kopf festgeschnallt: Er klappte das Visier auf und warf Niémans einen wutentbrannten Blick zu.

»Gott im Himmel, sind Sie bescheuert, oder was? In Zivil – die machen Sie fertig …«

Niémans ignorierte die Frage.

»Was ist das für eine Scheiße? Halten Sie Ihre Männer in Schach, Joachim! Sonst ist hier in drei Minuten die Hölle los.«

Der stämmige Hauptmann keuchte, sein Gesicht war hochrot, und sein kleiner Schnauzbart, Modell Jahrhundertwende, erzitterte unter den stoßweisen Atemzügen. Das Funkgerät meldete sich: »Aufruf an alle Einheiten … Aufruf an alle Einheiten … Die Boulogne-Kurve … Rue du Commandant-Guilbaud … Ich … Wir haben hier ein Problem!« Niémans fixierte Joachim, als wäre der allein an dem allgemeinen Chaos schuld. Er drückte auf den Sprechknopf: »Niémans hier. Wir kommen.« Dann befahl er dem Hauptmann in beherrschtem Ton: »Ich gehe hinüber. Schicken Sie so viele Männer wie möglich. Und riegeln Sie hier ab.«

Ohne eine Antwort abzuwarten, hastete der Kommissar davon, auf der Suche nach dem Rekruten, der ihm als Fahrer zugeteilt war. Mit langen Schritten überquerte er den Platz und sah aus dem Augenwinkel, wie die Kellner der Brasserie des Princes hastig das eiserne Rollgitter herunterließen. Panik lag in der Luft.

Endlich entdeckte er den dunkelhaarigen kleinen Mann mit Lederjacke, der neben einer schwarzen Limousine auf und ab ging. Niémans schlug mit der Faust auf das Verdeck des Wagens und brüllte: »Schnell! Die Boulogne-Kurve!«

In derselben Sekunde sprangen die beiden Männer in den Wagen und fuhren mit quietschenden Reifen davon. Links neben dem Stadion bog der Rekrut ab, um auf dem freigehaltenen Sicherheitsstreifen den Ausgang K auf dem kürzesten Weg zu erreichen.

Doch Niémans hatte eine jähe Eingebung. »Nein«, schnaubte er, »fahr außen herum. Die Schlägerei wird auf uns zukommen.«

Der Wagen vollführte eine Kehrtwendung, schlitterte durch die Pfützen rund um die Wasserwerfer, die sich zur Niederschlagung eines Aufruhrs bereithielten, und raste durch die schmale Schneise zwischen den grauen Mannschaftswagen die Avenue du Parc-des-Princes entlang. Die behelmten Männer, die in dieselbe Richtung liefen, wichen zur Seite, ohne einen Blick auf sie zu werfen. Niémans hatte das magnetische Blaulicht aufs Dach geheftet. Nach dem Gelände des Claude-Bernard-Gymnasiums bog der Rekrut nach links ab, umrundete die Auteuil-Tribüne und folgte der dritten Flanke des Stadions.

Als Niémans die ersten Gaswolken aufwallen sah, fühlte er sich bestätigt: Der Zusammenstoß hatte sich bereits bis zur Place de l'Europe ausgeweitet.

Der Wagen durchquerte die weißlichen Schwaden und musste sich durch die ersten flüchtenden Opfer kämpfen. Die Schlägerei war unmittelbar vor der Präsidententribüne ausgebrochen. Männer mit Krawatten, herausgeputzte Frauen liefen stolpernd davon, die Gesichter tränenüberströmt. Manche versuchten, auf die Straße zu entkommen, während andere in Richtung Galerie flohen und die Stufen wieder hinaufrannten.

Mit einem Satz sprang Niémans aus dem Wagen. Auf dem Platz prügelte sich eine geballte Masse ineinander verkeilter, um sich schlagender Leiber. Hin und wieder blitzten die grellen Farben der englischen Mannschaft auf, dazwischen waren die dunklen Gestalten der CRS zu erkennen, von denen manche blutend über den Boden krochen wie Schnecken; andere hingegen hielten sich abseits und wagten nicht, die Anti-Riot-Gewehre einzusetzen, um ihre verletzten Kollegen nicht zu gefährden.

Der Kommissar nahm die Brille ab und band sich ein Tuch vors Gesicht. Er trat auf den nächststehenden CRS-Mann zu und entriss ihm den Schlagstock, während er ihm mit der anderen Hand seinen Dienstausweis unter die Nase hielt. Der Mann starrte ihn verdattert an; Dunst beschlug das Visier seines Helms.

Pierre Niémans lief auf das Handgemenge zu. Die englischen Fans schlugen mit Fäusten und Stangen, traten mit eisenbewehrten Absätzen, und die CRS-Trupps wichen zurück und versuchten, ihre eigenen Leute zu schützen, die bereits zu Boden gegangen waren. Arme fuchtelten, Gesichter streiften einander im Gasdunst, Kieferknochen zersplitterten auf dem Asphalt. Schlagstöcke wurden geschwungen und bogen sich unter der Wucht des Aufpralls.

Der Polizist stürzte sich ins Gewühl.

Er prügelte mit der Faust, mit dem Stock. Mähte einen stämmigen Kerl nieder und schlug weiter, als sein Gegner schon auf dem Boden lag. In die Rippen, in den Unterleib, ins Gesicht. Plötzlich traf ihn ein Fußtritt von rechts, und er richtete sich brüllend auf. Sein Stock fuhr gegen die Kehle des Angreifers. Unter seiner Schädeldecke hämmerte das Blut, sein Mund fühlte sich taub an und schmeckte nach Metall. Er dachte nichts mehr, empfand nichts mehr. Er war im Krieg, das war das einzige, was er wusste. Aus dem Augenwinkel bemerkte er plötzlich eine merkwürdige Szene. In hundert Metern Entfernung nahmen zwei Hooligans einen Mann in Zivil in die Mangel, der bereits übel zugerichtet war und sich heftig wehrte. Niémans sah das blaugeschlagene Gesicht des Fans, die mechanischen Bewegungen der anderen, die vor Hass bebten. Nach einer weiteren Sekunde hatte Niémans begriffen: Der Einzelkämpfer und die beiden anderen trugen auf ihren Jacken die Abzeichen verfeindeter Clubs.

Eine Abrechnung.

Bis Niémans die Situation überblickte, war das Opfer seinen Angreifern entkommen und floh in die Rue Nungesser-et-Coli. Die beiden Schläger hefteten sich an seine Fersen. Niémans ließ seinen Stock fallen, bahnte sich einen Weg durchs Gewühl und lief den dreien hinterher.

Die Verfolgung begann.

Niémans rannte die stille Straße entlang, gleichmäßig atmend, und verkleinerte rasch den Abstand zu den beiden Verfolgern, die ihrerseits ihrer Beute nachsetzten.

Sie bogen nach rechts ab und hatten bald das vollständig ummauerte Molitor-Bad erreicht. Inzwischen hatten die Angreifer ihr Opfer eingeholt. Niémans kam in Sichtweite der Place de la Porte Molitor über der Unterführung des Umgehungsrings und traute seinen Augen nicht: Einer der beiden hatte ein Klappmesser gezogen.

Im grünlichen Licht der Straßenbeleuchtung sah Niémans die Klinge aufblitzen – gnadenlos stach sie auf den Mann ein, der in die Knie gebrochen war und bei jedem Stich zusammenzuckte. Kurz darauf hoben die Angreifer den nun leblosen Körper auf und hievten ihn auf das Geländer.

»Nein!«

Niémans brüllte auf und zückte im selben Moment seinen Revolver. Er lehnte sich gegen einen geparkten Wagen, stützte die rechte Faust in die linke Handfläche und zielte mit angehaltenem Atem. Der erste Schuss. Daneben. Der Messerstecher drehte sich verdutzt um. Ein zweiter Schuss. Wieder daneben.

Niémans begann wieder zu laufen, die Waffe in Kampfposition an den Schenkel gedrückt Er war erbost: zweimal hatte er sein Ziel verfehlt. Ohne Brille war er ungefähr so gefährlich wie eine Seifenblase. Als er die Brücke erreichte, hatte sich der Mann mit dem Messer bereits seitwärts in die Büsche geschlagen, während sein Komplize so verschreckt war, dass er sich nicht von der Stelle rührte. Niémans schlug ihm mit dem Kolben des Revolvers gegen die Kehle, schleppte ihn an den Haaren zu einem Verkehrsschild und fesselte ihn mit Handschellen an den Pfosten. Erst dann beugte er sich über die Brüstung und schaute auf die Straße hinunter.

Der Körper des Opfers lag zerschmettert auf der Fahrbahn, und mehrere Autos hatten ihn überrollt, ehe eine Reihe von Autounfällen den Verkehr völlig zum Erliegen gebracht hatte. Ineinander verkeilte Wagen, zerbeultes Blech … Der Stau löste ein wildes Hupkonzert aus. Im Scheinwerferlicht sah Niémans einen Fahrer, der schwankend neben seinem Wagen stand, beide Hände vors Gesicht geschlagen.

Der Kommissar richtete den Blick über den Umgehungsring und sah den Mörder mit seiner farbigen Armbinde durchs Dickicht hasten. Auf der Stelle rannte Niémans wieder los; im Laufen steckte er seine Waffe ein.

Durch die Bäume warf der Killer immer wieder einen raschen Blick über die Schulter. Der Polizist ging nicht in Deckung: der Mann sollte ruhig wissen, dass er verfolgt wurde. Er sollte wissen, dass Hauptkommissar Pierre Niémans ihm an den Kragen wollte. Mit einem Haken seitwärts erklomm der Hooligan eine Böschung und verschwand. Doch das Geräusch von Schritten auf Kies verriet Niémans, dass er sich durch die Gärten von Auteuil davonmachte.

Der Kommissar lief denselben Hang hinauf und sah die endlose graue Kiesfläche des Parks, mattschimmernd im Widerschein der Großstadtnacht. Er rannte an den Gewächshäusern entlang, und am anderen Ende entdeckte er die Gestalt, die in dem Moment über eine Mauer kletterte. Er nahm Anlauf, und weil er sehr viel größer war, bezwang er das Hindernis auf Anhieb.

Das Tennisstadion Roland-Garros.

Die Gittertore zwischen den Plätzen waren nicht verriegelt, und so gelangte der Killer mühelos von einem Tennisplatz zum nächsten. Niémans riss ein Tor auf und überquerte den roten Sand. Der Mann fünfzig Meter vor ihm wurde bereits langsamer und verriet deutliche Anzeichen von Erschöpfung. Inzwischen war er bei der Treppe zwischen den Sitzreihen angelangt und stolperte hinauf. Niémans lief ihm nach, doch er erklomm die Stufen rasch und geschmeidig, kaum außer Atem. Es fehlten nur noch wenige Meter, als der Schatten vor ihm vom oberen Rand der Tribüne ins Leere sprang.

Niémans beugte sich über die Brüstung und sah, dass der

Mann auf dem Dach eines Privathauses gelandet war und gleich darauf verschwand. Der Kommissar trat einen Schritt zurück und stürzte sich ebenfalls in die Tiefe. Auf einer bekiesten Dachterrasse kam er auf. Unter ihm Rasen, Bäume, Stille.

Von dem Mörder keine Spur.

Der Polizist ließ sich von der Terrasse fallen und rollte sich im feuchten Gras ab. Es gab nur zwei Möglichkeiten: das Hauptgebäude, von dessen Dach er gesprungen war, und ein weitläufiges Holzgebäude am Ende des Gartens. Er zückte seinen MR 73 und lehnte sich gegen die Tür direkt hinter ihm. Sie bot keinen Widerstand.

Der Kommissar ging ein paar Schritte, dann hielt er verblüfft inne. Er stand in einer marmornen Halle. An der Stirnseite prangte eine Steinplatte mit einer Inschrift in unbekannten Lettern, und eine Treppe mit vergoldetem Geländer führte in die Dunkelheit der oberen Stockwerke hinauf. Tapeten aus kaiserlich rotem Samt erstreckten sich im Schatten, überdimensionale Vasen schimmerten feierlich … Niémans begriff, dass er anscheinend in eine asiatische Botschaft eingedrungen war. Hier wehte der Geruch der Steppe.

Im selben Moment hörte er draußen ein gedämpftes Geräusch. Der Mörder war im anderen Gebäude. Niémans überquerte geduckt den Rasen und hatte bald den aus Holzlatten gezimmerten Schuppen erreicht. Die Tür pendelte noch hin und her. Er trat ein, ein Schemen in der Finsternis, und sah sich verblüfft um: Es war ein Stall mit fein ziselierten Boxen, in denen kleine Pferde mit kurzer Mähne standen.

Bebende Pferderücken, raschelndes Stroh. Pierre Niémans ging vorwärts, die Waffe in der Hand, vorbei an einer, zwei, drei Boxen … Ein dumpfer Laut zu seiner Rechten. Er fuhr herum, doch es war nur ein stampfender Huf. Links ein Schnauben. Wieder drehte er sich um. Zu spät – die Klinge sauste herab. Niémans wich im letzten Augenblick aus. Das Messer streifte seine Schulter und fuhr in die Kruppe eines Pferds, das sofort ungestüm ausschlug: Das Hufeisen traf den Killer mitten ins Gesicht. Der Polizist nahm seinen Vorteil wahr, warf sich auf seinen Gegner, drehte den Revolver um und benutzte den Kolben als Hammer.

Er drosch auf den Mann ein, schlug, schlug, dann hielt er jäh inne und starrte auf das blutige Gesicht. Zwischen Fleischfetzen ragten Knochenteile hervor, ein Augapfel hing nur noch an einem Faserstrang. Der Mann, der noch immer die Mütze in den Vereinsfarben trug, rührte sich nicht mehr. Niémans packte wieder seine Waffe, umklammerte den blutigen Kolben mit beiden Händen und stieß den Lauf in den aufgeplatzten Mund des Mannes. Er spannte den Hahn, schloss die Augen und wollte schießen … als ein schrilles Signal ertönte.

In seiner Tasche läutete das Mobiltelefon.

2

Im Hauptquartier der Kriminalpolizei des Innenministeriums, in den zu neuen und zu symmetrischen Straßen des Viertels Nanterre-Préfecture, brannte drei Stunden später eine vereinzelte kleine Lampe. Es war ein grelles, aber konzentriertes Licht mit sehr kleiner Abmessung und leuchtete niedrig, beinahe unmittelbar über dem Schreibtisch von Antoine Rheims, der im Schatten saß. Ihm gegenüber, außerhalb des Lichtkreises, ragte die hohe Gestalt von Pierre Niémans auf. Lakonisch hatte er eine Zusammenfassung seines schriftlichen Berichts über die Verfolgungsjagd im Bois de Boulogne vorgetragen.

Rheims war skeptisch. »Wie geht es dem Mann?«, fragte er.

»Dem Engländer? Koma. Zahlreiche Brüche der Gesichtsknochen. Er liegt im Hôtel-Dieu. Ich habe gerade dort angerufen: Sie wollen eine Hauttransplantation im Gesicht versuchen.«

»Und was ist mit dem Opfer?«

»Von mehreren Autos überfahren. Auf dem Ring, Höhe Porte Molitor.«

»Jesusmaria. Erzähl mir genau, was passiert ist.«

»Es war eine Abrechnung zwischen Hooligans. Unter den Anhängern von Arsenal waren zwei von Chelsea. Sie nutzten den allgemeinen Aufruhr, um ihren Feind niederzustechen.«

Rheims nickte ungläubig. Nach kurzem Schweigen fragte er: »Und dein Opfer? War es tatsächlich ein Huftritt, der den Mann so zugerichtet hat?«

Niémans gab keine Antwort, sondern stand auf und trat ans Fenster. Im fahlen Mondlicht waren die seltsamen pastellfarbenen Motive auf den Fassaden der benachbarten Gebäude zu erkennen: Wolken und Regenbogen, die über den dunkelgrünen Hügeln des Parks von Nanterre schwebten.

»Ich versteh' dich nicht, Pierre«, fuhr Rheims fort. »Warum lässt du dich auf solche Geschichten ein? Deine Aufgabe war die Überwachung des Stadions – wirklich, ich …«

Er brach ab. Niémans schwieg beharrlich.

»Du bist allmählich zu alt dafür«, fing Rheims wieder an. »Und außerdem nicht zuständig. Unser Abkommen war klar: kein persönliches Eingreifen, keine Gewaltakte …«

Niémans drehte sich um und ging auf seinen Vorgesetzten zu. »Komm zur Sache, Antoine. Warum hast du mich mitten in der Nacht herbestellt? Als du mich angerufen hast, konntest du noch gar nicht wissen, was im Park passiert ist. Also, worum geht's?«

Die Schattengestalt saß reglos da. Breite Schultern, leicht gekräuselte graue Haare, ein Gesicht wie aus Stein gemeißelt. Das Aussehen eines Leuchtturmwärters. Der Sektionschef leitete seit mehreren Jahren die Zentrale Dienststelle zur Bekämpfung des Menschenhandels, OCRTEH genannt – ein recht komplizierter Name, der lediglich eine übergeordnete Instanz der Sittenpolizei bezeichnete. Niémans hatte ihn schon vor vielen Jahren kennen gelernt, lange bevor Rheims seine Herrschaft über dieses administrative Reich angetreten hatte, als sie beide noch Streifenpolizisten gewesen waren, Patrouillengänger, schnell und schlagkräftig.

Niémans beugte sich nieder und wiederholte: »Worum geht es?«

Rheims schnaubte. »Um einen Mord.«

»In Paris?«

»Nein, in Guernon. Einer Kleinstadt im Isère, in der Nähe von Grenoble. Einer Universitätsstadt.«

Niémans packte einen Stuhl und setzte sich dem Abteilungsleiter schräg gegenüber. »Ich höre.«

»Sie haben die Leiche gestern am späten Nachmittag gefunden. Eingeklemmt zwischen Felsen über einem Fluss, der am Campus entlangführt. Alles deutet darauf hin, dass es sich um die Tat eines Wahnsinnigen handelt.«

»Was weißt du über die Leiche? Ist es eine Frau?«

»Nein. Ein Mann. Ein junger Bursche. Offenbar der Bibliothekar der Uni. Die Leiche war nackt und zeigt Folterspuren: Schnitte, Risse, Verbrennungen … Sie sei außerdem stranguliert worden, heißt es.«

Niémans stützte die Ellenbogen auf den Schreibtisch. Schob einen Aschenbecher hin und her.

»Und warum erzählst du mir das?«

»Weil ich vorhabe, dich hinzuschicken.«

»Was? Wegen diesem Mord? Die Kripo von Grenoble wird den Mörder innerhalb einer Woche verhaften, und …«

»Pierre, red keinen Unsinn. Du weißt sehr gut, dass es nie so einfach ist. Nie. Ich habe mit dem Untersuchungsrichter gesprochen. Er will einen Spezialisten.«

»Einen Spezialisten wofür?«

»Für Mord. Und Sitten. Er vermutet ein sexuelles Motiv oder irgendwas von der Art.«

Niémans reckte den Hals zum Licht und spürte die sengende Hitze der Halogenlampe.

»Antoine, du verschweigst mir doch was.«

»Der Richter ist Bernard Terpentes. Ein alter Kumpel. Wir sind beide aus den Pyrenäen, er und ich. Er regt sich ziemlich auf, kapierst du? Er will natürlich nicht, dass die Sache Wellen schlägt, will den Medienrummel und den ganzen Mist möglichst vermeiden. In ein paar Wochen fängt das Semester wieder an, und bis dahin muss die Sache abgeschlossen sein. Das brauche ich dir ja nicht eigens zu erklären.«

Der Hauptkommissar stand auf und kehrte zum Fenster zurück. Er musterte die leuchtenden Stecknadelköpfe der Straßenlaternen in der Ferne, die dunklen Kuppeln der Bäume im Park. In seinen Schläfen hämmerte noch die Gewalt der vergangenen Stunden: die Messerstiche, der Mord auf dem Umgehungsring, die Verfolgungsjagd durch Roland-Garros. Zum tausendsten Mal dachte er, dass ihn der Anruf von Rheims vermutlich daran gehindert hatte, einen Menschen umzubringen. Er grübelte über diese Anfälle unkontrollierbarer Gewalttätigkeit nach, die sein Gewissen ausschalteten und jeden Begriff von Zeit und Raum tilgten, so dass er zum Schlimmsten fähig war.

»Und?«, fragte Rheims.

Niémans drehte sich um und lehnte sich an den Fensterrahmen. »Seit vier Jahren habe ich keine Ermittlungen dieser Art mehr durchgeführt. Wieso willst du mir diesen Fall anvertrauen?«

»Weil ich einen tüchtigen Mann brauche, einen, der durchgreifen kann. Und du weißt, dass das Zentralbüro jeden seiner Mitarbeiter abordnen und an jeden beliebigen Ort in Frankreich schicken kann.« Seine breiten Hände gestikulierten im Zwielicht. »Diese kleine Macht nutze ich aus.«

Niémans lächelte.

»Du lockst den Wolf aus seiner Höhle.«

»Genau, ich locke den Wolf aus seiner Höhle. Für dich ist das ein frischer Wind, und ich erweise damit einem alten Freund einen Gefallen. Zumindest wirst du inzwischen niemanden verprügeln …«

Rheims griff nach den Faxblättern, die eingerollt auf seinem Schreibtisch lagen.

»Die ersten Ergebnisse der Gendarmen. Nimmst du an oder nicht?«, fragte er.

Niémans trat an den Schreibtisch und strich über das Thermopapier.

»Ich ruf' dich an«, sagte er. »Um zu hören, was das Krankenhaus sagt.«

Von der Rue des Trois-Fontanot kehrte Niémans sofort nach Hause zurück. Er bewohnte ein weitläufiges, nahezu leeres Appartement mit gebohnertem Parkett in der Rue La Bruyère im neunten Arrondissement. Er stellte sich unter die Dusche, versorgte seine Wunden – die nur oberflächlich waren – und musterte sich im Spiegel. Kantige, gefurchte Züge. Kurz geschorene Haare, grau und glänzend. Eine Brille mit Metallrahmen. Niémans lächelte seinem Spiegelbild zu. Einer Visage wie dieser würde er in einer menschenleeren Straße nicht gern begegnen.

Er stopfte ein paar Kleidungsstücke in eine Sporttasche, zwischen Hemden und Socken schob er eine Remington-Pumpgun Kaliber 12, eine Schachtel Patronen und ein paar

Schnelllader für seinen Manhurin. Zuletzt holte er den Kleidersack hervor und legte zwei Winteranzüge und mehrere grellbunt gemusterte Krawatten hinein.

Auf dem Boulevard de Clichy blieb er vor einem McDonald's-Lokal stehen, das durchgehend geöffnet hatte, und schlang zwei Cheeseburger in sich hinein, ohne seinen Wagen aus den Augen zu lassen, den er in zweiter Reihe abgestellt hatte. Drei Uhr morgens. Im weißlichen Neonlicht schlurften vertraute Schemen durch den schmierigen Saal. Schwarze in viel zu weiten Klamotten, Prostituierte mit langen jamaikanischen Zöpfen, Drogensüchtige, Obdachlose, Säufer. Alle diese Wesen stammten aus seiner einstigen Welt: dem Universum der Straße. Diesem Universum, das Niémans für einen Bürojob hatte aufgeben müssen, einen gut bezahlten und angesehenen Posten. Für jeden anderen Polizisten wäre die Versetzung in die Zentrale Dienststelle eine Beförderung. Für ihn bedeutete es, dass er nun zum alten Eisen gehörte – er saß in einem goldenen Käfig und fühlte sich tief gedemütigt. Er warf einen letzten Blick auf die zwielichtigen Gestalten. Diese Erscheinungen waren die Bäume in seinem Wald gewesen, seinem einstigen Jagdrevier.

Niémans fuhr ohne Pause durch, mit Fernlicht und ohne auf Radarfallen und Geschwindigkeitsbeschränkungen zu achten. Um acht Uhr morgens verließ er die Autobahn an der Ausfahrt Grenoble. Er durchquerte Saint-Martin-d'Hères, Saint-Martin-D'Urriage und fuhr weiter in Richtung Guernon, der kleinen Stadt am Fuß des steilen Gipfels Belledonne. Entlang der gewundenen Straße wechselten Nadelwälder mit Gewerbegebieten. Hier herrschte diese leicht morbide Stimmung, wie immer außerhalb der Großstadt, wenn es der Landschaft nicht mehr gelingt, ihre tiefe Einsamkeit hinter den Schönheiten der Natur zu verbergen.

Der Kommissar fand die ersten Wegweiser zur Universität. In der Ferne zeichneten sich die hohen Bergkämme im milchigen Licht des stürmischen Morgens ab. Hinter einer Kurve, am Grund des Tals, entdeckte er dann die Universität: eine Ansammlung großer moderner Gebäude, Blöcke aus Stahlbeton, auf allen Seiten umgeben von langen Rasenflächen. Niémans dachte an ein Sanatorium, einen Komplex von der Größe einer Kreisstadt.

Er bog von der Nationalstraße ab und fuhr ins Tal hinunter. An den Felsen im Westen sah er Wasserfälle und Bachläufe, die sich miteinander vereinigten und wieder trennten und die dunklen Flanken der Berge mit silbrigen Spuren überzogen. Niémans fuhr langsamer: Er schauderte, als er auf dieses eisige Wasser starrte, das senkrecht in die Tiefe stürzte, sich unter Gestrüpp verbarg, um gleich wieder aufzutauchen, grellweiß, und von neuem zu verschwinden …

Niémans entschloss sich zu einem kleinen Umweg. Er bog in einen Feldweg ein, fuhr eine Weile unter einem Gewölbe aus Lärchen und Tannen dahin, auf denen der Morgentau glitzerte, und gelangte schließlich zu einer weiten Ebene, die von hohen schwarzen Felswänden gesäumt war.

Er hielt an, stieg aus und griff nach seinem Fernglas. Lange suchte er die Landschaft ab: Er hatte den Fluss aus dem Blick verloren.

Doch bald begriff er, dass der Wasserlauf, in der Talsohle angekommen, offensichtlich direkt hinter der Felswand floß. Hinter etlichen Einschnitten im Stein konnte er ihn sogar ahnen.

In diesem Moment fiel ihm ein anderes Detail auf, und er spähte angestrengt durch das Fernglas. Nein, er hatte sich nicht getäuscht. Er kehrte zum Wagen zurück, ließ den Motor an und fuhr auf die Schlucht zu. In einer Felsspalte hatte er das neongelbe Absperrband entdeckt, wie es die Gendarmerie benutzt:

BETRETEN VERBOTEN.

3

Durch die Felsspalte fuhr Niémans in die Schlucht, wo sich ein schmaler, gewundener Pfad abzeichnete. Doch er kam nicht weit, denn die Wände rückten eng zusammen, für eine Limousine war der Weg bald zu schmal. Er stieg aus, duckte sich unter der Plastikabsperrung hindurch und ging zum Fluss.

Der Wasserlauf wurde hier durch einen natürlichen Damm gestaut. Niémans hatte einen sprudelnden und schäumenden Wildbach erwartet, doch vor ihm lag ein kleiner Teich, klares, besänftigtes Wasser. Wie ein Gesicht, aus dem auf einmal aller Zorn gewichen ist. Rechter Hand, ein Stück weiter abwärts, wurde aus dem Teich wieder ein Fluss, der vermutlich die Stadt durchquerte: Trüb und grau lag sie in der Talsenke.

Niémans blieb jäh stehen. Links von ihm war schon jemand, ein Mann, der am Wasser kauerte. Mit reflexartiger Geste öffnete Niémans den Klettverschluss an seinem Holster, und dabei klirrten leise die Handschellen. Der Mann drehte sich um und begann sofort zu lächeln.

»Was machen Sie da?«, fragte Niémans barsch.

Der Fremde lächelte weiter, ohne zu antworten, stand auf und wischte sich die Hände ab. Es war ein junger Mann mit feinen Gesichtszügen und blonden Haaren, die wie die Borsten eines Pinsels von seinem Kopf abstanden. Lederjacke und Bundfaltenhose. Mit heller Stimme gab er zurück: »Und Sie?«

Dieser Anflug von Dreistigkeit entwaffnete Niémans. In mürrischem Ton antwortete er: »Polizei. Haben Sie die Absperrung nicht gesehen? Sie haben hoffentlich einen guten Grund, die Absperrung zu verletzen, denn …«

»Eric Joisneau, Kripo Grenoble. Ich bin sozusagen als Aufklärer hier. Im Lauf des Tages kommen drei weitere Beamte.«

Niémans trat neben ihn an den schmalen Uferstreifen. »Wo sind die Wachen?«, fragte er.

»Ich habe ihnen eine halbe Stunde freigegeben. Damit sie frühstücken können.« Er zuckte unbekümmert die Achseln. »Ich hatte hier zu tun und wollte ungestört sein … Kommissar Niémans.«

Der grauaarige Polizist zuckte zusammen. In selbstsicherem Ton fuhr der junge Mann fort: »Ich habe Sie gleich erkannt. Pierre Niémans. Ehemaliger Star des RAID. Ehemaliger Kommissar der BRB. Ehemaliger Mörder- und Dealerjäger. Mit anderen Worten: ehemaliger Tausendsassa …«

»Steht Frechheit inzwischen auf dem Lehrprogramm für Polizeiinspektoren?«

Joisneau verbeugte sich mit ironischer Pose: »Entschuldigen Sie, Herr Kommissar. Ich versuche nur, den Heiligen vom Sockel zu holen. Sie wissen doch, dass Sie ein Star sind, der Superbulle, der in den Träumen sämtlicher Junginspektoren herumgeistert. Sind Sie wegen des Mordes hier?«

»Weshalb denn sonst?«

Joisneau verbeugte sich erneut. »Es wird mir eine Ehre sein, mit Ihnen zusammenzuarbeiten.«

Niémans starrte auf die spiegelglatte Wasserfläche vor seinen Füßen, die im Morgenlicht gläsern wirkte. Ein jadegrünes Leuchten schien aus der Tiefe emporzusteigen.

»Sag mir, was du über den Mord weißt.«

Joisneau hob den Blick zur Felswand. »Die Leiche war dort oben eingeklemmt.«

»Dort oben?« wiederholte Niémans und musterte die Wand, in der jäh vorspringende Felsnasen scharfe Schatten warfen.

»Ja. In fünfzehn Meter Höhe. Der Mörder hat die Leiche in eine Felsspalte geklemmt, noch dazu in einer höchst sonderbaren Haltung.«

»Das heißt?«

Joisneau kauerte sich nieder, legte das Kinn auf die Knie und kreuzte die Arme vor seinem Oberkörper.

»In Fötalposition.«

»Außergewöhnlich.«

»An diesem Fall ist alles außergewöhnlich.«

»Es war die Rede von bestimmten Wunden, von Verbrennungen«, sagte Niémans.

»Ich habe die Leiche noch nicht gesehen. Aber offensichtlich weist sie tatsächlich zahlreiche Folterspuren auf.«

»Waren die Folterungen die Todesursache?«

»Im Moment weiß man noch nichts Genaues. Auch an der Kehle sind tiefe Einschnitte oder Quetschungen. Strangulierungsmale.«

Niémans wandte sich wieder dem kleinen Tümpel zu, in dem sich in deutlichen Umrissen seine Gestalt spiegelte, das bartlose Profil, der blaue Mantel.

»Und hier? Hast du was gefunden?«

»Nein. Seit einer Stunde suche ich nach irgendeinem Detail, einem Hinweis. Aber es ist nichts zu finden. Meiner Ansicht nach hat der Mord nicht hier stattgefunden. Der Mörder hat sein Opfer lediglich hier aufgehängt.«

»Warst du oben bei dieser Spalte?«

»Ja, aber dort gibt es nichts Bemerkenswertes. Der Mörder ist vermutlich von der anderen Seite aufgestiegen, wie ich auch, und hat die Leiche an einem Seil die Wand hinuntergelassen. Mit Hilfe eines zweiten Seils stieg er dann selbst ein Stück ab und klemmte sein Opfer ein. Er hat einiges auf sich genommen, um diese theatralische Haltung zu inszenieren. Völlig unverständlich.«

Niémans musterte von neuem die Wand, die mit scharfen Felskanten gespickt und von tiefen Einschnitten gekerbt war. Von seinem Standort aus konnte er die Entfernungen nicht eindeutig abschätzen, doch die Nische, in der die Leiche gefunden worden war, schien sich etwa auf halber Höhe der Wand zu befinden, vom Boden gleich weit entfernt wie von der Spitze des Felsens.

Er wandte sich abrupt ab.

»Gehen wir.«

»Wohin?«

»Ins Klinikum. Ich will die Leiche sehen.«

Der Mann war nackt, nur bis zu den Schultern abgedeckt, und lag seitlich auf dem blanken Metalltisch, in gekrümmter Haltung, als fürchtete er sich vor einem Blitzschlag. Die Schultern waren nach vorn gewölbt, der Kopf gesenkt, und seine Arme lagen zwischen den angewinkelten Knien, die geballten Fäuste ans Kinn gedrückt. Die weißliche Farbe, die ausgeprägten Muskeln, die wundenübersäte Haut verliehen dem Toten eine beinahe unerträgliche Gegenwart und Realität. Der Hals wies lange Einschnitte auf, als hätte jemand versucht, ihm die Kehle aufzuschlitzen. Unter den Schläfen breiteten sich geplatzte Adern aus wie Flüsse, die über die Ufer getreten sind.

Niémans hob den Blick und musterte die übrigen Männer in der Leichenhalle: den Untersuchungsrichter Bernard Terpentes, einen schnauzbärtigen Mann mit hochgewachsener, schmaler Gestalt, Hauptmann Roger Barnes, kolossal und behäbig wie ein Öltanker und Chef der Gendarmerie von Guernon, und schließlich Hauptmann René Vermont, abgeordnet von der Fahndungsabteilung der Gendarmerie, ein kleiner Mann mit schütterem Haar, rotgeäderter Haut und bohrendem Blick. Joisneau hielt sich im Hintergrund und trug die Miene eines lernbegierigen Neulings zur Schau.

»Wurde er identifiziert?«, fragte Niémans die Versammlung.

Barnes trat einen Schritt vor, sehr militärisch, und räusperte sich, ehe er feierlich anhob: »Das Opfer heißt Rémy

Caillois, Herr Kommissar. Fünfundzwanzig Jahre alt. Er war seit drei Jahren Chefbibliothekar an der Universität von Guernon. Die Leiche wurde heute Morgen von seiner Frau Sophie Caillois identifiziert.«

»Hat sie ihn als vermisst gemeldet?«

»Ja, gestern, Sonntag, am späten Nachmittag. Ihr Mann war am Vortag zu einer Klettertour ins Gebirge aufgebrochen, er wollte zum Gipfel des Muret hinauf. Allein, wie an jedem Wochenende. Manchmal übernachtete er in einer Berghütte. Deshalb hat sie sich zunächst keine Sorgen gemacht. Bis gestern Nachmittag, und …«

Barnes verstummte. Niémans hatte das Tuch zurückgeschlagen und den Rumpf der Leiche entblößt.

Ein stummes Entsetzen breitete sich aus, tonlos, wie ein in den Kehlen stecken gebliebener Schrei. Unterleib und Brustkorb des Opfers waren übersät von schwärzlichen Wunden unterschiedlicher Form und Tiefe. Schnitte mit bläulichen Rändern, schillernde Verbrennungen, schwärzliche Flecken, die aussahen wie Rußwolken. An den Armen und Handgelenken waren Quetschungen zu erkennen, weniger ausgeprägt als am Hals, als wäre der Mann mit Stricken gefesselt worden.

»Wer hat den Toten gefunden?«

»Eine junge Frau …« Barnes warf einen Blick in seine Akten und fuhr fort: »Fanny Ferreira. Eine Professorin an der Universität.«

»Wie hat sie ihn entdeckt?«

Barnes räusperte sich erneut.

»Sie ist eine sportliche Frau, eine Wildwasserfahrerin, Sie wissen schon – mit Kajak und Taucheranzug fährt sie durch Stromschnellen und Wasserfälle … Ein äußerst gefährlicher Sport.«

»Und?«

»Nach dem natürlichen Staudamm des Flusses ist sie ans

Ufer geklettert, am Fuß der Felswand, die den Campus abschließt. Dabei entdeckte sie die Leiche in der Felsnische.«

»Hat sie Ihnen das erzählt?«

Barnes warf einen unsicheren Blick in die Runde. »Tja, also, ja, ich ...«

Der Kommissar deckte den Toten ab. Er umrundete die zusammengekrümmte weißliche Leiche, deren Kopf mit den kurzgeschorenen Haaren wie ein steinerner Pfeil aus dem Rumpf ragte.

Niémans griff nach dem Totenschein, den Barnes ihm hinhielt. Er überflog den maschinengeschriebenen Bericht, der vom Klinikchef persönlich verfasst worden war. Über den Todeszeitpunkt hatte der Arzt sich nicht geäußert, sondern sich damit begnügt, die sichtbaren Wunden zu beschreiben und als Todesursache Erdrosselung anzugeben. Um Näheres zu erfahren, musste man das Ergebnis der Autopsie abwarten.

»Wann kommt der Gerichtsmediziner?«

»Wir erwarten ihn jeden Moment.«

Der Kommissar trat auf den Toten zu. Er beugte sich nieder und betrachtete sein Gesicht: recht gut aussehend, jung, mit geschlossenen Augen; auffällig war vor allem, dass es keine Spur von Schlägen oder Misshandlungen aufwies.

»Das Gesicht hat niemand angerührt?«

»Niemand, Herr Kommissar.«

»Die Augen waren geschlossen?«

Barnes nickte. Mit Daumen und Zeigefinger zog Niémans die Lider ein wenig auseinander, und daraufhin geschah das Unfassbare: Eine Träne floß klar und langsam aus dem rechten Auge. Der Kommissar prallte erschrocken zurück: Dieses Gesicht weinte.

Niémans sah auf. Das verblüffende Detail war offenbar niemandem aufgefallen. Er ermahnte sich zur Ruhe und wiederholte die Geste, und noch immer bemerkten die anderen nichts. Was er sah, bewies ihm, dass er nicht verrückt war, sondern dass dieser Mord vermutlich das war, was jeder Polizist seine gesamte Laufbahn hindurch je nach seiner Persönlichkeit entweder befürchtet oder erhofft. Er richtete sich wieder auf und schlug mit einer raschen Geste das Tuch über die Leiche. An den Richter gewandt, murmelte er: »Wie weit sind die Ermittlungen?«

Bernard Terpentes straffte den Rücken.

»Meine Herren, Sie werden begreifen, dass dieser Fall heikel und ... ungewöhnlich zu werden droht. Deshalb haben der Staatsanwalt und ich beschlossen, neben der Kriminalpolizei von Grenoble auch die nationale Gendarmerie mit den Ermittlungen zu betrauen. Ich habe auch den hier anwesenden Hauptkommissar Pierre Niémans angefordert, der freundlicherweise aus Paris gekommen ist. Seinen Namen werden Sie sicher alle kennen. Heute gehört der Kommissar einer übergeordneten Instanz der Pariser BRP an, der Brigade zur Bekämpfung von Kuppelei. Über das Motiv des Mörders können wir derzeit nicht einmal spekulieren, doch möglicherweise handelt es sich um ein Sexualverbrechen. Jedenfalls ist es die Tat eines Geisteskranken. Und die große Erfahrung von Monsieur Niémans wird uns bei der Aufklärung sehr nützlich sein. Deshalb schlage ich vor, dass der Kommissar die Leitung der Ermittlungen übernimmt ...«

Barnes nickte kurz und bereitwillig, Vermont ebenso, allerdings mit sichtlich geringer Begeisterung. Joisneau hingegen antwortete: »Für mich ist das kein Problem. Aber meine Kollegen von der Kripo werden bald kommen, und ...«

»Ich werde es ihnen erklären«, unterbrach Terpentes. Er wandte sich an Niémans: »Wir hören, Herr Kommissar.« Die nachdrückliche Steifheit dieser Szene ging Niémans auf die Nerven, und er konnte es kaum erwarten, fortzukommen und mit den Ermittlungen zu beginnen – allein.

»Capitaine Barnes, wie viele Männer haben Sie?«, fragte er.

»Acht. Nein … Entschuldigung, neun.«

»Sind sie routiniert in der Zeugenvernehmung, der Spurensicherung, der Organisation von Straßensperren?«

»Tja … Also, mit so etwas beschäftigen wir uns normalerweise nicht …«

»Und Sie, Capitaine Vermont, wie viele Männer haben Sie?«

Die Stimme des Gendarmen donnerte wie ein Salutschuss: »Zwanzig! Erfahrene Leute. Sie werden das Gelände rund um den Fundort durchkämmen und …«

»Sehr gut. Ich schlage vor, dass sie auch sämtliche Personen befragen, die an den Zufahrtsstraßen zum Fluss wohnen, dass sie außerdem die Tankstellen, Bahnhöfe, die Häuser in der Nähe von Bushaltestellen aufsuchen … Caillois hat auf seinen Wanderungen manchmal in Berghütten übernachtet: Sie müssen durchsucht werden. Vielleicht wurde das Opfer in einer Hütte überfallen.«

Niémans wandte sich an Barnes: »Capitaine, ich möchte, dass Sie per Rundfunk die gesamte Bevölkerung um sachdienliche Hinweise bitten. Noch vor Mittag will ich eine Liste der Landstreicher, Obdachlosen und aller anderen, die sich in der Gegend herumtreiben. Dann überprüfen Sie bitte im Umkreis von dreihundert Kilometern alle, die in der letzten Zeit aus dem Gefängnis entlassen wurden. Die Wagendiebstähle und überhaupt alle Diebstähle und Einbrüche. Befragen Sie sämtliche Hotels und Restaurants. Verschicken Sie Fragebogen per Fax. Ich will jedes Detail erfahren, auch wenn es noch so unbedeutend scheint, jedes verdächtige Vorkommnis, jeden Hinweis. Außerdem will ich eine Liste sämtlicher Vorfälle, die sich in den letzten zwanzig und mehr Jahren hier in Guernon ereignet haben und in irgendeiner Weise mit unserem Fall zusammenhängen könnten.«

Barnes notierte sich sämtliche Forderungen in seinem Notizbuch.

Dann wandte sich Niémans an Joisneau: »Setz dich mit dem Nachrichtendienst in Verbindung. Lass dir von ihnen sämtliche Sekten, Teufelsanbeter und Hexer nennen, die in der Gegend bekannt sind.«

Joisneau nickte. Terpentes nickte ebenfalls, zum Zeichen seiner überlegenen Billigung, als habe Niémans nur ausgesprochen, was er sich die ganze Zeit gedacht hatte.

»So, damit sind Sie beschäftigt, bis das Obduktionsergebnis vorliegt«, schloss Niémans. »Ich brauche Sie wohl nicht eigens darauf aufmerksam zu machen, dass wir absolutes Stillschweigen wahren müssen. Kein Wort zur lokalen Presse. Kein Wort zu irgendjemandem.«

Auf dem Vorplatz des Universitätskreiskrankenhauses trennten sie sich und gingen rasch auseinander. Es nieselte. Im Schutz des hohen Gebäudes, das mindestens zwei Jahrhunderte alt zu sein schien, ging jeder zu seinem Wagen, mit gesenktem Kopf und hochgezogenen Schultern, ohne ein Wort oder einen Blick.

Die Jagd begann.

4

Pierre Niémans und Eric Joisneau fuhren zunächst zum Universitätskomplex außerhalb der Stadt. Joisneau möge in der Bibliothek im Hauptgebäude auf ihn warten, bat der Kommissar; er selbst wolle zuvor noch dem Rektor einen Besuch abstatten. Dessen Räume lagen in der obersten Etage des Verwaltungsgebäudes, hundert Meter entfernt.

Niémans betrat ein gewaltiges Bauwerk aus den siebziger Jahren, das offensichtlich bereits renoviert worden war. Sehr hohe Wände, jede in einer anderen Pastellfarbe gestrichen.

Im obersten Stockwerk fand er eine Art Vorzimmer, in dem eine Sekretärin an ihrem Schreibtisch saß. Niémans stellte sich vor und bat um eine Unterredung mit Monsieur Vincent Luyse.

Während er wartete, hatte er Gelegenheit, die Fotos an den Wänden zu betrachten: stolze Studenten, die auf Skipisten oder neben tosenden Wildbächen standen und der Kamera ihre Pokale und Medaillen präsentierten.

Ein paar Minuten später stand Pierre Niémans vor dem Rektor, einem Mann mit Kraushaaren und abgeflachter Nase, doch kalkweißer Haut: Vincent Luyse war eine sonderbare Mischung aus negroiden Gesichtszügen und anämischer Blässe. Draußen vor dem Fenster brachen ein paar Sonnenstrahlen durch die Gewitterwolken und streuten Lichtsprenkel über die Landschaft. Der Rektor forderte Niémans auf, sich zu setzen, und begann sich nervös die Handgelenke zu massieren.

»Nun?«, fragte er kurz angebunden.

»Nun, was?«

»Haben Sie eine Spur?«

Niémans streckte die Beine aus. »Ich bin eben erst angekommen, Herr Rektor. Lassen Sie mir Zeit, mich zu orientieren. Beantworten Sie lieber meine Fragen.«

Luyse versteifte sich. Sein gesamtes Büro war mit ockerfarbenem Holz eingerichtet, und dazwischen hingen zwei Mobiles aus Metall, die wie Blütenknospen auf einem stählernen Planeten wirkten.

»Sind an der Universität schon einmal verdächtige Ereignisse vorgekommen?«, fragte Niémans in gelassenem Ton.

»Verdächtig? Keineswegs.«

»Keine Drogengeschichten? Diebstähle? Schlägereien?«

»Nein.«

»Es gibt auch keine Banden oder Clans? Junge Leute, die sich in irgendetwas verrannt haben?«

»Ich verstehe nicht, worauf Sie hinauswollen.«

»Ich denke beispielsweise an irgendwelche Rituale oder Zeremonien – irgendwelche Rollenspiele, Sie wissen schon …«

»Nein. So etwas gibt es bei uns nicht. Unsere Studenten sind vernünftige Menschen mit klarem Verstand.«

Niémans schwieg. Der Rektor musterte ihn, seinen Bürstenhaarschnitt, die hohe, breitschultrige Gestalt, den Griff des MR 73, der aus dem Mantel ragte. Er fuhr sich mit der Hand übers Gesicht und sagte in zweifelndem Ton, als könne er es selbst nicht recht glauben: »Man hat mir gesagt, Sie seien ein hervorragender Polizist.«

Niémans starrte den Rektor stumm an.

Luyse wandte den Blick ab und fing wieder an: »Ich wünsche nur eines, Herr Kommissar: dass Sie den Mörder so schnell wie möglich finden. Bald ist Semesterbeginn, und …«

»Im Moment sind keine Studenten auf dem Campus?«

»Nur ein paar Interne – Studenten und Dozenten, die hier wohnen. Im Dachgeschoss des Hauptgebäudes. Auch ein paar Professoren sind da, die ihre Vorlesungen vorbereiten.«

»Kann ich ihre Namen haben?«

»Aber …« Er zögerte. »Ja, selbstverständlich …«

»Und Rémy Caillois, wie war er?«

»Ein sehr verschwiegener und zurückhaltender Bibliothekar. Ein Einzelgänger.«

»War er bei den Studenten beliebt?«

»Aber ja … natürlich.«

»Wo hat er gewohnt? In Guernon?«

»Hier, auf dem Campus. Im obersten Stock des Hauptgebäudes, mit seiner Frau. Im Stockwerk der Internen.«

»Rémy war fünfundzwanzig. Heutzutage ist das ziemlich jung, um zu heiraten, nicht?«

»Rémy und Sophie Caillois sind ehemalige Studenten

unserer Universität. Sie haben sich, glaube ich, im Kollegium des Campus kennen gelernt, das den Professorenkindern vorbehalten ist. Sie sind … waren Freunde seit ihrer Kindheit.«

Niémans stand abrupt auf.

»Sehr gut, Herr Rektor. Haben Sie vielen Dank.«

Der Kommissar entfernte sich eilig, um dem Geruch der Angst zu entgehen, der hier herrschte.

Bücher.

Im Neonlicht der riesigen Universitätsbibliothek standen Hunderte von Bücherregalen. Die Fächerböden aus durchbrochenem Metall trugen in vollendeter Ordnung regelrechte Festungsmauern aus Papier. Buchrücken in gedämpften Farben, goldene oder silberne Prägungen, jeder Band mit seiner Signatur und dem Kürzel der Universität Guernon versehen. In der Mitte des menschenleeren Saals waren Reihen kunststoffüberzogener Tische mit gläsernen Trennwänden aufgestellt, die kleine Boxen bildeten. Als Niémans den Lesesaal betrat, musste er an den Besucherraum eines Gefängnisses denken.

Es herrschte eine merkwürdig widersprüchliche Atmosphäre – lichterfüllt und ungastlich, geräumig und beengt zugleich.

»Die herausragendsten Professoren lehren an dieser Universität«, erklärte Eric Joisneau. »Die bessere Gesellschaft des französischen Südostens. Jura, Wirtschaft, Literatur, Psychologie, Soziologie, Physik … Und vor allem Medizin – sämtliche Cracks des Departements Isère unterrichten hier und sind gleichzeitig Berater am Klinikum, dem CHRU. Das Krankenhaus ist übrigens in den ehemaligen Universitätsgebäuden untergebracht – natürlich nach Umbauten und kompletter Renovierung. Das halbe Département kommt zur Behandlung hierher, und sämtliche Bewohner der umliegenden Bergdörfer sind auf der Säuglingsstation zur Welt gekommen.«

Niémans hört ihm zu, die verschränkten Arme auf einen Lesetisch gestützt.

»Du redest wie einer, der sich auskennt.«

Joisneau zog aufs Geratewohl ein Buch aus einem Regal.

»Sicher. Ich hab' hier studiert. Jura. Ich wollte mal Anwalt werden.«

»Aber dann bist du Polizist geworden?«

Joisneau sah ihn an, und seine Augen funkelten im grellen Licht. »Kurz vor dem Examen hatte ich plötzlich das Gefühl, ich würde mich tödlich langweilen. Deshalb habe ich mein Studium abgebrochen und mich an der Polizeischule von Toulouse eingeschrieben. Weil ich dachte, Polizist sein, das ist ein Beruf, in dem was los ist, der auch mal gefährlich ist. Ein Beruf, der Überraschungen bereithält ...«

»Und, bist du enttäuscht?«

Joisneau stellte das Buch ins Regal zurück. Sein Lächeln war verschwunden.

»Heute nicht, nein. Vor allem heute nicht.« Er starrte Niémans an. »Diese Leiche ... Wie kann man so etwas tun?«

Niémans ging auf die Frage nicht ein.

»Wie war denn die Stimmung an dieser Uni? Irgendwas Besonderes?«

»Nein. Eine Menge Bürgerkinder mit dem Kopf voller Klischees über das Leben, unsere Zeit, voller vorgefertigter Gedanken ... Aber auch Kinder von Bauern und Arbeitern. Die übrigens noch idealistischer waren. Und aggressiver. Na ja, es stand uns sowieso nur eine Laufbahn als arbeitslose Akademiker bevor, und so ...«

»Gab es nichts, was merkwürdig war? Irgendwelche Klüngel?«

»Nein. Nichts. Oder doch, ja – es gab und gibt eine Art Elite. Einen Mikrokosmos, der aus den Kindern der Professoren besteht. Manche sind tatsächlich hochbegabt und raffen Jahr für Jahr sämtliche Auszeichnungen an sich. Sogar im Sport. Zu meiner Zeit waren sie eher unbeliebt.«

Niémans dachte an die Aufnahmen der Champions im Vorzimmer des Rektors und fragte: »Hatten diese Studenten irgendeine Art von Zirkel, waren sie eine Clique für sich? Könnten sie sich im Namen irgendeines verschrobenen Ziels verbündet haben?«

Joisneau begann zu lachen. »Woran denken Sie denn? An eine Art … Verschwörung?«

Nun stand Niémans auf und wanderte die Regale entlang.

»Auf den Bibliothekar einer Universität wie dieser sind ziemlich viele Blicke gerichtet. Er ist eine ideale Zielscheibe. Stell dir eine Gruppe von Studenten vor, die sich in irgendeine Verrücktheit versponnen haben. Eine Opferung, ein Ritual … was weiß ich. Als es daran ging, das Opfer zu bestimmen, hätte ihre Wahl doch ganz selbstverständlich auf Caillois fallen können.«

»Na, dann können Sie die Hochbegabten aber vergessen. Sie sind viel zu sehr damit beschäftigt, bei den Prüfungen alle Kommilitonen abzuhängen, um sich auf irgendetwas anderes einzulassen …«

Niémans betrat den schmalen Gang zwischen zwei Regalen, die mit braunen und rötlichen Büchern gefüllt waren. Joisneau folgte ihm.

»Ein Bibliothekar«, dozierte Niémans, »ist auch derjenige, der Bücher ausgibt … Der weiß, was jeder liest, womit jeder sich beschäftigt … Vielleicht wusste er etwas, das er nicht hätte wissen dürfen.«

»Man ermordet doch nicht jemanden auf diese Weise, um … Und was für ein Geheimnis sollten Studenten wohl in ihren Büchern verbergen?«

Niémans drehte sich abrupt um.

»Weiß ich doch nicht. Den Intellektuellen traue ich nicht über den Weg.«

»Haben Sie denn eine Idee? Einen Verdacht?«

»Ganz und gar nicht. Im Augenblick ist alles denkbar. Ein Streit. Eine Rache. Irgendein Krach unter Akademikern. Oder unter Homosexuellen. Oder es war ganz einfach ein Irrer, der sich in der Gegend herumtreibt und Caillois zufällig in den Bergen begegnet ist ... Siehst du, ich bin kein Sektierer. Aber wir werden damit anfangen.« Der Kommissar schnappte mit dem Finger gegen die Buchrücken. »Wir werden sämtliche Bücher durchforsten, die irgendeinen Zusammenhang mit dem Mord haben könnten.«

»Welche Art von Zusammenhang?«

Durch einen anderen Gang kehrte Niémans in den Lesesaal zurück. Er ging auf den Schreibtisch des Bibliothekars zu, der am anderen Ende des Raums erhöht auf einem Podium stand und sämtliche Lesetische überblickte. Auf der Fläche thronte ein Computer, und in den Schubladen lagen Spiralhefte.

Niémans klopfte auf den schwarzen Bildschirm.

»Da drin muss eine Liste aller Bücher sein, die Tag für Tag ausgeliehen oder in den Lesesaal bestellt wurden. Setz ein paar Leute dran. Die Belesensten, die du auftreiben kannst – falls sie existieren. Bitte auch die Universitätsangestellten um Mithilfe. Sie sollen dir sämtliche Bücher nennen, in denen vom Bösen die Rede ist, von Gewalt, Folter, auch von Opferungen, religiösen Morden und so weiter. Beispielsweise muss die ethnologische Literatur geprüft werden. Ich will auch die Namen der Studenten, die solche Werke öfter ausgeliehen haben. Außerdem soll sich jemand die Doktorarbeit von Caillois vornehmen.«

»Und ... ich?«

»Du vernimmst die Internen. Einzeln. Sie halten sich Tag und Nacht auf dem Unigelände auf und kennen sich zwangsläufig sehr gut aus. Ich will wissen, welche Gepflogenheiten hier herrschen, welche Stimmung und Geisteshaltung, wie die Leute als Kinder waren … Und wie Caillois von den anderen eingeschätzt wurde. Außerdem erkundigst du dich nach seinen Bergwanderungen. Finde heraus, mit wem er unterwegs war und wer wusste, auf welchen Strecken. Wer ihn dort oben hätte treffen können …«

Joisneau warf dem Kommissar einen skeptischen Blick zu. Niémans trat einen Schritt auf ihn zu und senkte die Stimme.

»Ich sag' dir, wie's aussieht. Wir haben einen äußerst ungewöhnlichen Mord, eine bleiche, glatte, zusammengekrümmte Leiche, die Spuren grenzenloser Leiden aufweist. Eine Sache, die auf hundert Kilometer nach Wahnsinn stinkt. Das ist im Moment unser Geheimnis. Um es zu lüften, haben wir ein paar Stunden, hoffentlich noch ein bisschen länger. Danach werden sich die Medien darauf stürzen, dann erhitzen sich die Gemüter, und von allen Seiten wird Druck ausgeübt. Konzentrier dich. Lass dich auf diesen Alptraum ein. Gib dein Bestes. Auf die Weise werden wir das Gesicht des Bösen entlarven.«

Joisneau schien entsetzt. »Glauben Sie wirklich, dass wir in ein paar Stunden …«

»Willst du mit mir zusammenarbeiten oder nicht?« fiel ihm Niémans ins Wort. »Dann werde ich dir meine Sichtweise erklären. Wenn ein Mord geschieht, musst du sämtliche Elemente in der Umgebung als Spiegel ansehen. Den Zustand des Toten, die Leute, die ihn kannten, den Tatort … Das alles spiegelt eine Wahrheit, einen bestimmten Aspekt des Verbrechens, verstehst du?« Er legte die Hand auf den Computer. »Dieser Bildschirm zum Beispiel. Wenn er eingeschaltet ist, spiegelt er den Alltag von Rémy Caillois, seine täglichen Beschäftigungen, wahrscheinlich seine Gedanken. Darin sind Details, Bilder enthalten, die uns interessieren könnten. Man muss sich darauf einlassen. Und die Rückseite des Spiegels betrachten.«

Er richtete sich auf und breitete die Arme aus.

»Wir sind in einem Eispalast, Joisneau«, fuhr er fort. »In einem Spiegelkabinett! Also schau genau hin. Sieh dir alles an. Denn irgendwo zwischen diesen Spiegeln, in einem toten Winkel, sitzt der Mörder.«

Joisneau starrte ihn mit offenem Mund an. »Für einen Mann der Praxis sind Sie aber ziemlich vergeistigt …« Der Kommissar schlug ihm leicht mit dem Handrücken gegen die Brust.

»Das ist keine Philosophie, Joisneau, das ist Praxis«, sagte er.

»Und Sie? Wen werden Sie vernehmen?«

»Zuerst unsere Zeugin, Fanny Ferreira. Und anschließend Sophie Caillois, die Frau des Opfers.« Er zwinkerte ihm zu. »Lauter Mädels, Joisneau. Praxis, wie gesagt!«

5

Unter dem trübseligen Himmel führte die asphaltierte Straße kreuz und quer über den Campus und verband die einzelnen Gebäude miteinander, graue Betonkästen mit blaugestrichenen, rostfleckigen Fensterrahmen. Niémans fuhr mit Schrittgeschwindigkeit – er hatte sich einen Plan des Universitätsgeländes besorgt und suchte die abseits gelegene Sporthalle. Er hatte sie bald gefunden: ein Gebäude aus Stahlbeton, das noch mehr wie ein Bunker wirkte. Niémans stieg aus und holte tief Luft. Es fiel ein feiner Nieselregen.

Er sah sich um und ließ den Blick über den Campus und die Institutsgebäude schweifen, die sich in ein paar hundert Meter Entfernung erstreckten. Auch seine Eltern hatten unterrichtet, allerdings als Lehrer an kleinen Gymnasien in der Vorstadt von Lyon. Er erinnerte sich kaum noch an seine Kindheit. Den Kokon der Familie hatte er schon sehr früh als Schwäche empfunden, als eine Lüge. Sehr früh hatte er geahnt, dass er zum Einzelkämpfer bestimmt war, und je eher er sich abnabelte, desto besser war es. Bereits im Alter von dreizehn hatte er den Wunsch geäußert, Internatsschüler zu werden. Man hatte nicht gewagt, ihm dieses freiwillige Exil zu verwehren, doch er erinnerte sich noch an das Schluchzen seiner Mutter hinter verschlossenen Türen: Es war ein Laut in seinem Kopf und gleichzeitig eine körperliche Empfindung, etwas Feuchtes und Warmes auf seiner Haut. Er hatte sich aus dem Staub gemacht.

Vier Jahre Internat. Vier Jahre Einsamkeit und Leibesertüchtigung parallel zum Unterricht. Damals hatten sich alle seine Hoffnungen auf ein einziges Ziel, einen einzigen Zeitpunkt gerichtet: die Armee. Mit siebzehn hatte sich Pierre Niémans nach einem brillanten Abitur der Musterung unterzogen und seine Aufnahme in die Offiziersschule beantragt. Als der Stabsarzt ihm verkündet hatte, er sei untauglich, und ihm den Grund seines Urteils erklärte, hatte Niémans begriffen. Seine Ängste waren so offenkundig, dass sie ihn verraten und seinen größten Wunsch vereitelt hatten. Sein Schicksal würde immer dieser lange Flur sein, ein enger Korridor ohne Fluchtweg, der Boden blutüberströmt, und am anderen Ende heulende Hunde in der Dunkelheit …

Andere Jugendliche hätten auf das Urteil der Psychiater gehört und die Waffen gestreckt. Nicht so Pierre Niémans. Jetzt erst recht, sagte er sich, nahm seine sportlichen Aktivitäten wieder auf, verdoppelte seine Wut und seine Entschlossenheit. Wenn er nicht Soldat werden durfte, würde er einen anderen Kampf aufnehmen: den Krieg der Straße, den anonymen Widerstand gegen das alltägliche Böse. Mit Leib und Seele wollte er sich einem Kampf verschreiben, der keinen Ruhm und keine Fahne für ihn bereithielt, doch den er bis zur letzten Konsequenz auf sich nehmen würde: Er würde Polizist werden. Dieses Ziel vor Augen, übte er monatelang, um die psychologischen Tests zu bestehen. Die Polizeischule von Cannes-Ecluse nahm ihn auf. Nun begann die Ära der Gewalt: die Schießübungen, seine außergewöhnlichen Ergebnisse. Niémans hörte nie auf, an sich zu arbeiten, immer besser und immer stärker zu sein. Er wurde ein herausragender Polizist. Zäh, gewalttätig, bösartig.

Er arbeitete zunächst auf verschiedenen Polizeirevieren, dann wurde er Eliteschütze in der Brigade, aus der später die BRI hervorging, eine Ermittlungs- und Eingreiftruppe. Die Sondereinsätze begannen. Er brachte seinen ersten Menschen um. In diesem Augenblick dachte er zum letzten Mal über den Fluch nach, der auf ihm lag, und schloss einen Pakt mit sich selbst. Nein, er würde nie ein herausragender Soldat, ein tapferer Offizier sein. Doch ein städtischer Krieger konnte er sein, rasend, verbissen, einer, der seine Ängste in der Gewalt und der Wut des Großstadtdschungels ertränkte.

Niémans atmete tief die kühle Gebirgsluft ein. Er dachte an seine Mutter, die vor Jahren gestorben war. Dachte an die Vergangenheit, die mit dem rasenden Gefälle eines Wildbachs an ihm vorbeigerauscht war, an seine Erinnerungen, die rissig geworden und schließlich verblasst waren, verdrängt und vergessen.

Unversehens war er vor ihm: pechschwarz auf dem bläulichen Teer. Wie im Traum vernahm Niémans die trabenden kleinen Pfoten. Der Hund war gedrungen, ein einziges Muskelbündel, sein kurzes Fell schimmerte feucht, und seine Augen waren zwei schwarze Lackkugeln. Schwanzwedelnd trottete er auf ihn zu. Niémans erstarrte. Der Hund kam ihm bis auf ein paar Schritte nahe. Seine feuchte Schnauze bebte, dann fing er an zu knurren, und seine Augen funkelten. Er hatte die Angst gewittert. Die Angst, die dieser Mensch ausschwitzte.

Niémans stand wie versteinert.

Sämtliche Gliedmaßen schienen gelähmt von einer unbekannten Kraft. Aus der oberen Körperhälfte sackte alles Blut nach unten, irgendwohin in den Bauch. Der Hund kläffte jetzt mit gefletschten Lefzen. Niémans kannte den Vorgang. Angst produziert Geruchsstoffe, die jeder Hund wahrnimmt und die bei ihm Furcht und Feindseligkeit auslösen. Angst erzeugt Angst. Aus der Kehle des Hundes drang ein scharfes Grollen, er knirschte mit den Zähnen. Niémans zog die Waffe.

»Clarissa! Clarissa! Komm her, Clarissa!«

Niémans erwachte aus seiner Eisesstarre. Durch einen roten Nebel erkannte er einen grauen Mann mit Rollkragenpullover, der mit raschen Schritten auf ihn zukam.

»Sind Sie wahnsinnig oder was?«

Niémans murmelte zwischen den Zähnen: »Polizei. Verschwinden Sie. Und nehmen Sie Ihren Köter mit.«

Der Mann war wie vom Donner gerührt.

»Jesus, ich kann's nicht fassen. Komm, Clarissa, komm mit, meine Alte ...«

Herr und Hund trotteten davon. Niémans versuchte, Speichel zu schlucken. Seine Kehle war rau, ausgedörrt wie ein heißer Ofen. Er schüttelte den Kopf, steckte den Revolver wieder ein und machte sich auf den Weg rund um das Gebäude. Als er um die erste Ecke bog, versuchte er sich zu erinnern: Wie lange war er nicht mehr bei seinem Psychiater gewesen?

Bereits bei der zweiten Ecke der Sporthalle entdeckte er die Frau. Fanny Ferreira kauerte vor einem offenen Tor auf dem Boden und war damit beschäftigt, die Unterseite eines roten Kajaks mit Sandpapier abzureiben. Damit also fährt die Frau Wasserfälle hinunter, dachte Niémans.

»Guten Morgen«, sagte er mit einer leichten Verbeugung.

Er hatte sein Selbstbewusstsein wiedergefunden, und seine Temperatur hatte sich normalisiert.

Fanny schaute auf. Sie wirkte kaum älter als zwanzig. Ihre Haut war matt und das Haar eine wilde Lockenmähne, die sich in winzigen Korkenziehern um die Schläfen kräuselte und in schweren Kaskaden auf die Schultern herabfiel. Ihr Gesicht war dunkel und samtig, ihre Augen jedoch von einer verstörenden, beinahe unanständigen Helligkeit.

»Ich bin Pierre Niémans, Hauptkommissar. Ich ermittle im Mordfall Rémy Caillois.«

»Pierre Niémans?« wiederholte sie ungläubig. »Das darf doch nicht wahr sein. Nicht zu fassen.«

»Wieso?« Mit einer Kopfbewegung deutete sie auf das kleine Radio, das neben ihr auf dem Boden stand.

»In den Nachrichten war gerade von Ihnen die Rede. Es heißt, Sie hätten heute Nacht in Paris in der Nähe des Fußballstadions zwei Mörder verhaftet. Das ist schön. Es heißt aber auch, Sie hätten den einen total verunstaltet, und das ist eher übel. Besitzen Sie die Gabe der Allgegenwart oder was?«

»Ich bin einfach die ganze Nacht gefahren.«

»Und was tun Sie hier bei uns? Ist unsere Polizei etwa nicht gut genug?«

»Sagen wir, ich komme als Verstärkung.«

Fanny nahm ihre Arbeit wieder auf, befeuchtete die lange Fläche des Bootes und presste mit beiden Händen das gefaltete Sandpapier darauf. Ihr Körper wirkte stämmig und kräftig; allerdings war sie nicht sehr elegant gekleidet – eine enganliegende Neoprenhose und darüber ein Matrosenhemd, hohe Schnürstiefel aus hellem Leder. Der verhängte Himmel tauchte die ganze Szene in ein sanft schillerndes Licht.

»Sie scheinen den Schock gut verkraftet zu haben«, sagte Niémans.

»Welchen Schock?«

»Na ja … die Entdeckung des …«

»Ich versuche, nicht daran zu denken.«

»Macht es Ihnen nichts aus, noch mal davon zu reden?«

»Deswegen sind Sie doch hier, oder?« Sie sah ihn nicht an. Unermüdlich fuhren ihre Hände über die Fläche des Bootes. Ihre Bewegungen waren schroff und ungestüm.

»Beschreiben Sie mir, wie Sie den Toten gefunden haben.«

»Ich fahre jedes Wochenende den Wildbach hinunter.« Sie deutete auf den umgedrehten Kajak. »Mit diesem Ding hier. Ich hatte gerade eine Fahrt hinter mir. In der Nähe des Campus ist eine Felswand, ein natürlicher Staudamm, der das Gefälle bremst, so dass man ohne Schwierigkeiten landen kann. Ich habe ihn entdeckt, als ich das Boot ans Ufer zog ...«

»In der Wand?«

»Ja, in der Wand.«

»Das stimmt nicht. Ich war selber an der Stelle. Das Ufer ist dort so schmal, dass es unmöglich ist, in fünfzehn Metern Höhe irgendetwas an der Felswand *zufällig* zu entdecken ...«

Fanny warf das Sandpapier in den Eimer, wischte sich die Hände ab und zündete eine Zigarette an. Diese belanglosen Gesten lösten bei Niémans ein jähes, intensives Verlangen aus.

Die junge Frau stieß eine bläuliche Rauchwolke aus.

»Die Leiche war sehr wohl in der Felswand. Aber dort habe ich sie nicht gesehen.«

»Sondern?«

»Im Wasser. Als Spiegelbild. Als blauen Fleck an der Oberfläche des Sees.«

Niémans entspannte sich. »Genau das hatte ich vermutet.«

»Ist das wichtig für Ihre Ermittlungen?«

»Nein. Aber ich hab' gern klare Verhältnisse.«

Niémans schwieg eine Weile, dann fragte er: »Klettern Sie?«

»Wie kommen Sie darauf?«

»Ich weiß es nicht. Aber hier in der Gegend ... Außerdem wirken Sie sehr ... sportlich.«

Sie drehte sich um, zu den Bergen über dem Tal, und breitete weit die Arme aus.

Zum ersten Mal lächelte sie.

»Das ist mein Reich, Herr Kommissar! Vom Grand Pic de Belledonne zu den Grundes Rousses kenne ich alle diese Berge auswendig. Wenn ich nicht Wildbäche hinunterfahre, steige ich auf Gipfel.«

»Was meinen Sie – muss man klettern können, um die Leiche in der Felswand unterzubringen?«

Fannys Miene wurde wieder ernst, und sie musterte das glühende Ende ihrer Zigarette.

»Nein, nicht unbedingt. An der Stelle gibt es Stufen im Fels, eine Art natürliche Treppe. Allerdings muss man verdammt stark und geschickt sein, um dieses Gewicht zu schleppen, ohne das Gleichgewicht zu verlieren.«

»Einer meiner Mitarbeiter hat vermutet, dass der Mörder auf der anderen Seite aufgestiegen ist, wo es weniger steil ist, und die Leiche dann abgeseilt hat.«

»Das wäre ein enormer Umweg.« Fanny zögerte kurz, dann fuhr sie fort: »Tatsächlich gibt es noch eine dritte Möglichkeit, die ganz einfach ist, vorausgesetzt, man versteht etwas von alpiner Seiltechnik.«

»Ich höre.«

Fanny Ferreira trat ihre Zigarette aus. »Kommen Sie mit«, befahl sie.

Sie betraten die Sporthalle. Im Halbdunkel sah Niémans übereinandergestapelte Matten, die rechtwinkligen Umrisse der Barren, Kletterseile, Recks.

»Das ist mein Reich«, sagte Fanny, während sie auf eine Ecke zusteuerte. »Im Sommer kommt kein Mensch hierher, und ich kann meine Sachen hier lagern.«

Sie zündete eine Sturmlampe an, die über einer Art Werkbank hing. Zahlreiche Geräte, Instrumente, Metallteile unterschiedlicher Form und Stärke lagen auf dem Tisch verstreut, silberblitzend oder schrill leuchtend. Fanny zündete sich eine weitere Zigarette an.

»Was ist das?«, fragte Niémans.

»Karabiner, Klemmkeile, Felshaken, Sitzgurte – alpine Ausrüstung.«

»Und?«

Fanny stieß wieder den Rauch aus, und diesmal markierte sie einen wiederholten Schluckauf.

»Und, Herr Kommissar, ein Mörder, der eine Ausrüstung wie diese besitzt und sie zu benutzen versteht, wäre ohne weiteres imstande gewesen, die Leiche vom Ufer aus hinaufzuziehen.«

Niémans verschränkte die Arme und lehnte sich gegen die Wand. Fanny begann, mit ihrem Material zu hantieren, die Zigarette im Mundwinkel. Der Anblick dieser beiläufigen Gesten steigerte Niémans' Verlangen. Dieses Mädchen gefiel ihm ausnehmend gut.

»Ich sagte Ihnen bereits«, begann sie wieder, »dass die Felswand an dieser Stelle gestuft ist wie eine natürliche Treppe. Für jemanden, der klettern kann oder zumindest im Trekking erfahren ist, wäre es ein Kinderspiel, ein erstes Mal ohne Leiche hinaufzusteigen.«

»Und dann?«

Fanny griff nach einem neongrünen, seitlich offenen Gehäuse mit mehreren kleinen Bohrungen.

»Dann befestigt man zum Beispiel das hier im Felsen, oberhalb der Nische. Das ist ein Klemmkeil.«

»Im Felsen? Wie denn? Mit einem Hammer? Das dauert doch eine Ewigkeit, oder?«

»Aber nein, es gibt doch immer wieder Risse und Spalten im Stein. Ihre alpinistischen Kenntnisse grenzen offenbar an Null, Herr Kommissar«, erklärte sie durch gekräuselte Rauchschwaden. Sie nahm ein paar Haken mit Ösen vom Tisch. »Sie können auch solche Felshaken verwenden. In ein paar Sekunden lassen sich in jede beliebige Felswand mehrere Haken treiben. Daran befestigen Sie das Seil, und an diesem Flaschenzug können Sie einen Körper zu sich heraufziehen. Diese Technik benutzt man beispielsweise zur Bergung oder um an engen oder schwierigen Stellen Rucksäcke zu befördern.«

Niémans verzog skeptisch das Gesicht.

»Ich war zwar nicht oben, aber meiner Ansicht nach ist die Nische ziemlich eng. Ich kann mir nicht vorstellen, wie der Mörder es geschafft haben soll, zusammengekrümmt in dieser Felsspalte zu kauern, ohne zurücktreten zu können, um irgendwie die Hebelwirkung zu verbessern, und die Leiche also allein mit der Kraft seiner Arme heraufzuziehen. Das bringt uns wieder auf dasselbe Profil zurück: Er muss ein Koloss gewesen sein.«

»Wer sagt denn, dass man den Körper heraufziehen muss? Um sein Opfer in die Nische zu verfrachten, hätte der Mörder nur eines tun müssen: sich selbst als Gegengewicht einsetzen und sich auf der anderen Seite des Hakens abseilen. Damit wäre die Leiche ohne irgendeinen Kraftaufwand hinaufgezogen worden.«

Niémans begriff auf einmal die Technik und lächelte: Durchaus einleuchtend, dachte er.

»Dazu müsste der Mörder schwerer sein als der Tote, oder?«

»Oder gleich schwer. Denn Sie brauchen nur ins Leere zu springen – im Moment des Absprungs erhöhen Sie natürlich Ihr Gewicht. Ist der Körper dann oben, braucht Ihr Mörder nur noch einmal hinaufzuklettern, um sein Opfer in dieser theatralischen Positur zu arrangieren.«

Der Kommissar musterte noch einmal die Haken, Schrauben, Karabiner auf dem Tisch und dachte an das Werkzeug eines Einbrechers – allerdings von besonderer Art: eines Einbrechers, der nicht Panzertüren knackt, sondern Höhen und Schwerkräfte überwindet.

»Wie lange würde die ganze Aktion dauern?«

»Für jemanden wie mich weniger als zehn Minuten.«

Niémans nickte: Ein Täterprofil begann sich abzuzeichnen.

Sie verließen die Halle. Draußen brach die Sonne durch die Wolken und ließ die Gipfel in kristalliner Klarheit hervortreten.

»Sie sind Professorin an dieser Universität?«, fragte Niémans.

»Für Geologie.«

»Und noch was?«

»Das ist ziemlich umfangreich. Ich lehre mehrere Fächer: Taxonomie der Gesteine, Plattenverschiebung, Glaziologie – also die Entstehung und Wirkung von Eis und Gletschern.«

»Sie sind ziemlich jung für eine Professorin, nicht?«

»Bei meiner Promotion war ich zwanzig und damals bereits Assistentin. Ich war die jüngste Habilitandin von ganz Frankreich. Heute bin ich fünfundzwanzig und ordentliche Professorin.«

»Eine echte Überfliegerin.«

»Genau. Eine Überfliegerin. Tochter und Enkelin emeritierter Professoren, die ebenfalls in Guernon lehrten.«

»Dann gehören Sie also dem Club an, wie?«

»Welchem Club?«

»Einer meiner Kollegen hat in Guernon studiert und mir erklärt, es gebe hier eine besondere Elite, bestehend aus den Professorenkindern …«

Fanny schüttelte den Kopf und lächelte verschmitzt. »Ich würde eher sagen, es ist eine große Familie. Die Kinder, die Sie meinen, wachsen auf dem Campus auf, sie leben mit der Universität, mit der Kultur, der Bildung. Wenn sie dann gute Noten haben, ist das nur natürlich, nicht?«

»Aber gilt das auch für sportliche Leistungen?«

Sie hob die Brauen. »Das wird wahrscheinlich die gesunde Gebirgsluft sein.«

»Sie kannten Rémy Caillois sicher«, fuhr Niémans fort. »Wie war er?«

Fanny antwortete, ohne eine Sekunde nachzudenken. »Ein Einzelgänger. Zurückhaltend. Verschlossen, würde ich sogar sagen. Aber hervorragend. Sagenhaft gebildet. Hier ging das Gerücht, er habe sämtliche Bücher der Bibliothek gelesen.«

»Kann daran etwas Wahres sein?«

»Ich weiß nicht. Sicher ist, dass er die Bibliothek sehr genau kannte. Sie war seine Zuflucht, seine Höhle, sein Reich.«

»Auch er war sehr jung, nicht?«

»Er ist in dieser Bibliothek aufgewachsen. Schon sein Vater war Universitätsbibliothekar.«

Niémans ging ein paar Schritte. »Das wusste ich nicht«, sagte er. »Gehören die Caillois also auch zu Ihrer ›großen Familie‹?«

»Sicher nicht. Im Gegenteil, Rémy war uns eher feindlich gesinnt. Trotz seiner Bildung bekam er nie die Noten, mit denen er gerechnet hatte. Ich glaube … na ja, ich nehme an, er war eifersüchtig auf uns.«

»Was war sein Fachgebiet?«

»Philosophie, glaube ich. Er war fast fertig mit seiner Dissertation.«

»Über welches Thema?«

»Keine Ahnung.«

Der Kommissar schwieg. Er betrachtete die zunehmend sonnenbeschienenen Berge, die wie leuchtende Riesen in den Himmel ragten.

»Sein Vater«, begann er nach einer Weile von neuem. »Lebt er noch?«

»Nein. Vor ein paar Jahren gestorben. Ein Kletterunfall.«

»Daran war nichts Verdächtiges?«

»Worauf wollen Sie denn hinaus? Er wurde von einer

Lawine verschüttet. Auf der Grande Lance d'Allemont, im Jahr dreiundneunzig. Sie sind ein echter Bulle, wie?«

»Schauen Sie, da haben wir zwei kletternde Bibliothekare, Vater und Sohn, beide in den Bergen umgekommen, – die Übereinstimmung ist doch zumindest bemerkenswert, oder?«

»Nichts beweist, dass Rémy im Gebirge umgebracht wurde.«

»Das stimmt. Aber er ist am Samstagmorgen zu einer Tour aufgebrochen. Kann sein, dass der Mörder ihn irgendwo in den Bergen überrascht hat. Vielleicht kannte er seine Strecke, und ...«

»Rémy war nicht der Typ, der sich an klassische Strecken hielt. Oder seine eigenen Touren anderen verraten hätte. Er war ein sehr ... verschwiegener Mensch.«

Niémans verbeugte sich.

»Vielen Dank, Mademoiselle. Die Abschlussformel kennen Sie ja: Falls Ihnen noch etwas einfallen sollte ... Unter einer dieser beiden Nummern können Sie mich immer erreichen.«

Niémans schrieb ihr die Nummern seines Mobiltelefons und des Zimmers auf, das ihm der Rektor zur Verfügung gestellt hatte – es war ihm lieber, in der Universität Quartier zu beziehen als in der Gendarmerie.

»Bis bald«, murmelte er.

Die junge Frau schaute nicht einmal auf. Erst als Niémans sich zum Gehen gewandt hatte, rief sie ihm nach: »Kann ich Sie was fragen?«

Mit ihren kristallklaren Augen sah sie ihn an, und Niémans empfand ein gewisses Unbehagen. Diese Augen waren zu hell. Wie aus Glas, aus Gebirgswasser, scharf wie Raureif.

»Sicher«, antwortete er.

»Vorhin im Radio hieß es ... Stimmt es, dass Sie zu der Truppe gehörten, die Jacques Mesrine getötet hat?«

»Das war in meiner Jugend. Aber es stimmt, ja.«

»Ich hab' mich gefragt … Was empfindet man danach?«

»Nach was?«

»Nach so einer Sache?«

Niémans ging ein paar Schritte auf die junge Frau zu. Sie wich instinktiv zurück. Doch sie hielt den Blick unbeirrt auf ihn geheftet. Eine leichte Arroganz lag darin.

»Ich werde mich stets mit Vergnügen mit Ihnen unterhalten, Fanny. Aber darüber werden Sie mich niemals reden hören. Auch nicht über das, was ich an dem Tag verloren habe.«

Fanny schlug die Augen nieder. Gedämpft sagte sie: »Ich verstehe.«

»Nein, Sie verstehen nicht. Und das ist Ihre Chance.«

6

Hinter ihm rauschte und plätscherte der Bach, während Niémans, der sich in der Gendarmerie Bergstiefel ausgeliehen hatte, die recht bequeme natürliche Treppe in der Wand hinaufstieg.

Auf der Höhe der Spalte angelangt, untersuchte er die schmale Öffnung, in der die Leiche gefunden worden war, und musterte aufmerksam den Felsen ringsum. Mit den Händen, durch Goretex-Handschuhe geschützt, suchte er nach den Spuren etwaiger Haken.

Nach Löchern im Stein, Ritzen, die als Stütze dienen konnten, um zwei Körper abzuseilen.

Ein eisiger Wind peitschte sein Gesicht, und Niémans genoss das kalte Prickeln. Trotz der Umstände hatte er, als er hierher gekommen war und vor dem kleinen Tümpel gestanden hatte, den intensiven Eindruck vollendeter Fülle empfunden. Vielleicht hatte sich der Mörder diese Stelle aus eben diesem Grund ausgesucht: Es war ein Ort der Ruhe, der Heiterkeit, ohne Störungen oder Misshelligkeiten. Ein Ort, an dem das jadegrüne Wasser den gewalttätigen Geist besänftigte.

Der Kommissar fand nichts. Rund um die Nische setzte er seine Suche fort: keine Spur von Haken. Er stützte ein Knie auf den Rand und strich über die Innenwände des Hohlraums, bis seine Finger in der Mitte der Decke auf einmal eine Öffnung ertasteten, mit scharfen Rändern und eindeutig nicht natürlicher Ursache. Anerkennend dachte er an Fanny Ferreira. Sie hatte richtig vermutet: Offenbar hatte der Mörder, ausgerüstet mit Felshaken und Karabinern, die Leiche tatsächlich mit Hilfe seines eigenen Körpergewichts hier heraufgeschafft.

Er streckte den Arm aus, suchte weiter und entdeckte insgesamt drei Einschläge im Felsen, die tiefer waren, als er ertasten konnte, im Dreieck angeordnet. Der Tathergang wurde allmählich klarer: Rémy Caillois musste bei seiner Wanderung überrascht worden sein. In diesen einsamen Höhen hatte ihn der Mörder gefesselt, gefoltert, verstümmelt und getötet und war dann mit der Leiche seines Opfers ins Tal zurückgekehrt. Wie? Niémans warf einen Blick nach unten, dorthin, wo der Wildbach sich zu einem spiegelglatten Tümpel staute. Auf dem Wasserweg. Wahrscheinlich war der Mörder mit einem Kajak oder ähnlichen Gefährt den Bach hinuntergefahren.

Aber wozu diese Mühe? Warum hatte er den Toten nicht einfach am Tatort liegen gelassen?

Vorsichtig stieg Niémans wieder ab. Unten angelangt, zog er die Handschuhe aus, kehrte der Wand den Rücken und betrachtete die Felsnische in der ungetrübten Wasserfläche: Das Spiegelbild war so reglos wie ein Gemälde, und wieder empfand er dasselbe Gefühl – dieser Ort war ein Heiligtum. Eine Oase der Reinheit und des Friedens. Und vielleicht hatte der Mörder ihn aus diesem Grund ausgesucht. Eine Gewissheit besaß Niémans nun jedenfalls.

Sein Mörder war ein erfahrener Alpinist.

Niémans Wagen war mit einem VHF-Funkgerät ausgestattet, das er jedoch nie benutzte. Ebenso wenig wie er vertrauliche Gespräche über sein Handy führte, das noch leichter abzuhören war. Statt dessen benutzte er seit einigen Jahren einen Pager, einen Empfänger für Funknachrichten, und wechselte häufig die Marken und Typen. Dieses System, das nur mit Hilfe eines Passworts funktionierte, konnte niemand abhören. Den Trick hatte er von Pariser Drogendealern übernommen, die sofort begriffen hatten, wie diskret und zuverlässig solche Funknachrichten sind. Joisneau, Barnes und Vermont wussten seine Nummer samt Codewort. Als er in den Wagen stieg, nahm er das Gehäuse aus der Tasche und warf einen Blick auf das Display. Keine Nachricht.

Er fuhr los und kehrte zur Universität zurück.

Inzwischen war es elf Uhr vormittags; hin und wieder überquerte eine vereinzelte Gestalt die Grünfläche. Ein paar Studenten liefen die Bahn des Stadions entlang, das ein wenig abseits vom Betonkomplex der Institutsgebäude lag.

Niémans bog in eine Querstraße ein und fuhr wieder auf das Hauptgebäude zu. Der gewaltige Bunker erstreckte sich über sechshundert Meter Länge und war acht Stockwerke hoch. Er stellte den Wagen ab und warf einen Blick auf seinen Plan. Abgesehen von der Bibliothek beherbergte dieses Ungetüm die Vorlesungssäle für Medizin und Physik und eine Unmenge von Labors. Im obersten Stockwerk befanden sich die Wohnungen für die Studenten und Universitätsmitarbeiter, die auf dem Campus lebten. Mit rotem Filzstift hatte ihm der Portier die Nummer des Appartements von Rémy Caillois und seiner jungen Frau notiert.

Niémans ging an den Türen der Bibliothek gleich neben dem Haupteingang vorbei und stand in der Halle des Gebäudes: einem riesigen, ungeteilten Raum, der von weiten Glasfenstern erhellt wurde. Die Wände schmückten naive Fresken, die in der Morgensonne strahlten, und das gegenüberliegende Ende der Halle, mehrere hundert Meter entfernt, verlor sich in einer leuchtenden Staubigkeit. Die Dimensionen dieses Bauwerks waren eher stalinistisch – sehr verschieden von der Atmosphäre der Pariser Universitäten mit ihrem hellen Marmor und braunem Holz. So stellte es sich Niémans jedenfalls vor: Er hatte nie einen Fuß in eine Universität gesetzt, weder in Paris noch anderswo.

Er betrat eine Treppe mit freihängenden Granitstufen und Absätzen wie Haarnadelkurven, die einzelnen Läufe durch senkrechte Eisenstangen voneinander getrennt. Eine Phantasie des Architekten, im selben beängstigenden Stil wie der Rest. Von den Neonlampen brannte allenfalls die Hälfte, und auf seinem Weg nach oben durchquerte Niémans Bereiche völliger Dunkelheit, um in allzu grellem Licht wiederaufzutauchen.

Schließlich gelangte er in einen schmalen Flur, von dem viele kleine Türen abgingen, die Zimmer der Bewohner. Er tastete sich durch den finsteren Schlauch – hier hatten die Lampen allesamt den Geist aufgegeben – und suchte nach der Nummer 34, dem Appartement der Caillois.

Die Tür war nur angelehnt.

Mit zwei Fingern drückte Niémans die furnierte Sperrholzplatte auf.

Stille und trübes Halbdunkel empfingen ihn. Niémans stand in einem kleinen Vorzimmer, an dessen Ende ein Lichtstreifen, der durch eine halb geöffnete Tür fiel, einen engen Flur beleuchtete. In der relativen Helligkeit sah er, dass gerahmte Fotografien an den Wänden hingen: Schwarzweißfotos, die aus den dreißiger oder vierziger Jahren zu stammen schienen.

Olympische Athleten, mitten in der Aktion festgehalten, schraubten sich in den Himmel oder durchpflügten die Erde in feierlichem Stolz. Die Mienen, die Körper, die ganze Haltung verbreiteten eine beunruhigende Perfektion, die Reinheit und Unmenschlichkeit von Statuen. Angesichts der Archiektur dieser Universität stellte Niémans eine Übereinstimmung fest, die er nicht unbedingt erfreulich fand.

Unter diesen Fotos entdeckte er ein Porträt von Rémy Caillois. Er nahm es von der Wand, um es besser betrachten zu können. Das Mordopfer war ein gut aussehender junger Mann gewesen, mit kurzen Haaren, lächelnd, doch mit leicht verkniffener Miene. In seinen Augen funkelte ein auffallend wacher Blick.

»Wer sind Sie?«

Niémans wandte den Kopf. Im Türrahmen stand eine weibliche Gestalt, in einen Regenmantel gehüllt. Der Kommissar trat näher. Schon wieder ein Kind: Auch diese Frau konnte allenfalls fünfundzwanzig sein. Ihr halblanges blondes Haar umrahmte ein schmales, eingefallenes Gesicht, dessen Blässe die dunklen Ringe unter den Augen deutlich hervortreten ließ. Ihre Gesichtszüge waren kantig, aber fein geschnitten. Dass diese Frau schön war, offenbarte sich erst im Nachhinein, wie der Nachhall eines ersten Eindrucks, der eher Unbehagen auslöste.

»Ich bin Hauptkommissar Pierre Niémans«, erklärte er.

»Und Sie kommen hier einfach herein, ohne zu läuten?«

»Tut mir Leid, aber die Tür stand offen. Sind Sie die Ehefrau von Rémy Caillois?«

Statt einer Antwort riss ihm die Frau die Fotografie aus der Hand und hängte sie wieder an die Wand. Dann zog sie ihren Mantel aus und ging durch den Flur auf das dahinter liegende Zimmer zu. Niémans erhaschte einen flüchtigen Blick auf eine blasse, magere Brust im Ausschnitt eines abgetragenen Pullovers. Ein Schauder lief ihm über den Rücken.

»Kommen Sie herein«, sagte die Frau widerwillig.

Niémans betrat ein winziges Wohnzimmer, streng und karg möbliert und sehr ordentlich. An den Wänden hingen ein paar moderne Gemälde. Symmetrische Linien, beängstigende Farben, unverständliche Formen. Der Kommissar achtete nicht weiter darauf, denn im selben Moment fiel ihm auf, dass ein intensiver chemischer Geruch im Raum hing. Ein Geruch nach Kleister. Offensichtlich hatten die Caillois ihr Wohnzimmer erst vor kurzem neu tapeziert. Dieses Detail schnürte ihm die Kehle zu. Zum ersten Mal bedrückte ihn der Gedanke an die mit einem Schlag vernichtete Zukunft dieses Ehepaars, an die Asche des Glücks, die in der Trauer dieser Frau verglomm.

In gesetztem Ton begann er: »Madame, ich komme aus Paris. Der Untersuchungsrichter hat mich zur Verstärkung der Mannschaft, die den Tod Ihres Mannes untersucht, hierher beordert. Ich …«

»Haben Sie jetzt eine Spur?«

Der Kommissar beobachtete sie und verspürte auf einmal die Lust, einen Gegenstand an die Wand zu werfen, eine Scheibe zu zertrümmern, irgendetwas. Diese Frau war nicht nur starr vor Trauer, sondern auch vor Hass auf die Polizei.

»Im Moment haben wir noch nichts«, räumte er ein. »Ich habe jedoch die begründete Hoffnung, dass die Ermittlungen sehr bald …«

»Stellen Sie Ihre Fragen.«

Niémans setzte sich auf das Bettsofa gegenüber der Frau, die sich einen kleinen Stuhl aussuchte, so weit wie möglich von ihm entfernt. Um seine Fassung wiederzugewinnen, griff er nach einem Kissen, das er ein paar Sekunden lang knetete.

»Ich habe Ihre Aussage gelesen«, sagte er schließlich. »Ich wollte nur noch ein paar zusätzliche Informationen. Die Gegend hier ist bei Wanderern und Bergsteigern sehr beliebt, nicht wahr?«

»Glauben Sie etwa, dass Guernon viel zu bieten hat? Jeder hier wandert oder klettert.«

»Waren die Wege, die Ihr Mann ging, den anderen bekannt?«

»Nein. Er hat nie darüber gesprochen. Und er suchte sich immer Strecken, wo er niemandem begegnete.«

»Waren es einfache Bergwanderungen oder Klettertouren?«

»Beides. Am Samstag ging er zu Fuß los und wollte nicht höher als zweitausend Meter. Er hatte keine Kletterausrüstung dabei.«

Niémans wartete eine Weile, dann kam er zu seinem eigentlichen Anliegen: »Hatte Ihr Mann Feinde?«

»Nein.«

Der zweideutige Ton ihrer Antwort forderte ihn heraus, eine weitere Frage zu stellen, die ihn selbst verwunderte: »Hatte er Freunde?«

»Ebenso wenig. Rémy war ein Eigenbrötler.«

»Wie war sein Verhältnis zu den Studenten, zu den Leuten, mit denen er in der Bibliothek zu tun hatte?«

»Seine Kontakte beschränkten sich auf die Bücherausgabe.«

»Sind Ihnen in letzter Zeit irgendwelche ungewöhnlichen Vorfälle untergekommen?«

Die Frau gab keine Antwort. Niémans ließ nicht locker: »War Ihr Mann etwa auffällig nervös oder angespannt?«

»Nein.«

»Erzählen Sie mir vom Tod seines Vaters.«

Sophie Caillois hob den Blick. Ihre Augen waren farblos und ohne Glanz, doch der Schwung ihrer Wimpern und Brauen schien ihm vollendet schön. Sie hob ein wenig die Schultern.

»Er ist bei einem Lawinenabgang umgekommen, im Jahr dreiundneunzig. Wir waren damals noch nicht verheiratet, und ich weiß nichts Genaues darüber. Rémy sprach nie davon. Worauf wollen Sie hinaus?«

Niémans gab keine Antwort, sondern musterte das kleine Zimmer mit seinen schnurgerade ausgerichteten Möbeln. Diese Art von Einrichtung kannte er nur zu gut. Und er spürte, dass er mit Sophie Caillois nicht allein hier war. Das Andenken des Toten war beinahe greifbar präsent, als schickte sich seine Seele jetzt erst zum Aufbruch, irgendwo in der Nähe, vielleicht im Nebenzimmer.

Der Kommissar wies auf die Bilder an den Wänden. »Hatte Ihr Mann gar keine Bücher hier?«

»Warum sollte er? Er war doch den ganzen Tag in der Bibliothek.«

»Arbeitete er dort an seiner Doktorarbeit?«

Die Frau nickte kurz. Niémans konnte den Blick nicht von diesem schönen, harten Gesicht wenden. Verblüfft stellte er fest, dass er in weniger als einer Stunde zwei derart schöne und derart gegensätzliche Frauen kennen gelernt hatte.

»Worum ging es in seiner Dissertation?«

»Um die Olympischen Spiele.«

»Das ist aber nicht sehr intellektuell.«

Sophie Caillois setzte eine verächtliche Miene auf. »Er befasste sich mit der Verbindung von Wettkampf und Heiligem. Von Leib und Geist. Er untersuchte den Mythos des ›athlon‹, des Archetypus der Antike, der durch schiere Körperkraft, durch die Überschreitung der physischen Grenzen die Fruchtbarkeit der Erde gewährleistete.«

»Verzeihung«, schnaubte Niémans, »aber von solchen philosophischen Fragen verstehe ich nichts … Besteht hier ein Zusammenhang mit den Fotos, die in Ihrem Flur hängen?«

»Ja und nein. Das sind Standbilder aus den beiden Filmen von Leni Riefenstahl über die Olympischen Spiele von 1936 in Berlin.«

»Beeindruckende Bilder.«

»Rémy sagte, diese Spiele hätten erstmals wieder an den Geist der Spiele von Olympia angeknüpft, nämlich an die Einheit von Körper und Gedanke, von physischer Leistung und philosophischem Ausdruck.«

»Was in diesem speziellen Fall ja wohl die Ideologie der Nazis wäre.«

»Die Art und Weise, in der sich der Gedanke äußert, war meinem Mann völlig gleichgültig. Fasziniert war er allein von der Verschmelzung von physischer und psychischer Kraft, von Körper und Geist.«

Niémans begriff nichts und sah in ihren Reden nur den Ausdruck verschrobener Hirngespinste.

Mit einer jähen Bewegung beugte die Frau sich vor und fragte scharf: »Warum hat man Sie hergeschickt? Warum einen wie Sie?«

Er ignorierte ihre Aggressivität. Bei seinen Verhören wandte er immer dieselbe Taktik an, kalt und unmenschlich, beruhend auf Einschüchterung. Wenn man Polizist war – zumal ein Polizist mit seinem Aussehen –, war es sinnlos, auf Gefühle und billige Psychologie zu setzen. In autoritärem Ton fragte er: »Was war Ihrer Ansicht nach der Grund, weshalb jemand Ihrem Mann ans Leben wollte?«

»Sind Sie nicht ganz bei Trost?« gab sie zurück. »Haben Sie die Leiche nicht gesehen? Verstehen Sie nicht, dass der Mensch, der meinen Mann umgebracht hat, wahnsinnig ist? Dass Rémy einem Irren in die Hände gefallen ist? Einem Geistesgestörten, der sich an ihm ausgetobt hat, ihn geschlagen, gefoltert, verstümmelt hat, bis er tot war?«

Niémans holte tief Atem. Er dachte an den schweigsamen, vergeistigten Bibliothekar, an diese angriffslustige Frau. Ein Paar, das einem das Blut in den Adern gefrieren ließ. »Wie war Ihre Ehe?«, fragte er.

»Was geht Sie das an?«

»Ich bitte Sie, mir zu antworten.«

»Bin ich etwa eine Verdächtige?«

»Nein, und das wissen Sie sehr gut. Antworten Sie bitte.«

Die junge Frau warf ihm einen abweisenden Blick zu. »Wollen Sie wissen, wie oft in der Woche wir gevögelt haben?«

Niémans spürte, wie sich in seinem Nacken die Haare sträubten. »Arbeiten Sie mit mir zusammen, Madame. Ich habe meine Arbeit zu tun.«

»Verpiss dich, beschissener Bulle.«

Ihre Zähne waren nicht sehr weiß, doch die Umrisse ihrer Lippen waren entzückend, anrührend. Niémans starrte auf diesen Mund, die steile Linie der Wangenknochen, die Augenbrauen, die aus der müden Blässe des Gesichts hervorleuchteten. Die Frische der Haut, die Farbe der Augen, alle diese Illusionen über Licht und Farben zählen wenig, dachte er. Schönheit ist eine Frage der Linie. Der Andeutung. Der unbestechlichen Reinheit. Er rührte sich nicht.

»Hauen Sie endlich ab!« kreischte die Frau.

»Eine letzte Frage. Ihr Mann hat sein ganzes Leben auf diesem Campus verbracht. Wann hat er seinen Militärdienst geleistet?«

Diese Frage brachte sie aus der Fassung. Sie erstarrte, dann schlang sie die Arme um ihren Körper, als verspürte sie auf einmal eine innere Kälte.

»Er war nicht beim Militär.«

»Untauglich?«

Sie bejahte mit gesenktem Kopf.

»Aus welchem Grund?«

»Was wollen Sie eigentlich?«, fragte sie und sah ihn wieder an.

»Aus welchem Grund?«

»Psychiatrie.«

»Litt er unter geistigen Störungen?«

»Wo leben Sie denn? Heutzutage lässt sich jeder aus psychologischen Gründen ausmustern. Das heißt überhaupt nichts. Man blufft, redet irgendeinen Unsinn, und schon ist man untauglich.«

Niémans sagte dazu nichts, doch offensichtlich drückte seine ganze Haltung tiefe Missbilligung aus. Die Frau schien auf einmal seinen Bürstenhaarschnitt, seine strenge Eleganz zu bemerken, und ihr Mund verzog sich zu einer Grimasse des Abscheus.

»Verdammte Scheiße, verschwinden Sie endlich.«

Er stand auf und murmelte: »Ich geh' schon. Aber eines sollen Sie wissen.«

»Was?« stieß sie hervor.

»Ob es Ihnen passt oder nicht: Es sind Leute wie ich, die Mörder fangen. Es sind Leute wie ich, die Ihren Mann rächen können.«

Sekundenlang waren ihre Züge wie erstarrt, dann begann ihr Kinn zu zittern, und sie brach in Tränen aus. Niémans wandte sich ab.

»Ich finde ihn«, sagte er.

In der Tür hielt er inne, schlug mit der Faust auf den Rahmen und sagte über die Schulter hinweg: »Bei Gott, das schwöre ich: Der Hurensohn, der Ihren Mann umgebracht hat, entwischt mir nicht.«

Draußen vor dem Gebäude fiel ihn eine quecksilberne Helligkeit an. Schwarze Flecken tanzten vor seinen Augen, und Niémans schwankte ein wenig. Er zwang sich, ruhig bis zu seinem Wagen zu gehen, während die Schattenkreise vor seinem Blick sich nach und nach in Frauengesichter verwandelten. Fanny Ferreira, die Dunkle. Sophie Caillois, die Blonde. Zwei starke, intelligente, aggressive Frauen. Frauen, wie er sie wohl nie in den Armen halten würde.

Er trat heftig gegen einen vollen Papierkorb an einem Pfosten, dann warf er reflexartig einen Blick auf seinen Pager.

Das Display teilte ihm mit, dass der Gerichtsmediziner die Autopsie beendet hatte.

2. TEIL

7

Im Morgengrauen desselben Tages, zweihundertfünfzig Kilometer westlich von Guernon, beendete der Polizeileutnant Karim Abdouf die Lektüre einer kriminologischen Abhandlung über die Verwendung des so genannten genetischen Fingerabdrucks zur Überführung des Täters in Vergewaltigungs- und Mordfällen. Das sechshundertseitige Mammutwerk hatte ihn praktisch die ganze Nacht wachgehalten. Er starrte auf die Leuchtziffern des Weckers, die Punkt sieben Uhr zeigten.

Karim seufzte, legte den Wälzer beiseite, stand auf und ging in die Küche, um sich schwarzen Tee zu kochen. Er kehrte in sein Wohnzimmer zurück – das ihm zugleich als Ess- und Schlafzimmer diente – und spähte durchs Fenster in die Dämmerung hinaus. Die Stirn ans Glas gelehnt, dachte er darüber nach, welche Aussichten er wohl hatte, in dem unerträglich trostlosen Kaff, in dem er festsaß, je eine DNA-Analyse bei einer Ermittlung verwenden zu können. Sie waren gleich null.

Er betrachtete die Straßenlaternen, die noch die grauen Schwingen der Nacht festhielten. Ein Knoten der Bitterkeit schnürte ihm die Kehle zu. Selbst auf dem Höhepunkt seiner kriminellen Laufbahn war es ihm stets gelungen, dem Gefängnis zu entgehen. Doch jetzt, mit neunundzwanzig, nachdem er Polizist geworden war, saß er in einem Gefängnis, das noch viel schlimmer war, einer kleinen Provinzstadt inmitten einer Steinwüste, erschlagen vor Langeweile. Ein

Gefängnis ohne Mauern und Gitterstäbe. Eine psychologische Haft, die ihn auf kleiner Flamme mürbe kochte.

Karim fing an zu träumen. Er sah sich mit Hilfe von DNA-Analysen und spezialisierten Computerprogrammen Serienmörder dingfest machen, wie in den amerikanischen Filmen. Er stellte sich vor, wie er an der Spitze eines Teams von Wissenschaftlern die Gensequenzen von Verbrechern studierte. Wie es den Experten nach intensiver Forschung und anhand sorgfältiger Statistiken gelungen war, eine Anomalie in den Chromosomen zu entdecken, ein mutiertes Gen, und als die Ursache krimineller Triebe zu identifizieren. Vor einiger Zeit war tatsächlich die Rede davon gewesen, der statistische Zusammenhang zwischen einem zweifachen Y-Chromosom und aggressivem Verhalten mit kriminellen Neigungen lasse sich zur Überführung von Gewaltverbrechern einsetzen, doch diese Spur hatte sich bald als falsch herausgestellt. In Karims Traum jedoch wurde ein bislang unerkannter »Rechtschreibfehler« in der Buchstabenkombination des genetischen Codes gefunden. Und es war Karim selbst, der dank seiner unermüdlichen Verhaftungen diese bahnbrechende Entdeckung ermöglicht hatte. Bei der Vorstellung lief es ihm kalt über den Rücken.

Denn falls dieser Fehler tatsächlich existieren sollte, dann hatte er ihn auch in seinen eigenen Genen, so viel stand fest.

Das Wort »Waise« hatte für Karim nie eine Bedeutung gehabt. Einem Zustand, den man nie kennen gelernt hat, kann man schwerlich nachtrauern, und der Maghrebiner hatte nie etwas erlebt, was auch nur entfernte Ähnlichkeit mit einem Familienleben gehabt hätte. Seine frühesten Erinnerungen waren ein kleines Stück Linoleumboden in einer Ecke und ein Schwarzweißfernseher im Heim in Nanterre, in der Rue Maurice-Thorez. Karim war in einem gesichtslosen Viertel ohne jede Anmut aufgewachsen, wo die letzten

Gartenlauben zwischen Hochhäusern erstickten, während auf jedem Flecken Brachland nach und nach Wohnsilos hochgezogen wurden. Er erinnerte sich auch an seine Versteckspiele mit Bauarbeitern, hinter denen die Misere seiner frühen Kindheit allmählich verblasste.

Karim war ein Kind, das man vergessen hatte. Oder gefunden – es kam auf den Blickwinkel an, aus dem man die Sache betrachtete. Seine Eltern hatte er jedenfalls nie kennen gelernt, und an der Erziehung, die man ihm in der Folge hatte angedeihen lassen, hatte ihn nichts je an seine Wurzeln erinnert. Er sprach nicht sehr gut Arabisch, und vom Islam hatte er nur ein paar verschwommene Vorstellungen. Sehr bald hatte sich der halbwüchsige Junge von seinen Tutoren befreit – den Erziehern im Heim, deren Gutwilligkeit und Schlichtheit ihn zutiefst anwiderte – und sich der Stadt verschrieben.

Nun entdeckte er Nanterre, ein Areal ohne Ende, unterteilt durch breite Verkehrsadern, durchsetzt mit gigantischen Wohnblocks, Fabriken, Bürogebäuden, die Straßen bevölkert von bedrückten, heruntergekommenen Gestalten, die schmutzige Lumpen trugen und sich von der Zukunft nichts erwarteten. Doch das Elend bestürzte nur die Reichen. Und Karim nahm die Armut nicht wahr, die in dieser Stadt alles durchtränkte, vom Müll auf den Gassen bis hin zu den zerklüfteten Gesichtern der Menschen.

Statt dessen bewahrte er sich eine warme Erinnerung an seine Jugend. Es war die Zeit der Punks, der No-Future-Generation. Dreizehn Jahre war er alt. Die ersten Kumpel. Die ersten Mädchen. Paradoxerweise fand Karim in der Einsamkeit und den Qualen der Pubertät durchaus Gründe, um zu lieben und zu teilen. Nach der Kindheit im Heim war die Zeit des jugendlichen Unbehagens für ihn wie eine zweite Chance zur Begegnung, eine Zeit, in der er auf andere zugehen, sich einer Außenwelt öffnen konnte. Noch jetzt erinnerte sich Karim mit kristallklarer Deutlichkeit an diese Jahre. Die langen Stunden in den Kneipen, wenn man sich um die Flipperautomaten drängelte und mit den Kumpeln lachte. Die endlosen Träumereien mit klopfendem Herzen nach dem Anblick irgendeines Mädchens auf den Stufen vor der Schule.

Doch die Vorstadt spielte auch mit verdeckten Karten. Dass Nanterre trostlos und ohne Ausweg war, hatte Abdouf schon immer gewusst. Irgendwann stellte er fest, dass die Stadt auch grausam und tödlich war.

Eines Freitagabends war in der Cafeteria des Schwimmbads, die damals bis spät nachts geöffnet hatte, eine Bande aufgetaucht. Ohne ein Wort zerschmetterten sie dem Wirt mit Fußtritten und Bierflaschen das Gesicht. Irgendeine alte Geschichte – eine nicht bezahlte Zeche, ein Lokalverbot, man wusste es nicht mehr. Niemand rührte einen Finger. Aber die halberstickten Schreie des Wirts hinter der Theke prägten sich Karims Nerven unauslöschlich ein. An diesem Abend erklärte man ihm einiges. Namen, Orte, Gerüchte. Der Araber warf einen Blick in eine andere Welt, von deren Existenz er nichts geahnt hatte. Eine Welt, die von unmenschlich brutalen Wesen bevölkert war. Er erfuhr von unbetretbaren Vierteln, Kellern, in denen gemordet wurde. An einem anderen Abend, kurz vor einem Konzert in der Rue de l'Ancienne Mairie, artete eine Schlägerei zu einem Massaker aus. Wieder prallten verfeindete Banden aufeinander, und Karim sah Kerle mit aufgeplatzten Gesichtern sich auf dem Asphalt wälzen und Mädchen mit blutverschmierten Haaren unter geparkten Autos Schutz suchen.

Er wuchs heran und erkannte seine Stadt nicht wieder. Eine Springflut erhob sich. Voller Bewunderung sprach man von Victor, einem Afrikaner aus Kamerun, der sich auf den Dächern der Wohnblocks Opium spritzte. Von Marcel, einem Taugenichts mit blatternarbigem Gesicht, der sich einen blauen Schönheitsfleck auf die Stirn hatte tätowieren lassen wie eine Inderin und mehrmals wegen tätlicher Angriffe gegen die Polizei verurteilt worden war. Von Jamel und Saïd, die eine Sparkasse ausgeraubt hatten. Karim sah diese Typen manchmal vor dem Tor der Schule und war beeindruckt von ihrem Hochmut, ihrem souveränen Auftreten. Das waren weiß Gott keine Vorstadtspießer, keine gewöhnlichen, ungebildeten, ordinären Wesen, sondern elegante Burschen, die Klasse hatten, einen wilden Blick und sorgfältig einstudierte Gesten.

Er wählte sein Lager. Zuerst stahl er Autoradios, dann Wagen, und bald hatte er es zu finanzieller Unabhängigkeit gebracht. Er freundete sich mit dem opiumsüchtigen Schwarzen an, den »Einbrecherbrüdern« und vor allem mit Marcel, einem unsteten Burschen, brutal und angsteinflößend, der sich von morgens bis abends zudröhnte und das Vorstadtmilieu mit einem distanzierten Blick betrachtete, der Karim faszinierte. Marcel, der kurzgeschoren und wasserstoffblond war, trug Pelzwesten und hörte die Ungarischen Rhapsodien von Liszt, lebte in besetzten Häusern und las Blaise Cendrars. Nanterre nannte er »den Kraken« und dachte sich, wie Karim wohl wusste, ein ganzes Geflecht von Ausreden und Analysen aus, um seinen unausweichlichen Niedergang zu rechtfertigen. Paradoxerweise war es Marcel, dieses Produkt der Trabantensiedlungen, der Karim zeigte, dass es noch ein anderes Leben außerhalb der Vorstadt gab.

Und Karim nahm sich fest vor, sich herauszuarbeiten.

Während er eifrig stahl, verdoppelte er seinen schulischen Eifer, was keiner begreifen konnte. Er lernte Thai-Boxen, um sich vor anderen und vor sich selbst zu schützen, denn manchmal packten ihn Anfälle blinder Wut, die bestürzend und unkontrollierbar waren. Sein Leben war inzwischen ein Balanceakt, ein schmaler Grat, auf dem er sich im Gleichgewicht hielt. Rings um ihn versank alles im schwarzen

Schlamm des Verbrechens und der Drogen. Karim war siebzehn, und die Einsamkeit hatte ihn wieder. Wenn er die Halle des Jugendzentrums betrat oder in der Cafeteria der Schule neben den Flipperautomaten seinen Kaffee trank, trat ringsum Schweigen ein. Niemand wagte ihn zu belästigen, denn zu dem Zeitpunkt hatte er sich bereits für die Regionalmeisterschaften im Thai-Boxen qualifiziert, und jeder wusste, dass Karim Abdouf ohne weiteres fähig war, mit einem Fußtritt Nasenbeine zu brechen, ohne dazu die Hände vom Tresen zu nehmen. Auch von anderen Geschichten wurde gemunkelt, von Einbrüchen, Deals, unerhörten Schlägereien …

Die meisten dieser Gerüchte waren falsch, doch sie sorgten dafür, dass Karim weitgehend in Ruhe gelassen wurde. Der Gymnasiast machte sein Abitur und brachte es auf einen sehr guten Notendurchschnitt, was ihm den Glückwunsch des Schuldirektors eintrug. Bei der Gelegenheit stellte er überrascht fest, dass sogar dieser autoritäre Mann Angst vor ihm hatte. Karim schrieb sich an der juristischen Fakultät ein, nach wie vor in Nanterre. In dieser Phase stahl er monatlich zwei Autos. Er verfügte über mehrere Vertriebswege, die er ständig wechselte. Vermutlich war er der einzige Nordafrikaner des Viertels, der noch nie verhaftet, ja nicht einmal von der Polizei belästigt worden war. Und noch nie hatte er mit Drogen experimentiert, auch nicht mit vergleichsweise harmlosen.

Mit einundzwanzig Jahren legte er sein Jura-Examen ab. Aber was dann? Einen jungen Araber von einem Meter fünfundachtzig, dürr wie ein Zaunpfahl, mit Spitzbart, Rastalocken und mehreren Ohrringen würde kein Anwalt je einstellen – nicht einmal als Laufburschen, geschweige denn als Referendar. So oder so würde er zwangsläufig auf die Arbeitslosigkeit zusteuern und somit wieder am Ausgangspunkt stehen. Dann lieber tot. Weiterhin als Autodieb arbeiten? Diese heimlichen Stunden der Nacht, die stillen

Parkplätze, die Adrenalinstöße, die ihn überschwemmten, wenn er das Sicherheitssystem eines BMWs lahm legte, liebte er mehr als alles andere. Er wusste, dass er auf diese Schattenexistenz, gewebt aus Gefahr und Geheimnis, niemals verzichten konnte. Doch ebenso gut wusste er, dass ihn sein Glück früher oder später im Stich lassen würde.

Dann hatte er eine Erleuchtung: Polizist wollte er werden. Als Polizist konnte er sich in derselben Schattenwelt bewegen, jedoch im Schutz der Gesetze, von denen er nichts hielt, im Dienst eines Landes, das er aus voller Überzeugung verachtete. Eine Lektion hatte Karim in seinen Jugendjahren gelernt: Er hatte keine Wurzeln, keine Heimat, keine Familie. Seine Gesetze schrieb er sich selbst, und sein Land war sein eigener Lebensraum.

Nach der Entlassung aus der Armee schrieb er sich an der Schule für den höheren Polizeidienst von Cannes-Ecluse ein und bezog die Kaserne: Zum ersten Mal in seinem Leben hatte er sein Revier Nanterre verlassen. Seine Leistungen waren von Anfang an außergewöhnlich. Seine intellektuellen Fähigkeiten lagen weit über dem Durchschnitt, und vor allem konnte er sich wie kein anderer in das Verhalten der Verbrecher einfühlen, kannte die Gesetze der Banden und der Szene. Außerdem wurde er ein hervorragender Schütze, und den Kampf mit bloßen Händen beherrschte er immer besser. Er wurde Meister in der Kunst des Te – der Quintessenz des Nahkampfs, einer Kombination aus den gefährlichsten Praktiken innerhalb der verschiedenen Kampfsportarten und der Zweikampftechniken jeglicher Art. Unter den Polizeischülern war er instinktiv verhasst. Er war Araber. Er war stolz. Er verstand zu kämpfen und drückte sich besser aus als die meisten seiner Kollegen, die eher halbherzig bei der Sache waren und sich zur Polizei nur gemeldet hatten, um der Arbeitslosigkeit zu entgehen.

Ein Jahr später schloss Karim seine Ausbildung mit einer

Reihe von Praktikumsaufenthalten in mehreren Pariser Polizeikommissariaten ab. Immer noch im selben Gebiet, im selben Elend, diesmal jedoch in Paris. In einer winzigen Bude im Viertel Abbesse bezog der angehende Polizist Quartier. Undeutlich ahnte er, dass er gerettet war.

Doch er hatte die Brücken zu seiner Vergangenheit nicht abgebrochen. In regelmäßigen Abständen kehrte er nach Nanterre zurück und informierte sich über die jüngsten Entwicklungen. Die Katastrophe war im Anzug. Victor war auf dem Dach eines achtzehnstöckigen Wohnhauses gefunden worden, zusammengekauert wie ein Anachoret in der Wüste, im Hodensack steckte noch die Spritze. Überdosis. Hassan, ein kabylischer Schläger und blonder Koloss, war an einem Kopfschuss durch ein Jagdgewehr krepiert. Die »Einbrecherbrüder« saßen im Gefängnis Fleury-Mérogis. Und Marcel war endgültig dem Heroin verfallen.

Karim musste miterleben, wie es mit seinen Freunden nach und nach zu Ende ging, und sah mit Entsetzen die letzte Springflut heranrollen: Aids beschleunigte den Verwüstungsprozeß. Die Krankenhäuser, die früher mit verbrauchten Arbeitern und bettlägerigen Greisen belegt gewesen waren, füllten sich jetzt mit Todgeweihten, die noch halbe Kinder waren, das Zahnfleisch schwarz, die Haut übersät von Geschwüren, die inneren Organe zerfressen. Die meisten seiner einstigen Kumpel sah er auf diese Weise zugrunde gehen. Sah, wie die Seuche an Macht gewann, sich ausbreitete und mit Hepatitis C verband, wie sie die Reihen seiner Generation dezimierte. Karim zog sich schaudernd zurück. Seine Stadt lag im Sterben.

Im Juni 1992 erhielt er sein Abschlusszeugnis. Mit den Glückwünschen der Prüfungskommission, Spießern mit Siegelring, die in ihm nur Mitleid und Verachtung weckten. Trotzdem – das Ereignis musste gefeiert werden. Karim kaufte Champagner und fuhr nach Fontenelles, wo Marcel wohnte. Noch jetzt erinnerte er sich in allen Einzelheiten an diesen Spätnachmittag. Er hatte an der Tür geläutet. Keine Reaktion. Er hatte die Kinder unten vor dem Haus gefragt, dann hatte er Wohnblocks, Fußballplätze, Altpapierdeponien abgesucht … Ohne Erfolg. Bis in den Abend hinein lief er von einem Ort zum anderen, aber immer vergeblich. Um zweiundzwanzig Uhr suchte er die virologische Abteilung der Klinik von Nanterre auf: Marcel war seit zwei Jahren seropositiv. Er lief durch Ätherdünste, vorbei an ausgemergelten Gesichtern, und befragte die Ärzte. Er sah den Tod bei der Arbeit, erlebte die grausamen Verwüstungen, die der weitere Verlauf der Infektion anrichtet.

Doch Marcel fand er nicht.

Fünf Tage später erfuhr er, dass man die Leiche seines Freundes in einem Keller gefunden hatte, die Hände verbrannt, das Gesicht zerschnitten, die Fingernägel durchbohrt. Marcel war zu Tode gefoltert worden, ehe ihm ein Gewehrschuß in die Kehle endgültig den Garaus gemacht hatte. Karim war über die Nachricht nicht eigentlich überrascht. Sein Freund konsumierte zu viel und streckte die Portionen, die er verkaufte. Aus seinem Drogenhandel war ein Wettlauf mit dem Tod geworden. Wie es der Zufall wollte, erhielt Karim am selben Tag seinen Inspektorenausweis, mit Trikolore. In diesem Zusammentreffen sah er ein Zeichen. Er zog sich wieder in den Hintergrund zurück und lächelte beim Gedanken an Marcels Mörder. Die Schweine konnten nicht ahnen, dass Marcel einen Bullen zum Freund hatte. Ebenso wenig wie sie ahnen konnten, dass dieser Bulle keinen Augenblick zögern würde, sie umzulegen – im Namen einer Vergangenheit, die endgültig vorbei war, und in der tiefen Überzeugung, dass das Leben nicht derart widerwärtig sein konnte – zum Teufel, nein.

Karim machte sich auf die Suche.

Innerhalb weniger Tage hatte er die Namen der Mörder.

Ein paar Stunden vor dem geschätzten Todeszeitpunkt waren sie zusammen mit Marcel gesehen worden. Thierry Kalder, Eric Masuro, Antonio Donato. Karim war enttäuscht: Diese drei waren kleine Fische, Junkies, die wahrscheinlich aus Marcel herausprügeln wollten, wo er seinen Stoff versteckte. Karim stellte genauere Erkundigungen an und erfuhr, dass weder Kalder noch Masuro die Folterer gewesen sein konnten. Sie waren nicht durchgeknallt genug. Also blieb nur noch Donato übrig, der ohnehin einschlägig bekannt war: Erpressung und Gewalt gegen Kinder, Zuhälterei mit Minderjährigen, rettungslos süchtig.

Ihn zu opfern, fand Karim, war genug der Rache.

Er musste allerdings schnell handeln: Die Polizisten von Nanterre, die ihm diese Auskünfte erteilt hatten, waren ebenfalls hinter den dreien her. Karim machte sich auf den Weg. Er war aus Nanterre, er kannte die Szene, er sprach dieselbe Sprache wie die Jungs von der Straße. Innerhalb eines Tages hatte er die drei Junkies ausfindig gemacht. Sie hausten in einem heruntergekommenen Wohnhaus in der Nähe der Autobahnbrücke bei der Ausfahrt Nanterre-Université. Ein Haus, das unter den Erschütterungen und dem Lärm der Lastwagen, die wenige Meter vor den Fenstern vorbeidonnerten, auf seinen endgültigen Zerfall wartete.

Zu Mittag betrat er die Ruine, ohne das Getöse der Autobahn, die sengende Junihitze wahrzunehmen. Kinder spielten im Staub. Sie hielten inne, als sie den großen Burschen mit den Rastahaaren erblickten, der in das verwahrloste Haus eindrang, und starrten ihm nach.

Karim durchquerte den Flur mit den aufgebrochenen Briefkästen, rannte die Treppen hinauf und hörte durch den Autolärm die charakteristischen Rhythmen von Rap-Musik. Er lächelte, als er *A Tribe Called Quest* erkannte, eine CD, die er selbst schon seit ein paar Monaten hörte. Er trat die Tür ein und sagte nichts weiter als »Polizei«. Ein Schwall

Adrenalin strömte durch seinen Körper. Es war das erste Mal, dass er ohne Furcht Polizist spielte. Die drei Burschen waren starr vor Schreck. Die Wohnung war übersät von Schutt, die inneren Wände waren eingerissen, Rohre lagen herum und ragten aus den Mauern, auf einer ausgeweideten Matratze thronte ein Fernseher. Ein Sony-Modell, der letzte Schrei, wahrscheinlich in der Nacht zuvor abgestaubt. Auf dem Bildschirm führte ein Pornofilm seine bleichen Fleischmassen vor. In einer Ecke dröhnte der Ghettoblaster und ließ Gipsstaub von der Decke rieseln.

Karim spürte, wie er aus seinem Körper heraustrat und durch den Raum schwebte. Aus dem Augenwinkel nahm er am anderen Ende des Zimmers durcheinandergeworfene Autoradios wahr, sah einen umgestülpten Karton mit aufgerissenen Heroinpäckchen darauf, sah eine Pumpgun zwischen Munitionsschachteln. Donato hatte er sofort im Blick, er erkannte ihn nach dem anthropometrischen Foto, das er in der Tasche hatte: ein helläugiges bleiches Gesicht, aus dem die Knochen hervorstanden, übersät von Narben. Dann die beiden anderen, die sich krümmten vor Anstrengung, aus ihren chemischen Träumen aufzutauchen. Karim hatte seine Waffe noch nicht gezogen.

»Kalder, Masuro, ihr verschwindet.«

Die beiden Männer zuckten zusammen, als sie ihre Namen hörten. Sie zögerten, warfen einander einen trüben Blick zu, dann schlurften sie zur Tür. Donato blieb, bebend wie ein Insektenflügel. Auf einmal tat er einen Satz und stürzte sich auf das Gewehr. In dem Moment, als er den Kolben packte, trat ihm Karim – in eisenverstärkten Doc Martens – mit der Ferse auf die Hand und mit dem anderen Fuß ins Gesicht. Das Schultergelenk knackte, Donato stieß einen heiseren Schrei aus. Karim riss den Mann hoch und stieß ihn mit dem Rücken gegen eine alte Matratze. Der dumpfe Rhythmus von *A Tribe Called Quest* stampfte weiter.

Karim zog seine Automatik, die er links im Holster trug, und steckte seine bewaffnete Hand in eine Tüte aus durchsichtigem Plastik, einem speziellen Polymer, unbrennbar, die er mitgebracht hatte. Er legte den Finger auf den Abzug. Der Kerl starrte ihn an.

»Was … verdammt … was hast du vor?«

Karim lud durch und lächelte.

»Die Hülsen, Bursche. Hast du das nie im Fernsehen gesehen? Es ist sehr wichtig, keine Hülsen herumliegen zu lassen …«

»Was willst du? Bist du ein Bulle? Bist du wirklich ein Bulle?« Karim wiegte sich im Takt der Musik. Schließlich sagte er: »Ich komme im Namen von Marcel.«

»Von wem?«

Er sah die Verständnislosigkeit in den Augen des Kerls. Erkannte, dass der Italiener sich an den Mann, den er zu Tode gefoltert hatte, tatsächlich nicht erinnerte. Dass Marcel im Gedächtnis dieses Heroinsüchtigen nicht existierte, nie existiert hatte.

»Bitte ihn um Verzeihung.«

»Wa… was?«

Das Sonnenlicht rann über Donatos schweißglänzendes Gesicht.

Karim richtete die plastikverhüllte Waffe auf ihn.

»Bitte Marcel um Verzeihung!« schnauzte er.

Der Mann begriff, dass er sterben würde, und heulte: »Entschuldigung! Entschuldigung, Marcel! Gottverdammte Scheiße! Ich bitte dich um Verzeihung, Marcel! Ich …«

Karim schoss ihm zweimal ins Gesicht. Er klaubte die Kugeln aus den Fasern der Matratze, steckte die heißen Patronenhülsen in die Tasche und ging ohne einen Blick zurück.

Er ahnte, dass die beiden anderen Kerle mit Verstärkung wiederkommen würden, und wartete ein paar Minuten in der Eingangshalle. Dann sah er Kalder und Masuro in Begleitung von drei weiteren Zombies im Sturmschritt auftauchen. Durch die eingeschlagene Tür stürzten sie ins Haus, aber ehe sie sich versahen, hatte Karim sich vor ihnen aufgebaut und stieß Kalder gegen die Briefkästen. Er hielt ihm seine Waffe unter die Nase und brüllte: »Wenn du redest, bist du tot. Wenn du mich suchst, bist du tot. Wenn du mich umbringst, kriegst du lebenslänglich. Ich bin Bulle, du Arschwichser! Bulle, kapierst du das?«

Er schleuderte den Mann zu Boden und trat hinaus in die Sonne, unter seinen Sohlen knirschten Glasscherben.

So verabschiedete sich Karim von Nanterre, der Stadt, die ihm alles beigebracht hatte.

Ein paar Wochen später rief Abdouf im Kommissariat an der Place de la Boule an, um sich nach dem Stand der Ermittlungen zu erkundigen. Man teilte ihm mit, was er ohnehin wusste: Donato sei umgebracht worden, höchstwahrscheinlich mit zwei Kugeln Kaliber 9 Millimeter Parabellum, doch man habe weder die Kugeln noch die Hülsen gefunden, und die beiden Komparsen seien verschwunden. Der Fall war abgeschlossen. Für die Polizei. Für Karim.

Der Araber hatte seine Aufnahme in die BRI am Quai des Orfèvres beantragt, eine Truppe, die auf Beschattungen, Verbrechen auf frischer Tat und Sturmangriffe spezialisiert war. Doch er wurde abgelehnt. Man schlug ihm statt dessen die Sechste Division vor, zuständig für Terrorismusbekämpfung und die Unterwanderung militanter islamischer Vereinigungen in den Unruheherden der Vorstädte. Polizisten nordafrikanischer Herkunft waren zu selten, als dass man sich diese Chance entgehen lassen wollte. Er lehnte ab: Als Spitzel zu arbeiten kam nicht in Frage, nicht einmal im Fall fanatischer Mörder. Karim wollte das Reich der Nacht durchstreifen, Killer aufspüren, sie auf ihrem eigenen Gebiet stellen, sich in dieser Gegenwelt bewegen, der er selbst angehörte. Seine Weigerung kam nicht gut an. Ein paar Monate später wurde Karim Abdouf, Absolvent der Polizeischule von Cannes-Ecluse im Rang eines Leutnants, unerkannter Mörder eines Drogenhändlers, nach Sarzac im Departement Lot versetzt.

Lot. Eine Gegend, in der die Züge nicht mehr hielten. Eine Gegend, in der in den Straßenbiegungen Geisterstädte auftauchten wie versteinerte Blumen. Ein Land der Höhlen, wo selbst der Tourismus sich an Troglodyten richtete: Schluchten, Abgründe, Felsmalereien … Für Karims Identität war diese Gegend eine Beleidigung. Er war ein *beur*, ein Nordafrikaner, und ein Mann der Straße, und nichts konnte ihm ferner liegen als dieses elende Provinznest.

Eine erbärmliche Alltagsroutine begann für ihn, eine endlose Reihe sterbenslangweiliger Tage, bestehend aus lächerlichen Aufgaben: Verkehrsunfälle aufnehmen, im Gewerbegebiet einen Ladendieb verhaften, Autobahnvignetten kontrollieren …

Karim fing an, in seinen Träumen zu leben. Er besorgte sich die Biographien herausragender Polizisten. Kaum hatte er Zeit, besuchte er die Bibliotheken von Figeac und Cahors, um die Presseberichte über Aufsehen erregende Kriminalfälle zu verfolgen, alles, was ihn an seinen eigentlichen Beruf erinnerte. Er las sogar Krimis, besorgte sich die Memoiren berühmter Gangster, hatte Fachzeitschriften der Polizei abonniert, außerdem Publikationen aller Art über Waffen, Ballistik, neue Technologien. Eine ganze Welt aus Papier hatte er sich zurechtgelegt, in die er nach und nach eintauchte.

Er lebte allein, schlief allein, arbeitete allein. Im Kommissariat, sicher einem der kleinsten in ganz Frankreich, wurde er gleichermaßen gehasst und gefürchtet. Wegen seiner Frisur nannten ihn seine Kollegen »Kleopatra«. Man hielt ihn für einen Fundamentalisten, weil er keinen Alkohol trank. Man unterstellte ihm merkwürdige Praktiken, weil er sich bei nächtlichen Streifen stets weigerte, den obligatorischen Abstecher zu Sylvie mitzumachen. Eingemauert in seine Einsamkeit, zählte Karim die Tage, die Stunden, die Sekunden und brachte es fertig, ein ganzes Wochenende hindurch kein einziges Wort zu sprechen.

An diesem Montagmorgen hatte er wieder eine seiner Schweigekuren hinter sich, die er fast ausschließlich in seiner winzigen Wohnung verbrachte, bis auf die Trainingsstunden im Wald, während deren er unermüdlich die tödlichen Gesten und Bewegungen des Te übte, ehe er etliche Magazine in hundertjährige Bäume verfeuerte.

Es läutete an der Tür. Reflexartig schaute Karim auf die Uhr: 07.45. Er machte auf.

Es war Sélier, der Nachtdienst gehabt hatte. Er trug eine grünliche Miene zur Schau, eine Mischung zwischen Besorgnis und Schläfrigkeit. Karim bot ihm keinen Tee an. Nicht einmal einen Stuhl. Er fragte nur: »Was gibt's?«

Der Mann öffnete den Mund, doch er sagte nichts. Schweißtropfen rannen ihm unter der Mütze zwischen den Haaren hervor. Schließlich stammelte er: »Es ist … die Schule. Die kleine Schule.«

»Was ist damit?«

»Die Ecole Jean-Jaurès. Es wurde eingebrochen … Heute nacht.«

Karim lächelte. Die Woche fing rasant an. Wahrscheinlich hatten Halbstarke aus dem Nachbarort aus schierer Lust, den Leuten auf den Wecker zu gehen, eine Grundschule verwüstet.

»Ein Riesenchaos, nehme ich an?«, fragte Karim, während er sich anzog.

Der uniformierte Polizist verzog das Gesicht beim Anblick dieser Kleider: Sweatshirt, Jeans, eine Joggingjacke mit Kapuze und darüber eine braune Lederjacke, Modell Müllmann aus den fünfziger Jahren.

»Eben nicht«, antwortete er. »Das waren Profis …«

Karim schnürte seine Stiefel zu.

»Profis? Was soll das heißen?«

»Dass es kein Jungenstreich war … Sie sind mit Dietrichen in die Schule eingedrungen, Schlösser wurden nicht aufgebrochen. Und sie haben keinerlei Spuren hinterlassen. Die Schulleiterin hat's aus reinem Zufall gemerkt, an ein paar Kleinigkeiten, die faul waren, ansonsten …«

Karim stand auf.

»Was haben sie gestohlen?«

Sélier schnaufte und fuhr sich mit zwei Fingern unter den Kragen.

»Das ist noch komischer. Nichts haben sie gestohlen.«

»Wirklich?«

»Wirklich. Sie waren einfach in einem Klassenzimmer, und dann … pffft … sind sie anscheinend genauso schnell wieder verduftet …«

Einen kurzen Augenblick betrachtete Karim sein Spiegelbild in der Fensterscheibe. Seine Rastalocken, die zu beiden Seiten des Kopfes wirr herabfielen, sein schmales dunkles Gesicht, verlängert durch einen spitzen Ziegenbart. Er setzte seine ausladende Mütze in jamaikanischen Farben auf und lächelte sich zu. Ein Teufel. Ein Teufel frisch aus der Karibik. Er drehte sich zu Sélier um.

»Und wieso holst du da mich?«

»Crozier ist noch nicht aus dem Wochenende zurück. Also haben Dussard und ich … wir haben gedacht … dass du … Du musst dir das anschauen, Karim, ich …«

»Schon gut. Gehen wir.«

8

Über Sarzac ging die Sonne auf. Eine Oktobersonne, bleich und matt wie eine Genesende, die sich nur sehr allmählich erholt. In seinem alten Peugeot folgte Karim dem Streifenwagen. Sie durchquerten die Stadt, die zu dieser Stunde noch wie tot dalag und ein weißliches Leuchten wie von Irrlichtern verbreitete.

Sarzac war weder ein alter Marktflecken noch eine moderne Stadt, sondern eine Aneinanderreihung von Wohn- und Geschäftshäusern unbestimmten Alters und ohne besondere Kennzeichen, hingebreitet in einer weiten Ebene. Nur das Stadtzentrum wies eine kleine Eigenheit auf, eine Straßenbahn, die über altes Kopfsteinpflaster von einem Ende des Ortes zum anderen ratterte. Immer wenn sie vorbeikam, musste Karim an die Schweiz oder Italien denken, ohne genau zu wissen, weshalb – in beiden Ländern war er nie gewesen.

Die Ecole Jean-Jaurès lag im Osten, in einem Viertel, in dem die ärmere Bevölkerung lebte, nahe dem Gewerbegebiet. Karim fuhr an einem Ausbund an Hässlichkeit entlang, blauen und braunen Mietshäusern, die ihn an die Wohnblocks seiner Kindheit erinnerten. Die Schule stand am Ende einer Straße mit rissiger Asphaltdecke, eine Betontreppe führte zum Eingang hinauf.

Auf dem Treppenabsatz erwartete sie eine Frau, die in ihrer weiten dunklen Jacke verloren wirkte. Die Schulleiterin. Karim begrüßte sie und stellte sich vor. Das aufrichtige Lächeln, mit dem die Frau ihn empfing, überraschte ihn, denn in der Regel löste er eine Woge des Misstrauens aus. Karim dankte ihr innerlich für ihre Spontaneität und unterzog sie einer kurzen Musterung. Ihr Gesicht war flach wie ein Tümpel, in dem die großen grünen Augen eingepflanzt waren wie zwei Seerosen.

Ohne weiteren Kommentar bat ihn die Schulleiterin, ihr

zu folgen. Das pseudomoderne Gebäude sah aus, als sei es entweder nie fertig gestellt worden oder befinde sich in einer Renovierungsphase von unabsehbarer Dauer. Die sehr niedrigen Flure waren mit Styroportafeln ausgekleidet, manche von ihnen schlecht montiert. Die meisten waren voller Kinderzeichnungen, mit Reißnägeln angeheftet oder direkt auf die Wand gemalt, darunter hing eine in Auflösung begriffene Reihe von Kleiderhaken in Kinderhöhe. Alles war schief, und Karim hatte das Gefühl, sich in einer Schuhschachtel zu bewegen, auf die jemand getreten war.

Vor einer halb offenen Tür blieb die Schulleiterin stehen und flüsterte in geheimnisvollem Ton: »Das ist das einzige Zimmer, in das sie eingedrungen sind.«

Vorsichtig schob sie die Tür auf. Sie betraten ein Büro, das wie ein Warteraum wirkte. An der Wand reihten sich Schränke mit Vitrinenaufsatz, in denen Aktenorder und Schulbücher verstaut waren. Auf einem kleinen Kühlschrank stand eine Kaffeemaschine. Ein Schreibtisch aus Eichenholzimitat verschwand beinahe unter Grünpflanzen, die in wassergefüllten Schalen standen und das Zimmer mit einem Geruch nach nasser Erde erfüllten.

»Sehen Sie«, sagte die Frau und deutete auf eine Vitrine. »Diesen Schrank haben sie geöffnet. Wir haben hier unser Archiv. Aber es sieht nicht so aus, als hätten sie etwas gestohlen – auf den ersten Blick jedenfalls. Oder als hätten sie überhaupt etwas angefasst.«

Karim ließ sich auf die Knie nieder und untersuchte das Türschloss. Nach einer langjährigen Karriere als Autodieb verfügte er über solide Kenntnisse in Sachen Einbruch und stellte fest, dass auch der Eindringling, der an diesem Schloss hantiert hatte, zweifellos eine vergleichbare Erfahrung auf dem Gebiet besaß. Karim war verblüfft: Warum sollte ein Profi in eine Grundschule in Sarzac einbrechen? Er nahm einen Aktenordner heraus, schlug ihn auf und blätterte kurz darin. Namenslisten, Bemerkungen von Lehrern, Verwaltungskorrespondenz … Für jedes Jahr gab es einen eigenen Ordner. Karim stand wieder auf.

»Hat niemand was gehört?«

»Wissen Sie«, antwortete die Frau, »die Schule wird eigentlich nicht bewacht. Es gibt zwar eine Hausmeisterin, aber offen gestanden …«

Karim betrachtete noch immer den Vitrinenschrank, der so sorgfältig aufgebrochen worden war.

»Wann war der Einbruch Ihrer Meinung nach – Samstag oder Sonntag nacht?«

»Er kann in beiden Nächten gewesen sein, sogar tagsüber. Ich sage Ihnen doch, am Wochenende kann hier jeder kommen und gehen. In unserer kleinen Schule gibt es nichts zu holen.«

»Na gut«, sagte er. »Sie werden aufs Revier kommen müssen, wegen Ihrer Aussage.«

»Sie sind ein verdeckter Ermittler, oder?«

»Wie bitte?«

Die Schulleiterin musterte Karim aufmerksam. »Ich meine, Ihre Kleidung, Ihr ganzes Auftreten«, sagte sie. »Sie sind ein verdeckter Ermittler, oder? Sie schleusen sich in die Gangs in den Sozialsiedlungen ein und …«

Karim brach in Gelächter aus. »Die Gangs laufen hier nicht gerade in Scharen herum.«

Die Schulleiterin ignorierte seine Bemerkung und erklärte im Ton einer Expertin: »Ich weiß, wie das geht. Ich habe einen Dokumentarfilm darüber gesehen. Leute wie Sie tragen Wendejacken, innen mit dem Abzeichen der Landespolizei …«

»Madame …«, fiel ihr Karim ins Wort. »Wirklich, Sie überschätzen Ihre kleine Stadt.«

Er drehte sich um und ging zur Tür. Die Schulleiterin lief ihm nach.

»Sichern Sie keine Spuren? Fingerabdrücke?«

»Ich glaube«, gab Karim zurück, »dass wir uns angesichts der Schwere des Vorfalls damit begnügen können, Ihre Aussage aufzunehmen und eine kleine Runde durch die Nachbarschaft zu drehen.«

Die Frau wirkte enttäuscht. Wieder sah sie Karim aufmerksam an.

»Sie sind nicht aus der Gegend, stimmt's?«

»Nein.«

»Was haben Sie getan, dass man Sie hierher versetzt hat?«

»Das ist eine lange Geschichte. Vielleicht komme ich irgendwann mal vorbei und erzähle sie Ihnen.«

Draußen trat Karim zu den Streifenpolizisten, die mit der Miene schuldbewusster Schüler in der Faust rauchten. Sélier sprang aus dem Wagen.

»Meine Güte, es ist schon wieder was passiert!«

»Was denn?«

»Noch ein Einbruch. Seitdem ich hier hin, habe ich nie …«

»Wo?«

Sélier zögerte, sah seine Kollegen an. Sein Atem rasselte unter seinem Schnurrbart.

»Ich … Auf dem Friedhof. Jemand ist in eine Gruft eingebrochen.«

Die Gräber und Kreuze erstreckten sich über eine leichte Anhöhe, und mit ihren Grau- und Grüntönen wirkten sie wie die Verästelungen von Flechten, die im Sonnenlicht leuchten. Karim stand hinter dem Gittertor und schnupperte den Duft von Tau und verwelkten Blumen.

»Ihr wartet hier auf mich«, befahl er den Streifenpolizisten.

An einen Montag wie diesen würde Sarzac sich noch lange erinnern, sagte er sich, während er Latexhandschuhe überstreifte.

Vor der Fahrt zum Friedhof war er noch kurz zu Hause gewesen, um seine »wissenschaftliche« Ausrüstung zu holen: einen Koffer, in dem sich Aluminium- und Granitpulver sowie Klebebänder zum Nachweis von Fingerabdrücken befanden, außerdem Elastomere, um etwaige Fußspuren auszugießen … Er war fest entschlossen, selbst dem allergeringsten Hinweis sorgfältig nachzugehen.

Über die Kieswege schritt er zu der entweihten Gruft, deren Lage man ihm beschrieben hatte. Einen kurzen Moment hatte er eine regelrechte Grabschändung befürchtet, von der Art, wie sie seit einigen Jahren in Frankreich immer wieder vorkamen und die offenbar eine makabre Mode geworden waren: verstreute Schädel und verstümmelte Leichen. Aber nein: Hier war alles in Ordnung – außer der Gruft hatten die Grabschänder sichtlich nichts angerührt. Karim stand am Fuß des Granitblocks und betrachtete das Mausoleum in Form einer kleinen Kapelle.

Die Tür war nur angelehnt. Er ging in die Knie und untersuchte die Verriegelung. Wie in der Schule hatten die Einbrecher besondere Sorgfalt auf das Schloss verwendet. Karim strich über die Kante der steinernen Mauer und kam zu dem Schluss, dass auch in diesem Fall Profis am Werk gewesen waren. Dieselben?

Er stieß die Tür auf und versuchte, sich die Szene vorzustellen. Warum hatten die Eindringlinge so viel Vorsicht walten lassen, um ein Grabmal aufzubrechen, und waren dann abgezogen, ohne die Tür wieder zu schließen? Karim bewegte den schweren hölzernen Flügel hin und her und begriff: In die schmale Furche der Türverkleidung waren Kieselsteine gerutscht, so dass die Tür nicht mehr fugenlos schloss und sich nicht mehr verriegeln ließ. Nur die kleinen Kiesel verrieten, dass sich hier jemand zu schaffen gemacht hatte.

Der Polizist untersuchte nun das Schloss selbst, ein kompliziertes, recht antikes Hebelsystem, mit dem sicher nur Spezialisten zurechtkamen. Karim stockte: Spezialisten? Konnte es tatsächlich sein, dass in der kleinen Schule und auf diesem Friedhof dieselben Einbrecher am Werk gewesen waren? Welcher Zusammenhang mochte zwischen den beiden Einbrüchen bestehen?

Die Stele lieferte ihm einen ersten Hinweis. »Jude Itéro. 23. Mai 1972 – 14. August 1982« stand darauf. Karim überlegte. Vielleicht hatte dieser kleine Junge die Ecole Jean-Jaurès besucht. Auf der Grabtafel war keine weitere Inschrift, kein Gebet eingemeißelt. Nur ein kleiner ovaler, nachgedunkelter Silberrahmen war auf dem Marmor befestigt. Aber er enthielt kein Porträt.

»Ist das ein Mädchen oder was?«

Karim drehte sich um: Sélier stand hinter ihm, wie üblich mit verwirrter Miene.

»Nein, das ist ein Jungenname.«

»Aber englisch?«

»Nein, jüdisch.«

Sélier wischte sich die Stirn ab.

»Meine Güte, dann ist das womöglich eine Schändung wie in Carpentras? Waren das Neonazis?«

Karim stand auf. »Nein, das glaube ich nicht. Aber sei so nett und warte bei den anderen am Tor.«

Sélier zog widerstrebend ab, die Mütze in den Nacken geschoben. Karim sah ihm nach, dann wandte er sich wieder der offenen Tür zu.

Er beschloss, sich den Innenraum anzusehen. Geduckt betrat er den Torbogen und schaltete seine Taschenlampe ein. Er stieg die Stufen hinab, unter seinen Füßen knirschten Kiesel, und er hatte das Gefühl, ein uraltes Tabu zu verletzen. Er beglückwünschte sich insgeheim, dass er keinerlei religiöse Überzeugungen hatte. Der Lichtstrahl durchdrang die Dunkelheit, Karim ging ein paar Schritte weiter und blieb jäh stehen. Im Schein der Taschenlampe erkannte er den kleinen Sarg aus hellem Holz, aufgebockt auf zwei Balken.

Mit trockener Kehle trat Karim näher und betrachtete den Sarg, der etwa einen Meter sechzig lang war und an den Ecken mit gedrechselten Säulen und versilberten Arabesken geschmückt war. Angesichts der Zeit, die seit der Bestattung vergangen war, schien er in gutem Zustand. Karim belastete die Fugen und dachte, ohne Handschuhe hätte er nicht gewagt, den Sarg zu berühren – und augenblicklich ärgerten ihn seine Bedenken. Auf den ersten Blick schien der Deckel unangetastet. Er richtete den Lichtstrahl auf die Schrauben, um sie näher zu untersuchen, doch in diesem Augenblick erscholl über ihm eine Stimme.

»Was treiben Sie da unten?«

Karim zuckte zusammen. Die Lampe fiel ihm aus der Hand und verlöschte, während er sich umdrehte. In der Türöffnung stand eine gebückte, breitschultrige Gestalt mit Mütze. Karim tastete auf dem Boden nach der Taschenlampe. »Polizei«, schnaubte er. »Ich bin Polizeileutnant.«

Der Mann sagte nichts, dann knurrte er unvermittelt: »Sie haben kein Recht, hier einzudringen.«

Der Polizist hatte seine Taschenlampe wiedergefunden und beleuchtete den Boden. Er ging auf die Treppe zu und musterte den grimmigen Kerl im Türrahmen. Wahrscheinlich der Friedhofswächter. Karim war sich sehr wohl bewusst, dass er unerlaubt hier war: Selbst in einem Fall wie diesem durfte eine Grabstätte nicht ohne schriftliche Genehmigung, unterzeichnet von der Familie, oder einen amtlichen Durchsuchungsbefehl betreten werden.

Er stieg die Treppe hinauf und sagte: »Machen Sie Platz. Ich komme rauf.«

Der Mann trat zur Seite. Karim begrüßte das Sonnenlicht wie ein Lebenselixier. Er zeigte seinen Dienstausweis und erklärte: »Karim Abdouf. Kommissariat Sarzac. Waren Sie derjenige, der die Grabschändung angezeigt hat?«

Der Mann schwieg und musterte den Araber mit farblosen Augen: Luftblasen in grauem Wasser.

»Sie haben kein Recht, hier zu sein.«

Karim nickte zerstreut. Die morgendliche Brise vertrieb sein Unbehagen.

»Schon recht, guter Mann. Streiten Sie nicht, Polizisten haben immer recht.«

Der Alte verzog verächtlich seine stachelige Oberlippe. Er stank nach Alkohol und feuchtem Lehm.

»Okay, erzählen Sie mir, was Sie wissen«, fuhr Karim fort. »Wann haben Sie's entdeckt?«

Der Alte seufzte. »Ich war um sechs Uhr hier. Wir haben heute Vormittag eine Beerdigung.«

»Wann waren Sie zum letzten Mal auf dem Friedhof?«

»Freitag.«

»Das Grab hätte also irgendwann während des Wochenendes aufgebrochen werden können.«

»Ja. Bloß glaube ich, dass es heute Nacht war.«

»Warum?«

»Weil's am Sonntag nachmittag geregnet hat und im Grab keine Spur von Feuchtigkeit ist … Also muss die Tür am Sonntag noch geschlossen gewesen sein, oder?«

»Wohnen Sie in der Nähe?«, fragte Karim.

»Niemand wohnt hier in der Nähe.«

Der Araber sah sich auf dem kleinen Friedhof um, der eine friedliche Stille verbreitete.

»Haben sich schon mal irgendwelche Penner hier rumgetrieben?«, fragte er.

»Nein.«

»Keine verdächtigen Gestalten? Oder gab es Fälle von Vandalismus? Okkulte Rituale?«

»Nicht, dass ich wüsste.«

»Was ist mit diesem Grab?«

Der Wächter wandte den Kopf ein wenig zur Seite und spuckte auf den Kies. »Da gibt's nichts zu sagen.«

»Eine ganze Gruft nur für ein einziges Kind, das ist doch ungewöhnlich, nicht?«

»Ja, das ist ungewöhnlich.«

»Kennen Sie die Eltern?«

»Nein. Nie gesehen.«

»1982 waren Sie noch nicht hier?«

»Nein. Und mein Vorgänger ist tot.« Er grinste. »Auch unsereiner kratzt irgendwann mal ab ...«

»Aber irgendjemand kümmert sich offensichtlich um das Grab.«

»Ich hab' ja nicht gesagt, dass keiner herkommt. Ich sag' nur, dass ich die Leute nicht kenne. Ich hab' nämlich Erfahrung, ich weiß, wie lang es dauert, bis Steine zerfallen. Ich weiß, wie lang sich Blumen halten, sogar wenn sie aus Plastik sind. Ich weiß, wann das Unkraut zu wachsen anfängt, das Dornengestrüpp und das ganze Zeug. Diese Gruft hier wird regelmäßig gepflegt, das kann ich Ihnen sagen. Bloß hab' ich nie jemand gesehen.«

Nachdenklich betrachtete Karim die offen stehende Tür. Noch einmal beugte er sich nieder und musterte den leeren Rahmen. Ohne aufzuschauen, sagte er: »Ich habe das Gefühl, als hätten die Plünderer das Bild des Kindes mitgenommen.«

»Ach ja? Kann sein, ja.«

»Erinnern Sie sich an sein Gesicht? An das Gesicht des Jungen?«

»Nein.«

Karim richtete sich auf und zog seine Handschuhe aus. »Im Lauf des Tages wird die Spurensicherung kommen und sich um Fingerabdrücke und andere Hinweise kümmern. Sagen Sie die Beerdigung ab. Schützen Sie eine Überschwemmung vor, oder lassen Sie sich sonst irgendeine Katastrophe einfallen. Ich will keinen Menschen hierhaben, verstanden? Vor allem keine Journalisten.«

Der Alte wollte protestieren, doch Karim hatte sich schon abgewandt und marschierte auf das Tor zu.

In der Ferne schlug eine blecherne Glocke neun Uhr.

9

Karim beschloss, noch einmal die Schule aufzusuchen, ehe er ins Kommissariat zurückkehrte, um seinen Bericht zu schreiben. Die Dachfirste der Häuser erstrahlten jetzt kupfern in der Morgensonne, wieder dachte er, wie prachtvoll der Tag zu werden versprach, und dieser banale Gedanke verursachte ihm eine leichte Übelkeit.

In der Schule angelangt, fragte er die Schulleiterin: »Ist Anfang der achtziger Jahre ein kleiner Junge namens Jude Itéro hier zur Schule gegangen?«

Die Frau zupfte an den weiten Ärmeln ihrer Jacke und fragte kokett: »Haben Sie denn schon eine Spur, Herr Inspektor?«

»Bitte antworten Sie mir.«

»Na ja … da muss ich im Archiv nachschauen.«

»Gut, tun Sie das. Jetzt gleich.«

Wieder führte ihn die Schulleiterin in das kleine Büro mit den Grünpflanzen.

»Anfang der Achtziger, sagen Sie?«, fragte sie, während sie mit einem Finger die Glasscheibe entlangfuhr.

»1981, 1982«, antwortete Karim und bemerkte im selben Moment, dass die Frau stutzte. »Was ist?«, fragte er.

»Komisch. Das ist mir heute Morgen gar nicht aufgefallen …«

»Was?«

»Die Akten aus den Jahren einundachtzig und zweiundachtzig … Sie sind nicht da.«

Karim schob die Schulleiterin sanft zur Seite und musterte die braunen Buchrücken. Jeder Ordner trug ein Etikett mit einer Jahreszahl. 1979, 1980 … Die beiden folgenden Jahrgänge fehlten in der Tat.

»Was steht denn eigentlich in diesen Akten?«, fragte Karim, während er einen Ordner herauszog und flüchtig darin blätterte.

»Die Namen der Schüler jeder Klasse. Die Noten, die Bemerkungen der Lehrer, die Abwesenheiten … Es sind sozusagen die Logbücher der Schule …«

Karim zog das Jahr 1980 heraus und suchte nach den Schülerlisten. »Wenn das Kind 1980 acht war, in welcher Klasse war es dann?«

»In der zweiten. Oder auch in der dritten – je nachdem, wann es eingeschult wurde.«

Karim überflog die Listen: kein Jude Itéro. »Gibt es in der Schule noch andere Unterlagen über die Jahre einundachtzig und zweiundachtzig?«, fragte er.

Die Schulleiterin überlegte eine Weile. »Na ja …«, sagte sie. »Da müssten wir im Speicher nachsehen … Da haben wir zum Beispiel die Verzeichnisse über die Schulspeisung. Oder die Berichte des Schularztes. Das ist alles oben im Dachboden. Dorthin geht nie jemand. Kommen Sie mit.«

Mit hastigen Schritten ging sie ihm voraus, durch den Vorfall offensichtlich in helle Aufregung versetzt, und führte ihn über Linoleumstufen in den Speicher. Durch einen engen Flur gelangten sie zu einer Eisentür, vor der die Schulleiterin sprachlos stehen blieb.

»Das … das ist doch unglaublich«, stammelte sie. »Auch diese Tür wurde aufgebrochen …«

Karim untersuchte das Schloss. Aufgebrochen, aber in keiner Weise beschädigt. Das Werk eines Eindringlings, der saubere Arbeit schätzte. Der Polizist stieß die Tür auf und trat ein. Er stand in einem weiträumigen Dachgeschoss, das bis auf ein vergittertes Oberlicht kein Fenster hatte. In Eisenregalen stapelten sich haufenweise Aktenbündel. Der Geruch von ausgetrocknetem, staubigem Papier stieg Karim in die Nase. »Und wo könnten die Unterlagen aus den Jahren einundachtzig und zweiundachtzig sein?«, fragte er. Die Schulleiterin antwortete nicht, sondern trat auf ein Regal zu und begann, zwischen dicken Bündeln zu stöbern. Es dauerte nur wenige Minuten, dann erklärte sie förmlich: »Sie sind ebenfalls verschwunden.«

Karim spürte ein Prickeln in Armen und Beinen. Die Schule. Der Friedhof. Die Jahrgänge 81 und 82. Der Name eines kleinen Jungen: Jude Itéro. Zwischen all diesen Elementen bestand ein Zusammenhang.

»Waren Sie 1981 schon an dieser Schule?«

Die Frau legte geziert den Kopf schief. »Na hören Sie, Herr Inspektor«, zwitscherte sie. »Damals war ich doch noch Studentin …«

»Wissen Sie von irgendwelchen besonderen Vorfällen in dieser Zeit? Von einem gravierenden Ereignis hätten Sie doch sicher gehört, oder?«

»Nein, ich weiß von nichts. Woran denken Sie zum Beispiel?«

»An den Tod eines Schülers.«

»Nein, von so einer Geschichte habe ich nie gehört. Aber ich könnte mich erkundigen.«

»Wo?«

»Beim Schulamt, das für unseren Bezirk zuständig ist. Ich …«

»Könnten Sie dort auch herausfinden, ob ein kleiner Junge namens Jude Itéro in den beiden Jahren hier an der Schule war?«

»Aber … überhaupt kein Problem, Herr Inspektor«, stieß die Schulleiterin atemlos hervor. »Ich werde …«

»Tun Sie's gleich. Ich komme später wieder.« Karim stürmte davon, doch mitten im Lauf hielt er inne und kam noch einmal zurück.

»Nur eins noch – für Ihre kriminalistische Bildung. Die französische Polizei hat neue Dienstbezeichnungen eingeführt, und man nennt uns Bullen heutzutage nicht mehr ›Inspecteur‹, sondern ›Lieutenant‹. Wie bei den Amerikanern.«

Die Schulleiterin riss ihre großen Augen auf und starrte der enteilenden Gestalt nach.

Von allen Beamten des Kommissariats war Crozier, der Chef, derjenige, den Karim am wenigsten verabscheute. Nicht weil er sein Vorgesetzter war, sondern weil er eine umfassende Erfahrung im Gelände besaß und häufig echte polizeiliche Intuition bewies.

Aus derselben Gegend stammend, gehörte Henri Crozier, vierundfünfzig und ehemaliger Soldat, seit fast zwanzig Jahren der französischen Polizei an. Ein Mann mit Kartoffelnase und pomadisiertem Haar, das aussah, wie mit dem Rechen niedergebügelt, strahlte er Härte und Unnachgiebigkeit aus, doch verfiel er mitunter auch in eine Jovialität, auf die man nicht gefasst war. Er war ein eigenbrötlerischer Sturkopf, hatte weder Frau noch Kinder, und die Vorstellung von Crozier im trauten Heim grenzte an Sciencefiction. Dieses Einzelgängertum brachte ihn Karim näher, doch das war auch schon die einzige Gemeinsamkeit zwischen ihnen. Abgesehen davon wies der Chef sämtliche Züge des bornierten, spießigen Polizisten auf. Er war die Sorte von Kriminalbeamter, der gern als Schäferhund wiedergeboren würde.

Karim klopfte an seine Bürotür und trat ein. Uralte eiserne Aktenschränke. Der Geruch nach aromatisiertem Pfeifentabak. Plakate, die den Ruhm der französischen Polizei verherrlichten, starre, schlecht fotografierte Gestalten.

Der Araber verspürte eine neuerliche Anwandlung von Übelkeit.

»Was ist denn das für ein Chaos?«, fragte Crozier, während er sich erhob.

»Ein Einbruch und eine Grabschändung. In beiden Fällen gaben sich die Täter große Mühe und gingen sehr diskret vor. Und beide Fälle sind sehr merkwürdig.«

Crozier verzog das Gesicht. »Was wurde gestohlen?«

»Aus der Schule ein paar Archivunterlagen. Und auf dem Friedhof weiß ich's nicht. Man müsste die Gruft sorgfältig durchsuchen …«

»Siehst du einen Zusammenhang zwischen den beiden Fällen?«

»Wie denn nicht? Zwei Einbrüche an ein und demselben Wochenende. In Sarzac. Das ist ein Ereignis, das die Statistik sprengen wird.«

»Aber hast du eine konkrete Verbindung festgestellt?«

Crozier kratzte seine schwärzliche Pfeife aus. Karim lächelte vor sich hin: die Karikatur des Kommissars aus den Krimiserien der fünfziger Jahre.

»Vielleicht hab' ich eine Verbindung, ja«, murmelte er. »Eine schwache zwar, aber …«

»Schieß los.«

»Die aufgebrochene Gruft ist das Grab eines Kindes mit ungewöhnlichem Namen, Jude Itéro, gestorben 1982 im Alter von zehn. Vielleicht erinnern Sie sich daran?«

»Nein. Weiter.«

»Also, die Schulakten, die gestohlen wurden, betreffen ausgerechnet die Jahre einundachtzig und zweiundachtzig, und ich hab' mir gedacht, dass der Junge vielleicht dort zur Schule ging, und zwar genau in den Jahren, die …«

»Hast du irgendwelche Beweise, die deine Vermutung stützen?«

»Nein.«

»Hast du die anderen Schulen überprüft?«

»Noch nicht.«

Wie Popeye blies Crozier seine Pfeife aus. Karim trat näher und schlug seinen sanftesten Tonfall an: »Lassen Sie mich die Ermittlungen führen, Kommissar. Meinem Gefühl nach ist irgendwas an der Sache faul. Ich spüre, dass da eine Verbindung besteht. Es klingt absurd, aber nach meiner Ansicht waren das Profis. Sie suchten irgendetwas. Finden wir zuerst die Eltern des Jungen, und dann nehme ich eine gründliche Durchsuchung der Gruft vor. Ich ... Sind Sie nicht einverstanden?«

Mit gesenktem Blick stopfte der Kommissar hingebungsvoll seine Pfeife. »Das waren die Skins«, murmelte er.

»Was?«

Crozier schaute zu Karim auf. »Ich sagte: Die Sache mit dem Friedhof, das waren die Kahlschädel.«

»Was für Kahlschädel?«

Der Kommissar fing an zu lachen und verschränkte die Arme. »Siehst du, du hast noch einiges zu lernen über unseren kleinen Bezirk. Wir haben hier ungefähr dreißig Skinheads. Sie hausen in einem aufgelassenen Lager in der Nähe von Caylus. Einer Halle, die früher einer Mineralwasserfirma gehörte. Zwanzig Kilometer von hier.«

Abdouf musterte nachdenklich seinen Chef, dessen ölige Frisur in der Sonne glänzte.

»Ich glaube, Sie irren sich.«

»Sélier sagt, es sei ein jüdisches Grab.«

»Mit Sicherheit nicht! Ich hab' ihm nur gesagt, Jude sei ein jüdischer Vorname, aber das heißt doch nichts. In der Gruft ist kein einziges Symbol der jüdischen Religion zu sehen, und Juden ziehen es bekanntlich vor, sich im Familiengrab beerdigen zu lassen. Kommissar, dieses Kind ist im Alter von zehn gestorben. Auf jüdischen Gräbern gibt es in solchen Fällen immer eine Zeichnung, ein Motiv, das den zu früh abgebrochenen Lebenslauf veranschaulicht. Wie etwa eine unvollendete Säule oder ein gefällter Baum. Diese Gruft ist ein christliches Grab.«

»Ein echter Experte, wie? Woher weißt du denn das alles?«

»Hab' ich gelesen.«

Doch Crozier wiederholte unbeirrt: »Das waren die Skins.«

»Das ist doch absurd. Das war keine rassistische Tat. Es wurde ja nicht mal was verwüstet. Die Einbrecher haben nach etwas anderem gesucht ...«

»Karim«, unterbrach ihn Crozier in freundschaftlichem Ton, in dem ein Anflug von Ungeduld mitschwang. »Ich schätze immer dein Urteil und deinen Rat. Aber noch bin ich derjenige, der hier bestimmt. Vertrau dem alten Hasen. Nimm die Fährte der Skinheads auf – ich bin überzeugt, dass ein kleiner Besuch deinerseits höchst aufschlussreich für uns wäre.«

Karim richtete sich wieder auf und schluckte. »Allein?«

»Sag bloß nicht, dass du dich vor ein paar Halbstarken fürchtest, die unter den Rasenmäher geraten sind.«

Karim gab keine Antwort. Crozier genoss es, ihm Prüfungen dieser Art aufzuerlegen: Seiner Auffassung nach waren sie sowohl eine Gemeinheit als auch ein Zeichen seiner Wertschätzung. Er packte die Kanten des Schreibtisches. Wenn Crozier spielen wollte, dann anständig.

»Ich schlage Ihnen einen Handel vor, Kommissar.«

»Na so was.«

»Ich vernehme die Skins, allein. Ich schüttle sie ein bisschen durch und schreibe Ihnen noch vor ein Uhr mittags einen Bericht. Im Gegenzug beschaffen Sie mir die Genehmigung für eine ordnungsgemäße Durchsuchung der Gruft. Auf meine Weise. Ich will auch die Eltern des Jungen befragen. Heute.«

»Und wenn es die Skinheads waren?«

»Es waren nicht die Skinheads.«

Crozier zündete seine Pfeife an. Der Tabak knisterte wie Strohblumen. »In Ordnung«, schnaubte er.

»Das heißt, nach Caylus hab' ich den Fall?«

»Nur, wenn du vor eins deinen Bericht ablieferst. Auf jeden Fall werden wir ziemlich bald die Leute von der Kripo am Hals haben.«

Karim wandte sich zur Tür und hatte die Hand schon auf der Klinke, als der Kommissar ihm nachrief: »Die Skins werden deinen Stil sicher sehr zu schätzen wissen!«

Unter dem Gelächter des alten Soldaten ließ Karim die Tür ins Schloss fallen.

10

Ein guter Polizist ist es sich schuldig, seinen Feind genau zu kennen. Alle seine Facetten, sämtliche Aspekte. Und in Sachen Skinheads kannte Karim sich aus. Zu Zeiten der Straßenkämpfe in Nanterre war er mehrmals mit ihnen aneinander geraten, und während seiner Polizeiausbildung hatte er einen ausführlichen Bericht über sie geschrieben. Auf dem Weg nach Caylus rekapitulierte er seine Kenntnisse – was eine Möglichkeit war, seine Chancen einzuschätzen.

Vor allem rief er sich die Uniformen der beiden unterschiedlichen Gesinnungen in Erinnerung. Nicht alle Skinheads waren rechtsextrem: Es gab auch die Red Skins, die sich der extremen Linken zuordneten. Gemischtrassig, trainiert bis zum Äußersten, waren sie mindestens so gefährlich wie die Neonazis. Doch wenn er es mit dieser Sorte zu tun hatte, standen seine Chancen, mit ihnen fertig zu werden, nicht so schlecht. Welcher Kategorie sie angehörten, war auf Anhieb zu erkennen: Die Faschos trugen Bomberjacken der Royal Air Force – auf konventionelle Weise, also mit der grünen Seite nach außen. Die Reds hingegen drehten ihre Jacken um und gingen in Grellorange. Die Faschos schnürten ihre Kampfstiefel mit weißen oder roten Schuhbändern, ihre Gegner mit gelben.

Gegen elf Uhr hielt Karim vor dem aufgelassenen Lagerhaus, einem Gebäude mit hohen Wellblechwänden, blau wie der Himmel, auf denen noch der Firmenname *Les eaux de la vallée* stand. Ein schwarzer Citroën war vor der Tür geparkt. Karim traf noch ein paar letzte Vorbereitungen, dann sprang er aus dem Wagen. Offensichtlich waren sie da und schliefen ihren Rausch aus.

Er ging auf das Lager zu und zwang sich, ruhig zu atmen, während er sich noch einmal die Merkmale vor Augen führte, auf die er zu achten hatte. Eine reale Chance hatte er nur bei den Roten.

Karim holte tief Luft und schob die Tür in ihrer Laufschiene zur Seite. Er brauchte nicht auf Schuhbänder zu achten, um zu wissen, in wessen Höhle er eingedrungen war. An den Wänden prangten Hakenkreuze, untermalt mit roter Farbe. Naziabzeichen hingen neben Bildern von Konzentrationslagern und vergrößerten Fotos von gefolterten Algeriern. Unter dieser Galerie lümmelte eine Bande Geschorener in grünen Jacken und beobachtete ihn. Ihre Doc Martens mit Stahlkappe funkelten im Halbdunkel. Rechtsextreme der übelsten Sorte. Karim schauderte. Er wusste, dass alle diese Kerle auf der Innenseite der Unterlippe die Buchstaben SKIN eintätowiert hatten.

Er stand da, konzentriert wie ein Luchs vor dem Angriff, und sah sich suchend nach ihren Waffen um. Das Arsenal dieser Irren war ihm wohlbekannt: amerikanische Schlagringe, Baseball-Schläger und kleine doppelläufige Selbstverteidigungspistolen. Irgendwo hatten die Schweine sicher noch etliche Pumpguns versteckt, die mit Hartgummigeschossen geladen waren.

Was er erblickte, schien ihm sehr viel schlimmer.

Birds. Weibliche Skinheads, auch sie mit blanken Köpfen, bis auf ein paar kleine Büschel auf der Stirn und lange Strähnen, die ihnen in die Wangen hingen. Recht gut gemästete Vögel, abgefüllt bis zum Rand und wahrscheinlich noch brutaler als ihre Macker. Karim schluckte. Das waren keine arbeitslosen Penner, die ihre Zeit totschlugen – hier hatte er es mit einer regelrechten Bande zu tun, die auf Bestellung prügelte und sich bis zum nächsten Auftrag in diesem Schuppen versteckt hielt. Seine Chancen, mit heiler Haut davonzukommen, schwanden rasant.

Eines der weiblichen Exemplare nahm einen langen Schluck aus der Flasche und riss den Mund auf, um zu rülpsen. In Karims Richtung. Die anderen grölten vor Vorfreude. Sie waren alle so groß wie er.

Karim riss sich zusammen und sagte laut und deutlich: »Okay, Jungs. Ich bin Bulle. Ich muss euch ein paar Fragen stellen.«

Die Burschen standen auf und rückten schrittweise näher. Bulle oder nicht, Karim war in erster Linie Araber. Und was war das Leben eines Arabers in einer Lagerhalle voller durchgeknallter Schwachsinniger wert? Oder auch in den Augen eines Crozier und anderer Polizisten? Dem Leutnant lief es kalt über den Rücken, und für den Bruchteil einer Sekunde spürte er den Boden unter sich nachgeben. Er kam sich vor, als wäre er allein gegen eine ganze Stadt, ein Land, vielleicht die Welt.

Er zog seine Automatik und richtete sie gegen die Decke. Die Geste brachte den Vormarsch zum Stillstand.

»Ich sag's euch noch mal: Ich bin Bulle, und ich will mich an die Spielregeln halten.«

Langsam legte er die Waffe auf ein verrostetes Fass. Die Skinheads beobachteten ihn.

»Ich lege die Knarre hierher. Keiner rührt sie an, während wir reden.«

Karims Automatik war eine Glock 21 – eines dieser neuen superleichten Modelle, die zu siebzig Prozent aus Polymeren bestehen. Fünfzehn Kugeln im Magazin plus eine im Lauf und ein Restlichtaufheller. Dass die Kerle so etwas noch nie gesehen hatten, war ihm klar. Vorläufig hielt er sie in Bann.

»Wer ist der Anführer?«

Die Antwort war Schweigen. Karim ging ein paar Schritte auf sie zu und wiederholte: »Sagt schon, wer ist euer Chef? Vertrödeln wir keine Zeit.«

Der Größte trat vor, jede Faser seines Körpers gespannt und bereit für eine Schlägerei.

»Was will die Ratte von uns?« Er hatte den harten Akzent der Gegend.

»Ich vergesse, wie du mich genannt hast, Bursche. Und wir reden nur kurz miteinander.«

Der Skin nickte bedächtig. Er war größer und breiter als Karim, der einen Augenblick lang seine Dreadlocks bereute: Im Fall einer tätlichen Auseinandersetzung boten sie einen idealen Angriffspunkt. Der Skin kam immer näher, die Hände offen herabhängend wie Tintenfische aus Metall. Karim wich keinen Millimeter zurück. Aus dem Augenwinkel beobachtete er, dass die anderen sich auf seine Waffe zuschoben.

»So, du Arabersau, was willst du …«

Karims Kopf traf ihn mit der Geschwindigkeit einer Granate und rammte ihm die Nase ins Gesicht. Der Skin ging zu Boden, Karim drehte sich um die eigene Achse und trat ihm mit dem Absatz gegen die Kehle. Der Kerl rappelte sich auf, um zwei Meter weiter wieder zusammenzubrechen, gekrümmt vor Schmerz. Einer seiner Gesellen stürzte sich auf die Waffe und spannte den Hahn. Nichts, nur ein Klicken. Er versuchte, durchzuladen, doch das Magazin war leer. Karim zog eine zweite Automatik, eine Beretta, die er im Hosenbund versteckt hatte, zielte mit beiden Händen auf die rasierten Köpfe, während er sein Opfer mit dem Fuß niederhielt, und brüllte: »Ihr Schrumpfköpfe, habt ihr tatsächlich geglaubt, ich lege euch abgedrehten Wichsern eine geladene Waffe hin?«

Die Skins waren erstarrt. Der Mann auf dem Boden keuchte halb erstickt: »Arschloch. Du hältst dich an die Regeln, wie?«

Karim trat ihm zwischen die Beine, der Typ jaulte auf. Dann beugte er sich nieder und verdrehte ihm das Ohr. Unter seinen Fingern knackten die Knorpel.

»Regeln? Mit Abschaum wie euch?« Er stieß ein Hohngelächter aus. »Aber sicher … Stellt euch dort auf, die Hände an die Wand, ihr Idioten! Die Schlampen auch!«

Karim schoss in die Neonlampe. Ein bläuliches Licht flammte auf, die Blechverkleidung prallte gegen die Decke, riss aus der Verankerung und stürzte in einer Funkenexplosion zu Boden. Die Furcht erregenden Skins stoben in alle Richtungen davon. Armselig. Karim brüllte sich die Kehle wund.

»Leert eure Taschen aus! Eine falsche Bewegung, und eure Kniescheiben sind dahin!«

Karim sah den Raum durch einen dunklen, pulsierenden Schleier. Er hielt dem Anführer den Lauf an die Rippen und fragte, leiser: »Womit dröhnt ihr euch zu?«

Der Mann spuckte Blut.

»Wa … was?«

Karim verstärkte den Druck der Waffe.

»Was werft ihr ein, um euch anzutörnen?«

»Speed … Angel dust … Kleber …«

»Was für einen Kleber?«

»Di … Dissoplast …«

»Sekundenkleber?«

Der Geschorene grunzte und verdrehte blutunterlaufene Augen, ohne zu begreifen.

»Wo ist er?«, fragte Karim.

»In dem Müllsack neben dem Kühlschrank …«

»Rühr dich nicht von der Stelle, sonst bist du tot.«

Karim behielt den Raum im Blick, zielte abwechselnd auf den verletzten Chef und die abgewandten reglosen Gestalten und ging rückwärts zum Kühlschrank. Mit der linken Hand leerte er den Sack: Tausende von Pillen und etliche Tuben Klebstoff fielen heraus. Er sammelte die Tuben auf, schraubte sie auf und ging quer durch den Raum zu den Bandenmitgliedern, die an der Wand standen und sich immer noch nicht rührten. In Schlangenlinien drückte er hinter ihnen den Klebstoff auf den Boden, während er ihnen im Vorübergehen in die Beine, ins Kreuz trat und ihre Messer und sonstigen Waffen weit fortschleuderte.

»Umdrehen.«

Die Skinheads drehten sich schlurfend um.

»Runter auf den Boden. Ihr werdet jetzt ein paar Liegestütze machen. Die Schlampen auch. Und die Pfoten schön fest auf den Boden.«

Sämtliche Hände drückten sich in den Klebstoff, der zwischen den Fingern hervorquoll. Beim dritten Liegestütz hafteten die Handflächen endgültig fest. Die Skins ließen sich bäuchlings fallen, verdrehten die Handgelenke und wälzten sich unter wilden Flüchen auf dem Beton.

Karim setzte sich mit gekreuzten Beinen neben dem Anführer auf den Boden und atmete tief ein, um sich zu beruhigen.

»Wo wart ihr gestern Abend?«, fragte er in gefassterem Ton.

»Wir … wir waren's nicht.«

Karim spitzte die Ohren. Aus Trotz und Angeberei hatte er die Skinheads gedemütigt und stellte seine Fragen nur der Form halber. Er war sicher, dass diese Schwachsinnigen mit der Friedhofsschändung nichts zu tun hatten. Aber dieser

Kerl schien bereits zu wissen, worum es ging. Karim beugte sich nieder.

»Wovon redest du?«

Der Skin richtete sich auf einen Ellenbogen auf.

»Vom Friedhof ... Wir waren das nicht.«

»Wie kommt es, dass du auf dem Laufenden bist?«

»Wir ... wir waren in der Nähe ...«

Karim kam ein jäher Gedanke. Crozier hatte einen Zeugen. Jemand hatte ihn am Morgen informiert: Die Skins hatten sich in Friedhofsnähe herumgetrieben und waren gesehen worden. Der Kommissar hatte ihn also in die Höhle des Löwen geschickt, ohne ihm ein Wort zu sagen. Ihn würde sich Karim auch noch vornehmen. »Erzähl.«

»Wir haben uns eben in der Gegend dort rumgetrieben ...«

»Um wie viel Uhr?«

»Weiß nicht ... Zwei vielleicht ...«

»Warum?«

»Weiß nicht ... Wir wollten Action ... Kanaken aufmischen ... Deswegen haben wir die Baubaracken gesucht ...«

Karim sträubten sich die Nackenhaare. »Und dann?«

»Sind wir beim Friedhof vorbeigekommen ... Scheiße ... Das Tor war offen, und wir haben irgendwelche Typen gesehen, die aus der Gruft kamen ...«

»Wie viele waren es?«

»Zwei, glaub' ich.«

»Kannst du sie beschreiben?«

Der Chef grinste. »Mann, wir waren total dicht ...«

Karim versetzte ihm einen Schlag auf das malträtierte Ohr. Dem Skinhead entwich ein Ächzen, das in einem schlangenähnlichen Zischen endete.

»Du kannst sie also beschreiben?«

»Nein! Es war doch stockfinster ...«

Nun konnte man sich also sicher sein, dass die Einbrecher Profis gewesen waren, dachte Karim.

»Und dann?«

»Mann! Wir haben Schiss gekriegt ... sind abgehauen ... Weil, wenn man uns das anhängt ... wegen ... wegen Carpentras ...«

»Ist das alles? Sonst ist euch nichts aufgefallen? Irgendeine Kleinigkeit?«

»Nein ... nichts ... Um zwei Uhr morgens ist dieses Kaff doch total ausgestorben ...«

Karim stellte sich die menschenleere kleine Landstraße mit ihrer einzigen Laterne vor, eine weiße Klaue in der Dunkelheit, die Nachtfalter anzog. Und eine Bande Skinheads, abgefüllt bis zum Rand mit Alkohol und Drogen, die durch die Straßen marschierten und Nazilieder grölten. »Denk noch mal nach«, sagte er.

»Hm ... später ... Ich hab' eine Kommikiste gesehen, einen Lada oder irgendwas von der Art, der in die andere Richtung gefahren ist. Auf der D 143. Er kam vom Friedhof«

»Farbe?«

»Weiß ...«

»Sonst nichts Besonderes?«

»Dreckverschmiert war er ...«

»Du weißt nicht zufällig das Kennzeichen?«

»Mann ... Wir sind doch keine Bullen, du Wichser, ich ...«

Karim trat ihm in die Milz. Der Mann krümmte sich, in seinen Mundwinkeln bildeten sich blutige Blasen. Der Leutnant stand auf und klopfte sich den Staub von der Jeans. Er hatte hier nichts mehr verloren. Hinter ihm stöhnten und fluchten die anderen, deren Hände inzwischen schwer verätzt sein mussten.

»Du wirst jetzt schön brav aufs Kommissariat von Sarzac gehen. Heute. Und deine Aussage unterschreiben. Sag, dass du von mir kommst, dann wirst du bevorzugt behandelt.«

Der Skinhead stöhnte, dann hob er mühsam den Kopf und sah ihn mit dem Blick eines gehetzten Tiers an.

»Warum … warum … machst du so was, Mann?«

»Damit du's nicht vergisst«, antwortete Karim. »Ein Bulle ist immer ein Problem. Aber ein arabischer Bulle ist ein gottverdammtes Problem. Versuch du noch einmal, Kanaken aufzumischen, und du wirst mit diesem Problem Bekanntschaft machen.« Er trat ihn noch einmal. »Sehr enge Bekanntschaft.« Rückwärts ging er zur Tür und steckte im Vorübergehen seine Glock ein.

Mit quietschenden Reifen fuhr er davon und blieb ein paar Kilometer weiter am Rand eines Wäldchens stehen, um sich abzuregen und nachzudenken. Die Gruft war also vor zwei Uhr morgens aufgebrochen worden. Die Plünderer waren zu zweit und fuhren – vielleicht – einen osteuropäischen Wagen. Er warf einen Blick auf die Uhr: Er hatte gerade noch Zeit, seinen Bericht zu schreiben. Dann konnte er ernsthaft mit den Ermittlungen beginnen. Man musste eine Fahndung ausschreiben, die Zulassungsstelle anrufen, die Leute befragen, die an der D 143 wohnten …

Doch im Geist war er schon anderswo. Er hatte seine Aufgabe erfüllt, und Crozier würde ihm nun freie Hand lassen. Er konnte die Ermittlung auf seine Weise durchführen: zum Beispiel nach den Angehörigen des kleinen Jungen fahnden, der 1982 gestorben war.

3. TEIL

11

»… Die Untersuchung der Thorax-Vorderseite ergibt lange Schnittwunden, vermutlich mit einer Klinge ausgeführt. Weitere Verletzungen dieser Art, die von demselben Instrument stammen, befinden sich auf den Schultern, den Armen …«

Der Gerichtsmediziner trug einen Kittel aus zerknittertem Drillich und kleine runde Augengläser: Marc Costes war ein junger Mann mit scharfen Gesichtszügen und abwesendem Blick. Niémans hatte er auf Anhieb gefallen, denn er erkannte in ihm einen Fanatiker seines Fachs, einen Forscher, der jedem Problem auf den Grund ging, dem es wahrscheinlich noch an Erfahrung fehlte, doch gewiss nicht an Leidenschaft. In sachlichem Ton las er seinen Autopsiebericht vor:

»… Ferner zahlreiche Verbrennungen: auf der Vorder- und Rückseite des Rumpfes, an Schultern, den Seiten, den Armen. Es sind etwa fünfundzwanzig Verletzungen dieser Art zu zählen, von denen viele die oben beschriebenen Schnittwunden überlagern …«

»Was heißt das?« unterbrach ihn Niémans. Der Mediziner blickte ihn über den Rand der Brille hinweg verlegen an. »Ich denke, der Mörder hat die Wunden ausgebrannt. Es sieht so aus, als hätte er die Schnittwunden mit Benzin benetzt – möglicherweise mit Hilfe eines Zerstäubers, denn die Verbrennungen sind einerseits großflächig, andererseits betreffen sie nur die Epidermis – die Oberhaut«, fügte er mit einem Blick auf seine Zuhörer hinzu. »Es muss also ein ziemlich feiner Benzinnebel über der Haut gewesen sein, der dann in Brand gesteckt wurde.«

Niémans spürte, wie ihm der kalte Schweiß über den Rücken rann. Wieder durchmaß er mit großen Schritten den Seminarraum im ersten Stock des Psychologie- und Soziologiegebäudes, in dem er sein Hauptquartier eingerichtet hatte. In dieses bescheidene Zimmer hatte er den Pathologen zur Unterredung gebeten. Hauptmann Barnes und Leutnant Joisneau waren ebenfalls anwesend und saßen brav auf ihren Studentenstühlen.

»Fahren Sie fort«, befahl er.

»… Auch sind zahlreiche Hämatome, Ödeme, Brüche festzustellen. Allein der Rumpf weist achtzehn Hämatome auf. Vier Rippen sind gebrochen, die beiden Schlüsselbeine zertrümmert. Auch an anderen Körperteilen finden sich Spuren von Schlägen. Drei Finger der linken und zwei der rechten Hand sind zermalmt. Die Genitalien sind infolge von Schlägen blutunterlaufen. Die verwendete Waffe ist vermutlich eine Eisen- oder Bleistange von etwa sieben Zentimetern Durchmesser. Natürlich sind auch Verletzungen festzustellen, die beim späteren Transport der Leiche und ihrer Unterbringung in der Felsspalte verursacht wurden, Ödeme jedoch reagieren *post* mortem anders …«

Niémans warf einen kurzen Blick auf die Zuhörer: ausweichende Blicke und feucht glänzende Schläfen.

»… Der obere Teil des Körpers: Gesicht unversehrt. Der Nacken weist keine sichtbaren Quetschungen auf …«

»Keine Schläge ins Gesicht?«, fragte Niémans.

»Nein. Offensichtlich hat der Mörder das Gesicht sogar absichtlich verschont.«

Costes senkte den Blick wieder auf seinen Bericht und wollte weiterlesen, doch Niémans unterbrach ihn erneut.

»Moment, bitte. Ich nehme an, das geht noch ziemlich lang so weiter.«

Der Arzt blinzelte nervös und blätterte in seinem Bericht. »Schon noch ein paar Seiten, ja …«

»Okay. Wir werden Ihren Bericht später selbst lesen. Sagen Sie uns lieber, was die Todesursache war. Ist das Opfer an seinen Verletzungen gestorben?«

»Nein. Der Mann wurde erdrosselt. Daran besteht kein Zweifel. Mit einem Metalldraht von etwa zwei Millimetern Durchmesser. Wie zum Beispiel dem Bremskabel eines Fahrrads, einer Klaviersaite oder irgendeinem ähnlichen Draht, der einen Einschnitt von fünfzehn Zentimetern Länge verursacht, den Kehlkopf zerquetscht, die Halsmuskeln und die Aorta durchtrennt hat, was zu einer Hämorrhagie führte.«

»Und der Todeszeitpunkt?«

»Schwer zu sagen. Wegen der zusammengekrümmten Haltung der Leiche, die wahrscheinlich der Mörder selbst bewerkstelligt hat. Durch diese Gymnastik wurde der Eintritt der Totenstarre eine Weile verzögert, und …«

»Nennen Sie mir einen ungefähren Zeitpunkt.«

»Bei Einbruch der Dunkelheit, würde ich sagen. Samstag Abend zwischen zwanzig Uhr und Mitternacht.«

»Dann wurde Caillois also offensichtlich beim Abstieg überrascht?«

»Nicht unbedingt. Meiner Ansicht nach dauerte diese Folter ziemlich lang. Ich glaube eher, er fiel seinem Mörder bereits im Lauf des Vormittags in die Hände, und seine Agonie zog sich über den ganzen Tag hin.«

»Hat sich das Opfer gewehrt?«

»Das kann man angesichts der zahlreichen Verletzungen unmöglich sagen. Aber eines steht fest: Der Mann wurde nicht niedergeschlagen. Und er war während seiner Folterung gefesselt und bei Bewusstsein: Die Abdrücke von Fesseln an Armen und Handgelenken sind eindeutig. Andererseits – nachdem nichts darauf hindeutet, dass der Mann geknebelt wurde, kann man annehmen, dass sein Mörder nicht befürchten musste, jemand könnte die Schreie hören.«

Niémans lehnte sich ans Fensterbrett.

»Was halten Sie von den Folterungen? Sind sie professionell?«

»Professionell?«

»Handelt es sich um Kriegstechniken? Bekannte Methoden?«

»Ich bin zwar kein Experte, aber das glaube ich nicht. Ich würde eher sagen, es war die Vorgehensweise eines … eines Besessenen. Eines Irren, der Antworten aus ihm herauspressen wollte.«

»Warum sagen Sie das?«

»Der Mörder wollte Caillois zum Reden bringen. Und er hat geredet.«

»Woher wissen Sie das?«

Costes deutete eine bescheidene Verbeugung an. Trotz der Wärme im Raum hatte er seinen Parka nicht abgelegt.

»Hätte der Mörder Rémy Caillois nur aus reinem Vergnügen gequält, so hätte er ihn zu Tode gefoltert. Aber wie gesagt, er wurde letztlich auf andere Weise umgebracht. Mit einem Draht erwürgt.«

»Kein Hinweis auf sexuelle Misshandlungen?«

»Nein. Nichts dergleichen. Das ist nicht seine Welt. Überhaupt nicht.«

Niémans ging wieder ein paar Schritte durch den Raum. Er versuchte sich ein Monstrum vorzustellen, das fähig war, einem anderen Menschen derartige Qualen zuzufügen. Versuchte sich selbst als Beobachter der Szene zu sehen, aber er sah nichts. Kein Gesicht, keine Gestalt. Dann dachte er an den Hingerichteten, an das, was dessen Augen wahrnahmen, während er gegen den Tod, das Leiden kämpfte. Er sah wilde, verzweifelte Gesten, Braun-, Rot-, Ockertöne, einen unerträglichen Hagel von Schlägen, sah Flammen und Blut. Was mochten seine letzten Gedanken gewesen sein? Langsam und deutlich fragte er: »Was war mit den Augen?«

»Den Augen?«

Barnes hatte diese Frage gestellt, und vor Überraschung hatte sich seine Stimme eine Oktave höher geschraubt.

Herablassend antwortete Niémans: »Ja, den Augen. Das ist mir vorhin in der Klinik aufgefallen. Der Mörder hat seinem Opfer die Augen herausgetrennt. Die Höhlen schienen mit Wasser gefüllt ...«

»So ist es«, bestätigte Costes.

»Fangen Sie von Anfang an«, forderte Niémans ihn auf.

Costes blätterte in seinem Bericht. »Der Mörder hob das Lid an, führte eine Klinge ein, durchtrennte den Augenmuskel und den Sehnerv und entfernte dann den Augapfel. Anschließend schabte er das Innere der Augenhöhlen sorgfältig aus.«

»War das Opfer bei dieser Operation bereits tot?«

»Das lässt sich nicht mit Sicherheit sagen. Ich habe jedoch Blutungen in dieser Region festgestellt, die vermuten lassen, dass Caillois zu dem Zeitpunkt noch am Leben war.«

Ein bedrücktes Schweigen folgte seinen Worten. Barnes war aschfahl, Joisneau wie erstarrt vor Entsetzen.

»Und dann?«, fragte Niémans, um die mit jeder Sekunde wachsende Beklemmung aufzubrechen.

»Später, als das Opfer tot war, füllte der Mörder die Augenhöhlen mit Wasser – mit Flusswasser, nehme ich an – und verschloss sorgfältig die Lider. Deshalb waren sie geschlossen und gewölbt, als wären die Augen unversehrt.«

»Kommen wir auf die Verstümmelung der Augen zurück. Besitzt der Mörder Ihrer Ansicht nach chirurgische Kenntnisse?«

»Nein. Oder nur sehr vage Vorstellungen. Er gibt sich Mühe, würde ich sagen, wie auch bei den Folterungen.«

»Was für Instrumente hat er dafür benutzt? Dieselben, die auch die Schnittwunden am Körper verursachten?«

Sie stammen jedenfalls aus derselben Familie.«

»Aus welcher Familie?«

»Industrielle Instrumente. Schneidewerkzeuge irgendeiner Art.«

Niémans trat vor den Arzt hin. »Mehr können Sie uns nicht sagen? Keinerlei Hinweis? Keine Spur, die irgendwohin führt?«

»Leider nein. Der Körper wurde gründlich gewaschen, ehe er in der Felsspalte untergebracht wurde. Diese Leiche sagt uns nicht das geringste über den Tatort. Geschweige denn über die Identität des Mörders. Wir können allenfalls annehmen, dass es sich um einen kräftigen und geschickten Mann handelt. Das ist alles.«

»Recht wenig«, brummte Niémans.

Costes schwieg eine Weile, dann kam er auf seinen Bericht zurück. »Da ist noch ein Detail, das ich nicht erwähnt habe … Ein Detail, das mit dem Mord an sich nichts zu tun hat.«

Der Kommissar sah ihn an. »Was?«

»Rémy Caillois hatte keine Fingerabdrücke.«

»Was soll das heißen?«

»Er hatte verätzte Hände – so sehr, dass auf der Haut keinerlei Rillen mehr sichtbar waren. Vielleicht infolge von Verbrennungen bei einem Unfall. Dieser Unfall muss allerdings weit zurückliegen.«

Niémans warf Barnes einen fragenden Blick zu, erhielt jedoch lediglich ein Schulterzucken zur Antwort.

»Das werden wir nachprüfen«, murmelte Niémans.

Er trat so dicht an den Pathologen heran, dass er beinahe dessen Parka berührte. »Was halten Sie persönlich von diesem Mord?«, fragte er. »Wie kommt er Ihnen vor? Ich meine, was ist Ihre ärztliche Einschätzung dieser Hinrichtung?«

Costes nahm die Brille ab und rieb sich die Lider. Als er die Gläser wieder aufsetzte, schien sein Blick klarer, wie poliert. Und seine Stimme klang sicherer.

»Der Mörder folgt irgendeinem obskuren Ritual. Einem Ritual, das mit dieser Fötalposition in der Felsnische enden musste. Das alles wirkt sehr präzise, sehr durchdacht. So muss die Heraustrennung der Augen eine wesentliche Rolle spielen. Ebenso das Wasser. Wasser unter den Lidern anstelle der Augen. Als hätte der Mörder die Augenhöhlen ausspülen, reinigen wollen. Wir sind dabei, das Wasser zu analysieren – man kann ja nie wissen. Vielleicht gibt uns die chemische Zusammensetzung einen Hinweis.«

Niémans nahm diese letzten Worte mit einer unbestimmten Geste zur Kenntnis. Eine Reinigung. Auch der Kommissar dachte seit seinem Besuch bei dem kleinen See an eine Katharsis, eine Läuterung. In diesem Punkt trafen sich die beiden Männer. Offenbar wollte der Mörder über dem See eine Verunreinigung beseitigen – oder vielleicht auch nur sein eigenes Verbrechen abwaschen?

Minuten vergingen. Niemand wagte sich zu rühren. Schließlich wandte sich Niémans zur Tür und sagte: »Machen wir uns wieder an die Arbeit. Die Zeit drängt. Ich weiß nicht, was Rémy Caillois zu gestehen hatte. Ich hoffe bloß, es zieht keine weiteren Morde nach sich.«

12

Niémans und Joisneau kehrten zur Bibliothek zurück. Vor der Tür warf der Kommissar dem Leutnant einen kurzen Blick zu und sah dessen bleiches, fassungsloses Gesicht. Er klopfte ihm auf den Rücken und schnaufte wie ein Sportler. Eric reagierte mit einem halbherzigen Lächeln.

Ein beeindruckender Anblick bot sich ihnen, als sie den großen Lesesaal betraten: Zwei entnervte Beamte der Kriminalpolizei und ein ganzer Trupp nicht minder verdrossener Streifenpolizisten in Hemdsärmeln waren über die Bibliothek hergefallen und stellten sie vollständig auf den Kopf. Überall türmten sich Hunderte von Büchern oder lagen aufgeschlagen auf den Tischen. Entgeistert fragte Joisneau: »Was soll das denn bedeuten?«

»Tja, wir tun, was man uns aufgetragen hat«, antwortete ein Beamter. »Wir untersuchen alle Bücher, in denen vom Bösen die Rede ist, von religiösen Riten und so weiter …«

Joisneau warf Niémans einen Blick zu. Sichtlich erbittert über dieses dilettantische Vorgehen, brüllte der den Kripobeamten an: »Per Computer, habe ich gesagt! Doch nicht die Bücher selber! Wozu gibt es denn EDV?!«

»Oh, wir haben sehr wohl eine elektronische Suche gestartet, nach Sachgebieten und Titeln. Aber jetzt durchsuchen wir die Bücher nach Hinweisen, nach etwaigen Anklängen an den Mord …«

»Haben Sie denn mit den Dozenten und Professoren gesprochen?« warf Niémans ein.

Der Beamte verzog mürrisch das Gesicht. »Das sind Philosophen«, sagte er. »Sie haben uns bloß die Ohren vollgequatscht. Der Erste sagte, der Begriff des Bösen sei eine rein bürgerliche Wertvorstellung, die man aus sozialer und eher marxistischer Sicht überprüfen müsse. Wir sind nicht weiter auf ihn eingegangen. Der Zweite hat was von Grenzüberschreitungen gefaselt. Allerdings unter Hinweis darauf, dass die Grenze in uns selber ist … dass unser Gewissen ständig mit einem übergeordneten Zensor verhandelt … Wir haben jedenfalls nichts kapiert. Der Dritte hat uns was vom Absoluten und der Suche nach dem Unmöglichen erzählt … vom mystischen Erlebnis, das, als Verlangen, im Guten wie im Bösen zustande kommen könne. Also … uns ist das zu hoch, offen gestanden …«

Niémans fing an zu lachen. »Ich hab's dir ja gesagt«, schnaubte er, an Joisneau gewandt. »Trau keinem Intellektuellen.«

Zu dem verdutzten Kripobeamten sagte er: »Machen Sie nur weiter. Suchen Sie nach den Schlüsselbegriffen ›Böses‹, ›Gewalt‹ und ›Riten‹, und geben Sie außerdem die Begriffe ›Wasser‹, ›Augen‹ und ›Läuterung‹ oder ›Reinheit‹ in den Computer ein. Machen Sie mir eine Liste der Studenten, die solche Bücher ausgeliehen und sich mit diesen Themen beschäftigt haben, beispielsweise im Zusammenhang mit einer Diplom- oder Doktorarbeit. Wer ist hier der Computerspezialist?«

»Ich, Herr Kommissar!« Ein vierschrötiger Bursche trat vor und ließ die Schultern kreisen.

»Was haben Sie sonst noch in Caillois' Dateien gefunden?«

»Die Listen beschädigter Bücher, Bestellungen und so weiter. Die Namen der Studenten, die sich Bücher im Lesesaal ausgeliehen haben, und ihren Platz im Saal.«

»Ihren Platz?«

»Jawohl. Caillois hatte unter anderem die Aufgabe, jedem Studenten einen eigenen Platz zuzuweisen …« Mit einer Kopfbewegung deutete er auf die verglasten Abteile. »In diesen Boxen da. Er hatte jeden Namen samt Platznummer gespeichert.«

»Seine eigene Dissertation haben Sie nicht gefunden, oder?«

»Doch. Ein tausendseitiger Schinken über die Antike und …« – er warf einen Blick auf ein vollgekritzeltes Notizblatt – »… über die olympische Idee. Darin geht es um die allerersten Olympischen Spiele und um die heiligen Riten, die damit verbunden waren … Ein gewaltiges Ding, das kann ich Ihnen sagen.«

»Machen Sie einen Ausdruck davon, und lesen Sie's.«

»Wie bitte?«

»Kursorisch natürlich«, fügte Niémans mit spöttischem Unterton hinzu.

Der Mann schien leicht aus der Fassung. Ehe er protestieren konnte, fuhr Niémans fort: »Sonst hat er nichts in seiner Kiste? Irgendwelche Videospiele? Eine Mailbox?«

Der Kripobeamte schüttelte den Kopf. Niémans fand diese Auskunft nicht weiter verwunderlich. Er hatte schon geahnt, dass Caillois allein für seine Bücher und seine Berge gelebt hatte. Ein rigoroser Charakter, privat wie beruflich, der sich keinerlei Ablenkung von seinen Aufgaben gestattete: der Fertigstellung seiner Dissertation. Was hätte ein derart strenger Asket wohl zu gestehen?

Niémans drehte sich zu Joisneau um. »Komm mal mit«, sagte er und zog ihn zu den Bücherregalen. »Wie weit bist du inzwischen mit deinen Ermittlungen?«

Sie traten in einen schmalen Gang zwischen Regalen. Am anderen Ende stand ein uniformierter Polizist, die Mütze in den Nacken geschoben, und blätterte eifrig in einem Buch. Bei seinem Anblick hatte der Kommissar einige Mühe, seinen Ernst zu wahren.

Der Leutnant schlug sein Notizbuch auf. »Ich habe mehrere Universitätsmitarbeiter befragt, außerdem die beiden Bibliothekare, die Caillois' Kollegen waren. Er war nicht sonderlich beliebt, aber immerhin wurde er respektiert.«

»Was hatten sie ihm vorzuwerfen?«

»Nichts Bestimmtes. Ich habe eher den Eindruck, dass er

bei allen ein gewisses Unbehagen verursachte. Er war ein zurückhaltender Typ, geradezu verschlossen, legte nicht den geringsten Wert auf soziale Kontakte und sagte nur das Allernötigste. In gewisser Weise passt das ja zu seiner Arbeit.« Joisneau warf einen Blick in den Lesesaal, beinahe bestürzt. »Das muss man sich mal vorstellen … den ganzen Tag in dieser Bibliothek sitzen und kein Wort reden …«

»Hat jemand seinen Vater erwähnt?«

»Ja – wussten Sie, dass er ebenfalls Bibliothekar war? Dieselbe Sorte wie sein Sohn. Schweigsam, verschlossen. Also wissen Sie, langfristig muss diese Beichtstuhlatmosphäre doch irgendwie aufs Gemüt schlagen.«

Niémans lehnte sich an das Regal. »Hat man dir erzählt, dass er in den Bergen umgekommen ist?«

»Natürlich. Aber daran ist nichts Verdächtiges. Der gute Mann wurde von einer Lawine mitgerissen …«

»Ich weiß. Also, deiner Ansicht nach konnte keiner den Caillois etwas vorwerfen, weder dem Vater noch dem Sohn?«

»Herr Kommissar, der Mann holte Bücher aus dem Magazin, füllte Formulare aus und verteilte Platznummern an die Studenten. Wer sollte sich an so einem wohl rächen – und wofür? Ein Student, dem Caillois die falsche Ausgabe gebracht hat?«

»Okay. Und was ist mit seiner Bergsteigerei?«

Joisneau blätterte wieder in seinem Notizbuch. »Caillois wechselte zwischen Klettern und Bergwandern. Er war sowohl Alpinist als auch ein unvergleichlicher Tourengänger. Nach Aussage der Augenzeugen, die ihn am letzten Samstag losgehen sahen, ist er offensichtlich auf zweitausend Meter aufgestiegen. Ohne Ausrüstung.«

»Hatte er Mitwanderer, Klettergefährten?«

»Niemals. Nicht einmal seine Frau hat ihn begleitet. Caillois war in jeder Hinsicht ein Einzelgänger. An der Grenze zum Autismus.«

Nun gab Niémans seine neuesten Erkenntnisse preis. »Ich war noch einmal am Fluss«, sagte er. »Ich habe im Felsen die Einschläge von Haken gefunden. Anscheinend hat der Mörder die Leiche mit Hilfe einer Abseiltechnik in die Nische verfrachtet.«

Joisneau runzelte die Stirn. »Scheiße, ich bin doch auch hinaufgestiegen und habe …«

»Die Einschlaglöcher befinden sich in der Innenseite der Nische. Der Mörder hat mehrere Haken in die Wand geschlagen und sich daran abgeseilt, um mit Hilfe seines eigenen Körpergewichts die Leiche hinaufzuziehen.«

»Scheiße.«

Seine Miene drückte eine Mischung zwischen Ärger und Bewunderung aus. Niémans lächelte.

»Das war nicht mein Verdienst. Meine Zeugin hat mich auf die Spur gebracht. Fanny Ferreira. Ein echter Profi.« Er zwinkerte. »Und eine echte Kanone … Ich hätte gern, dass du in dieser Richtung weitergräbst. Ich will eine ausführliche Liste der eingefleischten Kletterer in der Gegend und aller, die Zugang zu alpiner Ausrüstung hatten.«

»Aber das sind bestimmt Tausende!«

»Frag deine Kollegen. Frag Barnes. Man kann nie wissen – vielleicht stoßen wir hier auf eine Spur. Auch die Augen könnten eine Spur sein – kümmere dich darum.«

»Die Augen?«

»Du hast den Gerichtsmediziner gehört. Der Mörder hat seinem Opfer sehr sorgfältig die Augen entfernt. Ich habe nicht die leiseste Ahnung, was das bedeutet. Vielleicht ist es eine Form von Fetischismus. Oder vielleicht wollte der Mörder damit irgendeine besondere Läuterung andeuten – vielleicht sind die Augen Symbol für eine Szene, die das Opfer beobachtet hat. Oder für einen Blick, von dem der Mörder sich zwanghaft verfolgt fühlte. Was weiß ich. Das ist alles ziemlich schwammig, und ich mag dieses Psychogeschwätz eigentlich nicht. Trotzdem will ich, dass du die Stadt durchkämmst und alles registrierst, was sich irgendwie auf die Augen beziehen könnte.«

»Zum Beispiel was?«

»Zum Beispiel sollst du herausfinden, ob es an dieser Uni oder in der Stadt je zu Unfällen kam, bei denen die Augen betroffen waren. Schau dir die Polizeiprotokolle der letzten Jahre und die vermischten Nachrichten in den Lokalzeitungen an. Such nach Schlägereien, bei denen jemand verletzt wurde. Oder auch nach Tieren, die verstümmelt wurden. Ich weiß es nicht – halt einfach die Augen offen. Und vergewissere dich auch, ob in der Gegend irgendwelche bemerkenswerte Fälle von Blindheit oder Augenkrankheiten vorkommen.«

»Glauben Sie wirklich, dass ich auf diese Weise …«

»Ich glaube gar nichts«, schnaubte Niémans. »Tu's einfach.«

Der Polizist am anderen Ende des Regals, der sie während ihres Gesprächs immer wieder verstohlen beobachtet hatte, stellte seine Bücher zurück und verschwand.

»Außerdem will ich Caillois' exakten Zeitplan in den letzten Wochen wissen«, setzte Niémans halblaut hinzu. »Ich will wissen, wen er getroffen, mit wem er gesprochen, welche Post er bekommen hat. Ich will eine Liste sämtlicher Telefongespräche, privater und dienstlicher Natur. Alles. Vielleicht kannte Caillois seinen Mörder. Vielleicht waren sie sogar in den Bergen verabredet.«

»Und das Gespräch mit seiner Frau – ist dabei nichts herausgekommen?«

Niémans antwortete nicht, und Joisneau fügte hinzu: »Wie es scheint, ist sie nicht sehr umgänglich.«

Als Niémans noch immer nicht reagierte, steckte Joisneau sein Notizbuch ein. Sein Gesicht hatte inzwischen wieder Farbe bekommen. »Ich weiß nicht, ob ich Ihnen das sagen soll … Aber diese verstümmelte Leiche … und dieser durchgeknallte Mörder, der irgendwo frei herumläuft …«

»Und?«

»Was soll ich sagen – ich hab' den Eindruck, dass Sie mir einiges beibringen …«

Niémans blätterte in einem Buch, das er aus dem Regal gezogen hatte: Die *Topographie des Départements Isère.* Er drückte dem Leutnant den Band in die Hand und sagte: »Na, dann bete darum, dass der Mörder uns ebenso viel beizubringen hat.«

13

Leiche in seitwärts gekrümmter Haltung. Straff gespannte Muskelstränge, hart wie Seile und sichtbar unter der Haut. Das bläulich weiße Fleisch übersät von schwarzvioletten Wunden.

Niémans war in sein Arbeitszimmer zurückgekehrt und sah sich die Polaroidfotos von Rémy Caillois an.

Das Gesicht von vorn: Lider über leeren Augenhöhlen geschlossen.

Noch im Mantel saß er da und dachte an das Leiden des Mannes, an die grauenhafte Gewalt, die in dieser harmlosen Gegend ausgebrochen war, und befürchtete insgeheim das Schlimmste. Vielleicht einen weiteren Mord. Oder ein ungesühntes Verbrechen, in Vergessenheit geraten durch die Zeit und die Angst. Die für die Verdrängung weitaus hilfreicher waren als für die Erinnerung.

Die Hände des Opfers: Von oben, dann von unten fotografiert. Feingliedrige Hände, jedoch mit anonymen Fingern: ohne den geringsten Fingerabdruck. An den Handgelenken Spuren von Metallfes-

seln, anorganisches Material. Die Quetschungen blutunterlaufen, granulös.

Niémans schob seinen Stuhl zurück und lehnte sich an die Mauer. Er verschränkte die Hände im Nacken und dachte über seine eigenen Sätze nach: jedes Element einer Ermittlung ist ein Spiegel. Und in irgendeinem toten Winkel versteckt sich der Mörder. Eines wusste er mit Sicherheit: Caillois war nicht zufällig ausgesucht worden. Sein Tod stand in irgendeinem Zusammenhang mit seiner Vergangenheit. Mit einer Person, die er gekannt hatte. Mit einer Tat, die er begangen hatte. Oder einem Geheimnis, das er aufgedeckt hatte.

Was war es?

Von Kindheit an hatte Caillois sein Dasein in der Universitätsbibliothek verbracht. Und jedes Wochenende war er aus dem Tal ausgebrochen und in der Einsamkeit der Berge verschwunden. Was mochte er getan oder entdeckt haben, um eine derart grausame Hinrichtung zu verdienen?

Niémans beschloss, seine Vergangenheit unter die Lupe zu nehmen. Ob aus Reflex oder einer persönlichen Obsession heraus – jedenfalls begann er mit einem Detail, das während seiner Unterredung mit Sophie Caillois zu Tage getreten war.

Nach etlichen Anrufen gelang es ihm endlich, das in der Umgebung von Lyon stationierte vierzehnte Infanterieregiment zu erreichen, zu dem sich sämtliche Wehrpflichtigen der Region Isère zur Musterung einzufinden hatten. Nachdem er sich vorgestellt und den Grund seines Anrufs genannt hatte, wurde er mit dem Archiv verbunden und ließ sich die Akte über Rémy Caillois heraussuchen, der fünf Jahre zuvor als untauglich eingestuft und vom Wehrdienst freigestellt worden war.

Durch die Leitung hörte Niémans das Klicken einer

Tastatur, Schritte, die sich durch den Raum entfernten und zurückkehrten, dann das Rascheln von Papier.

»Lesen Sie mir die Schlussfolgerung des Stabsarztes vor«, bat Niémans.

»Ich weiß nicht, ob … Woher weiß ich denn, dass Sie wirklich ein Kommissar sind?«, fragte der Archivar.

Niémans seufzte. »Rufen Sie die Gendarmerie von Guernon an. Verlangen Sie Hauptmann Barnes und …«

»Schon gut. In Ordnung, ich lese es Ihnen vor.« Der Archivar blätterte. »Die Details, die Testergebnisse und so weiter lasse ich aus. Die Schlussfolgerung lautet, dass Ihr Typ die Musterungsbewertung fünf erhielt, das heißt als absolut untauglich eingestuft wurde, und zwar wegen akuter Schizophrenie, wie es hier heißt. Am Rand steht eine handschriftliche Notiz des Psychiaters … Er schreibt: ›Therapie dringend erforderlich.‹ Unterstrichen. Außerdem schreibt er: ›Mit dem CHRU Guernon Verbindung aufnehmen.‹ Also, meiner Ansicht nach muss dieser Kerl einen ziemlich starken Hieb gehabt haben, denn normalerweise …«

»Haben Sie den Namen des Arztes?«

»Natürlich, das war der Stabsarzt Yvens.«

»Ist er noch immer bei Ihrer Garnison?«

»Ja. Er ist sogar im Haus.«

»Verbinden Sie mich mit ihm.«

»Ich … Na gut, bleiben Sie dran.«

Eine synthetische Fanfarenmelodie schallte aus dem Hörer, dann meldete sich eine tiefe, sonore Stimme. Niémans stellte sich neuerlich vor und gab seine Erklärungen ab. Dr. Yvens war skeptisch. »Wie heißt der Einberufene?«, fragte er schließlich.

»Caillois, Rémy. Sie haben ihn vor fünf Jahren wegen akuter Schizophrenie vom Wehrdienst zurückgestellt. Besteht eine Chance, dass Sie sich an den Fall erinnern? Wenn ja, würde ich gerne wissen, ob es Ihrer Ansicht nach auch möglich sein könnte, dass er simuliert hat.«

»Diese Unterlagen sind vertraulich«, wandte die Stimme ein.

»Ihre Schweigepflicht gilt nicht mehr. Gestern wurde die Leiche des Mannes gefunden, in einer Felsnische eingeklemmt. Gefoltert und schließlich erdrosselt. Mit leeren Augenhöhlen. Der Untersuchungsrichter Bernard Terpentes ließ mich aus Paris herkommen, um in dem Fall zu ermitteln. Wenn Sie es wünschen, wird er sich selbst mit Ihnen in Verbindung setzen, aber wir könnten Zeit sparen. Bitte antworten Sie mir. Erinnern Sie sich an ...«

»Ich erinnere mich«, fiel ihm Yvens ins Wort. »Der Mann war schwer krank. Wahnsinnig. Ohne irgendeinen Zweifel.«

Niémans hatte insgeheim damit gerechnet, dennoch überraschte ihn die Antwort. »Dass er simuliert haben könnte, ist ausgeschlossen?« beharrte er.

»Völlig ausgeschlossen. Simulanten erlebe ich beinahe jeden Tag. Geistig gesunde Menschen haben sehr viel mehr Phantasie als die echten Kranken. Sie erzählen alles mögliche, denken sich die erstaunlichsten und vielfältigsten Wahnvorstellungen aus. Die wirklich Geisteskranken hingegen sind leicht zu erkennen. Sie wechseln ihren Wahn nicht, sondern sind besessen von ihren Vorstellungen, völlig ausgefüllt. Selbst der Wahnsinn hat seine Logik ... seine Methode. Rémy Caillois war geisteskrank. Ein Schulbeispiel.«

»Was waren die Symptome?«

»Ambivalenz des Denkens. Akustische Halluzinationen. Kontaktunfähigkeit, keine Verbindung mit der Außenwelt. Sprachlosigkeit. Die klassischen Symptome bei Schizophrenie.«

»Herr Doktor, dieser Mann war Bibliothekar an der Universität von Guernon. Er stand jeden Tag mit Hunderten von Studenten in Kontakt ...«

Der Arzt lachte. »Der Wahn macht sich nicht ständig bemerkbar, Herr Kommissar. Bei einer Schizophrenie bestehen gesunde und krankhaft veränderte Empfindungen und Verhaltensweisen durchaus auch nebeneinander. Eine Wahnvorstellung braucht für die Umwelt nicht wahrnehmbar zu sein, sie kann sich unter einer völlig unauffälligen Fassade verbergen. Das müssen Sie doch ebenso gut wissen wie ich.«

»Aber Sie sagten, der Wahn sei Ihnen sofort aufgefallen.«

»Ich habe viel Erfahrung auf diesem Gebiet. Und vielleicht hat Caillois seither auch gelernt, sich zu kontrollieren.«

»Warum haben Sie in Ihrem Bericht geschrieben, eine Therapie sei dringend erforderlich?«

»Ich habe ihm empfohlen, sich behandeln zu lassen. Das ist alles.«

»Haben Sie sich denn mit dem CHRU von Guernon in Verbindung gesetzt?«

»Das weiß ich nicht mehr, offen gestanden. Der Fall war interessant, aber ich glaube nicht, dass ich mich an die Klinik gewandt habe. Wissen Sie, hätte der Betroffene selbst …«

»›Interessant‹, habe ich das richtig gehört?«

Der Arzt seufzte. »Der Mann lebte in einer isolierten Welt, in der eine extreme Ordnung herrschte, und er litt unter einer Persönlichkeitsspaltung. Wahrscheinlich gelang es ihm, eine gewisse Flexibilität an den Tag zu legen, jedenfalls in den Augen der anderen, innerlich aber war er von Ordnung und Präzision geradezu zwanghaft beherrscht. Alle seine Empfindungen nahmen konkrete Gestalt an, und zwar in Form einer je eigenen Persönlichkeit. Er war für sich allein schon eine ganze Armee. Es war ein … faszinierender Fall.«

»Konnte er gefährlich sein?«

»Zweifellos.«

»Und Sie ließen ihn einfach gehen?«

Eine kurze Pause trat ein, dann sagte der Arzt: »Wissen Sie, bei den vielen Verrückten, die herumlaufen …«

»Herr Doktor«, sagte Niémans leise, »der Mann war verheiratet.«

»Tja … dann tut mir seine Frau Leid.«

Niémans bedankte sich und legte auf. Diese Informationen eröffneten neue Horizonte. Und verstärkten seine Ratlosigkeit. Er entschloss sich zu einem weiteren Besuch.

»Sie haben mich belogen!«

Sophie Caillois versuchte, die Tür zu schließen, doch der Kommissar blockierte sie mit dem Ellenbogen.

»Warum haben Sie mir verschwiegen, dass Ihr Mann krank war?«

»Krank?«

»Schizophren. Nach Auskunft der Experten hätte er in eine geschlossene Anstalt gehört.«

»Dreckskerl.«

Mit verkniffenen Lippen versuchte die junge Frau noch einmal, die Tür zu schließen, doch Niémans wehrte sie mühelos ab. Trotz ihrer strähnigen Haare, ihres ausgebeulten Pullovers schien sie ihm schöner denn je.

»Begreifen Sie denn nicht?«, brüllte er. »Wir suchen einen Mörder! Wir suchen ein Motiv! Vielleicht hat Rémy Caillois irgendeine Tat begangen, irgendetwas, das die Grausamkeit seines Todes erklären kann. Eine Tat, an die er sich gar nicht mehr erinnerte. Ich bitte Sie … Sie allein können mir dabei helfen!«

Sophie Caillois riss die Augen auf. Die ganze Schönheit ihres Gesichts verknüpfte sich zu feinen Netzen, kleinen nervösen Zuckungen. Ihre Augenbrauen vor allem, diese perfekt geschwungenen Brauen waren zu einem herrlichen, herzzerreißenden Akzent erstarrt.

»Sie sind verrückt.«

»Ich muss wissen, was sich in seiner Vergangenheit abgespielt hat …«

»Sie sind verrückt.«

Die junge Frau zitterte. Gegen seinen Willen senkte Niémans den Blick. Er betrachtete die hervortretenden Schlüsselbeine, über die sich der Pullover spannte. Durch die Wolle nahm er den verdrehten Träger eines altmodischen BHs wahr. Aus einer plötzlichen Eingebung heraus packte er ihr Handgelenk und schob den Ärmel zurück. Bläuliche Striemen zogen sich über ihren Unterarm.

»Er hat Sie geschlagen!«, brüllte Niémans.

Er riss den Blick von den blutunterlaufenen Malen los und starrte ihr in die Augen.

»Er hat Sie geschlagen! Ihr Mann war krank, er liebte es, anderen weh zu tun, da bin ich mir sicher. Er hat irgendeine Untat begangen, und ich bin sicher, dass Sie es wissen oder zumindest einen Verdacht haben. Sie sagen nicht ein Zehntel dessen, was Sie wirklich wissen!«

Die Frau spie ihm ins Gesicht. Niémans zuckte zurück, schwankend.

Sie ergriff die Gelegenheit und warf die Tür ins Schloss. Mehrere Riegel wurden vorgeschoben, während Niémans sich wieder auf die Tür stürzte. Aus den Nachbarwohnungen spähten beunruhigte Gesichter in den Flur. Der Kommissar trat erbittert mit dem Fuß gegen die Wand.

»Ich komme wieder!«, schrie er.

In der Wohnung war es still.

Niémans versetzte der Tür einen letzten Faustschlag, der dumpf nachhallte; dann stand er ein paar Sekunden reglos da und lauschte.

Wie aus einer finsteren Höhle klang die Stimme der Frau hinter der Tür, unterbrochen von Schluchzen: »Sie sind verrückt!«

14

»Ich brauche einen Beamten in Zivil, der sich an ihre Fersen heftet. Fordern Sie von der Kripo Grenoble Verstärkung an.«

»Sophie Caillois? Aber … wieso denn?«

Niémans stand mit Barnes im Wachzimmer der Gendarmerie von Guernon. Der Hauptmann trug den vorgeschriebenen Pullover, marineblau mit weißem Seitenstreifen, der ihm eine gewisse Ähnlichkeit mit einem Matrosen verlieh. »Diese Frau verheimlicht uns etwas«, erklärte er.

»Sie werden doch nicht glauben, dass sie …«

»Nein. Aber sie sagt nicht alles, was sie weiß.«

Barnes nickte ohne rechte Überzeugung, dann drückte er Niémans ein dickes Bündel Papier in die Arme – Faxe, Computerausdrucke, Durchschläge.

»Die ersten Ergebnisse der allgemeinen Fahndung«, erklärte er. »Alles nicht gerade ergiebig.«

Gleichgültig gegen den Tumult und das Stimmengewirr der Gendarmen ringsum, überflog Niémans die Unterlagen, während er langsam auf ein einzelnes Büro zuging, das durch Glaswände abgetrennt war. Die Durchschläge fassten die Ergebnisse der Ermittlungen unter Leitung von Barnes und Vermont zusammen. Trotz der großen Zahl von Berichten und Aussagen fand sich nicht der geringste konstruktive Hinweis. Die verschiedenen Maßnahmen, Nachforschungen, Vernehmungen, Erkundigungen vor Ort … das alles hatte nichts ergeben. Niémans verzog mürrisch das Gesicht, als er das verglaste Büro betrat. Ein derart spektakuläres Verbrechen in einer so kleinen Stadt – der Kommissar konnte kaum fassen, dass er noch immer auf keinen Hinweis, keine Fährte gestoßen war.

Er setzte sich an den metallenen Schreibtisch und begann zu lesen, diesmal aufmerksam.

Die Fahndung nach Landstreichern hatte sich als Sackgasse erwiesen. Die Anfragen bei Gefängnissen, Präfekturen, Gerichten führten ebenfalls nirgendwohin. Von den Autodiebstählen innerhalb der vergangenen achtundvierzig Stunden ließ keiner sich mit dem Mord in Verbindung bringen. Die Auswertung der Verbrechen und lokalen Nachrichten der letzten zwanzig Jahre blieb ebenfalls ergebnislos. Niemand erinnerte sich an ein ähnlich grausames, ähnlich bizarres Verbrechen oder an irgendeinen Vorfall, der mit diesem Mord in Zusammenhang stehen könnte. In der Stadt selbst umfasste die Liste der Polizeiprotokolle aus zwanzig Jahren ein paar Bergrettungen, etliche unbedeutende Diebstähle, Unfälle, Brände …

Niémans wandte sich dem nächsten Stoß zu: Die systematischen Anfragen per Fax an sämtliche Hotels ergaben nicht die geringste brauchbare Information.

Schließlich nahm er sich Vermonts Ergebnisse vor. Seine Leute waren noch damit beschäftigt, das Flusstal und das umliegende Gebirge zu durchkämmen. Bisher hatten sie nur fünf Berghütten besucht, und auf der Landkarte waren insgesamt siebzehn verzeichnet, von denen manche in unwegsamem Gelände lagen, mehr als dreitausend Meter hoch. War es plausibel, einen Mord in dieser Höhe anzunehmen? Die Männer hatten auch die Bauern der Umgebung befragt, und manche Vernehmungsprotokolle waren bereits abgetippt worden, verfasst im typischen Jargon der Gendarmen. Niémans lächelte, während er in den Berichten blätterte: Wenn sich Rechtschreibfehler und Stilblüten der Polizeisprache annäherten, so stammten andere Wendungen wiederum aus dem Sprachgebrauch des Militärs. Die Männer hatten Tankstellen, Bahnhöfe, Bushaltestellen aufgesucht, aber keinen Hinweis auf ungewöhnliche Vorkommnisse gefunden. Hingegen begannen die Leute bereits zu reden: Wozu alle diese Fragen? Warum so viele Gendarmen?

Niémans legte die Akte auf den Schreibtisch. Durch die Glasscheibe sah er einen Streifenpolizisten hereinkommen, die Wangen dunkelrot und die Augen feucht von der Kälte. Er warf Vermont einen fragenden Back zu, der ihm mit einer unmissverständlichen Geste antwortete: Nichts.

Sekundenlang wandte der Kommissar den Blick nicht von den Uniformen, doch in Gedanken war er anderswo. Er dachte an die beiden Frauen. Die eine zäh und dunkel wie Borke, mit kräftigen Muskeln, einer matten, samtigen Haut und dem Duft nach Harz und zerriebenen Kräutern. Die andere, zerbrechlich und abweisend, verbreitete Unbehagen, eine mit Angst gemischte Aggressivität, die Niémans nicht minder faszinierte. Was verbarg dieses kantige Gesicht, das so verstörend schön war? Hatte ihr Mann sie tatsächlich geschlagen? Was war ihr Geheimnis? Und wie groß mochten ihre Trauer und ihr Schmerz sein, nachdem sie die zerschundene Leiche ihres Mannes gesehen hatte, die so unendliche Leiden verriet?

Niémans stand auf und trat an ein Fenster. Über den Bergen warf die Sonne leuchtende Strahlen durch die Wolken, die wie lange Wunden im schwärzlich geschwollenen Fleisch des Gewitters aussahen. Unten im Tal sah Niémans die grauen, einförmigen Häuser von Guernon, die Dächer mit vielen Ecken und Vorsprüngen, die Dachlawinen verhindern sollten, die dunklen Fenster, klein und quadratisch wie altersdunkle Bilder, den Fluss, der die Stadt durchquerte und an der Gendarmerie vorbeifloss.

Wieder legten sich die Gesichter der beiden Frauen über das Bild. Bei jedem neuen Fall marterte ihn wieder dasselbe Gefühl. Der Druck der Fahndung weckte seine Sinne, stachelte ihn zu einer Jagd anderer Art an, fiebrig und leidenschaftlich. Nur in diesem aufgeladenen, kriminellen Klima verliebte er sich: in Zeuginnen, Verdächtige, Huren, Kellnerinnen …

Die Brünette oder die Blonde?

Sein Mobiltelefon läutete. Es war Antoine Rheims.

»Ich komme gerade vom Hôtel-Dieu.«

Niémans hatte den Vormittag verstreichen lassen, ohne auch nur daran zu denken, in Paris anzurufen. Wie ein explosiver Bumerang kam der Zwischenfall am Stadion nun wieder zu ihm zurück.

»Die Ärzte versuchen gerade eine fünfte Transplantation, um sein Gesicht zu retten«, fuhr Rheims fort. »Der Mann hat praktisch keine Haut mehr auf den Schenkeln, so viel haben sie ihm abgenommen. Und das ist keineswegs alles. Er hat ein Auge verloren und ein dreifaches Schädeltrauma. Sieben Frakturen der Gesichtsknochen. Sieben, Niémans. Der Unterkiefer ist tief ins Kehlkopfgewebe eingedrungen. Knochensplitter haben ihm die Stimmbänder zerrissen. Er liegt im Koma, aber selbst wenn er überlebt, wird er nie mehr sprechen. Nach Aussage der Ärzte hätte nicht einmal ein Autounfall derartige Schäden anrichten können. Hast du eine Idee, was ich ihnen sagen soll? Und der britischen Botschaft? Und den Medien? Wir beide kennen uns schon lange. Und ich glaube, wir sind befreundet. Aber ich glaube auch, dass du eine wilde Bestie bist.«

Niémans spürte seine Hände zittern.

»Der Kerl war ein Mörder«, gab er zurück.

»Verdammt, bist du vielleicht was Besseres?«

Niémans antwortete nicht. Er wechselte den schweißfeuchten Apparat von der einen Hand in die andere.

»Wie kommst du mit den Ermittlungen voran?«, fragte Rheims.

»Langsam. Keine Hinweise. Keine Zeugen. Die Geschichte ist weitaus komplizierter als erwartet.«

»Ich hab's dir gesagt! Wenn die Medien rausfinden, dass du in Guernon bist, fallen sie über dich her wie die Räude über den kahlen Hund. Was für eine Idee, dich dort hinzuschicken!«

Rheims legte abrupt auf. Niémans verharrte minutenlang reglos, mit starrem Blick und ausgedörrter Kehle. In grellen Bildern blitzten die Gewaltakte der vergangenen Nacht noch einmal auf. Seine Nerven hatten ihn im Stich gelassen. In einem Anfall blinder Wut hatte er den Mörder zusammengeschlagen, einer Wut, die ihn überschwemmt und jeden anderen Gedanken ausgelöscht hatte, bis auf den Wunsch, den Feind, den er gepackt hielt, noch in derselben Sekunde zu vernichten.

Seit jeher hatte Pierre Niémans in einer Welt der Gewalt und Verkommenheit gelebt, die wild und grausam war; er fürchtete sich nicht vor der Gefahr. Im Gegenteil, er hatte sie immer gesucht, ihr geschmeichelt, um sich ihr besser stellen, sie besser beherrschen zu können. Doch mit der Beherrschung war es vorbei. Mit der Zeit hatte die Gewalt sich seiner bemächtigt, war tief in ihn eingedrungen, und er selbst war nur noch Schwäche, ein Abglanz. Und er hatte es nicht geschafft, seine Ängste zu besiegen: Irgendwo in einem Winkel seines Kopfes heulten immer noch die Hunde.

Auf einmal zuckte er zusammen: Das Telefon läutete erneut. Es war Marc Costes, der Gerichtsmediziner – triumphierend.

»Ich habe Neuigkeiten, Herr Kommissar. Wir haben einen sehr soliden Hinweis. Es geht um das Wasser unter den Augenlidern. Ich habe soeben die Ergebnisse der Analyse erhalten.«

»Und?«

»Das Wasser stammt nicht aus dem Fluss. Es hört sich unglaublich an, aber so ist es. Ich arbeite mit einem Chemiker von der Kriminaltechnik in Grenoble zusammen, Patrick Astier. Eine Kanone in seinem Fach. In unserer Probe hat er völlig andere Schadstoffwerte festgestellt als im Flusswasser. Ein haushoher Unterschied, sagt er.«

»Drück dich genauer aus.«

»Das Wasser aus den Augenhöhlen enthält H_2SO_4 und HNO_3, also Schwefelsäure und Salpetersäure. Der pH-Wert ist drei, also ziemlich sauer. Beinahe wie Essig. Diese Werte bedeuten eine wertvolle Information.«

»Verstehe ich nicht. Was soll das heißen?«

»Ich will Sie nicht mit technischen Details langweilen, aber Schwefelsäure und Salpetersäure sind Derivate von SO_2, Schwefeldioxid, und NO_2, Stickstoffdioxid. Laut Auskunft von Astier erzeugt nur ein einziger Industriezweig diese Dioxidmischung: Kraftwerke, die Braunkohle verbrennen. Also uralte Modelle. Astier folgert daraus, dass das Opfer in der Nähe eines Ortes umgebracht oder jedenfalls dorthin verfrachtet wurde, wo es ein Kohlekraftwerk gibt. Finden Sie ein solches Kraftwerk in der Region, und Sie haben den Tatort.«

Niémans starrte auf den Himmel, an dem die Ränder schwarzer Wolken in der hartnäckigen Sonne gleißend hell funkelten, wie die silbernen Schuppen eines riesigen Lachses. Vielleicht hatte er jetzt endlich eine Spur.

»Schick mir die Zusammensetzung dieses Wassers«, befahl er. »Über das Fax von Barnes.«

Als der Kommissar die Bürotür öffnete, erschien Eric Joisneau.

»Ich suche Sie überall. Ich hab' eine Information, die vielleicht wichtig ist.«

Konnte es sein, dass die Fahndung allmählich ihren Rhythmus fand? Niémans trat zurück ins Büro und schloss die Tür. Joisneau blätterte nervös in seinem Notizbuch.

»Ich habe festgestellt, dass es auf halber Höhe des Sept-Laux eine Augenklinik für Kinder und Jugendliche gibt. Offensichtlich stammen viele Patienten aus Guernon. Die Kinder sind keineswegs alle von Geburt an blind, sondern leiden unter verschiedenen Krankheiten, die zur Erblindung führen, grauem Star, Retinopathia pigmentosa, Glaukomen und so weiter. Offensichtlich sind auch auffällig viele Fälle von Farbenblindheit bekannt, die allerdings nicht behandelt werden. In Guernon kommen überdurchschnittlich viele Augenkrankheiten vor.«

»Weiter. Was ist die Ursache dieser Krankheiten?«

Joisneau faltete die Hände zu einer Schale.

»Das Tal. Die Abgeschiedenheit des Tals. Das sind alles erblich bedingte Leiden, hat mir der Arzt erklärt, gewisse Inzuchterscheinungen, die sich von Generation zu Generation herauskristallisieren und weitergegeben werden. In isolierten Gegenden sind Ehen unter Blutsverwandten offenbar häufig. Eine Art Ansteckung, allerdings auf genetischem Weg.«

Joisneau riss eine Seite aus seinem Notizbuch.

»Hier, das ist die Adresse der Anstalt. Der Leiter, Doktor Champelaz, hat das Phänomen sehr gründlich untersucht. Ich dachte, dass …«

Niémans deutete mit dem Zeigefinger auf Joisneau. »Du fährst hin.«

Das Gesicht des jungen Polizisten leuchtete auf. »Sie vertrauen mir?«

»Ich vertraue dir. Mach, dass du fortkommst.«

Joisneau machte auf dem Absatz kehrt, doch dann drehte er sich mit gerunzelter Stirn noch einmal um.

»Herr Kommissar … Entschuldigung, aber … wieso wollen Sie nicht persönlich mit dem Direktor sprechen? Das ist vielleicht eine sehr interessante Spur. Sind Sie denn auf einen vielversprechenderen Hinweis gestoßen? Glauben Sie, ich könnte ihm die besseren Fragen stellen, weil ich aus der Gegend bin? Ich verstehe das nicht ganz …«

Niémans stützte sich am Türrahmen ab. »Ja, ich verfolge eine andere Spur. Aber hier lernst du noch eine kleine Lektion nebenbei, Joisneau. Manchmal gibt es Gründe, die mit dem Fall nichts zu tun haben.«

»Was für Gründe?«

»Persönlicher Art. Ich werde diese Anstalt nicht aufsuchen, weil ich unter einer Phobie leide.«

»Einer Phobie? Wovor? Vor den Blinden?«

»Nein. Vor Hunden.«

Joisneau sah ihn ungläubig an. »Das verstehe ich nicht«, sagte er.

»Denk doch nach. Wo Blinde sind, da sind auch Köter.« Niémans imitierte die gebeugte Gestalt eines blinden Greises, geführt von einem imaginären Hund. »Blindenhunde, verstehst du? In dieses Institut setze ich keinen Fuß.«

Damit ließ er den verdutzten Joisneau stehen.

Er klopfte kurz an die Tür von Capitaine Barnes und riss sie im selben Moment auf. Der Hüne war damit beschäftigt, Faxe zu verschiedenen Häufchen zu ordnen: die Antworten von Hotels, Restaurants, Autowerkstätten, die immer noch hereintröpfelten. Er ähnelte einem Ladenbesitzer, der seine Vorräte umschichtet.

»Kommissar?« Barnes hob eine Braue. »Schauen Sie, was ich gerade bekommen habe …«

»Ich weiß.«

Niémans griff nach dem Fax, das Costes geschickt hatte, und überflog es rasch. Die chemische Zusammensetzung des Wassers aus den Augenhöhlen war eine Liste von Zahlen und komplizierten Namen.

»Wissen Sie von einem Kraftwerk hier in der Nähe?«, fragte Niémans. »Einem Braunkohlekraftwerk?«

Barnes verzog zweifelnd das Gesicht. »Nein, das sagt mir nichts. Vielleicht weiter im Westen, in Richtung Grenoble … da gibt es viel mehr Industriegebiete …«

»Wo könnte ich mich erkundigen?«

»Nun, da wäre der Industriellenverband von Isère«, begann Barnes. »Aber warten Sie … ich weiß was Besseres. Dieses Kraftwerk ist doch sicher eine Umweltkatastrophe, oder?«

Niémans hielt ihm die Zahlenkolonnen vor die Nase. »Hochkonzentrierte Säure.«

Barnes schrieb etwas auf einen Zettel. »Dann gehen Sie am besten zu diesem Mann hier. Alain Derteaux. Ein Gärtner am Stadtrand von Guernon, der tropische Gewächshäuser besitzt. Das ist unser Experte für Verseuchungen aller Art. Ein militanter Umweltschützer. In unserer ganzen Region gibt es kein Gas, keinen Schadstoff, von dem er nicht Herkunft, Zusammensetzung und Folgen für die Umwelt wüsste.«

Niémans war schon unterwegs, als der Gendarm ihn noch einmal zurückrief. Mit erhobenen Händen stand er da, die Handflächen dem Kommissar zugewandt. Zwei enorme Pranken, wie Kohleschaufeln.

»Ich hab' mich übrigens um die Sache mit den Fingerabdrücken gekümmert ... Sie wissen schon, die Hände des Toten. Es war tatsächlich ein Unfall, der sich in seiner Kindheit ereignet hat. Er half seinem Vater, das kleine Segelboot der Familie auf Vordermann zu bringen, am See von Annecy, und hat sich dabei die Hände mit einem scharfen Lösungsmittel verätzt. Ich habe die Hafenmeisterei angerufen, und dort hat man sich an den Unfall erinnert. Notarzt, Krankenhaus und so weiter ... Das lässt sich nachprüfen, aber meiner Ansicht nach bringt uns das nicht weiter.«

Niémans schwenkte herum und griff nach der Türklinke.

»Danke, Capitaine.« Er deutete auf die Faxstapel: »Und viel Erfolg.«

»Gleichfalls«, gab Barnes zurück. »Dieser Umweltfreak, Derteaux – das ist eine ziemliche Nervensäge.«

15

»… Unsere gesamte Region liegt im Sterben, vergiftet, zum Tod verurteilt! In allen Tälern, an den Berghängen, in den Wäldern hat sich die Industrie angesiedelt und kontaminiert das Grundwasser, verseucht den Boden und macht unsere Atemluft ungenießbar … Das Département Isère, das ist Abgas und Gift auf jedem Höhenniveau!«

Alain Derteaux war ein dürrer Mann mit hagerem, zerklüftetem Gesicht. Er trug einen schütteren Vollbart und eine runde Metallbrille, die ihm eine gewisse Ähnlichkeit mit einem entlaufenen Mormonen verliehen.

Er hatte sich in die hinterste Ecke eines Gewächshauses zurückgezogen und war damit beschäftigt, etliche Glasbehälter mit einem Gemisch aus Baumwolle und gesiebter Erde zu füllen. Niémans unterbrach den Vortrag des Mannes, der unmittelbar nach der gegenseitigen Vorstellung begonnen hatte.

»Entschuldigen Sie, aber ich brauche eine Information … Dringend.«

»Was? Ach ja, sicher …« Er schlug einen verächtlichen Ton an. »Sie sind von der Polizei …«

»Wissen Sie von einem Kraftwerk irgendwo hier in der Gegend, das mit Braunkohle betrieben wird?«

»Braunkohle? Eine natürliche Kohle … Ein Gift im Reinzustand …«

»Kennen Sie eine industrielle Anlage, die Braunkohle verfeuert?«

Derteaux schüttelte den Kopf, während er winzige Zweige in die Glasbehälter steckte.

»Nein. Gott sei Dank gibt es bei uns hier keine Braunkohle mehr. Seit den sechziger Jahren sind diese Industriezweige in Frankreich und den angrenzenden Ländern eindeutig auf dem Rückzug. Was sie an Schadstoffen ausstoßen, steigt direkt in den Himmel und verwandelt jede Wolke in eine chemische Bombe …«

Niémans kramte in seiner Tasche und reichte ihm das Fax von Marc Costes.

»Würden Sie mal einen Blick auf diese chemischen Bestandteile werfen? Das ist die Analyse einer Wasserprobe, die hier ganz in der Nähe gefunden wurde.«

Derteaux las aufmerksam das Blatt, während der Polizist sich gedankenverloren umsah: Sie standen in einem weitläufigen Gewächshaus, dessen Glasflächen von Dampf beschlagen, teilweise gesprungen und von langen schwärzlichen Schlieren überzogen waren. Blätter, so ausladend wie Fensterscheiben, zögerliche Triebe, winzig wie Stecknadelköpfe, gewundene Lianen, die sich geschmeidig ineinander schlangen, – das alles erschien ihm wie der Kampf um einen winzigen Fleck Erde.

Derteaux hob fassungslos den Kopf. »Diese Probe stammt aus der Gegend, sagen Sie?«

»Zweifellos.«

Derteaux rückte seine Brille zurecht. »Darf ich fragen, woher? Ich meine: woher genau?«

»Wir haben sie bei einer Leiche gefunden. Einem Ermordeten.«

»Oh, selbstverständlich … Daran hätte ich denken sollen … Sie sind schließlich Polizist.« Eine Weile schwieg er nachdenklich, und seine Miene drückte wachsende Zweifel aus. »Eine Leiche hier in Guernon?«

Der Kommissar ging auf die Frage nicht ein. »Können Sie bestätigen, dass diese Zusammensetzung von Schadstoffen auf die Verbrennung von Braunkohle schließen lässt?«

»Auf jeden Fall, ja, das ist eine äußerst saure Mischung. Ich habe Seminare zu diesem Thema besucht.« Er vertiefte sich wieder in die Analyse. »Die Konzentration von H_2SO_4 und HNO_3 ist … außerordentlich. Aber ich wiederhole: Ein

Kraftwerk dieses Typs gibt es in der ganzen Region nicht mehr. Weder hier noch im restlichen Frankreich, noch in Westeuropa.«

»Gibt es eine andere Industrie, die solche Schadstoffe ausstößt?«

»Nein, das glaube ich nicht. Die Auflagen sind heutzutage sehr viel strenger.«

»Wo sonst fände man denn eine Industrie, die eine derartige Umweltverschmutzung erzeugt?«

»Mehr als achthundert Kilometer von hier, in Osteuropa.«

Niémans biss die Kiefer zusammen: Er weigerte sich zuzugeben, dass seine allererste Spur sich so rasch im Sand verlief.

»Vielleicht gibt es noch eine andere Erklärung …«, murmelte Derteaux.

»Nämlich?«

»Vielleicht kommt dieses Wasser tatsächlich von anderswoher. Es könnte aus der tschechischen Republik, der Slowakei, aus Rumänien oder Bulgarien hierher gelangt sein …« Er senkte die Stimme und flüsterte in vertraulichem Ton: »In Sachen Umwelt sind sie wahre Barbaren.«

»In Containern, meinen Sie? Ein LKW auf der Durchreise, der …«

Derteaux stieß ein bitteres Lachen aus. »Ich denke an eine viel einfachere Beförderungsart. Über Wind und Wolken.« Er breitete die Arme aus und hob sie langsam zur Decke. »Stellen Sie sich ein Kraftwerk irgendwo in Osteuropa vor. Gewaltige Schlote, die den lieben langen Tag Schwefel- und Stickstoffdioxid in die Atmosphäre entlassen … Diese Schlote sind manchmal bis zu dreihundert Meter hoch. Die dicken Rauchschwaden steigen auf, immer höher und höher, vermischen sich mit den Wolken … Wenn kein Wind geht, bleibt das Gift an Ort und Stelle. Aber sobald ein Wind weht, beispielsweise ein Ostwind, trägt er die Schadstoffe weiter, und über unseren Bergen regnen sich dann die Giftwolken aus. Das ist der saure Regen, der unsere Wälder zerstört. Als würden wir selbst nicht schon genug Dreck erzeugen, verrecken unsere Bäume auch noch am Gift der anderen! Aber ich kann Ihnen versichern, dass auch wir mit unseren eigenen Wolken nicht gerade wenig Gift rund um die Erde verteilen …«

Vor Niémans' geistigem Auge entstand ein deutliches, scharf gestochenes Bild. Irgendwo in den Bergen richtet der Mörder sein Opfer unter freiem Himmel hin. Er foltert, verstümmelt, tötet es, während über dem Blutbad ein Wolkenbruch niedergeht, und die leeren Augenhöhlen füllen sich mit Regenwasser. Mit vergiftetem Regen. Der Mörder besiegelt seine makabre Tat, indem er über diesen kleinen Behältern mit saurem Wasser die Lider verschließt. Eine plausible Erklärung.

Es hatte geregnet, während das Monstrum seinen Mord beging.

»Wie war hier das Wetter am Samstag?«, fragte Niémans unvermittelt.

»Wie bitte?«

»Wissen Sie noch, ob es am Samstag geregnet hat, irgendwann am späten Nachmittag oder Abend?«

»Ich glaube nicht … Nein, nein: es war strahlend schön, eine Sonne wie im August …«

Eine Chance von eins zu tausend. War es während der mutmaßlichen Tatzeit allgemein trocken geblieben, konnte man vielleicht ein Gebiet finden, ein einziges, in dem ein saurer Regen niedergegangen war. So dass der Schauplatz des Verbrechens so scharf eingegrenzt wäre wie in einem Kreidekreis. Falls die Vermutung stimmte, ließe sich der Tatort anhand der Wetterkarte bestimmen.

»Wo ist hier die nächste Wetterwarte?«, fragte er hastig.

Derteaux dachte nach, dann antwortete er: »Dreißig Kilometer von hier, auf dem Col de la Mine-de-Fer. Wollen Sie nachprüfen, ob es geregnet hat? Das ist eine interessante Idee. Ich würde selbst gern wissen, ob diese Barbaren uns immer noch solche toxischen Bomben schicken. Hier findet ein regelrechter chemischer Krieg statt, Herr Kommissar, und kein Mensch interessiert sich dafür!«

Derteaux verstummte. Niémans reichte ihm eine Karte.

»Das ist meine Handy-Nummer. Falls Ihnen irgendetwas dazu einfällt, egal was, rufen Sie mich bitte an.«

Daraufhin drehte er sich um und verließ das Gewächshaus zwischen herabhängenden Zweigen von Ebenholzbäumen, deren Blätter sein Gesicht streiften.

16

Der Kommissar fuhr mit Höchstgeschwindigkeit dahin. Der Himmel hing tief, und doch sah es so aus, als könnte es jeden Moment aufklaren. Immer wieder blitzte ein gleißendes Quecksilberlicht durch die Wolken, und die Tannenschonungen, wechselnd zwischen Schwarz und Grün, verschwammen zu flüchtigen Eindrücken am Rand des Blickfelds, zerzaust von einem hartnäckigen Wind. Niémans brauste die kurvige Strecke dahin und genoss diese tiefe, geheime Fröhlichkeit des Waldes, heraufbeschworen, weitergetragen, ausgeleuchtet von dem sonnigen Wind.

Er dachte an die Wolken als Vehikel eines Gifts, das auf dem Grund verwaister Augenhöhlen gefunden worden war. Nie hätte er sich eine solche Wendung träumen lassen, als er in der vergangenen Nacht von Paris aufgebrochen war.

Vierzig Minuten später gelangte Niémans zum Col de la Mine-de-Fer. Er hatte keine Mühe, die Wetterstation ausfindig zu machen, deren Kuppel sich weithin sichtbar erhob. Er bog in die Straße ein, die zur Warte hinaufführte, und kurz vor seinem Ziel bot sich ihm ein erstaunlicher Anblick. Hundert Meter vor der Wetterwarte waren Männer damit beschäftigt, einen gewaltigen Ballon aus durchsichtigem Plastik aufzublasen. Er stellte den Wagen ab, ging ein paar Schritte hangabwärts auf die rotgesichtigen Männer im Parka zu und zeigte seinen Dienstausweis vor. Die Meteorologen sahen ihn verständnislos an. Die langen zerknitterten Bahnen des Ballons, einem silbrigen Flusslauf ähnlich, blähten sich langsam unter der Hitze einer bläulichen Feuergarbe, die darunter brannte. Die Szene hatte etwas Unwirkliches, Magisches.

»Kommissar Niémans«, brüllte er, um das Getöse der Flamme zu übertönen, und deutete auf die Kuppel aus Beton. »Kann mich bitte einer von Ihnen zur Wetterwarte begleiten?«

Ein Mann, anscheinend der Leiter der Aktion, richtete sich auf. »Was?«

»Ich muss wissen, wo es am letzten Samstag geregnet hat. Im Rahmen einer polizeilichen Ermittlung.«

Der Meteorologe machte kein Hehl aus seinem Ärger über die Störung. Der Wind peitschte ihm die Kapuze ins Gesicht. Stumm zeigte er auf die gewaltige Glocke, die sich gemächlich entfaltete.

Niémans deutete eine verzeihungheischende Verbeugung an: »Der Ballon wird warten.«

Der Wissenschaftler wandte sich ab und marschierte auf die Wetterstation zu, während er vor sich hin brummte: »Am Samstag hat's überhaupt nicht geregnet.«

»Das werden wir sehen.«

Der Mann hatte recht. Als sie in einem der Büros die Großraum-Wetterkarte mit den Beobachtungen vom vergangenen Samstag studierten, fanden sie nicht die Spur einer Turbulenz, eines Schauers oder Gewitters über Guernon. Die Satellitenkarte auf dem Bildschirm war eindeutig: Weder tagsüber noch während der Nacht von Samstag auf Sonntag war in der ganzen Region ein einziger Regentropfen gefallen. In einer Ecke des Bildschirms erschienen weitere Angaben: die Werte für Luftfeuchtigkeit und Luftdruck, die Temperatur … Unwillig ließ sich der Meteorologe zu ein paar Erklärungen herab: Ein Zwischenhoch hatte die Bewegungen der Atmosphäre für knapp achtundvierzig Stunden stabilisiert.

Dennoch bat Niémans den Wissenschaftler, auch noch die Daten vom Sonntag zu überprüfen, vom Morgen zuerst, dann vom Nachmittag. Nirgendwo ein Gewitter oder ein Regenschauer. Er ließ die Suche auf einen Umkreis von hundert Kilometern erweitern. Nichts. Zweihundert Kilometer. Immer noch nichts.

Der Kommissar schlug mit der Faust auf den Schreibtisch. »Das kann doch nicht sein. Irgendwo im Tal oder auf dem Gipfel eines Berges, irgendwo in der Umgebung muss es geregnet haben.«

Der Meteorologe zuckte die Achseln und klickte auf die Maus, während schillernde Flecken, geschwungene Linien, luftige Spiralen vor der Landkarte der Berge über den Bildschirm zogen und die Entstehung eines sonnigen, wolkenlosen Tages nachzeichneten.

»Es muss eine Erklärung geben«, murmelte Niémans. »Verdammt, ich …«

Sein Handy läutete.

»Herr Kommissar? Alain Derteaux am Apparat. Ich hab' mir Ihre Braunkohlengeschichte durch den Kopf gehen lassen und selbst ein wenig nachgeforscht. Es tut mir Leid, aber ich habe mich geirrt.«

»Geirrt?«

»Ja. Es ist ausgeschlossen, dass ein derart saurer Regen hier niedergegangen ist. Weder am letzten Wochenende noch zu irgendeinem anderen Zeitpunkt.«

»Und warum?«

»Ich habe mich erkundigt, welche Fabriken noch mit Braunkohle betrieben werden. Selbst in Osteuropa verwendet man heutzutage Spezialfilter. Oder der Brennstoff wird von vornherein entschwefelt. Mit anderen Worten, die Erzeugung dieser Schadstoffe ist seit den sechziger Jahren sehr stark zurückgegangen. Seit fünfunddreißig Jahren gibt es keinen dermaßen verseuchten Regen mehr. Gott sei Dank! Aber ich habe Sie auf eine falsche Fährte geschickt – verzeihen Sie bitte.«

Niémans schwieg.

In ungläubigem Ton fuhr der Umweltschützer fort: »Sind Sie wirklich sicher, dass dieses Wasser von Ihrer Leiche stammt?«

»Natürlich«, gab Niémans zurück.

»Na dann ... Es ist zwar unglaublich, aber dann kommt Ihre Leiche aus der Vergangenheit. Sie hat einen Regen abgekriegt, der vor mehr als dreißig Jahren gefallen ist ...«

Niémans bedankte sich hastig, murmelte ein kurzes »Auf Wiedersehen« und schaltete das Gerät ab.

Niedergeschlagen ging er zu seinem Wagen zurück. Einen kurzen Augenblick hatte er sich auf der richtigen Fährte geglaubt, doch sie war ihm zwischen den Fingern zerronnen wie dieses saure Wasser, das auf eine völlig abwegige Erklärung hinauslief.

Niémans hob noch einmal den Blick und musterte den Horizont. Die Sonne schoss nun ihre waagrechten Pfeile ab und vergoldete die watteweichen Arabesken der Wolkenränder. Das strahlende Licht fing sich am Gipfel des Grand Pic de Belledonne und ließ den ewigen Schnee aufleuchten. Wie hatte er, Polizist von Beruf und ein vernünftiger Mensch, auch nur einen Augenblick lang glauben können, dass ein paar Wolken ihm den Weg zum Tatort weisen könnten?

Wie hatte er …

Auf einmal breitete er die Arme aus und streckte sie der flammenden Landschaft entgegen, mit derselben Geste wie zuvor Fanny Ferreira, die Bergsteigerin. Eine jähe Erkenntnis hatte ihn getroffen – jetzt wusste er, wo Rémy Caillois getötet worden war. Jetzt wusste er, wo man fünfunddreißig Jahre altes Wasser finden konnte.

Nicht auf der Erde, nicht am Himmel.

Sondern im Eis.

Rémy Caillois war in gut zweitausend Metern Höhe umgebracht worden. Dort, wo der Regen jedes Jahres zu Eis kristallisiert und in der durchsichtigen Ewigkeit des Gletschers erhalten bleibt.

Dort war der Tatort. Und das war eine konkrete Spur.

4. TEIL

17

Dreizehn Uhr. Karim Abdouf betrat das Büro seines Chefs und legte ihm seinen Bericht vor. Henri Crozier, auf einen Brief konzentriert, den er zu schreiben hatte, warf keinen Blick auf die Papiere, sondern fragte lediglich: »Und?«

»Die Skinheads waren es nicht, aber sie haben zwei Gestalten beobachtet, die aus der Gruft kamen. Heute Nacht.«

»Hast du ihre Beschreibung?«

»Nein. Es war zu dunkel.«

Crozier geruhte endlich den Blick zu heben. »Vielleicht lügen sie.«

»Sie lügen nicht. Und sie waren auch nicht die Grabschänder.«

Karim verstummte. Das Schweigen zog sich hin.

»Sie hatten einen Augenzeugen, Kommissar«, sagte der Leutnant nach einer Weile und deutete mit dem Finger auf den Sitzenden. »Sie hatten einen Zeugen und haben mir nichts davon gesagt. ›Man‹ hat Sie darauf hingewiesen, dass die Skins sich heute Nacht in der Nähe des Friedhofs herumgetrieben haben, und daraus schlossen Sie, dass sie die Schuldigen waren. Aber die Sache ist komplizierter. Und nachdem Sie mir Ihren Zeugen vorenthalten haben, den ich hätte befragen können, werde ich …«

Crozier hob langsam eine beschwichtigende Hand. »Beruhig dich, Junge. Die Einheimischen in dieser Stadt haben Vertrauen zu den Alten wie mir. Den Alteingesessenen. Dir hätten sie nicht ein Zehntel dessen verraten, was sie mir aus freien Stücken anvertraut haben. Und ist das alles, was du aus den Neonazis rausgekriegt hast?«

Karim betrachtete stumm die Plakate zu Ehren der »Friedenshüter«. Auf den Eisenregalen funkelten die Pokale, die Crozier bei verschiedenen Schützenwettbewerben gewonnen hatte.

»Außerdem haben die Skins gegen zwei Uhr morgens ein weißes Auto von dort wegfahren sehen. Auf der D 143«, sagte er schließlich.

»Was für ein Auto war das?«

»Ein Lada. Oder irgendein anderes östliches Fabrikat. Darauf muss man jemanden ansetzen. Autos dieser Sorte sind hier zu Lande nicht sehr häufig, und …«

»Warum machst du's nicht selber?«

»Kommissar, Sie wissen, was ich will. Die Skins habe ich verhört, wie Sie's verlangt haben, und jetzt will ich mir die Gruft vornehmen.«

»Der Friedhofswächter sagt, du seist sowieso schon drin gewesen.«

Karim ignorierte die Bemerkung. »Was hat die Spurensicherung rausgekriegt?«, fragte er.

»Überhaupt nichts. Keinerlei Fingerabdrücke. Nicht der geringste Hinweis. Wir werden jetzt die nächste Umgebung durchkämmen. Falls es sich um Vandalen handelt, sind sie verdammt vorsichtig zu Werke gegangen.«

»Das waren keine Vandalen, das waren Profis. Jedenfalls wussten die Kerle sehr genau, wonach sie suchten. In dieser Gruft verbirgt sich ein Geheimnis, und das haben sie gelüftet. Haben Sie die Familie benachrichtigt? Was sagen die Eltern? Wären sie einverstanden, wenn wir …«

Karim verstummte. Croziers rundes Gesicht verriet ein gewisses Unbehagen. Der Leutnant stützte beide Hände auf den Schreibtisch und wartete auf die Antwort des Kommissars. »Wir haben die Familie nicht gefunden«, murmelte Crozier. »In der Stadt gibt es niemanden dieses Namens. Auch nicht in den übrigen Gemeinden des Départements.«

»Die Beerdigung war erst 1982 – es wird doch noch irgendwelche Unterlagen darüber geben.«

»Im Augenblick haben wir gar nichts.«

»Keinen Totenschein?«

»Keinen Totenschein. Jedenfalls nicht in Sarzac.«

Karims Miene erhellte sich. Er wandte sich ab und ging ein paar Schritte durch den Raum. »Da ist was faul mit diesem Grab, mit diesem Jungen. Da bin ich mir ganz sicher. Und irgendwie hängt es mit dem Einbruch in der Grundschule zusammen.«

»Karim, du hast zu viel Phantasie. Es gibt tausend mögliche Erklärungen. Vielleicht ist der kleine Jude bei einem Autounfall umgekommen. Vielleicht war er in einer anderen Stadt im Krankenhaus und wurde hier beerdigt, weil es die zweckmäßigste Lösung war. Vielleicht lebt seine Mutter immer noch hier, hat aber nicht mehr denselben Namen. Vielleicht ...«

»Ich habe mit dem Friedhofswächter gesprochen. Dieses Grab ist bestens gepflegt, aber er hat dort nie jemanden gesehen.«

Crozier gab keine Antwort. Er zog eine Schublade heraus und entnahm ihr eine Flasche Schnaps, der goldbraun leuchtete. Mit einer raschen Bewegung schenkte er ein kleines Glas voll ein, nicht mehr als einen Finger hoch.

»Wenn wir diese Familie nicht finden«, fuhr Karim fort, »kann man dann eine Genehmigung bekommen, um die Gruft zu betreten?«

»Nein.«

»Dann lassen Sie mich die Eltern suchen.«

»Und das weiße Auto? Die Suche nach Indizien rund um den Friedhof?«

»Fordern Sie Verstärkung an. Die Leute von der Spurensicherung werden das sehr gut machen. Geben Sie mir ein paar Stunden, Kommissar. Damit ich mich um diesen Teil der Ermittlung kümmern kann. Allein.«

Crozier hob Karim sein Glas entgegen. »Dir biete ich besser nichts an, oder?«

Karim schüttelte den Kopf. Crozier leerte sein Glas auf einen Zug und schnalzte mit der Zunge.

»Du hast bist achtzehn Uhr Zeit, dann will ich deinen schriftlichen Bericht sehen.«

Ein Knarzen von Leder, und Abdouf war verschwunden.

18

Karim rief zunächst die Schulleiterin der Ecole Jean-Jaurès an, um zu hören, ob sie vom Schulamt Informationen über Jude Itéro bekommen habe. Sie habe dort angefragt, sagte sie, aber nichts in Erfahrung bringen können: Es gebe keine Akte, nicht einmal der Name sei erwähnt. In den Archiven des gesamten Départements sei nicht die Spur eines Hinweises auf die Existenz des Kindes zu finden. »Vielleicht folgen Sie einer falschen Fährte«, äußerte sie vorsichtig. »Vielleicht hat das Kind, das Sie suchen, nie in unserer Region gelebt?«

Karim legte auf und sah auf die Uhr. Vierzehn Uhr. Er gab sich genau zwei Stunden, um die Archive der übrigen Schulen und die Namenslisten der entsprechenden Altersstufen zu überprüfen.

In weniger als einer Stunde und fünfzehn Minuten hatte er seine Runde beendet, ohne eine Spur von Jude Itéro zu finden. Er kehrte noch einmal zur Ecole Jean-Jaurès zurück: Bei der Durchforstung all dieser Archive war ihm eine Idee gekommen.

Die großäugige Direktorin empfing ihn hektisch vor Aufregung. »Ich habe noch einmal für Sie Nachforschungen angestellt, Herr Leutnant.«

»Ich höre.«

»Ich habe die Namen und Adressen der Lehrer gesucht, die in der fraglichen Zeit hier unterrichtet haben.«

»Und?«

»Wir sind vom Pech verfolgt. Die frühere Schulleiterin ist inzwischen pensioniert.«

»In den Jahren einundachtzig und zweiundachtzig war der kleine Jude neun beziehungsweise zehn Jahre alt. Können wir nicht die Klassenlehrerinnen finden?«

Die Frau vertiefte sich in ihre Notizen. »Durchaus«, sagte sie nach einer Weile. »Zumal ein und dieselbe Lehrerin die dritte Klasse im Jahr einundachtzig und die vierte Klasse im darauf folgenden Jahr hatte. Es ist übrigens ziemlich häufig, dass die Kinder ihre Lehrer nur im Zweijahresrhythmus wechseln ...«

»Wo ist sie jetzt?«

»Ich weiß es nicht. Sie hat am Ende des Schuljahrs einundachtzig/zweiundachtzig die Schule verlassen.«

Karim brummte verdrießlich. Die Schulleiterin setzte eine feierliche Miene auf. »Ich habe mir ebenfalls Gedanken gemacht«, sagte sie. »Eines gibt es, was wir nicht überprüft haben.«

»Was?«

»Die Klassenfotos. Wissen Sie, wir bewahren von jedem Bild einen Abzug auf von allen Klassen.«

Karim biss sich auf die Lippe: Weshalb hatte er nicht selbst daran gedacht?

»Ich habe also in unserem Fotoarchiv nachgesehen. Die Abzüge der dritten und vierten Klasse, die Sie interessieren, wurden ebenfalls gestohlen. Es ist unfassbar ...«

Diese Eröffnung drang wie ein Lichtstrahl in Karims

Bewusstsein. Er dachte an den leeren Bilderrahmen an der Grabsäule und begriff, dass man den kleinen Jungen »ausgelöscht«, seinen Namen und sein Gesicht beseitigt hatte.

»Warum lächeln Sie?«, fragte die Schulleiterin.

»Entschuldigen Sie«, antwortete Karim. »Darauf habe ich schon viel zu lange gewartet. Jetzt habe ich endlich einen richtigen Fall, verstehen Sie?« Er schwieg einen Moment und konzentrierte sich. »Ich hatte auch noch eine Idee. Bewahren Sie die Klassenbücher früherer Jahre auf?«

»Die Klassenbücher?«

»Zu meiner Zeit gab es für jede Klasse eine Art Logbuch, in das sowohl die Namen der fehlenden Schüler als auch die Hausaufgaben für den nächsten Tag eingetragen wurden …«

»Ja, das haben wir hier auch.«

»Bewahren Sie die Bücher auf .«

»Ja. Aber sie enthalten keine Namenslisten.«

»Ich weiß, nur die Namen der Abwesenden.«

Die Miene der Schulleiterin hellte sich auf, und ihre Augen glänzten wie blanke Spiegel.

»Sie haben die Hoffnung, dass der kleine Jude hin und wieder einen Tag gefehlt hat?«

»Ich hoffe vor allem, dass die Einbrecher nicht dieselbe Idee hatten wie ich.«

Noch einmal ging die Schulleiterin mit ihm ins Archiv und öffnete die Vitrine. Karim fuhr mit dem Finger die dunkelgrünen Rücken entlang und zog die Bücher der beiden fraglichen Jahre heraus. Eine Enttäuschung erwartete ihn: Nicht ein einziges Mal tauchte der Name Jude Itéro auf.

Dass er auf der falschen Fährte war, ließ sich wohl nicht länger leugnen: Entgegen seiner festen Überzeugung deutete nichts darauf hin, dass der Junge hier zur Schule gegangen war. Dennoch blätterte Karim in den Seiten und hoffte auf irgendein Detail, das ihm bestätigte, dass er doch nicht so falsch lag.

Der Beweis sprang ihn in Form einer rundlichen Kinderschrift an, die oben rechts die Seiten nummeriert hatte: Einige Seiten fehlten. Karim schlug das Buch ganz auf und entdeckte an den Fäden der Bindung vielsagende Papierreste. Aus dem Klassenbuch der Vierten hatte jemand die Seiten vom 8. bis zum 15. Juni 1982 herausgerissen. Diese Daten waren wie eine Greifzange, mit der er ein Stück vom Nichts gepackt hielt, und auf den fehlenden Seiten glaubte er den Namen des Jungen förmlich sehen zu können, geschrieben in derselben runden Schrift …

»Holen Sie mir bitte ein Telefonbuch«, murmelte Karim.

Wenige Minuten später rief Karim die gesamte Ärzteschaft von Sarzac an, mit klopfendem Herzen und einer einzigen Gewissheit: Jude Itéro hatte vom 8. bis zum 15. Juni 1982 gefehlt. Zweifellos, weil er krank gewesen war.

Er befragte jeden Arzt, bat ihn, in seiner Kartei nachzusehen, und buchstabierte jedes Mal den Namen des Kindes, aber keiner erinnerte sich. Karim fluchte. Er nahm sich die Nachbargemeinden vor: Cailhac, Thiermons, Valuc. Erst in Cambuse, einer kleinen Stadt dreißig Kilometer entfernt, antwortete ein Arzt in gleichmütigem Ton: »Jude Itéro. Ja, sicher, ich erinnere mich sehr gut.«

Karim traute seinen Ohren nicht.

»Vierzehn Jahre, und Sie erinnern sich sehr gut?«

»Kommen Sie in meine Praxis. Ich werde es Ihnen erklären.«

19

Dr. Stéphane Macé war die modernisierte und elegantere Version des Landarztes alter Zeiten. Ätherische Gesichtszüge, lange, schmale blasse Hände, ein sichtlich teurer Anzug unter dem offenen weißen Kittel: das perfekte

Exemplar eines aufmerksamen und verständnisvollen Arztes, gutbürgerlich und gebildet. Karim war dieser Arzt mit den höflichen Manieren auf Anhieb zuwider. Manchmal erschrak er regelrecht über diese Wut, die sich in Brocken von ihm abspaltete wie Eisberge in einem privaten Beringmeer.

Er setzte sich auf eine Stuhlkante, ohne seine Lederjacke abzulegen. Ein Schreibtisch aus poliertem Holz trennte die beiden Männer. Ein paar Dekorationsstücke, wahrscheinlich wertvoll, ein Computer, ein Arzneimittelverzeichnis … Das Sprechzimmer des Arztes war streng, sachlich, gediegen.

»Also, schießen Sie los, Herr Doktor«, forderte ihn Karim ohne weitere Vorrede auf.

»Könnten Sie mir vielleicht sagen, in welchem Rahmen Ihre Ermittlung …«

»Nein.« Karim milderte seine Flegelhaftigkeit durch ein Lächeln. »Tut mir Leid, aber das kann ich nicht.«

Der Arzt trommelte mit den Fingern auf der Kante seines Schreibtisches, dann stand er auf und begann, im Zimmer hin und her zu gehen. Dieser langhaarige Araber mit seiner bunten Mütze brachte ihn sichtlich aus der Fassung. Nach ihrem Telefongespräch hatte er mit einer seriöseren Erscheinung gerechnet. »Es war im Juni zweiundachtzig. Ein ganz normaler Krankenbesuch. Ich wurde zu einem kleinen Jungen gerufen, der hohes Fieber hatte … Es war mein erster Notdienst, ich war achtundzwanzig und hatte die Praxis eben erst übernommen.«

»Erinnern Sie sich deshalb so gut an den Besuch?«

Der Arzt lächelte. Ein Lächeln so breit wie eine Hängematte, das Karim endgültig in Wut versetzte.

»Nein. Sie werden gleich verstehen … Ich hatte den Anruf über die Sammelzentrale erhalten und die Adresse aufgeschrieben, aber ich konnte mir nichts darunter vorstellen. Wie sich herausstellte, war es ein kleines Haus in einer

Steinwüste, fünfzehn Kilometer von hier ... Ich habe die Adresse noch ... ich gebe sie Ihnen nachher.«

Karim nickte schweigend.

»Kurz und gut«, fuhr der Arzt fort, »ich kam zu einem heruntergekommenen Steinhäuschen, völlig isoliert gelegen. Es herrschte eine fürchterliche Hitze, in dem halbverdorrten Gestrüpp rings ums Haus zirpten die Grillen ... Die Frau, die mir die Tür öffnete, machte einen sonderbaren Eindruck auf mich. Als wäre sie in dieser bäuerlichen Umgebung völlig fehl am Platz ...«

»Inwiefern?«

»Ich weiß nicht. Im Wohnzimmer stand ein Klavier, und ...«

»Bauern haben schließlich mit Musik nichts im Sinn, wie?«

»Das habe ich nicht gesagt ...« Er verstummte. »Haben Sie etwas gegen mich?«, fragte er.

Karim schaute auf. »Was spielt das für eine Rolle?«

Der Arzt nickte mit verständnisvoller Miene, unbeirrt liebenswürdig. Sein Mund lächelte nach wie vor, doch in seinen Augen lag jetzt Besorgnis. Er hatte den geriffelten Griff der Glock 21 erblickt, der aus dem Holster ragte. Und Flecken auf dem ledernen Ärmel des Mannes, die vielleicht getrocknete Blutspuren waren. Er nahm seinen Gang durch das Zimmer wieder auf, zunehmend angespannt.

»Ich betrat das Zimmer des Kindes, und dort wurde mir die Sache definitiv befremdlich.«

»Warum?«

Der Arzt hob die Schultern. »Das Zimmer war leer. Kein einziges Spielzeug, kein Bild, nichts.«

»Wie sah der Junge aus?«

»Ich weiß es nicht.«

»Wie, Sie wissen es nicht?«

»Ich weiß es nicht. Das war das Merkwürdigste. Die Frau

hatte mich in völliger Dunkelheit empfangen. Sämtliche Fensterläden waren geschlossen, im ganzen Haus gab es keine einzige Lichtquelle. Ich dachte zunächst, sie hätte das Haus wegen der Hitze abgedunkelt, aber dann sah ich, dass sämtliche Möbel mit Tüchern abgedeckt waren. Es war … sehr rätselhaft.«

»Was hat sie gesagt?«

»Dass ihr Sohn krank sei. Dass er kein Licht vertragen könne.«

»Und Sie konnten ihn ganz normal untersuchen?«

»Ja. Im Halbdunkel.«

»Was hatte er?«

»Eine simple Angina. Übrigens erinnere ich mich …«

Der Arzt beugte sich vor und legte den Zeigefinger an die Lippen – eine pedantische, herablassende Geste, zweifellos dazu angetan, die Klientel zu beeindrucken. Doch Karim war nicht beeindruckt.

»Irgendwann habe ich begriffen … In dem Augenblick, als ich das Laryngoskop und meine Stableuchte hervorholte, um die Kehle des Jungen zu untersuchen, packte mich die Frau am Handgelenk … Mit einer Heftigkeit … Sie wollte nicht, dass ich das Gesicht ihres Kindes sah.«

Karim schwieg. Er dachte an den leeren Bilderrahmen am Grab, an den Diebstahl der Klassenfotos und spürte ein Zucken im Bein.

»Heftig, sagten Sie. Was meinen Sie damit?«

»Ich sollte wohl eher von Kraft sprechen. Diese Frau war … ungewöhnlich stark. Wobei man natürlich hinzufügen muss, dass sie auch ungewöhnlich groß war, über einsachtzig. Eine Riesin.«

»Und ihr Gesicht, haben Sie das gesehen?«

»Nein. Ich sage Ihnen doch: Das alles fand weitgehend im Dunkeln statt.«

»Und dann?«

»Habe ich ein Rezept ausgestellt und bin gegangen.«

»Wie verhielt sich die Frau? Ich meine, gegenüber ihrem Kind?«

»Sie schien sehr aufmerksam, rücksichtsvoll, und gleichzeitig distanziert … Wenn ich jetzt darüber nachdenke … dann war an diesem Krankenbesuch einiges sonderbar …«

»Waren Sie später noch einmal dort?«

Der Arzt unterbrach seine Gänge durchs Zimmer und warf Karim einen ernsten Blick zu. Aus seinem Gesicht war alle Jovialität verschwunden, und der Polizist begriff auf einmal, weshalb Macé sich an diesen Krankenbesuch so gut erinnerte: Zwei Monate nach der Begegnung war der kleine Junge gestorben. Und das wusste der Arzt zweifellos.

»Kurz danach begannen die Schulferien«, antwortete er, »und … ja, Anfang September war ich noch einmal dort, aber die Familie war nicht mehr da. Ein ferner Nachbar sagte mir, sie seien fortgezogen …«

»Fortgezogen? Hat Ihnen niemand gesagt, dass der Junge gestorben war?«

Der Arzt schüttelte den Kopf. »Nein. Die Nachbarn wussten nichts davon. Das erfuhr ich erst später, durch Zufall.«

»Wie?«

»Bei einer Beerdigung auf dem Friedhof von Sarzac habe ich das Grab gesehen.«

»Noch einer Ihrer Patienten?«

»Herr Inspektor, Sie werden allmählich unangenehm …«

Karim stand auf. Der Arzt wich zurück.

»Und seit damals«, sagte der Polizist, »fragen Sie sich, ob Sie an diesem Tag die Anzeichen eines ernsteren Leidens übersehen haben. Seit damals leben Sie mit diesem heimlichen Schuldgefühl. Aber Sie haben sicher Ihre eigenen Nachforschungen angestellt. Wissen Sie, wie der Junge gestorben ist?«

Der Arzt schob einen Finger in den Hemdkragen und öffnete den obersten Knopf. Schweißtropfen standen auf seiner Stirn.

»Nein. Es stimmt, ich … ich habe mich tatsächlich erkundigt, aber nichts erfahren. Ich setzte mich mit meinen Kollegen in Verbindung, mit den Krankenhäusern der Umgebung. Nichts. Die Geschichte ließ mich nicht mehr los, verstehen Sie?«

Karim wandte sich zum Gehen. »Und Sie wissen noch keineswegs alles.«

»Was meinen Sie?«

Der Arzt war weiß wie eine Kompresse.

»Das werden Sie sehr bald selber erfahren«, gab Karim zurück.

»Gott im Himmel, was habe ich Ihnen denn getan?«

»Nichts. Aber ich habe meine Jugend damit verbracht, Leuten wie Ihnen die Autos zu klauen …«

»Wer sind Sie überhaupt? Wo kommen Sie her? Sie … Sie haben mir nicht mal Ihren Dienstausweis gezeigt, ich werde mich beschweren …«

Karim deutete ein Lächeln an. »Keine Sorge, das war nur ein Scherz.«

Er trat in den Flur hinaus. Das Wartezimmer war zum Bersten gefüllt. Der Arzt ging ihm nach und hielt ihn auf.

»Warten Sie«, stieß er hastig hervor. »Gibt es irgendetwas, das Sie wissen und ich nicht? Ich meine … über die Todesursache …«

»Leider nein.«

Karim drehte den Türknauf, doch der Arzt hielt ihn fest. Sein weißer Kittel flatterte wie ein Segel.

»Was geht da vor? Warum diese Untersuchung nach so vielen Jahren?«

»Heute Nacht hat jemand das Grab des Jungen aufgesucht. Und ist in seiner Schule eingebrochen.«

»Und … wissen Sie, wer?«

»Noch nicht«, erklärte der Leutnant. »Aber eines steht fest: Die Vorfälle heute Nacht, das sind die Bäume, hinter denen sich der Wald verbirgt.«

20

Endlos fuhr er auf menschenleeren Straßen dahin. In dieser Gegend sahen die Nationalstraßen aus wie Landstraßen, und die Landstraßen waren schmale Feldwege. Unter einem blauen Himmel mit kleinen Flaumwölkchen erstreckten sich die Felder, weder bebaut noch beweidet. Hin und wieder ragten Felsnasen aus der Landschaft und blickten auf kleine Täler hinunter, die so einladend waren wie Bärenfallen. Wer dieses Département durchquerte, unternahm eine Reise in die Vergangenheit. In eine Zeit vor Erfindung des Ackerbaus.

Karim hatte sich zunächst auf den Weg zu dem kleinen Haus gemacht, in dem Jude mit seiner Familie gelebt hatte. Es existierte nicht mehr. An seiner Stelle fand er eine völlig zerfallene Ruine neben Felsblöcken, überwuchert von grauem Gestrüpp. Er hätte nun das Grundbuchamt aufsuchen und nach dem Namen des Eigentümers fragen können, doch er zog es vor, nach Cahors zu fahren und sich mit Jean-Pierre Cau zu unterhalten, dem Hausfotografen der Schule, der die verschwundenen Abzüge entwickelt hatte.

Er hoffte, bei Cau die Negative der Klassenfotos zu finden, die ihn interessierten. Zwischen den namenlosen Gesichtern musste auch Jude Itéro sein, und Karim empfand mittlerweile ein geradezu zwanghaftes Bedürfnis, dieses Gesicht zu sehen. Zwar gab es keinen Grund, weshalb er es erkennen sollte, doch er hoffte insgeheim auf ein Zeichen, einen Hinweis zwischen den Zeilen, irgendeine Ahnung beim Anblick der Abzüge.

Gegen drei Uhr nachmittags parkte er seinen Wagen am Eingang der Fußgängerzone von Cahors. Steinerne Portale, schmiedeeiserne Balkone und Wasserspeier – die ganze hochmütige Schönheit eines historischen Stadtzentrums: genug, um bei Karim, dem Vorstadtkind, tiefen Abscheu zu erregen.

Er ging an den Häusern entlang und fand endlich den Laden von Jean-Pierre Cau, »Spezialist für Hochzeiten und Kindstaufen«.

Der Fotograf war in seinem Studio im ersten Stock.

Karim stieg die Treppe hinauf und gelangte in einen leeren, halbdunklen Raum. Nur mit Mühe erkannte er die Bilderrahmen an den Wänden, aus denen Paare im Sonntagsstaat herablächelten. Bürgerliches Glück auf Glanzpapier.

Karim bereute sofort die Woge der Verachtung, die ihn erfasste. Wer war er denn, diese Leute zu verurteilen? Was hatte er statt dessen zu bieten, er, der Bulle im Exil, der nie unter den Wimpern junger Mädchen zu lesen verstanden hatte und alle Liebe, die in ihm steckte, in einen versteinerten Kern verwandelt hatte, geschützt vor fremden Blicken und jeglicher Wärme? Gefühle setzte er mit Selbsterniedrigung gleich, mit einer Verwundbarkeit, die er immer abgelehnt hatte, wie eine stolze Eidechse. Aber auf diesem Gebiet hatte er seit jeher durch zu großen Hochmut gesündigt. Und jetzt saß er in seinem einsamen Schneckenhaus und verdorrte zusehends.

»Wollen Sie heiraten?«

Karim drehte sich zu der Stimme um.

Jean-Pierre Cau war grau und porös wie Bimsstein. Er trug einen ausladenden, zerzausten Backenbart, der vor Ungeduld zu beben schien und in auffälligem Gegensatz zu seinen müden Augen mit dicken Tränensäcken stand.

Der Mann schaltete eine kleine, trübe Lampe ein. »Nein,

Hochzeitsbilder wollen Sie nicht«, sagte er, während er Karim musterte.

Seine Stimme war belegt wie bei einem langjährigen Raucher. Er trat näher. Sein Blick hinter der Brille, unter den welken Lidern, schwankte zwischen Überdruss und Misstrauen. Karim lächelte. Er hatte weder Auftrag noch Autorität in der Stadt: Diese Unterredung musste er sanft angehen.

»Mein Name ist Karim Abdouf«, erklärte er. »Ich bin Polizeileutnant und brauche ein paar Informationen im Rahmen einer Ermittlung …«

»Sind Sie aus Cahors?«, fragte der Fotograf, eher neugierig als beunruhigt.

»Aus Sarzac.«

»Haben Sie einen Ausweis oder so?«

Karim kramte in seiner Jackentasche nach seinem Dienstausweis und hielt ihn ihm hin. Der Fotograf prüfte ihn eine ganze Weile, und Karim seufzte. Er war sicher, dass der Mann noch nie einen Polizeiausweis aus der Nähe gesehen hatte, was ihn jedoch nicht daran hinderte, den Experten zu spielen. Mit verkniffenem Lächeln gab ihm Cau den Ausweis zurück. Waagrechte Falten fürchten seine Stirn.

»Was wollen Sie von mir?«

»Ich bin auf der Suche nach Klassenfotos.«

»Von welcher Schule?«

»Jean-Jaurès, in Sarzac. Ich suche die Fotos der dritten und vierten Klasse aus den Jahren einundachtzig beziehungsweise zweiundachtzig, außerdem die Namenslisten der Schüler, falls sie zufällig bei den Fotos sein sollten. Bewahren Sie solche Unterlagen auf?«

Wieder lächelte der Mann. »Ich bewahre alles auf.«

»Darf ich einen Blick darauf werfen?«, fragte der Polizist im freundlichsten Ton, den er aus der Tiefe seiner Kehle zutage zu fördern vermochte.

Cau deutete auf das Nebenzimmer, aus dessen angelehnter Tür ein Lichtstrahl ins Halbdunkel des Raumes fiel.

»Kein Problem, kommen Sie mit.«

Das zweite Zimmer war größer als das Studio. Über einer langen Theke war eine komplizierte schwarze Maschine mit verstellbaren Apparaturen befestigt, und an den Wänden hingen großformatige Abzüge von Tauffeiern und Hochzeiten. Immer nur Weiß. Lächelnde Paare und Säuglinge.

Karim folgte dem Fotografen zu einem Aktenschrank mit zahlreichen Schubladen. Cau beugte sich nieder, las die Etiketten über den Metallgriffen, dann zog er eine schwere Lade heraus und blätterte in den Hängeordnern.

»Jean-Jaurès, da haben wir's ja.«

Cau nahm einen Umschlag heraus, der mehrere Klarsichthüllen enthielt. Er sah eine nach der anderen an, dann begann er noch einmal von vorn. Seine Stirnfalten vervielfältigten sich.

»Ein und dieselbe Klasse, sagten Sie – die dritte im Jahr einundachtzig und die vierte im Jahr zweiundachtzig?«

»Richtig«, antwortete Karim mit düsteren Vorahnungen.

Die schweren Lider hoben sich erstaunt.

»Merkwürdig … Sie sind nicht da.«

Karim erbebte. Offensichtlich waren die Plünderer auf dieselbe Idee gekommen wie er. »Ist Ihnen nichts aufgefallen, als Sie heute Morgen herkamen?«, fragte er.

»Was soll mir denn aufgefallen sein?«

»Dass jemand hier eingebrochen ist, zum Beispiel.«

Cau brach in Gelächter aus und deutete auf die Infrarotsensoren in allen vier Ecken des Raums. »Wer hier einbricht, wird keine Freude haben, glauben Sie mir. Ich habe in meine Sicherheit einiges investiert …«

Karim lächelte schief und schlug vor: »Sehen wir trotzdem nach. Ich kenne ein paar Leute, die mit Ihrem System nicht mehr Mühe hätten als mit einem Vorhängeschloss. Ihre Negative bewahren Sie auf, oder?«

Caus Ausdruck veränderte sich. »Meine Negative? Wieso?«

»Vielleicht haben Sie noch die Fotos, die mich interessieren …«

»Nein. Tut mir Leid, das ist vertraulich …«

Karim betrachtete die pochende Halsschlagader des Fotografen. Es war an der Zeit, andere Saiten aufzuziehen.

»Deine Negative, Alter. Sonst verliere ich die Geduld.«

Der Mann sah Karims Blick, zögerte kurz, dann nickte er und ging zu einem anderen Möbel, einem Rollschrank, der abgesperrt war. Cau schloss ihn mit fahrigen Gesten auf und zog eine Lade heraus. Karim stellte sich vor ihn und stützte sich mit dem Ellenbogen auf die Schublade. Je länger die Sache dauerte, desto deutlicher spürte er, dass der Mann von einer unerklärlichen Unruhe und Angst ergriffen wurde. Als hätte sich Cau im Zuge seiner Suche plötzlich an ein besonderes Detail erinnert, einen Vorfall, der ihm die Seelenruhe raubte. Von neuem begann der Fotograf in Umschlägen zu kramen. Sekunden vergingen. Schließlich blickte er auf. In seinem Gesicht zuckte ein Muskel.

»Ich … Nein, wirklich, ich habe auch keine Negative.«

Karim stieß heftig die Schublade zurück und klemmte dem Fotografen beide Hände ein. Cau brüllte auf und befreite sich. In puncto Sanftheit hatte Karim noch einiges zu lernen. Er packte den Mann an der Gurgel und schüttelte ihn, aber sein Tonfall war nach wie vor ruhig.

»Sei vernünftig, Cau. Hat man bei dir eingebrochen oder nicht?«

»N… nein … Ich schwöre Ihnen …«

»Also, was hast du dann mit deinen Scheißbildern gemacht?«

»Ich … ich hab' sie verkauft …«, stotterte Cau.

Wie vom Donner gerührt ließ Karim ihn los. Ächzend massierte sich der Mann die Handgelenke.

»Verkauft? … Wann denn?«, murmelte Karim vor sich hin.

»Meine Güte«, antwortete der Mann. »Das ist eine alte Geschichte … Ich kann mit meinen Fotos machen, was ich …«

»Wann hast du sie verkauft?«

»Weiß ich nicht mehr … Vor ungefähr fünfzehn Jahren …«

Karim stolperte von einer Verblüffung in die nächste. Er stieß Cau gegen den Schrank und hielt ihn fest, Klarsichthüllen sausten zu Boden.

»Erzähl von Anfang an. Denn bis jetzt ist das alles ziemlich wirr.«

Cau verzog das Gesicht. »Es war im Sommer, eine Frau kam eines Abends zu mir … Sie wollte die Fotos … Dieselben wie Sie … Jetzt fällt es mir wieder ein …«

Diese Neuigkeiten brachten Karims bisherige Überzeugungen zu Fall. Also hatte bereits 1982 jemand die Fotos des kleinen Jungen gesucht.

»Hat sie von Jude gesprochen? Jude Itéro? Hat sie dir diesen Namen genannt?«

»Nein. Sie wollte bloß die Fotos und die Negative.«

»Hat sie dich bezahlt?«

Der Mann nickte.

»Wie viel?«

»Zwanzigtausend Francs … Damals ein Vermögen … für ein paar Fotos von Kindern …«

»Warum wollte sie die Fotos haben?«

»Weiß ich nicht. Ich hab' sie nicht gefragt.«

»Du hast die Fotos doch selber aufgenommen und entwickelt … War ein Kind dabei, das irgendwas Auffälliges im Gesicht hatte? Etwas, das man vielleicht lieber verheimlicht?«

»Nein. Mir ist nichts aufgefallen … Ich weiß nicht … Ich erinnere mich nicht.«

»Und die Frau? Wie sah sie aus? Eine große, kräftige Frau? War es seine Mutter?«

Der Fotograf hörte auf zu zittern und brach in ein unerwartetes Gelächter aus, das üble Gerüche aus der Tiefe zutage förderte. »Mit Sicherheit nicht«, stieß er lachend zwischen den Zähnen hervor.

Karim packte ihn mit beiden Fäusten und schleuderte ihn gegen den Aktenschrank.

»Wieso?«

Cau verdrehte die Augen unter seinen faltigen Lidern. »Es war eine Nonne. Eine verdammte katholische Nonne!«

21

In Sarzac gab es drei Kirchen. Die eine wurde gerade renoviert, die Zweite stand unter der Obhut eines alten Priesters, dessen Tage gezählt waren, und die Dritte leitete ein junger Pfarrer, über den die übelsten Gerüchte im Umlauf waren. Er und seine Mutter, hieß es, seien große Säufer vor dem Herrn und zerfleischten sich gegenseitig in der Abgeschiedenheit des Pfarrhauses. Lieutenant Abdouf, der sämtliche Einwohner von Sarzac pauschal verabscheute und mehr noch ihre Lust an Gerüchten, musste jedoch einräumen, dass die bösen Zungen dieses eine Mal recht hatten: Er war selbst einmal als Verstärkung gerufen worden, um Mutter und Sohn, die sich eine apokalyptische Schlägerei lieferten, voneinander zu trennen.

Diesen Pfarrer hatte sich Karim als Informationsquelle ausgesucht.

Mit einer scharfen Bremsung fuhr er vor dem Pfarrhaus vor, einem einstöckigen Betongebäude ohne jede Eleganz, in unmittelbarer Nachbarschaft der Kirche mit ihren asymmetrischen Fenstern. »Meine Pfarrei« stand auf einem kleinen Schild. Dornengestrüpp und Brenn-Nesseln machten sich gegenseitig den Zugang zum Haus streitig. Er läutete. Minuten vergingen. Schließlich hörte Karim drinnen gedämpftes Geschrei und fluchte innerlich: Das war das Letzte, was er brauchte.

Endlich wurde die Tür geöffnet.

Karim hatte den Eindruck, vor den Überresten eines Schiffbruchs zu stehen. Der Pfarrer verbreitete einen intensiven Alkoholdunst, in seinem ausgezehrten Gesicht wucherte ein unregelmäßiger Bart, und darüber sträubten sich die Haare, die wie mit Asche bestäubt wirkten. Seine Augen waren gelb, der Hemdkragen ausgefranst, und auf seiner Brust prangten Flecken. Als Pfarrer war dieser Mann am Ende, ausgelaugt, sein Verstand schnapsumwölkt. Seine geistliche Laufbahn hatte nicht länger gedauert, als das brennende Weihrauchfaß seinen eindringlichen Duft verströmt.

»Was wünschen Sie, mein Sohn?«

Die Stimme war rau, aber fest.

»Karim Abdouf von der Polizei. Wir kennen uns.«

Der Mann rückte seinen angegrauten Kragen zurecht.

»Ach ja, das scheint mir auch so …« Er warf einen gequälten Blick nach beiden Seiten. »Haben die Nachbarn Sie gerufen?«

Karim lächelte. »Nein. Ich ermittle in einem Fall und brauche dabei Ihre Hilfe.«

»Ach so? Na, dann kommen Sie herein.«

Karim betrat das Haus, und sogleich blieben seine Sohlen am Fußboden haften und lösten sich nur zögerlich, mit kleinen schmatzenden Geräuschen. Er blickte zu Boden und sah glänzende Spuren, die sich über das Linoleum zogen.

»Das ist meine Mutter«, schnaubte der Pfarrer, dem sein Blick nicht entgangen war. »Sie rührt keinen Finger mehr, aber macht alles schmutzig mit ihrer Marmelade.« Er fuhr sich durch die zerzausten Haare. »Verrückt, sie isst nichts anderes mehr.«

Die Inneneinrichtung des Hauses war chaotisch und trostlos. Dekorationsfolien verschiedener Art, schief geklebt, imitierten Holz, Keramik, Stoff. Durch eine offene Tür erblickte er die Karikatur eines Wohnzimmers, in dem handgeschnittene Quader aus gelbem Schaumstoff, garniert mit unpassenden Sofakissen, als Polstermöbel fungierten. Auf dem Boden lagen in einem Häufchen verschiedene Gartengeräte. Gegenüber öffnete sich ein anderes Zimmer, in dem ein Resopaltisch mit schmutzigem Geschirr und ein ungemachtes Bett standen. Der Pfarrer schwenkte nach rechts ins Wohnzimmer, stolperte, fing sich wieder. »Genehmigen Sie sich ruhig ein Glas«, sagte Karim. »Dann sparen wir Zeit.«

Der Pfarrer drehte sich um und starrte ihn feindselig an. »Schauen Sie sich doch selber an. Sie sehen auch aus, als wären Sie nicht in der besten Verfassung.«

Karim schluckte. Seit dem Kraftakt im Studio des Fotografen war er ein wenig aus der Fassung geraten und stand noch immer unter dem Eindruck seiner jüngsten Erkenntnisse. Und nach seiner durchwachten Nacht dröhnte ihm der Kopf, in der Brust spürte er Hammerschläge. Mechanisch fuhr er sich mit dem Ärmel über das Gesicht, wie ein kleiner rotznasiger Junge.

Der Pfarrer schenkte sich ein Glas voll.

»Möchten Sie auch was?«, fragte er mit einem unangenehmen Lächeln.

»Ich trinke nicht.«

Der Geistliche nahm einen Schluck, und sein ausgemergeltes Gesicht färbte sich rot. Seine fiebrigen Augen funkelten schwefelgelb. Er stieß ein spöttisches Gelächter aus. »Der Islam, wie?«

»Nein. Ich bin im Dienst und will einen klaren Kopf behalten, das ist alles.«

Der Pfarrer prostete ihm zu: »Also dann, auf Ihren Dienst.«

Draußen im Flur schlurfte die Mutter hin und her, eine verwahrloste, alterskrumme Erscheinung, die einen Topf Marmelade an die Brust gepresst hielt. Karim dachte an die aufgebrochene Gruft, an die Skinheads, die Nonne, die zu einem absurden Preis alte Klassenfotos kaufte, und nun diese beiden Geisterbahngestalten. Er hatte die Büchse der Pandora geöffnet, aus der ständig neue Alpträume quollen.

Der Pfarrer folgte der Richtung seines Blicks. »Achten Sie nicht auf sie, mein Sohn«, sagte er und ließ sich auf einem Schaumstoffkissen nieder. »Also, ich höre.«

Karim hob sacht die Hand. »Nur eins vorweg. Nennen Sie mich bitte nicht ›mein Sohn‹.«

»Da haben Sie recht«, gab der Pfarrer grinsend zurück. »Schlechte Angewohnheit – eine Berufskrankheit.«

Mit ironischer Geste nahm er wieder einen tüchtigen Schluck und fand zu einer abgeklärteren Haltung zurück. »Was für einen Fall bearbeiten Sie denn?«, fragte er.

Mit Befriedigung nahm Karim zur Kenntnis, dass der Pfarrer über die Grabschändung noch nicht auf dem Laufenden war. Crozier hatte es also geschafft, keine Informationen nach außen dringen zu lassen.

»Es tut mir Leid, aber darüber darf ich nichts sagen. Nur so viel: Ich bin auf der Suche nach einem Kloster. In der Nähe von Sarzac und Cahors, oder auch sonst irgendwo in der Umgebung. Dabei können Sie mir sicher helfen.«

»Wissen Sie, welcher Kongregation es angehört?«

»Nein.«

Der Pfarrer schenkte sich ein zweites Mal ein. Dickflüssig kreiste der Likör in dem kleinen Glas.

»Es gibt hier mehrere Klöster.« Wieder grinste er. »Offensichtlich lädt unsere Region zur Andacht ein …«

»Wie viele?«

»Ungefähr zehn allein in diesem Département.«

Karim überschlug im Geist, wie viel Zeit es ihn kosten würde, sämtliche Klöster abzuklappern, die zweifellos über die ganze Region verteilt waren: mindestens einen ganzen Tag. Es war aber bereits vier Uhr nachmittags, und er hatte nur noch zwei Stunden. Das führte zu nichts.

Der Pfarrer war aufgestanden und kramte in einem Schrank. »Ah, da ist es ja.« Er blätterte in einer Art Adressbuch mit hauchdünnen Seiten, während die Mutter ins Zimmer trottete und geradewegs auf die Flasche zusteuerte. Ohne einen Blick auf Karim schenkte sie sich ein Glas voll ein. Sie hatte nur Augen für ihren Sohn – hasserfüllte Vogelaugen, die mechanisch hin und her schossen.

»Lass uns allein, Maman«, befahl der Priester, ohne aufzuschauen. Die Frau antwortete nicht. Mit beiden Händen hielt sie ihr Glas umklammert. Gelenke wie Hühnerknöchelchen. Auf einmal erfasste ihr Blick den Fremden. Sie starrte ihn an.

»Wer sind Sie?«, fragte sie in säuerlichem Ton.

»Lass uns in Ruhe.« Der Pfarrer wandte sich zu Karim. »Hier. Ich habe Ihnen die zehn Klöster herausgesucht, wenn Sie sich's aufschreiben wollen … Aber sie sind ziemlich weit voneinander entfernt …«

Karim nahm ihm das Buch aus der Hand und überflog die markierten Seiten. Die Namen der Dörfer waren ihm vage bekannt. Er zog sein Notizbuch hervor und schrieb sich sorgfältig die Adressen auf.

»Wer sind Sie?« beharrte die Mutter.

»Geh in dein Zimmer zurück, Maman!«, schrie der Priester.

Er trat auf Karim zu. »Was suchen Sie eigentlich? Vielleicht kann ich Ihnen ja helfen …«

»Eine Nonne«, antwortete Karim. »Eine Nonne, die sich für Fotos interessiert.«

»Was für Fotos?« stieß der Pfarrer hervor, und Karim nahm einen Anflug von Interesse in seinem Blick wahr.

»Kommt Ihnen das bekannt vor?«, fragte er argwöhnisch.

Der Mann kratzte sich den Kopf. »Ich … Nein.«

»Wie alt sind Sie?«, fragte Karim.

»Wieso? … Fünfundzwanzig.«

Die Mutter schenkte sich ihr Glas wieder voll und spitzte die Ohren.

»Sind Sie in Sarzac geboren?«, fragte Karim weiter.

»Ja.«

»Und hier zur Schule gegangen?«

»Nur in die Grundschule. Danach kam ich ins …«

»In welche Schule? Jean-Jaurès?«

»Ja, aber …«

Die Erkenntnis überfiel ihn jäh. »Sie war hier.«

»Was? Wer?«

»Die Nonne. Die Nonne, die ich suche … Sie war hier, um Ihnen Ihre alten Klassenfotos abzukaufen. Meine Güte. Sie hat wirklich sämtliche Fotos eingesammelt, die noch in irgendwelchen Häusern herumlagen. Waren Sie in derselben Klasse wie Jude Itéro? Sagt Ihnen der Name etwas?«

Der Priester erbleichte. »Ich … ich verstehe nicht, wovon Sie reden.«

Schrill erhob sich die Stimme der Mutter: »Was ist das für eine Geschichte?«

Karim fuhr sich mit den Händen übers Gesicht, wie um eine neue Seite aufzuschlagen.

»Gut, ich fange von Anfang an. Wenn Sie ganz normal die Schule besucht haben, dann waren Sie 1982 in der vierten Klasse, oder?«

»Aber das war vor fünfzehn Jahren!«

»Und 1981 in der dritten.«

Der Pfarrer versteifte sich, und seine Finger umklammerten knackend die Lehne eines Stuhls. Trotz seines jugendlichen Alters ähnelten seine Hände denen seiner Mutter. Bereits gealtert und überzogen von einem Geflecht bläulicher Adern.

»Ja, das … das könnte hinkommen …«

»Also hatten Sie einen Mitschüler, der Itéro hieß. Jude Itéro. Das ist kein gebräuchlicher Name. Denken Sie nach. Es ist sehr wichtig für mich.«

»Nein, offen gestanden, ich …«

Karim trat einen Schritt auf ihn zu. »Aber Sie erinnern sich an eine Nonne, die nach Klassenfotos gesucht hat, nicht wahr?«

»Ich …«

Die Mutter versäumte kein Wort. »Du Dreckskerl«, kreischte sie, »stimmt das, was dieser Araber erzählt?«

Sie drehte sich um und trippelte zur Tür. Karim nutzte die Gelegenheit, packte den Pfarrer bei den Schultern und flüsterte ihm ins Ohr: »Los, erzählen Sie schon. Verdammte Scheiße, spucken Sie aus, was Sie wissen!«

Der Pfarrer sackte auf einem Schaumstoffkissen zusammen. »Ich hab' nie wirklich verstanden, was an dem Abend passiert ist …«, murmelte er dumpf

Karim kauerte sich neben ihn, und der Priester fuhr fort: »An einem Abend im Sommer ist sie gekommen.«

»Im Juli zweiundachtzig?«

Der Priester nickte. »Sie stand plötzlich vor unserer Tür … Es war fürchterlich heiß … die ganze aufgestaute Hitze des Tages … Ich weiß nicht, warum, jedenfalls war ich allein … Ich machte auf … Herrgott, bin ich erschrocken … ich war knapp zehn, und diese Nonne mit ihrem schwarzweißen Schleier stand im Halbdunkel vor mir wie eine Erscheinung …«

»Was hat sie gesagt?«

»Zuerst fragte sie mich nach der Schule, nach meinen Noten, meinen Lieblingsfächern. Eine sehr sanfte Stimme hatte sie … Dann wollte sie meine Mitschüler sehen …« Der Priester wischte sich über das schweißfeuchte Gesicht. »Ich hab' ihr mein Klassenfoto gebracht … Die ganze Klasse war drauf … Wissen Sie, ich war sehr stolz, ihr meine Freunde zu zeigen. Erst dann habe ich begriffen, dass sie etwas Bestimmtes wollte. Sie sah sich das Bild sehr lang an und fragte, ob sie es behalten dürfe … Um ein Andenken zu haben, sagte sie …«

»Wollte sie noch weitere Fotos sehen?«

Der Priester nickte, und seine Stimme sank zu einem Flüstern herab: »Sie wollte auch das Foto vom Jahr zuvor sehen, von der dritten Klasse.«

Karim zweifelte nicht mehr: Selbst wenn er in den Häusern aller damaligen Grundschüler nachfragte, würde niemand mehr die Klassenfotos dieser beiden Jahrgangsstufen besitzen. Was für eine absurde Geschichte: Wie kam eine Nonne auf die Idee, sämtliche Fotos einer Klasse, mit der sie nichts zu tun hatte, an sich zu raffen? Karim hatte das Gefühl, in einem steinernen Labyrinth festzustecken, in dem völlige Dunkelheit herrschte.

In der Türöffnung tauchte die Mutter wieder auf. Sie hielt eine abgegriffene Schuhschachtel an die Brust gedrückt.

»Du Schuft«, krächzte sie. »Hast unsere Fotos hergegeben. Deine Klassenfotos. Wo du so nett warst, so süß …«

»Sei still, Mama!« Der Priester starrte Karim an. »Ich fühlte mich schon damals berufen, verstehen Sie? Ich war wie hypnotisiert von dieser großen Frau …«

»Groß? War sie groß?«

»Ich weiß nicht … ich war ja erst zehn … Aber ich seh' sie noch vor mir mit ihrem schwarzen Schleier … Sie hatte eine so friedliche Stimme … Sie wollte die Fotos haben, und ich habe sie ihr selbstverständlich gegeben. Ich sah darin ein Zeichen … ich …«

»Schuft!«

Karim warf einen Blick auf die zornfunkelnde Mutter, dann wieder auf den Sohn und erkannte, dass der Pfarrer im Begriff war, in nostalgischen Erinnerungen zu versinken. Er schlug seinen gutmütigsten Tonfall an: »Hat sie Ihnen denn gesagt, warum sie die Bilder wollte?«

»Nein.«

»Hat sie von Jude gesprochen?«

»Nein.«

»Hat sie Ihnen Geld gegeben?«

Der Pfarrer verzog das Gesicht »Aber nein! Sie hat mich um die beiden Fotos gebeten, das war alles! Herr im Himmel … ich … hielt diesen Besuch für ein Zeichen, verstehen Sie? Eine von Gott gesandte Anerkennung!«

Er schluchzte.

»Damals wusste ich noch nicht, dass ich ein Versager bin. Ein versoffener Kerl, der zu nichts gut ist. Der Sohn dieser … Wie soll man etwas geben, was man selber nicht hat?« rief er flehentlich, rappelte sich auf und packte Karims Lederjacke. »Wie das Licht bringen, wenn ich wandere in finsterem Tal? Wie?«

Die Mutter ließ die Schachtel fallen, Fotos breiteten sich über den Boden. Mit ausgestreckten Krallen stürzte sie sich auf ihren Sohn und schlug auf ihn ein, auf den Rücken, die Schultern, mit kleinen hämmernden Fäusten. »Schuft! Schuft! Schuft!«, schrie sie.

Entsetzt wich Karim zurück. In diesem Zimmer brodelte der Wahnsinn, und er wollte nur noch fort, ehe er selbst den Verstand verlor. Doch er hatte noch nicht alle Antworten, die er brauchte. Er schob die Frau beiseite und beugte sich über den Pfarrer, der wieder auf dem Schaumstoff zusammengesackt war.

»In zwei Sekunden bin ich weg, dann ist alles vorbei. Sie haben die Nonne wiedergesehen, stimmt's?«

Der Mann nickte schluchzend.

»Wie heißt sie?«

Der Pfarrer schniefte, während seine Mutter im Zimmer auf und ab lief und unverständliche Worte vor sich hin murmelte.

»Wie heißt sie?«

»Schwester Andrée.«

»Welches Kloster?«

»Saint-Jean-de-la-Croix. Die Karmeliterinnen.«

»Wo ist das?«

Der Mann vergrub das Gesicht in den Händen. Karim packte ihn unter den Achseln und zerrte ihn auf die Beine.

»Wo ist das?«

»Zwischen Sète und dem Cap d'Agde, nahe am Meer. Ich besuche sie manchmal, wenn mich der Zweifel überkommt. Sie ist meine Zuflucht, verstehen Sie? Eine große Hilfe … Ich …«

Die Tür schlug zu. Karim lief zu seinem Wagen.

5. TEIL

22

Der Himmel hatte sich wieder verfinstert. Wie eine ungeheure schwarze Welle, erstarrt zwischen steinernen Flanken, ragte der Grand Pic de Belledonne in die Wolken. Seine Hänge, die von winzigen stacheligen Bäumen gespickt waren, schienen sich in der Höhe in dunstigem Weiß aufzulösen. Die Kabel der Seilbahn spannten sich wie dünne Drähte senkrecht über den Schnee.

»Ich denke, der Mörder war mit Rémy Caillois, als er noch am Leben war, dort oben auf dem Gipfel.« Niémans lächelte. »Ich denke, sie sind mit der Seilbahn gefahren. Ein erfahrener Alpinist kann die Bahn zu jeder Tages- oder Nachtzeit ohne weiteres in Betrieb setzen.«

»Warum sind Sie sich da so sicher?«, fragte Fanny Ferreira.

Wunderschön war die junge Geologieprofessorin: Ihr Gesicht im Kragen der Sturmkapuze strahlte von überwältigender Frische und Jugend, wie ein Ruf der Zeit. Um ihre Schläfen tanzten dunkle Locken, und ihre Augen funkelten hell über der schattigen Haut. Niémans empfand ein wildes Verlangen, in dieses Fleisch zu beißen, das pure Lebenslust atmete.

»Wir haben inzwischen den Beweis, dass die Leiche im Gletschereis auf einem dieser Berge gelegen hat«, antwortete er. »Mein Instinkt sagt mir, dass der Berg der Grand Pic ist und das Eis vom Vallernes-Gletscher stammt. Weil das der Hausberg der Stadt ist und der Aufstieg gleich hinter der Universität beginnt. Weil dieser Gletscher den Fluss speist, der am Campus vorbeifließt. Ich denke, der Mörder ist anschließend mit einem Kajak oder ähnlichen Gefährt und seinem Opfer an Bord durch den Wildbach ins Tal abgefahren. Erst dann hat er die Leiche in die Felsnische gehievt, damit jemand sie als Spiegelbild im Fluss entdeckt …«

Fanny sah sich entnervt um. Zwischen den Gondeln der Seilbahn schwärmten Gendarmen hin und her, uniformiert und bewaffnet, und die Atmosphäre war gespannt. Mit verdrossener Miene sagte sie: »Das erklärt immer noch nicht, was ich hier zu suchen habe.«

Der Kommissar lächelte. Die Wolken wälzten sich schwer über den Himmel wie ein Leichenzug, der angetreten ist, die Sonne zu begraben. Auch Niémans war inzwischen der Umgebung entsprechend gekleidet und trug eine Goretex-Jacke und eine wasserdichte Kevlar-Hose, an den Knöcheln über den Bergstiefeln geknöpft.

»Ganz einfach: Ich will dort hinauf und nach Indizien suchen. Und ich brauche eine Führerin.«

»Wie bitte?«

»Ich werde den Vallernes-Gletscher überfliegen, bis ich irgendeinen Hinweis finde. Und dabei brauche ich einen Experten – selbstverständlich habe ich sofort an Sie gedacht.« Wieder lächelte Niémans. »Schließlich kennen Sie diesen Berg auswendig – Ihre Worte.«

»Kommt überhaupt nicht in Frage.«

»Seien Sie vernünftig. Ich kann Sie als Zeugin zu einem Ortstermin vorladen. Oder ich kann Sie ganz einfach als meine Führerin anfordern. Man hat mir gesagt, Sie seien eine staatlich geprüfte Bergführerin. Also machen Sie keine Umstände. Wir werden lediglich mit dem Hubschrauber den Kessel dort überfliegen und den Gletscher absuchen, und dann klettern wir noch ein wenig. Das dauert allenfalls ein paar Stunden.«

Niémans gab den wartenden Gendarmen ein Zeichen,

die daraufhin prall gefüllte wasserdichte Rucksäcke in einigen Metern Entfernung auf der Böschung abstellten.

»Ich habe die nötige Ausrüstung für die Expedition heraufbringen lassen. Wenn Sie sich vergewissern wollen, ob …«

»Ich denke überhaupt nicht daran! Wieso ausgerechnet ich?« beharrte sie, sturer als ein Rhinozeros. »Jeder beliebige Gendarm kann das machen …« Sie deutete auf die Männer, die sich hinter ihr zu schaffen machten. »Sie sind doch für die Bergrettung zuständig, wissen Sie das nicht?«

Niémans beugte sich zu ihr. »Na gut, Ihre Gesellschaft ist mir lieber. Sagen wir, ich bin dabei, Sie anzubaggern.«

Fanny warf ihm einen bitterbösen Blick zu.

»Herr Kommissar, vor weniger als vierundzwanzig Stunden habe ich eine Leiche in einer Felswand entdeckt. Ich habe mehrere Verhöre über mich ergehen lassen und ziemlich viel Zeit auf dem Polizeirevier vergeudet. An Ihrer Stelle würde ich mir diese machohaften Unverschämtheiten verkneifen!«

Niémans betrachtete sie entzückt. Trotz des Mordes, trotz der morbiden Stimmung war er höchst empfänglich für den Charme dieser muskulösen und wilden Frau.

Fanny verschränkte die Arme und wiederholte: »Also noch einmal: Warum ich?«

Niémans hob einen abgestorbenen Zweig voller grüner Flechten vom Boden auf und prüfte mit nervösen Händen seine Biegsamkeit. »Weil Sie Geologin sind – Glaziologin sogar«, sagte er schließlich.

Fanny runzelte die Stirn. Ihre Miene hatte sich verändert.

»Laut Analyse«, erklärte Niémans, »stammt das Wasser, das wir an der Leiche gefunden haben, aus den sechziger Jahren. Es enthält die Spuren von Schadstoffen, die heute nicht mehr ungefiltert in die Atmosphäre entlassen werden. Die Rückstände eines Niederschlags, der vor mehr als fünfunddreißig Jahren als Regen oder Schnee über dieser Region gefallen ist. Sie verstehen, was das bedeutet, nicht wahr?«

Die junge Frau schien neugierig geworden, doch sie gab keine Antwort. Niémans kauerte sich nieder und zeichnete mit seinem Holzstöckchen übereinander liegende Linien auf den Boden.

»Ich habe mich erkundigt. Auf der Kuppe der höchsten Gletscher, wo kein Abschmelzen und Verdunsten mehr stattfindet, bilden die Niederschläge jedes Jahres ein Firnschneefeld von etwa zwanzig Zentimetern Dicke, und durch den Druck neuer Schneefälle und durch Zusammensintern komprimiert sich der Firnschnee zu Gletschereis.« Er deutete auf die verschiedenen Schichten seiner Zeichnung. »Solange nicht der ganze Gletscher schmilzt, werden diese Schichten für immer konserviert, wie in einem kristallenen Archiv. Das Wasser aus der Vergangenheit, das wir bei der Leiche gefunden haben, muss also von einem der Gletscher in der Umgebung stammen.«

Er hob den Kopf und sah Fanny an.

»Ich möchte ins Eis eindringen, Fanny, bis hinunter zu den Niederschlägen aus dieser Zeit. Denn dort hat der Mörder sein Opfer beseitigt. Oder hat es dort hingebracht, ich weiß nicht. Und zu dem Zweck brauche ich einen Wissenschaftler, der etwas vom Aufbau eines Gletschers versteht und die entsprechenden Spalten finden kann, und einen Bergführer, der mit mir zu den tieferen Schichten hinunterklettert. Sie sind beides in einer Person.«

Fanny hatte sich ebenfalls niedergekauert und betrachtete die Zeichnung in der lockeren Erde. Es herrschte ein diffuses, mineralisch graues Licht, und die Augen der jungen Frau glitzerten wie Schneesterne. Was sie dachte, war unmöglich zu erraten.

»Und wenn es eine Falle ist?«, murmelte sie. »Wenn der Mörder nur Eisbrocken mitgenommen hat, um Sie auf den Gletscher zu locken? Die Schichten, von denen Sie sprechen, liegen in über dreitausendfünfhundert Metern Höhe. Das ist nicht einfach ein Spaziergang. Dort oben sind Sie exponiert und anfällig …«

»Daran habe ich gedacht«, räumte Niémans ein. »Aber in diesem Fall wäre es eine Botschaft. Es würde bedeuten, dass der Mörder uns absichtlich dort hinaufschicken will. Dann gehen wir eben hinauf. Kennen Sie denn Spalten im Vallernes-Gletscher, durch die wir die tieferen Eisschichten erreichen können?«

Fanny nickte.

»Wie viele gibt es davon?«, fragte Niémans.

»Im Vallernes-Gletscher fällt mir nur eine einzige Spalte ein, die besonders breit und tief ist.«

»Sehr gut. Besteht denn eine Chance, dass wir beide dort hinuntersteigen?«

In dem Moment wurde ein ohrenbetäubendes Knattern laut, und aus dem Himmel senkte sich ein Hubschrauber herab. Das Tuckern der Rotorblätter kam näher, in wenigen Metern Entfernung begannen die Gräser heftige Wellen zu schlagen, die Wasseroberfläche kräuselte sich, und der Helikopter setzte auf dem Boden auf.

»Haben wir eine Chance, Fanny?«, fragte Niémans noch einmal.

Sie warf einen Blick auf die donnernde Maschine und fuhr sich mit der Hand durch die Locken. Ihr leicht geneigtes Profil ließ Niémans erbeben. Sie lächelte.

»Sie werden sich anseilen müssen, Herr Polizist.«

23

Vom Himmel aus gesehen, teilten sich Erde, Felsen und Bäume das Gebiet in einer Aufeinanderfolge von Gipfeln und Tälern, leuchtenden Kuppen und tiefdunklen Einschnitten. Während der Helikopter die Landschaft überflog und immer höher stieg, beobachtete Niémans dieses Wechselspiel mit dem entzückten Staunen des allerersten Mals, bewunderte die dunkelgrünen Stachelfelder der Wälder, die Geröllhalden und Moränen, die schwindelerregenden Felsformationen. Er hatte das Gefühl, in diesen einsamen Horizonten eine tiefere Wahrheit des Planeten zu erfassen, die sich unversehens dem Auge offenbarte, gewalttätig und unbestechlich, – eine ungebändigte Wildnis, die sich dem Willen des Menschen auf ewig widersetzte.

Mühelos schwebte der Hubschrauber durch Felslabyrinthe, folgte unbeirrt dem Wasserlauf, dessen Zuflüsse sich hier widerwillig zu einem gleißenden Strom vereinigten. Fanny, die neben dem Piloten saß, studierte mit gesenktem Kopf die Bäche, die hin und wieder flüchtig aufblitzten. Sie war nun diejenige, die bestimmte, wie es weiterging.

Das Grün der Wälder zerbröckelte. Die Bäume blieben zurück, wichen einem niedrigen Latschenbewuchs, der sich bald in seinem eigenen Schatten auflöste, als hätte es die Vegetation endgültig aufgegeben, sich mit dem Himmel zu messen. An ihrer Stelle dehnten sich schwarze und graue Felsmassen, unterbrochen von kahlem Boden, der fast das ganze Jahr hindurch gefroren sein musste. Schwärzliches Moos, graugrüne Flechten, erstarrter Morast, der den Eindruck völliger Trostlosigkeit hervorrief. Immer höher und höher flogen sie, und bald tauchten die mächtigen Gebirgskämme auf. Lang gestreckte Felsgrate, wie emporgeschoben vom gewaltigen Ächzen der Erde, dann neuerliche Abbrüche, klaffende Kerben wie die schwarzen Wassergräben einer unzugänglichen Festung. Der Berg lag vor ihnen. Scharf umrissen reckte er sich in den Himmel, entblößte sich und führte die zerklüftete Bastion seines Vorgebirges vor.

Endlich die strahlende, blendende Weiße, makellos. Die schneebedeckten Kuppen. Die Gletscherspalten, deren Ränder sich mit dem Einbruch des Herbstes zu schließen begannen. Niémans erkannte Gletscherbäche, die mitten im Fluss erstarrten. Trotz des verhangenen Himmels war die Oberfläche dieser Schlange aus Licht gleißend hell, wie weiß glühend. Er setzte seine Sonnenbrille auf, klammerte sich an den Schalensitz und studierte den stigmatisierten Fluss. Auf dem klaren Grund seines Bettes erkannte er blaue Flecken, wie eine gefangene Erinnerung an den Himmel. In dieser Höhe dämpfte der Schnee den Lärm der Rotoren.

Vor ihm prüfte Fanny immer wieder ihr GPS, ein Empfangsgerät für Satellitendaten, mit dem sie ihre Position bestimmte. Sie rückte das Mikrofon an ihrem Helm zurecht und wies den Piloten an: »Dort drüben, im Nordosten – können Sie in diesem Kessel landen?«

Der Pilot nickte. Mit der Wendigkeit eines Spielzeugs flog er in einer knappen Kurve auf einen ausgedehnten Krater zu, der wie ein Bumerang geformt war, mindestens drei Meter lang, und auf die Außenflanke des Gipfels überzugreifen schien. In dieses Becken schob sich eine gewaltige Gletscherzunge vor, die im oberen Teil hell und glatt schimmerte und gedämpfter am Fuß des Hangs, dort, wo das Eis sich ballte, zusammenpresste und zu Pyramiden und blau leuchtenden Blättern zersplitterte.

»Hier. Direkt unter uns. Die große Spalte«, rief Fanny dem Piloten zu.

Der Helikopter steuerte auf den Rand des Gletschers zu, wo die durchscheinenden Grate, stufenförmig übereinandergeschichtet, sich zu einer langen Spalte öffneten – ein dunkler Riss, wie ein Lächeln in einem Gesicht aus Eis. In einer Schneewolke setzte der Hubschrauber auf. Der Sturm der Rotorblätter zeichnete tiefe Furchen in den Schnee.

»Zwei Stunden«, brüllte der Pilot. »Ich komme in zwei Stunden wieder. Sonst wird es zu dunkel.«

Fanny stellte ihr GPS ein und reichte es dem Mann, um

ihm mitzuteilen, an welchem Punkt er sie wieder abholen sollte. Der Pilot nickte. Niémans und Fanny, beide mit einem gewaltigen Rucksack, sprangen zu Boden.

Sofort hob der Helikopter wieder ab und war bald wie vom Himmel verschluckt. In der Stille des ewigen Schnees blieben zwei Gestalten zurück.

Einen Moment verharrten sie stumm und reglos. Niémans hob den Blick und musterte den klaffenden Abgrund im Eis, an dessen Kante sie standen, zwei winzige Menschlein in einer weißen Wüste. Dem Kommissar flimmerte es vor den Augen, sämtliche Sinne waren aufs Äußerste geschärft. Es schien ihm, als gewahrte er das leise Flüstern des Eises, dessen Kristalle im Frost heimlich und vertraulich knisterten.

Er warf der jungen Frau einen Blick zu. Sie stand mit durchgedrücktem Rückgrat und gespannten Schultern und atmete tief, als berauschte sie sich an der kalten, reinen Luft. Offensichtlich hatte der Berg ihre Stimmung wieder gehoben. Nur in diesem gleißenden Licht, in dieser dünnen Luft ist sie glücklich, dachte Niémans, und das Bild einer Fee, einer Bergnymphe kam ihm in den Sinn. Er deutete auf die Gletscherspalte und fragte: »Warum diese und nicht eine andere?«

»Weil nur diese hier bis zu den Schichten hinunterreicht, die Sie interessieren. Sie ist an die hundert Meter tief.«

Niémans trat einen Schritt näher.

»Hundert Meter? Aber wir müssen doch nur ein paar Meter absteigen, um die Schicht zu erreichen, die aus den sechziger Jahren stammt. Bei zwanzig Zentimetern im Jahr lässt sich das leicht berechnen …«

Fanny lächelte.

»Das ist die Theorie. Aber der Gletscher gehorcht der Statistik nicht. Das Eis in diesem Becken ist stark komprimiert und bewegt sich schräg abwärts. Mit anderen Worten, es dehnt sich und wird weiter und länger. In dieser Spalte entspricht ein Jahr einer Schicht von ungefähr einem Meter Dicke. Ihre Rechnung stimmt nicht, Herr Polizist. Um fünfunddreißig Jahre zurückzugehen, müssen wir …«

»… mehr als fünfunddreißig Meter absteigen?«

Die junge Frau nickte. Irgendwo in einer blauen Nische plätscherte es leise. Das kleine Lachen eines Gletscherbachs. Fanny deutete auf die Furche.

»Es gibt noch einen anderen Grund, weshalb ich mich für diese Spalte entschieden habe. Die letzte Station der Bergbahn ist nur achthundert Meter entfernt. Wenn Sie Recht haben, wenn der Mörder sein Opfer tatsächlich in eine Gletscherspalte verschleppt hat, dann ist die Wahrscheinlichkeit sehr groß, dass er sich diese Stelle ausgesucht hat: Sie ist zu Fuß am leichtesten zu erreichen.«

Fanny kauerte sich nieder und öffnete ihren Sack. Sie nahm zwei Paar Steigeisen aus gehärtetem Stahl heraus und warf Niémans ein Paar zu.

»Befestigen Sie das an Ihren Stiefeln.«

Niémans legte die beiden gezackten Eisen in den Schnee und stellte die Länge entsprechend seiner Schuhgröße ein, zog die Neoprengurte fest und fühlte sich dabei an die Kufen erinnert, die er in seiner Kindheit statt Schlittschuhen an den Sohlen befestigt hatte.

Fanny entnahm ihrem Rucksack unterdessen eine Reihe hohler Spieße mit Gewinde, die in einer länglichen Öse endeten. »Rohreishaken«, kommentierte sie lakonisch, während ihr Atem sich zu schimmerndem Dampf wölkte. Dann holte sie einen Eispickel mit verlängertem Stiel hervor, der aussah, als wäre er mühelos in seine Bestandteile zerlegbar, und schließlich einen Schutzhelm, den sie Niémans reichte. Neugierig betrachtete er diese Ausrüstung, die ihm äußerst raffiniert und zugleich von überzeugender Einfachheit schien, hergestellt aus unbekannten, völlig neuartigen Materialien in der Farbe englischer Drops.

»Kommen Sie her.«

Fanny hielt einen gepolsterten Anseilgurt in den Händen, der ihm wie ein unentwirrbares Geflecht aus Riemen und Schnallen erschien, und doch hatte ihm die junge Frau innerhalb weniger Sekunden den Gurt um Taille und Schenkel gelegt und geschlossen. Sie trat einen Schritt zurück wie eine Modeschöpferin, die ihr Modell betrachtet.

»Sehr professionell«, sagte sie lächelnd und ergriff eine Stirnlampe, die aus mehreren Riemen, einem Batteriekasten und einer Leuchte mit verstellbarem Reflektor bestand. Im Spiegel des Reflektors sah Niémans sein eigenes Bild: Mit Kapuze, Helm, Gurten und zackenbewehrten Stiefeln kam er sich vor wie ein futuristischer Yeti. Während Fanny die Lampe an seinem Helm befestigte, erklärte sie: »Das ist eine Azetylenlampe. Sie funktioniert mit Karbid. Ich zeig's Ihnen, wenn es soweit ist.«

Sie hob den Blick, schaute ihm in die Augen und sagte in ernstem Ton: »Gletscher sind eine Welt für sich, Herr Kommissar. Vergessen Sie Ihre Reflexe, Ihre gewohnten Verhaltens- und Denkweisen. Misstrauen Sie allem: den Lichtverhältnissen, der Härte, dem Aussehen der Wand.« Sie spähte in die Spalte, während sie ihren eigenen Gurt befestigte. »In diesem Bauch dort unten ist alles überwältigend, außergewöhnlich, aber alles kann eine Falle sein. Das ist kein Eis, wie Sie es kennen, sondern derart komprimiert, dass es härter ist als Beton, und doch kann sich unter einer Eisschicht von wenigen Millimetern ein Wasserloch verbergen. Also halten Sie sich ausschließlich an meine Anweisungen.«

Fanny verstummte und ließ ihre Worte nachwirken. Ihr Atem zeichnete einen weißen Lichthof um ihr Gesicht. Sie strich sich die Haare zurück und setzte die Kapuze auf.

»Wir werden hier absteigen«, fuhr sie fort. »Ein Stück weiter unten gibt es eine Art Stufe, die längs der Wand verläuft; das ist einfacher. Ich gehe zuerst und bringe die Haken an.

Die Luftblasen, die freigesetzt werden, wenn ich die Haken ins Eis treibe, werden einen riesigen Riss verursachen, mehrere Dutzend Meter lang. Dieser Spalt kann senkrecht oder waagrecht verlaufen, und Sie müssen sich von der Wand fernhalten. Das veranstaltet einen Höllenlärm, der an sich nichts bedeutet, aber Eisblöcke, Stalaktiten losreißen kann. Sie müssen also Ihre Augen überall haben, Herr Kommissar. Seien Sie auf der Hut und fassen Sie nichts an.«

Niémans prägte sich ihre Anweisungen ein. Es war das erste Mal in seinem Leben, dass er einem kraushaarigen Mädchen zu gehorchen hatte. Fanny spürte offensichtlich seinen gekränkten Stolz und sagte in einem Ton, der amüsiert und autoritär zugleich war: »Wir werden jeden Begriff von Zeit und Entfernung verlieren. Unser einziger Anhaltspunkt ist das Seil. Ich habe hier mehrere Säckchen mit je hundert Metern Seil; nur damit kann ich die zurückgelegte Entfernung messen. Sie folgen meinen Spuren und halten sich streng an meine Anweisungen. Keine Privatinitiative und keine spontanen Einfälle. Haben Sie verstanden?«

»Ja«, schnaubte Niémans. »Ist das alles?«

»Nein.«

Fanny musterte den wolkenschweren Himmel.

»Ich habe mich nur wegen des Sturms auf diese Expedition eingelassen. Wenn die Wolken sich verziehen und die Sonne hervorkommt, müssen wir sofort wieder aufsteigen.«

»Warum?«

»Weil der Abschmelzprozess sich dann ungeheuer beschleunigt. Dann kommen Sturzbäche von Schmelzwasser von den Wänden herunter und fallen uns auf den Kopf. Das Wasser hat nie mehr als zwei Grad, während wir von der Anstrengung erhitzt sind. Das ist der erste Schock, und schon dabei kann uns das Herz stehen bleiben. Wenn wir das aber überleben, greift der Kälteschock bald auf den gesamten Körper über und macht uns endgültig fertig: taube Gliedmaßen, verlangsamte Bewegungen … Ich muss Ihnen das nicht näher ausführen. Innerhalb weniger Minuten sind wir zu Statuen erstarrt und hängen bewegungsunfähig im Seil. Also, was immer passiert, wo immer wir uns befinden – sobald der Himmel aufklart, steigen wir so schnell wie möglich auf.«

Ihre Warnung stimmte Niémans nachdenklich. »Das heißt also, dass der Mörder ebenfalls einen Sturm brauchte, um in die Spalte abzusteigen?«, fragte er.

»Sturm oder Dunkelheit.«

Bei seinen meteorologischen Nachforschungen hatte Niémans erfahren, dass am Samstag kaum eine Wolke den strahlenden Sonnenschein über der gesamten Region getrübt hatte. Falls der Mörder tatsächlich mit seinem Opfer im Gletschereis gewesen war, dann bedeutete dies, dass er den Einbruch der Nacht abgewartet hatte. Aber warum hatte er solche Umstände auf sich genommen? Und warum war er anschließend mit der Leiche ins Tal zurückgekehrt?

Niémans marschierte schwerfällig, behindert durch die Eisen, bis an den Rand des Abgrunds und warf einen Blick in die Tiefe: Diese Kluft war nicht schwindelerregend. Fünf Meter tiefer wölbten sich die Wände sogar aufeinander zu, bis sie sich beinahe berührten, und die Spalte bestand nur noch aus einer schmalen Ritze, die an die halbgeöffneten Schalen einer riesigen Muschel erinnerten.

Fanny trat zu ihm, und während sie eine Reihe von Karabinern, Haken, Schrauben an ihrem Gürtel befestigte, sagte sie: »Der Gletscherfluß verläuft unterhalb dieser Ritze, und deshalb ist die Spalte nach diesem Engpass sehr viel weiter. Unten fließt das Wasser an den Wänden entlang und erodiert sie. Durch diese Ritze müssen wir hindurch.«

Niémans betrachtete die beiden Eiskanten, die sich nur widerwillig über der Schlucht zu öffnen schienen.

»Falls wir noch tiefer in den Gletscher absteigen würden,

fänden wir dann die Niederschläge vergangener Jahrhunderte?«

»Selbstverständlich. In der arktischen Zone kann man in uralte Zeiten vordringen. In mehreren tausend Metern Tiefe fänden wir die Sintflut, die Noah dazu gebracht hat, seine Arche zu bauen. Ebenso die Luft, die er geatmet hat.«

»Die Luft?«

»Sauerstoffbläschen, die im Eis eingeschlossen sind.«

Niémans staunte. Fanny schulterte ihren Rucksack und kniete am Rand der Gletscherspalte nieder. Sie trieb die erste Schraube ins Eis und hängte einen Karabiner in die Öse, durch den sie ein Seil zog. Sie warf einen letzten Blick auf den stürmischen Himmel und sagte übermütig: »Willkommen in der Zeitmaschine, Herr Kommissar.«

24

Sie mussten sich mehrere Meter tief abseilen. Niémans hing mit dem Abseilachter, der mit einem Karabiner an seinem Gurt befestigt war, an einem doppelten Seil, zur Sicherung diente ein Prusikknoten. Um sich hinabzulassen, musste er nur mit einer Hand den Knoten nach unten schieben, während er mit der anderen das lose Seil führte. Sobald er losließ, blockierte der Prusikknoten, und er baumelte in seinem Sitzgurt.

Auf diese einfachen Gesten konzentriert, achtete er auf Fannys Kommandos, die ihn einige Meter unterhalb anwies, wann er sich wieder ein Stück herunterlassen konnte. Mit all diesen Seilen und Verzweigungen, an denen er hing, fühlte sich Niémans an eine Art Krake erinnert, dessen Tentakel klingelten wie ein Weihnachtsschlitten.

Während er sich abseilte, konnte er die junge Frau nicht sehen, doch er wusste sie unter sich, hörte sie ein Stück tiefer Schrauben in die Gletscherwand treiben und vertraute fraglos ihrer Erfahrung. In diesem Augenblick dachte er nichts. Durch seine Konzentration drangen nur sehr gemischte, lebhafte und neuartige Empfindungen, der kalte Hauch der Wand, der Druck des Sitzgurts, der seinen Körper in der Schwebe über dem Abgrund hielt, die Schönheit des Eises, das dunkelblau leuchtete wie ein Stück Nacht, das dem Firmament entrissen worden war.

Den Himmel konnten sie bald nicht mehr sehen. Sie passierten die vorgeschobenen Ränder und drangen ins Innere der Gletscherspalte vor. Niémans hatte das Gefühl, als tauchte er in den gefrorenen Bauch eines ungeheuren Tieres. Unter dieser eisigen Glocke aus hundert Prozent Feuchtigkeit schärften sich seine Sinne, und jede Empfindung wurde überdeutlich. Verstohlen bewunderte er die dunklen, durchscheinenden Wände, von denen ein inneres Strahlen ausging, wie ein Nachklang des Tageslichts. In der Dunkelheit hallte jeder einzelne Handgriff wie in einer Höhle.

Schließlich setzte Fanny den Fuß auf eine Art Laufsteg, der beinahe horizontal die Wand entlangführte, und kurz nach ihr erreichte auch Niémans diese natürliche Stufe. Die beiden Wände der Gletscherspalte waren wieder enger zusammengerückt und nur noch ein paar Meter voneinander entfernt.

»Kommen Sie näher«, befahl sie.

Niémans gehorchte, und Fanny hantierte an der Lampe auf seinem Schutzhelm – Niémans hätte schwören können, dass sie ein Feuerzeug angezündet hatte –, und sofort flammte ein intensives Licht auf. Der Reflektor auf ihrem Helm warf ihm wieder sein eigenes Spiegelbild zurück, überstrahlt von der Azetylenflamme, die wie ein umgedrehter Kegel aussah und, verstärkt durch den Hohlspiegel, ein grelles Licht verbreitete. Tastend zündete Fanny ihre eigene Lampe an und murmelte: »Wenn Ihr Mörder in dieser Spalte war, dann kam er hier vorbei.«

Niémans sah sie verständnislos an. Der horizontale Strahl seiner Lampe verzerrte das Gesicht der Frau, verwandelte es in ein Wechselspiel aus scharfen Schlaglichtern und beunruhigenden Schatten.

»Wir sind jetzt so tief, wie Sie wollten«, fuhr sie fort und deutete auf die glatte Fläche der Wand. Dreißig Meter unter der Kuppe – hier finden Sie den kristallisierten Schnee aus den sechziger Jahren und früher …«

Fanny zog ein neues Seil hervor und trieb mit ein paar Hammerschrägen eine Rohrschraube in die Wand, hängte einen Karabiner in die Öse und drehte die Schraube mit energischen Bewegungen fest wie einen Korkenzieher. Niémans staunte immer wieder über die Kraft dieser Frau. Er betrachtete die Eissplitter, die aus dem Bohrloch hervorspritzten, und dachte, er kannte wenig Männer, die zu vergleichbaren Leistungen fähig waren.

Aneinandergeseilt machten sie sich wieder auf den Weg, doch diesmal in waagerechter Richtung entlang der schimmernden Röhre, direkt über dem Abgrund. Im Licht der Lampen warfen ihre Körper Schatten auf die gegenüberliegende Wand. Alle zwanzig Meter brachte Fanny eine neue Sicherung an, schlug eine weitere Schraube ins Eis und hängte das Seil ein. Dieses Manöver wiederholte sie mehrere Male, und so legten sie hundert Meter zurück.

»Noch weiter?«, fragte sie.

Der Kommissar sah sie an. Ihr Gesicht, scharfkantig und hart im Licht der Lampe, hatte einen Unheil verheißenden Ausdruck angenommen. Er nickte, während er in den Korridor aus Eis spähte, der sich in der unabsehbaren leuchtenden Ferne verlor. Fanny zog ein neues Seilbündel hervor und wiederholte das Manöver: Haken, Seil, zwanzig Meter, Haken, Seil, zwanzig Meter … Vierhundert Meter brachten sie auf diese Weise hinter sich, doch keine Spur, keine Markierung deutete darauf hin, dass der Mörder vor ihnen hier gewesen war. Bald hatte Niémans das Gefühl, dass die Wände vor seinen Augen zu wanken begannen, auch hörte er immer wieder ein leises Klirren und ein fernes höhnisches Gelächter. Alles wurde hallend, phosphoreszierend, unsicher, und er fragte sich, ob es so etwas wie einen Gletscherrausch gab. Er warf einen Blick auf Fanny, die unbeirrt Schrauben ins Eis drehte und nichts zu bemerken schien.

Beklemmung schnürte ihm die Kehle zu. Vielleicht hatte er Halluzinationen, vielleicht waren dies die ersten Anzeichen, dass sein Körper, sein Gehirn ihn vor Erschöpfung im Stich ließen. Ein Zittern erfasste ihn, die Kälte, die ihm bis in die Knochen gedrungen war, schüttelte ihn stoßweise. Er klammerte sich an jede Schraube, die er passierte, schwerfällig bewegten seine Füße sich vorwärts. Seine Augen tränten, während er Fanny einzuholen versuchte, und er fürchtete auf einmal zu fallen, weil seine Beine ihn nicht länger trugen. Und seine Halluzinationen nahmen zu. Die blauen Wände wogten auf und nieder und strahlten immer heller im Licht seiner Lampe. Aus allen Richtungen hallte das Echo leiser, lachender Stimmen. Gleich würde er abstürzen. Ins Leere. In seinen eigenen Wahnsinn. Halb erstickt stieß er hervor: »Fanny ...«

Die junge Frau drehte sich um, und Niémans begriff, dass er nicht phantasierte.

Ihr Gesicht war nicht mehr von den harten Kontrasten der Lampe strukturiert, sondern leuchtete von einem hellen Licht, so intensiv, dass die Quelle sich nicht bestimmen ließ. Fanny hatte ihre strahlende, souveräne Schönheit wiedergefunden. Niémans warf einen Blick rings um sich und sah, dass die Wände in einem farbigen Feuerwerk explodierten. Und dass an manchen Stellen der Wand das Wasser in senkrechten Bächen in die Tiefe stürzte.

Nein, er halluzinierte nicht. Im Gegenteil – er hatte ein Phänomen wahrgenommen, auf das Fanny, die zu sehr mit der Fixierung des Seils beschäftigt war, nicht geachtet hatte. Die Sonne. Am Himmel über ihnen hatte der Sturm die Wolken vertrieben, und es war die Sonne, die dieses helle, diffuse Licht tief in den Gletscher eindringen ließ. Daher auch der intensive Widerschein und das Knacken und Knistern im Eis, das ihn an Gelächter erinnert hatte.

Die Temperatur stieg. Der Schmelzprozess hatte eingesetzt.

»Scheiße«, keuchte Fanny, die ebenfalls begriffen hatte.

Sofort eilte sie ein paar Schritte zurück und prüfte die Eisschraube, die sie zuletzt eingedreht hatte und deren Gewinde bereits sichtbar war, während von oben das Wasser herabfloß. Ihre Seilschaft würde zwangsläufig abstürzen. Im freien Fall in die Tiefe der Gletscherspalte.

»Gehen Sie zur Seite«, befahl Fanny.

Niémans trat einen zögernden Schritt zurück und versuchte, sich nach links zu verlagern. Sein Fuß glitt aus, er zuckte zurück, den Rücken zum Abgrund gewandt, und riss heftig am Seil, um sein Gleichgewicht wiederzufinden. Er spürte und hörte alles gleichzeitig: den Haken, der aus der Wand brach, die Steigeisen, die über das Eis scharrten, Fannys Faust, die ihn in letzter Sekunde am Kragen packte und gegen die Wand drückte. Eiswasser spritzte ihm ins Gesicht, und Fanny flüsterte ihm ins Ohr: »Rühren Sie sich nicht von der Stelle.«

Niémans erstarrte, an die Wand gepresst, keuchend. Fanny drückte sich an ihm vorbei. Er spürte ihren Atem, ihren Schweiß, ihre weichen Locken. Mit atemberaubender Geschwindigkeit schlug sie zwei neue Haken ins Eis und befestigte sein Sicherungsseil.

Während sie diese Handgriffe verrichtete, war aus dem Plätschern, das aus dem Abgrund heraufklang, ein Heulen und Tosen geworden, und das Wasser rauschte in Strömen. An den Wänden flossen Bäche herab, Eisbrocken stürzten in die Tiefe und zerschellten auf dem Sims. Niémans schloss die Augen, fühlte sich davongleiten und war darauf gefasst, von diesem Spiegelpalast ohne Ecken, Entfernungen, Perspektiven verschlungen zu werden.

Fannys Aufschrei holte ihn in die Wirklichkeit zurück. Er wandte den Kopf und sah links von sich, wie sie sich ins Seil stemmte, als strebte sie von der Wand fort. Mit gewaltiger Anstrengung stand er auf und kämpfte sich durch strömendes Wasser. Abermals rutschte er aus und hing im Gurt, die Finger um das Seil geklammert, drehte sich im Kreis wie ein Erhängter, und als er wieder festen Halt unter den Füßen spürte, durchquerte er einen Sturzbach, um zu ihr zu gelangen. Warum wich sie vor der Wand zurück, dem einzigen halbwegs sicheren Halt über dem Abgrund?

Fanny zeigte mit dem Finger aufs Eis. »Da«, flüsterte sie. »Schauen Sie!«

Niémans brachte sich in eine Position, von der aus er ihrer Blickrichtung folgen konnte.

Und traute seinen Augen nicht.

An der durchscheinenden Mauer, einem regelrechten Spiegel aus bewegtem Wasser, war die Silhouette einer im Eis gefangenen menschlichen Gestalt aufgetaucht. In Fötalposition. Den Mund zu einem stummen Schrei aufgerissen. Ein blau angelaufener und von Wunden übersäter Körper, verzerrt durch die feinen Wasserschleier, die unaufhörlich über dieses Bild rannen.

Trotz seiner Betäubung, trotz der Kälte, die sie bald beide umbringen würde, begriff der Kommissar auf der Stelle, dass er hier nur das Abbild der Wahrheit erblickte. Er sicherte sein Gleichgewicht auf dem abschüssigen Sims und drehte sich um die eigene Achse, bis er die Wand genau gegenüber sehen konnte.

»Nein«, murmelte er. »Dort.«

Er konnte den Blick nicht von der gegenüberliegenden Mauer losreißen: Dort steckte die leibhaftige Leiche fest, deren blutige Umrisse sich mit ihrem Spiegelbild deckten.

25

Niémans legte die Akte auf dem Schreibtisch ab und fragte, an Hauptmann Barnes gewandt: »Wieso sind Sie so sicher, dass dieser Mann mit unserem Opfer identisch ist?«

»Seine Mutter war vorhin bei uns«, antwortete der Gendarm in einem Ton, der jeden Zweifel ausschloss. »Sie sagt, ihr Sohn sei heute Nacht verschwunden …«

Der Kommissar stand wieder in einem Büro im ersten Stock der Gendarmerie. Erst jetzt, in dem dicken wollenen Rollkragenpullover, den er trug, wurde ihm allmählich warm. Eine Stunde zuvor hatte es Fanny geschafft, sie beide weitgehend unversehrt aus der Gletscherspalte ans Tageslicht zu befördern. Das Glück hatte auf ihrer Seite gestanden: Im selben Augenblick, als sie aus der Tiefe auftauchten, flog der zurückkehrende Helikopter über sie hinweg.

Seitdem mühten mehrere Bergrettungsmannschaften sich ab, die Leiche aus ihrem eisigen Grab hervorzuholen, während der Kommissar und Fanny Ferreira in die Stadt zurückgekehrt waren und die vorschriftsmäßige ärztliche Untersuchung über sich hatten ergehen lassen.

Als Niémans in der Gendarmerie eingetroffen war, hatte Barnes sofort einen weiteren Vermissten erwähnt, der mit der entdeckten Leiche identisch sein könnte: Philippe Sertys, sechsundzwanzig, unverheiratet und Hilfspfleger im Krankenhaus von Guernon. Niémans, eine Tasse heißen Kaffee in der Hand, wiederholte seine Frage: »Wie können Sie sicher sein, dass es sich um denselben Mann handelt, solange die Identität des Opfers nicht festgestellt wurde?«

Barnes blätterte eine Weile in einer Aktenmappe, dann antwortete er: »Wegen der Ähnlichkeit.«

»Welcher Ähnlichkeit?«

Barnes legte Niémans das Foto eines jungen Mannes mit schmalem Gesicht, kurzgeschorenen Haaren und auffällig sanften dunklen Augen hin, der beflissen lächelte. In diesem Gesicht lag ein jugendlicher, beinahe kindlicher Ausdruck, zugleich aber eine spürbare Nervosität. Der Kommissar betrachtete das Foto und begriff, was Barnes mit seiner Bemerkung meinte: Dieser Mann hatte tatsächlich eine gewisse Ähnlichkeit mit Rémy Caillois, dem ersten Opfer. Dasselbe Alter, dieselben hageren Gesichtszüge, derselbe Haarschnitt. Zwei junge Männer, sehr schlank und gut aussehend, deren Miene jedoch einen inneren Aufruhr verriet.

»Das ist ein Serie, Kommissar.«

Niémans trank einen Schluck Kaffee und hatte das Gefühl, als müsse seine noch immer eisige Kehle unter der Berührung mit der heißen Flüssigkeit zerbersten. Er schaute auf.

»Wie bitte?«

Barnes trat von einem Fuß auf den anderen, und seine Schuhe knarzten hörbar, wie die Deckplanken eines Schiffs.

»Ich habe natürlich nicht Ihre Erfahrung, aber … Also, wenn das zweite Opfer tatsächlich Philippe Sertys ist, dann kann kein Zweifel mehr bestehen, dass es sich um eine Serie handelt. Um einen Serienmörder, meine ich. Er sucht sich seine Opfer nach dem Aussehen. Dieses … dieses Gesicht erinnert ihn offensichtlich an irgendein Trauma …«

Barnes verschlug es die Sprache, als er den wütenden Blick des Kommissars bemerkte. Niémans versuchte, seine ungestüme Reaktion durch ein betontes Lächeln zu mildern.

»Capitaine, wir werden diese Ähnlichkeit nicht zu einem Roman aufbauschen. Vor allem nicht jetzt, wo wir noch gar nicht wissen, wer das Opfer überhaupt ist.«

»Ich … Sie haben natürlich recht.«

Nervös schob der Gendarm seine Akte hin und her, die das gesamte Leben der Stadt zu enthalten schien. Er wirkte verwirrt und zugleich in höchstem Maß erregt, und Niémans meinte in großen Leuchtbuchstaben seine Gedanken lesen zu können: »Ein Serienmörder in Guernon!« Barnes würde vermutlich bis zu seiner Pensionierung und darüber hinaus ein seelisches Trauma zurückbehalten.

»Wie weit ist die Bergrettung?«, fragte Niémans.

»Sie werden die Leiche bald herausziehen. Das Eis hat sich wieder darüber geschlossen. Nach Ansicht der Kollegen wurde der Mann in der letzten Nacht dort hinaufgeschafft. Nur bei sehr niedriger Temperatur konnte er derart ins Eis einwachsen.«

»Wann können wir damit rechnen, den Toten zu bergen?«

»Eine Stunde wird es mindestens noch dauern, Kommissar. Tut mir Leid.«

Niémans stand auf und öffnete das Fenster, und ein Schwall Kälte drang ins Zimmer.

Achtzehn Uhr.

Über die Stadt senkte sich schon die Nacht, ein dichter Schatten, der langsam die Schindeldächer und Holzgiebel verschluckte. Wie eine Schlange zwischen Steinen verschwand der Fluss in der Dunkelheit.

Der Kommissar fror in seinem dicken Pullover. Dieses Provinzleben war nichts für ihn. Vor allem nicht in dieser Provinz: vergraben zwischen Bergen, von Kälte und Stürmen gebeutelt und das halbe Jahr von graubraunem Schneematsch und klirrenden Eiszapfen verfolgt. Eine verschlossene, feindselige, verbitterte Welt, die sich in ihr Schweigen hüllte, wie der Kern einer tiefgefrorenen Frucht.

»Wie weit sind wir nach zwölf Stunden Fahndung?«, fragte er, während er sich zu Barnes umdrehte.

»Nirgendwo. Die Nachforschungen haben nichts ergeben. Kein Landstreicher. Kein entlassener oder entsprungener Häftling, dessen Profil mit dem des Mörders übereinstimmt. Auch die Überprüfung von Hotels, Rasthäusern, Eisenbahnen war ergebnislos. Ebenso wie die Straßensperren.«

»Und die Bibliothek?«

»Die Bibliothek?«

Nach der Entdeckung einer zweiten Leiche waren die Bücher auf ein Nebengleis gerückt; dennoch wollte Niémans keine einzige Schiene der Ermittlungen aufgeben.

»Die Kripo überprüft die Bücher, die von den Studenten ausgeliehen wurden«, erklärte er.

Barnes hob die Schultern.

»Ach so … Dafür sind wir nicht zuständig, da müssen Sie Joisneau fragen …«

»Wo ist er?«

»Keine Ahnung.«

Niémans wählte die Handy-Nummer des Leutnants. Keine Antwort: abgeschaltet.

»Und Vermont?«, fragte er missmutig.

»Immer noch mit seiner Truppe im Gebirge. Sie klappern die Berghütten ab. Mehr denn je …«

Niémans seufzte. »Sie müssen in Grenoble neue Leute anfordern. Ich will weitere fünfzig Männer. Mindestens. Sie sollen ihre Suche auf den Vallernes-Gletscher und die Seilbahnstrecke ausdehnen, die zu ihm hinaufführt. Sie sollen den ganzen Berg durchkämmen, bis zum Gipfel.«

»Ich kümmere mich darum.«

»Wie viele Straßensperren?«

»Acht. Die Mautstation auf der Autobahn. Die beiden Nationalstraßen und fünf Landstraßen. Guernon steht unter strengster Aufsicht. Aber wie ich Ihnen schon sagte …«

Niémans starrte Barnes fest an. »Capitaine, wir haben bis jetzt nur eine einzige Gewissheit: Der Mörder ist ein erfahrener Alpinist. Verhören Sie sämtliche Personen, die fähig sind, sich auf und in Gletschern zu bewegen, in Guernon und in der Umgebung.«

»Das wird aber ziemlich mühsam. Die Kletterei ist hier der Lokalsport, es gibt kaum jemanden, der sich in den Bergen nicht auskennt …«

»Ich spreche von einem Experten, Barnes, einem Profi, der imstande ist, sich mit einer Leiche auf dem Rücken dreißig Meter tief in eine Gletscherspalte abzuseilen. Damit habe ich schon Joisneau beauftragt. Finden Sie ihn, und stellen Sie fest, wie weit er ist.«

Barnes neigte den Kopf. »Jawohl. Trotzdem muss ich Sie darauf aufmerksam machen, dass wir ein Volk von Bergsteigern sind. In jedem Dorf, in jedem Weiler, auf jedem Felsmassiv werden Sie erfahrene Alpinisten finden. Das ist eine Tradition bei uns: In unserer Region gibt es immer noch Kristallschleifer und Berghirten … Sie alle haben sich die Liebe zu den Bergen bewahrt. Eigentlich sind nur die Leute von Guernon, der Universitätsstadt, von der Bergsteigerei abgekommen.«

»Was wollen Sie damit sagen?«

»Ich will Ihnen nur klar machen, dass man die Suche erheblich erweitern muss. Auf sämtliche Bergdörfer. Und das wird uns Tage kosten.«

»Fordern Sie noch mehr Verstärkung an. Richten Sie in jedem Marktflecken einen Stützpunkt ein. Überprüfen Sie Entfernungen, Ausrüstungen und finden Sie heraus, was die Leute in der fraglichen Zeit getan haben. Bringen Sie mir ein paar Verdächtige, in Gottes Namen!«

Der Kommissar öffnete die Tür und sagte abschließend: »Bringen Sie mir die Mutter her.«

»Welche Mutter?«

»Die Mutter von Philippe Sertys. Ich will mit ihr reden.«

26

Niémans ging hinunter ins Erdgeschoss. Der Gendarmerieposten sah aus wie jede andere Polizeidienststelle in Frankreich und wahrscheinlich auf der ganzen Welt. Durch die Glasscheiben in den Zwischenwänden sah Niémans eiserne Aktenschränke, Schreibtische mit Plastiküberzug, schmutziges Linoleum mit Brandlöchern. Diese farblosen, neonbeleuchteten Büroräume gefielen ihm. Weil sie auf die wahre Natur seiner Arbeit verwiesen: Ein Polizist gehört auf die Straße, ins Freie. Diese trostlosen Räume waren nur das Vorzimmer zur eigentlichen Berufung, ihr grauer Vorhof, aus dem man mit heulenden Sirenen aufbricht.

In dem Augenblick sah er sie im Flur sitzen. Sie trug einen marineblauen Gendarmenpullover und um die Schultern eine Biwakdecke. Im Bruchteil einer Sekunde war er wieder Gefangener des Gletschers, war neben ihr und spürte ihren warmen Atem im Nacken.

Halb aus Nervosität, halb aus Koketterie rückte er seine Brille zurecht. »Wieso sind Sie nicht nach Hause gegangen?«

Fanny Ferreira richtete ihre hellen Augen auf ihn. »Ich muss meine Aussage unterschreiben«, sagte sie. »Allmählich wird es zur Gewohnheit. Bei der dritten brauchen Sie nicht mehr mit mir zu rechnen.«

»Der dritten?«

»Leiche.«

»Erwarten Sie denn weitere Morde?«

»Sie nicht?«

Der schmerzliche Ausdruck in Niémans' Gesicht entging ihr offensichtlich nicht, denn sie fügte leise hinzu: »Entschuldigen Sie. Ironie ist für mich eine Art Ventil.«

Damit klopfte sie auf die Bank neben sich, als forderte sie ein Kind auf, sich zu ihr zu setzen. Niémans folgte ihrer Einladung. Den Kopf zwischen die Schultern gezogen, die Arme verschränkt, stampfte er leicht mit den Füßen.

»Ich wollte Ihnen danken«, murmelte er zwischen den Zähnen. »Ohne Sie wäre ich in diesem Gletscher …«

»Ich habe nur meine Rolle als Bergführerin erfüllt.«

»Das stimmt. Nicht nur haben Sie mir das Leben gerettet, sondern Sie haben mich exakt dorthin geführt, wohin ich wollte …«

Fannys Miene wurde ernst. Gendarmen eilten durch den Flur. Donnernde Stiefel und raschelndes Ölzeug. »Wie weit sind Sie denn?«, fragte sie. »Mit Ihren Ermittlungen, meine ich. Warum diese unglaubliche Gewalt? Warum diese … Perversität?«

Niémans versuchte zu lächeln, doch der Versuch misslang. »Wir treten auf der Stelle. Alles, was ich weiß, ist das, was mein Gefühl mir sagt.«

»Nämlich?«

»Dass wir es vermutlich mit einem Serienmörder zu tun haben. Aber nicht im üblichen Sinn – das ist kein Mörder, der seine Zwangsvorstellungen auslebt und mehr oder minder aufs Geratewohl zuschlägt. Dahinter steckt ein ganz bestimmtes Motiv. Präzise und rational.«

»Welche Art von Motiv?«

Er sah sie an. Die Schatten der vorübergehenden Wachposten streiften ihr Gesicht wie Vogelschwingen.

»Das weiß ich nicht. Noch nicht.«

Sie verstummten. Nach einer Weile zündete Fanny sich eine Zigarette an und fragte unvermittelt: »Wie viele Jahre sind Sie schon bei der Polizei?«

»Knapp zwanzig.«

»Was hat Sie zu Ihrer Wahl bewogen? Die Aussicht, Schurken zu verhaften?«

Niémans lächelte, diesmal aufrichtig. Aus dem Augenwinkel sah er eine neue Truppe hereinkommen, die Mäntel nass vom Regen. An ihren Mienen erkannte er, dass sie nichts gefunden hatten. Sein Blick kehrte zu Fanny zurück, die tief den Rauch inhalierte. »Wissen Sie, in der Praxis verlieren sich Motivationen dieser Art ziemlich schnell. Außerdem – Gerechtigkeit und das ganze Beiwerk, das hat mich nie gejuckt.«

»Was war's dann? Die Bezahlung? Der sichere Arbeitsplatz?«

Niémans wunderte sich. »Komische Vorstellungen haben Sie«, sagte er. »Nein, ich glaube, es ging mir um das, was man dabei empfindet, was man erlebt.«

»Die Sorte von Abenteuern, die wir gerade hatten?«

»Zum Beispiel.«

»Verstehe«, sagte sie spöttisch und stieß den Rauch aus. »Ein Mann der Extreme. Der seinem Leben Bedeutung verleiht, indem er es jeden Tag aufs Spiel setzt …«

»Wieso nicht?«

Fanny imitierte die Haltung des Kommissars – die Schultern nach vorn gebeugt und die Hände wie zum Gebet gefaltet. Sie lachte nicht mehr, sondern schien zu ahnen, dass hinter diesen Redensarten eine tiefere Wahrheit steckte. »Ja, wieso nicht?«, murmelte sie, die Zigarette im Mundwinkel.

Niémans senkte den Blick und musterte über den Brillenrand die Hände der jungen Frau. Kein Ring. Nur Pflaster, Narben, Risse. Als wäre diese Bergsteigerin mit den Elementen verheiratet, mit der Natur, den existenziellen Erfahrungen.

»Niemand kann einen Polizisten verstehen«, sagte er. »Geschweige denn beurteilen. Wir bewegen uns in einer brutalen, unzusammenhängenden, gefährlichen Welt mit festen Grenzen. Wer außerhalb lebt, versteht sie nicht. Und wer in ihr lebt, verliert jegliche Objektivität. Das ist die Welt der Bullen. Ein abgeriegeltes Universum. Mit Stacheldraht eingezäunt. Unbegreiflich. Aber eines steht fest: Die Bürokraten, die nicht einmal das Risiko eingehen würden, sich die Finger in der Autotür einzuklemmen, haben uns nichts beizubringen.«

Fanny richtete sich auf, fuhr sich mit beiden Händen in die Haare und strich sie zurück. Niémans fühlte sich an erdverkrustete Wurzeln erinnert. Die Wurzeln eines Schwindelgefühls, das »Sinnlichkeit« hieß. Ein Schauder überlief ihn.

Leise fragte die Frau: »Was haben Sie vor? Was ist Ihr nächster Schritt?«

»Weitersuchen. Und warten.«

»Worauf denn?«, fragte sie, wieder angriffslustig. »Auf das nächste Opfer?«

Niémans ging auf ihre Provokation nicht ein. Er stand auf. »Ich warte, bis die Leiche geborgen ist«, sagte er. »Der Mörder hat uns absichtlich auf den Berg gelockt. Die erste Leiche enthielt einen Wink, der auf den Gletscher verwies. Deshalb glaube ich, dass an dem zweiten Toten wieder ein Hinweis zu finden ist, der uns zur dritten Leiche führt … Und so weiter. Das ist eine Art Spiel, bei dem wir jedes Mal verlieren müssen.«

Fanny stand ebenfalls auf und griff nach ihrem Parka, den sie am Ende der Bank zum Trocknen ausgebreitet hatte.

»Sie werden mir ein Interview geben müssen.«

»Wovon reden Sie?«

»Ich bin die Chefredakteurin von ›Tempo‹, unserer Unizeitung.«

Niémans spürte, wie seine Nerven sich spannten. »Sagen Sie jetzt bloß nicht, dass Sie …«

»Keine Angst, die Zeitung ist mir völlig egal. Und nichts für ungut – aber so, wie die Ereignisse sich überstürzen, werden ohnehin bald sämtliche Medien des Landes hier aufkreuzen. Dann haben Sie Journalisten am Hals, die sehr viel hartnäckiger sind als ich.«

Der Kommissar quittierte diese Aussicht mit einer wegwerfenden Geste. »Wo wohnen Sie?«, fragte er unvermittelt.

»Auf dem Campus.«

»Wo genau?«

»Im Dachgeschoss des Hauptgebäudes. Ich habe dort eine kleine Wohnung neben den Studentenbuden.«

»Dort, wo auch die Wohnung der Caillois ist?«

»Genau.«

»Was halten Sie von Sophie Caillois?«

»Sie ist eine merkwürdige Person«, sagte Fanny mit bewunderndem Ausdruck. »Sehr wortkarg. Und verdammt schön. Die beiden waren verschlossen wie Austern. Ich weiß nicht … Als hätten sie ein Geheimnis miteinander.«

Niémans nickte.

»Denselben Eindruck hatte ich auch. Vielleicht hat das Mordmotiv mit diesem Geheimnis zu tun. Wenn es Ihnen nichts ausmacht, komme ich später am Abend noch bei Ihnen vorbei.«

»Baggern Sie mich immer noch an?«

Der Kommissar nickte. »Mehr denn je. Und falls es was Neues gibt, sollen Sie's als Allererste erfahren, für Ihr Käseblatt.«

»Ich sag's Ihnen noch mal – ich pfeife auf diese Zeitung. Ich bin unbestechlich.«

»Bis heute Abend«, sagte er über die Schulter, während er davonging.

27

Eine Stunde später war die Leiche des zweiten Opfers noch immer nicht aus dem Eis geborgen.

Niémans kochte vor Wut. Er hatte sich die lakonische Aussage der Mutter von Philippe Sertys angehört, einer alten

Frau, die mit schwer verständlichem Akzent sprach. Ihr Sohn habe sich tags zuvor, wie jeden Abend, gegen einundzwanzig Uhr mit seinem Wagen auf den Weg gemacht – einem gebrauchten Lada, erst kürzlich erstanden. Philippe sei Hilfspfleger am CHRU in Guernon, und sein Nachtdienst beginne um zweiundzwanzig Uhr. Sorgen habe sie sich erst am nächsten Morgen gemacht, als sie den Wagen in der Garage entdeckt, Philippe jedoch nicht in seinem Zimmer gefunden habe – offensichtlich sei er nach seiner Rückkehr vom Dienst noch einmal ausgegangen. Aber damit waren die Überraschungen noch nicht vorbei: Als sie im Krankenhaus anrief, erfuhr sie, Sertys habe sich am Vortag vom Dienst abgemeldet. Er sei also anderswohin gefahren, zurückgekommen und zu Fuß noch einmal fortgegangen. Was das bedeute, fragte die Frau außer sich und packte Niémans am Ärmel. Wo ihr Kind sei? Ihrer Ansicht nach sei dieser Umstand höchst beunruhigend: Ihr Sohn habe keine Freundin, gehe nie aus und schlafe immer »zu Hause«.

Der Kommissar hatte ihre Erklärungen ohne große Begeisterung zur Kenntnis genommen. Andererseits – wenn Sertys tatsächlich der Tote im Eis war, dann waren diese Hinweise hilfreich zur Bestimmung des wahrscheinlichen Tatzeitpunktes. Der Mörder hatte den jungen Mann in den letzten Stunden der Nacht überrascht, getötet, zweifellos verstümmelt und seine Leiche auf den Vallernes-Gletscher verfrachtet. In der Kälte des frühen Morgens hatte sich die Eiswand über dem Opfer geschlossen. Aber das waren alles nur Vermutungen.

Der Kommissar hatte die Frau zu einem Gendarmen begleitet, der ihre Aussage aufnahm, und war selbst, die Akte unter dem Arm, in seinen Unterschlupf zurückgekehrt, den kleinen Seminarraum in der Universität.

Dort angelangt, tauschte er seine Bergsteigerausrüstung gegen einen seiner Anzüge. Dann, allein in seinem Büro, breitete er sämtliche Unterlagen, die er besaß, auf einem Tisch aus und ging daran, eine vergleichende Studie über Rémy Caillois und Philippe Sertys anzustellen, falls tatsächlich ein Zusammenhang zwischen dem bekannten und dem potenziellen Opfer bestand.

An Gemeinsamkeiten fand er nur sehr wenig. Beide Männer waren Mitte Zwanzig und ähnelten einander im Typ: beide hochgewachsen und sehr schlank, mit regelmäßigen und zugleich verstört wirkenden Gesichtszügen und kurz geschorenen Haaren. Beide hatten keinen Vater mehr: Sertys senior war zwei Jahre zuvor an Leberkrebs gestorben. Rémy Caillois hingegen war Vollwaise gewesen: Seine Mutter hatte er im Alter von acht verloren. Und die letzte Gemeinsamkeit. Beide hatten den Beruf ihrer Väter ergriffen – die Caillois waren Bibliothekare, die Sertys Pfleger im Klinikum.

Unterschiede hingegen bestanden reichlich. Caillois und Sertys hatten nicht dieselbe Schule besucht, waren nicht in derselben Umgebung aufgewachsen und gehörten nicht derselben Gesellschaftsklasse an. Aus bescheidenem Milieu stammend, war Rémy Caillois in einer Intellektuellenfamilie aufgewachsen und hatte sein Leben vorwiegend im Schoß der Universität verbracht. Philippe Sertys, Sohn eines obskuren Saalwärters, war mit fünfzehn in die Fußstapfen seines Vaters getreten und hatte im Krankenhaus zu arbeiten begonnen. Er war ungebildet und wohnte immer noch zu Hause, am Stadtrand von Guernon.

Rémy Caillois hatte in seinen Büchern gelebt, Philippe Sertys führte eine nächtliche Existenz im Krankenhaus und schien keinerlei nennenswertes Hobby zu haben: Wenn er sich nicht in den keimfreien Gängen der Klinik vergrub, saß er am Spätnachmittag in dem Lokal gegenüber dem CHRU und vertrieb sich die Zeit mit Videospielen. Er hatte seinen Wehrdienst in der Infanterie abgeleistet, Caillois hingegen war ausgemustert worden. Der eine war verheiratet, der andere nicht. Der eine war ein begeisterter Wanderer und Kletterer, der andere schien aus seiner Umgebung nie herausgekommen zu sein. Der eine war schizophren und vermutlich gewalttätig, der andere nach allgemeiner Einschätzung »sanft wie ein Engel«.

Soweit bekannt, waren die Fakten eindeutig: Die einzige Gemeinsamkeit zwischen den beiden Männern war ihr Aussehen – das lange, schmale Gesicht, der Bürstenhaarschnitt, die zaundürre Gestalt. Wie Barnes gesagt hatte: Der Mörder hatte sich seine beiden Opfer offensichtlich aufgrund ihres äußeren Erscheinungsbilds ausgesucht.

Einen Moment lang erwog Niémans ein sexuelles Verbrechen und stellte sich den Mörder als verkappten Homosexuellen vor, der für diesen Typ Mann schwärmte, doch er verwarf die Idee gleich wieder – der Gerichtsmediziner hatte diese Möglichkeit kategorisch abgelehnt: »Das ist nicht seine Welt. Überhaupt nicht.« In den Wunden und Verstümmelungen der ersten Leiche hatte der Arzt eine Kälte, eine Grausamkeit und Methodik erkannt, die nichts mit der Wildheit perverser Triebe gemein hatte. Außerdem war an der Leiche keine Spur sexueller Misshandlungen festgestellt worden.

Was dann?

Der Wahnsinn des Mörders war offensichtlich anderer Art. Die Ähnlichkeit der Opfer und der Hinweis auf eine Serie – zwei Morde in zwei Tagen – sprachen jedenfalls für die Annahme eines Psychopathen mit zwanghaften Wahnvorstellungen, der sich anschickte, weiter zu morden. Für diese Hypothese sprachen noch andere Argumente: das an der ersten Leiche hinterlassene Indiz, das zur Entdeckung der zweiten geführt hatte, die Fötalposition, die Verstümmelung der Augen und der Wille, die Leichen an unzugänglichen und theatralischen Orten zu deponieren: die Felswand über dem Fluss, das transparente Gefängnis im Eis …

Dennoch konnte sich Niémans mit dieser Hypothese noch nicht recht anfreunden.

Zunächst wegen seiner Alltagserfahrung als Polizist: Zwar hatten sich die *serial killers*, ein Import aus den Vereinigten Staaten, der Literatur und des Films bemächtigt, doch in der Realität hatte sich diese grauenhafte Tendenz noch nirgendwo in Frankreich bemerkbar gemacht. In seiner zwanzigjährigen Laufbahn hatte Niémans Pädophile verfolgt, die sich in einer Krise zum Mord hatten hinreißen lassen, Vergewaltiger, die in einem Exzess an Brutalität getötet hatten, Sadomasochisten, deren grausame Spiele außer Kontrolle geraten waren, aber nie hatte er einen Serienmörder im eigentlichen Sinn erlebt, der eine Liste von Morden ohne ersichtliche Beweggründe und Spuren vorzuweisen hatte. Das war keine französische Spezialität. Der Kommissar legte keinen Wert darauf, das Phänomen zu analysieren, doch die Fakten waren unbestreitbar: Die letzten Mehrfachmörder in Frankreich hießen Landru und Dr. Petiot, und dass sie auf Diebstähle und magere Erbschaft aus gewesen war, roch allzu sehr nach Kleinbürgermief. Mit der Welle der Gewalt, den blutrünstigen Ungeheuern, die in Amerika ihr Unwesen trieben, hatten sie nichts gemeinsam.

Der Kommissar betrachtete noch einmal die auf dem Tisch ausgelegten Fotos von Philippe Sertys und Rémy Caillois. In der Aktenmappe befanden sich außerdem die Aufnahmen der ersten Leiche, und als er sie wieder sah, fiel ihn das Entsetzen an wie ein glühendes Messer. Er konnte nicht einfach dasitzen und die Hände in den Schoß legen. In diesem Augenblick, während er die Polaroidfotos betrachtete, musste vielleicht ein dritter Mensch die unsäglichsten Qualen erleiden, wurden Augenhöhlen mit einer Klinge bearbeitet, Augen von plastikumhüllten Händen herausgerissen.

Es war neunzehn Uhr, die Nacht brach herein. Niémans

stand auf und löschte das Neonlicht. Noch stand die Identität der zweiten Leiche nicht fest, doch um die Zeit zu nutzen, wollte er zumindest einen Blick in das Leben von Philippe Sertys werfen. Vielleicht fand er ja etwas. Einen Hinweis. Eine Spur.

Oder auch nur eine weitere Gemeinsamkeit zwischen den beiden Männern.

28

Philippe Sertys und seine Mutter lebten in einem Häuschen am Stadtrand, an einer menschenleeren Straße unweit einer Siedlung heruntergekommener Mietshäuser. Ein braunes Dach mit mehreren Ecken, eine schmutzige, einst weiße Fassade, vergilbte Spitzenvorhänge wie ein kariöses Lächeln vor der Dunkelheit im Inneren des Hauses. Die alte Frau war noch auf der Gendarmerie, um ihre Aussage zu Protokoll zu geben, und nirgends brannte Licht. Dennoch läutete er vorsichtshalber.

Keine Reaktion.

Niémans ging um das Häuschen herum. Ein heftiger Wind fuhr ihm ins Gesicht, eisig, ein Vorbote des Winters. Links neben dem Haus stand eine Garage. Er warf einen Blick hinein und sah einen schmutzigen Lada, der nicht mehr der jüngste war. Er ging weiter. Hinter dem Haus erstreckten sich ein paar Quadratmeter Rasen: der Garten.

Niémans sah sich noch einmal um und hielt Ausschau nach unliebsamen Augenzeugen, aber es war niemand zu sehen. Er stieg die drei Stufen zur Haustür hinauf und untersuchte das Schloss, das alt und primitiv war. Mühelos öffnete er die Tür, trat sich auf der Matte die Füße ab und drang ins Haus ein.

Er schaltete seine Taschenlampe ein. Durch eine Diele

gelangte er in ein armseliges Wohnzimmer: Der weiße Lichtstrahl zeigte ihm einen grünlichen Teppichboden, auf dem hier und dort kleine, dunkle Teppiche lagen, Möbel, die nicht zusammenpassten, ein Bettsofa unter aufgehängten Jagdgewehren, geschmacklosen Krimskrams. Eine Atmosphäre biederer Behaglichkeit, der Rahmen eines eintönigen, engstirnigen Alltags.

Er streifte Latexhandschuhe über und durchsuchte vorsichtig die Schubladen. Sie enthielten nichts Interessantes. Versilbertes Besteck, bestickte Taschentücher, persönliche Dokumente: Steuerbescheide, Formulare der staatlichen Krankenversicherung ... Niémans durchblätterte rasch die Papiere und inspizierte anschließend den Rest der Einrichtung. Vergeblich. Es war das Wohnzimmer einer Familie ohne Geschichte.

Niémans ging in den oberen Stock hinauf.

Auf Anhieb fand er das Schlafzimmer von Philippe Sertys. Tierposter an den Wänden, Stapel von Illustrierten auf einer Truhe, Fernsehprogrammzeitschriften: alles in diesem Raum deutete auf eine bedrückende geistige Leere hin. Niémans begann mit einer gründlicheren Durchsuchung. Bis auf einige Details, die von einer ausschließlich nächtlichen Existenz zeugten, fand er nichts. Auf einem Regal reihten sich Lampen verschiedener Art und Stärke aneinander, als hätte der Mann versucht, die unterschiedlichen Lichtverhältnisse jeder Jahreszeit nachzustellen – denn vom Tageslicht der Außenwelt schottete er sich durch schwere, fugenlose Fensterläden und schwarze Augenmasken ab. Sertys litt entweder unter massiven Schlafstörungen, oder er besaß die Natur eines Vampirs, der nicht die geringste Helligkeit erträgt.

Niémans spähte unter die Bettdecke, die Laken, die Matratze, fuhr mit den Händen unter den Teppich, strich über die tapezierten Wände. Er fand nichts. Vor allem keinen Hinweis auf die Existenz einer Frau in Sertys' Leben.

Er warf noch einen Blick ins Zimmer der Mutter, ohne sich allzu lange darin aufzuhalten, denn inzwischen schlug ihm die drückende Atmosphäre dieses Hauses aufs Gemüt. Er ging hinunter ins Erdgeschoss, inspizierte kurz die Küche, das Bad, den Keller. Völlig umsonst.

Draußen wehte der Wind mit unverminderter Stärke und rüttelte an den Scheiben.

Er löschte seine Taschenlampe und empfand einen unerwartet angenehmen Schauer. Das Gefühl eines geräuschlosen Eindringens, einer geheimen Zuflucht.

Niémans dachte nach. Er konnte sich nicht täuschen. Nicht in dem Ausmaß. Irgendwo musste er hier einen Hinweis, ein Zeichen aufspüren, was auch immer es war. Je mehr er sich zu irren schien, desto mehr wuchs in ihm die Überzeugung, dass er in Wahrheit Recht hatte – dass es ein Geheimnis aufzudecken gab, dass zwischen Caillois und Sertys eine Verbindung bestand.

Der Kommissar hatte eine andere Idee.

Die Garderobe für die Mitarbeiter des Klinikums war in bleiernen Farbtönen gehalten. Wie eine Kompanie Soldaten reihte sich ein Spind an den anderen, in zähneknirschender, prekärer Habtachtstellung. Kein Mensch war zu sehen. Niémans bewegte sich geräuschlos durch den Raum. Er las die Namen auf den kleinen Metallschildern und hatte bald gefunden, wonach er suchte. Er zog wieder seine Handschuhe an und machte sich am Vorhängeschloss des Spinds zu schaffen. Erinnerungen kamen ihm in den Sinn: die nächtlichen Einsätze, die Überfälle mit der vermummten Truppe des Antigang-Kommandos. Er sehnte sich nicht nach dieser Zeit zurück. Zwar liebte er es mehr als alles andere, sich Räume zu erobern, die entscheidenden Stunden der Nacht zu beherrschen, doch als echter Eindringling: allein, lautlos und heimlich.

Das Schloss klickte ein paarmal, dann gab es nach. Niémans öffnete die Tür und fand Kittel, Süßigkeiten, alte Zeitschriften. Und weitere Lampen und Schlafmasken. Er tastete die Wände ab, kramte in den Winkeln und achtete stets darauf, keine Geräusche zu verursachen. Nichts. Er vergewisserte sich, dass der Spind keinen doppelten Boden hatte.

Niémans ließ sich auf die Knie nieder und fluchte innerlich. Offensichtlich versteifte er sich auf eine falsche Fährte: Im Leben dieses jungen Burschen gab es nichts zu entdecken. Und im Übrigen war er nicht einmal sicher, ob die tiefgefrorene Gletscherleiche tatsächlich Philippe Sertys war – vielleicht tauchte er ja in ein paar Tagen wieder auf, nachdem er mit einer atemberaubenden Krankenschwester durchgebrannt war.

Der Kommissar lächelte über seine eigene Sturheit und fand es an der Zeit, zu verschwinden, ehe ihn jemand in dieser Lage überraschte. Im selben Moment, als er aufstehen wollte, entdeckte er unter dem Schrank eine lockere Linoleumplatte, die ein wenig abstand. Er fuhr mit der Hand unter den Spind, betastete das synthetische Material und hob mit zwei Fingern die Platte an. Er berührte die raue Oberfläche des Betons, dann einen Gegenstand. Er hörte ein leises Klirren, streckte die Finger noch weiter aus, dann schloss er sie zur Faust. Als er sie wieder öffnete, hielt er einen Schlüssel mit Ring in der Hand, der sorgfältig unter dem Spind versteckt worden war. Er trug die typischen Einkerbungen, wie sie zu einem Zylinderschloss passen.

Wenn Sertys ein Geheimnis hatte, so verbarg es sich hinter der Tür, zu der dieser Schlüssel gehörte.

Niémans hatte Glück: Im Rathaus traf er gerade noch den Angestellten des Katasteramtes an, der sich eben zum Aufbruch anschickte. Der Mann zuckte nicht mit der Wimper, als er den Namen Sertys hörte. Schon im Mantel, suchte er widerwillig die Angaben, die der Kommissar von ihm verlangte.

Während Niémans sich geduldete, rekapitulierte er die Annahme, die ihn hierher gebracht hatte, als ließen sich so die Erfolgsaussichten erhöhen. Philippe Sertys hatte unter seinem Spind im Krankenhaus einen Schlüssel versteckt, der zu einem Sicherheitsschloss gehörte – auf keinen Fall zu seiner Haustür. Dieser Schlüssel konnte zu unendlich vielen Türen, Wandschränken, Lagerräumen passen, zumal im Krankenhaus. Doch warum hatte Sertys ihn versteckt? Eine Eingebung hatte Niémans hierher, ins Grundbuchamt geführt: Er wollte sich vergewissern, ob Philippe Sertys noch eine zweite Unterkunft besaß, eine Hütte, eine Scheune, irgendetwas, hinter dessen gut gesicherter Tür sich ein zweites Leben verbarg.

Murrend schob der Beamte eine altmodische Schachtel aus Karton unter der Trennscheibe des Schalters hindurch. Auf der Vorderseite verkündete ein mit Tinte beschriebenes Schild in einem Kupferrahmen: »Sertys«. Niémans zügelte seine Erregung, öffnete die Schachtel und nahm die amtlichen Unterlagen heraus, die Notariatsakten, den Grundstücksplan. Er prüfte sämtliche Dokumente, die Nummern der Parzellen, lokalisierte sie auf dem beiliegenden Umgebungsplan. Er prägte sich die Adresse des Grundstücks ein.

So einfach war das also.

In dem kleinen Häuschen wohnten Philippe Sertys und seine Mutter zur Miete, doch nebenbei war der junge Mann Eigentümer eines zweiten Hauses, geerbt von seinem Vater René Sertys und nach dessen Tod auf den Namen des Sohnes eingetragen.

29

Ein Haus war es eigentlich nicht, wie Niémans bald feststellte, sondern eine Lagerhalle, einsam gelegen am Fuß des Grand Doménon und umringt von verdorrten Nadelbäumen. Von den Wänden blätterte die Farbe, sichtlich jahrzehntealt und schuppig wie die Haut eines Leguans.

Vorsichtig trat Niémans näher. Vergitterte Fenster, innen mit Sackleinwand verhängt. Ein mächtiges Tor und daneben eine gepanzerte Tür. Es hätte ein Lager für Fässer, Eisenrohre, Baumaterial sein können, für Industriegüter aller Art. Doch das Gebäude gehörte einem unauffälligen, wortkargen Hilfspfleger, der vermutlich in einem Gletscher ermordet worden war.

Niémans drehte zunächst eine Runde ums Haus und kehrte dann zu der eisernen Tür zurück. Er steckte den Schlüssel ins Schloss, hörte das leise Klicken der Stifte, dann das Geräusch der Federn, die sich in ihrem Metallgehäuse bewegten.

Die Tür öffnete sich, und Niémans holte tief Luft, ehe er eintrat. Der Raum war in das bläuliche Licht der Nacht getaucht, das durch die Ritzen zwischen der Leinwand in den Fenstern und durch die Oberlichter hindurchschimmerte. Der Raum war etliche hundert Quadratmeter groß, düster, baufällig, gestreift von den rechtwinkeligen Schatten der Metallverstrebungen des Dachs. Hohe Pfeiler ragten bis zur Decke.

Mit eingeschalteter Lampe betrat Niémans den Raum. Die Halle war vollkommen leer. Mehr noch, sie war erst kürzlich geräumt worden, denn durch den Staub auf dem Betonboden zogen sich zahlreiche Furchen, zweifellos die Spuren schwerer Gegenstände, die zur Tür gezerrt worden waren. Eine sonderbare Atmosphäre herrschte hier, wie der Nachhall einer panischen Hast.

Der Kommissar sah sich um, schnupperte, tastete. Es war wohl einmal eine Fertigungshalle gewesen, in der offensichtlich sterile Bedingungen erforderlich waren, denn er nahm einen auffälligen Geruch nach Desinfektionsmitteln wahr. Und dahinter witterte er schwach etwas Animalisches.

Niémans ging weiter. Unter seinen Sohlen knirschte jetzt ein weißlicher Staub, durchsetzt von größeren Splittern, die wie Kreide aussahen. Er beugte sich nieder und entdeckte winzige Bruchstücke von Metallgittern, wie Probemuster für Maschendraht oder Fragmente von Luftfiltern. Er steckte etliche dieser Teile in Plastiktüten, dann sammelte er ein wenig Staub und Splitter ein, die einen undefinierbaren, faden Geruch verbreiteten. Backpulver. Oder Gips. Auf keinen Fall Rauschgift.

Am Rande dieser jüngsten Entdeckung fiel ihm auf, dass dieser Raum offensichtlich jahrelang stark geheizt worden war: Darauf wiesen die hellen Stellen in allen Ecken des Raumes hin, rechtwinkelig und markiert durch schwärzliche Verfärbungen der Mauer ringsum, daneben Anschlüsse, an denen möglicherweise einst elektrische Heizkörper montiert waren.

Niémans legte sich verschiedene widersprüchliche Erklärungen zurecht. Er dachte an eine Tierzucht, für die hohe Temperaturen erforderlich waren. Vielleicht war hier auch eine Art Reinraum gewesen, in dem Laborexperimente stattgefunden hatten, was eine Erklärung für den ausgeprägten klinischen Geruch sein könnte. Er war höchst befremdet, zugleich aber empfand er eine dumpfe, unbegreifliche Angst. Weitaus heftiger und verstörender als seine Furcht in der Gletscherspalte.

Zwei Gewissheiten besaß er jetzt. Erstens wusste er, dass Philippe Sertys, ein unauffälliger Krankenpfleger, hier einer obskuren Tätigkeit nachging. Und die zweite Gewissheit war, dass der Mann kurz vor seinem Verschwinden gezwungen gewesen war, die Halle in höchster Eile zu räumen.

Niémans ging die Mauern entlang und musterte sie aufmerksam im Schein der Taschenlampe. Vielleicht gab es hier Nischen, lose Planken, irgendeinen Gegenstand, den Sertys vergessen hatte. Er tastete und klopfte die Wände ab, lauschte auf den Klang, achtete auf Materialunterschiede. Die Wände waren mit dickem Packpapier beklebt, unter dem sich zur Wärmedämmung komprimierte Glaswolle befand.

Der Kommissar tastete zwei ganze Mauern ab, bis er in einer Höhe von etwa einem Meter achtzig auf eine rechtwinkelige Vertiefung stieß, die von der leicht gewölbten Oberfläche der Umgebung auffallend abwich. Mit einem Finger folgte er dem Umriss dieses Fachs und stellte fest, dass die Fugen abgedichtet worden waren. Daraufhin riss er das darübergeklebte Papier auf und entdeckte Scharniere und eine zweiflügelige Tür. Er steckte die Fingernägel in den Schlitz in der Mitte und öffnete den Verschlag. Regalbretter. Staub. Schimmel.

Der Kommissar befühlte die Regale: auf dem obersten Brett ertastete er etwas Flaches, überzogen mit klebrigem Plastik, und griff danach. Es war ein kleines Spiralheft.

Sein Herz schlug schneller. Sofort schlug er es auf und blätterte dann. Sämtliche Seiten waren mit winzigen unverständlichen Zahlen gefüllt. Doch auf einer Seite entdeckte er über den Zahlenkolonnen eine Inschrift in großen, schrägen Buchstaben, die im Licht seiner Lampe bräunlich wirkten, wie mit Blut geschrieben und derart ungestüm, dass die Feder an manchen Stellen das Papier geritzt hatte. Niémans hatte den Eindruck eines rasenden Zorns, eines rot spritzenden Geysirs. Als hätte der Schreiber dieser Zeilen nicht anders gekonnt als seine Wut, seinen Wahnsinn in scharlachroten Buchstaben auszuspeien. Niémans las:

Wir sind die neuen Herren, wir sind die Sklaven.
Wir sind überall, wir sind nirgendwo.

Wir sind die Vermesser.
Wir beherrschen die purpurnen Flüsse.

Der Kommissar lehnte sich an die Wand, zwischen braunen Papierfetzen und Fäden von Glaswolle. Er löschte seine Lampe, doch in sein Bewusstsein drang ein gleißendes Licht. Nicht eine Verbindung zwischen Rémy Caillois und Philippe Sertys hatte er entdeckt, sondern etwas Besseres: ein Schemen, ein Geheimnis in dem zurückgezogenen Dasein des Krankenpflegers. Was bedeuteten die Zahlen und diese abstrusen Sätze? Was trieb Sertys in seinem geheimen Unterschlupf?

Niémans wiederholte sich noch einmal seine bisherigen Ergebnisse, wie man die ersten knisternden Reiser eines Feuers in eisigem Wind zusammenrafft. Rémy Caillois war hochgradig schizophren und ein gewalttätiger Mensch, der sich – vielleicht – in der Vergangenheit eines Verbrechens schuldig gemacht hatte. Philippe Sertys hingegen ging in dieser düsteren Werkhalle einer geheimen Beschäftigung nach, deren Spuren er wenige Tage vor seinem Verschwinden – oder seinem Tod – auszulöschen versucht hatte.

Noch hatte er keinen konkreten Beweis, keine klaren Fakten, doch nun erwies sich, dass weder Caillois noch Sertys so durchschaubar waren, wie ihr öffentliches Leben vermuten ließ.

Weder der Bibliothekar noch der Krankenpfleger waren unschuldige Opfer.

6. TEIL

30

Seit beinahe zwei Stunden saß Karim am Steuer. Er fuhr nach Osten.

Mit zugeschnürter Kehle dachte er an das Gesicht des Kindes. Manchmal schwebte ihm eine Art Ungeheuer vor, ein völlig glattes, konturenloses Gesicht ohne Nase und Wangenknochen, in dem zwei blanke weiße Augäpfel prangten. Oder er stellte sich ein ganz durchschnittliches Kind vor, so unauffällig und nichts sagend, dass es niemandem im Gedächtnis blieb. Dann wieder sah er Züge ohne Eigenleben, surreal und instabil, in denen jeder Betrachter nur sich selbst erblickte – ein schillerndes Gesicht, das nur Spiegelbilder zurückwarf und die unter der Heuchelei eines Lächelns verborgenen Geheimnisse der Seele verriet. Karim schauderte. Er hatte nur diese eine Gewissheit: Der Schlüssel zur Wahrheit war dieses Gesicht. Unwiderruflich.

Bei Agen war er auf die Autobahn nach Toulouse eingebogen, war dann dem Canal du Midi gefolgt und vorbei an Carcassonne und Narbonne weiter in Richtung Sète gefahren. Sein Wagen war eine Katastrophe. Eine Kombination aus hustenden Zylindern und rasselnden, klopfenden Einzelteilen. Mehr als hundertdreißig Stundenkilometer schaffte er nicht einmal mit Rückenwind. Karim grübelte vor sich hin. Mit durchgedrücktem Gaspedal fuhr er entlang der Küste, und das Kloster Saint-Jean-de-la-Croix rückte endlich in greifbare Nähe. Die graue Küstenlandschaft mit ihren weichen, unbestimmten Konturen ließ ihn ein wenig zur Ruhe kommen, und er dachte nun über die rationalen Elemente nach, die er bisher zusammengetragen hatte.

Die Besuche bei dem Fotografen und dem Pfarrer hatten seinen Ermittlungen eine neue Wendung gegeben. Es war sehr wahrscheinlich, dass die fraglichen Unterlagen der Ecole Jean-Jaurès schon Jahre vor dem Einbruch in der vergangenen Nacht entwendet worden waren. Unterwegs hatte er noch einmal die Schulleiterin angerufen. Auf die Frage: »Kann es sein, dass alle diese Dokumente schon 1982 verschwunden sind und dass in all den Jahren niemand etwas bemerkt hat?« hatte die Direktorin gesagt: »Ja.« Auf die Frage: »Es ist also denkbar, dass Ihnen das Verschwinden der Dokumente erst heute wegen des Einbruchs aufgefallen ist?« hatte sie ebenfalls geantwortet: »Ja.« Auf die Frage: »Haben Sie je von einer Nonne gehört, die versucht hat, die Klassenfotos aus diesen beiden Jahren an sich zu bringen?« hatte sie geantwortet: »Nein.«

Trotzdem wollte Karim ganz sicher sein, ehe er sich auf den Weg machte. Im Einwohnermeldeamt von Sarzac hatte er Geburtsdaten und Adressen nachgeschlagen und telefonisch mit mehreren ehemaligen Schülern der beiden fraglichen Jahrgangsstufen gesprochen. Keiner von ihnen war noch im Besitz der Klassenfotos aus der dritten und vierten Grundschulklasse. Bei einem war ein Feuer ausgebrochen, dem sämtliche Fotos zum Opfer gefallen waren, bei einem anderen war eingebrochen worden, doch die Diebe hatten merkwürdigerweise nichts als ein paar alte Fotos mitgenommen. Wieder ein anderer erinnerte sich an eine Nonne, die sich für die Fotos interessiert hatte, aber, sagte der Mann, sie sei spät abends erschienen, und er würde sie auf keinen Fall wiedererkennen. Übereinstimmend erklärten seine Gesprächspartner, alle diese Vorfälle hätten sich in ein und demselben kurzen Zeitabschnitt ereignet: im Juli 1982. Einen Monat vor dem Tod des Jungen.

Gegen siebzehn Uhr dreißig, als er am Bassin de Thau entlangfuhr, hielt Karim an einer Telefonzelle und rief Crozier an. Er bewegte sich jetzt außerhalb der Regeln, und die Vorstellung entzückte ihn: Er warf seine Fesseln ab.

»Ich hoffe, du bist auf dem Weg hierher«, brüllte Crozier ins Telefon. »Achtzehn Uhr haben wir vereinbart.«

»Kommissar, ich verfolge eine Spur.«

»Was für eine Spur?«

»Lassen Sie mich weitermachen. Jeder Schritt bestätigt meine ursprüngliche Ahnung. Was gibt's Neues vom Friedhof?«

»Du machst einen Alleingang und erwartest von mir, dass ich dich dabei unterstütze?«

»Antworten Sie mir bitte. Haben Sie den Wagen gefunden?«

Crozier seufzte. »Wir haben die Besitzer von sieben Ladas, zwei Skodas und einem Trabant identifiziert, zugelassen in den Départements Lot, Lot-et-Garonne, Dordogne, Aveyron und Vaucluse. Unser Wagen ist nicht dabei.«

»Haben Sie nachgeprüft, wo die Fahrzeughalter in der fraglichen Zeit waren?«

»Nein, aber wir haben auf dem Parkplatz vor dem Friedhof Reifenspuren mit Abriebpartikeln gefunden. Es handelt sich um eine Kautschuksorte mit hohem Kohlenwasserstoffanteil, von ziemlich schlechter Qualität. Das heißt, der Besitzer des Wagens fährt noch die Originalreifen, während alle anderen, die wir aufgespürt haben, auf Michelin oder Goodyear umgestiegen sind. Jeder, der sich diesen Typ Wagen kauft, wechselt als allererstes die Reifen. Wir suchen also weiter. In anderen Départements.«

»Ist das alles?«

»Im Moment ja. Jetzt du. Was hast du zu sagen?«

»Ich komme antizyklisch voran.«

»Was soll das heißen?«

»Je weniger ich finde, desto mehr bin ich überzeugt, dass ich auf dem richtigen Weg bin. Hinter den Einbrüchen der letzten Nacht steht eine sehr viel komplexere Geschichte.«

»Welcher Art?«

»Keine Ahnung. Es hat irgendwas mit dem Kind zu tun, das in der Gruft begraben ist. Mit seiner Entführung oder Ermordung, ich weiß es noch nicht. Ich ruf' Sie wieder an.«

Er legte auf, ehe der Kommissar weitere Fragen stellen konnte.

Kurz vor Sète kam er durch ein kleines Dorf am Meer, wo das Wasser des Golfe du Lion sich mit dem Land zu einem endlosen, schilfgesäumten Sumpfgebiet verband. Er bremste ab und fuhr langsam an einem merkwürdigen Hafen entlang, in dem kein einziges Boot lag: Nur lange schwarze Fischernetze waren zwischen Häusern mit verschlossenen Läden gespannt.

Das ganze Dorf war wie ausgestorben.

Ein Geruch nach Dünger lag in der Luft, beißender Jauchegestank, der den Meeresgeruch überdeckte.

Karim Abdouf war beinahe am Ziel. Mehrere Hinweisschilder zeigten ihm den Weg zum Kloster. Die untergehende Sonne beleuchtete Salzlachen an der Oberfläche der Sümpfe, perspektivisch verkürzt zu messerdünnen Linien. Nach fünf Kilometern entdeckte Karim ein weiteres Schild und bog in eine schmale Teerstraße ein, die rechter Hand in die Höhe führte, kurvenreich und gesäumt von Schilf und zerzaustem Röhricht.

Endlich tauchten die Klostergebäude vor ihm auf, und Karim war verblüfft. Zwischen gestrüppüberwucherten Dünen ragten zwei monumentale Kirchen in den Himmel. Die eine hatte zwei feinziselierte Türme, die in zierlichen, geriefelten Kuppeln endeten und an ein kolossales Zuckerwerk erinnerten, die andere hingegen war ein massiges Bauwerk aus roten Backsteinen mit einem einzelnen behäbigen

Turm, dessen Dach flach wie ein Wagenrad war. Zwei Basiliken, die in der Seeluft wie gestrandete Wracks wirkten – merkwürdig fehl am Platz in einer so gottverlassenen Gegend.

Beim Näherkommen erkannte er ein drittes Gebäude, das sich zwischen den beiden Kirchen erstreckte, ein einstöckiges Bauwerk mit schmalen, beinahe sparsamen Fenstern in einer Reihe. Vermutlich das Kloster selbst, das sein Mauerwerk an sich zu raffen schien, als wollte es jeden Kontakt mit den Sakralbauten vermeiden.

Als Karim den Wagen abstellte, fiel ihm ein, dass er noch nie so eng mit der Religion in Berührung gekommen war – auch nicht so häufig in so kurzer Zeit. Diese Überlegung brachte ihn auf einen Gedanken, den er in der Polizeischule von Cannes-Ecluse gehört hatte, wo in regelmäßigen Abständen Vorträge von Kommissaren stattfanden, die von ihren Erfahrungen berichteten. Einer der Redner hatte Karim besonders beeindruckt: ein großer Typ mit Bürstenhaarschnitt und kreisrunden, in Metall gefassten Augengläsern. Sein Vortrag hatte ihn fasziniert: Das Verbrechen, hatte der Mann erklärt, finde stets seinen Widerhall im Geist der Augenzeugen und der Angehörigen – man müsse sie als eine Reihe von Spiegeln betrachten, zwischen denen der Mörder sich in irgendeinem toten Winkel verberge.

Auf den ersten Anschein wirkte der Mann wie ein Narr, doch er verstand es, sein Publikum in den Bann zu schlagen. Auch von atomaren Strukturen hatte er gesprochen. Wenn bestimmte Elemente, scheinbar nichts sagende Details, bei einer Ermittlung immer wieder auftauchten, hatte er gesagt, müsse man sie im Gedächtnis behalten und berücksichtigen, denn mit Sicherheit verberge sich eine tiefere Bedeutung dahinter. Jedes Verbrechen sei vergleichbar mit einem Atomkern, und die wiederkehrenden Elemente seien die Elektronen, die den Kern umkreisten und auf eine unausgesprochene Wahrheit hinwiesen. Karim lächelte. Der Bulle mit seiner Metallbrille hatte recht: Diese Bemerkung galt auch für seinen eigenen Fall. Die Religion war zu einem wiederkehrenden Element geworden. Seit dem Morgen zeichnete sich hier eine Wahrheit ab, der er auf den Grund gehen musste.

Er ging auf ein kleines steinernes Portal zu und läutete. Nach wenigen Sekunden erschien ein Lächeln im Türspalt. Es war ein altes Lächeln, schwarz und weiß umrahmt. Ehe Karim den Mund aufbrachte, wich die Nonne zur Seite und forderte ihn auf. »Treten Sie ein, mein Sohn.«

Karim betrat eine sehr nüchterne Halle: leere weiße Mauern, nur an einer Wand hing ein Holzkreuz über einem stark nachgedunkelten Bild. Rechts zweigte ein Flur ab, in dem Abdouf ein trübes Licht durch einige offene Türen schimmern sah. Durch eine andere Türöffnung erspähte er Reihen lackierter Stühle auf hellem Linoleumboden – so makellos, wie ein Ort der Einkehr auszusehen hatte, frei von allem überflüssigen Beiwerk.

»Folgen Sie mir«, sagte die Nonne. »Wir sind gerade beim Essen.«

»So früh?« wunderte sich Karim.

Die Nonne lachte auf, verschmitzt wie ein junges Mädchen.

»Sie kennen offensichtlich nicht den Stundenplan der Karmeliterinnen. Um sechs Uhr ist schon die Vesper.«

Karim folgte ihr durch den Flur. Im blanken Linoleumboden spiegelten sich ihre Silhouetten wie in der Oberfläche eines Sees. Sie kamen zu einem großen, grell beleuchteten Speisesaal, in dem etwa dreißig Ordensschwestern fröhlich plaudernd bei ihrer Mahlzeit saßen. Die Gesichter und Schleier hatten eine leicht papierne Brüchigkeit, trocken wie Hostien. Etliche Blicke empfingen den Polizisten, hier und dort auch ein Lächeln, doch kein Gespräch wurde unterbrochen. Karim hörte mehrere Sprachen heraus: Französisch, Englisch, auch eine slawische Sprache, die wie Polnisch klang. Die Ordensschwester forderte ihn auf, sich ans Ende eines Tisches zu setzen, und alsbald wurde ein tiefer Teller vor ihn hingestellt und mit einer dickflüssigen Suppe gefüllt, in der kleine, hellbraune Klöße schwammen.

»Essen Sie, mein Sohn. Ein großer Mensch wie Sie …«

Immer wieder »mein Sohn« … Doch Karim war nicht nach Protesten zumute. Er sah auf seinen Teller hinunter, erinnerte sich, dass er seit dem Vortag nichts gegessen hatte, und merkte auf einmal, wie hungrig er war. Im Handumdrehen löffelte er die Suppe aus und verschlang anschließend mehrere Scheiben Brot mit Käse. Jedes Nahrungsmittel hatte den unverkennbaren, einzigartigen Geschmack hausgemachter Speisen, die aus den Erzeugnissen des eigenen Gartens hergestellt werden. Aus dem Wasserkrug schenkte er sein Glas voll, dann schaute er auf und stellte fest, dass seine Tischnachbarinnen ihn beobachteten und kommentierten.

»Wir haben über Ihre Frisur gesprochen«, murmelte die Nonne, die ihn hergeführt hatte, leicht verlegen.

»Und was haben Sie gesagt?«

Sie lachte kurz auf. »Wie machen Sie diese Zöpfe?«

»Die entstehen von allein«, antwortete er. »Krause Haare bilden von Natur aus Zöpfe, wenn man sie wachsen lässt. *Dreadlocks* nennen sie die Jamaikaner. Die Männer auf Jamaika schneiden sich nie die Haare und rasieren sich nicht – das wäre gegen ihre Religion, wie bei den Rabbinern. Wenn die Dreadlocks lang genug sind, werden sie mit Erde eingerieben, damit sie schwerer werden …«

Karim verstummte jäh. Schließlich war er nicht gekommen, um zu essen und zu trinken und mit Klosterfrauen über seine Haartracht zu plaudern. Er öffnete den Mund, um den Anlass seines Besuchs zu erklären, doch die Nonne kam ihm zuvor und fragte in ernstem Ton: »Was wollen Sie, mein Sohn? Warum tragen Sie eine Pistole unter der Jacke?«

»Ich bin von der Polizei und muss mit Schwester Andrée sprechen. Unbedingt.«

Die Ordensschwestern setzten ihre Gespräche ungerührt fort, doch seine Bitte hatten sie sehr wohl zur Kenntnis genommen.

»Wir werden sie benachrichtigen«, sagte die Nonne und gab ihrer Nachbarin einen verstohlenen Wink, dann wandte sie sich wieder an Karim: »Kommen Sie mit.«

Der Polizist verabschiedete und bedankte sich mit einer Verbeugung vor der Tischgesellschaft. Ein Wegelagerer, der seine Gastgeberinnen grüßte. Wieder gingen sie durch den blitzblanken Flur, die Klosterfrau voran, bis sie unvermittelt stehen blieb und sich umdrehte. »Sie wissen, was Sie erwartet, nicht wahr?«, fragte sie.

»Was denn?«

»Sie können mit ihr sprechen, aber Sie dürfen sie nicht sehen. Sie können sie hören, aber Sie dürfen ihr nicht nahe kommen.«

Karim musterte die Ränder des Schleiers, geschwungen wie ein dunkles Gewölbe. Er dachte an ein Kirchenschiff, eine blau erleuchtete Kuppel, an die Glocken Roms am Ostermorgen – an alle Arten von Klischees, die einem in den Sinn kommen, wenn man versucht, dem Gott der Katholiken ein Gesicht zu verleihen.

»Schwester Andrée hat ein Dunkelheitsgelübde abgelegt«, flüsterte die Nonne. »Vor vierzehn Jahren hat sie gelobt, sich für immer vom Tageslicht fernzuhalten, und wir haben ihr Gesicht seither nicht mehr gesehen. Inzwischen muss sie wohl blind sein.«

Draußen verschwanden die letzten Sonnenstrahlen hinter den wuchtigen Gebäuden. Ein eiskalter Wind fegte über den verlassenen Hof. Sie gingen zu der Kirche mit den hohen

Türmen, und die Klosterfrau führte ihn zu einer kleinen Holztür im rechten Seitenschiff, die sichtlich jünger war als das Gebäude. Sie kramte in ihren Gewändern, Karim hörte Schlüssel klirren und das Scharren von Metall auf Stein.

Vor der offenen Tür ließ die Nonne ihn allein.

Die Dunkelheit schien belebt, bewohnt von feuchten Gerüchen, flackernden Kerzen, abgegriffenen Steinen. Karim ging ein paar Schritte und schaute auf, aber es war ihm unmöglich, die Höhe des Gewölbes abzuschätzen. Durch die Fenster fiel nur noch das spärliche Licht der fortgeschrittenen Dämmerung, und die Kerzenflammen schienen in der Kälte, der erdrückenden Größe des Raums zu ersticken.

Er ging vorbei an einem Weihwasserbecken in Muschelform, an den Beichtstühlen und mehreren Seitenkapellen, in denen offenbar Reliquien verwahrt wurden, und gelangte zu einem schmiedeeisernen Kerzenhalter, in dem viele Kerzen brannten, Flammen in flüssigem Wachs.

Der Ort weckte dumpfe Erinnerungen. Trotz seiner Herkunft, trotz der Farbe seiner Haut war eine tiefere Schicht seines Bewusstseins katholisch geprägt. Er entsann sich kalter Mittwochnachmittage im Heim, der Katechismusstunde, die obligatorisch war, ehe die Kinder sich vor den Fernsehapparat setzen durften. Das Kreuzwegmartyrium, die Barmherzigkeit Christi, die wunderbare Brotvermehrung, all dieser Unsinn … Karim verspürte einen Anflug von Wehmut und eine merkwürdige Zärtlichkeit für seine Erzieher und nahm sich solche Gefühle auf der Stelle übel. Erinnerungen und Schwäche gegenüber seiner Vergangenheit waren ihm verhasst. Er war ein Kind der Gegenwart, lebte nur für den Augenblick. So sah er sich jedenfalls gern.

Er schritt weiter durch das Kirchenschiff. Hinter dem Lettner am Ende der Seitenkapellen erkannte er undeutlich dunkle Teppiche, weiß schimmernde Steine, goldgeschmückte Bilder. Ein leises Rascheln ließ ihn herumfahren. Er brauchte ein paar Sekunden, ehe er die schemenhafte Gestalt in der Dunkelheit ausmachte – und den Griff seiner Glock losließ, den er instinktiv gepackt hatte.

In einer Kapelle stand völlig reglos Schwester Andrée.

31

Sie neigte den Kopf, der vollständig verschleiert war. Karim begriff, dass sie ihm ihr Gesicht nicht offenbaren würde, und hatte einen Geistesblitz: Vielleicht trugen die Ordensschwester und der kleine Junge ein gemeinsames Mal, das eine Blutsverwandtschaft verriet – vielleicht waren sie Mutter und Sohn. Die Idee faszinierte ihn so sehr, dass er die ersten Worte der Frau überhörte.

»Verzeihung, was sagten Sie?«, murmelte er.

»Ich habe gefragt, weshalb Sie mich zu sprechen wünschen.«

Ihre Stimme war tief, aber sanft. Die Rosshaare eines Bogens, der über die Saiten der Geige streicht.

»Ich bin von der Polizei. Ich bin gekommen, um Sie zu fragen, was Sie von Jude Itéro wissen.«

Der dunkle Schleier regte sich nicht.

»Vor vierzehn Jahren«, fuhr Karim fort, »haben Sie in der Kleinstadt Sarzac sämtliche Fotos entwendet oder zerstört, auf denen ein kleiner Junge namens Jude Itéro zu sehen war. In Cahors haben Sie einen Fotografen bestochen. Sie haben Kinder hinters Licht geführt, Feuer gelegt, Einbrüche begangen. Das alles, um ein Gesicht auszulöschen, das auf ein paar Bildern festgehalten war. Warum?«

Die Nonne stand starr wie eine Statue, ihr Schleier war ein schwarzes Gewölbe über dem Nichts.

»Ich gehorchte einem Befehl«, sagte sie endlich.

»Einen Befehl? Von wem?«

»Von der Mutter des Kindes.«

Karim verspürte ein Prickeln durch seinen ganzen Körper laufen. Die Klosterfrau sagte die Wahrheit. Auf der Stelle verwarf er seine Mutter-Sohn-Hypothese.

Die Nonne öffnete das hölzerne Gitter, das sie von Karim trennte. Mit entschlossenem Schritt strebte sie an ihm vorbei auf die Bestuhlung des Hauptschiffs zu und kniete mit gesenktem Kopf auf einem Betstuhl neben einer Säule nieder. Karim ging eine Reihe weiter und setzte sich, das Gesicht ihr zugewandt. Es roch nach geflochtenem Stroh, Asche und Weihrauch.

»Ich höre«, sagte er und musterte scharf den dunklen Fleck, hinter dem sich das Gesicht verbarg.

»An einem Sonntagmorgen im Juni zweiundachtzig kam sie zu mir.«

»Kannten Sie sie?«

»Nein. Wir haben uns hier in dieser Kirche kennen gelernt. Von ihrem Gesicht habe ich nie viel gesehen. Sie hat mir weder ihren Namen genannt noch sonst irgendwelche Erklärungen geliefert. Sie sagte nur, sie brauche meine Hilfe – für eine besondere Mission … Ich sollte die Klassenfotos ihres Kindes vernichten. Sie wollte jede Erinnerung an sein Gesicht auslöschen.«

»Warum denn?«

»Sie hatte den Verstand verloren.«

»Ich bitte Sie, Schwester Andrée. Finden Sie eine andere Erklärung.«

»Sie muss ein traumatisches Erlebnis gehabt haben, das ihren Verstand verwirrte. Sie sagte, ihr Kind würde von Teufeln verfolgt.«

»Von Teufeln!«

»So drückte sie sich aus. Diese Teufel, sagte sie, seien auf der Suche nach seinem Gesicht …«

»Und das war ihre ganze Erklärung?«

»Ja. Sie sagte, ihr Sohn sei verflucht. Sein Gesicht sei ein Indiz, ein Beweisstück für das Werk der Teufel. Zwei Jahre lang seien sie und ihr Sohn der Verwünschung entgangen, doch nun habe das Unheil sie wieder eingeholt, und die Teufel verfolgten sie von neuem. Ihre Reden waren völlig abstrus. Eine Verrückte. Eine arme Frau.«

Karim ließ sich kein Wort entgehen. Er begriff nicht, was es mit diesem »Beweis« auf sich haben sollte, doch eines war klar: Die zweijährige Schonfrist hatten Mutter und Sohn in Sarzac in streng gewahrter Anonymität verbracht. Wo waren die beiden vorher gewesen?

»Wenn der Junge tatsächlich von bedrohlichen Wesen verfolgt wurde, weshalb vertraute sie dann den geheimen Auftrag ausgerechnet einer Ordensschwester an, an die man sich leichter erinnert als an jeden anderen?«

Die Frau gab keine Antwort.

»Bitte, Schwester Andrée«, murmelte Karim.

»Sie sagte, sie habe alles versucht, um ihr Kind zu verstecken, doch die Teufel seien viel stärker. Deswegen bleibe ihr nichts anderes übrig, als das Gesicht auszutreiben.«

»Wie bitte?«

»Es ging ihr um eine Art Exorzismus. Weil ich Ordensfrau bin, musste ich diejenige sein, die sich die Fotos beschaffte und anschließend verbrannte. Um das Gesicht ihres Kindes zu befreien.«

»Schwester Andrée, ich verstehe nicht das Geringste.«

»Was soll ich Ihnen sagen – es waren die Worte einer armen, umnachteten Frau.«

»Aber warum Sie? Meine Güte, Ihr Kloster ist mehr als zweihundert Kilometer von Sarzac entfernt!«

Die Nonne schwieg wieder eine Weile, dann antwortete sie: »Sie hatte mich gesucht. Sie hatte mich ausgesucht.«

»Was meinen Sie damit?«

»Ich war nicht immer Karmeliterin. Ehe ich meine Berufung erkannte, war ich Ehefrau und Mutter und musste meinen Mann und meinen kleinen Sohn verlassen, um ins Kloster zu gehen. Aus diesem Grund, dachte die Frau, hätte ich wohl Verständnis für ihren Wunsch. Sie hatte Recht.«

Karim starrte gebannt auf den dunklen Schleier. »Aber Sie verschweigen mir doch etwas«, beharrte er. »Verständnis hin oder her – warum haben Sie getan, was sie von Ihnen wollte, wenn Sie die Frau für verrückt hielten? Warum sind Sie wegen ein paar Fotos Hunderte von Kilometern gefahren? Warum haben Sie gelogen, gestohlen, zerstört?«

»Wegen des Kindes. Trotz der Wahnvorstellungen der Frau, trotz ihrer absurden Reden spürte ich, dass das Kind in Gefahr war. Und dass ich ihm nur helfen konnte, wenn ich die Wünsche seiner Mutter erfüllte. Und wenn nur, um diese Raserei zu besänftigen.«

Karim schluckte. Das Prickeln kehrte wieder, intensiver diesmal. Er rückte näher und bat in seinem freundlichsten Ton: »Erzählen Sie mir von der Mutter. Wie sah sie aus?«

»Sie war sehr groß, mindestens einen Meter achtzig, und sehr kräftig. Auffallend breite Schultern hatte sie. Ihr Gesicht habe ich nie genau gesehen, aber ich weiß noch, dass sie eine schwarze Lockenmähne hatte, die ihr ausladend vom Kopf abstand, eine Brille mit sehr großen Gläsern, und sie war immer in Schwarz gekleidet. Weite Pullover aus Baumwolle oder Wolle …«

»Und der Vater des Jungen? Hat sie je von ihm gesprochen?«

»Nein, nie.«

Karim packte den Betstuhl und beugte sich nahe zu ihr. Die Frau wich instinktiv zurück.

»Wie oft ist sie gekommen?«, fragte er.

»Fünf- – nein, viermal. Immer sonntags und früh am Morgen. Sie brachte mir eine Liste mit Namen und Adressen – der Fotograf, die Familien, die Fotos besaßen. An den Wochentagen versuchte ich, soweit es mir möglich war, die Bilder an mich zu bringen, suchte die Familien auf, log, stahl. Und es ist richtig, dass ich den Fotografen bestochen habe, mit dem Geld, das sie mir gab …«

»Hat sie die Fotos dann von Ihnen abgeholt?«

»Nein, ich sagte Ihnen doch: Ich musste sie verbrennen … Wenn sie wiederkam, strich sie einfach die Namen auf ihrer Liste aus … Als sämtliche Namen abgehakt waren, spürte ich, wie erleichtert sie war. Sie verschwand, und ich habe sie nie wiedergesehen. Ich hingegen begab mich in die Dunkelheit, in die Isolation. Nur der Blick Gottes ist mir noch erträglich. Seit dieser Zeit vergeht kein Tag, an dem ich nicht für den Jungen bete. Ich …«

Sie verstummte jäh und schien mit einem Mal eine nahe liegende Wahrheit zu erkennen.

»Warum kommen Sie hierher? Warum dieses Verhör? Allmächtiger Vater, Jude ist doch nicht …«

Karim stand auf. Der Weihrauchgeruch brannte ihm in der Kehle, und er merkte auf einmal, dass er laut mit offenem Mund atmete. Er schluckte, dann warf er einen Blick auf Schwester Andrée.

»Sie haben alles getan, was Sie konnten«, sagte er dumpf. »Aber es hat nichts genützt. Einen Monat später war der kleine Junge tot. Ich weiß nicht, wie und warum er gestorben ist. Aber die Frau war weniger verrückt, als Sie denken. Und gestern Abend wurde die Gruft aufgebrochen, in der Jude beerdigt ist. Ich bin mir jetzt fast sicher, dass die Grabschänder dieselben Teufel sind, die sie damals so fürchtete. Die Frau durchlebte einen Alptraum, und dieser Alptraum ist jetzt wieder zum Leben erwacht.«

Die Schwester seufzte mit gesenktem Kopf, ihr Schleier fiel in schwarzweißen Kaskaden herab. Karim sprach weiter, laut und rau tönte seine Stimme durch die Kirche, und er wusste nicht mehr, für wen er sprach – ihretwegen, seiner selbst wegen oder um des kleinen Jungen willen.

»Ich bin ein Polizist ohne Erfahrung, Schwester Andrée. Ich bin ein ehemaliger Gauner, und ich ziehe diese Sache im Alleingang durch. Aber in einer Hinsicht hätten es die Kerle der letzten Nacht gar nicht schlechter treffen können.« Wieder packte er den Betstuhl. »Weil ich's mir geschworen habe, mir und dem kleinen Jungen, verstehen Sie? Weil ich von nirgendwoher komme, nichts zu verlieren habe und mich von nichts und niemandem aufhalten lasse. Denn ich bin auf eigene Faust unterwegs, verstehen Sie? Auf eigene Faust!«

Er beugte sich vor; unter seinem harten Griff knackte das Holz.

»Denken Sie nach, Schwester Andrée! An irgendetwas müssen Sie sich doch erinnern, irgendeine Spur, die ich verfolgen kann. Ich muss die Mutter von Jude ausfindig machen!«

»Nein«, sagte die Ordensschwester leise, immer noch mit gesenktem Kopf. »Ich weiß nichts.«

»Denken Sie nach! Wo kann ich die Frau finden? Wohin ging sie, als sie von Sarzac wegzog? Und woher kam sie? Nennen Sie mir irgendein Detail, einen Hinweis, dem ich nachgehen kann!«

Schwester Andree schluchzte erstickt auf.

»Sie … sie nahm ihn immer mit, wenn sie kam.«

»Ihren Sohn?«

»Ja.«

»Haben Sie ihn gesehen?«

»Nein. Sie ließ ihn in der Stadt. Es gibt dort einen Rummelplatz, nicht weit vom Bahnhof, und dort kümmerte sich wohl jemand um ihn. Diese Kirmes existiert heute noch, aber ich hatte nie den Mut hinzugehen und mit den Schaustellern zu reden, ich … Vielleicht erinnert sich einer von ihnen an den kleinen Jungen … Mehr weiß ich wirklich nicht …«

»Vielen Dank, Schwester Andrée.«

Karim sprang auf und eilte davon, und seine eisenbeschlagenen Sohlen hallten durch das weite Kirchenschiff. In der eisigen Luft draußen auf dem Kirchplatz blieb er stocksteif stehen, starrte in den Himmel und murmelte vor sich hin: »Verdammt, wo bin ich da hineingeraten?«

32

Der Rummelplatz lag an einer Bahnlinie am Ortsausgang und war ausgestorben wie die ganze Kleinstadt: Die Festbeleuchtung der Buden und die Musik verpufften ins Leere. Kein einziger Schaulustiger, keine Familie, die an einem Montagabend über das Gelände schlenderten. In der Ferne fletschte das schwarze Meer seine weißlichen Gischtzähne.

Karim trat näher. Ein Riesenrad drehte sich in Zeitlupe. Seine Speichen waren mit kleinen Lampions besetzt, die flackerten wie unter einem Wackelkontakt, weil immer nur die eine Hälfte aufflammte, während die andere erlosch. Im Autoscooter schlugen die Wagen blindlings und mechanisch ihre Haken, und unter den windgeblähten Planen der Stände gab es die immergleichen Attraktionen: Tombolas, Schießbuden, erbärmliche Spektakel – Abdouf wusste nicht, was ihn mehr deprimierte, die Kirche oder dieser Jahrmarkt …

Ohne große Hoffnung begann er, die Budenbesitzer und Schausteller zu befragen. Er sprach von einem zehnjährigen Jungen namens Jude Itéro und nannte ein Datum: Juli 1982. Die meisten Gesichter starrten ihn an, ohne mit der Wimper zu zucken, wie zerknitterte Mumien. Manchmal erhielt er als Reaktion ein verneinendes Knurren, dann wieder die ungläubige Gegenfrage: »Wie, vor vierzehn Jahren? Ja, was denn noch alles?« Karim fühlte sich zunehmend mutlos. Es stimmte ja – wer sollte sich an eine so nebensächliche Begebenheit noch erinnern? Wie oft war die Mutter des Jungen denn hier gewesen? An drei, vier, allerhöchstens fünf Sonntagen?

Aus reiner Sturheit klapperte er sämtliche Stände ab, weil er sich einredete, das Kind habe vielleicht eine besondere Vorliebe für diese oder jene Attraktion gehabt oder mit einem der Schausteller Freundschaft geschlossen …

Doch am Ende seiner Runde war er so schlau wie zuvor. Er ging zum Strand und starrte aufs Meer hinaus. Mit unverminderter Wucht rollten die Wellen wie Schaumzungen ans Ufer und brachen sich an der Mole. Weiter draußen sah das Meer aus wie Teer. Karim hatte das Gefühl, in ein Niemandsland geraten zu sein, in dem es nichts mehr zu holen gab. Eine Kindheitserinnerung fiel ihm ein: die verzauberte Stadt von Pinocchio, wo die bösen Kinder von großartigen Spektakeln in die Falle gelockt und in Esel verwandelt wurden.

Was war aus Jude geworden?

Auf dem Rückweg zu seinem Wagen entdeckte Karim einen kleinen Zirkus auf einer unbebauten Fläche, der ihm zuvor entgangen war. Entschlossen, keine Möglichkeit außer Acht zu lassen, ging er auf das Zelt zu. Es war eigentlich kein Zirkus – nur ein recht windschiefes Zelt, in dem ein paar Artistennummern vorgeführt wurden. Über dem wackeligen Eingang verkündete ein Transparent in geschnörkelten Buchstaben: »Los Braseros«. Ein ganzes Programm. Mit zwei Fingern hob der Polizist den Vorhang an, der als Tür diente, und trat ein.

Wie angewurzelt blieb er stehen. Sah hell lodernde Flammen, begleitet von donnerndem Prasseln. Benzingeruch wehte ihn in Schwaden an. Geblendet, meinte er im ersten Moment, eine lichterloh brennende Maschine zu sehen, doch gleich darauf erkannte er menschliche Körper, rot leuchtende Haut, und begriff, dass es sich um Feuerschlucker handelte, die unter trüben Funzeln eine Art Ballett veranstalteten. Männer mit nacktem Oberkörper, glänzend von Schweiß und Benzin, die ihren Flammenatem auf leicht brennbare Fackeln hauchten und einen unheimlichen Tanz aufführten, bei dem sie sich im Kreis stampfend vor und zurück bewegten, immer wieder einen Schluck Benzin nahmen und neue, immer höhere Flammen zum Zeltdach emporspieen. Manche bückten sich, die Arme auf die Knie gestützt, während andere wie lodernde Höllengestalten über die krummen Rücken hinwegsprangen.

Karim dachte an die Teufel, die Jude und seine Mutter jagten. Immer wieder, diesen ganzen langen Alptraum hindurch, hatte dieselbe Atmosphäre geherrscht, dieselbe giftige Unruhe. »Jedes Verbrechen ist ein Atomkern«, hatte der Polizist mit der militärischen Bürstenfrisur gesagt.

Karim setzte sich in eine der hölzernen Sitzreihen und sah den Drachenlehrlingen eine Weile zu, fest entschlossen, hier zu bleiben und die Männer zu befragen. Endlich legten die Braseros eine Pause ein, und einer der Feuerschlucker bemerkte ihn und kam mit seiner schwarzen Fackel in der Hand, aus der noch ein paar Flämmchen züngelten, auf ihn zu. Er war gewiss noch nicht dreißig, doch sein Gesicht schien von Jahren zerfurcht, von denen jedes einzelne doppelt zählte. Darunter wohl auch ein paar im Knast. Schwarze Mähne, schwarze Augen, braune Haut. Und der scharfe Blick eines Mannes, der mit allen Wassern gewaschen ist.

»Bist du einer von uns?«, fragte er.

»Vom Zirkus, meinst du?«

»Fahrendes Volk, meine ich. Schausteller, Zirkusartisten … Suchst du Arbeit?«

Karim legte die Handflächen aneinander. »Nein. Ich bin Polizist.«

»Ach!«

Der Feuerschlucker trat näher und stellte einen Fuß auf die unterste Sitzreihe, unmittelbar unter Karim.

»Wie ein Bulle schaust du aber nicht aus.«

Der Araber spürte die Hitze, die der Körper des Mannes ausstrahlte. »Kommt drauf an, was für Vorstellungen du von Bullen hast«, sagte er.

»Was willst du? Gewerbesteuern eintreiben oder was?«

Karim gab keine Antwort. Er ließ den Blick über die geflickte Zeltkuppel schweifen, über die Gaukler in der Arena, und schätzte, dass dieser Feuerschlucker 1982 um die fünfzehn gewesen sein musste. Bestand irgendeine Chance, dass er Jude begegnet war? Wohl kaum. Doch er wollte sich noch nicht geschlagen geben und fragte: »Warst du vor vierzehn Jahren auch schon hier?«

»Kann sein, ja. Der Zirkus gehört meinen Alten.«

»Ich bin auf der Suche nach einem damals zehnjährigen Jungen, der vielleicht hier war«, stieß Karim hervor. »Im Juli zweiundachtzig, um genau zu sein. An mehreren Sonntagen hintereinander. Ich suche Leute, die sich an ihn erinnern.«

Der Feuerschlucker musterte Karim prüfend. »Meinst du das ernst, Mann?«, fragte er skeptisch.

»Seh ich vielleicht nicht so aus?«

»Wie hieß der Junge?«

»Jude Itéro.«

»Glaubst du wirklich, dass sich irgendwer an einen Knirps erinnert, der vielleicht vor vierzehn Jahren mal in unserem Zirkus war?«

Karim stand auf und trat aus der Sitzreihe. »Vergiss es«, sagte er resigniert und wandte sich zum Gehen, aber der Feuerschlucker packte ihn an der Jacke und hielt ihn fest.

»Du wirst es nicht glauben, aber der Junge war tatsächlich öfter hier. Er saß da und ließ uns nicht aus den Augen, während wir übten. Wie hypnotisiert. Eine Statue.«

»Was?!«

Der Mann stieg zwei Stufen hinauf, bis er mit Karim auf einer Höhe stand, und hauchte ihm seinen Benzinatem ins Gesicht.

»Natürlich weiß ich's noch. Ein irre heißer Sommer war das – die Bahngleise waren fast geschmolzen, und wir ständig mit dem Feuer zugange. Jude ist an vier Sonntagen hintereinander aufgekreuzt. Wir waren fast gleich alt. Wir haben miteinander gespielt, und ich brachte ihm das Feuerschlucken bei. Kinderkram. Hält nicht über den Winter.«

Karim starrte den Brasero fassungslos an. »Aber du erinnerst dich noch an ihn, vierzehn Jahre später?«

»Das wolltest du doch hören, oder?«

Der Polizist erhob die Stimme: »Ich frage dich, wieso du dich daran noch erinnerst!«

Der Bursche sprang in den Sand der Manege, schlug die Hacken zusammen und hielt sich die Fackel vor den Mund. Er spie seinen benzingetränkten Speichel darauf, und ein Funkenregen stob auf.

»Dieser Jude hatte was ganz Besonderes, Mann.«

»Im Gesicht?«, fragte Karim begierig. »Hatte er was im Gesicht?«

»Nein«, antwortete der Feuerschlucker grinsend. »Nicht im Gesicht.«

»Wo denn?«

Der Brasero stieß ein Funken sprühendes Gelächter aus. »Mann!« rief er. »Der Junge war ein kleines Mädchen!«

33

Langsam nahm die Wahrheit Gestalt an.

Das Kind, das ihn viermal im Zirkus besucht hatte, erzählte der Feuerschlucker, war in Wirklichkeit ein Mädchen, spielte seine Rolle aber sehr gewissenhaft: kurzgeschoren und entsprechend gekleidet und sehr burschikose Manieren. Der Mann war kategorisch: »Dass sie ein Mädchen ist, hat sie mir natürlich nie verraten … Das war ihr Geheimnis, verstehst du? Bloß dass ich sofort gemerkt habe, dass da was faul ist. Erstens sah sie super aus. Eine echte Kanone. Außerdem die Stimme und ihr Körper – ich meine, sie war immerhin zehn oder zwölf, und in dem Alter macht sich schon was bemerkbar. Und da war noch was. Sie hatte Dinger in den Augen, die ihre Augenfarbe veränderten – schwarze Augen hatte sie, aber von einem Tintenschwarz, das total künstlich aussah. So was fällt auf. Vor allem beschwerte sie sich dauernd, dass ihre Augen tränten und weh taten. Bis in den Kopf hinein, sagte sie …«

Mehr als alles hatte Judes Mutter die »Teufel« gefürchtet, die ihr Kind vernichten wollten. Zweifellos war das der Grund, weshalb sie aus einem anderen Ort nach Sarzac gezogen war. Dort hatte sie – und das hätte Karim von vornherein bedenken müssen – eine neue Identität angenommen und ihrer Tochter nicht nur einen neuen Namen, sondern auch ein anderes Geschlecht gegeben und damit eine tief greifende Verwandlung bewerkstelligt. So bestand keine Chance mehr, dass jemand sie aufspürte oder wieder erkannte. Dennoch waren zwei Jahre später die Teufel an ihrem neuen Wohnort wiederaufgetaucht, in Sarzac. Immer noch suchten sie das Kind und waren nahe daran, es zu entdecken.

Sie zu entdecken.

Die Mutter war in Panik geraten. Hatte sämtliche Dokumente vernichtet, jeden Vermerk in Archiven und Akten getilgt, in dem der Name ihrer Tochter, auch wenn er nur geliehen war, erwähnt wurde. Und vor allem die Fotos, denn eines stand fest: Auch wenn die Teufel den neuen Namen des Kindes nicht wussten, so kannten sie doch sein Gesicht. Nach eben diesem Gesicht fahndeten sie: Das war das

Beweisstück. Um das gesuchte Gesicht aufzuspüren, mussten sie sich deshalb in erster Linie auf die Klassenfotos konzentrieren. Aber woher kamen die Verfolger? Wer waren sie? Was waren ihre Beweggründe?

»Hat das Mädchen nie von Teufeln gesprochen?«, fragte Karim.

»Nein. Die Teufel«, sagte Brasero junior und deutete grinsend auf seine Kollegen, »das waren eher wir. Außerdem redete sie nicht viel. Ich sag' dir doch, wir waren Kinder. Ich hab' ihr bloß das Feuerschlucken beigebracht ...«

»Das hat sie interessiert?«

»Was heißt interessiert – total fasziniert war sie! Sie wollte es unbedingt lernen ... um sich zu verteidigen, sagte sie. Und um ihre Mama zu verteidigen ... Ein ziemlich merkwürdiges Kind.«

»Von ihrer Mutter hat sie nicht gesprochen?«

»Nein. Ich hab' sie auch nie gesehen ... Jude blieb ein paar Stunden bei mir, und dann war sie plötzlich weg, spurlos verschwunden. Stil Aschenputtel. So trieb sie es viermal, und dann kam sie nie mehr ...«

»Erinnerst du dich sonst noch an etwas? An ein Detail, das mir weiterhilft, irgendwas Außergewöhnliches?«

»Nein.«

»Ihr Vorname zum Beispiel ... Hat sie dir nie verraten, wie sie wirklich hieß?«

»Nein. Aber jetzt, wo ich dran denke ... Auf eines legte sie allergrößten Wert ...«

»Was war das?«

»Na, ich hab' sie natürlich ›Tschud‹ genannt, englisch, wie in dem Beatles-Song. Und das machte sie rasend. Sie wollte ihren Namen unbedingt französisch ausgesprochen haben – ich seh' sie noch vor mir, mit ihrem kleinen Mund, wie sie geziert sagte: ›Schü-dö‹.«

Der Feuerschlucker lächelte in sich hinein, auf einmal

verträumt und in fernen Erinnerungen versunken, und Karim ahnte, dass der Drache in das kleine Mädchen offenbar leidenschaftlich verliebt gewesen war.

»Was willst du eigentlich von ihr? Ist das eine offizielle Ermittlung? Hat sie was ausgefressen? Inzwischen muss sie ja fünf-, sechsundzwanzig sein …«

Karim hörte nicht mehr zu. Er dachte an das Mädchen Jude, das zwei Jahre unter falschem Namen zur Schule gegangen war. Wie hatte die Mutter es fertig gebracht, die für die Einschreibung nötigen Papiere zu fälschen? Wie hatte sie es fertig gebracht, ihre Tochter als Jungen auszugeben, zumal vor einer Lehrerin, die jeden Tag mit den Kindern zusammen war?

In dem Moment durchzuckte ihn wieder ein Geistesblitz. »Gibt es hier ein Telefon?«, fragte er den Feuerschlucker.

»Wofür hältst du uns? Für Penner? Komm mit.«

Abdouf folgte ihm.

Der Artist führte ihn zu einem kleinen Holzverschlag am Rand der Manege, wo auf einem Tischchen ein Telefon stand. Karim wählte die Nummer der Ecole Jean-Jaurès. Der Wind rüttelte wütend an den Zeltplanen. Gedankenverloren beobachtete er die Feuerschlucker bei ihrer Arbeit. Es läutete mehrmals, dann meldete sich eine männliche Stimme.

»Ich würde gern die Schulleiterin sprechen«, erklärte Karim und zügelte seine Aufregung.

»Und wer sind Sie?«

»Lieutenant Karim Abdouf.«

Keine zwei Sekunden später tönte die atemlose Stimme der Frau aus dem Hörer. Karim hielt sich nicht mit Vorreden auf, sondern fiel sofort mit der Tür ins Haus: »Sie haben mir doch von einer Lehrerin erzählt, die am Ende des Schuljahrs zweiundachtzig aus Sarzac fortgezogen ist.«

»Ja …«

»Sie sagten, sie hatte einundachtzig die dritte Klasse und im Jahr darauf die vierte.«

»Das ist richtig.«

»Also ist sie Jude Itéro von einer Klasse zur nächsten gefolgt, oder?«

»So können Sie's auch ausdrücken, aber ich sagte Ihnen doch, es kommt häufig vor, dass eine Lehrerin ...«

»Wie hieß die Frau?«

»Warten Sie, ich muss nachschauen.«

Die Direktorin raschelte mit ihren Notizen.

»Fabienne Pascaud.«

Der Name sagte ihm natürlich nichts. Keine Gemeinsamkeit mit dem Pseudonym des Kindes, nicht einmal ein ferner Anklang. Bei jedem neuen Vorstoß rannte er mit dem Kopf gegen die Wand.

»Wissen Sie ihren Mädchennamen?«, fragte er.

»Das ist doch ihr Mädchenname.«

»War sie nicht verheiratet?«

»Verwitwet. So steht's jedenfalls in ihrer Akte. Komisch. Offenbar hat sie ihren Geburtsnamen wieder angenommen.«

»Wie hieß sie denn als Ehefrau?«

»Warten Sie ... Da steht es: Hérault. Geschrieben H-E-R-A-U-L-T.«

Wieder eine Sackgasse. Karim war auf der falschen Spur.

»Na gut. Jedenfalls vielen Dank, ich ...«

Plötzlich hielt er inne, vom Donner gerührt. Wenn er recht hatte und diese Lehrerin Judes Mutter war, dann musste der Familienname des Mädchens ursprünglich Hérault gewesen sein. Und ihr Vorname ... Warum hatte sie denn so vehement auf der französischen Aussprache ihres Namens bestanden? Weil er sie an ihren eigenen, weiblichen Namen erinnert hatte!

»Hérault«, murmelte Karim vor sich hin. »Fabienne

Hérault. Jude Itéro.« Zwei Schreibweisen, dieselbe Aussprache. »Warten Sie eine Minute«, sagte Karim in den Hörer. Er beugte sich nieder und schrieb mit nervöser Hand in Großbuchstaben in den Sand:

JUDE ITÉRO
JUDITH HERAULT

Zwei Schreibweisen, dieselbe Aussprache. Er hätte gern ein Triumphgeheul ausgestoßen. Jude Itéro hieß in Wirklichkeit Judith Hérault. Der Junge war ein Mädchen, und die Mutter war die Lehrerin. Sie hatte ihren Geburtsnamen wieder angenommen, um ihre Spuren zu verwischen, und den Vornamen ihrer Tochter maskulinisiert, vermutlich um das Kind nicht noch mehr zu verstören oder um ihm die Gewöhnung zu erleichtern und dem Risiko vorzubeugen, dass das Mädchen sich in einem unbedachten Moment verriet.

Karim ballte die Faust. Er war sicher, dass es sich so und nicht anders abgespielt hatte. In der Schule hatte die Mutter die wahre Identität ihres Kindes vertuschen können, weil sie selbst dort unterrichtete und folglich in der bestmöglichen Position war. Diese Hypothese erklärte, weshalb es ihr in Sarzac so leicht gefallen war, alle Welt hinters Licht zu führen und offizielle Unterlagen verschwinden zu lassen.

»Können Sie beim Schulamt genauere Informationen über diese Lehrerin erfragen?«, fragte er die Direktoren.

»Heute noch?«

»Ja, bitte!«

»Also … Na gut, ich kenne Leute dort. Es wird schon gehen. Was wollen Sie wissen?«

»Ich will wissen, wo Fabienne Pascaud-Hérault sich niedergelassen hat, *nachdem* sie von Sarzac weggezogen ist. Außerdem will ich wissen, wo sie unterrichtet hat, bevor sie an Ihre Schule kam. Vielleicht finden Sie jemanden, der sie gekannt hat. Haben Sie ein Mobiltelefon?«

Die Frau bejahte und gab ihm die Nummer. Sie wirkte leicht befremdet.

»Wie lange brauchen Sie, um persönlich ins Schulamt zu fahren und diese Informationen zu bekommen?«

»Ungefähr zwei Stunden.«

»Nehmen Sie Ihr Handy mit. Ich rufe Sie in zwei Stunden wieder an.«

Karim verließ den Verschlag und winkte den Braseros zum Abschied, die ihren Teufelstanz wiederaufgenommen hatten.

34

Zwei Stunden, die er irgendwie totschlagen musste.

Karim rückte seine Mütze zurecht und ging zum Wagen. Aus dem Wind war ein Sturm geworden, der die welken Blätter durcheinander wirbelte und die Luft mit dem salzigen Geruch von Seetang erfüllte. Zwei Stunden. Vielleicht hatte ihm diese Gegend noch mehr zu sagen.

Er versuchte, sich Fabienne und Judith Hérault vorzustellen, zwei einsame Wesen, die einen Sommermonat lang jeden Sonntag hierher gekommen waren. Er malte sich die Szene aus, hielt sich jeden Aspekt und jedes Detail vor Augen, die ihn vielleicht auf eine neue Spur bringen konnten, sah Mutter und Tochter vor sich, die im frühen Morgengrauen in aller Heimlichkeit aufbrachen und in eine Gegend fuhren, wo niemand sie kannte. Die Frau wild entschlossen, das Gesicht ihres Kindes vergessen zu machen, und die Tochter, das androgyne Kind, in der Angst gefangen.

Ein gemeinsames Elend, und doch beide allein. Abdouf stellte sich dieses merkwürdige Paar vor, wie sie Hand in

Hand schweigend dahingingen … Wie waren sie hierhergekommen? Mit dem Zug? Auf der Straße?

Um die Zeit zu nutzen, beschloss er, sämtliche Bahnhöfe der Umgebung zu besuchen, die Raststätten an der Autobahn, die Gendarmerieposten, und nach einer Spur, einem Protokoll, einer Erinnerung zu fahnden …

Zwei Stunden: Es war das Beste, was er mit der Zeit anfangen konnte.

Die letzte Glut der untergehenden Sonne färbte die Wolken rot, als er losfuhr. Es war Oktober, und die Herbstnacht kauerte sich schon in ihre frühe Dunkelheit.

Karim fand eine Telefonzelle und rief zuerst bei der Kriminalpolizei von Rodez an. Er fragte nach einem Wagen, der 1982 im Département Lot auf den Namen Fabienne Pascaud oder Fabienne Hérault eingetragen war. Ohne Erfolg. Es gab überhaupt keine Zulassungen auf diese beiden Namen. Er stieg wieder in den Wagen und verlegte sich nun auf die umliegenden Bahnhöfe, ohne die Möglichkeit eines PKWs völlig außer Acht zu lassen. Er suchte vier Bahnhöfe auf und erhielt viermal eine negative Auskunft. In immer konzentrischen Kreisen umrundete er das Kloster und den Rummelplatz. Nur hohe gespenstische Gestalten tauchten im Licht seiner Scheinwerfer auf. Bäume, Felsen, Tunnels … Er fühlte sich wohl. Adrenalin wärmte seine Gliedmaßen, und die Aufregung hielt jetzt alle seine Sinne wach. Das waren die Empfindungen, die er liebte, die Nacht und der Schauder der Erregung vor Unternehmungen mit fragwürdigem Ausgang, – die Spannung, die er auf den Parkplätzen kennen gelernt hatte, als er hinter Säulen versteckt seine ersten Schlüssel zurechtfeilte. Karim fürchtete die Dunkelheit nicht, sie war seine Welt, sein Deckmantel, sein Element, in ihr war er gelassen, heiter, gespannt wie eine schussbereite Waffe, stark und geschickt wie ein Raubtier.

Der fünfte Bahnhof war nur eine Verladestation, vollgepfropft mit alten Waggons und bläulich schimmernden Turbinen. Er fuhr daran vorbei, doch gleich darauf bremste er scharf. Er stand auf einer Brücke über der Autobahn an der Ausfahrt Sète-West, von der aus er die kleine Mautstation dreihundert Meter weiter sehen konnte. Eine Ahnung gebot ihm, dort nachzufragen.

Nichts unversucht lassen, jedem Anhaltspunkt nachgehen, immer. Er fuhr von der Brücke herunter, bog auf die Autobahn ein und schwenkte gleich darauf nach rechts. Hinter einer Ligusterhecke standen mehrere Gebäude aus Fertigteilen: die Büros der Mautstation. Nirgends brannte Licht. Doch bei den Hallen, die an die Baracken angrenzten, erspähte er einen Mann. Er bog noch einmal ab, parkte den Wagen und ging auf die gebückte Gestalt zu, die an der Rückseite eines Lastwagens hantierte.

Der scharfe Wind pfiff ihm um die Ohren. Alles ringsum war trocken, ausgedörrt, staubig, wie von einem feinen Salzschleier überzogen. Karim stieg über liegende Verkehrsschilder, Schaufeln, Plastikplanen hinweg, und als er neben dem Lastwagen stand – einem Salztransporter –, schlug er mit der flachen Hand auf den Anhänger.

Der Mann fuhr herum; er war winzig und trug eine Mütze, die lediglich die Augen freigab. »Was wollen Sie? Wer sind Sie?«, fragte er mit gerunzelten Brauen.

»Der Teufel.«

»Hä?«

Karim lehnte sich an den Anhänger und lächelte. »War nur ein Scherz. Ich bin von der Polizei und brauche ein paar Auskünfte.«

»Auskünfte! Bis morgen früh ist keiner da, und ich …«

»Die Autobahnstationen sind rund um die Uhr geöffnet.«

»Der Kassierer ist in seiner Kabine, und ich hab' hier was zu tun.«

»Richtig, du hast was zu tun. Wir beide gehen jetzt ins Büro, du trinkst einen kleinen Kaffee, während ich einen Blick auf den PCI werfe.«

»Den PCI! Was suchen Sie denn überhaupt?«

»Das erkläre ich dir, wenn wir im Warmen sitzen.«

Die Inneneinrichtung der Büros entsprach dem Gesamteindruck der Anlage: armselig und provisorisch. Enge Räume, vollgestopft mit Akten, die Türen dünn wie Pappe. Alles war ausgestorben, nur ein Computer war eingeschaltet, und der Monitor erfüllte das Zimmer mit einem bläulichen Licht. Der PCI war die zentrale Verkehrsüberwachung, die das ganze Jahr über Daten registrierte und eine Sammelstelle für Informationen über das gesamte Straßennetz der Region war. Jeder Unfall, jede Panne, jeder Einsatz des Abschleppdienstes wurde hier gespeichert.

Der Mann wollte den Computer selbst bedienen. Er schob seine Mütze auf die Stirn.

»Juli zweiundachtzig«, murmelte ihm Karim ins Ohr. »Ich will alles wissen. Wie viele Unfälle, Datum und Ort. Wie oft ist der Abschleppdienst ausgerückt. Wie viele Fahrzeugbesitzer haben ihn in Anspruch genommen, und wie heißen sie. Den unbedeutendsten Vorfall, alles.«

Der Mann zog die Handschuhe aus und hauchte sich auf die Finger, um sie zu wärmen. Er hackte eine Weile auf die Tastatur ein, woraufhin auf dem Bildschirm die Daten vom Juli 82 erschienen. Zahlen, Abkürzungen, Kommentare. Nichts Ergiebiges.

»Kannst du eine Suche nach Namen durchführen?«, fragte Karim, über die Schulter des Männchens gebeugt.

»Buchstabier ihn.«

»Ich habe mehrere: Jude Itéro, Judith Hérault, Fabienne Pascaud, Fabienne Hérault.«

»Wie viele gibt's denn davon?« murrte der Mann, während er die Namen eingab.

Doch nach wenigen Sekunden blinkte es auf dem Bildschirm.

Karim trat näher.

»Was ist los?«

»Der PCI hat was gefunden, unter einem der Namen. Aber nicht im Juli zweiundachtzig.«

»Such weiter.«

Der Mann drückte auf mehrere Funktionstasten, und auf dem dunklen Monitor erschienen in Leuchtbuchstaben die gewünschten Auskünfte. Karim erstarrte, als ihm das Datum ins Gesicht sprang: 14. August 1982. Der Todestag, der auf Judes Grab stand. Und daneben der Name, mit dem der Fall begonnen hatte: Jude Itéro.

»An den Namen erinnere ich mich nicht«, murmelte der Mann. »Aber an den Unfall. Eine scheußliche Sache, in der Nähe von Heron-Cendré ist es passiert. Der Wagen kam von der Straße ab, schlitterte über den Mittelstreifen und prallte gegen die Lärmschutzmauer auf der entgegengesetzten Fahrbahn. Mutter und Sohn, beide im Wrack eingeklemmt. Aber nur der Junge ist gestorben. Er saß vorn. Die Mutter kam mit ein paar Prellungen davon. Und jede Menge Blut auf der Straße.«

Karim schauderte. So hatte also der Fluchtversuch von Fabienne und Judith Hérault geendet. Mit hundertdreißig Stundenkilometern an einer Lärmschutzmauer. So absurd war es. Und so einfach. Eine dumpfe Wut stieg in ihm auf: Er konnte nicht glauben, dass all die Umstände und Mühen, all die Vorsichtsmaßnahmen der Frau durch einen Autounfall zunichte gemacht worden waren.

Dabei hatte er es doch von vornherein gewusst: Wie ihr Grabstein bezeugte, war Judith im August 1982 gestorben – er hatte nichts anderes erfahren als die Umstände ihres Todes. Und doch empfand er Trauer, als hätte er vom Tod eines teuren Angehörigen Kenntnis erhalten. Eines Menschen, den er nicht gekannt und trotzdem geliebt hatte, nur wenige Stunden, aber mit ungestümer Leidenschaft. Jenseits von Worten und Jahren, von Raum und Zeit.

»Sprich weiter«, befahl er. »Wie sah der Körper des Kindes aus?«

»Er steckte halb im Motorraum und war völlig eingeklemmt. Ein Wust aus Fleisch und Blech. Jesusmaria. Es hat mehr als sechs Stunden gedauert, bis sie … na ja … Das vergesse ich jedenfalls nicht so leicht … Er hatte kein Gesicht mehr, keinen Kopf, nichts.«

»Und die Mutter?«

»Die Mutter – ich weiß nicht, ob es die Mutter war. Sie hieß jedenfalls anders.«

»Ich weiß. War sie verletzt?«

»Nein. Sie ist wirklich gut weggekommen. Ein paar Blutergüsse, Schürfwunden … So gut wie nichts. Weil der Wagen sich gedreht hat? Und die Wand mit der Beifahrerseite gerammt hat. Der klassische Unfall in dieser Kurve …«

»Beschreib sie mir.«

»Wen?«

»Die Frau.«

»Na, die vergesse ich auch nicht so leicht. Eine Riesin. Schwarzhaarig mit breitem Gesicht. Und einer enormen Brille. Ganz in Schwarz, mit wallenden Gewändern. Ziemlich auffällig. Sie weinte nicht, schien völlig ungerührt. Wahrscheinlich der Schock, ich weiß nicht …«

»Wie war ihr Gesicht?«

»Hübsch.«

»Das heißt?«

»Von der pausbäckigen Sorte, ich weiß nicht mehr … Eine sehr helle Haut, fast durchscheinend.«

Abdouf wechselte das Thema. »Ihr bewahrt doch über jeden Unfall eine Akte auf, oder? Ein Protokoll, mit Totenschein und so weiter?«

Der mürrische Verkehrswächter starrte ihn mit Äuglein wie Kaffeebohnen an, die unruhig hin- und hersprangen. »Was genau willst du eigentlich?«

»Zeig mir die Unterlagen.«

Der Mann wischte sich die Hände an seinem Anorak ab und öffnete einen Schrank mit Lamellentüren. Leise vor sich hin murmelnd las er die Namen der Verunglückten.

»Jude Itéro. Da ist er. Aber ich warne dich, das ist …«

Karim nahm ihm die Unterlagen aus der Hand und blätterte darin. Aussagen, Bestätigungen, Protokolle, Versicherungsberichte über den genauen Unfallhergang und die entstandenen Schäden. Fabienne Pascal fuhr einen Leihwagen, den sie in Sarzac gemietet hatte. Ihre Adresse war dieselbe, die sie Dr. Macé angegeben hatte – das einsame, baufällige Häuschen in der steinigen Umgebung. Von dieser Seite also nichts Neues. Verblüffend war allerdings, dass sie den Tod ihres Kindes unter dem Namen Jude Itéro, männlichen Geschlechts, angegeben hatte.

»Das verstehe ich nicht«, sagte der Polizist. »War das Kind denn ein Junge?«

»Na ja …« Der Mann spähte unter Karims Arm hindurch in die Unterlage. »So steht's jedenfalls da …«

»Erinnerst du dich nicht an irgendwelche Unklarheiten in diesem Zusammenhang?«

»Was denn für Unklarheiten? Was meinst du damit?«

Karim zügelte seine Ungeduld. »Hör zu, ich frag' dich lediglich, ob es noch möglich war, das Geschlecht des Kindes zu bestimmen.«

»Bin ich ein Arzt? Die Frau wird doch selber gewusst haben, ob sie mit einem Buben oder einem Mädchen unterwegs war. Und offen gestanden, glaube ich nicht, dass man da noch irgendwas bestimmen konnte. Die Leiche bestand ja nur noch aus Einzelteilen … zum Teil auf der Straße verstreut …« Er fuhr sich mit der Hand übers Gesicht. »Ich erspar' dir die Einzelheiten … Seit fünfundzwanzig Jahren bin ich hier und hab' nicht wenig Unfälle miterlebt … Das ist immer eine scheußliche Sache.« Seine Hände wogten hin und her, als imitierten sie Nebelschwaden. »Wie eine Art unterirdischer Krieg, verstehst du, ein Krieg, der von Zeit zu Zeit mit einer sagenhaften Brutalität wieder ausbricht.«

Wegen des Zustands der Leiche war die Frau offensichtlich in der Lage gewesen, ihre Lüge über den Tod hinaus aufrechtzuerhalten. Aber warum? Fürchtete sie weitere Drohungen? Auch nach dem Tod ihrer Tochter?

Noch einmal durchblätterte er die Akte und entdeckte die Unfallfotos. Blut, zerbeultes Blech, Körperteile – abgerissene Gliedmaßen, die aus dem Wagen geschleudert worden waren. Er ging darüber hinweg – der Anblick war ihm im Moment zu viel. Dann stieß er auf den Totenschein, den Bericht des Arztes und erhielt die Bestätigung, dass sich über die Merkmale des Körpers nur noch spekulieren ließ.

Benommen lehnte sich Karim an die Wand. Sein Blick fiel auf die Uhr: Er hatte in der Tat zwei Stunden totgeschlagen. Und war selbst halb tot.

Es kostete ihn Mühe, weiterzulesen. Auf einem Stück Karton fand er in blauer Farbe einen Fingerabdruck der Toten. Er musterte ihn eine Welle, dann fragte er: »Ist das wirklich ihr Fingerabdruck?«

»Ihr? Wen meinst du damit?«

»Stammt dieser Fingerabdruck von dem Kind?«

»Ich kapier' deine Fragen nicht. Ja, natürlich … Ich hab' doch selber das Stempelkissen gehalten. Die Überreste des Körpers waren im Leichensack, und der Doktor hat die Hand geführt. Eine ganz blutige kleine Hand. Jesusmaria. Wir hatten es alle eilig, wegzukommen. Mann, ich träume noch heute manchmal davon …«

Karim ließ die Akte in seiner Lederjacke verschwinden. »Okay. Die Unterlagen behalte ich.«

»Ja, nimm sie nur mit. Und viel Glück.«

Der Leutnant riss sich los, Sternchen tanzten vor seinen Augen. Als er auf seinen Wagen zuging, rief das Männchen ihm nach: »Pass auf dich auf.«

Karim drehte sich um. Der Verkehrswächter stand auf der Schwelle und hielt die Glastür mit der Schulter fest, eine dunkle Gestalt vor dem erleuchteten Ausschnitt.

»Was?«, fragte Karim.

»Pass auf dich auf, sag' ich. Und verwechsle nicht jemand anderen mit deinem Schatten.«

Karim lächelte schief. »Wieso?«

Der Mann zog seine Mütze wieder übers Gesicht. »Weil ich es spüre: Du gehst zwischen Toten.«

35

»Was Sie alles von mir verlangen, Lieutenant … Ich habe meinen Kollegen vom Schulamt tatsächlich erreicht …«, zwitscherte die Schulleiterin, und eine muntere Aufregung schwang in ihrer Stimme mit. Karim hatte wieder vor einer Telefonzelle gehalten, um die Direktorin über ihr Mobiltelefon anzurufen.

»Der Nachtportier hat sich breitschlagen lassen und uns hereinge…«

»Was haben Sie gefunden?«

»Die komplette Akte von Fabienne Hérault, geborene Pascaud. Aber das ist wieder eine Sackgasse. Nach den zwei Jahren in Sarzac verliert sich ihre Spur. Anscheinend hat sie den Schuldienst quittiert.«

»Kann man nicht herausbekommen, wo sie jetzt lebt?«

»Ich wüsste nicht, wie. Ihren Arbeitsvertrag mit dem Erziehungsministerium hat sie noch im selben Jahr gekündigt und sich seither nicht wieder einstellen lassen. Das ist alles. Das Schulamt hatte keinen Kontakt mehr mit ihr.«

Karim stand am Rand eines Wohnviertels in einem Vorort von Sète. Durch die Glasscheiben sah er die geparkten Wagen, deren blank polierte Karosserien im Licht der Straßenlaternen blitzten. Die Auskunft erstaunte ihn nicht. Fabienne Pascaud hatte die Tür hinter sich geschlossen. Über ihrem Geheimnis. Ihrer Tragödie. Ihren Teufeln.

»Und wo war sie, bevor sie nach Sarzac kam?«

»In Guernon, einer Universitätsstadt im Département Isère, oberhalb von Grenoble. Aber sie war dort nur ein paar Monate. Davor hatte sie die Leitung einer kleinen Grundschule in Taverlay, einem Dorf auf halber Höhe des Pelvoux, das ist ein Berg dort in der Gegend.«

»Haben Sie irgendwelche persönlichen Daten rausgekriegt?«

In mechanischem Ton las sie vor: »Fabienne Pascaud, geboren 1945 in Corivier, einem Isère-Tal. 1970 heiratet sie Sylvain Hérault und erhält im selben Jahr den ersten Preis des Konservatoriums Grenoble im Fach Klavier. Sie hätte wohl Professorin werden können …«

»Lesen Sie weiter, bitte.«

»1972 schreibt sie sich an der pädagogischen Hochschule ein, schließt in zwei Jahren ihr Studium ab und geht danach an die Grundschule von Taverlay, immer noch im Département Isère. Dort unterrichtet sie sechs Jahre. 1980 schließt die Schule von Taverlay, weil der Schulbus die Kinder auf einer neu gebauten Straße zu einer größeren Schule in einem Nachbarort bringt, auch im Winter. Fabienne wird daraufhin nach Guernon versetzt, was ein Glück ist, denn das liegt nur fünfzig Kilometer von Taverlay entfernt und ist in Philologenkreisen eine berühmte Stadt. Eine Universitätsstadt, sehr angenehm, sehr intellektuell.«

»Sie sagten doch, sie sei Witwe: Wissen Sie, wann Ihr Mann gestorben ist?«

»Warten Sie, warten Sie, dazu komme ich gleich! 1980, als sie nach Guernon kommt, gibt Fabienne den Namen ihres Mannes an – zu dem Zeitpunkt schein noch alles in Ordnung zu sein. Aber sechs Monate später, in Sarzac, stellt sie sich als Witwe vor. Der Gatte muss also irgendwann während der Zeit in Guernon gestorben sein.«

»Steht in Ihren Unterlagen nichts über ihn? Sein Alter? Seinen Beruf?«

»Hören Sie, das ist ein Schulamt, das dem Erziehungsministerium unterstellt ist. Keine Detektei.«

Karim seufzte. »Machen Sie weiter.«

»Kurz nach ihrer Ankunft in Guernon beantragt sie ihre Versetzung. Irgendwohin, Hauptsache fort von dieser Stadt. Das ist merkwürdig, nicht? Sie erhält sofort eine Stelle in Sarzac. Was nicht verwunderlich ist: Niemand will in unsere schöne Gegend … Dort nimmt sie ihren Mädchennamen wieder an. Offenbar wollte sie wirklich die Brücken hinter sich abbrechen.«

»Sie sagen gar nichts von ihrem Kind.«

»Sie hatte in der Tat hatte ein Kind. Geboren 1972. Ein Mädchen.«

»So steht es da?«

»Na ja, sicher …«

»Welcher Name ist eingetragen?«

»Judith Hérault. Aber in Sarzac ist von dem Mädchen keine Rede mehr.«

Jede weitere Auskunft bestätigte Karims Hypothese. Er fuhr fort: »Konnten Sie Leute ausfindig machen, die sie in Sarzac kannten?«

»Ja, ich habe mit der damaligen Schulleiterin gesprochen: Mathilde Sarman. Sie erinnert sich noch sehr gut an Fabienne. Anscheinend eine ungewöhnliche Frau. Geheimnisvoll. Zurückhaltend. Sehr schön. Und sehr stark. Einen Meter achtzig groß, enorme Schultern … Sie spielte oft

Klavier. Eine Virtuosin. Ich wiederhole Ihnen, was ich gehört habe …«

»Hat Fabienne Pascaud in Sarzac allein gelebt?«

»Nach Aussage von Mathilde, ja. Sie lebte allein in einem abgelegenen Tal zehn Kilometer von der Stadt entfernt.«

»Und niemand weiß, wieso sie so unvermittelt von Sarzac fortgezogen ist?«

»Nein, niemand.«

»Oder zwei Jahre früher von Guernon?«

»Nein. Vielleicht müsste man dorthin, ich …« Sie zögerte kurz, dann fragte sie scheu: »Trotzdem, Lieutenant … Sie könnten mir wenigstens erklären, in welchem Zusammenhang diese Geschichte mit dem Einbruch in meiner Schule steht, immerhin habe ich einiges für Sie …«

»Später. Fahren Sie jetzt wieder nach Hause?«

»Äh … Ja, natürlich …«

»Nehmen Sie alle Unterlagen über Fabienne Pascaud mit, und warten Sie meinen Anruf ab.«

»Ich … Na gut, in Ordnung. Wann, glauben Sie, werden Sie mich anrufen?«

»Ich weiß nicht. Bald. Dann erkläre ich Ihnen alles. Vielen Dank einstweilen.«

Karim legte auf und betrachtete gedankenverloren die geparkten Wagen. Audi, BMW, Mercedes, hervorragende und schnelle Autos – und gespickt mit Alarmanlagen. Er warf einen Blick auf die Uhr: Kurz nach acht. Es war an der Zeit, sich dem alten Raubtier zu stellen. Der Leutnant wählte die Durchwahl von Henri Crozier. Nach dem ersten Läuten erscholl eine brüllende Stimme: »Gottverdammte Scheiße! WO STECKST DU?!«

»In Sète. Ich folge meiner Spur.«

»Wie bitte? Ich hoffe, du bist auf dem Rückweg zur Dienststelle.«

»Nein. Ich muss noch einen letzten Umweg machen. In die Berge.«

»Ich fass es nicht! Wohin?«

»In eine kleine Universitätsstadt in der Nähe von Grenoble. Guernon.«

Eine Pause trat ein. Dann sagte Crozier: »Hoffentlich hast du einen guten Grund dafür …«

»Den allerbesten, Kommissar. Genau dorthin führt meine Fährte. Ich rechne damit, in Guernon die Grabschänder aufzuspüren.«

Crozier sagte nichts; anscheinend hatte ihm die Dreistigkeit seines Untergebenen die Sprache verschlagen. Karim nutzte den Vorteil zum Angriff: »Gibt es Neues über den Lada?«

Der Kommissar zögerte, und Karim hob die Stimme: »Wissen Sie was Neues oder nicht?«

»Man hat das Fahrzeug und seinen Halter ausfindig gemacht.«

»Wie?«

»Ein Zeuge auf der D 143. Ein Bauer, der mit seinem Traktor nach Hause kam. Er sah einen weißen Lada, exakt um zwei Uhr morgens. Er hat sich nur die Département-Nummer gemerkt, und wir haben das überprüft: Tatsächlich wurde in besagtem Département kürzlich ein weißer Lada zugelassen. Bei der technischen Kontrolle hatte er noch immer die slawischen Reifen. Das ist unser Wagen. Mit, sagen wir, achtzigprozentiger Sicherheit.«

Karim dachte nach: Dieser Zeuge schien ihm suspekt. Er kam allzu gelegen.

»Warum hat sich dieser Bauer denn gemeldet?«

Crozier lachte. »Weil ganz Sarzac in Aufruhr ist. Die Leute von der Kripo sind aufgekreuzt, natürlich mit ihrer üblichen Diskretion. Sie ziehen eine Riesennummer ab, als hätten sie's mit einer echten Grabschändung zu tun.« Crozier fluchte. »Die Medien sind auch schon da. Eine schöne Bescherung.«

Karim biss die Zähne zusammen.

»Sagen Sie mir den Namen und die Stadt, schnell.«

»Ich verbitte mir diesen Ton!«

»Den Namen, Kommissar. Das ist *mein* Fall! Schließlich bin ich der einzige, der die Fäden in diesem Chaos in der Hand hält!«

Crozier schwieg einen Moment, vermutlich um seine Beherrschung wiederzufinden. Als er sprach, war sein Tonfall gelassen.

»Karim Abdouf, in meiner gesamten vierundzwanzigjährigen Laufbahn hat niemand je in diesem Ton mit mir gesprochen. Ich will jetzt genau wissen, was es mit deinem Fall auf sich hat. Auf der Stelle. Sonst schreibe ich deinen Arsch zur Fahndung aus.«

Karim erkannte, dass es keinen Sinn mehr hatte, zu feilschen. In wenigen Worten fasste er die Ergebnisse seiner Nachforschungen zusammen. Erzählte die Geschichte von Fabienne Hérault, der durchgebrannten Lehrerin, und ihrer Tochter. Beschrieb ihre absurde Flucht, den Wechsel der Identität, den Autounfall, bei dem das Kind ums Leben gekommen war.

»Das ist doch ein Roman, was du da erzählst«, kommentierte Crozier perplex.

»Der Tod ist ein Roman, Kommissar.«

»Ja ja ja … Sicher. Den Zusammenhang zwischen deiner Geschichte und den Vorfällen von heute Nacht, den hast du dir doch selber ausgedacht, der existiert doch gar nicht …«

»Wissen Sie, was ich denke, Kommissar? Fabienne Hérault war keineswegs verrückt. Sondern sie wurde tatsächlich verfolgt. Und ich denke, es waren dieselben Männer, die heute Nacht in Sarzac waren.«

»Wieso?«

Karim holte tief Luft. »Ich denke, sie wollten sich vergewissern. Etwas nachprüfen, was sie schon wussten, was aber durch irgendein Ereignis anderswo plötzlich in Frage gestellt wurde.«

»Und wie kommst du darauf? Wer sollen diese Männer überhaupt sein?«

»Keine Ahnung. Aber ich bin überzeugt, dass die Teufel zurückgekehrt sind.«

»Reine Hirngespinste.«

»Nein, die Fakten sind doch klar: In der Schule wurde tatsächlich eingebrochen, und das Grab von Jude Itéro wurde tatsächlich geöffnet. Also, sagen Sie mir bitte den Namen des Fahrzeughalters und seiner Stadt. Bitte! Ich will wissen, ob es Guernon ist. Ich bin überzeugt, dass der Schlüssel zu dem Alptraum dort zu finden ist …«

»Schreib auf: Der Name ist Philippe Sertys. Rue Maurice Blasch Nummer sieben.«

Atemlos fragte Karim: »Und in welcher Stadt? Guernon?«

Crozier zögerte kurz. »Guernon, ja«, sagte er. »Ich weiß zwar nicht, mit welchen üblen Tricks du darauf gekommen bist, aber eins muss man dir lassen: Deine Spur ist immerhin die heißeste.«

7. TEIL

36

Die Bilder der deutschen Fotografin waren zum Leben erwacht. Athleten mit rasierten Schläfen rannten durch das Berliner Vorkriegsstadion. Leichtfüßig, muskulös, feierlich. Ihr Lauf hatte den abgehackten Rhythmus eines alten Films und dieselbe Bildqualität: grobkörnig und pigmentiert wie die Fläche eines Grabsteins. Er sah die Männer laufen, hörte ihre Tritte auf der Aschenbahn. Spürte ihr raues Keuchen, das jeden Schritt synkopierte.

Doch bald schoben sich andere, verschwommene Eindrücke darüber. Die Gesichter waren auf einmal zu dunkel, zu verschlossen. Die Brauenbögen zu ausgeprägt, zu weit vorgewölbt. Was verbargen diese Blicke? Während aus den Reihen der Zuschauer ein beunruhigendes, hysterisches Geschrei aufstieg, hoben die Athleten die Köpfe – und offenbarten leere Augenhöhlen. Dieser Mangel hinderte sie jedoch nicht daran, zu sehen und zu laufen. Im Gegenteil. Auf dem Grund der frischen Wunden schien sich etwas zu bewegen … ein Zungenschnalzen … ein tierisches Wuseln und Wimmeln …

Schweißüberströmt fuhr Niémans aus dem Schlaf. Das helle Licht des Computerbildschirms schien ihm in die Augen und blendete ihn – es war wie die Farce eines Verhörs. Diskret versuchte er, seine Fassung wiederzugewinnen, zog den Kopf zwischen die Schultern und warf einen Blick in die Runde: Niemand hatte bemerkt, dass er eingenickt war und das Entsetzen sich seiner Träume bemächtigt hatte –

in Gestalt der Fotografien, die Sophie Caillois im Flur hängen hatte. Die Bilder dieser Nazi-Regisseurin, deren Namen er vergessen hatte.

Einundzwanzig Uhr.

Er hatte nur fünfundvierzig Minuten geschlafen. Nach seinem Besuch in der Lagerhalle hatte Niémans seine Funde – das Spiralheft, die Metallteile, das weißliche Pulver – über Marc Costes, der immer noch auf das Eintreffen der Gletscherleiche wartete, an Patrick Astier, den Chemiker in Grenoble, geschickt.

Dann war er hierher, in die Universitätsbibliothek gekommen, um die Wörter »Flüsse« und »Purpur« in den Computer einzugeben. Zunächst hatte er die Landkarten studiert, um festzustellen, ob irgendwo etwa ein Kanalsystem dieses Namens existierte. Dann hatte er den Stichwortkatalog nach einem Buch, einer Dissertation, einem Zeitschriftenbeitrag durchsucht – nach irgendeiner Publikation, die diese Begriffe im Titel nannten. Doch er hatte nichts gefunden und war mitten in der Lektüre vom Schlaf übermannt worden. Nach beinahe vierzig durchwachten Stunden hatten seine Nerven ihn im Stich gelassen, und er war zusammengesackt wie eine Marionette, deren Fäden durchtrennt werden.

Der Kommissar ließ noch einmal den Blick über den großen Lesesaal schweifen. An den Tischen, in den verglasten Abteilungen saßen verstreut ein Dutzend Polizisten in Zivil, die immer noch unermüdlich Bücher nach möglichen Anhaltspunkten durchforsteten. Zwei Beamte waren damit beschäftigt, die Liste der Studenten zu erstellen, die sich häufig Literatur über die fraglichen Themen ausgeliehen hatten. Ein anderer war nach wie vor in die Dissertation von Rémy Caillois vertieft.

Doch Niémans glaubte nicht mehr daran, auf diesem Weg fündig zu werden, ebenso wenig wie die Polizisten, die ungeduldig auf ihre Ablösung warteten. Seit zwei Stunden wusste jeder, dass angesichts der mageren Ergebnisse des Trios Niémans-Barnes-Vermont die Kriminalpolizei von Grenoble den Fall wieder übernehmen sollte.

Tatsächlich waren die Ermittlungen trotz des verstärkten Einsatzes nicht einen Schritt weitergekommen. Vom Stützpunkt Romans waren dreihundert Soldaten requiriert worden, die den Truppen von Capitaine Vermont helfen sollten, das Gelände der umliegenden Berge, des Muret und des Belledonne, zu durchkämmen. Gegen neunzehn Uhr waren sie in Lastwagen angekarrt worden und hatten unter Vermonts Kommando sofort mit ihren nächtlichen Streifzügen begonnen. Zusätzlich zu den Soldaten hatte der Hauptmann überdies vom Stützpunkt Valence zwei Kompanien vom Grenzschutz angefordert.

Mehr als dreihundert Hektar waren bereits durchkämmt worden, doch die systematische Suche hatte bislang nichts ergeben – und würde auch nichts mehr bringen. Hätte der Mörder Spuren hinterlassen, wären sie längst entdeckt worden. Dennoch blieb der Kommissar in Funkkontakt mit Vermont und hatte eigenhändig auf einer Landkarte des geographischen Instituts die entscheidenden Stellen der Ermittlung eingezeichnet: die Fundorte der beiden Leichen, die Lage der Universität, Sertys' Lagerhalle, den Standort jeder Berghütte …

Die Verkehrsüberwachung wurde verstärkt: Aus den ursprünglich acht Straßensperren waren inzwischen vierundzwanzig geworden, und dieses Netz deckte ein sehr weiträumiges Gebiet rund um Guernon ab. Sämtliche Städte und Dörfer, die Autobahnzu- und -abfahrten, die National- und die Landstraßen wurden kontrolliert.

Auch in den Büros lief die Fahndung auf Hochtouren. Unter Leitung von Hauptmann Barnes wurden die Schwerpunktgebiete der Suche abgegrast, was mehr Zeit in

Anspruch nahm, als man vorhergesehen hatte: Unablässig trafen Faxe ein – Aussagen, ausgefüllte Fragebögen, Kommentare … Auch die Skizentren der Umgebung entgingen der Befragung nicht, und nachdem der Gendarmerieposten zusätzliche Faxgeräte erhalten hatte, wurden parallel zu den eintreffenden Nachrichten weitere Formulare, Botschaften, Rundschreiben abgeschickt.

Seit dem Nachmittag mussten sich überdies alle Personen, die in den vergangenen Wochen mit dem ersten Opfer Kontakt gehabt hatten, vernehmen lassen. Ein anderes Team war noch auf der Suche nach den besten Alpinisten der Umgebung, insbesondere jenen, die schon einmal auf den Vallernes-Gletscher gestiegen waren – wilden Männern, die nicht in Guernon lebten, sondern in Bergdörfern, in die Felsen hoch über der Stadt geschmiegt. Im Gendarmerieposten herrschte ein fortwährendes Kommen und Gehen.

Aus der Truppe von Vermont war ein Team damit beschäftigt, die etwaige Marschroute von Rémy Caillois bei seiner letzten Expedition zu rekonstruieren, während andere den Weg des zweiten Opfers sowie seines Mörders auf die Spitze des Gletschers nachzuzeichnen versuchten. Die verschiedenen möglichen Trassen wurden in den Computer eingegeben, gespeichert, miteinander verglichen.

Mitten in diesem fieberhaften Treiben, hektisch wie Kriegsvorbereitungen, hielt Niémans mehr denn je an seiner Überzeugung fest, dass der Fall nur von innen heraus zu lösen war: Sobald er das Motiv hatte, würde er den Mörder finden. Und sein Motiv war möglicherweise Rache. Bei dieser Hypothese war allerdings größte Vorsicht geboten. Weder die Behörden noch die Öffentlichkeit schätzten Paradoxien in Kriminalfällen: Nach offizieller Meinung galten die Opfer eines Mörders als unschuldig, während Niémans den Beweis antreten wollte, dass in diesem Fall die Opfer ebenfalls Schuld auf sich geladen hatten.

Aber wie sollte er dabei zu Werke gehen? Caillois und Sertys hatten ihre Geheimnisse mit in den Tod genommen. Sophie Caillois würde kein Wort mehr sagen, und ihre Beschattung hatte bisher nicht das Geringste ergeben. Sertys' Mutter und seine Kollegen in der Klinik, die bereits vernommen worden waren, kannten nur das offizielle Gesicht des Krankenpflegers. Seine Mutter wusste nicht einmal von der Existenz der Lagerhalle, obwohl das Gebäude doch schon im Besitz ihres Ehemannes gewesen war.

Also? Im Augenblick konnte Niémans an nichts anderes mehr denken als an ein weiteres Rätsel, das in den Vordergrund seines Bewusstseins gerückt war und allmählich alle anderen Gedanken verdrängt hatte. Er aktivierte sein Telefon und rief Barnes an.

»Gibt es Neues von Joisneau?«

Der junge Leutnant, der mustergültige Polizist, der darauf brannte, sich das Wissen des »Meisters« anzueignen, war nach wie vor verschollen.

»Ja«, knurrte Barnes. »Ich habe einen meiner Jungs ins Blindeninstitut geschickt, um rauszufinden, wo er anschließend hingegangen sein könnte.«

»Und?«

In müdem Ton antwortete Barnes: »Joisneau hat das Institut gegen siebzehn Uhr verlassen. Offenbar ist er dann nach Annecy gefahren, um einen Augenarzt aufzusuchen. Einen Professor, der auch an der Universität Guernon lehrt und die Patienten des Blindeninstituts betreut.«

»Wie heißt er? Haben Sie ihn angerufen?«

»Chernecé. Selbstverständlich haben wir angerufen. In der Praxis und bei ihm zu Hause, aber unter keiner Nummer meldet sich jemand.«

»Haben Sie die Adressen?«

Barnes nannte ihm eine einzige Anschrift: Der Arzt hatte Wohnung und Ordination im selben Haus.

»Ich fahre hin«, verkündete Niémans.

»Aber … wieso denn? Joisneau wird schon wieder auftauchen …«

»Ich fühle mich verantwortlich.«

»Warum?«

»Wenn der Junge Mist gebaut hat, wenn er ein unnötiges Risiko eingegangen ist, dann nur deshalb, um bei mir Eindruck zu schinden, verstehen Sie?«

In beschwichtigendem Ton antwortete der Gendarm: »Ich bin sicher, Joisneau wird sich bald melden. Er ist ein junger Typ, wahrscheinlich ist die Begeisterung mit ihm durchgegangen.«

»Mag sein. Aber möglicherweise ist er auch in Gefahr. Ohne es zu ahnen.«

»Meinen Sie wirklich?«

Niémans gab keine Antwort. Ein paar Sekunden herrschte Schweigen. Barnes schien den Worten des Kommissars nicht recht zu glauben. Unvermittelt fügte er hinzu: »Ach ja, das hätte ich beinahe vergessen: Joisneau hat im Krankenhaus angerufen. Er wollte in die Akten Einsicht nehmen. Jemand sollte ihm Zugang zum Archiv verschaffen.«

»Was ist das für ein Archiv?«

»Ein riesiges Netz unterirdischer Gänge im Keller des Klinikums, in dem die gesamte medizinische Dokumentation über die Region aufbewahrt wird – Krankheiten, Geburten und Todesfälle.«

Niémans' Beklemmung wuchs: Der blonde Junge war also im Alleingang unterwegs und verfolgte eine Spur, die im Blindeninstitut begonnen, ihn zu dem Augenarzt und schließlich zum Archiv des Klinikums geführt hatte.

»Aber im Krankenhaus hat ihn niemand gesehen?«, fragte er. Barnes verneinte.

Niémans beendete das Gespräch, und eine Sekunde später wurde er selbst angerufen. Von Funknachrichten, Codewörtern, Vorsichtsmaßnahmen war inzwischen keine Rede mehr, sämtliche Fahnder arbeiteten unter Hochdruck. Costes meldete sich mit flatternder Stimme: »Soeben wurde mir die Leiche gebracht.«

»Ist es Sertys?«

»Ja. Zweifel sind ausgeschlossen.«

Der Kommissar schnaubte. Alle Elemente, die in den vergangenen drei Stunden über Philippe Sertys bekannt geworden waren, fügten sich nahtlos ins Bild. Nun konnte er offiziell die Spurensicherung losschicken, um die Lagerhalle gründlich durchsuchen zu lassen.

»Die Verstümmelungen gehen diesmal noch weiter«, fuhr Costes fort.

»Nämlich?«

»Der Mörder hat ihm nicht nur die Augen herausgetrennt, sondern auch die Hände abgeschnitten, schön säuberlich an den Handgelenken. Wegen der Fötalposition der Leiche konnten Sie das nicht sehen: Die Stümpfe sind zwischen den Knien eingeklemmt.«

Die Augen. Die Hände. Niémans ahnte, dass irgendeine dunkle Verbindung zwischen den beiden Organen bestand, dass die Verstümmelungen symbolischen Wert hatten – doch welcher teuflischen Logik sie folgten, konnte er sich noch immer nicht erklären.

»Ist das alles?«, fragte er.

»Vorerst ja. Ich fange jetzt mit der Autopsie an.«

»Wie lang wirst du brauchen?«

»Zwei Stunden mindestens.«

»Fang mit den Augen an, und ruf mich an, sobald du was weißt. Ich bin sicher, du wirst wieder irgendeinen Hinweis für uns finden.«

»Ich komme mir vor wie ein Botschafter der Hölle, Kommissar.«

Niémans durchquerte den Lesesaal. An der Tür angelangt, entdeckte er in einem der gläsernen Abteile den vierschrötigen Polizisten, der sich mit der Doktorarbeit von Rémy Caillois herumquälte, entschied sich für einen kleinen Umweg und setzte sich zu ihm.

»Wie läuft es?«

Der Beamte schaute auf. »Ich schufte.«

Lächelnd musterte der Kommissar das umfangreiche Werk.

»Nichts Neues?«

Der Polizist zuckte die Achseln. »Immer nur Griechenland, die Olympischen Spiele, sportliche Wettkämpfe und das ganze Zeug: Laufen, Speerwerfen, Faustkämpfe – nein, warten Sie, Pankration hieß das richtig und war eine Mischung zwischen Faust- und Ringkampf. Und so weiter. Caillois verbreitet sich über den heiligen Aspekt der körperlichen Anstrengung, der Bestleistung.« Er verzog zweifelnd das Gesicht. »Die Bezwingung des Körpers durch den Geist ist eine Art … Kommunion mit höheren Mächten. In hellenischer Zeit, sagt er, habe die sportliche Höchstleistung als Königsweg gegolten, um mit den Göttern in Verbindung zu treten … Zum Beispiel konnte der ›athlon‹, der ursprüngliche Athlet, die Kräfte des Bodens freisetzen und Tier und Mensch und Erde fruchtbar machen, wenn es ihm gelang, seine Grenzen zu überwinden. Tja, wenn ich mir die Raserei bei manchen Fußballspielen anschaue, dann glaube ich gern, dass der Sport erstaunliche Kräfte freisetzen kann …«

»Was ist dir sonst noch aufgefallen?«

»Caillois schreibt, in der Antike seien die Athleten zugleich Dichter, Musiker, Philosophen gewesen. Darüber lässt er sich ziemlich ausführlich aus, der Herr Bibliothekar. Anscheinend tut es ihm Leid, dass die Zeiten vorbei sind, in denen Geist und Natur im Menschen eins waren, eine unzertrennliche Einheit bildeten. In diesem Sinn ist der Titel zu verstehen: ›Sehnsucht nach Olympia‹. Die Sehnsucht nach der Zeit, als es noch Übermenschen gab, vergeistigte Sportler, deren Verstand ebenso stark war wie ihr Körper. Dieser großartigen und anspruchsvollen Epoche stellt Caillois unser Jahrhundert gegenüber, in dem die Akademiker keinen Finger rühren und die Athleten nichts in der Birne haben, und sieht in der Trennung von Geist und Körper ein Zeichen übler Dekadenz.«

Niémans fielen die Bilder seines Traums wieder ein, die augenlosen Athleten, die durchs Stadion liefen. Nach Ansicht ihres Mannes, hatte Sophie Caillois ihm erklärt, sei es den Sportlern von Berlin gelungen, diese innige Verbindung zwischen Körper und Geist wiederherzustellen.

Auch an die Champions der Universität dachte er: die Professorenkinder, von denen Joisneau ihm erzählt hatte, die in sämtlichen Fächern, auch im Sport, nur die allerbesten Noten erhielten. Auf ihre Weise näherten sich auch diese Überbegabten der Vorstellung des perfekten Athleten. Als Niémans im Vorzimmer des Rektors die Fotografien der medaillenbehängten Studenten betrachtet hatte, war ihm aufgefallen, dass in allen diesen Gesichtern eine jugendliche Kraft lag, die außergewöhnlich und verstörend war. Eine Kraft des Geistes und des Körpers außerhalb des Normalmaßes. Fleisch gewordene Philosophie? Er lächelte dem jungen Polizisten zu, der ihn mit gequälter Miene ansah.

»Anscheinend hast du die Idee ziemlich genau erfasst«, sagte er.

»Ich kämpfe mich durch. Ungefähr jeder zweite Satz ist verständlich.« Er klopfte sich an die Nase. »Aber ich verlasse mich auf meinen Spürsinn. Faschos wittere ich von weitem.«

»Meinst du denn, Caillois war einer?«

»Das kann ich nicht genau sagen … Die Sache scheint mir komplizierter … Aber er hat was von einem Faschisten, das stimmt schon – dieser Mythos vom Übermenschen, vom vergeistigten Athleten, das erinnert mich an das ewige Gelabere von der überlegenen Rasse und den ganzen Quatsch …«

Wieder dachte Niémans an die Bilder von den Berliner Olympischen Spielen, die in der Wohnung der Caillois hingen, und war überzeugt, dass hinter diesen Fotos und den Höchstleistungen der Studenten von Guernon ein Geheimnis steckte. Vielleicht bestand hier eine Verbindung – aber welche?

»Von Flüssen ist wohl nicht die Rede, oder?«, fragte er schließlich. »Von purpurnen Flüssen?«

»Was?«

Niémans stand auf. »Vergiss es«, sagte er und wandte sich zum Gehen.

Der Kripobeamte folgte ihm mit den Augen. »Hören Sie, Herr Kommissar, Sie hätten sich wirklich einen Studenten für diese Schinderei suchen können, jemanden, der qualifizierter ist als ich …«

»Ich will, dass sich ein Profi mit der Sache befasst. Jemand, der diesen Text im Zusammenhang mit unseren Ermittlungen liest.«

Wieder sah ihn der Beamte skeptisch an. »Glauben Sie tatsächlich, dass dieses ganze Gewäsch in unserem Fall eine Rolle spielt?«

Niémans legte den Unterarm auf eine Glaswand und beugte sich zu ihm hinunter. »Bei einem Kriminalfall spielt jedes Element eine Rolle. Es gibt keine Zufälle oder belanglose Details. Es funktioniert alles wie eine atomare Struktur, verstehst du? Also lies weiter.«

Niémans ging davon und ließ den Mann ziemlich ratlos zurück. Draußen auf dem Campus sah er in der Ferne die Scheinwerfer eines Filmteams. Er kniff die Augen zusammen und erkannte die hagere Gestalt des Rektors Vincent Luyse, der auf der Treppe vor dem Gebäude stand und eine beschwichtigende Presseerklärung abgab. Er entdeckte auch die Logos der regionalen und nationalen TV-Sender, sogar das Schweizerische Fernsehen war erschienen … Die Journalisten drängelten und stießen und überschütteten ihn mit einem Hagel von Fragen. Der Prozess hatte begonnen: Mit Feuereifer stürzten sich die Medien auf Guernon. Sehr bald würde sich die Nachricht von den Morden in ganz Frankreich verbreiten und die Panik sich auf die kleine Stadt konzentrieren.

Und das war erst der Anfang.

37

Unterwegs rief Kommissar Antoine Rheims an.

»Gibt's was Neues von dem Engländer?«

»Ich bin gerade im Hôtel-Dieu. Er ist immer noch nicht bei Bewusstsein, und die Ärzte sind ziemlich pessimistisch. Die britische Botschaft hat einen Trupp Anwälte ausgeschickt, direkt aus London. Die Reporter sind auch schon da. Das schlimmste Szenario, das du dir ausmalst, ist immer noch nicht schlimm genug.«

Die Satellitenverbindung war hervorragend: Kristallklar drang die Stimme aus dem Telefon.

Niémans stellte sich die Situation auf der Île de la Cité vor und sah sich selbst, wie er einst in den Krankenhäusern die Prostituierten vernommen hatte, die von ihren Zuhältern verprügelt worden waren, die Gesichter aufgequollen und blutunterlaufen, die Brauen mit dem Schlagring aufgerissen. Auch an die blutigen Gesichter der mutmaßlichen Täter dachte er, die er selbst in die Mangel genommen hatte, sah die ans Bett gefesselten Hände, während ringsum in der fahlen Grabesbeleuchtung des Zimmers Lämpchen blinkten, Bildschirme flimmerten, Apparate summten.

Er sah den Platz vor Notre-Dame vor sich, als er um drei Uhr morgens, in der weiten Stille der künstlich erhellten Nacht, aus dem Hôtel-Dieu gekommen war, müde und zerschlagen. Pierre Niémans war ein Krieger. Und seine Erinnerungen waren in ein metallisches Licht getaucht, blitzend wie eine Klinge, wie Mündungsfeuer auf dem Schlachtfeld. Mit einem Anflug von Wehmut dachte er an die außergewöhnliche Existenz, die er geführt hatte – wenige hätten ihn darum beneidet, doch für ihn war sie der einzige Daseinsgrund.

»Und deine Ermittlung?«, fragte Rheims.

Sein Tonfall war weniger aggressiv als bei ihrem ersten Gespräch: Die Solidarität unter Kollegen, die gemeinsamen Jahre, das einstige stillschweigende Einverständnis gewannen wieder die Oberhand.

»Wir haben inzwischen zwei Leichen. Und nicht den Schatten einer Spur. Aber ich bleibe am Ball, weil ich weiß, dass ich auf dem richtigen Weg bin.«

Rheims sagte nichts, doch sein Schweigen deutete Niémans als Zeichen des Vertrauens. »Und wie steht's um mich?«, fragte er.

»Was meinst du?«

»Steht noch kein Verfahren gegen mich an, wegen dem Hooligan?«

Rheims lachte grimmig auf. »Ein Disziplinarverfahren? Darauf warten sie schon allzu lange. Sollen sie noch ein bisschen warten.«

»Worauf?«

»Bis der Engländer stirbt. Um dich des Totschlags zu bezichtigen.«

Gegen halb elf Uhr traf Niémans in Annecy ein. Er fuhr durch lange, hell erleuchtete Hauptstraßen. Rechts und links standen Bäume, und im Licht der Laternen wirkte das spärliche Laub wie ein alter, zerbröckelnder Stoff, schimmernd wie Seide oder Brokat. Am Ende jeder Allee öffnete sich ein Platz mit kleinen Denkmälern, die wie aus einer Lichtquelle auftauchten: Pavillons, Brunnen, Statuen. Auf mehrere hundert Meter Entfernung waren sie winzig wie Kühlerfiguren oder die kleinen Tänzer auf Spieldosen. Als bestünden die Schätze der Stadt aus Stein, Marmor und Laub, verteilt auf ihre Plätze und Parks.

Er fuhr an den Kanälen entlang – ihnen verdankte die Stadt ihr Amsterdamer Flair –, die in der Ferne auf den See und die Lichter der Schweiz zuführten, und hatte Mühe zu glauben, dass er nur ein paar Dutzend Kilometer von Guernon, seinen Leichen, seinem grausamen Mörder entfernt war. Er gelangte ins Wohnviertel. Avenue des Ormes. Boulevard Vauvert. Impasse des Hautes-Brises. Namen, die in den Ohren der einheimischen Bevölkerung nach weißem Marmor klingen mussten, den Zeichen der Macht. Er ließ seinen Wagen am Eingang der Sackgasse stehen, die abwärts führte. Die hohen Häuser drängten sich aneinander, reich geschmückt und erdrückend zugleich, hin und wieder getrennt durch Gärten, die sich hinter graugrünen Mauern verbargen. Die Nummer, die er suchte, gehörte zu einem herrschaftlichen Privathaus aus Quadersteinen mit einer mächtigen Glasveranda. Niémans drückte zweimal auf die Glocke, eine längliche, liegende Raute, die ein Auge imitierte: Der Klingelknopf war die Pupille. Darunter verkündete ein schwarzes Marmorschild: »Dr. Edmond Chernecé, Facharzt für Augenheilkunde und Augenchirurgie.«

Keine Reaktion. Niémans senkte den Blick. Dieses Schloss war kein Problem für ihn, und auf eine weitere Gesetzesübertretung kam es nicht mehr an. Geschickt hantierte er an den Federn und Stiften, und bald öffnete sich die Tür. Er betrat einen marmorgefliesten Gang. Hinweisschilder verwiesen auf den Wartesaal, links am Ende des Flurs, doch der Kommissar interessierte sich mehr für eine lederbespannte Tür zur Rechten.

Das Sprechzimmer. Er drehte den Knauf und stand in einem langen, großzügigen Raum – der Veranda, wie er erkannte, deren Dach und Wände vollständig verglast waren. Irgendwo in der Dunkelheit rann Wasser.

Es dauerte ein paar Sekunden, bis Niémans am anderen Ende des Raumes eine Silhouette erkannte, die vor einem Waschbecken stand.

»Doktor Chernecé?«

Der Mann drehte sich um, und Niémans ging ein paar Schritte auf ihn zu. Das erste, was ihm deutlich auffiel, waren die gebräunten, nass glänzenden Hände unter dem Wasserstrahl. Sie sahen aus wie knorrige Wurzeln, braun gesprenkelt und überzogen von einem Geflecht hervorgewölbter Adern, die bis zu den kräftigen Handgelenken reichten.

»Wer sind Sie?«

Eine tiefe, friedliche Stimme. Der Mann war eher klein, doch sehr korpulent und schien knapp über sechzig. Eine üppige weiße Mähne wogte um seine hohe Stirn, die sonnengegerbt und fleckenübersät war wie die Hände. Ein Profil wie aus Stein gemeißelt, ein Rumpf wie ein Dolmen: Der Mann erinnerte an einen Monolith. Ein geheimnisvoller Felsen – und umso befremdlicher, als der Arzt nur ein T-Shirt und weiße Unterhosen trug.

»Pierre Niémans, Polizeikommissar. Ich habe geläutet, aber niemand hat aufgemacht.«

»Wie sind Sie dann hereingekommen?«

Wie ein Zauberkünstler im Zirkus ließ Niémans seine Finger spielen. »Man behilft sich«, sagte er.

Der Mann lächelte souverän und nahm dem Polizisten seine rüden Manieren offenbar nicht übel. Mit dem Ellenbogen drehte er den Wasserhahn zu und durchquerte den gläsernen Raum auf der Suche nach einem Handtuch. Im blauen Licht der Nacht erkannte Niémans die Untersuchungsinstrumente eines Augenarztes, Mikroskope, anatomische Darstellungen des menschlichen Auges, von innen und außen.

In gleichmütigem Ton erklärte Chernecé: »Es war doch schon heute Nachmittag ein Polizist hier. Was wollen Sie denn jetzt?«

Niémans stand nur noch wenige Meter von ihm entfernt und nahm erst jetzt das auffälligste Merkmal des Mannes wahr, das ihn unter Tausenden anderer hervorhob: die Augen, die völlig farblos waren – die Iris grau, starr und wachsam wie der Blick einer Schlange, mit Pupillen, die wie winzige Aquarien aussahen, in denen mörderische Wesen hin und her schwammen, gepanzert mit eisernen Schuppen.

»Ich bin seinetwegen hier«, erklärte Niémans. »Was wollte er von Ihnen?«

Der Mann lächelte nachsichtig. »Wir originell. Ein Polizist, der nach dem anderen fahndet?«

»Wann war er bei Ihnen?«

»Gegen achtzehn Uhr, würde ich sagen.«

»So spät? Wissen Sie noch, was er Sie gefragt hat?«

»Selbstverständlich. Er hat sich nach den Patienten eines Instituts in der Nähe von Guernon erkundigt. Einer Klinik für Augenkrankheiten, die ich betreue.«

»Was wollte er denn wissen?«

Chernecé öffnete einen Mahagonischrank, nahm ein maßgeschneidertes weißes Hemd heraus und schlüpfte mit geschmeidigen Bewegungen hinein.

»Die Ursache der verschiedenen Augenleiden. Ich erklärte ihm, es seien vorwiegend erblich bedingte Krankheiten. Daraufhin wollte er wissen, ob auch eine äußere Ursache denkbar sei, eine Vergiftung beispielsweise oder eine falsche ärztliche Behandlung.«

»Und was haben Sie ihm geantwortet?«

»Dass der Gedanke absurd sei. Diese genetischen Leiden sind durch die Isolation der Stadt und die sich daraus ergebende relative Häufigkeit von Verwandtenehen bedingt. Wenn Blutsverwandte heiraten, ist die Chance, dass sich rezessive, das heißt latent vorhandene Anlagen manifestieren, sehr viel höher. Das Phänomen ist seit langem aus vielen abgelegenen Bergdörfern bekannt und wurde in jüngerer Zeit am Beispiel der Region um den Lac Saint-Jean im Québec und der Amisch-Gemeinden in den Vereinigten Staaten ausführlich beschrieben. Dasselbe ist in Guernon der Fall – obwohl man annehmen möchte, dass eine Universität zum internationalen Austausch führen sollte. Aber die Leute in diesem Tal bleiben offensichtlich lieber unter sich ... Das ist bekannt. Weshalb also eine andere Erklärung für dieses Phänomen suchen?«

Ohne eine Spur von Verlegenheit gegenüber Niémans stieg der Augenarzt, der seine Rede in Unterwäsche gehalten hatte, in eine Hose aus marineblauem, matt schimmerndem Stoff. Dieser Chernecé war in der Tat ein Mann von ausgesuchter Eleganz.

»Hat er Ihnen noch weitere Fragen gestellt?«, fragte Niémans.

»Von Transplantationen hat er gesprochen.«

»Welcher Art?«

»Von Augentransplantationen. Seine Fragen waren mir, offengestanden, ein Rätsel.«

»Hat er Ihnen nicht erklärt, in welchem Zusammenhang sie stehen, worum sich seine Ermittlungen drehen?«

»Nein. Aber ich habe ihm bereitwillig geantwortet. Er wollte wissen, ob eine Entfernung der Augäpfel zu chirurgischen Zwecken denkbar wäre, beispielsweise im Hinblick auf eine Hornhautverpflanzung.«

»Und?«

Chernecé verharrte reglos mitten im Raum und fuhr sich

mit dem Handrücken über das Kinn, wie um die Länge seiner Bartstoppeln zu prüfen. Die Schatten der Bäume, die durch die Glasscheiben fielen, tanzten über den Boden.

»Ich habe ihm erklärt, dass solche Operationen völlig unangemessen sind. Hornhautverpflanzungen sind heutzutage kein Problem mehr: Als Ersatz werden entweder konservierte Leichenhornhaut oder Kunststofftransplantate verwendet – in der Entwicklung geeigneter Materialien hat man große Fortschritte erzielt. Die Netzhaut hingegen lässt sich nicht verpflanzen: Wir sind noch immer nicht in der Lage, die Retina zu konservieren, von einer Transplantation kann also keine Rede sein.« Er lachte kurz auf. »Wissen Sie, diese Geschichten von Organhandel, das sind eher die Phantasien der Laien.«

»Hat er sonst noch etwas gefragt?«

»Nein. Er schien enttäuscht.«

»Haben Sie ihn an irgendjemanden verwiesen? Haben Sie ihm eine Adresse genannt?«

Chernecé lachte leutselig. »Meine Güte, man möchte meinen, Sie haben Ihren Kollegen verloren!«

»Antworten Sie mir bitte. Hat er irgendetwas erwähnt, woraus sich Rückschlüsse auf seine weiteren Schritte ziehen lassen? Hat er nicht gesagt, wohin er anschließend wollte?«

»Nein. Natürlich nicht.« Seine Miene wurde verschlossen. »Ich würde trotzdem ganz gern wissen, worum es eigentlich geht.«

Niémans zog die Polaroidfotos der Leiche aus seinem Mantel hervor und legte sie auf den Schreibtisch. »Darum«, sagte er.

Chernecé setzte seine Brille auf, schaltete die Schreibtischlampe ein und musterte die Fotografien. Die offenen Lider. Die leeren Augenhöhlen.

»Jesus …«, murmelte er.

Er schien entsetzt und fasziniert zugleich, während er sich

in den Anblick vertiefte. Niémans entdeckte eine Kollektion verchromter Stilette, die in einem chinesischen Federkasten steckten, und beschloss, weitere Fragen zu stellen – wenn man schon einen Fachmann vor sich hatte, konnte man ihn genauso gut als Fachmann zu Rate ziehen.

»Ich habe zwei Leichen in diesem Zustand. Halten Sie es für denkbar, dass Verstümmelungen wie diese von einem Profi vorgenommen wurden?«

Chernecé hob den Kopf. Auf seiner Stirn standen Schweißperlen. Eine Weile starrte er stumm vor sich hin, dann fragte er: »Mein Gott, was wollen Sie denn damit andeuten?«

»Ich spreche von der Entfernung der Augen. Es gibt auch Nahaufnahmen.« Er reichte ihm mehrere Fotos, auf denen nur die leeren Augenhöhlen zu sehen waren. »Finden Sie irgendwelche Anhaltspunkte, die darauf hindeuten, dass die Operation von einem Experten durchgeführt wurde? Sachkundige Schnitte? Der Mörder hat die Augäpfel ja sehr sorgfältig herausgetrennt, ohne die Lider zu beschädigen: Ist das etwa eine gängige chirurgische Praxis? Sind dafür genaue anatomische Kenntnisse erforderlich?«

Chernecé nahm sich die Bilder wieder vor und studierte sie gründlich.

»Wer kann so etwas tun?«, fragte er langsam. »Wer ist zu einer derartigen … Ungeheuerlichkeit fähig? Wo ist das passiert?«

»In der Umgebung von Guernon. Herr Doktor, beantworten Sie bitte meine Frage: Wurde diese Operation von einem professionellen Chirurgen durchgeführt?«

»Tut mir Leid«, sagte Chernecé. »Ich habe keine Ahnung.«

»Welche Technik hat er Ihrer Ansicht nach angewandt?«

Der Arzt hielt sich die Abzüge dicht vor die Augen.

»Ich denke, er hat die Elastizität des Lids ausgenützt und eine Klinge unter die Augäpfel geschoben … um die Sehnerven und die Augenmuskeln zu durchtrennen. Und vermutlich hat er dann das Auge mit der Breitseite der Klinge herausgehebelt. Wie mit einer Münze oder einem Löffelstiel, verstehen Sie?«

Niémans steckte die Fotos wieder ein. Der braun gebrannte Arzt folgte aufmerksam jeder einzelnen Geste, als sähe er die Bilder noch durch den Mantelstoff. Sein Hemd wies Schweißflecken auf.

»Ich würde Ihnen gern eine allgemeine Frage stellen«, sagte Niémans. »Lassen Sie sich Zeit zum Nachdenken, ehe Sie mir antworten.«

Die Veranda schien bewohnt von den bewegten Schatten der Bäume. Der Arzt wich aus dem Lichtkreis der Lampe ins Halbdunkel zurück und sah den Kommissar erwartungsvoll an.

»Welche Gemeinsamkeit sehen Sie zwischen den Augen und den Händen eines Menschen? Welche Verbindung können Sie sich zwischen diesen beiden menschlichen Organen vorstellen?«

Der Augenarzt ging ein paar Schritte durch den Raum. Er hatte seine Fassung wiedergefunden, die Gelassenheit eines Wissenschaftlers.

»Die Gemeinsamkeit ist offenkundig«, sagte er. »Das Auge und die Hand sind die einzigen unverwechselbaren Teile unseres Körpers.«

Niémans hielt den Atem an. Seit dem Gespräch mit dem Pathologen ahnte er, worauf es hinauslaufen würde. »Erklären Sie das genauer«, forderte er den Arzt auf.

»Unsere Iris ist einzigartig. Die Tausende von Fasern, aus denen die Regenbogenhaut besteht, bilden ein individuelles Muster, das bei jedem Menschen verschieden ist. Ein biologisches Kennzeichen, das in den Genen angelegt ist. Die Iris ist so unverwechselbar wie die Fingerabdrücke. Und darin sehe ich die Gemeinsamkeit zwischen Augen und Händen:

Sie sind die einzigen Körperteile, die sozusagen eine Signatur tragen. Eine biometrische Signatur, wie die Fachleute sagen. Berauben Sie einen Körper der Augen und der Hände, und Sie zerstören die äußeren Identifikationsmerkmale. Wer ist ein Mensch, der ohne diese Merkmale stirbt? Niemand. Ein anonymer Toter, der seine sichtbare Identität verloren hat. Was die Symbolik betrifft, so kann ich mir kein schlimmeres Ende vorstellen. Wie die Beerdigung in einem Massengrab.«

Seine farblosen Augen brachen das Licht der Lampe und wirkten so noch transparenter als zuvor. Der ganze Raum ähnelte jetzt einer gläsernen Iris, und die anatomischen Darstellungen, die Silhouette des Mannes vor der Nacht, die kahlen Klauen der Bäume hinter den Glasscheiben sahen unwirklich aus wie ein Spiegelbild.

Der Kommissar dachte an Caillois' Hände mit ihren glatten Fingerkuppen, die der Mörder nicht abgetrennt hatte – weil es nicht nötig war: Ohne Fingerabdrücke waren sie ohnehin anonym.

Der Mörder beraubte seine Opfer also der biologischen Signaturen.

»Ich persönlich«, fuhr der Arzt fort, »glaube sogar, dass die Augen eine exaktere Identifikation erlauben als die Hände. Die Polizei sollte das eigentlich bedenken.«

»Warum sagen Sie das?«

Chernecé lächelte. Er hatte seine professorale Souveränität wiedergefunden.

»Manche Wissenschaftler sind der Ansicht, an der Iris lasse sich nicht nur der Gesundheitszustand des Körpers ablesen, sondern die gesamte Geschichte, die Entwicklung eines Menschen. Haben Sie noch nie von der Irisdiagnostik gehört?«

Auf unerklärliche Weise war Niémans überzeugt, dass diese Worte ein Schlaglicht auf den gesamten Fall warfen.

Noch wusste er nicht, was der Mörder mitteilen wollte, doch er ahnte, dass der Augenarzt mit seiner Einschätzung den Nagel auf den Kopf traf.

»Die Iridologie«, fuhr Chernecé fort, »ist Ende des letzten Jahrhunderts entstanden. Sie ist ein empirisches Verfahren und wurde von einem deutschen Falkner entwickelt, der beobachtet hatte, dass bei einem seiner Raubvögel verblüffende Veränderungen in der Iris auftraten, nachdem der Vogel sich ein Bein gebrochen hatte. Eine Art Kerbe bildete sich, und während die Knochen heilten, überlagerte ein Muster gekreuzter weißer Linien die ursprüngliche verletzungsbedingte Irisveränderung. Als hätte der Unfall im Auge des Vogels sein Echo gefunden. Ich bin überzeugt, dass dieses körperliche Echo existiert. Wer weiß? Vielleicht wollte Ihr Mörder durch die Entfernung der Augäpfel den Widerhall eines Ereignisses tilgen, das man ihm von den Augen ablesen konnte?«

Niémans stellte seine letzte Frage: »Warum sind Sie heute Nachmittag nicht ans Telefon gegangen?«

»Ich hatte den Apparat ausgesteckt«, antwortete der Arzt lächelnd. »Montags habe ich keine Sprechstunde, und ich wollte den Nachmittag und den Abend dazu verwenden, meine Praxis in Ordnung zu bringen …«

Chernecé ging noch einmal zum Schrank und nahm ein Jackett heraus, das er mit einer ausladenden, wohlbemessenen Geste anzog. In seinem dunkelblauen, gerade geschnittenen Anzug stand er vor Niémans und sagte, als sei ihm der Grund dieses Besuchs endlich klar geworden: »Haben Sie mich zu erreichen versucht? Das tut mir Leid. Das alles hätte ich Ihnen natürlich auch am Telefon sagen können. Ich bedaure, dass Sie Ihre Zeit vergeudet haben.«

Kein Wort davon meinte er ernst. Aus jeder Pore seiner sonnengebräunten Stirn sickerten Egoismus und Gleichgültigkeit. Die geschändeten Augenhöhlen von Rémy Caillois hatte er schon wieder vergessen.

Niémans betrachtete die Augenmodelle, die Blutgefäße, die sich über die weißen Augäpfel zogen wie eine Fortsetzung der Schatten, die von den kahlen Zweigen durch die gläsernen Wände in den Raum fielen.

»Ich habe keineswegs meine Zeit vergeudet«, sagte er.

Draußen erwartete den Kommissar eine weitere Überraschung. An seinem Wagen lehnte im Licht einer Straßenlaterne ein Mann, der auf ihn zu warten schien: offenbar nordafrikanischer Herkunft, genauso groß wie er selbst, mit langen Rastalocken, bunter Mütze und Satansbart, der ihm vom Kinn herabhing.

Ein erfahrener Polizist ist imstande, einen gefährlichen Mann auf den ersten Blick zu erkennen. In diese Kategorie gehörte der lange Kerl, trotz seiner lässigen Haltung. Der Mann erinnerte ihn an die Dealer, die er während seiner Pariser Nächte so oft gejagt hatte, und er wäre jede Wette eingegangen, dass er irgendwo an seinem Körper eine Schusswaffe versteckt hatte. Niémans trat näher, die Hand auf seinem MR 73, und traute seinen Augen nicht: Der Araber lächelte ihm entgegen.

»Kommissar Niémans?«, fragte er, als der Polizist nur noch wenige Meter entfernt war.

Der Araber fuhr mit der Hand in die Jacke, und im selben Moment zückte Niémans seine Waffe und legte an.

»Keine Bewegung!«

Der Mann lächelte sein sphinxähnliches Lächeln – eine Mischung aus Selbstsicherheit und Ironie – und strahlte eine Kraft aus, wie Niémans sie selbst bei den ausgekochtesten Verbrechern selten erlebt hatte. In gelassenem Ton sagte er: »Nur die Ruhe, Kommissar. Ich heiße Karim Abdouf und bin Leutnant bei der Polizei. Capitaine Barnes hat mir gesagt, dass ich Sie hier finde.«

Er vollendete seine Handbewegung und hielt seinen

Dienstausweis ins Licht. Zögernd steckte Niémans seine Waffe wieder ein und musterte prüfend die verblüffende Erscheinung. Unter der Haarmähne blitzten etliche Ohrringe hervor.

»Du bist nicht aus Annecy?«, fragte er argwöhnisch.

»Nein. Ich komme aus Sarzac. Département Lot.«

»Kenne ich nicht.«

Karim steckte seinen Ausweis wieder ein.

»Das glaube ich gern. Wir sind nicht sehr bekannt.«

Niémans lächelte den langen Lulatsch an. »Was für eine Sorte Bulle bist du denn?«, fragte er.

Die Sphinx schnippte mit einem Finger gegen die Antenne des Wagens. »Ich bin der Bulle, der Ihnen fehlt, Kommissar.«

38

Auf dem Rückweg nach Guernon hielten die beiden Polizisten an einer kleinen Raststätte an der N 56, um einen Kaffee zu trinken. In der Ferne waren die Scheinwerfer und Blaulichter einer Straßensperre der Gendarmen zu erkennen, vor der sich eine Autoschlange gebildet hatte.

Niémans hörte sich aufmerksam und verwundert die hastige Rede dieses unversehens aufgetauchten Polizisten an, seinen höchst unwahrscheinlichen Fall, der auf einmal mit den Morden von Guernon in Zusammenhang zu stehen schien. Dennoch fand er die Geschichte verschroben und unverständlich – eine geheimnisvolle Mutter und ihre Flucht, ein kleines Mädchen, das sich in einen Jungen verwandelt hatte, Teufel, die das Gesicht des Kindes auszulöschen versuchten, weil sie es für ein gefährliches Beweisstück hielten … Niémans war schon geneigt, das Ganze für ein ausgemachtes Hirngespinst zu halten, als ihm der Leutnant aus Sarzac den konkreten Beweis präsentierte, dass Philippe Sertys in der Nacht von Sonntag auf Montag in ein Grab auf dem Friedhof einer Kleinstadt im Département Lot eingebrochen war.

Und diese Information war entscheidend.

Im Licht seiner eigenen Erkenntnisse über Philippe Sertys waren dem Mann Grabschändungen durchaus zuzutrauen. Natürlich musste man erst die auf dem Friedhofsparkplatz in Sarzac gefundenen Abriebspuren mit den Reifen des Lada vergleichen, doch falls diese Indizien den Verdacht des Arabers bestätigten, hatte Niémans den ersten konkreten Beweis, dass Sertys kein unschuldiges Opfer war, sondern selbst etwas auf dem Kerbholz hatte.

Unklar war ihm allerdings, wie sich die übrigen Elemente, von denen Karim Abdouf ihm berichtet hatte – diese verrückte Geschichte über Mutter und Tochter, die von »Teufeln« verfolgt wurden –, in seine eigene Ermittlung einfügen sollten.

»Was ist deine Vermutung?«, fragte er.

Karim antwortete, während er nervös an einem Stück Zucker herumfingerte: »Aus einem mir unbekannten Grund sind die Teufel in der letzten Nacht wiedererwacht, und Sertys kam in das Kaff, in dem ich wohne, um in der Schule und auf dem Friedhof irgendetwas nachzuprüfen, das mit der Flucht der Frau im Jahr zweiundachtzig zu tun hat.«

»Demnach wäre Sertys einer deiner Teufel?«

»Richtig.«

»Das ist absurd«, gab Niémans zurück. »In dem Jahr war Philippe Sertys gerade mal zwölf. Kannst du dir vorstellen, wie ein Kind eine Familienmutter terrorisiert und quer durch Frankreich jagt?«

Karim Abdouf runzelte die Stirn. »Ich weiß. Es passt alles noch nicht so ganz.«

Niémans lächelte und bestellte sich einen zweiten Kaffee.

Er war sich noch nicht sicher, ob er Abdoufs Geschichte glauben sollte. Ebenso wenig, wie er sicher war, ob man einem Burschen von einem Meter fünfundachtzig mit Rastalocken und Ohrringen trauen sollte, der eine nicht zugelassene Automatikpistole bei sich hatte und einen Audi fuhr, der offensichtlich geklaut war. Doch die Geschichte, die er erzählte, war nicht abstruser als seine eigene Hypothese von der Schuld der Opfer. Und dieser junge Araber hatte eine Leidenschaft, eine Begeisterung an sich, die durchaus ansteckend waren.

Schließlich entschloss er sich, ihm zu vertrauen. Er gab ihm den Schlüssel zu seinem Privatbüro in der Universität, damit Karim dort die gesamten Unterlagen studieren konnte. Danach erklärte er ihm in gedämpftem Ton seinen Fall und seine eigene, tiefe Überzeugung: Die Opfer hätten irgendeine Schuld auf sich geladen, wofür der Mörder nun Rache übte. Er zählte ihm die spärlichen Hinweise auf, die seine Vermutung stützten: die Schizophrenie und Brutalität von Rémy Caillois, die abgelegene Lagerhalle im Besitz von Philippe Sertys und das Heft mit dem rätselhaften Inhalt. Er berichtete auch von den »purpurnen Flüssen«, ohne die sonderbaren Worte erklären zu können, und fasste den gegenwärtigen Stand der Ermittlung zusammen: Man warte auf die Ergebnisse der zweiten Autopsie, denn die Leiche berge möglicherweise wieder eine Botschaft.

Er hege die vage Hoffnung, fügte er hinzu, dass all die Netze, die über der Umgebung ausgeworfen worden waren, früher oder später einen entscheidenden Hinweis liefern würden. Und schließlich berichtete er von Eric Joisneau und seinen schlimmen Befürchtungen.

Abdouf stellte mehrere Fragen über das Verschwinden des Leutnants, das ihn in höchstem Maß zu interessieren schien.

»Hast du denn eine Meinung dazu?«, fragte Niémans seinerseits.

Abdouf lächelte schief. »Dieselbe wie Sie, Kommissar. Ich glaube, der Junge hatte ein Problem. Er hat den Finger auf irgendetwas Wichtiges gelegt und wollte die Sache im Alleingang durchziehen, um es Ihnen ordentlich zu zeigen. Ich fürchte, er hat einen kapitalen Hirsch geschossen, und der Schuss ist nach hinten losgegangen. Ich hoffe, ich irre mich, aber es kann sein, dass Sie mit Ihren Befürchtungen Racht haben und Joisneau – vielleicht – die Identität des Mörders aufgedeckt hat, was ihn – vielleicht – das Leben gekostet hat.«

Sie schwiegen beide. Durch das Fenster schaute Niémans auf die Lichter der Straßensperre in der Ferne. Seitdem er aus seinem kurzen Schlaf in der Bibliothek aufgeschreckt war, hatte ihn diese Sorge gequält.

»Halten Sie mich nicht für zynisch, Kommissar«, fuhr Karim fort. »Schon den ganzen Tag, seit heute Morgen, entdecke ich Dinge, die mich Schlimmes vermuten lassen, und jetzt stoße ich hier in Guernon auf einen Mörder, der seinen Opfern die Augen aussticht. Und auf Sie, Pierre Niémans, einen der größten Cracks der französischen Polizei, der in dieser Geschichte ungefähr genauso auf dem Schlauch steht wie ich ... Also wundere ich mich über gar nichts mehr. Ich bin überzeugt, dass diese Morde in direktem Zusammenhang mit meinem eigenen Fall stehen, und glauben Sie mir: Ich bin fest entschlossen, der Sache auf den Grund zu gehen.«

Sie standen auf, zahlten und gingen. Inzwischen war es halb zwölf. Draußen fiel ein leichter Nieselregen. An der Straße standen noch immer die Gendarmen und trotzten dem widrigen Wetter. Geduldig standen die Autofahrer in der Schlange und warteten auf die Kontrolle. Manche streckten den Kopf aus dem Fenster und musterten skeptisch die im Regen glänzenden Maschinengewehre.

Aus alter Gewohnheit warf der Kommissar einen Blick

auf seinen Funkempfänger: Costes hatte eine Nachricht hinterlassen.

Sofort rief er ihn zurück.

»Was gibt's? Bist du mit der Autopsie fertig?«

»Noch nicht ganz, aber ich würde Ihnen gern was zeigen. Hier im Krankenhaus.«

»Kannst du mir nicht am Telefon davon erzählen?«

»Nein. Außerdem erwarte ich jeden Moment die Ergebnisse von Astier, der die Analysen durchgeführt hat. Kommen Sie her. Bis Sie hier sind, bin ich auch soweit.«

»Gibt es was Neues?«, fragte Karim, als Niémans das Mobiltelefon einsteckte.

»Vielleicht. Ich muss zum Gerichtsmediziner. Und du?«

»Ich wollte eigentlich mit Philippe Sertys reden, aber das geht ja jetzt nicht mehr. Also folgt der nächste Schritt.«

»Und der wäre?«

»Die Umstände des Todes von Judiths Vater herausfinden. Er ist hier in Guernon gestorben, und ich bin so gut wie sicher, dass die Teufel dabei ihre Hand im Spiel hatten.«

»Was vermutest du? Mord?«

Niémans schüttelte zweifelnd den Kopf. »Wir haben die Gendarmerie- und Polizeiarchive der gesamten Region aus den letzten fünfundzwanzig Jahren durchforstet und nicht die Spur eines Vorfalls dieser Sorte gefunden. Und ich sag' dir doch: Sertys war ein Kind, als …«

»Wir werden schon sehen, was herauskommt. Jedenfalls bin ich mir sicher, dass ich auf eine Verbindung zwischen diesem Tod und dem Namen eines der beiden Opfer stoßen werde.«

»Wo willst du anfangen?«

»Auf dem Friedhof.« Karim lächelte. »Das ist inzwischen eine Spezialität von mir. Meine zweite Natur sozusagen. Ich will mich vergewissern, dass Sylvain Hérault tatsächlich in Guernon begraben ist. Ich habe mich bereits mit dem Standesamt von Taverlay in Verbindung gesetzt und die Eintragung der Geburt von Judith Hérault, der einzigen Tochter von Fabienne und Sylvain Hérault, gefunden: geboren 1972 im Klinikum von Guernon. Soviel zur Geburtsurkunde. Bleibt noch der Totenschein.«

Niémans reicht ihm eine Karte mit den Nummern seines Mobiltelefons und des Funkempfängers. »Vertrauliche Mitteilungen bitte über den Pager«, sagte er.

Karim Abdouf steckte die Karte ein und erklärte in halb spöttischem, halb belehrendem Ton: »Bei der Aufklärung eines Verbrechens ist jedes Faktum, jeder Zeuge ein Spiegel, der einen Aspekt der Wahrheit wiedergibt ...«

»Wie bitte?«

»Auf der Polizeischule habe ich einen Ihrer Vorträge gehört, Kommissar.«

»Na und?«

Karim stellte den Jackenkragen auf. »Tja, was die Spiegel angeht, sieht es mit unseren jeweiligen Ermittlungen so aus.« Er hob beide Handflächen, einander zugewandt. »Sie spiegeln sich gegenseitig, verstehen Sie? Und ich bin mir verdammt sicher, dass der Mörder in den toten Winkeln auf uns wartet.«

»Wie kann ich dich erreichen?«

»Gar nicht – ich werde mich bei Ihnen melden. Ich hatte ein Handy beantragt, aber das Budget von Sarzac reicht dafür nicht aus.«

Der junge Polizist verbeugte sich nach arabischer Manier und war fort.

Niémans ging zu seinem eigenen Wagen, und während er einstieg, sah er dem Audi nach, der in einem Wasserschleier röhrend davonfuhr. Mit einem Mal fühlte er sich älter, verbrauchter, steif geworden von der Nacht, den Jahren, der Unsicherheit. Ein Gefühl von Leere schnürte ihm die Kehle zu. Doch gleichzeitig verspürte er eine neue Kraft: Er hatte einen Verbündeten gewonnen. Einen schlagkräftigen Verbündeten.

39

Kristalle in schillerndem Violett, Blau, Grün, Gelb. Bunte Prismen, ein Kaleidoskop in den Farben des Regenbogen unter der durchscheinenden Oberfläche.

»Was ist das?«, fragte Niémans, die Augen vor dem Mikroskop.

»Glas«, antwortete Costes in ungläubigem Ton. »Diesmal hat der Mörder winzige Glassplitter hinterlassen.«

»Und wo haben Sie die gefunden?«

»Wieder in den Augenhöhlen. Unter den geschlossenen Lidern. Wie kleine kristallisierte Tränen, die im Gewebe hafteten.«

Die beiden Männer standen in der Leichenhalle des Klinikums, der junge Arzt in einem blutbefleckten Kittel. Zum ersten Mal sah ihn Niémans so gekleidet und in dieser Umgebung, zwischen weißen, kalten Kacheln. Die Kleidung und der Ort verliehen ihm eine befremdliche, eisige Autorität.

»Wasser, Eis, Glas«, fuhr der Arzt fort. »Die Verwandtschaft der Materialien ist offenkundig.«

»Ich bin durchaus noch in der Lage, Offenkundiges zu registrieren«, murrte Niémans, während er auf die Leiche zuging, die in der Mitte des Raumes unter einem Tuch aufgebahrt worden war. »Aber was bedeutet es? Ich meine, zu welchem Ort führt es uns? Ist an diesen Glassplittern irgendetwas Besonderes?«

»Ich warte noch auf die Ergebnisse von Astier. Er ist sofort ins Labor gefahren, um eine genaue Analyse durchzuführen und die Herkunft des Glases zu bestimmen. Außerdem hat er den Staub und die Splitter untersucht, die Sie aus der Lagerhalle mitgebracht haben. Über die Tinte, mit der das Heft beschrieben wurde, weiß er schon Bescheid, aber das Ergebnis ist eher enttäuschend: Es ist eine ganz gewöhnliche Tinte, wie man sie überall kaufen kann. Was die Zahlen angeht, lässt sich leider nichts sagen, solange keine weiteren Elemente vorliegen … Wir haben lediglich ein graphologisches Gutachten angefordert und festgestellt, dass es Sertys' Schrift ist.«

Niémans fuhr sich mit der Hand über seine Bürstenhaare: Die Indizien aus der Lagerhalle hätte er beinahe vergessen. Eine Weile sprach keiner ein Wort. Doch als Niémans aufschaute, bemerkte er im Blick des Arztes ein Funkeln der Erkenntnis, das ihm vorkam wie die Befriedigung über eine gelöste mathematische Gleichung. Irritiert fragte er: »Was ist los?«

»Nichts. Nur … Wasser, Eis, Glas. In jedem Fall sind es Kristalle.«

»Das weiß ich selber! Wie oft denn noch?«, fuhr Niémans auf.

»Aber sie symbolisieren jeweils unterschiedliche Temperaturen.«

»Was soll das heißen?«

Costes verschränkte die Arme. »Die Struktur dieser Materialien entsprechen verschiedenen Stufen auf einer Temperaturskala«, erklärte er. »Die Kälte von Eis. Die Umgebungstemperatur von Wasser. Und die extreme Hitze, bei der Quarzsand zu Glas schmilzt.«

Niémans fegte die Bemerkung mit einer zornigen Gebärde beiseite. »Na und? Was sagt uns das über den Mörder?«

Costes zog den Kopf ein, als weiche er wieder in seine Schale der Schüchternheit zurück.

»Nichts. War nur eine Feststellung …«

»Erzähl mir lieber was über die Verstümmelungen.«

»Abgesehen von der Abtrennung der Hände ist der Tote im selben Zustand wie die Leiche von Caillois, trägt allerdings keine Spuren von Folter.«

»Sertys wurde nicht gefoltert?«

»Nein. Offensichtlich wusste der Mörder bereits, was er wollte, und kam direkt zur Sache. Amputation der Hände und Entfernung der Augäpfel, Erdrosselung. Trotzdem müssen die Schmerzen unerträglich gewesen sein, denn der Mörder hat allem Anschein nach mit den Verstümmelungen begonnen. Hat die Hände abgeschnitten, die Augen entfernt und erst danach seinem Opfer den Garaus gemacht.«

»Wie wurde Sertys erdrosselt?«

»Mit derselben Technik wie Caillois. Einem Metalldraht. Mit dem der Mörder sein Opfer zuerst gefesselt hatte. Wie beim ersten Mal. Die Einschnitte an den Handgelenken und am Hals sind identisch.«

»Und die Hände? Wie hat er die Knochen durchtrennt?«

»Schwer zu sagen. Sie wurden weder gesägt noch geschnitten, und ich habe den Eindruck, dass der Mörder auch zu diesem Zweck das Kabel verwendet hat. Wie einen Faden, mit dem man Butter schneidet, verstehen Sie? Er muss es ihm um die Handgelenke gelegt und festgezurrt haben, und das mit einer irren Kraft. Wir suchen einen Koloss, Kommissar. Eine Naturgewalt.«

Niémans dachte nach. Obwohl die Autopsieergebnisse eine relative Präzision vermittelten, gelang es ihm nicht, sich den Mörder vorzustellen. Nicht einmal seine Umrisse. Irgendetwas störte, hielt ihn zurück, und er sah den Mörder allenfalls als eine Einheit, eine Macht, eine globale Energie.

»Die Tatzeit?«, fragte er.

»Vergessen Sie's. So tiefgefroren, wie die Leiche war, besteht keine Möglichkeit, darüber irgendeine Aussage zu machen.«

In dem Augenblick wurde abrupt die Tür aufgerissen, und ein baumlanger Kerl mit fahlem Gesicht, platter Nase und hellen, weit aufgerissenen Augen stürmte herein. Costes stellte die Herren einander vor: Der Neuankömmling war Patrick Astier, der ein Plastiksäckchen auf den Tisch warf und sofort mit der Tür ins Haus fiel.

»Ich habe die Zusammensetzung der Glassplitter. Sand aus Fontainebleau, Soda, Pottasche, Bleioxid, Glaubersalz, Borax. Nach dem jeweiligen Anteil der Bestandteile lässt sich die Herkunft ableiten. Dieses Glas wird häufig in der Bauindustrie verwendet, für große Scheiben, Glassteine und so weiter. Der Mörder verweist uns auf irgendeinen Ort oder ein Gebäude dieser Art, vielleicht ein Gewächs…«

Astier verstummte verdutzt: Niémans hatte sich abgewandt und marschierte auf die Tür zu, nachdem ihn blitzartig die Erkenntnis überkommen hatte: das verglaste Sprechzimmer des Augenarztes. Er fluchte innerlich. Das konnte kein Zufall sein: Edmond Chernecé war das dritte Opfer.

»Wo wollen Sie denn hin?« rief Marc Costes ihm nach, als er schon bei der Tür war.

Über die Schulter antwortete Niémans: »Ich weiß wahrscheinlich, wo der Mörder das nächste Mal zuschlägt. Wenn es nicht schon zu spät ist.«

Er war bereits im Flur, als Astier ihn einholte und am Ärmel packte.

»Kommissar, ich habe auch die Zusammensetzung des Staubs aus dem Lager …«

Über den Brillenrand hinweg sah Niémans ihn an. »Was?«

»Sie wissen doch, die Trümmer, die Sie aus dem Lager mitgebracht haben.«

»Und?«

»Das sind Knochen, Kommissar. Tierknochen.«

»Von welchen Tieren?«

»In erster Linie von Ratten. Es klingt verrückt, aber dieser Kerl, Sertys, hat wahrscheinlich nur Nagetiere gezüchtet, und …«

Ein weiterer Schauder.

»Später«, schnaubte Niémans. »Später. Ich komme wieder.«

Niémans hieb mit der Faust auf das Steuerrad ein, während er mit mehr als hundertfünfzig Stundenkilometer über die Nationalstraße raste.

Wenn Dr. Edmond Chernecé das nächste Opfer war, dann war er der dritte Schuldige.

Nach Rémy Caillois.

Nach Philippe Sertys.

Und wenn Chernecé schuldig war, dann hatte er Eric Joisneau aus dem Weg geschafft.

Gottverdammte Scheiße. Der Kommissar biss die Zähne zusammen, um nicht zu brüllen. Seitdem er losgefahren war, grübelte er über seine Fehler nach. Zog die Bilanz seines Versagens. Wegen der dämlichen Hunde hatte er sich geweigert, das Blindeninstitut aufzusuchen, und hatte damit die erste konkrete Spur verpasst.

Von dem Augenblick an hatte er sich vollständig verzettelt.

Während er wie eine Krabbe herumtappte, während er in Gletscherspalten den Helden spielte und seine Zeit mit Mutter Sertys vertrödelte, war Eric Joisneau im Institut gewesen und hatte eine wichtige Erkenntnis gewonnen. Seine Entdeckung hatte ihn geradewegs zu Chernecé geführt. Doch zu dem Zeitpunkt bewegte er sich mit einer Geschwindigkeit vorwärts, die zu viel für ihn war: Der Junge war nicht imstande gewesen, die Konsequenzen seiner Entdeckungen einzuschätzen. Er hatte dem Arzt nicht genügend misstraut und ihn nach einem entscheidenden Aspekt befragt, einer Wahrheit, die für den Augenarzt selbst gefährlich war. Das war der Grund, weshalb Joisneau nach seinem Besuch bei Chernecé nie mehr aufgetaucht war.

In seinem Geist kristallisierte sich die filigrane Struktur einer neuen, schrecklichen Gewissheit heraus, für die er nicht einen einzigen Beweis hatte – nur seinen Instinkt: Caillois, Sertys und Chernecé hatten gemeinsame Sache gemacht. Gemeinsam hatten sie irgendeinen Fehler begangen.

Der tödlich war.

WIR SIND DIE NEUEN HERREN, WIR SIND DIE SKLAVEN.
WIR SIND ÜBERALL, WIR SIND NIRGENDWO.

WIR SIND DIE VERMESSER.
WIR BEHERRSCHEN DIE PURPURNEN FLÜSSE.

Bezog sich dieses *Wir* auf die drei Männer? Waren Caillois, Sertys und Chernecé die »Beherrscher der purpurnen Flüsse«? Hatten sie ein Komplott gegen die ganze Stadt geschmiedet – und war diese Verschwörung das Mordmotiv?

40

Diesmal stand die Tür halb offen. Niémans schwenkte sofort nach rechts und betrat die gläserne Veranda. Ringsum Halbdunkel und Stille. Wie starre, arrogante Gestalten standen die optischen Geräte im Raum. Er zog seine Waffe und schlich durchs Zimmer. Niemand zu sehen. Nur die wild bewegten Schatten der Bäume fielen durch die Glasfront herein.

Er ging zurück ins eigentliche Haus, warf einen Blick in das dunkle Wartezimmer und durchquerte das marmorne Vestibül. Vorbei an einem Schirmständer, aus dem mehrere

Spazierstöcke mit Elfenbein- oder Hirschhornknauf ragten, gelangte er zu einem Salon mit schweren Vorhängen und wuchtigen Möbeln, an den sich zwei altmodisch eingerichtete Schlafzimmer reihten. Auch hier keine Menschenseele. Keine Spur eines Kampfes. Kein Anzeichen einer Flucht.

Mit ausgestreckter Waffe stieg Niémans über die Treppe ins obere Stockwerk hinauf. Er betrat ein kleines Büro, das nach Möbelwachs und Zigarrentabak roch, und entdeckte auf einem abgewetzten Kelim etliche Koffer aus weichem Leder mit goldenen Schließen.

Er ging weiter und witterte auf einmal einen anderen Geruch: Dieser Raum stank nach Gefahr, nach Tod. Durch ein ovales Fenster sah er die windgepeitschten Baumwipfel und begriff, dass diese Luke sich oberhalb der Veranda mit ihrem gläsernen Dach befand. Mit einer abrupten Geste riss er das Fenster auf und spähte hinab auf die durchscheinende Fläche, und das Blut gefror ihm in den Adern.

Auf den regennassen Scheiben erblickte er das Spiegelbild eines Körpers, dessen Konturen durch die Unebenheiten des Glases wie zerfranst wirkten. Die Arme ausgebreitet, die Füße nebeneinander gestellt – die Haltung eines Gekreuzigten. Ein Märtyrer über einem grünlichen See.

Mit zugeschnürter Kehle studierte er dieses Bild, ohne die tatsächliche Stellung der Leiche daraus ableiten zu können, bis ihm das optische Spiel auf einmal aufging. Er streckte den Kopf aus dem Fenster und spähte entlang der Fassade nach oben. Die Leiche hing direkt über der Luke.

Wie eine grausige Galionsfigur war Edmond Chernecé an die Wand geheftet, und der Wind zerzauste seine weiße Mähne.

Der Kommissar zog den Kopf zurück, verließ das kleine Büro und stieg eine schmale hölzerne Stiege in den Speicher hinauf. Auch hier gab es ein Fenster. Er riss es auf und beugte sich weit bis auf die Dachrinne hinaus, um die sterbliche

Hülle von Edmond Chernecé aus möglichst geringer Entfernung zu sehen.

Das Gesicht hatte keine Augen mehr. Gähnend klafften die leeren Höhlen Wind und Regen entgegen. Die Arme, blutige Stümpfe ab dem Handgelenk, waren weit ausgebreitet. Ein dichtes, verworrenes Geflecht schimmernder Eisenkabel, die sich tief in das dicke, gebräunte Fleisch gruben, hielt die Leiche in dieser Position fest. Regentropfen peitschten Niémans ins Gesicht, während er sich hinausbeugte und fassungslos starrte.

Rémy Caillois.

Philippe Sertys.

Edmond Chernecé.

Wie Sturmböen fielen ihn seine Gewissheiten an. NEIN: Dieser Mörder war kein perverser Homosexueller, der es nur auf ein Gesicht, einen bestimmten Körperbau abgesehen hatte. NEIN: Er war kein Serienmörder, der sich aufs Geratewohl unschuldige Opfer aussuchte, um sich an ihnen auszutoben. Dieser Mörder war ein Mensch, der wohl überlegt vorging und mit dem Leben auch die Identität auslöschte, die unverwechselbaren Kennzeichen eines Individuums. Ein Mensch, der ein präzises Motiv hatte: Rache.

Niémans zog sich in den Speicher zurück. Bis auf das Hämmern in seinen Schläfen vernahm er keinen Laut im Haus des Toten. Er wusste, dass der Alptraum noch nicht zu Ende war: Irgendwo in diesem Haus befand sich die Leiche von Joisneau.

Ein paar Stunden vor seinem gewaltsamen Tod hatte Chernecé selbst einen Mord begangen.

Niémans durchsuchte sämtliche Räume, die Küche, den Salon, die Schlafzimmer, spähte in jede Nische, in Schränke und hinter Betten. Er erkundete den Garten, stöberte in einem Schuppen unter den Bäumen. Dann entdeckte er im

Erdgeschoss unterhalb der Treppe eine Tapetentür und riss sie auf. Der Keller.

Er stürzte die Treppe hinunter, während er den Hergang rekonstruierte: Wenn er um halb elf Uhr abends den Arzt in der Unterwäsche überrascht hatte, so deshalb, weil der soeben sein blutiges Geschäft beendet hatte – den Mord an Joisneau. Deshalb hatte er sich am Telefon nicht gemeldet. Deshalb hatte er sorgfältig sein Sprechzimmer aufgeräumt, nachdem er den jungen Leutnant vermutlich mit einem der verchromten Stilette aus dem chinesischen Federkasten erstochen hatte. Und deshalb hatte er einen neuen Anzug angezogen und die Koffer gepackt.

Blind und dumm hatte Niémans sich höflich mit dem Henker unterhalten, der kurz zuvor sein unheilvolles Werk vollbracht hatte.

Im Keller entdeckte er eine spinnwebenverhangene Konstruktion aus Metall, in der Hunderte von Weinflaschen lagerten. Dunkle Flaschenböden, rotes Siegelwachs, ockerfarbene Etiketten. Er durchsuchte jeden Winkel des Kellers, rollte Fässer zur Seite, verschob Weinregale, brachte sie zum Einsturz. Wein ergoss sich über den Boden, betäubende Dünste umwaberten ihn.

Schweißüberströmt und fluchend stieß er endlich auf eine Falltür im Boden. Er sprengte den Riegel und öffnete die Klappe. Eine Grube verbarg sich darunter.

In diesem Verschlag fand er Joisneau, halb versenkt in einer schwärzlichen, ätzenden Flüssigkeit. Ringsum lagen grüne Plastikflaschen, die ein scharfes Desinfektionsmittel enthalten hatten. Beißende chemische Dämpfe stiegen auf. Die Säure hatte ihre verheerende Verwüstung bereits begonnen, ließ Körpergase entweichen, fraß sich ins Fleisch und verwandelte es in gemächlich blubbernde Blasen, aus denen Rauch aufstieg, vernichtete nach und nach den Menschen, der Eric Joisneau gewesen war, Beamter der Kriminalpolizei von Grenoble. Vom Grund dieses schauerlichen Grabs starrten die offenen Augen des Jungen den Kommissar an.

Niémans wich zurück und stieß einen wilden Schrei aus. Er spürte, wie seine Rippen sich hoben und spreizten wie das Gestänge eines Regenschirms, und er erbrach sein Gedärm, seine Wut, seine Schuld, an das Weinregal geklammert, während die Flaschen mit Getöse auf dem Boden zerschellten.

Er wusste nicht genau, wie viel Zeit auf diese Weise verstrich, in Alkoholdünste und Säuredämpfe gehüllt. Doch bald stieg aus der Tiefe seines Bewusstseins, langsam wie eine giftige schwarze Flut, eine weitere Wahrheit auf, die mit dieser Hinrichtung nichts zu tun hatte, sondern ein neues Licht auf die Mordserie von Guernon warf.

Marc Costes hatte auf die Verwandtschaft der Materialien hingewiesen, die an allen drei Verbrechen beteiligt waren: Wasser, Eis, Glas. Niémans begriff jetzt, dass nicht das Material an sich eine Rolle spielte. Wichtig waren die Umstände bei der Entdeckung der Leichen.

Rémy Caillois war als Spiegelbild im Wasser gefunden worden.

Philippe Sertys als Spiegelbild im Gletschereis.

Edmond Chernecé als Spiegelbild auf dem Glasdach.

Der Mörder inszenierte seine Morde so, dass man *zuerst* das Abbild der Leiche, nicht die Leiche selbst entdeckte.

Aber was bedeutete das?

Warum nahm der Mörder so viele Umstände auf sich, um diese Verdoppelung zu bewerkstelligen?

Die Beweggründe der Strategie konnte Niémans sich nicht erklären, doch er ahnte, dass zwischen den Spiegelungen und der symbolischen Leugnung der Identität, der Einzigartigkeit des Wesens durch Entfernung von Händen und Augen, ein Zusammenhang bestand. Er erkannte darin zwei einander ergänzende Aspekte ein und desselben Urteils, verkündet von einem erbarmungslosen Gericht: Die Angeklagten wurden zur totalen Vernichtung ihres Wesens selbst verurteilt.

Was hatten diese Männer getan, um auf ein Spiegelbild reduziert und jedes individuellen Merkmals beraubt zu werden?

8. TEIL

41

Die Friedhöfe von Guernon und Sarzac hatten wenig Ähnlichkeit miteinander. In Guernon ragten Grabsäulen aus weißem Marmor wie kleine, symmetrische Eisberge aus tiefgrünen Rasenflächen, die Kreuze richteten sich empor wie neugierige Gestalten auf den Zehenspitzen. Nur das welke Laub brachte hier und dort eine Unregelmäßigkeit ins Spiel – gelbe Flecken auf smaragdgrünem Grund. In tiefer Dunkelheit ging Karim Abdouf systematisch und geduldig jeden Weg ab und las im Licht seiner Taschenlampe Namen und Grabinschriften auf Marmor, Stein und Eisen.

Noch hatte er das Grab von Sylvain Herault nicht gefunden.

Im Gehen dachte er über seine bisherigen Ergebnisse nach, über die jähe Wendung der letzten Stunden. So schnell wie möglich war er hierher gefahren und hatte eigens zu diesem Zweck einen prachtvollen Audi »requiriert«. Er hatte geglaubt, in Guernon einen Grabschänder zu stellen, und war statt dessen in eine Mordserie geraten. Seitdem er die kompletten Unterlagen über Niémans Ergebnisse gelesen und sich eingeprägt hatte, kam ihm seine eigene Ermittlung wie eine Reihe ineinander verschachtelter Kästchen vor. Hatte man das erste geöffnet, kam das nächste zum Vorschein, aus diesem wiederum das nächste, und so weiter. Der Einbruch in der Schule und die Öffnung der Gruft in Sarzac hatten das tragische Schicksal einer Familie offenbart. Und dieses Schicksal hatte ihn nun nach Guernon geführt, zu einer Serie von Verbrechen. Die Person Sertys war der Angelpunkt zwischen den beiden Fällen, und Karim war entschlossen, seinen Weg zu verfolgen, bis er auf weitere Gemeinsamkeiten, weitere Verbindungen stieß.

Aber was ihn am meisten faszinierte, war nicht diese unglaubliche Abwärtsspirale, sondern die Tatsache, dass er sich unversehens neben Pierre Niémans wiederfand, dem Kommissar, der ihn während seiner Zeit auf der Polizeischule so tief beeindruckt und geprägt hatte. Der Bulle mit seiner Theorie über Spiegel und atomare Strukturen. Ein Mann der Praxis, ungestüm, cholerisch, verbissen. Ein brillanter Fahnder, der in der Welt der Verbrechensbekämpfung einst einen Löwenanteil beansprucht hatte, doch wegen seines unbezähmbaren Charakters und seiner psychotischen Anfälle von Gewalttätigkeit schließlich aufs Abstellgleis geschoben worden war. Karim dachte ständig an diese neue Allianz. Stolz war er, natürlich. Und sehr aufgeregt. Aber auch ein wenig verstört, weil er erst an diesem Tag an ihn gedacht hatte, wenige Stunden bevor er ihm leibhaftig begegnet war.

Inzwischen war er die letzte Allee des Friedhofs abgeschritten, ohne einen Sylvain Hérault zu finden. Es blieb nur noch ein auf zwei Säulen gestütztes Gebäude, das von außen wie eine Kapelle aussah. Es war das Krematorium. Mit ein paar raschen Schritten stand er vor dem Eingang. Nichts unversucht lassen, jedem Anhaltspunkt auf den Grund gehen, immer. Ein breiter, hallenähnlicher Bogengang öffnete sich vor ihm: das Kolumbarium. In den Bogenwölbungen reihten sich die Nischen übereinander, in denen die Urnen beigesetzt waren; auf den Marmortafeln, die sie verschlossen, waren Namen und Daten eingraviert. Langsam schritt er die Halle ab, während er aufmerksam die wie Briefkästen übereinander angeordneten kleinen Tafeln musterte. Schrift und Motive wechselten, hin und wieder brachte ein welker Blumenstrauß in einer Nische ein wenig Farbe ins Bild, dann begann die eintönige Litanei wieder von vorn. Am Ende der Halle erhob sich eine riesige Marmortafel mit dem Text eines Gebets.

Karim trat näher. Ein feuchter, unsicherer Wind, der beinahe zerstreut wirkte, wehte herein und trieb dürre Blütenblätter vor sich her. In dem Augenblick entdeckte er die Grabtafel, im allerletzten Bogen vor dem Ende der Halle. Er trat näher und las: Sylvain Hérault. Geboren im Februar 1951, gestorben im August 1980. Karim hätte nie vermutet, dass Judiths Vater eingeäschert worden war. Diese Art der Bestattung widersprach Fabiennes Nähe zur katholischen Kirche.

Doch nicht das war es, was ihn am meisten verblüffte. Es waren die Blumen, die vor der Tafel arrangiert waren: rot, lebendig, mit üppigen, feuchten Blättern: Karim befühlte die Blüten: Dieser Strauß war ganz frisch, er konnte erst an diesem Tag gebracht worden sein. Er drehte sich um, verharrte mitten im Schwung und schnippte mit den Fingern.

Immer wieder eine neue Spur.

Abdouf verließ das Krematorium und ging die Friedhofsmauer entlang auf der Suche nach einem Haus, einer Baracke, der Unterkunft eines Wächters. Er fand schließlich einen kleinen, hinfälligen Pavillon gleich hinter der Aufbahrungshalle. Aus einem Fenster schien ein trübes Licht.

Geräuschlos öffnete er die Eisenpforte und stand in einem winzigen Vorgarten, der vollständig vergittert war, wie ein überdimensionierter Käfig. Irgendwo erklang ein Gurren. Was war denn das schon wieder?

Karim ging ein paar Schritte – und das Gurren wiederholte sich, deutlicher, Flügelrauschen durchschnitt die Stille wie ein scharfes Papiermesser. Er kniff die Augen zusammen und erkannte in der Dunkelheit eine Mauer mit Nischen, die ihn sehr an das Krematorium erinnerte. Tauben. Hunderte grauer Tauben, die in dunkel gestrichenen bogenförmigen Öffnungen vor sich hin dösten. Karim stieg die drei Stufen zur Tür hinauf und läutete. Beinahe sofort wurde ihm geöffnet.

»Was willst du Saukerl?«

Der Mann zielte mit einer Schrotflinte auf ihn.

»Ich bin von der Polizei«, erklärte Karim gelassen. »Lassen Sie mich Ihnen meinen Dienstausweis zeigen …«

»Na klar, du bist ein Bulle! Und ich bin der Heilige Geist. Keine Bewegung!«

Rückwärts stieg Karim die Stufen wieder hinunter. Die Beschimpfung hatte ihn elektrisiert. Es brauchte weniger als das, um Mordgelüste in ihm zu wecken.

»Keine Bewegung, sag' ich!«, brüllte der Totengräber und richtete die Flinte auf Karims Gesicht. In seinen Mundwinkeln hatten sich Schaumbläschen gebildet.

Karim wich noch weiter zurück, sehr langsam. Der Mann zitterte und kam seinerseits eine Stufe herab. Er schwang sein Gewehr wie ein wackerer Bauer seine Mistgabel gegen einen Vampir in einem billigen Gruselfilm. Im Hintergrund flatterten die Tauben, die offensichtlich die Spannung spürten.

»Ich blas' dir das Hirn raus, ich …«

»Das würde mich wundern, Alter. Dein Gewehr ist leer.«

Der Mann grinste: »Ach ja? Es ist frisch geladen, Arschloch.«

»Mag sein, aber du hast vergessen, die Kugel in den Lauf zu schieben.«

Der Mann warf einen kurzen Blick auf seine Flinte, und diese Unaufmerksamkeit nutzte Karim aus. Mit einem Satz sprang er die zwei Stufen hinauf und stieß mit der linken Hand den Gewehrlauf beiseite, während er mit der Rechten seine Glock aus dem Holster riß. Er schob den Mann gegen den Türrahmen und blockierte sein Handgelenk an der Kante.

Der Totengräber ächzte und ließ das Gewehr fallen. Als er wieder aufblickte, starrten seine Augen in die schwarze Mündung der Automatik, wenige Zentimeter vor seiner Stirn.

»Hör zu, du Idiot«, schnaubte Karim. »Ich brauche ein paar Auskünfte. Du beantwortest mir meine Fragen, und ich verzieh' mich, ohne Ärger zu machen. Kompliziert wird's, wenn du dich blöd stellst. Sehr kompliziert. Vor allem für dich. Also spielst du mit?«

Dem Wächter quollen die Augen aus den Höhlen; er nickte. Aus seinem Gesicht war jegliche Angriffslust verschwunden und einer ungesunden Röte gewichen – dem »Panikrot«, das Karim so gut kannte. Er packte den Mann bei seiner faltigen Kehle und drückte zu.

»Sylvain Hérault. August 1980. Eingeäschert. Erzähl.«

»Hérault?« stammelte der Totengräber. »Sagt mir nichts.«

Karim zog ihn zu sich und stieß ihn von neuem gegen die Kante des Türstocks. Der Wächter verzerrte das Gesicht, auf der Höhe seines Nackens spritzten ein paar Blutstropfen an die Wand. Im Taubenschlag war Panik ausgebrochen, und die gefangenen Tauben flatterten wild durcheinander.

»Sylvain Hérault«, knurrte Karim. »Seine Frau ist sehr groß. Dunkles Kraushaar. Brille. Und sehr schön. Wie ihre Tochter. Denk nach.«

Der Alte nickte mit kleinen nervösen Zuckungen. »Okay, ich erinnere mich ... Das war eine sehr komische Beisetzung ... Es war keiner da.«

»Wie, es war keiner da?«

»Es war so: Nicht mal seine Frau ist gekommen. Sie hat die Einäscherung bezahlt und wurde in Guernon nie wieder gesehen. Ich hab' die Leiche verbrannt ... total allein.«

»Woran ist der Mann gestorben?«

»Ein Unfall ... Ein Autounfall.«

Karim dachte an die Autobahn und die Fotos der verstümmelten Kinderleiche. Die Gewalt der Straße: ein neues Leitmotiv, ein wiederkehrendes Element. Abdouf hatte seinen Griff gelockert. Die Tauben flogen hektisch auf und nieder und prallten stur immer wieder gegen den Maschendraht des Käfigdachs.

»Ich will die genauen Umstände erfahren. Was weißt du darüber?«

»Er wurde von einem Irren gerammt, der dann Fahrerflucht beging. Auf der Landstraße. Er selber war mit dem Rad unterwegs … auf dem Weg zur Arbeit … Der Autofahrer muss besoffen gewesen sein … Ich …«

»Fand eine Untersuchung statt?«

»Weiß ich nicht … Man hat jedenfalls nie herausgefunden, wer's war … Die Leiche wurde auf der Straße gefunden, völlig zerfetzt.«

Karim war verwirrt. »Er war auf dem Weg zur Arbeit, hast du gesagt; was für eine Arbeit war das?«

»Ein Kristaller war er, oben im Gebirge.«

»Was ist ein ›Kristaller‹?«

»Das sind die Leute, die in den Bergen nach Kristallen suchen … Anscheinend war er der beste von allen, aber er ist auch enorme Risiken eingegangen …«

Karim wechselte die Richtung: »Warum war niemand bei seiner Beerdigung?«

Der Mann rieb sich den schmerzenden Nacken und warf einen verstörten Blick auf seine ramponierten Tauben.

»Sie waren neu hier … kamen aus irgendeinem Kaff in den Bergen … Taverlay heißt es, glaube ich … Keiner wäre auf die Idee gekommen, zu seiner Beerdigung zu gehen. Niemand war da! Obwohl, die Frau hätte wenigstens …«

Karim stellte seine letzte Frage: »Vor der Nische mit der Urne liegt ein Blumenstrauß. Frisch. Von wem stammt er?«

Der Wächter verdrehte die Augen. Eine verletzte Taube

taumelte gegen seine Schulter, und er zuckte zusammen. Dann stammelte er: »Da liegen immer Blumen …«

»Wer legt sie dorthin?«, fragte Karim noch einmal. »Seine Frau? Fabienne Hérault selbst?«

Ein energisches Kopfschütteln.

»Wer dann?«

Der Alte zögerte, als fürchtete er, die Worte auszusprechen, die ihm auf den zitternden Lippen lagen. Weiche graue Federn sanken auf den Boden herab. Schließlich murmelte er: »Es ist Sophie Caillois.«

Karim war wie vor den Kopf geschlagen. Schon wieder eine neue Verbindung zwischen den beiden Fällen – und aus einer Richtung, die er am wenigsten vermutet hätte! Er schnappte nach Luft. »WER?«, schrie er den Mann an.

»Ja … Die … die Frau von Rémy Caillois. Sie kommt jede Woche. Manchmal öfter … Als ich in den Nachrichten von dem Mord gehört habe, wollte ich's den Gendarmen sagen … Das schwöre ich … Ich wollte es melden … Könnte ja im Zusammenhang mit dem Verbrechen stehen …«

Karim stieß den Alten von sich, gegen das Gitter und zwischen sein Getier, riss die eiserne Pforte auf und rannte zum Wagen. Sein Herz hämmerte wild.

42

Karim fuhr bis zum Hauptgebäude der Universität. Vor dem Eingang stand ein Polizist: zweifellos der Beamte, der für die Überwachung von Sophie Caillois zuständig war. Mit ostentativem Desinteresse fuhr er an ihm vorbei rund um den Bau und fand einen Nebeneingang, spärlich beleuchtet von einer trüben Lampe: eine verglaste Doppeltür unter einem Vordach aus angeschlagenem Beton, das mit einer Plastikplane halbwegs abgedeckt worden war. Hundert Meter von der Tür entfernt stellte Karim seinen Wagen ab und zog den Plan des Universitätsgeländes hervor, den er sich aus Niémans' Hauptquartier geholt hatte und in dem die Wohnung der Caillois eingezeichnet war: Nummer 34.

Er stieg aus und ging durch den Regen auf die Tür zu, schirmte mit beiden Händen die Augen ab und spähte ins Innere. Die beiden Flügel waren mit einem Motorradschloss abgesperrt, einem alten Modell in Form eines Bogens. Der Regen wurde heftiger und donnerte im Techno-Rhythmus auf die Plane, und das Getöse vertrieb seine anfänglichen Bedenken: Mit dem Absatz trat er die Scheibe ein. Er entfernte notdürftig die Glassplitter, stieg durch den Türrahmen und stand in einem schmalen Flur, durch den er in eine riesige, düstere Eingangshalle gelangte. Durch die verglaste Tür des Haupteingangs warf er einen Blick auf den wachhabenden Polizisten, der fröstelnd draußen in der Kälte stand. Rechter Hand entdeckte er den Treppenschacht und hastete mit großen Sätzen die Treppe hinauf, immer zwei Stufen auf einmal. Die Notbeleuchtung half ihm, sich zu orientieren, ohne die Neonlampen einschalten zu müssen, und er achtete darauf, sich möglichst geräuschlos fortzubewegen und weder die hängenden Stufen noch die senkrechten Stangen in der Mitte des Schachts in Schwingung zu versetzen.

Im achten Stock, in dem die Studentenzimmer und die Wohnungen der Universitätsmitarbeiter lagen, herrschte tiefe Stille. Karim hielt sich an Niémans' Anweisungen auf dem Plan und folgte dem Flur, während er die handgeschriebenen Namensschilder über den Türglocken entzifferte. Unter seinen Sohlen spürte er die Nachgiebigkeit der Linoleumplatten.

Auch um ein Uhr morgens hätte er damit gerechnet, ein Licht unter einem Türspalt hervorschimmern zu sehen, eine Musik, eine Radiostimme zu hören, irgendeinen Hinweis auf die Gegenwart der Menschen, die in dieser Abgeschiedenheit lebten. Doch er vernahm keinen Laut. Vielleicht hatten sich Studenten in ihren Buden verschanzt, starr vor Angst, dass der Mörder auch zu ihnen kommen und ihnen die Augen ausstechen könnte. Karim ging weiter und fand endlich die Tür, die er suchte. Um den Lärm der Glocke zu vermeiden, klopfte er einmal sacht an die Holztür.

Keine Reaktion.

Er klopfte noch einmal, sehr leise. Nichts geschah, und von drinnen war kein Laut zu hören. Nicht das geringste Rascheln. Was merkwürdig war, denn die Anwesenheit des Postens unten vor der Eingangstür ließ darauf schließen, dass Sophie Caillois zu Hause war.

Aus einem langjährigen Reflex heraus musterte Karim das Schloss mit dem Blick des Fachmanns und hoffte, dass die Tür nicht abgesperrt war. Er zog seine Latexhandschuhe an und beförderte einen Satz Haken aus den Tiefen seiner Lederjacke hervor. Er wählte einen aus, der ihm geeignet schien, schob ihn zwischen Türrahmen und Riegel und stemmte sich gegen die Tür, während er sie gleichzeitig nach oben drückte. Innerhalb von Sekunden war sie offen. Karim trat ein, so lautlos wie ein sanftes Atmen.

Er spähte in jedes Zimmer. Niemand war da. Sein sechster Sinn sagte ihm, dass die Frau sich aus dem Staub gemacht hatte. Für immer. Er nahm seine Suche wieder auf, diesmal gründlicher, bemerkte die sonderbaren Bilder an den Wänden – Athleten mit Nazifrisuren in Schwarzweiß, an Ringen hängend oder im Sprint rund um ein Stadion. Er stöberte in Schubladen und Schränken – ohne Ergebnis. Sophie Caillois hatte keine Nachricht hinterlassen, und nichts deutete auf ihre Abreise hin. Dennoch war sich Karim sicher, dass sie die Koffer gepackt hatte. Und dass er die Wohnung noch nicht verlassen konnte. Irgendeine Nebensächlichkeit hinderte ihn daran, ohne dass er hätte sagen können, was es war.

Er drehte sich um, ging durch den Flur auf und ab, trat noch einmal ins Wohnzimmer, um das kleine Sandkorn im logischen Getriebe dieses Augenblicks aufzuspüren.

Endlich wusste er, was ihn störte.

Ein Leimgeruch hing in der Luft. Tapetenkleister, schätzte er, noch ziemlich frisch. Karim ging die Wände entlang und musterte sie aufmerksam. Hatten die Caillois etwa neu tapeziert, kurz bevor die Gewalt in ihr Leben eingebrochen war? Und war das ein Zufall? Karim verwarf den Gedanken sofort: In dieser Sache gab es keine Zufälle, nicht das geringste Element, das nicht Teil des Alptraums war.

Aus einem Impuls heraus schob er mehrere Möbel beiseite und zog vorsichtig von unten eine Tapetenbahn ab. Nichts. Karim stockte: Er war außerhalb seines Zuständigkeitsbereichs, illegal hier eingedrungen und im Begriff, die Wohnung einer Frau zu verwüsten, die nun zu einer Hauptverdächtigen geworden war. Er zögerte eine Sekunde, schluckte, dann löste er eine weitere Bahn ab. Wieder nichts. Karim wandte sich einer anderen Wand zu und hob mit den Fingernägeln den Tapetenrand an, zog ein großes Stück ab und legte damit großflächig den darunterliegenden Putz frei.

Auf der Mauer erblickte er eine Inschrift, bräunliche Buchstaben. Zuerst konnte er nur ein einziges Wort lesen: FLÜSSE. Daraufhin riss er auch die Bahn links daneben ab, und unter Kleisterspuren erschien die Botschaft im ganzen:

ICH GEHE ZURÜCK ZUR
QUELLE DER PURPURNEN FLÜSSE
JUDITH

Es war eine Kinderschrift, und die Tinte kam ihm vor wie getrocknetes Blut. Die Inschrift war tief in die Wand gegraben, wie mit einem Messer eingeritzt. Der Mord an Rémy

Caillois. Die »purpurnen Flüsse«. Judith. Von Verbindungen, Verwandtschaften, Echos konnte keine Rede mehr sein. Aus zwei getrennten Fällen war ein einziger geworden.

Auf einmal vernahm er hinter sich ein leises Rascheln. Karim fuhr herum, während er gleichzeitig seine Waffe zog und mit beiden Händen packte, doch er sah nur noch einen Schatten, der durch die halboffene Tür floh. Er stieß einen Schrei aus und stürzte hinterher.

Die Gestalt verschwand bereits um die Ecke des Flurs. Das Geräusch der eiligen Schritte hatte eine panische Stimmung in dem langen Korridor ausgelöst, der nur auf das geringste Anzeichen von Gefahr zu lauern schien, um zum Leben zu erwachen. Verstohlen und lautlos öffneten sich Türen, verstörte Gesichter spähten durch den Spalt.

Im Laufschritt erreichte Karim die erste Ecke, stockte kurz und rannte sofort wieder los, durch den nächsten geraden Abschnitt, während er im Treppenhaus schon die hängenden Stufen schwingen hörte.

Er stürzte sich in den Treppenschacht. Die Metallverstrebungen vibrierten in ihrer ganzen Höhe, während die Schattengestalt die Granitstufen hinablief. Karim war ihr auf den Fersen. Mit so großen Sätzen stürmte er abwärts, dass seine Sohlen jeden Treppenarm nur ein einziges Mal berührten.

Die Stockwerke huschten an ihm vorbei, er holte auf. Nur noch wenige Atemzüge trennten ihn von seiner Beute. Sie rannten nun durch dasselbe Stockwerk, zu beiden Seiten des Metallgestänges zwischen den einzelnen Armen, und Karim sah den schwarzglänzenden Rücken einer Regenhaut links unter sich. Er streckte eine Hand durch die Verstrebungen und packte die Gestalt in Schulterhöhe am Ärmel, doch sein Griff war nicht fest genug. Sein Arm winkelte sich ab, verkeilte sich in den Stangen, und die Gestalt entkam. Karim lief wieder los. Er hatte ein paar Sekunden verloren.

Endlich erreichte er die große Eingangshalle. Völlig menschenleer. Völlig still. Der Wachposten draußen vor der Tür hatte sich nicht von der Stelle gerührt. Karim stürzte auf die Seitentür zu, durch die er eingedrungen war. Hier war niemand. Wie ein dichter Vorhang fiel der Regen und versperrte ihm die Sicht nach draußen.

Er fluchte. Stieg durch die zerbrochene Scheibe und ließ den Blick über den regenverhangenen Campus schweifen. Kein Mensch zu sehen, kein Wagen. Nur der Lärm der Tropfen, die wütend auf die Plane prasselten. Karim senkte seine Waffe und drehte sich um in der inständigen Hoffnung, dass die Gestalt vielleicht noch im Gebäude war.

Doch im selben Moment, als er wieder durch die Tür steigen wollte, traf ihn von hinten eine Sturzflut und ließ ihn gegen den metallenen Rahmen taumeln. Einen kurzen Augenblick wusste er nicht, wie ihm geschah, und ließ seine Waffe los. Ein eiskalter Schwall Wasser fiel auf ihn herab. Auf dem Boden kauernd, warf Karim einen Blick über sich und begriff, dass die Plane das Gewicht des angesammelten Regens nicht mehr hatte halten können, nachgegeben und ihren Inhalt über ihn ergossen hatte.

So jedenfalls erklärte er sich den Guss.

Doch dann tauchte hinter der herabhängenden Plane, die noch an zwei Schnüren baumelte, die Gestalt wieder auf, schwarz und glitzernd: ein schwarzer Regenumhang, die Beine in einer enganliegenden Radfahrerhose, das Gesicht vermummt mit einer Mütze, die nur die Augen freiließ, und darüber ein Fahrradhelm, glänzend wie der Kopf einer lackierten Hummel. In den Händen hielt sie Karims Waffe und zielte direkt auf sein Gesicht.

Der Polizist riss den Mund auf, doch es kam kein Ton heraus.

Eine Sekunde lang verharrte die Gestalt völlig reglos, dann drückte sie plötzlich auf den Abzug und feuerte unter ohrenbetäubendem Getöse das gesamte Magazin auf ihn ab.

Karim duckte sich, schützte sein Gesicht mit den Händen, brüllte mit heiserer Stimme in den Höllenlärm aus Detonationen, splitterndem Glas und Wolkenbruch.

Mechanisch zählte er sechzehn Schüsse, und als die letzten Geschosshülsen vom Boden abprallten, schaute er auf, doch er sah nur noch, wie eine nackte Hand die Waffe fallen ließ, dann war die Gestalt hinter dem Wasservorhang verschwunden. Es war eine olivbraune Hand, knotig wie eine Liane, mit Kratzspuren und kurzgeschnittenen Nägeln.

Eine Frauenhand.

Karim starrte sekundenlang auf seine Glock, aus der ein gekräuselter Rauchfaden aufstieg, auf den mit winzigen Rauten geriffelten Griff. In seinem Schädel dröhnten immer noch die Detonationen, und seine Nase nahm den intensiven Korditgeruch wahr. In dem Moment erschien endlich der Polizist, der den Haupteingang bewachte, die Waffe in der Hand.

Doch Karim saß da wie vom Donner gerührt und hörte kaum das aufgeregte Geschrei. Nach der Apokalypse, die über ihn hereingebrochen war, besaß er nun zwei Wahrheiten.

Die eine: Die Mörderin hatte ihn am Leben gelassen.

Die andere: Er hatte ihre Fingerabdrücke.

43

»Was wollten Sie bei Sophie Caillois? Sie sind hier außerhalb Ihres Zuständigkeitsbereichs, Sie haben gegen die grundlegendsten Gesetze verstoßen – sind Sie sich eigentlich darüber im Klaren, was für Konsequenzen das für Sie hat?«

Karim sah zu, wie Capitaine Vermont zunehmend in Wut geriet, sein blanker Schädel und sein Gesicht sich scharlachrot färbten. Er nickte bedächtig und bemühte sich um eine zerknirschte Miene.

»Ich habe Capitaine Barnes schon alles erklärt. Die Morde von Guernon hängen mit einem Fall zusammen, in dem ich ermittle … Eine Geschichte, die in Sarzac, im Département Lot passiert ist, wo ich stationiert bin.«

»Das ist ja das Allerneueste! Das erklärt weder Ihre Anwesenheit in der Wohnung einer wichtigen Zeugin noch den Tatbestand des Hausfriedensbruchs.«

»Ich hatte mit Kommissar Niémans vereinbart, dass …«

»Vergessen Sie Niémans. Er wurde suspendiert.« Vermont schob ein Rechtshilfeersuchen über den Schreibtisch. »Die Jungs von der Kripo Grenoble sind gerade angekommen.«

»Tatsächlich?«

»Kommissar Niémans steckt bis zum Hals in Scherereien. Er hat nach einem Fußballspiel im Parc-des-Princes einen englischen Hooligan zusammengeschlagen. Die Sache sieht übel aus. Er wird nach Paris zurückbeordert.«

Karim begriff nun, weshalb Niémans in Guernon ermittelte. Nach diesem neuerlichen Fehler, der ganz zu seinem Stil passte, hatte sich der eisenharte Bulle offensichtlich in Vergessenheit bringen wollen. Doch er konnte sich nicht vorstellen, dass Niémans noch in der Nacht nach Paris zurückkehrte. Nein. Er konnte sich nicht vorstellen, dass er den Fall aufgab – sicher nicht, um der Obrigkeit Rechenschaft abzulegen. Pierre Niémans würde zuerst den Mörder und sein Motiv aufspüren. Mit ihm, Karim, an seiner Seite. Soviel stand fest.

Doch er hütete sich, dem Gendarm zu widersprechen. »Hat die Kripo den Fall denn schon übernommen?«, fragte er.

»Noch nicht«, antwortete Vermont. »Wir müssen sie erst auf den neuesten Stand bringen.«

»Scheint so, als würde Niémans Ihnen nicht besonders fehlen.«

»Da täuschen Sie sich. Er ist zwar ein Psychopath – meiner Ansicht nach –, aber zumindest kennt er die Welt des Verbrechens sehr genau. Mit den Leuten aus Grenoble müssen wir wieder ganz von vorn anfangen. Und was wird uns das bringen, frage ich Sie?«

Karim stützte beide Ellenbogen auf den Schreibtisch und beugte sich vor.

»Rufen Sie Kommissar Henri Crozier von der Polizeidienststelle Sarzac an. Überprüfen Sie meine Aussage. Zuständigkeit hin oder her, meine Ermittlungen überschneiden sich mit den Verbrechen von Guernon. Eines der Opfer, Philippe Sertys, hat letzte Nacht auf dem Friedhof von Sarzac ein Grab aufgebrochen. Das war wohl seine letzte Tat, kurz bevor er ermordet wurde.«

Vermont verzog skeptisch das Gesicht.

»Schreiben Sie mir einen Bericht«, sagte er. »Mordopfer, die Friedhöfe schänden, Bullen, die von überallher auftauchen ... Was denn noch alles? Wenn Sie glauben, die Gechichte ist nicht so schon kompliziert genug ...«

»Ich ...«

»Der Mörder hat wieder zugeschlagen.«

Karim drehte sich um: Im Türrahmen stand Niémans, aschfahl und sichtlich erschöpft. Karim dachte an die Figuren auf den Grabmälern, die er in den letzten Stunden gesehen hatte.

»Edmond Chernecé«, fuhr Niémans fort. »Augenarzt in Annecy.«

Er trat auf den Schreibtisch zu und starrte Karim an, dann Vermont. »Erdrosselung mit einem Kabel. Keine Augen, keine Hände. Diese Serie nimmt kein Ende.«

Vermont schob seinen Stuhl gegen die Wand. Nach ein paar Sekunden murmelte er in klagendem Ton: »Man hat's Ihnen doch gesagt ... Jeder hat's Ihnen gesagt ...«

»Was? Was hat man mir gesagt?«, brüllte Niémans.

»Dass es ein Serienmörder ist. Ein Psychopath. Wie bei

den Amis! Wir müssen die amerikanischen Methoden anwenden. Experten zu Rate ziehen, ein Täterprofil erstellen lassen … Ich weiß nicht … Sogar ich, ein Gendarm aus der Provinz, ich …«

»Eine Serie ist es, aber kein Serienmörder!« bellte Niémans. »Der Kerl ist nicht wahnsinnig, sondern er nimmt Rache. Sein Motiv mag noch so fragwürdig sein, es ist jedenfalls rational nachvollziehbar. Zwischen den drei Männern besteht eine Verbindung, die ihre Ermordung erklärt! Gottverdammte Scheiße, das ist es, was wir herausfinden müssen!«

Vermont schwieg resigniert. Karim nutzte die momentane Stille und fing an: »Kommissar, lassen Sie mich Ihnen …«

»Das ist jetzt nicht der rechte Zeitpunkt.«

Niémans richtete sich auf und glättete mit fahrigen Gebärden seinen Mantel. Diese Geste der Eitelkeit passte wenig zu seiner sonstigen Härte, seiner Verschlossenheit. Karim ließ nicht locker: »Sophie Caillois hat die Fliege gemacht.«

Die Augen hinter den kreisrunden Gläsern wandten sich ihm zu. »Wie bitte? Wir haben doch einen Mann postiert …«

»Er hat nichts gesehen. Und meiner Ansicht nach ist sie inzwischen über alle Berge.«

Niémans starrte Karim an wie ein wildes, urzeitliches Tier, das eigentlich nicht mehr existieren sollte.

»Was ist denn das schon wieder für eine Scheiße?!« röhrte er. »Wieso ist sie abgehauen?«

»Weil Sie von Anfang an recht hatten.« Karim sprach zu Niémans, doch dabei sah er Vermont an. »Die Opfer haben miteinander ein Geheimnis. Und dieses Geheimnis steht mit den Morden in Zusammenhang. Sophie Caillois ist geflohen, weil sie den Zusammenhang kennt. Höchstwahrscheinlich fürchtet sie, das nächste Opfer zu werden.«

»Herrgott …«

Niémans rückte seine Brille zurecht. Ein paar Sekunden schwieg er nachdenklich, dann forderte er Karim mit einer Kopfbewegung auf, fortzufahren.

»Ich hab' was Neues, Kommissar. Bei den Caillois habe ich eine Schrift an der Wand entdeckt, unter der Tapete. Darin ist die Rede von den ›purpurnen Flüssen‹. Unterzeichnet mit ›Judith‹. Sie waren doch auf eine Verbindung, einen Berührungspunkt zwischen den Opfern aus – das ist zumindest einer, die Verbindung zwischen Caillois und Sertys: Judith. Das ist das kleine Mädchen, hinter dem ich her war, das ausgelöschte Gesicht. In ihr Grab ist Sertys eingebrochen. Und Caillois hat eine Botschaft erhalten, die mit ihrem Namen unterschrieben ist.«

Der Kommissar wandte sich zur Tür. »Komm mit«, sagte er zu Karim.

Vermont sprang erbost auf. »Schon recht, haut nur ab! Macht nur weiter mit eurer Geheimniskrämerei!«

Niémans schob Karim vor sich her durch die Tür, während hinter ihnen die Stimme des Hauptmanns kreischte: »Sie sind aus dem Fall raus, Niémans! Sie sind abgesetzt! Verstehen Sie? Sie haben nichts mehr zu sagen … nichts mehr! Sie sind ein Windhauch, ein Luftzug! Hören Sie sich das Geschwafel dieses Rastaheinis ruhig an … Der eine ausrangiert, der andere ausgeflippt … schönes Team!«

Niémans hatte ein leer stehendes Büro ein paar Türen weiter betreten. Er schaltete das Licht an, warf die Tür zu und schloss den Wutanfall des Gendarmen aus, der ungehört verhallte. Er schob Karim einen Stuhl hin und sagte bloß: »Erzähl von vorn.«

44

Karim setzte sich nicht, sondern begann sofort in aufgeregtem Ton: »Die Schrift an der Wand lautete folgendermaßen: ›Ich gehe zurück zur Quelle der purpurnen Flüsse.‹ Sah aus wie mit Blut geschrieben. Und mit einer Klinge statt mit einem Stift. Ziemlich unheimlich. Zumal die Nachricht mit ›Judith‹ unterzeichnet war. Sicherlich ›Judith Hérault‹. Der Name einer Toten, Kommissar. Gestorben im Jahr zweiundachtzig.«

»Ich versteh' das nicht.«

»Ich genauso wenig«, sagte Karim. »Aber ich kann mir ein paar Dinge zusammenreimen, die am letzten Wochenende passiert sind.«

Auch Niémans war stehen geblieben. Er nickte bedächtig, und Karim fuhr fort: »Folgendes. Der Mörder beseitigt zuerst Rémy Caillois, irgendwann im Lauf des Samstags. Er verstümmelt die Leiche und hievt sie in die Felswand. Aber gleich am nächsten Tag bezieht er Stellung auf dem Campus und beobachtet, was Sophie Caillois so treibt. Das Mädel rührt sich zuerst nicht von der Stelle. Schließlich geht sie doch aus dem Haus, sagen wir am späten Vormittag. Vielleicht sucht sie ihren Mann in den Bergen, ich weiß nicht. Währenddessen dringt der Mörder in ihre Wohnung ein und schreibt sein Verbrechen an die Wand: ›Ich gehe zurück zur Quelle der purpurnen Flüsse.‹«

»Weiter.«

»Später kommt Sophie Caillois nach Hause und entdeckt die Schrift an der Wand. Sie erfasst die Bedeutung der Worte. Sie begreift, dass die Vergangenheit sie allmählich einholt und dass ihr Mann wahrscheinlich tot ist. Sie gerät in Panik, bricht das Siegel der Verschwiegenheit und ruft Philippe Sertys an, der ein Komplize ihres Mannes ist oder gewesen ist.«

»Wie kommst du darauf?«

Karim senkte die Stimme: »Ich kann mir vorstellen, dass Sertys, Caillois und seine Frau sich seit ihrer Kindheit kennen und sich irgendwann vor langer Zeit etwas zu Schulden kommen ließen. Dass sie irgendeine Tat begangen haben, die mit den ›purpurnen Flüssen‹ und Judiths Familie zu tun hat.«

»Karim, ich hab's dir schon gesagt: In den achtziger Jahren waren Caillois und Sertys ungefähr zehn, wie kommst du auf die Idee …«

»Lassen Sie mich ausreden. Philippe Sertys kommt also in die Wohnung der Caillois und sieht die Schrift, kapiert ebenfalls die Anspielung auf die ›purpurnen Flüsse‹ und flippt aus. Trotzdem reagiert er geistesgegenwärtig: Die Inschrift muss beseitigt werden, weil sie sich auf irgendwas bezieht, das sie unter allen Umständen verheimlichen müssen. Obwohl Caillois tot ist, obwohl ein Mörder hinter ihnen her ist, der sein Verbrechen mit ›Judith‹ signiert, haben Sertys und Sophie Caillois in dem Moment nur eines im Sinn, nämlich die Spuren ihrer Schuld zu tilgen, so viel steht fest. Der Krankenpfleger beschafft sich also ein paar Tapetenrollen und kleistert die eingeritzte Botschaft zu. Deswegen riecht es in der ganzen Wohnung nach Leim.« Niémans sah ihn nachdenklich an, und Karim nahm an, dass auch dem Kommissar dieses Detail aufgefallen war, als er die Frau vernommen hatte. Er fuhr fort: »Den ganzen Sonntag warten sie. Oder sie versuchen noch einmal, Caillois zu finden, ich weiß nicht. Am Spätnachmittag entschließt sich Sophie endlich, die Gendarmen zu benachrichtigen. Gleich darauf wird die Leiche in der Felswand entdeckt.«

Karim verstummte. »Hast du noch eine Fortsetzung?«, fragte Niémans.

»In der Nacht fährt Sertys nach Sarzac.«

»Und wieso?«

»Weil den Mord an Rémy Caillois eine ›Judith‹ begangen

hat, die seit fünfzehn Jahren tot und begraben ist. In Sarzac. Und das weiß Sertys.«

»Das ist an den Haaren herbeigezogen.«

»Mag sein. Aber Sertys war letzte Nacht in Sarzac, so viel ist sicher. Mit einem Komplizen, der vielleicht das dritte Opfer ist: Chernecé. Sie haben das Archiv der Schule durchstöbert, dann waren sie auf dem Friedhof und haben Judiths Grab geöffnet. Wo sucht man einen Toten? Zuerst in seinem Grab.«

»Weiter.«

»Ich weiß nicht, was Sertys und der andere in Sarzac finden. Ich weiß nicht, ob sie den Sarg überhaupt geöffnet haben, weil ich keine Gelegenheit hatte, das Grab zu untersuchen. Aber ich denke mir, dass sie nichts wirklich Beruhigendes finden. Also kehren sie nach Guernon zurück, mit einer Heidenangst im Bauch. Meine Güte, stellen Sie sich das mal vor: Da ist ein Gespenst unterwegs, das die Absicht hat, sämtliche Personen auszumerzen, die ihm zu Lebzeiten Schaden zugefügt haben …«

»Du hast nicht den geringsten Beweis für das, was du da erzählst.«

Karim ging über diese Bemerkung hinweg. »Inzwischen ist es also Montag, frühmorgens«, fuhr er unbeirrt fort. »Bei seiner Rückkehr wird Sertys von dem Gespenst überrascht. Das ist der zweite Mord. Diesmal keine Folter: Der Geist hat inzwischen erfahren, was er wissen wollte. Er muss nur noch seine Rache vollenden. Mit der Seilbahn bringt er die Leiche auf den Berg. Es ist alles vorausgeplant: Schon an seinem ersten Opfer hat er eine Botschaft hinterlassen, die zweite Leiche wird ebenfalls eine Spur legen. Und der Mörder hört nicht mehr auf. Ihre Hypothese von einer brutalen Rache erweist sich als absolut richtig, Niémans!«

Der Kommissar setzte sich, müde, mit hängenden Schultern. Auf seiner Stirn stand Schweiß.

»Aber Rache wofür? Wer ist der Mörder?«

»Judith Hérault. Oder vielmehr jemand, der sich für Judith ausgibt.«

Niémans schwieg und starrte auf den Boden. Karim beugte sich zu ihm nieder. »Ich habe das Grab von Sylvain Hérault gefunden, Niémans«, fuhr er eindringlich fort. »Er wurde verbrannt, und seine Urne ist im Krematorium beigesetzt. Über seinen Tod an sich habe ich nichts herausgefunden. Er wurde überfahren, als er mit dem Fahrrad auf dem Weg zur Arbeit war, und der Todesfahrer hat sich aus dem Staub gemacht. Vielleicht sollte man da nachhaken, ich weiß noch nicht … Aber gerade vorhin hat mir diese Grabstätte wieder ein neues Element mitgeteilt: Das Fach, in dem seine Urne steht, ist mit einem Blumenstrauß geschmückt. Frisch. Ich hab mich erkundigt: Wissen Sie, wer seit Jahren jede Woche frische Blumen bringt? Sophie Caillois.«

Niémans schüttelte ungläubig den Kopf. »Das darf doch nicht wahr sein«, sagte er. »Und welche Erklärung hast du dir dafür ausgedacht?«

»Meiner Ansicht nach fühlt sie sich schuldig.«

Der Kommissar machte sich nicht die Mühe zu antworten.

»In Gottes Namen, es passt doch alles zusammen!«, brüllte Abdouf. »Ich kann mir Sophie Caillois nicht als Verbrecherin vorstellen, als eine, die aktiv Schuld auf sich geladen hat. Aber sie teilt ein Geheimnis mit ihrem Mann, über das sie nie ein Wort verloren hat, sei es aus Liebe, aus Angst oder aus irgendeinem anderen Grund. Aber seit Jahren legt sie heimlich Blumen vor die Urne von Sylvain Hérault, aus Achtung vor dieser kleinen Familie, der ihr Mann grausam zugesetzt hat. Niémans«, rief er, »denken Sie doch nach! Die Leiche ihres Mannes wurde gefunden. Dieser Mord, begangen von ›Judith‹, ist offensichtlich die Rache einer Person, die damals ein Kind war. Und trotz allem was passiert ist, geht die Frau heute auf den Friedhof und bringt Blumen zum Grab des Vaters. Diese Morde wecken nicht den Hass von Sophie Caillois, sondern verstärken nur ihr Schuldgefühl, ihre Erinnerungen. Verdammt, Niémans, ich bin sicher, dass ich recht habe. Bevor sie sich verflüchtigt hat, wollte sie der Familie Hérault noch eine letzte Ehre erweisen.«

Niémans gab keine Antwort. Tiefe Schatten lagen in den Furchen seines Gesichts. Sekunden verstrichen, das Schweigen zog sich hin. Endlich sagte Karim heiser: »Niémans, ich habe Ihre Ermittlungsakten sehr genau gelesen und dann noch weitere Hinweise gefunden, die auf Judith Hérault deuten.«

Der Kommissar seufzte. »Na, sag schon. Du lässt dich ja doch nicht davon abbringen.«

Karim begann, durch das Zimmer auf und ab zu marschieren wie ein wildes Tier im Käfig.

»Aus Ihren Akten geht hervor, dass Sie über den Mörder nur eines mit Sicherheit wissen: dass er ein fähiger Alpinist ist. So – welchen Beruf hatte Sylvain Hérault? Kristallsucher. Er kroch in den Bergen herum, um Kristalle im Felsen aufzuspüren. Es heißt, er war ein hervorragender Kletterer. Sein ganzes Leben verbrachte er in Felswänden, in der Nähe von Gletschern. Dort, wo Sie die ersten beiden Leichen gefunden haben.«

»Wie mehrere hundert weitere erfahrene Alpinisten in der näheren Umgebung. Ist das alles?«

»Nein. Auch das Feuer ist merkwürdig.«

»Was für ein Feuer?«

»Im ersten Autopsiebericht ist mir ein Detail aufgefallen, eine Bemerkung des Gerichtsmediziners, die mir seitdem nicht mehr aus dem Kopf geht. Caillois' Leiche hatte Brandwunden, und Costes schreibt in seinem Bericht, dass der Mörder, der Beschaffenheit der Wunden nach zu urteilen, die Messerschnitte höchstwahrscheinlich mit Benzin benetzt und anschließend ausgebrannt hat, wozu er möglicherweise einen Zerstäuber benutzte, um einen Nebel zu erzeugen.«

»Was ist daran so merkwürdig – mal abgesehen von der Perversität?«

»Die Sache mit dem Zerstäuber. Es ist durchaus denkbar, dass der Mörder kein Gerät dazu verwendet hat – ich meine, wozu so viel Aufwand: Wenn er im Gebirge herumklettert, hat er schon genug zu schleppen. Auch der menschliche Mund ist als Zerstäuber geeignet.«

»Ich verstehe nicht, worauf du hinauswillst.«

»Weil Sie einen besonderen Umstand noch nicht wissen: Judith Hérault hat als Kind das Feuerschlucken gelernt. Klingt unglaublich, ich weiß, aber es ist die Wahrheit. Ich habe mit dem Zirkusmenschen gesprochen, der es ihr beigebracht hat, ein paar Wochen vor ihrem Tod. Sie war total fasziniert davon und sagte, sie würde ihre neu erworbenen Kenntnisse als Waffe einsetzen, um ihre Mama zu schützen.«

»In Gottes Namen, Karim, Judith ist tot!«

»Es gibt noch einen letzten Hinweis, Kommissar. Noch weniger konkret als die anderen, aber auch dafür ist ein Platz in dem Puzzle, das wir da haben. Im ersten Autopsiebericht schreibt der Gerichtsmediziner, dass die Leiche mit einem Metalldraht erdrosselt wurde, zum Beispiel mit dem Bremskabel eines Fahrrads oder einer Klaviersaite. Sertys wurde auf dieselbe Weise umgebracht, oder?«

Der Kommissar nickte, und Karim fuhr fort: »Vielleicht bedeutet es nichts, aber Fabienne Hérault war Pianistin. Eine Virtuosin in ihrer Jugend. Stellen Sie sich mal vor, dass die drei Opfer tatsächlich mit einer Klaviersaite erwürgt wurden – könnte man nicht auch darin eine symbolische Verbindung sehen? Ein Band, das in Form einer Metallsaite an die Vergangenheit anknüpft?«

Niémans stand auf. »Dämliche Konstruktionen«, knurrte

er. »Willst du mir einreden, wir sind auf der Suche nach einem Gespenst?«

Karim wand sich in seiner Lederjacke wie ein verlegener Junge. »Ich weiß nicht …«

Nun begann Niémans auf und ab zu wandern. »Hast du an die Mutter gedacht?«, fragte er.

»Ja, sicher«, antwortete Karim. »Aber sie war's nicht. Hören Sie, Kommissar, ich hab' das Beste für den Schluss aufgespart. Als ich nämlich in der Wohnung der Caillois war, hat mich ein Gespenst überrascht. Ich bin ihm nachgerannt, aber es ist mir entwischt.«

»Wie bitte?«

Karim lächelte zerknirscht. »Ich bin beschämt.«

»Wie sah es aus?«, fragte Niémans.

»Sie – es war ein weibliches Gespenst. Ich habe ihre Hände gesehen, ihren Atem gehört. Das war eine Frau, kein Zweifel. Ungefähr einen Meter siebzig groß. Sie kam mir ziemlich kräftig vor, durchtrainiert, aber Judiths Mutter war es nicht. Die Mutter ist wirklich riesig – so groß wie ich und mit Schultern wie ein Dockarbeiter. Darin stimmen mehrere Zeugenaussagen überein.«

»Wer ist es dann?«

»Ich weiß es nicht. Sie trug eine schwarze Regenhaut, einen Fahrradhelm und eine Skimütze vor dem Gesicht. Mehr kann ich nicht sagen.«

»Man müsste sie zur Fahndung ausschreiben, aber …«

»Wonach fahnden wir denn? Nach einer nächtlichen Radfahrerin?« Karim lächelte. »Vielleicht hab' ich was Besseres.«

Er zog seine Glock hervor, die er in eine durchsichtige Plastiktüte gewickelt hatte.

»Darauf sind ihre Fingerabdrücke!«, verkündete er.

»Sie hatte deine Knarre in der Hand?«

»Sie hat sogar das Magazin leergefeuert, über meinen

Kopf hinweg. Das ist eine originelle Mörderin, Kommissar. Ihre Rachemethoden sind psychopathisch, aber außer ihren Opfern will sie niemandem etwas Böses.«

Niémans ging zur Tür und riss sie auf. »Geh rauf in den ersten Stock. Die Leute von der Kripo haben einen Computer mitgebracht, mit dem sich Fingerabdrücke vergleichen lassen, ein brandneues Teil mit direktem Anschluss an MORPHO. Aber sie bringen das Programm nicht zum Laufen. Einer von der technischen Truppe hilft ihnen: Patrick Astier. Geh rauf zu ihm – wahrscheinlich ist Marc Costes bei ihm, der Gerichtsmediziner. Die beiden stehen auf meiner Seite. Rede mit ihnen, erkläre ihnen alles und vergleiche deine Abdrücke mit dem daktyloskopischen Archiv von MORPHO.«

»Und wenn die Abdrücke uns nichts sagen?«

»Dann suchst du die Mutter. Ihre Aussage ist entscheidend.«

»Niémans, ich suche die Frau seit mehr als zwanzig Stunden. Sie versteckt sich. Und sie versteckt sich gut.«

»Schau dir deine bisherigen Ergebnisse noch einmal an. Vielleicht hast du irgendeinen Hinweis außer Acht gelassen.«

Karim fuhr auf. »Ich hab' überhaupt nichts außer Acht gelassen!«

»Doch, du hast es sogar selber gesagt. Das Grab des kleinen Mädchens in deinem Kaff ist bestens gepflegt. Also kümmert sich jemand regelmäßig darum. Wer? Sophie Caillois wird es nicht sein. Beantworte diese Frage, dann findest du auch die Mutter.«

»Ich habe den Friedhofswärter vernommen. Er hat nie jemanden gesehen …«

»Vielleicht kommt sie nicht persönlich. Es gibt Gärtnereien, die auch Gräber pflegen, was weiß ich. Finde es heraus, Karim. Du musst sowieso nach Sarzac zurück, um den Sarg zu öffnen.« Karim schauderte.

»Wir müssen wissen, was die Einbrecher gesucht haben«, fuhr Niémans fort. »Oder was sie gefunden haben. Im Sarg wirst du übrigens auch die Adresse des Bestattungsunternehmens finden – ein Sarg ist wie ein Pullover: Die Marke steht innen.«

Karim schluckte. Bei dem Gedanken, auf den Friedhof von Sarzac zurückzukehren, stundenlang durch die Nacht zu fahren, um neuerlich die Gruft zu betreten, war ihm recht unbehaglich zumute. Doch Niémans rekapitulierte gnadenlos: »Zuerst die Fingerabdrücke. Dann der Friedhof. Bis zum Morgengrauen haben wir Zeit, den Fall aufzuklären. Du und ich, Karim. Kein anderer. Danach müssen wir in den Schoß der Familie zurück und Rechenschaft ablegen.«

Karim schlug seinen Kragen hoch. »Und Sie?«

»Ich sehe zu, ob ich die Quelle der purpurnen Flüsse finde, auf den Spuren meines jungen Polizisten Eric Joisneau. Er allein hatte einen Teil der Wahrheit entdeckt.«

»Hatte?«

Niémans' Gesicht verzerrte sich. »Er wurde von Chernecé umgebracht, bevor unser Mörder – oder unsere Mörderin – ihn selbst erwischte. Ich fand seine Leiche in ätzender Flüssigkeit in einer Grube im Keller des Arztes. Chernecé, Caillois und Sertys waren Abschaum, Karim, davon bin ich inzwischen überzeugt. Und ich glaube, Joisneau hatte eine Spur entdeckt, die genau in diese Richtung führte. Das hat ihn das Leben gekostet. Finde du die Identität des Mörders, ich finde sein Motiv. Finde heraus, wer sich hinter dem Gespenst von Judith verbirgt – ich werde herausfinden, was es mit den purpurnen Flüssen auf sich hat.«

Die beiden Männer traten hinaus in den Flur und entfernten sich ohne einen Blick auf die Gendarmen.

45

»Nichts zu machen, Leute. Wir stecken fest.«

»Was soll's, wir haben ja sowieso keine Spur eines Fingerabdrucks ...«

In einem kleinen Raum im ersten Stock umringten mehrere Polizisten einen Computer, den ein Geflecht von Kabeln mit einem Scanner verband, und starrten entmutigt auf den Bildschirm.

Vor dem Monitor saß ein blonder Hüne mit tellergroßen Augen und mühte sich ab, die Parameter eines Programms einzustellen. Karim erkundigte sich nach seinem Namen: Es war Patrick Astier persönlich. Neben ihm stand Marc Costes – ein dunkelhaariger Bursche mit krummem Rücken und dicken Brillengläsern. Drängelnd und stoßend und mit philosophischen Betrachtungen über die Zuverlässigkeit der modernen Technologie verließen die Polizisten den Raum. Karim würdigten sie keines Blickes.

Dieser trat näher und stellte sich Costes und Astier vor. Nach Austausch weniger Worte wussten die drei, dass sie auf derselben Wellenlänge waren. Jung und engagiert, setzten sie sich über ihre eigene Angst hinweg und konzentrierten sich ausschließlich auf die Sache. Während Karim genau erklärte, was ihn herführte, geriet Astier zusehends in Begeisterung und rief. »Scheiße, die Fingerabdrücke des Mörders! Die werden wir sofort in den Computer eingeben!«

Karim wunderte sich. »Funktioniert er denn?«, fragte er.

Astier lächelte. Ein schmaler Schlitz in der Porzellanmaske seines Gesichts. »Natürlich funktioniert er.« Mit dem Daumen deutete er über die Schulter auf die Tür, durch die der Trupp Polizisten verschwunden war. »Die sind's, die nicht so recht funktionieren.«

Mit wenigen raschen Bewegungen öffnete Astier eine vernickelte kleine Kiste, die Karim in einer Zimmerecke entdeckt hatte. Darin befand sich das nötige Zubehör, um Fingerabdrücke sichtbar zu machen und Einkerbungen aller Art auszugießen. Astier nahm einen Magnetpinsel heraus, zog sich Latexhandschuhe an und tauchte den Pinsel in ein Gefäß mit pulverisiertem Eisenoxid. Sofort hefteten sich die winzigen Partikel in Form einer kleinen rosafarbenen Kugel an die magnetisch geladene Pinselspitze.

Astier nahm die Glock und strich mit dem Pinsel über den Griff, dann legte er eine durchsichtige Klebefolie darüber, zog sie wieder ab und klebte sie auf eine Unterlage aus festem Papier. Silbrig funkelten die Leisten unter der durchscheinenden Folie.

»Wunderbar«, murmelte Astier.

Er legte die Karte in den Scanner ein und setzte sich wieder vor den Bildschirm. Über die Tastatur gab er ein paar Befehle ein, und sofort erschienen die digitalisierten Fingerabdrücke auf dem Monitor.

»Hervorragend«, kommentierte Astier. »Genügend Material, um einundzwanzig Punkte festzuhalten: das Maximum …«

Über den Fingerabdrücken erschienen nun eines nach dem anderen, begleitet von einem akustischen Signal, leuchtendrote Zeichen, durch schräge Linien miteinander verbunden.

»Schauen wir mal, was MORPHO uns sagt«, murmelte Astier vor sich hin.

Zum ersten Mal erlebte Karim das System in Betrieb. In dozierendem Ton lieferte Astier seine Erklärungen: MORPHO sei ein unendlich großes digitalisiertes Archiv mit den Fingerabdrücken von Verbrechern aus den meisten europäischen Ländern. Das Programm sei in der Lage, über Modem, praktisch in Echtzeit, jeden beliebigen neu eingegebenen Fingerabdruck mit den vorhandenen zu vergleichen. Die Festplatten summten.

Schließlich teilte der Computer sein Ergebnis mit: negativ. Die Fingerabdrücke des »Gespensts« stammten von keiner bekannten kriminellen Person. Seufzend richtete Karim sich auf. Damit hatte er gerechnet: Die mutmaßliche Mörderin war nicht unter den üblichen Verdächtigen.

Auf einmal hatte er eine verrückte Idee. Einen Joker. Er zog die Karte mit dem Fingerabdruck von Judith Hérault aus der Jacke, den man ihr vierzehn Jahre zuvor, unmittelbar nach ihrem tödlichen Unfall abgenommen hatte.

»Würdest du diesen Abdruck mal einscannen und vergleichen?«

Astier drehte sich auf dem Stuhl herum und nahm die Karte. »Kein Problem«, sagte er, gab die Daten ein und wartete, bis der Abdruck auf dem Monitor erschien.

Kerzengerade, als hätte er einen Besenstiel verschluckt, saß er vor dem Bildschirm. Nachdenklich fixierte er den neuen Abdruck, dann richtete er seine Vergissmeinnichtaugen auf Karim. »Woher hast du denn das?«

»Von einer Mautstation an der Autobahn. Er stammt von einem kleinen Mädchen, das 1982 bei einem Autounfall ums Leben gekommen ist. Aber man kann ja nie wissen, vielleicht gibt es irgendeine Ähnlichkeit oder …«

»Tot ist sie ganz bestimmt nicht«, fiel ihm Astier ins Wort.

»Was?«

Astier markierte einen Ausschnitt des Bildes und vergrößerte ihn auf das Dreifache. Durchsichtig und schimmernd erschienen die Hautleisten in Schleifen und Wirbeln und parallelen Linien auf dem Bildschirm.

»Diesen Abdruck brauche ich nicht eigens zu analysieren, um dir zu sagen, dass es derselbe ist wie auf dem Abzug deiner Knarre. Dieselben transversalen Linien. Und hier, dieser Wirbel direkt darunter …«

Karim war wie vom Donner gerührt. Mit der Maus rückte Astier die beiden Fingerabdrücke nebeneinander.

»Schau her, die Abdrücke sind identisch«, wiederholte er. »Sie stammen allerdings aus verschiedenen Lebensphasen. Links ist der Finger eines Kindes, rechts der Abdruck der Erwachsenen von deiner Waffe.«

Karim starrte auf die Bilder und brauchte eine Weile, bis er das Unfassliche verdaut hatte.

Judith Hérault war 1982 gestorben, zerfetzt vom Blech eines zertrümmerten Wagens.

Judith Hérault, bekleidet mit Regenhaut und Fahrradhelm, hatte kurz zuvor das Magazin seiner Glock leergeschossen.

Judith Hérault war tot und lebendig zugleich.

46

Es war an der Zeit, sich mit alten Kumpeln aus der Vergangenheit in Verbindung zu setzen.

Fabrice Mosset. Inzwischen eine Koryphäe im forensischen Labor der Pariser Polizei und Experte für Daktyloskopie. Karim hatte ihn während seines Praktikums im Kommissariat des 14. Arrondissements in der Avenue du Maine im Zuge eines verworrenen Falls kennen gelernt. Ein hochtalentierter Mensch, der sich – unter anderem – rühmte, Zwillinge an ihren Fingerabdrücken erkennen zu können: eine Methode, die seiner Ansicht nach so zuverlässig sei wie eine DNA-Analyse.

»Mosset? Hier ist Abdouf. Karim Abdouf.«

»Oh! Wie geht's? Sitzt du immer noch in deinem Loch?«

Eine fröhliche, singende Stimme. Lichtjahre entfernt vom Alptraum in Guernon.

»Ja, immer noch. Nur dass ich zur Zeit nicht sitze, sondern mich von einem Loch zum anderen grabe.«

Mosset fing an zu lachen. »Wie ein Maulwurf?«

»Richtig. Mosset, ich hab' ein Problem, das anscheinend unlösbar ist. Sag mir bitte deine Meinung dazu, inoffiziell. Jetzt gleich, okay?«

»Bist du an einem Fall dran? Kein Problem. Schieß los.«

»Ich habe zwei übereinstimmende Fingerabdrücke. Der eine ist vierzehn Jahre alt und stammt von einem toten kleinen Mädchen, und der andere ist von heute, von einer unbekannten Verdächtigen. Was bedeutet das?«

»Bist du sicher, dass das kleine Mädchen tot ist?«

»Ja. Ich habe mit dem Mann gesprochen, der das Stempelkissen gehalten hat, als man ihren Fingerabdruck aufgenommen hat.«

»Dann würde ich sagen: Verfahrensfehler. Du oder deine Kollegen habt bei der Abnahme der Fingerabdrücke am Tatort irgendwas falsch gemacht. Es ist unmöglich, dass zwei verschiedene Menschen identische Fingerabdrücke besitzen. Un-mög-lich.«

»Vielleicht sind es Verwandte? Zwillinge? Du hast doch da dein Programm, das …«

»Nur die Fingerabdrücke eineiiger Zwillinge sind sich mehr oder weniger ähnlich – dass sie völlig identisch sind, ist statistisch selten, denn die Vererbungsregeln sind unendlich komplex: Das endgültige Muster der Finger wird von sehr vielen verschiedenen Parametern beeinflusst. Es müsste schon ein großer Zufall sein, wenn sich die Muster so gleichen, dass …«

»Hast du ein Fax zu Hause?« unterbrach ihn Karim.

»Ich bin nicht zu Hause, sondern immer noch im Labor.« Er seufzte. »Es gibt keine Gnade mit wissenschaftlichen Mitarbeitern.«

»Kann ich dir meine beiden Karten zuschicken?«

»Ich werd' dir nicht mehr sagen als das.«

Karim blieb stumm. Endlich seufzte Mosset noch einmal.

»Na gut. Ich stell' mich neben das Fax. Ruf mich gleich danach noch mal an.«

Karim verließ das kleine Büro, in das er sich zurückgezogen hatte, schickte die beiden Faxe ab, dann kehrte er in seinen Verschlag zurück und drückte auf die Wiederwahltaste des Telefons. Draußen auf dem Gang rannten die Gendarmen hin und her, und in der Hektik nahm niemand von Karim Notiz.

»Beeindruckend«, murmelte Mosset. »Bist du sicher, dass der Abdruck auf der ersten Karte von einer Toten stammt?«

Karim dachte an die Schwarzweißfotos von dem Unfallwagen, an die zarten Gliedmaßen des kleinen Mädchens, die aus dem zerbeulten, zerfetzten Blech der Karosserie ragten, an das Gesicht des alten Autobahnwächters, der die Karteikarte mit dem Fingerabdruck aufbewahrt hatte.

»Ja«, sagte er.

»Da muss ein Irrtum passiert sein, eine Verwechslung von Identitäten. Das passiert gar nicht so selten, weißt du, wir …«

»Du verstehst mich offenbar nicht«, unterbrach Karim. »Was auf der Karte steht, ist egal. Namen zählen nicht. Was ich sagen will, ist, dass die Hand des toten Kindes denselben Abdruck trägt wie die Hand, die heute Nacht die Waffe gehalten hat. Das ist alles. Bei diesen statistischen Unwahrscheinlichkeiten, von denen du sprichst, muss das doch dieselbe Hand sein!«

Eine Pause trat ein. Ein Stocken in dieser spannungsgeladenen Nacht, dann fing Mosset zu lachen an.

»Deine Geschichte ist unmöglich. Das ist alles, was ich dir sagen kann.«

»Ich hab' dich schon phantasievoller erlebt. Es muss doch eine Lösung geben.«

»Es gibt immer eine Lösung, das wissen wir beide. Und ich bin sicher, dass du sie finden wirst. Ruf mich an, wenn dein Fall gelöst ist. Ich mag Geschichten, die gut ausgehen. Mit rationalen Erklärungen.«

Karim versprach es und legte auf. Unter seiner Schädeldecke drehte sich ein Räderwerk im Leeren.

In den Fluren des Gendarmeriepostens begegnete er noch einmal Marc Costes und Patrick Astier. Der Gerichtsmediziner trug eine dicke lederne Tasche und war aschfahl.

»Ich fahre nach Annecy«, erklärte er mit einem fassungslosen Blick auf seinen Begleiter. »Wir … wir haben gerade erfahren, dass es zwei Leichen gibt. Scheiße. Eric hat es auch erwischt. Eric Joisneau … Das sind keine Ermittlungen mehr, das ist ein Massaker.«

»Ich weiß, ich hab's schon gehört. Wie lange wirst du brauchen?«

»Mindestens bis zum Morgengrauen. Aber es ist schon ein zweiter Pathologe damit beschäftigt. Die Sache weitet sich aus.«

Karim musterte den Arzt mit den scharfen Gesichtszügen, die jugendlich wirkten, zugleich aber nicht recht fassbar. Der Mann hatte Angst, doch Abdouf spürte, dass seine eigene Gegenwart ihm Vertrauen einflößte.

»Costes, mir ist was eingefallen … Eine Nebensächlichkeit. Ich möchte dich was fragen.«

»Was ist?«

»In deinem ersten Bericht sprichst du im Zusammenhang mit dem Metalldraht, den der Mörder verwendet hat, von einem Bremskabel oder einer Klaviersaite. Ist es dasselbe Kabel, mit dem Sertys erwürgt wurde?«

»Ja. Dasselbe Material. Dieselbe Stärke.«

»Falls es sich um eine Klaviersaite handeln sollte, könntest du herausfinden, welchem Ton sie entspricht?«

»Wie bitte?«

»Den Ton, die Musiknote meine ich. Kann man anhand des Durchmessers den Ton einer Saite feststellen?«

Costes lächelte ungläubig. »Ich versteh' schon, was du meinst. Den Durchmesser weiß ich. Und du willst, dass ich …«

»Du oder irgendwer. Der Ton interessiert mich.«

»Hast du eine Spur?«

»Ich weiß nicht.«

Der Arzt rückte seine Brille hin und her. »Wie erreiche ich dich? Hast du ein Handy?«

»Nein.«

»Doch.« Astier drückte ihm ein Mobiltelefon in die Hand, ein winziges Modell, schwarz und verchromt. Karim sah ihn verständnislos an. Astier lächelte. »Ich hab' zwei davon, und ich stelle mir vor, dass du's in den nächsten Stunden brauchen kannst.«

Nummern wurden ausgetauscht, dann machte Marc Costes sich auf den Weg. Karim wandte sich an Astier: »Und du, was hast du vor?«

»Nichts Besonderes.« Er breitete seine großen Hände aus. »Ich hab' nichts mehr zu tun, und meine Maschine wird auch nicht gebraucht.«

Ob er ihm helfen wolle, fragte Karim: Er habe zwei Aufgaben zu erledigen.

»Zwei gleich?«, fragte Astier begeistert. »So viele du willst!«

»Die erste besteht darin, die Geburtenregister im CHRU von Guernon zu kontrollieren.«

»Um was rauszufinden?«

»Unter dem Datum 23. Mai 1972 findest du den Namen Judith Hérault. Schau nach, ob sie eine Zwillingsschwester hat.«

»Ist das die Frau, von der die Fingerabdrücke stammen?«

Karim nickte.

»Und du meinst, es gibt vielleicht noch eine zweite Person mit identischen Abdrücken?«, fragte Astier.

Karim lächelte verlegen. »Ich weiß, das ist ziemlich weit hergeholt. Aber tu's trotzdem.«

»Und die zweite Aufgabe?«

»Judiths Vater kam bei einem Autounfall ums Leben.«

»Er auch?!«

»Jawohl, er auch. Nur mit dem Unterschied, dass er mit dem Fahrrad unterwegs war und überfahren wurde. Im August achtzig. Der Name ist Sylvain Hérault. Darüber müsste es eigentlich hier bei der Gendarmerie Unterlagen geben. Ich bin sicher, dass du was findest.«

»Und was suche ich?«

»Die genauen Umstände des Unfalls. Der Mann wurde anscheinend von einem Irren überfahren, der spurlos verschwunden ist. Schau dir jedes Detail genau an. Vielleicht findest du irgendeinen Haken.«

»Von der Sorte: absichtlicher Unfall?«

»Von dieser Sorte, ja«, sagte Karim und wandte sich zum Gehen.

»Und du, wo gehst du hin?«

Karim drehte sich noch einmal um, leicht, gelöst, beinahe ironisch angesichts dessen, was ihm bevorstand. »Ich kehre zum Ausgangspunkt zurück. Zum Friedhof.«

9. TEIL

47

Das Blindeninstitut war ein helles Gebäude, nicht wie die Häuser von Guernon, die sich nur einen Rest an Helligkeit bewahrt hatten, wie mit einem grauen Schleier verhängt, sondern es erhob sich selbst in dieser Regennacht strahlend weiß am Fuß des Gebirgsmassivs Sept-Laux. Niémans ging auf die Eingangstür zu.

Es war zwei Uhr morgens, nirgends brannte ein Licht. Der Kommissar läutete, während er den Blick über die langen abschüssigen Rasenflächen ringsum schweifen ließ. Entlang dem Zaun waren auf kurzen Stangen in regelmäßigen Abständen Photodetektoren montiert, verbunden durch unsichtbare Drähte: ein Alarmnetz, das zweifellos weniger eine Einbruchsicherung als vielmehr eine Hilfe für die Blinden war, um sie aufmerksam zu machen, sobald sie das Gelände verließen.

Niémans läutete noch einmal.

Endlich öffnete ihm ein verschlafener Nachtwächter die Tür und hörte sich seine Erklärungen mit stumpfem Blick und kommentarlos an. Dennoch ließ er den Kommissar herein, führte ihn in eine große Halle und entfernte sich, um den Direktor zu wecken.

Niémans wappnete sich mit Geduld. Der Raum war lediglich von der kleinen Lampe in der Portiersloge erhellt. Vier Wände aus weißgestrichenem Beton, der Fußboden mit weißen Marmorkacheln ausgelegt und am Ende der Halle eine frei stehende Treppe mit einem Geländer aus hellem, unbehandeltem Holz. Die Decke war mit Tuch bespannt, und darin waren Lampen eingelassen. Große Glasfenster, die sich nicht öffnen ließen; dahinter erkannte er dunkel die Umrisse der Berge. Der Bau wirkte auf ihn wie ein New-Age-Sanatorium, puristisch und erbaulich, entworfen von Architekten mit schwindendem Humor.

Niémans entdeckte weitere Photodetektoren: Die Blinden bewegten sich offensichtlich mit Hilfe akustischer Signale in einer Art Leitsystem fort. Über die Wand liefen in Schlieren die Schatten der Regentropfen, die an den großen Fensterscheiben herabrannen. Ein Geruch nach Kitt und frischem Zement hing in der Luft. Diesem Gebäude, frisch renoviert und gerade erst getrocknet, fehlte selbst ein Mindestmaß an Behaglichkeit.

Er ging ein paar Schritte, neugierig geworden durch mehrere Staffeleien, die in einer Ecke der Halle standen. Darauf standen Bilder, Zeichnungen in geheimnisvollen Symbolen, die aus der Ferne wie mathematische Gleichungen und Formeln aussahen; aus der Nähe hingegen erkannte man feine, naive Malereien, Figuren mit gequälten Gesichtern. Ein Malatelier in einem Zentrum für blinde Kinder, dachte Niémans verwundert. Sein stärkster Eindruck aber war Erleichterung – er meinte fast zu spüren, wie die Fasern seiner Haut sich entspannten: Seitdem er hier war, hatte er kein Bellen oder sonst irgendeinen tierischen Laut vernommen. Konnte es sein, dass es in einer Blindenschule keinen einzigen Hund gab?

Nun näherten sich hallende Schritte auf dem Marmorboden, und Niémans begriff endlich den Grund der Kahlheit ringsum: Dieses Gebäude war eine Klangarchitektur, entworfen für Menschen, die sich mit Hilfe ihres Gehörs bewegten und jeden Laut einordnen konnten. Er drehte sich um und erblickte einen kräftigen Mann mit weißem Patriarchenbart und roten Wangen, der ihn mit schlafgeröteten

Augen ansah. Niémans hatte sofort einen guten Eindruck von ihm: Diesem Mann konnte er vertrauen.

»Doktor Champelaz, Institutsdirektor«, stellte er sich mit Bassstimme vor. »Was zum Teufel wollen Sie denn zu nachtschlafender Zeit?«

Niémans hielt ihm seinen Dienstausweis hin. »Hauptkommissar Pierre Niémans. Ich ermittle in den Mordfällen von Guernon und muss Ihnen in dem Zusammenhang ein paar Fragen stellen.«

»Schon wieder?«

»Ja, schon wieder. Um eben diesen ersten Besuch geht es. Leutnant Eric Joisneau war am Nachmittag bei Ihnen, und ich denke, Sie haben ihm Auskünfte gegeben, die für unsere Ermittlungen entscheidend sind.«

Champelaz wirkte beunruhigt. Wie feine Schnüre huschten die Schatten des Regens über seine makellos weißen Haare. Er starrte auf die Handschellen, die Waffe, die Niémans am Gürtel trug, dann sah er wieder auf. »Mein Gott … Ich habe ihm einfach seine Fragen beantwortet.«

»Ihre Antworten führten ihn zu Edmond Chernecé.«

»Ja, sicher. Und?«

»Jetzt sind beide Männer tot.«

»Tot? Wieso das denn? Das kann doch nicht sein … Das …«

»Tut mir Leid, aber ich habe keine Zeit für ausführliche Erklärungen. Ich bitte Sie nur, mir möglichst genau zu wiederholen, was Sie zu Joisenau gesagt haben. Denn Sie wissen etwas – ohne es zu ahnen –, was für unseren Fall extrem wichtig ist.«

»Was wollen Sie denn …«

Er verstummte, rieb sich heftig die Hände wie unter einem plötzlichen Kälteschauer.

»Na gut …«, sagte er dann. »Ich sollte wohl besser ganz wach werden, oder?«

»Ich denke schon, ja.«

»Wollen Sie Kaffee?«

Niémans nickte. Er folgte dem Patriarchen durch einen Flur mit hohen Fenstern. Hin und wieder tauchten Blitze den Korridor in ein gleißendes Licht, dann senkte sich das Halbdunkel wieder herab, strukturiert durch die Regenschleier.

Der Kommissar hatte den Eindruck, als bewegte er sich durch einen Wald phosphoreszierender Lianen. An den Wänden gegenüber den Fenstern bemerkte er andere Muster, statische diesmal: Es waren Landschaften, wild zerklüftete Berge und pastellfarbene Flüsse, dazwischen riesige schuppige Tiere mit Rückenstacheln, langen Hälsen, phantastischem Gehörn, die aus einer Zeit der Felswüsten zu stammen schienen, einem Zeitalter der Unmäßigkeit, in dem der Mensch ein Zwerg gewesen war.

»Ich dachte, Ihr Institut kümmert sich nur um blinde Kinder.«

Der Direktor blieb stehen und wandte sich um. »Nicht nur«, sagte er. »Wir behandeln Patienten mit allen möglichen Augenleiden.«

»Zum Beispiel?«

»Juvenile Formen von grauem Star, Glaukome, Gesichtsfeldeinschränkungen, Agnosien ...« Mit seinem mächtigen Zeigefinger deutete er auf die bemalte Wand. »Es sind merkwürdige Bilder, nicht wahr? Unsere Kinder sehen die Realität nicht wie wir – übrigens nicht einmal ihre eigenen Bilder. Ihre Wirklichkeit sind weder reale Landschaften noch das, was sie auf dem Malgrund darstellen, sondern sie haben sie im Kopf. Nur sie wissen, was sie ausdrücken wollen, und wir Normalsichtigen können es allenfalls ahnen, wenn wir ihre Bilder betrachten. Das ist aufregend, nicht wahr?«

Niémans nickte geistesabwesend. Er vermochte kaum den Blick von den Bildern zu wenden, so schön erschienen sie ihm. Weiche Konturen, die wie bestäubt aussahen, erdrückt von Materie. Lebhafte, leuchtende, unvermischte Farben zwischen scharfen Linien. Diese Wandbilder wirkten auf ihn wie der Schauplatz eines Kampfes zwischen Form und Farbe, der jedoch eine gewisse Sanftheit erzeugte, die Melancholie alter Abzählreime für Kinder.

Der Direktor klopfte ihm freundschaftlich auf den Rücken. »Kommen Sie mit. Der Kaffee wird Ihnen gut tun. Sie sehen aus, als hätten Sie's nötig.«

Sie betraten eine weitläufige Küche, in der Einrichtung und Geräte allesamt aus rostfreiem Stahl zu bestehen schienen. Die blitzblanken Wände erinnerten Niémans an die Kacheln in Leichenhallen.

Der Direktor hatte bereits aus der Glaskanne, die auf der eingeschalteten Wärmeplatte einer Kaffeemaschine stand, zwei Becher vollgeschenkt, reichte einen dem Kommissar und setzte sich auf einen der Inox-Tische, und wieder musste Niémans an die obduzierten Leichen denken, an die Gesichter von Caillois und Sertys. Leere, blutverkrustete Augenhöhlen, wie schwarze Löcher in der Zeit.

In ungläubigem Ton erklärte Champelaz: »Ich kann immer noch nicht fassen, was Sie mir sagen. Beide Männer sind tot? Wie ist das denn passiert?«

Pierre Niémans ging über die Frage hinweg. »Was haben Sie Joisneau erzählt?«

Der Arzt zuckte die Schultern und ließ den Kaffee im Becher kreisen. »Er fragte nach den Augenkrankheiten, die wir hier behandeln, worauf ich ihm erklärte, dass es in den meisten Fällen erblich bedingte Leiden sind und die Mehrzahl meiner Patienten aus Guernon stammt.«

»Hat er noch detailliertere Fragen gestellt?«

»Ja. Er wollte die Ursache dieser Leiden wissen, und ich habe ihm eine Kurzlektion über rezessive Erbgänge gehalten.«

»Erklären Sie's mir auch.«

Der Direktor seufzte, jedoch ohne Ärger, dann begann er: »Es ist ganz einfach. Manche Gene sind Krankheitsträger. Es sind mutierte Gene, sozusagen Rechtschreibfehler bei der Vervielfältigung der DNA, wie sie bei uns allen vorkommen. Aber in der Regel hat glücklicherweise ein mutiertes Gen ein gesundes Gegenstück, so dass diese eine Mutation nicht ausreicht, um die Krankheit zum Ausbruch kommen zu lassen. In diesem Fall sprechen wir von einem rezessiven Gen. Wenn jedoch beide Eltern Träger eines defekten Gens sind, dann stehen die Chancen sehr viel höher, dass bei der Zeugung beide kranken Gene zusammenkommen – in welchem Fall man von einem homozygoten Zustand spricht, das heißt, beim Kind ist kein gesundes Gen vorhanden, das ein Gegengewicht schafft, und die Krankheit bricht aus. Deshalb sagt der Volksmund, Verwandtenehen machen schlechtes Blut. Das ist eine uralte Redensart; dahinter steht jedoch die wissenschaftlich längst erwiesene Tatsache, dass bei Eltern mit gleichen erblichen Belastungen die Wahrscheinlichkeit hoch ist, ein in ihrer Generation noch latentes Leiden an ihre Nachkommen weiterzugeben, die dann tatsächlich erkranken.«

Von diesem Phänomen hatte bereits Chernecé gesprochen. »Dann sind die in Guernon verbreiteten Erbleiden also auf Verwandtenehen zurückzuführen?«, fragte Niémans.

»Zweifellos. Viele Kinder, die hier behandelt wurden, externe oder stationäre Patienten, stammen aus Guernon und insbesondere aus den Familien der Forscher und Professoren an der Universität, die hier seit Urzeiten eine elitäre und geschlossene Gesellschaft bilden und inzwischen mehr oder weniger eng miteinander verwandt sind.«

»Erklären Sie das bitte genauer.«

Champelaz verschränkte die Arme, holte Luft und setzte zu einer längeren Rede an. »In Guernon besteht eine sehr alte Gelehrtentradition. Die Universität wurde, soviel ich weiß, in der ersten Hälfte des dreizehnten Jahrhunderts gegründet, gemeinsam mit einer Schweizer Hochschule. Bis vor ein paar Jahrzehnten war sie in den Gebäuden des heutigen Krankenhauses untergebracht … Früher fand ein reger Austausch mit den Gelehrten anderer Universitäten statt, der jedoch aus mir unbekannten Gründen abgerissen ist, und so leben seit beinahe dreihundert Jahren die Professoren und Forscher auf dem Campus zusammen und heiraten untereinander. Daraus sind Generationen hochbegabter Intellektueller hervorgegangen – heute allerdings sind sie ausgepowert, genetisch erschöpft. Guernon war schon immer eine abgelegene Stadt, wie alle Dörfer oder Marktflecken in einsamen Gebirgstälern, aber die Universität hat inzwischen eine zusätzliche Isolation geschaffen, verstehen Sie? Einen regelrechten Mikrokosmos.«

»Und diese Isolation ist tatsächlich eine ausreichende Erklärung für das Auftauchen von Erbkrankheiten?«

»Ich denke schon.«

Wie diese Auskünfte zu seinen Ermittlungen passen sollten, konnte Niémans sich noch nicht zusammenreimen.

»Was haben Sie Joisneau sonst noch gesagt?«

Champelaz sah den Kommissar schief an, dann erklärte er mit seiner tiefen Stimme: »Ich habe ihm außerdem von einem ungewöhnlichen Phänomen erzählt, einer sehr merkwürdigen Entwicklung.«

»Nämlich?«

»Seit etwa einer Generation sind aus den genetisch belasteten Familien Kinder hervorgegangen, die sich von ihren Eltern und Großeltern auffällig unterscheiden. Sie sind geistig immer noch sehr begabt, aber zusätzlich verfügen sie über eine unerklärliche körperliche Widerstandskraft. Viele von ihnen, die meisten sogar, erzielen nicht nur die besten Noten, sondern gewinnen auch sämtliche sportlichen Wettkämpfe.«

Niémans dachte an die Fotos im Vorzimmer des Rektors, an die lächelnden jungen Champions, die alle Pokale und Medaillen abräumten, dann dachte er an die Bilder von den Olympischen Spielen in Berlin und Caillois' erschöpfende Abhandlung über die »Sehnsucht nach Olympia«. War es denkbar, dass hier ein Zusammenhang bestand, eine tiefere Wahrheit verborgen lag?

In beiläufigem Ton bemerkte er: »Dabei müssten all die Kinder ziemlich krank sein, nicht wahr?«

»So systematisch funktioniert das zwar nicht, aber sagen wir so: Logischerweise müssten die Kinder gewisse konstitutionelle Schwächen aufweisen, bestimmte wiederkehrende Defekte oder Leiden wie etwa unsere Patienten am Institut. Aber das ist nicht der Fall. Im Gegenteil. Es ist, als hätten die hochbegabten Kleinen auch die körperlichen Talente der gesamten Gemeinde an sich gerafft und die genetischen Schwächen den anderen überlassen.« Champelaz warf dem Kommissar einen verkniffenen Blick zu. »Trinken Sie Ihren Kaffee nicht?«

Niémans erinnerte sich an den Becher, den er in der Hand hielt, nahm einen tüchtigen Schluck, doch er schmeckte kaum etwas. Wie eine Maschine war sein ganzer Körper nur noch darauf geeicht, das winzigste Anzeichen, die geringste Spur wahrzunehmen. »Haben Sie dieses Phänomen denn genauer untersucht?«, fragte er.

»Ja, vor ungefähr zwei Jahren führte ich eine kleine private Untersuchung durch. Ich überprüfte zunächst, ob die Champions tatsächlich aus denselben Familien, denselben Verbindungen stammten. Ich war auf dem Standesamt, dem Rathaus ... Tatsächlich waren sie die leiblichen Nachkommen der Professorenfamilien. Anschließend sah ich mir ihre Stammbäume ein wenig genauer an. Ich prüfte ihre Krankenakten von frühester Kindheit an, sogar die Unterlagen der Eltern und Großeltern, und suchte nach irgendwelchen besonderen Hinweisen. Aber ich fand nichts Signifikantes. Im Gegenteil, in manchen Familien waren die Ahnen Träger diagnostizierbarer Erbkrankheiten, nicht anders als in den Familien meiner Patienten am Institut … Es war höchst erstaunlich.«

Niémans versäumte kein Wort dieser Rede: Wieder hatte er das rational nicht erklärbare Gefühl, dass diese Umstände einen wesentlichen Aspekt seines Falls berührten.

Champelaz hatte unterdessen begonnen, auf und ab zu gehen, die Hände in den Hosentaschen. »Ich habe auch mit den Ärzten von der Entbindungsstation am CHRU gesprochen und dabei von einem Umstand erfahren, der mich endgültig befremdet hat. Seit ungefähr fünfzig Jahren ist unter den Bewohnern der Bergdörfer rund um das Tal eine auffällige Kindersterblichkeit zu beobachten. Sehr viele Kinder sterben unmittelbar nach ihrer Geburt, ohne erkenntliche Ursache – Kinder aus Familien, die traditionell immer kräftig und gesund waren, denn im Unterschied zu Guernon leben die Leute in den Bergen keineswegs abgeschieden. Die Entwicklung hat sich umgekehrt, verstehen Sie? Die früher schwächlichen und kranken Kinder der Professoren verfügen wie durch ein Wunder auf einmal über eine unverwüstliche Gesundheit, während der Nachwuchs der Bergbauern und Kristallsucher dahinsiecht oder stirbt …

Ich habe mich mit diesen Fällen von plötzlichem Kindstod eingehend befasst, aber ohne Ergebnis. Wissen Sie, es ist ein bekanntes Phänomen in der Medizin, dass ein Kind während der ersten sechs Lebensmonate ohne erklärende Todesursache stirbt, allerdings mit einer Häufigkeit unter der Gesamtbevölkerung von etwa zwei Promille. In Guernon hingegen ist der Prozentsatz enorm! Ich habe mit den Mitarbeitern der Klinik gesprochen, mit Ärzten, mit Genetikern, aber niemand hat eine Erklärung für dieses Phänomen. Was soll ich sagen? Es ist, als hätten die Kinder der Universitätsmitarbeiter ihren Kollegen aus den Bergen sämtliche Lebensenergie geraubt ...«

»Herrgott, was wollen Sie damit sagen?«

Champelaz zog sich sofort wieder zurück. »Vergessen Sie, was ich gesagt habe. Das ist nicht sehr wissenschaftlich. Und völlig irrational.«

Irrational mochte es sein, doch Niémans war mittlerweile überzeugt, dass das Geheimnis der hochbegabten Kinder kein Zufall war, sondern ein Glied in der Kette der Ereignisse. »Ist das alles?«, fragte er. Der Arzt schwieg.

»Ist das wirklich alles?« wiederholte der Kommissar in schärferem Ton.

»Nein«, stieß Champelaz hervor. »Es gibt noch etwas. In diesem Sommer wurde ein sonderbarer Zwischenfall bekannt, dem an sich niemand eine besondere Bedeutung beigemessen hat, aber im Licht der übrigen Merkwürdigkeiten in unserer Gegend finde ich ihn alarmierend ... Wissen Sie, das Klinikum wurde vor kurzem vollständig renoviert, und im Zuge der Umstrukturierung hat man auch damit begonnen, das Archiv auf Datenträger einzugeben.

Experten sahen sich also die verstaubten Akten im Keller der Klinik an, um den Umfang der erforderlichen Datenerfassung einzuschätzen, und in diesem Zusammenhang nahmen sie sich auch andere Kellerräume vor, in denen die Unterlagen der ehemaligen Universität gelagert wurden, unter anderem die Akten der Bibliothek aus den letzten drei Jahrhunderten bis zu den siebziger Jahren dieses Jahrhunderts.«

Niémans horchte auf.

»Dabei machten die Leute eine merkwürdige Entdeckung«, fuhr Champelaz fort. »Sie fanden Unterlagen über die in den letzten fünfzig Jahren in der Klinik geborenen Babys, und zwar immer nur die erste Seite der jeweiligen Akte. Einzelne Seiten, als wären sie aus den Gesamtakten entfernt worden.«

»Wo wurden diese Papiere entdeckt? Ich meine: wo genau?«

Champelaz bemühte sich um Gelassenheit, doch seine Stimme hörte sich gepresst an, als er sagte: »Das ist eben das Merkwürdige … Die Papiere befanden sich unter den Akten eines Bibliothekars.«

Niémans' Herz schlug schneller. »Wie heißt er?«

»Caillois«, antwortete Champelaz. »Etienne Caillois.«

»Der Vater von Rémy?«

»Ja.«

»Und das sagen Sie erst jetzt?«, fuhr Niémans ihn an. »Nachdem gestern die Leiche entdeckt wurde?«

»Ihr Tonfall passt mir nicht, Herr Kommissar«, bemerkte Champelaz kühl. »Verwechseln Sie mich bitte nicht mit Ihren Verdächtigen. Außerdem erzähle ich Ihnen von einer administrativen Angelegenheit, die schon eine Weile zurückliegt – Etienne Caillois ist seit Jahren tot. Und vielleicht ist es nur eine Lappalie, sie wurde jedenfalls als Kuriosum abgetan und nicht weiter untersucht. Warum sollte ich darin einen Zusammenhang mit den Morden in Guernon sehen?«

»Ich bin derjenige, der über Zusammenhänge zwischen einzelnen Elementen entscheidet. Sie haben die Pflicht, alles zu sagen, was Sie wissen.«

»Richtig – und deshalb habe ich Ihrem Leutnant genau das gesagt. Also regen Sie sich nicht auf. Abgesehen davon war das nie ein Geheimnis: Die ganze Stadt hätte Ihnen davon erzählen können, die Geschichte ist allgemein bekannt und stand sogar in der Lokalpresse.«

In dem Moment hätte sich Niémans nicht gern im Spiegel gesehen. Er war sich bewusst, dass sein Ausdruck so brutal, so hart und gespannt war, dass er sich selbst nicht wieder erkannt hätte. Er fuhr sich mit der Hand übers Gesicht und sagte in ruhigerem Ton: »Entschuldigen Sie. Dieser Fall ist ziemlich chaotisch. Der Mörder hat schon dreimal zugeschlagen, und nichts deutet darauf hin, dass er damit aufhört. Jede Minute, jede Information zählt. Wo sind diese alten Unterlagen jetzt?«

»Wieder im Keller der Klinik. Solange die Datenerfassung nicht abgeschlossen ist, wird das Archiv komplett in der ursprünglichen Form erhalten.«

»Und darunter befinden sich auch die Unterlagen über die hochbegabten Kinder, richtig?«

»Nicht direkt – die letzten herausgetrennten Seiten stammen aus dem Jahr siebzig. Aber die Unterlagen über manche Eltern finden sich darunter, und das ist es eben, was mich aufgeschreckt hat. Denn ich hatte diese Papiere bei meinen Nachforschungen schon in der Hand gehabt: In den offiziellen Akten fehlten sie keineswegs, verstehen Sie?«

»Hat Caillois also einfach die Zweitausfertigungen entwendet?«

»Entweder das … oder er hat sich die Originale geholt«, antwortete Champelaz. »Vielleicht hat er die echten Geburtenblätter durch falsche ersetzt. In dem Fall wären die Seiten, die in seinen Unterlagen gefunden wurden, die echten, die Originale.«

»Mir hat niemand von diesem Vorfall erzählt. Fand denn keine polizeiliche Untersuchung statt?«

»Aber nein, das sagte ich doch schon. Es war eine Anekdote. Eine verwaltungstechnische Unregelmäßigkeit. Außerdem war Etienne Caillois, wie gesagt, zu dem Zeitpunkt schon drei Jahre tot. Anscheinend bin ich der einzige, der sich für die Geschichte interessiert hat.«

»Eben. Haben Sie nicht versucht, noch einmal einen Blick in die Akten zu werfen? Die bei Caillois gefundenen Unterlagen mit den offiziellen Dokumenten zu vergleichen?«

Champelaz lächelte schief. »Stimmt schon, ich hatte es immer vor. Aber letztendlich hat mir die Zeit dazu gefehlt. Sie verstehen anscheinend nicht, um welche Art von Dokumenten es sich handelt – das sind lose Blätter mit ein paar vorgedruckten Spalten, in die man die Angaben über Geschlecht, Gewicht, Größe und Blutgruppe des Neugeborenen und so weiter einträgt ... Im Übrigen werden diese Daten schon am Tag nach der Geburt in den Gesundheitspaß des Kindes übertragen. Die Säuglingsschwestern fertigen diese Unterlagen also nur für den internen Gebrauch an.«

Joisneau hatte die Absicht gehabt, das Archiv des Krankenhauses zu besuchen. Diese Unterlagen interessierten Niémans im höchsten Maß. Abrupt wechselte er das Thema.

»Welche Rolle spielt Chernecé in dieser Geschichte?«, fragte er. »Warum ist Joisneau nach dem Gespräch mit Ihnen direkt nach Annecy gefahren?«

»Edmond Chernecé hat sich für die Kinder, von denen ich Ihnen erzählt habe, außerordentlich interessiert ...«, antwortete der Direktor.

»Warum?«

»Chernecé ist ... war einer unserer Ärzte. Er befasste sich intensiv mit den Erbleiden unserer Patienten und kannte sie sehr genau. Er hatte also allen Grund, der Frage nachzugehen, weshalb seine jungen Patienten derart verschieden von ihren völlig gesunden Cousins ersten oder zweiten Grades waren. Die Genetik war seine Leidenschaft, und außerdem vertrat er die Theorie, man könne bestimmte genetische Anlagen in der Iris des Menschen erkennen. Er war in mancherlei Hinsicht ein recht unorthodoxer Arzt. Ziemlich sonderbar ...«

Niémans dachte an sein Gespräch mit dem Augenarzt und an seinen zweiten Besuch, an die säurezerfressene Leiche von Joisneau, und die Charakterisierung »sonderbar« erschien ihm reichlich untertrieben.

»Haben Sie ihn nicht nach seiner Meinung als Arzt gefragt?«

»Wir haben natürlich darüber diskutiert, sicher. Aber nur im Hinblick auf verschiedene Therapiemöglichkeiten. Chernecé gehört zu den Koryphäen der Universität, verstehen Sie? Und seine Privatpraxis ist eine der angesehensten in der ganzen Region. Er ist ein herausragender Professor, der sich nicht dazu herablässt, mit einem einfachen Arzt wie mir seine Forschungsergebnisse zu besprechen.«

»Denken Sie, dass Chernecé dieselben Dokumente zu Rate ziehen konnte wie Sie – ich meine, die offiziellen Unterlagen über Neugeborene?«

»Ja.«

»Denken Sie, dass er sogar noch vor Ihnen Einsicht in die Akten genommen hat?«

»Möglicherweise.«

Der Direktor senkte den Blick. Schweißtropfen standen auf seiner Stirn.

»Denken Sie, dass er durchaus auf den Beweis gestoßen sein könnte, dass die Unterlagen gefälscht waren?«

»Was weiß denn ich? Ich verstehe nicht, worauf Sie eigentlich hinauswollen. Werfen Sie *mir* etwas vor?«

Niémans bestand nicht weiter darauf. Ein anderer Aspekt der Geschichte war ihm klar geworden: Der Grund, weshalb Champelaz die entwendeten Unterlagen nicht genauer studiert hatte, waren seine Bedenken gegenüber eventuellen Entdeckungen: Über etwaige dunkle Punkte in der Vergangenheit von Universitätsprofessoren, die über die Stadt herrschten wie Monarchen und das Schicksal von Männern wie ihm selbst in der Hand hatten, sollte man besser nichts wissen.

»Was haben Sie Joisneau sonst noch gesagt?«, fragte der Kommissar.

»Nichts. Nur das, was ich jetzt auch Ihnen berichtet habe.«

»Denken Sie nach.«

»Mehr war es nicht.«

Niémans trat vor den Direktor hin. »Sagt ihnen der Name Judith Hérault etwas?«

»Nein.«

»Und Philippe Sertys?«

»Das ist das zweite Opfer?«

»Vorher haben Sie den Namen nie gehört?«

»Nein.«

»Weckt der Begriff ›purpurne Flüsse‹ irgendeine Erinnerung bei Ihnen?«

»Nein, wirklich, ich ...«

»Danke, Herr Doktor.«

Niémans verabschiedete sich und ließ den Arzt stehen. Als er schon bei der Tür war, drehte er sich noch einmal um. »Eine letzte Frage noch: Ich habe hier keinen einzigen Hund gesehen oder gehört? Haben Sie keine Hunde?«

Champelaz starrte ihn verwundert an. »Aber nein«, sagte er. »Haustiere sind hier aus hygienischen Gründen nicht erlaubt ...«

»Ich meine Blindenhunde.«

Erst jetzt begriff der Arzt und lächelte. »Hunde sind nützlich für Blinde, die allein leben und über keinerlei äußere Hilfen verfügen. Unser Institut hingegen ist mit einem ausgeklügelten Leitsystem ausgestattet. Unsere Patienten werden durch akustische Signale auf jedes Hindernis aufmerksam gemacht ... Wir brauchen keine Hunde.«

Als Niémans wieder in seinem Wagen saß, warf er einen letzten Blick auf das helle Gebäude, weithin sichtbar selbst in dieser finsteren Regennacht. Seit dem Morgen hatte er das Institut gemieden, weil er sich vor eingebildeten Kötern gefürchtet hatte. Aus Angst vor Gespenstern, die nur in seinem Kopf bellten, hatte er Joisneau vorgeschickt.

Er öffnete die Tür und spuckte aus.

Seine eigenen Phantome hatten den jungen Polizisten das Leben gekostet.

48

Niémans fuhr die Serpentinenstraße entlang, die vom Sept-Laux ins Tal führte. Mittlerweile goss es in Strömen. Vor seinen Scheinwerfern wölkte sich ein gelb leuchtender Nebel, und der Asphalt glänzte. Hin und wieder durchquerte er eine Straßensenke, in der sich das Wasser gesammelt hatte und donnernd gegen das Bodenblech spritzte. In einer dieser Pfützen geriet er ins Rutschen, und der Wagen schlitterte auf den Abgrund zu. Niémans kurbelte wild am Steuer und schaffte es im letzten Moment, den Wagen wieder unter Kontrolle zu bringen.

In seiner Tasche piepste es. Mit einer Hand zog er den Pager hervor und stellte fest, dass Antoine Rheims aus Paris sich gemeldet hatte. Er griff zu seinem Mobiltelefon und aktivierte die gespeicherte Nummer. Kaum hatte Rheims seine Stimme erkannt, sagte er: »Der Engländer ist tot, Pierre.«

Niémans, der in Gedanken ganz bei seinem Fall war, musste sich konzentrieren, um die Konsequenzen dieser Nachricht einzuschätzen. Es gelang ihm nicht.

»Wo bist du?«, fragte Rheims.

»In der Umgebung von Guernon.«

»Es ist ein Haftbefehl gegen dich ergangen. Theoretisch müsstest du dich sofort stellen, deine Waffe abgeben und deine Fahndung vergessen.«

»Theoretisch?«

»Ich habe mit Terpentes gesprochen. Ihr tretet auf der Stelle, und allmählich ist das Schlimmste zu befürchten. Sämtliche Medien sind in eurem Nest da unten versammelt. Die Morde waren bereits in allen Nachrichten, und spätestens morgen früh wird Guernon die berühmteste Stadt Frankreichs sein.« Rheims zögerte kurz. »Und dich haben sie speziell im Visier.«

Niémans gab keine Antwort. Er starrte auf die Straße, die sich abwärts schlängelte, als bohrte sie sich durch die Wasserstrudel, die sich im entgegengesetzten Sinn zu drehen schienen. Ein Wirbel gegen den anderen.

»Pierre, wie weit bist du? Wirst du den Mörder bald verhaften?« fing Rheims wieder an.

»Ich weiß nicht. Ich kann dir nur sagen, dass ich auf dem richtigen Weg bin, so viel steht fest.«

»Dann rechnen wir später ab. Ich habe nicht mit dir gesprochen. Du bist unauffindbar, nicht zu erreichen. Du hast maximal zwei Stunden Zeit, um die Sache aufzuklären. Danach kann ich für dich nichts mehr tun. Außer dir einen guten Anwalt zu besorgen.«

Niémans murmelte ein paar Floskeln und beendete das Gespräch.

Im selben Moment erfolgte eine heftige Erschütterung, begleitet von metallischem Knirschen: Neben ihm war ein Wagen aufgetaucht, hatte ihn überholt und bei diesem Manöver mit voller Wucht seinen linken Kotflügel gerammt. Niémans reagierte eine Zehntelsekunde zu spät und schrammte die Felswand rechts neben der Straße entlang, doch gleich darauf hatte er seinen Wagen wieder unter Kontrolle und warf einen gehetzten Blick aus dem Fenster. Ein dunkler Geländewagen, der ohne Scheinwerfer fuhr, schickte sich zu einem neuerlichen Angriff an.

Der Kommissar schaltete zurück, und in dem Moment schwenkte das massige Gefährt nach rechts und zwang ihn zu einer scharfen Bremsung. Eine Zeit lang folgte Niémans dem Wagen, der nun vor ihm in der Mitte der Straße fuhr und ihn systematisch am Überholen hinderte. Das Nummernschild war lehmverkrustet, nicht eine Zahl war zu lesen. Vergeblich versuchte Niémans, sich an ihm vorbeizuschlängeln, doch der Fahrer vereitelte jeden Anlauf durch Bremsmanöver und Haken, mit denen er weitere Kollisionen herbeiführte und den Kommissar immer wieder an den Rand des Abgrunds drängte.

Was wollte dieser Wahnsinnige? Niémans fuhr langsamer und brachte etliche Meter Abstand zwischen sich und das mörderische Gefährt vor ihm, aber der Geländewagen bremste ebenfalls und zwang ihn, wieder näher zu kommen. Doch in dem Augenblick tauchte am rechten Straßenrand ein Pannenparkplatz auf, und Niémans ergriff die Gelegenheit, trat abrupt aufs Gas und nutzte den zusätzlichen Raum für ein waghalsiges Überholmanöver. In letzter Sekunde schrammte er an der Felswand vorbei.

Mit durchgedrücktem Gaspedal raste er die nasse Bergstraße abwärts. Der Geländewagen war im Rückspiegel nicht mehr zu sehen. Ohne nachzudenken, behielt Niémans seine Geschwindigkeit bei und legte mehrere Kilometer zurück.

Er war jetzt wieder allein auf der Straße.

So schnell, wie die kurvige Strecke und die schlechte Sicht ihm erlaubten, fuhr er unter einem Gewölbe aus Fichten durch peitschenden Regen dahin. Was war geschehen? Wer hatte ihn angegriffen? Und warum? Was hatte er denn inzwischen erfahren, dessentwegen es sich lohnte, ihn zu beseitigen? Der Angriff war derart rasant vonstatten gegangen, dass Niémans nicht einmal eine Gestalt am Steuer gesehen hatte.

Nach einer Kurve öffnete sich der Wald, und Niémans erspähte die Hängebrücke über die Jasse: sechs Kilometer lang, aufgehängt an hundert Meter hohen Pfeilern. Also trennten ihn nur noch zehn Kilometer von Guernon, dem sicheren Hafen.

Niémans beschleunigte wieder.

Er war am Anfang der Brücke, als im Rückspiegel ein Blitz aufflammte und ihn blendete. Fernlicht. Der Geländewagen war ihm wieder auf den Fersen. Niémans verstellte den Rückspiegel, heftete den Blick fest auf die gerade

Strecke, die sich vor ihm durch die Nacht spannte, und dachte dabei: Ich kann noch nicht sterben. Nicht so. Und trat aufs Gaspedal.

Die Scheinwerfer waren dicht hinter ihm. Ans Steuer geklammert, fixierte er die Leitplanken, die in seinem eigenen Licht aufstrahlten und die Straße rechts und links wie mit einem feuchten, dampfenden Schleier umfingen.

Gewonnene Meter, gestohlene Sekunden.

Ein sonderbarer Gedanke kam Niémans in den Sinn, eine Überzeugung, der jede vernünftige Grundlage fehlte: Solange er auf dieser Brücke dahinfuhr, solange er durch das Unwetter flog, würde ihm nichts zustoßen. Er war am Leben. Er war leicht. Unverwundbar.

Der Zusammenstoß nahm ihm den Atem.

Er wurde nach vorn geschleudert und prallte gegen die Windschutzscheibe, sein Kopf riss den Rahmen des Rückspiegels ab, der Spiegel zerbarst, und der Schaft schlitzte ihm die Schläfe auf wie ein Haken. Er krümmte sich zusammen, die Hände über dem Kopf, und merkte, wie der Wagen nach links ausscherte, sah das Brückengeländer auf sich zukommen, bis ihm das rinnende Blut die Sicht nahm.

Er spürte den Aufprall und gleich darauf den Regen, der ihn wie eine Ohrfeige traf. Kühle und die grenzenlose Weite der Nacht. Ringsum war alles still. Und schwarz. Sekundenlang.

Als Niémans die Augen öffnete, konnte er nicht glauben, was er sah: den Himmel, die Wolken, zuckende violette Blitze. Er flog, allein, durch Wind und Regen.

Beim Zusammenprall mit dem Geländer war er aus dem Wagen geschleudert und über die Brücke in den Abgrund katapultiert worden. Lautlos, sonderbar langsam stürzte er in die Tiefe, fuchtelte halbherzig mit Armen und Beinen und stellte sich die absurde Frage, was wohl seine letzte Empfindung vor dem Tod sein würde.

Die Antwort erhielt er unmittelbar darauf: ein Schmerz, der ihn wie eine Woge überschwemmte. Nadelgespickte Peitschenhiebe. Zersplitternde Äste. Und sein Fleisch, das in tausend schmerzhafte Funken zerstob, während er durch die Bäume brach.

Dann ein zweimaliger Aufprall, beinahe im selben Moment.

Zuerst sein eigener Kontakt mit dem Boden, gedämpft durch die zahllosen Verästelungen der Bäume. Dann ein apokalyptisches Getöse, ein gewaltiger Schlag, so nahe, schwarz und wuchtig, wie wenn mit einem Mal ein riesiger Deckel über ihn gestülpt worden wäre. Der Augenblick zerbarst zu einem Chaos widersprüchlicher Empfindungen. Beißende Kälte, die ihn wie ein scharfzahniger Kiefer anfiel. Ein Stechen in der Lunge, das ihn nach Luft ringen ließ. Wasser. Stein. Finsternis.

Die Zeit setzte aus. Eine Weile verging.

Niémans öffnete die Augen und erblickte Dunkelheit. Wald. Nach und nach, wie eine Rückkehr aus dem Jenseits, erwachte sein Verstand. Aus den Tiefen seines Gehirns zog er die Erkenntnis: Er war am Leben. Er lebte!

Er versammelte die Fetzen seines Bewusstseins um sich und rekonstruierte, was geschehen war.

Er war durch Baumkronen und Unterholz gefallen und hatte das Glück gehabt, am Fuß der Pfeiler in einer schrägen Abflussrinne voller Regenwasser zu landen. Sein Wagen, der denselben Weg genommen hatte wie er, war wie ein Panzer von der Brücke in die Tiefe gestürzt und unmittelbar über ihm zerschmettert. Ohne ihn zu erreichen: Die Karosserie war zu breit, und das Rohrsystem hatte ihn gestoppt.

Ein Wunder.

Niémans schloss die Augen. In allen Teilen seines geschundenen Körpers pochte es dumpf, doch der schlimmste Schmerz, der sich anfühlte wie flüssige Lava, kam aus seiner Schläfe, und er reimte sich zusammen, woher er diese Verletzung direkt über dem Ohr hatte. Der Rest seines Körpers war anscheinend mit blauen Flecken davongekommen.

Mit starrem Blick musterte er das rauchende Wrack seines Wagens. Er war gefangen in einem Sarkophag aus Beton mit einem heißen Blechdach als Deckel. Er drehte den Kopf nach rechts und links und stellte fest, dass eine Stoßstange ihn in der abschüssigen Rinne festhielt.

Mit verzweifelter Anstrengung schob er sich durch die Röhre abwärts. Die Schmerzen, die wie eine Horde angriffslustiger Ameisen durch sämtliche Gliedmaßen strömten, kamen ihm jetzt zugute: Sie hoben sich gegenseitig auf und versetzten seinen Körper in eine schockähnliche Betäubung.

Mit übermenschlicher Anstrengung gelang es ihm, sich unter der Stoßstange hervorzuwälzen und aus seinem Sarg freizukommen. Sobald er die Arme bewegen konnte, hob er die Hand zur Schläfe und ertastete einen klaffenden, blutenden Riß.

Er ächzte, als er die Wärme des Blutes zwischen seinen steifen Fingern hindurchrinnen fühlte, und der Schmerz trieb ihm die Tränen in die Augen.

Er stützte sich auf den Rand der Rinne und richtete sich mühsam auf, während ein neuer Gedanke von seinem noch unsicheren Geist Besitz ergriff.

Der Mörder würde wiederkommen. Um ihm den Garaus zu machen.

An die Karosserie geklammert, zog er sich hoch, bis er auf schwankenden Beinen in der Betonrinne stand.

Mit etlichen Faustschlägen gelang es ihm, den zerbeulten Kofferraum des Wagens einen Spalt zu öffnen, immerhin so weit, dass er seine Pumpgun und eine Hand voll Patronen, die im Inneren verstreut waren, hervorziehen konnte. Er klemmte sich die Flinte unter den linken Arm und schaffte es, sie zu laden. Diese Manöver musste er praktisch blind verrichten: Seine Brille hatte er verloren, und ringsum herrschte pechschwarze Finsternis.

Das Gesicht blut- und schmutzverkrustet, der Körper steif vor Schmerz, drehte sich der Kommissar um die eigene Achse, das Gewehr im Anschlag. Kein Laut war zu vernehmen. Ein Schwindel erfasste ihn, er rutschte die Karosserie entlang abwärts und fiel wieder in die Betonrinne. Diesmal spürte er die stechende Kälte des Wassers und wachte wieder auf, und er merkte, dass er bereits abwärts auf den Fluss zutrieb.

Wieso eigentlich nicht?

Er drückte das Gewehr an die Brust und ließ sich weitertreiben, auf das offene Wasser zu, wie ein Pharao auf dem Weg zum Totenfluß.

49

Lange Zeit folgte Niémans der Strömung des Flusses. Auf dem Rücken liegend, hielt er sich mit knappen Bewegungen der Beine über Wasser. Durch Lücken im Laub über sich erahnte er Ausschnitte des sternenlosen Himmels, links und rechts eine lehmige Böschung, Geäst und Wurzeln, die eine unpassierbare Schranke bildeten.

Der Fluss wurde bald tiefer, gewann an Kraft und Geschwindigkeit. Mit zurückgelegtem Kopf ließ der Kommissar sich treiben. Im eiskalten Wasser zogen die Gefäße sich zusammen, so dass die Blutung ins Stocken geriet. Er hoffte, der gewundene Flusslauf werde ihn nach Guernon und zur Universität befördern.

Doch sehr bald begriff er, dass seine Hoffnung vergeblich war. Dieser Fluss war eine Sackgasse: Er führte keineswegs zum Campus, sondern schlängelte sich in immer engeren

Mäandern durch den Wald und verlor von neuem seine Kraft und seine Strömung. Und schließlich verwandelte er sich in einen Tümpel.

Niémans schwamm ans Ufer und kletterte keuchend aus dem Wasser, das so voller Algen, Schlamm und abgestorbener Pflanzenteile war, dass es stellenweise eine dicke, zähe Brühe bildete. Er ließ sich auf den nassen Boden ins welke Laub fallen. Faulige Schwaden stiegen ihm in die Nase, dieser typische, leicht rauchige Geruch des Erdbodens, der ein Gemisch aus halbverfallenem Material, Reisig und Blättern, Humus und Insekten ist.

Er wälzte sich auf den Rücken und schaute zum Blätterdach hinauf. Der Wald war hier kein undurchdringliches Dickicht mehr, sondern bestand aus schlanken, hohen Bäumen, die weit voneinander entfernt standen. Unterholz gab es kaum, und er hatte den Eindruck von Kahlheit. Die Dunkelheit war jedoch so intensiv, dass es ihm unmöglich war, die schwarzen Umrisse der Berge über ihm zu erkennen. Er hatte keine Ahnung, wie lange und in welche Richtung er im Fluss getrieben war.

Trotz der Schmerzen, trotz der Kälte schleppte er sich zu einem Baumstamm und lehnte sich daran. Er zwang sich, nachzudenken. Versuchte, sich an die Umgebung auf der Landkarte zu erinnern, in die er die für die Ermittlung relevanten Orte eingetragen hatte, und vor allem an die Lage der Universität von Guernon nördlich des Sept-Laux.

Der Norden.

Wie konnte er in Ermangelung irgendeines Anhaltspunkts über seine eigene Position den Norden bestimmen? Einen Kompass besaß er nicht, Sterne waren nicht zu sehen. Bei Tage hätte er sich an der Sonne orientieren können, doch was tat man bei Nacht?

Er dachte nach. Inzwischen hatte die Wunde wieder zu bluten begonnen, seine Extremitäten waren bereits starr vor

Kälte, und ihm wurde klar, dass ihm allenfalls noch ein paar Stunden blieben, sofern er nicht rasch etwas unternahm.

In dem Moment hatte er eine Erleuchtung: Auch zu dieser Stunde der Nacht ließen sich die Himmelsrichtungen bestimmen. Mit Hilfe der Pflanzen. Der Kommissar verstand nichts von der Flora, doch er wusste, was alle Welt weiß: Feuchtigkeitsliebende Moose und Flechten meiden jede direkte Lichteinstrahlung und wachsen stets auf der sonnenabgewandten, der Nordseite der Baumstämme.

In seinem triefenden Mantel suchte Niémans nach dem stoßfesten Etui, in dem er immer seine Ersatzbrille bei sich hatte. Sie war unversehrt. Dank den neuen Gläsern konnte er jetzt immerhin seine unmittelbare Umgebung erkennen.

Er ließ sich auf den Boden nieder und betastete die Bäume entlang der Böschung. Nach ein paar Minuten waren seine Finger steifgefroren und schwarz von Erde, doch er hatte seine Bestätigung. Am Fuß der Stämme wuchsen grüne Wäldchen, kühle, weiche Büschel, in immer gleicher Ausrichtung. Niémans strich über winzige Kuppeln, fasrige Flächen, samtige, nachgiebige Kissen – ein Miniaturdschungel, der ihm verkündete, wo der Norden lag.

Mühsam rappelte er sich auf und folgte dem Weg der Moose.

Er schwankte, zertrat Erdschollen, und sein Herz klopfte ihm bis zum Hals. Durch morastige Pfützen, zwischen scharfkantiger Borke und nadelspitzen Zweigen hindurch stolperten seine Füße über Steine, niedriges Gestrüpp, umgefallene Baumstämme, und immer wieder vergewisserte er sich, ob er noch in die richtige Richtung ging. Dann wieder geriet er in Sumpfgebiete, überzogen von einer dünnen, knisternden Eisschicht, die sich durch die brackigen Furchen zwischen den Hügelkämmen zogen. Trotz seiner Erschöpfung, trotz seiner Verletzungen kam er schneller voran, als er erwartet hatte, und schöpfte neue Kraft aus den Düften, die in der

Luft hingen. Es schien ihm, als marschierte er vor dem Regen her, der kurz innegehalten hatte, wie um Atem zu holen.

Endlich tauchte eine Straße vor ihm auf.

Der nassglänzende Asphalt war seine Rettung. Wieder beugte Niémans sich nieder und betastete die Seitenflächen der Pflastersteine, um seine Richtung zu bestimmen. Doch in diesem Moment tauchte in einer Kurve die Rettung auf: ein Mannschaftswagen der Gendarmerie. Er stellte sich auf die Straße.

Der Wagen hielt sofort an. Männer sprangen heraus, um Niémans zu stützen, der einer Ohnmacht nahe war und immer noch sein Gewehr umklammerte.

Leichenblass und schwankend stand er da, spürte den festen Griff der Gendarmen, hörte Stimmfetzen, Geschrei, das Rascheln von Regenmänteln. Scheinwerfer durchschnitten die Dunkelheit. Ein Mann brüllte dem Fahrer zu: »Ins Krankenhaus, schnell!«

Niémans, nur noch halb bei Bewusstsein, stammelte: »Nein. Zur Universität.«

»Wie bitte? Sie machen mir aber einen ziemlich ramponierten Eindruck, und es wäre sicher besser …«

»Zur Universität. Ich … bin dort verabredet.«

50

Die Tür öffnete sich vor einem lächelnden Gesicht.

Pierre Niémans senkte die Augen. Er nahm die kräftigen, dunklen Handgelenke der Frau wahr, die engmaschigen Pulloverärmel darüber, und sein Blick wanderte aufwärts auf den Kragen, den Nacken zu, wo rund um die Masse des Knotens die abstehenden Härchen sich so fein kräuselten, dass sie im Licht einen schimmernden Hof bildeten. Er dachte an den Zauber dieser Haut, so schön, so samtig und gleichmäßig, dass sie jedes Material, jedes Kleidungsstück in einen Schmuck verwandelte.

Fanny gähnte. »Sie kommen aber spät, Herr Kommissar.«

Niémans versuchte zu lächeln. »Haben Sie denn nicht geschlafen?«

Die junge Frau schüttelte den Kopf und rückte zur Seite. Er trat ins Licht, und Fannys Gesicht erstarrte: Erst jetzt sah sie, wie übel er zugerichtet war. Sie musterte ihn von Kopf bis Fuß, den triefend nassen blauen Mantel, die zerfetzte Krawatte, die aufgeschürfte Stirn. Und die tiefe Wunde über dem Ohr.

»Was ist passiert? Ein Unfall?«

Niémans nickte kurz.

Er sah sich im Zimmer um, dem Wohnzimmer dieses kleinen Appartements. Durch die Nebelschleier des Fiebers, das Hämmern des Blutes im Kopf verspürte er nur Erleichterung, hier zu sein. Makellose Wände in sanften Farben. Ein Schreibtisch, übersät von Büchern und Papieren, zwischen denen ein Computer stand. Auf den Regalen Steine und Kristalle. Alpine Ausrüstung, Kleidung in Neonfarben, übereinandergestapelt. Die Wohnung eines jungen Mädchens, das sesshaft und sportlich, häuslich und abenteuerlustig zugleich war. Sekundenlang kam ihm der Abstieg in die Gletscherspalte in den Sinn. Eine Erinnerung so kurz wie ein eisiger Blitz.

Niémans sackte auf einem Stuhl zusammen. Draußen hatte es wieder zu regnen begonnen. Man hörte die Tropfen, die irgendwo aufs Dach prasselten, gedämpfte Geräusche aus einer Nachbarwohnung. Eine Tür knarzte. Schritte. Eine Nacht in der Welt der vereinsamten, beunruhigten Studenten.

Fanny zog ihm den Mantel aus und musterte aufmerksam die offene Wunde an seiner Schläfe. Das verkrustete Blut, das aufgerissene, bräunliche Fleisch schien ihr nicht den geringsten Widerwillen zu verursachen, im Gegenteil: Sie stieß einen leisen Pfiff aus und sagte: »Sie sind aber ordentlich verletzt. Hoffentlich ist die Schläfenarterie nicht getroffen. Das kann ich allerdings nicht beurteilen: Sie bluten immer noch ziemlich stark … Wie ist das passiert?«

»Ich hatte einen Unfall«, antwortete Niémans lakonisch. »Einen Autounfall.«

»Ich muss Sie ins Krankenhaus bringen.«

»Kommt nicht in Frage. Ich muss mit der Fahndung weitermachen.«

Fanny verließ den Raum und kam kurz darauf mit Kompressen, Medikamenten und vakuumverpackten Beuteln zurück, in denen sich Injektionsnadeln und Serum befanden. Mit den Zähnen riss sie mehrere Verpackungen auf. Dann steckte sie eine Nadel auf eine Spritze und zog den Inhalt einer Ampulle auf. Niémans sah ihr argwöhnisch zu und griff nach dem Beipackzettel. »Was ist das?«

»Ein Schmerzmittel. Es wird Sie beruhigen. Sie brauchen keine Angst zu haben.«

Niémans hielt ihr Handgelenk fest.

»Warten Sie.«

Er überflog die Angaben auf dem Beipackzettel. Xylocain. Ein Analgetikum, das offensichtlich die Schmerzen linderte, ohne sein Bewusstsein zu trüben. Zum Zeichen seines Einverständnisses ließ Niémans ihre Hand los.

»Keine Sorge«, murmelte Fanny. »Dieses Zeug wirkt auch gefäßverengend. Es wird also die Blutung stillen.«

Mit gesenktem Kopf saß er da und konnte nicht sehen, was sie tat. Doch es fühlte sich an, als steche sie mehrmals rund um die Wundränder ein, und schon nach kurzer Zeit ließ der Schmerz nach.

»Können Sie denn auch nähen?«, fragte er.

»Natürlich nicht. Dazu müssen Sie ins Krankenhaus. Früher oder später fängt die Wunde wieder zu bluten an …«

»Machen Sie einen Druckverband, irgendwas. Ich kann mich jetzt nicht ins Krankenhaus legen – ich habe einiges zu erledigen, und dazu brauche ich einen klaren Kopf.«

Fanny zuckte die Achseln, dann desinfizierte sie mehrere Kompressen mit einem Zerstäuber. Niémans beobachtete sie, bewunderte ihre Schenkel, um die sich die Jeans spannte, ihre Kurven, die sich in kraftvollen Linien wölbten und selbst in seiner gegenwärtigen Verfassung eine dumpfe Erregung in ihm weckten.

Er wunderte sich über die Gegensätze dieser jungen Frau. Wie brachte sie es fertig, so ätherisch und vergeistigt und gleichzeitig so praktisch, so handfest zu wirken? So sanft und so brutal? So nah und so fern? Dieselbe Widersprüchlichkeit nahm er in ihrem Blick war: das aggressive Funkeln der Augen und die unendliche Sanftheit ihrer Brauen. Er atmete den scharfen Geruch des Desinfektionsmittels ein und fragte: »Leben Sie allein hier?«

Fanny reinigte die Wunde mit knappen, energischen Gesten. Dank der betäubenden Wirkung des Schmerzmittels spürte Niémans kaum ein Brennen.

Sie lächelte. »Sie lassen wirklich nichts aus«, sagte sie.

»Entschuldigung … Bin ich indiskret?«

Fanny stand dicht neben ihm, auf ihre Arbeit konzentriert. Leise sagte sie in sein Ohr: »Ich lebe allein. Ich habe keinen Liebhaber, wenn es das ist, was Sie wissen wollten.«

»Ich … äh … Aber warum auf dem Campus?«

»Dann hab' ich's nicht weit, bin gleich bei den Hörsälen, den Seminarräumen …«

Niémans wandte den Kopf ab. Sie drehte ihn ungeduldig in die ursprüngliche Stellung zurück.

»Stimmt ja«, sagte Niémans, »das hatte ich fast vergessen … Die jüngste Professorin Frankreichs. Tochter und Enkelin emeritierter Professoren. Also gehören Sie auch zu diesen Kindern, die …«

Fanny fiel ihm ins Wort: »Welchen Kindern?«, fragte sie scharf.

Niémans warf ihr einen schrägen Blick zu: »Den Hochbegabten vom Campus, die außerdem sportliche Champions sind …«

Das Gesicht der jungen Frau verhärtete sich, und ihr Tonfall verriet äußersten Argwohn: »Worauf wollen Sie hinaus?«

Niémans gab keine Antwort, obwohl er nichts lieber getan hätte, als sie nach ihrer Herkunft auszufragen. Aber konnte man eine Frau fragen, woher sie ihre Fähigkeiten hatte, warum sie so war, wie sie war?

»Kommissar«, fing Fanny wieder an, »ich weiß nicht, warum, aber Sie haben trotz Ihres Zustands alles daran gesetzt, zu mir zu kommen. Dafür gibt es einen Grund. Wenn Sie also Fragen an mich haben, stellen Sie sie.«

Ihre Stimme war schneidend. Niémans empfand keinerlei Schmerzen mehr, aber das Brennen der Wunde war ihm immer noch lieber gewesen als dieser Tonfall.

Er lächelte. »Ich wollte Sie nach dieser Unizeitschrift fragen, für die Sie schreiben …«

»Tempo.«

»Richtig.«

»Und?«

Niémans zögerte kurz. Fanny steckte die benutzten Kompressen in ein Plastiksäckchen, legte eine frische Kompresse auf die Wunde und begann, seinen Kopf mit einer Binde zu umwickeln. Er spürte den wachsenden Druck um den Schädel und sagte: »Ich hab' mich gefragt, ob Sie wohl über einen merkwürdigen Vorfall geschrieben haben, der sich dieses Jahr im Juli im Keller des Krankenhauses ereignet hat …«

»Was für einen Vorfall?«

»Unter den Akten von Etienne Caillois, Rémys Vater, wurden Unterlagen über Neugeborene gefunden.«

»Ach, diese Geschichte«, sagte Fanny enttäuscht.

»Haben Sie darüber geschrieben?«

»Ein paar Zeilen, ja.«

»Warum haben Sie mir nichts davon erzählt?«

»Glauben Sie denn, dass zwischen dieser Sache und den Morden ein Zusammenhang besteht?«

Niémans zuckte die Achseln und hob den Kopf,

»Warum haben Sie den Diebstahl nicht erwähnt?«

Fanny, immer noch mit ihrem Verband beschäftigt, antwortete mit einer vagen Geste: »Nichts beweist, dass es wirklich ein Diebstahl war … Bei dem Durcheinander, in dem das Archiv inzwischen ist, verliert sich viel und taucht wieder auf. Ist es denn wichtig?«

»Haben Sie die Unterlagen mit eigenen Augen gesehen?«

»Ja, ich war im Archiv, unten im Keller, wo die Kartons gestapelt sind.«

»Ist Ihnen nichts Merkwürdiges daran aufgefallen?«

»Zum Beispiel was?«

»Ich weiß nicht. Haben Sie die Blätter mit den Originalakten verglichen?«

Fanny trat zurück und betrachtete ihr Werk. »Es waren doch nur einzelne Blätter, Formulare, von den Säuglingsschwestern ausgefüllt. Nichts wahnsinnig Aufregendes«, erklärte sie.

»Wie viele waren es?«

»Ein paar hundert. Ich verstehe nicht, was Sie …«

»Haben Sie in Ihrem Artikel Namen von betroffenen Familien genannt?«

»Ich sage Ihnen doch, ich habe nur ein paar Zeilen geschrieben.«

»Kann ich Ihren Artikel sehen?«

»Ich bewahre sie nie auf.«

Mit verschränkten Armen stand sie vor ihm, breitbeinig, aufrecht.

»Glauben Sie, dass bestimmte Personen Einblick in diese Unterlagen hatten?«, fragte Niémans weiter. »Leute, die womöglich ihren eigenen Namen oder den ihrer Eltern darunter fanden?«

»Ich habe keine Namen genannt.«

»Aber halten Sie es für möglich? Dass außer Ihnen noch jemand dort war?«

»Eigentlich nicht. Inzwischen ist sowieso alles verräumt und versperrt. Was spielt das denn für eine Rolle im Zusammenhang mit Ihren Ermittlungen?«

Niémans antwortete nicht sofort. Er vermied es, sie anzusehen, als er nach einer Weile eine weitere Frage stellte, die eher einem Tiefschlag ähnelte: »Haben Sie sich die Blätter genau angesehen?«

Die Antwort war ein Schweigen. Der Kommissar schaute auf: Fanny hatte sich nicht von der Stelle gerührt, doch sie schien mit einem Mal sehr weit entfernt. Endlich antwortete sie: »Ja, das habe ich Ihnen doch gesagt. Was wollen Sie wissen?«

Niémans zögerte eine Sekunde, dann sagte er: »Ich will wissen, ob Sie den Namen Ihrer Eltern gelesen haben. Oder Ihrer Großeltern.«

»Nein, nichts dergleichen. Warum diese Frage?«

Der Kommissar gab keine Antwort, sondern erhob sich. Sie standen einander jetzt wie Feinde gegenüber, wie entgegengesetzte Pole. Niémans erblickte seinen verbundenen Kopf in einem Spiegel am anderen Ende des Zimmers, drehte sich zu der jungen Frau um und murmelte in zerknirschtem Ton: »Danke für die Verarztung. Und entschuldigen Sie meine Fragen.«

Er griff nach seinem Mantel und sagte ernst: »Es mag unglaublich scheinen, aber ich denke, dass dieser Stapel Blätter einen meiner Mitarbeiter das Leben gekostet hat. Einen jungen Leutnant, der noch ganz am Anfang seiner Laufbahn stand. Er wollte diese Unterlagen studieren. Und ich glaube, man hat ihn umgebracht, um ihn daran zu hindern.«

»Das ist doch lächerlich.«

»Das werden wir sehen. Ich gehe jetzt ins Archiv und vergleiche die Blätter mit den vollständigen Akten.«

Er traf Anstalten, den triefenden Mantel anzuziehen, doch die junge Frau hielt ihn auf. »Mit dem nassen Zeug können Sie nicht gehen. Warten Sie.«

Sie verschwand und kam kurz darauf mit einem Sweatshirt, einem Pullover, einer Daunenjacke und einer wasserdichten Überhose wieder.

»Das wird Ihnen nicht passen«, bemerkte sie, »aber wenigstens ist es trocken und warm. Und setzen Sie vor allem die Mütze auf.«

Sie stülpte ihm eine schwarze Mütze auf den verbundenen Kopf und krempelte die Ränder bis über die Ohren auf. Niémans, zuerst überrascht, verdrehte komisch die Augen unter seinem neuen Kopfschmuck, und sie brachen beide gleichzeitig in ein Gelächter aus, das sie selbst überraschte.

Für einen kurzen Moment war ihre Vertrautheit wieder da, wie ein aus dem Stoff der Dunkelheit gerissener Fetzen. Doch der Kommissar sagte in ernstem Ton: »Ich muss gehen. Ich muss ins Archiv.«

Niémans hatte keine Zeit zu reagieren: Mit einer einzigen raschen Bewegung schlang ihm Fanny die Arme um den Hals und küsste ihn. Er erstarrte. Eine Hitzewelle strömte durch seinen Körper, und er wusste nicht, ob es das Fieber war, das ihn wieder gepackt hatte, oder die Süße dieser kleinen Zunge, die sich zwischen seine Lippen schob und ihn entfachte wie eine Glut. Er schloss die Augen und murmelte: »Lassen Sie mich doch, ich habe keine Zeit zu verlieren.«

Doch er lag bereits rücklings auf dem Boden.

10. TEIL

51

Karim riss das Band ab, mit dem die Polizei die Gruft abgesperrt hatte, und kauerte sich vor der noch immer angelehnten Tür nieder. Sie klemmte. Er streifte sich Handschuhe über, steckte die Finger in den Schlitz und stieß mit einem jähen Ruck gegen die Tür. Sie gab nach. Er schaltete seine Taschenlampe ein und betrat das Grab. Geduckt unter dem niedrigen Gewölbe stieg er die Stufen hinunter. Der Strahl seiner Lampe beleuchtete eine ausgedehnte schwarze Wasserfläche: Die sintflutartigen Regenfälle der letzten Stunden hatten das Grab in eine Zisterne verwandelt.

Ich habe keine andere Wahl, sagte er sich, hielt den Atem an und watete ins Wasser, das ihm bis zur Brust reichte. Er klemmte sich die Lampe zwischen die Zähne und schwamm ein paar Züge. Der Lichtstrahl zerteilte die Finsternis. Je tiefer Karim in das Grab eindrang, desto intensiver wurde der Geruch nach Schimmel und Torf. Den Hals emporgereckt und prustend vor Abscheu, kämpfte er sich vorwärts, eingeklemmt zwischen dem Wasser und dem Gewölbe.

Auf einmal stieß er mit dem Kopf gegen den Sarg, und vor Entsetzen schrie er unwillkürlich auf. Dann drehte er sich um, verlangsamte seine Bewegungen, um sich wieder zu beruhigen, und betrachtete den kleinen Sarg, der wie ein Boot im Wasser trieb.

Ich habe keine andere Wahl, sagte er sich noch einmal, umrundete schwimmend den Sarg und betrachtete ihn aus allen Blickwinkeln. Der Deckel war mit mehreren Schrauben befestigt, und im Lichtstrahl fiel ihm ein Detail auf, das er am Morgen des Vortags, als der Wächter ihn überrascht hatte, nicht bemerkt hatte. Rund um die Schrauben war die Farbe abgeblättert, und ein paar hellere Holzsplitter waren sichtbar: Der Sarg war vor kurzem geöffnet worden. »Es hilft nichts«, murmelte er vor sich hin, zog eine Zange aus der Jacke, deren extrem abgeflachtes Maul sich im geschlossenen Zustand als Schraubenzieher verwenden ließ, und machte sich daran, den Sargdeckel zu öffnen.

Nach und nach lockerte sich die Holzplatte. Endlich hatte er die letzte Schraube herausgedreht und schob den Deckel beiseite. Mit seinem nassen Ärmel fuhr er sich über die Augen, starrte in den Sarg und machte sich auf einen grausigen Anblick gefasst.

Aber der Sarg enthielt kein Kinderskelett. Er war auch nicht leer – ebenso wenig wie er die Spuren einer Grabschändung aufwies. Sondern er war bis zum Rand mit winzigen, scharfkantigen Knochen angefüllt. Ein Massengrab für Nagetiere. Tausende ausgetrockneter Skelette. Längliche Schädel mit spitzen, scharfzahnigen Schnauzen, schmale Brustkörbe, geschlossen wie Krallen. Unzählige streichholzdünne Schenkel-, Schienbein-, Armknochen.

Karim war sprachlos. An den Rand des Sargs geklammert, streckte er eine Hand nach den Knochen aus, die im grellen Licht seiner Lampe wie Überreste aus vorgeschichtlicher Zeit aussahen.

In dem Moment übertönte hinter ihm eine Stimme das Prasseln des Regens: »Du hättest nicht zurückkommen sollen, Karim.«

Er brauchte sich nicht umzudrehen, um zu wissen, wer da sprach. Er ballte die Fäuste und murmelte mit gesenktem Kopf in die Knochen: »Crozier, sagen Sie jetzt bloß nicht, dass Sie auch in der Geschichte drinstecken …«

»Ich hätte dir diesen Fall nie anvertrauen dürfen«, fuhr die Stimme fort.

Karim warf einen Blick zur Tür: Im Eingang der Gruft zeichnete sich deutlich die Silhouette von Henri Crozier ab. Er hielt einen Manhurin, Modell MR 73, in der Hand – die Waffe, die auch Niémans trug. Sechs Kugeln in der Trommel, Schnelllader in der Tasche. Ein paar Sekunden, um die Geschosshülsen auszuwerfen und nachzuladen, ohne Gefahr einer Ladehemmung. Sehr professionell.

»Was haben Sie mit der Sache zu tun?« wiederholte Karim.

Der Mann gab keine Antwort, und Karim fragte mit erhobenen Händen: »Lassen Sie mich wenigstens aus dieser Scheiße hier rauskommen?«

Crozier vollführte eine unbestimmte Bewegung mit seiner Waffe. »Komm her. Aber langsam. Ganz langsam.«

Karim ließ den offenen Sarg, wie er war, und schwamm zurück zu den Stufen. Seine Taschenlampe, die er wieder mit den Zähnen festhielt, warf flackernde, irrlichternde Blitze durch die Gruft.

Er gelangte zur Treppe und erklomm die Stufen. Je höher er kam, desto weiter wich Crozier zurück, ohne den Revolver zu senken. Windböen fegten Regenschauer vor sich her. Karim stand auf, nass bis auf die Knochen, und stellte sich vor den Kommissar.

»Welche Rolle spielen Sie in der Geschichte? Wie viel wissen Sie?«, fragte er noch einmal.

Crozier entschloss sich endlich auszupacken. »1980 war es. Als sie hierherkam, fiel sie mir sofort auf. Schließlich ist das meine Stadt, mein Revier. Und damals war ich praktisch der einzige Polizist von Sarzac. Diese Frau, die zu schön war, zu groß und eine Stelle als Volksschullehrerin antreten wollte … Mir war auf Anhieb klar, dass mit ihr was nicht ganz koscher war …«

»Crozier, das Auge von Sarzac«, schnaubte Karim verächtlich.

»Jawohl. Ich habe meine eigenen Nachforschungen angestellt und herausgefunden, dass sie ein Kind bei sich hatte … Es ist mir gelungen, ihr Vertrauen zu gewinnen. Sie hat mir alles erzählt. Die Teufel wollten ihr Kind umbringen, sagte sie.«

»Das weiß ich alles.«

»Was du nicht weißt, ist, dass ich beschlossen habe, die Familie zu beschützen. Ich habe ihnen falsche Papiere besorgt …«

Karim hatte das Gefühl, in einen Abgrund zu blicken. »Und wer waren die Teufel?«

»Eines Tages sind zwei Männer aufgekreuzt. Angeblich waren sie auf der Suche nach alten Schulbüchern und behaupteten, sie klapperten sämtliche Volksschulen der Umgebung ab. Sie waren aus Guernon, der Stadt, aus der auch Fabienne gekommen war … Mir war sofort klar, dass das die besagten Teufel waren …«

»Wie hießen sie?«

»Caillois und Sertys.«

»Nehmen Sie mich nicht auf den Arm! Damals waren Rémy Caillois und Philippe Sertys zehnjährige Kinder!«

»Sie hießen anders: Etienne Caillois und René Sertys. Um die Vierzig. Ausgemergelte Burschen mit fanatischem Blick.«

Karim verspürte einen sauren Geschmack im Mund: Wieso war er nicht selbst auf die Idee gekommen? Die Geschichte der »purpurnen Flüsse« hatte selbstverständlich schon sehr viel früher begonnen, vor mehreren Generationen vielleicht, und war von den Vätern auf die Söhne übergegangen.

»Und dann?«, fragte Karim.

»Hab' ich sie scharf unter die Lupe genommen. Ausweise kontrolliert, Fahndungslisten überprüft und so weiter. Aber es war ihnen nichts vorzuwerfen. Die beiden hatten makellos weiße Westen. Sie sind wieder abgefahren, ohne Fabienne und ihr Kind aufzuspüren. Das dachte ich zumindest.

Doch als Fabienne erfuhr, dass die Burschen sich in Sarzac herumtrieben, wollte sie sofort fliehen. Wieder stellte ich keine Fragen. Wir haben sämtliche Unterlagen vernichtet, Seiten aus den Klassenbüchern gerissen, alle Spuren getilgt … Fabienne hatte ihrem Kind zwar eine neue Identität gegeben, aber trotzdem …«

»Sertys junior war in der Sonntagnacht hier«, unterbrach ihn Karim. »Haben Sie eine Ahnung, was er in diesem Grab gesucht hat?«

»Nein.«

Abdouf deutete auf die offene Gruft.

»Dieser verdammte Sarg ist voller Nagetierknochen. Ratten, schätze ich. Was soll das bedeuten?«

»Ich weiß es nicht. Du hättest den Sarg nicht aufbrechen sollen. Du hast keine Achtung vor den Toten …«

»Vor toten Ratten? Nein, hab' ich nicht. Wo ist die Leiche von Judith Hérault? Ist sie denn überhaupt tot?«

»Tot und begraben. Ich persönlich habe die Beerdigung in die Wege geleitet.«

»Kümmern Sie sich also um das Grab?«

»Ja. Immer nur nachts.«

Karim stieß ein jähes Gebrüll aus und trat einen Schritt auf die Waffe zu. »Wo ist sie?«, fuhr er seinen Chef an. »Wo lebt Fabienne Hérault jetzt?«

»Niemand darf ihr was zuleide tun.«

»Kommissar, bei diesem Fall geht es um weitaus mehr als um eine Grabschändung. Es geht um Mord.«

»Ich weiß.«

»Woher?«

»Das war doch im Fernsehen. In allen Nachrichten.«

»Dann wissen Sie auch, dass es sich um eine Serie von Verbrechen handelt, bei denen die Leichen verstümmelt und auf makabre Weise in Szene gesetzt werden … Crozier, sagen Sie mir, wo ich Fabienne Hérault finde!«

Crozier hielt noch immer die Waffe gegen Karims Bauch gerichtet. »Niemand darf ihr was zuleide tun«, wiederholte er dumpf.

»Crozier, natürlich wird ihr niemand was tun. Aber Fabienne Hérault ist jetzt die einzige Person, die mir in diesem Chaos weiterhelfen kann. Wie es im Moment aussieht, sprechen sämtliche Indizien gegen ihre Tochter, verstehen Sie? Alles deutet auf Judith Hérault hin, die eigentlich in diesem Grab liegen sollte!«

Sekunden verstrichen. Dann ließ Crozier seine Waffe sinken, und Abdouf dachte, wenn es einmal in seinem Leben notwendig war, den Mund zu halten, dann in diesem Augenblick.

Endlich begann der Kommissar zu sprechen. »Fabienne lebt zwanzig Kilometer von hier auf dem Hügel Herzine. Ich komme mit. Wenn du ihr was antust, bring' ich dich um.«

Karim lächelte und trat einen Schritt zurück. Dann wirbelte er jäh herum und versetzte der Kehle des Kommissars einen brutalen Fußtritt, der Crozier rücklings gegen einen Grabstein schleuderte.

Sofort war Karim neben ihm und beugte sich zu dem leblosen Mann hinunter. Er band ihm die Kapuze zu und zerrte ihn unter das Vordach eines Mausoleums, damit er nicht im Regen lag. Innerlich bat er ihn um Verzeihung.

Aber er musste freie Hand haben.

»Heiß, Abdouf, sehr heiß!« tönte die Stimme von Patrick Astier durch ein Gewitter von Interferenzen.

Das Mobiltelefon hatte geläutet, während Karim eine Steinwüste ohne eine Spur von Leben durchquerte. Über den ungewohnten schrillen Ton war er derart erschrocken, dass er beinahe in den Straßengraben geraten wäre.

In eifrigem Ton fuhr Astier fort: »Deine beiden Aufträge waren Zeitbomben. Und sind mir gerade unter den Händen explodiert.«

Karim fühlte seine Nerven als harte Stränge unter der Haut. Er fuhr an den Straßenrand und schaltete Motor und Scheinwerfer aus. »Schieß los«, sagte er.

»Zuerst der Unfall von Sylvain Hérault. Ich habe die Unterlagen gefunden. Deine Informationen sind richtig. Sylvain Herault war auf der D 17 mit dem Rad unterwegs, als ihn ein Wagen überfuhr, der nie identifiziert wurde. Eine scheußliche Sache. Die Gendarmen führten damals nur eine Routineuntersuchung durch. Eine Zeit lang wurde noch wegen Fahrerflucht ermittelt, aber dann legte man den Fall zu den Akten. Es gab keine Zeugen und kein Motiv, das eine andere Deutung zugelassen hätte …«

Der dramatische Tonfall forderte eine Frage heraus. Bereitwillig lieferte Karim das Stichwort: »Aber?«

»Aber«, fuhr Astier fort, »seit jener fernen Epoche haben wir in der Bearbeitung von Bildern Riesenfortschritte gemacht …«

Karim sah bereits eine längere technische Erläuterung auf sich zukommen und fiel ihm ins Wort: »Hab Erbarmen, Astier, komm zur Sache!«

»Okay. In der Akte waren Fotos. Schwarzweißabzüge, die der Fotograf einer Lokalzeitung gemacht hatte. Man sieht darauf die Spuren von Fahrradreifen, die sich mit den Autospuren kreuzen. Alles ist so winzig und unscharf, dass man sich fragt, wieso die Abzüge überhaupt aufbewahrt wurden.«

»Und?«

Astier legte wiederum eine dramaturgisch effektvolle Pause ein. »Das physikalische Institut an der Universität Grenoble verfügt über eine äußerst leistungsstarke technische Anlage.«

»Verdammt, Astier, jetzt mach schon …«

»Warte. Die Leute dort sind in der Lage, Bilder in einer Weise zu bearbeiten, wie du's dir nicht vorstellen kannst. Sie scannen sie ein, vergrößern sie, erhöhen den Kontrast, beseitigen Unreinheiten, wechseln Bildausschnitte … Kurz, sie können Details sichtbar machen, die mit bloßem Auge nie zu sehen wären. Mit einigen Ingenieuren, die dort arbeiten, bin ich ziemlich gut bekannt, und so sagte ich mir, dass es sich vielleicht lohnt, den einen oder anderen aus dem Bett zu holen und auf die Sache anzusetzen. Ich habe die Fotos selber eingescannt und per E-Mail 'rübergeschickt. Die Burschen sind einfach genial, selbst wenn man sie aus dem Tiefschlaf reißt. Einer hat sich sofort an die Arbeit gemacht und …«

»UND?!«

Wieder hatte Astier eine Pause nötig, ehe er seine Bombe platzen ließ: »Die Ergebnisse erzählen eine ganz andere Geschichte, als im Bericht der Gendarmerie steht. Mein Kollege hat also die Spuren der Fahrrad- und der Autoreifen ziemlich stark vergrößert, und durch Erhöhung der Kontraste konnte er an den Profilspuren auf dem Asphalt genau die Fahrtrichtung feststellen. Die erste Schlussfolgerung lautet, dass Hérault nicht auf dem Weg ins Gebirge, zur Arbeit war, wie es in dem Bericht heißt, sondern in umgekehrter Richtung unterwegs war, nämlich zur Uni. Ich hab' das auf der Landkarte nachgeprüft.«

»Aber … seine Frau sagte doch …«

»Fabienne Hérault hat gelogen. Ich habe ihre Aussage gelesen: Sie hat lediglich die Vermutungen der Gendarmen bestätigt und behauptet, ihr Mann sei auf dem Weg zum Belledonne gewesen. Total falsch.«

Karim biss die Zähne zusammen. Wieder eine Lüge, wieder ein Geheimnis.

»Das ist noch nicht alles«, fuhr Astier fort. »Der Physiker hat sich außerdem die Reifenspuren des Wagens näher angesehen. Sie verlaufen in zwei Richtungen, Abdouf. Der Fahrer hat den Mann einmal überfahren, dann kam er zurück und fuhr noch ein zweites Mal über den Körper. Das ist Mord, eindeutig. Kaltblütig wie ein Fisch.«

Karim hörte kaum noch zu. Er spürte wild sein Herz klopfen. Endlich begann sich ein Motiv für die Rache der Familie Hérault abzuzeichnen. Vor der Flucht von Mutter und Tochter, vor ihrer Angst und der gnadenlosen Verfolgungsjagd, die indirekt Judiths Tod herbeigeführt hatte – jedenfalls einen tödlichen Autounfall –, hatte schon einmal ein Mord stattgefunden. Der Mord an Sylvain Hérault. Die Teufel hatten zuerst den »starken Mann« der Familie beseitigt und dann die Frauen aufs Korn genommen. Fabienne Hérault. Judith Hérault

Seine Gedanken rasten. »Und im Krankenhaus, was hast du dort entdeckt?«, fragte er.

»Das ist meine zweite Bombe. Ich habe das Geburtenregister aus dem Jahr zweiundsiebzig geprüft. Die Seite vom 23. Mai ist herausgerissen.«

Karim hatte ein Déjà-vu-Erlebnis – eine ferne Erinnerung aus einem anderen Leben: ein Leben, das auf wenige Stunden zusammengeschrumpft war.

»Aber das ist noch nicht das Merkwürdigste«, fuhr Astier fort. »Ich war auch im Archiv und hab' mir die medizinischen Angaben über die Neugeborenen angesehen. Ein wahres Labyrinth, aber diesmal wurde ich fündig. Judiths

Akte fand ich ohne weiteres. Du verstehst, was das bedeutet, oder? Es sieht so aus, als ob in der Nacht damals etwas anderes passiert wäre, ein Ereignis, das zwar ins allgemeine Register eingetragen wurde, aber nicht in die persönliche Akte des Kindes. Die Seite wurde vernichtet, um das mysteriöse Ereignis aus der Welt zu schaffen, nicht um die Geburt des kleinen Mädchens zu verheimlichen. Ich hab' mit ein paar Nachtschwestern gesprochen, aber die waren viel zu jung für die Geschichten von Onkel Astier …«

Hinter den flapsigen Worten hörte Karim trotz der Störungen in der Verbindung eine tiefe Beklemmung heraus. Er dankte ihm und legte auf.

Vor ihm, in knapp vierhundert Metern Entfernung, ragte bereits die grasbewachsene Masse des Hügels auf.

Dort oben erwartete ihn die Wahrheit.

53

Das Haus, in dem Fabienne Hérault wohnte, stand auf der Spitze des Hügels. Bruchsteinmauern, dunkle Fenster.

Der Regen hatte aufgehört, und bleiche Wolken zogen über den schwarzen Himmel. Über den Hängen des Hügels schwebten Nebelfetzen, sonst war ringsum alles kahl, eine Steinwüste. Nichts und niemand im Umkreis von zwanzig Kilometern.

Karim stellte den Wagen ab und stieg den schmalen Pfad hinauf. Dieser Wohnort ließ ihn an das Haus denken, in dem die Frau in Sarzac gewohnt hatte – die grob behauenen Steine verliehen ihm eine gewisse Ähnlichkeit mit einem keltischen Heiligtum. Neben dem Haus prangte eine riesige weiße Satellitenschüssel. Er zog seine Waffe. Und erinnerte sich, dass bereits eine Kugel im Lauf war. Der Gedanke beruhigte ihn.

Ehe er auf die Tür zuging, inspizierte er die Garage, in der ein abgedeckter Volvo stand. Unverschlossen. Er öffnete die Motorhaube und entfernte mit wenigen routinierten Gesten die Zündkabel. Wenn die Sache nicht lief wie geplant, konnte Fabienne Hérault sich wenigstens nicht aus dem Staub machen.

Er ging zur Tür und klopfte ein paarmal, dann trat er zurück, die Waffe in der Hand. Kurze Zeit später ging ein Licht an, und die Tür öffnete sich. Ohne das Geräusch eines herumgedrehten Schlüssels, ohne Kette. Fabienne Hérault lebte nicht mehr in Argwohn.

Karim verbarg seine Waffe und trat ins Licht.

Vor ihm stand eine Frau, so groß wie er selbst, die ihn ansah. Breite Schultern, eine durchscheinende Haut und sehr regelmäßige Züge unter einer dunklen, krausen Haarmähne. Eine Brille mit massivem Rahmen, beinahe so dick wie Bambus. Ein sanftes, verträumtes, fast geistesabwesendes Gesicht, das Karim nicht zu beschreiben vermocht hätte.

»Polizei. Lieutenant Karim Abdouf«, stellte er sich vor.

Der Ausdruck der Frau war nicht im Geringsten erstaunt. Über den Rand der Brille hinweg musterte sie Karim und schüttelte leicht den Kopf. Dann senkte sie den Blick auf die Hand, die unter der Jacke eine Pistole hielt. Abdouf meinte durch die Gläser ein spöttisches Funkeln zu sehen.

»Was wollen Sie denn mitten in der Nacht?«, fragte sie mit tiefer, warmer Stimme.

Karim stand reglos da, wie versteinert in der nächtlichen Stille dieser abgelegenen Gegend.

»Eintreten. Zunächst einmal.«

Die Frau lächelte und ließ ihn herein.

Die Fensterläden waren geschlossen, die meisten Möbel unter verschiedenfarbigen Schonbezügen verborgen. In einer Ecke stand ein Fernsehapparat, daneben ein schwarzes Klavier, auf dem Notenhalter eine Etüde in b-Moll von

Chopin. Der Raum lag im gedämpften flackernden Licht vieler Kerzen.

»Habe ich Sie nicht aufgeweckt?«, fragte Karim erstaunt, und Fabienne Hérault antwortete leise: »Ich habe mich aus der Welt und der Zeit weitgehend zurückgezogen. Dieses Haus ist mein Ebenbild.«

Schwester Andrée fiel ihm ein: Auch sie hatte sich in die Dunkelheit zurückgezogen. »Und die Satellitenantenne?«, fragte er.

»Einen gewissen Kontakt will ich halten. Ich muss es wissen, wenn die Wahrheit ans Licht kommt.«

»Wir stehen kurz vor der Explosion, Madame.«

Die Frau nickte mit unverändertem Ausdruck. Damit hatte der Polizist nicht gerechnet: diese Gelassenheit, dieses Lächeln, diese tröstliche Stimme. Er zog seine Waffe und schämte sich zugleich, dass er die Frau bedrohte.

»Madame«, sagte er leise. »Ich habe nur sehr wenig Zeit. Ich muss Fotos von Judith sehen, Ihrer Tochter.«

»Fotos von …«

»Bitte. Seit mehr als zwanzig Stunden suche ich Sie. Seit mehr als zwanzig Stunden verfolge ich Ihre Geschichte und versuche, zu begreifen, warum Sie dieses Komplott angezettelt haben, warum Sie das Gesicht Ihres Kindes vergessen machen wollten.

Im Moment weiß ich nur zweierlei: Judith war nicht entstellt, wie ich zunächst vermutet habe, sondern, im Gegenteil, offenbar von erschreckender Schönheit. Und zweitens weiß ich, dass ihr Gesicht trotzdem die Spuren eines Alptraums verriet. Ein Alptraum, der Sie vor langer Zeit zur Flucht veranlasst hat und der wie ein schlafender Vulkan auf einmal wieder ausgebrochen ist. Also zeigen Sie mir bitte die Fotos und erzählen Sie mir die Geschichte. Ich will alles wissen, Daten, Einzelheiten, Erklärungen. Ich will verstehen, wie und warum ein Mädchen, das angeblich vor vierzehn

Jahren gestorben ist, in einer Universitätsstadt am Fuß der Alpen ein Massaker veranstaltet.«

Eine Weile verharrte die Frau reglos, dann ging sie mit ihren energischen Schritten aus dem Zimmer durch einen Flur, Karim folgte ihr, die Waffe in der Hand. Er sah sich um, erblickte weitere Zimmer mit weiteren Möbelschonern in anderen Farben und fand dieses Haus ein Zwischending zwischen Wäscherei und Karneval.

Fabienne Hérault betrat eine Kammer, öffnete einen Schrank und nahm eine kleine eiserne Truhe heraus. Karim hielt ihre Hand fest und öffnete die Truhe selbst.

Fotografien. Nichts als Fotos.

Die Frau warf ihm einen fragenden Blick zu, dann tauchte sie die Hand hinein wie in eine Schale mit Wasser und warf die Fotos durcheinander. Schließlich fand sie, was sie gesucht hatte, und reichte dem Polizisten ein Bild.

Er lächelte wider Willen.

Ein kleines Mädchen mit ovalem Gesicht sah ihn an, mit dunklem Teint und mit kurz geschnittenen braunen Locken. Tiefe Augenhöhlen, aus denen auffallend helle Augen leuchteten, überschattet von langen, fast zu dichten Brauen. Dieser leicht männliche Anflug stand in scharfem Kontrast zu dem strahlenden Blau der Augen.

Karim betrachtete das Bild und hatte das Gefühl, dieses Gesicht schon lange zu kennen, seit jeher. Doch das ersehnte Wunder fand nicht statt. So sehr hatte er gehofft, diese Züge würden ihm weiterhelfen, ihm einen Weg weisen.

Mit ihrer warmen Stimme flüsterte Fabienne: »Dieses Foto ist ein paar Tage vor ihrem Tod entstanden. In Sarzac. Sie hatte kurze Haare, wir …«

Karim schaute auf. »Das passt alles nicht. Dieses Bild, dieses Gesicht müsste mir eigentlich einen Hinweis, eine Erklärung liefern. Aber ich sehe nur ein hübsches kleines Mädchen.«

»Weil das Foto unvollständig ist«, sagte sie, kramte in der Truhe und reichte ihm einen weiteren Abzug. »Sehen Sie, das ist das letzte Klassenfoto aus Guernon. Ecole Lamartine, zweite Klasse. Kurz bevor wir nach Sarzac gezogen sind.«

Karim betrachtete die lächelnden Kindergesichter. Er suchte Judith, fand sie, und die Schuppen fielen ihm von den Augen. Insgeheim hatte er damit gerechnet – es war die einzig mögliche Erklärung. Trotzdem begriff er nicht. »Judith war also kein Einzelkind?«, fragte er.

»Ja und nein.«

»Ja und nein? Was … was soll denn das heißen? Erklären Sie's mir.«

»Ich kann Ihnen nichts erklären. Ich kann Ihnen nur erzählen, wie das Unerklärliche mein Leben zerstört hat.«

11. TEIL

54

Die Kellergewölbe des Klinikums, in denen das Archiv untergebracht war, ertranken in einem Ozean von Papier. Einer Flut von Akten, zusammengepresst, geschnürt, aufgebläht, die sich in wütenden Wellen entlang den umliegenden Wänden türmten und auf dem Boden Inseln aus übereinandergestapelten Paketen bildeten, durch schmale Durchgänge voneinander getrennt. Dahinter erhoben sich die Dokumente zu regelrechten Mauern und verloren sich in blassen Fluchtlinien, beleuchtet vom Neonlicht.

Niémans stieg über etliche Stapel hinweg und betrat den ersten Gang. Um das Gebirge aus Schrift am Einsturz zu hindern, waren lange horizontale Netze gespannt worden. Der Kommissar, der an den Aktenstößen entlangging, war in Gedanken noch bei Fanny und der zeitentrückten Stunde, die er mit ihr erlebt hatte. Ihr lächelndes Gesicht im Halbdunkel, ihre zerkratzte Hand, die eine Lampe löschte, Ausschnitte dunkler Haut, zwei kleine bläuliche Flammen, die in der Dunkelheit funkelten – Fannys Augen, die voller Zärtlichkeit waren. Ein verschwommenes Fresko, dem Blick entzogen, luftige Arabesken, Gesten und geflüsterte Worte, flüchtige Augenblicke und zugleich eine Ewigkeit.

Wie viel Zeit war vergangen, während er in ihren Armen lag? Niémans hätte es nicht zu sagen gewusst. Doch seinen Lippen, seiner geschundenen Haut hatte sich eine Art Tätowierung eingeprägt, ein uraltes Siegel, das ihn selbst erstaunte. Fanny hatte es verstanden, vergessene Gefühle in ihm zu wecken, hatte ihm längst verloren geglaubte Geheimnisse entlockt, die ihn jetzt, nachdem sie wieder zum Leben erwacht waren, tief verstörten. Mitten in diesem Grauen, am Rand seiner Ermittlungen in einer Serie abscheulicher Morde, fand er diese Zärtlichkeit des Herzens?

Er konzentrierte sich. Er wusste, wo sich die gesuchten Akten befanden – er hatte mit dem Archivar telefoniert, der ihm, obwohl aus dem Schlaf geschreckt, sehr präzise Auskünfte erteilt hatte. Niémans ging zwischen Stapeln hindurch, bog um eine Ecke, ging noch ein Stück, und endlich hatte er den beschriebenen Karton gefunden, eine Schachtel aus Pappe in einer vergitterten Nische, versperrt mit einem Vorhängeschloss. Der Nachtportier des Klinikums hatte ihm den Schlüssel gegeben. Wenn diese alten Unterlagen tatsächlich »bedeutungslos« waren, warum wurden sie dann so sorgfältig verwahrt?

Niémans schloss die Gittertür auf, hob den Deckel des Kartons ab, nahm ein Bündel Blätter heraus und begann zu lesen. Namen, Daten, Bemerkungen von Säuglingsschwestern: Auf diesen Geburtsscheinen waren Familienname, Gewicht, Größe und Blutgruppe jedes Neugeborenen vermerkt, in manchen Fällen auch der Muttermilchersatz, den ein Kind bekommen hatte – unter Angabe von Menge und Markenname des Erzeugnisses.

Er sah sich jedes Blatt an – es waren einige Hundert aus einem Zeitraum von mehr als fünfzig Jahren. Kein einziger Name sagte ihm etwas, kein Datum weckte irgendeine Assoziation.

Niémans beschloss, diese Blätter mit den Geburtsscheinen in den Originalakten der Neugeborenen zu vergleichen, die sich ebenfalls irgendwo in diesem Archiv befinden mussten. Nach erstaunlich kurzem Suchen fand er sie und zog etwa fünfzig Akten aus dem Stoß. Sein Gesicht war schweißüberströmt, aus seiner Polarjacke stiegen Hitzewellen empor. Er räumte einen Tisch ab, legte mehrere Akten nebeneinander und schlug sie auf, so dass er die jeweils erste Seite mit den Einzelblättern vergleichen konnte.

Fälschungen.

Schon ein kurzer Vergleich bewies fraglos, dass die Titelseiten der Krankenhausakten gefälscht worden waren. Etienne Caillois hatte sich bemüht, die Schrift der zuständigen Säuglingsschwestern zu imitieren, was ihm nicht schlecht gelungen war, doch dem Vergleich mit den Originalseiten hielten seine Ergebnisse nicht stand.

Aber warum?

Er legte zwei einander entsprechende Titelseiten nebeneinander: Bis auf die geringfügige Abweichung der Schrift stimmte die Kopie mit dem Original offensichtlich überein. Er nahm sich weitere Exemplare vor, und noch immer fiel ihm nichts auf. Er nahm die Brille ab, wischte sich den Schweiß vom Gesicht, setzte sie wieder auf und fuhr fort, zunehmend nervös.

Und endlich sah er es: ein winziger Unterschied zwischen dem echten und dem gefälschten Blatt. Noch begriff er nicht, was das bedeutete, doch er ahnte, dass er einen großen Schritt weitergekommen war. Sein Gesicht glühte, und zugleich stand ihm der kalte Schweiß auf der Stirn. Er vergewisserte sich, dass auch andere Seiten Unterschiede dieser Art aufwiesen, dann packte er sämtliche Dokumente, die vollständigen Akten und die von Caillois entwendeten Geburtsscheine, in den Karton und verließ das Archiv.

Er verstaute seine Beute im Kofferraum seines neuen Wagens – eines blauen Peugeot von der Gendarmerie – und kehrte noch einmal in die Klinik zurück, diesmal in die Säuglingsstation.

Um fünf Uhr morgens schien die ganze Station im Tiefschlaf zu liegen, und trotz des grellen Neonlichts wirkte alles sehr friedvoll. Niémans suchte das Stationszimmer, wo er weiß bekittelte Pflegerinnen und Hebammen antraf, die ihn erstaunt ansahen. Er zeigte seinen Dienstausweis und fragte nach dem Dienst tuenden Arzt.

Sie schickten ihn zu einem anderen Raum, und auf dem Weg traf er einen Geburtshelfer, der mit allen Anzeichen tiefer Erschöpfung aus einem Kreißsaal kam. Niémans zeigte noch einmal seinen Ausweis und stellte seine Frage – er hatte nur eine einzige: »Herr Doktor, gibt es einen logischen Grund, weshalb sich das Gewicht eines Neugeborenen in der ersten Nacht seines Lebens verändern sollte? Ich meine, ist es normal, dass ein Baby in den ersten Stunden nach seiner Geburt ein paar hundert Gramm zu- oder abnimmt?«

Mit einem befremdeten Blick auf die stramm sitzende Mütze, die zu engen und zu kurzen Kleider des Kommissars antwortete der Arzt: »Nein. Wenn ein Kind an Gewicht verliert, führen wir sofort eine gründliche Untersuchung durch. Denn das ist ein Hinweis auf eine Störung.«

»Und wenn es zunimmt? Kann es sein, dass ein Kind in einer einzigen Nacht signifikant schwerer wird?«

»Das passiert nie. Aber was wollen Sie eigentlich?«, fragte der Arzt mit verwunderter Miene.

Niémans lächelte. »Vielen Dank, Herr Doktor«, sagte er, drehte sich um und ging.

Im Gehen schloss er die Augen. Endlich kannte er das Motiv, das hinter den Morden von Guernon stand.

Die erschreckende Manipulation, auf die sich die »purpurnen Flüsse« bezogen.

Nur noch ein letztes Detail galt es zu überprüfen.

In der Universitätsbibliothek.

55

»Raus! Alle!«

Der Lesesaal war taghell erleuchtet. Schlaftrunken blickten die Kripobeamten von ihren Büchern auf. Sechs waren es noch, die sich mit philosophischen Abhandlungen über das Böse, über die Reinheit befassten, andere waren noch damit beschäftigt, Zusammenhänge zwischen Studenten und Büchern herzustellen, die im Sommer und Frühherbst entliehen worden waren. Sie wirkten wie vergessene Soldaten, denen niemand gesagt hat, dass der Krieg inzwischen an einer anderen Front tobt.

»Geht alle nach Hause!« wiederholte Niémans. »Die Ermittlungen hier sind abgeschlossen.«

Die Polizisten wechselten argwöhnische Blicke. Wahrscheinlich hatten sie gehört, dass Hauptkommissar Niémans nicht mehr für den Fall zuständig war. Wahrscheinlich begriffen sie nicht, weshalb der berühmte Bulle, sonst eine so gepflegte Erscheinung, jetzt aussah wie ein Witz in seinen sonderbaren Kleidern und mit dieser Art Socke auf dem Kopf und weshalb er einen braunen, feuchten Karton unter dem Arm hielt. Aber widersprach man einem Niémans – vor allem, wenn er diesen mörderischen Blick hatte?

Sie standen auf und zogen ihre Jacken an.

Auf dem Weg zur Tür sprach einer von ihnen den Kommissar in leisem Ton an. Niémans erkannte den Polizisten, der Caillois' Dissertation studiert hat.

»Ich bin fertig, Kommissar. Ich wollte Ihnen sagen … Es bedeutet vielleicht nichts, aber Caillois' Schlussfolgerung ist wirklich erstaunlich. Wissen Sie noch, dass ich Ihnen von dem ›athlon‹ erzählt habe, dem Mann der Antike, der Verstand und Körperkraft, Geist und Natur vereinigte? Also, Caillois schlägt in seiner Arbeit eine Möglichkeit vor, wie sich diese Verschmelzung wieder herbeiführen ließe. Ein wirklich abartiges Unterfangen. Keine Rede von neuen Programmen an Schulen und Universitäten, von Bildung für Sportler und Sport für die Intellektuellen, keineswegs. Sondern die Lösung, die er sich ausgedacht hat, ist …«

»Genetisch.«

»Ach! Haben Sie sich das Ding auch angesehen? Verrückt, nicht wahr? Intelligenz, sagt er, ist biologisch bedingt. Eine genetische Tatsache, die mit anderen Genen für körperliche Kraft und Leistungsfähigkeit kombiniert werden muss, damit das Idealbild des ›athlon‹ in seiner Vollendung wiederauflebt …«

Die Worte wirbelten durch Niémans' Kopf. Er wusste inzwischen, worin das Komplott der purpurnen Flüsse bestand, und war nicht daran interessiert, dessen rudimentäre Darstellung aus dem Mund eines dicken Polizisten zu hören. »Du hast vollkommen Recht«, murmelte er. »Aber jetzt lass mich in Frieden.«

Doch der Mann war in Fahrt und wollte es sich nicht nehmen lassen, die Früchte seiner langen Arbeit zu präsentieren: »Auf seinen letzten Seiten spricht Caillois von gesteuerter Fortpflanzung, von Vernunftehen, einem staatlich gelenkten System zur Aufwertung des Erbguts … Völlig absurdes Zeug. Wissen Sie, wie in diesen Sciencefiction-Geschichten aus den sechziger Jahren … Meine Güte, wenn der Bursche nicht unter solchen Umständen gestorben wäre, hätte man wirklich was zu lachen.«

»Jetzt mach schon, geh nach Hause und schlaf dich aus! Ich brauche dich nicht mehr.«

Der untersetzte Polizist sah Niémans beleidigt an, zögerte kurz, als wollte er protestieren, doch dann ging er stumm davon.

Der Kommissar durchquerte den Lesesaal, der sich inzwischen geleert hatte, und spürte das Fieber wieder steigen, wie feurige Wurzeln, die sich in seinen Kopf bohrten. Er ging auf das Podium zu, auf dem der Schreibtisch von Rémy Caillois stand, Chefbibliothekar der Universität.

Er setzte sich vor den Computer und schaltete ihn ein, doch er besann sich bald eines Besseren: Die Daten, die er suchte, stammten aus der Zeit vor den siebziger Jahren und waren mit Sicherheit nicht in den Computer eingegeben worden.

Fieberhaft suchte er die Register in den Schreibtischladen nach den Listen ab, die ihn interessierten. Nicht nach den Bücher- und Studentenverzeichnissen, sondern nach der Auflistung der Tischnummern mit den Namen der Tausenden von Lesern, die sie im Lauf der Jahre belegt hatten.

Es kam ihm selbst absurd vor, doch in der Logik der Tischvergabe, sorgfältig ausgeklügelt von Caillois Vater und Sohn, hoffte er die Bestätigung dessen zu finden, was er im Archiv des Klinikums entdeckt hatte.

Endlich fand er, was er wollte. Er öffnete seinen Karton und legte noch einmal die Akten der Neugeborenen vor sich auf den Tisch. Er rechnete sich aus, in welchen Jahren aus diesen Kindern Studenten geworden waren, die ihre Abende in der Bibliothek verbrachten, und suchte dann die entsprechenden Namen in den Belegungslisten.

Es waren Pläne, in denen die Position der Tische eingetragen war: In jedem Kästchen stand der Name eines Studenten. Er hätte sich kein System ausdenken können, das logischer, strenger, besser geeignet gewesen wäre, um den teuflischen Plan, den er argwöhnte, in die Tat umzusetzen. Jedes Kind, das zwanzig Jahre später zu studieren begonnen hatte, war im Lauf der Tage, Monate, Jahre nicht nur immer an denselben Platz gesetzt worden, sondern immer auch gegenüber einem Studenten des jeweils anderen Geschlechts.

Niémans wusste jetzt, dass er richtig vermutet hatte.

Er wiederholte den Vergleich bei etlichen anderen Studenten, willkürlich ausgesucht im Abstand von Jahrzehnten, und immer stellte er fest, dass sich an dieser Sitzordnung – zwei Personen gleichen Alters, männlich und weiblich – nie etwas geändert hatte.

Mit zitternden Händen schaltete er den Computer aus. Schwer lastete die Stille auf dem leeren Lesesaal. Niémans zog sein Telefon hervor und rief den Nachtwächter des Rathauses an. Er kostete ihn große Mühe, den Mann von der Notwendigkeit zu überzeugen, ins Archiv hinunterzugehen und die Jahrbücher des Standesamts herauszusuchen.

Endlich erklärte der Portier sich bereit, und Niémans konnte dank der Erfindung mobiler Telefone die gewünschten Überprüfungen durchführen: Er nannte ihm Namen, und in siebzig Prozent der Fälle bestätigte ihm der Portier, dass dieses und jenes Paar in diesem und jenem Jahr geheiratet hatte.

»Soll das irgendein Spiel sein oder was?« murrte der Portier.

Nach zwanzig positiven Auskünften fand Niémans, es sei genug, bedankte sich und legte auf.

Er verstaute seine Unterlagen und ging.

Mit langsamen Schritten überquerte Niémans den Campus. Unwillkürlich suchte er nach Fannys Fenstern, doch er fand sie nicht. Auf der Treppe vor einem Gebäude hatte sich eine Gruppe Journalisten versammelt und schien auf etwas zu warten, während der Rest des Geländes von uniformierten Polizisten und Gendarmen wimmelte.

Vor die Wahl zwischen Polizei und Presse gestellt, nahm er es lieber mit seinesgleichen auf und überwand mehrere Absperrungen, indem er seinen Ausweis vorzeigte. Er kannte kein einziges Gesicht: Vermutlich waren alle diese Leute aus Grenoble zur Verstärkung geholt worden.

Er betrat das Verwaltungsgebäude und kam in eine grell

erleuchtete Halle, in der etliche Personen mit bleichen Gesichtern, die meisten recht betagt, auf und ab gingen. Professoren, Forscher, Dozenten – die ganze Universität war im Alarmzustand. Niémans ging an ihnen vorüber, ohne ihre Blicke zu beachten, die neugierig auf ihn gerichtet waren.

Er stieg ins oberste Stockwerk hinauf und steuerte geradewegs auf das Büro von Vincent Luyse zu, durchquerte das Vorzimmer, riss unterwegs ein paar Fotos von jungen Sportlern von der Wand und öffnete, ohne anzuklopfen, die Tür.

»Was ist …«, fuhr der Rektor erschrocken auf, beruhigte sich aber gleich wieder, als er den Kommissar erkannte. Mit einer knappen Kopfbewegung entließ er die bleichen Gestalten, die in seinem Büro saßen, und wandte sich an Niémans: »Ich hoffe, Sie sind inzwischen weitergekommen! Wir sind alle sehr …«

Der Kommissar legte die gerahmten Fotos auf den Schreibtisch, dann zog er die Geburtsscheine hervor. Luyse geriet in Erregung.

»Also wirklich, ich muss schon sagen …«

»Warten Sie.«

Niémans legte Fotos und Blätter einzeln nebeneinander, so dass der Rektor sie gut sehen konnte. Dann stützte er sich mit beiden Händen auf den Schreibtisch und sagte: »Vergleichen Sie die Namen auf diesen Seiten hier und die Namen Ihrer Champions: Handelt es sich um dieselben Familien?«

»Wie bitte?«

Niémans schob die Blätter näher zu ihm.

»Die Frauen und Männer, deren Namen hier stehen, haben untereinander geheiratet. Ich denke, sie gehören diesem berühmten Eliteclub an der Universität an: Professoren, Forscher und so weiter … Sehen Sie sich die Namen an, und sagen Sie mir, ob darunter die Eltern oder Großeltern dieser Generation von Superbegabten sind, die heute sämtliche sportlichen Auszeichnungen gewinnen …«

Luyse setzte seine Brille auf und senkte den Blick. »Ja, doch, die meisten dieser Namen kenne ich …«

»Sie bestätigen mir also, dass die Kinder dieser Paare sowohl geistig wie körperlich außergewöhnliche Fähigkeiten besitzen?«

Die verkniffenen Züge des Rektors verzogen sich zu einem breiten Lächeln, beinahe unwillkürlich, wie es schien. Ein höchst befriedigtes, eitles Lächeln, das ihm Niémans liebend gern aus dem Gesicht gebeutelt hätte.

»Aber ja … absolut. Die neue Generation ist einfach brillant. Glauben Sie mir, diese jungen Leute werden halten, was sie versprechen. Übrigens hatten wir schon in der vorhergehenden Generation etliche Vertreter dieses Typs. Für unsere Universität sind ihre Leistungen natürlich ganz besonders erfreulich …«

Mit einem Mal begriff Niémans, dass seine Gefühle gegenüber Intellektuellen nicht Argwohn, sondern reinem Hass entsprachen. Er verabscheute sie aus tiefstem Herzen. Hasste ihre hochnäsige, unzugängliche Gleichgültigkeit, ihre hervorragende Gabe, sich jede beliebige Realität zurechtzubiegen, zu analysieren, zu beurteilen. Bemitleidenswerte Wesen, die das Leben aus der Ferne betrachteten wie eine Bühne und das Theater zwangsläufig mehr oder weniger frustriert, mehr oder weniger angeekelt wieder verließen. Dennoch – was ihnen hier in Guernon, ohne ihr Wissen, zugestoßen war, konnte niemand ihnen wünschen. Das hatte niemand verdient.

»Diese junge Generation wird den Ruhm unserer Universität mehren«, setzte Luyse pathetisch hinzu.

Niémans packte seine Unterlagen wieder in den Karton. »Dann können Sie sich jetzt freuen«, stieß er dumpf hervor. »Denn diese Namen werden zu Ihrem Ruhm noch sehr viel beitragen.«

Luyse sah ihn fassungslos an. Niémans wollte etwas hinzufügen, doch er stutzte: Die Miene des Rektors verriet Entsetzen.

»Um Gottes willen, was ist mit Ihnen?«, fragte Luyse besorgt. »Sie bluten ja!«

Niémans fuhr sich über die Wange und sah, dass seine Hand voller Blut war: Unter der Hitze des Fiebers hatte die Wunde sich wieder geöffnet. Er wandte sich zum Fenster, sah sich selbst in der dunklen Scheibe und fragte sich, ob er im Begriff war, das letzte Spiegelbild der Mordserie zu betrachten.

Es blieb ihm keine Zeit, die Frage zu beantworten. Eine Sekunde später war er ohnmächtig zusammengesackt, das Gesicht an den Schreibtisch gelehnt.

56

Licht. Dumpfes Dröhnen. Hitze.

Pierre Niémans begriff nicht sofort, wo er war. Dann erblickte er ein Gesicht unter einem weißen Häubchen, einen weißen Kittel.

Neonlicht. Das Krankenhaus. Wie lange war er bewusstlos gewesen? Und woher kam diese Schwäche in seinem Körper, als bestünden seine Gliedmaßen, Muskeln, Knochen nur noch aus Flüssigkeit? Er wollte etwas sagen, doch durch die Anstrengung erstarb ihm das Wort in der Kehle, und die Erschöpfung drückte ihn schwer in sein Bett, zwischen die knisternden Laken.

»Er verliert sehr viel Blut. Die Schläfenwunde muss genäht werden …«

Eine Tür öffnete sich. Räder quietschten. An seinen Augen zogen zu grelle Lampen vorüber und blendeten ihn schmerzhaft. Ein Operationssaal. Eine andere Stimme ließ sich vernehmen: »Bereiten Sie die Transfusion vor.«

Der Kommissar hörte ein Klappern, ein Klirren, spürte etwas Kaltes am Arm, dann den Stich, mit dem ihm die Infusionsnadel gelegt wurde. Er wandte den Kopf und erblickte ein Gestänge, an dem ein Beutel mit Blut hing, der sich rhythmisch bewegte, zu atmen schien. Ein Schlauch führte von dem Beutel in seinen Arm.

Sollte es also hier in diesen aseptischen Gerüchen mit ihm zu Ende gehen, sollte er abgleiten in die Bewusstlosigkeit? In dem Moment, in dem er endlich das Motiv der Morde entdeckt hatte, endlich das Geheimnis hinter dieser Serie von Verbrechen gelüftet hatte? Sein Gesicht verzerrte sich.

»Injizieren Sie Diprivan, zwanzig Kubikzentimeter«, sagte eine Stimme.

Niémans nahm seine Kraft zusammen und setzte sich auf, packte das Handgelenk des Arztes, der neben ihm saß, und keuchte: »Ich will nicht betäubt werden!«

Der Arzt sah ihn verwundert an. »Keine Narkose? Diese Wunde ist verdammt tief, guter Mann. Sie muss genäht werden.«

»Örtlich …«, murmelte Niémans matt. »Machen Sie mir eine örtliche Betäubung …«

Der Arzt seufzte und rollte auf seinem Stuhl zurück. »Na gut«, sagte er und wandte sich an den Anästhesisten: »Dann geben Sie ihm Xylocain. Die maximale Dosis. Gehen Sie bis vierzig Kubikzentimeter.«

Niémans ließ sich zurücksinken. Lampen wurden auf seinen Kopf gerichtet, der auf einer Nackenstütze ruhte. Jemand drehte ihn zur Seite und deckte sein Gesicht ab.

Er schloss die Augen. Während der Arzt und die Assistentinnen sich an seiner Schläfe zu schaffen machten, verloren seine Gedanken an Schärfe. Sein Herzschlag verlangsamte sich, sein Kopf hörte auf, ihn zu martern. Eine Lähmung breitete sich in ihm aus, und er war nahe daran, einfach aufzugeben, sich fallen zu lassen.

Das Geheimnis … Das Geheimnis der Caillois und Sertys … Selbst das verschwamm ihm jetzt, entfernte sich, war nicht mehr greifbar … Fannys Gesicht legte sich über jeden Gedanken … Ihr Körper, dunkelhäutig, muskulös und gerundet, weich und hart und glatt wie ein von Feuer, Wasser, Wind geschliffener Lavastein … Fanny … Die Bilder in seinem Kopf wurden begleitet von einem Murmeln, raschelndem Stoff, Elfenatem …

»Halt!«, brüllte eine herrische Stimme durch den Operationssaal. Alles erstarrte.

Eine Hand riss ihm das Tuch vom Gesicht, und Niémans, geblendet vom gleißenden Licht, erkannte einen langhaarigen Teufel, der dem Arzt und den verblüfften Krankenschwestern einen Polizeiausweis vor die Nase hielt.

Karim Abdouf.

Niémans hob die Hand, aus der ein blutgefüllter Schlauch ragte.

Sein Lebenselixier.

Der Arzt fuchtelte mit seiner Schere: »Was fällt ihnen ein, hier einfach hereinzuplatzen!«

»Lassen Sie den Mann in Ruhe!« röhrte Karim, trat näher und musterte die inzwischen vernähte Wunde.

Der Arzt zuckte die Achseln. »Ich muss wenigstens noch den Verband legen …«

Karim sah sich misstrauisch um. »Wie geht es ihm?«

»Er ist jetzt stabil. Der Blutverlust war ziemlich groß, aber er hat eine Transfusion bekommen. Wir haben die Wunde genäht, aber wie Sie sehen, ist der Patient noch nicht ganz in der Verfassung, sofort wieder loszurennen …«

»Haben Sie ihm was gegeben?«

»Was denn?«

»Eine Narkose?«

»Nur eine örtliche Betäubung …«

»Besorgen Sie mir Amphetamine, irgendwelche Aufputschmittel. Ich muss ihn wachbekommen.«

Karim sprach mit dem Arzt, hatte den Blick aber auf Niémans geheftet. »Es geht um Leben oder Tod«, fügte er dramatisch hinzu.

Der Arzt stand auf und nahm aus einem Arzneischrank in Plastik eingeschweißte kleine Pillen. Karim lächelte Niémans zu.

»Hier«, sagte der Arzt. »Damit ist er in einer halben Stunde wieder auf den Beinen …«

»Danke. Und jetzt verschwinden Sie.«

Als niemand sich rührte, schrie er die kleine Truppe wild an: »Lassen Sie uns allein, alle! Ich muss mit dem Kommissar reden!«

Arzt und Assistentinnen zogen sich zurück. Niémans spürte, wie die Infusionsnadel aus seinem Arm gezogen wurde, hörte das Rascheln von Papier, dann hielt ihm Karim mit der einen Hand die blutbefleckte Polarjacke hin und mit der anderen eine Kollektion bunter Pillen. »Ihre Aufputschmittel, Kommissar.« Ein knappes Lächeln. »Einmal ist keinmal.«

Doch Niémans lächelte nicht. Mit aschfahlem Gesicht rappelte er sich mühsam auf und murmelte: »Karim … Ich kenne jetzt ihr Komplott.«

»Das Komplott?«

»Die Verschwörung, die sich Sertys, Caillois und Chernecé ausgedacht haben. Die Verschwörung der purpurnen Flüsse.«

»WAS?«

»Sie tauschen Babys aus.«

12. TEIL

57

Sechs Uhr morgens. Die Landschaft war schwarz und heftig bewegt – es goss in Strömen: Der Regen hatte wieder mit voller Kraft eingesetzt, wie um vor Tagesanbruch die Berge noch ein letztes Mal blank zu polieren. Wie Schnüre aus Glasperlen stürzte das Wasser vom Himmel herab.

Unter den Zweigen eines ausladenden Nadelbaums standen Karim Abdouf und Pierre Niémans einander gegenüber, der eine an den Audi gelehnt, der andere gegen den Baum. Sie standen reglos, konzentriert, aufs Äußerste gespannt. Der arabische Polizist beobachtete den Kommissar, der unter der Wirkung der Amphetamine nach und nach wieder zu Kräften kam – oder vielmehr ins Leben zurückfand. Er hatte von dem mörderischen Angriff des Geländewagens berichtet, und jetzt drängte ihn Abdouf, die ganze Geschichte zu erzählen.

Pierre Niémans holte tief Luft. »Ich war im Blindeninstitut«, begann er.

»Auf den Spuren von Eric Joisneau, ich weiß. Und was haben Sie dort erfahren?«

»Champelaz, der Direktor, hat mir erklärt, die meisten seiner Patienten seien Kinder mit erblich bedingten Leiden und stammten immer aus denselben Familien, nämlich aus der Elite der Universität. Champelaz erklärt das Phänomen mit der jahrhundertelangen Isolation dieser Leute: Sie blieben immer unter sich und heirateten innerhalb ihrer Intellektuellengemeinde, was dazu führte, dass sie inzwischen mehr oder weniger verwandt miteinander und genetisch ausgelaugt, verarmt sind. Die Kinder, die heute zur Welt kommen, sind zwar höchst verfeinert und kultiviert und haben vielleicht großartige Forscherkarrieren vor sich, doch körperlich sind sie erschöpft, kränklich und leiden unter allen möglichen Defekten, vor allem an den Augen.«

»Und in welchem Zusammenhang steht das mit unserem Fall?«

»Zunächst in gar keinem. Joisneau suchte das Institut auf, um sich nach Augenleiden im Allgemeinen zu erkundigen – er war auf der Suche nach irgendwelchen Anhaltspunkten, die vielleicht einen Bezug zu der Verstümmelung der Leichen hätten. Aber das war es nicht, absolut nicht.

Bei unserem Gespräch hat Champelaz mich darauf aufmerksam gemacht, dass ebendiese Gemeinde seit etwa zwanzig Jahren einen völlig anderen Nachwuchs erzeugt, kerngesunde und kräftige Kinder. Sie sind nicht nur intelligent, sondern auch sehr sportlich – mit anderen Worten: Gewinner auf allen Ebenen. Und das passt natürlich nicht ins Bild: Wie kann es sein, dass ein und dieselbe Gemeinde einerseits erblich stark belastete Kinder und auf der anderen Seite diese strahlenden Supermenschen hervorbringt?

Champelaz hat seine privaten Nachforschungen angestellt, weil er wissen wollte, woher auf einmal diese hochbegabten Kinder stammen. Er studierte ihre medizinischen Unterlagen, konsultierte das Archiv des Klinikums, befasste sich sogar mit der Krankengeschichte der Eltern und Großeltern und suchte nach irgendwelchen Hinweisen oder Besonderheiten. Aber er fand nichts. Nicht das Geringste.«

»Und?«

»Irgendwann gab er auf, aber im Juli dieses Jahres erwachte die Geschichte in gewisser Weise wieder zum Leben: Anlässlich einer Besichtigung des Klinikarchivs wurden alte Unterlagen gefunden, die aus der ehemaligen

Bibliothek stammten. Es war ein Geburtenregister, und darin tauchten justament die Namen der Eltern und Großeltern der heutigen Hochbegabten auf.«

»Und was bedeutet das?«

»Das Register existiert in doppelter Ausfertigung. Bei den Unterlagen, die Champelaz prüfte, also den kompletten Akten, die in der Klinik angelegt worden waren, hat jemand die jeweils erste Seite, auf der Name, Geburtsgewicht und -größe und so weiter steht, gefälscht. Die Originalseiten hingegen sind eben jene Blätter, die unter den persönlichen Unterlagen des Chefbibliothekars der Uni gefunden wurden: Etienne Caillois. Rémys Vater.«

»Scheiße.«

»Du sagst es. Logischerweise hätte Champelaz daraufhin die Unterlagen, die er sich seinerzeit vorgenommen hatte, und die im Keller gefundenen Blätter miteinander vergleichen müssen. Das unterließ er jedoch. Aus Zeitmangel, Faulheit, was weiß ich. Vor allem aber, glaube ich, fürchtete er, womöglich auf irgendeine unappetitliche Wahrheit über die Elite von Guernon zu stoßen. Aber ich hab's getan.«

»Und was haben Sie herausgefunden?«

»Dass die offiziellen Unterlagen tatsächlich gefälscht sind. Etienne Caillois hat Handschriften imitiert und dabei auf jedem Blatt ein Detail verändert.«

»Was für ein Detail?«

»Immer dasselbe: das Geburtsgewicht des Kindes. Damit die Zahl mit den Werten auf den übrigen Seiten übereinstimmt, wo die Säuglingsschwestern das Gewicht an den ersten Lebenstagen des Kindes eintrugen.«

»Das verstehe ich nicht.«

»Hör mir gut zu, Karim«, sagte Niémans dumpf. »Etienne Caillois musste die Titelseiten fälschen, um eine ansonsten unerklärliche Tatsache zu verschleiern: Auf den ursprünglichen Seiten stimmt das Gewicht des Neugeborenen nie mit dem Gewicht an seinem zweiten Lebenstag überein. Das heißt, die Säuglinge nahmen in einer einzigen Nacht mehrere hundert Gramm zu oder ab.

Ich war in der Säuglingsstation und habe mich erkundigt. Laut Aussage eines Arztes ist eine derart rasante Gewichtszunahme unmöglich. Daraufhin war mir klar, dass sich nicht das Gewicht in einer Nacht veränderte, sondern das Kind. Das war es, was Caillois senior verschleiern musste. Er oder vielmehr sein Komplize, nämlich der alte Sertys, Pfleger am CHRU von Guernon, wechselte in der Säuglingsstation Kinder aus.«

»Aber wieso?«

Niémans verzog das Gesicht zu einem gequälten Lächeln. Der Wind trieb den Regen beinahe horizontal vor sich her, und scharfe Tropfen peitschten sein Gesicht. »Um einer Gemeinschaft, die sich überlebt hatte, neues, starkes, gesundes Blut zuzuführen. Die Technik, die sich Caillois und Sertys ausdachten, war ganz einfach: Die Babys aus Professorenfamilien wurden mit den Kindern von Gebirgsbewohnern vertauscht, die sie nach den körperlichen Eigenschaften ihrer Eltern ausgewählt hatten. Auf diese Weise kamen mit einem Schlag gesunde und fähige Körper in die Intellektuellengemeinde von Guernon. Frisches Blut vermischte sich mit dem verbrauchten – an dem einzigen Ort, an dem die unzugänglichen Universitätsmitarbeiter mit den Bergwäldlern zusammentrafen: in der Säuglingsstation der Klinik. Dorthin gingen alle Mütter, um ihre Kinder auf die Welt zu bringen, und dort konnte die Schiebung stattfinden.

Darauf bezieht sich also der mysteriöse Satz in Sertys' Heft: ›Wir beherrschen die purpurnen Flüsse‹. Damit ist weder ein Buch noch ein System von Wasserläufen gemeint, sondern das Blut der Einwohner von Guernon. Die Adern der Kinder aus dem Tal. Caillois und Sertys, die Väter ebenso wie die Söhne, beherrschten tatsächlich das Blut ihrer Stadt. Sie praktizierten die allereinfachste genetische Manipulation, die es gibt: die Vertauschung von Babys.

Inzwischen ist mir auch klar, dass Caillois und Sertys ein spezielleres Ziel verfolgten; Sie wollten nicht nur das kostbare Professorenblut erneuern, sondern darüber hinaus perfekte Wesen erschaffen, Übermenschen. So prachtvoll wie die Sportler auf den Fotos von den Berliner Olympischen Spielen, die bei Caillois im Flur hängen, und so intelligent wie die berühmtesten Wissenschaftler von Guernon.

Das war es: Diese Irren wollten die Gehirne der Universität mit den Körpern der Bergbewohner vereinigen. Denn sie hatten ihr System noch verfeinert und steuerten nicht nur die Geburten, sondern auch die Ehen unter den auserwählten Kindern.«

Sprachlos hörte sich Karim den Bericht an, während Niémans seinen Monolog fortsetzte: »Wie bringt man die Paare zusammen? Wie programmiert man Ehen? Da fiel mir ein, welche Berufe Caillois und Sertys ausübten, und ich dachte an die begrenzte Macht, die ihre beruflichen Aufgaben ihnen einräumten: Dank der unauffälligen und bescheidenen Rollen, die sie in der Öffentlichkeit spielten, konnten sie ihr grandioses Projekt vollenden. Denk an die Sätze in dem Heft: ›Wir sind die Herren, und wir sind die Sklaven. Wir sind überall, und wir sind nirgendwo.‹ Das deutet zumindest darauf hin, dass die Männer trotz ihres bescheidenen Auftretens, ja gerade wegen ihrer Zurückgezogenheit das Schicksal einer ganzen Region beherrschten. Handlanger waren sie, aber auch Drahtzieher.

Vater und Sohn Sertys waren nach außen nur obskure Krankenpfleger, aber sie lenkten das Schicksal Hunderter von Kindern in andere Bahnen, indem sie Babys vertauschten. Während die beiden Caillois, die über die Bibliothek herrschten, für den zweiten Teil des Programms zuständig waren, die Ehevermittlung. Und wie brachten sie das zustande?

Ich erinnerte mich an die persönlichen Unterlagen, die Caillois in seinem Schreibtisch in der Bibliothek aufbewahrte. Wir hatten nur die Listen der entliehenen Bücher und die Namen der Studenten überprüft; was wir allerdings nicht beachteten, war die Platzierung der Leser, die Belegung der Glasboxen, in denen die Leute studierten. Ich fuhr also zur Bibliothek und verglich die Tischbelegungslisten mit den gefälschten Geburtsdaten. Das Ganze liegt dreißig, vierzig, fünfzig Jahre zurück, aber es passt alles perfekt, sämtliche Namen tauchen wieder auf.

Jedes vertauschte Kind wurde später, als Student oder Studentin, einer ganz bestimmten Person gegenübergesetzt, die aus einer brillanten Professorenfamilie stammte und über die Jahre hinweg immer dieselbe blieb – vom entgegengesetzten Geschlecht natürlich. Ich habe mich daraufhin im Rathaus vergewissert: Es funktionierte zwar nicht in jedem Fall, doch die meisten Paare, die sich hinter den Glasscheiben in der Bibliothek kennen lernten, haben später geheiratet.

Ich hatte also richtig vermutet. Nach dem die ›Herren‹ Identitäten vertauscht hatten, betätigten sie sich als Kuppler und planten sorgfältig ihre Kombinationen. Den geraubten Kindern der Bergbewohner setzten sie die Nachwuchsintelligenz gegenüber, vereinigten also Geist und Natur, ein ›Hirn‹ mit einem ›Körper‹. Und die Sache hat funktioniert, Karim: Die Champions der Uni, das sind die Nachkommen dieser vorprogrammierten Paare!«

Abdouf gab keine Antwort. Er war ganz Ohr, gespannte Aufmerksamkeit, konzentriert wie der nadelscharfe Regen.

»Anhand dieser Elemente konnte ich nach und nach das Puzzle rekonstruieren«, fuhr Niémans fort. »Mir wurde klar, dass ich genau in diesem Augenblick den Fußspuren des Mörders folgte, den der Zwischenfall der aufgefundenen

Unterlagen alarmiert hatte – die Sache stand damals in den Regionalzeitungen. Offensichtlich verglich er die jeweiligen Dokumente miteinander, wie ich es getan habe. Wahrscheinlich hatte er bereits seine Zweifel über die Herkunft der ›Champions‹ von Guernon. Vielleicht gehört er selber dazu, vielleicht ist er ebenfalls eine Kreatur dieser Irrsinnigen.

Das Prinzip der Verschwörung ist nun klar: Der Mörder folgte dem Sohn des Bibliothekars, der die Unterlagen geklaut hatte, Rémy Caillois, und erfuhr von den geheimen Verbindungen zwischen Sertys und Chernecé ... Meiner Ansicht nach kam der Arzt erst später dazu, ein durchgeknallter Forscher, der auf dem Weg über das Blindeninstitut auf die Wahrheit gestoßen war und sich lieber auf die Seite der Verschwörer geschlagen hatte, als sie anzuzeigen. Kurz, unser Mörder spürte die Beteiligten auf und beschloss ihre Hinrichtung. Sein erstes Opfer musste er noch foltern, um die ganze Geschichte zu erfahren. Bei seinen Komplizen konnte er sich mit Verstümmelung und Ermordung begnügen.«

Karim schüttelte den Kopf. »Bloß weil sie Babys vertauschten? Ehen stifteten?«

»Da ist noch ein Umstand, von dem du nichts weißt: Unter den Bewohnern der Bergdörfer ringsum ist eine auffällige Kindersterblichkeit bei Neugeborenen zu vermerken. Ein Phänomen, das um so unerklärlicher ist, als es sich um sehr gesunde Familien handelt. Den Grund dieser Todesfälle kann ich mir denken. Vater und Sohn Sertys tauschten nicht nur Babys aus, sondern erstickten die Säuglinge, die sie als Kinder der Bergbewohner ausgaben und die in Wahrheit die schwächlichen Intellektuellenkinder waren. Auf diese Weise konnten sie sichergehen, dass die Bauern weitere Kinder zeugen und den Wahnsinnigen damit neues Material liefern würden. Das waren Fanatiker, Karim. Geisteskranke, Mörder in zwei Generationen, nur um ihre verschrobenen Vorstellungen von einer überlegenen Rasse zu verwirklichen.«

»Wenn die Morde also aus Rache geschahen, warum dann diese sehr speziellen Verstümmelungen?«, fragte Karim heiser.

»Sie haben symbolischen Wert. Die Entfernung von Augen und Händen steht für die Vernichtung der biologischen Identität der Opfer. So wurden die Leichen auch in einer Weise arrangiert, dass man zunächst ihr Abbild, nicht den Körper selbst entdeckte. Eine andere Methode, um die Opfer zu entmaterialisieren, ihrer leiblichen Identität zu berauben. Caillois, Sertys, Chernecé hatten anderen die Identität gestohlen und wurden deshalb auf diese alttestamentarische Weise bestraft: Gleiches wird mit Gleichem vergolten – Auge um Auge, Zahn um Zahn.«

Der stürmische Regen peitschte ihre bleichen Gesichter, und ihr Atem bildete einen weißlichen Nebel um Niémans' verbundenen Kopf und Abdoufs triefende Zöpfe.

»Niémans, Sie sind ein großartiger Polizist.«

»Nein, Karim. Ich habe jetzt zwar das Motiv des Mörders, aber wer er ist, weiß ich noch immer nicht.«

Abdouf lachte trocken auf. »Aber ich.«

»Wie bitte?«

»Jetzt passt alles zusammen. Denken Sie daran, wovon ich ausgegangen bin: von den Teufeln, die Judiths Gesicht zerstören wollten, weil es ein Beweis war, der sie überführen konnte. Diese Teufel waren niemand anderes als Etienne Caillois und René Sertys, die Väter der Opfer, und jetzt weiß ich, warum sie um jeden Preis Judiths Gesicht auslöschen mussten. Weil es ihr Komplott hätte auffliegen lassen.«

Diesmal war Niémans verblüfft: »Warum?«

»Weil Judith Hérault eine Zwillingsschwester hatte, die ausgetauscht wurde.«

Nun war Karim an der Reihe zu sprechen. In neutralem Tonfall, im Regen, der jetzt, kurz vor Tagesanbruch, nachzulassen schien. Wie die Tentakeln eines Kraken schlängelten sich die Rastalocken um seine Schultern.

»Sie sagen, die Verschwörer wählten für ihre Machenschaften die Kinder je nach den Eigenschaften ihrer Eltern aus. Mit Sicherheit suchten sie sich die Stärksten und Wendigsten, Menschen, die sich in den Bergen mit der Geschicklichkeit eines Schneeleoparden fortbewegten. Ein Paar wie Fabienne und Sylvain Hérault konnte ihnen also nicht entgehen. Die beiden lebten damals in Taverlay, einem Dorf am Pelvoux in achtzehnhundert Metern Höhe.

Sie ist über eins achtzig groß, kolossal, prachtvoll. Eine engagierte Lehrerin und hervorragende Pianistin. Schweigsam und elegant, stark und poetisch zugleich. Eines steht fest: Fabienne Hérault ist selbst schon ein ambivalentes Wesen.

Viel weniger weiß ich über ihren Mann Sylvain. Er lebte vorwiegend in der dünnen Luft der Gipfel und schlug seltene Kristalle aus dem Felsen. Auch er war ein Hüne und bezwang die wildesten, unzugänglichsten Berge.

Kommissar, wenn die Verschwörer in der ganzen Region nur ein einziges Baby hätten stehlen sollen, dann wäre es das Kind dieses sensationellen Paares gewesen, das von seiner genetischen Beschaffenheit her äußerst vielversprechend war.

Ich bin sicher, dass sie mit größter Ungeduld auf die Geburt warteten, gierig wie die Vampire. Am Abend des zweiundzwanzigsten Mai 1972 ist es schließlich soweit. Fabienne und Sylvain Hérault kommen ins CHRU von Guernon, sie ist kurz vor der Niederkunft. Nach nur siebenmonatiger Schwangerschaft. Das Kind ist zwar eine Frühgeburt, aber nach Einschätzung der Hebamme besteht keine Gefahr.

Doch die Geburt verläuft nicht wie geplant. Das Kind liegt falsch, die Wehen ziehen sich hin, ohne dass etwas geschieht. Es ist zwei Uhr morgens, dreiundzwanzigster Mai, und inzwischen hat man festgestellt, dass Fabienne Hérault nicht eines, sondern zwei Kinder bekommt.

Ein Arzt wird hinzugezogen, Fabienne unter Narkose gesetzt. Der Arzt nimmt einen Kaiserschnitt vor und holt Zwillinge ans Licht – zwei Mädchen, die winzig sind und Atemschwierigkeiten haben. Sie müssen mit Sauerstoff beatmet werden und im Brutkasten liegen. Der Pfleger, der in dieser Nacht in der Säuglingsstation Dienst hat, ist René Sertys, der Vater von Philippe.

Er ist total aus dem Häuschen. Seine Aufgabe war es, das Kind auszuwechseln, aber dass es zwei sind, konnte er nicht ahnen. Was tun? In der Aufregung um die Neugeborenen, die sofort versorgt werden müssen, hat niemand sich darum gekümmert, festzustellen, ob es ein- oder zweieiige Zwillinge sind, niemand hat sich ihre Gesichter so genau angesehen. Sertys beschließt, nur ein Kind auszutauschen. Nachdem die Mädchen inzwischen regelmäßig atmen, nimmt er das eine aus dem Brutkasten und legt ein anderes kleines Mädchen hinein, das Kind einer Professorenfamilie, das klein und schwächlich ist und dem zu früh geborenen Hérault-Zwilling in Größe und Gewicht weitgehend entspricht.

Aber eines ist sicher: Er muss dieses Ersatzkind töten. Einen falschen Zwilling, der nicht das Geringste mit seiner Schwester gemein hat, kann er nicht am Leben lassen. Also erstickt er das Kind, dann alarmiert er unter großem Geschrei Ärzte und Säuglingsschwestern und spielt seine Rolle gut: Panik, Selbstanklage.

Er versteht nicht, wie das hat passieren können, er weiß es wirklich nicht ... Weder der Gynäkologe noch die Kinderärzte äußern eine klare Meinung. Es ist eben ein weiterer Fall von plötzlichem Kindstod, wie sie seit fünfzig Jahren unter den Bergbewohnern so häufig vorkommen, – bei einer Frühgeburt ist das ja nicht einmal überraschend. Man tröstet sich damit, dass immerhin eines der beiden Kinder überlebt hat. Sertys jubiliert innerlich: Das zweite Hérault-Mädchen wird nun in seiner Adoptivfamilie innerhalb des elitären Clans von Guernon aufwachsen.

Das alles, Niémans, reime ich mir aufgrund dessen zusammen, was Sie herausgefunden haben. Denn die Frau, mit der ich heute Nacht gesprochen habe, Fabienne Hérault, weiß bis heute nichts von der Verschwörung dieser Irrsinnigen. In jener Nacht im Mai 1972 sieht und hört sie nichts, denn als sie endlich aus dem Narkosenebel auftaucht, ist alles vorbei.

Man erklärt ihr, sie habe Zwillinge geboren, doch nur eines der beiden Mädchen habe überlebt. Beweint man den Tod eines Kindes, von dessen Existenz man nicht einmal etwas geahnt hat? Die ganze Schwangerschaft hindurch war Fabienne überzeugt, es gebe nur ein einziges Kind; sie und ihr Mann nehmen die Nachricht resigniert zur Kenntnis. Nach einer Woche wird Fabienne aus der Klinik entlassen und nimmt ihr Mädchen mit, das sich erstaunlich schnell erholt hat und gut entwickelt.

Irgendwo in der Klinik sieht René Sertys zu, wie Sylvain Hérault Frau und Kind abholt. Sie halten die Doppelgängerin eines ausgetauschten Mädchens in den Armen, aber er macht sich weiter keine Sorgen, denn er weiß, dass dieses Paar, das fünfzig Kilometer entfernt mitten in den Bergen lebt, kaum einen Grund hat, wieder nach Guernon zu kommen. Es war zwar ein Risiko, dieses zweite Kind am Leben zu lassen, doch die Wahrscheinlichkeit, dass das Gesicht des Zwillings ihr Komplott je an den Tag bringt, hält er für äußerst gering.

Das war ein Irrtum.

Acht Jahre später schließt die Grundschule von Taverlay, an der Fabienne unterrichtet. Die Lehrerin wird – und das ist der einzige Zufall in der Geschichte – nach Guernon versetzt, an die angesehene Ecole Lamartine, die Schule, die alle Professorenkinder besuchen.

So entdeckt Fabienne einen völlig verrückten, unmöglichen Umstand. In der zweiten Klasse, in der Judith aufgenommen wird, gibt es eine zweite Judith. Ein kleines Mädchen, das die exakte Kopie ihrer Tochter ist. Die Klasse wurde übrigens fotografiert – es ist ein Klassenfoto erhalten, auf dem sie beide zu sehen sind. Nachdem die erste Überraschung vorbei ist, analysiert Fabienne die Situation. Es gibt nur eine einzige Erklärung: Das identische Kind ist niemand anderes als Judiths Zwillingsschwester, die ihre Geburt sehr wohl überlebt hat, doch aus einem völlig undurchsichtigen Grund gegen einen anderen Säugling ausgetauscht wurde.

Fabienne sucht also die Säuglingsstation der Klinik auf und trägt ihren Fall vor. Man empfängt sie kühl und argwöhnisch. Fabienne ist jedoch eine robuste Frau und lässt sich nicht so leicht einschüchtern. Sie beschimpft die Ärzte, beschuldigt sie als Kidnapper, kündigt Konsequenzen an. René Sertys hat den Aufruhr zweifellos mitbekommen und erfasst die Gefährlichkeit der Situation. Doch Fabienne ist schon wieder fort: Sie hat beschlossen, die Professorenfamilie zu besuchen, die angeblichen Eltern ihrer zweiten Tochter. Sie und Judith fahren mit den Fahrrädern zum Campus.

Es ist Abend, kurz vor Einbruch der Nacht, als der Terror beginnt. In der Dämmerung rast ein Wagen auf sie zu und versucht, sie zu überfahren. Fabienne und ihre Tochter stürzen sich seitwärts in den Abgrund neben der Straße und schaffen es im letzten Augenblick, sich am Gestrüpp festzuhalten. Ihre Tochter in den Armen, hinter einen Felsvorsprung geduckt, sieht Fabienne die Mörder, die über ihr am Straßenrand stehen und nach ihnen Ausschau halten; der eine hat ein Gewehr in der Hand. Zu Tode erschrocken beugt sich Fabienne über ihr Kind und fragt sich fassungslos, weshalb man ihnen plötzlich ans Leben will.

Die beiden Männer fahren schließlich davon, zweifellos überzeugt, die beiden seien in den Tod gestürzt. In der Nacht fährt Fabienne zu ihrem Mann nach Taverlay, der während der Woche noch dort wohnt. Sie berichtet ihm, was passiert ist, und will bei den Gendarmen Anzeige erstatten. Sylvain ist anderer Meinung: Er ist entschlossen, mit den Kerlen, die seine Frau und sein Kind umbringen wollten, persönlich abzurechnen.

Er nimmt Gewehr und Fahrrad und fährt ins Tal. Viel früher, als er selbst sich hätte wünschen können, trifft er die Mörder, die noch in der Gegend unterwegs sind. Sie begegnen ihm auf der Straße und fahren ihn nieder. Zweimal rollt der Wagen über seinen Körper, dann machen sie sich aus dem Staub. Fabienne hat unterdessen in der Kirche von Taverlay Zuflucht gesucht. Die ganze Nacht wartet sie auf Sylvains Rückkehr. Am Morgen erfährt sie, dass ihr Mann tot ist, bei einem Autounfall ums Leben gekommen, der Fahrer ist unbekannt. Nun begreift sie, dass ihre Kinder Opfer einer Manipulation geworden sind und die Männer, die bereits ihren Mann beseitigt haben, auch sie und ihre Tochter aus dem Weg schaffen werden, sofern sie nicht sofort verschwindet.

Für sie und Judith beginnt eine zweijährige Flucht.

Die Fortsetzung kennen Sie. Die Frau und das kleine Mädchen fliehen nach Sarzac, mehr als dreihundert Kilometer von Guernon entfernt. Als Etienne Caillois und René Sertys sie dennoch aufspüren, wendet sie sich an eine Nonne um Hilfe und versucht, das Gesicht ihrer Tochter vergessen zu machen, weil sie überzeugt ist, dass Judith das Opfer eines Fluches ist, der exorziert werden muss. Aber Judith kommt schließlich bei einem Autounfall um.

Seit dieser Zeit lebt die Mutter völlig zurückgezogen. Sie

schwankt zwischen mehreren Hypothesen, am wahrscheinlichsten erscheint ihr jedoch, dass die Adoptiveltern ihrer zweiten Tochter mächtige und skrupellose Persönlichkeiten an der Universität sind und dieses Komplett ausgeheckt haben, um ihre leibliche Tochter, die kurz nach der Geburt gestorben ist, zu ersetzen; dass sie bereit waren, sie und Judith umzubringen, um selbst in Frieden leben zu können. Die Wahrheit erfuhr Fabienne nie: Sie weiß nicht, was hinter dieser Manipulation tatsächlich steckt, und sie ahnt nicht, dass die Verschwörer die beiden Frauen in ganz Frankreich suchten, weil sie fürchteten, das Gesicht des Kindes, der Beweis ihrer teuflischen Machenschaften, werde ihre Tat ans Licht bringen.

Und hier, Niémans, fügen sich unsere Ermittlungen ineinander. Ihre Hypothese bestätigt die meine. Ja: Der Mörder ist zufällig in diesem Sommer auf das Geburtenregister der Klinik gestoßen. Er verfolgte Caillois, dann Sertys und Chernecé. Ja: Er deckte die Manipulation auf und beschloss, sich auf blutigste Weise zu rächen. Und dieser Mörder ist eine Frau: niemand anderes als die Zwillingsschwester von Judith.

Eine eineiige Zwillingsschwester, die gehandelt hat, wie Judith es getan hätte, weil sie jetzt die Wahrheit über ihre Herkunft kennt.

Deshalb benutzt sie eine Klaviersaite, um ihre Opfer zu erdrosseln, deshalb verschleppt sie die Leichen ins Gebirge – in Erinnerung an ihren Vater, der dort Kristalle suchte. Nur deshalb ist überhaupt eine Übereinstimmung ihres Fingerabdrucks mit dem Abdruck von Judiths Zeigefinger möglich … Wir suchen ihre Zwillingsschwester, Niémans.«

»Und wer ist sie?« stieß Niémans hervor. »Unter welchem Namen ist sie aufgewachsen?«

»Das weiß ich nicht. Die Mutter hat sich geweigert, ihn zu nennen. Aber ich habe ihr Gesicht.«

»Ihr Gesicht?«

»Ein Foto von Judith im Alter von elf. Also auch das Gesicht der Mörderin – schließlich sehen sie gleich aus. Ich denke, mit diesem Foto könnten wir …«

Niémans streckte eine zitternde Hand aus. »Zeig her, los.«

Karim zog das Foto hervor und reichte es ihm. »Sie ist die Mörderin, Kommissar. Sie rächt ihre tote Schwester. Sie rächt ihren ermordeten Vater. Sie nimmt Rache für sämtliche erstickten Babys, übervorteilten Familien, all die Generationen, die ausgenutzt wurden im Namen einer … Niémans, geht's Ihnen nicht gut?«

Mit aschfahlem Gesicht und zusammengebissenen Zähnen starrte der Kommissar auf das Foto in seiner bebenden Hand. Karim begriff auf einmal und packte ihn an der Schulter.

»Jesusmaria, Sie kennen sie! Sie kennen Sie, stimmt's?«

Niémans ließ das Foto in den Schlamm fallen. In seinen Augen loderte der Wahnsinn, als er mit heiserer Stimme hervorstieß: »Lebendig! Wir müssen sie lebendig festnehmen!«

59

Die beiden Polizisten fuhren durch den Regen, sie sprachen kein Wort mehr. Sie durchquerten mehrere Straßensperren der Polizei. Man musterte sie recht misstrauisch, ließ sie jedoch passieren. Keiner von ihnen kam auf die Idee, eine Truppe zur Verstärkung anzufordern: Niémans war ohnehin aus dem Rennen, und Karim bewegte sich außerhalb seiner Zuständigkeit. Aber es war ihr Fall, und sie waren fest entschlossen, ihn zu Ende zu bringen. Allein.

Sie gelangten zum Campus, rasten über geteerte Straßen und nassen Rasen, bis sie vor dem Hauptgebäude standen. Sie sprangen aus dem Wagen und hasteten ins oberste Stockwerk hinauf, durchquerten im Laufschritt den Korridor und hämmerten gegen die Tür. Keine Antwort. Sie sprengten das Schloss und drangen in die Wohnung ein.

Niémans hielt seine geladene Remington, die er sich von der Gendarmerie zurückgeholt hatte, Karim seine Glock, über Kreuz mit seiner Taschenlampe. Zwei divergierende Strahlen, Licht und Tod.

Die Wohnung war leer.

Sie setzten zu einer raschen Durchsuchung an, als Niémans' Pager sich meldete: Marc Costes wollte angerufen werden. Dringend. Der Kommissar telefonierte sofort. Seine Hände zitterten immer noch, und ein stechender Schmerz schraubte sich durch sein Gehirn.

»Niémans«, tönte die Stimme des Pathologen. »Ich bin gerade bei Barnes. Ich wollte Ihnen nur mitteilen, dass Sophie Caillois gefunden wurde.«

»Lebendig?«

»Ja, lebendig. Sie war auf der Flucht in die Schweiz, mit dem Zug …«

»Hat sie irgendwas gesagt?«

»Sie sagt, sie sei das nächste Opfer. Sie kennt den Mörder.«

»Hat sie einen Namen genannt?«

»Sie will nur mit Ihnen sprechen, Kommissar.«

»Sperrt sie ein, unter höchsten Sicherheitsvorkehrungen. Niemand spricht mit ihr. Niemand geht zu ihr. In einer Stunde bin ich da.«

»In einer Stunde? Sind Sie auf einer Spur?«

»Bis dann.«

»Warten Sie! Ist Abdouf bei Ihnen?«

Niémans warf dem Leutnant das Mobiltelefon zu und nahm seine eilige Suche wieder auf. Karim hielt sich das Telefon ans Ohr.

»Ich weiß jetzt, welchem Ton die Klaviersaite entspricht«, sagte der Gerichtsmediziner.

»B?«

»Woher weißt du das?«

»Ich hab's mir gedacht. Danke«, sagte Karim und schaltete ab. Er warf einen Blick auf Niémans, der ihn durch seine regengesprenkelten Brillengläser anstarrte.

»Hier finden wir nichts«, stieß der Kommissar hervor. »Fahren wir zur Sporthalle. Dort hat sie ihren Schlupfwinkel.«

Die Tür der Halle, eines abgelegenen Gebäudes am Rand des Campus, leistete keinen Widerstand. Die beiden Männer traten ein und tasteten sich in entgegengesetzten Richtungen voran.

Karim hielt wieder seine Glock über dem Strahl der Taschenlampe, und auch Niémans hatte die Lampe eingeschaltet, die auf dem Lauf seines Gewehrs montiert war.

Die Halle war leer.

Sie stiegen über Bodenmatten, passierten Barren und Reck, leuchteten in die Ecken und zur hohen Decke hinauf, von der Ringe und Seile herabhingen. Stille, lastend wie ein dumpfer Panzer. Ein saurer Geruch nach Schweiß und altem Gummi. Die Dunkelheit bevölkert von symmetrischen Formen, Geräten aus Holz und Metall. Niémans stieß gegen ein Trampolin und stolperte, Karim fuhr auf der Stelle herum. Höchste Anspannung. Ein kurzer Blickwechsel. Beide spürten die Erregung des anderen, knisternd, Funken sprühend wie Feuersteine.

»Es ist hier«, flüsterte Niémans. »Ich bin sicher, es ist hier.«

Karim warf noch einen Blick in die Runde, dann wandte er sich den Heizungsrohren zu, die entlang der Wand verliefen. Er folgte den Rohren, horchte auf das leise Zischen des heißen Wassers, stieg über Hanteln und Medizinbälle hinweg und gelangte zu einer Ansammlung ölverschmierter Stangen, schräg gegen Matten gestützt, die senkrecht an der Wand aufgestellt waren. Er bemühte sich gar nicht erst, leise zu sein, sondern warf Stangen und Matten einfach um: Hinter dieser notdürftigen Barriere verbarg sich eine eiserne Tür, die zum Heizungsraum führte.

Mit einem einzigen Schuss sprengte er das Schloss. Ein Hagel von Metallsplittern stob in alle Richtungen, und Karim riss die Tür so heftig auf, dass sie aus den Angeln fiel.

Drinnen war es finster.

Er leuchtete mit der Taschenlampe hinein und prallte sofort zurück. Inzwischen war Niémans bei ihm, und die beiden Männer traten nun gleichzeitig ein.

Ein fauliger und zugleich metallischer Geruch sprang ihnen ins Gesicht.

Blut.

Blut an den Wänden, an den eisernen Rohren, in riesigen Lachen auf dem Boden: Magnesiapulver war darüber gestreut worden, um die Flüssigkeit aufzusaugen, und hatte sich zu schwärzlichen körnigen Klumpen geballt. Blut auf den gewölbten Wänden des Heizkessels.

Die beiden Männer empfanden keinen Ekel; es war, als hätte sich ihr Verstand vom Körper getrennt und schwebte zwischen ungläubigem Entsetzen und Wahnsinn. Sie traten näher, leuchteten jede Einzelheit aus. Eine Klaviersaite war um ein Rohr geschlungen. Ein Benzinkanister stand daneben, braun verkrustet und mit einem blutigen Lappen verstopft, und in der erstarrten Blutlache steckten schartige Klingen.

Je mehr sie von der Kammer zu Gesicht bekamen, desto stärker flackerte das Licht und verriet das Entsetzen, das die Männer ergriffen hatte. Niémans entdeckte etwas Farbiges unter einer Bank und bückte sich: Es waren mehrere Kühlboxen. Er zog eine zu sich, öffnete sie und hielt sie ohne ein Wort Karim hin, der mit seiner Lampe den Inhalt beleuchtete.

Augen.

Gallertig, weißlich, überzogen von Reif, in Eis gebettet.

Niémans öffnete bereits eine zweite Kühlbox, und darin lagen verkrampfte, bläuliche Hände mit blutverkrusteten Nägeln und tiefen Einkerbungen an den Handgelenken. Niémans schüttelte sich. Karim ächzte und wandte sich ab.

Das war kein Heizungsraum: Sie waren in das Gehirn der Mörderin eingedrungen, in ihre Höhle – dieses Verlies hatte sie sich ausgesucht, um die Kindermörder hinzurichten.

»Sie ist abgehauen«, sagte Karim, ein wenig schrill. »Fort von Guernon.«

»Nein«, antwortete Niémans. »Sie ist noch hinter Sophie Caillois her, der letzten auf ihrer Liste. Caillois wurde in die Gendarmerie gebracht. Ich bin sicher, sie wird es bald erfahren – wenn sie es nicht ohnehin schon weiß – und hingehen.«

»Bei den vielen Straßensperren? Sie kann doch keinen Schritt mehr tun, ohne dass …«

Karim verstummte jäh. Die beiden Männer sahen einander an, von unten beleuchtet vom Strahl der Lampen. Gleichzeitig murmelten sie: »Der Fluss.«

Das Zusammentreffen ereignete sich am Rand des Campus. Dort, wo Caillois' Leiche gefunden worden war. Dort, wo der Fluss sich beruhigte und einen kleinen Tümpel bildete, ehe er zur Stadt weiterfloß.

Querfeldein raste der Audi zu den Felsen, geriet auf den grasbewachsenen Hängen ins Schleudern, fing sich wieder und folgte dem Weg, dessen letzte Kurve zum Flussufer führte. Während Karim sich mit gezückter Waffe aus dem Fenster lehnte und die Felswand musterte, entdeckten sie eine Gestalt, deren schwarzer Regenumhang im Scheinwerferlicht glitzerte. Die Gestalt schaute auf, und ihr Gesicht leuchtete weiß, wie ein erstarrter Blitz. Karim erkannte den Helm und die Mütze. An einem Strick hielt die Frau einen roten Kajak, der im Wasser schwamm, und zog ihn zu sich, ungeduldig, als wäre er ein störrisches Reittier.

»Du schießt nicht«, murmelte Niémans. »Du rührst dich nicht von der Stelle. Ich nehme sie allein fest.«

Ehe Karim antworten konnte, war der Kommissar aus dem Wagen gesprungen und rannte die letzten Meter des Abhangs hinunter. Karim schaltete den Motor aus und stieg aus. Im Licht der Scheinwerfer sah er Niémans mit gewaltigen Sätzen auf das Ufer zulaufen. »Fanny!«, brüllte er.

Die junge Frau setzte einen Fuß in das Boot. Niémans erwischte sie am Kragen, riss sie zurück und drückte sie an sich. Karim stand da wie versteinert, hypnotisiert vom Anblick dieser beiden Gestalten, die ein unverständliches Ballett aufführten.

Er sah, wie sie sich umarmten – so schien es ihm jedenfalls –, sah, wie die Frau den Kopf zurückwarf und sich weit zurücklehnte. Sah, wie Niémans erstarrte, sich krümmte und seine Waffe zog, ohne die Frau loszulassen. Blut quoll ihm aus dem Mund, und Karim begriff, dass die Frau ihm mit dem Messer den Bauch aufgeschlitzt hatte. Er vernahm gedämpfte Schüsse, Niémans' MR 73, der seine Beute vernichtete, während die beiden einander in tödlicher Umarmung umklammerten.

»NEIN!«

Karims Schrei erstarb ihm in der Kehle. Mit gezückter Waffe rannte er auf das Paar zu, das schwankend am Ufer stand. Er wollte noch einmal schreien, wollte schneller sein, die Zeit zurückdrehen. Doch es war zu spät: Mit einem klatschenden Aufprall fielen Pierre Niémans und die Frau ins Wasser.

Als er am Ufer war, sah er nur noch zwei Leichen, die geschmeidig und gelöst im Wasser trieben. Die leichte Strömung erfasste sie, bald hatten sie die Felsen passiert, und dort ergriff sie der Fluss und nahm sie mit in die Stadt.

Karim stand reglos am Ufer, starrte ihnen nach und lauschte dem Plätschern des Wassers jenseits der Felsen. Doch der Alptraum war nicht zu Ende: In diesem Augenblick spürte er eine scharfe Kälte an der Kehle – eine Messerklinge, die seine Haut ritzte.

Eine geschwinde Hand fuhr unter seinem Arm hindurch und zog die Glock aus dem Holster.

»Freut mich, dich kennen zu lernen, Karim«, sagte eine warme Stimme, sanft wie ein Kreis von Steinen auf einem Grab. Langsam drehte Karim sich um. Im grauen Licht des Morgens erkannte er das ovale Gesicht, den dunklen Teint, die hellen Augen, die in Tränen schwammen.

Vor ihm stand Judith Hérault, die Doppelgängerin der Frau, die Niémans »Fanny« genannte hatte. Das kleine Mädchen, das er so lange gesucht hatte.

Das kleine Mädchen war zur Frau geworden.

Durchaus lebendig.

60

»Wir waren zwei, Karim. Wir waren immer zwei.«

Abdouf musste mehrmals ansetzen, ehe er einen Ton herausbrachte. »Erzähl, Judith. Erzähl mir alles. Wenn ich sterben soll, will ich's wenigstens wissen.«

Die junge Frau starrte ihn stumm an. Die Tränen liefen ihr übers Gesicht, und ihre Hände umklammerten Karims Waffe. Sie trug einen schwarzen Regenumhang, eine Taucherhose und einen dunklen Fahrradhelm, der wie eine lackierte Hand über ihrer üppigen Haarmähne lag.

Auf einmal begann sie zu sprechen, laut und hastig: »In Sarzac, als Maman merkte, dass die Teufel uns wieder aufgespürt hatten, war ihr klar, dass wir sie nie los sein würden … Dass sie uns immer auf den Fersen wären und sie mich schließlich umbringen würden … Und sie hatte eine geniale Idee … Sie sagte sich, der einzige Ort, wo die Mörder mich nie suchen würden, sei im Schatten meiner Zwillingsschwester, Fanny Ferreira … Mitten in ihrem Leben … Meine Schwester und ich, wir sollten uns eine Existenz teilen, ohne Wissen irgendeines anderen Menschen.«

»Dann waren ja die anderen Eltern … Steckten sie mit euch unter einer Decke?«

Judith fing an zu lachen, unter Tränen.

»Aber nein, du Idiot … Fanny und ich hatten ja Zeit, uns kennen zu lernen, in der Grundschule Lamartine … Als die Mörder wieder hinter uns her waren, gingen wir daran, den Plan unserer Mutter in die Tat umzusetzen … Meine Schwester war gleich einverstanden … Wir würden zu zweit das Leben einer einzigen Person führen, in absoluter Geheimhaltung. Aber zuerst mussten wir die Mörder für immer loswerden: Man musste ihnen klar machen, dass ich tot sei. Maman hat alles so arrangiert, dass sie glaubten, wir flüchteten von Sarzac. Sie hingegen führte sie nur in die Falle, die sie sich ausgedacht hatte: der Autounfall …«

Tatsächlich eine geniale Idee, dachte Karim, er war ja selbst in die Falle gegangen, vierzehn Jahre später, während er sich voller Anmaßung etwas auf seine Scharfsinnigkeit zugute gehalten hatte. Wenn er innerhalb weniger Stunden die Spur von Fabienne und Judith Hérault hatte ausfindig machen können, dann nur deshalb, weil er einem ausgeschilderten Weg gefolgt war. Einem Weg, der schon 1982 eigens markiert worden war, um Caillois und Sertys in die Irre zu führen.

Als hätte sie seine Gedanken gelesen, fuhr Judith fort: »Maman hat euch alle getäuscht, alle! Sie war nie eine religiöse Fanatikerin … Nie glaubte sie an Teufel und Exorzismus … Sie beauftragte nur deshalb eine Nonne, die Fotos einzusammeln, damit man sie leichter aufspüren konnte, kapierst du? Sie tat so, als wollte sie unsere Spuren verwischen, während sie in Wahrheit eine tiefe, gut sichtbare Furche grub, damit die Mörder unserer Vorstellung bis zum Schluss zusahen … Deshalb zog sie auch Crozier ins Vertrauen, der so diskret war wie ein Elefant im Porzellanladen …«

Wieder dachte Karim an all die Indizien, all die Hinweise, anhand deren er den Weg der beiden Frauen so leicht hatte rekonstruieren können, an den reuezerfressenen Arzt, den bezahlten Fotografen, den trinkenden Pfarrer, die Klosterfrau, den Feuerschlucker, den Autobahnwächter … Alle diese Gestalten waren die Wegmarken, die Fabienne Hérault gesetzt hatte, die Meilensteine, die Caillois und Sertys bis zu dem fingierten Unfall lenkten. Und die auch Karim in wenigen Stunden zu der Autobahnstation geführt hatten, dem Endpunkt von Judiths Schicksal. Was für eine perfekte Manipulation ihr da gelungen war! Karim setzte zu einem Protest an: »Caillois und Sertys sind euch ja gar nicht gefolgt. Während meiner Ermittlungen hat keiner je ihren Namen erwähnt.«

»Weil sie diskreter waren als du! Aber sie verfolgten uns sehr wohl. Und wir standen ziemlich unter Druck, das kannst du mir glauben … Denn als wir den Unfall inszenierten, hatten sie uns schon aufgespürt und wollten uns umbringen.«

»Der Unfall … Wie habt ihr den bewerkstelligt?«

»Maman brauchte über einen Monat für die Vorbereitung. Am schwierigsten war der Trick, den Karren an die Mauer zu setzen und selber unbeschadet davonzukommen …«

»Aber die Leiche? Wer war das?«

Judith lachte höhnisch auf. Karim dachte an die blutigen Eisenrohre, den Benzinkanister, die Blutlachen und begriff, dass Fanny ihre Schwester offensichtlich nur bei der Rache unterstützt hatte, doch die wahre Mörderin, die gefoltert und gequält hatte, das war sie, Judith. Eine Verrückte. Eine Furie, die man nur fesseln und einsperren konnte. Die auch Niémans auf der Betonbrücke zu töten versucht hatte.

»Maman las sämtliche Regionalzeitungen: vermischte Nachrichten, Unfälle, Todesanzeigen … Sie klapperte Krankenhäuser und Friedhöfe ab. Sie brauchte eine Leiche meines Alters und meiner Größe. In der Woche vor dem Unfall grub sie ein Kind aus, das hundertfünfzig Kilometer von uns entfernt begraben worden war. Ein kleiner Junge, bestens geeignet. Maman hatte bereits beschlossen, meinen Tod unter dem Namen ›Jude‹ bekannt zu geben, um die Lüge perfekt zu machen. Jedenfalls musste die Leiche bei dem Unfall schwer beschädigt werden, damit das Kind unkenntlich wäre. Auch sein Geschlecht.«

Sie lachte schrill auf, doch das Gelächter erstarb in einem Schluchzen. »Von Freitag bis Sonntag lebten wir mit einer Leiche im Haus. Ein kleiner Junge, der bei einem Mofa-Unfall ums Leben gekommen und schon deshalb in ziemlich üblem Zustand war, außerdem nicht gerade frisch. Wir legten ihn in die eisgefüllte Badewanne. Und warteten.«

Sein Chef kam ihm wieder in den Sinn. »Hat Crozier euch geholfen?«

»Die ganze Zeit. Er war Mamans Schönheit völlig verfallen. Und er wusste, dass diese ganze makabre Geschichte zu unserem Besten war. Also haben wir zwei Tage gewartet. In unserem kleinen Steinhaus. Maman spielte Klavier wie eine Irre, immer dieselbe Chopin-Sonate, als könnte sie den Alptraum damit auslöschen … Ich verlor fast den Verstand wegen dieser Leiche, die in unserer Badewanne vor sich hin faulte. Meine Kontaktlinsen taten mir weh, und die Klaviertöne bohrten sich wie Nägel in mein Gehirn. Ich bin fast durchgedreht … Ich hatte Angst, entsetzliche Angst … Denn schließlich stand die letzte Tortur noch aus …«

»Was war das?«

In ihrer strahlenden Schönheit stand Judith vor ihm und streckte ihm mit obszöner Geste den Zeigefinger entgegen. Das erste Glied fehlte.

»Die Amputation. Das musst du doch wissen, Bulle: Bei der Abnahme eines Fingerabdrucks verwenden die Polizisten immer den Zeigefinger der rechten Hand. Maman schnitt mir das erste Fingerglied ab und montierte es mit Hilfe eines Metallzapfens, den sie längs ins Fleisch bohrte, auf den Finger der Leiche. Es war bloß ein kleiner Schnitt an einer sowieso blutigen und aufgerissenen Hand – Maman hatte sie absichtlich zerschnitten … Bei so vielen Verletzungen fiel dieser kleine Schnitt nicht weiter auf. Und die Sache mit dem Fingerabdruck war unverzichtbar. Nicht für die Polizisten – die gaben sich mit ihrer Aussage zufrieden. Sondern für die anderen, die Teufel, die vielleicht meine oder Fannys Fingerabdrücke hatten und Vergleiche anstellen würden … Maman betäubte mich, dann operierte sie mich mit einem scharfen Messer. Ich … ich habe nichts gespürt …«

»Das warst also nicht du, die heute Nacht auf mich geschossen hat?«

»Nein, du Schlaumeier. Ich war zu der Zeit hinter Sophie Caillois her, der kleinen Schlampe, die völlig verrückt nach ihrem Macker war und nie gewagt hat, Rémy und die anderen anzuzeigen …« Wieder begannen die Tränen zu rinnen. »Fanny war's, die auf dich geschossen hat. Die zarte Seele – umbringen hätte sie dich sollen. Hätte sie's getan, dann wäre sie noch am Leben … Aber sie bringt so was ja nicht fertig …«

Judith verstummte und wischte sich die Tränen ab. Dann setzte sie ihren hastigen Bericht fort: »Gleich nach dem Unfall fuhr ich zu Fanny nach Guernon. Sie hatte ihre Eltern überredet, sie ins Internat zu schicken, und dort wohnten wir dann beide … Wir waren erst elf, aber wir konnten sofort ein synchrones Leben führen … Ich lebte unter dem Dach.

Ich konnte schon damals ziemlich gut klettern und gelangte über Balken und Fenstersimse zu meiner Schwester … Wie eine Spinne … Und keiner hat mich je gesehen …

Jahre vergingen. Wir wechselten uns in allen Situationen ab, in der Schule, in der Familie, bei unseren Freundinnen und Freunden. Wir teilten uns das Essen und führten exakt dasselbe Leben, aber nacheinander. Jeden zweiten Tag war ich an der Reihe – mit verbundenem Finger, damit niemand merkte, dass mir was fehlt –, an den anderen Tagen sie. Fanny war die Intellektuelle: Sie führte mich in die Bücher ein, die Wissenschaften, die Geologie. Während ich ihr das Klettern beibrachte, das Schwimmen, das Wildwasserfahren. Zu zweit waren wir unschlagbar … wie ein Drache mit zwei Köpfen.

Manchmal kam Maman uns besuchen, im Gebirge. Sie brachte uns Vorräte, aber nie sprach sie über unsere Herkunft oder die zwei Jahre in Sarzac. Sie dachte, dieser Betrug sei für uns die einzige Möglichkeit, in Frieden zu leben … Aber ich konnte die Vergangenheit nicht vergessen. Ich hatte immer eine Klaviersaite bei mir. Und ich hörte immer die Sonate in b-Moll. Die Trauermusik für die Jungenleiche in der Badewanne … Manchmal hatte ich Wutanfälle … wickelte mir die Saite um die Finger, bis ich blutete. Und erinnerte mich an alles. An meine Angst in Sarzac, als ich den kleinen Jungen spielen musste, an die Sonntage in Sète, wo ich das Feuerschlucken lernte, an die letzte Nacht, als Maman mir den Finger abschnitt.

Die Namen der Mörder, die uns verfolgten und unseren Vater umgebracht hatten, wollte sie mir nie sagen. Ich machte ihr angst, sogar ihr … Ich glaube, sie wusste, dass ich mich früher oder später rächen würde. Meine Rache brauchte nur einen kleinen Funken … Es tut mir bloß Leid, dass die Geschichte mit dem Geburtenregister erst so spät ans Licht gekommen ist, als die Väter Sertys und Caillois bereits tot waren …«

Judith verstummte und hielt mit ruhigen Händen die Waffe. Karim sagte nichts, aber sein Schweigen war eine Frage. Auf einmal schrie das Mädchen ihn an: »Was soll ich dir denn noch sagen? Dass Caillois alles gestanden und um sein Leben gebettelt hat? Dass viele Generationen unter ihrem Wahnsinn zu leiden hatten? Dass sie das Werk ihrer Väter fortsetzten und selber Babys austauschten? Dass sie vorhatten, uns zu verkuppeln, mich und Fanny, mit einem dieser degenerierten Idioten von der Uni? Wir waren ihre Kreaturen, Karim ... Wahnsinnige waren sie«, fuhr sie in ruhigerem Ton fort. »Hoffnungslos durchgeknallt. Sie haben sich tatsächlich eingebildet, sie handelten zum Wohl der Menschheit, wenn es ihnen gelang, den perfekten Genpool zustande zu bringen ... Caillois mit seinem Volk auf dem Vormarsch, er hielt sich für Gott ... Und Sertys hatte eine Lagerhalle, in der er Tausende von Ratten züchtete ... Seine Ratten standen für die Bevölkerung von Guernon ... jedes Vieh hatte den Namen einer Familie, sagt dir das was? Verstehst du, wie durchgedreht diese schwachsinnigen Verbrecher waren? Und Chernecé vervollständigte das Bild ... Es sagte, die Iris überlegener, genetisch besserer Menschen weise einen besonderen Glanz auf, und er werde der Wächter sein, an der Schwelle der neuen Welt, derjenige, der dieses Fanal in Form von Augen der Menschheit entgegenhält ...«

Judith senkte die Stimme. »Wir hatten eine Scheißangst, Fanny und ich, das kannst du mir glauben ... Caillois wurde als erster hingerichtet. Wir wollten eine Rache, die ihrer Verschwörung ebenbürtig war ... Fanny kam auf die Idee mit den Verstümmelungen, mit denen wir die biologischen Identitätsmerkmale entfernten ... Sie sagte, wir müssten ihre Identität vernichten, so wie sie es mit den Kindern von Guernon getan hatten ... Und ihre Körper müssten auf ein Spiegelbild reduziert werden, in Scherben zerbrochen wie ein Krug … Ich kam auf die Idee der Fundorte: Wasser, Eis, Glas. Und ich musste die Dreckarbeit machen … Den ersten Kerl zum Reden bringen, mit Schlägen, Schnitten, Feuer …

Dann klemmten wir die Leiche in die Felswand und schlugen in Sertys' Lager alles kurz und klein … Anschließend hinterließen wir eine Nachricht in der Wohnung des Bibliothekars … Unterzeichnet mit Judith, damit die Schweine Schiss kriegten und kapierten, dass ein Geist zurückgekommen war … Fanny und ich wussten genau, dass die beiden, die noch übrig waren, nach Sarzac fahren würden, um nachzuprüfen, was sie für sicher gehalten hatten: dass ich tot und begraben sei, auf dem Friedhof dieses beschissenen Kaffs … Also fuhren wir hin, leerten den Sarg und füllten ihn mit den Rattenknochen, die wir im Lager gefunden hatten – Sertys, dieses fetischistische Aas, hatte sie alle beschriftet …«

Wieder brach Judith in ein Hohngelächter aus. »Wenn ich mir ihr Gesicht vorstelle, als sie die Kiste aufgestemmt haben! Sie mussten es wissen, verstehst du«, fuhr sie fort, wieder ernst. »Sie mussten kapieren, dass die Zeit der Rache gekommen war, dass sie alle krepieren würden … Dass sie für die Schweinereien bezahlen mussten, die sie der Stadt angetan haben, unserer Familie, uns beiden, und mir, mir, mir …«

Ihre Stimme erstarb. Die aufgehende Sonne schickte ihre Strahlen voraus und ließ die Berggipfel im Westen rot erglühen.

»Und jetzt?«, murmelte Karim. »Was hast du jetzt vor?«

»Ich will zurück zu Maman.«

Karim dachte an die große Frau mit ihren bunten Möbeln in ihrem abgelegenen Haus. Er dachte an Crozier, den überzeugten Einzelgänger, der gewiss zu ihr gefahren war, nachdem er aus seiner Ohnmacht erwacht war. Dieses Paar würde früher oder später zur Rechenschaft gezogen werden.

»Ich muss dich festnehmen, Judith.«

Die junge Frau grinste. »Wie denn? Ich hab' deine Waffe, Bulle! Eine Bewegung, und du bist tot.«

Karim trat einen Schritt näher und versuchte zu lächeln. »Es ist vorbei, Judith. Wir werden uns um dich kümmern, wir …«

Als sie auf den Abzug drückte, hatte Karim bereits die Beretta gezückt, die er immer im Hosenbund trug und mit deren Hilfe er die Skins besiegt hatte – die Waffe der letzten Chance.

Zwei Schüsse hallten durch den Morgen, und ihre Kugeln kreuzten sich. Karim wurde nicht getroffen, Judith hingegen prallte zurück. Anmutig, wie im Takt zu einer unhörbaren Musik, schwankte sie sekundenlang, während ihre Brust sich schon rot färbte.

Sie ließ die Automatik fallen, taumelte ein paar Schritte, dann stürzte sie ins Leere. Karim glaubte ein Lächeln auf ihrem Gesicht gesehen zu haben.

Mit einem Aufschrei stürzte er auf die Felsen zu, um Judiths Leiche nachzuschauen, dem Mädchen, das er geliebt hatte – das wusste er jetzt –, mehr als alles auf der Welt, vierundzwanzig Stunden lang.

Ihre leblose Gestalt trieb durch den Fluss davon, und er sah ihr nach, wie sie sich entfernte, im Gefolge von Fanny Ferreira und Pierre Niémans.

Am Horizont über den Bergen ging eine strahlende Sonne auf.

Karim achtete nicht darauf

Die Dunkelheit, die sein Herz gefangen hielt, vermochte keine Sonne zu durchdringen.

»Ein Thriller, den man auch für Kurzstrecken mit in die U-Bahn schleppt!«

BRIGITTE

Die Angst geht um. Als in einer kleinen amerikanischen Stadt Menschen auf offener Straße zusammenbrechen, Hunde ihre Besitzer zerfleischen und vergiftetes Obst geerntet wird, glaubt man zunächst an einen heimtückischen Schlag mit biologischen Waffen. Doch die Wahrheit ist viel gefährlicher … und unvorstellbar!

ISBN 3-404-15134-8

BASTEI LÜBBE

»Dieser Roman gleicht einer Achterbahnfahrt – ohne Bremse!«

NEW YORK TIMES

Nach einer fehlgeschlagenen Mission hat sich Ethan Decker in die Wüste Neu-Mexikos zurückgezogen. Decker arbeitete als »Jäger« für eine der geheimsten Organisationen der amerikanischen Regierung und war mit der Eliminierung international gesuchter Krimineller beauftragt. Eines Tages spürt ihn eine ehemalige Kollegin auf, in deren Begleitung sich zwei Kinder befinden. Sie bittet Decker, die Kinder ein paar Tage bei sich aufzunehmen – und bevor der Einzelgänger Decker ablehnen kann, wird seine Kollegin mit einem gezielten Schuss ermordet. Die Kinder sind Teil eines Experimentes, das den perfekten Menschen erzeugen soll. Und es gibt eine Macht, die die Kinder mit allen Mitteln zurückgewinnen möchte …

ISBN 3-404-15158-5